Lutz Dettmann

Anu

LUTZ DETTMANN

ANU

Eine Liebe in Estland

UNIVERSITAS

Besuchen Sie uns im Internet unter
www.universitas-verlag.de

© 2012 by Universitas Verlag in der
Amalthea Signum Verlag GmbH, Wien
Alle Rechte vorbehalten
Umschlaggestaltung: g@wiescher-design.de
Umschlagmotive: Oxford Scientific/The Image Bank
Herstellung und Satz: VerlagsService Dr. Helmut Neuberger
& Karl Schaumann GmbH, Heimstetten
Druck und Bindung: CPI Moravia Books GmbH
Printed in the EU
ISBN 978-3-8004-1509-0

Dieses Buch ist ein Roman. Also ein Produkt der Fantasie.

Orte, Personen und Geschehnisse, auch wenn sie authentische Namen tragen, sind durch Erlebnisse, Gelesenes und Erdachtes entstanden. Eventuelle Ähnlichkeiten mit existierenden oder verstorbenen Personen sind rein zufällig.

Der Autor hat lediglich versucht, die Atmosphäre, die geschichtlichen und politischen Handlungen und das Estland jener Zeit darzustellen. Dieser Roman kann nur andeuten. Die geschichtliche Wertung ist subjektiv.

So darf sich der Leser mit dem Buch in der Hand auf keine Wahrheitssuche an die Orte der Geschehnisse begeben. Auch sind die beschriebenen Orte keine genauen Abbilder der Örtlichkeit. Sie sind lediglich ähnlich.

Meinen besonderen Dank an Valdur Vaht, Tiina Kask, Täivo Raudsaar und Väino Laid (†) in Estland, an Irma Eigi in Schwerin, Bernhard Uhlmann auf Malta, Edmund Brandt in Braunschweig und Edzard Gall in Rostock.

Thomas Falk möchte ich danken, da er an mein Buch geglaubt hat.

Mein Dank auch an die zahlreichen Informanten und Zeitzeugen in Estland und Deutschland, deren Namen ich nicht genannt habe, doch ohne die dieses Buch nicht hätte entstehen können.

Lutz Dettmann, im Juni 2012

In Memoriam Otto Dettmann (1904–1988)

Das Herz hat eine Vernunft, die der
Verstand nicht begreift.

BLAISE PASCAL

1

Ich habe Anu verraten!

Mein Kopf glüht, doch die Kälte der Fensterscheibe kann meine Stirn nicht kühlen. Die Gedanken spielen verrückt, eben noch sah ich Christoph Scheerenberg als starken, einfühlsamen Menschen, der mir sehr nahe stand, dem ich mein Vertrauen geschenkt und dessen Ehrlichkeit und Nähe ich genossen hatte. War dies alles Lüge? Hat er mir alles vorgespielt? War unsere Freundschaft eine Farce? Nur wenige Monate habe ich ihn gekannt, und er war mir so nahe gekommen. So viel Privates hatte ich ihm erzählt, ihm geholfen, als er krank wurde. Ich war nur benutzt worden. Die beiden beschriebenen Blätter, deren letzten Sätze mit seiner verzweifelten Selbstanklage enden, liegen vor mir auf der Schreibtischplatte. Welche Geheimnisse hat dieser Mensch vor mir verborgen? Er war Frontarzt im Krieg gewesen, hatte später eine Praxis gehabt, in der Dritten Welt geholfen – all das hatte er mir erzählt. Bleiben nur noch Lügen?

Christoph Scheerenberg werde ich nicht mehr fragen können. Er ist tot, vor zwei Wochen im Krankenhaus gestorben. Ich konnte mich nicht einmal von ihm verabschieden.

Am Montag bekam ich einen Anruf. Ein Notarangestellter teilte mir mit, ich solle zur Testamentseröffnung kommen. Ich war überrascht, dass er mich bedacht hatte. In dem großen getäfelten Raum der Kanzlei saßen nur der Notar und ein Großneffe des alten Herrn, als ich etwas verspätet kam. Der junge Mann, einer dieser von sich überzeugten Jungmanager, hatte das Geld und die meisten der Möbel vererbt bekommen. Der Schreibtisch mit Inhalt sollte allerdings mir gehören. Der junge Mann protestierte zunächst, doch als ihm der Notar versicherte, dass in ihm nur einige unnütze Erinnerungen aufbewahrt seien, lachte er über den schrulligen Alten, und mir wurden die Schreibtischschlüssel ausgehändigt.

Gestern fand ich den Schlüssel zur Wohnung in meinem Briefkasten. Auf einem Zettel teilte mir der Neffe mit, dass ich meine Finger von den anderen Sachen lassen solle. Er würde alles in den nächsten Tagen abholen.

Als ich den schweren Vorhang hinter der Wohnungstür beiseitegeschoben hatte, schlug mir der Geruch der alten Wohnung mit einer vorher nie wahrgenommenen Intensität entgegen. Er war nicht erklärbar, aber trotzdem fast bildhaft, denn ich sah den Bewohner dieser Zimmer, obwohl er schon seit Wochen seine Wohnung nicht mehr betreten hatte. Zwielicht herrschte im Raum und hüllte die an einer Wand gestapelten Möbel in ein Grau, das sie nicht erfassbar machte. Ich schlug die dunklen Übergardinen vor der Verandatür beiseite, und die Sonne fiel in breiten Bahnen in das große Zimmer. Staubteilchen bildeten Streifen im Sonnenlicht. Für einen Moment schloss ich geblendet die Augen. Dann nahm ich die Umgebung des Zimmers war. Der Schreibtisch stand noch an seiner alten Stelle. Auf seiner Platte, am ausgesägten Oval gegenüber dem alten Schreibtischstuhl, lag der alte Schal, den er früher nur zum Schlafen abgelegt hatte. Natürlich war der alte Mann nicht anwesend. Sonst bot das Zimmer ein Bild der Auflösung.

Die Türen des leeren Bücherschranks standen weit offen. Das schwere Glas aus dem Büfett, die vielen Bücher, einige Bilder waren in Kisten verpackt worden. Die Deckel standen offen. Alles wirkte wie bei einem Umzug. Doch dieser Haushalt war für immer aufgelöst worden. Neben dem Ofen lag ein Stapel Zeitungen. Dort hatte er im schweren Lehnsessel jeden Morgen gesessen und die Restwärme des Ofens suchend in der neuen Zeitung gelesen. Fast jedes Mal, wenn ich den Ofen anheizen wollte, hatte er sich entschuldigt, dass er im Wege sei. Und immer wieder hatte ich ihm versichert, ich hätte genügend Platz für die Kohlenschütte. Dieser kurze Dialog war für uns in diesen Wintermonaten zum Ritual geworden.

Helle Flecken an den Wänden zeigten die Plätze der alten Bilder. Ein Haushalt, der über fünfzig Jahre existiert hatte, würde in wenigen Tagen mit seinen Erinnerungen, seinen persönlichen Gegenständen die voller ideeller Werte steckten, auseinandergerissen, auf dem Sperrmüll oder beim Trödler landen.

Mein Blick fiel auf die letzte Zeitung. Sie war fast drei Wochen alt. Dann öffnete ich die große Tür zum Schlafzimmer. Hier war noch nichts angerührt worden. Die Seite seines Bettes war aufgeschlagen, als sei er gerade aufgestanden. Aber seit Monaten hatte er nicht mehr in dem Bett geschlafen. Der Weg dorthin war ihm zu weit – er war zu kraftlos geworden. Der Schonbezug der anderen Betthälfte war von der Sonne verblichen. Er hatte ihn seit Jahren, seit dem Tag, an dem seine Frau gestorben war, nicht mehr bewegt. Das Fenster ließ sich nur schwer öffnen, der Regen der letzten Wochen hatte das schlecht gestrichene Holz des Rahmens quellen lassen. Dann drang die frische Luft des vergehenden Wintertages in das Zimmer, als wolle sie den Geruch der alten Möbel vertreiben. Der Geruch gehörte in diesen Raum, wie die Möbel, die alten Bücher und der alte Mann, der nun nicht wiederkehren würde.

Meine Hand strich über das schöne Wurzelholzfurnier der Schreibtischtür, als ich sie öffnete. Ich war gespannt, denn mir war bewusst, dass mich etwas Besonderes erwartete. Nichts Materielles, das hätte er mir schon vorher gegeben, denn Wert auf Besitz hatte er nicht gelegt, das wusste ich von ihm. Kästchen, einige graue Kartons, kleine gerahmte Bilder, ein etwas größerer Karton. Auf den ersten Blick nur für den ehemaligen Besitzer besondere Dinge. Dann öffnete ich die andere Seite des Schreibtisches. Das gleiche Bild. Die große dunkle Platte füllte sich mit den Utensilien eines dahingegangenen Lebens. In diesen Minuten spürte ich wieder den Verlust des mir so vertraut gewordenen Mannes. Ich setzte mich auf den Schreibtischsessel, nahm mir den ersten Karton vor. Ein alter Leinenbeutel lag in ihm. Sein Inhalt lag auf meinem Schoß. Familiendokumente kamen zum Vorschein: ein braunes Arbeitsbuch mit dem Reichsadler auf dem Deckel, ein grauer Führerschein mit einem jugendlichen Bild. Der Ausweis seiner Frau, sein Soldbuch. Ich blätterte in ihm. Er hatte es bis zum Oberarzt der Wehrmacht gebracht. Taufschein, Abschlusszeugnis eines Rostocker Gymnasiums – Dokumente, die viele deutsche Familien dieser Zeit besessen hatten, eingepackt in einen Leinenbeutel, den ich auch bei meiner Großmutter gesehen hatte. Ein Beutel, wie er zu Tausenden mit in die Luftschutzbunker und Splittergräben, auf die Flucht oder in den Tod mitgenommen worden war.

Die nächste Stunde tauchte ich tief in die Vergangenheit, nahm teil an achtzig Jahren Deutschland. Er hatte alles akribisch aufgehoben. Ich schämte mich, als ich Zeilen las, auf denen er mit wenigen Worten die Liebe zu seiner Frau geschildert hatte, Verlobungskarten,

Hochzeitskarten, dann Beileidskarten, die an ihn gerichtet waren, Ansichtskarten.

Die Schatten wurden länger, es wurde dämmrig im Zimmer, und ich machte die Deckenlampe an. Mein Handy klingelte, und meine Frau erkundigte sich, wann ich kommen würde. Ich vertröstete sie und stöberte aufgeregt weiter. Dann fand ich einen Karton. Er war recht schwer. Als ich den Deckel abgenommen hatte, sah ich einen Umschlag mit meinem Namen auf einem grauen Schnellhefter. In diesem Moment zitterten mir die Hände. Um mich zu beruhigen, legte ich den Brief beiseite. Der Schnellhefter war beachtlich dick. Ich öffnete ihn. Das graue Papier war eng mit Schreibmaschinenzeilen gefüllt. Ich blätterte in dem Hefter. Einzelne Wörter sprangen mich an. Estnische Orte, Namen. Er war also damals dort gewesen. Meine Neugier konnte ich noch zügeln. Mir war auch klar, dass ich Tage für die Lektüre brauchen würde.

Das war es also – darum hatte ich die Papiere geerbt. Da er mir seine Geschichte nicht erzählt hatte, gab er sie mir zu lesen. Die Mappe war alt. Der Rost der Klemmen hatte das altersgraue holzige Papier angegriffen, der Text schien vor vielen Jahren geschrieben worden zu sein. Ich musste Ruhe finden, legte den Hefter beiseite, griff nach einem Bild, das sich im Karton befand. Er darauf, jugendlich. Seine markante starke Nase, die hohe Stirn, ein zaghaftes Lachen.

Auch im Alter hatte er dieses Lachen gehabt. So hatte er mich im Herbst im Supermarkt angelächelt, als ich ihm vor dem Flaschenautomaten geholfen hatte. Neben ihm ein blondes Mädchen, lachend, hübsch mit hohen Wangenknochen. Im Hintergrund ein Holzhaus, Birken, Blumen. Auf der Rückseite ein estnischer Satz. Ein Ortsname: Moka Küla, ich kannte ihn nicht. Ein Datum: 3.4.1944. Für einen Moment stutze ich. Inmitten einer kriegerischen Zeit, in einem besetzten Land, ein Deutscher in Zivil. Anu – der Name des Mädchens? Meine Neugier wuchs. Ich kramte weiter in dem Karton. Ein Stapel Briefe – die Umschläge mit estnischen und deutschen Marken frankiert. Die letzten Briefe trugen den Aufdruck »Ostland« auf den Marken. Auf den Umschlägen wieder der Name Anu oder seiner. Plötzlich fühlte ich mich beengt in diesem Raum. Ich öffnete die Tür zur Veranda und schob den Schreibtischsessel vor die große Glasfront. Draußen leuchtete eine kalte Wintersonne im Untergehen. Die Kälte des Raumes störte mich nicht. Plötzlich erwachte mein journalistischer Spürsinn. Ihm war bekannt gewesen, dass ich an einer Artikelserie über das Baltikum arbeite. Vor einigen Wochen hatte er mir einige Bücher über Estland, die Seitenränder eng mit seinen Notizen beschrieben, geschenkt. Meine Frage, warum er sich mit Estland beschäftigte, hatte er nicht beantwortet. In diesen Aufzeichnungen würde ich die Antwort finden. Ich musste wissen, was der alte Herr mir geschrieben hatte. Ich war auf alles gefasst – auf ein Vermächtnis, auf das Geständnis einer Lebensschuld, ich rechnete sogar mit der Beschreibung einer versteckten Beute.

Mit unruhiger Hand riss ich den Umschlag auf. Ein Blatt war in ihm, eng mit Schreibmaschine beschrieben. Der Brief war vor vier Wochen verfasst worden, als es ihm bereits schlecht ging.

Lieber Freund,

ich möchte Sie so nennen, obwohl wir uns nicht einmal ein halbes Jahr kennen. Ich weiß, der Begriff »Freund« wird heute schnell verwendet. Doch ich meine ihn ehrlich und habe noch nicht viele Menschen in meinem Leben so genannt. Wir sind uns zu spät begegnet, ich bin zu alt, Sie sind zu jung. Vor sechzig Jahren wären wir gute Kameraden gewesen, hätten wir beide den Krieg überlebt, wären wir unzertrennlich geworden. Aber wer weiß, was das Schicksal uns gebracht hätte? Vielleicht hätten Sie die Kugel, die für mich bestimmt war, aufgefangen. Gut, Schluss! Die Fantasien eines alten Mannes! Auch so haben wir eine zwar kurze, aber gute Zeit gehabt, viel miteinander gesprochen. Ich meine nicht dahergeredet, sondern schöne und ernste Gespräche miteinander geführt. Dabei habe ich gespürt, dass Sie zu den wenigen Menschen gehören, die auch heute noch ernsthaft zuhören können, die ehrlich sind und nicht vorschnell urteilen. Ich habe einige Male überlegt, ob ich Ihnen die Geschichte meines Lebens, meiner Liebe, erzähle. Ich habe es nicht getan, aus Angst, dass diese alten Erinnerungen für mich zu übermächtig werden, dass ich mit meinen Erinnerungen auf eine Art meine Frau betrüge, schlimmer noch, verrate. Denn sie hat mich sehr geliebt. Ich auch – auf eine andere Weise. Denn meine wahre Liebe ist weit entfernt, fern im Nordosten, in dem Land, das Sie durch Bücher und Bilder kennen. Und darum möchte ich Ihnen diese Hefter geben. In ihm steht alles Wichtige über mich. Die Geschichte meiner Liebe. Sie sollen sie wissen. Sie werden damit umgehen können! Mein Großneffe würde die Hefter sicher ungelesen in den Müll werfen!

Lesen Sie diese Blätter, und Sie werden einen Teil deutscher Geschichte kennenlernen. Es ist nur ein winzig kleiner Teil, ein unwichtiger Teil – doch für mich der wichtigste Teil meines Lebens. Ich habe damals ein Mädchen geliebt, und durch das Mädchen habe ich ein Land lieben gelernt. Beide werden mir bis zu meinem letzten Tag fehlen. Viel habe ich versucht, um nach dem Krieg Anu wiederzufinden. Der »Eiserne Vorhang« trennte die Welt. Ich suchte sie trotzdem. Aber diese Geschichte möchte ich nicht erzählen. Bleibt mir genügend Lebenszeit, vielleicht einmal später.

Die Sehnsucht nach dem Land meiner Väter, nach Anu hat mich nie verlassen. Ich kannte das junge Mädchen in dem freien Land. Jetzt ist Estland wieder frei. Doch nun bin ich zu alt, um mich noch einmal auf die Suche nach Anu zu machen. Was ist, wenn sie noch lebt? Warum schrieb ich? Vielleicht wollte ich mir so ihr Bild von damals erhalten? Vielleicht wollte ich auch mit meinen Erinnerungen die Ungewissheit ihres Schicksals ausblenden? Heute sind diese Gedanken müßig. Ich werde dieses Land nie wieder sehen. Nie!

Was Sie aus diesen Seiten machen werden, ist Ihnen überlassen. Ob Sie sie veröffentlichen oder sich auf den Weg machen, um Anus Spur zu finden? Ich werde es nie erfahren.

Nur noch so viel: Sie sind mir sehr viel wert, mein Freund. Ich konnte es Ihnen zu Lebzeiten nicht sagen. So sollen Sie es auf diesem Wege erfahren! Leben Sie wohl und lieben Sie unser kleines Land dort oben im Norden!

Christoph Scheerenberg, im Januar 2005

Gerührt wollte ich den Brief wieder in den Umschlag stecken, und dabei war mir der kleine Zettel mit seiner Selbstabrechnung in die Hände gekommen.

Ich habe Anu verraten! Ich hätte mein Mädchen retten müssen. Feige bin ich geflohen! Nie werde ich mehr zur Ruhe kommen. Und ich begreife nicht, warum mir dies erst jetzt, nach so vielen Jahren bewusst wird! Was bin ich für ein feiger Mensch! Dies ist mir beim Lesen meiner Aufzeichnungen bewusst geworden. Auch wenn ich diese Hefter vernichten würde, meine Schuld wäre nicht getilgt. Ich bin so schwach und feige gewesen! Mein ganzes Leben habe ich vertan, den Menschen vorgegaukelt, gut zu sein. Es war alles eine Lüge, ich habe mir und ihnen etwas vorgemacht, um so meinen Verrat zu kaschieren. Nie kann ich dies wieder gutmachen!

Herr Stein, lesen Sie meine Geschichte. Vergeben Sie oder richten Sie über mich. So wie ich haben die meisten meiner Generation versagt. Der Mensch ist nicht gut. Vielleicht sind Sie eine der wenigen Ausnahmen? Entschuldigen Sie, dass ich Ihr Vertrauen missbraucht habe. Ich weiß, dass ich es nicht wieder gutmachen kann.

Christoph Scheerenberg

Das Bild des winterlichen Gartens verschwimmt vor meinen Augen. Noch einmal höre ich die Stimme des Alten, sehe sein markantes Profil. Ich habe ihn in den wenigen Monaten lieb gewonnen. So kann er mich nicht getäuscht haben!

Ich wende mich um. Auf dem Schreibtisch liegt noch immer sein alter Schal. Inzwischen ist es draußen dunkel geworden. Ich gehe zurück in das Wohnzimmer, mich fröstelt. Trotzdem kann ich diese Wohnung nicht verlassen. Ich muss für mich Klarheit finden. Ich nehme meine Jacke, rücke mir den Schreibtischstuhl zurecht und greife nach dem dicken Schnellhefter ... hier werde ich meine Antwort finden.

2

Begonnen am 12. Mai 1980

Die Gegenwart fließt davon und wird Vergangenheit. Irgendwann kommt sie wie eine Woge zurück und heißt Erinnerung, die unsere erlebte Vergangenheit wieder gegenwärtig machen kann. Ich spüre diese Wogen seit Wochen. Anneliese ist vor zehn Monaten gestorben. In den ersten Monaten war ich wie gelähmt, konnte nicht denken, wollte in einigen Momenten sogar sterben. Der wichtigste Teil meines Lebens fehlte mir. Dann begann ich mich wiederzufinden.

Mit dem Verstand kam das Vergangene wie Wogen in mein Hirn. Ich schrieb die Erinnerungen an unsere gemeinsame Zeit auf. Als ich meine Aufzeichnungen beendet hatte, las ich sie noch einmal. Dann vernichtete ich sie. Niemand sollte sie lesen. Die Jahre mit meiner Frau sollen nur mir gehören. Ich schloss ab mit unserer gemeinsamen Vergangenheit. Doch in meinen Gedanken lebt sie neben mir weiter.

13

Dann, vor zwei Wochen kam eine neue, übermächtige Woge auf mich zu. Sie riss mich fort, mitten in der Nacht. Hellwach lag ich in meinem einsamen Bett, konnte nicht mehr einschlafen. Schließlich stand ich auf, ging in das Wohnzimmer und öffnete den Schreibtisch. Tief unten lag in einem der Fächer ein Karton, den nicht einmal meine Frau kannte. Nie hatte ich ihr von dem Inhalt erzählt, da er aus einer Zeit stammte, in der ich ein anderer war als der, den sie kannte. Mit zitternden Händen holte ich ein Bündel Briefe hervor. Mit brennenden Augen betrachtete ich Bilder, die ich seit Jahrzehnten nicht mehr gesehen hatte. Der Morgen dämmerte, und ich saß noch immer an meinem Schreibtisch.

Bilder von Menschen, die ich lange nicht mehr gesprochen hatte, Landschaften, die ich lange nicht mehr gesehen hatte, ja selbst Gerüche, die ich vergessen hatte, tauchten aus meinem Unterbewusstsein empor. Ich las Briefe, die ich ewig nicht mehr gelesen hatte. Wie betäubt laufe ich seit dieser Nacht herum. Ich muss dies alles in Worte fassen, sonst werde ich nie zur Ruhe kommen.

Dialoge schwirren in meinem Kopf, die ich längst vergessen haben müsste. Habe ich sie wirklich so erlebt oder fantasiere ich? Wo kommen die vielen Bilder her, die jahrzehntealt sind und so lange verblasst waren? Dieses alte Gefühl, das ich nun wieder erlebe? Wo war es all die Zeit? Bin ich verrückt, dass ich mir alles nur einbilde? Aber die Fotografien und die Briefe beweisen, dass ich dies alles erlebt habe. Es wird vieles stimmen, was ich niederschreibe, und mein damaliges Fühlen widerspiegeln. Wer diese Zeilen lesen wird, ist mir gleich. Ob sie jemand lesen wird, ich weiß es nicht. Mag er diese Seiten als Dichtung und Fantasie eines wirren alten Mannes auffassen. Für mich steht fest, ich habe alles so erlebt.

Es muss heraus aus meinem Kopf. Vielleicht werde ich diese Blätter auch vernichten, wenn ich sie geschrieben und wieder zu mir gefunden habe. Vielleicht werde ich diese Aufzeichnungen auch nie beenden ...

Der Sommer 1938. Nach über 40 Jahren stehen die Bilder dieses Sommers wieder vor mir, als wäre er im letzten Jahr gewesen. Gesichter tauchen aus dem Vergessen auf. Ich höre Stimmen, die vor einer Ewigkeit für mich verklungen sind. Ich rieche den Sommer, er war heiß und unvergleichlich für mich! Ich spüre den Tod, den Hunger, der folgen sollte. Ich schmecke sogar meine Angst. Was ist mit mir geschehen? Egal, ich muss beginnen, sonst birst mein Hirn.

In diesem Sommer war eine Einladung in unser Haus gekommen. Meine Großtante lud mich für die Semesterferien zu sich nach Reval ein.

Nur mich, und das störte meinen Vater sehr, denn auch er hatte Sehnsucht nach dieser Stadt. Denn Reval, oder wie es jetzt offiziell hieß, Tallinn, war seine Geburtsstadt. Hier hatte er bis zum zehnten Lebensjahr gelebt, bis seine Eltern nach Pernau* gezogen waren. Mein Großvater, der Apotheker gewesen war, hatte in der Stadt an der Ostsee eine Apotheke übernommen.

Es war die Zeit vor dem Ersten Weltkrieg gewesen. Die drei Ostseeprovinzen waren Teil des Russischen Reiches. Esten, Russen, Schweden lebten gemeinsam mit den Deutschen, die das Land kolonisiert hatten. Die deutsche Ritterschaft, trotz des Nationalismus der letzten Zaren, hatte noch immer das Sagen in Estland, Livland und Kurland, wie die Provinzen damals hießen. Unsere Vorfahren waren als Handwerker vor mehr als fünfhundert Jahren in das Land im Norden gekommen. Für sie war dieses Land ihr Heimatland. Mein Vater war dreisprachig, wie fast alle Deutschbalten, aufgewachsen.

Obwohl mein Großvater es wünschte, hatte er nicht die Apotheke übernommen, sondern in Dorpat** Medizin studiert. Kurz vor dem Krieg bekam er eine Assistenzarztstelle an einem Revaler Krankenhaus.

Nach Ausbruch des Krieges hatten es die Deutschbalten schwer in Russland gehabt. Obwohl sie sich als russische Staatsbürger fühlten, wurde ihnen misstraut, viele Deutsche verloren ihre bürgerlichen oder politischen Ämter, etliche von ihnen wurden sogar nach Sibirien verschleppt. Für meinen Großvater brach in diesen Jahren seine alte Welt zusammen. Mein Vater behielt seine Stelle. Er sprach estnisch und russisch, zu Hause selbstverständlich deutsch, war bei den Patienten und Kollegen beliebt. Inzwischen hatte er geheiratet. 1917 kam ich zur Welt. Es war das Jahr des Umbruchs. Im darauf folgenden Jahr besetzten die Deutschen Estland. Mein Großvater erwachte

---

* Estnisch: Pärnu
** Estnisch: Tartu

aus seiner Lethargie. Er hoffte, dass die Ostseeprovinzen deutsch werden würden. Als die Revolution in Deutschland ausbrach, zogen sich die deutschen Truppen zurück. Die Roten folgten sofort. Mein Vater kämpfte im Baltenregiment Seite an Seite mit den Esten gegen die Rote Armee. Estland wurde selbstständig. Jahre der Ruhe begannen, und ich wuchs behütet auf.

Obwohl die führende Rolle der Deutschen vom jungen Staat gebrochen war, gab es nach anfänglichen Problemen eine Gleichberechtigung der einzelnen Nationalitäten. Allerdings spürte man auch, dass es Dissonanzen zwischen den alten und den neuen Herren des Landes gab. Mein Großvater begriff die neue Zeit nicht mehr. Er starb 1925. Ein Jahr zuvor war ich auf die deutsche Schule in Reval gekommen. Zu Hause sprach ich deutsch, in der Schule lernte ich deutsch und hatte estnisch als erste Fremdsprache. Im Alltag sprach ich estnisch. Für mich war dieser Zustand normal. Ich fühlte mich als Este, auch wenn ich deutsch sprach, hatte meine estnischen Freunde, die estnische Hauptstadt war meine Vaterstadt.

Auf dem Land war es anders. Wenn wir im Sommer auf dem Restgut meines Onkels waren und ich mit den estnischen Jungen tobte, spürte ich eine gläserne Wand zwischen uns. Mein Onkel hatte bis 1919 ein Familiengut gehabt. Arroküll* befand sich seit Jahrhunderten im Besitz seiner Familie. Die Esten hatten zwar als Erste in Russland ihre Leibeigenschaft verloren, trotzdem waren sie für die deutschen Herren Knechte und Landarbeiter geblieben. Die Deutschen hatten das Patronat gehabt, konnten Recht sprechen, waren Herren auf ihren Gütern gewesen, sorgten aber auch für Bildung auf dem Land. Natürlich waren nicht alle deutschen Herren beliebt. Wer lässt sich gerne knechten? Dies spürte ich auch, obwohl mein Onkel nur noch Bauer auf einem Reststück seines Gutes war und nichts mehr zu sagen hatte.

Die estnischen Jungen betrachteten mich nicht als den Ihrigen, obwohl ich ihre Sprache sprach und mich wie sie bewegte. Es störte mich schon, aber Gedanken machte ich mir als Achtjähriger nicht.

Mein Vater war angesehen. Er schrieb medizinische Fachbücher, gab Gastlesungen in Tartu, später auch an deutschen Universitäten. Sein Name war in Deutschland bekannt. Dann, im August 1929, kam für mich der große Bruch.

---

* Estnisch: Aruküla

16

Meine Eltern hatten sicher lange darüber gesprochen, bis sie mir am Mittagstisch mitteilten, dass sie nach Deutschland ziehen würden. Mit zwölf Jahren weiß man, was dies bedeutet: Meine Freunde, meine Verwandten, meine Heimat würde ich gegen die Fremde eintauschen. Ich weinte und verstand meine Eltern nicht. Meine Mutter versuchte mir klarzumachen, dass mein Vater dort in Deutschland eine Klinik leiten könnte. Dass wir in einem großen Haus wohnen würden und ich auch neue Freunde haben würde, interessierte nicht. Ich wollte nicht fort. Für mich war Estland meine Heimat. Dass auch meine Eltern litten, begriff ich damals nicht. Dass mein Vater aus wirtschaftlichen Gründen diese Stelle annahm und er dabei nur an unsere Zukunft dachte, ich hätte auch dies nicht begriffen.

Die folgenden Wochen waren schwer für mich. Ich nahm Abschied von den Freunden, von meinen Spielplätzen und Hinterhöfen, von meiner Großtante.

In diesen Jahren verließen viele Familien, die über Jahrhunderte in Estland gelebt hatten, ihre Heimat. Mich interessierte es nicht in meinem Schmerz.

Unsere Habe war abgeholt worden. Wir hatten uns von unserem Dienstmädchen verabschiedet. Die Trennung lastete schwer. In zwei Stunden würde unser Schiff nach Stettin auslaufen. Meine neue Heimatstadt sollte Rostock werden, da Vater dort eine kleine Privatklinik leiten sollte. Meine Mutter war mit meiner Schwester und einigen Verwandten bereits zum Hafen aufgebrochen. Ich nahm Abschied von unserer Wohnung, strich durch die leeren Räume. Mein Kinderzimmer wirkte so kalt und riesig ohne die Möbel.

Als ich in unser Wohnzimmer schaute, stand mein Vater vor einem der hohen Fenster und schaute auf den Hof hinaus. Unsere Wohnung lag an der Ritterstraße. Über uns ragte die Silhouette des Domberges mit seinen Mauern und alten Dächern. Der Blick meines Vaters war voller Trauer.

Er zog mich an sich, legte seine Hand auf meine Schulter. Als er leise zu weinen anfing, begriff ich, wie schwer ihm dieser Schritt fiel.

Schweigend stand ich neben der hohen, vom Weinen geschüttelten Gestalt, eine Liebe erfüllte mich zu meinem Vater wie noch nie in meinem Leben. Diese Intensität habe ich auch nie wieder gespürt. Wir standen lange nebeneinander. Seine Hand lag auf meiner Schulter. Auch mir liefen die Tränen. Aber ich weinte lautlos.

Viele Monate sah ich das Bild des Domberges in meinen Gedanken nur von Tränen verschleiert.

Ich war damals jung, man vergisst schnell die Trauer und das Heimweh. Rostock mit seinen hohen Kirchtürmen, den stolzen Patrizierhäusern und dem alten Hafen ähnelte Reval. Schnell fand ich Freunde, und Estland, meine alte Heimat, verblasste. Nun hörte ich nur noch deutsche Laute, denn auch meine Eltern sprachen nicht mehr estnisch. Uns ging es gut in der neuen Heimat, auch als die Weltwirtschaftskrise ihren Höhepunkt erreicht hatte.

Manchmal, wenn meine Großtante mir ein Paket schickte, ich die köstlichen estnischen Pralinen aß und Vater in den mitgesandten Zeitungen las, spürte ich für Augenblicke etwas Heimweh, welches im Laufe der Zeit einem Fernweh glich. Schnell vergingen diese Gefühle.

1933 machte ich mein Abitur. Ich war nicht von Hitler begeistert, seine Politik war mir egal. Er würde wie seine Vorgänger schnell wieder verschwinden, und ich verstand nicht, warum sich mein Vater über ihn aufregte. Sicher, man verbrannte keine Bücher, und ich wusste, dass Leute verschwanden. Gedanken machte ich mir nicht darüber. Ich wollte Arzt werden, nur dieser Wunsch zählte für mich, und meine Eltern unterstützten ihn. Im Frühjahr 1935 führte Hitler die allgemeine Wehrpflicht ein.

Sofort wurde ich einberufen. Das Militär stieß mich ab. Primitive Menschen lebten ihre Neigungen aus, tyrannisierten ihre Untergebenen.

Der Schwachsinn der militärischen Befehle wurde zur Methode. Ich hatte Glück und diente meine Zeit als Sanitätsunteroffizier in Oldenburg ab. 1937 begann ich mein Studium in Rostock. Ich hatte wenige Freunde an der Universität.

Die Kommilitonen in der Studentenschaft waren mir zu laut. Mir behagte kein Gleichschritt, und so hielt ich mich aus den braunen Studentenschaften heraus. Das tat ich nicht aus politischen Gründen, ich wollte nur lernen. Man ließ mich in Ruhe, ich zählte zu den Besten, wirkte wohl auch arrogant, uns ging es finanziell sehr gut.

Die Einladung meiner Großtante, die Semesterferien in meiner alten Heimat zu verbringen, war für mich völlig überraschend gekommen.

Plötzlich war sie da, die Neugier auf das inzwischen so fremde, früher Vertraute. Meine Eltern statteten mich mit Reisegeld aus, ich bestieg den Zug nach Stettin, und am 2. Juli 1938 ging mein Schiff in Richtung Reval auf Kurs. Die Fahrt war herrlich für mich, wunderschönes Wetter, bis zum späten Abend war das Promenadendeck bevölkert und von interessanten Menschen belegt. Ich lernte einen deutschen Marineattaché, einen zurückgekehrten Deutschbalten, der nun an der Botschaft in Reval arbeitete, kennen, Kaufleute, Weltenbummler, Handelsvertreter, einen estnischer Oberst.

Von Stunde zu Stunde förderte ich wieder estnische Wörter aus meinem Unterbewusstsein. Schnell waren die Brücken geschlagen. Ich erfuhr viel in diesen Tagen, holte nach, was ich über Jahre versäumt hatte.

Dann, am dritten Abend, tauchte die Silhouette der alten Stadt aus dem Meer auf.

Die Türme der Nikolaikirche, die goldenen Zwiebeltürme der orthodoxen Kathedrale, die schmale Silhouette des Langen Hermann, daneben der Turmhelm des Deutschen Domes und die hohe schlanke Turmspitze der Olaikirche ragten in den abendlichen Himmel. Täglich hatte ich dieses Bild auf einem Ölgemälde in unserer Rostocker Wohnung gesehen. Aber dieser Anblick war völlig anders, viel intensiver. Die Passagiere standen in dichten Trauben an der Bordwand und genossen das einmalige Bild der Stadt. Ich stand abseits. Mein Blick verschleierte sich. Ein Glücksgefühl, welches ich nicht für möglich gehalten hatte, überflutete mich. Plötzlich spürte ich, dass ich in Gedanken Reval nie verlassen hatte. Aber erklären konnte ich mir meinen Zustand nicht.

Ich wollte nur noch an Land, die Stadt sehen, riechen und fühlen. Kaum konnte ich die Zollformalitäten abwarten. Bis ich festen Boden unter den Füßen verspürte, verging eine endlos lange halbe Stunde. Dann war ich in Reval, und das Glücksgefühl hielt noch immer an.

Schwitzend, nach gewollten Umwegen, stand ich nach einer Stunde vor dem stattlichen Jugendstilhaus in der Langstraße, unweit des Marktes. Die steinernen Drachen über den Schaufenstern und die erhabenen Ägypterinnen, die von der Fassade mit starrem Blick hinab auf die Passanten schauten, hatten mich als Kind geängstigt und dabei unerklärlich angezogen. Mit ihren versteinerten Gesichtern wirkten sie wie Totenwächterinnen, und ich hatte nie verstanden, warum in dieses Geschäft so viele Kunden strömten. Neben diesem Haus war das Wohnhaus meiner Großtante. Ich hatte sie zuletzt vor dreizehn Jahren gesehen. Oft war die Tante von uns eingeladen worden. Immer hatte sie Ausreden erfunden, um ihre Stadt nicht zu verlassen.

Das Haus hatte ich sofort wiedererkannt. Die mittelalterliche Fassade des Kaufmannshauses war im letzten Jahrhundert hinter klassizistischem Stuck verschwunden.

Im Eckhaus, das gegenüber der Heiligengeistkirche lag, wurde das berühmte Marzipan, das einer meiner Ahnen im neunzehnten Jahrhundert kreiert hatte, verkauft.

Daneben, in der Langstraße, befand sich das Café, in dem sich die Tallinner gerne trafen.

Über dem Eingang zum Café, hinter den hohen Fenstern mit den schmiedeeisernen Balkons, lag ihre Wohnung. Die alte Tante bewohnte noch immer die gesamte erste Etage. Nur kurz warf ich einen Blick in das noch geöffnete Café. Trotz der abendlichen Stunde waren fast alle Tische besetzt. Der gründerzeitliche Prunk hatte sich erhalten, obwohl sich meine Großtante vor etlichen Jahren aus dem Geschäft zurückgezogen hatte. Kassettendecken, geschnitzte hölzerne Wandverkleidungen, selbst die zierlichen Kaffeehausmöbel waren noch erhalten. Als Kind hatte ich immer Mühe gehabt, die hohen Stühle zu erklimmen. Jedes Mal war ich stolz gewesen, wenn mein Großonkel mir dann half. Hinter der schweren Tür neben dem Ladeneingang nahm mich das hohe Treppenhaus auf. Für einen Moment verharrte ich, holte tief Luft. Die Konditorei, die mein schon lange verstorbener Großonkel geführt hatte, betrieb nun ein estnischer Pächter. Das wusste ich aus ihren Briefen. Der Geruch von Bohnenkaffee und Marzipan lagerte im Treppenflur.

Plötzlich kam die Erinnerung an weihnachtliche Besuche in der alten Wohnung mit den grazilen Biedermeiermöbeln, an Zimtgebäck und Pfannkuchen, die meine Großtante so vorzüglich backen konnte. Ich sah sie vor mir, angetan mit ihrem alten Familienschmuck und in altertümlichen Kleidern, wenn ihr Gesicht mit spitzem Mund meine Hand verfolgte, die zum zehnten Male in die große Keksdose griff.

»Christoph, noch einen Keks. Aber dann etwas Contenance. Deine Mutter möchte auch noch etwas«, hörte ich ihre helle Stimme, während meine Mutter mich mit flehentlichem Blick anschaute und Vater etwas grimmiger guckte. Damals hatte ich diese Besuche gehasst und doch herbeigesehnt, da mich die Tante in ihrer altertümlichen Art wie ein Märchenwesen faszinierte. Mein Herz klopfte wild, als ich vor der hohen geschnitzten Wohnungstür stand.

Kaum hatte ich den Klingelzug losgelassen, stand sie wieder wie ein Märchenwesen aus den alten Kinderbüchern meines Vaters vor mir. In den vergangenen Jahren noch graziler geworden, doch sonst zeitlos wirkend, trug sie noch immer ihren alten Schmuck und eines der unmodernen Kleider.

»Christoph, willkommen!«

Die kleine Person verschwand fast in meinen Armen, und ein Keksduft ging von ihr aus, den ich vergessen hatte.

Wir saßen bis spät in die Nacht, und während ich erzählte, aß ich etliche ihrer Zimtkekse. An diesem Abend ermahnte sie mich nicht.

Als ich in meinem Bett in ihrem Gästezimmer, das seit Jahren keinen Gast gesehen hatte, lag, konnte ich lange keinen Schlaf finden.

Aus der Nacht hörte ich eine Stundenglocke zwölfmal schlagen. Ich war heimgekehrt, obwohl ich als kleiner Junge vor vielen Jahren dieses Land verlassen hatte.

Die erste Woche flog für mich dahin. Meine alte Großtante versorgte mich wie einen verlorenen Sohn. Ihr Frühstückstisch in dem sonnigen hohen Esszimmer war für mich reichlich gedeckt. Und während sie in ihrem altertümlichen baltischen Dialekt von den herrlichen Tagen auf Sömmersthal*, dem Landgut ihrer Eltern, von lange dahingegangenen Vorfahren und der guten alten Zeit berichtete, mich dabei immer wieder zum Zulangen aufforderte, war ich schon mit meinen Gedanken in der Altstadt. Übersättigt und mit einigen Kronen bedacht, entließ sie mich dann endlich in die Freiheit.

Mein Vater hatte mir eine Liste mit den Namen seiner alten Freunde mitgegeben. In den ersten Tagen machte ich einigen von ihnen meine Aufwartung.

Die Besuche ähnelten sich. Schon das Äußere der Häuser oder Wohnungen machten auf mich denselben ersten Eindruck.

Der Putz des Hauses oder die Farbe im Treppenhaus vermittelten das Gefühl vergangener, besserer Tage. Alles war übertrieben reinlich, so, sicher unbewusst, noch mehr die neue Ärmlichkeit ihrer Besitzer betonend. Misstrauisch wurde mir von älteren Damen oder

---

* Estnisch: Sõmeru

21

Herren die Eingangstür geöffnet. Zu viele Bittsteller, Vertreter oder angebliche Freunde, die deutsch sprachen, mussten in diesen Jahren vor den Türen abgefertigt werden. Mein bekannter Name öffnete diese Türen weit.

Stundenlang saß ich an gedeckten Kaffeetischen, blätterte in alten Fotoalben, die meinen Vater und seine Kommilitonen mit den Farben der Baltonia, einer der deutschen Korporationen in Dorpat, zeigten und musste alte Studentengeschichten anhören. Die kannte ich von daheim zur Genüge. Mich interessierte das neue Estland. Ich begann zu fragen. Und ich staunte bei meinen ersten Besuchen, wenn ich die Antworten hörte. Erwartet hatte ich Jammern und Klagen. Doch die alten Herrschaften, die zum Teil ihre exponierten Stellungen durch die neue Republik verloren hatten, standen dem neuen Staat dennoch positiv gegenüber. Sicher, ich hörte auch vereinzelte Klagen. Die meisten Studienkollegen meines Vaters lobten die Verfassung der jungen Republik, die den Deutschen wie auch den anderen Minderheiten eine kulturelle Selbstverwaltung, eigene Schulen und Zeitungen garantierte.

Sie sahen, wie das Land in seiner Unabhängigkeit aufblühte, sie erkannten auch die Gefahr, in der dieses kleine Land lebte.

Uns schien es materiell viel besser zu gehen als den Deutschbalten in Estland. Neid entdeckte ich bei ihnen nicht.

Bei meinem ersten Pflichtbesuch kam ich mir wie in einem Museum vor: große schwere Möbel, endlose Bücherreihen, Silbergeschirr und hauchdünnes Porzellan, Familienerbstücke, die durch schwere Gardinen scheinbar vor den neuen Zeiten geschützt werden mussten. Wie modern wirkte unsere Einrichtung in Rostock! Dass diese Familie wirklich verarmt war, begriff ich damals noch nicht. Denn Vaters Kommilitone erwähnte den Verlust seines Gutes mit keinem Wort. Er wollte wissen, wie es uns in Deutschland erging. Hitler traute er nicht.

Ich hätte damals Vaters Liste abarbeiten sollen. Viel über meine Wurzeln und die Geschichte der alten Familien hätte ich von den Herrschaften erfahren. Ihre Söhne und Töchter, mit denen ich zum Teil in die deutsche Realschule gegangen war, fehlten an den Tischen. Sie studierten in Dorpat oder waren im Reich. Sie hätte ich gerne wieder getroffen. So interessierte mich Vaters Liste nicht mehr.

Am Abend berichtete ich der Großtante von meinen Besuchen. Sie verstand die Loyalität der Deutschbalten gegenüber dem neuen Staat nicht. Tante Alwine lebte in einer vergangenen Welt, ich musste dies akzeptieren, um bei ihr meinen Urlaub verbringen zu können.

Dieses Hinabtauchen in die alte, längst vergangene Zeit fand ich in den ersten Tagen faszinierend. Überall atmete ich in dieser Stadt Geschichte.

Die engen Gassen mit ihren hanseatischen Giebelhäusern, die mächtige, fast heidnisch wirkende Stadtmauer, aus grauem, kaum behauenen Stein für die Ewigkeit errichtet, das Kopfsteinpflaster, von unzähligen Schritten und eisernen Reifen in Jahrhunderten geglättet. Auch wenn Rostock und Reval Hansestädte waren, hatte diese alte Stadt ein völlig anderes Flair. Meine neue Heimatstadt wirkte mit seinen altertümlichen Inseln wie für Touristen hergerichtet.

Das Alte dort war bereits zum größten Teil geschliffen und überstrichen worden. Hier hingegen schien sich die mächtige Stadtmauer, die die Altstadt und den Domberg umgab, gegen die neue Zeit zu stemmen. Und es schien ihr zu gelingen!

Ich war alleine auf meinen Gängen, wollte mir die Altstadt alleine erlaufen. Auf dem Pflaster des Marktes stehend, ließ ich die Größe des altertümlichen Rathauses auf mich wirken. Sein grauer Stein drückte den vergangenen Stolz und die Macht der Ratsherren aus. Sie hatten ihre Macht nicht mit Zierrat und Stuck beweisen müssen.

Die alten Giebelhäuser mit ihren deutschen Inschriften kamen mir vertraut vor. Diese Häuser hätten auch am alten Hafen oder in der Grubenstraße in Rostock stehen können. Für mich war es faszinierend, sie über tausend Kilometer weiter östlich wiederzufinden.

Ich stieg den Langen Domberg empor. Meine Schritte wurden von den hohen Mauern zurückgeworfen. Hier oben schien die Zeit stillzustehen. Ich traf kaum Menschen, Hinterhöfe öffneten sich für mich. Verwinkelt lehnten sich die Hofgebäude aneinander, als müssten sie sich stützen. Die ehemaligen Stadthäuser der deutschen Adligen protzten mit ihren klassizistischen Säulen und geschnitzten Türen in der Sommersonne. Alles wirkte verwunschen, wie durch einen Zauber aus einem Märchen zu mir in die Gegenwart gekommen. In diesen Momenten hätte ich mich nicht gewundert, wenn einer der längst verblichenen Barone mit Kniebundhose und seidenen Strümpfen seinen Dreispitz vor mir gelüftet hätte.

Vor der russischen Kirche standen Gläubige in der prallen Sonne. Seit Jahren hörte ich die ersten russischen Laute. Die goldenen Zwiebeltürme strahlten, dass sie mich blendeten.

Die Alexander-Newski-Kirche wirkte so fremdländisch inmitten der klassizistischen Paläste und mittelalterlichen Häuser. Gegenüber, hinter dem Parlament, ragte der Lange Hermann empor. Über seinen Turmzinnen wehte die estnische Fahne. Ein makelloses Blau umrahmte die drei Farben.

Überhaupt war der Sommer in diesem Jahr herrlich.

Für mich stimmte alles in diesen Wochen! Ich rannte wie verliebt durch die Gassen. Alles wollte ich über meine Geschichte und die Geschichte dieses Landes wissen. Meine Großtante war mir dabei keine Hilfe. Sie winkte nur ab, wenn ich auf die Esten zu sprechen kam. Ihrer Meinung nach wären sie noch heute Bauern und lebten in Holzhütten, wenn die Deutschen nicht gekommen wären.

So trieb es mich immer wieder aus dem alten Haus in der Langstraße, die nun Pikk tänav hieß. Hielt ich es nicht mehr in der Sommerhitze aus, flüchtete ich in die Kühle des deutschen Domes. Im Chorgestühl sitzend, studierte ich die deutschen Namen auf den Grabepitaphen über mir. Tiesenhausen, Uexküll, Taube, Fersen, all die deutschen Ritter, die Estland und Livland Jahrhunde beherrscht hatten, warteten hier auf die Ewigkeit. Tief sog ich die Luft der Halle ein, als ob ich so ihre Geschichte in mir aufnehmen könnte. Meist war ich alleine in dem Dom, der nun seit drei Jahren eine estnische Kirche war.

Noch immer entsetzt, hatte mir meine Großtante von dem Raub, wie sie es nannte, erzählt. Überhaupt, sie verstand die neue estnische Zeit nicht mehr. Unser Familiengut war nach dem Krieg enteignet worden.

Mein Onkel Johann, der damals noch nicht ausgewandert war, hatte einige Jahre über seine verbliebenen fünfzehn Hektar und einen Flügel seines Schlosses geherrscht, bevor auch er resigniert nach Deutschland gezogen war. Der Onkel mit seinen Beziehungen hatte meinem Vater die Stelle in Rostock verschafft.

Die Macht und Herrlichkeit der Ritter war vergangen. Tante Alwine würde über diesen Verlust nie hinwegkommen. Dabei war ihre Macht schon vor dem Krieg nicht mehr herrlich gewesen.

Nach dem Frühstück mit meiner Großtante streunte ich stundenlang mit meiner Kamera durch die Altstadt. Immer wieder entdeckte ich neue Ecken und Winkel, die mich gefangen hielten: alte Wasserspeier, geschmiedete Zunftzeichen, die Türklopfer an den alten Gildenhäusern. Alles besah ich und hielt es mit meinem Apparat fest.

Ich drückte mich in der alten Ratsapotheke am Markt herum, studierte die Emailschilder, die auf Lateinisch scheinbare Wunderdinge in ihren tiefen Schubladen bezeichneten, las im Rathaus die alten deutschen Inschriften und begab mich immer weiter in die Geschichte. Mich hatten immer alte Dinge fasziniert. Hier begegnete ich ihnen auf Schritt und Tritt.

Obwohl viele Deutschbalten das Land in den letzten Jahren verlassen hatten, traf ich in den Läden noch viele Deutsche, die hier seit Jahrhunderten ihre Wurzeln hatten. Mir schien es, als ob die Antiquariate und Buchläden nur von Deutschen betreut wurden. Sie wirkten so eigenartig und dabei liebenswert, diese meist älteren Menschen, wenn sie sich in ihrem etwas altertümlichen Dialekt nach meinen Wünschen erkundigten, nach alten deutschen Büchern griffen, sie liebevoll in den Händen hielten, als ob sie mit ihnen die alte Zeit wieder beschwören könnten. Sie wirkten wie aus vergangenen Zeiten in diese neue Zeit versetzt. Hörten sie dann an meinem Dialekt, dass ich aus dem Reich kam, wurde ich oft nach meiner Herkunft gefragt. In manchen Fragen hörte ich ihre Unsicherheit über die politische Lage bei uns heraus. Die Menschen schienen durch die lauten Töne, das Säbelrasseln, das aus ihrem alten Mutterland zu ihnen herüber klang, beunruhigt zu sein.

Und ich verstand sie allzu gut. Konnte auch ich viele meiner ehemaligen Kameraden nicht mehr verstehen.

Banken, Handelshäuser, Buchdruckereien – deutsche Namen über den imposanten Schaufenstern zeugten noch immer von der vergangenen Vorherrschaft meiner Landsleute. Damals dachte ich mir nichts dabei. Im Gegenteil, ich war stolz auf meine Ahnen, denn sie hatten über Jahrhunderte diesem Land ihren kulturellen Stempel aufgedrückt.

War ich dann vom Laufen und Entdecken lahm, nahm ich Kurs auf das Café Kultas am Freiheitsplatz, bevor ich unter die angestaubten Fittiche meiner Großtante kroch. Ich hätte auch in das Café Fleischner, das sich unweit des Platzes in der Harjustraße befand, gehen können. Doch ich mochte den Inhaber nicht besonders.

Er hatte vor Jahrzehnten bei meinem Großonkel in der Konditorei gelernt und schwärmte bei meinem einzigen Besuch von ihm, obwohl ich von der Tante wusste, dass er meinen Großonkel später überhaupt nicht mochte.

Das Café Kultas befand sich im EEKS-Haus* an der breiten Seite des Freiheitsplatzes und war der Ort für die deutsche Minderheit, für Künstler und andere Intellektuelle. Hier wurde sich getroffen, um über die Börse und die Tagespolitik und Familienneuigkeiten zu reden. Die neuesten Bücher wurden vorgestellt, internationale Zeitungen lagen aus. Wollte man wissen, was sich innerhalb der deutschen Minderheit in Estland abspielte, war man hier am richtigen Ort.

Ich suchte mir meist einen kleinen Tisch an einem der großen Fenster, um den ganzen Platz übersehen zu können.

Die Stadt atmete auf dem Freiheitsplatz modernes Flair. Hier herrschte Treiben, ganz anders als auf dem Domberg. Menschen fluteten über das Pflaster, die Straßenbahn kreischte.

An diesem Platz dominierten Linien aus dunklem Backstein. Obwohl ich mich für Augenblicke an Hamburg erinnerte, hatte ich kein Heimweh nach Deutschland.

Ich knabberte an meinem Kurepesa** oder aß Alexanderkuchen, Lieblingsgebäck aus Kindertagen, das meine Mutter in Rostock viel zu selten buk.

Eines Nachmittags, es musste am vierten oder fünften Tag meines Besuches gewesen sein, bat ein älterer Herr um den freien Platz neben mir. Die »Revalsche Zeitung« lag auf meinem Tisch, darum wunderte ich mich auch nicht, dass er mich deutsch angesprochen hatte.

Ich hatte nur kurz aufgeschaut und seine Frage bejaht, bevor ich mich wieder in die Zeitung vertiefte.

Der Herr bestellte sich einen Kaffee. Ich beobachtete ihn aus dem Augenwinkel und bemerkte, dass er sehr gut gekleidet war. Auch seine Art, wie er mit dem Kellner umging, beeindruckte mich. Er hatte etwas an sich, und dies machte mich neugierig. Schließlich

---

* Gebäude der »Bank der Hauseigentümer«
** Deutsch: Storchennest, leichtes Süßgebäck aus fett gebackenem Teig, das vor dem Eintauchen in Fett zu einem Nest geschlungen wird.

legte ich die Zeitung beiseite, überlegte, wie ich ihn ansprechen könnte. Er kam mir zuvor.

»Entschuldigen Sie, junger Mann«, Verlegenheit klang in seiner Stimme, »ich möchte nicht aufdringlich sein. Aber Sie stammen wohl aus dem Reich?«

Erstaunt bejahte ich seine Frage und wollte nun wissen, woher er dies wisse. Er lächelte kurz.

»Ach, wissen Sie, ich kenne unsere jungen Männer mittlerweile nicht nur vom Namen, sondern auch vom Gesicht. Viele sind hier ja nicht mehr geblieben. Die anderen leben nun in Deutschland und bejubeln den Anschluss Österreichs. Nun heißt es ja Ostmark. Sie zieht es wohl nicht in den Süden?«

Ein verschmitztes Lächeln umspielte seinen Mund. Bereits mit wenigen Sätzen hatte er mich neugierig gemacht, sodass ich unser Gespräch unbedingt weiterführen wollte. Ich lachte auf.

»Nein, mich zieht es überhaupt nicht in den Süden, auch nicht in den Westen. Mich zieht es in den Norden. Weiter westlich ist mir alles etwas zu hektisch, und vor allem zu laut.«

»Das kann ich verstehen, junger Mann. Selbst unsere gute alte ›Revalsche Zeitung‹ ist in diesem Sommer laut geworden. Aber welche soll ich sonst abonnieren? Etwa den ›Völkischen Beobachter‹? Da klingt's einen erst richtig in den Ohren. Und außerdem würde er immer drei Tage zu spät kommen. Nein, der muss nicht sein.«

Er zögerte einen Moment.

»Dann machen Sie also in Reval Urlaub, wenn ich fragen darf. Ach, entschuldigen Sie, bevor ich mich weiter aufdränge«, sein altes zartes Männergesicht lächelte wieder, »mein Name ist Scheel.«

Ich wollte schon fragen: »Der Scheel?« Denn das Bankhaus Scheel kannte ich durch meinen Vater.

Er nestelte an seiner Weste und überreichte mir eine Karte, die ich mit einem kurzen Blick dankend wegsteckte. Von Bankier stand da nichts.

Leider konnte ich mich nicht revanchieren. Also stellte ich mich vor. Als er meinen Namen hörte, ging ein Erstaunen über sein Gesicht.

»Haben Sie etwas mit den Scheerenbergs aus Pernau zu tun?«

Ein Strahlen ging über sein Gesicht, als ich ihm sagte, dass dort meine Familie gewohnt hatte. Er berichtete mir, dass er mit meinem Großvater und Onkel Johann Jahrzehnte geschäftlich zu tun hatte. Auch meinen Vater kannte er.

»Tja, bis auch er gegangen ist.«

Er schwieg für einen Moment, nahm einen winzigen Schluck aus seiner Tasse.

»Wie damals so viele von uns. Und jetzt gehen viele junge Leute. Ich werde hier bleiben und sterben. Ich kann nur hier sterben. Dies ist noch immer unser Heimatland. Auch wenn sich die Zeiten geändert haben. Unsere Kinder und Enkel haben hier keine Zukunft mehr. So denken jedenfalls viele, auch wenn es falsch ist. Die meisten wollen die Welt sehen, wollen in Bewegung sein. Wissen Sie, alles muss sich heute bewegen und schreien und marschieren. Kaum jemand liest mehr ein Buch, erfreut sich an der Schönheit eines gotischen Kirchenschiffs oder an unserem hohen Himmel. Es ist traurig. Wenn wir Alten uns wenigstens mit den Esten vertragen würden. Dieses Land geht gerecht mit uns um. Wir haben eine Kulturautonomie, ein deutsches Theater, deutsche Schulen. Jahrhunderte haben wir die Esten dominiert, müssen nun ein Teil unser Schuld abtragen. Aber nein, dieses wollen noch immer etliche nicht wahrhaben. Glauben Sie mir, es gibt noch das alte Herrendenken. Es ist traurig.«

Für einen Augenblick herrschte Schweigen an unserem Tisch.

»Aber Sie sind gekommen und kundschaften die Spuren Ihrer Familie aus. Das freut mich, und sicher auch ihre Großtante.«

Unwidersprochen konnte ich die Meinung des alten Herrn nicht lassen, und so berichtete ich ihm von den Freunden meines Vaters, die ich in den letzten Tagen kennengelernt hatte. Ruhig hörte mir Herr Scheel zu, ein Lächeln stand dabei in seinem Gesicht.

»Herr Scheerenberg, vielleicht haben Sie recht.«

Seine Finger spielten mit dem Löffel.

»Ich bin alt und Pessimist. Vielleicht wird man beim jahrzehntelangen Umgang mit Geld misstrauisch, wenn man Kriege, Inflation und Währungskrisen überlebt hat. Ich habe meinen Glauben an die Deutschbalten – im Reich werden wir wohl nun Baltendeutsche genannt? Korrigieren Sie mich, wenn es nicht stimmt – jedenfalls habe ich meinen Glauben verloren. Aber darüber möchte ich nicht erzählen. Bitte, wie geht es Ihrer Familie?«

Dann bestellte er zwei Cognac, und die nächsten Stunden vergingen wie im Fluge für mich. Ich war erstaunt, wie geistig rege dieser alte Mann war. Alles wollte er wissen über unsere Familie in Deutschland. Dann nahm mich der alte Herr auf eine Reise in die Vergangenheit mit. Er erzählte in Bildern, als ob er selber dabei gewesen war. Die deutschen Ritter bekehrten noch einmal die Esten, Ivan der Schreckliche zog mordend und raubend durch die Provinzen, und die Schweden besetzten noch einmal das Land und wurden von den Truppen Peters des Großen vertrieben.

Das Café war bei dem schönen Sommerwetter nahezu unbesetzt. Ich war froh darüber, sonst hätten sich wohl etliche Zuhörer eingefunden – oder man hätte den alten Herrn vielleicht ausgelacht.

Schließlich schwieg er, nippte an seinem Glas Wasser und schaute mich aus kleinen wachen Augen an.

»Ja, lieber Herr Scheerenberg, das ist die Geschichte meines Landes, unseres Landes. Wir haben Ratsherren, Pastoren, Schriftsteller, Kaufleute gestellt. Es ist auch Ihr Land.

Denn auch Sie sind Deutschbalte, auch wenn Sie nicht mehr in unserer Heimat leben.

Bereisen Sie Ihr Land, es ist Ihr Land, glauben Sie mir. Lernen Sie es lieben und beten Sie dafür, dass es nicht untergeht. Glauben Sie mir, wir haben einen gefährlichen Nachbarn.«

Plötzlich stand er auf.

»Ich habe mich gefreut, Sie kennenzulernen. Sie sind auf dem richtigen Wege. Grüßen Sie Ihre Großtante von mir und Ihren Vater. Alles Gute! Und entschuldigen Sie, wenn ich Sie gelangweilt habe.«

Ehe ich noch etwas sagen oder ihm helfen konnte, hatte er seinen Sommermantel gegriffen und das Café verlassen. Wie betäubt starrte ich auf den Platz hinaus. Er ging vor dem großen Fenster vorbei, hob noch einmal seinen Spazierstock und lächelte mir zu. Ehe ich reagieren konnte, war er verschwunden.

Hier war ein Mann gewesen, der mir auf meine vielen Fragen hätte antworten können. Er war gegangen und hatte noch mehr Zweifel in mir gesät.

Ich lief noch einige Stunden aufgewühlt von dem Gespräch durch die Altstadt und fand keine Ruhe. Als ich spät zu meiner Großtante kam und ihr von dem Nachmittag erzählte, lachte sie nur auf.

»Der Mann ist närrisch. Das ist Bankier Scheel. Sein Sohn hat ihn aus dem Geschäft genommen. Der Alte liebt die Esten. Frag mich nicht, warum.«

Und sie legte wieder ihre Karten.

»Trink einen Kirsch, Junge. Dann beruhigst du dich.«

Damit war der Fall für sie abgeschlossen. Doch ich lag noch lange wach auf meinem Bett und betrachtete die Visitenkarte des alten Bankiers.

In den nächsten Tagen zog mich das Café Kultas noch mehr an. Jeden Nachmittag setzte ich mich um die gleiche Zeit an den gleichen Tisch, blätterte unkonzentriert in den deutschen und estnischen Zeitungen und wartete auf den Bankier, um nach einer Stunde unruhigen Wartens wieder aufzubrechen.

Schließlich erkundigte ich mich bei einem der Kellner und erfuhr, dass er in das Landhaus der Familie nach Hungerburg* gefahren sei.

Die Tage vergingen wie im Flug. Die Altstadt hatte ich erkundet. Nun zog es mich in die Parks und an das Meer. Ich hatte mir einige medizinische Lehrbücher mitgenommen und verbrachte meine Zeit im Park von Kadriorg** oder in den Wallanlagen, um zu lesen, oder fuhr mit dem Omnibus nach Pirita*** zum Baden und Sonnen.

Eines Nachmittags, ich saß auf einer Bank an der Strandpromenade, hatte meinen Kopf zurückgelehnt und versuchte mir einige lateinische Fachvokabeln einzuprägen, spürte ich plötzlich einen Schatten auf meinem Gesicht.

Als ich die Augen öffnete, stand ein junger Mann vor mir, etwa so alt wie ich.

Er lächelte verlegen und lüftete seinen etwas altertümlich wirkenden Hut.

»Entschuldigen Sie. Kann es sein, dass wir uns kennen?«

Ich war etwas erstaunt, dass er mich ansprach.

---

* Estnisch: Narva-Jõesuu
** Deutsch: Katharinental
*** Deutsch: Brigitten

»Das wird wohl schlecht möglich sein. Denn ich bin hier im Urlaub und komme aus Deutschland.«

»Aus Deutschland?« Ein Strahlen ging über das braun gebrannte Gesicht.

»Dann kenne ich Sie!«

Nun hatte er deutsch gesprochen. Er nahm noch einmal seinen Hut ab, und ich glaubte dieses Gesicht schon einmal gesehen zu haben.

»Kann es sein, dass Sie – dass du Dieter Leitner bist?«

Er nickte, und ich stand auf, denn der Ausdruck in seinem Gesicht bestätigte meine Vermutung.

»Scheerenberg – Mensch, Christoph!«, er riss mir fast die Hand ab und schlug mir auf die Schulter. »Bis zur Quinta haben wir auf einer Bank gesessen. Was machst du hier? Komm, erzähl, zieht es dich etwa in das Land deiner Väter zurück?«

Die Stunden rannten. Wir spazierten die Promenade hinunter und verwandelten uns wieder in zwei Viertklässler. Wir lachten über Frau Hesse, unsere Directrice und über ihren Bruder Herrn Winkler, den Direktor der Domschule, dessen imposante Glatze oft Opfer von Schülerwitzeleien gewesen war. Die Hessesche Grundschule lag gegenüber dem altehrwürdigen Gymnasium. Wenn meine Eltern nicht nach Deutschland gegangen wären, hätte ich mein Abitur auf der Domschule gemacht. Dieter erinnerte mich, wie wir immer vor dem Lokomotivenmann, einem harmlosen Verwirrten, der ständig schnaufend und prustend auf den Straßen der Altstadt unterwegs gewesen war, flüchteten. Der Lokomotivenmann hatte schon lange seine letzte Station erreicht.

Der Weg von Pirita bis in die Stadt verwandelte sich in einen Pfad, der uns in unsere Kindheit zurückführte. Ich freute mich, einen Gefährten getroffen zu haben. Die kommenden Tage würde ich nicht mehr alleine verbringen müssen. Aber bei unserem Abschied in der Poska, Dieter hatte mich bis zur Tramstation begleitet, wurde ich enttäuscht.

»Mach's gut, Alter!«, ich drückte seine Hand.

»Sehen wir uns morgen?«

Dieter verzog sein Gesicht.

»Ich kann nicht. Ich muss nach Stockholm. Mein Vater hat mich in seiner Firma eingestellt. Ich soll Auslandsluft bei einem Geschäftsfreund schnuppern, Buchhaltung, Kalkulation, der ganze Kram.«

Er sah meine Enttäuschung.

»Gib mir deine deutsche Adresse. Ich werde dir schreiben. Manchmal komme ich nach Hamburg. Von da ist es nicht weit bis Rostock. Versprochen, wir werden uns wiedersehen.«

Plötzlich umarmte er mich. Mit so viel Gefühl hatte ich nicht gerechnet. Als wir unsere Adressen getauscht hatten, kreischte auch schon die Tram in der Kurve der Narva mantee.

»Mach's gut!«

Wir klopften uns noch einmal auf die Schultern. Dann schwang ich mich auf den Einstieg. Dieter winkte mir noch lange hinterher.

Es sollten Jahre vergehen, bis wir uns wiedersehen würden.

Ich hatte noch so viele Tage, bis mein neues Semester beginnen sollte. Deutschland war für mich weit entfernt! Kein Hackenknallen, keine lauten Reden, keine Hurrarufe. Hier war alles so ruhig, die Menschen schienen keine Hektik und Angst zu spüren.

So empfand ich jedenfalls damals. Die Großtante versorgte mich noch immer bestens, hatte nun aber wieder ihren alten Lebensrhythmus aufgenommen.

Jeden Freitag tippelte sie auf ihren schwachen Beinen in die Vene tänav, um auf der Hauptpost ihren Lotterieschein abzugeben.

War die Ziehung vollzogen, griff sie am Montag mit noch stärker zitternden Händen nach der Zeitung, um einen Wutanfall zu bekommen, der sie jeden Montag an den Rand ihres Grabes brachte. Tante Alwine war ein friedliebender Mensch, und so beruhigte sie sich wieder, verkündete, nie wieder zu spielen, und tippelte am nächsten Freitag wieder in Richtung Hauptpost – wie seit vierzig Jahren. Gewonnen hatte sie noch nie.

Der Freitag war ihr heiliger Tag. An diesem Wochentag trafen sich die überlebenden Damen ihres Freundeskreises zum Bridgespiel in ihrer Wohnung. Der zweigeschlechtliche Skat-Bridge-Kreis hatte sich im Laufe der letzten Jahre zu einem Damenkreis gewandelt. Die dazugehörenden Männer spielten nun weiter oben ihren Skat, während die Damen tapfer die Stellung hielten. Um den alten Damen aus dem Wege zu gehen, wollte ich zu einem Konzert nach Kadriorg fahren.

Als ich nach Hause kam, war ihre Runde gerade aufgebrochen. Meine Tante saß an dem großen Esstisch, als ich mir ein Glas Wasser aus der Küche holen wollte.

Sie wies auf einen Stuhl, und nach einem kurzen Zögern setzte ich mich zu ihr.

»Tante, was ist?«

»Nichts, Junge. Nichts.«

Sie räusperte sich.

»Tante Alwine, dich bedrückt etwas.«

Ich griff nach ihrem Arm.

»Was heißt bedrücken? Christoph, ich fühle mich leer. Das ist mir heute Abend wieder richtig bewusst geworden. Du hättest sie sehen sollen, die alten Schachteln. Leer, blutlos, verkalkt. Und ich bin nicht anders. Was habe ich denn noch vor mir? Mein Mann ist tot. Was habe ich erlebt! Die Revolution, einige Kriege, die ich nicht einmal mehr unterscheiden kann, nun diese Zeit. Was wird kommen? Ich fühle mich so unsicher. In meinem Pass steht als Nationalität Deutsch, obgleich wir seit Jahrhunderten hier leben. Estland ist mein Land, aber ich spreche und denke deutsch, bin ich dadurch Deutsche? Meinst du, weil ich estnisch sprechen kann, bin ich eine Estin? Nein, mein Junge«, und sie tippte sich an die Stirn, »das werde ich nie sein, solange ich deutsch denke.«

»Tante, du musst nicht estnisch denken. Bleib, wie du bist. Ihr könnt euch nicht mehr ändern. Ihr seid so aufgewachsen, seid so erzogen. Die neue Zeit hat auch ihre Vorteile. Betrachtest du die Esten noch als eure Tagelöhner?«

»Christoph«, ihre Stimme wurde energisch, »so habe ich die Esten nie betrachtet. Aber sie sind nun mal Esten und wir Deutsche. Als Kind habe ich mit estnischen Kindern zusammen gespielt, ihre Sprache gesprochen, wie sie meine sprachen. Trotzdem war da etwas zwischen uns. Ich kann dir heute noch nicht einmal beschreiben, wie dieses Gefühl war. Jetzt noch spüre ich es. Es wird nicht vergehen.«

Sie schaute mich mit ihren alten Augen an, und ich sah, dass sie betroffen war.

»Junge, auch wenn eine Katze in einem Pferdestall geboren wird, bleibt sie doch eine Katze und ist kein Pferd.«

Als ich ihre Hand nahm, erschrak ich, wie kalt sie war.

»Tante, du hast dieses Gefühl, weil du so alt bist. Aber die Jungen nicht mehr.«

»Meinst du? Aber warum verlassen sie ihr Heimatland?«

Und ihre Frage selber beantwortend: »Sie denken, ihr habt dort jemanden, der euch euren Weg zeigt. Ich mag Hitler nicht. Er zeigt ihnen einen falschen Weg. Ich kann es nicht erklären, nur spüren.«

»Er wird in den Tod führen«, sagt Vater.

»Beten wir, dass er nicht recht haben wird.«

Die Tante schwieg.

»Gut, es ist spät.«

Ihre Fingerknöchel schlugen hart auf den Tisch, als sie sich aufrichtete. An der Tür drehte sie sich zu mir um.

»Christoph, die Gläser bleiben stehen. Morgen kommt Signe. Sie wird das Zimmer aufwarten. Übrigens wird sie dafür bezahlt.«

Nun klang ihre Stimme streng.

Als ich am nächsten Morgen erwachte und in den Salon kam, war schon aufgeräumt worden. Ein Frühstücksgedeck stand für mich bereit. Die Großtante schien außer Haus zu sein. Aus der Küche hörte ich eine helle Frauenstimme estnisch singen.

Ich wunderte mich, denn bisher war Signe, die estnische Aufwartefrau meiner Tante, immer nur wie ein Schatten wortlos durch die Wohnung gehuscht und hatte sich mit einem Knicks und einem gehauchten »Danke« verabschiedet, wenn meine Großtante ihr für die Hausarbeit einen Fünfkronenschein in die Hand gedrückt hatte.

Ein Schrei, dem das Klirren eines zerbrechenden Tellers folgte, dann ein Fluch: »Kurat!«[*]

Vor mir stand eine kleine Frau mit funkelnden Augen, die ihre Hände in die Seiten ihrer Kittelschürze stemmte.

»Mir solchen Schreck einjagen!«

Ihre Augen lachten dabei. Sie machte auf dem Hacken kehrt und verschwand in der Küche, um sofort mit einem Kehrblech und Besen zurückzukehren.

»Nein«, schimpfte sie mit sich, »ich hätte mir auch denken können, dass Sie schon hoch sind. Ihr Deutschen steht doch immer so früh auf. Obwohl, wir Esten ja auch.«

Sie blickte mich von unten an und lächelte. Ihr Deutsch klang herrlich mit dem weichen estnischen Akzent.

---

[*] Deutsch: »Teufel!«

34

»Entschuldigen Sie, ich habe mich noch gar nicht vorgestellt. Ich bin die Schwester von Signe. Die liegt zu Hause im Bett und hat sich gestern den Magen verdorben. Ich bin auf Besuch hier, komme von Hiiumaa, wissen Sie, Dagö. Helfe heute nur einmal schnell aus. Und Sie sind Christoph?«

Ehe ich etwas sagen konnte:

»Na ja, wer auch sonst. Ihre Großtante hat mir von Ihnen erzählt. Sie ist in der Deutschen Buchhandlung, sich ihren Monatsroman holen, soll ich sagen.«

Während sie sich mit den Scherben in die Küche bewegte:

»Ich kann ja auch etwas deutsch lesen. Aber die Bücher sind so teuer. So bekomme ich von Anu ihre Unterrichtshefte«, und die Tür fiel ins Schloss.

Da hatte der Morgen einen schönen Wirbelwind in die Wohnung getragen. Solchen Redefluss war ich um diese Zeit nicht gewöhnt. Das sollte sich schnell ändern.

Denn Riina, wie sie sich am zweiten Tag vorstellte, kam nun auch in den nächsten Tagen, um bei der Tante aufzuwarten. Die hatte eigentlich nichts für sie zu tun. Tante Alwine, die sonst so auf gewisse Distanz zu neuen Bekanntschaften bedacht war, schloss diese nette Person in ihr Herz. So wurde Riina in den nächsten Tagen fast ihre Gesellschafterin. Ein frischer Wind brachte den strengen Tagesablauf meiner Großtante durcheinander, die sich anfangs noch wehrte, dann von der ewig währenden guten Laune Riinas überrannt wurde.

Auch ich mochte sie und begleitete die quirlige Person manchmal zu ihrer Schwester, um nachzufragen, was ihre Darmgrippe machte. Eigentlich war dies nur ein Vorwand von mir, um mich mit Riina zu unterhalten.

Sie war wie eine Zeitung, erzählte alten und neuen Tratsch aus der Stadt, berichtete mir von der estnischen Tagespolitik, um über die Politik Deutschlands, die Stimmung des britischen Oberhauses zu analysieren. Stalin mochte sie nicht. Aber Hitler kam bei ihr noch schlechter weg. Sie kannte meine politische Meinung, und so machte sie auch keinen Hehl aus ihrem Misstrauen gegenüber Deutschland.

»Dem Hitler kann man nicht trauen. Der verkauft uns noch an die Russen.«

35

Ihr Akzent klang trotz der Sorge in ihrer Stimme so herrlich, dass wohl selbst eine Leichenrede noch zum Lächeln animiert hätte. Ich staunte über diese Frau.

Sie hatte nicht studiert, kam auf ihrer Insel kaum mit gebildeten Menschen in Berührung, aber hatte sich durch die Bücher ihrer Tochter und ihre unbändige Neugier ein Allgemeinwissen angeeignet, das beachtlich war.

Hatte sie mich dann während unserer Gänge wie einen Schwamm mit Neuigkeiten gefüllt, fragte ich sie nach Dagö.

Dann begann sie zu schwärmen, und ich konnte mich erholen. Die Insel musste das Paradies sein. Sie erzählte mir von den einsamen Sandstränden, den Wacholderwäldern, von Sääretirp und Käina, und wie die verwunschenen menschenleeren wunderschönen Orte noch hießen.

Riina erzählte in lebendigen Bildern, und ihre Hände versuchten das Ganze zu untermalen, wenn ihre große Einkaufstasche dies nicht verhinderte. Denn, dass sie mich die Tasche tragen ließ, war undenkbar für sie.

Reval kannte ich wie meine Westentasche. Ich langweilte mich etwas, denn mir fehlte der Umgang mit Gleichaltrigen. So schön wie die Stadt war, hinderte sie mich dadurch beim Lernen, denn ich hatte während der Ferien ein ordentliches Pensum zu bewältigen. Auch kam ich immer weniger mit meiner Großtante klar. Wir waren einfach zu verschieden, im Alter und im Wesen. Wenn mir ihre Fürsorge in den ersten Wochen angenehm gewesen war, so wurde sie mir nun zunehmend lästig. Ihre Ansichten waren mir zum Teil suspekt, und wir stritten uns immer häufiger. Danach tat sie mir leid, wenn sie am Esstisch saß und die Fransen der Decke glatt zog.

Immer wieder gab ich nach, um den Frieden wiederherzustellen. Trotzdem, irgendetwas musste geschehen. Vorzeitig nach Deutschland wollte ich auf keinen Fall.

Es muss am Ende der dritten Woche gewesen sein. Obwohl Riinas Weg zum Markt führte, begleitete sie mich einige Minuten. Meine Tante hatte mir erzählt, dass sich im Schwarzhäupterhaus auch junge Deutschbalten treffen würden.

Ihre große Markttasche unter dem Arm, trippelte Riina auf ihren kleinen Füßen neben mir her. Sie hatte wieder eines ihrer leuchtenden Sommerkleider an, die ihr ihre Tochter nähte. Das Mädchen musste ein Wunderkind sein, so wie die Mutter von ihr schwärmte. Deutschlehrerin wolle sie werden, unterrichtete aber bereits in der Dorfschule, wenn die Lehrerin krank sei. Alle Jungen würden ihr hinterherlaufen, aber sie würde nur lernen, da sie einen guten Abschluss haben wolle. Warum sie gerade Deutsch studierte, war der Mutter nicht klar. Deutsch würde immer weniger gesprochen. Riina hatte mir dies mehrmals erzählt.

Heute war sie nicht so gesprächig. Ich spürte, dass sie etwas bedrückte, fragte aber nicht, weil mir klar war, dass sie von sich erzählen würde. Ich hatte recht.

Wir waren noch nicht über dem Markt, als sie mich von der Seite musterte.

»Christoph!«

Sie duzte mich inzwischen.

»Ich weiß, dass du mit deiner Tante nicht mehr so zurechtkommst. Du langweilst dich etwas, stimmt's?«

Und ohne eine Antwort abwartend:

»Hör zu, am Montag fahre ich zurück nach Hiiumaa. Die Wirtschaft wartet. Ich kann nicht ewig meine Nachbarin die Viecher füttern lassen. Auch wenn Ferien sind, ich muss im Schloss kochen. Einige der Mädchen sind trotzdem da.«

Ich musste lächeln – die Viecher, das war wieder einer ihrer Spezialausdrücke. Denn die Viecher waren der Hund, ein paar Katzen und ein Hahn mit vier Hühnern.

»Was hältst du davon, wenn du mich besuchen kommst? Die Insel ist herrlich. Du hast Ruhe, kannst lernen. Die Anu kommt auch am nächsten Sonnabend. Kannst mit ihr deutsch sprechen. Sie freut sich und erzählt dir was auf Estnisch. So ist euch beiden geholfen. Hübsch ist sie auch. Wirst staunen. Na ja, und wenn du zurück musst, schaust eben noch bei der Tante vorbei. Dann ist auch die zufrieden.«

Riina legte ihren runden Kopf wie ein Huhn schief.

»Nu, was meinst?«

Ihr Vorschlag kam etwas überraschend für mich.

»Und dein Mann«, wandte ich ein, »was sagt der, wenn ich plötzlich vor der Tür stehe?«

Riina lachte auf.

»Kurat! Mein Mann, sag mal, habe ich nicht erzählt, dass der auf und davon ist? Der sucht doch sein Himmelreich seit fünfzehn Jahren bei den Russen. – Der Saufkopf!«, fügte sie nach einer kurzen Pause mit einem tiefen Unterton hinzu.

»Männer, Politik und Wodka. Das ging noch nie gut, Christoph. Erst hat er den Hof versoffen, dann entdeckte er sein kommunistisches Wesen wieder, und eines Morgens war er verschwunden. Ein Vierteljahr später bekam ich eine Karte aus Leningrad, dass es ihm gut geht, er nun den Kommunismus erbaut und ihn nach Estland bringen will. Soll er, Christoph, soll er. Wir warten alle. Das halbe Dorf kriegt noch Geld von ihm. Der Schuft soll bleiben, wo der Pfeffer wächst! Mit seinem Kommunismus! Seine Tochter und mich verlassen! So ein Schuft!«, und ihre kleinen Augen funkelten.

Schweigend bogen wir in die Lange Straße. In mir arbeitete es. Warum sollte ich die Einladung nicht annehmen? Außer meiner Großtante hielt mich hier niemand. Reval kannte ich. Auf der Insel würde ich Ruhe zum Lernen finden.

Natürlich interessierte mich auch Riinas Tochter. Wenn sie auch nur halb so schön wäre, wie ihre Mutter sie beschrieb, würde der Besuch auf der Insel seine Reize haben. Ein Mädchen wartete auch nicht auf mich. Denn Ursel hatte mich im März sitzengelassen.

Ich blieb stehen. Auf der anderen Straßenseite ragte der Giebel des Schwarzhäupterhauses.

Riina schaute mich erwartungsvoll an.

»Nun, Christoph, sag, was ist?«

»Ich komme, Riina. Ich werde es meiner Tante schon irgendwie beibringen.«

Bei meinen Worten hatte sie aufgelacht und sich die Hände wie nach einem erfolgreichen Geschäft gerieben.

»Tore, tore*, Christoph!«, und sie kniff mich in den Arm, erschrak über mein schmerzverzerrtes Gesicht, strich mir über die Stelle und lief weiter in Richtung Markthalle, sich dabei noch einmal umwendend.

Der Nachmittag hatte mir nichts gegeben. Einige alte Herren hatten mit mir belanglose Sätze gewechselt. Die Bibliothek war interes-

---

* Deutsch: »Fein, fein, Christoph!«

38

sant gewesen. In den hohen Räumen schien Modergeruch zu hängen, so alt und zeitlos wirkten die wenigen Herren, die dort, meist über Zeitschriften aus dem Reich gebeugt, saßen. Ich hatte nicht einen jüngeren Menschen gesehen.

Der Abend verlief erwartungsgemäß schwierig.

Tante Alwine ballte ihre dünnen Greisinnenfinger, schimpfte erst auf Riina, dann auf mich, als ich ihr meine Entscheidung mitteilte. Schließlich begann sie zu weinen.

Sie tat mir leid in diesem Moment, und ich bereute schon meinen Entschluss, als sie mich plötzlich unter Tränen anlächelte.

»Ach, Christoph, ich bin verrückt. Eigentlich sollte ich mich freuen, dass du so lange bei mir ausgehalten hast. Ich närrisches altes Weib. Fahr nach Dagö.

Ich weiß, dass du neugierig auf das Mädchen bist. Aber versprich mir, besuch mich noch einmal, bevor du wieder zurückfährst zu deinen Eltern. Und bring mir den guten Honig von der Insel mit!«

Sie schnäuzte sich.

»So, nun lass uns einen Kirschlikör trinken. Aber etwas schonender hättest du mir deinen Aufbruch auch beibringen können.«

Die Großtante tippelte zu ihrem zierlichen Sekretär. Wieder wirkte sie aus der Vergangenheit zu mir gespült. Für einen Moment wollte ich aufstehen und sie in den Arm nehmen. In diesem Augenblick war sie die Großmutter für mich, die ich nie kennengelernt hatte. Das Sprunghafte ihres Wesens war so unberechenbar. Aber ich hatte in ihrem Lächeln, auch in ihrer Wut gespürt, wie sehr sie mich mochte, obwohl sie mich eigentlich gar nicht kannte. Als sie die geschliffene Karaffe auf die Tischplatte setzte, glitt meine Hand über ihre Wange. Die Bewegung war instinktiv gewesen, ich erschrak dabei, denn Tante Alwine zuckte unter meiner Hand zusammen. Schnell wollte ich meine Hand zurückziehen. Doch die Tante griff nach ihr und drückte meine Finger. Mir war mein Gefühlsausbruch peinlich. Ich zeigte ihr dies nicht.

»Christoph, verstehe mich. Deine Familie ist so weit entfernt von mir. Wenn ich zürne, zeige ich nur meine Einsamkeit. Ich fühle mich so alleine. Auch wenn ich meine Damen habe, mein Theater, die Bücher, die deutschen Gottesdienste. Aber ihr seid meine Familie. Und niemand ist mehr da. Diese Tage mit dir haben mir so viel gegeben. Natürlich fällt mir dein Abschied schwer.«

Sie erwartete keine Antwort von mir, ich hätte sie ihr auch nicht geben können.

Wir saßen an diesem Abend noch lange zusammen.

Die Großtante hatte die alten ledernen Fotoalben herausgeholt. Daguerreotypien, sepiagetönte Pappbilder, auf denen sonnenschirmbewehrte Damen, Herren mit Stock und erstarrte Kinder in die Linse des Fotografen lächelten, glitten an mir auf einem Karussell, das die Zeit antrieb, vorbei.

Meine Großtante ließ unsere Familie Revue passieren. Mir war nicht klar, was mit mir an diesem Abend geschah. In Deutschland hätte ich vor Lachen das Zimmer verlassen müssen, in dem Salon mit den alten Möbeln, den vielen Bildern und durch die Stimme meiner Großtante spürte ich eine alte Welt in mir auferstehen.

Nach einem Vierteljahrhundert war sie noch stolz darauf, dass sie den Zaren im Rigaer Dom gesehen hatte. Aber es klang Unverständnis in ihren Worten, dass meine Eltern nach Deutschland gegangen waren. In diesen Stunden gab ich ihr recht.

Noch immer aufgewühlt, stand ich vor meinem Fenster. Obwohl es weit nach Mitternacht war, konnte ich deutlich die gegenüberliegende Häuserfront erkennen.

Das steinerne Gesicht des kneifergeschmückten Mannes auf dem Sims des gegenüberliegenden Hauses schien mir zuzuzwinkern. Die bunt geputzte Jugendstilfassade mit ihrem überreichen Stuck, die steinernen Spitzen, Türmchen, verspielten Fensterstürze, die drohenden Faunenköpfe am runden Erker wirkten im Licht der Mitternachtssonne, die ein Spiel aus Licht und Schatten auf der Fassade veranstaltete, wie die Kulisse eines surrealen Theaterstücks.

Ich schaute auf die verlassene Straße hinunter. Wären in diesem Augenblick die Totenwächterinnen über den Schaufenstern des Nachbarhauses von ihrer Fassade herabgestiegen – ich hätte mich nicht gewundert.

Alles wirkte so unwirklich, fast grotesk, wie aus einem Buch von Gustav Meyrink.

Noch heute, beim Schreiben dieser Zeilen, spüre ich eine Ahnung dieser Atmosphäre, die mich damals in diesen Minuten beherrschte.

Die Tage bis zu meiner Abfahrt nach Hiiumaa kostete ich bis zur letzten Minute aus, durchstreifte die Antiquariate und deckte mich mit Büchern über das Land ein.

Meinen Eltern schrieb ich die obligatorischen Karten, versprach einen langen Brief von der Insel.

Die Tante verwöhnte mich in diesen Tagen noch mehr. An den Abenden, wenn ich von meinen Streifzügen hungrig zurückkam, saß sie neben mir, während ich kalten Braten, Wurst und Schnitten in mich hineinstopfte.

Ohne Unterbrechung erzählte sie mir von der Zeit vor dem Krieg, grub alte Familiengeschichten aus, erzählte von den kurzen, aber heißen Sommern, die mein Vater mit seinen Eltern auf dem alten Familiengut verbracht hatte. Tagsüber hatte ich meine Lehrbücher bei mir gehabt und war hundemüde. Aber ich wollte meine Großtante an diesen letzten gemeinsamen Tagen nicht enttäuschen, und so saß ich zurückgelehnt auf dem alten steifen Sofa, wenn sie in die alten Zeiten hinabgetaucht war. Sie konnte gut erzählen, und ich sog wie ein Schwamm ihre Geschichten auf, stopfte mir Konfekt in den Mund und trank ihren Kirschlikör, den sie mir aufnötigte. Als ich sie darauf hinwies, dass dies alles Geld kostete, lachte sie auf und erzählte mir, dass mein Vater sie finanziell unterstütze und sie ja auch noch zwei Mietshäuser hätte. Von der finanziellen Hilfe meines Vaters hatte ich nicht gewusst. Unter diesem neuen Aspekt griff ich natürlich noch einmal in die Konfektdose.

An diesen letzten gemeinsamen Abenden saßen wir bis nach Mitternacht zusammen. Ich weiß nicht, ob ich damals ahnte, dass diese Abende unwiederbringlich sein würden.

Hätte ich sonst als Einundzwanzigjähriger so lange die endlosen Monologe einer alten Frau ertragen? Freitag lud sie sogar ihre Damenrunde aus. Das hatte es seit ihrer Trauerzeit wohl noch nie gegeben.

Mein Handkoffer stand im Flur neben meiner Aktentasche, in der ich meine Bücher für die Insel hatte. Auf dem Rückweg würde ich meine restlichen Sachen holen.

Als die Großtante vor mir stand, klein und zierlich, mit dem Gesicht einer alten Puppe und nur mühsam die Tränen zurückhaltend, war es mir fast peinlich, sie zu verlassen. Doch Riina wartete am Hafen auf mich, und ich war auf Anu gespannt.

Als ich meine Tante in den Arm nehmen wollte, um diesen Augenblick zu überbrücken, ahnte sie meinen Gedanken, schüttelte nur den Kopf und schob mich zur Tür hinaus.

»Christoph, wir sehen uns ja in drei Wochen.«

Sie räusperte sich, und die Wohnungstür fiel ins Schloss. Unten im Hausflur blieb ich für einen Moment stehen.

Die Sommersonne brach sich im bunten Glas und warf farbige Schatten in das Halbdunkel des Flures. Nur das Ticken eines Gaszählers zerhackte die Stille. An die Wand gelehnt, sog ich den Geruch der Konditorei ein, ein seltsames Gefühl erfüllte mich. Der Abschied von der Tante berührte mich so stark, als ob es ein endgültiger Abschied gewesen war. Auch die Tante war so berührt gewesen.

Später dachte ich, sie hatte in diesen Minuten eine Ahnung gespürt, dass ich sie in Tallinn nie wiedersehen würde.

Ich hatte noch Zeit, da mein Schiff nach Hiiumaa erst in zwei Stunden abgehen sollte. Die »Koidula« gehörte Riinas Bruder, der im Auftrag des »Dagö-Kartells«, einer großen Baumwollmanufaktur, die in Kärdla ihren Sitz hatte, Stoffe in Tallinn löschte. Auch Riina würde an Bord sein.

Das Wetter war herrlich an diesem Montag. Ich schlenderte die Lange Straße entlang und wollte vom Turm der Olaikirche noch einen Blick über Reval fotografieren.

Auf der gegenüberliegenden Straßenseite leuchtete der gelbe Giebel des Schwarzhäupterhauses. Ich blieb stehen und wollte gerade meine Box zücken, als sich die schwere Eingangstür öffnete und zwischen den grauen Beischlagsteinen ein älterer Herr auftauchte. Von der Sonne geblendet, hielt er eine Hand schützend vor seine Augen. Ich staunte nicht schlecht, Herrn Scheel, meinen Caféhaustischgenossen, wiederzusehen. Auch er hatte mich erkannt, lüftete seinen Leinenhut und winkte mir zu. Erfreut eilte ich zu ihm, und wir begrüßten uns noch einmal.

»Herr Scheerenberg, schön, Sie wiederzusehen!«

Er blickte auf meinen Handkoffer. Seine Stimme klang erstaunt.

»Sie wollen uns etwa verlassen?«

»Verlassen ist nicht ganz richtig. Ich will für einige Wochen nach Dagö«, und zeigte auf meine Aktentasche, die über meiner Schulter hing.

»Ich muss lernen. Das neue Semester wartet nicht auf mich. Reval ist zu schön, um bei meiner Tante in der Stube zu sitzen und Bücher zu wälzen. Um zwölf geht mein Dampfer.«

»Oh, dann haben wir noch Zeit. Darf ich Sie ein Stück begleiten? Lassen Sie uns auf den Domberg steigen. Von der Kohtu haben wir den schönsten Blick auf die Stadt.«

Er lächelte. »Damit Sie Reval nicht vergessen und wiederkommen.«

Der alte Scheel behandelte mich wie einen guten Bekannten. Er erzählte mir von den Geschäften seines Sohnes, von seiner ältesten Enkeltochter, die im nächsten Monat nach Berlin zum Studium gehen wollte.

»Wissen Sie, Dorpat ist meiner Enkeltochter nicht fein genug. Sie will ins Reich, meint, dort kann sie besser Architektur studieren. Das Mädchen und Architektur. Sehen Sie sich dieses Haus an.«

Er zeigte auf eines der mittelalterlichen Häuser, das sich an die Mauer, die den Aufgang zum Domberg sicherte, stützte.

»Das ist Architektur. Dort lebt der Geist der Kultur. Aber nicht in diesem Stein gewordener Größenwahn, der jetzt in Deutschland Architektur heißt.«

Er drehte sich um und zeigte auf den hohen Turm der Olaikirche, der über den Dächern der Altstadt ragte.

»Steinerne Größe, für einen Gott errichtet. Das ist ehrbar. Aber nicht für einen Götzen, der sich Führer nennt. Christoph, ich sage Ihnen, dieser Mensch wird scheitern.«

Sein Atem ging stoßweise. Der steile Weg zum Domberg machte ihm zu schaffen. Herr Scheel hatte wie ein Prophet gesprochen. Er war eigenartig. Aber verrückt war er nicht, wie meine Großtante annahm. Dachte ich nicht ähnlich?

Aber ich hatte in Deutschland gelernt, so etwas nicht offen auszusprechen.

Der alte Mann griff nach einem Taschentuch und lüftete den Hut, um sich die Stirn abzutupfen.

»Christoph, wir hätten lieber ins Café Fleischner gehen sollen. Dort ist es kühl, und wir hätten gesessen. Aber dies war ja meine Idee. Ich hätte in Narva-Jõesuu bleiben sollen. Aber dann hätte ich sie nicht getroffen. Warum die Deutschen den Kurort Hungerburg nannten, werde ich nie verstehen. Ich nehme jeden Sommer zu, wenn wir dort sind.«

Er klopfte sich auf seinen Bauch und lachte. Dann fuhr er fort in seinem Monolog. Sein hageres, von der Sonne gebräuntes Gesicht wirkte nach innen gerichtet, er schien mehr für sich zu sprechen, schaute mich nur selten an. Eine Antwort schien er nicht zu erwarten. Bewegt von seiner Gegenwart, wie er mich als jungen unerfahrenen Menschen wie einen Gleichwertigen behandelte, wusste ich in diesem Moment auch nicht, was ich antworten sollte. In seiner Rede klang nichts Belehrendes mit. Für ihn war ich der schweigende Zuhörer, dem er seine Altersweisheit anvertrauen wollte. Ich konnte mir vorstellen, dass er daheim nur noch geduldet wurde. Er, der alte Mann mit den versponnenen Sätzen, die man nicht mehr hören mochte, obwohl sie voll mit Altersweisheit waren. Der alte Bankier Scheel war der Mahner und Menetekelzeichner in seiner Familie, den man reden ließ, um mit seinem Geld zu arbeiten. Wie er, dachten viele der Deutschbalten. Darum verstand ich seine Resignation nicht. Ich hätte ihn damals danach fragen sollen, ich unterließ dies. Warum, weiß ich bis heute nicht.

Wir hatten die Ausguckplattform auf einem der großen Höfe oberhalb des Felsens erreicht. Unter uns lag das Panorama der Altstadt. Wie in einer Flucht reihten sich der hohe Turm der Olaikirche, der verspielte Turm des St.-Michael-Klosters und ein Turm der Stadtbefestigung hintereinander. Das Gewirr der mittelalterlichen Gassen breitete sich vor uns aus. Die alten Dachreiter, der Rathausturm, die spitzen Türme der Mauer und die Kirchen ragten aus dem Gewirr der kupfergrünen Dächer und bemoosten Dachpfannen hervor. Links schienen die Wallanlagen und das steinerne graue Band der mächtigen Stadtmauer, die alte Stadt vor der Neuzeit zu schützen. Reval schwamm in einem Meer der Zeit.

Minutenlang standen wir schweigend nebeneinander. Es war heiß. Selbst das nahe Meer brachte keinen kühlenden Wind zu uns hinauf. Wir waren alleine an der steinernen Balustrade. Einige Male war ich hier oben gewesen, heute, in der Gegenwart des alten Mannes, empfand ich die Schönheit dieser Stadt fast körperlich. Ich liebte Tallinn in diesen Augenblicken. Herr Scheel unterbrach schließlich unser Schweigen.

»Schauen Sie es sich genau an, unser altes Reval. Und behalten Sie dieses Bild für immer in Ihrem Gedächtnis. So schön werden Sie es nie wieder sehen. In den nächsten Jahren wird sich hier viel verändern. Die ersten Narben sind schon geschlagen. Dänen und Deutsche haben diese Stadt geplant und beherrscht. Esten haben sie bauen müssen. Nun herrschen die Unterdrückten von damals.«

»Aber sie haben auch miteinander gelebt. Die Deutschen haben auch Gutes gebracht.«

Der Alte lachte auf.

»Sicher, Deutsche und Esten haben auch zusammengelebt. Es gab ja nicht nur Ritter. Natürlich haben deutsche Lehrer, Pastoren, Wissenschaftler hier gewirkt. Wir sind in dieses Land eingefallen und haben es erobert, die Esten bekehrt. Auch wenn dieses Land unsere Heimat ist, die Esten haben hier ein älteres Recht. Können wir über unsere alten Schatten springen, gibt es ein Miteinander für die Zukunft. Ich akzeptiere meine neue Rolle. Ich bin Estländer, ein Deutscher mit estnischer Staatsangehörigkeit, kein Herr und gehöre auch keiner Herrenrasse an, wie es bei Ihnen propagiert wird. Ich bin alt, ohne Zukunft. Und ich habe Angst um die Zukunft dieses kleinen Landes. Sehen Sie sich seine großen Nachbarn an. Was sind wir für Russland? Was für Deutschland? Und mit wir meine ich Esten und Deutsche. Auch wir Deutschen lieben dieses Land. Glauben Sie mir, mich graut es vor der Zukunft.«

Seine Stimme hatte resigniert geklungen. Herr Scheel schüttelte seinen Kopf.

»Ach, Christoph, Sie müssen entschuldigen! Die Reden eines alten Mannes. Ich verderbe Ihnen den Sommertag. Entschuldigen Sie!«

Als ich etwas erwidern wollte, schlug die Domuhr. Mein Begleiter zuckte zusammen.

»Oh, ich muss nach Hause. Meine Schwiegertochter wird wütend, wenn ich nicht pünktlich zum Essen komme. Da kennt sie keine Gnade.«

Er reichte mir seine Hand.

»Christoph, leben Sie wohl. Grüßen Sie Ihren Vater. Ich weiß, dass Sie wiederkommen werden. Zögern Sie nicht zu lange.«

Ein Lächeln flog über sein Gesicht.

»Ich möchte mit Ihnen noch einmal die Aussicht genießen.«

Für einen kurzen Moment spürte ich den starken Druck seiner

Hand. Ich wollte in diesem Augenblick so viel sagen, dass ich ihn mochte, und dass sein Gespräch so interessant war, dass ich ihm schreiben würde. Ich blieb sprachlos. An der Ecke zur Ritterstraße hob er seinen Spazierstock noch einmal als letzten Gruß, bevor er verschwand. Von dem Treffen tief bewegt, stand ich noch einige Minuten an der niedrigen Mauer und schaute auf die Altstadt hinab.

Der Tallinner Hafen war nicht mit den Häfen in Hamburg oder Antwerpen zu vergleichen, die ich später kennenlernte. Aber ich brauchte einige Minuten, bis ich die Pier gefunden hatte, an der die »Koidula« lag. Riina hatte mir erzählt, dass das Schiff den Namen ihrer verstorbenen Schwägerin trug. Seitdem ihr Bruder Witwer war, wohnten Riina und ihre Tochter mit im Haus des kinderlosen Bruders. Riina hat mit dem Verkauf ihres Anwesens einen Teil der Schulden ihres Mannes getilgt. Sie kümmerte sich nun um den Hof, da Arno, ihr Bruder, oft auf See war. Nebenbei verdiente sie sich einige Kronen als Köchin in der Haushaltsschule im Schloss Suuremõisa.

Die »Koidula« war eines der modernen Küstenschiffe, die den Frachtverkehr zwischen dem Festland und den Inseln bewältigten. Die Mannschaft bereitete sich auf das Auslaufen vor. Riina, heute in dicker Jacke für die Seefahrt gerüstet, lehnte über die Reling und winkte mir zu.

»Christoph, nun mach, mach! Hoch die Leiter! Wir wollen ablegen.«

Voller Aufregung hatte sie mir auf Estnisch zugerufen.

Neben ihr stand der Urtyp eines Seemannes. Gerade hatte er seine Pfeife aus dem Mund genommen und wollte wohl die Rede seiner Nachbarin übersetzen, als ich estnisch antwortete. Er stutzte für einen Moment.

»Na, dann nicht!«, rief er mir zu, grinste freundlich, und das Pfeifenmundstück verschwand wieder zwischen seinen Zähnen.

Kaum hatte ich die Gangway erklommen, begann das Ablegemanöver, das die kleine Mannschaft fast überforderte.

Ich spürte, dass ich hier fehl am Platz war, und verzog mich mit Riina auf das hintere Deck. Sie hörte mir nur halb zu, als ich ihr von der Begegnung mit dem alten Scheel berichtete, das Ablegemanöver war zu aufregend für sie.

Schließlich ließ ich sie in Ruhe, lehnte mich an eine der Aufbauten und betrachtete das Panorama der Stadt, das ich heute zum zweiten Mal sah.

Diese Sicht war völlig anders. Von den Mauern des Dombergs hinab hatte die Stadt urban, alles beherrschend gewirkt. Hier wirkte sie klein vor der weiten See.

Sie schien in die Nähe des Wassers zu streben, als brauche sie es zum Leben. Ohne das Meer wäre das alte Reval nie so schön geworden.

Nur das Wasser hatte den Handel ermöglicht, über das Wasser war der Reichtum gekommen, aber auch Tod und Verderben.

Noch heute brauchte das neue Tallinn das Meer zum Leben. Der Hafen war noch immer ihr Herz. Ohne ihn würde die Stadt sterben.

Langsam schien sie im Meer zu versinken. Riina hatte sich neben mich gestellt. Auch sie schwieg und genoss das einzigartige Bild. Der Seewind zerrte an ihrem Kopftuch, als ich sie von der Seite betrachtete. Sie griff nach einem der Zipfel, dabei schaute sie mich an und lächelte. Fältchen spielten in ihrem braunen Gesicht, ihre fast wasserblauen Augen strahlten voller Wärme. Ich hätte gerne etwas Schönes zu ihr gesagt, denn ich mochte sie sehr in diesem Moment. Als ob sie meinen Gedanken erraten hatte, schüttelte sie nur den Kopf. Schweigend schauten wir wieder auf das versinkende Stadtbild. Riinas Bruder stellte sich neben uns.

»Ist es nicht wunderschön, unser Tallinn?«

Er erwartete keine Antwort von uns.

»Gut, die Pflicht ruft, Herr Scheerenberg. Wir sehen uns heute Abend in der Messe. Ich denke, wir reden deutsch miteinander. Sie sind mein Gast.«

Als ich protestieren wollte, fiel er mir ins Wort.

»Sie sind mein Gast. Ich will kein Geld für die Überfahrt. Riina hat sie auf die Insel eingeladen. Sie mag Sie, sonst hätte sie das nicht gemacht.«

Er nahm seine Schwester kurz in den Arm.

»Ne, mein Mädchen, und da brauchst du gar nicht rot werden.«

»Also, sind Sie mein Gast.«

Er lächelte verschmitzt.

»Na, und Landsleute sind wir ja auch – fast, wo Sie so gut estnisch sprechen.«

Und er verschwand in seinem Brückenhaus.

In den letzten drei Wochen hatte ich die Muttersprache des Kapitäns wirklich gut erlernt. Wörter, die ich vor Jahren vergessen hatte, fielen mir zu. Überall um mich wurde estnisch gesprochen, wurde ich gefragt, las ich diese Sprache. Sie war mir wieder zugeflogen, als ob sie immer um mich gewesen wäre.

Riina ließ mich auf dem Deck alleine, es wehte ihr zu stark, schnell hatte ich das Schiff erkundet. Der Frachter hatte nur wenig Ladung an Bord genommen: Fahrräder, Zucker, Salz, Reifen, Gebrauchtwaren für die Insel.

Im hinteren Teil des Schiffes war ein Maschinenwebstuhl für die Manufaktur geladen worden. Meine Sachen hatte ich in die kleine Kabine gebracht.

Wir würden eine Nacht an Bord verbringen. Im Schutz des Schornsteins wollte ich ein Buch lesen, als unter mir zwei Männer miteinander sprachen.

»Hast du den Vogel gesehen, den der Alte an Bord genommen hat?«

Die Stimme des Angesprochenen konnte ich nicht verstehen, er sprach zu leise.

»Einen Deutschen, wie aus dem Ei gepellt, und estnisch spricht er. Sicher solch Baronensöhnchen. Urlaub auf der Insel machen, auf den Spuren seiner Vorfahren wandern. Dieses Pack, man müsste ihm mal erzählen, wie unsere Alten sich für sie krumm gemacht haben. Und nun unsere Sprache sprechen und tun, als ob sie Esten wären.«

Der andere murmelte etwas. Dann herrschte Schweigen. Beide waren wohl weitergegangen. Wie ablehnend hatte seine Stimme geklungen! Obwohl er mich nicht kannte, hasste er mich. Ich hatte ihm nichts getan. Ich war kein Baron.

Meine Vorfahren waren Pastoren, Apotheker und Ärzte gewesen, hatten Tür an Tür mit den Esten gelebt. Hatten sich die Adligen so schlimm aufgeführt, dass man die Deutschen noch heute dafür verfluchte? Dieser Hass erschreckte mich. Ich griff wieder zu meinem Buch, die Leselust war fort.

Am nächsten Tag, um die Mittagszeit, legte der Frachter in Haapsalu an. Riinas Bruder übernahm noch einige Fracht. Es dauerte nur eine Stunde, und wir stachen wieder in See.

Die Besatzung der »Koidula« war so klein, dass sie an zwei Tischen in der Messe Platz fand. Heute hatte der Kapitän seine Tradition gebrochen und saß mit Riina und mir alleine. Während des Essens achtete ich auf die Stimmen von den Mannschaftstischen. Den Sprecher von der Reling konnte ich nicht erkennen.

Am Abend vorher hatten wir noch lange zusammengesessen und erzählt. Arno war wirklich der Seemann, wie man ihn sich vorstellte. Er hatte mich nach dem Essen im Gespräch abgetastet.

Seine Schlussfolgerung: Wenn Riina mich einlud, musste ich nett sein. So hatte er eine Flasche »Viru Valge« aus der Kombüse holen lassen und erzählte mir einiges aus seinem Leben.

Im Freiheitskrieg hatte er gegen die Sowjets gekämpft, dann im Junikrieg gegen die Deutschen gefochten, trotzdem kannte er keinen Hass auf sie. Auf meine Frage, wie er denn die deutschen Barone sah, hatte er nur gelacht.

»Gott, die Barone! Christoph, sie sind wie alle Menschen. Es gibt Gute und Schlechte unter ihnen.«

Damit war die Frage für ihn beantwortet.

»Und du bist ja auch kein Baron, sondern Arzt wie dein Vater. Also, was soll die Frage? Ärzte sind immer angesehen, egal, welche Sprache sie sprechen. Sie sind wichtig und helfen den Menschen. Sie müssen nur gut sein! Darauf – Terviseks!*«

Er stieß mich an.

»Außerdem sprichst du estnisch, und für einen Deutschen sehr gut. Es ist gut, wenn man die Sprache seines Landes kann, auch wenn man dort lange nicht mehr gelebt hat. Ich spreche auch deutsch. Aber das kommt, weil ich viel mit Deutschen zu tun habe. Du weißt, sie haben die Speditionen und Reedereien und die Banken hier im Land. Und wendig sind sie auch, da muss man verhandeln können.«

Er lachte wieder.

»Aufpassen muss man, dass sie einen nicht über den Tisch ziehen.«

Wieder hatte der Wodka in den Gläsern geglänzt.

Ich fühlte mich schon stolz, dass Riinas Bruder mich mit meinen einundzwanzig Jahren als einen vollwertigen Gesprächspartner betrachtete.

---

* Deutsch: »Zum Wohl!«

Um Mitternacht war er plötzlich aufgestanden und hatte mich erstaunt alleine zurückgelassen. Nach einer Irrfahrt durch die gar nicht so verwinkelten Gänge verdämmerte ich den Morgen in meiner Kajüte.

Vor dem Mittagessen war ich von Riina mit einem höhnischen Grinsen geweckt worden.

»Selber schuld – lollpea*, weißt du denn nicht, dass man mit Seeleuten nicht trinken soll? Und mit Esten erst recht nicht. Na, und mit meinem Bruder sowieso nicht.«

Einen Moment hatte sie noch auf mich herabgeschaut. Dann war sie kopfschüttelnd verschwunden, während mir der Schädel dröhnte, um nach einigen Minuten mit einem fürchterlich schmeckenden Heilmittel zurückzukommen.

Nach dem Ablegen hatte ich es mir unterhalb des Schornsteins bequem gemacht.

Der Kapitän der »Koidula« manövrierte vorsichtig, denn das Fahrwasser war voller Untiefen. Der kleine Frachter erreichte ohne Probleme die Fahrrinne. Ich ließ das Bild der bewaldeten Küste auf mich wirken. Die Stadt schien im Grün zu ertrinken. Der Turm der alten Bischofsburg ragte als Landzeichen über die Wipfel hinaus. Zahlreiche kleine Inseln, unbewachsen flach wie Sandbänke und von Möwen bedeckt, schienen im Wasser zu schwimmen.

Kleine Fischerboote, um sie Scharen von Möwen, dümpelten neben dem Fahrwasser. Der Kapitän hatte einem nahen Boot sein Zeichen gegeben, und der Gruß wurde erwidert.

Ich fühlte mich frei, lag ausgestreckt auf den harten Planken des Oberdecks, sog die frische Luft ein und schaute in den strahlend blauen Himmel. Über mir trieben einige Möwen im Wind. Unter mir spürte ich den Dieselmotor. Der Fahrtwind vertrieb den Schornsteinrauch. Das Blau schien keine hässlichen Grautöne zu dulden. Die Küste von Hiiumaa wirkte wie ein grüner Strich auf blauem Grund. Langsam kam sie näher.

Das Grün wurde höher, dann wuchsen die Konturen des Küstenwaldes. Wieder trieben einige kleine Inseln im Wasser neben uns her. In einer Stunde würden wir in Heltermaa, dem kleinen Hafen an der Südostküste, anlegen, und ein Teil der Ladung sollte gelöscht werden.

---

* Deutsch: Dummkopf

Die Insel zog mich unwiderstehlich an, und ich war gespannt, wann ich Anu sehen würde. Warum ich dieses Treffen so herbeisehnte, war mir nicht klar.

Sicher, mir fehlte der Umgang mit Mädchen. In Tallinn hatte ich in den drei Wochen nicht mit einem Mädchen gesprochen. Tante Alwine und Riina konnte ich ja wohl nicht zählen.

Zu Hause in Rostock hatten wir immer einige Mädchen in unserer Gruppe gehabt, wenn wir an der Warnow lagen, uns sonnten oder unser Taschengeld im Café Trude, in der Konditorei Heyde oder in der »Trotzenburg« verprassten.

Jetzt war meine Erwartung anders. Auch später fragte ich mich, woher diese Unruhe gekommen war.

Vor uns lag Heltermaa. Ein langer Holzschuppen, eine verwaiste Peer. Von hier ging die Fähre nach Rohuküla. Sonst schien hier nichts zu passieren. Ich verließ meinen Beobachtungsplatz und sammelte meine wenigen Sachen in der Kabine zusammen.

Kapitän Vaht stand mit seiner Schwester auf der Brücke, drehte das Steuerrad und kaute auf seiner kalten Pfeife. Da das Fahrwasser für seinen Frachter zu flach war, wollte er nicht anlegen.

Der Kapitän zeigte auf einen verbeulten Opel Blitz, der auf der schmalen Pier stand.

»Das ist meiner«, verkündete er stolz.

»Ich bin nämlich auch Spediteur. Der einzige auf der Insel. – Noch«, ergänzte er nach einer kleinen Pause und fabrizierte ein Feuerwerk an kleinen Fältchen um seinen Augen.

»Wir leben in modernen Zeiten, und Konkurrenz belebt das Handwerk«, fügte er mit einem stoischen Unterton hinzu.

Ein kleiner Mann mit verwildertem pechschwarzem Haar kletterte aus dem Fond des Lastwagens und fuchtelte wild mit den Händen. Riina schüttelte den Kopf.

»Arno! Das gibt es nicht! Du wolltest doch Enak entlassen.«

»Komm, lass ihn! Ich hab ihm noch eine Chance gegeben.«

»Ja, eine noch und noch eine. Und dann fährt er sich und den Wagen in Klump. Und dich vielleicht noch mit.«

Riina schien richtig wütend zu werden.

»Du, wenn der besoffen ist. Ich fahre nicht mit ihm.«

»Brauchst ja nicht, gehst du eben zu Fuß.«

Riinas Bruder winkte nur ab. Er reagierte nicht mehr auf die

51

Einwürfe seiner Schwester und schien sich sehr ernsthaft mit dem Setzen des Ankers zu beschäftigen.

»So ist er immer. Nicht antworten. Alles aussitzen«, wandte sich Riina an mich.

Ein großes Ruderboot kam längsseits und nahm einige Kisten mit Haushaltswaren, fünf Fahrräder, Ersatzteile für das Auto des Arztes, einen Schrank für den Pastor auf.

Der Opel Blitz würde nicht unter der Last zusammenbrechen. Zum Schluss stiegen wir zu. Wie eine Furie stürzte sich Riina auf den Führer des Bootes, der auch gleichzeitig der Fahrer des Lasters war.

Enak schüttelte den Kopf, gestikulierte, lachte, während Riina immer lauter wurde. So hatte ich sie noch nicht erlebt. Schließlich blies Enak Riina ins Gesicht und bewies so, dass er nicht getrunken hatte. Während sie noch immer schimpfte, beluden wir den Wagen. Kurz entschlossen setzte er sie einfach auf den Beifahrersitz. Kapitän und Fahrer amüsierten sich.

Als der Opel ansprang, stand ich noch am Kai. Riina schaute aus dem Fenster und winkte.

»Komm, Christoph, komm! Hinten rauf auf den Wagen, vorne ist alles voll!«

Enak kletterte aus dem Fahrerhaus, musterte mich abschätzend, während er durch seine schwarzen Haare strich, begrüßte mich auf Estnisch, staunte, als ich ihm estnisch antwortete, wischte sich seine riesige schmutzige Pranke an der Hose ab, bevor er sie mir reichte.

»Ich denk, du bist Deutscher?«

»Na ja, so ähnlich.«

»Ach, egal, erzähl es mir später.«

Auf der Ladefläche hatte ich mir einen halbwegs bequemen Platz gesucht. Der Opel ruckte an, eine Hupe knarrte, und Riinas Bruder grüßte mit einem tiefen Ton aus der Schiffssirene. Er würde nach Kärdla dampfen.

Es war einer dieser Sommerabende, die ihr warmes reifes Licht wie ein zartes Gewebe über die Landschaft legen. Die Farben, die Gegenstände, selbst die Luft wirken in diesen Stunden so ruhig, bedächtig. Die Natur strahlt eine reife Kraft aus, die Farben wirken satt, wie auf einem Öldruck. Schwer und breit kommt einem der Augenblick vor, als würde er länger verharren, als müsste er Kraft schöpfen für den nächsten Sonnentag. In diesen Minuten fühlte ich mich so wohl, zufrieden. Ich genoss diese Ruhe, spürte die Nähe zur Natur.

Die Geräusche des Motors und das Rucken beim Schalten drangen kaum in mein Bewusstsein. Weißer Kalkstaub wirbelte von der unbefestigten Straße auf und verlor sich hinter uns wie eine Rauchwolke. Wiesen breiteten sich aus.

Kühe lagerten in der Abendsonne. Eintönig bewegten sich ihre Mäuler. Die Sonne stand hinter einem schmalen, fast transparenten Wolkenband und tauchte den Himmel in rote Farben.

Die Landschaft schien von den Schatten der über meinem Gesicht hinweggleitenden Telegrafenmasten wie in einzelne kurze Filmsequenzen zerteilt.

Riina lehnte sich aus dem Fenster, rief mir etwas zu. Der Wind riss ihre Worte fort. Ich hob meine Schultern und lachte, sie winkte ab, und ich ließ mich wieder zwischen den Kisten nieder. Eine Allee nahm uns auf. Einzelne helle Häuser glitten vorbei, ein Huhn spritzte laut gackernd davon, ein Mann hinter einem Gartenzaun grüßte. Auch ich winkte. Den Arm erhoben, schien er zu grübeln, wer ich sei. Eine Kirche, hell verputzt. Zwischen den Bäumen schimmerte ein großes Herrenhaus hindurch. Das musste Suuremõisa sein.

Die roten, verwitterten Walmdächer schienen im Rot des Abendhimmels zu brennen. Wieder breiteten sich weite Wiesen aus. Ein einzelner Bauernhof.

Die schweren Blockbohlenhäuser schienen im Grün zu schwimmen. Kein Menschenlaut, nur das Motorgeräusch, das Brüllen einer milchschwangeren Kuh – sonst Einsamkeit.

Vieh auf den Weiden, ein angeketteter Bulle. Der weiße Staub legte sich wie Mehl auf alle Gegenstände. Über mir dieses warme Leuchten. Noch immer fühlte ich mich so glücklich.

Anu, wie würde sie aussehen? Warum war ich auf dieses Mädchen so neugierig? Überhaupt waren diese Wochen so seltsam. Meine Gefühle für dieses Land, das ich fast vergessen hatte.

Meine Großtante, die alten deutschbaltischen Herren. Menschen, die mich in Deutschland nicht interessiert hätten. Dieser Frieden ohne Gleichschritt, Parolen und Geschrei. Dieses Land, das so altväterlich schien, etwas behäbig, wie aus dem Biedermeier aufgetaucht, und dessen Bürger so jung, voller Ehrgeiz und Elan waren.

53

Ich war glücklich! Nie wäre ich damals auf den Gedanken gekommen, dass dieser Frieden bereits auf seinem Sterbebett lag.

Plötzlich bremste der Wagen stark, schmerzhaft rieb ich mir meinen Arm, als der Fahrer auf seinem Trittbrett stand und sich nach mir erkundigte.

»Alles klar? Alles dran?«

Wieder fuhr seine Hand durch die dichten schwarzen Haare. Er lachte, zeigte nach vorne und verschwand im Fahrerhaus.

Vor uns zog eine große Herde Schafe über die Straße. Nur ein Hütehund stand am Straßenrand und verfolgte die Herde mit seinem wachsamen Blick.

Die Fahrt ging weiter. Inzwischen war die Sonne fast untergegangen. Noch immer hatte das Licht diesen einzigartigen Farbton. Hier, auf dem Land, wo der Horizont so weit war, schien die Mitternachtssonne viel mehr Kraft zu haben als in Tallinn.

Der Wagen wurde langsamer, der Fahrer schaltete. Ich lehnte mich über das Fahrerhaus. Der Fahrtwind schlug mir ins Gesicht, ließ den Staub vergessen. Vor uns eine Kreuzung. Vor dem Abendrot die ersten Häuser eines größeren Dorfes. Wieder vom Alter versilberte Blockhäuser mit kleinen Fenstern, strohgedeckt, auf Findlingsfundamenten sich gegen die Zeit anstemmend. Dahinter ein schlanker Kirchturm. Rechts eine schmale Straße, einspurig, unbefestigt. Vor einigen Büschen Heuschober, eine angekettete Ziege schaute auf. Das Getriebe schnarrte und kratzte. Fast im Schritttempo bogen wir nach rechts ab. Nach einigen hundert Metern ein Gehöft, wieder alte Blockbohlenspeicher. Dies musste Moka Küla sein.

Vor der dritten Hofeinfahrt hielt der Opel. Ich reckte mich, klopfte mir den Staub von den Sachen und sprang vom Wagen.

»Christoph, wir sind daheim.«

Riina stand vor mir. Ihre Augen strahlten wie die eines Kindes. Dann griff sie nach meinem kleinen Koffer.

»Nun komm! Mach Platz. Enak will weiter. Er muss nach Käina. Die Sachen beim Pastor abliefern.«

Der Fahrer winkte aus dem Fenster, und in eine Staubwolke gehüllt, verschwand der Wagen an der Kreuzung. Riina war vorgelaufen. Ich stand, meinen Handkoffer und die Aktentasche neben mir, in der Hofeinfahrt und schaute mich um. Inzwischen war die Sonne untergegangen, noch immer herrschte ein diffuses Licht, das die verlassene Dorfstraße und die Gehöfte noch einsamer wirken ließ. Eine seltsame Stimmung erfasste mich. Ich fühlte mich wie in einer Welt, unwirklich, fast traumhaft zwischen der Wirklichkeit und in einen Roman versetzt.

Der Sommerabend, die ländliche Stille mit ihren in Zwielicht getauchten Gehöften, die so fremd wirkten.

Ihre bemalten Holzwände mit den breit ausladenden Schornsteinköpfen auf den alten Dächern, die aus Blockbohlen gezimmerten Speicher und Ställe, die Bauerngärten mit ihren hohen Sonnenblumen und diese menschenleere Stille. All das wirkte wie ein Ort aus einer der Erzählungen Turgenjews auf mich. Auch der Hof des Kapitäns wirkte wie eine Kulisse.

Hier schien die Zeit Rast zu machen. Ich griff nach meinem Handgepäck.

Schwalben schossen vor mir herab, als ich die Auffahrt zwischen dem alten Blockbohlenspeicher und dem Holzschuppen entlangging.

Ein großer Hof, von Hecken begrenzt, nahm mich auf. Hinter ihm lagen Beete. Malven und Sonnenblumen prahlten, trotz der Dämmerung, mit ihren satten Farben. Riina war inzwischen in das Haus gelaufen. Ich stellte meine Taschen auf die Treppe der Veranda ab und wollte das große Grundstück erkunden. Das Haus des Kapitäns wirkte nicht bäuerlich, wie die Häuser an der Straße.

Lang hingestreckt beherrschte es mit seiner hellen Veranda, der aufgehenden Treppe und dem gewölbten Erkergiebel den Hofplatz. Über der Veranda zog sich eine Holzbalustrade entlang. Auf dem First wehte die estnische Flagge.

Unwillkürlich musste ich lächeln, als ich mir vorstellte, wie Riinas Bruder dort oben die Flagge hisste. Es musste für ihn ein akrobatischer Akt sein. Riina rief meinen Namen.

Die Veranda, von der man in das Haus gelangte, war mit Mitbringseln des Kapitäns gefüllt. Riinas Kopf tauchte in der Tür auf. »Nun komm, Christoph, ich will dir das Haus zeigen!«

Sie griff nach meiner Hand und war schon wieder aufgeregt, als ob sie mir einen Schatz zeigen wollte. Ein kleiner Flur nahm uns auf.

»Dort oben«, sie zeigte auf eine steile Treppe, die in das Obergeschoss führte, »wirst du schlafen. Der Boden ist nicht ausgebaut. Kinder hat es hier nicht geben sollen.«

Ihre Stimme hatte für einen Moment einen traurigen Unterton. Dann lächelte sie. »Na, vielleicht gibt es sie hier doch einmal. – Sicher«, fügte sie hinzu, als ob sie sich bestätigen wollte.

»Deine Sachen kannst du nachher hochbringen.«

Sie öffnete eine Tür. Ich trat ein. Mein Blick fiel auf ein Klavier.

»Anu kann spielen.«

Zum ersten Mal sah ich die mit schwarzem Eisenblech ummantelten Schamottöfen, die in fast jedem Bauernhaus standen. Eine kleine Couch, Regale mit Büchern. Als ich stehen bleiben wollte, zog sie mich weiter.

»Du kannst nachher schauen. Dort«, sie zeigte auf eine Tür, »ist Anus Zimmer. Da geht's nicht rein. Sie hat das nicht gerne, wenn sie nicht da ist. Hier die Küche.«

Sie schien fast stolz zu sein. An der langen Wand stand ein wuchtiger Kohleofen. Ein riesiger Esstisch dominierte in der Mitte des Raumes.

Die großen Fenster wiesen in den Garten: Malven, Sonnenblumen, Phlox zeigten ihre nun gedeckten Farben im Dämmerlicht. Ein kleines Bienenhaus stand unter einer Hecke, das Holz um die Fluglöcher war gelb gestrichen. Schon zog Riina mich weiter.

»Arnos Schlafzimmer. Dort ist meins. Daneben das Winterklo. Im Sommer wird auf das Klo im Garten gegangen. Wundere dich nicht über die zwei Löcher. Manchmal sitzt Arno dort mit seinem Besuch und sinniert über die Welt.«

Ich verkniff mir ein Grinsen. Zurück ging es in den Flur. Ich kam einfach nicht zur Ruhe.

»Das Wohnzimmer.«

Sie öffnete die Tür wie die einer Kapelle. Mir verschlug es den Atem. Das Zimmer wirkte wie ein Museum.

Hier hatte der Kapitän, als er noch die großen Meere befuhr, seine Mitbringsel deponiert. Speere hingen an den Wänden, Bilder mit Schiffen, fremden Landschaften, Seekarten. Jeder Platz an den Wänden war ausgefüllt. In hohen Bücherregalen standen Atlanten, Bücher, Schachteln, Dosen, Uhren, ein nautisches Besteck blinkte golden.

Nur der Kaminsims war fast frei. Einzig ein Frauenbildnis. Riina hatte meinen Blick verfolgt.

»Koidula, meine Schwägerin.«

Für einen Moment hielt sie inne.

»Was meinst, wie oft ich hier Staub wischen muss. Schlimm, als ob man nichts zu tun hat. Aber der Alte will sich von dem Krempel nicht trennen.«

»So, Christoph, ich muss zur Nachbarin. Bring deine Sachen hoch, schau dich um. Nur nicht in Anus Zimmer gehen. Bis dann«, und ich stand alleine da.

Die Treppe zum Obergeschoss war eng. Ich quälte mich mit meinen beiden Taschen, stürzte fast. Das Zimmer, in dem ich die nächsten Wochen wohnen sollte, entschädigte mich. Ein Bett, eine alte Kommode, ein kleines Bücherbord, fast die Einrichtung einer Mönchzelle. Das Zimmer war allerdings groß, und eine Flügeltür führte auf einen Balkon, der sich auf dem Dach der Veranda befand.

Ich räumte meine Sachen in die Kommode, stellte die Bücher auf das Bord. Eine kleine Tür führte auf den Dachboden, in dem sich Gerümpel befand.

Draußen herrschte noch immer dieses abendliche Zwielicht, das ich in Deutschland noch nie erlebt hatte. Der Abend wirkte wie hinter einem Sepiafilter aufgenommen. Ich trat auf den Balkon. Weit ging mein Blick über den Obstgarten, der an den Blumengarten grenzte. Noch immer war es warm, doch Feuchtigkeit stieg von den Wiesen, die sich bis an die Hauptstraße hinzogen. Die Grillen ließen sich davon nicht stören. Wie von einem Dirigenten angewiesen, schwiegen sie für einige Sekunden, um wieder mit ihrem gleichförmigen Konzert zu beginnen.

Ich sog die Stimmung der frühen Nacht in mich ein. Auf der Hauptstraße zottelte ein Pferdefuhrwerk, in der Dämmerung kaum wahrnehmbar, nach Käina.

Das Wiehern des Pferdes klang weit und verloren zu mir herüber. Ich musste Riina suchen, wollte plötzlich nicht mehr alleine sein, denn diese Weltferne machte mich plötzlich melancholisch, ich bekam fast Angst.

Die Dorfstraße lag verwaist, die Kulisse einer Sommeridylle, deren Darsteller die Bühne bereits verlassen hatten. Die Gehöfte dicht nebeneinander, die Speicher, die Hofeinfahrten glichen sich. Der Nachbarhof und das Haus wirkten ländlich, anders als das Haus des Kapitäns. Ein Hund schlug an, als ich den Hofplatz betrat.

In der Mitte der Hofstätte stand eine alte Linde, um deren Stamm sich eine Bank entlangzog. Mädchenlachen. Als ich näher trat, entdeckte ich, dass jemand unter der Baumkrone saß. Die Gesichter hüllte die Dämmerung ein.

Ich fühlte mich unsicher, wusste nicht, ob ich willkommen war, trat schließlich näher. Das Mädchen lachte wieder, dann wurde ich bemerkt. Eine Männerstimme sprach mich an. Ich stellte mich vor.

»Ah, der Feriengast.«

Ein junger Mann stand auf, er war etwa so alt wie ich, hochgewachsen, blond, mit einem Jungengesicht. Er lächelte.

»Indrek Brügman.«

Mir die Hand hinhaltend, musterte er mich. »Ich denke, wir duzen uns? Also – Indrek. Wir sind wohl gleich alt.«

Erstaunt über die Freundlichkeit des Jungen, stellte ich mich vor. Inzwischen war auch das Mädchen aufgestanden.

»Ich bin Tiina. Riina hat von dir erzählt. Sie ist im Haus. Lass sie noch etwas bei meiner Mutter. Sie haben sich viel zu erzählen.«

»Indrek, lass uns im Garten ein Feuer machen. Die Mücken fressen uns sonst auf.« Sie ergriff die Hand des Jungen, schaute mich dabei an.

»Du kommst mit? Erzähl uns, warum du estnisch kannst.«

Indrek lachte mich an. Beide gingen Hand in Hand vor mir den schmalen Weg zwischen dem Speicher und dem Wohnhaus. Das Mädchen lachte, der Junge umfasste sie. Als wir uns setzten, konnte ich nur noch ihre dunklen Gestalten sehen, denn inzwischen hatte sich die Nacht gesenkt. Riinas Lachen klang aus dem Haus, dann eine fremde Frauenstimme. Was war dies für ein Tag!

Funken stiegen auf, als Indrek mit einem Stock die Glut schürte. Es war weit nach Mitternacht. Während mein Gesicht glühte, fror ich am Rücken. Doch ich mochte nicht aufstehen. Indrek und Tiina saßen mir gegenüber, das aufflackernde Feuer modellierte ihre Gesichter aus dem Dunkel. Der Junge wirkte noch jünger und schmaler. Beide hätten Geschwister sein können – die schmalen Gesichter, das blonde Haar, ihre langen schlanken Glieder. Ich war fasziniert von dem Paar, wie es mich wie einen Freund begrüßt hatte. Die Unkompliziertheit der beiden hatte mir meine Scheu genommen. Sie hatten so viele Fragen. Ich hatte ihnen von meinen Eltern erzählt, von Tante Alwine und dem alten Bankier. Indreks Vater, er war Pfarrer in Käina, liebte mein Land seit seinem Studium. So war Indrek zweisprachig aufgewachsen. Auch Tiina hatte von sich erzählt.

Für sie schien ich eine Art Botschafter zu sein, denn sie wollten alles von mir über Deutschland wissen. Warum meine Eltern aus Tallinn fortgegangen waren, konnte sie nicht verstehen. Ich wollte es ihr erklären, spürte, dass ich es selber nicht mehr verstehen konnte. Schweigend schauten wir in die Flammen, die beiden hielten sich eng umschlungen. Morgen, nein, heute Vormittag, musste Tiina für eine Woche aufs Festland. Über uns stand eine hohe Sommernacht. Im Osten sah man bereits eine Ahnung des Morgens. Es war kalt. Indrek zog Tiina zu sich. Leise stand ich auf.

Der Junge schaute kurz auf, lächelte mir zu und nickte fast unmerklich. Sein Mädchen hielt die Augen geschlossen.

Tau machte meine Füße nass. Der helle Kies der Dorfstraße leuchtete im Mondlicht und knirschte unter meinen Füßen. Ein Hund schlug kurz an, weit entfernt wurde ihm geantwortet. Die Zeit zögerte. Für einen winzigen Augenblick sah ich, wie die Erde sich im All drehte. Da war mein Kontinent, da war die Ostsee, eine Insel, von dort draußen so winzig klein. Auf ihr drei Menschen, die an einem kleinen Feuer saßen.

Die Tür zur Veranda war nur angelehnt. Ich drehte mich noch einmal um, sog die feuchte Nachtluft tief in meine Lungen. Dann stieg ich die steile Treppe empor.

Ich lag auf meinem Bett, starrte auf die Holzdecke über mir. Ich hörte das leise Schnarchen Riinas von unten herauf. Mein Schlaf wollte nicht kommen.

Am frühen Morgen wurde ich kurz wach, weil ein Regenschauer auf das Zinkdach der Veranda prasselte.

Indrek – ich sehe ihn noch heute vor mir:

Seine fast wasserblauen Augen, die etwas groß in seinem schmalen jungenhaften Gesicht wirkten, kurze blonde Haare, die, trotz seiner Jugend schon dünn werdend, widerspenstig wie trockenes Gras auf seinem Schädel wucherten.

Diese übergroßen Augen und seine helle Stimme wirkten damals unsicher. Später, als ich ihn wiedersah, hatten sie diesen Ausdruck verloren und wirkten bestimmend, fordernd. Die noch immer junge Stimme hatte einen härteren Klang bekommen. Damals wirkte

Indrek immer etwas verlegen, wie ein kleiner Junge, der immer wieder von den Erwachsenen gefordert wurde.

Ich hatte mir für die Tage auf Hiiumaa ein festes Programm gesetzt. Wenn Riina aus der Küche war, sie stand früh auf, aß ich Frühstück, schnappte mir meine Bücher und verzog mich in den Schatten der alten Obstbäume, um zu lernen. Riina war überhaupt nicht begeistert, dass ich mit ihr nicht beim Frühstück saß, denn sie war ein redseliger Mensch, der jemanden um sich brauchte. Ihr Bruder war noch immer in Kärdla. Die Tage waren lang. Bis in die Nacht saß ich mit Indrek vor dem Haus und erzählte. In diesen Tagen war ich selbst über mich erstaunt. Hiiumaa, diese fast menschenleere Insel, zog mich Stadtmenschen immer mehr in ihren Bann.

Der Sommer war reif. Die kargen Äcker trockneten aus, die Weiden wurden gelb. Die Bauern, an ein hartes Leben auf dem schwachen Acker gewöhnt, fluchten. Kurat! Oft hörte ich diesen Fluch, wenn wir am Abend zusammen unter der Linde der Nachbarn saßen und sie von ihrem Tagwerk berichteten. Ich hielt mich bei ihren Gesprächen zurück. Aber auch die Leute aus Moka waren keine Schwätzer.

Man saß zusammen, rauchte die kurze Papiross oder eine Pfeife. Dieses Zusammengehörigkeitsgefühl der Leute war für mich Deutschen fremd. In Deutschland kämpfte jeder für sich, auch wenn von einem Volk, einem Reich und der Volksgemeinschaft getönt wurde. Was waren das für Phrasen! Ich hatte sie seit Wochen nicht gehört.

Die Insel war nicht für die Bauern gemacht worden. Hier regierten die Fischer. Doch der Fischfang reichte bei vielen nicht für den Lebensunterhalt aus, so bestellten die Fischer oft ein kleines Ackerstück und hielten sich einige Kühe oder Ziegen.

Riina hatte mir erzählt, dass es lange keinen so heißen Sommer gegeben hatte.

Käina, den nächsten Ort, hatte ich schnell erkundet. Hier gab es eine Poststelle, eine Schule, ein Pastorat. Später wollte Anu an dieser Schule unterrichten. Anu, sie schwebte wie ein Geist durch das Haus und durch die Gespräche der Nachbarn. Das Mädchen war mit Tiina befreundet, auch Indrek mochte sie. Eigentlich erwähnte sie jeder der Nachbarn oder fragte, wann sie kommen würde. Ich war voller Erwartung, was für eine Wundergestalt in der Tür erscheinen würde.

Moka war so klein, dass ich nach zwei Tagen jeden der Bauern kannte. Riina hatte gute Vorarbeit geleistet und mich am ersten Abend überall angekündigt. Man grüßte mich, ich wurde gemustert, man hielt sich reserviert. Sprach ich estnisch mit ihnen, brach der Damm schnell. Die Deutschen kamen in ihren Gesprächen oft nicht gut weg. Dabei schimpfte man nicht auf sie, verstand nur nicht, warum sich der Adel jahrhundertelang so aufgespielt hatte. Versuchte ich dann einmal, meine Landsleute zu verteidigen, sagte man mir, dass ich zu jung und keiner der Saks* sei, und das Thema wurde gewechselt.

Indrek studierte in Tartu. Auch er nutzte die Semesterferien, um zu lernen.

Trotzdem stand er jeden Nachmittag pünktlich um zwei vor meinem Apfelbaum, um mich abzuholen. Sein Lächeln wirkte auch am vierten Tag noch unsicher, als ob er sich nicht traute, mich von meinen Büchern fortzureißen. Eigentlich wartete ich schon auf ihn. Riina hatte eines der Fahrräder ihres Bruders für mich bekommen. So fuhren wir auf den staubigen Wegen, Indrek neben mir, auf einzelne Gehöfte oder besondere Wegmarken, auf alte Bäume weisend, mir von den Besitzern oder Geschichten erzählend. Er war ein wandelndes, besser ein trampelndes Lexikon, das mit einer Hand gestikulierend Mühe hatte, seine Spur zu halten. Manches Mal musste ich lachen, und Indrek stimmte dann mit ein, denn er wusste, dass er ein hektisches Bündel war. Nur wenn er von Tiina sprach, wurde er ruhig, als ob er innehielt, um sich ihr Gesicht in Erinnerung zu rufen.

Am Freitag, ich war nun vier Tage auf der Insel, die mir wie vier Wochen vorkamen, radelte ich mit Indrek auf die Halbinsel Kassari.

Ein frischer Wind kam von der See, als wir über den schmalen Damm zur Insel fuhren. Riesige Schilfflächen wiegten sich wie Wellen. Die freien Wasserstellen waren voller Enten, die laut schnatternd über dem Wasser laufend in die Luft stiegen, eine Runde drehten und sich wieder niederließen. Kein Mensch war zu sehen. Welteneinsamkeit!

Auf Kassari hatten sich einige Künstler in den vergangenen Jahren Sommerhäuser errichten lassen.

Indrek wollte mir Aino Kallas** vorstellen, eine Schriftstellerin,

---

* Estnische Vokabel für »Deutscher«, gleichzeitig ironische Bezeichnung für »Herr«, gemeint ist damit der deutschbaltische Adel.

** Geboren am 2.8.1878 auf dem Hof Kiiskilä bei Wyborg, gestorben am 9.11.1956 in Helsinki, finnisch-estnische Schriftstellerin und Lyrikerin.

deren Namen ich schon in Deutschland gehört hatte. Ich war etwas aufgeregt, als wir vor dem kleinen Holzhaus der Künstlerin standen. Leider trafen wir sie nicht an, und so schlug Indrek vor, dass wir nach Sääretirp fahren könnten. Er fuhr wieder vor mir. Deutlich zeichneten sich seine Sehnen unter der dunklen Haut ab. Ein schmaler Weg führte zwischen alten Wacholderbäumen ins Nichts. Wir kamen auf dem steinigen Untergrund nur langsam vorwärts. Die Sonne brannte auf uns nieder, Grillen zirpten. Seeschwalben schossen durch die Luft. Ich roch das nahe Meer.

Schweigend stiegen wir in die Pedale.

Auch Indrek schien von der Einsamkeit überwältigt zu sein. Unser Weg wurde schmaler und steiniger. Schließlich mündete er auf eine freie Fläche.

»Wir sind gleich da. Hier geht es mit dem Rad nicht mehr weiter. Dort vorne«, mein Führer zeigte auf einen schmalen Trampelpfad, der sich durch Brombeerhecken und niedrige Wacholder schlängelte, »geht es an die Landspitze. Am Ende ist sie nur einen halben Meter breit. Dort ist Anus Lieblingsplatz. Wenn sie dir den zeigt, bist du ihr Freund. Denn sie verheimlicht ihn vor allen. Obwohl ihn jeder von uns kennt.«

Er lachte und wischte sich über seine schweißnasse Stirn.

»Lass dein Rad stehen. Es klaut dir niemand. Ich will dir etwas zeigen.«

Indrek drückte sich durch Ginster und verkrüppelte Wacholderbüsche. Dann nahm uns das weite Ufer auf. Ich war überwältigt.

Vor uns lag eine helle Gesteinsfläche, die sich bis in das Meer hineinzog. Einzelne Wacholderflächen schienen sich aneinanderzuklammern, um nicht in diesem Grau zu versinken.

Braune und gelbe Flechten reckten sich einige Zentimeter über den grauen Kiesel. Rote Beeren leuchteten an niedrigen Büschen, die sich dem ewigen Wind entgegenstemmten.

Vorn, an der Uferkante, war das Geröll feiner und vom Meer fast weiß gewaschen. Binsen wiegten sich. In der leichten Dünung hoben und senkten sich Enten, Möwenscharen hockten auf weißen Findlingen, die im Meer trieben.

Das Wasser hatte hier eine Bucht gebildet. Auf ihrem gegenüberliegenden Ufer erhob sich dunkelgrüner Küstenwald. Die Bäume an seinem Saum waren vom Wind gekrümmt. Das Ufer schwang sich weit in das Meer hinaus, um eine neue, größere Bucht zu bilden. Über diesem unbeschreiblichen Küstenpanorama wölbte sich ein weiter tiefblauer Himmel, in dem einzelne Wolken hinwegzogen. Der Anblick dieser Natur machte mich atemlos. Wunderschön war dieses Bild. Minutenlang standen wir schweigend nebeneinander. Dann schauten wir uns, wie verabredet, an.

»Wunderschön!«

Meine Stimme klang belegt. Indrek lächelte.

»Ich weiß, Christoph. Du wirst immer wieder hierher kommen müssen. Ob du es willst oder nicht! Du wirst nicht anders können. Darum habe ich dir diese Stelle gezeigt.«

Als wir zu unseren Rädern zurückkamen, saß eine riesige Libelle auf meinem Sattel. Das Panorama der Bucht, das weinrote Fahrrad auf den hellen Steinen, die bewegungslos auf dem Sattel verharrende Libelle. Dieses Bild ist jetzt, beim Schreiben, nach vierzig Jahren so plastisch vor meinen Augen, dass ich die blaugrau schimmernde Netzhaut der Libelle in ihren Einzelheiten vor mir sehen kann.

Ich rieche das Meer. Seit diesem Sommertag ist für mich der salzige Geruch des Meeres mit dem Geruch dieser Gesteinsfläche auf der winzigen Halbinsel gleich.

Genug.

Die Fahrräder vor uns her schiebend, führte mich Indrek auf einem fast zugewachsenen Weg auf die andere Seite der schmalen Halbinsel.

Er drehte sich um.

»Jetzt geht es zu unserem Stammbadeplatz. Betrachte diese Führung als Auszeichnung. Den Platz kennen nur wenige. Hier bin ich oft mit Tiina. Wir haben noch nicht einen Menschen getroffen.«

Indrek lachte.

»Hier kannst du dir ungestört den Hintern verbrennen.«

Dann mehr zu sich: »Wäre schön, wenn Tiina und Anu mit wären.«

Und lachend zu mir: »Dann wäre aber wohl nichts mit Hintern verbrennen!«

»Alter Spinner, warte ab, wenn wir am Wasser sind!«

Indrek schien mich nicht mehr zu hören, er war zwischen zwei großen Findlingen verschwunden. Übergangslos endete das Wacholderdickicht, und der Strand begann. Wir hatten unsere Fahrräder abgelegt und liefen weiter. Die vom Wasser geglätteten Kieselsteine brannten unter meinen Füßen. Indrek lief noch immer schweigend vor mir. Mannshohe Findlinge bildeten eine natürliche Buhnenreihe bis in das tiefe Wasser hinein. Möwen schwangen sich schreiend in die Luft, als wir uns näherten. Durch einen engen Spalt kletterten wir zwischen die Felsen. Vor mir tat sich eine kleine Bucht auf. Der Wacholder wuchs hier bis an den feinen Sand, der den schmalen Strand ausfüllte.

Indrek strahlte.

»Hier findet uns keiner. Ruhe, ein paar Möwen. Sonst nichts. Ideal zum Lernen und Baden.«

Im Schutz eines riesigen Findlings, der vom Meer wie eine Wanne ausgewaschen war, legten wir unsere Decken ab. Indrek griff sofort nach seinen Büchern. Ich hatte keine Lust und wollte ins Wasser.

Meine Füße sanken am Ufer in dem angeschwemmten Tang ein, Fliegen schwärmten auf. Salziger Fäulnisgeruch ätzte meine Nase und verflog schnell.

Die Ostsee war klar und kalt, als ich mich in sie warf. Mit weiten Zügen schwamm ich hinaus. Ich liebte das Meer von Kindheit an. In Tallinn waren meine Eltern mit mir nach Kadriorg oder Maarjamägi* gefahren. Dort gab es herrliche Strände. Während meine Mutter mit meinen Großeltern auf der Strandpromenade flanierte, badete ich mit meiner Schwester und dem Vater. Jedes Mal hatte meine Mutter anschließend schlechte Laune, da wir uns verspätet hatten.

Ich ließ mich treiben. Über mir war nun ein makelloses Blau. Das Meer war völlig still, die Ruhe wurde nur durch das Kreischen der Möwen unterbrochen. Ich schaute auf den Strand zurück. Weit zog sich der Wacholder am Ufer entlang. Gab es so einen Ort in Mecklenburg – völlig ruhig, ohne Menschen? Für einen Moment schloss ich die Augen, ließ meinen Kopf tief in das Wasser sinken. Dumpf klangen die Rufe der Möwen. Plötzlich spürte ich die Kälte des Wassers und schwamm mit langen Zügen zurück.

Seit einer ewigen Zeit starrte ich auf mein Anatomiebuch. Heute ging nichts in meinen Kopf hinein. Indrek saß angelehnt und hatte

---

* Marienberg

sich in seine Aufzeichnungen vertieft. Auch er schien sich mit seinem Stoff zu quälen. Immer wieder fuhren die Finger durch seine blonden Haare. Verzweifelt schaute er auf.

»Diese Scheißchemie. Hol sie der Teufel!«

»Kann ich dir vielleicht helfen? Etwas Chemie habe ich auch gehabt.«

Indrek winkte ab.

»Ach, vergiss es – danke. Ich muss da alleine durch.«

Ich legte mein Buch beiseite.

»Wie studiert es sich denn in Tartu, wenn man nicht lernen muss? Bei euch ist es sicher nicht so politisch wie bei uns in Rostock: Kameradschaftstreffen, Veranstaltungen der NS-Studenten, geht man nicht ins Kameradschaftsheim, wird man von den Nazistudenten als gesinnungsloser Geselle beschimpft. Mir können die gestohlen bleiben. Dieses politische Brimborium.«

Indrek schlug sein Heft zu.

»Nein, so schlimm ist es bei uns nicht. Wir haben noch unsere Korporationen. Ich glaube, es sind sogar acht. Aber ich kann mit diesem ganzen alten Kram nichts anfangen. Paukboden, Fuchstrinken. Gegenseitig in die Fresse fechten. Alles alter Quatsch.«

Er machte eine wegwerfende Bewegung.

»Aber nicht so schlimm wie die deutschen Reithosenträger. Die haben ihre Burschenschaft aufgelöst, rennen wie Soldaten in Stiefeln umher und grölen Nazilieder in ihrem Kameradschaftsheim. Da sagt der Dekan nichts zu. Aber wehe kommunistische Schriften werden gelesen!«

»Habt ihr denn Kontakte zu den deutschen Studenten?«, wollte ich wissen.

Indrek schüttelte den Kopf.

»Kaum, sie sind in ihren deutschen Verbindungen. Mit den Nazi-Kahlköpfen, die ihre Mützen abgegeben haben, sind es, glaube ich, noch fünf. Aber sie machen ihre eigene Sache, haben ihre Mensa, ihre Lokale. Dass eine der estnischen Studentinnen mit einem Deutschen zusammen geht, ist schon sehr selten. Ich weiß, du brauchst nichts zu sagen. Einige der Baronensöhne fühlen sich noch heute als Herren. Aber die, die ich kenne, sind ganz in Ordnung. Ich finde diese Trennung affig. Nur am Ersten Mai, beim Fackelumzug, wenn das Maifeuer entzündet wird, sind alle gleich, dann gibt es keine Trennungen. Christoph, dann ist was los in Tartu, oder wie du immer sagst – Dorpat.«

Indrek grinste.

»Komm, hör auf, ich hab es nun mal als Kind so gelernt.«

Trotzdem – ich sage auch Deutschland und nicht Saksamaa, wenn ich von Deutschland rede.«

Ich drehte mich zur Seite, denn mein Rücken begann von der Sonne zu brennen.

»Indrek, eins verstehe ich sowieso nicht. Warum studierst du Chemie und nicht Theologie? Dein Vater ist Pastor. Da ist es naheliegend, dass der Sohn das Gleiche studiert. So kenne ich es jedenfalls von uns.«

Indrek verzog sein Gesicht.

»Ich und Theologie!« Seine Stimme klang entsetzt.

»Nee, mein Lieber. Ich hasse dieses ganze Brimborium.«

»Aber du bist in einem christlichen Elternhaus aufgewachsen. Der Glauben muss für dich Alltag gewesen sein. Hat dein Vater nie gewollt, dass du ihn einmal ablösen sollst?«

»Natürlich, was denkst du! Aber je älter ich wurde, umso stärker wurden meine Zweifel. Ich besorgte mir Literatur aus Tallinn, auch Bücher von Trotzki, Radek und so.«

Ich unterbrach ihn.

»Sag mir jetzt nicht, dass du Kommunist bist, Indrek. Dann wärst du der erste estnische Kommunist, den ich kenne.«

Indrek lachte auf.

»Keine Angst, Christoph. Aber ich habe mich mit dem Kommunismus schon beschäftigt. Und wenn ich ehrlich bin, gefallen mir da etliche Sachen. Und dass dieses System eine Gefahr für die Nazis ist, müssen sie schon gemerkt haben, sonst hätten sie nicht in Spanien so gehaust. Du musst zugeben, dass Stalin einiges geleistet hat. Russland war mehrmals totgesagt.«

»Aber er soll etliche Leute umbringen.«

»Gerede und Propaganda, Christoph. Und außerdem, was macht denn Hitler? Schon mal was von den KZs gehört?«

Mir gefiel dieses Thema nicht.

»Und weil du Stalin gelesen hast, wolltest du nicht mehr studieren?«

»Nein, Herrgott noch mal!«

66

Sein Buch rutschte in den Sand. Er lachte.

»Siehst du, nun rufe ich ihn sogar an. Es ist doch ganz einfach. Ich kann nicht auf der Kanzel stehen und vom Herrgott predigen, wenn ich an ihm zweifle. Ich gehe noch in die Kirche. Alleine schon, weil mein Vater so gut predigen kann. Aber nur etwas studieren, um meinen Vater nicht zu enttäuschen? Das kann ich nicht. Da pauke ich lieber diese blöde Chemie.«

Indrek griff wieder nach seinem Buch.

»Und du solltest auch lernen. Wenn Anu kommt, ist es damit vorbei.«

»Wieso?«

»Weil du dann nur noch Augen für sie hast, mein deutscher Freund. Übrigens, mein Vater hat dich zur Sonntagspredigt eingeladen. Ich denke mal, er möchte einmal wieder deutsch sprechen. Er liebt Deutschland. Warum auch immer. Komm mit, er wird sich freuen. Ich werde mich opfern und neben dir sitzen, in Ordnung?«

»Indrek, ich habe kein Problem, in die Kirche zu gehen. Ich wollte sie mir sowieso ansehen.«

»Na, dann ist ja gut, und ich dachte, du bist Atheist. Das ist jetzt in Deutschland modern. Übrigens, hast du was gegen Kommunisten?«

Sein Blick war erwartungsvoll.

»Ach, mich interessiert die Politik nicht.«

Indrek musterte mich eindringlich.

»Ich verstehe dich nicht, Christoph. Dein Land wird von Verbrechern regiert und dich lässt das kalt?«

»Mich lässt das nicht kalt. Aber was soll man denn machen?«

»Nachdenken, Christoph. Versuch es mal mit Nachdenken, dann hast du schon mal einen ersten Schritt getan.«

»Du hast gut reden. Ihr lebt in einem demokratischen Land.«

Indrek richtete sich auf.

»Wenn du meinst, dass wir hier in einem demokratischen Land leben, dann hast du dich getäuscht. Natürlich lieben die Alten unseren Präsidenten, denn er hat ihnen die Unabhängigkeit gegeben. Trotzdem, Päts* hat bis vor kurzem wie ein Diktator regiert.

---

* Konstantin Päts, estnischer Präsident, geboren am 23.2.1874, gestorben in sowjetischer Verbannung am 18.2.1956.

Zusammen mit Laidoner* hat er 1934 Tallinn besetzen lassen, den Bund der Freiheitskämpfer hat er aufgelöst und politische Versammlungen verboten.«

Indreks Stimme erinnerte mich plötzlich an einen politischen Wahlredner, den ich als Junge einmal erlebt hatte, als unser Dienstmädchen mich auf eine Wahlversammlung in die »Hopfenburg« mitgenommen hatte. Vater war damals außer sich gewesen, als ich ihm ahnungslos davon erzählt hatte. Ungläubig schüttelte ich den Kopf.

»Christoph, wir leben vier Jahre im Verteidigungszustand. Päts hat alle Parteien verboten, hat dafür seinen lächerlichen Vaterlandsbund gegründet, der ihn bejubelt. Kommunisten lässt er ins Gefängnis stecken. Wir haben eine Pressezensur, die Gemeinden werden überwacht. Überall lässt er sich feiern. Ende August kommt er zu uns auf die Insel. Schade, dass du dann nicht mehr da bist. Dann könntest du mal unseren kleinen Führer sehen. In Tilga will er eine Familie besuchen, natürlich mit vielen Kindern. Denen kann er dann väterlich über den Kopf streichen. Du kennst die Bilder von eurem Führer. Genau so!«

Eine Hand voll Sand flog in meine Richtung.

»Sicher werden hier keine Juden verfolgt – und auch keine Deutschen, wenn es dich beruhigt. Aber eine Demokratie herrscht hier nicht.«

»Und was ist mit eurer Opposition?«, wollte ich wissen.

»Die gibt es kaum. Päts, Laidoner, die anderen – sie sind alte Freiheitskämpfer. Die Landbevölkerung liebt sie, weil sie die Deutschen enteignet haben.«

Die Stimme Indreks klang völlig ruhig.

»Christoph, ich weiß gar nicht, warum du dich hier eigentlich als Ankläger darstellst? Kommst aus Deutschland daher, machst hier Ferien, besuchst deine alten Ahnen und willst mit mir über unsere Politik diskutieren. Christoph, vergiss es. Lerne lieber. Ich habe keine Lust, mit dir zu diskutieren. Fahr nach Hause und ändere dein Land, lass meins in Ruhe, akzeptier meine Meinung. Dann ist es gut. Ich will dir und auch mir nicht den Tag versauen. Dafür sind wir zu

---

* Johan Laidoner, estnischer General und Oberbefehlshaber der Armee, geboren am 12.2.1884, gestorben in sowjetischer Verbannung am 13.3.1953.

wenige Tage zusammen. Ich bringe dir mal einige Bücher mit. Schau mal rein. Stehen einige interessante Sachen drin. Ich hab auch eins auf Estnisch. Dann kannste gleich zwei Sachen lernen«, und Indrek schwieg über seinem Buch.

»Indrek, ich klage dich doch nicht an. Aber ich will mehr über Estland wissen. Und du kannst dein Land nicht mit Deutschland vergleichen.«

Indrek lehnte seinen Kopf an den Stein und strich sich durch die Haare.

»Du hast ja recht, Christoph. Ich möchte nicht bei euch leben. Aber bitte, nur weil du in Urlaubslaune bist, darfst du auch nicht glauben, dass wir im Himmel leben. Ich sehe das etwas anders als mein Vater.«

Ich war über ihn erstaunt. Wieso war er so für die Kommunisten? Ich hatte wirklich nichts gegen sie. Eigentlich hatte ich bisher keine kennengelernt, aber dass ich ihre Ideen sympathisch fand, konnte ich nicht behaupten.

Die Sonne verschwand hinter einer Wolke. Mich fröstelte. Indrek schlief, sein Gesicht mit dem Buch schützend. Über uns schrie eine Möwe.

Im gleichen Moment spritzte ein weißer Fleck auf Indreks Bauch. Er schoss hoch, fluchte und suchte nach seinem Taschentuch.

»Scheißviecher! Lass uns fahren, Christoph, ich will noch zu Tiinas Eltern. Der Alte will Holz machen. Kannst ja mitkommen.«

Wieder spielten seine Sehnen auf der Rückfahrt vor mir. Zum Holzhacken kam ich nicht mehr. Als ich mein Fahrrad in den Speicher stellte, kam Riina aus dem Garten. Ihr Gesicht strahlte.

»Christoph, mein Helfer! Komm, mein Junge, ich brauche noch jemanden zum Beerenpflücken.«

Der Schalk blitzte aus ihren Augen.

»Hier hast ein Eimerchen, mein Junge. Kannst mir alter Frau helfen. Die Freude darüber kann ich in deinen Augen lesen.«

Der Abend war für mich erledigt. Aber traurig war ich nicht darüber, denn auf Holzhacken und Agitation hatte ich noch weniger Lust gehabt.

Am Sonntagmorgen herrschte Aufregung in der Küche des Kapitäns. Riinas Bruder war am Freitagabend wiedergekommen. Er hatte Post von Anu mitgebracht. Sie würde heute Abend spät vom Festland kommen.

Nun wirbelte Riina erwartungsvoll in der Küche herum, wollte noch einen Kuchen backen, sich gleichzeitig für den Kirchgang hübsch machen, ihrem Bruder noch Frühstückseier braten. Natürlich stand ihr Mund nicht still, während ihr Bruder, wie ein schweigender Fels am Küchentisch die gestrige Zeitung las. Vom Fenster aus beobachtete ich das Treiben und die langsam wachsende Falte auf Arnos Stirn. Schließlich reichte es ihm.

»Schluss jetzt, Riina! Deine Tochter ist nicht die Jungfrau Maria. Klar kannst du dich freuen, dass sie kommt. Aber Mädchen, nun werde wieder normal.«

Riinas Augen schossen Giftpfeile ab. Dann knallte sie ihm die Eier auf den Tisch und rauschte davon.

»Ne, manchmal ist sie närrisch, meine Schwester. Ich hab recht, oder?«, und er vertiefte sich in seine Zeitung, während er mit der Gabel in den Eiern stocherte.

Vor dem offenen Küchenfenster rauschte Riina in Richtung Saunahaus vorbei. Nun hatte auch sie eine tiefe Stirnfalte.

»Arno, du sollst nicht beim Essen lesen!«

»Ja, ja«, rief der zurück und blätterte seine Zeitung um.

»Scheißpolitik! Die Nazis jagen die Juden in Wien. Mann, Christoph, was ist bloß los bei euch?«

Mich traf ein vorwurfsvoller Blick.

»Dies ist nicht mehr nur Stiefeltrampeln, Christoph. Hier werden Menschen gejagt. Was machen sie mit ihnen? Wie weit wird dies noch führen? Und die Welt schaut zu.«

Er legte die Zeitung beiseite.

»Warum tut ihr nichts dagegen? Es können doch nicht alle Nazis sein. Du bist auch keiner.«

»Wie soll das gehen? Man würde sofort weggesperrt werden.«

»Christoph, man kann nicht Millionen wegsperren.«

»Aber die meisten sind dafür oder sehen weg.«

»Eben, das Wegsehen ist das Schlimme, Christoph.«

Arno nestelte nach seiner Uhr.

»So, wir müssen. Die Nachbarn haben noch Platz auf dem Wagen.«

Er schob den Teller mit den Eiern beiseite.

»Völlig versalzen! Das macht sie immer, wenn sie sich ärgert.«

Sein Blick ging zum Fenster.

»Wo Riina nur steckt?«

Im selben Moment kam sie kirchenfein in die Küche gerauscht und ermahnte uns, endlich aufzubrechen.

In der vergangenen Nacht hatte es geregnet. Es herrschte gute Laune, als wir auf den Leiterwagen zu Tiinas Eltern kletterten. Der Regen hatte die Sommerluft gereinigt, ihre Weichheit war fast spürbar. Es herrschte reges Treiben, als wir die Hauptstraße in das Dorf erreichten. Die Kirche von Käina hatte ein großes Einzugsgebiet. Pferdefuhrwerke, Landauer und Leiterwagen standen dicht an dicht auf dem Kirchplatz. Der alte Ford des Tierarztes wirkte dazwischen wie ein Gruß aus der Zukunft. Ich fühlte mich schon etwas unsicher, als ich vom Wagen stieg. Mützen und Hüte wurden gezogen, Kinder knicksten, Hände wurden geschüttelt. Doch dies geschah nur unter Freunden. So mancher Blick traf mich – auch von den Töchtern des Dorfes. Man sah mir wohl meine städtische Herkunft an, denn viele der Bauern und Fischer trugen zur Feier des Tages ihre alte Tracht. Endlich tauchte Indrek auf. Riina nickte mir zu, und ich war in Gnaden entlassen.

Die Kirche von Käina war ein schlichtes Bauwerk. Das ziemlich kleine, aus weißem Kalkstein errichtete gotische Kirchenschiff wurde von mächtigen Eckpfeilern am Chor abgestützt. Der Turm schien etwas schmal zum Schiff.

Sie war eine der typischen Dorfkirchen, die Gott zu Ehren, den Bewohnern zum Schutz, im vierzehnten Jahrhundert von deutschen Siedlern und Esten erbaut worden waren.

Drängelnd schoben sich die Gläubigen durch das zu enge Portal im Turm. Jeder schien seinen angestammten Platz zu haben, denn die Gestühlreihen füllten sich erst langsam. Ich entdeckte Enak, Arnos Kraftfahrer. Sein schadhaftes Grinsen erschien mir etwas falsch. Schwer ließ er sich neben einer dicken Frau nieder, die auf ihn einredete. Er winkte nur ab und reagierte nicht.

Riina und Arno saßen in einer der vorderen Bankreihen. Riina drehte sich um und winkte mir kurz zu. Ihr Mundwerk arbeitete dabei ununterbrochen, obwohl sich ihr Bruder schon wieder in einen Fels verwandelt hatte.

So schlicht wie die Kirche von außen wirkte, war das Innere beeindruckend.

Über dem Eingang ragte eine reich geschnitzte Chorempore, und die Decke im Altarraum war mit biblischen Szenen bemalt. Mir fiel auf, dass die Steine der gekalkten Wände fast fugenlos gesetzt waren. Im Fußboden vor dem Altar waren abgelaufene Grabplatten eingesetzt.

Schwatzend und scharrend ließen sich die Gläubigen im Gestühl nieder. Schließlich war die Kirche bis auf den letzten Platz besetzt. Indrek und ich saßen ziemlich hinten zwischen zwei Fischerfamilien eingeklemmt.

»Na, bist du aufgeregt?«, wollte mein Nachbar von mir wissen.

»Meinst du, ich gehe das erste Mal in eine Kirche?«

»Das nicht. Aber es ist dein erster Gottesdienst auf Estnisch.«

Langsam verstummte das Scharren und Hüsteln. Dann erklang über mir ein Ton, wie ich ihn noch in keiner Kirche vernommen hatte.

Er kam von ganz weit her, schwoll dabei an, erst hell wie eine Messglocke, dann ansteigend, fast dröhnend, dabei von einer Reinheit, die mich völlig ausfüllte, dann hinwegtrug. Ich war ergriffen von diesem Klang, spürte eine Feierlichkeit in mir, Weihnachtsmessen, meine Konfirmation, alle Gottesdienste, die ich erlebt hatte, hatten bisher dieses Gefühl nicht so intensiv vermittelt wie dieser wirklich himmlische Klang der alten Orgel, der das Schiff ausfüllte und vom Gewölbe widerhallte.

Ich schluckte, fuhr mir verstohlen über die Augen. Die vom Meer, Wind und Kummer gegerbten Gesichter der Alten neben mir hatten etwas Entrücktes in ihren Zügen. Auch sie waren von dem Instrument verzaubert, obwohl sie es an jedem Sonntag vernehmen durften. Selbst Indreks Blick war nach innen gerichtet.

Er spürte meinen Blick, lächelte kurz und legte seine Lippen an mein Ohr.

»Die Orgel ist von Rudolf Tobias* Vater gebaut worden. Er stammt von der Insel.«

Wieder nahm mich der Klang mit. Eine mächtige Fuge, ein letzter Ton langsam verklingend, Stille.

---

* Rudolf Tobias, estnischer Komponist, 1873 in Käina geboren, 1918 in Berlin gestorben, Schüler Rimski-Korsakows.

Schweigen. Langsam kamen die alten Gesichter wieder zurück, nahmen ihre Seelen wieder Platz. Noch nie hatte ich eine solche Verwandlung erlebt.

Dann erschien Indreks Vater auf der Kanzel. Er war ein Hüne von Mann. Für einen Moment hatte ich Zweifel, ob die Kanzel ihn tragen würde. Groß und massig füllte er sie fast vollständig aus. Sein breiter Kopf war völlig blank, der Schädel leuchtete im Sonnenlicht, das durch die Kirchenfenster brach. Noch schwieg er.

Seine hellen Augen glitten über die dichten Reihen, als wollte er jeden seiner Gemeindemitglieder grüßen. Seine Augen schienen zu lächeln. Dann begann er zu sprechen. Diese Stimme, tief und guttural, passte zu dem mächtigen Körper. Er begrüßte seine Gemeinde.

»Mögen Sie in diesem Haus willkommen sein! Auch Ihnen, lieber Gast, Gottes Segen.«

Ich schrak zusammen. Dieser deutsch gesprochene Gruß galt mir.

Die Augen des Pfarrers blickten auf mich, sein Nicken war kaum wahrnehmbar. Köpfe drehten sich zu mir. Tuscheln. Ich lächelte krampfhaft, und Indreks Ellenbogen schmerzte in meiner Seite. Jetzt war ich wirklich bekannt. Ich war auch etwas stolz auf die besondere Begrüßung. Pastor Brügman stimmte einen alten Choral an. Die Melodie klang vertraut und durch die andere Sprache auch fremd.

Die Bauern und Fischer brauchten keine Gesangsbücher. In dieser kleinen Dorfkirche saßen Menschen, die noch an Gott glaubten und seine Lieder kannten. Diese Menschen gingen in die Kirche, um zu beten, nicht um sich zu zeigen. Der Chor verstummte. Auch ich hatte mit eingestimmt, hatte intuitiv den deutschen Text des alten Liedes übersetzt. Indreks Augen ruhten auf mir.

»Du kannst den Liedtext besser als ich. Was kannst du eigentlich nicht?« Bewunderung klang in seiner Stimme, und ich hob nur meine Schultern.

Der Pfarrer begann mit seiner Predigt. Ich weiß nicht mehr, unter welchem Motto sie stand. Seine Stimme schwebte im Kirchenschiff, füllte es aus, so mussten die Apostel ihren alten Glauben gepriesen haben.

Indrek hatte recht: Sein Vater konnte wirklich predigen, verwendete Gleichnisse, stellte die Botschaft seiner Predigt in Bildern dar, die jeder verstehen konnte. Gebannt lauschte die Gemeinde. Der Pfarrer schwieg für einen Moment.

Da ertönte ein lautes Schnarchen, das mit einem Schmerzenslaut endete. Niemand lachte. Pastor Brügman schien zu wachsen, während Enak, Arnos Fahrer, von Schmerzen gekrümmt, fast unter seiner Bank lag und seine Frau ihren fleischigen Ellenbogen rieb. Ein Lächeln huschte über des Pfarrers Gesicht.

»Und so bestraft der Herr diejenigen, welche sündigen – und oft sofort. Nicht wahr Enak? Und wenn der Herr dies in Gestalt eines spitzen Ellenbogens tut.«

Lachen kam auf, Füße scharrten, Enak wurde angegrinst. Der Pfarrer setzte unbeeindruckt seine Predigt fort. Enak lauschte ihm andächtig mit rotem Kopf.

»Das ist mein Vater. Da ist er einmalig.«

Stolz klang in Indreks Stimme.

Das kirchliche Ritual war beendet, die Kollekte durchgereicht. Der Klang der Orgel hatte mich noch einmal mitgerissen. Räuspernd, hustend, leise raunend, drängte sich die Gemeinde durch das Portal in den hellen Sonntagmittag.

Pastor Brügman stand draußen neben der Tür, schüttelte jedem Gemeindemitglied die Hand, gab ihm einen Spruch auf dem Weg.

Auch Enak hatte seinen Rat erhalten, am Sonnabend nicht immer zu tief ins Glas zu gucken, denn dann wäre er ausgeschlafener. Indrek und ich verließen als Letzte die Kirche. Ich stand noch immer unter dem Eindruck der Predigt.

Der Pfarrer schüttelte mir die Hand. Sein Händedruck passte zu seinem Äußeren.

»Herr Scheerenberg, ich hoffe, Ihnen hat meine Predigt gefallen. Darf ich Sie heute Nachmittag in mein Haus einladen? Indrek hat mir viel von Ihnen erzählt.«

Ich bedankte mich und musste mich sputen, da die Nachbarn schon auf mich warteten.

»Bringen Sie Zeit mit! Ich möchte viel von Ihnen wissen«, rief er mir noch nach. Dann ruckte auch schon der Landauer an.

Der Nachmittag bei der Pastorenfamilie war wie im Fluge vergangen. Ich war in eine Welt eingetaucht, die nicht von heute war. Indreks Vater wirkte wie ein Fels, der sich gegen die neue, schnelle Zeit standhaft zur Wehr setzen wollte. Sein Wissen, seine Kultur schien aus dem letzten Jahrhundert zu stammen. Für die Gegenwart interessierte er sich nicht. Gustav Freytag, Treitschke, Mommsen, Nietzsche, Storm, Keller waren seine Helden. Da war mein Vater völlig anders.

Indrek begleitete mich durch das Dorf. Wir schwiegen. Verwaist lagen die Häuser im warmen Licht der Abendsonne. Nur ein Hund döste vor einer Hofeinfahrt, hob den Kopf, als er uns sah. Er bellte nicht einmal. An der Schule lungerten drei halbwüchsige Jungen und beobachteten uns, als wir vorbeigingen.

Die schwüle Luft des Tages war gewichen, die Abendsonne verlor ihre Kraft und machte die Luft wieder weich und transparent.

»Mein Vater hat dich beeindruckt?«, brach Indrek unser Schweigen. Ich nickte nur.

»Du ihn aber auch. So wie heute Abend habe ich ihn lange nicht mehr erlebt. Er war gelöst. Sonst läuft er immer mit einer Falte auf der Stirn herum und grübelt über Gott und die Welt. Er mag dich, glaube ich. Sonst hätte er dir nicht die Kalevipoeg* geschenkt. Denn er liebt jedes seiner Bücher.«

»Indrek, hasst du deinen Vater? Du bist ihm so aggressiv gegenüber.«

Indrek schoss einen Stein über die Dorfstraße.

»Christoph, ich mag nicht darüber reden, nicht jetzt. Weißt du, diese Monologe von ihm über Menschenliebe und Toleranz habe ich schon zu oft gehört. Toleranz, meinst du, er ist mir gegenüber tolerant? Ich muss funktionieren, und dies schon, seit ich denken kann. Jetzt mag ich dies nicht mehr, und er versteht mich und die Welt nicht. Und meine Mutter hat schon lange resigniert.«

Als ich etwas erwidern wollte, hob er seine Hand. Seine Augen wirkten müde.

An der großen Kreuzung verabschiedete er sich von mir. Noch immer wirkte Indrek in sich gekehrt.

»Mach's gut. Und lass dich wieder sehen. Christoph, du könntest mein Freund werden.«

Und er ließ mich mit meinen Fragen zurück.

Auf den Wiesen neben der Straße stieg ein zarter Nebelschleier auf, und plötzlich wurde mir bewusst, dass wir schon fast die zweite

---

* Estnisches Nationalepos, ab 1850 von Friedrich Reinhold Kreutzwald zusammengestellt, basiert auf Sagen und Volksliedern der Esten.

Augustwoche hatten. Nicht einmal vier Wochen, und ich würde wieder in Rostock im Hörsaal sitzen.

Rostock, wie weit entfernt war meine Stadt für mich! War es überhaupt noch meine Stadt? Ich hatte in diesen vier Wochen eine Reise in meine Kindheit absolviert, die mir sogar in dieser Abendstunde noch mein Herz höher schlagen ließ. Tallinn, die alte Stadt mit ihren Geistern, wie Tante Alwine und dem alten Bankier, die immer jünger wurde.

Die engen Gassen und Paläste auf dem Domberg, der freie Platz vor dem Baltischen Bahnhof, auf dem ich den Jahrmarkt meiner Kindheit wiederentdeckt hatte, das Café Fleischner, das »Kultas«. Ich hatte so viel bewusst erlebt, wie noch nie in Deutschland. In Rostock hatte ich mich oft treiben lassen, hier saugte ich wie ein Schwamm alle Eindrücke auf. Jetzt war ich auf Hiiumaa – früher, in den Erzählungen meiner Eltern eine Ostseeinsel, auf der beide einmal zwei schöne Wochen als Sommerfrischler verlebt hatten, für mich nun das Paradies, das ich noch immer nicht begreifen konnte.

In Rostock hatte ich den vollen Strand in Warnemünde geliebt. Hier fühlte ich mich wohl, wenn ich alleine die nordische Landschaft in ihrer Unberührtheit genießen konnte.

Diese Insel schien inmitten einer anderen Welt zu schwimmen. Riina und ihr Bruder, Indrek mit seinem vergeistigten Vater, dieser nördliche, so stille Sommer.

Plötzlich fiel mir ein, dass ich meinen Eltern davon schreiben müsste. Ich war auf einmal von einer Unruhe erfüllt, wollte auf meinen Dachboden, dort Seiten füllen. Meine Eltern mussten erfahren, was ich in diesen Tagen erlebte.

All die in der Eile hingekritzelten Karten, sie waren belanglos gewesen, mehr eine schnelle Pflicht als ein Bericht. Sie mussten wissen, dass ich zurückgefunden hatte.

An mein Fahrrad gelehnt, blickte ich in die Nacht. Drüben, auf der anderen Straßenseite, ging es nach Moka. Die Sonne war schon hinter dem Horizont versunken. Von fern hörte ich eine Kuh. Indreks Worte gingen mir durch den Kopf. Er liebte seinen Vater, obwohl er seine Geradlinigkeit und Prinzipien hasste. Mein Vater war anders. Er hatte mir meinen Lauf gelassen. Dadurch hatte er es sich auch einfach gemacht. Meinen Fragen war er oft ausgewichen, hatte sich auf seine knappe Zeit berufen und auf die Bücher im Herrenzimmer gewiesen. Indrek hätte sicher immer ein offenes Ohr gefunden. Natürlich, sein Vater hatte mich beeindruckt. Aber ihn immer in seiner geistigen Übermacht um mich zu wissen? Das würde auch mich erdrücken. Indrek stand zu sehr im Schatten seines Vaters, es war nur richtig, dass er aus ihm heraustreten wollte. Allerdings, seinen Vater völlig ablehnen durfte er nicht.

Plötzlich wurde der Drang, meinen Eltern und meiner Schwester einen Brief zu schreiben, übermächtig.

Voll mit Gefühlen: die Spannung auf Anu, das Wiederentdecken meiner lange vergessenen Kindheit, ich wollte von Tante Alwine schreiben, über Indrek berichten, vom alten Bankier. Der Weg staubte, so trat ich in die Pedale. Negus, der Hofhund, bellte, als ich atemlos in die Hofeinfahrt bog. An der Pumpe fiel mein Rad.

Drei, vier Bewegungen des Schwengels, dann schoss das kühle Brunnenwasser in den Zinkeimer. Tief tauchte ich meine Unterarme hinein. Die Kälte ließ meine Haut kribbeln, langsam beruhigte ich mich. Morgen würde ich Anu sehen.

Ich war gespannt und verstand mich wieder nicht, warum ich von dieser Begegnung so viel erwartete.

In der Veranda hörte ich durch die offene Küchentür Riinas helle Stimme im Disput mit dem Bass ihres Bruders.

»Schwesterchen, sie ist nicht der Papst, ich hab es dir schon mal gesagt, auch wenn ich mich freue, dass sie kommt.«

»Aber sie ist meine Tochter!«, unterbrach Riinas Stimme ihren Bruder.

Der Brief an meine Eltern wurde sehr lang.

3

In der Nacht schlief ich unruhig. Einige Vögel, die auf dem Dach der Gaube lärmten, rissen mich aus dem Schlaf. Draußen dämmerte der Morgen. Von Unruhe getrieben, stand ich an der Tür der Gaube, kühlte meine Stirn an der Scheibe und schaute über die Wiesen. Nebelfetzen lagerten schwer in den Senken neben der Hauptstraße. Ein rotes Licht schimmerte hinter dem Wald. Negus strich über den Hof. Ich klopfte an die Scheibe, er hörte mich nicht. Mir war kalt, und so suchte ich wieder die Wärme meiner Decke. Mein Schlaf war flach, Träume verwirrten mich, bevor ich wegdämmerte. Ich hörte Riinas Stimme von der Veranda. Sie suchte ihr Kopftuch, wollte nach Suuremõisa, im Schloss kochen. Wieder herrschte Ruhe im Haus, aber ich fand keinen Schlaf. Schließlich griff ich nach meinem Buch. In Tallinn hatte ich mir den »Eisernen Gustav« von Fallada gekauft. Ich mochte diesen Schriftsteller, seine Bücher waren schwer zu bekommen, wurden kaum beworben oder waren schnell vergriffen. Meine Freude war groß gewesen, als ich das Buch in der Deutschen Buchhandlung entdeckt hatte.

Als ich mich nach einer Stunde von meinem Buch losgerissen hatte und die schmale Stiege hinuntertappte, um in der Küche zu essen, rechnete ich überhaupt nicht mit Anu. Ich öffnete die Tür. Sie saß am Küchentisch, eine Scheibe Brot in der Hand und blätterte in einer Zeitung. Den Kopf über die Zeitung gebeugt, wirkte ihr Gesicht schmal, hohe Wangenknochen, die von der Sonne gebräunt waren, ihr voller Mund beeindruckten mich. Blonde halblange Haare, deren Krause sicher kaum zu bändigen war. Dann sah sie auf. In dem Augenblick liebte ich das Mädchen. Diese Augen! Der Blick! Ihre Schönheit war für mich nicht mit Worten erfassbar. Alle hatten recht gehabt. Das war Anu! Wunderschön ihr Gesicht, von einer grazilen natürlichen Anmut, die mir meine Stimme raubte. Anu war schön! Es mag trivial klingen. Aber ich hatte noch nie so ein Mädchen gesehen. Ihre Schönheit kam von innen. Andere Mädchen waren hübsch, dieses war schön.

Auch heute, nach vielen Jahren, sehe ich sie so. Ich begreife noch immer nicht, was dieses wunderschöne Mädchen an mir fand: lang, ungelenk mit zu starker Nase. Ein Wunder, dass sie mich liebte.

Sie musterte mich. Die Farbe ihrer Iris war ein Spielen zwischen Blau und Grün. Noch nie hatte ich solche ausdrucksstarken Augen gesehen. Ein kurzes Lächeln glitt über ihr Gesicht. Zwei kleine Grübchen neben den Mundwinkeln tauchten auf und verschwanden sofort wieder. Mit einer verlegenen Geste strich sie sich über ihren schmalen Nasenrücken.

»Sie sind Christoph. Meine Mutter hat mir erzählt, dass sie unser Feriengast sind.«

In der einen Hand ihre Scheibe Brot, hielt sie mir die andere Hand hin.

»Ich bin Anu.«

Und ich stand wie ein dummer Junge vor ihr, war von ihrer Schönheit erfüllt und bekam nicht ein Wort heraus.

»Sie können sich ruhig setzen. Ich habe etwas mehr Kaffee gekocht.«

Sie zeigte auf den Herd.

»Er steht auf der Platte.«

Ein ironischer Unterton hatte in ihrer Stimme geschwungen. Endlich hatte ich mich einigermaßen gefangen.

»Sie auch?«

Ich hielt ihr die Kanne hin.

»Danke.«

Ihre Augen brachten mich wieder durcheinander. Ein warmer tiefer Blick, ihre Iris schien zu funkeln.

»Stört es Sie, wenn ich lese? Ich habe die ganze Woche keine Zeit dazu gehabt.«

»Nein, nein.«

Sie lächelte leicht. Dann schaute sie wieder in die Zeitung, nippte an ihrer Tasse.

Ich hatte mir Brot geschnitten, Butter und Wurst geholt. Doch mein Hunger war verflogen. Fasziniert musterte ich das Mädchen. Sie trug ein helles Sommerkleid, das ihre braunen Schultern betonte. Ihre Oberarme waren schlank, aber nicht dünn. Man sah ihnen an, dass ihre Hände auch zupacken konnten. Das Mädchen blätterte die Zeitung um. Ihre Hand war schmal mit langen grazilen Fingern.

Plötzlich schaute sie mich an.

»Sie haben wohl keinen Hunger?«

Wieder war dieser Unterton in ihrer Stimme.

»Doch, doch. Ich habe morgens nie so richtig Hunger«, und griff nach meiner Tasse, bemerkte, welchen Schwachsinn ich da zusammenredet hatte. Peinlich bemühte ich mich, nichts zu verschütten, denn meine Hand zitterte.

»Wenn ich störe? Ich kann auch gehen. Ich will sowieso nach Käina.«

Ich verschluckte mich am Kaffee.

»Nein, nein. Bitte bleiben Sie. – Sie sprechen sehr gut deutsch.«

Anu lachte.

»Schließlich will ich ja später einmal Kinder deutsch unterrichten. Da wäre es ja schlimm, wenn ich als Lehrerin nicht ordentlich sprechen könnte. Meine Mutter erzählte mir, dass Sie in Tallinn aufgewachsen sind und estnisch sprechen. – Ich habe eine Bitte.« Sie verzog ihr Gesicht zu einer Grimasse, die wunderschön war.

»Wenn wir alleine sind, würde ich mich freuen, wenn Sie mit mir estnisch sprechen und ich Ihnen deutsch antworte – ja?«

Ihr »Ja?« klang wie die Bitte eines kleinen Mädchens. Ich hätte in diesem Moment allem zugestimmt. Am liebsten den ganzen Tag estnisch sprechen und mit ihr alleine sein, schoss es mir durch den Kopf.

»Natürlich, gerne. So lerne ich besser estnisch. Abgemacht.«

Und ich strahlte sie an.

»Schön, dann, auf Wiedersehen. Ich muss los. Sehen wir uns heute Abend bei Tiina? Indrek holt sie mittags aus Emmaste ab. Der Junge war heute früh schon ganz aufgeregt. Er wollte Sie sprechen. Aber in Deutschland scheint man lange zu schlafen? Also dann, bis heute Abend.«

Ein Lächeln huschte über ihr Gesicht und blieb für einen Wimpernschlag in ihren kleinen Kerben neben den Mundwinkeln hängen. Anu stand auf und eilte zur Küchentür. Schnell drehte ich mich um.

Ihre schmalen Waden leuchteten braun unter dem Saum des Kleides hervor. An ihr stimmte alles. Sie war eine Schönheit. Ich liebte sie!

»Nägemiseni!«*

Sie war schon verschwunden.

Bevor ich noch zu mir kam, stand ihr Onkel in der Küche.

Arno schien auf Fahrt zu gehen. Joppe, Rollkragenpullover, der Schweiß lief ihm unter der Kapitänsmütze herunter. Sein Gesicht war tiefrot.

»Morgen, Junge.«

Er musterte mich.

»Sag mal, wie siehst du denn aus?«

Bevor ich etwas sagen konnte, grinste er.

»Alles klar, Christoph! Du hast meine Nichte getroffen. Toll das Mädchen, oder?«

Mein Gesicht glühte.

---

* Deutsch: »Auf Wiedersehen!«

»Na, denn komm mal mit, mir helfen. Damit du auf andere Gedanken kommst. Da müssen noch ein paar Kisten aus dem Speicher, bevor die Männer mich abholen. Große Fahrt! Dass ich nicht lache! Einmal Kärdla und zurück. Diese Küstenschifffahrt macht mich fertig. Aber was soll es? Sie bringt Geld, was will man mehr. Und meine Schwester sieht mich öfter.«

Von der Haustür sah ich Anus Kleid auf dem Fahrrad leuchten, bevor sie auf die Dorfstraße bog.

»Da fährt sie hin und macht alle Jungs verrückt, und den aus Deutschland auch.« Arno lachte auf.

»Du, ich sag dir, meine Nichte ist wie eine Festung. Und das ist gut so. Du wirst dir den Schädel einrennen, bevor du sie eingenommen hast. Oder du wirst verrückt. Erst will sie Lehrerin werden, dann hat sie Zeit für euch Jungen. Das Kind ist ehrgeizig.«

Wir hatten gerade die drei Kisten aus dem Speicher gewuchtet, als Arnos Opel Blitz in die Hofeinfahrt bog. Im Fond erkannte ich den wilden Kopf Enaks und noch einen Mann. Ich glaubte ihn in der Pantry auf der »Koidula« gesehen zu haben. Beide stiegen langsam aus dem Wagen.

»Los, los! Ihr kommt spät. Die Kisten müssen rauf. Ich hole noch meine Sachen. Christoph hilft euch.«

Enak gab mir die Hand, während der andere Mann, er war wohl Ende zwanzig, mich ignorierte. Wortlos luden wir die Kisten auf. Ich schloss die Ladeklappe, während die beiden rauchend zum Haus gingen.

»Erstaunlich, dass der Deutsche schon auf ist.«

Diese Stimme kannte ich! Es war der Matrose, der sich auf Deck über mich ausgelassen hatte.

»Was meinst du?«, wollte Enak wissen.

»Na, die Baronensöhnchen brauchen nicht so früh aufzustehen wie wir. Sie arbeiten nicht, das war schon immer so.«

»Hör auf zu spinnen, Jaan. Das ist kein Baron. Sonst hätte Riina ihn nicht eingeladen.«

»Ach was, alle Deutschen sind so. Saks bleibt Saks, auch wenn sie nichts mehr zu sagen haben!«

Zorn stieg in mir auf. Die beiden hatten sich auf den Treppensockel gesetzt.

81

Ich stand vor ihnen.

»Wer ist hier Baron?«, fragte ich auf Estnisch.

Der Matrose lachte und kratzte sich am Hals. Enak stand auf, warf seine Kippe weg und ging zum Auto zurück.

»Jaan, lass ihn. Er ist hier Gast.«

»Na und!«

Mich traf ein Blick aus schmalen Augen.

»Nur, weil du estnisch sprichst, bist du noch lange kein Este, merk dir das!«

Mein Blick hielt stand, obwohl ich mich überhaupt nicht wohl fühlte.

»Was willst du überhaupt von mir? Hab ich dir was getan? Dann sag es.«

In der Veranda rumorte Arno. Der Matrose stand auf, spuckte aus.

»Trotzdem bist du ein Sakslane*. Ihr Herrenmenschen!«

Das letzte Wort hatte er auf Deutsch gesagt. Die Beifahrertür schlug zu. Der Kapitän hatte von allem nichts mitbekommen. Nachdenklich ging ich in das Haus zurück.

Die nächsten Tage lief ich wie betrunken herum. Stundenlang saß ich unter einem der alten Apfelbäume, starrte in meine Medizinbücher und lauerte eigentlich nur darauf, das Mädchen zu sehen. Anu machte sich rar. Entweder war sie in Käina oder half ihrer Mutter.

Tauchte sie dann einmal auf dem Grundstück auf, war sie längst wieder verschwunden, wenn ich endlich meinen Mut zusammengenommen hatte, um sie anzusprechen. Ich schien ihr ziemlich gleichgültig zu sein. Saßen wir beim Essen in der Küche an einem Tisch, regierte Riina wie gewohnt und redete ununterbrochen. An diesen Tagen wünschte ich sie manchmal nach Tallinn zurück, um endlich mit Anu alleine zu sein. Doch außer einigen unverbindlichen Höflichkeiten kam es zu nichts zwischen uns.

Ich verstand mich selbst nicht mehr. Anu war nun wirklich nicht das erste Mädchen, das ich wollte. Ich hatte Übung im Umgang mit dem anderen Geschlecht, und Minderwertigkeitskomplexe hatte ich sonst auch nicht. Mit Anu war alles anders. Wenn wir uns am Abend

---

* Deutsch: Deutscher

bei Tiina unter der Linde trafen, saß ich meist ruhig dabei, während Indrek und Tiina erzählten.

Sicher, ich antwortete auf Fragen, erzählte auch, aber mein Humor, mit dem ich die Rostocker Freundinnen so gern unterhalten hatte, war dahin. Indrek und Tiina waren glücklich, dass sie sich wiederhatten, waren an den Abenden auch gerne mit uns zusammen. Tiina war Anus Freundin. Die beiden waren zusammen aufgewachsen.

Ich war für sie die willkommene Abwechslung, die aus einer für sie fremden Welt hier hineinbrach. Auch wenn Indrek in Tartu studierte und Anu ein Lehrerseminar besuchte, so hatten sie bisher in einer anderen Welt gelebt als ich.

Deutschland war für sie das große laute Land. Den Mädchen waren die schlimmen Zustände bekannt, und sie waren nicht für die Nazis. Trotzdem war Deutschland für sie auf seltsame Art faszinierend. Das spürte ich an ihren Fragen.

Die Sommerabende waren noch immer warm. Auch wenn uns die Mücken plagten, saßen wir bis spät unter der Linde oder im Garten. Die beiden ersten Abende mit Anu waren für mich voller Spannung. Wenn sie mir gegenüber auf der Decke saß, die Beine seitlich eingeschlagen, ihren Kopf leicht geneigt, Indrek oder Tiina zuhörte, war ich fast glücklich, nur, weil ich sie so nah neben mir wusste. Ich beobachtete sie, verfolgte ihre Gesten, wie sie ihre krausen Haare hinter die Ohren schob, wie lebhaft ihre Hände sprachen, wenn sie erzählte. Aber Anu sprach wenig.

Indrek hatte uns deswegen schon geneckt. Dann, am dritten Abend, erntete ich von Anu einen langen Blick und ein Lächeln, als ich von Tante Alwines Damenrunde erzählte. Dieses Lächeln und ihr Blick waren anders als bisher gewesen. Unsere Blicke trafen sich mehr als zufällig. Indrek und Tiina turtelten miteinander. Anus Augen wiesen auf die beiden. Sie sollten alleine sein. Völlig gelöst gab ich mich und war dabei voller Anspannung und Erwartung, als wir gemeinsam die Dorfstraße zurückgingen. Als Anu so dicht neben mir ging, fiel mir zum ersten Mal auf, wie hochgewachsen sie war.

Es war kurz vor Mitternacht. Die weißen Nächte waren vergangen, ein hoher Himmel stand über uns und ließ den Spätsommer erahnen.

»Ist dir kalt, Anu?«

Das »du« war völlig unbewusst gekommen.

»Es geht schon, Christoph. Ich hätte mir ja auch eine Jacke mitnehmen können.«

Wieder schwiegen wir. Plötzlich spürte ich Anus Hand auf meinem Arm.

»Christoph, ich finde es schön, dass meine Mutter dich eingeladen hat.«

Mein Magen zog sich vor Glück zusammen.

»Ich finde es schön, dass wir beide hier sind. Ich möchte hier immer mit dir sein.«

Hatte ich eben gesprochen?

Anu lächelte mich an, strich mir über den Arm. Dieser Moment, er war so intensiv, obwohl wir uns kaum berührt hatten. Er hat sich in mein Hirn eingegraben: Der knirschende Sand der Straße unter unseren Füßen, der feuchte Geruch der Nacht unter dem hohen Himmel, die Grillen, das entfernte Bellen eines Hundes, Anus Sommerkleid, als heller Fleck in der Dämmerung, der Klang ihrer Stimme.

»Christoph, du bist anders als die Reichsdeutschen, die ich bisher kennengelernt habe. Die sind immer laut, wenn sie als Touristen durch die Altstadt laufen. Man erkennt sie sofort, so wie sie sich geben. Zu selbstbewusst, immer aufdringlich lachend, arrogant und herrisch. Du bist ruhig, hörst zu. Was du sagst, ist überlegt, und du bist höflich.«

Ich schämte mich und freute mich zugleich.

Aus dem Dunkel schoss Negus um unsere Füße und unterbrach den Augenblick. Dabei – ich war glücklich. Mehr hätte in dieser Nacht nicht passieren dürfen.

Am nächsten Morgen wachte ich spät auf. Für einen Moment wusste ich nicht, wo ich war. Die Sonne flutete durch das Mansardenfenster. Staubteilchen spielten im Licht, auf dem Blech der Gaube tobten Spatzen. Sonst war es still im Haus. Ich lief die Stiege herunter. Die Küche war leer.

Anu war fort. Ich hatte gehofft, mit ihr gemeinsam frühstücken zu können. Handtuch und Seife in der Hand, wollte ich zur Pumpe. In der Veranda begrüßte mich Negus. Eine Schar Spatzen nahm ihr Morgenbad in einer Pfütze, schimpfend stieben sie auseinander, als sie mich sahen. Auch der Hof war verlassen. Als ich in die Küche zurückkam, fand ich auf dem Tisch einen Zettel.

Anu hatte mir geschrieben, dass sie in der Schule sei. Ich sollte mir etwas zu essen machen und nicht auf sie warten. Dann, der letzte Satz:

Ich freue mich auf Dich. – Anu

Der Tag fing gut an, auch wenn sie nicht da war.

Die Tage waren bisher dahingeflogen. Wenn ich mein Lernpensum schaffen wollte, musste ich wirklich jede freie Stunde nutzen. Hinten im alten Obstgarten störte mich niemand. Riina, meine sprachgewaltige Gastgeberin, verirrte sich hier nie, da der Garten von Arnos Bienen genutzt wurde und sie eine unerklärliche Angst vor den kleinen Insekten hatte. Den Rücken an einen der starken Apfelbäume gelehnt, mein Buch auf den Knien, ein Brett als Unterlage für meine Notizen nutzend, wälzte ich meine Lernhilfen. Es war schon Nachmittag. Niemand hatte mich bisher gestört, und mein Pensum war geschafft. Den dicken Band Falladas hatte ich inzwischen ausgelesen. Das Ende gefiel mir überhaupt nicht. Hesses »Morgenlandfahrt« war mir bei Tante Alwine in die Hände gefallen. Es war ein Buch meines Vaters, denn die Tante las nur ihre Buchgemeinschaftsromane. Hesses Erzählung passte zu meiner Stimmung. In mein Buch vertieft, schrak ich auf, als Negus plötzlich aufsprang, der neben mir im Schatten des Baumes döste. Ein Sommerkleid leuchtete zwischen den Johannisbeerbüschen. Anu – schon fühlte ich mich wieder wie ein Pennäler! Diese Stimme, wie sie den Hund begrüßte!

Bevor ich aufstehen konnte, hockte sie sich vor mich. Meinen Blick auf ihre gebräunte Haut im Ausschnitt des Kleides musste sie gespürt haben, denn sie straffte sich. Wieder fielen mir ihre hohen Wangenknochen auf. Ihr Gesicht wirkte so zerbrechlich, dass ich es instinktiv in die Hände nehmen wollte, um es zu schützen.

»Bleib sitzen, Christoph! So gut möchte ich es auch haben. Im Schatten sitzen und lesen.«

Sie blickte auf mein Buch. Dabei fielen ihre Haare ins Gesicht. Die Geste, wie sie sie zurückstrich, war einzigartig.

»Was liest du da? Hesse! Ich denke, bei euch in Deutschland liest man nur Blunck und Beumelburg?«

»Hör auf. Anu, ganz so ist es auch nicht. Meinst du, wir sind alle

Nazis? Unter meinen Freunden in Rostock ist nicht ein Nazi. Klar, viele reißen den Arm hoch. Die Germanisten werden voll gepumpt mit den braunen Büchern. Blubo ist modern.«

Anu unterbrach mich.

»Blubo?«

»Blut und Boden. Die Deutschen haben plötzlich die alte Liebe zur germanischen Scholle wiederentdeckt. Was meinst du, was dort alles geschrieben wird! Das tropft nur so.«

Anu hockte sich auf meine Decke.

»Ihr Deutschen habt eine so schöne ausdrucksvolle Sprache. Aber findest du nicht auch, wenn man Hitler oder Goebbels im Radio reden hört, denkt man sofort an Hundegebell? Dieses Marschieren und Mit-dem-Säbel-Klappern.«

Ich unterbrach sie, »Anu, rasseln, rasseln.«

Irritiert schaute sie mich an.

»Was?«

Dann lachte sie und boxte mich in die Seite.

»Christoph Scheerenberg, du bist blöd. Dann eben rasseln. Du weißt doch, was ich meine. Ich verstehe euch nicht. Warum müsst ihr immer mit dem Säbel – rasseln? Niemand will euch angreifen. Immer müssen die Deutschen sich bedroht fühlen und kämpfen.«

Ich wollte von Politik, Deutschland und Hitler überhaupt nichts hören, wollte mit Anu zusammen sein, ohne an Deutschland zu denken. Eben hatte sie wie Indrek gesprochen.

»Du siehst richtig hübsch aus, wenn du zornig bist. Warum machst du dich so böse? Ihr lebt hier im Paradies. Was gehen euch unsere braunen Bonzen an? Sie sind weit entfernt. Sogar ich habe sie hier fast vergessen. Warte ab, Anu, der Spuk wird irgendwann verschwunden sein.«

»Dafür hält sich Hitler aber schon ganz schön lange. Und außerdem, von wegen Paradies. Auch hier gibt es Nazis. Du musst dir mal unseren Sportlehrer ansehen.«

Anu strich sich durch ihr Haar und lächelte etwas verlegen.

»Christoph, ich wollte dich sowieso fragen, ob du mit in die Schule kommst. Ein Klassenraum soll von den Schülern gestrichen werden. Die Schränke mit den Büchern müssen noch ausgeräumt werden, und ich hab nicht einen Schüler zum Helfen.«

»Natürlich. Du weißt, dass ich gerne mit dir zusammen bin.«

»Schön, ich binde den Hund an. Du kannst ja deine Sachen weg-
bringen.«

Die dünnen Reifen meines Rades hatten Probleme mit dem feinen
Schotter der Straße. Anus Kleid wehte vor mir, ich konnte ungestört
ihre braunen Waden und ihre schlanke Taille betrachten. Das Mäd-
chen war auch von hinten schön.
Ich wollte neben ihr fahren, hatte plötzlich den Drang, ihre Haut
zu spüren. Sie drehte sich mir zu.
»Na, du bist wohl nur Asphalt gewöhnt?«
Meine Hand lag auf ihrem warmen Unterarm. Anus Rad machte
einen kleinen Schlenker, und ich verlor ihren Arm. Sie lächelte dabei
und schüttelte den Kopf, dass ihre Haare flogen.
»Anu, du denkst auch, wir haben nur Asphaltstraßen in Deutschland.«
»Na klar, ihr baut doch so gerne Straßen und Autobahnen.«
Ihre Augen funkelten schelmisch.
»Ach, Christoph, du ernster Deutscher. Nimm nicht immer alles
so ernst, was ich sage«, und das Mädchen trat in die Pedale, dass ich
kaum hinterherkam.

Was war ich damals, in den ersten Tagen unserer Begegnung, für sie?
Ein guter Freund, der Feriengast, zu dem man nett sein musste? Nein,
ich glaube, dass ich spürte, dass sie mich wirklich mochte. Aber ich
wollte mehr, ich liebte sie vom ersten Blick ihrer Augen an. Spielte sie
mit mir, war sie sich unsicher? Ihr Blick zu mir, wenn sie meinte, ich
würde ihn nicht bemerken, konnte nicht zufällig sein. Warum waren
Mädchen nur solche sonderbaren Wesen? Ich hatte Angst, dass die
Tage vergehen würden, ohne dass sich etwas entscheiden würde. Wäre
ich in Deutschland, würde ich sie vielleicht nie wieder sehen.

Anu sprang vom Rad.
»Unsere Schule!«
Stolz zeigte sie auf den hölzernen Zweckbau, als hätte sie ihn
eigenhändig errichtet.
»Hier will ich in einem Jahr unterrichten – Deutsch und
Geschichte. Komm, bevor wir anfangen, stelle ich dir unseren Direk-
tor vor. Doktor Ruhve ist einmalig. Du wirst sehen. Eigentlich sind

Ferien. Aber er ist immer hier. Er kann nicht anders. Der ewige Lehrer! Er wird hier sterben.«

Ohne Schüler sind Schulgebäude still wie Leichenhallen. Kein Lachen, kein Mädchenkreischen oder das Johlen von Jungen, keine belehrenden Stimmen der Lehrer. Alles ist verwaist, tot. Immer wieder beschlich mich dieses Gefühl, wenn ich in Tallinn oder später in Rostock in den Ferien oder nach Schulschluss durch die langen Gänge gestrichen war, um einen vergessenen Turnbeutel zu suchen oder Nachhilfestunden zu absolvieren. Selbst nach Jahren bleibt dieser Geruch im Gedächtnis haften. Auch der Schulflur in Kärdla roch wie alle Schulflure nach Bohner, Formalin, nach Desinfektionsmittel und schweißigen Sachen.

Anu war von meinen Erkenntnissen begeistert.

»Erzähle es Doktor Ruhve. Der wird sofort eine Untersuchung starten und seine Forschungsergebnisse in der Estnischen Lehrerzeitung veröffentlichen. Sein letzter Beitrag: Die Stellung des Mondes und die daraus resultierenden Lernergebnisse der Schüler. Die Forschung war begeistert und krümmt sich noch heute vor Lachen. Unsere Schule ist dadurch sehr bekannt geworden.«

Ungläubig schaute ich Anu an.

»Ehrlich, Anu, so etwas wird veröffentlicht? Manchmal merke ich, dass ihr nicht mehr in Mitteleuropa liegt.«

Anus Augen leuchteten voller Schalk, wieder hatte sie mit mir ihren Spaß getrieben. Für eine Rache blieb keine Zeit, denn sie klopfte an die Tür des Direktors.

»Du, jetzt spreche ich aber estnisch.«

Eine knarrende Stimme bat uns herein. Die Tür öffnete sich, wir traten in ein Bücherinferno.

Das Direktorzimmer schien der Geburtsort aller Bücher dieser Welt zu sein: Glasschränke, Regale, ein Tisch, überall türmten sich Bücher, Zeitschriften, Atlanten, Papier in allen Formen und Farben.

Aus dem Fußboden schienen Bücherstapel zu wachsen, auf Stühlen und Sesseln reckten sich kleine Ableger. In den nächsten Stunden würde sich sicher der gesamte Raum mit Büchern füllen.

In der Mitte, sozusagen im Auge dieses Infernos, hinter einem riesigen Schreibtisch, saß ein kleiner Mann, der durch die hohen Stapel der Bücher noch filigraner wirkte und mit einer gewaltigen Stimme ausgestattet war.

Laut dröhnte sie uns entgegen, und für einen Moment befürchtete ich, dass er im nächsten Moment mit seinem Organ diese Bücherwelt zum Einsturz bringen würde.

»Anu Lina! Wie freue ich mich, Sie zu sehen! Meine zukünftige Deutschlehrerin, wen haben Sie denn dort mitgebracht?«

Er erhob sich zwischen seinen Stapeln, die dabei bedenklich schwankten, wuchs dabei um einige Zentimeter und eilte uns entgegen. Seine kleinen Knopfaugen tasteten mich dabei in Windeseile ab. Der Bratenrock und das von tiefen Furchen und einer Mensur durchzogene Gesicht mit dem Knebelbart wirkten wie die Karikatur eines Lehrers. Der alte Mann schien vor Energie zu bersten. Energisch schüttelte er Anu mit beiden Händen die Hand und zog sie kurz an sich. Seine Freude schien echt zu sein. Er wandte sich mir zu.

»Junger Mann, Sie sind nicht von hier. Ich würde Sie sonst kennen.«

Ehe ich etwas sagen konnte, drehte er sich zu Anu, dabei meine Hand ergreifend.

»Liebes Fräulein Lina. Wen haben Sie denn da mitgebracht? Etwa Ihren Verlobten aus der großen Stadt?«

Ich rechnete damit, dass Anu vor Lachen platzen würde. Für sie schien der Mann völlig normal zu sein.

»Herr Doktor Ruhve, das ist Christoph Scheerenberg. Er ist bei uns Feriengast. Er kommt aus …«

Ehe Anu weitersprechen konnte, hatte der Doktor sie unterbrochen.

»Herr Scheerenberg, herzlich willkommen auf unserer Insel, willkommen in meiner Schule.«

Endlich löste er seinen Griff. Freundlich bedankte ich mich, mir dabei verstohlen die Hand reibend.

»Junger Mann, aus welcher Gegend unseres geliebten Vaterlandes stammen Sie, denn Sie sprechen keinen hiesigen Dialekt?«

Seine Knopfaugen musterten mich wieder.

»Aus keiner Gegend Estlands, Herr Doktor Ruhve. Ich komme aus Deutschland, genauer gesagt aus Rostock.«

Der Doktor schien zu wachsen.

»Dachte ich es mir doch sofort. Sie müssen zugeben, dass ich sehr genau zugehört habe. Aber dann sprechen Sie ein sehr gutes Estnisch.«

89

Wieder funkelten seine Augen.

»Sie leben wohl schon länger in Estland?«

Nun mischte sich Anu ein. Da ähnelte sie ihrer Mutter, denn auch die konnte nicht nur stummer Zeuge eines Gesprächs sein.

»Hat, Herr Doktor. Herr Scheerenberg ist Deutschbalte, hat in Tallinn gelebt und forscht nun nach seinen Wurzeln.«

»Herr Doktor Ruhve, ich bin zurzeit geistig in einer Zwischenwelt, mehr ein Wanderer zwischen den Welten.«

»Ah, Herr Scheerenberg, Sie lesen Walter Flex.«

Er hob einen Zeigefinger.

»Sie wissen, dass er auf Ösel begraben ist? Obwohl – Flex ist mir ziemlich nationalistisch. Ich mag diese Kriegsliteratur nicht. Da wird mir zu viel heroisch gestorben, Herr Scheerenberg. Die junge Generation kennt nicht den Krieg. Glauben Sie mir, so wie in Flex' Büchern ist nicht der Tod. Er ist schmutzig und ruhmlos. Ich habe ihn oft genug gesehen.«

Der Doktor winkte ab.

»Ach, lassen wir das. Soso, Sie forschen also. Die Ahnen dürfen nicht vergessen werden. Ich hoffe, Sie erfahren nur Gutes über sie.

Wir können natürlich auch deutsch sprechen. Sie leben also in Rostock. Eine Schwesterstadt unserer Hauptstadt.«

Dabei nestelte er an seiner Uhrkette. Unruhig huschten seine kleinen Augen dabei über einen Stapel Bücher, der sich neben uns auf dem Boden reckte.

»Aber was erzähle ich Ihnen das? Liebe jungen Leute, entschuldigen Sie mich bitte, ich muss noch ein Buch heraussuchen.«

Dabei zeigte er in den Bücherwald.

»Herr Scheerenberg, darf ich Sie und Ihre Begleiterin etwas später zu einem Tee einladen?«

Er kratzte sich am Kinn.

»Tee, ja wo ist der Tee? Ach was! Fräulein Lina, die Pflicht ruft mich.«

Doktor Ruhves kleiner Kopf zuckte kurz, er drehte sich mit einem Schwung, dass ich befürchtete, er würde sich selber aushebeln und unter seinem Büchergebirge verschwinden. Vor sich hin murmelnd griff er nach einer Liste. Wir waren für ihn nicht mehr existent.

Anu zuckte mit den Schultern, lächelte und wies mit dem Kopf zur Tür. Vor der Tür platzte ich fast vor Lachen. Anu lächelte nur.

»Du, der Doktor ist nicht verrückt. Er ist etwas schrullig. Aber ein hochintelligenter Mann. Sonst hätte ihn schon eine der Kommissionen fortgejagt. Die Lehrer und Schüler stehen hinter ihm. Außer Keres, unser Sportlehrer. Er unterrichtet jetzt auch noch Deutsch, aber nur aushilfsweise, bis ich anfange.«

Anu verdrehte ihre Augen.

»Du kannst dir sicher vorstellen, wie sehr er mich mag.«

»Und die Bücher? Das ist doch nicht normal?«

»Warum nicht? Wir waren in seinem privaten Büro, in dem er auch manchmal übernachtet, wenn ihn seine Bücher nicht loslassen. Im offiziellen Raum empfängt er dann die Kommissionen und den Pfarrer. – Obwohl, wenn der Pastor da ist, verschwinden sie auch oft im Bücherraum, denn Herr Brügman ist ja genau so ein Büchernarr.«

Die Klassentür stand halb offen. Doppelte Holzbänke, ein erhöhtes Katheder, eine Estlandkarte an der Wand, das Foto des Präsidenten, hinter den Glasscheiben der Schränke die dichten Reihen der Bücher. Hier hatten wir einiges zu tun.

»Komm, lass uns anfangen, my dear one!«

Anu zeigte auf den größeren der beiden Schränke.

»My dear one? Jetzt sprechen wir auch noch englisch. Sag mal, was kannst du noch für Sprachen, Anu?«

»Tja, mein lieber Christoph, dein großes Volk braucht sich keine Gedanken zu machen, ob man es versteht. Aber zeige mir mal hundert Italiener, die estnisch sprechen. Die wirst du nicht finden, dass verspreche ich dir. Wir kleinen Völker müssen große Sprachen beherrschen, damit man uns versteht.«

Sie lachte.

»Aber mein Russisch ist sehr schlecht. Ich breche mir fast die Zunge dabei.«

Ich hatte mir den größeren der beiden Schränke vorgenommen. Schweigend stapelten wir die Bücher auf die Bänke. Anu erledigte ihre Arbeit wie ein feierliches Ritual.

Sie war völlig vertieft, nahm jedes Buch einzeln aus der Reihe, studierte den Titel, blätterte auch manchmal darin, bevor sie es auf die Bank legte. Ihr Gesicht wirkte gelöst, sie schien die Arbeit zu genießen.

Ohne dass sie es bemerkte, konnte ich sie beobachten. Ihre Zungenspitze erschien für einen winzigen Augenblick zwischen den Lippen.

91

Diese Angewohnheit war mir schon früher aufgefallen. Heute tat sie dies häufig. Schaute sie in eines der Bücher, kam ihr Gesicht besonders zur Geltung.

Ihre hohen Wangenknochen, die schmale Nase verliehen ihrem Gesicht etwas Graziles, Zerbrechliches. Sah ich sie so, hatte ich das Bedürfnis, sie in die Arme zu nehmen und zu schützen. Die Harmonie ihrer Bewegungen kam durch den schlanken Körper besonders zur Geltung, sie waren fließend. Das Mädchen schien in sich zu ruhen, als ob sie zu sich selbst gefunden hatte. Trotzdem stand sie mitten im Leben und strahlte eine Kraft aus, wie ich sie bisher bei keinem Mädchen erlebt hatte. Anus Haut war von der Sonne gebräunt, ihr Körper war kraftvoll, trotz ihrer schmalen Schultern und Hände. Für einen Moment wünschte ich mir, ihr Schüler zu sein, denn ihre Schüler müssten sie vergöttern. Aber dann wäre ich nur einer unter vielen für sie. So war ich ihr Gesprächspartner, der Junge, der von ihr ein Lächeln bekam oder eine nahe Geste. Ich wollte mehr für sie sein. Wieder wurde mir bewusst, dass ich nicht mehr viel Zeit hatte. Aber ich konnte nicht drängen. Bei Anu war alles anders. Wenn ich in ihrer Gegenwart war, fühlte ich mich glücklich, da war kein Drang, da war eine Ruhe, die diese Begegnungen ausfüllte. Ich fühlte mich zu ihr hingezogen wie zu keinem Mädchen davor, wollte ihre Nähe spüren, sie auch körperlich lieben, hatte aber Angst, damit dieses für mich neue Gefühl zu verspielen. In diesen Minuten wurde ich hin und her gerissen, war kurz davor, ihr alles zu erzählen, wie ich zu ihr stand, wie sehr ich sie liebte, was ich wollte. Ich hatte Scheu davor, denn sicher würde sie mich zurückweisen. Ich spürte instinktiv, dass sie noch nicht so weit war. Also schwieg ich, nahm mein Buch und legte es auf den Stapel, griff nach einem nächsten Band und beobachtete sie, erfüllt von Glück und Liebe.

Nachdenklich musterten mich ihre Augen. Ich wusste nicht, wie lange sie mich schon angesehen hatte.

»Christoph, was ist? Du siehst so«, sie suchte nach dem richtigen Wort, »so verstört aus. Bedrückt dich etwas?«

Ich schluckte und schüttelte nur meinen Kopf. Sollte ich ihr meine Gefühle offenbaren? Die Gelegenheit war da, und dann? Sie würde mich auslachen.

Anus Augen ruhten noch immer auf mir. Dieser Blick war so intensiv und fragend. Ich konnte ihm nicht ausweichen.

»Ich bin nicht verstört, Anu. Im Gegenteil, ich bin sehr glücklich, weil du bei mir bist. Wenn ich dich bei mir spüre, fühle ich mich so wohl wie noch nie.«

Ich konnte es ihr noch nicht sagen!

Anu legte ihr Buch beiseite und kam lächelnd auf mich zu. Ihre grünen Augen strahlten, die Sonne flutete den Raum. Draußen vor dem Fenster tobten Spatzen in einem Strauch. Der Augenblick war einfach schön in seiner Alltäglichkeit!

Plötzlich verlor ich ihren Blick, Anu erstarrte, und das Strahlen in ihren Augen erlosch.

»Guten Tag, Herr Keres!«

Ihre Stimme klang belegt. Als ich mich umdrehte, stand ein Mann in der Tür. Durchtrainierte Beine lugten aus Shorts, muskulöse Arme stemmten sich in die Seiten. Sein Körper schien von Breker modelliert worden sein. Eine hohe Stirn, wasserblaue Augen. Der Prototyp eines Germanen.

»Was ist denn hier los?«

Ich musste mein Lachen niederzwingen. Die Stimme des nordischen Recken klang wie die eines vorpubertären Knaben.

»Herr Keres«, Anu wirkte jetzt resolut, »wir sind dabei, die Schränke zu leeren. Herr Doktor Ruhve weiß davon.«

»Wenn das so ist, dass Doktor Ruhve erlaubt hat, dass der junge Mann sich hier aufhalten darf, ist es natürlich etwas anderes. Ich kenne Sie nicht?«

Wieder musste ich mir mein Lachen verkneifen. Wenn Anu nicht unter ihm leiden müsste, hätte ich ihn wegen seiner Stimme bedauert.

»Keres, mein Name. Ich bin an dieser Schule Sport- und Deutschlehrer. Noch«, fügte er hinzu, dabei ging sein Blick zu Anu, die sich auf einen der Tische gesetzt hatte.

»Fräulein Lina möchte ja im nächsten Jahr den Deutschunterricht führen. Na ja, wir werden sehen. Noch haben Sie Ihren Abschluss nicht, Fräulein Lina.«

Seine Stimme war bei den letzten Worten in ein Falsett umgekippt.

»Scheerenberg mein Name. Nun, ich denke, die Prüfungen werden Fräulein Lina keine Schwierigkeiten bereiten, so gut, wie sie deutsch spricht.«

Der Lehrer neigte seinen Kopf.

»Ach, interessant, und Sie können dies wohl beurteilen?«
Ich grinste ihn an und schaute auf Anu, die nun lächelte.

»Ich bin Deutscher und des Deutschen mächtig. Und Fräulein Lina spricht ein hervorragendes Deutsch, wie ich in den letzten Tagen feststellen konnte.«

»Herr Scheerenberg, Sie kommen aus dem Reich!«
Seine Augen leuchteten, als ob mich der Himmel geschickt hatte. Mit zwei federnden Schritten eilte er auf mich zu, seine Muskeln strafften sich, kerzengerade stand er vor mir, die Linke an den Körper gepresst, schnellte die rechte Hand nach vorne. In Gedanken erwartete ich den Hitlergruß und wollte schon zurücktreten, da ich seine Hand in meinem Gesicht fürchtete.

»Willkommen in Estland! Ich freue mich, dass ich einen Abgesandten des Reiches begrüßen darf!«

Er sprach nun ein hart akzentuiertes Deutsch, betonte dabei jedes Wort wie ein Schüler im Fremdsprachenunterricht.

Ein um Vergebung bettelnder Blick ging zu Anu.

»Aber, Fräulein Lina, Sie hätten mir doch sagen können, dass Sie Besuch aus dem Deutschen Reich haben. Ich konnte es nicht ahnen – ich hätte Sie doch nicht so behandelt.«

»Nein, Herr Keres? Sie behandeln mich immer so.«
Spott klang in Anus Stimme. Keres' Augen verengten sich. Er wandte sich mir zu, innerhalb eines Augenblicks leuchteten seine Augen wieder in Begeisterung.

»Herr Scheerenberg, ich bin ein glühender Verehrer Ihres Landes und vor allem der Person des Führers.«

Ich ahnte, was nun kommen würde. Ich blieb, denn dieses jämmerliche Schauspiel durfte ich mir nicht entgehen lassen. Ich traf auf den ersten Auslandnazi meines Lebens.

»Es ist grandios, wie sich Ihr Land in den letzten fünf Jahren verändert hat, Herr Scheerenberg. Ihr Volk steht als Volksgemeinschaft einig hinter dem Führer, der Schandvertrag von Versailles wurde getilgt. Deutschland ist groß und mächtig, wie seit fünfhundert Jahren nicht mehr.«

Seine Stimme bekam einen beschwörenden Klang. Ich wollte ihn unterbrechen, ihn auslachen, ich schwieg, der kranke Mensch musste reden. Alles wollte ich wissen, was in seinem Kopf vorging. Anu beobachtete ihn wie ein Tier im Zoo.

Glaube, Blut, Germanentum. Der ganze völkische Schwachsinn, der im »Beobachter« oder im »Stürmer« zu finden war. Dazu diese Kinderstimme.

»Ich beneide Sie, dass Sie in diesem starken Land leben können. Und ich beneide Sie, dass Sie Ihre Jugend dem Führer und seiner göttlichen Sendung geben können.«

Ich konnte nicht mehr an mich halten und musste loslachen.

»Hören Sie auf, Mann! Was faseln Sie da von göttlicher Sendung. Was soll ich geben, warum soll ich stolz sein? Auf was, wenn ich fragen darf? Der Führer geht mir, mal so ganz undeutsch salopp gesagt, am Arsch vorbei, Herr Keres.«

Entsetzen breitete sich in seinem Gesicht aus. Die schmalen Lippen öffneten sich, ich ließ ihm keine Zeit zum Reden.

»Dass Hitler Menschen verfolgt, ist Ihnen wohl entgangen? Finden Sie es richtig, dass die Zuchthäuser bei uns überquellen, dass wir keine freien Wahlen haben und die Presse gleichgeschaltet wurde? Vielleicht sollten Sie nicht nur den ›Völkischen Beobachter‹ lesen, sondern auch einmal eine Auslandszeitung.«

Keres stand vor mir. Instinktiv überlegte ich, welche Chancen ich hätte, wenn er mich angreifen würde.

»Junger Mann, Sie sollten sich schämen. Natürlich weiß ich, dass die Juden nicht beliebt sind. Sie haben es nicht anders verdient, wenn sich das Weltjudentum gegen Deutschland verschwört. Auch die Kommunisten haben ihre Strafe verdient. Wo gehobelt wird, fallen Späne.«

Er verschluckte sich. Wieder schlug seine Knabenstimme um.

»Deutschland steht groß in der Welt da. Ohne Völkerbund! Dort können die schwachen Demokratien herumlungern und zusehen, wie Deutschland wächst. Schauen Sie sich diese Länder an – England, Frankreich, auch Estland.

Sie vegetieren dahin. Bei Ihnen geht es vorwärts. Da werden Autobahnen gebaut, Moore werden trockengelegt, Industrien errichtet.«

»... und Zuchthäuser, Herr Keres. Bitte vergessen Sie die nicht in Ihrer Aufzählung. Hören Sie auf, Sie beten den ganzen Schwachsinn aus dem ›Stürmer‹ nach.«

»Ach was, KZs! Das ist alles von der jüdischen Presse maßlos übertrieben. Umerziehungslager sind das, nichts anderes.«

Seine Hand wischte vor meinem Gesicht. Speichel sprühte. Ich trat einen Schritt zurück.

»Hören Sie auf. Lassen Sie mich in Ruhe. Sie können mich nicht überzeugen.«

Er hörte mich gar nicht mehr.

»Die Kommunisten haben es nicht anders verdient. Diebe, Verbrecher. Auch hier müsste man mit ihnen kurzerhand Schluss machen. Aber Präsident Päts ist ja noch immer viel zu liberal.«

Seine Arme peitschten die Luft. Mein Blick traf Anu. Sie hatte Angst.

»Keres, hören Sie auf! Gehen Sie zum Führer! Auf solche wie Sie wird er warten. Bieten Sie sich an. Dann können Sie Ihr Gift nicht mehr hier versprühen!«

In der Tür stand Direktor Ruhve. Seine Gestalt wirkte in der hohen Tür noch kleiner. Sein Kinn bebte vor Zorn. Keres hatte meine Pause genutzt und beschimpfte mich weiter.

»Scheerenberg, Sie sollten sich schämen, so zu denken. Auf Menschen wie Sie kann der Führer verzichten. Sie gehören ausgetilgt. Auch Sie werden einmal erkennen, dass die Idee Adolf Hitlers genial ist. Immer mehr Menschen werden dies erkennen. Und die Idee des Führers wird auch in Estland groß und stark werden. Estland hat schon immer zu Deutschland gehört, wenn nicht territorial, dann geistig. Und die Ideen Adolf Hitlers«, Gott, er sagt Adolff Hittlär, durchfuhr es mich, »werden auch in dieser Schule Einzug halten!«

»Das werden sie nicht!«

Die knarrende Stimme Doktor Ruhves ließ Keres herumfahren.

»Herr Direktor!«

»Herr Keres, hiermit erteile ich Ihnen Hausverbot. Ich werde mich an das Ministerium wenden und um Ihre Entlassung ersuchen. In dieser Schule werden Sie nicht mehr unterrichten!«

Der Arm des Direktors wies auf den Flur. Der Sportlehrer wollte etwas sagen, die Geste des Direktors schnitt seinen Versuch ab.

Als er neben dem Direktor stand, drehte er sich noch einmal kurz um. Hass traf uns. Ich konnte nur grinsen. Wie war dieser Mensch lächerlich!

Wir schwiegen. Anu lehnte an ihrer Bank. Ich stand mitten im Raum, hatte ein Buch in der Hand und wusste nicht, wann ich es ergriffen hatte. Der Doktor stand noch immer im Türrahmen. Sein

Gesicht wirkte wie in Stein gemeißelt. Draußen lärmten die Spatzen. Ein Wagenrad kreischte.

»Man müsste es einmal fetten«, unterbrach der Doktor die Stille.

»Herr Scheerenberg, ich muss mich bei Ihnen entschuldigen.«

»Wofür? Der Mensch ist krank. Dafür können Sie nichts.« Als er lächelte, ging eine Faltenwelle über sein Gesicht. Nur die Wange mit der Mensurnarbe blieb unbeweglich.

»Ich freue mich, dass Sie nicht so denken wie er.«

Mit einer eleganten Drehung schob er die Tür weit auf.

»Bitte kommen Sie, der Tee ist fertig. Lassen Sie die Bücher liegen. Ich werde zwei Schüler beauftragen. Kommen Sie – bitte.«

Anu streifte meine Hand, als ich das Buch zurück auf den Tisch legte. Es war Döblins »Berlin Alexanderplatz«. Nun war Goebbels der Herrscher von Berlin, und auch dieses Buch war verbrannt worden. Wie kam dieses Buch in eine Dorfschule? Ich vergaß, den Doktor danach zu fragen.

Doktor Ruhve rührte versonnen in seinem Teeglas. Er hatte uns in das Lehrerzimmer eingeladen. Hier dominierten neue Möbel und Ordnung.

Außer dem Klingen des Löffels im Glas und dem Ticken des großen Regulators herrschte Stille im Schulhaus. Anu erwiderte meinen Blick und lächelte. Ihr Lächeln wirkte müde. Sie litt noch immer unter den letzten Minuten. Keres, dieser Nazi! Man hätte ihn achtkantig aus dem Schulhaus werfen müssen.

Zwei Spatzen lärmten auf dem Fensterbrett. Der Doktor schaute auf.

»Sie müssen wissen, ich kenne Deutschland sehr gut. Vor dem Krieg habe ich in Heidelberg und München Kunstgeschichte studiert. Da ich russischer Staatsbürger war, ging ich rechtzeitig zu Beginn des Krieges in die Schweiz, arbeitete dort und kehrte dann 1919 in meine Heimat zurück. Ich kämpfte im Freiheitskrieg, arbeitete dann im diplomatischen Dienst und wurde 1931 nach Berlin an die Estnische Botschaft versetzt. Ich war damals ein sehr politischer Mensch; man muss dies wohl sein, wenn man im diplomatischen Dienst arbeitet. Ich las Marx, Rathenau, Paul Ernst, auch die Konservativen, Spenglers ›Untergang des Abendlandes‹ und einiges von den Gebrüdern Strasser, natürlich Hitlers ›Mein Kampf‹. Das Buch erschütterte mich, rief es zum Mord an die Juden auf, stellte es doch jede Demokratie infrage. Von diesem Tag an, war ich auf der Hut, versuchte in meiner diplomatischen Arbeit gegen die Gefahr einzuwirken.

Erreicht habe ich nicht viel. Aber ich bin mit Goebbels aneinandergeraten. Eine lange Geschichte.«

Eine Handbewegung wischte seine Gedanken fort.

»Ich könnte sie Ihnen erzählen. – Ach, lassen wir den hinkenden Geist ruhen. Ich will ihn nicht zurückrufen. Er hat es nicht verdient.«

Der Doktor lehnte sich zurück.

»Ja, Fräulein Lina, dank Goebbels bin ich aus dem diplomatischen Dienst entlassen worden und an diese wunderschöne Schule gekommen. Da ich auch früher schon ein Lehramt bekleidet hatte, gab man mir dieses schöne Exil. Und ich verspreche Ihnen, dass an dieser Schule kein nazistischer Ungeist Einzug halten wird! Herr Keres wird diese Schule nicht mehr betreten, solange ich Direktor dieser Einrichtung bin!«

Doktor Ruhve stand auf. Er würde für seine Prinzipien sterben. Der Direktor begleitete uns zur Tür.

»Herr Scheerenberg, alles Gute! Und passen Sie auf sich auf. Das braune Gift wirkt schleichend.«

»Ich werde Ihren Rat beherzigen, Herr Doktor.«

Wir standen auf dem vom Sonnenlicht durchfluteten Schulflur. Anu hatte meine Hand gegriffen.

»Und?«

»Was soll ich sagen? Ich bewundere diesen Mann. Überleg einmal, er hat sich mit Goebbels angelegt, dem mächtigsten Mann nach Hitler.«

Plötzlich umfasste Anu meinen Nacken. Ihr Gesicht war so nah wie noch nie. Die Augen!

»Christoph, ich bin stolz auf dich! Wie du mit dem Keres diskutiert hast – toll!«

Für einen kleinen Augenblick spürte ich ihre Lippen auf meinem Mund, dann entwand sie sich lachend und lief den langen Flur vor mir davon. Langsam ging ich ihr hinterher. Ich liebte sie.

Es war spät geworden.

Vor ein paar Tagen hatte der Kapitän die große Wiese hinter dem Obstgarten gemäht. Gemeinsam mit Anu und Riina hatten wir am Nachmittag Hocken errichtet. Die Arbeit war leicht von der Hand gegangen. Die Nähe Anus, der intensive Sommergeruch des Heues. Von Tag zu Tag wurden mir die Bilder der Natur bewusster. Hatte ich bisher die Blüten der Unkräuter, eine Biene oder einen schönen Sonnenuntergang nur als unbewusstes Beiwerk, das eben dazuge-hörte, bemerkt, registrierte ich nun alles um mich herum bewusst und ließ es in mir wirken. Ich genoss die Arbeit, spürte nach einer Stunde eine angenehme Schwäche meiner Muskeln. Es war schön, das Mädchen in meiner Nähe zu spüren.

Wieder waren mir ihre Harmonie aufgefallen, ihre gleichmäßigen Bewegungen, mit denen sie das Heu aufschichtete. Sie hatte ihr Haar hochgesteckt, ihr hoher Nacken, ihre kleinen eng anliegenden Ohren – ich genoss Anus Anblick immer wieder. Manchmal trafen sich unsere Blicke, ein kleines Lächeln von ihr, und ich war wie unter Strom. Anu war heute Nachmittag anders als die Tage davor. Auch Riina schien dies zu spüren. Einige Male traf ich ihren Blick, wenn sie uns beobachtete. Als Anu sich nach der Arbeit wusch, hatte mich Riina in der Küche angesprochen.

»Christoph, sag mal, habt ihr euch verliebt?«

Ihr schien die Frage peinlich zu sein, denn sie entschuldigte sich sofort wortreich.

»Ja, ja, ich weiß, es gehört sich nicht zu fragen. Aber Anu ist anders als sonst. Sie hat mich auch gestern über dich ausgefragt.«

Polternd fiel ein Topf zu Boden.

»Kurat! Ach, entschuldige, Christoph. Ich bin ziemlich durchei-nander. Aber Anu ist meine Tochter. Was ist, wenn sie sich in dir …«

»In dich, Riina, in dich.«

»Was? Ach, Christoph, mach dich nicht über mich lustig!«, und sie schlug mit einem Handtuch nach mir.

»Riina, dann würde ich mich riesig freuen. Denn …«

Nun war ich verlegen.

»Ich habe mich in Anu verliebt. Sie ist noch viel schöner, als du sie beschrieben hast. Ich weiß nicht, wie es weitergeht. Ich weiß ja nicht einmal, was Anu für mich empfindet.«

Riina stemmte ihre Hände in die Seiten.

»Dann bist du blind, mein Junge! Christoph«, ihre Stimme klang resolut, »eins sage ich dir. Mach mir das Mädchen nicht unglücklich. Wie soll das mit euch funktionieren? In zwei Wochen bist du weg, und sie wartet dann bis in alle Ewigkeit auf dich.«

Ich musste lachen.

»Sag mal, Riina, darüber machst du dir Gedanken? Noch ist gar nichts zwischen uns passiert. Obwohl, ich hätte es schon gerne. Würde etwas zwischen uns passieren, ich würde sogar hier bleiben.«

»Ja, und mir das ganze Jahr auf der Tasche liegen. Ne, lass mal, mein Junge, ein Student reicht in der Familie.«

Drohend hob sie den Finger.

»Tust du was der Anu an, ich bring dich um. Und Arno noch einmal!«

Ihre Augen lachten dabei.

Gerne hätte ich Riina noch etwas ausgefragt, doch die Verandatür quietschte, und Anu stand in einem bunten Sommerkleid vor uns.

Indrek hatte seinem Vater eine Flasche Wein abgeschwatzt, die wir ausgetrunken hatten. In einer alten Blechtonne brannte ein kleines Feuer, um die Mücken zu verjagen. Es war schon kalt in den Nächten. Dicht hockten wir um das Feuer.

Anu saß neben mir. Ich genoss ihre Haut an meinem Arm schon seit einigen Minuten. Gerne hätte ich sie in den Arm genommen. Ich traute mich nicht.

Ein Ast brach krachend in der Glut auseinander, und Funken sprühten auf. Anu drückte sich an meinen Körper und ließ meinen Puls rasen.

Im Licht der Flammen schienen sich die Gesichter der anderen zu bewegen. Indrek küsste Tiinas Ohr, sie kicherte. Anu lehnte noch immer an meiner Schulter. Mein Lächeln sah sie nicht. Ihr Gesicht den Flammen zugewandt, wirkte es vor der dunklen Nacht wie ein Scherenschnitt. Noch immer schwiegen alle. Eine seltsame Stimmung herrschte zwischen uns.

Ich spürte, dass Anu etwas von mir erwartete, aber ich konnte sie nicht so einfach in den Arm nehmen. Meinen Blick spürend, drehte sie sich zu mir und lächelte. Mich durchrieselte es, impulsiv strich ich mit meinen Fingerspitzen über ihr Gesicht. Wenn sie meine Hand fortgestoßen hätte, wäre der Zauber dieser Tage zerstört gewesen. Ich weiß nicht, wie dann alles verlaufen wäre. Anu schmiegte ihr Gesicht in meine Handfläche, dann hauchte sie einen Kuss auf meine Hand und entzog sich ihr sanft. Indrek und Tiina schauten uns mit großen Augen an.

»Christoph, ich möchte nach Hause.«

Ihre Stimme klang leise, fast zart, als wolle sie mich nicht kränken. Ihr Blick war fragend.

»Natürlich können wir gehen.«

»Nein, lass nur. Ich möchte alleine nach Hause.«

»Alleine?«

»Ja, ich muss mir über etwas klar werden.«

Ich verstand das Mädchen nicht mehr. Als Anu aufstand, strich ihre Hand über mein Gesicht. Sie lächelte. »Bis morgen. Schlaf gut!« Zu den anderen gewandt: »Wir sehen uns spätestens am Sonnabend, wenn Tanz in Käina ist?«

Und die Dunkelheit nahm sie auf.

»Was ist mit Anu?«, wollte ich von Tiina wissen.

»Mit Anu? Du hast doch gehört, sie muss nachdenken. Christoph, Anu ist, seitdem ich denken kann, meine Freundin. Noch nie hat sie etwas unüberlegt getan. Spürst du denn nicht, was sie für dich empfindet?«

»Doch, schon.«

»Na also, lass ihr etwas Zeit. Du bist aus Deutschland, für zwei Wochen hier – und dann? Du bist nicht irgendein Dorfjunge, in den sie sich verguckt, denn bei ihr spielen andere Dinge als starke Oberarme eine Rolle. Sie muss sich Klarheit verschaffen.«

»Mann, Christoph, bist du so naiv? Bist angehender Doktor und tust wie ein Pennäler«, mischte sich Indrek ein.

»Ist ja gut. Ihr habt ja recht. Anu ist für mich«, ich suchte nach den passenden Worten, »ich kann es nicht ausdrücken.«

»Na ja, dann ist ja alles klar bei dir. Troll dich zu Riina und träume von ihrer Tochter.«

»Christoph, aber bitte überlege, wie es mit euch weitergehen soll. Meine Freundin ist zu schade für eine Urlaubsliebe.«

»Tiina, deine Freundin ist für mich keine Liebelei. So wie ich für sie empfinde …«, ich schwieg. Mir war es plötzlich peinlich, so offen zu sprechen.

Indrek stand auf. »Oh, Mann, so viel Gefühl. Komm Tiina, lass uns auch über Gefühle sprechen.«

Tiina umschlang Indrek, der mir zuzwinkerte. Dann verschwanden beide im Dunkel.

Die Arme um meine Beine geschlungen, starrte ich in die Flammen, während die Kälte der Nacht an meinem Rücken emporkroch. Schon lange waren die Grillen verstummt. Hoch stand der Mond am Himmel. Meine Gedanken spielten verrückt. Dieser Tag war so unerwartet verlaufen, Doktor Ruhve, der Nazilehrer, Anus Reaktionen.

Nie hätte ich erwartet, dass sie sich mir so nähern würde. Ich wusste, dass der morgige Tag eine Entscheidung bringen würde.

Was ich machen sollte, wusste ich nicht. Alles würde sich ergeben, alles würde gut für uns werden, redete ich mir ein. Meine Gedanken drehten sich im Kreis. Anu, Anu, Anu!

Das Haus von Tiinas Eltern war dunkel, als ich schließlich aufstand und die steifen Glieder reckte. Meine Schritte knirschten auf dem Kies des Vorplatzes und klangen laut in die Stille der Nacht. Negus schlug nur einmal kurz an, als ich leise die Verandatür öffnete. Ein Strauß hoher Gladiolen stand auf dem Tisch.

Vorsichtig zog ich eine Blume heraus, kühl und fest fühlten sich ihre Blüten an. Ich wollte sie vor Anus Tür legen. Aber sie wären in der Frühe verwelkt, und ich steckte sie zurück. Eine Treppenstufe knarrte und zerriss die Stille des Hauses, als ich die Treppe zum Boden emporstieg. Die Hitze des Tages lagerte unter dem Dach, und es roch nach dem Harz des Dachstuhls. Ich schlief ein und träumte von Anu.

Durst quälte mich, als ich am nächsten Morgen aufwachte. Ein leichtes Dämmern ließ die Gegenstände im Raum in einem diffusen Licht schwimmen. Obwohl ich erst einige Stunden geschlafen hatte, fühlte ich mich völlig munter. Leise tappte ich die Treppe hinunter, um in der Küche etwas Wasser zu trinken.

Die Tür zur Veranda stand offen. Negus lag unter dem Tisch. Als er mich hörte, hob er seinen Kopf, erkannte mich und ließ ihn wieder sinken.

Für einen Moment blieb ich in der Tür stehen und schaute hinaus. Die Dämmerung verwischte die Entfernungen; der Vorplatz, Riinas kleines Beet, die Sträucher zum Nachbargrundstück wirkten wie eine hingewischte Bleistiftradierung. Ein schwaches Leuchten hinter dem Wald ließ die aufgehende Sonne erahnen.

Ich griff nach einer Gladiole. Sie sollte für Anu sein. Ihre Tür war nur angelehnt. Eine knarrende Diele ließ mich erstarren. Die Schläferin hörte mich nicht. Aufgeregt war ich, als ich ihre Tür leise aufschob.

Anu lag, das Gesicht mir zugewandt, tief schlafend vor mir. Ihre krausen Haare waren völlig durcheinander.

Ich hörte sie schon heute Morgen wieder schimpfend vor dem Spiegel stehen. Jetzt fiel mir auch die leichte Mandelform ihrer Augen auf. Wo stammte nur dieses rätselhafte Mädchen her? Anu, wo liegt die Steppe, die du auf einem Pferderücken durchquert hast? Wo hat deine Jurte gestanden, bevor du in dieses Land am Meer gekommen bist?

Ich fühlte mich so gut, als ich sie dort schlafen sah. Anu drehte sich leicht, mein Atem stockte. Ihre dünne Decke war heruntergerutscht und ließ eine Schulter frei. Der dünne Träger ihres Nachthemds zog einen hellen Streifen über die braune Haut.

Ich musste das Mädchen berühren. Mir war in diesem Moment egal, was passieren würde. Nur zwei Schritte, und ich stand vor ihrem Bett. Vorsichtig neigte ich mich über sie. Ihre Haare dufteten wieder nach Äpfeln. Tief nahm ich ihren Geruch in mir auf.

Die Fingerspitzen meiner Hand glitten sacht über ihren Oberarm und nahmen ihre Körperwärme. Ich war voller Liebe. Für einen Moment wollte ich die Blume vor ihrem Bett ablegen. Aber dann würde sie wissen, dass ich bei ihr gewesen war. Vorsichtig drückte ich meinen Mund in ihr Haar. Ich schloss für einen Moment meine Augen, sog noch einmal ihren Duft ein. Dann ging ich leise zurück und zog vorsichtig die Tür zu. Die Gladiole legte ich davor. Mir war egal, was Riina denken würde, wenn sie als Erste in die Küche gehen würde.

Noch immer war ich erregt. Das kalte Wasser auf meinem Puls hatte keine Wirkung gezeigt. Ich stand in der Veranda und schaute in den Garten hinaus. Inzwischen war das Leuchten im Osten intensiver geworden. Eine Amsel plusterte sich auf dem Kies des Hofplatzes. Sie sah mich.

Misstrauisch ruckte der kleine schwarze Vogelkopf hin und her.

Als ich mich bewegte, flog sie laut schimpfend auf. Kühler Tau nässte meine nackten Füße, als ich in den Obstgarten ging.

Die ersten Vögel waren erwacht und begannen zu singen. Die Luft war frisch von der Nacht. Spinnenweben hingen, dicht mit Tautropfen behängt, in den Johannisbeersträuchern. Alles wirkte so unberührt, als habe die Natur die Schäden, die ihr die Menschen beigebracht hatten, über Nacht beseitigt. Mich fröstelte, doch das Bild, was sich mir bot, war zu schön, um in das Haus zurückzugehen.

An einen der alten Apfelbäume gelehnt, stand ich neben dem Saunahaus und schaute auf die Wiesen hinaus. Nebel stieg auf und lagerte sich in den Senken. Darüber war die Luft klar und von der Nacht gereinigt.

Von den Heuhocken stieg der intensive Geruch des reifen Grases auf. Die Venus verblasste, der Himmel nahm nun eine satte blaue Tönung an.

Mein Blick ging weit und öffnete sich. Mein Puls schlug ruhig und gleichmäßig. Meine Augen nahmen jedes Detail des Morgens in sich auf. Eine Ruhe stieg in mir auf und füllte mich aus. Der Himmel im Osten leuchtete nun in einem intensiven Purpur. Brummend taumelte eine schlaftrunkene Hummel neben mir ins Gras. Ich bückte mich und nahm sie vorsichtig auf meine Handfläche. Mein warmer Atem trocknete ihre klammen Flügel, und summend erhob sie sich in die Luft. Die Natur erwachte, überall sang es.

Als ein winziger Rand der Sonne zwischen den Gipfeln des Waldes leuchtete, spürte ich, wie sich in meinem Inneren etwas vereinigte. Ich war angekommen, mein Körper hatte meine Seele begriffen. Doch nur für einen Augenblick.

Denn als Riinas Hahn mit einem Krähen den neuen Morgen begrüßte und der Hahn des Nachbarn seinen Ruf aufnahm, verschwand dieses völlig neue und mich verwirrende Gefühl so schnell, wie es gekommen war. Später war mir klar, dass ich noch viel zu jung und ohne Erfahrungen gewesen war, um diesen Zustand überhaupt richtig zu begreifen.

Noch einige Minuten am Stamm gelehnt, beobachtete ich das Schauspiel des beginnenden Tages. Kein Gebäude versperrte mir die Sicht, kein Geräusch der Zivilisation störte dieses Naturschauspiel.

Hier war für mich das Paradies. Völlig ruhig ging ich zurück zum Haus. Das Feuerwerk der aufgehenden Sonne spiegelte sich in den klein gerahmten Scheiben der Veranda, als ich die Tür öffnete. Negus grüßte mich. Ich blickte in das Klavierzimmer. Vor Anus Tür lag noch immer die weiße Gladiole.

Als ich meine Bodentreppe hinunterkletterte, hörte ich die Stimmen von Riina und Anu. Etwas klopfte mir schon mein Herz, als ich die Küche betrat.

Die beiden Frauen lächelten mich an. Also hatte Anu mir meinen Blumengruß nicht übel genommen. Unsicher fühlte ich mich trotzdem, Anus alleiniger Nachhauseweg machte mir, trotz Tiinas Erklärungen, einige Sorgen.

Die beiden Frauen hatten schon gefrühstückt und wollten aufbrechen. Anu hatte noch einiges in der Schule zu besorgen, ihre Mutter wollte nach Suuremõisa. Sie verabschiedete sich von uns. Kaum hörte ich ihren Gruß, so war ich auf Anu fixiert.

Als sie sich einige Äpfel aus einer Schale vom Fensterbrett holte, spürte ich ihre Hand für einen Moment auf meiner Schulter. Meine Sinne waren so auf dieses Mädchen eingestellt, dass mir eine Gänsehaut den Rücken herunterlief.

»Anu, ich kann mit zur Schule kommen. Da wird sicher etwas zum Helfen sein?«

Sie drehte sich in der Tür um, ihre grünen Augen funkelten. Wieder fragte ich mich, warum mir bis heute ihr mandelförmiger Schnitt nicht aufgefallen war.

»Nein, Christoph. Du bleibst zu Hause und machst Hausaufgaben. Wenn du die nächsten Prüfungen nicht schaffst, lässt dich dein Vater im nächsten Jahr nicht mehr zu mir.«

Und mit einem Unterton: »Das wäre schade. Findest du nicht? Aber wenn du möchtest, kannst du mich ja noch ein Stück begleiten.«

Das ließ ich mir natürlich nicht zweimal sagen.

Ich schob ihr Rad die Dorfstraße entlang und fand es gar nicht gut, dass es uns trennte. Der Morgen hatte noch nicht seine Frische verloren, auch wenn der Himmel wieder einen warmen Sommertag versprach.

Anu hatte blendende Laune, die meine Sorgen fast vertrieben hatten. Ein hoher Leiterwagen überholte uns. Der Kutscher, einer der Nachbarn, grüßte vom Bock und bot uns eine Mitfahrt an.

Anu dankte. Für Sekunden hatte ich seinen abschätzenden Blick gespürt, bevor er auch mich angesprochen hatte.

Während ich den Griff des Lenkers hielt, legte sich Anus Hand auf meine. Deutlich zeichneten sich unter der braunen Haut ihre Adern ab. Sie sagte nichts, sondern lächelte mich nur an. Trotzdem musste ich wissen, was gestern Abend gewesen war.

»Anu, als du gestern alleine nach Hause gegangen bist. Ich habe mir wirklich Gedanken gemacht, dass ich etwas angestellt habe.«

»Das hast du auch, Christoph. Aber nicht, was du befürchtest.«

Der Druck ihrer Hand verstärkte sich.

»Ich musste mir gestern selber Klarheit verschaffen.«

»Und, hast du es geschafft?«

»Ich glaube ja.«

»Anu, du spielst jetzt mit mir?«

Ein Blick aus ihren Augen sagte mir, dass ich sie getroffen hatte.

»Bitte entschuldige!«

Ich war stehen geblieben, wollte das Fahrrad loswerden, um sie zu halten. Doch Anu lächelte schon wieder.

»Es ist gut, du Dummer.«

Sie hatte estnisch gesprochen.

»Wir sind an der Kreuzung. Gib mir bitte mein Rad. Lern fleißig. Heute Nachmittag möchte ich dir etwas zeigen.«

Plötzlich zog sie meinen Kopf zu sich heran und küsste mich auf den Mund.

»Mach's gut!«

Ihre Augen strahlten, sie schwang sich auf ihr Rad, und schon war sie auf der anderen Seite der Kreuzung.

»Ich freue mich auf dich!«

Sie winkte noch einmal, und ich stand vor Liebe wie betrunken am Straßenrand und hätte am liebsten den Boden geküsst.

Den alten Bauern sah ich erst, als ich mich umwandte. Auf seine Sense gestützt, lächelte er mich an.

»Na, dich hat es ja wohl richtig erwischt. Aber bei dem Mädchen kann ich das wohl verstehen.«

Er schüttelte seinen Kopf und musterte mich.

»Sag mal, du bist der Feriengast aus Deutschland, der beim Kapitän wohnt? Findest du nicht bei euch ein Mädchen?«

Er winkte ab.

»Ach, du verstehst mich ja doch nicht!«

Ich lachte ihn an.

»Solch eines garantiert nicht!«

Nun staunte er, denn ich hatte estnisch geantwortet.

Die Stunden unter meinem Apfelbaum wollten überhaupt nicht vergehen. Dann hatte ich es geschafft, und Anu stand vor mir. Sie war noch immer sichtlich guter Laune.

»Los, hoch, Christoph! Wir machen eine Radtour. Ich zeige dir etwas, was du noch nie gesehen hast.«

Wie eine Blumeninsel lag der Garten des Pfarrhauses gegenüber der Kirche. Frau Brügman arbeitete zwischen ihren Beeten. Sie hatte uns bemerkt und winkte uns heran. Nach einigen Sätzen fiel mir auf, dass sie besorgt wirkte.

Ich hatte mich nicht getäuscht, denn sie fragte nach ihrem Sohn. Indrek hatte sich heute Morgen mit seinem Vater gestritten. Es war wie so oft um Politik gegangen, und wutentbrannt hatte er das Haus verlassen. Wir konnten ihr nicht helfen, denn auch Anu hatte Indrek oder Tiina nicht gesehen. Bedrückt verabschiedete sich die Pfarrersfrau von uns. Sie wirkte hilflos. Unsere Stimmung war etwas gedrückt, als wir weiterfuhren.

»Was ist mit Indrek los, Anu? Ich verstehe nicht, warum er so schlecht auf seinen Vater zu sprechen ist. Ich habe den alten Herrn doch auch kennengelernt. Er scheint ein umgänglicher Mensch und sehr intelligent zu sein. Mit ihm kann man reden. Warum geht Indrek so in Opposition zu ihm?«

Anu ließ sich mit ihrem Rad zurückfallen, um mit mir auf gleicher Höhe zu sein.

»Ich weiß es auch nicht genau. Tiina geht mit ihm seit zwei Jahren. Sie sagt, früher war er nicht so. Er ist lieb und gut. Geht es aber um Politik, wird er verrückt. Vor seinem Studium war er ein Jahr in Tallinn, hat ein Praktikum gemacht. Er ist dort mit kommunistischen Studenten zusammengekommen.

Seitdem glaubt er an den Kommunismus als Lösung aller Probleme. Du hättest ihn mal erleben sollen, als er zurückkam! Er wollte mit uns sogar eine illegale Zelle aufmachen. Wir haben ihn ausgelacht.

Es half nichts, auch nicht, als sein Vater ihm von den Verbrechen während des Bürgerkriegs 1919 erzählte. Die Jagd auf nicht linientreue Kommunisten in Russland, die Stalingläubigkeit, nichts half. Er ist von der Sache überzeugt. Und darunter leidet natürlich auch Tiina.«

Anu lächelte mich etwas hilflos an und zuckte mit den Schultern. Mit ihrer Erklärung konnte ich mich nicht zufrieden geben.

»Mit mir hat er auch so diskutiert. Als ich Stalin mit Hitler verglich, wurde er richtig wütend. Ich verstehe aber überhaupt nicht, warum er so zu seinem Vater ist. Man kann normal diskutieren, ohne nicht gleich durch die Wand zu laufen.«

»Christoph, ich weiß es nicht. Sein Vater kommt aus einer anderen Welt, glaubt an den Humanismus, liest die alten Griechen und Römer, predigt von Nächstenliebe. Diese Ideale wollte er auch seinem Sohn beibringen. Vielleicht hat er es unter Zwang versucht. Ich weiß es nicht. Jedenfalls ist es traurig, was in der Familie geschieht. Tiina hat Angst, dass Indrek einmal im Gefängnis enden wird.«

»Schlimm, ich mag Indrek wirklich, auch wenn ich ihn erst ein paar Tage kenne. Vielleicht wird er ja wach, wenn er älter wird.«

Anu lächelte.

»Das soll es ja manchmal geben, oder?«

Inzwischen waren wir auf Orjaku angekommen. Ich ahnte, wo Anu mit mir hinfahren wollte, und freute mich.

In Kassari bogen wir von dem Hauptweg ab. Anu fuhr vor mir, geschickt grauen Schotterstücken und Steinen ausweichend. Man sah, dass sie viel Fahrrad fuhr. Ich quälte mich dagegen mit dem steinigen Untergrund. Das Mädchen drehte sich zu mir um und stieg vom Rad.

»Was ist, Christoph, bist du nur Asphalt gewöhnt? Ein kleines Stück noch, dann lassen wir die Räder stehen.«

Inzwischen war ich neben ihr. Und plötzlich gingen in ihren Augen zwei Sonnen auf.

»Anu«, ich wollte sie an mich ziehen.

Ihr Mund streifte schon meine Lippen, und ihre Hände hielten meinen Kopf. Diese Fahrräder, immer sind sie im Weg, dachte ich noch. Da hatte sie sich schon von mir gelöst. Noch immer leuchteten die Sonnen in ihren grünen Augen.

»Christoph, es ist schön, dass du hier bist.«

»Anu, ich liebe dich!«

Meine Stimme klang rau, ich war fast stolz, dass ich, ohne rot zu werden, mein Geständnis herausgebracht hatte. Gott, wie ein Pennäler, dachte ich.

Ihr Gesicht wurde so weich, und ihre Augen sagten alles, sodass ich auf keine Worte wartete. Wir fuhren weiter, Anus schmaler Rücken war wieder vor mir.

Ich war glücklich, denn alles war klar. Für Anu schien alles so einfach, sie kam mit wenigen Worten aus, um mir ihre Gefühle zu zeigen.

Ich fand das damals schön. Die Mädchen aus Rostock wollten Schwüre hören und Liebesbeweise sehen. Anu reichten Gesten, Blicke. Sie wollte nicht erobert werden, sie zeigte mir selbstbewusst ihre Gefühle, bevor ich überhaupt in die Offensive gehen konnte. Ich war verliebt! Mein Gesicht glühte, als sie wieder vom Rad sprang. Es war dieselbe Stelle, an der ich mit Indrek die Räder zurückgelassen hatte.

»Christoph, komm, ab hier geht es zu Fuß weiter.«

Sie griff nach meiner Hand, ich wollte sie an mich ziehen, sie lachte und entwand sich mir.

»Jetzt nicht, ich zeige dir den schönsten Platz der Welt.«

»Der ist überall, wo du bist.«

»Oh, Christoph, hör auf! Nicht solch«, sie überlegte, »wie heißt das Wort auf Deutsch?«

»Du meinst, Süßholzraspeln.«

»Genau, das kannst du mit den Rostocker Mädchen machen.«

»Es gibt kein Rostocker Mädchen.«

Wieder leuchteten ihre Augen.

Die Landzunge verengte sich. Zwischen den Wacholderbüschen, die nur kärglichen Halt im losen Schotter fanden, leuchtete das Meer auf beiden Seiten. Die spärlichen Gräser und braunen Moose waren dem grauen Kiesel gewichen.

Schilf wogte in der sanften Dünung. Über uns ließen sich zwei Möwen am Himmel treiben. Nur der Wind und ihre Schreie waren zu hören.

Mein Blick ging weit nach vorne auf die offene See. Die Landzunge vermählte sich hundert Schritte vor uns mit dem Meer. Ein kräftiger Wind kam über das Wasser, Anu hatte Schwierigkeiten, ihr wildes Haar zu bändigen. Für einen Moment schloss ich die Augen, um das Gefühl noch intensiver auf der Haut zu spüren. Mein Gesicht spannte vom Wind und der Sonne. Es war schön, das Meer so nahe zu spüren.

Anu drehte sich zu mir. Ihr Kleid flatterte. Sie hielt ihre Haare, um ihr Gesicht frei zu haben, und lachte.

»Christoph, ich sage doch, der schönste Platz der Welt! Komm weiter, lass uns bis an das Ende der Welt gehen«, und zeigte dabei auf die Landspitze.

»Warte!« Ich griff nach ihrer Hand und zog sie zu mir. Ihre Lippen schmeckten nach Salz. Wieder waren ihre Augen so intensiv grün, als ich mich von ihr löste.

Eng umschlungen gingen wir weiter. Immer schmaler wurde die Landzunge, war fünf oder sechs Meter breit und ragte nur noch wenig aus dem Wasser. Als wir um einen Findling geklettert waren, hielt Anu mich fest.

»Warte, ich will dir eine Geschichte erzählen.«

Sie ließ sich am rauen Granit hinuntergleiten, ohne auf die harten Kiesel zu achten, die unter uns waren.

Anu strich sich ihr Haar aus der Stirn.

»Ich will dir erzählen, wie diese Landzunge entstanden ist. Meine Mutter hat mir die Geschichte früher oft erzählt. Ich habe sie noch keinem erzählt.«

Ihr Gesicht zeigte einen gespielt hochmütigen Ausdruck.

»Also, du weißt, welche Ehre dir nun widerfährt?«

»Anu, ich werde dir ewig verbunden sein – auch wenn du mir die Geschichte vorenthältst.«

»Gut, also höre zu. Ich werde sie dir auf Estnisch erzählen. Dann lernst du gleich zweimal!«

Die Beine angehockt, das Kleid über ihre Knie gezogen, mir ihre nackten Waden und die Rückseiten ihrer Oberschenkel zeigend, hätte ich alles Mögliche mit ihr gemacht, als unbedingt eine Geschichte zu hören.

»Also, als vor langer Zeit noch keine Menschen in Estland lebten, hausten hier Riesen. Da sie ja nun besonders riesig waren, brauchten sie viel Platz. Und so wohnte ein Riese, er hieß Leiger, auf Hiiumaa. Sein großer Bruder Suur Tõll wohnte auf Saaremaa. Das ist ja auch logisch. Denn die Insel ist größer als Hiiumaa.«

Anu machte dabei ein Gesicht, als wäre es die normalste Sache der Welt, dass Riesen in Estland lebten. Ich hätte sie gerne geneckt. Sie war so bei der Sache, dass ich sie weitererzählen ließ.

»Christoph, du musst wissen, dass die estnischen Riesen gutmütige Zeitgenossen waren. So verstanden sie sich auch alle untereinander und pflegten ihre Familienkontakte. – Also, Leiger stolzierte nun einige Male im Jahr hinüber zu seinem großen Bruder, um ihn zu besuchen.

Er war ja ein Riese, und so konnte er einfach durchs Meer waten und brauchte nur einige tiefere Stellen zu durchschwimmen. – Christoph, was grinst du so?«

»Ach, nichts, ich stelle mir gerade vor, wie er durchs Meer stolziert.«

»Du lenkst ab. Also: Auf Dauer, und Riesen werden ja uralt, störte es Leiger schon, dass er immer seinen Bruder besuchen musste, denn Suur Tõll hatte Angst vor den tiefen Stellen im Meer und erfand immer neue Ausreden, damit er um den Gegenbesuch herumkam ...«

Anu lief zur Höchstform auf und schmückte ihre Geschichte immer blumiger aus. Meine Füße begannen zu kribbeln. Aber ich schwieg, konnte Anu in aller Ruhe studieren. Ihr Gesicht hatte jetzt etwas Jungmädchenhaftes. Ich konnte mir vorstellen, wie sie früher auf der Schulbank begierig jede Erzählung ihres Lehrers eingesaugt hatte. Ihr Gesicht erzählte mit, die Augenbrauen schienen zu wandern. Vorher war mir nie aufgefallen, dass sie die Bogen leicht gezupft hatte. Ob Riina damit einverstanden war? Denn auf der Insel war dies sicher ziemlich unüblich.

»Sag mal, Christoph, hörst du mir überhaupt zu?«

Anus Augen funkelten.

»Doch, doch, natürlich. Erzähle bitte weiter.«

»Na gut, wehe, du weißt nicht alles. Ich frage dich nachher ab. Also – alles reden half nicht. Sein großer Bruder traute sich einfach nicht in das tiefe Wasser. Wenn Leiger die tiefen Stellen mit Steinen füllen würde, ja, dann hätte Suur Tõll kein Problem mit dem Meer. Ihn würde schon interessieren, wie sein kleiner Bruder lebt.

Aber kommen würde er nur, wie schon gesagt ... Gut, Christoph, ich will meine Geschichte nicht unnötig ausdehnen, denn du überzivilisierter Mitteleuropäer langweilst dich sicher. Leiger liebte seinen Bruder, und so wollte er ihm etwas ganz besonders Gutes tun. Er sagte ihm, dass er einen Damm bauen wolle.

Große Brüder sind manchmal ganz schön hochmütig, und so lachte der große Tõll den kleinen Leiger aus.

Der wurde nun mächtig wütend, rief: ›Jetzt erst recht!‹, und machte sich nach Hause auf, und zum Abschied verkündete er, dass er beim nächsten Besuch trockenen Fußes sei. Der große Tõll aber zeigte ihm einen Vogel ...«

»Einen Vogel? Und das ist überliefert, Anu?«

Anu deutete einen Zusammenbruch an. Ihre Mimik war filmreif.

»Och, Christoph, du bist so rational. Lass mich bitte.«

Ich drückte ihr einen Kuss auf den Arm.

»Anu, lass dich nicht veralbern. Komm, erzähle weiter. Ich will das Ende hören. Außerdem nimmst du mich auch immer auf den Arm.«

»Auf den Arm? Wie meinst du das?«

Sie winkte ab.

»Also, Leiger eilte, besser, schwamm, so schnell er konnte, nach Hiiumaa zurück. Noch am selben Abend begann er mit seinem großen Sohn einen Damm zu bauen. Sie schleppten Steine heran, schichteten sie auf und füllten die Hohlräume mit Sand und Kieselsteinen. – Guck«, sie griff nach einem Stein. »die liegen hier ja alle noch herum. Das ging ziemlich schnell, und Leiger war guten Mutes, dass er mit trockenen Füßen Suur Tõll besuchen könne. Der Riese sollte sich täuschen. Je weiter die beiden ihren Damm ins Meer trieben, umso mühsamer wurde die Arbeit. Immer wieder macht das Meer ihr Werk über Nacht zunichte.

Eines Morgens, in der Nacht hatte ein Sturm getobt, musste Leiger sehen, dass sein Werk der vergangenen Tage von der See zerstört worden war. Nun begriff er, dass das Meer stärker als der stärkste Riese war. Er gab enttäuscht auf und musste den Rest seines Lebens die Hänseleien seines Bruders ertragen.«

Zufrieden lehnte sich Anu zurück und schaute mich erwartungsvoll an.

»Eine schöne Geschichte, Anu. Nur, ich wäre nicht mehr nach Saaremaa geschwommen, wenn mich mein großer Bruder so gehänselt hätte.«

»Siehst du, Christoph«, und Anus Augen funkelten triumphierend, »das unterscheidet eben die estnischen Riesen von den deutschen Riesen – sie lieben ihre Geschwister so sehr, dass sie sogar Schadenfreude verkraften können.«

»Ja, und warum haben sie nicht gemeinsam den Damm gebaut?«, wollte ich wissen.

»Mann, Christoph, estnische Riesen sind Individualisten und nicht im Reichsarbeitsdienst organisiert. Denn dann hätten wohl alle Riesen daran gearbeitet. Und außerdem bist du viel zu rational. Würdest du hier länger leben, könntest du die beiden verstehen!«

Sie hatte recht, dem Ausdruck ihres Gesichts konnte ich nicht widersprechen, und schön war die Geschichte schon.

Anu wollte mit mir zur Spitze der Landzunge, und so machten wir uns wieder auf, kletterten um Findlinge, verscheuchten Möwen und Enten. Die Mühe lohnte sich, als das Meer unsere Füße umspielte. Meine Füße glühten von den harten Kieseln, es war ein gutes Gefühl, die Steine unter den nackten Sohlen zu spüren.

Der Damm war nun nur noch einige Zentimeter über dem Wasser. Wellen überfluteten ihn, einzelne Quallen hatten sich zwischen den Steinen verfangen. Anu stand vor mir, an mich gelehnt, und schaute auf Saaremaa, das wie ein Pinselstrich unter dem klaren Himmel getupft schien. Wir schwiegen, ich genoss ihre Nähe und die Natur, in der ich mich so klein fühlte. Möwen schrien noch immer über uns.

Anu hatte mir erzählt, dass sie hier brüten würden. Der Damm war noch einige Meter als helle Spur im flachen Wasser zu erahnen, dann verlor sich Leigers Werk im Blaugrau des nördlichen Meeres.

Ich schmeckte die Luft, roch Anus Haare, meine Augen versuchten die Weite zu begreifen, meine Ohren nahmen das Rauschen der Wellen und den Wind auf. Alle Sinne waren geschärft. Ich fühlte mich so gut.

Alles war in Ordnung, stimmte, hatte seinen Platz. Anu drehte sich zu mir. Sie brauchte sich nicht einmal strecken, als wir uns küssten.

»Nun, habe ich dir zu viel versprochen?«

Ich konnte nur meinen Kopf schütteln. Meine Stimme war belegt, zu übermächtig waren meine Gefühle. Ich wollte ihr etwas Schönes sagen. Sie schien mich auch so zu verstehen, denn ihr Lächeln und ihre Augen sagten alles.

»Komm, lass uns zurückgehen. Mich friert etwas.«

Erst auf dem Weg zurück bemerkte ich, wie lang Leigers Damm war. Wir liefen fast eine Stunde, bis wir bei unseren Rädern waren.

Die Hitze stand zwischen den hohen Findlingen und schirmte uns vom Wind ab. Anu hatte dieselbe Stelle wie Indrek gewählt, um unsere Decken auszubreiten. Ich hatte geschwiegen, um ihr nicht die Freude zu nehmen.

Hinter einem Findling hatte sie sich umgezogen. Sie hatte nicht viele Umstände gemacht, und ich hatte nicht geguckt, obwohl ich sie gerne gesehen hätte. Die Rostocker Mädchen machten aus dem Bekleidungswechsel immer ganze Staatsakte. Hier schien man natürlicher miteinander umzugehen.

Stolz führte sie mir ihren in Tallinn gekauften Badeanzug vor. Original aus Italien, hatte ihr die Verkäuferin erzählt und ein sündhaftes Geld verlangt. Ihre Mutter würde sie umbringen, wenn sie den Preis erfahren würde.

»Eigentlich wollte ich ihn das erste Mal in Pärnu am Strand anziehen. Nun siehst du ihn zuerst«, hatte sie lächelnd bemerkt. Mit dem alten Ding, das sie immer auf der Insel beim Baden anhatte, hätte sie sich nie in das mondäne Bad getraut. Mir wäre sie am liebsten ohne Badeanzug gewesen. Das sagte ich ihr natürlich nicht.

Wir waren schwimmen gewesen, aber hatten es nicht lange im Wasser ausgehalten. Der anlandige Wind hatte das Wasser von draußen in die Bucht gedrückt. Wir hatten uns im Wasser geküsst, ich hatte Anus kühlen Körper in meinen Armen gehalten.

Es war etwas Verspieltes zwischen uns, nicht diese schwere große Liebe mit vielen Worten und Schwüren.

Wir hatten uns noch nicht einmal die große Liebe gestanden – wir wussten dies so. Ermattet lagen wir auf unseren Decken. Meinen Kopf gegen einen der Findlinge gelehnt, lag Anus Nacken auf meinem Oberschenkel. Sie hatte ihre Augen geschlossen, genoss meine Hand, die ihr Gesicht streichelte. Sie war schön, wie sie dalag, ihr Gesicht entspannt, völlig gelöst, ihr enger Badeanzug, der ihre langen Beine und ihre Brüste betonte. Plötzlich spürte ich einen Schmerz, denn mir fiel ein, dass ich sie bald verlassen würde. Das ging nicht! Impulsiv wollte ich sie darauf ansprechen, dann verdrängte ich den Gedanken, wollte für den Augenblick leben.

Anu streckte sich. Meine Hand glitt auf ihre Schulter, blieb in der kleinen Kuhle unter ihrem Schlüsselbein und streichelte sie.

»Christoph, ich verstehe mich selbst nicht. Andere Jungs beißen sich bei mir seit Jahren die Zähne aus. Und dann kommst du daher, ich kenne dich noch nicht einmal eine Woche, lasse mich küssen und bin verliebt in dich.«

»Anu, ich habe dich vom ersten Moment an geliebt.«

»Komm, hör auf.«

Anu öffnete ihre Augen und schaute mich zweifelnd an.

»Das glaube ich nicht. Du kamst mir etwas verlegen vor, stimmt's?«

»He, komm, hör auf, Anu. Nicht alles sezieren. Du bist keine Ärztin, wenn, dann seziere ich.«

Anu schien zu überlegen.

»Bei mir hat es, glaube ich, gefunkt, als du Keres entgegengetreten bist. Na gut, vorher gefiel mir, dass du nicht so angegeben hast wie die anderen Jungs. Und du hast gute Manieren. Die haben unsere Burschen meistens nicht.«

Sie zögerte. »Ach, eigentlich ist es auch egal. Ich liebe dich, mein Christoph. Und was dann kommt, daran denke ich nicht.«

»Was wird deine Mutter dazu sagen, dass wir zusammen sind?«

Anu zuckte mit den Schultern.

»Was soll sie schon sagen? Ich bin alt genug. Sie hat mir schon immer viele Freiheiten eingeräumt, wohl auch, weil mein Vater so früh fort war. Sie mag dich sehr. Das weiß ich. Vielleicht freut sie sich, dass ich endlich mal einen Jungen habe, und dann noch dich.«

Ihr Handrücken strich über meinen Bauch. Mir wurde fast schlecht vor Glück. Ihre grünen Augen wurden tief.

»Christoph, ich liebe dich wirklich. Nur das zählt für mich. Was dann kommt ...«

Ich beugte mich zu ihr, dass mir der Rücken schmerzte.

»Warte.«

Sie kam mir entgegen, und wir küssten uns. Anu sank auf die Decke, ohne dass wir uns trennten. Unser Kuss war lange und so intensiv wie noch nie.

Wie oft habe ich sie überhaupt schon geküsst?, fragte ich mich in einem klaren Augenblick. Es war egal. Ihr nasses Haar roch nach Salz und Tang, nach dem Wind und nach dem vom Tau feuchten Heu des Morgens, nach dem Rauch der abendlichen Feuer bei Tiina und nach den Äpfeln, die in ihrem Zimmer lagerten. Ich werde diesen Duft nie vergessen!

Als ich ihren Träger abstreifte, hielt ihre Zunge für einen Moment ein. Dann presste sie sich an mich. Ihre Brust fühlte sich kühl an und lag wie in einem warmen Nest in meiner Hand.

Als ich sie streichelte, kam ein leiser Ton aus ihrem Mund. In diesem Moment wollte ich sie lieben, als ich ihre Brust küsste, spürte ich Anus Hand auf meinem Kopf.

»Christoph«, ihre Stimme klang bittend. Sofort wusste ich, was sie wollte.

»Nicht, noch nicht.«

Sie lächelte verlegen.

»Du hast recht. Auch wenn es schwer fällt.«

»Bitte sei mir nicht böse. Ich möchte es noch nicht.«

Ihr Gesicht wirkte noch immer, als müsse sie sich entschuldigen.

Ich richtete mich auf. Meine Hand streichelte ihr Gesicht, während ich ihr den Träger über die Schulter streifte.

»Ich bin dir nicht böse. Alles braucht seine Zeit.«

Ich lachte auf.

»Gott, wie hört sich das an! – Wir lieben uns. Niemand zwingt den anderen. Und bitte, lass uns immer ehrlich zueinander sein. Wir dürfen uns nie belügen oder dem anderen etwas vormachen, lieber ihn für einen Moment verletzen als belügen. Ich hasse Lügen!«

»Ich auch Christoph. Dafür bin ich schon viel zu oft belogen worden!«

Anu lag in meinem Arm.

»Schön, dass du nicht beleidigt bist. Wir werden uns lieben. Ich weiß es.«

Hätten wir uns jetzt geliebt, wäre alles zu schnell gegangen. Es war schön, um sie zu werben. Dieses Herantasten, Sichfinden, Neuentdecken.

So intensiv hatte ich dies bisher bei keinem Mädchen genossen. Die Mädchen waren aber auch anders als Anu gewesen. Oberflächlich, laut, gierig nach dem Leben.

Anu war eine tiefsinnige Frau, auch wenn sie sich mädchenhaft gab, mich neckte oder manchmal naiv wirkte. Sie hatte zwei Naturen in sich:

Die eines kleinen, entdeckungsfreudigen Mädchens, das über die Welt staunt, überall das Schöne sieht und sich dafür begeistert. Die reife Frau, die überlegt und vergleicht, den Ursachen auf den Grund geht und die nichts Unbedachtes tut. Beide Naturen waren voller Optimismus und Lebensfreude, beide versuchten immer das Gute zu entdecken. Dieser unbändige Optimismus, der aus ihren grünen Augen strahlte, ihre Gefühle, die sie auslebte und gerne zeigte, die Offenheit ihres Charakters faszinierten mich ebenso wie ihre Anmut.

»Es ist schön, dich zu spüren. Christoph, lass uns jede Minute zusammen sein. Die Tage werden dahinfliegen, und wir werden lange getrennt sein.«

»Hör auf, Anu! Denke nicht daran. Wir haben uns jetzt.«

Als ich mich über sie beugte, sah ich, dass um ihre Pupille kleine graue Sprengel lagerten. Meine Nasenspitze strich über ihre Wange.

»Weißt du, dass ihr im Paradies lebt?«

Sie lachte auf.

»Im Paradies? Christoph, du solltest dieses Paradies einmal im Herbst oder im Winter erleben, wenn es wochenlang stürmt und regnet. Die Natur versinkt im Schlamm und in Nässe. Tagelang ist die Sonne wie ausgelöscht. Weißt du, wie es ist, wenn man bei minus zwanzig Grad auf das Trockenklo muss und der Schnee einen halben Meter hoch liegt? Glaube mir, ich zehre den ganzen Winter von diesen Sonnentagen. Manchmal wünsche ich mir, dass ich von dieser Insel herunterkomme.«

Plötzlich kniff sie mir in die Nase.

»Gott, nun tue ich so, als ob du Schuld am Wetter hast. Aber es gibt auch schöne Wintertage. Wenn die Ostsee zugefroren ist und fantastische Eisgestalten am Ufer lagern. Diese strahlende Helle des kalten Winterhimmels und der Schnee, der alle harten Formen glättet, die Raureifgebilde an den Bäumen und Sträuchern. Du musst einmal hören, wenn nachts das Eis auf dem Meer arbeitet. Ein Brechen und Schieben, ein unirdisches Geräusch, dann spüre ich immer, wie klein und schwach man ist. Oder wenn im Herbst die Farben so weich werden, wie ein riesiges Aquarell wirkt dann Kassari. Die braunen Farben des Schilfs, die Rufe der Kraniche im Frühnebel, als ob sie den vergangenen Sommer betrauern. Es ist schon schön hier. Aber das Paradies wirst du hier nicht finden.«

Meine Hand spielte in Anus Haaren.

»Ich würde schon gerne mit dir den Winter erleben.«

»Ich auch, Christoph, nicht nur einen. Vielleicht erleben wir ja viele Winter miteinander. Ich wünsche es mir«, und über ihr Gesicht flog ein Schatten.

Wir lagen noch lange in der Sonne, küssten uns, erzählten, tollten im Wasser. Die Stunden verflogen. Hier mit Anu bleiben, aus Schilf eine Hütte bauen, am Feuer sitzen, erzählen, sich lieben.

Wir würden die Welt nicht vermissen und hätten dabei das Paradies gefunden. Das werde ich mir damals gewünscht haben. Aber wir mussten zurück nach Moka.

Als wir in die Küche kamen, saß Riina mit Arno am Abendbrottisch. Beide wussten sofort, dass wir uns gefunden hatten. Riinas Blick auf ihre Tochter, Arnos Grinsen. Sie brauchten uns nicht zu fragen. Wir kamen uns wie ertappt vor und saßen schweigsam am Tisch.

Mein Mädchen schaute mich an, Lachfunken blitzten in ihren Augen, ich musste lächeln, Anus Mund verzog sich, ich schaute weg, wollte ernst bleiben, musste wieder in die Lachaugen schauen, wir prusteten beide laut los.

Riina schaute für einen Moment verwirrt, fing an zu lachen, und Arnos Seefahrerbass stimmte ein.

Da saßen vier mehr oder weniger erwachsene Menschen und schüttelten sich vor Lachen fast aus. Eine Explosion ging über unseren Tisch. Schließlich konnten wir nicht mehr. Arno wischte sich die Augen.

»Ihr seid verliebt! So verrückt können nur Verliebte sein. Oder was meinst du dazu, Schwesterherz?«

Riina schnäuzte sich.

»Ja, das ist wohl so. Hauptsache, ihr habt euch genau überlegt, was ihr da macht. Anu, in ein paar Wochen ist das Heulen groß.«

Auf Anus Stirn bildete sich eine tiefe Falte.

»Ema*, ich bin alt genug, ja?«

»Ich mein ja nur.«

»Riina, lass die beiden. Verliebte denken sowieso nicht rational.«

---

* Estnisch: Mutter

»Anu und ich wissen, was wir tun, Riina. Ich liebe sie wirklich.«

»Na, das hast du schon getan, als du sie noch gar nicht kanntest.«

Ich konnte nur nicken und erntete von Anu einen Blick, der durch und durch ging.

Damit war für Riina dieses Thema beendet, und sie fragte ihren Bruder nach seinen Erlebnissen aus. Unbemerkt verschwanden wir vom Tisch.

Tiina und Indrek hatten sich heute Nachmittag gestritten, da Tiina ihm Vorwürfe gemacht hatte, dass er seinen Vater so quälte. Impulsiv, wie er war, hatte ein Wort das andere ergeben. Wutentbrannt war Indrek davongelaufen. Tiina war traurig, und wir schämten uns fast, weil wir vor Glück barsten.

Tiina spürte, dass wir alleine sein wollten, und ging.

Selbst Anus Bitte hatte sie nicht halten können.

Wir standen in der Veranda. Das kalte Mondlicht riss die Gegenstände mit harten Schatten aus dem Dunkel.

Anus blonde Haare leuchteten in einem stählernen Blau. Sie schien zu frieren, als ich sie in die Arme nahm.

»Christoph, du darfst mich nie verletzen. Ich möchte nie solchen Schmerz wie Tiina empfinden.«

Ihre Stimme klang ängstlich. Sie litt mit ihrer Freundin. Als ich sie küsste, schmeckte ich Salz auf meinen Lippen.

»Anu, was ist?«

Ich küsste ihre Wange, spürte Tränen, streichelte ihr Gesicht.

»Ach nichts, Christoph. Tiina – du, der heutige Tag.«

Sie schluchzte auf.

»Christoph, ich liebe dich. Ich bin so glücklich und habe dabei Angst.«

Ich hielt das Mädchen in meinen Armen, streichelte sie wie eine Kranke, drückte meinen Mund in ihre Haare. Schließlich beruhigte sie sich und lächelte mich an.

Ihre Augen glänzten noch immer feucht.

»Ich bin dumm.«

Sie strich mir über den Arm.

»Lass uns schlafen gehen. Ich würde dich so gerne neben mir spüren, Christoph. Schlafe trotzdem gut. Ich freue mich auf morgen.«

Ihr Kuss war still wie ihre Stimmung. Ich war voller Liebe. Ein Topf klapperte, als sie sich in der Küche wusch. Die Kälte des Steins drang in meinen Körper, der Mond war hinter einer Wolke verschwunden und, auf einer Stufe sitzend, schaute ich in die Dunkelheit. Eine tiefe Traurigkeit erfüllte mich, als ich daran dachte, dass ich Anu bald verlassen würde.

Ich hatte noch lange Tage, in denen jede gemeinsame Stunde doppelt zählen würde. Meine Liebe zu Anu füllte mich urplötzlich aus, dass mir für einen Moment die Tränen kamen. Mit geschlossenen Augen sah ich Anu.

Mich fror. Leise tappte ich in die Küche und wusch mich. Im Klavierzimmer legte ich mein Ohr an Anus Tür. Ihr gleichmäßiger Atem war deutlich zu hören.

Ich lag noch lange wach in dieser Nacht.

Die Tage flogen dahin. An meine Eltern oder meine Schwester Lisa dachte ich nicht. Anu und ich liebten uns fast wortlos, ohne Schwüre, Geständnisse, ohne große Worte. Ihre unbeschreiblichen Augen, ihre Mimik und Körpersprache sagten mir alles.

Anu erwartete auch von mir keine großen Worte. Wir waren in jeder freien Minute zusammen, erzählten uns voneinander, es gab keine Geheimnisse zwischen uns. Indrek und Tiina hatten sich wieder versöhnt, wir mieden ihre Gesellschaft, wollten unsere wenigen gemeinsamen Tage nicht mit ihnen teilen. Sie verstanden uns, wenn wir bei unseren abendlichen Treffen nach nur wenigen Minuten unseren gemeinsamen Platz unter dem alten Lindenbaum verließen.

Wir strichen über die Dorfstraße, uns haltend, küssend oder saßen unter den alten Obstbäumen im Garten des Kapitäns. Die Abende waren noch immer lau, auch wenn der Spätsommer zu spüren war, der dort oben im Norden so schnell kommt. Riina und Arno hatten sich daran gewöhnt, dass wir in diesen Tagen in einer anderen Welt waren.

Mit unseren Rädern durchstreiften wir die dichten Wälder. Das Innere der Insel war unberührt. Große Moorflächen, dichte Waldgebiete wechselten sich ab.

Stundenlang fuhren wir über schmale Forstwege, sahen manchmal die Hütte eines Waldhüters oder einige Forstarbeiter. Anu kannte fast jeden von ihnen. Wir sprachen mit ihnen. Ich wurde akzeptiert, als würde ich auf der Insel leben. An den Blicken dieser einfachen Menschen spürte ich, dass sie sich freuten, wenn ich mit ihren Worten sprach.

Auf einsamen Waldlichtungen rasteten wir, aßen unser Brot, tranken Wasser, breiteten unser Leben vor dem anderen aus. Wir küssten uns, ich streichelte Anu, durfte ihre Brust berühren, auch mehr. Zum Endgültigen war es noch nicht gekommen.

Ich wusste, es würde passieren, aus der Situation heraus, wenn alles stimmen würde, wenn wir so weit wären. Sääretirp war unser Lieblingsort, zwischen den Findlingen hatten wir unser eigenes Reich.

In diesen Tagen entdeckte ich die Einzigartigkeit Hiiumaas. Nicht nur dieses einmalige Mädchen liebte ich, sondern auch die Schönheit der menschenleeren Strände, die nördliche Kargheit der Küste, die ich nun für mich erschloss. Die Natur schien hier stolz zu sein, denn sie breitete keine verschwenderischen südlichen Farben für die Menschen aus, um sie zu gewinnen.

Das grüne Farbenspiel des Schilfes, wenn es sich im Wind wie Wellen wiegte, die einsame Schönheit der Moore, die sich dem flüchtigen Betrachter verschlossen, beeindruckte mich. Zarte Orchideen versteckten sich vor dem flüchtigen Gast, Libellen, bunte kleinblütige Gräser zeigten sich erst in ihrer einfachen Schönheit, wenn der Mensch an diesen Orten länger verweilte. Anu half mir beim Erkennen dieser versteckten Zeichen, erklärte mir den Ruf der Rohrdommel und zeigte mir Orchideen und Trollblumen.

Wenn wir durch die Wälder streiften, aßen wir Blaubeeren, sammelten Pilze und die kleinen unscheinbaren Muulukad, eine Art der Walderdbeeren, die herzhaft dufteten.

Im hohen Gras einer Lichtung kauernd, beobachteten wir einen scheuen Elch. In diesen Tagen sah ich Bilder, die ich nie wieder sehen würde. Wenn ich Anu beobachtete, spürte ich ihre besonders enge Beziehung zu dieser Natur.

Ihre Sohlen trafen kein Tier bewusst, sie brach keine Blumen, sammelte keine Frucht, um sie dann achtlos wegzuwerfen.

Als wir einmal an einem großen Findling Rast machten und ich sie darauf ansprach, lachte sie nur.

»Natürlich, Christoph, die Natur um mich ist mir ebenbürtig. Sie dient nicht mir, sondern ich bin Teil von ihr. Darum behandle ich sie auch mit großem Respekt, denn auch sie achtet mich. Wenn ich krank bin, heilt sie mich mit ihren Mitteln. Stirbt jemand, lebt seine

Existenz als Schatten in ihr weiter«, Anu machte ein ernstes Gesicht, »aber nur, wenn er als Mensch bewusst gelebt und die Natur geliebt hat. Man liebt dann den Toten wie im Leben, für uns Esten ist der Tote noch immer ein Familienangehöriger, denn er hilft weiterhin seiner Familie, gibt ihr Ratschläge.«

»Und wann geschieht das, Anu?«

Sie schaute mich mit einem erstaunten Blick an.

»Na, im Herbst, dann ist die Zeit der Seelen. Zum Dank und um die Toten zu ehren, legt man ihnen Blumen auf das Grab.«

Nun war ich erstaunt, dass dieses moderne Mädchen solchen archaischen Glauben hatte. Sie hatte diesen Glauben von ihrer Großmutter erfahren.

»Und die spricht auch zu dir?«, fragte ich etwas ironisch.

»Nein, sie natürlich nicht, denn sie lebt noch. Aber meine andere Großmutter, mein Großvater, alle Ahnen, die ich noch kennen gelernt habe. Und die anderen begleiten mich, können aber nicht mit mir reden. Trotzdem sind sie da. Auch deine Ahnen begleiten dich. Du merkst das nur nicht, da in der Stadt deine Sinne abgestumpft sind.«

Ein Lächeln flog über ihr Gesicht und zauberte die kleinen Grübchen um ihre Mundwinkel.

»Wenn du länger hier bist, wirst auch du sie wieder erkennen.«

»Na also, ein Grund mehr, bei dir zu bleiben.«

Wir fuhren weiter. Und je länger ich über Anus so einfache Philosophie nachdachte, umso glaubhafter erschien sie mir.

In diesen Tagen dachte ich nicht an Deutschland. Das laute Land war für mich auf einem anderen Planeten.

Lag ich nachts wach auf meinem Bett, tauchten immer mehr verschüttete Bilder aus meiner estnischen Kindheit auf.

Ich sah mich in der Hesseschen Grundschule sitzen, neben mir Bernhard von Behring, der mit Ausdauer hinter dem Rücken seines Nachbarn ständig in der Nase bohrte und seine Schätze auf die Rückenlehne des vor ihm sitzenden Schülers schmierte. Vor Ekel starb ich fast, und er freute sich immer wieder an meinen unterdrückten Würganfällen.

Ich sah mich im Deutschen Theater neben meiner Mutter sitzen. Auf der Bühne wurde ein Weihnachtsmärchen gespielt; doch ich hatte keine Augen für das Geschehen dort vorne. Mit staunenden

Kinderaugen bewunderte ich den riesigen prunkvollen Saal. Bisher hatte ich nur das strenge Kirchenschiff der Olaikirche kennengelernt. Die schrillen Streitstimmen der Marktfrauen klangen in meinen Ohren, wenn ich mit Mutter oder unserer Zugehfrau in der Markthalle vor dem Baltischen Bahnhof war. Bilder, Fetzen, Sequenzen brachte mein Hirn zutage, angeregt durch die Sprache meiner Kindheit, die ich nun wieder täglich hörte. Und sogar meine Aussprache änderte sich. Unterhielt ich mich mit Anu auf Deutsch, tauchten immer häufiger baltendeutsche Wörter in meinen Sätzen auf, estnische Wörter mischte ich unter. Sogar der Küchentisch meiner Kindheit erschien in diesen Wochen wieder aus meiner Vergangenheit, denn Riina kochte wie früher meine Mutter die Speisen meiner Kindheit: Blini, dieses Gebäck aus Buchweizen-, Weizenmehl und Eiern, das nach dem Aufgehen mit flüssiger Butter auf der Pliete* gebacken wurde. Als Kind hatte ich sie mit Zucker bestreut bis zum Erbrechen gegessen. Bei Riina gab es dazu Heringscreme oder einfachen Kaviar, auch Schmant. Auf Hiiumaa lernte ich wieder die silbern glänzenden Killos kennen, winzige Heringsfische, die man auf Blini oder Brot aß. Ich tauchte in meine Kindheit hinab und hatte Anu an meiner Seite.

Am Freitagabend fragte Indrek, ob wir zum Tanz kommen würden. Meine Lust hielt sich in Grenzen, Anu war begeistert. So sagte ich zu und sah die Freude in ihren Augen. Ein ungutes Gefühl beherrschte mich, dass man mich nicht akzeptieren würde. Sie beruhigten mich.

Ich hatte den ganzen Sonnabend mit Indrek Holz gehackt, dabei auch Tiinas Vater kennengelernt. Er war ein schweigsamer Mensch, anders als Tiina und ihre Mutter.

Als ich auf den Hofplatz kam und Indrek mich vorstellte, hatte er nur genickt, auf eine Axt gezeigt und wieder nach einem Kloben gegriffen.

Paul, so hatte er sich später vorgestellt, war ein Hüne von Mann, blond, mit einem Kinnbart, seine gedrungene Gestalt ließ ihn noch breiter erscheinen, hackte die mächtigen Eichenkloben wie leichtes Pappelholz.

---

* Pliete, baltendeutscher Ausdruck für einen Kochherd mit Kochstellenringen für entsprechende Töpfe und Pfannen.

Die Arbeit ging auch mir leicht von der Hand und machte Spaß. Paul schien zufrieden zu sein, denn nach einer Stunde hielt er ein, stieß Indrek an, der schon geschafft war.

»Paus!«*, war sein einziges Wort, und er zeigte auf den Platz unter der Linde.

Das selbst gebraute Inselbier schmeckte säuerlich. Seine kräftigen Finger holten eine zerknautschte Schachtel estnischer Paperossid aus der Tasche. Mir war nicht nach Rauchen, doch eine Ablehnung würde ihn kränken.

»Ihr könnt in Deutschland gut Holz hacken.«

Paul betrachtete die Glut und nahm einen tiefen Zug.

»Du kommst heute Abend zum Tanz?«, und der Rauch quoll aus Mund und Nase.

Als ich nickte: »Schön, dann trinken wir drei einen Wodka zusammen«, drückte er seine Zigarette an der Hofbank aus und legte den Kippen auf die Lehne. Er musste meinen Blick bemerkt haben.

»Hier wird nichts weggeworfen. Das gehört sich nicht.«

Uns zunickend, ging er wieder an seine Arbeit. Nach einer Stunde erlösten uns die Mädchen.

»Dann bis nachher!«

Und wieder krachte seine Axt in das Holz.

Das kalte Wasser der Hofpumpe vertrieb unsere Mattheit. Wir spritzten uns nass, jagten uns auf dem Rasen. Ich spürte meine Muskeln, als ich Indrek aushebelte. Er wehrte sich. Schließlich lagen wir auf dem Rasen, waren völlig überdreht. Indrek hörte plötzlich auf zu lachen.

»Christoph, Mensch, warum bist du nicht auf Hiiumaa geboren?«

Er zögerte einen Moment.

»Ich glaube, du wärst mein bester Freund geworden.«

Für einen Moment sahen wir uns beide schweigend an. Ich glaube, Indrek sah an meinen Augen, dass ich ähnlich für ihn empfand. Plötzlich griff er in meine Haare.

»Keine Männerschwüre, Christoph. Ich finde es auch gut, dass du jetzt hier bist.

---

* Deutsch: »Pause!«

Und mit deinem Pazifismus hätten wir uns wohl schon als Kinder die Augen blau geschlagen. Die Mädchen kommen ...«

Als wir Anu und Tiina in der Veranda sahen, schauten wir uns nur an.

»Mann, Mann, Christoph, haben wir schöne Frauen.«

Anu wurde flammend rot, während Tiina kicherte.

Wir machten uns mit unseren Rädern auf. Vorher hatten mir die drei noch einmal versprochen, dass sie mich nicht alleine zwischen den Fremden sitzen lassen würden. Als wir in Käina ankamen, herrschte schon Trubel vor der Bibliothek des Bildungsvereins. Aus Brettern war auf dem Platz eine Tanzfläche abgenagelt worden. Lange Bankreihen und Tische umsäumten die Fläche. Alt und Jung saßen getrennt, etliche Fahrräder standen an der Wand des Gebäudes, auch offene Wagen, deren Pferde Futtersäcke vor den Mäulern hatten. Sogar der Ford des Doktors parkte abseits. Heute schien die halbe Insel tanzen zu wollen. Mir fiel auf, dass eine Kluft zwischen den Generationen bestand. Während die Alten in ihren Trachten oder festlich angezogen waren, wirkten die jungen Leute fast städtisch. Die Mädchen trugen Röcke und Blusen oder Kleider, die Jungen offene Hemden. Keiner von ihnen hatte einen Anzug oder eine Tracht an.

Kinder tollten zwischen den Tischen herum. Es ging wie auf einem Volksfest zu.

Eine Horde Jungen und Mädchen, die schon eine Bank gefüllt hatten, begrüßte uns lautstark. Indrek stellte mich als Gast aus Deutschland vor. Ich fühlte mich unsicher, wusste nicht, wie ich mich verhalten sollte. Schließlich grüßte ich estnisch. Einige guckten erstaunt, man rückte zusammen.

Ein Junge, seine blonde Tolle fiel ihm in die Augen, bot Anu einen Platz neben sich an. Als Anu dankend ablehnte, lag ihre Hand auf meinem Arm. Der Junge begriff, es freute mich, dass sie allen gezeigt hatte, dass ich zu ihr gehörte. Dicht gedrängt hockten wir auf der Bank. Jemand hatte uns Bierkrüge zugeschoben. Man prostete mir zu. Die Meute schien schon einiges getrunken zu haben, denn die Stimmen überschrien sich oft, sodass ich Schwierigkeiten hatte, ihnen zu folgen. Ein schmaler Junge setzte sich mir gegenüber. Er stellte sich vor, wollte wissen, warum ich estnisch konnte. Die Blicke einiger Mädchen lagen auf mir. Es war erstaunlich, wie diese sonst so schweigsamen Esten aus sich herauskamen.

Überall wurde gelacht, gescherzt. Mein zweites Bier stand vor mir. Der Spender prostete mir zu. Ich nahm einen tiefen Schluck von dem bitteren trüben Inselbier, das jeder Bauer selbst ansetzte.

Anus Mund berührte mein Ohr.

»Nun, was habe ich dir gesagt. Eine Stimmung wie in Italien. Bitte Christoph, pass mit dem Trinken auf. Ich möchte noch mit dir tanzen. Hier wird viel getrunken. Und wenn ein Fremder da ist, noch mehr. Sie wollen sehen, wie du umsinkst.«

»Ich pass auf. Ehrlich!«, und mein Mund berührte ihr Ohr, während mein Blick über den Platz wanderte und von Indreks Vater aufgenommen wurde. Er saß mit seiner Frau neben Doktor Ruhve und lächelte mir zu.

»Da, Indreks Vater.«

Als Anu ihn grüßte, hob er sein Weinglas und prostete uns zu. Indrek hatte Anus Blick bemerkt.

»Typisch mein Vater. Alle trinken Bier. Er muss Wein trinken, weil er was Besseres ist!«

»Mann, Indrek, hör auf. Du bildest dir etwas ein.«

»Ach was, Christoph, es ist so!«

Indrek schaute mich fast feindselig an. Anus Hand auf meinem Arm ließ mich schweigen. Indrek war nicht zu helfen. Der schmale Junge stieß Anu an.

»Sieh mal, dein Freund!«

Anu folgte seinem Blick. Keres, der Deutschlehrer, schob sich mit zwei anderen Männern durch die Bankreihen.

»Dass der sich hertraut. Wenn ich ihn sehe, wird mir schlecht.«

Auch Indrek hatte ihn bemerkt.

»Dieses Nazischwein, schau dir mal seine Paladine an. Ganz in Schwarz gekleidet, jetzt will er wohl eine SS-Truppe aufmachen.«

Indrek stand auf.

»Heil Hitler, Kamerad Keres!«

Ehe sich der Lehrer umdrehen konnte, hatte Tiina ihren Freund auf die Bank gezogen. Sie schimpfte halblaut mit ihm, Indrek winkte nur ab und nahm einen tiefen Zug aus seinem Krug.

»Christoph, sie sind überall. Du hättest ihm in die Fresse hauen sollen, anstatt zu diskutieren. Sie verstehen nur, wenn man sie schlägt.«

Ich wollte etwas erwidern. Unter Tiinas Blick schweig ich.

Eine kleine Kapelle formierte sich: Ziehharmonika, zwei Geigen, ein Sänger, ein kleines Schlagzeug. Man stimmte sich ein. Das Stimmengewirr war so laut, dass man das Musikstück nicht erkennen konnte.

Eine Zweiliterflasche selbst gebrannten Wodkas stand plötzlich auf unserem Tisch, vor mir ein Glas. Apfelsinengeruch stieß in die Nase.

»Das ist Anespitz. Wodka mit Aroma. Den macht Arno.«

Ein Junge, er hatte vorhin Anu den Platz angeboten, stieß mit mir an.

»Terviseks!«

Die anderen stimmten ein.

»Sag mal, bist du mit Anu zusammen?«

Sein Gesicht schien teilnahmslos. Anu kam mir zuvor.

»Warum fragst du nicht mich, Kalju? Ja, wir sind zusammen.«

Über sein Gesicht huschte ein Schatten.

»Schon gut, Anu.«

»Glückwunsch! Da hast du einen Glückstreffer gemacht. Wie du das geschafft hast, musst du mir verraten.«

Sein Lachen wirkte gespielt. Zu einer Antwort kam ich nicht.

»Komm, lass uns tanzen.«

Anu zog mich zur Tanzfläche. Sie war eine gute Tänzerin, ließ sich leicht führen. Durch den dünnen Stoff ihres Kleides spürte ich ihre Wärme.

Als meine Hand ihre Hüfte fast unmerklich streichelte, lächelte sie mich an und drückte meine Hand. Ich fühlte mich wohl. Anus Blick versank in meinen Augen.

Sie war eine schöne Tänzerin, und als wir uns lösten, sah ich auch die Blicke der anderen auf uns. Tiina lächelte uns zu. Wir strahlten zurück.

»Tanzt Indrek nicht?«

Meine Lippen berührten ihr Ohr, und ich hauchte einen Kuss auf ihr Läppchen.

»Er ist kein so guter Tänzer. Aber du tanzt gut. Gibt es eigentlich etwas, was du nicht kannst?«

»Das ist keine Kunst, Anu. Ich war bei der Tanzstunde. Das ging vom Gymnasium aus.«

»Soso, dann können wohl alle Deutschen so gut tanzen? Ich

werde es den Jungen erzählen. Vielleicht reißen sie sich dann mal von den Bänken los.«

Nach einer Stunde machten die Musiker ihre erste Pause. Anschließend sollte eine Runde für die älteren Tänzer gespielt werden. Anu war mit einigen Mädchen verschwunden. Wir standen neben dem Bierstand und tranken.

Indreks Freunde waren schon angetrunken. Sie scherzten und zogen mich auf. Ich konnte parieren, und so waren die Lacher auf meiner Seite. Schließlich wollten wir zurück an unseren Tisch. Ich hatte noch einen Schluck Bier in meinem Krug, wollte eine Runde Bier spendieren. Die Jungen zogen los, während ich mich anstellte. In der Schlange herrschte Stimmung, das Bier floss in Strömen. Paul, Riina und Arno waren angekommen und gingen auf den Tisch des Pastors zu. Das Gedränge um mich wurde immer stärker. Als der Bauer vor mir seine Henkelkrüge aufnahm, trank ich den letzten Schluck aus meinem Krug und wurde plötzlich von hinten derb angestoßen. Das Bier schwappte mir über die Brust. Wütend drehte ich mich um. Vor mir stand der Matrose von Arnos Schiff. Er wollte sich gerade entschuldigen, als er mich erkannte.

»Oh, das Baronensöhnchen. Was suchst du denn hier? Gehörst auf dein Schloss und nicht unters Volk.«

»Mann, siehst du nicht, was du angerichtet hast?«

Ich hätte ihm am liebsten sein volles Glas aus der Hand geschlagen.

»Kannst du mich nicht einmal in Ruhe lassen. Sag mir mal, was ich dir getan habe. Du Bauer, pass verdammt noch einmal auf!«

Bei meinem letzten Satz verengten sich seine Augen. Zwei Männer, die wohl zu ihm gehörten, hatten aufgelacht.

»He, Jaan, nun hat er dich zum Bauern gemacht!«

Ein Seitenblick traf den Redner.

»Kurat! Halt die Klappe, Anton!«

»Was hast du Bürschchen zu mir gesagt? Wiederhol das noch einmal!«

Einige Leute von den Nebentischen wurden auf uns aufmerksam. Meine Augen suchten Indrek. In diesem Moment ritt mich der Teufel. Denn der Mann war schon augenscheinlich stärker als ich. Ich wollte nicht klein beigeben. Es musste zu diesem Kampf kommen, sonst würde er mich nie in Frieden lassen. Ich grinste ihn breit an.

»Ich habe Bauer zu dir gesagt. Aber das ist eigentlich eine Auszeichnung. Denn so wie du dich benimmst, hätte ich Schwein sagen müssen!«

In diesem Moment traf mich sein volles Bierglas. Ich hatte mit einem Angriff gerechnet, so traf er nur meine Schulter. Der Schmerz war auch so heftig.

Ehe ich reagieren konnte, krachte seine Faust in mein Gesicht. Für einen Moment schwanden mir die Sinne. Der Schmerz riss mich wach, ich konnte die nächsten Schläge abwehren und auch ihm austeilen.

Alles um mich herum versank in einem roten Licht. Ich sah nur noch ihn. Da seine Schläge nicht mehr trafen, versuchte er mich zu Boden zu zwingen. Er klammerte.

»Dich Baronensöhnchen werde ich lehren, mich Schwein zu nennen!«

Sein Atem stank, ein schmutziger Hals starrte aus dem grauen Kragen. Sein Knie bohrte sich in meinen Oberschenkel, und der Schmerz machte mich fast blind.

Ich ließ nicht los, aus der Distanz heraus würde er mich schlagen. Für einen Augenblick passt er nicht auf, Zeit genug, um meinen Ellenbogen unter sein Kinn zu pressen. Sein Atem ging stoßweise. Er war zu schlagen! Plötzlich spürte ich von hinten zwei Hände, die mich von ihm losrissen. Auch er wurde festgehalten. Es war Paul, Tiinas Vater, der ihn mit seiner mächtigen Kraft von hinten umklammert hielt. Mein Gegner versuchte ihn abzuschütteln.

»Lass mich los, du Hund! Ich will dem Deutschen zeigen, was es heißt, mich Schwein zu nennen.«

Zwei Bauern fassten mit an und hielten ihn gemeinsam fest, während Paul sich von ihm löste. Auch mich ließ man los, ich sank fast in die Knie, taumelte.

Anu war plötzlich neben mir, weinte, hielt mein Gesicht in ihren Händen. Blut lief über ihre Finger. Alles verschwamm. Riina war hinzugekommen und führte Anu fort.

Um uns standen die Menschen, redeten, gestikulierten, lachten. Ich wollte nur fort von hier. Paul sprach mich an.

»Christoph, was war los?«

Ich wollte berichten, mein Gegner schrie immer wieder dazwischen. Paul wandte sich zu ihm.

»Jaan, wenn du nicht die Klappe hältst, stopfe ich sie dir.«

Als Arno erschien, schwieg er endlich. Die beiden Bauern ließen ihn los, hielten sich aber bereit. Arnos Gesicht war von Wut verzerrt, seine Stimme klang dabei ruhig, als er sich an seinen Matrosen wandte.

»Jaan Hinnius, du bist Matrose auf meinem Schiff. Dieser Junge ist der Gast meines Hauses. Du kennst meine Gastfreundschaft ebenfalls. Ich habe dir bereits einmal gesagt, dass du ihn in Ruhe lassen sollst. Er ist kein Baron – und wenn er einer wäre, er ist mein Gast!«

Stille. Niemand wollte sich den Disput entgehen lassen. Arno schubste Hinnius vor sich. Der wollte etwas erwidern. Arno ließ ihn nicht zu Wort kommen.

»Jaan Hinnius, du warst mein Matrose!«

»Aber Kapitän!«

Die Stimme jammerte.

»Kapitän!«

Er strauchelte, fing sich und erhielt schon den nächsten Stoß. Immer wieder schob Arno ihn weiter, ihm keine Chance lassend.

»Nichts Kapitän! Ich bin nicht mehr dein Kapitän. Such dir ein neues Schiff, wenn dich überhaupt jemand haben will. Verschwinde Hinnius – und komme nicht auf die Idee, mein Schiff oder mein Grundstück zu betreten. Und fasst du noch einmal meinen Gast an, schlage ich dich tot.«

Mit einem letzten Schubs verabschiedete sich Arno von ihm. Der Anprall war für den Matrosen zu groß gewesen. Er lag im Staub der Dorfstraße, rappelte sich fluchend auf und verschwand hinter der Schule.

Die Stimme des Kapitäns hatte noch immer völlig ruhig geklungen. Er kam auf mich zu. Inzwischen hatten sich Indrek und einige seiner Freunde um mich gekümmert, denn ich blutete noch immer über der Braue. Die Menge löste sich auf.

Eine Schlägerei ohne Sieger und Besiegten ist langweilig. Die Musiker begannen wieder zu spielen.

»Christoph, entschuldige bitte.«

Ich schüttelte meinen Kopf, der Schmerz ließ mich aufstöhnen.

»Arno, da kannst du nichts für! Er hasst mich. Es wäre passiert. Wenn nicht heute, dann morgen.«

»Trotzdem, du bist unser Gast. Es hätte nicht sein dürfen.«

130

Arno nahm meine Schulter. Wieder verzog ich mein Gesicht, und Arno litt mit mir.

»Komm, trink einen Wodka. Der hilft gegen alles!«

Ich musste nach Hause! Arno hatte mich, trotz der Proteste des Doktors, der sich übergangen fühlte, in das Haus des Bildungsvereins gebracht und mich dort versorgt. Zwar blutete meine Stirn nicht mehr. Aber ich sah schlimm aus. Mein Hemd stank säuerlich, Blut war auf ihm. Mir zitterten noch immer die Hände, und mein Gesicht schmerzte. Da hatte auch Arnos Wodka nicht helfen können. Ich war bewegt von dem Mitgefühl, das ich in den letzten Minuten erlebt hatte.

Keiner hatte sich auf die Seite des Matrosen gestellt. Anu hatte ihre Mutter beruhigt, die dies alles nicht verstanden hatte. Mir ging es ähnlich. Was hatte er überhaupt von mir gewollt? An ihren Gesichtern sah ich, ihnen war es peinlich, dass sie nicht eher etwas von dem Streit bemerkt hatten. Man war sich einig, dass Jaan Hinnius ein Schläger war, niemand mochte ihn, und unsere Schlägerei war nicht der erste Zwischenfall mit ihm gewesen.

Anu saß neben mir und hielt meine Hand. Während die anderen über den Kampf diskutierten, schwieg sie. Sie war noch immer aufgewühlt, hatte geweint, und selbst Riina hatte sie nicht beruhigen können. Mir war die Schlägerei mehr als peinlich, ich war mit Anu abseits gegangen, um sie zu beruhigen. An Hinnius dachte ich nicht. Sie tat mir leid, hatte sich der Abend nun ganz anders entwickelt. Als ich ihr dies sagte, schüttelte sie nur den Kopf.

»Typisch du!«

Sie lächelte zum ersten Mal.

»Du bist fast tot, und um mich machst du dir Sorgen.«

Sie strich mir über mein Gesicht. Vor Schmerzen hätte ich aufheulen können, ich lächelte.

»Christoph, lass uns nach Hause. Deine Wunde blutet schon wieder.«

In diesem Moment, als ich Anus Blick sah, spürte ich, dass ich mit ihr mein Leben verbringen wollte. Ein Gefühl, unbeschreiblich, etwa, als ob mein Herz zu ihr wollte, erfüllte mich.

Gesicht und Schulter schmerzten nicht mehr, kein Gerede um mich, die Musik erreichte nicht mein Ohr – nur Anu. Und sie verstand mich, stand wortlos auf und griff nach meiner Hand.

Da wurde ich wieder wach. Ich hörte, wie Anu sich verabschiedete und Indrek sich anbot, uns zu begleiten, falls Jaan Hinnius uns auflauern würde.

Man protestierte, wir sollten bleiben, als wir uns durch die Reihe schoben. Pastor Brügman kam mit besorgtem Gesicht auf uns zu und bot mir an, sich bei ihm zu waschen und meine Sachen zu wechseln.

»Indreks Hemden werden auch Ihnen passen.«

Wie in Trance schüttelte ich nur meinen Kopf, nahm seinen mitleidigen Blick mit, und Anu zog mich fort.

»Wie geht es dir?«

»Gut, wenn du bei mir bist.«

»Ach Christoph, mir tut das alles so leid.«

Anu war schon wieder den Tränen nahe. Wir hielten an der Kreuzung zur Inselstraße.

»Es ist nicht schlimm.«

Meine Hand streichelte ihre Wange. Anu küsste meine schmutzigen Fingerspitzen. Als ich sie wegziehen wollte, hielt sie meine Hand.

»Lass uns jeden Tag genießen, auch dieser ist gut.«

»Natürlich – bitte, vergiss den Abend, nein, nur diese Stunde. Mir geht es wirklich wieder gut. Ich ziehe mich um, dann fahren wir zurück, und kommt mir Jaan Hinnius unter die Finger, ist er fällig.«

»Ja, ja, und ich muss dich dann völlig zusammenflicken.«

Ein Funken Schalk lag in ihren grünen Augen.

»Christoph Scheerenberg, du bist eben doch ein großmäuliger Deutscher. Christoph, ma armastan sind nii väga!«*

Bei den letzten Worten wurde ihr Blick weich. Schweigend fuhren wir durch Moka.

Still lagen die Höfe im Licht des Abends, und mir fiel auf, dass der Sommer nun einen anderen Farbton zeigte.

Das Grün der Bäume, selbst die Farben der Malven, der Margeriten und der anderen Sommerblumen verblassten im Licht des späten Sommerabends. Vor einer Woche hatte der Sommer noch mit ihren kräftigen Farben geprahlt. Ausgelaugt von den heißen und trockenen Tagen des Sommers hatten die Blumen ihren Lebenszenit überschritten, ihre Farben hatten nachgelassen, die Natur schien ihre

---

* Deutsch: »Aber ich liebe dich.«

Kraft zu verlieren. Die langen Schatten der schlanken Pappeln standen wie mahnende Finger auf dem hellen Sand der Straße. Wehmut erfüllte mich, und mit einer fast schmerzhaften Intensität wurde mir bewusst, dass ich Anu bald verlieren würde. Ich musste zu ihr, sofort, musste sie spüren. Sie war noch bei mir, ich musste ihr noch so viel sagen, ihr von mir erzählen, sie fragen, ihre Stimme hören, ihren Körper fühlen, den Duft ihres Haares riechen. Jede Minute mit ihr war kostbar. Anu spürte von meinen Gedanken nichts. Ruhig trat sie in die Pedale, drehte sich zu mir um und lächelte. Ich erwiderte ihr Lächeln und war traurig.

Die Dämmerung senkte sich über die Landschaft. Eine große Weite bereitete sich aus, die Zeit hielt ein, schien eine Pause zu machen, sich von dem schnellen Tagewerk zu erholen. Die Viehweiden entlang der schmalen Straße nach Moka kamen mir im stillen Licht des Abends unendlich weit vor.

Alles schien in sich zu ruhen, Atem zu holen. Ein Hund bellte, er war Tausende Kilometer von uns entfernt. Die weiche Dämmerung hüllte uns ein.

Anu mit ihrem bunten Sommerkleid, die staubige Dorfstraße von schweren Blockbohlenhäusern eingefasst, die inmitten der großen Gärten ruhten, eine Katze, die auf einer halb zerfallenen Stufe vor einem Speicher lag und sich putzte ...

Vor mir entsteht eine Sommeridylle wie von einem Impressionisten gemalt.

Die gedeckten Farben, der feuchte, staubige Geruch der Straße, der schwere, schon absterbende Duft der Levkojen, die sich an einer Hecke entlangzogen.

Das Bild entsteht vor mir, als ob ich es gerahmt in einem Museum vor wenigen Tagen gesehen hätte. Und dabei ist dieses Bild schon fast fünfzig Jahre alt. Auch dieses Gefühl, welches mich damals so berührte, kommt wieder hervor. Ich fühle mich so verloren und einsam, während ich diese Zeilen schreibe. Und ich fühle mich so alt, denn alles ist schon so lange Vergangenheit!

Als Anu auf die Einfahrt zum Kapitänshaus bog, kam Negus bellend angelaufen. Das Mädchen begrüßte ihn und stellte ihr Rad ab. Sie musterte mich.

»Christoph, hast du Schmerzen? Du siehst so traurig aus.«

Plötzlich war sie neben mir. Ihr Blick traf meine Seele. Sie küsste mich. Dann strich sie über meine Wange.

»Geh in die Sauna. Das Wasser müsste noch warm sein. Ich hole dir Sachen von oben«, und sie verschwand in der Veranda.

Im Halbdunkel der Sauna schaute mich ein geschwollenes Gesicht aus dem fast blinden Spiegel neben dem Saunaofen im Vorraum an. Mein blutiges Hemd lag auf dem Fensterbrett neben einer leeren Dreiliterflasche, in der Arno seinen selbst gebrannten Wodka abfüllte. Im Garten senkte sich die beginnende Nacht über die Beete. Die dunklen Wandbohlen wirkten im Zwielicht fast schwarz. Es roch nach Kien und kaltem Rauch. Anu war noch nicht gekommen. Vorsichtig befühlte ich meine Stirn. Die Wunde hatte sich geschlossen. Als ich meinen Arm bewegte, schmerzte die Schulter. Ein blauer Fleck zeigte die Stelle, an der mich das Glas getroffen hatte. Ein Bluterguss zierte meinen Oberschenkel.

Vorsichtig befühlte ich die Schwellung. Dunkelrot, fast blau war die Stelle.

Meine Hände zitterten, als ich mir mein Gesicht wusch. Ich war noch immer wütend auf mich. Vorsichtig tupfte ich mein Gesicht ab. Die Tür wurde geöffnet. Anus Lächeln und das Leuchten in ihren Augen, die ich im Spiegel sah, sagten mir alles. Bevor ich mich umdrehen konnte, umfassten ihre Arme meine Brust, ihre Lippen berührten meinen Nacken.

»Christoph, ma armastan sind nii väga!«*

Anus Atem trieb mir eine Gänsehaut über den Rücken.

Vorsichtig löste ich ihre Hände, wandte mich ihr zu. Ihr Mund schmeckte nach Apfelsinen, eine blonde Strähne kitzelte meine Stirn. Durch den dünnen Stoff ihres Kleides spürte ich ihre Brust. Wir wollten es beide! Anu strich sanft über meinen Rücken, ihre Finger fuhren an meinen Seiten hinab und ließen mich zittern. Meine Hände streichelten ihre Brüste, wir zogen uns gegenseitig zu der alten Couch.

Anu löste sich von mir, lachte plötzlich. »Christoph! Wir sind verrückt.«

Wieder fanden sich unsere Münder. Als ich die Knöpfe ihres Kleides nicht öffnen konnte. – »Warte, du machst es mir noch kaputt.«

---

* Deutsch: »Christoph, ich liebe dich so!«

Da klang fast Sorge in ihrer Stimme mit.

Meine Schuhe flogen in eine Ecke, ich verhedderte mich in einem Hosenbein. Anu lachte. Ihr Kleid lag neben meinem blutigen Hemd. Beide standen wir nackt voreinander, hielten für einen Moment ein. Jeder genoss die Nacktheit des anderen, maß mit den Augen den Partner. Anu war wunderschön.

Ihr schlanker Körper, die wilden blonden Haare. Ihre Brüste reckten sich leicht nach oben, auf der einen saß ein Leberfleck. Unbeweglich standen wir uns gegenüber. Vorsichtig erkundeten unsere Hände den Körper des anderen. Anus Finger fühlten sich warm und trocken auf meiner Haut an, als sie über mein Gesicht strich.

Und in Anus Augen brannte ein Feuerwerk ab.

Es war die Ruhe vor dem Sturm. Zärtlich verfolgten meine Hände den Bogen ihrer Brüste, glitten über ihren Bauch, verharrten für einen Moment an ihren Hüften.

Meine Finger strichen über eine kleine Narbe an ihrem Bauch, und sie zuckte zusammen.

»Da war der Blinddarm.«

Fast entschuldigend klang ihre Stimme. Meine Hände glitten weiter, strichen durch ihre blonden Haare.

Als meine Hand sie zwischen den Schenkeln berührte, spürte ich ihren Puls. Sie hatte die Augen geschlossen, lächelte. Dann brach das Gewitter los.

Wir stürzten ineinander, küssten, streichelten, liebkosten, wollten den anderen mit allen Fasern, allen Nerven, allen Gefühlen besitzen, teilhaben an seinem Innersten. Als ich in Anu drang, traf mich ihr Blick, und ich war in ihrer Seele. Ich war ihr nicht nur nahe, ich war in ihr. So hatte ich noch nie empfunden. In ihren Augen hatte ich gesehen, dass auch sie so fühlte.

Der Duft ihrer Achseln, ihre Haut, das Knistern ihrer Haare. Wir klammerten uns aneinander. Anu flüsterte meinen Namen, sie sprach estnisch mit mir, streichelte mein Gesicht. Wir waren fast irre. Als ich spürte, dass ich kam, wollte ich mich von ihr lösen. Anu öffnete die Augen und schaute mich tief an. Fast unmerklich hielt sie mich fest. Sie wollte mich ganz! Danach lagen wir nebeneinander, streichelten uns, liebten uns mit Blicken. Dann wurde unsere Liebe wie ein Spiel. Die Gier war verschwunden, eine Leichtigkeit erfasste uns, wir nahmen uns spielend, wie zwei Kinder lachten wir dabei, erkundeten uns gegenseitig mit einer Ruhe, die unser Gefühl noch mehr aufreizte. Als Anu kam, weinte sie. Ich erschrak und hielt ein.

»Palun!«*

Ihre Stimme klang so weich!

Danach küsste sie mich.

»Christoph – Lollpea. Du musst noch viel lernen. Wenn ein Mädchen weint, weint es manchmal nicht wegen der Schmerzen.«

Ihre Augen glitzerten feucht.

Sie kuschelte sich in meinem Arm, ihr Kopf lag auf meiner Brust, und ich spürte Tränen.

»Ich bin glücklich und traurig zugleich. Jetzt habe ich dich, und in einer Woche bist du fort.«

»Anu, nicht.«

Sie schwieg. Die Nacht senkte sich in den Raum, und Anu lag ruhig in meinen Armen. Vom Dorf drangen einzelne Musikfetzen durch die Scheiben. Mein Blut schoss durch die Adern. Ich war hellwach, nahm alles überdeutlich wahr.

Die alten Bohlen schienen den Rauch von Hunderten Feuern auszuatmen. Eine Maus nagte an dem Holz, das hinter der dünnen Bretterwand gestapelt war.

Ich ahnte den Duft der Pilze, die in vielen Herbsttagen im Vorraum der Sauna getrocknet waren. Den würzigen Geruch von Wacholderzweigen und Birkenruten konnte ich erkennen.

Der säuerliche Geruch des Bauernbieres, das nach den Saunagängen von den Männern und Frauen genossen wurde, machte mich trunken.

Mein Kopf streifte Anus Haare, und alle Gerüche verschwanden bis auf den Duft ihres Haares. Anus Mund flüsterte. Ich verstand ihre Worte nicht. Für einen Moment schloss ich die Augen. Ich war glücklich – ich war heimgekehrt. Da drang lautes Männerlachen aus dem Garten, und Anu zuckte zusammen.

»Christoph!«

Ich hielt ihren Mund zu.

»Leise! Es ist Arno mit einem Mann.«

Sie richtete sich auf und lauschte.

»Das muss Erwin sein, ein Freund, auch Kapitän. Sie werden wieder die ganze Nacht trinken.«

---

* Deutsch: »Bitte!«

Sie strich über meine Brust und küsste sie.

»Wie spät ist es, Christoph?«

»Warte – halb zwölf.«

Inzwischen waren die Männer ins Haus gegangen. Anus Brust kitzelte mich, als sie mich küsste.

»Christoph, wir müssen.«

»Bitte, lass uns hier bleiben, Anu.«

»Christoph, das geht nicht. Außerdem wird es zu kalt. Wir haben doch nicht einmal eine Decke.«

»Dann komm mit auf meinen Dachboden.«

»Heute nicht. Versteh doch. Meine Mutter wird merken, dass ich bei dir bin.«

»Na und, du bist erwachsen, kannst machen, was du willst.«

»Christoph«, sie küsste mich wieder, »hier gehen die Uhren anders. Ich will meine Mutter nicht überfordern. Sie wird es sowieso erfahren. Sie weiß es ja, dass ich dich liebe.«

»Du hast es ihr gesagt?«

»Natürlich – meine Mutter weiß eigentlich alles von mir.«

»Wirst du ihr von heute Abend erzählen?«

Anu lachte auf.

»Nein, du Dummer. Das wissen nur wir beide.«

»Anu«, ich druckste herum, »ich möchte dich sehen.«

»Du hast mich doch gerade gesehen.«

»Ich möchte dich jetzt sehen, bitte. Ich will dein Bild für immer in meinem Kopf haben.«

Anu schwieg einen Moment.

»Na gut – ihr Männer seid schon komisch.«

Ihre Brust fühlte sich kühl auf meiner Haut an, als sie mich streifte. Der Mond war noch nicht aufgegangen, ich sah nicht einmal ihren Schatten. Trotzdem bewegte sie sich völlig sicher durch den dunklen Raum. Eine Schranktür knarrte. Ein Streichholz wurde angerissen, sein aufflammendes Licht blendete mich. Mit ruhiger gelber Flamme brannte der Docht. Die Flamme war noch niedrig und konnte nur ihr Gesicht und eine Brust aus dem Dunkel reißen.

Anu wirkte in diesem Moment wie eine der Frauen auf den Gemälden der alten holländischen Meister, die ich im Schweriner Museum gesehen hatte. Mein Mädchen war der Vergangenheit entstiegen: Ihr schmales Gesicht, die blonden wirren Haare, die Nacktheit ihrer

Schultern. Gerade war sie von unserem Feldlager aufgestanden, um eine Karaffe Wein zu holen. Sie würde nach ihrer Gambe greifen und mir mit leiser Stimme etwas vorsingen. Der Wachposten vor unserem Zelt müsste in seinem Gang innehalten, um ihrer Stimme zu lauschen, und sich nach ihr verzehren.

Sie war meine Marketenderin, die mich auf meinen Zügen begleitete, meine Geliebte.

Der Docht flammte hell auf. Anu hatte die Lampe auf den Saunaofen gestellt.

Das Licht tauchte ihren Körper in ein bronzenes Bad. Staunend betrachtete ich ihn im Wechselspiel von Licht und Schatten. Anu war wieder neu für mich, wie sie mit ihrer natürlichen Anmut auf mich zukam. Meine Augen mussten Bände gesprochen haben, denn sie lächelte verlegen.

»Sa oled imeilus!«*

»Nicht, Christoph, hör auf.«

Wir umarmten uns noch einmal. Ihr Körper fühlte sich kühl an. Wortlos zogen wir uns an.

Draußen war es inzwischen kalt geworden. Der Mond stand schmal hinter einer dünnen Wolke über dem Garten. Eng umschlungen gingen wir über den feuchten Rasen. Ich fühlte mich mit Anu alleine auf dieser Welt. Auf jeden Menschen hätte ich verzichten können. Nur nicht auf dieses Mädchen!

In der Veranda küssten wir uns.

»Komm mit zu mir, bitte.«

»Christoph, ich werde kommen. Aber nicht heute.«

Aus der Küche schallten die Stimmen der beiden Männer. Anu löste sich von mir, ihre Hand strich über meinen Arm.

»Schlaf gut«, und ich stand alleine vor der Bodentreppe und fühlte mich sofort einsam.

Lange lag ich wach und ließ den Abend in mir nachklingen. Da ich zur Ruhe gekommen war, spürte ich auch wieder meine Blessuren. Ich war von Glück erfüllt.

In diesen Stunden dachte ich nicht an unsere Trennung, ich sehnte nur den neuen Tag herbei, um bei Anu zu sein. Schließlich über-

---

* Deutsch: »Du bist wunderschön!«

138

mannte mich der Schlaf. Nach einigen Stunden erwachte ich völlig munter. Durst quälte mich.

Vor Anus Tür verharrte ich für einen Moment. In der Küche roch es nach Rauch und schalem Bier.

Die Fenster zum Garten waren nur angelehnt. Arnos Bass dröhnte durch die Dunkelheit, dann lachte jemand. Meine Neugier war geweckt, als Arno meinen Namen nannte. Leise öffnete ich das Fenster und sprang auf den Rasen. Unter den Obstbäumen, auch auf der Bank an der Sauna war niemand zu sehen.

Dann sah ich einen roten Punkt aufleuchten. Arno saß mit seinem Freund auf dem Doppelklo, das neben dem alten Speicher stand. Hier, an Arnos Lieblingsplatz, hatten sie sich zurückgezogen, um ungestört Konversation zu treiben.

Ich bedauerte es schon, dass ich dieses Bild nur erahnen konnte: Zwei alte Männer mit heruntergelassenen Hosen sitzen in tiefer Freundschaft vereint auf einem Klo mit zwei Löchern, schauen in die Nacht hinaus, trinken und rauchen und philosophieren über den Gast des Hauses und die Weltpolitik. Gerade wollte ich mich zurückschleichen, als wieder mein Name fiel.

»Ich sag dir, Erwin«, Arno wurde von einem Schluckauf gequält, »wenn alle so wie Christoph wären, hätte ich um den Frieden der Welt keine Angst.«

Sein Nachbar lachte auf.

»Arno, hör auf. Der Junge ist verliebt. Der hat nur Augen für deine Nichte. Glaub mir, ich habe die Deutschen erlebt! Damals, 1919 im Freiheitskrieg, die gehen über Leichen, skrupellos, wenn sie von der Leine gelassen werden. Und die gehen wieder über Leichen. Ich war in Berlin, als Mussolini da war. Du hättest die Parade sehen sollen. Solche Waffen will man auch einsetzen. Gib dem Jungen ein Gewehr in die Hand, und er beginnt zu marschieren. Die Deutschen sind so. Das ist bei ihnen Reflex, wirklich.«

Er schwieg, und ich hörte, wie eine Flasche entkorkt wurde.

»Da haben Panzerketten gerasselt, und Stiefel sind auf das Pflaster geknallt. Arno, Arno – ich sage dir, die Deutschen wollen die Welt. Pass auf, irgendwann steht der Junge in einer grauen Uniform vor eurer Tür und schleppt deine Nichte als Kriegsbeute weg. Und dein ergaunertes Silber gleich mit.«

Nun wurde Arnos Stimme laut.

»Erwin, was heißt hier ergaunertes Silber! Das hab ich alles ehrlich auf meinen Fahrten erworben. Und eins sag ich dir«, wieder quälte ihn sein Schluckauf, »Menschenkenntnis hast du nicht die Bohne! Der Junge ist in Ordnung, sonst würde ihn Anu nicht nehmen. – Schade ist nur, dass er kein Este ist, obwohl er schon wie einer spricht. Der Junge ist einfach zu emotional. Jedem will er die Hand schütteln.

Und ich hab ihm schon so oft gesagt, dass wir Esten nichts von diesen Verbrüderungen halten. Wir haben unsere Freunde im Kopf, nicht an der Hand. Aber das wird er auch noch hinkriegen. Denn wenn er das Mädchen liebt, wird er sowieso wieder kommen und hier bleiben.«

»Wenn du meinst, Arno. Da, nimm noch einen Schluck.«

Wieder quietschte der Korken. »Auf deine Vorhersage, und auf unsere Freundschaft. Hoffentlich hast du recht, alter Freund.«

»Gewiss, Erwin! Da kannst du noch einen drauf trinken!«

Für einen Augenblick verharrte ich noch. Die beiden philosophischen Trinker schwiegen. Leise kletterte ich durch das Fenster zurück, während Arnos Schluckauf durch die Nacht schallte.

Ein kühler Seewind strich über unsere nackten Körper. Anu schlief fest. Mit unseren Rädern waren wir früh aufgebrochen, um den Tag an unserer Badestelle zu genießen. Wir wollten nur noch alleine sein.

Indrek und Tiina hatten uns sofort verstanden. Überhaupt waren alle rücksichtsvoll zu uns. Riina hatte zwar am Morgen danach laut in der Küche rumort. Doch als ich mich bei ihr entschuldigen wollte, winkte sie nur ab.

Laut, dabei mit ihren Töpfen klappernd, erklärte sie mir, dass sie sich nur über die Trinkerei ihres Bruders ärgern würde, denn wir seien ja alt genug, und wenn Anu unbedingt vor Liebeskummer sterben wolle, dann sei das ihre eigene Sache.

Aber Riinas Augen hatten dabei überhaupt nicht böse gefunkelt.

Mir war mein Tagespensum inzwischen völlig egal. Ich wollte mit meinem Mädchen zusammen sein – und sie auch mit mir! Doktor Ruhve hatte ihr sogar die Woche frei gegeben.

Ich staunte, als sich Anu zum ersten Mal vor mir auszog. Völlig gelöst, ohne Scheu, bewegte sie sich nackt. Es war kein Aufreizen in ihren Bewegungen. Für sie war es völlig normal, sich so vor mir zu zeigen.

»Paradiesische Zustände«, hatte Anu gesagt, als sie meinen Blick bemerkt hatte.

»Warum soll ich mich verstecken? Ich habe keine Geheimnisse vor dir.«

Was waren unsere Mädchen für Zicken!

Das Meer war kalt. Der anlandige Wind hatte das Wasser gewendet. Wir waren nur kurz schwimmen gewesen und wärmten uns im Schutz der großen Findlinge. Anu lag neben mir, meine Hand festhaltend, schlief sie fest.

Wieder nahmen meine Augen sie in Besitz. Durch die Tage am Strand war ihr Körper gleichmäßig braun geworden. Wie sie dort lag, kam sie mir vor wie ein edles Tier. Anu liebte die Natur, nahm alles mit offenen Augen wahr, war Teil ihrer Umwelt, kannte jeden Vogel, jede Pflanze, weil ihre Mutter sie so erzogen hatte.

Und so wirkte sie auch wie ein Naturkind – ihr schlanker, muskulöser Körper, ihre wilde blonde Mähne. Sie war kein Mädchen für die Großstadt. Die engen Höfe, der Lärm der Straßen würden sie verdorren lassen. Anu war für mich eine Nymphe, das Naturkind, Kleider würden sie nur behindern. Leider konnte sie nicht nackt umherlaufen. Als sie so vor mir lag, konnte ich mir nicht vorstellen, ohne sie zu sein. Für einen Moment schloss ich meine Augen, weil mir wieder bewusst war, dass unsere gemeinsamen Tage schon an zwei Händen gezählt waren.

Ich drehte mich auf den Rücken, der Gedanke an die Trennung schmerzte bereits. Über mir segelten zwei Möwen im Wind.

Hatte ich in Rostock einmal so bewusst diese Vögel in ihrem Flug beobachtet? Alles war so unwirklich, ein Traum. Keine Menschen, keine Stimmen, keine Parolen, Kommandos. Für immer hier bleiben, mit diesem Mädchen zusammenleben! Nichts durfte uns trennen. Ein Traum. Ich hatte zu funktionieren, durfte meine Eltern nicht enttäuschen, musste mein Studium zu Ende bringen. Wie hatte mein Vater gesagt? Meiner Berufung folgen. Eigentlich war es seine Berufung, die Familientradition zu verfolgen, ihn nicht zu enttäuschen. Ich hatte es bis jetzt gewollt. Sollte ich hier Bauer oder Fischer werden? Warum nicht, wenn ich mit Anu zusammenleben könnte? Die

Atmosphäre der Insel hielt mich umfangen. Die Menschen gingen anders miteinander um, lebten mit der Natur im Einklang, weil sie wussten, dass sie sie brauchten. Ich hatte Anu von meinen Eindrücken erzählt.

Damals schaute ich mit den Augen eines Sommergastes, die wirtschaftlichen Sorgen, den Überlebenskampf der Fischer nahm ich dabei nicht wahr.

Auch in diesem Paradies stießen politische Richtungen aufeinander, wurde gestritten und herrschte Missgunst. Diese Streitereien waren winzig klein, wenn ich an meine Heimat dachte. Heimat – war Deutschland überhaupt noch meine Heimat? Damals hatte ich Zweifel. Denn auf Hiiumaa mit meinem Mädchen war ich glücklich.

Was bedeutete mir der städtische Luxus überhaupt noch? Dieses Mädchen hatte mir die Augen für die wirkliche Schönheit geöffnet.

Plötzlich war ihr Gesicht über mir.

»Hei, mis on? Sa oled nii mõtlikuks jäänud.«*

»Nichts, ich habe nur überlegt, ob ich zurückgehe oder hier bleibe.«

Ihre Haare kitzelten meinen Hals.

»Christoph, hör auf. Mach mir keine Hoffnung, frage deinen Verstand. Du kannst nicht hier bleiben. Gaukle dir nichts vor. Später – vielleicht. Dann bleibe hier.«

Ihr Gesicht wirkte plötzlich nachdenklich.

»Sicher, wenn du deine Arbeit hast, und ich meine.«

Sie küsste mich, und ich sah ihre traurigen Augen.

»Christoph, wann wird das sein?«

Ich hielt sie umfangen und befragte mich selbst. Wieder kitzelten mich ihre Haare.

»Lass das Grübeln. Wir lieben uns jetzt. Nur die Gegenwart zählt.«

Nur die Gegenwart zählt. Es klang banal. Anu hatte recht. Diese Tage gehörten uns ganz alleine. Was danach um uns, mit uns geschehen würde, jetzt war es egal!

Anus Nase strich über meinen Hals.

»Christoph, erzähle mir von deiner Kindheit in Tallinn! Du hast bisher nie davon erzählt.«

---

* Deutsch: »He, was ist? Du bist so nachdenklich geworden.«

Meine Kindheit in Tallinn hatte ich bis zu meinem Besuch bei Tante Ada fast völlig verdrängt.

»Meine Kindheit in Tallinn? Gott, das ist so lange her!«

Sie lachte.

»Eh, benimm dich nicht wie mein Onkel Arno!«

Anus Brüste schwangen, als sie sich aufrichtete. Ihre Schulter an den grauen Granit gelehnt, schaute sie mich mit einem tiefen Blick an.

»Ich will alles von dir wissen, Christoph Scheerenberg. Alles. Dann erinnere ich mich daran, wenn du fort bist.«

Meine Kindheit in Reval – seltsamerweise war sie in den Jahren, als ich in Deutschland aufwuchs, tief in meinem Inneren verschlossen gewesen.

Gewiss, ich hatte in den ersten Monaten Sehnsucht nach meiner Heimat und meinen Freunden gehabt. Schnell hatte ich neue gefunden. Die Kindertage in Estland waren vergessen gewesen.

Erst jetzt, in den letzten Wochen, hatte ich mich wieder an sie erinnert.

Fast in jeder Nacht träumte ich, sah die Sommer auf dem Land, hörte Stimmen, die ich vorher nie in meinen Träumen gehört hatte. Bruchstückhaft wurden meine Kindheitserinnerungen wieder an die Oberfläche geschwemmt, fügten sich zu Bildern, Gerüchen, Geräuschen, ja, ich entdeckte sogar den Geschmack der Kindheit wieder. Der strenge Geschmack der Strömlinge. Ich hatte ihn völlig vergessen gehabt.

»Erzähle mir von Weihnachten.«

»Von Weihnachten!«

Ich lachte.

»Du liegst nackt neben mir in der Sonne, und ich soll dir von Weihnachten erzählen?«

»Ja, natürlich. Ihr Deutschen liebt doch euer Weihnachtsfest!«

Anu lachte. Für einen Moment spürte ich einen Schmerz.

»Ihr Deutschen«, hatte sie gesagt.

Ich war noch immer nicht in diesem Land angekommen. Noch nicht einmal bei meiner Geliebten! Sie musste an meinem Blick gespürt haben, dass sie mich verletzt hatte.

»Christoph, entschuldige. Ich habe es nicht so gemeint – wirklich. Aber ich habe in Tallinn die Deutschen erlebt, wie sie aus der

Vorweihnachtszeit eine heilige Handlung machten. Darum will ich doch wissen, wie deine Familie das Fest begangen hat.«

Als mein Kopf auf ihrem Schoß lag, strichen ihre Hände durch mein Haar. Die Sonne blendete mich, hinter meinen geschlossenen Augen beschwor ich die blassen Bilder.

»Anu, ich denke, es gibt solche und solche Familien. Bei uns war das Weihnachtsfest der Höhepunkt des Jahres. Auch in Rostock feiern wir Weihnachten wie hier. Du, die Stimmung während der Weihnachtsmesse ist gleich, ob du sie in der Nikolaikirche in Rostock oder in der Nigulistekirche erlebst. Sie wird nicht anders sein, wenn sie estnisch gehalten wird.«

Anus Stirn krauste sich.

»Das weiß ich auch. Ich will wissen, wie du als Kind Weihnachten verlebt hast.«

»Na gut. Ich füge mich deinem Willen. Sicher, Zeremonien gab es bei uns auch. Aber sie wirkten nicht erstarrt, sondern waren lebendig, da alle begeistert mitmachten. Meine Eltern hatten viel zu tun. Doch in der Adventszeit hatten sie immer Zeit für uns.

Vater erzählte Geschichten, Mutter backte schon Wochen vorher mit unserem Mädchen Plätzchen oder knetete Marzipan. Lisa, meine Schwester, war in Estland noch sehr klein und begriff so gut wie nichts, was Weihnachten geschah. Mein Vater spielte im Ensemble des Deutschen Theaters Komparsenrollen. Er machte dies nicht oft. Doch im Dezember, wenn ein Weihnachtsspiel aufgeführt wurde, war er immer dabei. Uns erzählte er nie, in welche Rolle er schlüpfen würde, wenn er am Abend zur Probe ging. Und ich war mehr gespannt auf meinen Vater als auf die Weihnachtsgeschenke in diesen Wochen. Wenn ich mit meiner Mutter im prunkvollen Zuschauerraum saß, konnte ich es kaum erwarten, bis sich der Vorhang hob. Immer hoffte ich, dass mein Vater in eine der Hauptrollen schlüpfen würde. Immer entdeckte ich ihn schließlich als Komparse, der nur einige Sätze sprach oder im Chor mitsang. Trotzdem war ich stolz auf meinen Vater – und hoffte im nächsten Jahr wieder, dass er die Hauptrolle spielen würde.«

Anus Hand ruhte schon eine Weile auf meiner Stirn. Ihr Blick war auf mich gerichtet und dabei nicht bei mir.

»Anu, was ist?«

Sie lächelte.

144

»Nichts, ich stelle mir nur vor, wie du als kleiner Junge neben deiner Mutter sitzt und deinen Vater auf der Bühne suchst. Überleg einmal, wie lange dies schon her ist, und was du danach erlebt hast.«

Sie kniff mir in die Nase und lächelte dabei. Der Blick aus ihren grünen Augen war tief und zärtlich. Sie war schön, wie sie nackt über mir war.

»Komm, erzähl weiter.«

»Soll ich wirklich, Anu? Wir haben August.«

»Das hat doch damit nichts zu tun! Du weißt, ich will alles von dir wissen.«

»Ich würde dir alles von mir erzählen!«

Meine Hand glitt über ihre Brust. Womit sollte ich anfangen? Ewig hatte ich nicht mehr an die Weihnachten meiner Kindheit gedacht.

»Wenn ich heute daran denke, habe ich das Gefühl, dass die Deutschen in diesen Wochen noch mehr zusammenrückten. Fühlten sie in diesen Wochen, dass sie eine Minderheit waren, dass Weihnachten dieses urdeutsche Fest ist?«

Anu unterbrach mich.

»Das stimmt nicht, Christoph. Weihnachten ist auch für uns das besondere Fest. Jeder Mensch, der glaubt, begeht Weihnachten als das Fest der Feste.«

Sie lachte auf.

»Oh Gott, wir werden philosophisch! Sitzen nackt in der Sonne und unterhalten uns über den Sinn des Weihnachtsfestes. Egal, erzähl weiter.«

»Vielleicht sehe ich dies ja auch aus der Sicht eines Kindes. Sieh mal, ich war gerade elf, als wir Estland verließen. Aber wenn ich an Tallinn im Dezember denke, stelle ich mir eine der alten Städte aus den Andersen'schen Märchen vor.

Die Stadt war immer tief verschneit, die Gaslaternen brannten schon am Nachmittag, und Schlitten fuhren durch die Stadt.

Im Schwarzhäupterhaus fand im großen Saal in der Adventszeit ein Weihnachtsmarkt statt. Für mich war dies der Höhepunkt der Vorweihnachtszeit. Mein Vater bestellte an diesem Tag einen Schlitten, der uns dann von zu Hause abholte, obwohl wir ja nur einige Straßen entfernt wohnten.

145

Der Kutscher hüllte uns in dicke Decken, ein Lederschurz wurde uns über die Knie und Beine geworfen und mit einem Haken am Schlitten befestigt. Lisa war zwischen den Decken kaum zu sehen und kreischte, wenn der Schlitten anruckte. Wenn ich heute überlege, trugen alle Kutscher einen Schnurrbart. Durch die engen Gassen der Altstadt ging es dann über die Narva mantee nach Kadriorg. Neben uns läutete die Tram, Autos hupten, und der Kutscher ließ die Peitsche knallen, bis meine kleine Schwester jauchzte. Dann fuhren wir zurück in die Altstadt zum Schwarzhäupterhaus. Der große Saal war voller Stände, und wir Kinder stürzten uns in das Getümmel. Es gab eine Rutsche, aus einer großen Tonne voller Korn konnte man Preise ziehen.«

Ich lächelte Anu an.

»Und an diesem Tag gab es keinen Streit zwischen Domschülern, Realschülern, Hesse'schen oder Ramm'schen.«

»Und wie war euer Weihnachtsfest?«

Anus Stimme klang gepresst. Hätte ich gewusst, wie sehr ihr ein harmonisches Familienleben in der Kindheit gefehlt hatte, hätte ich wohl nicht von meinen Kinderweihnachten erzählt.

»Wir hatten eine große Wohnung, und so ließ Vater immer einen großen Baum besorgen. Meine Eltern waren sonst sehr sparsam, obwohl es Vater als Arzt sehr gut ging – im Gegensatz zu vielen deutschbaltischen Bekannten, die durch den Krieg und die Umwälzung viel verloren hatten.«

»Nicht politisch werden, Christoph! Außerdem weiß ich dies. Du wolltest von Weihnachten erzählen!«

Dabei zog sie an meiner Nase.

»Gut, gut.«

Ich zog sie zu mir hinunter und wollte ihr einen Kuss geben. Sie löste meine Hände.

»Erst erzählen.«

»Vor der Bescherung kamen die Eltern meiner Mutter, Vaters Seite, die in Pärnu wohnte, war der Weg zu umständlich. Sie besuchten wir in den letzten Tagen des Jahres. Gemeinsam gingen wir in die Olaikirche, in der Pastor Walter die Weihnachtsmesse las. Die Kirche war an diesem Abend wunderschön. Die hellen Wände erstrahlten im Glanz der vielen Kerzen. Von der Empore sang der Gemeindechor vor den voll besetzten Reihen. Großmutter weinte immer leise, wenn von der Kanzel das Weihnachtsevangelium verkündet wurde.«

Ich lachte Anu an.

»Als ich kleiner war, weinte ich aus Mitgefühl immer mit.«

»Du warst schon immer ein mitfühlender Mensch, Christoph.«

Und Schalkfunken blitzten in ihren Augen auf.

»Nach der Messe behielt mein Vater seinen Hut auf dem Rückweg gleich in der Hand, denn er wurde von allen Seiten gegrüßt – und Mutter war immer sehr stolz. Na ja, und dann kam die Bescherung und danach das Weihnachtsessen. Vater spielte Klavier, und wir mussten singen. So wie es eben in allen Familien ist.«

»In allen Familien?«

Anu räusperte sich. Ich richtete mich auf.

»Ist was?«

»Ach nichts, ich denke nur gerade, wie es bei uns ablief. Da war alles viel ärmlicher, und vor allem war es nicht so harmonisch. Und ich war überhaupt nicht stolz auf meinen Vater, wenn ich ihn denn an diesem Tag überhaupt sah.«

Ihre Hand glitt wieder durch mein Haar.

»Mein Vater hat uns verlassen, als ich acht war. Er war ein Trinker, und das Weihnachtsfest war für ihn ein Anlass, noch mehr zu trinken. Schon früh stahl er sich aus dem Haus, erfand irgendwelche fadenscheinigen Begründungen. Mutter wusste natürlich Bescheid. Sie schimpfte jedes Mal und gab dann auf. Ich merkte natürlich, was los war, obwohl ich noch klein war. Kinder sind sensibel, sie spüren, wenn die eigene Mutter leidet. Meine Mutter tat, als ob die Flucht meines Vaters ganz natürlich war. So schmückte Mutter immer alleine den Baum. Wir saßen ohne Vater in der Küche und aßen. Mutter versuchte mich aufzuheitern, ich sah auch als Sechsjährige, wie sie litt.

Wir waren uns in diesen Stunden sehr nah – trotzdem, ich wollte so gerne die Weihnachtsstimmung spüren wie meine Freundinnen. Neidisch war ich, wenn Tiina und die anderen mir von ihrem Weihnachtsfest erzählten, wenn sie mit ihrer Familie in die Kirche fuhren, im Kreis saßen, sich nahe waren und die alten Lieder sangen. Dann, am frühen Abend, kam mein Vater von seinen Saufkumpanen nach Hause. Er war immer betrunken und weinselig, entschuldigte sich bei meiner Mutter, wollte sie küssen, versuchte mich auf den Arm zu nehmen.

Nukk* nannte er mich dann. Ich hasse dieses Wort seitdem. Schwankend stand er vor dem Stall, wollte unser Pferd vor den Schlitten spannen. Mutter beschwor ihn, drohte, weil sie Angst hatte, dass er uns umbringen würde. Schließlich gab er es auf, er hätte den Schlitten wohl auch nicht anspannen können. Schimpfend verzog er sich in das Saunahaus, um seinen Selbstgebrannten zu trinken. Mutter und ich saßen in unserer kleinen Wohnstube. Sie gab mir mein Geschenk und weinte.

Ich hätte so gerne eine Schwester oder einen Bruder gehabt, um nicht alleine mit meiner Mutter zu sitzen. Und ich hasste diesen Tag – und meinen Vater. Spät am Abend kam er dann in das Haus und randalierte, weil Mutter die Schlafkammer abgeschlossen hatte. Ich weiß heute noch nicht, warum meine Mutter an diesem Tag nicht mit mir zu ihren Eltern gegangen ist. Sie wusste doch, was uns erwartete.«

Anu strich über mein Gesicht. Ich griff nach ihrer Hand, küsste sie. Wir kamen aus so verschiedenen Welten.

»Ja, Christoph, das waren die Weihnachtsfeste in meiner frühen Kindheit. Als mein Vater wegen seiner Schulden nach Russland verschwand, es war im Dezember, war meine Mutter fast froh. Nun wusste sie, dass ihr Bruder uns helfen würde.«

»Und vorher wollte er dies nicht?«, warf ich ein.

»Schon, aber mein Vater ließ sich nicht helfen. Und Mutter schämte sich. Ich begreife es heute noch nicht. Denn Onkel Arno hätte ihr nie Vorhaltungen gemacht, warum sie so an meinen Vater gehangen hat. Weißt du, Arno liebt seine Schwester abgöttisch. Damals, als er und meine Tante uns zum Weihnachtsfest einluden, hatte ich mein erstes richtiges Weihnachten. Auch Mutter spürte dies.

Ich sehe noch immer ihre Augen, wie sie mich erstaunt verfolgten. Denn ich konnte lachen, mich wirklich freuen. Ich freute mich sogar auf die Schule, denn nun konnte ich Tiina von meinem glücklichen Weihnachtsfest erzählen. Ohne Tränen und Trauer, ohne Scham wegen meines Vaters. Dann, zwei Jahre später starb meine Tante, und wir zogen in das Haus meines Onkels. Er war wie ein Vater zu mir. Und eigentlich begann für mich erst jetzt meine Kindheit.«

---

* Deutsch: Puppe

Wir schwiegen. Mein Kopf lag noch immer auf ihrem Schoß. Ihr Kehlkopf bewegte sich. Sie schaute auf das Meer. Dann neigte sie sich zu mir. Sie lächelte.

»Nun habe ich dir den Sommertag verdorben. Entschuldige, Christoph, eigentlich wollte ich dir dies nie erzählen.«

Ich richtete mich auf. Meine Hände umschlossen ihr Gesicht, streichelten ihre Wangenknochen.

»Aber Anu, es ist doch richtig, dass du mir dies erzählst. Nun ist mir auch klar, warum ihr drei so eng beisammen seid.«

Mein Mund berührte ihre Lippen.

»Dir wird so etwas nie wieder passieren. Niemand wird dich mehr verletzen.«

Anu löste sich von mir.

»Nein, Christoph«, ihre Augen leuchteten, »das würde keinem gut bekommen. Übrigens kommt wieder deine deutsche Sentimentalität durch.«

Nun lachte sie.

»Und darum liebe ich dich. Aber ich würde dich töten, wenn du mich verletzt.«

Zärtlich biss sie mir in die Unterlippe.

»Das kannst du mir glauben!«

Ich küsste ihren Bauch, lehnte mich wieder zurück.

»Anu, was meinst du, könnten wir für immer zusammenleben?«

Ein Windzug trug den Fäulnisgeruch des sterbenden Tangs vom Strand zu uns.

Anu überlegte.

»Ich weiß es nicht, Christoph. Vielleicht kommen wir aus zu verschiedenen Welten. Ich bin auf Hiiumaa geboren. Hier leben vielleicht zehntausend Menschen. Dies ist eine kleine Welt für sich, mit eigenen Gesetzen, die auch mich geformt haben. Hier herrscht Ruhe, die Zeit geht langsamer. Wir leben anders. Du lebst in Rostock. Eine Großstadt mit vielen Menschen, Cafés, Unterhaltung. Bei dir geht die Zeit so schnell. Ich habe Angst, dass du hier vielleicht nach einigen Monaten vor Ruhe zugrunde gehen würdest. Du bist Deutscher, ich Estin. Auch wenn wir die Sprache des anderen sprechen, so denken wir in vielem ganz anders.«

»Das ist nicht so, Anu. Ich bin seit zehn Jahren in Deutschland, und noch immer fühle ich mich unwohl, wenn ich die vielen Menschen um mich spüre oder die Enge des Himmels über der Stadt.«

Anu verschloss meinen Mund mit ihrer Hand.

»Trotzdem, ich denke, wir könnten es. Wir lieben uns. Einer formt den anderen. Wir sind nicht das erste estnisch-deutsche Paar. In Kärdla gibt es mehrere Familien. Christoph, ich möchte mit dir zusammen sein. Bloß, wie soll das gehen? Mir wird ganz schlecht, wenn ich daran denke, dass ich dich in einer Woche verliere. Du bist mir so nah wie noch kein Junge zuvor. Alles ist anders, seitdem du hier bist.«

Sie strich über mein Gesicht.

»Glaub mir, sogar die Farben sind intensiver, der Geruch des Wassers. Alles empfinde ich viel stärker, wenn du bei mir bist. – Vielleicht hört sich das so lächerlich an. Und trotzdem, ich weiß nicht, wie wir zusammenkommen können. Weißt du es?«

In den vergangenen Nächten hatte ich stundenlang vergebens darüber gegrübelt.

In diesen Minuten versprach ich ihr zu schreiben, an sie zu denken, kein anderes Mädchen auch nur anzusehen. All die Schwüre und Versprechungen, die seit Generationen von Liebenden ausgesprochen werden! Ich machte mir Mut und ihr. Und wir beide wussten, dass die Zeit gegen uns sein würde. Ich beschwor den nächsten Sommer. Und sah dabei den langen Winter.

»Christoph, hör auf mit den Schwüren. Lass uns die letzten Tage genießen, ohne an die Zukunft zu denken, jede Stunde zusammen sein. Umso mehr Erinnerungen haben wir an unsere gemeinsame Zeit, wenn wir getrennt sind.«

Anu hob meinen Kopf und drehte sich auf die Seite, sodass sich unsere Gesichter fast trafen. Eine blonde Locke fiel in ihre Stirn. Unwirsch schob sie das blonde Haar beiseite.

»Christoph«, ihre Stimme klang ganz weich, »ich werde dich immer lieben und auf dich warten. Denn so etwas Schönes ist mir noch nie passiert.«

Ihr Gesicht ging auf Distanz.

»Wenn du dir nicht sicher bist, sag es mir. Ich kann dann damit leben. Obwohl, ich würde dich auf der Stelle umbringen.«

Dabei lächelte sie.

»Anu, weißt du, wie mir zumute ist, seitdem ich dich das erste Mal gesehen habe? Wie Weihnachten. Dieses Gefühl möchte ich immer mit dir haben.«

Mir fehlten in diesem Augenblick die Worte. Plötzlich strahlten ihre grünen Augen voller Schalk.

»Christoph, mein geliebter Mann aus dem großen Land der lauten Menschen, deine Augen sagen mehr als Schwüre.«

Ihr Blick wurde weich und tief.

»Ich möchte immer so glücklich sein mit dir.«

Anus Arme umschlangen mich. Ihr Körper glühte heiß von der Kraft der Sonne, als sie sich auf mich drehte. Sie war wieder das Naturmädchen.

Diesmal war sie es, die führte, und ich ließ mich so gerne von ihr erobern, spürte die Muskeln ihrer Schenkel, als sie sich auf mich bewegte, presste ihren festen Po und küsste ihre Brüste, als sie sich halb aufrichtete.

Über uns war der hohe Himmel, ein Stein drückte in meinem Rücken, die Rufe der Möwen drangen in meine Ohren, und das Rauschen des nördlichen Meeres, der weite Geruch der See reizte meine Nase, und ich schmeckte das Salz der Ostsee auf Anus Brustwarzen und ihren Schweiß in den Achseln.

In diesen Minuten war ich wieder in meinen jahrtausendealten Zustand zurückgekehrt. Meine Sinne waren so gereizt, dass ich alles überdeutlich wahrnahm:

Die kleinen Flecken in ihrer grünen Iris, als sie ihre Augen öffnete, die versprengten Sommersprossen auf ihrem Nasenrücken, der Leberfleck auf ihrer Brust. Die Bilder und Empfindungen brannten sich so in mein Hirn, dass ich beim Schreiben wieder alles vor mir sehe.

Ich war stark und groß und glücklich in diesem kleinen Zeitraum. Anu und ich waren ein Wesen.

Niemand würde uns trennen können, da unsere Liebe so stark sei, dachte ich in diesen Minuten. Wenn ich gewusst hätte, was uns alles erwarten würde, ich hätte wohl geschrien und geweint – ich war glücklich.

Danach lag Anu noch lange auf mir. Ich streichelte sie zärtlich, unsere Körper suchten die größtmögliche Nähe. Dann kamen wir wieder langsam zu uns.

Wir liefen zum Meer. Unsere Füße versanken im ledernen Tang. Fliegen schwärmten auf.

Laut aufjauchzend warf mein Mädchen sich in das kalte Wasser, wurde zu einer Meerminne. Dann lagen wir erschöpft auf unserer Decke, hielten uns an den Händen. Anu erzählte mir von ihrer Großmutter. Langsam senkte sich die Sonne.

»Ab ihr Männer! Wir Frauen haben etwas zu besprechen.«

Arno protestierte, als Riinas Wischlappen an seinem Kopf vorbeizischte.

Wir hatten unser Abendbrot gegessen. Anu und ihre Mutter waren beim Abwasch. Die beiden lachten miteinander und lästerten über Erwin, Arnos Freund, der sich auf dem Nachhauseweg die Nase aufgeschlagen hatte.

»Komm, Christoph, hier sind wir fehl am Platz. Die Frauen wollen alleine sein.«

Arno griff nach seiner Schiffermütze und dem Tabaksbeutel, die auf Anus Klavier lagen. Als ich mich in der Veranda auf die Bank setzen wollte, schüttelte er seinen Kopf.

»Lass uns nach hinten zum Saunahaus gehen. Da steht die Abendsonne.«

Wortlos schritt er vor mir über den Hofplatz. Breit und bedächtig wirkte er in seiner Kapitänsjacke. Ich mochte den alten Mann, hatte ihn in den zwei Wochen gern gewonnen. Seine ruhige und bedächtige Natur, die liebevolle Art, wie er mit seiner Schwester und seiner Nichte umging. Zwar war er das Gegenteil seiner sprudelnden Schwester, doch die beiden ergänzten sich. Auch wenn Riina oft mit ihrem Bruder schimpfte und er sich nichts gefallen ließ, so sah man, wie die beiden Geschwister sich liebten. Anu war für ihn wie eine Tochter. Oft hatte ich die drei beobachtet, wenn wir am großen Tisch saßen. Sie waren wie eine Familie – und mich hatten die beiden Geschwister aufgenommen wie einen Sohn. Ich weiß nicht, wie Riina und Arno zu unserer Liebe standen. Außer den Ermahnungen, ihre Tochter nicht zu enttäuschen, schwieg Riina. Ihr Bruder hatte uns manchmal geneckt.

Beiden war das Wohl Anus wichtig. Sie sahen, wie wir beide glücklich waren. Sicher wird ihnen bewusst gewesen sein, dass Anu leiden würde, wenn ich wieder daheim wäre.

»Komm, setz dich!«

Arno zeigte auf die alte Bank, die vor der Tür des Saunahauses stand.

»Ich hol uns einen selbst gebrannten Wodka. Der von Saaremaa schmeckt nicht so.«

Als er die verwitterte Tür zum Vorraum öffnete, musste ich daran denken, wie Anu und ich uns nach dem Tanz geliebt hatten. Das Ganze war erst einige Tage her. Mir kam es vor, als ob wir schon ewig zusammen waren.

Die Sonne stand tief am Himmel. Im Obstgarten schimpfte eine Amsel, als die alte Katze zwischen den Büschen auftauchte.

Keine Stimme war zu hören, sodass die Geräusche des Abends unverfälscht klangen. Arnos Bienen summten unruhig vor ihren Fluglöchern. Sie spürten die Feuchte des Abends. Vorne an der Auffahrt zur Straße hörte ich Negus bellen. Ich lehnte mich zurück. Eine angenehme Mattigkeit erfüllte mich vom Nachmittag. Hinter mir knackte das alte Holz der Sauna.

Wieder war einer der wenigen noch verbliebenen Tage vergangen. Heute musste ich Anu überzeugen, dass sie bei mir schlief. Arno rumorte im Vorraum.

»Soll ich helfen?«

»Nein, schon gut.«

Er nuschelte. Dann tauchte er mit einer großen Literflasche auf, ihren Korken im Mund. Er legte ihn auf die Bank.

»Ich hab ihn kaum rausbekommen, völlig vertrocknet. Meine Schwester bereitet mir so viel Angst, dass ich die Flasche schon Monate nicht mehr angerührt habe.«

Seine Augen lächelten.

»Und vor drei Tagen?«, wollte ich wissen.

»Vor drei Tagen?«

Sein Gesicht schwamm in Unschuld.

»Na, mit Erwin. Ich hab euch auf dem Plumpsklo gehört.«

»Wo?«

»Na, auf«, ich suchte nach dem estnischen Wort, »auf dem Peldik.«

Über Arnos Gesicht schwamm ein wissendes Lächeln.

»Kurat, Christoph! Da hab ich alter Mann noch ein deutsches Wort dazugelernt. Das war eine andere Flasche. Man hat ja solchen und solchen Wodka.«

Er zauberte aus seiner Schifferjacke zwei Stielgläser heraus.

»Erwin bekommt den einfach gebrannten. Mit ihm trinke ich oft. Zwar ist er mein Freund. Aber du bist unser Gast. Und eigentlich noch mehr«, Arno zögerte einen Moment, »du bist der Freund meiner Nichte, nicht nur der Freund, sondern mehr. Denn so glücklich habe ich sie noch nie gesehen, und ich kenne sie schon lange.«

Er hatte dabei beide Gläser gefüllt.

»Christoph«, nun wirkte er fast verlegen, »darauf möchte ich mit dir trinken. Dass du Anu immer so glücklich machen kannst.«

»Terviseks!«

Die Verlegenheit war bei mir.

»Arno, ich liebe Anu. Ich würde am liebsten hier bleiben. Ich kann mir nicht vorstellen, wie es ist, wenn wir über Monate getrennt sind. Was soll ich machen?«

Der Kapitän drehte sein Glas in der Hand.

»Was du machen sollst? Mach deinen Arzt, Christoph. Freue dich, dass du studieren kannst. Halte deinen Kopf sauber, dass du nicht auf die bösen Geister in deiner Heimat hereinfällst. Du bist jederzeit bei uns willkommen. Nicht nur, weil wir Anu glücklich sehen wollen, sondern weil du im Herzen hier deine Heimat hast.

Auch nicht, weil du unsere Sprache sprichst, sondern weil du dieses Land mit unseren Augen siehst. Dein Mädchen wird auf dich warten. Das weiß ich.«

Arno hielt mir wieder mein volles Glas hin. Ich wollte nicht trinken. Doch ich konnte Arno nicht kränken, denn der Mann bot mir seine Freundschaft an.

»Aber eins versprich mir, Christoph! Nimm uns das Mädchen nicht weg. In Deutschland würde sie zugrunde gehen! Und meine Schwester hier ohne sie.«

Arno schwieg. Ein Streichholz flammte auf. Der Tabak knisterte im Pfeifenkopf, als er zog. Für einen Moment schloss ich meine Augen.

»Arno, ich möchte hier leben. Ich spüre selbst, dass ich mein Glück gefunden habe.«

»Na, dann ist ja alles klar. Studiere, heirate das Mädchen, sie wird Lehrerin, du, unser Arzt. Und alle leben glücklich und zufrieden bis an ihr Lebensende. So heißt es doch immer in den deutschen Märchen.«

Arnos Pranke landete auf meinem Oberschenkel, dass ich zusammenzuckte.

»So, für einen Esten war ich aber in den letzten Minuten sehr temperamentvoll oder wie das heißt. Lass uns noch einen trinken, und dann scher dich zu deinem Mädchen. Sie wird sicher schon warten.«

Und während er die Gläser füllte: »Und nimm sie heute Abend mit auf deinen Boden. Ich an deiner Stelle hätte das schon gestern gemacht.«

»Terviseks! Für uns ist dies der letzte Abend, mein Gast! Auf dass du wiederkommst. Ich gehe morgen auf große Fahrt nach Riga. Hab das Schiff schon voll mit Garn.«

Er erhob sich.

»Lass uns reingehen. Der Abend ist zu wertvoll, um sich zu betrinken. Wenn ich eine Fracht nach Rostock bekomme, ich nehme sie an, und wenn der Preis ein Hungerlohn ist. Ich muss mir doch mal das Zuhause meines Fastschwiegersohns ansehen.«

Arno lachte.

»Na, dann komm.«

Sein Arm lag auf meiner Schulter.

Ich konnte nichts mehr sagen, zu sehr hatte er mich berührt. Dies war der erste Abschied von der Insel!

Im ersten Augenblick wusste ich nicht, wo ich war, als ich wach wurde.

Regen prasselte auf das Blechdach der Veranda. Draußen graute der Morgen. Mich fröstelte, denn ich hatte am Abend die Tür zum Dach angelehnt gelassen.

Neben mir schlief Anu. Wir hatten gestern Abend mit ihrer Mutter und Arno im Wohnzimmer gesessen und bis spät miteinander erzählt. Als ich mich verabschiedet hatte, war Anu mit einem Lächeln aufgestanden und hatte gute Nacht gewünscht. Die Geschwister hatten sich nur kurz angesehen und nichts gesagt.

Wie selbstverständlich war Anu mir gefolgt, und meine Hände waren vor Aufregung feucht geworden. Schon auf der steilen Bodentreppe hatten wir uns geküsst.

Das Holz der Wände roch harzig, und zwischen zwei Küssen sagte Anu, dass der Sommer gehen würde, denn das Haus atme aus. Wir hatten uns geliebt. Es war schon späte Nacht, als wir eng aneinander-geschmiegt lagen und leise miteinander erzählten. Mein Mund berührte ihren Nacken, ich spürte ihren zarten Flaum am Haaransatz. »Lass uns nicht mehr schlafen, Christoph. Ich will jeden Augenblick mit dir genießen.« Ihre Stimme brach fast vor Müdigkeit.

Ein Hahn hatte zu krähen begonnen. Ich beugte mich über Anus Gesicht. Völlig entspannt lag sie auf ihrem Kissen.
Ihre etwas zu kurze Oberlippe ließ die obere Zahnreihe sehen. Selbst im Schlaf sah sie aus, als wolle sie mich necken. Wieder lag eine wilde Strähne ihres Haares auf der Stirn und verdeckte die fein gezeichnete Augenbraue. Anu war braun geworden in den letzten Tagen, Sommersprossen tanzten auf ihrem schmalen Nasenrücken. Unwillkürlich wollte ich sie streicheln. Ich liebte dieses Mädchen so sehr! Vier Tage hatten wir noch für uns! Jede Stunde zählte.
Impulsiv wollte ich unsere Decke wegziehen, um mein Mädchen völlig zu sehen. Ich bezwang mich, wollte ihren Schlaf nicht stören. Leise stand ich auf und trat ans Fenster. Der Morgen war wolkenverhangen. Ein grauer Regen ging nieder, ließ den Herbst erahnen. Der Sommer nahm Abschied – so wie ich.
Die Blüten in Riinas Blumengarten wirkten verwaschen und kraftlos, als hätten sie ihre Farben verbraucht. In wenigen Wochen würden die kalten Nächte beginnen. Anu hatte mir erzählt, wie die Insel dann im Grau versinken würde.
Heute wollten wir nach Männamaa, Anus Großmutter besuchen.
Die alte Frau wohnte alleine auf einem kleinen alten Bauernhof inmitten vieler Katzen, einem alten Hund, einiger Schafe und einer Ziege. Sie hatte noch immer nicht die Flucht ihres einzigen Sohnes verkraftet und war etwas eigenbrötlerisch, wie Anu erzählt hatte.
Ich hatte mich erst gegen diesen Besuch gesträubt, sah ich dabei die Sonntagnachmittagbesuche bei alten Tanten und Onkeln aus meiner Kinderzeit vor mir. Vergeudete Nachmittage mit langweiligen Erwachsenengesprächen und altbackenen Keksen. Immer wieder waren die alten Familiengeschichten hervorgeholt worden. Anu hatte meine Bedenken zerstreut. Die Vanaema* hatte ihr altes Haupt

---

* Deutsch: Großmutter

mit Weisheit gefüllt. Und Anu liebte ihre Großmutter und brannte darauf, mich vorzustellen. Anu hatte mir lachend erklärt, dass der Segen ihrer Großmutter die Aufnahme in die Familie besiegeln würde.

Gestern Abend, nach dem Gespräch mit Arno, zog es mich zu Indrek hin.

Riina hatte ihn Holz hacken gesehen. Ich wusste nicht, warum ich plötzlich zu ihm wollte – war es die Suche nach einem Freund, mit dem ich reden konnte?

Indrek hatte ich in den letzten Tagen selten gesehen, ich musste mit ihm reden. Zwei Hofhunde streunten die Dorfstraße entlang und beschnupperten mich kurz, bevor sie zwischen den Büschen auf einen Hof verschwanden.

Indrek war dabei, das Werkzeug fortzuräumen, als er mich bemerkte. Etwas schien ihn zu berühren, denn es kam kein spitzer Satz von ihm, als wir uns begrüßt hatten. Sonst hatten wir unsere Treffen mit einem kleinen Wortgeplänkel begonnen.

Heute wirkte er schmaler als vor einigen Tagen. Er musste meinen abschätzenden Blick gespürt haben. Wortlos wies er auf die Bank neben dem Holzstall.

»Frag nicht, Christoph. Gut, dass du gekommen bist. Ich brauche dich heute, wäre wohl noch zu euch gekommen.«

Er nestelte in seiner Hosentasche.

»Willst du?«, und bot mir eine der estnischen Zigaretten an, die mir zu streng schmeckten.

»Wo ist Tiina?«, wollte ich wissen.

»Sie ist im Haus.«

Indrek machte eine abwinkende Geste.

»Wir haben uns gestritten. Diesmal wohl richtig.«

»Ach, komm, Tiina kann man nicht ernstlich erzürnen«, wollte ich ihn trösten.

»Wenn du wüsstest, Christoph!«

Tief zog er an seiner Zigarette.

»Ich habe ihr erzählt, dass ich mein Studium abbrechen werde, um nach Tallinn zu gehen.«

»Was willst du?«, unterbrach ich ihn. »Nach Tallinn gehen? Nach den vielen Semestern und Prüfungen. Du bist fast fertig, Indrek.«

Er spuckte einen Tabakkrümel aus.

»Christoph, dieser ganze bürgerliche Scheiß kotzt mich so an. Studieren und arbeiten, Geld verdienen, um es wieder auszugeben, wieder arbeiten. Zu Hause sitzt die Ehefrau, die man nach zehn Jahren nur noch hasst. Trotzdem macht man weiter, und irgendwann fragt man sich, warum man überhaupt gelebt hat. Das will ich nicht. Und ich dachte, Tiina denkt wie ich. Ich habe mich getäuscht, genau diesen bürgerlichen Mief sieht sie als Erfüllung an.«

»Aber so ist nun mal das Leben, Indrek.«

»Genau so ist es eben nicht.«

Er musterte mich.

»Ideale – ich will für Ideale kämpfen und leben. Dann weiß ich, warum ich gelebt habe. Falls ich scheitere, werfe ich mir wenigstens nicht vor, eine Chance verpasst zu haben.«

Da sprach nicht Indrek zu mir. Sicher hatte er schon immer einen Kopf voller halbfertiger Ideen gehabt, war von einer Richtung in die andere gezogen mit seinen Meinungen und Anschauungen. Das wusste ich von Tiina und Anu. Aber hier sprach ein anderer zu mir.

»Warum diese plötzliche radikale Wandlung?«, wollte ich von ihm wissen.

»Ganz einfach, ich habe vor den Semesterferien in Tartu einige Kommunisten aus Tallinn getroffen. Christoph, das sind Kerle! Nicht solche verrückten Studenten, die sich auf dem Paukboden die Schädel einschlagen. Sie arbeiten in Tallinn im Untergrund, bauen eine kommunistische Zelle auf. Wir haben stundenlang miteinander diskutiert«, nun leuchteten Indreks Augen, »die haben es erkannt. Und ich will mitmachen. Das habe ich Tiina gesagt, und sie ist aufgestanden, hat mich angeschrien und will Schluss machen, wenn ich mein Studium abbreche.«

Ich konnte es nicht glauben.

»Und du willst wirklich dein Studium hinschmeißen, auch wenn Tiina dich verlässt?«

»Ich wollte dir davon schon am Strand erzählen, war mir aber da noch nicht sicher. Christoph, begreife, die Welt muss sich ändern«, seine Stimme klang wieder wie die eines Agitators, »schau dir die Faschisten an, die Italiener, deine Deutschen!«

»Es sind nicht meine Deutschen!«, warf ich ein. »Sie sind nicht alle so. Meinst du etwa, ich bin ein Nazi?«

»Nein, das bist du nicht. Das weiß ich. Aber sie probieren den Krieg in Spanien, verschleppen die Kommunisten. Da muss etwas geschehen!«

»Und du meinst, Indrek, da helfen die Kommunisten? Schau dir Stalin an. Seine Schauprozesse, er lässt seine alten Genossen umbringen oder steckt sie in die Lager. Meinst du, das ist legitim? Auch das ist eine Diktatur.«

»Hör auf, Christoph, das ist Nazigeschwätz, weil sie Stalin hassen und wissen, dass der Kommunismus siegen wird.«

Indrek legte mir seine Hand auf den Arm.

»Ich will dich nicht erzürnen. Wir sehen uns so selten und streiten uns.«

Seine Stimme klang versöhnlich.

»Glaube mir, die bürgerlichen Demokratien haben ausgelebt. Sie sind alt und schwach. Dem Kommunismus gehört die Zukunft. Guck dir den lächerlichen Völkerbund an. Hitler macht mit ihm, was er will.«

Er lachte auf.

»Wenn wir in vierzig Jahren auf dieser Bank sitzen werden, wirst du mir recht geben.«

»Indrek, auf dieser Bank werden wir nur zusammen sitzen, wenn du bei Tiina bleibst.«

»Stimmt«, und dieses Wort klang nachdenklich.

Diesmal griff ich nach der angebotenen Zigarette, denn sie war eine Freundschaftsgeste. Er schwieg, schien nachzudenken.

»Ich werde es mir noch einmal überlegen. Alleine schon, damit ich mit dir hier noch oft sitzen kann.«

Sein Lächeln wirkte unglücklich.

»Ich liebe Tiina. Aber ich kann nicht mein Leben hinter dem Ofen verbringen! Verlieren kann ich sie auch nicht.«

Er wirkte verlegen. Ich konnte seinen Augen nicht standhalten. Mit einem Reißen flammte das Streichholz auf. Tief drang die kleine Flamme in das graue Zigarettenpapier und ließ es glimmen.

»Lass uns in den Garten gehen.«

Wieder fiel mir auf, wie schmal Indrek war. Wir saßen auf dem Weidezaun, zogen an unseren Zigaretten. Weit ging der Blick über die Felder.

»Das Getreide ist reif. Morgen werden wir den Dreschkasten aus

Käina holen. Dies ist das letzte Feld, was noch gemäht werden muss. Der Sommer geht.«

»Ich auch Indrek. In einer Woche bin ich wieder in Deutschland.«

Der Trennungsschmerz griff mich an.

»Indrek, ich weiß nicht, was ich machen soll! Ich liebe Anu. Ohne sie geht es für mich nicht weiter. Überhaupt, ich bin hier glücklich, zwischen euch, Arno, Riina, deinem Vater, Doktor Ruhve, mit dir als meinem Freund. Diese Natur, die Aufrichtigkeit der Menschen hier, keine Trommeln, Fanfaren und Stiefel. Dieser so weite Himmel! Ich möchte hier bleiben, in Tartu weiterstudieren, hier mein Leben verbringen. Ich bin hier geboren, hier möchte ich auch leben. Mit Anu.«

Er schaute mich von der Seite an.

»Christoph, was soll ich dir raten? Ich habe es dir schon einmal gesagt. Dies ist nicht dein Kindheitsparadies. Sicher, die Uhren gehen langsamer, auch gleichmäßiger bei uns. Du bist hier geboren. Nun kommt dieser Teil in dir wieder hoch. Geh zurück nach Deutschland. Dort ist deine Familie, studiere und versuche diesen Teil in dir am Leben zu erhalten. Dann wirst du zurückkommen. Ob Anu warten wird, das weiß nur sie.«

Er blies auf die Kippe. Dann zerdrückte er sie sorgfältig auf dem Pfosten.

»Selbst wenn sie nicht auf dich warten wird, es gibt hier viele Menschen, die dich gern haben. Du bist jederzeit willkommen.«

Indrek lachte plötzlich und klopfte mir auf die Schulter.

»Mir besonders, auch wenn du ein unbelehrbarer Demokrat bist. Deine Seele ist noch nicht für den Kommunismus verloren, mein Freund. Lebst du erst einmal hier, bekomme ich sie schon. Egal, ob du mit Anu zusammen bist.«

Indrek stieß sich vom Zaun ab.

»Geh zurück zu deinem Mädchen. Genieß die letzten Tage. Aber wir sehen uns noch, bevor du fährst? Ich brauche noch deine Adresse, damit ich dir Propagandamaterial schicken kann.«

»Du alter Spinner! Du schickst mir noch das Manifest, und ich wandere durch dich ins Zuchthaus.«

Spontan nahm ich Indrek in den Arm.

Er lachte.

160

»Werde jetzt nicht sentimental. Das unterscheidet dich von den Esten. Wir gehen damit etwas«, er suchte nach dem richtigen Wort, »pragmatischer um. Grüße Anu. Ich werde jetzt zu ihrer Freundin ins Haus gehen. Vielleicht bekomme ich Tiina noch überzeugt – oder sie mich. Das Letztere glaube ich eher.«
Vor der Haustür reichte er mir seine Hand.
»Mach es gut, mein Freund. Wir sehen uns noch. Das mit dem Freund meine ich ernst.«
Dabei leuchteten seine Augen warm.

»Christoph!« Anu rief mich.
»Was hast du, Lieber?«
Anu hockte aufrecht im Bett, ihre Decke lag locker auf ihrem Schoß. Das dichte blonde Haar vom Schlaf zerwühlt, lächelte sie mich an und streckte mir ihre Arme entgegen.
Mit ihrem Lächeln hatte sie meinen Abschiedsschmerz sofort verdrängt.
»Anu, du bist wunderschön!«
Ich legte mich auf ihren Schoß, griff nach ihren Händen.
»Ach Quatsch! Du sollst nicht immer so reden, Christoph.«
Sie lachte wieder.
»Obwohl, ich höre es gerne, wenn du es sagst.«
Sie neigte sich über mich.
»Und versprochen, heute geht es zur Vanaema? Ich muss dich vorstellen!«
Der Regen hatte inzwischen aufgehört. Von unten ratterte Riinas Nähmaschine.
Als wir sie begrüßten, schoss sie einen nicht gerade freundlichen Blick ab. Noch hatte sie sich nicht an das neue Nachtlager ihrer Tochter gewöhnt.
Der Vormittag verging wie im Fluge. Bevor wir zur Anus Großmutter aufbrachen, sammelten wir das Fallobst in Körbe, denn am Wochenende wollte Riina mit den anderen Frauen Saft mosten.
Ich wäre am liebsten schon mit Anu aufgebrochen.
Wir hatten uns in den letzten Tagen viel zu rar gemacht, und Riina hatte, ohne zu murren, den größten Teil der Gartenarbeit alleine geschafft. Anus Mutter war den ganzen Morgen einsilbig.
Doch als wir uns von ihr verabschiedeten, lächelte sie, überschüt-

tete uns mit Grüßen an ihre Schwiegermutter und drückte ihrer Tochter einen Korb Äpfel, Brot und eine Tonflasche Bier in die Hand.

»Und küsst euch nicht, und kommt nicht auf die Idee, im Heu zu schlafen, wenn ihr bei der Vanaema übernachten solltet. Die ist aus anderem Holz geschnitzt als ich und haut dazwischen!«

Anus Mutter konnte einfach keine schlechte Laune haben, und ich drückte ihr einen Kuss auf die Wange, bevor ich auf mein Rad stieg. Laut protestierend ließen wir Riina zurück.

Der nächtliche Regen hatte die Luft gesäubert, und die Farben wirkten klar in der Sonne. Ihre Kraft der letzten Wochen war vergangen, und sie sandte keine Glut mehr vom Himmel. Anu fuhr vor mir. Ihr Kleid wehte im Sommerwind. Ich beobachtete sie und war glücklich, dachte nicht an die bevorstehende Trennung. Wie hatte sie gesagt – die Gegenwart zählt für uns. Nur das Jetzt zählte, und so dachte ich auch in diesem Moment.

Ein Roggenfeld wiegte sich neben uns. Zu Hause in Mecklenburg – zu Hause, ich überlegte einen Moment, ob dieses Wort noch zutraf – waren die Getreidefelder schon abgeerntet. Hier auf Hiiumaa hatte die Natur einen langsameren Schritt. Schwer neigten sich die Ähren. Die Bauern würden in den nächsten Tagen das Korn schneiden. Plötzlich dachte ich an daheim, sah die langen Reihen der Schnitter über die Flächen im endlosen Takt die Sensen schwingen, hörte das Rattern der Dreschkästen. Auf Hiiumaa waren die Äcker klein und steinig. Hier bestellte der Bauer seine Fläche meist allein und erntete sie mit seinen eigenen Händen. Die kurze Sense, einhändig geführt, dabei mit einer kurzen Harke in der anderen Hand das Korn niederdrückend, zog er Bahn für Bahn, während seine Frau und die Kinder die Hocken errichteten.

Indrek hatte mir vor einigen Tagen diese altertümliche Technik gezeigt. Hart musste der Bauer sein Brot verdienen.

Auf der Insel gab es nur einen einzigen Dreschkasten. Der Boden warf dafür zu wenig Ertrag ab. Der Bauer war trotzdem stolz und liebte sein Land.

Denn es gehörte ihm und keinem Gutsherrn. Tiinas Vater hatte mir unter der Linde seine Geschichte erzählt. Als junger Mann war er noch Gutsarbeiter bei dem deutschen Grundherrn auf Suuremõisa gewesen. Durch die Agrarreform 1920 hatte er sein eigenes Land bekommen. Er war stolz, Bauer zu sein, auch wenn er seine Familie alleine davon nicht ernähren konnte.

Anu fuhr langsamer. Eine Feldspatzenschar badete laut. Sie beobachtete das Treiben und verwandelte sich wieder in das kleine Mädchen, das ich so liebte, das so impulsiv war und sich am liebsten mit ihnen in der Pfütze vergnügt hätte. Impulsiv griff sie nach meiner Hand und zog mich an sich. Laut stob die Spatzenschar auseinander, und Anu trauerte fast. Ich war wortlos vor Glück. Sie spürte nicht, was in mir vorging.

Der feine Kalksteinschotter war durch den Regen aufgeweicht, und unsere Reifen griffen schlecht auf dem weichen Boden. Mücken standen in Wolken über den Pfützen. Ich drehte mich zu Anu. »Statt der Löwen sollte Estland drei Mücken im Wappen führen, so viele, wie es von ihnen gibt.«

»Klar, Christoph, dann würde uns die ganze Welt auslachen.« Wild gestikulierend fuhr Anu durch einen Mückenschwarm und lachte. Ein kleiner Kiefernwald nahm uns auf. Feuchtigkeit stieg zwischen den Stämmen auf und ließ den Wald besonders intensiv duften.

Dichte Blaubeerflechten zogen sich am Weg entlang. Ich bekam Lust, Pilze zu suchen. Anu drängte. Unter den hohen Bäumen breitete sich eine Waldwiese aus. Kamille am Wegesrand hatte ihr Aroma durch den Regen wiederentdeckt. Ich zerrieb einige der Blüten.

Herzhaft stieg ihr Geruch auf. Für einen Moment kam eine Kindheitserinnerung in mir hoch, die verlosch, bevor ich sie greifen konnte. Eine Waldscheune, ihr Schilfdach berührte fast den Boden, hockte, vom Alter versilbert, am Rande der Lichtung.

Das dünne, schon gelbe Waldgras lagerte in hohen Hocken vor der Scheune und roch stark nach dem letzten Regen.

Wir hielten und wollten ein kleines Picknick machen. Gerne hätte ich Anu geküsst, die Mücken vertrieben uns. Wieder waren wir alleine auf der Welt, waren schon über eine Stunde gefahren, und niemand war uns begegnet.

Die Sonne hatte die Feuchtigkeit vertrieben, gerne hätten wir gebadet, doch Süßwasserseen gab es nicht im Inselinneren, nur Moore und Bäche. Die Mücken hätten uns am Ufer des Rebasselja ausgesaugt, wenn wir dort unsere Füße gekühlt hätten.

Trotzdem hielten wir an, lehnten uns über die hölzerne Brücke und beobachteten Schwärme von trägen Libellen, die Schmetterlingen gleich nach jedem Steinwurf durch die Luft taumelten, bevor sie nach wenigen Flügelschlägen wieder auf das Schilf und die Ufersteine sanken.

Ein schmaler Weg spaltete das breite Kalkband und teilte eine große Fläche unbestellten Landes. Zwischen den von der Sonne verbrannten Unkräutern wogten lila Staudenflächen. Diese Pflanzen kannte ich nicht von daheim. Scharen von Kohlweißlingen nutzten die Blüten als Weide. Es war ein schönes Bild, wie sich die hohen rotlila Rispen wiegten und bei jedem Windstoß Wolken von Schmetterlingen aufstiegen, um sich sofort wieder zu setzen.

Anu zeigte auf einige altersgraue Holzhäuser, die vor dem hohen Saum eines Kiefernwaldes im gelben Sommergras versanken.

»Der Hof meiner Vanaema«, und sie beschleunigte ihr Rad.

Ärmlich wirkten die Gebäude, ähnelten mehr Hütten als Häusern. Lediglich das Bauernhaus war mit Stein gedeckt.

Die Nebengebäude bedeckte rissiger Asbest, und auch das Bauernhaus hatte schon bessere Tage gesehen. Hier fehlten Männerhände. Aber trotzdem wirkten der Vorplatz und das Haus sauber.

Anu sprang vom Rad. Das Meckern einer Ziege klang aus einem windschiefen Stall. Niemand war zu sehen. Ein alterskrummer Hund kam aus seiner Hütte und legte sich sofort wieder nieder, als er Anu erkannte.

»Komm, Christoph, wir gehen auf den Hof.«

Der Zaun, wie bei vielen alten Höfen der Insel, kreuzweise aus dünnen Latten genagelt, wackelte gefährlich, als Anu das schmale Tor öffnete.

Sie hatte mir erzählt, dass ihr Onkel, seitdem ihr Vater die Familie verlassen hatte, noch nie einen Schritt auf diesen Hof getan hatte. Er verurteilte die Mutter des Flüchtlings, sie hatte nach seiner Ansicht Mitschuld, dass ihr Sohn so feige ausgerissen war. Die starken Kiefern des Waldes schienen in die Hoffläche hineinzuwachsen. Einzelne Bäume standen auf dem großen Hofplatz, eine Kiefer neigte sich über dem Dach des Wohnhauses. Der Wald schien sich sein entrissenes Stück wieder zu erobern.

Die große Hoffläche war von mehreren einstmals stattlichen Speichern und Ställen umgeben. Der Reichtum des Hofes war vergangen. Die Türen wirkten halb verfallen, die Dächer waren dicht mit Moos bedeckt.

Auf den Planken des Wohnhauses konnte man Reste von grüner Farbe erkennen. Die Rahmen der Fenster blätterten. Anu musste meinen abschätzenden Blick bemerkt haben.

»Die Vanaema lebt seit fast zwanzig Jahren alleine hier. Früher hat noch einmal der Nachbar, der auf der anderen Seite des Waldes lebte, geholfen. Der ist schon lange tot. Und Mutter hat so wenig Zeit. Ich bin fast nie da. Und Arno, ich hab es dir ja schon erzählt.«

Ihr Blick bat um Entschuldigung.

»Anu, du brauchst dich nicht zu entschuldigen. Ich finde es schon toll, wie deine Großmutter hier alleine lebt.«

»Sie liebt den Wald und ihre Tiere. Auch wenn nicht mehr viele davon übrig sind. Mutter hat Arno so oft angefleht, ob die Vanaema nicht zu uns kommen könnte. Arno will dies nicht. Na und sie, sie ist hier glücklich – trotzdem – und will auf ihrem Hof sterben.«

Anu klopfte an die Hoftür des Hauses, niemand antwortete.

»Sie muss in ihrem Garten sein«, und verschwand hinter dem Saunahaus, an dessen Wand etliches Holz lagerte. Auch hier blühte eine riesige Staude lila.

Der Hühnergarten war sorgfältig eingezäunt. Ein Misthaufen lag halb verdeckt hinter dichten gelb blühenden Stauden. Aus dem Nichts strich eine braunschwarze Katze um meine Beine und maunzte. Als ich mich bücken wollte, rief mich Anu. Ihr Gesicht strahlte, im Arm hielt sie eine kleine alte Frau. Sie schien schon fast ein Geist zu sein, so klein, fast durchsichtig wirkte sie in ihrer grauen Schürze. Dabei waren ihre Augen hellwach, als sie mich musterte.

»Vanaema, das ist Christoph!«

Ihr Gesicht strahlte.

»Er ist ein Freund?«

Die Stimme der Alten klang hell, und ihre Augen musterten mich blitzschnell von oben bis unten.

»Er ist nicht ein Freund, er ist mein Freund. Sonst hätte ich ihn dir nicht vorgestellt.«

Und Anus Gesicht zerfloss vor Lächeln, während ich mich komisch fühlte.

Der Händedruck war fest und ihre Handfläche rau. Als ich mich vorstellte, glitten ihre Augen über mein Gesicht.

Dann lächelte sie, und in diesem Moment verzauberte sie mich.

Dutzende kleiner Fältchen durchzogen Wangen, Stirn, die Winkel der Augen, ließen sie aufleuchten.

Aus diesem alten, von Entbehrung und Kummer gezeichneten Gesicht, dass gleich einer dünnen Eisdecke zu zerspringen drohte, sahen mich Anus Augen an, zauberten grüne Blitze, brannten ein Feuerwerk ab, nahmen den Betrachter gefangen. Anu hatte ihre Augen. Würde mein Mädchen achtzig oder mehr Jahre alt sein, auch ihre Augen würden noch immer diesen jugendlichen Zauber haben!

»Willkommen, entschuldigen Sie bitte, ich bin etwas überrascht, dass meine Enkeltochter heute kommt und noch Besuch mitbringt.«

Sie wies auf das Haus.

»Bitte, kommen Sie herein.«

Sie ging vor uns, und Anu griff nach meiner Hand. Die Vanaema hatte mit mir estnisch gesprochen, und ich hatte ebenso geantwortet.

Sie öffnete die Tür, bat uns hinein. Wieder zersprang ihr Gesicht unter dem herzlichen Lächeln. Ein kleiner Flur nahm uns auf. Die Tür zum Wohnzimmer stand offen.

»Bitte.«

Dabei lächelte sie ihre Enkeltochter an und griff nach ihrer Hand.

Das Zimmer wirkte durch die hell gestrichenen Bretterwände groß, eine kleine Couch, davor ein Tisch, ein Schrank – die Einrichtung einfach.

Grob gewebte Gardinen vor dem kleinen Fenster, eine Scheibe gesprungen, Geranien auf den Fensterbrettern, ein helles Vertiko neben der Tür, zwischen den anderen beiden Fenstern ein Schrank, und in der Mitte der anderen Wand dominierte ein riesiger schwarzer eiserner Ofen, dessen Abzugsrohr quer durch das Zimmer in die gegenüberliegende Wand führte. Diese typischen estnischen Öfen sollte ich noch oft sehen.

»Du hast mir ja gar nicht von ihm erzählt.«

Dieser Satz war nur für Anu bestimmt.

»Setzt euch! Ich koche Tee.«

Wir saßen beide an dem hohen Tisch, Anu lächelte mich an und spielte mit meiner Hand; ich war etwas verlegen. Eine Uhr tickte laut, und die Stimme der Großmutter klang aus der Küche. Anu antwortete nicht, denn auch für sie war diese Situation ungewohnt. Neben der Couch hing ein gerahmtes Foto. Anu sah meinen Blick.

»Mein Vater, während des Krieges.«

Ich schaute sie ungläubig an.

»Er trägt eine rote Uniform.«

»Ja, er hat erst auf der roten Seite gekämpft, dann die Seiten gewechselt. Ich hab ihr schon so oft gesagt, sie soll das Bild abhängen. Aber sie hat kein neueres von ihm. Er ist ja dann abgehauen. Soll jetzt kommunistischer Funktionär in Leningrad sein.«

Anus Stimme klang unbeteiligt.

»Und, wie findest du meine Großmutter?«

Ich zuckte mit den Schultern.

»Ich finde sie irgendwie – toll. Und du hast ihre Augen.«

»Ehrlich?«, und ich fand meine Beobachtung bestätigt. Ehe ich noch etwas sagen konnte, tauchte die Vanaema mit dem Tee auf. Auch sie schien etwas unsicher zu sein, denn wir saßen für einige Augenblicke schweigend am Tisch. Dann zerbrach ihr Gesicht wieder durch ein Lächeln.

»Nun erzählen Sie, wie haben Sie meine Enkeltochter kennengelernt? Da muss etwas Besonderes mit Ihnen sein. Denn einen Jungen hat sie mir noch nie vorgestellt.«

Plötzlich war das Eis gebrochen. Und ich erzählte, wo ich herkam, warum ich hier war. Die Vanaema hörte mir zu, Anu schaute mich von der Seite an, und der Tee schmeckte fürchterlich.

»Deutscher sind Sie also. Da gibt es mehr als eine halbe Million estnischer Männer, und meine Anu verliebt sich in einen Deutschen. Da muss schon was an Ihnen sein. Deutsch muss ich aber nun nicht sprechen?«, erkundigte sie sich, und der Schalk blitzte in ihren Augen auf.

»Ich bin Deutschbalte. Ich liebe dieses Land nicht nur, weil ich Anu liebe.«

»Sicher. Aber trotzdem sind sie anders als wir Esten, auch wenn Sie unsere Sprache sprechen. Ihre Vorfahren waren Jahrhunderte unsere Herren.«

Sie kniff ihre Mundwinkel zusammen.

»Das ist das Los der kleinen Völker. Die großen Nationen meinen immer, dass wir nicht selber denken können und nicht in der Lage sind, uns zu schützen. Sie wollen uns ihre Kultur geben, meinen damit auch den Fortschritt. Und rauben uns damit unsere Persönlichkeit. Sehen Sie dort die Kiste?«

»Vanaema.«

Anus Stimme hatte einen mahnenden Ton.

»Du bist eine Bäuerin und sitzt nicht im Riigikogu*.«

»Lass nur, Mädchen. Ich lasse die Kiste zu.«

Dann an mich gewandt: »In der Kiste sind unsere Familienpapiere. Ich weiß nicht, wie viel Papier in wie vielen Sprachen. Eine alte Karte, auf der unser Hof eingezeichnet ist. Sie ist von 1854 und in Deutsch geschrieben. Damals erhielt mein Großvater vom Grafen sein Land, weil er ihm geholfen hatte. Wobei, weiß niemand. Die Karte ist von einem deutschen Geometer gemessen und gezeichnet worden. Esten durften diesen Beruf nicht ausüben, sie hatten zu pflügen und zu fischen. Wissen Sie, dass in Tartu an der Universität nur deutsch gesprochen wurde? Da drin sind Vorladungen, sogar ein Urteil. Mein Vater hatte in Kärdla im Krug auf den Zaren geschimpft. Jetzt wurde russisch geschrieben, denn Alexander hasste die deutschen Barone. – Diese Trinkerei! Mein Vater trank, mein Mann trank, mein Sohn trank.«

»Bitte, fange nicht damit an.«

»Entschuldige. Aber er ist dein Vater – und mein Sohn. Du hast recht. Er hat euch verlassen. Und er hat getrunken. Aber er war nicht immer so. Trotzdem.«

Mir war dieses Gespräch peinlich, aber ich konnte nicht einfach aufstehen. Die Großmutter überlegte.

»Wo war ich stehengeblieben? Ach ja, die Kiste und die Sprachen. Ja, so viel Papier. Ablieferungsscheine auf Deutsch aus dem Krieg – sogar ein deutscher Wehrpass, der deinem Vater gehört, denn die Deutschen musterten Anfang achtzehn alle Männer der Insel für ihre Armee. Wenige Monate vorher war dein Vater aus der russischen Armee desertiert und hatte sich den Bolschewisten angeschlossen. Da kannte er deine Mutter schon, Anu, und so zog ihn die Liebe nach Hause. – Sag nichts«, mit einer Handbewegung wischte sie Anus Einwurf fort, »natürlich hat er einmal deine Mutter geliebt! Um nicht in die deutsche Armee zu kommen, flüchtete er und schloss sich wieder den Roten an.

Dann, als die Deutschen Estland räumten und die Bolschewisten ihren Terror begannen, kam er wieder nach Hause und zog die Uni-

---

* Deutsch: Reichstag, das estnische Parlament.

form aus. Er war nicht mehr derselbe, den ich kannte und der deine Mutter geliebt hatte. Was damals passiert war, hat er nie erzählt. Ob er an Massakern teilgenommen hat, ob er Deutsche umbringen ließ, weiß ich nicht. Erst saß er wochenlang bei uns, bis sein Vater ihn fortjagte, da er sich endlich um seine Frau kümmern sollte. Schließlich schien es so, als ob er sich gefangen hätte. Du kamst zur Welt. Er arbeitete in Emmaste. Ihr hattet ein kleines Häuschen. Dann begann er wieder zu trinken. Wir redeten auf ihn ein, beschworen ihn. Nichts half, er machte Schulden, wollte im Suff die Bauern agitieren, schließlich verschwand er. Dann kam eine Karte aus Leningrad. Er schrieb wirklich, dass wir uns keine Sorgen machen sollten.«

Die Vanaema schwieg, Anu schaute auf den Tisch, ihre Finger flochten die kurzen Bänder der Tischdecke.

Impulsiv ergriff ich ihre Hand, und dankbar lächelte sie mir zu.

»Entschuldigt, ich wollte euch nicht den Tag verderben.«

Hilflos zog die alte Frau ihre Mundwinkel hoch. Sie zeigte auf die Kiste.

»So viele Sprachen! Aber wir sind Esten und werden immer estnisch sprechen und estnisch denken und unsere Lieder singen.«

Sie schaute auf ihre Enkelin.

»Anu, nun komm, bitte lächle. Ich weiß, ich hätte nicht von ihm erzählen sollen«, und ihre Hand glitt über Anus Wange.

Überzeugend war ihr Lächeln noch nicht.

»Nun erzählen Sie von sich, wo Sie leben, was Ihre Eltern machen. Ich muss wissen, mit wem meine einzige Enkeltochter zusammen ist.«

Ehe ich beginnen konnte, lief sie schon wieder in die Küche und kam mit einem Laib Brot und einer Schüssel Quark zurück, eilte zu einem Wandschrank und stellte drei Gläser und eine Flasche Wodka auf den Tisch.

»Ich trinke nie! Aber wenn so ferner Besuch meine Hütte aufsucht, dann müssen wir anstoßen.« Und wieder spielten tausend Falten, als sie lachte.

Wir erzählten noch lange in dieser Nacht. Dann, als die Wanduhr zwölfmal geschlagen hatte, stand sie plötzlich auf, brach ihren angefangenen Satz ab.

»So, Mitternacht. Zeit zum Schlafen.«

Sie griff nach den Gläsern und verschwand in der Küche. Anu und ich schauten uns an.

»Ihr braucht gar nicht so verliebt gucken, Kinder. Auch wenn ihr euch liebt. – Anu schläft auf der Couch im Zimmer. Christoph, Sie können auf dem Heuboden über dem Speicher schlafen. Keine Diskussionen, Anu! Was ihr in Moka macht, ist mir egal. Aber ich bin eine alte Frau und will keinen Tratsch. Head Ööd!*«
»Aber Vanaema, wer soll denn hier tratschen?«, warf Anu ein. Der Blick ihrer Großmutter ließ sie verstummen.

Die Vanaema hatte mir zwei Decken und ein Licht mitgegeben, dabei auf die Gefahren der Öllampe hinweisend. Einen Kuss von Anu konnte ich noch erhaschen, dann war ich in die Nacht entlassen worden. Der Himmel war hoch und klar, als ich mich an der Pumpe wusch. Die Kälte verdrängte den Alkohol in meinem Kopf. Fledermäuse huschten im Zickzackflug durch die Nacht.

Langsam ging ich über den Hof, atmete tief die feuchte Nachtluft, die schwer nach dem nahen Wald roch.

Das ruhige Mahlen einer Kuh drang aus dem Stall. Im Schatten des Speichers stritten sich zwei Katzen. Ihre Schreie klangen wie die Neugeborener.

Gerne wäre ich mit Anu zusammengeblieben.

Überlaut dröhnten meine Schritte auf den Bohlen, die zum Speicher führten.

Der Duft des Heus war betäubend. Eine hölzerne Kornlade, hochbeinig, wie ich sie auf Tiinas Hof gesehen hatte, Fässer, ein Trog wurden aus dem Dunkel gerissen. Am Fuß der Treppe löschte ich meine Lampe. Weich spürte ich das Heu unter mir.

Meine Gedanken wanderten zu Anu; ich stellte mir vor, wie sie schlafen würde.

Dann hatte ich einen schlechten Traum. Später spürte ich einen Kuss, mein Mädchen war gekommen. Sie kuschelte sich an mich. Ihr warmer Körper ließ mich Geborgenheit fühlen. Das unruhige Licht der Lampe spielte auf Anus nacktem Körper, ließ ihr Brüste tanzen, warf Schatten in ihre Täler, um sie dann wieder in ein warmes kleines Licht zu tauchen. Anu lag gelöst in meinem Arm. Ihre mandelförmigen Augen glänzten im Halbdunkel, ihr grünes Feuer konnte ich nicht erkennen.

---

* Deutsch: »Gute Nacht!«

Dies war unsere letzte gemeinsame Nacht. Wir wollten sie wach ver-
bringen, um jede Minute voll auszukosten. Draußen ließ der Regen das Blechdach der Veranda klingen. Gestern Abend hatte ein riesiger voller Mond über dem Dorf gestanden.
Bis in den frühen Morgen hatten die Grillen geklungen, als ob sie
ahnten, dass der Sommer gehen würde. Heute Mittag war der Herbst wie ein Naturereignis über die Insel
hereingebrochen. Das Barometer im Klavierzimmer zeigte ein Tief an, die Luft hatte
sich abgekühlt.

Pastor Brügman hatte mir seinen Segen gegeben, während Indrek
hinter ihm in Grimassen zerflossen war. Ich hatte mich über ihn geärgert und schwieg, als wir uns voneinander verabschiedeten. Indrek war verschämt, als er mir ein Buch in
die Hand drückte. Spontan nahm er mich in den Arm. »Mach es gut, mein Freund. Komm wieder! – Bitte!« Schweigend standen wir uns gegenüber, wollten reden, hatten
noch so viel zu erzählen. Die nahe Trennung machte uns stumm. »Nun kommt der Päts auf die Insel, und du fährst nach Hause,
Christoph. Mir wäre lieber, du würdest bleiben und er nicht kom-
men.« Indrek griff nach meiner Hand. »Christoph, du bist ein Freund. Und lies den Radek, er ist ja auch
ein Landsmann von dir. Bleib, wie du bist.« Dann wandte er sich um, hob seine Hand auf dem Gartenweg. Ich
hätte ihn so gerne noch einmal gesprochen. Tiina verabschiedete
sich mit einem Kuss von mir. Abschied! Ich war berührt von dieser
Herzlichkeit. Der Händedruck des Pastors, der verschämte Blick seiner Frau,
die mir sicher noch so viele Worte mitgegeben hätte und sich nicht
traute. Und plötzlich wurde mir bewusst, dass ich zu Hause keine
wirklichen Freunde hatte. Dort waren die Bekanntschaften nur oberflächlich, wenn ich an die Herzlichkeit der Menschen auf Hiiumaa
dachte – die Menschen auf Hiiumaa, ich dachte nicht einmal mehr
an Dagö. Wieder bohrte der Abschiedsschmerz. Doktor Ruhve hatte mit uns einen Tee in seinem Sekretariat
getrunken.

»Christoph, lassen Sie sich daheim nicht blenden. Bleiben Sie standhaft. Bei Ihnen regieren die Teufel! Ich habe Angst, dass sie auch bei uns herrschen werden.«

Sichtlich berührt hatte er mir die Hände geschüttelt und mich für die nächsten Ferien eingeladen. Die Abschiedsstimmung trieb mir fast Tränen in die Augen, auch Anu war schweigend neben mir her gefahren. Unsere Blicke suchten den anderen, helfen konnten wir einander nicht. Auf dem Hof griff Anu nach meiner Hand und zog mich zum Saunahaus.

Wir fielen fast übereinander her, wollten unseren Schmerz verdrängen, liebten uns heftig, fühlten uns hilflos.

Nichts hatte sich geändert, der Schmerz überrollte uns wieder. Anus spontane Heiterkeit, die ich so geliebt hatte, kehrte nicht wieder. Wir suchten die gegenseitige Nähe noch intensiver als zuvor.

»Christoph«, Anu zog meinen Arm über ihre Brust, »ich werde auf dich warten. Ich weiß, dass du mich nicht vergisst. Aber wie sollen die nächsten Monate werden ohne dich? Ich kann es mir einfach nicht vorstellen.«

»Wir werden das schaffen. Ich schreibe dir jeden Tag. Du sollst sehen, wie schnell der nächste Sommer kommt.«

So richtig überzeugten mich meine Worte nicht. Dass ich warten würde, daran hatte ich keine Zweifel. Ich liebte dieses Mädchen abgöttisch. Ich machte mir nichts vor, die kommenden Monate würden schwer werden.

»Du weißt, dass du zurückkommen wirst.«

Anu schwieg einen Moment. Als sie fortfuhr, klang ihre Stimme überzeugt.

»Christoph, jeder, der einmal auf Hiiumaa war und die Insel liebt, muss zurückkommen. Denn er lässt einen Teil seines Herzens hier.«

»Ich habe mein ganzes Herz hier gelassen.«

Anus Hand legte sich auf meinen Mund.

»Schweig, bitte. Sonst geht die Geschichte nicht in Erfüllung. Vanaema hat sie mir erzählt.«

Anu drehte sich zu mir. Ihr Atem strich über mein Gesicht, als sie weitersprach.

»Deine Seele wird sich nach dem hier gebliebenen Stück vom eigenen Herz sehnen, und du wirst zurückkommen.«

»Anu, ich werde zu dir zurückkommen, weil du das Stück Herz von mir bist, das ich zurücklasse, und nicht die Insel.«

»Bitte«, ihre Stimme war nur noch ein Flüstern, »lass mich weitererzählen, dann wird die Geschichte wahr. – Christoph, du wirst zurückkommen, weil deine Seele sich nach diesem Stück von dir sehnt. Du wirst es wiederfinden, und wieder wird ein Teil deines Herzens auf meiner Insel bleiben. Deine Sehnsucht wird noch größer werden. Dann, bei deinem dritten Besuch, wirst du hier bleiben. Denn dein Herz und deine Seele werden nun auf Hiiumaa wohnen. Vanaema hat es mir erzählt. Es wird so sein. Du musst es nur glauben.«

Weich lagen ihre Lippen auf meinem Mund. In diesem Moment glaubte ich ihrer Prophezeiung.

»Christoph, ich glaube daran, dass du bei deinem dritten Besuch für immer bei mir bleiben wirst. – So lange werde ich warten.«

Und ihr Gesicht verschwand im Dunkel, bevor ich ihre Lippen auf meiner Brust spürte.

Anus Sätze hatten so überzeugt geklungen. In dieser Nacht quälten mich keine Zweifel, dass wir nicht für immer zusammen sein würden.

Der Regen trommelte noch immer auf das Blechdach. Langsam brannte die Kerze herunter. Uns war heiß, denn die Balken und das Holz der Wände hatten die Wärme des Sommers in sich gespeichert.

Wir liebten und schenkten uns Wörter, die so trivial waren und uns glücklich machten. Anus Haar knisterte.

»Christoph«, Anus Stimme klang rau voller Müdigkeit, »ich möchte nicht schlafen. Hast du auch alles eingepackt? Nun hast du so wenig gelernt, weil wir zusammen waren.«

Da war wieder ihr praktischer Geist durchgebrochen.

»Anu, mach dir keine Sorgen. Ich werde zu Hause lernen, mache meine Approbation, und dann bin ich bei dir. Du bist Lehrerin, ich mache eine Praxis auf.«

»So wird es sein.«

Anus Stimme war nur noch ein Flüstern gewesen.

Vielleicht mag dies alles banal klingen. Für mich taucht die Erinnerung so übermächtig auf, nimmt mich gefangen, gaukelt mir eine Gegenwart vor, die schon vor über vierzig Jahren Realität war.

Trotzdem – diese Nacht steht mir beim Schreiben dieser Sätze so plastisch vor Augen, als wenn sie vor einer Woche gewesen wäre. Ich war mir so sicher in dieser Nacht. Dass alles anders kommen würde, konnte ich nicht ahnen.

Am frühen Morgen wachte ich auf. Der Regen hatte aufgehört, gerade war die Sonne aufgegangen und tauchte unsere Bodenkammer in ein schwaches Licht. Neben mir lag Anu zusammengerollt wie eine Katze und schlief tief. Vorsichtig richtete ich mich auf. Zart glitten meine Fingerspitzen über ihre Wangenknochen, zeichneten ihre geschwungenen Brauen nach. Mein Finger strich über ihre Lippen, verfolgte die Mulden zwischen ihren Schulterknochen, nahm ihre Körperwärme auf. Vorsichtig deckte ich sie ab.

Anu schlief noch immer fest, obwohl ein leichter Hauch über ihren Körper zog. Weiter glitt meine Hand an ihrem Körper hinab, bis ich ihren Schoß berührte.

Anus Schönheit tat mir fast weh. Wie sollte ich ohne sie leben?

Über ihren Schoß geneigt, nahm ich das Aroma ihres Körpers in mir auf. Alles musste ich von ihr behalten, um in den nächsten Monaten davon zu schöpfen.

Ihrem Schoß entströmte ein Duft nach Meer, und ihre Schamhaare sahen im Dämmerlicht wie das Seegras aus, das nach der Flut in hohen Wellen am Strand lagert. Vorsichtig strichen meine Finger über ihr blondes Haar. Fest war es, kraus. Es war Seegras! Sie war meine Meerminne, mein Meermädchen, das vor zwei Wochen den Fluten entstiegen, in wenigen Stunden in das große Meer zurückgehen würde. In diesen Minuten nahm ich Abschied von Anu.

Als ich ihre Fersen berührte, zuckte sie zusammen und murmelte etwas. Schnell deckte ich sie zu.

Mit offenen Augen lag ich neben ihr, lauschte ihrem Atem, spürte ihren Körper und nahm jede Sekunde wahr, bis der Morgen anbrach und aus der Küche Geräusche klangen.

Auf die Brüstung gelehnt, nahm ich Abschied von dem vertrauten Bild der letzten Wochen. Wolken zogen über den Himmel. Die Luft roch feucht. Mir war kalt, doch ich konnte mich nicht losreißen. Abschiedsstimmung lag in der Natur. Anu trat hinter mich und schlang ihre Arme um meine Brust.

»Christoph, meine Mutter wartet.«

Ihre Stimme klang weich. Wir mussten uns spüren! Selbst auf der steilen Bodentreppe konnten wir nicht voneinander lassen. Unvorstellbar war für mich der Gedanke, dass ich sie in zwei Stunden verlieren würde.

Anu hatte mir nach dem Aufwachen ein kleines Päckchen gegeben. In dem grauen Papier war ein Buch von Tammsaare* gewesen. Auf dem Titel stand eine Widmung Anus für mich.

Aufgeregt wuselte Riina durch die Küche.

»Christoph, ich habe für dich noch einmal estnisch gekocht«, sie griff in ihre Schürze nach einem Taschentuch und schnäuzte sich.

»Ach, Christoph!«

»Riina, bitte nicht!«

Der Frühstückstisch quoll über, uns schloss der Abschied die Mägen. Ich betäubte mich mit Kaffee.

Riina lief hin und her, zeigte mir einen Karton, der Arnos Abschiedsgeschenke enthielt, und redete und redete, bis Anus Blick sie verstummen ließ.

Eine Herbstsonne brach durch die Scheiben und ließ Anus blonden Schopf wie den Kranz einer Korona leuchten. Anus grüne Augen waren so weich, wenn sie mich ansahen. Die Abschiedsstimmung schmerzte, aber ich fühlte mich auch stark. Unsere Liebe war fest. Nichts könnte passieren – so dachte ich, denn die Zukunft kannte ich nicht. Zum Glück – wir wären verzweifelt.

Meine Tante wusste, dass ich kommen würde, um meinen Koffer zu holen. Viel Zeit hatte ich nicht mehr für sie. Mir war es egal – hier hatte jede Stunde gezählt.

»Christoph, wir müssen.«

Wie oft auf der Welt lähmt diese Abschiedsstimmung die Menschen, macht sie traurig, verwandelt den Schmerz der Minuten in Stunden und verkehrt dabei die gemeinsamen Stunden in Minuten?

Ich spürte damals die Zeit körperlich verrinnen.

Noch eine halbe Stunde, und Anu würde für ein Jahr von mir getrennt sein.

---

* Anton Hansen Tammsaare, estnischer Schriftsteller, geboren am 30.1.1878, gestorben am 1.3.1940.

175

Der Gedanke schmerzte so. Jede Minute auskosten, mit ihr reden, ihre Stimme in meinem Hirn speichern.

Es liest sich trivial. Wie soll ich diesen Schmerz schildern? Starke Gefühle kann man nicht in Worte kleiden. Man muss sie selbst erlebt haben, um sie ohne Worte zu verstehen.

»Christoph«, Anu stand auf, »meine Mutter wird ein Bild von uns machen.«

Fast froh, die Abschiedsstimmung zu unterbrechen, lief ich zu meiner Tasche, um die Box zu holen.

»Riina, es ist nichts dabei«, und ich erklärte ihr die Funktion des Apparates. Sie wehrte sich einen Moment, gab dann nach. Noch einmal spürte ich Anu, als wir beide eng umschlungen auf der Treppe zur Veranda standen und Riina uns fotografierte.

Anus Sommerkleid, sie hatte es vor einigen Wochen genäht, wehte im Wind. Ich spürte, wie sie plötzlich fror. Wir sahen uns an. Anu lächelte, dabei waren ihre Augen traurig. In diesem Moment betätigte Riina den Auslöser. Dann ging alles sehr schnell. Doktor Ruhve bog in die Auffahrt.

»Geh, Christoph. Du musst deine Sachen von oben holen.«

Ich konnte nur nicken.

Ein letzter Blick in meine Bodenkammer, die unsere geworden war. Der Geruch des Holzes, Staubteilchen, die im einfallenden Sonnenlicht tanzten, Anus vergessene Halskette. Ich legte ihr meinen Fallada auf das Bücherregal.

Mein Füllfederhalter kratzte, und die Schrift verlief, so drückte ich auf, als ich ihr eine Widmung in das Buch schrieb.

Von unten hörte ich die tiefe Stimme des Doktors. Er versuchte die gedrückte Stimmung mit einem Scherz zu lösen. Es gelang ihm nicht.

Mit meiner Tasche in der Hand, Anus Gesicht noch einmal nah, standen wir für einen Moment hilflos da.

Der Abschied war gegenwärtig, jeder wollte ihn herauszögern, und unerbittlich lief die Zeit gegen uns. Heute Nacht hatten wir abgemacht, dass Anu nicht mit zum Hafen kommen würde: Wir wollten unseren Abschied nicht noch schwerer machen.

Anu griff nach meiner Hand, als ich meine Tasche und das Paket in den Kofferraum legte. »Bitte, lass mich mitkommen, Christoph!«

Ich schüttelte den Kopf, zerriss dabei.

»Nicht, Anu. Wir quälen uns umso mehr.«

Sie lächelte unter Tränen und zuckte mit den Schultern.

»Du hast recht, Christoph, du hast recht.«

Als wir uns umarmten, spürte ich noch einmal Anus Mund. Dann ließ sie mich los. Mein Hals war von ihren Tränen nass. Riina gab mir die Hand.

»Christoph, komm wieder. Wir warten auf dich!«

Sie hatte estnisch gesprochen. Dann nahm sie mich in ihren Arm. Doktor Ruhve hatte inzwischen den Wagen gestartet. Noch einmal küsste ich Anu. Zärtlich strichen meine Finger über ihre Wangen. Mein Blick verschwamm, als sie mich anlächelte.

»Geh, du kommst wieder, Christoph. Der Teil deines Herzens ist hier und wartet auf dich – wie ich.«

Als die Wagentür zuschlug, wendete der Doktor schon den Opel und fuhr dabei eine wunderschöne Dahlienstaude Riinas kaputt. Riina nahm es gar nicht wahr. An der Ausfahrt lehnte ich mich aus dem Fenster und winkte. Negus lief bellend neben uns her. Anu rief etwas. Aber der Wagen hatte bereits Fahrt aufgenommen. Am liebsten hätte ich die Wagentür aufgerissen und wäre hinausgesprungen.

Selbst in diesem Moment funktionierte ich noch nach den Weisungen meiner Eltern. Ich hätte es machen müssen.

Damals wusste ich nicht, wie sich die Welt verändern sollte.

Doktor Ruhve ließ mich mit meinem Schmerz alleine. Wieder weideten Kühe am Rand der Straße. Ein Pferdefuhrwerk kam uns entgegen, der Kutscher grüßte mit seiner Peitsche. Ödland zog sich gelb und braun entlang. Die weißen Mauern von Suuremõisa sah ich, die alte Mühle. Bilder, die ich jetzt mit Anu verband.

Mein Abschied von der Insel. Plötzlich war da das Licht der Sommerabende. Noch einmal sah ich die Landschaft in Sepiatöne getaucht, wie bei meiner Ankunft. Die Insel verabschiedete sich von mir.

Ich musste wiederkommen, spürte noch Anus Geruch von der Nacht auf meiner Haut.

In diesen Minuten war mir klar, dass ich hier leben würde – mit Anu, Indrek, Tiina, Riina und ihrem Bruder. Sie waren meine Freunde geworden. Anu meine Liebe. Ich litt in diesen Minuten wie ein gequälter Hund!

Im kleinen Hafen in Heltermaa dümpelten einige Fischerboote in der flachen Brandung. Ein von jahrzehntelangem Schornsteinruß schwarz starrender Holzdampfer lag an der Pier. Die finnische Flagge hing müde am Heck.

In wenigen Minuten ging die Fähre ab. Heute Abend würde die »Gustav« wieder in Heltermaa anlegen.

»Christoph, bleiben Sie sich treu. Kommen Sie wieder. Das Deutschland dort ist nicht mehr Ihr Land. Sie sind nun Estländer, auch wenn Deutsch ihre Muttersprache ist, denn Sie fühlen wie wir. Sie sind uns willkommen.«

Der Doktor schüttelte seinen Kopf, lachte über seine gestelzten Sätze.

Ich konnte nur nicken und versuchte mich an einem Lächeln.

Er reichte mir meine Tasche mit den Büchern und den Karton aus dem Kofferraum, seine Hand lag auf meiner Schulter.

»Machen Sie es gut, Christoph. Und gute Reise.«

Sein Blick ruhte auf mir.

»Ich fahre wohl besser gleich.«

Auf dem Holzfrachter ratterte plötzlich eine Winsch und zerriss die Stimmung. Ich war dem unbekannten Matrosen so dankbar dafür.

»Danke für alles!«

Er lächelte nur, stieg in den Wagen und startete. Auf der Inselstraße hupte er noch einmal. Als sich der Kalkstaub auf die Straße senkte, sah ich den Wagen schon nicht mehr.

Und meine Gedanken wanderten wieder zu Anu.

Kurz vor der Gangway, ich war noch immer in Gedanken, löste sich eine Gestalt von der Wand eines Holzschuppens. Es war Jaan Hinnius. Er hatte mir gerade noch gefehlt! Mit einem Grinsen steuerte er auf mich zu, blieb auf Abstand bedacht.

»Ah, der Baronensohn! Geht's wieder heim ins Reich? Grüß den Führer von mir. Und lass dich hier nicht wieder sehen. Wir haben noch eine Rechnung offen.«

Ich ließ ihn stehen, er war mir so egal! Auf der Gangway drehte ich mich noch einmal um. Unsere Augen fixierten einander. Schließlich spuckte er aus und trollte sich.

Die wenigen Passagiere hatten es sich in dem kleinen Salon bequem gemacht. Meine wenigen Sachen neben mir, stand ich an der

Reling. Langsam glitt das Schiff vom Kai. Der kleine Diesel des Schiffes verschluckte sich einige Male, dann lief er ruhig, und wir nahmen Fahrt auf.

Lange stand ich an der Reling. Möwen schrien über mir. Der Wind zerrte an meinen Haaren, die Kälte des Windes spürte ich nicht. Hiiumaas Wälder säumten als breites Band das Bild. Dann wurde die Insel kleiner und schwamm im Meer, um nach einer halben Stunde zu versinken.

Ich ging in meine Kabine und schlug Anus Buch auf. Wieder und wieder las ich ihre Widmung:»Christoph, ich und der Teil deines Herzens brauchen dich! In Liebe, Anu.«

Tränen verschleierten die Schrift. Dann begann ich mit unserer Trennung zu leben. Dieses Gefühl wurde mein Begleiter für Jahre.

Der Rest ist schnell erzählt: Als ich die Türme von Tallinn im Meer auftauchen sah, staunte ich, dass ich mich freuen konnte. Dieses Mal wählte ich den kürzesten Weg in die Pikk tänav.

Wieder umfloss mich der Duft der Konditorei, als ich in den Hausflur trat. Was war alles in diesen zwei Monaten geschehen! Auf mein Läuten öffnete mir niemand. Die Frau des Konditors hörte schließlich die Glocke und kam nach oben. Tante Alwine war auf Anraten ihres Arztes von meinem Onkel vor einigen Tagen auf sein Restgut geholt worden.

»Sie hätten sich ja auch einmal bei Ihrer Tante melden können, junger Mann!«, ermahnte sie mich. In Gedanken musste ich ihr beipflichten. Aber ich hatte nur noch Anu im Kopf gehabt.

»Trotzdem lässt sie Sie grüßen. Ihre Tante hat mir die Schlüssel gegeben. Sie können bei ihr übernachten, denn soweit ich weiß, fährt Ihr Schiff erst morgen.«

Dann drückte sie mir das Bund in die Hand und verschwand, ehe ich mich bedanken konnte.

In dieser Nacht konnte ich nicht schlafen.

Ich lag wach, dachte an Anu, an unsere gemeinsamen Wochen, an unsere Zukunft, stellte mir vor, wie sie nun schlafen würde. Vielleicht lag auch sie wach und dachte an mich. Schließlich stand ich auf und lief ziellos durch die mondhelle Wohnung, an einem der Fenster blieb ich stehen und starrte in die Nacht. Wolkenfetzen zogen über den Himmel und verhüllten den Mond.

Meine Augen waren blicklos, wie die der Totenwächterinnen auf der Fassade des Nachbarhauses. Mein Kopf schien zu zerbersten. Schließlich setzte ich mich an den Damensekretär Tante Alwines und begann Anu einen Brief zu schreiben. Es war mein erster Brief an sie – viele sollten folgen.

Lange lag ich wach auf meinem Bett, blätterte in Anus Buch, nahm mir dann die Schrift Radeks vor.

Schon beim Lesen der ersten Seite wurde mir klar, dass ich dieses Buch nicht nach Deutschland mitnehmen konnte. Noch einmal stand ich auf und ging in das alte Herrenzimmer meines Großonkels, versteckte Radeks Schrift hinter Leibniz' Werken. Der Philosoph würde es sicher verzeihen. Und Radek?

Vielleicht hätte er mit dem alten perückenbekrönten Herrn einige interessante Dispute. Als ich den Bücherschrank schloss, schlug die Stundenglocke der Olaikirche zweimal. Mich fror, und ich fühlte mich einsam.

Am nächsten Morgen erwachte ich spät und war erstaunt, dass ich überhaupt geschlafen hatte. In die Nachricht an meine Tante versuchte ich Wärme zu legen, entschuldigte mich, versprach, sie wieder zu besuchen, und bedankte mich für alles. Noch einmal ging ich durch die Wohnung, kontrollierte den Gashahn über dem Herd, ein Reflex, den man mir in Kindertagen beigebracht hatte, bevor ich sie verschloss und die Schlüssel abgab. Wieder lief ich durch die Stadt zum Hafen. Heute traf ich nicht Bankier Scheel. Meine Fahrkarten lagen für mich in der Abfertigung bereit. Vater hatte sie telegrafisch bezahlt. Ich hatte an nichts gedacht!

Dann, am 28. August 1938 um zwölf Uhr, löste sich der Dampfer und nahm Fahrt auf die offene See. Von Stettin würde ich mit dem Zug nach Rostock weiterfahren.

Wieder stand ich auf dem Deck und beobachtete, wie die Kirchen und Türme im Meer versanken. Wieder bohrte der Schmerz in meinem Inneren.

Ich verkroch mich in meine Kabine. Zur Ablenkung hatte ich mir die »Sakala« gekauft. Auf der ersten Seite wurde über den Besuch des Präsidenten auf Hiiumaa berichtet.

Ich lag in meiner Koje, hatte Anus Buch in meiner Hand und dachte an sie. Estland war für mich wieder Heimat geworden, weil hier ein Mädchen auf mich wartete. Ich würde für immer wiederkommen. So glaubte ich damals.

4

Mit diesen Sätzen endete der erste Teil der Aufzeichnungen Christoph Scheerenbergs. Ich legte die Blätter beiseite und nahm den Karton auf meinen Schoß. Zwei Hefter fand ich noch darin und einen Revaler Fremdenführer für Wehrmachtsangehörige von 1942. Als ich den Reiseführer wieder in den Karton legte, rutschte ein abgegriffenes, brüchiges Foto aus dem dünnen Band. Es zeigte zwei junge Leute, es waren dieselben vom ersten Foto, das auf dem ersten Hefter gelegen hatte. Beide sahen auf diesem Bild so anders aus, obwohl nur wenige Jahre zwischen den Bildern liegen konnten. Dies musste das Bild vom Sommer 1938 sein. Christoph hatte es beschrieben. Der Mann und die junge Frau auf dem anderen Bild hatten einen Zug des Leidens in ihren Gesichtern gehabt. Sie hatten auch reifer gewirkt. Ich wollte das andere Bild noch einmal hervorsuchen, aber konnte mich nicht von den Gesichtern losreißen. Deutlich erkannte ich die jungen Gesichtszüge des mir vertraut gewordenen Mannes:

Die etwas zu starke Nase, die im Halbprofil noch deutlicher wirkte, das leicht hilflos wirkende Lächeln, das er auch noch im Alter gehabt hatte. Das Mädchen, eng an ihn geschmiegt, in einem bunten Sommerkleid, mit wilden blonden Haaren, war wirklich schön. Das Gesicht offen, mit hohen Wangenknochen, die Augenbrauen kühn geschwungen, vielleicht gezupft, die Stellung ihrer Augen leicht mandelförmig, wie Christoph Scheerenberg sie beschrieben hatte, das Gesicht halb ihrem Freund zugewandt. Ihr Lächeln war von der Abschiedsstimmung getrübt. Beide wirkten, als ob sie sich gegenseitig halten wollten. Im Hintergrund erkannte ich das Kapitänshaus: Die offene Treppe, die zum Eingang der Veranda führte, darüber ein Balkongitter, auf dem First ein Flaggenmast ohne Fahne, die Außenwände des Hauses mit starken Brettern verbohlt. Sogar der Fotograf war als Schatten im Bildrand zu sehen. Dies musste Riina sein. Das Bild begann zu leben. Ich hörte Anu nach Christoph rufen. Wie mag ihre Stimme geklungen haben? Etwas rauchig, mit einem dunklen Schmelz? Sicher kräftig. Wie viele Jahre sind seitdem vergangen! Was ist alles geschehen? In diesen Minuten war ich sehr berührt von dem Bericht des alten Mannes, dann drang die Kälte des großen Raumes in mein Bewusstsein, ich fror. Sorgfältig packte ich die Hefter und Bilder in den Karton. Dabei entdeckte ich ein kleines Leinensäckchen. In ihm lag eine Armbanduhr, das Leder des Armbandes war brüchig. Im Licht der Schreibtischlampe entdeckte ich kyrillische Buchstaben auf dem Ziffernblatt. War es seine Uhr gewesen? Als ich den schweren Vorhang zum Flur beiseiteschob, drehte ich mich noch einmal um. Für einen Moment spürte ich die Gegenwart des alten Bewohners, leise grüßte ich ihn, wartete einen Lidschlag auf Antwort. Dann löschte ich die Lampe. Im Licht der Straße sah ich durch die Scheibe, wie dichter Schnee vom Himmel fiel.

Noch völlig unter dem Eindruck des Gelesenen steuerte ich meinen Wagen durch die nächtliche Stadt, die im Schnee versank.

Es war lange nach Mitternacht, als ich das Auto in unserem Carport parkte. Inzwischen hatte es aufgehört zu schneien, und ein klarer Winterhimmel dehnte sich über mir aus. Leise öffnete ich die Haustür.

Bis auf das Ticken des alten Regulators im Flur schwieg das Haus. Meine Frau hatte mir in der Küche einige Schnitten gemacht. Hunger hatte ich nicht.

Ich musste wissen, wie diese Lebensgeschichte weitergegangen war. Leise ging ich in das Obergeschoss. Das Zimmer unseres Sohnes stand offen, er schlief sicher bei seiner Freundin. Aus unserem Schlafzimmer hörte ich die Stimme Bruce Willis. Wie ich vermutet hatte, war meine Frau beim Spätfilm eingeschlafen.

Den Karton auf dem kleinen alten Rauchtisch, entkorkte ich eine Flasche Wein. Einem Impuls folgend, brachte ich sie wieder nach unten und stellte sie in den Schrank zurück. Ich musste diese Aufzeichnungen nüchtern lesen, wollte jede Nuance, jeden Zwischenton entdecken und erleben, wollte bewusst Christoph Scheerenberg begleiten. Ich war völlig wach, eigentlich überwach, denn meine Sinne waren überreizt. Anu und Christophs Liebe hatte mich in ihren Bann gezogen – und ich nahm den zweiten Hefter zur Hand.

Er war dünner als der erste Bericht. Meine Hoffnung wurde enttäuscht: kein Bericht, nur eine Vielzahl von gelochten Briefen und eine Pergamenttüte, in ihr einige Fotos. Er, seine Offiziersjacke locker über dem Arm, die Offiziersschulterstücke mit dem Äskulapstab, er muss in dieser Zeit schon Arzt an der Front gewesen sein. Neben ihm ein lachender Sanitätsunteroffizier, auf der Rückseite Namen, ein Ort, ein Datum: Zink und ich, Permisküla, April 1944. Fotos von Tallinn, der Domberg mit dem langen Hermann, über seinen Zinnen eine wehende Fahne. Ob es die estnische oder deutsche Flagge war, konnte ich nicht erkennen. Ein Foto, er in Cordhose, mit Joppe, neben ihm ein Mann, kahlköpfig, beide lachen, haben ihren Arm auf der Schulter des anderen. Sie stehen inmitten eines Gartens, im Hintergrund ein Blockbohlenhaus. Auf der Rückseite ein Datum vom Oktober 1944. Das Foto für mich rätselhaft, denn zu dieser Zeit war Estland wieder sowjetisch besetzt. Die Briefe hatte er akribisch nummeriert und die Umschläge jeweils davor geheftet. Hitlermarken, Marken der Besatzungszonen, dann Briefmarken der Bundespost und die obligatorischen Ulbricht-Marken der DDR. Für einen Philatelisten waren sie ohne Belang. Ich blätterte in den Briefen, sah den Namen seiner Schwester, etliche Briefe waren an Institutionen gerichtet. Wilhelm Haas, den Namen des ersten Botschafters der Bundesrepublik in Moskau, kannte ich durch eine Reportage, die ich vor Jahren geschrieben hatte. Der Suchdienst des DRK war von ihm angeschrieben worden, auch die sowjetischen Botschaften in Bonn und Ostberlin. Anus Namen las ich auf keinem der Umschläge.

Dann, ganz hinten einige Seiten mit seiner Handschrift. Sie waren im Juli 1942 geschrieben worden. Zwischen den Seiten Briefe von Anu. Das Papier war brüchig, die Falze teilweise gerissen. Er musste sie oft gelesen haben. Meine Spannung stieg. Plötzlich schrak ich auf. Die kühle Hand meiner Frau lag auf meiner Schulter. Ihr Blick war besorgt.

»Bernd, mach Schluss. Guck mal auf die Uhr.«

Ihr Gesicht wies auf die alte Schiffsuhr, die neben meinem Schreibtisch an der Wand hängt. Es war kurz vor vier. Nun spürte ich die Müdigkeit in meinen Gliedern. Die Augen brannten, ich reckte mich. Ihr Blick fiel auf den Hefter.

»Was liest du da?«

»Ich habe seinen Schreibtisch aufgeräumt. Du weißt doch. Er hat ihn mir vererbt. Gaby, du kannst dir nicht vorstellen, was ich gefunden habe.«

Meine Frau lächelte. Es war ihr rationales Lächeln, das mich manchmal so ärgert. Sie hatte recht. Es war spät.

»Komm, geh schlafen. Erzähle mir danach davon. Ich werde Doktor Neumann anrufen, dass du später kommst.«

In diesem Moment liebte ich ihre Rationalität.

Jede Biografie eines Menschen ist einzigartig. Egal, wie er sein Leben gestaltete, ob er ein aktiver Mensch war, der bewusst gelebt hat, ob er eine bekannte Persönlichkeit gewesen ist oder nur als Träumer oder passiver Mensch lebte. Seine Biografie gehört ihm, wie sein Fingerabdruck, und sie ist ebenso einmalig.

Etwas musste mit diesen Heftern geschehen. Die Geschichte war noch nicht zu Ende geschrieben. Mir war klar, dass mich noch einige Überraschungen in diesen Aufzeichnungen erwarten würden. Für einen Moment spielte ich mit dem Gedanken, den Schluss zu lesen. Aber liest man einen Roman von hinten? Meine Grübelei brachte mich nicht weiter. Aufzeichnungen über seine Vaterstadt Rostock hatte ich bisher nicht gefunden. Doch ich musste etwas aus dieser Zeit erfahren, um mich ihm weiter zu nähern.

Ich versuchte mir zu helfen, studierte Adressbücher der Stadt, um sein Wohnhaus zu finden. Das Krankenhaus, in dem sein Vater gearbeitet hatte, existierte noch immer, auch die Universitätsgebäude hatten dem Feuersturm des letzten Krieges widerstanden oder waren restauriert worden. So fertigte ich mir eine Liste mit den Orten, die ich in Rostock besuchen wollte. Ich war auch gespannt, wie die Stadt an der Ostsee aussehen würde. Als Student, ich war damals mit der SDAJ in die DDR gefahren, hatte ich die Stadt vor mehr als fünfundzwanzig Jahren kennengelernt. Kennengelernt ist zu viel gesagt, denn wir hatten ein straffes Reglement, das uns keine privaten Streifzüge durch Rostock erlaubte. Die Reiseführer von der FDJ passten auf uns auf wie die Schießhunde.

Man zeigte uns die Sahnestücke der Hansestadt; die Lange Straße war mir noch in Erinnerung geblieben, der große Hafen und die Satellitenstädte, die sich endlos entlang einer Stadtautobahn in Richtung eines Badeortes, ich glaube es war Warnemünde, zogen. Später, nach der Wende, hatte ich das Sonnenblumenhaus im Fernsehen gesehen. Die Bilder vom betrunkenen Pöbel, der mit bepissten Jogginghosen grölend die Jagd auf Vietnamesen beklatschte, waren mir in Erinnerung geblieben und hatten mir Rostock nicht gerade sympathisch gemacht.

Mein Chefredakteur hatte mir ein Spesenkonto eingerichtet, denn ich hatte ihm von den Aufzeichnungen berichtet, und er sah eine gute Story für unser Magazin.

Ein neuer Bahnhof empfing mich. Der unterirdische Straßenbahnknotenpunkt verströmte Metropolenflair, ein bildschönes Mädchen am neudeutschen Servicepoint gab mir Tipps für die Übernachtung. Backsteinbauten aus der Stalinära, ich erinnerte mich an den Stolz der damaligen Reiseführerin, als sie von der sozialistischen Straße berichtete, glitten am Fenster vorbei, als ich mit dem Taxi durch die Lange Straße fuhr, um mich im Hotel einzuchecken. Das alte »Hotel Warnow« war vor kurzem einem Radisson-Hotel gewichen. Meine Tasche und das Notebook waren schnell ausgepackt, die Kamera verstaut, ich wollte die Stadt mit den Augen Christoph Scheerenbergs sehen. Es misslang mir, wie es ihm misslungen wäre. Diese Straßen waren aus den Fünfzigerjahren. Mehr als zehn Bombenangriffe hatten das Rostock Christoph Scheerenbergs versinken lassen.

Mit einem alten Stadtplan machte ich mich auf die Reise in die Vergangenheit und wurde enttäuscht. Das Kröpeliner Tor hatte den Krieg überstanden, auch etliche Häuser in der gleichnamigen Straße. Noch immer zeigten Häuserlücken die Zerstörungen des Krieges. Der Neue Markt, ich stand auf dem großen Platz, vor mir das Rathaus, bis auf einige Gebäude an der Ostseite auch hier alles neu, laut und großstädtisch. Ich wusste, dass ich so nicht in Christoph Scheerenbergs Rostock abtauchen würde.

Plötzlich wurde mir bewusst, dass ich völlig falsch handelte. Was wollte ich überhaupt? Müsste mir dies nicht viel besser gelingen, wenn ich mich in seine Aufzeichnungen vertiefen würde, um an seine Gedanken zu kommen? Die lauten und bunten Kulissen der Hansestadt waren nicht seine Gedankenwelt gewesen. Ich müsste mich ihm von innen nähern, seine Erinnerungen chronologisch studieren, um dann meine Vergleiche ziehen zu können.

Der Rückweg in mein Hotelzimmer glich einer Flucht, ich konnte es nicht erwarten, seine Aufzeichnungen weiterzulesen.

Über den Zimmerservice bestellte ich mir eine Kanne Kaffee und nahm mir noch einmal den dünnen Hefter vor. Den Umschlag mit den Fotos und die Briefe heftete ich aus. Ich wollte zunächst wissen, warum er die handschriftlichen Seiten mit den Briefen Anus zusammengeordnet hatte.

5

Kavelstorf, 20. August 1942

Meine Familie ist fast ausgelöscht. Lisa bleibt mir – sonst niemand. Unser Haus ist ausgebrannt. Nichts habe ich mehr retten können, außer meine Brieftasche, mein Notizbuch und einige Briefe von Anu. Nichts! Ich sitze im Arbeitszimmer von Pastor Jansen. Vaters Freund in Kavelstorf hat uns Quartier gegeben. Lisa wird hier bis zum Beginn des Schuljahres bleiben. Sie versteht sich mit Frida, der Tochter des Pastors, sehr gut. In meiner Tasche habe ich die Einberufung. Morgen rücke ich ein. Was heißt einrücken? Ich brauche nicht an die Ostfront, wie Johannes, mein Freund, und die meisten Kommilitonen. Ich soll nach Karlsbad, habe eine Galgenfrist bekommen. Vielleicht der letzte Dienst, den Vater mir erweisen konnte? Wo soll ich beginnen? Es ist so viel geschehen, seit ich Anu im Sommer '38 verlassen musste. Viel hätten meine Tagebücher berichten können. Sie sind verbrannt, wie alles, was wir hatten. Womit fange ich an? Dass ich vorgestern mit Johannes im Garten seiner Mutter saß und wir voneinander Abschied nahmen? Johannes, mein bester Freund, ich kenne ihn durch das Studium, er ist mir sehr nah, denn er denkt wie ich. Wenn es Seelenverwandtschaft gibt, so haben wir beide sie. Er wird mir fehlen, wie Vater, Mutter und Lisa. Lisa, sie war mir über Monate fremd, vernarrt in ihren HJ-Bengel, hat sie alles geglaubt, was ihr erzählt wurde. Jetzt, da sie durch Vaters Tod, durch den Verlust unseres Hab und Gutes wach geworden ist, müssen wir uns trennen. Sie ist die Einzige, die mir geblieben ist. Alle sind fort – meine Familie existiert nicht mehr. Mutter ist an Grippe im Herbst '38 gestorben. Mit jenem Tag begann Vaters langsames Sterben. Was hat er sich für Vorwürfe gemacht, dass er ihr nicht helfen konnte! Mutter fehlt mir so, ihre Freude, der Optimismus, ihre Liebe, aber auch Vater fehlt, mit seinen Ratschlägen, seiner Gerechtigkeit – Tante Alwine, ich habe sie mehrmals gesehen, auch wenn ich nicht mehr nach Estland konnte. Zuerst im Winter '39, als ich zum ersten Mal einberufen wurde und als Sanitäter in Posen eingesetzt war. Sie war im Oktober aus Tallinn umgesiedelt worden. Ich war oft bei der Großtante, wurde für sie der engste Familienangehörige, sie für mich die Brücke zu Anu, denn die Tante konnte mir viel erzählen von meiner Liebe und auch von Estland. Tante Alwine hat nie ihre Heimat wiedergefunden, auch wenn Vater dafür sorgte, dass sie zu uns nach Rostock kommen konnte. Im Juni 1940 starb sie; dass die Sowjets ihre Heimat besetzt hatten, erfuhr sie nicht mehr.

Was soll ich nur schildern? Meine Erlebnisse im Warthe Gau? Dass ich nicht einen Schuss abgeben musste? Wie sehr ich unter unserer Trennung litt? Anu – ich werde dieses Mädchen niemals vergessen! Auch wenn wir getrennt waren, so liebten wir uns noch immer. Wir schrieben und schrieben, auch wenn wir nicht mehr an ein Wiedersehen glaubten, so beschworen wir es doch, richteten uns daran auf und belogen uns. Was schreibe ich – »liebten« – ich liebe sie noch immer, werde sie immer lieben! Ich verzettle mich, will einen kurzen chronologischen Bericht der letzten Jahre geben. Er und die Briefe sollen hier bleiben. Falle ich, kann Lisa sie Anu senden, wenn dies überhaupt einmal möglich sein wird. Ich weiß ja nicht einmal, ob sie noch lebt.

Die Ablehnung meines Visums im Sommer '39, alles veränderte sich für uns. Hatten wir bisher ein zeitlich greifbares Ziel, so war unser Wiedersehen nun völlig ungewiss. Ich büffelte für meine Prüfungen, versuchte so meine Sorgen zu verscheuchen, wir schrieben uns täglich Briefe. Der Sommer war herrlich, der Strand in Warnemünde voll mit Badegästen, die Cafés bis auf die letzten Plätze besetzt. Es war, als ob uns Gott noch einmal verwöhnen wollte, bevor der Krieg begann. Was schreibe ich von Gott? Unsinn! Dies muss eine andere, finstere Macht sein. Gott kann so etwas nicht wollen. Alle bemerkten wir die Zeichen des Unheils und verschlossen die Augen. Lebensmittelmarken wurden ausgegeben, kein Tag verging, ohne dass im »Niederdeutschen Beobachter« gegen die Polen gehetzt wurde. Die Sirenen heulten – noch zur Übung. Vaters ohnmächtige Wut, als er am 1. September Hitlers Rede im Rundfunk hörte, meine Angst, dass ich Anu nun nie wieder sehen würde. Ich lief durch die Stadt, die einem aufgescheuchten Ameisenhaufen glich. Vor »Radio-Otto«, neben dem »Rostocker Hof«, stand eine Menge, die die Hitlerrede hörte. Ich weiß nicht, wie oft sie wiederholt wurde. Wortlos lauschte die Masse, niemand jubelte. Zwischen ihnen ein SA-Mann, er rief laut »Heil Hitler«, niemand antwortete. Nur stille Gesichter, wortlos. Aber ich habe auch andere Gesichter gesehen, vor allem junge. Vor dem Rathaus wehen Flaggen. Aus dem Lautsprecher klang seine Stimme. Und trotzdem ging der Alltag weiter. Der Kaffee war jetzt dünner, die Kaffeehäuser und Kinos noch immer besetzt. Ich studierte weiter, lernte Johannes kennen. Wir verstanden uns sofort. Dann kam ein Brief von Anu, der mir Sorgen machte. Ich trage ihn seitdem bei mir.

Tallinn, 2. Oktober 1939

Geliebter,
es ist kurz vor 23 Uhr. Ich sitze im Lehrerzimmer, habe die Arbeiten meiner Klasse durchgesehen. Du weißt, ich unterrichte für einige Tage an der Hansa-Schule, da die Hälfte der Lehrer krank ist. Herr Heldt, der ehemalige Direktor, er ist nun an der Domschule, ist ein Freund von Dr. Ruhve. So kann ich unterrichten und Deine Sprache sprechen und hören. Wie lange noch Christoph? Ich habe solche Angst!
Du kannst Dir nicht vorstellen, wie das Land im Fieber ist. Die Leute sitzen an ihren Radioapparaten, reißen den Zeitungsverkäufern die neuen Blätter aus den Händen, ausländische Zeitungen sind sofort vergriffen. Jede neue Nachricht wird eingesaugt, diskutiert.
Die »Orzel«, das polnische U-Boot, das sich vor den Deutschen in den Tallinner Hafen geflüchtet hatte, ist nun schon seit zwei Wochen ausgelaufen. Trotz der Beteuerungen unserer Leute, dass Estland weiterhin neutral sei, drohen uns die Russen immer mehr. Der Omakaitse* übt, als ob er die Russen bei einem Angriff zurückschlagen könnte. Alte Männer und halbe Kinder? Überhaupt, welche Chance hätten wir, würden wir in den Krieg gezogen werden? Keine, Christoph, keine! Die Deutschen

---

* Estnische Selbstschutzorganisation, hauptsächlich aus ehemaligen Kämpfern des Freiheitskrieges gebildet.

führen ihren Krieg in Polen. Vielleicht besetzen uns die Deutschen, wenn nicht sie, dann die Russen!

Der Präsident und seine Politiker sind machtlos. Sie wissen es und schweigen aus Angst.

Ich habe Angst, die Angst geht in der Stadt und im Land um. Man erzählt, dass die Russen mit Estland einen Vertrag abgeschlossen haben und nun ihr Militär an unserer Küste Stützpunkte errichten wird. Warum holen sie die Russen ins Land? Soll der Teufel uns vor dem Teufel beschützen? Was haben wir noch für Chancen zu überleben? Christoph, ich habe solche Angst. Und Du bist so weit von mir und kannst mich nicht halten! Geliebter! Und ich habe auch um Dich Angst.

Wenn sie Dich einziehen!

Er wird sich nicht mit Polen zufrieden geben.

Entschuldige, meine Gedanken springen hin und her. Ich weiß nicht, wie ich sie auf das Papier bringen soll. Christoph, ich liebe Dich so, und Du bist so weit entfernt.

Wenn ich wenigstens für einige Tage nach Hause könnte.

Unsere gemeinsamen Orte ablaufen, an unsere Zeit denken.

Bin ich in Käina, erinnert alles an Dich, ich verzehre mich nach Dir und schöpfe doch Kraft durch die Erinnerungen, die an unseren Orten über mich hereinbrechen.

Genug, mein Jammern hilft uns nicht! Ich weiß, dass Du mich liebst und zurückkommst. Denk an das kleine Stück Herz, das Deine Seele vermisst.

Christoph, ich soll Dich von Deiner Großtante grüßen. Ich war gestern, nach meinem Schuldienst, für eine Stunde bei ihr.

Sie wirkt nun wie ein kleiner verschüchterter Vogel, huscht durch ihre zu große Wohnung und versteht die Welt nicht mehr. Aber sie hat sich sehr gefreut über meinen Besuch, hat die von Dir geliebten Kekse herausgeholt. Wir haben Tee miteinander getrunken. Und sie hat von Dir erzählt und sich gefreut, dass ich jeden Satz hinterfragt habe. Alles, was ich über Dich gehört habe, habe ich eingesaugt, um so wieder neue Bilder von Dir zu bekommen. Ich habe solche Angst, dass unsere Bilder verblassen.

Wenn ich wenigstens einmal Deine Stimme hören könnte.

Deine alte gebrechliche Tante hat mir viel Mut gemacht in dieser Stunde, Geliebter.

Von meiner Mutter kam ein Päckchen mit Grüßen an Dich.

Gerne hätte sie Dir auch einen Kuchen geschickt.

Aber es ist Krieg ... Ich staune, dass unsere Briefe noch befördert werden. Onkel Arno sitzt noch immer zu Hause und flucht, weil er nicht auslaufen kann. Es fahren kaum noch Schiffe, denn es gibt keine Aufträge. Er hat auch Angst, daß die »Koidula« von einem verrückten Russen oder den Deutschen versenkt werden könnte. Indrek ist wieder in Tartu. Tiina erzählt, er ist hin und her gerissen. Für ihn ist der Einmarsch der Roten Armee in Polen ein Akt der Befreiung. Andererseits spürt auch er die drohende Haltung der Russen. Noch hat er keine Lösung für sich gefunden. Tiina versteht ihn immer weniger. Ich glaube, sie hasst und liebt ihn zugleich. Ich würde ihr so gerne helfen.

Tiina hat ihre Ausbildung abgebrochen, um ihre Eltern zu unterstützen. Christoph, ich habe seit einigen Tagen ein Gefühl, als ob eine Endzeit angebrochen ist. Ich kann Dir dieses Ahnen nicht beschreiben. Aber alle scheinen auf etwas zu warten. Es wird nichts Gutes auf uns zukommen. Das spüre ich. Ich hab solche Angst!

Christoph, wärst Du hier. Alles wäre leichter. Wie soll unsere Liebe sich erfüllen? Ich habe Angst um sie. Ich brauche Dich!

Lieber, entschuldige meine Zeilen. Nun ist es nach Mitternacht. Ich habe diesen Brief noch einmal gelesen und sollte ihn eigentlich zerreißen. Mut will ich Dir machen, nicht verzweifeln.

Würde ich ihn noch einmal schreiben, er würde wieder so werden. Ich kann Dich nicht belügen, Dir etwas vorgaukeln. Geliebter, ich vermisse Dich so.

Deine Anu

P. S. Christoph, ich verspreche Dir, mein nächster Brief wird anders. Aber ich konnte nicht anders schreiben. Ich liebe Dich!!!

Ich muss aufpassen, denn diese Aufzeichnungen könnten Unbefugte lesen! Was für ein Land, in dem man seine Gedanken nicht einmal mehr Papier anvertrauen kann! Und doch habe ich mit den anderen Kommilitonen bei der Siegesrede des Dekans in der Aula gejubelt, als Frankreich vor zwei Jahren kapitulierte. Am 11. Oktober 1939 erhielt ich meine Einberufung. Die Nachricht berührte mich fast nicht, hatte ich sie doch erwartet. Vater war erschüttert, und Lisa jubelte. Meine Schwester ist uns damals so fremd geworden. Am selben Tag war im »NB*« die Rede Hitlers über die Neuordnung Europas. Vater begriff sofort, was die Umsiedlung der Deutschbalten bedeutete, ich erst, als ich Hitlers Rede in der Wochenschau erlebte. Drei Tage später machte ich mich auf in das Warthe Gau. Mein Alltag in einem besetzten Land: Zeuge von Razzien, Unterdrückung, Leben als Besatzer. Ich registrierte alles, vieles stieß mich ab. Doch was sollte ich tun? Für mich das prägendste Erlebnis dieser Monate, das Wiedersehen mit Tante Alwine. Ihre Wohnung war für mich Fluchtpunkt und kultureller Mittelpunkt dieser Monate. Hier konnte ich reden, was ich dachte, hier hatte ich meine seelische Brücke zu Anu, konnte ihre Briefe lesen, die nun an die Tante adressiert waren. Ende März kehrte ich als Kriegsstudent nach Rostock zurück. Wir schrieben uns wie Besessene. Vater arbeitete Tag und Nacht in seiner Klinik und war in seiner knappen Freizeit zum Kinogänger geworden. »Kulturelle Wärmehalle« hat er gefrotzelt, denn der Winter war kalt und die Kohlenzuteilungen knapp geworden. Auch akzeptierte er Lisas BDM-Karriere. Er hatte es einfach aufgegeben, wollte sich nicht um Kopf und Kragen diskutieren. In diesem Frühjahr spürte ich, wie ich Anu für Tage vergaß und erschrak. Dann, Ende April, war Tante Alwine bei uns. Vater hatte alle Beziehungen benutzt, und mit der Tante war auch wieder Anu bei mir. Sie schrieb mir in diesen Monaten so starke Briefe, berichtete von den Stützpunkten der Sowjets, die auf Hiiumaa und anderswo errichtet worden waren, und von ihrer Angst, dass Estland nicht mehr frei sein würde. Neue Kriege begannen. Was soll ich darüber schreiben? Vater verzweifelte, glaubte nicht mehr an seine Berufung als Arzt. Wir stritten uns oft in diesen Wochen. Heute bereue ich dies. Aber wer konnte das alles wissen, was gekommen ist? Die Menetekel standen schon am Himmel. Fast in jeder Nacht gab es Voralarm, doch noch wurde Rostock verschont. Johannes und ich trafen uns oft, diskutierten und tranken den Weinkeller seiner Eltern leer. Wir flüchteten vor der Wirklichkeit, wollten nur studieren und unsere Approbation bekommen. Was danach sein würde, war uns egal. Wie es mit Anu weitergehen würde, wusste ich nicht. Am 17. Juni 1940 starb Tante Alwine, sie schlief in ihrem Lehnstuhl ein und ging so leicht und still,

---

* »Niederdeutscher Beobachter«

wie sie gelebt hatte. Ich saß neben ihr, dachte daran, wie sie in meinem Arm gelegen hatte, als sie mich in Tallinn begrüßte, hörte sie in Posen auf Hitler schimpfen, weil er ihr die Heimat genommen hatte. Nun habe ich niemanden mehr, der mir von diesem Sommer berichten kann. Dass Stalin am selben Tag das Baltikum besetzt hatte, erfuhr ich erst drei Tage später. An diesem Tag nahm ich Abschied von Anu und von Estland, wie ich es 1938 lieben gelernt hatte. Wochenlang bekam ich kein Lebenszeichen von Anu. Es muss am 8. Juli 1940 gewesen sein, als die ersten Bomben fielen. Warnemünde war Ziel dieses Angriffs. Die Zahl der Opfer weiß ich nicht mehr, dafür starben später zu viele.

Die Rostocker pilgerten dorthin, um sich die zerstörten Häuser und die Bombentrichter anzusehen. »Bombentouristen« kommentierte Vater. Einige Tage später fand auf der Sedanwiese die Trauerfeier statt. Natürlich mit dem Politbrimborium: Kreisleiter Dettmann, der OB, Wehrmacht, SA, HJ, natürlich auch meine Schwester mit ihren Maiden. Und dann kam Anus lang ersehnter Brief.

Tallinn, 7. Juli 1940

Geliebter,
ich weiß nicht, ob ich den Brief zu Ende schreiben kann! Denn eigentlich bin ich noch nicht so weit, meine Gedanken und Gefühle in Worte zu fassen.
Ich will es trotzdem versuchen, denn Dr. Bergmann, er arbeitet in der deutschen Treuhandverwaltung*, wird morgen nach Berlin fahren und hat mir versprochen, dort meinen Brief aufzugeben.
Seit einer Woche geht keine Post mehr aus Estland unkontrolliert ins Ausland. Christoph, was schreibe ich? Estland gibt es nicht mehr! Mein Heimatland hat aufgehört zu existieren, auch wenn ich noch estnisch spreche, lese und denke. Ich bin ratlos, hilflos, was ich machen soll. Ich weiß auch nicht mehr, was mit uns wird. Ob unsere Liebe überhaupt noch einen Sinn hat? Wir haben uns seit fast zwei Jahren nicht gesehen, einander gespürt. Es gibt keine Hoffnung mehr, dass wir uns überhaupt einmal sehen werden. Ich bin alleine und brauche so oft einen Rat, liebe

---

* Von der deutschen Selbstverwaltung eingesetzte Behörde, die die Abwicklung des deutschbaltischen Vermögens im Baltikum überwachte.

Worte oder einfach die Nähe des geliebten Menschen. Christoph, ich spüre, wie ich schwächer werde. Meine Liebe geht, auch wenn ich mich dagegen wehre.

Ich hoffe, wenn ich diesen Brief schreibe, werden meine Gedanken klarer und ich weiß, ob wir eine Zukunft haben. Im Moment habe ich den Glauben daran verloren.

Ich will Dir schildern, wie die letzten Tage hier in Tallinn verliefen. Ich hatte Dir ja geschrieben, dass ich wieder in der Stadt bin. Meiner Mutter ging es Ende April wieder besser, sodass Onkel Arno sie pflegen konnte. Er hatte ja sowieso kaum noch Aufträge, und die »Koidula« lag in Kärdla vor Anker. Um mich auf meine Abschlussprüfungen vorzubereiten, mietete ich mich bei Tante Signe ein. Ich hätte es lieber lassen sollen, denn so sah ich die Ereignisse, die sich ja in Tallinn besonders schlimm abspielten, aus nächster Nähe.

Ich weiß nicht, was Du in Deutschland darüber erfahren hast, Eure Zeitungen sind sicher mit Siegesmeldungen gefüllt. Hier gibt es keine deutschen Zeitungen mehr.

Genug, wer weiß, ob auch ein Zensor diese Zeilen liest. Entschuldige!

Die Gerüchte schwirrten schon Tage vorher durch die Stadt: Sowjettruppen seien vor Narva und südlich des Peipussees aufmarschiert, die sowjetische Presse hetzte gegen unser Land.

Am 14. Juni wurde ein finnisches Passagierflugzeug über der Ostsee von den Russen abgeschossen.

Als am selben Tag das sowjetische Ultimatum gegen Litauen bekannt wurde, wussten wir, dass das Ende Estlands nahte.

Keine Reaktion aus Deutschland, Christoph, Deine alte Tante hat recht gehabt. Hitler hat uns an die Russen verkauft!

Einen Tag später besetzten die Russen Litauen. Noch einen Tag später stellten sie uns das gleiche Ultimatum. Und unsere alten Männer ergaben sich kampflos.

Ich weiß nicht, ob eine Gegenwehr etwas bewirkt hätte. Vielleicht wäre der Westen auf uns aufmerksam geworden. Doch auch das wäre Stalin egal gewesen.

Die Straßen in Tallinn waren voll von sowjetischen Truppen. Christoph, sie führten sich auf wie Sieger. Plötzlich bildeten sich Demonstrationszüge, die durch Tallinn zogen und eine kommunistische Regierung forderten. Wo kamen diese Menschen plötzlich her? Und ihre Gesinnung? Sowjetische Panzerwagen begleiteten sie.

Zum Demonstrieren der sowjetischen Macht? Zur Einschüchterung der gezwungenen Demonstranten? Ich weiß es nicht. Ich stand fassungslos am Straßenrand, wie die anderen. Und niemand hob die Faust. Alle waren starr vor Schreck. Die Züge sammelten sich und zogen nach Kadriorg vor den Sitz des Präsidenten. Sie forderten die Einsetzung einer kommunistischen Regierung. Ein Nachbar erzählte, dass viele von ihnen nicht einmal estnisch konnten, und es waren fast nur Männer. Christoph, das waren Rotarmisten aus den Stützpunkten! Woher sonst? Christoph, verzeih! Mein Brief liest sich wie ein Zeitungsbericht. Aber ich muss Dir dies schreiben, damit Du begreifst, was hier wirklich passiert ist. Der Hafen war blockiert.

Ich wusste nicht, was auf Hiiumaa geschah. Dort waren so viele Russen in Tahkuna. Was war mit meiner Mutter?

Die Poststellen, Bürgermeisterämter, die Kasernen wurden besetzt. Es funktionierte wie ein geprobtes Bühnenstück.

Nun weht auf dem Langen Herrmann die rote Fahne. Eine neue Regierung soll noch im Juli gewählt werden. Sie nennen es Wahl. Wir wissen heute schon, wer gewinnen wird. Mein Land, eigentlich unser Land, gibt es nicht mehr.

Christoph, zwei Stunden liegen zwischen diesen Zeilen. Ich habe gegrübelt, geweint, wollte den Bogen zerreißen. Es nützt nichts. Ich muss es Dir schreiben: Unsere Liebe hat keine Zukunft mehr. Sie wird uns zerstören, wenn wir uns nicht gegenseitig freigeben. Ich liebe Dich. Das musst Du mir glauben. Bitte! Auch darum gebe ich Dich frei, denn ich weiß, Du leidest unter der Trennung wie ich. Aber wir werden uns nicht wieder sehen können. Und was ist eine Liebe ohne Berührung und Zärtlichkeit, ohne liebe Worte, gemeinsame Erlebnisse, kleine Streitereien, die unsere Liebe wachsen lassen? Christoph, wir leben nur einmal.

Bitte, versteh mich, denk nach, und Du wirst mich wenn nicht sofort, dann später verstehen. Glaube mir, dieser Schritt fällt mir so schwer. Doch er muss sein.

Gib mich frei, wie ich Dich freigebe. Kein anderer Mann steht hinter mir. Aber ich zerbreche an unserer Trennung. Und ich möchte leben. Ich werde Dich nie vergessen. Dein Gesicht sehe ich vor mir. Noch höre ich Deine Stimme. Doch ich weiß, dass unsere Liebe keine Zukunft hat. Sie ist in einer falschen Zeit geboren. Vielleicht haben wir später, in einer anderen Zeit, in einem anderen Leben unsere gemeinsame Erfüllung. Dann werden wir uns wieder finden. Ich hoffe es. Bis dahin, sei mir nicht böse.

In Liebe, Anu

Bitte verzeih mir!!! Was habe ich da geschrieben? Aber es muss sein. Du wirst es erkennen.

Ich habe diesen Brief seitdem wohl hundertmal gelesen! Die nächsten Wochen versank ich in eine seelische Starre. Mein Herbstsemester begann, ich nahm an den Vorlesungen teil, lernte auch, lebte dabei in einem seelischen Vakuum. Nach Wochen gelang es Johannes, mich aus diesem zu reißen. Wir redeten, an den Abenden schrieb ich Briefe an Anu, zerriss sie, schrieb sie neu, zerriss sie wieder, nahm ihr Bild von der Wand, hing es in der Nacht wieder auf, warf ihre Briefe in den Müll, suchte sie am nächsten Morgen wieder aus der Tonne. Ich bekam mein Mädchen nicht aus dem Kopf. Und so ist es auch noch heute! Vorwürfe mache ich ihr nicht. Sie hat ja recht! Die Monate vergingen. Frankreich war inzwischen gefallen, Rostock bisher nicht wieder angegriffen worden, aber die Sirenen heulten ziemlich oft. Voralarm gab es fast jede Nacht. Kohlenknappheit, Lebensmittelmarken – Alltag. Leben so Sieger? Nach dem Sieg über Frankreich liefen alle Hitler hinterher. Ich war froh, dass ich Johannes hatte, denn Vater sah ich kaum noch. Er lebte für seine Klinik. Hitlers Krieg gegen Stalin begann. Ende August wurde Reval befreit. Für einige Tage glaubte ich daran, dass Estland wieder frei sein würde. Natürlich war dies Blödsinn. Ich schrieb noch einmal an Anu, steckte den Brief aber nie ein. In diesen Monaten wollte ich sie endgültig aus dem Kopf haben. Es gelang mir nicht. Mein Kopf machte einfach nicht mit. Im September gab es den ersten größeren Angriff auf Rostock. Dreißig Tote, zahlreiche Verletzte steht in meinem Notizbuch. Doch dies sollte erst der Anfang sein! Ich will nicht über die nächsten Monate schreiben. Die Niederlage vor Moskau, die kalten Tage in den Räumen der schlecht geheizten Uni, der sich jeden Tag wiederholende Kriegsalltag mit der Angst, dass Freunde oder Nachbarn fielen, Bomben fallen würden, mit dem Schlangestehen und der Markenwirtschaft. Estland gehörte jetzt zum Reichskommissariat Ost. Der Frühling kam und mit ihm der Untergang Rostocks. Vom 24. bis 27. April 1942 wurde Rostock jede Nacht angegriffen. Petrikirche, Jakobikirche, Nikolai, Rathaus, Stadttheater, das Wollmagazin, etliche Straßen, ganze Straßenzüge, Viertel sind zerstört worden. In der letzten Angriffsnacht wurde auch unser Haus ein Opfer der Brandbomben. Zum Glück kam keiner der Bewohner im Keller um. Lisa versorgte mit dem BDM Verletzte in ihrer Schule, ich war in der Augenklinik. Vaters Innere Klinik brannte. Bei dem Versuch, Patienten zu retten, kam er ums Leben. Vaters Leiche wurde erst Tage später gefunden. Ich musste ihn identifizieren. Die folgenden Tage habe ich vergessen. Lisa und ich fanden bei Johannes' Mutter Unterkunft. Vielleicht kann ich später einmal diese Wochen des Chaos und der Trauer schildern. Noch sind sie unbegreifbar für mich. Das Leben ging weiter. Die Straßenbahnen fuhren wieder, ich ging zur Uni, Lisa in ihr Lyzeum. Laut Notizbuch der nächste Bombenangriff am 10. Mai. In diesen Tagen kam Lisas Weltbild ins Wanken. Vaters Tod, die Bombennächte haben sie zurückgeholt! Vor sechs Wochen habe ich mein drittes Staatsexamen bestanden und danach Antrag auf Approbation gestellt. Vater wäre stolz auf mich gewesen! Im Frieden wäre ich nun bei Anu auf Hiiumaa und würde die Praxis von Doktor Raudsaar übernehmen ... alles für immer ad acta. Mir war klar, dass ich meine Einberufung bekommen würde, denn der Tod schert sich nicht um einen Doktortitel, im Gegenteil, er muss doch viele von uns holen, denn wir pfuschen ihm ins Handwerk. Vor nicht einmal drei Wochen habe ich mein Dissertationsthema bekommen. Doch was nützt meine Arbeit? Menschen heilen, die dann der Krieg verschluckt? In der vorletzten Woche habe ich mit Pastor Jansen gesprochen. Er war sofort bereit, Lisa aufzunehmen. Er wird ihr Vormund werden. So ist etwas Ordnung im Chaos. Ich fühle mich leer, treibe haltlos umher. Johannes ist auf dem Weg an die Ostfront. Ich fühle mich alt, und bin noch nicht einmal dreißig. Anu, ich muss sie sehen!

Es ist kurz vor Mitternacht. Das Haus schläft. Der Mond steht hinter der mächtigen Feldsteinkirche und wirft ihren Schatten in den Pfarrgarten. Jahrhunderte hat sie den Bewohnern des Dorfes ihren Schutz geboten. So viele mächtige Kirchenmauern sind schon gebrochen. Ich habe das Fenster im Arbeitszimmer weit geöffnet. Frische Luft wallt in den Raum. Es ist noch immer warm draußen, die Geräusche der Nacht gaukeln Frieden vor. Was werden die nächsten Monate bringen? Ich mag nicht darüber nachdenken, weiß nur, dass ich irgendwann Anu wiedersehen will. Auch wenn es vielleicht ein Abschied für immer sein wird. Ich weiß doch nicht einmal, ob sie noch lebt. In wenigen Stunden wird mein Zug gehen. Lisa bat mich, sie zu wecken. Ich kann es nicht. Der Abschied wird nur noch schwerer werden. Werde ich diese Aufzeichnungen noch einmal lesen können? Dum spiro spero.*

Die wenigen Blätter, die beiden Briefe hatten mich wieder mitgerissen. Wie ging seine Geschichte weiter? Alles wollte ich lesen und nahm den nächsten Ordner zur Hand.

27. November 1980

Ich habe lange überlegt, wie ich weiterschreiben werde. Soll ich nun meine Kriegerlebnisse erzählen? Ich habe viel Schlimmes in diesen Jahren gesehen, Menschen sind in meinen Armen gestorben, Freunde und Verwandte habe ich verloren.

Es gibt unzählige Erzählungen über den Krieg, und trotzdem kann nie alles über ihn gesagt werden. Die Erlebnisse, die mich geprägt und verändert haben, will ich schildern. Vielleicht wird die eine oder andere Szene auch an der Front gewesen sein, von der ich schreiben werde. Dann ist sie wichtig für meine Biografie gewesen. Doch sonst – ich will und kann auch nichts mehr darüber hören und sehen. Niemand kann sich diesen Gräuel, trotz moderner Medien, vorstellen, der dies nicht miterlebt hat.

Jeder halbwegs gebildete Mensch, der lesen und schreiben, der überhaupt denken kann, weiß, dass der Krieg fürchterlich ist.

Doch trotzdem wird der Mensch immer töten, des Glaubens wegen, der Ideologie, oder, weil ihm das Töten Spaß macht, auch wenn er den Schrecken in einen Mantel hüllt, auf dessen Revers ein Abzeichen mit den Namen Rasse, Bolschewismus oder Verteidigung des Abendlandes befestigt ist. Mord bleibt Mord, es ist einerlei, welchen Namen er zur Tarnung trägt.

Ich habe mich oft gefragt, wie groß meine Schuld im Krieg war. Ich habe Menschenleben gerettet. – Warum, wenn die Geretteten am nächsten

---

* Deutsch: Solange ich atme, hoffe ich noch.

Tag wieder in den Kampf mussten und starben? Ich habe auch getötet, jedoch nur, wenn ich mich verteidigen musste. Nur? Hätte ich nicht den Krieg verweigern müssen, da ich ihn hasste? Und dann? Ich wäre sicher umgekommen. Ich habe einen ärztlichen Eid abgelegt und getötet. Also, welche Schuld trage ich? Ich habe auch Menschen gerettet, mich vor ihnen gestellt. Ein Held bin ich nie gewesen! Diese Frage werde ich mir nie beantworten können! Selbst wenn ich hundert Jahre alt werde. Diese Frage werden sich Millionen stellen. Und in den seltensten Fällen eine richtige Antwort finden! Ich stelle mir diese Frage.

Wie viele sind noch heute davon überzeugt, richtig gehandelt zu haben! Nein, ein Held bin ich nicht. Genug! Dies ist die Geschichte von Anu und mir. Die Geschichte unserer Liebe – nicht meine Lebensgeschichte. Nicht mehr – auch nicht weniger. Ich werde mich bemühen, sie bis zum Abschluss zu erzählen. Ich weiß, mir wird dies schwer fallen. Denn viel Verdrängtes wird wieder als Erinnerung wach werden. Seit dem Tag, an dem ich mit diesen Aufzeichnungen begonnen habe, bewege ich mich wieder in meiner Jugend. Die Erinnerung beschäftigt mich und quält mich auch zum Teil. Ich muss weiterschreiben! Ich bin es Anu schuldig, muss sie aus dem Vergessen reißen, denn ich habe sie verleugnet und unsere Liebe verraten. Ich war feige! Vielleicht kann ich so einen Teil meiner Schuld abtragen. Viele Einzelheiten werden durch die lange Zeit, die seit diesen Jahren vergangen sind, verschwommen oder gar falsch auf das Papier gelangen. Aber viele Situationen, Farben und Gerüche, Gespräche und Gefühle sind beim Schreiben wieder aufgetaucht und stehen plastisch in meinem Kopf. Egal, ob einiges nicht stimmt oder falsch gedeutet wird, ich muss unsere Geschichte schreiben. Ich bin es dem Mädchen dort oben im Norden schuldig!

Ich habe zwei Wochen Pause gemacht, da die alten Bilder zu übermächtig wurden. Beim Korrigieren des Textes habe ich gespürt, dass ich in Gefahr gerate, mich in meinen Erinnerungen zu verlieren. Einen Teil der Aufzeichnungen habe ich vernichtet. Es geht um Anu, nicht um mich. Darum will ich mich wieder auf das Mädchen in Estland konzentrieren und die Monate davor, ja Jahre, vor unserem Wiedersehen auslassen.

6

Herbst 1943. Reval. Dieses Gefühl des Heimkommens war unbeschreiblich. Die drei Tage Aufenthalt in meiner Geburtsstadt waren ein Traum und ein Albtraum zugleich. Ich beschwor die Geister des Friedens und war vom Krieg umgeben. Über den Zinnen des »Langen Hermann« wehte die deutsche Reichskriegsflagge. Deutsches Militär marschierte auf den Straßen. Trotzdem gab es eine gewisse Normalität in der Stadt. Im Estonia-Theater wurde gespielt, vor dem Café Kultas am Freiheitsplatz saßen deutsche Offiziere und estnische Beamte in der Herbstsonne und tranken ihren Kaffee. Im gegenüberliegenden Palace-Kino lief ein deutscher Film. Die Straßenbahn verkehrte regelmäßig, Spaziergänger wandelten im Park von Kadriorg, obwohl dort der deutsche Generalkommissar residierte.

Deutsche und estnische Tageszeitungen erschienen. Die Frontberichte schienen fast alltäglich neben der Werbung für Seife und dem Wetterbericht.

Am Viruplatz stand ein estnischer Polizist in seiner alten Uniform und regelte den Verkehr wie in Friedenszeiten. Die Stadt war unzerstört.

Fast vier Tage war ich mit den Zügen unterwegs gewesen, aus dem Frieden war ich gekommen. Denn in Karlsbad hatte es keinen Krieg gegeben: Rekonvaleszenten, Platzkonzerte, prominierende Frauen, Etappenhengste. Meine Arbeit im Lazarett war wie ein täglicher Dienst gewesen, ohne jegliche Gefahr für mich.

Ich erfüllte meine Pflicht und war doch teilnahmslos, denn ohne Anu, ohne Ziel, hatte alles keinen Sinn mehr für mich. Die Monate liefen dahin, während mein Kokon wuchs. Ich war der nette, unverbindliche Arzt, gesichtslos, ohne Konturen, der für jeden Kollegen und Patienten ein nettes Wort hatte, auch gern Schach spielte, sonst meist seine eigenen Wege ging und viel las. Oft glaubte ich zu träumen, wenn ich meine Situation überdachte. Johannes, meine früheren Mitkommilitonen konnten jeden Moment an der Ostfront sterben, Lisa in einen Bombenangriff geraten – und ich saß in einem Café am Trepl, aß Kuchen und hörte dem Platzkonzert zu. Für einige Wochen erwachte ich aus meiner Lethargie, als ich eine der finnischen Lottas* kennenlernte. Sie sprach fast wie Anu, hatte auch so viel Ähnlichkeit mit ihr. Ich verliebte mich in meine Täuschung und enttäuschte Katrin schwer, denn meine Liebe war Lüge und Trugbild zugleich. Am Tag nach unserer Trennung begann ich wieder meinen Kokon zu weben. Nun wurde er noch dichter. Drei Wochen später erhielt ich meinen Marschbefehl in den Osten – und war froh darüber, denn wieder konnte ich flüchten.

Reval, ich musste mich in meine Vergangenheit begeben. Fast traumatisch lief ich durch die Altstadt, bewegte mich im Vorkriegssommer, sah die Orte meiner Erinnerung, stand in der Deutschen Buchhandlung, die nun von einem jungen estnischen Buchhändler geführt wurde. Ich blätterte in alten Büchern, schrak auf, als mich der Buchhändler ansprach, denn meine Gedanken waren bei Tante Alwine gewesen.

Abwesend bedankte ich mich, trat auf die Straße hinaus, und fast zwanghaft zog es mich in die Pikk tänav. Ich stand vor dem breiten Gründerzeitgiebel der Konditorei.

An den Tischen vor dem Eingang saßen Gäste in der Herbstsonne und gaukelten mir ein Bild des Friedens vor. Ich trat in das Café, auch hier Geschäftigkeit und der falsche Glanz des Friedens.

Ein Mädchen sprach mich an, zeigte mir einen freien Platz an einem der Tische. Ich dankte, ging hinaus, öffnete die Haustür, die in das Wohnhaus führte. Der Duft der Backstube eröffnete mir ein Déjà-vu. Das Herbstlicht brach sich im Oberlicht der Haustür, der Gaszähler tickte wie damals. Er konnte die Zeit nicht zurückholen. Tante Alwine war tot, meine Liebe zu Anu war durch die Trennung zerstört. Es herrschte Krieg. Tief sog ich den Duft des frischen Kuchens ein, um mich zu sammeln.

Dann klingelte ich an der Wohnungstür.

Frau Taara erkannte mich sofort. Sie lächelte mich an, als ob sie auf mich gewartet hatte.

---

* Lotta, Name für die weiblichen Mitglieder des »Lotta Svärd«-Vereins, eines finnischen Schutzkorps für Mädchen und Frauen, das während des Krieges Hilfe in Krankenhäusern u. ä. leistete.

»Christoph«, ihr Blick ging über meine Uniform, »kommen Sie
herein. Gott, ich glaub es nicht, gerade gestern haben wir über Ihre
Tante gesprochen.«
»Sie haben mich erwartet? Das kann nicht sein.«
»Wissen Sie, so viele Deutschbalten sind wieder in Tallinn. Lau-
ter bekannte Gesichter, die Alten sind nicht zurückgekommen, und
die jungen Leute sind laut geworden, benehmen sich wie Touristen.
Man könnte denken, wir haben Frieden, wenn sie nicht die Uniformen tragen würden.«
Die Frau führte mich ins Wohnzimmer. Als sie meinen erstaunten
Blick bemerkte, lachte sie auf.
»Ich verstehe Sie, das Vertiko Ihrer Großtante und die Bilder. Sie
hat sie uns geschenkt, als sie fort musste.«
Ich fühlte mich in diesen Minuten losgelöst von der Zeit. Da
saß eine alte Frau vor mir, schenkte Kaffee ein, erzählte von meiner Großtante, wie sie die letzten Wochen in Reval verbracht
hatte. Die Spatzen lärmten auf dem Zinkblech des Wohnzimmer-
fensters, und die Herbstsonne warf den Schatten des Fensterkreuzes
auf die schwere Decke des Esstisches, während einige hundert Kilo-
meter östlich Menschen starben. Ich dachte in diesen Minuten nicht
an den Krieg, denn ich war daheim.
Ich stellte meine Fragen, und die alte Dame war mein wissendes
Orakel.
»Was ist aus dem alten Herrn Scheel geworden?«
Sie schaute mich fragend an.
»Na, der alte Bankier Scheel, ich hatte ihn damals in Tallinn ken-
nengelernt.«
»Er ist kurz nach dem Einmarsch der Russen gestorben.«
»Ermordet?«
»Ich weiß es nicht. Jedenfalls ist das Sommerhaus der Scheels als
Hinrichtungsstätte der Sowjets benutzt worden.«
Ihre Stimme war teilnahmslos.
»Und Sie konnten die Konditorei meiner Tante behalten?«
Wieder diese brüchige, tonlose Stimme:
»Nein.«
Ich konnte nicht weiter fragen – nach dem Schweigen.
Sie lächelte. »Frieden wollen mein Mann und ich. Das wollen
wohl alle. – Ihre Freundin von damals, haben Sie noch einmal

etwas von ihr gehört? Anu hieß sie wohl? Ihre Tante mochte sie sehr.«

»Nein, als die Russen einmarschierten, hat sie den Kontakt abgebrochen.«

»Finden Sie sie, dann finden Sie sich. Viel Glück!«

Die alte Frau saß mir gegenüber an dem breiten Esstisch. Ihr Blick ruhte auf der Spitzendecke. Eine Schale mit Wachsobst stand zwischen uns. Das Ticken der Standuhr füllte das Schweigen. Hinter den Fenstern sah ich die alten Häuser der gegenüberliegenden Straßenseite. Was wusste sie von mir?

Schließlich stand ich auf. Die alte Frau begleitete mich bis zur Tür. Als sie mir die Hand drückte, schaute sie mir in die Augen.

»Leben Sie wohl.«

Im Hausflur blieb ich noch einmal stehen und sog den Duft der Backstube in mich ein. In diesem Moment wurde mir klar, dass ich dieses Haus nie wieder betreten würde.

Ich musste Anu schreiben. Plötzlich erfasste mich eine Sehnsucht, wie ich sie seit Jahren nicht mehr gespürt hatte. Wenn sie mich ablehnen würde, wäre unsere Geschichte beendet. Dann hätte ich den endgültigen Schlusspunkt. Sie musste wissen, dass ich in Tallinn war. Aus einer unerklärlichen Schwäche zögerte ich noch. Die nächste Stunde lief ich durch die Altstadt, fand mich im Dom wieder. In einer Bank sitzend, versuchte ich mich zu sammeln. Unter diesen Gewölben ruhte die Zeit.

Die hohen hellen Mauern mit den Wappen der alten Adelsgeschlechter strahlten Zeitlosigkeit aus. Meinen Kopf nach hinten gelehnt, betrachtete ich das Gewölbe, das seit Jahrhunderten fest gefügt ruhte.

Keine Spuren hatten die verschiedenen fremden Herren in seinem Stein hinterlassen. Gott zu Ehren gebaut, reckte es sich seit Jahrhunderten in die Höhe, während die Zeit sich draußen immer rascher bewegte und mit den Menschen Schicksal spielte. In diesen Augenblicken glaubte ich an Gott.

Plötzlich sah ich mich in hellen Sommersachen auf mein Schiff wartend auf dieser Bank sitzen. Meine Sinne waren voller Erwartungen, wie mich die Insel empfangen würde.

Die Eingangstür schlug laut, hallte wider. Eine alte Frau huschte in eine Bank. Scheu hatte mich ihr Blick gestreift.

Den Kopf geneigt, betete sie still, während ich wieder zu mir fand. Ich stand auf. Ich konnte mich nicht vor der Zeit verstecken. Unbarmherzig würde sie auch mein Schicksal lenken.

Am nächsten Tag hatte ich mich auf der Standortkommandantur zu melden. Mein Besuch war eine reine Formsache. Ich würde meine Kommandierung bekommen, Fahrkarten und Verpflegungsmarken. Tausende wie ich waren an diesem Tag irgendwo in Europa unterwegs zu ihren Truppenteilen.

Das große funktionelle Gebäude des Stadtkommandanten am Freiheitsplatz war vor dem Krieg Sitz einer großen Versicherung gewesen. Das Café im Erdgeschoss, in dem ich den alten Bankier kennengelernt hatte, gab es noch, auch wenn das Publikum gewechselt hatte.

Der Posten hatte mir eine Zimmernummer im vierten Stock genannt. Auf dem letzten Treppenabsatz kam mir ein SS-Obersturmführer entgegen. Ich grüßte beiläufig, war schon an ihm vorbei, dann stutzte ich. Als ich mich umdrehte, grinste mich ein bekanntes Gesicht an.

»Scheerenberg, ich fasse es nicht. Du in Reval! Das nenne ich Fügung.«

»Leitner!«

Er riss mir fast den Arm aus. Mein alter Klassenkamerad, den ich zuletzt im Sommer 1938 auf der Strandpromenade getroffen hatte, stand vor mir.

»Eigentlich hätte ich es mir denken können, dass du hier auftauchst. Die Täter kommen immer an ihren Tatort zurück.«

»Was machst du hier?«

Sein Blick fiel auf meine Schulterstücke.

»Hast ihn also geschafft, den Doktor.«

Als ich ihm kurz von meiner Kommandierung erzählen wollte, unterbrach er mich nach einigen Sätzen.

»Christoph, was stehen wir hier? Hole deine Papiere, dann komm in meine Bude – WG 40, das letzte Zimmer in der vierten Etage auf der Seite zum Platz. Beeil dich, ich hab einen guten Cognac im Schrank. Nun mach, ich freue mich«, und er stürmte die Treppe hinunter.

In Dieter Leitners Büro herrschte ein mittleres Chaos. Auf einem Clubsessel gelümmelt, die Jacke offen, gab Dieter sich dem Cognac hin. Er war fett geworden. Sein rundes Gesicht, vom Alkohol gerötet, grinste mich an. Dankend hatte ich nach einigen Schnäpsen abgelehnt, ich wollte nicht versumpfen, denn in aller Frühe ging mein Zug Richtung Osten. Ich war nicht froh darüber, meine Stadt nach so wenigen Stunden wieder zu verlassen. Wir schwärmten in alten Erinnerungen, Dieter hatte meinem Bericht aufmerksam zugehört.

»Hm, Ladogasee.«

Leitner spielte mit meiner Kommandierung, schwenkte in der anderen Hand sein Glas.

»Nicht gerade eine angenehme Ecke. Wären wir uns früher über den Weg gelaufen, hätte ich vielleicht was machen können.«

Er deutete auf seine Jacke, die über einer Lehne hing.

»Etwas Karriere habe ich auch gemacht, hab Beziehungen. Ich könnte dir eine ruhige Stelle besorgen. In Reval gibt es etliche Lazarette. Die Russen haben sich eingeschossen. In der Adolf-Hitler-Straße gibt es eine deutsche Klinik. Da hätte ich dich vielleicht unterbekommen.«

Er hatte mein fragendes Gesicht bemerkt.

»Du stutzt über den Straßennamen. Tja, mein Alter, Reval ist deutsch. Auch wenn die Esten ihre Fahne haben und in den alten Uniformen herumlaufen. Übrigens, sag nicht immer Tallinn. Unsere Vaterstadt heißt Reval! Prost, auf Reval.«

Er nahm einen tiefen Schluck aus dem Schwenker und bewegte den Cognac genießerisch in seiner Mundhöhle, bevor er ihn schluckte.

»Ein edler Tropfen. Gut, dass uns Frankreich gehört.«

Was war aus dem stillen Leitner geworden?

»Sag mal, Dieter, ich wundere mich schon etwas, dass du beim SD gelandet bist. Entschuldige bitte, aber den besten Leumund habt ihr nicht gerade.«

Leitner lachte auf, tippte auf die SD-Raute am Ärmel.

»Die hier haben Spezialisten gesucht, brauchten Menschen, die Land und Leute kennen und die Sprache können. Wundert mich, dass du nicht angesprochen wurdest. Na ja, Ärzte sind ja auch wichtig, besonders Chirurgen. Sandberger, mein erster Chef, hat die Sicherheitspolizei in Estland aufgebaut. Er hat es ziemlich leicht gehabt.

Die estnische Polizei aus der Zwischenzeit war ziemlich scharf darauf mitzumachen. Du kannst dir ja vorstellen, dass die Sowjets etliche von ihnen gekirrt haben. Na ja, und alte Rechnungen mit estnischen Kommunisten waren auch noch offen. Schon kurios, wie das abgelaufen ist. Die estnische Polizei hat die Kommunisten eingelocht, die haben sich dann 1940 gerächt, und nun jagen dieselben Polizisten von damals dieselben Kommunisten von damals.«

Leitner grinste.

»Na, und sollten die Russen mal wieder einmarschieren, was Gott und unsere Wehrmacht verhindern sollten, dann jagen die Kommunisten wieder die Polizisten. Aber nun sind alle schlauer, denn die Kommunisten sind so gut wie weg«, er deutete einen Schuss an und lachte laut.

Er war fürchterlich. Aber nur von Leitner konnte ich erfahren, was hier ablief, saß er doch mit den Herren am selben Tisch.

»Na ja, ich mach es kurz. Ich war wie andere Baltendeutsche Kontaktoffizier. Wir haben der estnischen Polizei die Strukturen erklärt. Jetzt funktionieren sie von alleine. Sandberger war mächtig stolz auf uns.«

Sein Nicken hatte fast etwas Väterliches.

»Natürlich auch auf die estnischen Kollegen. Wir behandeln sie wirklich gut. Überhaupt sind die meisten Esten pflegeleicht. Ein paar kommunistische Partisanen in den Wäldern, kaum zu merken. Dafür etliche Esten in der Legion. Ich sag dir, die haben nur Angst, dass die Russen wieder kommen. Kann ich verstehen, so wie die sich hier aufgeführt haben. Der Omakaitse ist manchmal schon fast zu ehrgeizig. Melden jeden politischen Witz, die Kollegen. Na ja, wir müssen ja auch was zu tun haben. Seit einigen Wochen haben wir einen neuen Chef – Bernhard Baatz. Ich kann ihn noch nicht einschätzen. Aber Sandberger hatte Kultur. Die hat er. Und mit den Juden hat er schnell Schluss gemacht.«

Sinnierend schaute er in sein Glas.

Von Dieter Leitner ging eine Kälte aus, die mich schauern ließ. Doch etwas sagte mir, dass ich ihn nicht brüskieren durfte. Als mein Feind wäre er ohne Erbarmen. Mein Opportunismus war ohne schlechtes Gewissen, denn vielleicht brauchte ich ihn einmal mit seinen Beziehungen.

»Und was hast du vorher gemacht?«, wollte ich wissen.

Sich im Sessel streckend, knetete er seine Finger.

»Mich nicht gerade mit Ruhm bekleckert. Lass sie ruhen, die alten Geschichten! Komm, trink, wer weiß, wann wir uns wiedersehen.«

Er schwankte, als er mir einschenkte. Der Grad seiner Betrunkenheit ließ ihn lallen.

»Christoph, zum Wohl!«

Seine schweißfeuchte Stirn berührte meine Wange. Obwohl mir diese Berührung unangenehm war, hielt ich stand.

»Christoph, ich wollte dich immer als Freund, hab dich bewundert, wie gut du Fußball spielen konntest. Du hast mich beim Indianertausch immer beschissen. Ich hab's gemerkt, mich nie beschwert.«

Sein Arm lag auf meiner Schulter.

»Christoph, lass mich dein Freund sein, bitte!«

Nach meinem Glas greifend, löste ich die Berührung.

»Gerne, Dieter – auf unsere Freundschaft!«

Ich hätte aufspringen müssen, stattdessen klangen unsere Gläser.

»Auf uns. In Treuen fest!«*

Es war kurz vor Mitternacht. Mein Bettnachbar, ein rheinischer Schweinebauer in Parteiuniform, der mir vor dem Einschlafen erklärt hatte, wie er im Auftrag der Landwirtschaftskammer den estnischen Bauern sein Zuchtwissen beibringen wollte, schlief seinen Schlaf der Gerechten.

Unter dem abgedunkelten Deckenlicht schrieb ich einen Brief an Anu. Die Trunkenheit hatte ich mir in der Altstadt abgelaufen, nachdem ich den schlafenden Obersturmführer Leitner in seinem Büro zurückgelassen hatte. Meine Feldpostnummer lag auf seinem Schreibtisch. Darunter hatte ich einen Gruß geschrieben. Natürlich war ich berechnend. Es war mir egal. Leitner war wichtig für mich. Angst hatte ich in den stillen Straßen nicht gespürt. Hier war ich aufgewachsen. Dass ich eine deutsche Uniform trug, war mir einerlei gewesen.

Ruhig und gleichmäßig fielen meine Sätze auf das Papier. Ich erzählte Anu von mir.

Kein Satz von unserer Liebe, kein Pathos oder Schwüre.

---

* Wahlspruch der Deutschbalten

Sie saß neben mir auf dem Weidezaun hinter Tiinas Gehöft. Beide schauten wir in die untergehende Sonne, und ich berichtete von meinem Tag.

Ihre nackten Zehen spielten mit ihrer Wade, der Saum ihres Sommerkleides schlug hoch im Abendwind. Sie lachte und drückte den Stoff zurück. Dann lehnte ihr Kopf an meiner Schulter, und ich schwieg. Am Morgen gab ich meinen Brief auf. Seltsamerweise hatte ich keine Abschiedsstimmung, als der Frontzug anruckte. Ich wusste, dass ich wiederkommen würde.

7

Die Erlebnisse an der Leningrader Front erspare ich mir. Gory, Otradnoje, Znigri – Verbandsplätze, die nach Verwesung und Blut stanken, verwundete Kameraden, denen ich nicht mehr helfen konnte, Zweifel an meinem Können, Zweifel, warum ich half, ehe hätte ich sie krank pflegen müssen, damit sie der Todesmaschinerie entkommen konnten.

Russische Jäger, die unseren Nachschub und unsere Linien mit ihren Garben zersägten, das tägliche Sterben an der Front.

Kälte, unbeschreibliche Kälte, die die Rinde der Birken zum Platzen brachte, Augenlider, Ohren, Gliedmaßen absterben ließ. Schlamm, Schmutz, der täglich vergebliche Kampf gegen die Läuse, die Blicke der Russinnen, fragend, nicht verstehend, was hier geschah. Ihr Schweigen. Die Kinder ohne Lachen. Zu viel würde wieder hochkommen, was ich nach Jahrzehnten verdrängen konnte.

Nur so viel: Ich traf Johannes wieder, meinen Freund aus Rostocker Studienzeiten. Johannes, seinen schlaksigen Gang, sein Jungenslachen werde ich nie vergessen. Er war einer von drei Lebensfreunden. Alle gingen viel zu schnell von mir. Wir beide kämpften um jedes Soldatenleben, auch um unser, und waren uns dabei sehr nah.

Der Tag, an dem Anus Brief kam, der erste nach vielen Monaten. Am selben Tag fiel mein Vorgesetzter Oberstabsarzt Birn, einer der weni-

gen Guten – beim Eisangeln in der Nga traf ihn ein Artillerie-
geschoss.

24. November 1943

Lieber Christoph,

zwei Wochen liegt Dein Brief bei mir, und ich bin noch nicht zu mir
gekommen. Du bist mit Deinen Zeilen in mein Leben eingebrochen! Ich
glaubte zu mir gefunden zu haben. Doch nun weiß ich, dass ich mir nur
etwas vorgemacht habe. Christoph, ich bin zerrissen – freue mich, dass
Du noch lebst, und spüre, dass Du mir noch immer sehr viel bedeutest.
Plötzlich höre ich Deine Stimme wieder, sehe Dein Lachen. Unsere
Plätze, die für mich inzwischen alltäglich und ohne Bezug geworden
waren, verbinden mich plötzlich wieder mit Dir. Aber ich kann nicht
glücklich sein, denn nun geschieht das, was ich nicht haben wollte. Du
solltest aus meinem Leben gehen, da ich nicht jeden Tag und jede Nacht
um Dich bangen und an unserer Trennung zerbrechen und vergebens
warten wollte. Was soll nun geschehen? In den beiden Wochen habe ich
versucht, Dich zu vergessen, wollte Deinen Brief verbrennen, habe ihn
vor mir versteckt und doch immer wieder gelesen.
Nun bin ich ratlos und überlasse Dir die Entscheidung.
Wenn ich Dich in den Armen halten kann, bin ich glücklich. Doch dieses
Glück wird nur einige Tage dauern, denn Du kannst nicht bei mir bleiben.
Wieder werde ich um Dich bangen. Ich weiß nicht, wie es weitergehen
soll, Lieber.
Komm! Du wirst wissen, was Du willst, sonst hättest Du mir nicht
geschrieben.
Hier ist viel geschehen, wie Du Dir denken kannst. Ich kann Dir nicht
schreiben. Nur, ich bin an der Schule, obwohl jemand dagegen ist, Du
weißt wer. Leute sind verschwunden, Leute sind gekommen. Auch
Indrek ist fort. Niemand weiß, wohin.
Onkel Arno ist mit der »Koidula« verschollen. Wir sind alle sehr traurig. Im
Haus ist es sehr ruhig geworden.
Du sollst noch wissen, dass ich mit niemandem zusammen bin.

Christoph, es gibt so viel zu erzählen.

Anu

Alles wurde anders dadurch!

Doch – zwei Erlebnisse muss ich schildern: Heiligabend 1943. Es war mein erstes Weihnachtsfest an der Front. Ich rettete ein Menschenleben und dadurch meines. Doch das erfuhr ich erst viel später. Einige Tage später traf ich einen Freund und sollte ihn gleich wieder verlieren.

Die Woche vor Weihnachten war es vorne ziemlich ruhig gewesen. Im Regimentsverbandsplatz lagen lediglich einige Fleckfieberkranke, die in der Rekonvaleszenz waren. So hatten wir einen ruhigen Dienst. Ich nutzte die Zeit, um Anu einen langen Brief zu schreiben, und las viel. Johannes saß oft im Sanitätsbunker und spielte mit einem Unterarzt Schach.

Ich hatte den beiden Fleckfieberkranken ein frohes Fest gewünscht, und mir war dabei bewusst gewesen, dass sie dies nicht haben würden. Als ich aus der Tür trat, schmerzten mir die Bronchien. Feuchter, eiskalter Dunst lagerte in der Luft und hatte den im Schutz der Mauer geparkten Sankra* dick mit Raureif überzogen.

Die Dorfstraße schien im Nebel zu schwimmen.

Mehrere Gestalten tauchten aus dem Grau auf. Leutnant Bertrams rundes Gesicht leuchtete rot unter der hellen Kapuze des Schneeanzugs. Er grinste mich an und grüßte.

»Na, Doktor, wie steht's?« Seine Hamburger Mundart war nicht überhörbar. »Heute kein Wetter zum Spazierengehen.«

»Das kann man wohl sagen. Wo wollen denn Sie hin, Leutnant?« Er winkte ab.

»Kein Weihnachtsspaziergang, Herr Doktor. Befehl von der Division. Wir sollen rüber und ein paar Gefangene machen. Die Herren hinten haben was läuten gehört, dass der Ivan bei den Blauen** heute Bescherung macht. Ich könnte mir was Besseres vorstellen.«

Ich klopfte ihm auf die Schulter.

»Na dann, besser kein Hals- und Beinbruch. Ich habe keine Lust, heute noch rumzuflicken.«

---

* Abkürzung für Sanitätskraftwagen
** Name für die 250. Infanteriedivision, die aus spanischen Freiwilligen gebildet worden war.

Bertrams Leute hatten sich schon in Bewegung gesetzt. Er grinste noch einmal.

»Wir werden uns Mühe geben, Doktor. Dann frohe Weihnachten, mit der Bescherung brauchen Sie aber nicht auf uns zu warten. – Die können es auch gar nicht erwarten, die jungen Hüpfer«, und grüßte noch einmal. Dann nahm ihn der Nebel auf.

Langsam ging ich zu unserem Bunker. Eine seltsame Stille herrschte. Der Nebel schien alle Laute der Front in sich einzusaugen. Eine vermummte Gestalt, es musste eine der Russinnen sein, die den Verbandsplatz sauber hielten, huschte in eine Ruine. Für sie war dieser Tag wie jeder andere.

Weihnachten – was war von diesem Fest für uns noch übrig geblieben?

Das Fest des Friedens und der Liebe war zu einem Wehrmachtswunschkonzert, das die hohe Nacht der klaren Sterne zelebrierte und rührselig die Verbundenheit zwischen Front und Heimat beschwor, verkommen. Auch an diesem Tag schwiegen die Waffen nicht.

Wie viele Stoßtrupps gingen am 24. Dezember 1943 zwischen Karelien und dem Schwarzen Meer durch die Frontlinien, um Vorposten zu töten und Gefangene zu machen? Wie viele Opfer waren zu beklagen, wie viel Munition wurde verschossen, wie viele Flugzeuge abgeschossen? Und vor den Rundfunkempfängern und Grammofonen saßen Männer, die vor Trauer und Heimweh heulten, während andere mordeten oder gerade starben. Über all dies, was an diesem Tag geschah, gibt es keine Statistik.

Ich hatte keine Weihnachtsstimmung, auch wenn ich aus Rostock zwei Pakete bekommen hatte und in unserem Unterstand eine Kerze brannte. An meinen Vater hatte ich gedacht, an Tante Alwine, Anus Gestalt, ihre Augen hatte ich versucht zu erkennen, als ich heute Morgen alleine gewesen war. Es war mir nicht gelungen. Den Brief von Anu wollte ich vor dem Schlafen lesen. Der Regimentskommandeur hatte eine kurze Rede gehalten, als die Pakete und Liebesgaben aus der Heimat verteilt worden waren. Auch er war ziemlich bedrückt gewesen. Keine Durchhalteparolen, nur der Wunsch, dass wir beim nächsten Weihnachtsfest mit unseren Familien beisammen sein dürften.

Johannes und ich hatten die dienstfreien Sanitäter unseres Zuges eingeladen. Wir hatten in den Tagen zuvor einigen Wundalkohol abgezweigt und mit etwas Kunsthonig eine Art Bärenfang angesetzt. Das Zeug schmeckte widerlich, ich bekam es nicht hinunter, aber die anderen brachte es in Stimmung. Ein Grammofon krächzte, die Liebesgaben wurden ausgepackt. Bestickte Taschentücher und gehäkelte Topflappen wurden bejubelt. Plötzlich widerte mich dies alles an. Der Lärm, mich quälte Heimweh, ich sehnte mich nach Anu. Als ich nach meinem Mantel griff, bemerkte ich Johannes' Blick.

Draußen herrschte Dunkelheit. Der feuchte Dunst war gewichen, und ein großer Mond stand über dem Horizont. Zischend schoss eine Leuchtrakete über der Front in den Himmel. Langsam gaukelnd, schwebte das grellgelbe Licht zum Boden hinunter. Für einen Moment dachte ich an den Leutnant.

Ein Lichtschein fiel in den Schnee, jemand versuchte das Lied von der stillen Nacht anzustimmen. Dann wieder Dunkel.

Johannes' Profil im aufflammenden Licht eines Streichholzes. Seine Hand, die mir eine Zigarette reichte.

»Was ist, Christoph, Heimweh nach Rostock?«

»Alles – Heimweh, Sehnsucht nach Anu, Hass auf den Krieg, die Erinnerungen, die hochkommen.«

Wieder stieg eine Rakete in den Himmel. Das dumpfe Plobplob eines Granatwerfers weiter im Norden. Wir lauschten, es herrschte schon wieder Ruhe.

»Johannes, was ist uns noch geblieben? Meine Eltern sind tot, dein Vater. Wir haben keine Heimat. Wir sind wie alte Männer, noch nicht einmal dreißig, haben wir nur noch unsere Erinnerungen.«

Tief zog ich an meiner Zigarette.

»Vielleicht sollten wir wirklich rübergehen, Johannes. Für diesen Mist ins Gras beißen? Menschen pflegen und versorgen, damit sie am nächsten Tag fallen oder morden? Dafür habe ich nicht studiert.«

»Und was erwartet uns drüben, Christoph?«

Seine Stimme klang rau.

»Meinst du, sie empfangen uns mit offenen Armen? Wir sind in ihr Land eingefallen, morden und plündern. Ich kann nicht glauben, was die Lautsprecher verkünden. Die Sowjets sind keine Heiligen. Denk an Estland. Meinst du, sie haben sich geändert?«

Johannes' Kippe verzischte im Schnee.

»Und Anu? Du wirst sie dann nie wieder sehen.«

»Lass uns wieder reingehen.«

Das Telefon zerriss den Lärm. Als ich die aufgeregte Stimme des OvDs* hörte, wusste ich sofort, dass es um den Stoßtrupp ging. Der Trupp war beim Zurückkehren von den Russen entdeckt worden. Zwei Soldaten waren erschossen, ein Unteroffizier und Leutnant Bertram schwer verletzt worden. Die beiden anderen Soldaten hatten versucht, den Leutnant zu bergen, er hatte sich geweigert, da der Unteroffizier einen Bauchschuss hatte. Er hatte darauf bestanden, dass dieser zuerst geborgen werden sollte. Mir war klar, dass Bertram die Nacht draußen im Schützenloch nicht überleben würde.

Trotz des Alkohols funktionierten alle sofort. Johannes sollte sich mit zwei Sanitätern auf dem Verbandsplatz melden, ich fand mich feldmarschmäßig ausgerüstet mit Lange und Stein beim Stab ein. Keuchend rannten wir durch den Abend. Vor dem Stabsbunker erwartete uns schon der Diensthabende, neben ihm zwei Soldaten. Einer von ihnen hatte zum Stoßtrupp gehört. Ein Pferdeschlitten sollte uns hinter die Front bringen. Auf der Fahrt wurde ich eingewiesen.

Gegen zwanzig Uhr erreichten wir einen der Stoßgraben, die in die vorderste Linie führten. Zusammengekauert hockte eine Gruppe frierender Landser in ihrem MG-Loch. Sie wirkten wie abgestellte Kleiderbündel, ihre Gesichter klein und verfallen unter den Helmen. Diese Soldatengesichter sah man nicht in der Wochenschau.

Der Gefreite erläuterte uns die genaue Lage des Loches, in dem sie Bertram zurückgelassen hatten. Er wollte wieder raus. Ich verbot es ihm. In seiner Verfassung wäre er nie auch nur in die Nähe des Trichters gekommen.

Wir mussten schnell handeln, denn die Kälte war fürchterlich. Der Leutnant war an beiden Beinen von einer Garbe getroffen worden. Er würde keine Stunde länger überleben. Lorenz hockte an der Grabenwand, seine Augen leuchteten.

»Sie können sich auf uns verlassen, Herr Assistenzarzt. Solche Aktion mache ich schon zum dritten Mal.«

Ich nickte nur. Meine Stimme versagte vor Aufregung und Angst. Ich versuchte mich zusammenzureißen. Zink, mein bester Sani, wir hatten uns etwas angefreundet, schien nichts zu bemerken, denn er

---

* Abkürzung für Offizier vom Dienst

schaute durch das Glas, wirkte, wie mit dem blauen Weiß des Grabenrandes verwachsen zu sein. Er setzte sein Fernglas ab. Unsere Helme berührten sich fast.

»Wenn nur dieser Scheißmond nicht wäre, Herr Assistenzarzt. Die Russen tun, als ob sie schlafen. Dabei lauern die nur in ihren Gräben auf uns. Die können die Kälte ab, wie Läuse.«

Das kalte Metall der Okulare biss in meine Lider. Die Kapuze des Schneehemds störte. Stählern blau breitete sich das Niemandsland vor mir aus. Ein weites Feld, im Mondlicht glitzernd, von einer kalten Schönheit.

Etwa hundert Meter vor uns ein Gespensterwald, zerborstene Stämme, die Kronen zerfetzt, überlang die dunklen Schatten im Mondlicht.

Im Glas konnte ich den schwachen Erdwall des ersten russischen Grabens etwa dreihundert Meter von uns entfernt erkennen. Irgendwo im Weiß die vorgeschobenen Schützenlöcher, für uns so gefährlich. Leise erklärte uns ein Gefreiter die Lage der Lücken in den Stacheldrahtverhauen.

Zwischen den Gräben weiße verwehte Hügel, unter ihnen drei T34, von unserer PAK vor einigen Wochen abgeschossen. Weiter östlich hob sich der Bahndamm nach Pontonnyi. Die Brücke schon seit dem deutschen Vormarsch zerstört.

Im Nordwesten ein fernes Aufleuchten, ein dumpfes Grollen, wie ein entferntes Sommergewitter. Dort lag Leningrad. Selbst am Heiligen Abend schoss die Fernartillerie.

»Herr Assistenzarzt, wir müssen.«

Die Stimme Zinks war ein Raunen.

Ich nickte nur, wandte mich an die anderen beiden.

»Die Waffen nur im äußersten Notfall. Also, wenn wir direkt angegriffen werden.«

»Hört ihr Schüsse und seht uns zurückkommen, gibt uns Feuerschutz. Sind wir in einer Stunde nicht zurück«, ich zögerte, »dann haben sie uns erwischt.«

Als ich mich über den Graben schwang, war ich völlig ruhig. Schon nach wenigen Metern glühte mein Körper, obwohl der Abend fürchterlich kalt war. Ich versuchte ruhig zu atmen, um meine Bronchien nicht zu reizen. Schon ein Husten könnte unsere Rettung scheitern lassen. Hinter mir hörte ich Zink und Lange. Plötzlich klapperte die Krankenbahre. Für Sekunden verharrten wir, die Köpfe im Schnee vergraben, eins mit dem Umfeld werdend. Es herrschte Ruhe. Langsam näherten wir uns dem Gespensterwald. Am nordwestlichen Rand hatten sie den Leutnant zurückgelassen. Mein Helm stieß gegen etwas Hartes. Vorsichtig sondierte ich. Es war der gefrorene Arm eines toten Russen. Ein Zischen, das grelle Licht schmerzte in den Augen, das Gesicht in den Schnee gepresst, die Kälte biss, dass mir die Augen tränten, warteten wir, bis das Licht zu Boden gesunken war. Nach unendlichen Minuten erreichten wir den Schutz der toten Bäume. Wir sammelten uns. Langes Kopf wies auf einen kaum merklichen Hügel etwa zwanzig Meter von uns entfernt. Dort musste das Loch sein. Langsam robbte ich vor, die beiden Sanitäter sollten sichern.

»Bertram«, meine Stimme war nur ein Krächzen. Leises Murmeln als Antwort. Vorsichtig glitt ich den letzten Meter zum Rand des Loches und lehnte mich hinunter.

»Ne streljat! Ja sanitar.«*

Mein Ruf war reiner Reflex gewesen, als ich die drei Gestalten mit auf mich gerichteten Maschinenpistolen erkannt hatte. Starr vor Angst zeigte ich meine leeren Hände. Wenn nur Lange und Zink ruhig bleiben würden!

Für Sekunden sahen wir uns gegenseitig in die Augen. Unter mir zwei Soldaten, einfache Bauerngesichter unter den Tschapkas, breit wirkend in ihren gesteppten Uniformjacken, die Maschinenpistolen noch immer auf mich gerichtet. Zwischen ihnen ein halb liegender Kamerad. Auch er eine Maschinenpistole in der Hand, eine Hand in die Seite gepresst. Seine blonden Haare leuchteten, sein Helm lag am Boden. Hinter mir Stille, ich glaubte das angespannte Warten der beiden Sanitäter zu spüren.

»Požaluista, powerte mne, ja ischju tolko ranenogo towaristscha. Ja ne odin. Nawerchu żdut menja dwa sanitara. U nas jestj powjazki i medikamenty.«**

Wortlos tauschten die Drei Blicke aus. Der Blonde von ihnen nickte mir zu.

---

* »Nicht schießen! Ich bin Sanitäter.«
** »Bitte, glauben Sie mir, ich suche nur einen verwundeten Kameraden. Ich bin nicht alleine. Oben warten zwei Sanitäter auf mich. Wir haben Binden und Medikamente.«

»Komm runter! Aber langsam.«

Er hatte ein fehlerfreies Deutsch gesprochen.

»Bitte einen Moment. Ich sage meinen Kameraden nur Bescheid, dass sie keinen Unsinn machen.«

Der Blonde nickte wieder. Sein Gesicht lag im Schatten der Trichterwand. Lange und Zink lagen wie erstarrt hinter mir.

»Alles klar. Wir haben nichts zu fürchten. Es ist der falsche Trichter. Zink, gib mir die Sanitasche. Dort unten liegt ein verwundeter Russe. Er ist unsere Lebensversicherung.«

Vorsichtig schob Zink mir die Tasche zu. Dann glitt ich kopfüber in den Trichter, von den Mündungen der Mpi verfolgt. Das Gleichgewicht verlierend, rollte ich den letzten Meter, landete vor dem Verwundeten. Als ich mich aufrichtete, sah ich in seinen blauen Augen ein leises Lächeln. Dann ging alles sehr schnell. Der Russe vertraute mir. Auch Lange und Zink glitten in den Trichter. Während sie von den beiden Russen in Schach gehalten wurden, öffnete ich die Wattejacke.

Er hatte einen Steckschuss in die Seite erhalten. Leise stöhnte er, als ich seine vom Blut verklebte Uniformjacke löste. An den Schulterstücken konnte ich erkennen, dass er Leutnant war.

»Die Kugel müsste sofort entfernt werden. Dafür ist es zu kalt und zu dunkel. Haben Sie einen Arzt in der Truppe?«

»Denken Sie, dass wir unsere Leute einfach verrecken lassen?«

»Nein, aber Sie brauchen schnelle ärztliche Hilfe.«

»Da machen Sie sich keine Sorge. Reinigen Sie mir die Wunde und stoppen Sie die Blutung, dann wird es schon klappen.«

Während ich den Leutnant verarztete, berichtete ich von Bertram. Es war ein Vabanquespiel. Die Russen konnten uns noch immer erschießen, Bertram gefangen nehmen oder ihn einfach erfrieren lassen. Der Offizier schwieg. Als ich den Druckverband angelegt und seine Jacke zuknöpfen wollte, winkte er ab.

»Haben Sie Dank. Sie haben mir geholfen, wohl mein Leben gerettet. Also helfe ich Ihrem Kameraden.«

Er richtete sich auf, dabei sein Gesicht vor Schmerz verziehend.

»Meine Genossen und ich werden uns jetzt in Richtung unserer Linien bewegen.

Währenddessen können Sie Ihren Kameraden verarzten und bergen. Solange wir unterwegs sind, wird von unserer Seite aus nicht geschossen werden. Sollten Ihre Leute uns unter Beschuss nehmen, haben Sie Pech, und wir werden dann sicher alle sterben. Sie haben mir geholfen, wir helfen Ihnen.«

Ich nickte.

»Sie könnten uns auch jetzt erschießen.«

Seine blauen Augen durchbohrten mich fast.

»Ich weiß. Aber wir sind Menschen. Nicht so unberechenbar wie Ihr Deutschen.«

Ich hätte ihm etwas erwidern können. Ich schwieg. Dann reichte er mir seine Hand.

»Danke!«

Ein paar Worte wurden zwischen den Russen gewechselt. Lange und Zink hatten gebannt unseren Dialog verfolgt. Der Offizier richtete sich auf und rief in Richtung des sowjetischen Grabens.

»Eto Leitenant Grünberg. Ne streljatj. Tepjer my wozwraschtschaemsja.«*

Er wandte sich mir zu.

»Das war mein Teil. Nun sind Sie dran.«

Diese Minuten waren so unwirklich.

»He, nicht schießen! Wir bergen jetzt Leutnant Bertram. Die Russen verhalten sich ruhig. Nicht schießen!«

Meine Stimme hallte in die Dunkelheit. Niemand antwortete von unseren Gräben.

Egal, wir mussten handeln.

Schweigend kletterten wir aus dem Trichter. Als ich dem Leutnant die Bahre anbot, schüttelte er nur den Kopf. Ich hatte solche Angst! Wie die anderen fühlten, weiß ich nicht. Nie sprachen wir darüber. Ein hoher Mond, die helle Schneedecke und dazwischen sechs Scherenschnitte in der unendlichen Weite, die sich langsam in Richtung Brückenkopf bewegten. Wir mussten vortreffliche Ziele abgegeben haben.

Wenn eine der Seiten die Nerven verlieren würde. – Diesen Gedanken spann ich nicht weiter. Wie viele Augen uns in diesen Minuten wohl beobachteten?

Schnell entdeckten wir das Loch, in dem Bertram lag. Es war viel dichter an der russischen Seite als am Gespensterwald. Von den bei-

---

* »Hier ist Leutnant Grünberg. Schießt nicht. Wir kommen jetzt zurück.«

den Russen gestützt, ging der Leutnant weiter. Vorher hatten wir uns noch einmal kurz verabschiedet.

»Sie wollen sicher wissen, warum ich so gut deutsch spreche? Ich bin Jude aus Königsberg. – Leben Sie wohl. Ich wünsche Ihnen, dass Sie überleben. Beeilen Sie sich, obwohl wir nur langsam gehen können. Wer weiß, wer zuerst die Nerven verliert!«

Wortlos drückte ich ihm die Hand und schaute ihnen hinterher.

»Herr Assistenzarzt, beeilen Sie sich. Der Leutnant ist ohnmächtig.«

Zink zog mich in das Loch. Nur die Zeit zählte noch. Bertram konnten wir hier draußen nicht versorgen. Auf die Bahre gebunden, von Zink und Lange getragen, gingen wir auf unsere Gräben zu. Noch immer schwieg die Front. Nur das Knirschen unserer Schritte und das Atmen der Träger waren zu hören. Immer wieder glitt mein Blick zu den russischen Stellungen. Der Leutnant hielt sein Wort. Wie auf einer riesigen Bühne kam ich mir vor, spürte die uns verfolgenden Blicke. Angstschweiß klebte auf meiner Haut. Unendlich weit war der Weg zum vordersten Graben. Am Graben angekommen, sank ich völlig erschöpft in die Knie. Zwei Soldaten nahmen uns Bertram ab, die Bahre wurde in den Laufgraben weitergereicht. Nicht einmal einen Blick konnte ich auf ihn werfen. Wir hockten selig auf der Grabensohle. Hände auf unseren Schultern, der PAK-Führer gratulierte mir.

»Geschafft, Herr Assistenzarzt, geschafft!«

Lange bot mir eine Zigarette an.

»Noch muss er durchkommen.«

»Der Leutnant kommt durch. Die Plackerei darf nicht umsonst sein.«

Eine Woge Glück überrollte mich.

Drüben ging eine Leuchtkugel hoch.

»Ein Gruß von unserem Russen.«

Zink schluchzte plötzlich auf.

»Au Mann. Frohe Weihnachten. Wenn ich das später meinen Enkeln erzählen werde.«

»Mach erst mal Kinder, Zink.«

»Dafür muss ich nach Hause, Herr Assistenzarzt.«

»Ich werde mich für Urlaub einsetzen, auch für Sie, Lange.«

Im Erdbunker der Panzerjäger warteten wir auf unsere Abholung. Als ich zu Johannes ging, prasselte eine MG-Salve von der Front. Es wurde geantwortet. Welche Seite das Feuer eröffnet hatte, konnte ich nicht erkennen. Der Krieg hatte wieder begonnen, und die christliche Welt feierte die Geburt Jesu.

Der Unteroffizier mit dem Bauchschuss war versorgt worden. Er hatte Glück gehabt. Johannes und ich saßen lange an Bertrams Bett. Es ging ihm nicht gut.

Der Leutnant hatte hohes Fieber, lag im Koma. Eine Amputation seiner Beine war hier vorne nicht möglich. Den Transport zum Hauptverbandsplatz würde er nicht überleben. Der Wundzettel, der an seinem Mantel hing, war völlig sinnlos.

Alles war ein Irrsinn!

Am nächsten Morgen starb Leutnant Bertram. Ich glaube, er hat nicht einmal gespürt, dass wir ihn aus dem Loch geborgen hatten. In seinem Soldbuch sah ich, dass er in Rostock geboren war. Nicht einmal das hatte ich von ihm gewusst.

Etwas später erhielt ich vom Bataillonskommandeur das Eiserne Kreuz. Ich weiß nicht mehr, ob ich darauf stolz war.

Die beiden Sanitäter sollten auf Urlaub fahren, wenn die Sollstärke im Sanitätszug erreicht werden würde. Über unseren privaten Waffenstillstand mit den Russen verlor der Major kein Wort.

Das alltägliche Sterben ging weiter.

Am Morgen des 16. Januar 1944 begann die Division die ersten Einheiten aus der HKL zu lösen. Als ob dies der Russe gespürt hatte, brachen am Nachmittag mehrere Stoßtrupps aus dem Brückenkopf und sickerten durch die HKL. Gerade war ein Verwundetentransport unter Feldwebel Dude in Richtung Znigri abgegangen. Ich hatte beim Verladen geholfen, unsere Hilfsträger waren vorne im Einsatz. Es war wieder fürchterlich kalt, und ich freute mich auf meinen Bunker, denn Lange konnte aus unbekannten Quellen noch immer Brennmaterial schöpfen. In unserem Abschnitt war seit einigen Minuten Ruhe eingetreten. Der Durchbruch schien abgeriegelt worden zu sein. Gerade wollte ich wieder zurück, um meinen Bericht zu schreiben, als ein Kübel vom Divisionsstab vor der Unterkunft des Stabes hielt. Neugierig blieb ich stehen, denn Offiziere vom Stab besuchten uns sehr selten. Der Stabsoffizier verschwand im Haus, sein Fahrer, der einen erstaunlichen Bauch vor sich her schob, lehnte an der Motorhaube und rauchte. Als ich zu ihm trat, grüßte er. Wir wechselten einige Sätze, es ging fast zivil ums Wetter, den letzten Urlaub.

»Wie kommt es denn, dass wir Besuch vom Divisionsstab bekommen?«, wollte ich schließlich wissen.

»Die haben einen Russen gefangen genommen«, verkündete er im besten Schlesisch.

Na und? Die werden hier vorne öfter erwischt. Da gibt es etliche von.«

Der Gefreite grinste breit.

»Ja, aber dieser ist ein Offizier, soll wohl ein Oberleutnant sein. Er soll zum Verhör. Mehr hat mein Hauptmann mir auch nicht erzählt.«

Er wandte sich zur Tür.

»Da kommen sie.«

Der Hauptmann, vom Typ her sah er mehr wie ein Russe aus, führte einen blonden Offizier neben sich. Seine Wattejacke war an der rechten Schulter aufgerissen, die Uniform blutverschmiert. Der Russe hielt den Kopf gesenkt, strauchelte. Der ihn bewachende Gefreite drückte ihm sofort seinen Karabiner in die Seite. Der Hauptmann erwiderte meinen Gruß.

»Sagen Sie, Herr Assistenzarzt, können Sie den Russen verbinden lassen? Ich hab Angst, dass der mir meine Polster voll saut. Er muss noch lebendig zum Stab kommen.«

»Selbstverständlich, Herr Hauptmann. Ich bin Arzt.«

Den Russen musternd, trat ich näher. Etwas geschah in mir, was ich heute noch nicht erklären kann. Als ich vor ihm stand, hob er seinen Kopf.

Mir schlug es fast die Beine weg. Dieses schmale Gesicht mit den hohen Wangenknochen war älter geworden. Ich hatte es sofort erkannt.

Vor mir stand Indrek! Durch seine blauen Augen gingen in Sekundenbruchteilen die Empfindungen seit unserem Abschied. Ich sah Hass, Erstaunen, Freude – dann Misstrauen. Keiner der Umstehenden bemerkte unser Wiedererkennen. Mit der gleichgültigsten Stimme, ich war selber erstaunt, wandte ich mich an den Hauptmann.

»Die Waffe kann der Posten herunternehmen, Herr Hauptmann. Wenn der Russe abhaut«, ich zeigte auf Indreks Wunde, für einen

219

winzigen Augenblick trafen sich unsere Augen, »mit der Wunde kommt er nicht weit. Ich nehme ihn mit rüber zum Truppenverbandsplatz«, zeigte dabei auf den Bunker, »wollen Herr Hauptmann so lange beim Kommandeur warten. Ich denke, der Posten reicht.«

Keine Antwort abwartend, nestelte ich an meiner Pistolentasche und wies die Richtung. Indrek ging neben mir. Mein Freund aus Friedenstagen. Zusammen hatten wir auf Zäunen und im Sand gesessen, über Politik gestritten, gebadet, getrunken und jeder sein Mädchen geliebt. Jetzt war er mein Feind, sah meine gezogene Pistole auf sich gerichtet.

Indrek, verzeih! Glaube mir, ich wollte sie fortwerfen, um dich zu umarmen. Es ging nicht, und was hätte es uns gebracht? Indrek, das Gefühl war so stark. Ich sah dich im Bücherzimmer deines Vaters, hörte ihn schimpfen, weil du immer widersprachst. Wir saßen zusammen in der Kirche und du stießt mir deinen Ellenbogen in die Seite, weil dein Vater mich von der Kanzel herab begrüßt hatte. Indrek, was passiert nur mit uns? Und Anu! Anu! Und Tiina! Wir waren so verschworen. Nun bist du mein Feind.

»Gefreiter, Sie können draußen warten. Nebenan im Nachrichtenbunker gibt es Muckefuck. Wärmen Sie sich auf. Die Rückfahrt dauert noch etwas.«

Seinen Widerspruch erstickend: »Keine Sorge. Im Bunker sind noch drei Sanitäter bei der Arbeit. Er wird nicht abhauen. Ich denke, ich brauche zehn Minuten.«

»Herr Assistenzarzt, ich habe Befehl, den Gefangenen zu bewachen.«

»Mann, dann machen Sie es. Holen Sie sich den Muckefuck. Dann bin ich auch fertig.«

Der Posten verschwand.

»Moment«, ich steckte meine Pistole weg und schob die Tür auf.

»Danke, Herr Assistenzarzt.«

Indrek, deinen singenden Akzent hatte ich fast vergessen. Als er sich in der niedrigen Tür bückte, stöhnte er auf. Aus dem Reflex heraus stützte ich ihn. Drinnen drehte er sich um.

»Danke, Christoph.«

Wir standen uns gegenüber, wortlos musterten wir uns, glaubten trotzdem nicht, was wir sahen. Im Bunker herrschte Stille, von draußen war das Rattern des Generators zu hören. Indrek blickte sich um, zeigte auf die verwaisten Liegen und lächelte.

»Hier arbeitest du also. Hast es geschafft, Christoph, bist Arzt geworden. Ich kann dir nur die Linke geben.«

Sein Lächeln kam so von innen, dass ich schlucken musste. Dann umarmten wir uns. Ich hätte ihn nicht losgelassen, auch wenn der Hauptmann gekommen wäre. Er löste sich von mir, setzte sich auf eine Liege.

»Tu deine Pflicht, Christoph. Du weißt, sie wollen mich verhören. Danach geht's dann zu Ende.«

Wieder lächelte er.

»Schön, dass wir uns noch einmal gesehen haben. Erzähle, was hast du erlebt? Ich meine nicht den Krieg.«

Während ich ihm seine Uniformjacke auszog und seine Wunde versorgte, erzählte ich von Rostock, Tante Alwine, meinem Vater.

»Ich habe Anu geschrieben, und sie hat geantwortet.«

Er lachte auf.

»Natürlich, das Mädchen hat dich abgöttisch geliebt. Sie liebt dich noch heute. Schreib ihr zurück, solange du noch kannst. – Hat sie etwas von Tiina erzählt?«

Seine Frage klang verlegen.

»Ihr geht es gut«, log ich.

»Indrek, warum bist du zu den Russen gegangen?«

»Warum? Es war meine logische Konsequenz. Du weißt, wie wir gestritten haben. Ich bin Kommunist.«

»Trotz der Verhaftungen und Deportationen, die die Sowjets gemacht haben? Indrek, sie haben Estland besetzt.«

»Und, was habt ihr gemacht?«

Er hatte recht.

»Christoph, ich mag nicht mit dir diskutieren. Dafür ist die Zeit zu kostbar. Jedenfalls wollten mich estnische Nationalisten erschießen. In unserem Dorf! Wäre ich nicht geflüchtet, sie hätten es getan.«

Als ich ihm seine Uniformjacke wieder anzog, griff er nach meiner Hand.

»Da haben wir beide verschiedene Uniformen an und sollen uns töten. Christoph, du wirst immer mein Freund sein – als ich dich erst sah – ich kann es dir nicht beschreiben. – Diese riesig lange Front, und wir begegnen uns.«

Er lachte auf, sein Gesicht strahlte voller Schalk. Da saß mein alter Freund Indrek, wie ich ihn damals kannte.

»Weißt du, wäre ich nicht Kommunist, ich würde sagen, das war Gottes Fügung.«

Ein fürchterliches Krachen ließ uns in Deckung gehen.

Indrek richtete sich neben der Liege auf, presste seine Schulter.

»Christoph, der Tanz geht los. Ich denke mal, in den nächsten Minuten wird es brenzlig. Gleich wird dein Hauptmann kommen. Zeit zum Abschiednehmen.«

»Nichts da, Indrek. Zeit zum Flüchten.«

Plötzlich wusste ich, was geschehen musste.

»Hier, die Pistole, nimm noch meine Munition.«

Plötzlich Poltern an der Tür.

»Herr Assistenzarzt.«

Ein Krachen ließ den Posten zu Boden gehen, schnaufend richtete er sich wieder auf.

»Befehl vom Hauptmann, sofort abrücken zum Stab.«

»Sofort, Gefreiter. Sagen Sie dem Fahrer, er kann den Wagen starten. Wir kommen. Ich will noch eine schmerzstillende Spritze setzen.«

Der Gefreite trat ab. Draußen wieder ein Krachen, dann eine Salve Granatwerfer. Schreie. Jeden Moment mussten die Sanitäter kommen. Ich griff nach einem Uniformmantel.

»Indrek, hau ab! Zieh ihn an, versteck dich, bis deine Leute kommen. Die Stellungen werden in den nächsten Tagen aufgegeben. Das weiß ich vom Stab, wir sollen schon packen. Indrek, zögere nicht!«

»Und du? Komm mit, die Russen werden dir nichts tun. Willst du bei diesen Verbrechern bleiben?«

»Indrek, ich bin Arzt, ich muss helfen. Es geht nicht. Jetzt geh!«

Er musste fliehen, auch um meine Zweifel zu betäuben!

»Du musst es wissen, Christoph.«

In seinem Blick sah ich, was er von mir wusste. Draußen tobte die Front. Was war mit den Sanitätern? Der Fahrer? Schreie.

»Dann.«

Wir drückten uns noch einmal.

»Pass auf dich auf.«

»Du auch, Indrek.«

»Christoph, wir werden uns wiedersehen.«

Er lachte kurz.

»Männerabschied, was? Filmtauglich, aber nicht für eure Wochenschau.«

Vorsichtig öffnete ich die Tür. Draußen herrschte Chaos. Soldaten stürmten vorbei. Am Stabsgebäude der brennende Divisionskübel, die massige Gestalt des Fahrers vor den Flammen liegend. Von dem Gefreiten fehlte jede Spur.

»Komm, Indrek, los!«

An die Ruinen geduckt, liefen wir aus dem Feuerschein. Hinter einer verkohlten Blockbohlenwand verharrten wir.

Indrek blickte mich an. Ich konnte nur meinen Kopf schütteln.

»Ich möchte noch einmal Anu sehen.«

»Ich verstehe dich. – Danke, Christoph.«

Seine Handfläche für einen Hauch auf meiner Wange. Dann huschte er in das Dunkel. Für einen Moment schloss ich die Augen. Es war alles ein Traum. Wie lange hatten wir uns gesehen? Zwanzig Minuten, nach fünf Jahren Trennung. Indrek, ich wollte dir noch so vieles erzählen. Auch von Lisa, von meinen Zweifeln, von Johannes. Ach, Indrek! Mein Freund. Warte!

Schreie von Verwundeten. Ich musste helfen.

Plötzlich wurde es gleißend hell. Der Schmerz! Dunkelheit.

8

Sonne. Ein Garten. Blumen, Sonnenblumen, Astern, Johannisbeersträucher, tiefrot ihre Rispen. Es ist Anus Garten. Die Luft voller Gerüche des Sommers. Bienen summen, Stare lärmen in einem Kirschbaum. Vor mir die vom Alter dunklen Bohlen des Kapitänshauses. Sie atmen in der Hitze des Sommertages den Geruch des Teers aus. Die Flügel des Küchenfensters stehen weit offen. Von drinnen höre ich Frauenlachen. Eine lange Tafel, sie ist reichlich gedeckt. Mein Platz ist an der Stirn. Eine Frau schenkt mir Wodka ein, dankend wende ich mich um. Es ist Riina. Ihre Hand gleitet durch mein Haar.

»Dass du wiedergekommen bist, Christoph, wir freuen uns so!«

Anus Lachen. Sie küsst mich auf die Wange.

»Ich liebe dich so.«

Ihre Worte nur gehaucht, und ich bin glücklich. An der anderen Stirnseite dröhnt Arnos Stimme. Er steht auf, ruft meinen Namen. Anus Hand drückt meinen Arm.

»Liebe Nichte, lieber Christoph!«

Seine Stimme ist vom Viin aufgekratzt.

»Tervis! Auf euer junges Glück!«

»Auf das junge Glück!«

Die Gäste stehen auf, erheben ihre Gläser

»Tervis!«

Mein Blick gleitet die Tischreihe entlang, erstarrt. Die Stimmen plötzlich verzerrt, der Sommergeruch weicht einem höllischen Gestank. Wer sind diese Menschen? Ich kenne sie nicht! Oder doch!

Arno, noch immer stehend, ist plötzlich blass und aufgedunsen.

Der Mann neben mir trägt eine deutsche Uniform, ist Arzt – wie ich. Sein Gesicht schwillt an, Brandblasen bilden sich, sein Atem trifft mich in kurzen heftigen Stößen. Die Stimme schmerzerfüllt. Nein! Johannes! Johannes, was ist mit dir? Er springt auf, beginnt zu laufen, seine Uniform fällt in brennenden Fetzen von seinem Körper. Diese Schreie! Ich will ihm helfen, meine Beine versagen.

Ein Landser starrt mich an, sein Mund eine Grimasse und starrt, starrt aus lidlosen Augen auf mich. Der Blick seiner wasserblauen Augen wie Messer. Sie verfolgen mich.

»Prost, Prost!« Die Stimme überschlägt sich. Das blasse Gesicht verzerrt, der Mund bricht auf, die Zähne blecken, das Gesicht wird zur Fratze.

»Mein Bein, mein gottverdammtes Bein!«

Dieser Gestank! Diese Schreie!

»Doktor, schau her! Du musst mir helfen.«

Plötzlich ein Soldatenstiefel auf dem Tisch. Geschirr poltert.

»Sieh!« Zwei Hände zerren am Stiefel, reißen ihn vom Fuß. Eine stinkende schwarze Masse quillt auf das weiße Tuch. Schrilles Lachen. Maden zucken irr und winden sich in Haufen.

»Ich war Deutscher Meister im Hundertmeterlauf! – Ausgesprintet! Ausgesprintet!«

Gott, wo bin ich? Da, Doktor Birn. Er muss mir helfen.

»Doktor! Doktor!«
Ein blanker Schädel bleckt. Fort! Fort!
Die Fliegen! Wo kommen die Fliegen her? Ein Surren in der Luft.
Schwärme über dem Tisch. Und dieser Höllengestank!
»Ich wollte euch doch helfen, helfen!«
Meine Stimme bricht.
»Anu, was ist dies für eine Gesellschaft? Wir müssen fliehen.«
Meine Hand greift in kaltes Fleisch. Anu an meiner Seite schlaff,
fast blau, die Adern auf dem schmalen Handrücken leer.
»Anu! Anu! – Nein! Anu, nein!«

»Ruhig, Herr Scheerenberg. Ganz ruhig. Alles wird gut.«
Die Frauenstimme mit hartem Akzent. Kühle Feuchte auf meinen
Lippen. Die Lider sind so schwer.
»Ganz ruhig!«
Warme Finger gleiten über meine Wange. Vertrauen.
»Wo bin ich?«
Meine Stimme nur ein Krächzen. Mühsam versuche ich meine
Augen zu öffnen. Ein winziger Spalt, die Umrisse eines Gesichts, die
Züge im Dunkel, dahinter das Licht eines Fensters. Diese Schmerzen!
»Sie leben, Christoph, Sie leben.«
»Indrek?«
Nur diesen Namen kann ich formen. Keine Antwort.
»Indrek?«
»Es geht ihm gut, gut. Sie müssen schlafen.«
Diese Schmerzen!
»Was ist mit mir?«
»Herr Scheerenberg, Sie kommen durch.«
Warme Finger streichen über meine Wange, duften nach Seife.
Alles verschwimmt vor meinen Augen. Dunkelheit. Stille.
Rhythmische Stöße in meinem Rücken. Die Stöße werden zu
Schmerzen, durchdringen meine Eingeweide, multiplizieren sich.
Mein Körper nur noch schmerzgefüllte Hülle. Meine Versuche,
mich zu entwinden, den gepeinigten Leib anzuheben, den Stößen zu
entkommen, nur hilfloses Zucken. Gestank um mich.
»Komm, trink. Du musst trinken. Du hast es geschafft. Hast
einen Heimatschuss, mein Junge. Wir sind gleich in Narva. Da bist
du fast im Reich.«

Der herrliche Geschmack von kaltem Wasser.
»Vorsicht, verschlucken Sie sich nicht. Langsam, es ist genug da.«
Hinter schweren Lidern erkenne ich ein schemenhaftes Gesicht,
es ist alt, mit runden Narben übersät.
»Bist raus aus dem Schlamassel.«
Die tiefe Stimme beruhigend. Schlaf, nur Schlaf.

Ich weiß nicht, wie lange ich dahindämmerte. Etliche Tage sind aus
meinem Gedächtnis gelöscht. Geblieben sind Erinnerungen an den
Schmerz, ohne Zeit, ohne genauen Ort. Dazwischen diese dunkle, so
beruhigende Stimme.
Ich weiß nicht, wer die russische Schwester war. Sie wird mir mein
Leben gerettet haben! Gerüche, denen ich später wieder begegnete
und die ich dadurch einordnen konnte: Der ätzende Gestank des
Lazarettzuges: Eiter, Blut, die Ausdünstungen der wunden Körper,
der Geruch von Seife und Desinfektionsmittel. Der Albtraum, der
mich noch heute manchmal verfolgt. Eindrücke dieser Wochen, die
mich mein Leben lang begleiten. Das Gesicht Johannes', vom Feuer
gezeichnet, ein Orakel.

Seifengeruch reizte meine Nase. Der Schmerz beim Niesen war höl-
lisch.
»Gesundheit, Herr Assistenzarzt. Na, sind Sie endlich aufge-
wacht?«
Nur langsam gewöhnten sich meine Augen an die Helligkeit.
Über mir an der Decke ein Wasserfleck. Die Umrisse erinnerten
mich an die Grenzen Ungarns.
»Das wird aber Zeit. Wir haben fast Frühling.«
Diese helle unbekümmerte Mädchenstimme brachte mich ins
Leben zurück. Über mir ein lächelndes Gesicht unter einer weißen
Schwesternhaube. Langsam gewann das Gesicht Konturen. Eine
hohe Stirn, darunter blaugrüne Augen. Auf dem schmalen Nasenrücken springende braune Flecken, ein lächelnder Mund, die Unterlippe etwas zu schmal für die volle Oberlippe, blonde Locken, die
kaum von der Schwesternhaube gezähmt wurden.
Meine Stimme, ungeübt, mehr ein Kratzen, wollte fragen. Ihr Zeigefinger auf meinem Mund ließ mich verstummen. Als ich mich aufrichten wollte:

»Stopp, Herr Assistenzarzt, das geht nicht. Sie müssen schön liegen bleiben, sonst bekomme ich Ärger mit dem Chef.« Vorsichtig drückte sie mich zurück in das Kissen und strich dabei fast zärtlich über meine Wange.

Durch die zärtliche Geste brach ein Bann in mir. Ich konnte weinen, nach Monaten strömte alles aus mir heraus. Und die mir unbekannte Schwester wiegte mich wie ein krankes Kind in ihren Armen. Ich war krank!

Sie ließ mich weinen, und ich schämte mich nicht. Das Mädchen wurde in den nächsten drei Wochen mein Engel.

Fast zwei Wochen war ich ohne Bewusstsein gewesen. Ein Splitter hatte mich oberhalb meiner linken Hüfte aufgerissen und war tief in meinen Darm gedrungen. Ohne Sanitätsunteroffizier Zink wäre ich vor der Ruine in Otradnoje elendig umgekommen.

In den ersten Tagen war mein Zimmer nicht weiter belegt. So hatte ich viel Ruhe und konnte mit der jungen Schwester reden, wenn sie Dienst hatte.

Sie hieß Erika und war Deutschbaltin. Ihr Vater hatte ein Holzwerk in Viljandi, in Südestland gehabt. Die Familie gehörte zu den Spätumsiedlern, die 1941 ins Reich gekommen waren, und lebte in Schwerin. Sie kannte Rostock, war dort als Hilfskrankenschwester an der Uniklinik verpflichtet worden. Erika lachte viel, erzählte mir Anekdoten von den Ärzten, die sie kennengelernt hatte. Meinem Vater war sie nicht begegnet, aber hatte von ihm gehört. Erika war als Freiwillige zunächst im Deutschen Krankenhaus in Tallinn angestellt worden. In Aaspere arbeitete sie erst seit einigen Wochen. Von ihr erfuhr ich auch, dass sich die Front vor Leningrad in Auflösung befand. Ich war so dankbar, dass ich das Mädchen hatte. Sie gab mir mit ihrer fröhlichen Art, mit ihrer Natürlichkeit viel Kraft. Nach wenigen Tagen waren wir uns vertraut.

Bevor sie mich am dritten Abend verließ, legte sie mir einen Brief auf den Tisch.

»Für Sie.«

Sie sah meine Freude.

»Entschuldigen Sie, dass ich frage.«

Ihre Stimme klang etwas belegt.

»Anu, das ist ein estnischer Name.«

227

Sie lachte auf.

»Ich musste einfach auf den Absender schauen. Frauen sind nun mal neugierig.«

»Anu«, sie zögerte, »sie ist Ihre Freundin?«

»Ja, man kann es so sagen. Eine Freundin aus einer vergangenen Zeit. Wir hatten einen schönen Sommer, es war der letzte Sommer im Frieden. Ich hab sie seitdem nie wieder gesehen.«

»Sie bedeutet Ihnen sehr viel?«

»Ja, alles.«

»Ach so.«

Erikas Stimme klang enttäuscht. Plötzlich fiel mir auf, dass ihre Gesten und ihr Blicke nicht nur Besorgtheit und Fürsorge, sondern mehr bedeutet hatten. Wortlos, ihren Blick auf den Boden gesenkt, verließ sie das Zimmer. Ich schämte mich, dass ich Erika unbewusst Hoffnungen gemacht hatte. Am Abend sprach ich sie darauf an. Sie schüttelte nur den Kopf, wurde puterrot und nannte sich dumme Gans.

Anus Brief war zwei Wochen alt. Für sie war ich noch an der Front. Ihre Zeilen lasen sich fast wie ihre ersten Briefe. Lange lag ich wach, war verwirrt, denn ich konnte mir ihre plötzliche Nähe zu mir nicht erklären.

Am nächsten Morgen war Erika unbefangen und scherzte mit mir wie immer, so bat ich sie um Papier und einen Umschlag. In ihrem Gesicht konnte ich lesen, wie schwer ihr mein Wunsch fiel. Ich bat Anu zu kommen. Leitner musste helfen, auch wenn ich ihn nicht mochte. Ich schrieb auch ihm.

Einige Tage später bekam ich Post aus Tallinn. Sein Ton war noch großspuriger geworden. Er versprach, sich darum zu kümmern, vor Mitte März würde er nicht helfen können. Gründe nannte er nicht.

Die Tage waren gut zu mir, aber des Nachts verfolgten mich die Geister des Krieges. Jede Nacht wachte ich auf, schweißgebadet, zitternd, versuchte ich mich zu sammeln, starrte in die Dunkelheit und erlebte den Tag meiner Verwundung. Immer wieder dieselben Bilder, hörte die Schüsse, das Schreien, spürte den Geschmack des Äthers auf meiner Zunge – und sah Indrek. Unsere Begegnung kam mir unwirklich vor. Wir wären Freunde für ewig gewesen, wenn dieser Krieg nicht gekommen wäre! Er war mir wieder so nahe wie damals auf Hiiumaa.

An einem Abend, Erika hatte Dienst und war für einige Minuten zu mir gekommen, erzählte ich ihr von dem Wiedersehen mit meinem Freund aus Friedenstagen. Ich wusste, dass ich ihr vertrauen konnte. Schweigend hörte sie mir zu, stand dann auf.

»Sie haben alles richtig gemacht.«

Danach hatte ich keine bösen Träume mehr.

In der dritten Woche, während einer Morgenvisite, wurde ich vom Standortkommandanten zum Oberarzt befördert. War ich stolz in diesem Moment? Ich glaube nicht. Was hatte sich für mich geändert? Außer einer höheren Soldgruppe und zwei neuen Schulterstücken – nichts. Ich würde weiter Verwundete versorgen, Wundzettel diktieren und verlogene Briefe an Hinterbliebene schreiben müssen. Wenn diese Herren gewusst hätten, dass ich einem sowjetischen Offizier zur Flucht verholfen hatte!

Von Tag zu Tag ging es mir besser. Erika hatte nicht mehr viel Zeit für mich. Vielleicht wollte sie sich auch vor mir schützen, denn sie ahnte sicher, dass ich ihre Gefühle nicht erwidern würde. Das Mädchen war viel zu stolz, um mir nachzulaufen, auch darum mochte ich sie. Wenn wir uns einmal sahen, sprachen wir miteinander, aber ich spürte eine Unsicherheit bei ihr, oft wich sie mir aus, um dann wieder mit mir gemeinsam zu spazieren und unbekümmert zu sein. Erika war mir eine liebe Begleitung, ich fühlte mich wohl bei ihr.

Ende Januar ging es mir wieder so gut, dass ich kürzere Spaziergänge im winterlichen Gutspark auch alleine machen konnte. Wenn ich auf den verschneiten Wegen lief, glaubte ich in einer anderen Welt zu sein.

Das friedliche Bild, die von der Last des Schnees tief hängenden Wipfel der Tannen, der Schnee, der meine Schritte dämpfte, ließen mich den Krieg vergessen. Im hinteren Teil des Parks hielt man zahmes Damwild. Zutraulich ließ es die Menschen dicht an sich heran. Die Tiere hatten bisher nichts Böses erlebt. Vor drei Wochen war ich noch in der Hölle der Front – Tod, Schmerz und Leiden waren meine täglichen Begleiter gewesen, daran war ich fast verzweifelt. Hier huschten Krankenschwestern lautlos über die Gänge, brachten Tee und gaben Trost. Selbst im Essensaal wurde nur gedämpft gesprochen. Keine Kommandostimme befahl, das Ärztepersonal bestand aus ruhigen Reserveoffizieren und Esten. Die Räume glänzten vor Sauberkeit und waren warm. Mir fiel auf, dass die kleine Hauskapelle gut besucht war.

Fanden Soldaten, die vor kurzem gemordet oder Unrecht getan hatten, zurück zu ihrem Glauben, weil sie dem Tod noch einmal entronnen waren, oder kam bei Einzelnen die Erkenntnis der begangenen Verbrechen in ihr Bewusstsein? Vielleicht suchten sie in ihrer Ausweglosigkeit auch Hilfe im Glauben und Vergebung?

Ich selbst fühlte mich hilflos, da ich keinen Weg fand, wie ich die Verlängerung des Krieges ohne Bruch meines ärztlichen Eides verhindern konnte. An einen Gott glaubte ich nicht mehr. Gäbe es ihn, würde er dies alles nicht zulassen.

Was hatten unschuldige Menschen verbrochen, dass sie von ihm geprüft werden mussten? Keine Bibel, kein Pfarrer, konnte mir dies erklären. Selbst von den Nachrichten wurden wir abgeschirmt.

Nichts sollte unseren Heilungsprozess negativ beeinflussen. Dass jeder von uns am ersten Tag an der Front fallen könnte, war Ärzten und Patienten bewusst.

An einem Nachmittag, ich kam von meinem Spaziergang zurück, löste sich ein Mann aus dem Schatten des Vestibüls. Die gedrungene Gestalt mit dem markanten, rasierten Schädel war mir schon vorher im Essensaal aufgefallen. Es war einer der estnischen Offiziere, die im Obergeschoss lagen. Er musste mit seinem kahlen Schädel erbärmlich frieren. Wir nickten uns zu.

Als ich schon fast an der Tür war, sprach er mich an, ob er mich bei meinen Spaziergängen begleiten dürfte, denn er wollte seine Deutschkenntnisse verbessern. So fand ich einen Gefährten auf meinen kleinen Wanderungen. Dick eingemummt der Kälte trotzend, zogen wir unsere Kreise, tauschten uns aus, bis wir atemlos von der eisigen Luft unser schützendes Refugium aufsuchen mussten. In den ersten Tagen tasteten wir uns ab, erforschten einander, wie weit wir mit unseren Gesprächen gehen konnten. Dann erzählte jeder seine Lebensgeschichte. Wir kannten uns erst wenige Tage und spürten eine Seelenverwandtschaft wie alte Freunde. Wieder spürte ich, wie unter der scheinbar harten Haut der Esten eine sehr sensible Seele lebt.

Valdur Rästas stammte aus einem Dorf nahe Helme, einem kleinen Ort in der Nähe von Tõrva in Südestland. Nach seinem Bergbaustudium in Tartu hatte er bis 1940 als Ingenieur in einer der Ölschiefergruben im Norden gearbeitet. Als die Russen 1940 Estland besetzten, tauchte er unter und schlug sich nach Finnland durch. Sein Vater, der als Professor an der Universität in Tartu arbeitete, wurde von Russen verschleppt. Nach dem Einmarsch der Deutschen hatte Valdur, wie so viele Esten, auf eine Autonomie gehofft und sich als Freiwilliger in eine der Estnischen Sicherungsabteilungen aufnehmen lassen. Bei Tscherkassy war er schwer verwundet worden.

Wir gewöhnten uns an, neben dem kleinen Teehaus, das auf einer Anhöhe am Ende des Parks lag, eine kurze Pause zu machen. Das Häuschen war wegen des Winters mit Brettern vernagelt. Trotzdem rasteten wir hier, denn der Platz bot ein wunderschönes Bild auf den Park, in dessen Hauptachse das Gutshaus lag. Schweigend an ein vernageltes Fenster gelehnt, genossen wir den Blick.

»Hast du schon gehört, dass Mäe* vorgestern die Mobilmachung ausgerufen hat?«, brach Valdur unser Schweigen.

»Was? Das ist möglich? Ihr seid von Deutschland besetzt und kein souveränes Land.«

Valdur lachte auf.

»Was geht heute nicht? Die Exilregierung wird ihren Segen gegeben haben. Unser Land ist bedroht, die Ostfront ist kurz vor dem Zusammenbruch. Estland soll vor dem Kommunismus verteidigt werden. Und ich sage dir, Christoph, die Esten werden zu den Waffen greifen. Aber nützen wird es nicht. Mein Land wird untergehen. Was heißt mein Land? Es ist auch deins. Wir werden von der Landkarte verschwinden, auch wenn wir kämpfen. Die Sowjets haben alle Mittel, wir nichts, außer unseren Stolz.«

Er griff in den Schnee, ließ ihn durch seine dicken Fausthandschuhe gleiten.

»Ich verstehe euch Deutschen nicht. Als ihr '41 Estland erobert habt, haben wir euch als Befreier gesehen.«

---

* Hjalmar Mäe, estnischer Politiker, geboren am 24.10.1901 in Toal/Estland, gestorben am 10.4.1978 in Graz, 1941–1944 1. Landesdirektor der estnischen Selbstverwaltung.

»Halt, Valdur, ich habe Estland nicht erobert.«

»Ich weiß, Christoph. Du bist kein«, er verzog seinen Mund, »wie sagt Rosenberg? – Reichsdeutscher. Du bist nicht Fisch und nicht Fleisch, sie trauen euch nicht. Bist in Estland mit einem deutschen Namen geboren und hast eine deutschbaltische Seele, die estnisch denkt und«, er lachte kurz auf, »auch manchmal deutsch. Dann verstehe ich sie allerdings nicht. – Entschuldige, aber darüber will ich nicht mit dir streiten. – Hätten die Deutschen uns die Freiheit gegeben, wir Esten hätten uns für euch in Stücke schlagen lassen. Auch wenn es paradox klingt, denn wir kennen eure bösen Taten. Wir haben den sowjetischen Kommunismus erlebt, ihr nicht. Aber nein, eine Besatzung ging, und die andere kam. Wir mögen die Nazis nicht. Viele von uns hassen euch. Gut, die Deutschen haben bei uns nicht so viele Menschen getötet und verschleppt. Aber jedes unschuldige Opfer zählt, und Unrecht und Verbrechen geschehen wie unter den Russen. Warum behandelt man uns nicht gerecht und gibt uns unsere Freiheit? Unsere Angst wird schamlos ausgenutzt. Wieso muss der Deutsche immer der Herr sein? Ich habe mit Deutschen zusammen gekämpft. Wir haben einen russischen Einbruch zurückgeschlagen. Die Deutschen wurden mit Eisernen Kreuzen dekoriert. Wir bekamen eine Sonderration Schokolade. Euer Kreuz ist mir so was von egal. Aber die Achtung! Die ist wichtig, Christoph. Wir dürfen unsere Fahne zeigen, ihr habt uns eine Selbstverwaltung gegeben, die von deutschen Gnaden ist. Nationalisten werden inhaftiert, Kommunisten gleich umgebracht. Das Verrückte ist, Christoph, wir Esten werden kämpfen bis zum Tod, selbst in diesen schlimmen Uniformen mit dem Totenkopf, weil dies unser Land ist. Obwohl ihr uns selbst dann keine Freiheit geben würdet, wenn wir die Russen schlagen könnten. Christoph, wir haben einen Pakt mit dem Teufel geschlossen, um den Teufel zu vernichten.«

Er schüttelte seinen Kopf.

»Unsere Geschichte ist irrsinnig.«

Valdur schaute mich zweifelnd an.

»Nenne mir einen Weg, Christoph. Niemand kennt unsere und die deutsche Seele so gut wie ihr Deutschbalten. – Nun, sag etwas.«

Die Sekunden liefen dahin. Valdurs Augen fragten.

»Wenn eure Politiker keine Lösung wissen, wie soll ich sie kennen? Deine Fragen kann niemand beantworten, Valdur. Der eine wird nicht freiwillig gehen, der andere wird immer euer Feind sein. Aber rede nicht immer von deinem Land. Estland ist auch mein Land, ich liebe es wie du. Auch ich will es verteidigen und wünsche mir, dass es euch gehört.«

»Trotzdem, du trägst ihre Uniform. Also musst du auch nach ihren Befehlen handeln.«

»Du trägst auch ihre Uniform und handelst nach ihren Befehlen.«

»Das ist etwas völlig anderes. Ich muss diese Uniform tragen und eure Waffen haben, da ich sonst mein Land nicht verteidigen kann. Natürlich ist es ein Pakt mit dem Beelzebub. Ihr seid das kleinere Übel. Jedenfalls hier. Ich habe die Russen 1940 in Kuressaare erlebt. Sie sind Teufel! Alle, die nicht hundertprozentig für Stalin sind, sind hundertprozentig gegen ihn. Warum kann es im Kommunismus keine Freiheit des Andersdenkenden geben? Was rede ich, bei den Nazis ist es doch genauso! Auch unter Päts gab es Unrecht. Aber dieses System der Willkür und des Mordens gibt es nur unter Diktaturen. Es gibt genug Esten, die Kommunisten wurden, nicht nur weil sie Vorteile witterten. Doch die Mehrheit hat sie gewittert. Viele von ihnen sind mit der Roten Armee gegangen.

Gnade uns Gott, wenn sie sich rächen werden. Trotzdem werde ich hier bleiben und nicht mehr eure Befehle befolgen.

Für mich zählt nur die Freiheit Estlands. Überlege es dir; wenn du wirklich wie wir denkst, wirst du mich auch finden, wenn es so weit ist, und auf unserer Seite kämpfen. Dann bist du ein Este, auch wenn du deutsch sprichst. Beweise es, Christoph!«

»Und wie?«

Er lachte auf.

»Du wirst sehen, bald wirst du es erkennen müssen.«

Valdur ging einen Schritt vor, bückte sich und versuchte eine Kugel zu formen. Langsam ließ er den Schnee durch seine Finger gleiten.

»Es ist zu kalt zum Schneeballformen. Die Zeit für Schneeball-schlachten ist vorbei. Jetzt werden richtige Schlachten geschlagen.«

Plötzlich drehte er sich um und zog mich für einen Moment an sich.

»Christoph, ich habe Angst. Das erste Mal Angst in meinem Leben, dass ich sterben werde.«

Er ließ mich los.

»Entschuldige, ich habe nicht an deine Narbe gedacht.«

Wieder griff er in den Schnee.

»Aber vielleicht erlebt man die Zukunft besser nicht. Solidarität, Menschenwürde, Achtung, Freundschaft. Alles Werte, die uns beigebracht wurden. Dir und mir, den meisten. Und wie viele haben diese Werte vergessen?«

»Valdur, das Schlimmste ist, dass wir nichts dagegen machen können.«

»Im Kleinen schon. Versuche nach diesen Werten zu leben, auch in dieser schlimmen Zeit.«

Er winkte ab.

»Ach, was erzähle ich? Nur Narren meinen, dass sie das Paradies schaffen können. Dafür sind schon ganz andere verbrannt worden. Der Mensch ist nicht gut, jedenfalls nicht, wenn er in der Meute lebt. Triffst du einen alleine, mag er friedlich sein. Doch sonst.«

Er schüttelte sich.

»Die Sonne geht unter. Komm, lass uns gehen. Es ist kalt.«

Schweigend stapften wir durch den Schnee.

Am nächsten Tag besuchte mich Erika. Sie war in Rakvere gewesen, um Verbandsstoff und Medikamente abzuholen.

Auf dem Markt hatte es von Bauernjungen gewimmelt, die eingezogen werden sollten. Die Behörden waren bereits dabei, die Pferde zu requirieren. Alte Bauern hatten sich unter Tränen von ihren Tieren verabschiedet.

Valdur hatte recht, die Esten würden kämpfen – mit dem Teufel gegen den Teufel. Ihnen blieb gar keine andere Wahl.

Mitte Februar war ich ziemlich genesen und erwartete die Abschlussuntersuchung. Ich rechnete mit einigen Tagen Genesungsurlaub. Eigentlich zog es mich nicht nach Hause. Lisa schrieb mir kaum. Herr Babendererdes große Wohnung war mit Ausgebombten aus dem Ruhrgebiet belegt.

Auch bei Lisas Gasteltern war kein Platz für mich. In mir keimte die Hoffnung, dass ich eine Besuchserlaubnis für Hiiumaa bekommen könnte.

Mein Leben in diesen Wochen glich dem ruhigen Uhrwerk einer

Turmuhr. Langsam und gleichmäßig verliefen meine Tage in Aaspere: die morgendliche Visite, bei der ich mit dem behandelnden Arzt fachsimpelte.

Doktor Maitla ließ mich sogar an der Visite teilnehmen. Danach Verbandswechsel, Konditionstraining und Rehabilitationsübungen.

Zwischendurch huschte mein guter Geist Erika ins Krankenzimmer, beglückte mich mit einem Apfel oder einem Keks und wechselte einige Sätze mit mir. Dabei kümmerte sie sich um die drei Neuzugänge meines Zimmers, ein Panzerleutnant mit amputierten Beinen und zwei Hauptleute mit Schussverletzungen.

Einer von ihnen gehörte zur Blauen Legion, die vor Leningrad neben uns gelegen hatte. Von ihm erfuhr ich, dass meine Einheit unter starken Abwehrkämpfen an der Narva in Stellung gegangen war.

Die Front stand nun an der alten estnischen Grenze, gerade einmal hundert Kilometer von uns entfernt, und wir lebten hier im tiefsten Frieden.

Nachmittags spazierte ich mit Valdur durch den Park, oder wir saßen in der ehemaligen Bibliothek, in der etliche Bücher von den Vorbesitzern erhalten geblieben waren. Zu meinem Erstaunen fand ich die gleiche schöne Ausgabe des Kalevipoeg, die ich von Pastor Brügman geschenkt bekommen hatte. Wieder wurde ich an Indrek erinnert. Auch dieses Buch war in Rostock verbrannt.

Durch die frühe Dunkelheit waren die Abende lang. Unter zwei trüben 25-Watt-Birnen saß ich an unserem Tisch und schrieb Tagebuch wie ein Pennäler. Natürlich politisierte ich nicht. Aber das Schreiben machte mir Spaß. Hatte Erika Nachtdienst, schlich ich mich manchmal in ihr Zimmer, und wir unterhielten uns leise. Meinen Zimmerkameraden ging es inzwischen besser. Engeren Kontakt hatte ich nicht zu ihnen. Der Panzerleutnant war in ein anderes Lazarett verlegt worden. Seine Verlobte hatte sich von ihm getrennt, daraufhin hatte er sich die Pulsadern aufgeschnitten.

Schließlich erhielt Valdur seine Entlassungspapiere. Er wollte zu seiner Schwester, bei der sein Sohn lebte. Seine Frau war vor Jahren im Kindbett gestorben.

Am nächsten Morgen begleitete ich Valdur zum Schlitten. Mehrere Esten waren entlassen worden. Es wurde gelacht und gescherzt.

Die Männer waren enthusiastisch, brannten darauf, wieder an die Front zu kommen. Valdur saß ruhig in seiner Ecke, sein breites Gesicht war in sich gekehrt, die dunklen Augen unter der Fellmütze schienen die Zukunft zu sehen. Als er mich bemerkte, lächelte er. Über den Schlittenrand geneigt, drückte er mir die Hand.

»Keinen großen Abschied, wir sehen uns, Christoph. Gut, dass wir uns getroffen haben.«

Dann ruckte der Schlitten an. Lange blieb ich noch unter den hohen Säulen des Portals stehen. Erika trat zu mir.

»Sie können es gar nicht erwarten zu fallen.«

»Sie verteidigen ihr Vaterland – anders als wir. Sie wissen, warum sie kämpfen. Wir nicht.«

»Komm, Christoph, es ist kalt. Morgen hast du die Entlassungsuntersuchung. Werde mir nicht noch krank. Obwohl – dann hätte ich dich noch etwas länger bei mir.«

Sie hakte sich unter.

»Du hast Post aus Tallinn, der Brief scheint dienstlich zu sein.«

Es war ein Brief von Leitner. Er teilte mit, dass er mir eine Stelle am Deutschen Krankenhaus besorgt hatte. Sie war auf drei Monate befristet.

Sein letzter Satz: Du weißt, auf alte Kameraden kann man sich verlassen. Einmal Baltendeutscher, immer Baltendeutscher. Typisch Leitner. In Tallinn würde ich ihm nicht entkommen können. An die Kameraden meines Regiments dachte ich nicht, aber daran, dass ich näher bei Anu sein würde.

Spät am Abend schlich ich in Erikas Zimmer. Ihre Mitbewohnerin, ein blasses Mädchen aus Schloßberg, wusste Bescheid und ließ uns alleine. Während Erika Tee kochte, beobachtete ich sie. Das Mädchen strahlte Vertrauen aus.

Als sie mir meine Tasse reichte, lächelte sie mich an. Ich hatte ein gutes Gefühl, griff nach ihrer Hand. Ohne Anu würde ich sie lieben können. Fast unmerklich ihren Kopf schüttelnd, entzog sie sie mir.

»Danke, es ist angenehm, dich in meiner Nähe zu haben, Erika.«

»Mir geht es genauso. Aber es soll wohl nicht sein. – Warte, ich habe noch etwas.«

Sie huschte zu ihrem Schrank und holte eine kleine Flasche hervor.

»Kirschlikör, meine Mutter hat ihn mir geschickt. Er ist nach einem alten Rezept. Die Wassergläser müssen reichen. Auf dich, Christoph, dass du gesund bleibst.«

Sie zögerte.

»Und, dass wir uns wiedersehen.«

»Das werden wir«, und wir stießen an.

Unsere Augen trafen sich.

»Erika, was wirst du machen? Die Front wird weiter näher rücken. Bald wird der Russe hier sein.«

»Was soll ich machen? Flüchten? Nein, Christoph. Ich bin hier geboren. Diese Menschen verstehe ich. Deutschland ist nicht mein Heimatland. Dort bin ich nicht willkommen.«

»Aber dort leben deine Eltern.«

»Ja, aber ich würde bei ihnen verkümmern. Sie leben in ihrer vergangenen Welt, reden von der alten Heimat, erwarten nichts mehr von der Zukunft. Sie werden an ihren Erinnerungen sterben. Sicher, hier kann mir dies noch schneller passieren. Aber was ist der Tod? Sieh dich um. Er ist so alltäglich geworden. Er kann mich nicht mehr erschüttern.«

»Erika, wie redest du? Du bist gerade zweiundzwanzig und redest wie eine alte Frau, die auf den Tod wartet.«

Erika schien belustigt.

»Ich und warten? Hör mal, Christoph, ich hänge am Leben. Aber der Tod gehört nun einmal zum Alltag, dass ich mich an ihn gewöhnen muss. Natürlich will ich ihn überlisten. Warum bin ich sonst Krankenschwester?«

Erikas Augen suchten etwas neben mir an der Wand.

» – Ich würde schon gerne mit dir nach Tallinn gehen. Aber vielleicht ist es besser so.«

Impulsiv griff ich nach ihrer Hand. Ein Schatten huschte über ihr Gesicht.

»Ach, lass, du gehörst zu Anu.«

Sie schaute auf ihre Uhr.

»Geh schlafen, Christoph. Ich muss zum Dienst, bin oben bei den Esten eingeteilt.«

»Sehen wir uns morgen noch einmal?«, wollte ich wissen. Sie nickte nur.

»Bitte, geh.«

237

Nachdenklich ging ich in mein Zimmer zurück. Der Mond stand hoch am Himmel und tauchte den Flur in ein blaues Licht. Draußen leuchtete der Schnee.

Die tief verschneiten Büsche und Bäume wirkten wie ein Weihnachtsbild aus Vaters Laterna Magica, in die ich als Kind mit Begeisterung die alten kolorierten Glasbilder geschoben hatte. Ich konnte nicht aus meiner Haut, auch wenn Erika ein liebes Mädchen war – ich wollte es auch nicht.

In eine Fensternische gelehnt, sog ich die Winternacht in mich auf. Mir fiel Anus Bild ein, das Lisa mir auf meine Bitte nach Otradnoje geschickt hatte. Ich nahm es aus meiner Brieftasche. Das Mondlicht ließ Anus Gesicht auf dem Papier fast plastisch erscheinen. Ihre hohe Stirn, die mandelförmigen Augen, der volle Mund.

Wann hatte ich dieses Gesicht zum letzten Mal berührt? Beim Abschied vor dem Haus ihres Onkels? In unserer letzten gemeinsamen Nacht? Noch immer liebte ich sie.

Von Aaspere bis Hiiumaa waren nur wenige Kilometer, wenn ich daran dachte, wie weit wir schon voneinander entfernt waren. Es musste eine Möglichkeit geben, sie wiederzusehen.

Am nächsten Morgen stand ich mit vier weiteren Entlassenen vor dem Haupteingang und wartete auf den Schlitten, der uns nach Rakvere bringen sollte. Erika war verschwunden, so konnte ich nur Grüße an sie bestellen. Ich fühlte mich gar nicht wohl, ohne ein Wort des Abschieds zu fahren. Als der Schlitten anruckte, drehte ich mich noch einmal um. Eine Gestalt stand hinter einem Fenster im Obergeschoss.

Zwei Wochen später erhielt ich einen Brief Erikas, in dem sie sich entschuldigte. Sie hatte nicht die Kraft gehabt, sich von mir zu verabschieden. Erika tat mir leid, aber mehr konnte ich nicht für sie empfinden.

30. August 1981

Es ist herrliches Wetter, ein Sommer wie auf den Bildern der Impressionisten. Ich sollte im Schlossgarten sitzen, die Sonne genießen und die Spatzen füttern. Doktor Lazarus beschwert sich täglich am Telefon, dass ich unsere Schachabende absage.

Stattdessen sitze ich im dunklen Zimmer an meinem Schreibtisch und quäle mich auf meiner alten »Erika«-Schreibmaschine bis in die Nacht. Nie hätte ich gedacht, dass ich so viele Erlebnisse aus den Tiefen meines Hirns reproduzieren könnte.

Beim Lesen meines wöchentlichen Pensums habe ich immer mehr das Gefühl, dass meine Geschichte ausufert. Dabei wollte ich doch nur von Anu berichten. Ich werde versuchen, mich kürzer zu fassen, denn ich spüre auch, dass meine Kräfte nachlassen. Das Graben in der Vergangenheit strengt an, die Auseinandersetzungen mit dem Geschriebenen werden immer größer. Ich liege nachts wach, grüble, ob ich den Text nicht vernichte und von neuem, diesmal ganz anders, anfangen sollte. Vielleicht müsste ich meine geistige Entwicklung schildern, dabei analysieren, ob ich richtig gelebt habe, denn Zweifel plagen mich, ob ich mein Leben nicht vertan habe.

Nach langem Grübeln bin ich zu dem Entschluss gekommen, nicht mit mir abzurechnen, sondern weiterzuerzählen. Denn ich will mit meiner Erzählung auch einen kleinen Teil dieses Jahrhunderts darstellen und kein Geistesessay schaffen. Wen würde dies interessieren? Denn wer bin ich denn schon?

Soll sich der Leser, wenn es denn überhaupt einen Leser geben sollte, sein eigenes Urteil über mich bilden.

Ich frage mich nur immer wieder: Woher kommen meine Erinnerungen, die Dialoge, die Farben und Gerüche, die ich sehe und empfinde, dieses Gefühl des gerade Erlebten, obwohl doch alles schon so lange her ist? Haben mich diese Jahre so geprägt, ohne dass mir dies bewusst geworden ist?

9

Tallinn hatte sich verändert. Obwohl es noch nicht zerstört war, hockten der Krieg und mit ihm die Mangelwirtschaft und Armut deutlich im Antlitz der Stadt.

Die Menschen, die ich aus dem Zugabteil auf den Vorortstraßen sah, wirkten ärmlich. Niemand trug Lumpen, aber alles wirkte abgetragen, provisorisch repariert, ausgebessert, auch die Fahrzeuge, die ich an den Bahnschranken sah.

Klobige Holzgasgeneratoren, ähnlich Kohlebadeöfen, waren auf zivile Fahrzeuge montiert, um das mangelnde Benzin zu ersetzen. Überhaupt sah ich wenig Autos auf den Straßen.

Der Himmel war an diesem Tag grau, die Straßen nass, der Schnee schmutzig. Im September hatte ich die Stadt wie im Frieden verlassen. Jetzt schien sie die nahe Front zu spüren.

Mein Zug lief auf dem Baltischen Bahnhof ein und wurde auf ein Nebengleis umgeleitet. Der Bahnsteig neben mir wimmelte von Menschen: Soldaten waren angetreten. In ihren langen grauen Wintermänteln wirkten die jungen estnischen Männer, als seien sie in zu große Uniformen gesteckt worden und wollten ihre Hilflosigkeit durch besondere Männergesten überspielen. Eine Militärkapelle spielte.

Eltern, Mädchen warteten, um ihre Söhne, Brüder und Freunde zu verabschieden.

Die Kapelle schwieg, alles flutete aufeinander zu, Verwandte umarmten sich, kleine Päckchen wurden übergeben. Lachen, sie schienen zu einer Wanderfahrt aufzubrechen, nicht an die Front.

Begeisterung in vielen Gesichtern, auch bei den Vätern. Bilder wie aus dem Freiheitskrieg. Sie erinnerten sich. Wie viele von den Jungen würden überleben?

Leitner hatte nicht übertrieben. Für mich war gesorgt worden. Im Quartieramt erhielt ich die Adresse eines alten estnischen Arztes, der trotz Pensionierung in der Deutschen Klinik arbeiten musste. Doktor Selle wusste bereits, dass ich bei ihm einquartiert wurde. Er trug es mit Fassung, begrüßte mich als Kollegen. Als er hörte, dass ich in Tallinn geboren war, legte er seine Förmlichkeit ab.

Er führte mich durch seine Büchergebirge und zeigte mir mein Zimmer, entschuldigte sich für die Bücherstapel, die ich interessiert musterte. Bei einer Tasse Tee erhielt ich meine Einweisung. Wir sprachen estnisch miteinander. Es tat mir gut, fühlte ich mich dadurch von ihm angenommen. Ich war nicht mehr der Deutsche, der Besatzer, sondern der Deutschbalte, der die Sprache des Landes sprach und ähnlich dachte. Dass er wirklich so für mich empfand, erfuhr ich allerdings erst später.

Natürlich musste ich meinen Antrittsbesuch bei Leitner machen. Er beschwerte sich bitter, dass ich mich nur bei ihm meldete, wenn ich etwas wolle. Er hatte recht, aber ich konnte ihm schlecht sagen, dass er mir in seiner Art unsympathisch war. Natürlich war ich feige. Doch bevor ich als Ehrlicher an der Front fallen oder in einem Gefängnis enden würde, heuchelte ich lieber und erzählte Halbwahrheiten. Leitner ließ mich in den nächsten Wochen in Frieden, Jana hieß der Grund und war seine estnische Sekretärin.

Die Arbeit an der Klinik war leicht. Wer sich hier behandeln ließ, hatte keinen Bauchschuss oder Erfrierungen.

SD-Männer, hohe Wehrmachtsbeamte, Dienststellenmitarbeiter, Stabsoffiziere, deutsche Verwaltungskräfte, auch Esten, die in der Selbstverwaltung arbeiteten, ließen sich hier kurieren. In einem hinteren Teil der Klinik sollen auch gelegentlich Schwangerschaftsabbrüche durchgeführt worden sein.

Die freien Abende verbrachte ich meistens auf meinem Zimmer, las viel, schrieb auch wieder, meist kurze Reflexionen des Erlebten, versuchte mich an Gedichten.

Doktor Selle war trotz seines Alters ein umtriebiger Mann.

Oft war er am Abend unterwegs, empfing auch manchmal Gäste, die lange blieben und selten zu hören waren. An diesen Abenden besuchte ich ihn nicht. War er alleine, klopfte er manchmal an meine Tür und lud mich auf ein Glas Tee ein.

Wir führten keine politischen Gespräche, ich denke, dies geschah mehr unbewusst, um den anderen nicht zu verunsichern.

Der Doktor ahnte sicher, dass ich kein Nazifreund war. Bei ihm war ich mir sicher. Kunst und Literatur waren seine Steckenpferde, für die er, seine Hornbrille in der einen Hand, mit der anderen durch seine grauen dichten Haare fahrend, gleich mehrere Lanzen brach.

Enthusiastisch berichtete er mir von dem Theaterleben der vergangenen Jahrzehnte.

Kam ich in mein Zimmer zurück, erinnerte ich mich an meinen Vater, denn der Doktor ähnelte ihm in manchen. Als ich ihm dies einmal sagte, putzte er, sichtlich berührt, verlegen seine Brille.

Während dieser Wochen lebte ich in einer Zwischenwelt. Das Warten füllte mich aus. Anu bescherte mir mit jedem Brief ein Wechselbad der Gefühle, einmal klang sie so vertraut, dass die alten Bilder deutlich wie vor einigen Tagen erlebt, in mir emporstiegen, dann wieder hatte ich Angst, dass die lapidaren, unpersönlichen Zeilen der letzte Brief von ihr sein würde. Voller Zweifel glaubte ich nicht mehr, dass sie überhaupt nach Tallinn kommen wollte. Leitner musste mir eine Reisegenehmigung besorgen. Alleine dafür brauchte ich ihn.

Die Zeit lief unerbittlich gegen uns, denn meine Wochen in Tallinn waren begrenzt. Von Woche zu Woche spürte ich, wie das Pendel schneller ausschlug. Die Russen standen noch immer an der Narva und am Peipussee. Die Front stand.

Aber nur Narren machten sich Hoffnungen, dass sie gehalten werden konnte. Von den Narren gab es genug, und Leitner war einer der größten von ihnen. Seine Großspurigkeit war unerträglich, wenn wir uns trafen.

Immer öfter widersprach ich ihm, passte aber auf, den Bogen nicht zu überspannen, denn seine Gefährlichkeit wurde immer deutlicher. Trotz unserer Meinungsverschiedenheiten hatte er noch immer einen Narren an mir gefressen.

In diesen Wochen lag ich oft lange wach, alte Bilder suchten mich heim, die ich bisher unbewusst verdrängt hatte – nur sekundenkurze Reflexionen ließen mich jede Nacht aufschrecken. Vergeblich Ruhe suchend, lief ich im Zimmer umher, um dann früh am Morgen in einen unruhigen Schlaf zu sinken. Der Doktor bemerkte meine Unrast, denn auch meine Arbeit litt darunter. Schließlich sprach er mich an. Wir saßen in seinem Wohnzimmer an einem kleinen Rauchtisch. Unruhig strichen meine Finger immer wieder über die getriebene Messingplatte. Ein Rautenmuster, dunkel abgesetzt, zog sich um den Rand der Platte, in der Mitte war eine Geisha mit aufgeschlagenem Fächer, ihre schwarzen Umrisse wirkten expressionistisch. Ich sehe die Platte noch heute vor mir, denn mir gefiel der Tisch in seiner schlichten Art.

»Reden Sie, Herr Scheerenberg, ich werde schweigen. Das wissen Sie.«

Seine dunkle Stimme gab mir Vertrauen.

Ohne mich zu unterbrechen, hörte er mir zu. Als ich geendet hatte, spielte Doktor Selle noch immer mit seiner Brille. Schließlich lachte er kurz auf.

»Die Deutschen haben ein Schicksal. Sie haben so viele kluge humanistische Geister – Dichter, Philosophen, Maler, und doch sind sie so ein kriegerisches Volk. Und da sie voller humanistischer

Bildung sind, zerbrechen so viele an diesem Widerspruch. Wären die Deutschen bildungslose Barbaren, alles wäre für sie so viel leichter. Sie würden morden und zerstören. Alle würden es als richtig empfinden, da es in der deutschen Natur liegen würde. Aber so verzweifeln die, die nachdenken und sich ihres früher erworbenen Humanismus erinnern und den Widerspruch dadurch so deutlich erkennen. Sie gehören dazu, Herr Scheerenberg. Ich kann Ihnen keine Lösung anbieten, die müssen Sie selber finden. Vielleicht ein Rat: Versuchen Sie, Sie selbst zu sein und Ihre Bildung und Ihren gesunden Menschenverstand nicht zu verlieren. Sie sind Arzt, haben dadurch, durch Ihren Auftrag, Ihren Eid, eine Verantwortung, aber auch einen Vorteil gegenüber«, er lächelte, »sagen wir mal, einem Jäger oder einem Fleischer. Wenn Sie jemand fragt, ob Sie helfen können, auch wenn Sie sich dadurch gefährden, und Sie, ohne zu zweifeln, helfen, dann haben Sie schon etwas gegen dieses Regime getan, denn Hilfe und Mitgefühl gegenüber den Schwachen und Bedrängten kennen diese Herrenmenschen nicht. Einen Weg kann ich Ihnen nicht zeigen, aber ich kann Ihnen zuhören.«

Der Doktor hörte mir oft zu.

Eine Woche später rief mich Leitner an. Ich sollte zu ihm kommen, er wollte etwas mit mir bereden. Von Treffen zu Treffen war meine Antipathie ihm gegenüber immer größer geworden: Seine Großspurigkeit, sein Jähzorn, den er in meiner Gegenwart gegenüber den Esten aufsetzte, um seine Feigheit zu kaschieren, die Gier nach meiner Freundschaft. Schon wenn ich seine Stimme am Telefon hörte, fühlte ich mich unwohl. Aber ich brauchte ihn. So verstellte ich mich, tat lieb Kind und machte mir deswegen Vorwürfe.

Im EEKS-Haus herrschte hektische Betriebsamkeit. Ordonanzen huschten über die Flure, zum ersten Mal bemerkte ich die Blitzmädel, weibliche Hilfskräfte, die als Telefonistinnen oder Sekretärinnen arbeiteten.

Leitners Sekretärin begrüßte mich mit einem kühlen Lächeln.

»Der Herr Sturmbannführer erwartet Sie bereits.«

Sie brauchte sich nicht zu verstellen, Leitner hatte mir selbst erzählt, dass sie seine Geliebte war.

Breit auf seinem Sessel hingegossen, die Uniformjacke offen, studierte er Papiere, als ich eintrat. Sofort sprang er auf, eilte auf mich zu und umarmte mich. Sein Körper widerte mich an, trotzdem schlug ich ihm vertrauensvoll auf die Schulter.

»Cognac? Zigarette?«

Leitner wies auf einen Sessel, griff schon nach der Flasche, öffnete eine silberne Zigarettendose.

»Christoph, ich muss dir mal was sagen. Weißt du, dass ich langsam die Schnauze voll habe, dich immer irgendwo rauszuboxen oder dir zu helfen?«

Erstaunt schaute ich ihn an.

»Na, weißt du denn nicht, dass dein estnischer Arzt ein Nationalist ist?«

Ich bekam einen Schreck. Wusste er von unseren Gesprächen?

Er lachte auf.

»Vergiss es!«

Er schlug mir auf den Arm.

»Entschuldige, Christoph. Aber du sahst aus, als ob ich dich ertappt habe. Keine Angst, aber wir haben in der letzten Woche die Ärzte im deutschen Krankenhaus mal abgeklopft. Dein Doktor ist koscher, hat nur Kunst und Bücher im Sinn.«

Er schüttelte seinen Kopf.

»Gott, nun benutze ich schon Judenwörter, hab wohl zu viel mit ihnen zu tun gehabt.«

Er stand auf, ging zum Schreibtisch.

»Hier, ich hab was für dich.«

Leitner hielt mir ein Papier hin. Es war eine Reisegenehmigung für acht Tage, ab dem 28. März ausgestellt. Als Ziel war Dagö angegeben!

»Leider ging es nicht eher. Du weißt, Christoph, in Treuen fest! Besuch dein Mädel, die Estinnen sind gut. Ich kann es beurteilen.«

Er lachte auf.

»Du brauchst dich nicht zu bedanken. Mach es gut und erzähle, wie es war, wenn du zurück bist.«

Leitner brachte mich noch zur Tür. Erst als mich der Posten unten am Eingang grüßte, fiel mir ein, dass ich mich bei ihm nicht bedankt hatte.

Die nächsten Tage waren wie Jahre. Ich tat meinen Dienst im Krankenhaus, saß abends und las. An den freien Nachmittagen wanderte ich durch die Stadt, ziellos und unruhig.

Anu hatte ich nichts von dem Papier geschrieben. Vielleicht hatte sie Angst vor unserem Treffen und dessen Folgen und würde meinen Besuch ablehnen. Johannes' angekündigtes Kommen riss mich aus meinem Grübeln. Seine aufgeregte Stimme höre ich noch heute. Es hatte geklingelt, und noch bevor ich aufstehen konnte, war mein Vermieter an die Wohnungstür gegangen.

Johannes' laute Stimme, meine Tür wurde aufgerissen, eine schmale Gestalt mit schlenkernden Armen im Halbdunkel des Zimmers, dahinter der Doktor, sich entschuldigend. Als wir uns in den Armen lagen, schwieg er und ging in die Küche.

Nach der ersten Freude des Wiedersehens saßen wir zu dritt am Küchentisch. Noch immer konnte ich es nicht glauben, Johannes vor mir zu sehen. Seit Januar hatten wir nicht voneinander gehört, keinen Brief hatte er beantwortet, auch von den Kameraden meines Bataillons hatte ich nichts erfahren. Seine Ankündigung am Telefon hatte nicht einmal eine Minute gedauert.

Es war der erste Frühlingstag. Ich sehe Johannes neben mir im Parkett des »Estonia« sitzen. Völlig versunken, beobachtet er Boris Blinoff, einen der großen Tänzer des Theaters. Eduard Tubins »Schrat« wird gezeigt. Die Karten hatten wir von Doktor Selle bekommen. Johannes, mein Freund, war aus der Hölle gekommen, um mich zu besuchen. Nur wenige Tage nach meiner Verwundung war der Frontabschnitt zusammengebrochen. Im Norden, an der Narva, hatte die Wehrmacht eine neue Verteidigungslinie aufgebaut. Johannes hatte unglaubliche Szenen vom Rückzug geschildert. Immer wieder hatte der Russe angegriffen, die zurückgehenden Einheiten überrannt. Johannes' Sanitätsabteilung war völlig aufgerieben worden. Noch beim Erzählen hatte er nicht die richtigen Worte für dieses Grauen finden können. Am schlimmsten machte ihm seine Hilflosigkeit zu schaffen, er hatte mit ansehen müssen, wie Verwundete kalt dem Tod preisgegeben wurden, nur weil Vorgesetzte Fahrzeuge und Menschen für die sinnlose Rückeroberung von mit Toten übersäten Stellungen abzogen.

Schmal sah mein Freund aus, die Haut grau, sein Blick folgte hoch konzentriert den Tänzern auf der Bühne.

Der 9. März war ein milder Vorfrühlingstag. Obwohl der Schnee noch grau in den Schatten der Mauern und an den Straßenrändern lag, schmeckte man den nahenden Frühling in der Luft. Stolz hatte ich ihm das ehemalige Café meiner Großtante gezeigt. Aufgedreht wie Pennäler durchstreiften wir die Altstadt. Ich freute mich, Johannes meine Vaterstadt zu zeigen, berichtete ihm von Indrek und Erika, fragte nach meinen Kameraden. Er wusste nichts von meinen Sanitätern.

Wie wir, spürten viele Tallinner den Hauch des Frühlings. Vor dem »Amor« in der Harjustraße stand eine Menschentraube, die »Immer noch du«, einen der üblichen Unterhaltungsfilme, sehen wollte.

Die Zeit vergessend, waren wir zu spät in das Theater gekommen, und die Platzanweiserin hatte sich zunächst geweigert, uns in das Parkett zu lassen. Doch mein Estnisch hatte die für uns verschlossene Tür geöffnet. Wir saßen inmitten von deutschen Soldaten und estnischen Polizeioffizieren. Nur wenige Zivilisten mit ihren Frauen waren im Publikum.

Johannes war an den Rand des Sessels gerutscht, den Kopf aufgestützt, den Oberkörper nach vorne geneigt, völlig unbeweglich, abgetaucht in den Frieden, zwischen Mitschülern der Großen Stadtschule und den Mädchen des Lyzeums. Meine Schwester und ihre Freundinnen saßen neben ihm, und unser Musiklehrer, einige Kollegen meines Vaters, Kaufleute und Herr Babendererde, Herr Freitag vom »Rostocker Hof« und Uhrmacher Wulff füllten die Reihe.

Johannes und ich saßen im Rostocker Stadttheater, und sein Vater lebte noch und meine Eltern – und es war Frieden. Johannes war zu Hause.

Und dann hörten wir die Sirenen von draußen heulen.

Die Vorstellung wurde sofort unterbrochen. Man wies auf die Luftschutzräume des Theaters hin. Als ob das Publikum dies jeden Tag übte, verließ es ohne Panik die Ränge und das Parkett. Johannes war sofort wieder wach.

»Raus, wir müssen raus, Christoph. Nicht in den Keller. Was sollen wir da?«

Eine Platzanweiserin, die uns den Weg in die Keller zeigen wollte, verstand sofort, als ich auf meinen Äskulapstab am Ärmel zeigte. Nach einem Umweg standen wir vor dem Theater. Noch immer jaulte die Sirene von der Hauptfeuerwache in der Rauastraße. Vom Hafen hörte ich Flakfeuer. Die Stadt schien völlig ausgestorben. Unser erster Gedanke war, die Deutsche Klinik aufzusuchen. Es war Selbstmord, ziellos umherzuirren. Ein Polizist kam uns entgegen, forderte uns auf, den Luftschutzraum unterhalb der Harjumägi-Bastion aufzusuchen. Er hetzte weiter, bevor wir uns erklären konnten. Plötzlich blieb Johannes stehen. Licht senkte sich vom Himmel. Die Russen setzten Christbäume. Jetzt begriff ich diesen Namen. Langsam sank das Feuer zwischen die Dächer der Altstadt. Fast feierlich wirkte das helle Licht, wie um ein himmlisches Schauspiel, ein Wunder anzukündigen. Es war ein Höllenfeuer, das Untergang und Tod einleitete. Die Leitlichter schienen hinter dem Freiheitsplatz niederzugehen. Dort war kein Militär!

Ich war frei von Angst, als das Dröhnen der Bomber und die ersten Einschläge zu hören waren. Das Geschehen der nächsten Minuten kam mir unglaublich vor. Ich konnte nicht fassen, was dort geschah.

Aber warum sollten die Sowjets anders als die Deutschen sein? Göring hatte russische Städte ausradiert. Was konnten die Esten dafür? In der Altstadt gab es keine deutschen Kasernen, keine Fabriken.

Johannes und ich hatten hinter einigen Bäumen auf der Freiheitspromenade Schutz gesucht. Fassungslos sah ich zu, wie meine Vaterstadt bombardiert wurde.

Wie gelähmt sahen wir das Feuer der ersten Einschläge in der Nähe der Sakalastraße aufflammen, hörten das Dröhnen der Bomber. Die Kälte spürte ich erst, als Johannes mich anstieß. Feuerwehrwagen rasten an uns vorbei in die Altstadt.

Es war Selbstmord, denn die Bomben gingen noch immer nieder, die Luft dröhnte. Hinter uns wurde das »Estonia« getroffen. Die Erde bebte.

»Komm!« Johannes stieß mich an. »Wir müssen helfen! Los!« Seine Worte riet ich. Die Explosionen rissen nicht ab. Dies war ein anderer Klang als an der Front.

Verstörte Menschen liefen. Rufe! Weinen! Einer Frau lief Blut über das Gesicht. Sie wies mich ab, flüchtete weiter. Schnell hatten wir den Freiheitsplatz erreicht.

Dahinter begann die Hölle. Feuer loderte in der Harjustraße. Männer, Frauen kamen uns entgegen, deutsche Offiziere, die flüchteten.

Das Kino »Amor« war getroffen worden, auch das Hotel »Kuld Lõvi«. Über uns das Dröhnen der Bomber, die ihre schreckliche Last abwarfen. Inmitten des Infernos Feuerwehrleute, Militär, auch Zivilisten, die löschen wollten. Es war sinnlos!

Man konnte nur noch versuchen, Menschen zu retten. Die Hitze in der Harjustraße war unbeschreiblich.

Der graue Schnee an den Straßenrändern war innerhalb von Sekunden verdampft. Wir liefen an einem Feuerwehrtrupp vorbei. Aus ihren Schläuchen kam lediglich ein Rinnsal.

»Die Hauptwasserleitung ist geplatzt!« Das Gesicht des Mannes von Anstrengung verzerrt, die Brauen verbrannt, Haut schälte sich auf seiner Nase. Er schien die Hitze nicht zu spüren. Verzweiflung über seine Hilflosigkeit in den Augen.

Polizei und Militär brachen das Pflaster der Straße auf, um Sand zum Löschen zu gewinnen. Jemand drückte mir eine Spitzhacke in die Hand. Und über uns das Feuer und die Bomber. Jeder Augenblick könnte der letzte sein. Daran dachte ich nicht. Johannes riss an meinem Arm. Aus einem brennenden Haus kamen Menschen, verrußt, die Kleider hingen in Fetzen. Das von Blut überströmte Gesicht eines alten Mannes. Wir liefen dem Trupp entgegen, wollten helfen. Der alte Mann schob mich weg.

»Im ersten Stock sind noch Menschen!«

Dann kam die Todesangst. Ich war wie gelähmt, in den nächsten Minuten würde ich sterben. Ich war mir gewiss, dass der Tod mich erwartete. Die Angst und die Gewissheit zu sterben, füllten meinen Organismus aus. Ich spürte den Tod bereits in meinem Körper, er blockierte alle Sinne, ließ nur Raum für das endgültige, letzte Wissen – und die unbeschreibliche Furcht vor dem Ende.

Johannes hat, ohne den Mann zu verstehen, begriffen. Er läuft zurück, greift nach einer Brechstange, ist schon vor mir.

»Was ist? Komm, wir müssen retten!«

Die Flammen schlagen aus den Fenstern. Es war Wahnsinn, in das Haus zu gehen. Ich hätte Johannes zurückhalten müssen.

Plötzlich funktioniert mein Körper, doch das Wissen um meinen Tod ist noch immer allmächtig.

Die Hitze im Treppenhaus greift uns wie ein Tier an.

In einer Abseite eine Badewanne gefüllt mit Wasser, ein Bündel Wäsche. Ein Laken nass getaucht, um den Kopf gewickelt, die Hände mit Wäschestücken umwickelt, wagen wir einen Vorstoß in das Treppenhaus. Von oben Rufe, ein schreiendes Kind. Die Hitze sengt. Prasseln der Flammen. Ich funktioniere noch immer. Es wird mich ereilen. Einmal umgewandt, tief Luft geholt, dann rennen wir bis zum ersten Treppenabsatz. Vor uns Flammen, dahinter Schreie. Fensterscheiben bersten in der Hitze. Über uns ein Krachen. Es ist so weit!

»Das Dach ist eingestürzt! Wir haben keine Zeit mehr!«

Johannes' Augen zwischen den Stofflagen wie irre.

»Wir schaffen das nicht!«

Diese Angst!

»Doch, los!«

Wieder Bersten und Schreie.

»Los!«

Und Johannes läuft, verschwindet in den Flammen. Mein Körper bäumt sich auf, die Knie zittern, mein Oberkörper zuckt konfus, meine Hände fliegen. Diese Angst!

Ich will nicht sterben! Ein grauer Nebel füllt mich aus, dämpft meine Sinne. Ein Krachen, gleichzeitiges Schreien.

Ich weiß nicht, wie lange mein Hirn ausgesetzt hat. Das obere Treppenhaus stürzt zusammen, Funken stieben. Es ist zu spät. Johannes ist verschwunden. Ich konnte ihn nicht zurückhalten.

Mich reißt der Feuersog nieder. Ich weiß nicht, wie ich überlebte! Mein Gesicht wenige Zentimeter über dem Boden. Plötzlich wandern Risse über den Stein. Die Hitze lässt den Boden wie eine Eisfläche reißen. Johannes! Ich rappele mich auf. Um mich brennendes Holz, meine Hände aufgerissen, blutend. Über mir der Treppenschacht, in der Luft das hängende Treppengeländer, es weht im Feuerwind. Niemand ist zu retten. Sie sind verbrannt, auch Johannes. Verschwunden! Meine hilflose Ohnmacht lässt mich verzweifeln. Fallenlassen, sterben. Ich habe meinen Freund verraten! Die Hitze wird übermächtig, reißt meinen Überlebenswillen hoch. Meine dampfende Uniform, blasenschlagende Farbe an der Tür zur Abseite. Das singende Holz im Feuer.

Nur winzige Ausschnitte, die ich durch den Stoff sehen kann. Meine Fußsohlen von der Hitze schmerzend. Das Wasser in der Wanne heiß. Das Leinen noch einmal klatschnass um Gesicht und Hände gewickelt. Vor mir die Öffnung der Haustür, auch dort schlagen Flammen.

Eine Wohnungstür birst, fällt auf den Steinboden, das Flammentier neue Nahrung witternd, springt aus der Türöffnung, leckt an mir. Der brüllende Feuersturm hinter mir im Treppenhaus. Angst! Anlauf nehmend, renne ich um mein Leben, springe. Auch draußen Hitze. Gestalten mit Bündeln. Feuerwehrleute. Jemand schlägt mit Decken auf meinen brennenden Rücken. Keinen Schmerz spürend, richte ich mich auf. Mein Retter eilt weiter.

Auf den Stufen eines unversehrten Hauses fand ich mich wieder. Der Stein der Treppe so kühl inmitten der Hitze. Ein Krachen gegenüber.

Scheiben barsten, Splitter versprühten tausend kleine Flammen, bevor sie als Regen auf das Pflaster schlugen. Johannes! Tot! Keinen Freund mehr. Ich habe ihn verraten. Meine Angst hat ihn getötet! Ich hätte ihn sonst retten können. Dann plötzlich die Erkenntnis, dass er für mich gestorben ist. Ich wäre vor ihm gewesen.

Ein Weinkrampf schüttelt mich.

Die Menschen, das Beben der Erde, Schreie, Explosionen, Hitze, Schmerzen, das Brüllen des beginnenden Feuersturms – Gefühle, Empfindungen, plötzlich nur noch in der Masse wahrnehmbar, nicht als einzelne Eindrücke. Dann versagte mein Gehirn.

Nur noch ein Gedanke: Johannes!

Plötzlich spürte ich ein kleines Wesen um meinen Rücken streichen. Als ich mich umdrehen wollte, war es schon neben mir, sprang auf meinen Schoß, jammerte. Ein kleines schwarzes Kätzchen, ein ledernes Halsband um den schlanken Hals, das Tier wohl aus den Würfen des vergangenen Herbstes, suchte Schutz bei mir, greinend drückte es sein Köpfchen in meinen Handteller.

In diesem Moment zerbrach das Eis in mir. Tränen liefen aus meinen Augen, ohne ein Schluchzen weinte meine Seele. Um mich starben Menschen, und ich saß tatenlos da und weinte.

Was hatte diese hilflose Kreatur verbrochen, um in dieser Hölle zu leiden? Wie viele Einzelschicksale erfüllten sich in diesem Moment?

Sterbende Menschen in den Straßen. Eingeschlossene, die um ihr

Leben beteten. Der Bomberpilot dort oben. Was mochte er empfinden?

Würde er später mit seinen Zweifeln sterben, oder war er überzeugt von der Richtigkeit seines Handelns?

Fragte sich einer der deutschen Offiziere, was er hier suchte, warum die Esten so leiden mussten? Und Johannes! Du warst ein Guter! Und die Bösen leben weiter! Ich habe meinen Freund im Stich gelassen!

Kann je jemand diese Bilder vergessen?

Weinend hockte ich auf der Treppe und grübelte, während meine Hand das Kätzchen streichelte. Als das Dach des Hauses hinter mir zu brennen anfing, erwachte ich. Das Kätzchen auf dem Arm, bahnte ich mir einen Weg durch die Hölle. Niemand sprach mich an und bat um Hilfe. Kein Feuerwehrmann sah mich, keiner der hilflos Umherirrenden.

Sicher ging ich meinen Weg zwischen Schutt und Scherben mit dem zitternden Kätzchen in der Hand, stieg über Leichen, die schwarz und in der Hitze den Flammen zu Kindergröße geschrumpft waren, umging Schutthaufen, das Gesicht noch halb von Leinen umhüllt, bis ich an die Grenze des Infernos kam. Und noch immer gingen Bomben auf die Altstadt nieder.

An der Treppe zur Kommandantenstraße setzte ich das Kätzchen nieder. Es greinte noch immer, lief mir einige Schritte hinterher. Als es merkte, dass ich die Hölle wieder betreten wollte, blieb es zurück. Ich wusste, dass es überleben würde.

Dann begann ich zu funktionieren. Die Harjustraße war inzwischen unpassierbar. Die Hilfskräfte versuchten das Feuer in diesen Straßenteilen einzukesseln. Doch der Brand tobte auch an anderen Stellen der Stadt.

Ich wollte auf einem der provisorisch gebildeten Sammelpunkte helfen, man wies mich in die Sakala, dort waren medizinische Hilfskräfte und andere Helfer nötiger. Inzwischen waren die Wellen der sowjetischen Bomber verebbt. Sie hatten ihr tödliches Handwerk meisterlich absolviert. In Teilen der Altstadt und in den vorgelagerten neueren Straßen breiteten sich Flächenbrände aus.

Der Feuersturm tobte wie ein Wesen aus der Hölle und fraß Haus für Haus, zog so von Straße zu Straße, das gesamte Gebiet um die Sakalastraße wurde von ihm heimgesucht.

Die Synagoge brannte. Unter ihr war ein öffentlicher Schutzraum. Wir versuchten Unmögliches. In diesen Stunden sah ich Kinder mit Greisengesichtern, Männer, die ihren Verstand verloren hatten. Das Geräusch des Feuersturms ist nicht beschreibbar. Dort, wo das Feuer noch nicht tobte, hing schwarzer schwerer Rauch in den Straßen, der die Augen reizte und das Sehen fast unmöglich machte. Das Schlimmste war der Feuersturm!

Die Einsatzkräfte taten Menschenmögliches, auch ich versuchte zu helfen, wie ich konnte. Meine Uniform war völlig zerfetzt. Meine Haare angesengt, die Wimpern fort, Hände und Gesicht von Brandblasen übersäht. Der Schmerz war nicht zu spüren.

Wir arbeiteten wie in Trance, wie Gestalten aus der Hölle müssen wir ausgesehen haben. Es war auch die Hölle! Auf dem Sammelplatz hatte man mir Verbandsmaterial gegeben. Die Menschen, denen ich half, waren traumatisiert. Kaum jemand verstand, was hier geschah. Ich barg Verwundete, brach mit anderen verschüttete Keller in vom Feuer gefährdeten Häusern auf. Johannes war neben mir, auch wenn ich ihn nicht sah. Er war bei mir, dessen bin ich mir noch heute sicher. Dieses Gefühl, als beobachtete er mich, als ob er mir helfend zur Seite stand. In diesen Stunden quälten mich keine Selbstvorwürfe und Schuldgefühle, die kamen erst später wieder. Er verzieh mir, denn er kannte mich und meine Angst.

Nicht beschreibbare Szenen spielten sich beim Öffnen der Luftschutzräume ab. Höllischer Durst quälte uns.

Die Wasserversorgung war zum Teil zusammengebrochen, viele Schläuche durch das Feuer unbrauchbar, und trotzdem rettete man Menschen und Häuser, barg Tote, die dann auf die Sammelplätze geschafft wurden. Viele waren völlig verkohlt. Nur an den unversehrten Schmuckstücken konnte man ihr Geschlecht erkennen.

Nebenbei erfuhr ich, dass auch Häuser in Nõmme getroffen worden waren. Die Holzhäuser müssen wie Fackeln aufgeflammt sein.

Gegen halb elf begann das »Estonia« zu brennen. Die Künstler und Angestellten bargen sogar einen großen Teil der Kostüme und Kunstgegenstände. Das große Gebäude war nicht zu retten.

Dann sah ich den hohen Turmhelm der Nigulistekirche über den brennenden Giebeln der Ritterstraße. Der massige steinerne Turm wirkte fast schwarz, trotz des Feuers der ihn umgebenden niedrigeren alten Häuser.

Wenige Augenblicke später begann der Turmhelm von innen zu leuchten. Ich arbeitete gerade in der Nähe des Freiheitsplatzes und hatte einen fast offenen Blick auf die höher gelegene Ritterstraße. Gebannt hielt ich ein, auch die Frau, die ich gerade verband, hatte das Schauspiel bemerkt.

Von einer inneren riesigen Flamme erhitzt, begannen sich die Kupferplatten des Daches zu lösen und segelten wie riesige Papierfetzen langsam auf die benachbarten Häuser. Mächtige Funkenwolken stiebten aus dem geöffneten Turmdach und verteilten sich auch auf die noch unbeschädigten Dächer.

»Oh, mein Gott!«

In diesen drei Wörtern, von der Frau neben mir ausgestoßen, lag alles, was wir in diesem Augenblick empfanden.

Nach Mitternacht kam die zweite Welle der sowjetischen Bomber und schüttete ihre Last in die brennende Stadt. Helfer, Flüchtlinge, Verletzte kamen in dem Bombenhagel um. Die Hafenanlagen blieben so gut wie unzerstört.

Am nächsten Tag, die zweite Welle war in den frühen Morgen abgedreht, schleppte ich mich in meine Wohnung. Meine Wunden schmerzten, ich war verdreckt. Anschließend wollte ich mich in der Klinik melden.

Das Tageslicht zeigte die Zerstörungen, trotz des Rauchs, der noch immer über Teilen der Altstadt lagerte, deutlicher als die Nacht.

Ganze Straßenzüge brannten, Löschzüge und Helfer waren im Einsatz, Schutt der eingestürzten Giebel und Mauern füllten Gehwege und Straßen. Auf den Plätzen saßen Obdachlose mit ihren wenigen Habseligkeiten, Bündel, Kartons, überladene Kinderwagen, sogar auf Sackkarren. Körper, zur Unkenntlichkeit verbrannt, zerquetscht oder erstickt, lagen aufgereiht, noch unbedeckt, damit sie von ihren Angehörigen identifiziert werden konnten. Die Obdachlosen saßen schweigend da, die Stadt war traumatisiert.

Noch immer funktionierte das Gemeinwesen trotz der gestrigen Nacht. Vor dem »Estonia« teilten Männer des Omakaitse Tee und Lebensmittel aus, ich sah Arbeiter in einer Straßenbahn. Sie hatten ihre Aktentaschen und fuhren wie an einem normalen Tag zur Arbeit.

Vor meiner Wohnungstür brach ich völlig entkräftet zusammen. Doktor Selle fand mich Stunden später und brachte mich mit einem Nachbarn in die Wohnung. Mein Schlaf war einem Koma gleich. Erst am nächsten Tag erwachte ich, ging sofort wieder in die Klinik, auch, um mich mit Arbeit zu betäuben, um vergebliche Buße zu üben. Das Gebäude stand fast unzerstört zwischen den Trümmern der Narva maantee.

Wie zum Hohn entdeckte ich an der einsam aufragenden Wand eines Hauses das neue Straßenschild: Adolf-Hitler-Straße.

Zwei Tage später erhielt ich die Nachricht, dass ich meinen Mantel abholen könne. Die gesamte Garderobe war aus dem »Estonia« gerettet worden.

Johannes' Mantel wollte man mir nicht geben. So habe ich nichts von meinem Freund – nur das Bild in meinem Kopf:

Johannes, auf mich zugehend in Otradnoje, als ich ihn wiedersah, das erste Mal nach unserem Studium, sein leicht pendelnder Gang mit den ausholenden Armen, sein Lausbubenlächeln, die Freude in seinen Augen. Vielleicht hätten wir zu den Russen gehen sollen. Und dann?

10

Zwei Wochen später meldete ich mich im Tallinner Hafen beim Kapitän des kleinen Versorgungsschiffes, das mich mit auf die Insel nehmen sollte. Noch immer konnte ich nicht glauben, dass ich Anu wiedersehen würde. Ich fragte mich nicht, wie sie auf mein Kommen reagieren würde, ich wollte sie nur sehen, bei ihr sein, dann würde sich alles andere ergeben. Vielleicht wollte ich auch in meine Vergangenheit fliehen, die Zeichen der friedlichen Zeit suchen, um die Gegenwart zu vergessen.

Meinen Urlaubsschein hätte ich abgeben müssen. Ich wollte auf Hiiumaa fliehen, Tallinn verlassen, vielleicht auch Johannes vergessen, nur Anu sehen. Jede Nacht kam mein Freund zu mir, jede Nacht durchlitt ich diese Stunde und sah Johannes im Feuersturm verschwinden, immer wieder quälten mich Selbstvorwürfe. Meine Schuldgefühle nahmen nicht ab, die Gedankenspirale wurde immer enger. Wie oft wünschte ich mir diesen Augenblick zurück, um Herr über meine Angst zu sein, um Johannes zu retten.

Ein Strich am Horizont, der schnell breiter wurde. Der Küstenwald trat hervor, unser Begleitboot drehte ab, als wir den Schutz des Hafens erreichten. Aufgeregt strich ich an der Reling entlang. Die kleine Hafenanlage von Kärdla bot ein Bild der Zerstörung. Nur provisorisch waren die Lagerschuppen und die Pier wieder hergerichtet worden.

Die große Weberei, für die Arno damals einige Maschinen geliefert hatte, war völlig zerstört. Der Posten im Hafen hatte mich nur flüchtig kontrolliert. Auf meinem Weg zur Kommandantur, die in einem größeren Holzhaus in der Nähe des Marktes untergebracht war, sah ich kein Militär. Trotz der Schäden hatte Kärdla seinen Reiz als Gartenstadt nicht verloren. Breite Straßen, viele kleine Parks und die großzügige Bebauung verliehen der Stadt das Flair eines Kurortes. Das Leben schien hier friedlich dahinzufließen.

Im Erdgeschoss befanden sich eine Apotheke und ein Gemischtwarenladen.

Der Apotheker, auf Kundschaft vor seiner Ladentür wartend, erzählte mir, dass die Kommandantur in einigen Räumen des Obergeschosses untergebracht sei. Nicht einmal ein Posten war vor dem Eingang aufgezogen.

Mein Klopfen erwiderte ein freundliches »Herein, wenn es kein Schneider ist«. Ein breites Jungengesicht grinste mich an, sprang dann aber auf und entschuldigte sich.

»Sehen Sie, Lehmann, ich habe Ihnen schon tausendmal gesagt, Sie sollen sich zusammenreißen. Irgendwann kommen Sie an die falsche Adresse.«

Ein älterer Offizier schaute um die Ecke.

»Entschuldigen Sie, Herr Oberarzt, er arbeitete zivil beim Kabarett. Man kann sich seine Leute nicht aussuchen.«

Sein mehr scherzhaftes Drohen mit der Faust wurde mit einem schneidigen Hackenknallen belohnt.

»Wie ich schon sagte, er kann nichts dafür. Lehmann, Sie holt noch einmal General Heldenklau – aber nicht fürs Fronttheater!«

»Bitte nehmen Sie Platz! Womit kann ich dienen?«

Der Oberleutnant wies auf einen Stuhl.

Während er meinen Marschbefehl musterte, suchte er den Tisch mit einer Hand nach Zigaretten ab, holte sich eines der Stäbchen mit meisterlicher Fingerfertigkeit aus der Schachtel, entzündete mit einer Hand ein Streichholz, zog einmal an seiner Zigarette, bemerkte, dass er mich vergessen hatte, entschuldigte sich und nickte, als ich dankend ablehnte.

»Entschuldigen Sie, richtig, Sie sind ja Arzt. Da geht man mit gutem Beispiel voran. – Ich staune, dass Sie hierher gefunden haben. Denn meine Kommandantur ist nicht gerade mit der Standortkommandantur in Tallinn vergleichbar. Oder hat der freundliche Apotheker Ihnen den Weg gewiesen?«

Er grinste. Dann redete er wieder in atemberaubender Geschwindigkeit.

»Na gut, in Tallinn sind auch etwas mehr als achtzehn Mann stationiert. Da muss die Kommandantur schon herrschaftlicher residieren.«

»Achtzehn Leute, nicht gerade viel, Herr Oberleutnant.«

Er lachte auf.

»Nein, von einem Besatzungsregime kann man nicht gerade reden. Aber was soll hier auch passieren? Jetzt hatten wir ein paar Verhaftungen, weil einige estnische Jungen sich vor der Musterung drückten. Aber da hat sich die einheimische Polizei drum gekümmert. Im letzten Herbst eine Desertierung, weil einer meiner Leute zu große Sehnsucht nach seiner estnischen Freundin hatte. Die komplette Besatzungstruppe auf einen Lkw und ab zur Suche. Unsere Kommandantur wurde von einem der Schreibmädchen bewacht. Den Romeo fanden wir natürlich bei seiner Julia. Er bekam Arrest und eine Standpauke. – Doch sonst, vergessen Sie es.

Hier herrscht Ruhe. Ist mir auch lieber so. Ich will keinen Streit mit den Esten. In den ehemaligen Russenbatterien schieben einige von uns Wache. In Reigi haben wir noch eine Zolltruppe, mit einem ehemaligen Zirkusdirektor als Chef. Übrigens organisiert er jeden zweiten Sonnabend glänzende Tanzveranstaltungen für die einheimische Jugend. Sie sollten mal Herrn Menzel besuchen. Ein lustiger Mensch, noch lustiger als ich.«

Er schaute auf meinen Schein.

»Schade, Sie sind ja am übernächsten Wochenende wieder fort. Sonst hätten Sie vorbeischauen können. Es gab zwar schon einen Rüffel, dass wir in diesen Zeiten tanzen.«

Eine Faltenwelle zog über sein Gesicht dahin.

»Wir beleidigten die Opfer des Krieges. Der Zirkusdirektor meinte darauf, man tanze zu Ehren der Opfer. Scheinbar haben sie es drüben auf dem Festland gefressen. Nun halten sie den Mund. Und Soldaten und Einheimischen macht es Spaß.«

Ich musste wohl ein etwas seltsames Gesicht gemacht haben. Der Oberleutnant raufte seinen grauen Schopf.

»Gott, ich rede und rede. Noch zwei Minuten weiter, und ich erkläre Ihnen die Bewaffnung der Batterien in Tahkuna. Entschuldigen Sie meine Geschwätzigkeit. Aber hier kommt selten jemand vom Festland rüber. Mal eine Maschine, die in Putkaste zwischenlandet – Gott, ich schwätz schon wieder –, nun sagen Sie mir, was Sie hierher führt. Urlaub machen Sie auf Dagö wohl nicht?«

Was sollte ich diesen Menschen für Märchen erzählen? Er hätte ebenso im Kabarett wie sein Schreibstubenunteroffizier arbeiten können. Mit wenigen Sätzen schilderte ich ihm mein Anliegen. Er war fast gerührt.

»Nein, dass es so etwas in diesen Zeiten gibt. Darauf einen Asbach. Wissen Sie, ich komme einfach nicht an den einheimischen Wodka heran.«

Sein grauer Kopf verschwand hinter dem Schreibtisch. Aus dem Nebenzimmer hörte ich eine Frauenstimme. Dieses Lachen war mir bekannt!

»Ist was?«

Der Oberleutnant war mit einer Flasche und zwei Gläsern aufgetaucht.

»Sie beschäftigen Frauen in der Kommandantur?«

»Ja, warum nicht? Wir haben zwei Schreibkräfte, die auch für uns dolmetschen.«

Dieses Lachen kannte ich!

»Entschuldigen Sie, Herr Oberleutnant«, und ich öffnete die Tür zum Nebenzimmer.

Vor mir saß ein blondes Mädchen an einem Tisch. Neben ihr hockte ein junger deutscher Soldat, nur mit einer Uniformhose und einem Unterhemd bekleidet. Er saß auf der Tischkante, baumelte mit den Beinen und schaute dem Mädchen zu, wie es mit Nadel und Faden hantierte. Als die beiden mich bemerkten, sprang der Soldat auf, das Mädchen hob ihren Blick, dann ließ sie ihr Nähzeug sinken, stand auf, blieb starr hinter dem Tisch, auch ich war wie gelähmt.

»Tiina!«

Die Hand des Oberleutnants legte sich auf meine Schulter und löste unsere Erstarrung.

»Ihre Freundin?«

Der Soldat grüßte, zog sich zurück. Ich sah nur das Mädchen.

»Tiina, du?«

»Christoph, ich glaube es nicht.«

Als sie hinter dem Tisch hervortrat, sah ich, dass sie schwanger war. Sie lachte. Bevor ich bei ihr war, umarmte sie mich. Die nächsten Minuten hatten wir für uns alleine. Dann klopfte es.

»Herr Oberarzt, wenn Sie nach Käina wollen, ein Krad wird Sie bringen. Sie müssten dann aber sofort fahren. Sonst wird es dunkel.«

Der Oberleutnant wartete auf meine Antwort. Tiina bemerkte meine Unruhe, ihre Hand strich über meinen Arm.

»Christoph, fahre, du kannst die Entscheidung nicht aufschieben. Da kann dir niemand helfen. Ich sowieso nicht.«

Das Mädchen wirkte plötzlich mütterlich. Meinen Blick verfolgend, strich sie über ihren Bauch.

»Ich werde es dir am Wochenende erzählen, wenn ich nach Moka komme. Wenn die anderen noch nichts gesagt haben.« Über ihr Gesicht war ein leichter Schatten gehuscht.

»Gott, Christoph! Dass du wiedergekommen bist.«

Impulsiv strich sie über meine Wange.

»Fahr zu Anu! Es wird Zeit. Wirklich Zeit!«

Dann schob sie mich zur Tür hinaus.

Es war ein schweres Armeekrad, das auf mich wartete. Der Fahrer, ein Bayer, den ich kaum verstand, wies auf den Beiwagen.

Eine dicke Lederdecke sollte mich vor der Kälte schützen. Als ich meinen Rucksack verstaut hatte, ruckte die Maschine sofort an. Sie war zu laut, als dass ich mit dem Fahrer reden konnte.

Das Wiedersehen mit Tiina, für mich so unvorbereitet und kaum fassbar, ihre Schwangerschaft, die Unbefangenheit mir gegenüber nach den Jahren. Wenn Anu so reagieren könnte! Meine Sehnsucht und die Angst vor ihrer Entscheidung wurden immer stärker.

Ein Kabarettist befehligte zwei Hand voll Soldaten, die eine Insel mit Tausenden Bewohnern besetzt halten sollten. Ein Zirkusdirektor war Herr über Zöllner, die den Schmuggel in das neutrale Schweden und nach Finnland unterbanden.

Wenn die gesamte Wehrmacht von Künstlern befehligt worden wäre, hätte es keinen Krieg gegeben, sondern eine riesige Matinee.

Wie wohltuend war es zu wissen, dass ein Zivilist in Uniform mit dem Geist eines Zivilisten der Inselbefehlshaber war. Er würde keine Massaker, keine Hinrichtungen befehlen.

Der frühe Abend senkte sich über die Landschaft. Die Kargheit des nordischen Winters: graue Tristesse, fahle schwache Farben, Schneereste in den Senken der Gräben, Wasser, das in riesigen Pfützen auf der Straße stand, aber auch tiefgrüne Tannenwälder, die sich entlang des kalkigen Bandes zogen.

Damals hatte der Sommer im Überschwang der hellen langen Tage seine Blütenpracht entfaltet. Es war dieselbe Insel, doch mit einer völlig anderen Atmosphäre: keine warmen Sepiatöne, vom abendlichen Licht der Sonne hingezaubert, sondern kalte, graue Farben, die schnell in das Schwarze wechselten.

Der Scheinwerfer des Krads riss nur noch Fetzen aus dem Dunkel, einmal streifte er über die Trockenmauer eines einzelnen Gehöfts, zeigte im Lichtkegel die Konturen eines bemoosten Steinhaufens, später eine graue verwitterte Windmühle. Im Westen stand noch ein rotes Leuchten hinter dem Horizont. Mich beschlich Angst.

Wenn es hier Partisanen gab? Aber dann hätte der Kommandant kein einzelnes Krad auf den Weg geschickt. Wenn die Maschine versagte? Der Bayer neben mir, riesig, unbeweglich, strahlte Ruhe aus. Vor uns einige Lichter.

»Käina!«

Der Fahrtwind riss den Namen auseinander.

Endlich! Vor der Kreuzung machte ich ihm deutlich, dass er halten sollte. Ich musste alleine sein, mich sammeln.

»Was ist?«

»Setzen Sie mich ab. Ich kenne mich hier aus. Sie können zurückfahren.«

Als er das schwere Krad auf der Kreuzung gewendet hatte und vorbeifuhr, grüßte er noch einmal. Lange hörte ich den Motor in der abendlichen Stille.

Vor mir waren die dunklen Schatten des Dorfes, nur wenige Lichter, ein Hund bellte – keine Menschenseele. Die Kälte kniff in Gesicht und Füße. Mit weit ausholenden Schritten ging ich in das verglühende Abendrot. Hier kannte ich mich aus, heimatlicher Boden für wenige Wochen, auch nach fünf Jahren Fremde vertraut. Inzwischen stand der Mond am Himmel. Fliegerwetter. Ich konnte nicht vor meinen Fronterfahrungen fliehen. Vor mir lag die Kreuzung nach Käina. Ein schmaler Weg, der nach Norden führte, darüber ein einzelnes Licht, das unbeweglich im Dunkel hing. Eines der Häuser von Moka Küla. Arnos Haus?

Unwillkürlich wurden meine Schritte schneller. Erwartung erfüllte mich, eine Wärme stieg von innen auf. Ein gutes Gefühl. Plötzlich war ich mir sicher, dass Anu mich nicht abweisen würde. Ihre letzten Briefe hatten so gut geklungen. Meine Schritte wurden noch schneller, am liebsten wäre ich gelaufen. Mit keuchendem Atem bei Anu ankommen?

Ein schmaler Weg ging nach links: die Dorfstraße, an beiden Seiten, wie aufgefädelt, die einzelnen Bauerngehöfte, dunkel, scheinbar ausgestorben. Ein Hund schlug an. Damals, im Sommer Helligkeit und Trubel bis in die Nacht. Lange hatten wir unter der Linde auf Tiinas Hof gesessen. Indrek, Tiina, Anu und ich, uns gestritten, voneinander erzählt, geraucht, getrunken, uns nahe gewesen. Jetzt war der Winter unserer Freundschaft hereingebrochen. Sie schien zu schlafen oder war schon tot.

An der Auffahrt, zwischen dem Speicher und dem Holzschuppen, die Arnos Grundstück zur Straße begrenzten, blieb ich, von meinen Gefühlen übermannt, stehen. Der Giebel des Hauses lag im Schatten des Mondes, Riinas Garten, der von den Hecken eingefasste Hof, leuchteten im kalten Licht. Die Obstbäume wirkten wie Gruppen knorriger Fabeltiere, hinten ihnen das Saunahaus als schwarze Fläche.

Die Nacht mit Anu in der Sauna werde ich nie vergessen.

Wo war ich gewesen? Ein paar Tage in Tallinn, ich hatte dort Besorgungen gemacht und einige Geschäfte abgewickelt, auch neue Geräte für meine Arztpraxis in Käina gekauft. Enak würde morgen in den alten Opel steigen, um die Kisten vom Hafen zu holen. Das Wetter schien klar zu bleiben, so könnte ich morgen früh mit meiner Frau zu Fuß nach Käina gehen. Wir hätten Zeit, denn Anu bräuchte erst in der fünften Stunde zu unterrichten. Und ich? Morgen wären Hausbesuche zu machen.

Und unsere Kleinen? Riina würde wie immer eine gute Großmutter sein und auf sie aufpassen. Es war Frieden!

So war es nicht!

Kein Hund schlug an, als ich den Hof betrat. Die Fenster des Hauses waren schwarz. Für einen Moment bekam ich Angst, dass niemand da war. Dann beruhigte ich mich damit, dass sie in der warmen Küche sitzen würden.

Die Tür gab leicht nach, während das eisige Metall des Drückers durch meinen dünnen Handschuh schnitt. Ein dunkler Schatten vor mir. Hell fletschten die Zähne. Negus! Kein Bellen, nur ein Knurren.

»Negus. Negus. Kennst du mich nicht mehr?«

Bewegung im Haus. Ein Lichtschein.

»Ist da jemand?«

Es war Riina. Licht flackerte hinter der Tür, ein Schatten.

»Wer sind Sie? Negus, ruhig! Ist etwas passiert?«

Im wandernden Lichtschein für einen Moment Riinas Gesichtszüge.

»Riina«, meine Stimme war rau, »Riina, ich bin es, Christoph, Christoph Scheerenberg.«

Mein Blut pulste hörbar durch die Adern.

»Riina – Christoph, der Deutschbalte.«

Die Flamme zitterte, verlosch. Für einen Moment war Dunkelheit. Das aufflammende Flurlicht blendete mich. Plötzlich spürte ich Riinas Arme auf meinen Schultern.

Für Sekunden hielt sie mich umfangen. Dann musterte sie mich. Ihre Stimme war ruhig, als ob sie mich erwartet hatte.

»Du bist es. Wirklich! Hast dich verändert und doch nicht. Komm, Anu ist in der Küche. Christoph, ich glaube es noch nicht.«

Die Wärme des Hauses nahm mich auf. Als Riina meinen Mantel und das Koppel nahm, schüttelte sie noch immer ihren Kopf.

»Mutter, wer ist gekommen?«

Diese Stimme ließ mich zittern.

Auch Riinas spitzbübisches Grinsen hatte ich vergessen.

261

»Niemand Besonderes, nur Paul.«

Sie legte einen Finger auf ihre Lippen.

»Wenn er wieder über Tiina schimpft, kann er gleich gehen.«

»Nein, nein. Das wird er nicht.«

Riina schob mich durch das halbdunkle Zimmer. Anus Klavier, daneben ihre Zimmertür, der schwarze eiserne Ofen, das Blech nur lauwarm an meiner Hand. Durch die halb angelehnte Tür sah ich einen Traum: ein Mädchen an einem Küchentisch, ihr Gesicht über ein Heft gebeugt, einen Stift in der Hand, einen dünnen Stapel Schulhefte neben sich.

Unwillkürlich hielt ich ein, die Mutter des Mädchens mich wortlos verstehend, löste ihre Hand.

Noch immer hielt das Mädchen ihren Kopf gesenkt, die blonden vollen Haare im Licht der Lampe fast strahlend, hohe Wangenknochen, die Nase leicht spitz wirkend, ihre schmalen langen Finger strichen das Haar aus der Stirn. Eine dicke Strähne wand sich um ihren Daumen und den Zeigefinger.

»Mutter.«

Das leichte Schwingen, das ihrer dunklen Stimme etwas Einzigartiges gab.

Dann blickte sie auf, ihr Blick eben noch nachdenklich, löste sich, war nur noch Staunen. Der Stift entglitt ihrer Hand. Das Mädchen erhob sich langsam, dabei mit dem Haar den Schirm der Lampe streifend. Und ich stand und staunte.

Nur ein Traum! Dann fiel alles von mir ab: Das Warten, die Sehnsucht, die Angst und die Hoffnung, nur das Glück blieb und die Liebe. Ich war angekommen – daheim.

Ihr Gesicht sprach mehr als all die Briefe und Schwüre der letzten Jahre.

Alles löste sich auf, Riina verschwand, dieses Zimmer, dieses Haus, die Insel mit den Soldaten und dem Zirkusdirektor, die Bewohner, das besetzte Land mit den Lagern, die Front mit den Qualen und dem Tod, die Bombenflugzeuge und die Panzer und die Kanonen. Nur Anu und ich. Wir beide. Allein!

Die Jahre der Trennung waren fort und vergessen, die Zukunft interessierte nicht. Das Jetzt zählte, nur der Moment des Glücks.

Ich weiß nicht, wie lange wir uns in den Armen lagen, nur dass wir uns voneinander lösten, beide nass von den Tränen des anderen. Wir streichelten einander, als ob wir uns immer wieder dem anderen vergewissern wollten. Schließlich fanden wir unsere Worte wieder. Anu zog mich in ihr Zimmer. Riina kam zu uns, schüttelte immer nur ihren Kopf, verschwand wieder. Wir saßen auf Anus Couch, hielten uns an den Händen. Sie hatte sich nicht verändert, war nur schön, einfach schön.

Dann liefen wir über, erzählten, als ob wir dem anderen alle Tage der Trennung erzählen mussten, von meinen Eltern, Indrek, Johannes, Lisa. Als ich von Tiina sprach, wurde Anus Blick schattig, und ich fragte nicht.

Später kam meine Frage, die mich seit Jahren quälte und vor deren Antwort ich so viel Angst hatte.

»Anu, warum hast du nicht mehr auf meine Briefe geantwortet? Ich habe geschrieben und geschrieben. Du musst doch meine Liebe noch immer gespürt haben? Ich hatte Angst um dich. Dachte, du wärst tot oder verschleppt!«

In Anus Blick erkannte ich ihren Konflikt.

»Christoph, denkst du, ich habe nicht gelitten? Ich liebe dich, habe jeden Tag Angst gehabt, dich zu verlieren, und mir dabei trotzdem dabei vorgestellt, wie du andere tötest und Leid bringst.«

»Anu, ich habe keinen Menschen getötet, ich bin Arzt. Ich habe auch Esten gerettet und Russen. Du hättest mir von deinen Zweifeln schreiben können. Ich hätte dir alles erklärt.«

»Erklärt? Vor dem Zensor. Sie hätten dich weggesperrt. Christoph, ich habe lange überlegt, mit mir gekämpft, bis ich mich dazu entschloss, dir nicht mehr zu schreiben. Unsere Liebe hat in dieser Zeit keine Zukunft. Du bist Deutscher, auch wenn du meine Sprache sprichst. Die Russen werden euch jagen – und uns mit. Christoph, ich bin nicht Linda, die ihren Kalev ewig beweint. Als die Russen uns besetzten, wurde mir klar, dass wir nie zusammenkommen würden. Ich will nicht als trauernde Witwe sterben. Ich kann nicht Jahre Angst um dich haben und auf dich warten. Glaub mir, die Entscheidung ist mir damals schwer gefallen. Jeder Brief von dir hat mich gequält und beglückt. Als dann keine Post mehr von dir kam, war ich erleichtert und trauerte doch um dich. Ich hatte Angst, dir sei etwas zugestoßen, und hoffte dabei, dass ich zur Ruhe kommen würde. Als dein Brief aus Tallinn kam, war ich glücklich. Mir wurde bewusst, dass ich dich noch immer liebe. Christoph, ich liebe dich und kann trotzdem nicht mit dir zusammen sein. Wenn du gehst, werde ich wieder jeden Tag vor Sehnsucht und Angst verzweifeln. Und das wollte ich nicht. Nur darum bekamst du keine Briefe mehr! – Und außerdem«, ihre Hand strich über mein Gesicht, »ich habe dir immer geschrieben.«

Anu stand auf und öffnete eine Kommode.

»Hier, das sind Briefe an dich. Ich habe sie nicht abgeschickt. Nimm sie. Dann weißt du, was ich in den letzten Jahren gefühlt habe.«

»Und nun? Soll ich morgen wieder fahren? Wenn du das möchtest, werde ich es tun. Anu, ich liebe dich. Aber ich würde es für dich tun.«

Die Worte gingen mir so leicht über die Lippen, und mir wurde schlecht vor Angst.

Anus Augen sagten mir, dass ich bleiben konnte.

»Ich denke nicht an morgen, Christoph. Es soll so sein, dass du gekommen bist.«

Lange nach Mitternacht machte mir Anu ein Bett im Wohnzimmer. In meiner Dachkammer wäre ich erfroren. Sie küsste mich.

»Sei nicht böse, Christoph. Ich muss noch so viel nachdenken.«

Arnos Kapitänskollegen schauten mich von den Wänden an. Die Regale waren noch immer mit den Mitbringseln des Kapitäns gefüllt. Auf dem Kamin stand das Bild seiner Frau. Im Frühjahr 1941, als die Russen sein Schiff haben wollten, war Arno mit der »Koidula« von einer Fahrt nach Finnland nicht zurückgekommen. Riina und Anu waren deswegen von der Miliz in Kärdla verhört, aber nach einigen Tagen auf freien Fuß gesetzt worden. Die »Koidula« war im letzten Herbst vor Schweden auf eine treibende Mine gelaufen. Niemand hatte überlebt. Wie viele mir bekannte Menschen waren seit dem Sommer 1938 verschollen oder ums Leben gekommen? Das Schicksal war böse geworden. Damals hatte ich über Hitler gelacht und nicht an einen Krieg gedacht. Die wenigen Mahner waren ausgelacht, verhaftet oder umgebracht worden. Wie war ich naiv gewesen! Wie hatte ich mich getäuscht!

Im Licht einer Petroleumlampe las ich Anus Briefe. Mir wurde vieles klar.

Es klopfte leise an der Tür. Anu huschte herein. Als ich mich aufrichtete, umfasste sie mich.

»Komm zu mir, Christoph. Warum sollst du hier alleine schlafen? Wir haben nur ein paar Nächte für uns.«

Ihren Rücken an meinen Bauch geschmiegt, meine Hand auf ihre Brust gedrückt, schlief sie sofort ein. Mich erfüllte in dieser ersten Nacht keine Begierde, ich war nur glücklich, roch den Duft ihrer Haare.

Die Winteräpfel auf dem Schrank verströmten ihren sommerlichen Geruch. Anus warmer Körper, das Kitzeln ihrer Haare. Erinnerungen.

Johannes, ich hätte dir so gerne davon erzählt, mein Freund. Es war die erste Nacht, in der ich ruhig schlief.

Im Zimmer war es noch dunkel, als Anus Hand über mein Gesicht strich. »Wach auf, Lieber. Ich muss aufstehen. Meine Schüler warten.«

Dann umfing sie mich, und wir liebten uns. Es war so selbstverständlich, als hatten wir uns nie verloren und wie ein Traum, für mich noch immer unglaubhaft. Später hörte ich sie in der Küche lachen und mit ihrer Mutter scherzen.

Ich stand auf und war wieder fasziniert von ihren fließenden Bewegungen, als sie in der Küche half, mich dabei immer wieder mit ihrem Lächeln grüßte.

Anu bereitete sich in ihrem Zimmer für den Unterricht vor, obwohl ich noch am Frühstückstisch saß. Riina war seltsam zu mir gewesen. Kaum hatte sie meinen Gruß erwidert, mir wortlos das Brot gereicht. Jetzt klapperte sie mit den Töpfen, zeigte mir ihren Rücken.

»Riina, was ist? Wie kann man an solch einem Morgen so schlechte Laune haben?«

Sie schnellte herum. Die tiefe Falte zwischen ihren Augen symbolisierte Gefahr. »Solch ein Tag? Für dich vielleicht, Christoph Scheerenberg. Aber nicht für mich.«

»Riina.«

Mit einer Handbewegung wischte sie meinen begonnenen Satz fort. »Lass mich ausreden, Christoph.«

Sie schien sich zu fassen, denn die Falte war verschwunden.

»Christoph, verstehe mich nicht falsch«, ihre Stimme ruhiger, »aber ich mache mir Sorgen um Anu. Es ist schön, dass du noch lebst. Wir alle mögen dich sehr, haben dich nicht vergessen. Aber Anu war zur Ruhe gekommen.

Du kannst dir nicht vorstellen, wie sie unter der Trennung gelitten hat. Keinen Jungen hat sie angesehen, obwohl die wie ein Rattenschwanz das Mädchen verfolgten.

Endlich im letzten Sommer dachte ich, dass sie nun einen Freund hat. Kalju Vaht, einer der Nachbarjungen, hatte es wohl geschafft, so dachte ich jedenfalls. Mensch, verstehe, sie ist inzwischen dreiundzwanzig. Soll sie als alte Jungfer sterben? – Christoph, hör auf zu grinsen. Ich weiß Bescheid. Dann kam dein Brief, und alles ging wieder von vorne los. Christoph, das Mädchen war wie ausgewechselt. Sie hat Kalju weggeschickt. Der Dummkopf hat sich gleich zur Polizei gemeldet.

Sie saß wieder da, hat geträumt und gebarmt, dass dir nichts passieren wird. Nun soll dies alles weitergehen? Du verschwindest wieder, und sie stirbt vor Angst. Wie stellst du dir eure Zukunft vor?«

Riina presste ihre Hände auf den Rand der Herdplatte.

»Kurat! Diese Hitze! Ich dämliches altes Weib«, und musste plötzlich über sich selber lachen.

»Zukunft, Riina? Darüber mache ich mir keine Gedanken! Für uns zählen die nächsten Tage. Ich liebe Anu und habe auf diesen Tag gewartet. Es soll so sein, dass ich hier bin, und dass deine Tochter auf mich gewartet hat.

Du wirst sehen, wir werden uns irgendwann für immer haben. Anu ist glücklich. Freue dich für sie und gönne ihr dieses Glück.«

Riina schüttelte den Kopf, blies dabei auf ihre verbrannten Hände.

»Ihr jungen Leute macht es euch so einfach. Natürlich freue ich mich über ihr Glück. Wenn nicht ich, wer sonst? Wir haben genug durchgemacht in den letzten Jahren. Aber ich sehe schwarz für eure Liebe. Mag ich ein altes dummes Weib sein – wenn ich mich täusche, wäre es schön. Aber benutze deinen Verstand und sage mir, wie es weitergehen soll, wenn die Russen kommen.«

Ein Ruck ging durch ihren Körper.

»Du wirst sie mit nach Deutschland nehmen? Sie mir fortnehmen? Stimmt es?«

»Nein, Riina, ich werde gar nichts. Anu wird frei entscheiden. Und du kennst sie, sie wird dich nie alleine lassen.«

»Mutter, was ist?«

Anu stand in der Tür, meinen Mantel über dem Arm.

»Nichts, Anu, was von Bedeutung ist.«

Riinas Augen suchten meinen Blick.

»Wirklich, wir haben uns wie früher etwas gestritten. Das hat richtig Spaß gemacht.«

Als ich meinen Mantel nahm, traf mich ein fragender Blick aus mandelförmigen Augen. Meine Hand strich über ihre Wange, auch um mich selbst zu beruhigen. Wer dieser Junge war, von dem Riina mir erzählt hatte, interessierte mich nicht. Anu war mir zu nichts verpflichtet. Sie würde mir von ihm erzählen, wenn sie es für wichtig halten würde.

Anus Hand lag auf meiner, als ich ihr Fahrrad schob. Es war ein schöner Frühlingstag. Die Märzsonne wärmte, gaukelte uns einen frühen Mai vor. Negus wirbelte um uns, lief vor, wandte sich um und bellte, als sollten wir uns beeilen. Ich musste an Tiina denken.

»Anu, ist Tiina nicht mehr deine Freundin?«

Anu stutzte und sah mich fragend an.

»Wie kommst du darauf?«

»Du wolltest mir gestern Abend nicht erzählen, von wem sie schwanger ist.«

»Typisch Mann«, Anu lachte auf, »ich denke, wir Frauen sind immer neugierig. Natürlich ist sie noch meine Freundin. Aber warum soll ich dir ihre Geschichte erzählen? Frage sie selbst, wenn sie am Freitag kommt. Am Wochenende ist sie bei ihren Eltern. Wir treffen uns dann mit ihr. Reicht dir das?«

Ein Krad überholte uns und bog nach Käina ab. Sie zeigte auf das Motorrad.

»Sonst frag ihn mal, ob er dich mitnimmt. Sicher fährt er noch nach Kärdla.«

»He, was soll die spitze Zunge?«

Anu lehnte sich über den Lenker und küsste mich.

»Ich habe gute Laune. Und das hat wohl seinen Grund.«

»Weißt du, dass ich damals, nachdem wir in der Sauna gewesen waren, Arno und seinen Freund belauscht habe? Sie saßen beide auf dem Sommerklo und haben über Gott und die Deutschen philosophiert. Eigentlich wollte ich nicht lauschen. Aber mein Name fiel. Es war schon seltsam, sich vorzustellen, wie die beiden Alten da auf dem Klo saßen und tranken. Jedenfalls hat sein Freund ...«

»Du meinst Erwin?«

»Ja, ich glaube, er hieß so. Arno hatte damals eine Lanze für mich gebrochen. Doch Erwin meinte, ich wäre wie alle Deutschen. Irgendwann würde ich in einer Uniform zurückkommen und Arnos Silber holen – und dich gleich mit. Jetzt bin ich zurückgekommen, in einer Uniform. Erwin hat recht gehabt. Es ist schon seltsam. Aber, Anu, ich werde dich nicht wegholen. Du bist frei, kannst selber entscheiden. Das habe ich auch deiner Mutter gesagt.«

Das Mädchen an meiner Seite blieb stehen.

»Hör zu, Christoph.«

Ihre grünen Pupillen hielten mich fest.

»Du bist jetzt bei mir. Das ist wichtig für mich. Ich möchte in den nächsten Tagen nur jede mögliche Minute mit dir verbringen und glücklich sein. Kein Pläneschmieden für die Zukunft, kein – was wird in zwei Jahren sein. Die Zeit wird laufen, ob für oder gegen uns, das können wir nicht beeinflussen. Ich hoffe, dass wir uns einmal für immer haben werden. Aber bitte, verschwende keinen Gedanken an die Zukunft. Du wirst sie nicht beeinflussen können. Lass uns diese Tage unbeschwert verbringen, bitte, die Stunden sind zu kostbar, um sie zu zerreden. Versprochen?«

Mein Nicken reichte ihr nicht.

»Christoph, versprochen?«

»Ja, versprochen.«

»Na siehst du, es geht doch«, und der Schalk leuchtete aus ihren Augen. Dieses Mädchen!

Anu blieb stehen.

»Ach so, und bitte zieh diese Uniform aus. Geh zu Paul. Sicher findet er etwas für dich.«

Zwei kleine Jungen mit Ranzen hasteten grüßend an uns vorbei.

»Kann ich dich nach der Schule abholen?«

»Natürlich. Aber bitte laufe nicht Keres über den Weg. Sie haben ihn nach Doktor Ruhves Verhaftung als Direktor eingesetzt. Keres würde mich am liebsten raussetzen, aber dann muss er wieder Deutsch unterrichten, und das will er nicht. Stell dir vor, erst haben die Sowjets den Doktor als Nationalisten inhaftiert und beinahe nach Sibirien verschleppt. Nun haben ihn die Deutschen geholt, weil er angeblich Verbindungen zum Nationalkomitee haben soll. Bis heute Nachmittag, Christoph.«

Blitzschnell hauchte sie mir einen Kuss auf den Mund und verschwand winkend im Schulhaus. Gerne wäre ich ihr nachgelaufen.

Rudolf Tobias' Orgel war verstummt. Der grazile Turm der Martin-kirche reckte sich mahnend wie ein Zeigefinger in den Himmel, sei-nes Daches beraubt, war er schutzlos den Jahreszeiten ausgeliefert.

Die mächtigen Stützpfeiler des Kirchenschiffes hatten über Jahr-hunderte die starken Wände aus Muschelkalk gestützt. Nutzlos ihrer Funktion beraubt, wirkten sie wie an die Wände gelehnt. Warum sollten sie Wände stützen, zwischen denen keine Predigt gesprochen, keine Orgel mehr klingen würde? Die Kirche Pastor Brügmans war Opfer des Krieges geworden. Ich hatte mir etwas vorgemacht. Auch hier ritten die apokalyptischen Reiter. Viele Ruinen hatte ich in den letzten Monaten gesehen. Diese kleine Dorfkirche berührte mich besonders. Anu hatte mir erzählt, dass die Russen einen Beobachter im Turm stationiert hatten, der auf die deutschen Flugzeuge schoss. Einer der Jagdbomber erwiderte das Feuer und entzündete dabei das Turmdach, und die Kirche brannte völlig aus. Wieder war ein Stück meiner Vergangenheit zerstört worden. Aber das Pastorat ruhte ohne Schäden inmitten des alten Bauerngartens, durch dessen winterliche Kargheit noch größer wirkend. Die Pfarrstelle war unbesetzt, denn Pastor Brügman war Ende 1941 gestorben. Seine Frau überlebte ihren Mann nur wenige Monate. Gerne hätte ich den beiden von meiner Begegnung mit Indrek erzählt.

Wenn ich heute zurückdenke, habe ich von dem zweiten Besuch auf Hiiumaa eigentlich nur sehr wenige Gestalten im Gedächtnis behal-ten.

Ich weiß nicht, warum dies so ist, vielleicht haben meine wenigen, mit aller mir möglichen Intensität verlebten Stunden mit Anu alles andere weit nach hinten verdrängt, sodass ich die meisten Begegnun-gen und Personen vergessen habe.

So sehe ich auch heute die Dorfstraße, die an diesem frühen Nach-mittag von nach Hause eilenden Kindern, von alten Frauen, die das frühlingshafte Wetter zu einem Plausch über den Gartenzaun nutz-ten, oder von Gemeindearbeitern belebt gewesen sein müsste, völlig verwaist. Vielleicht war ich auch nur von der zurückliegenden Begeg-nung überwältigt, dass ich niemanden sonst bemerkte.

Völlig überrascht drehte ich mich um, als ich plötzlich von hinten angesprochen wurde.

»Entschuldigen Sie. Aber kann es sein, dass ich Sie kenne?«

Mein Erstaunen bemerkend, kam der Mann mit einigen Schritten auf mich zu und lüftete seinen Hut, mich dabei mit blauen Augen schnell musternd.

»Keres, mein Name. Wir hatten vor einigen Jahren einmal ein zweifelhaftes Vergnügen, ich möchte sagen, eine kleine Auseinandersetzung. Sicher besuchen Sie Frau Lina und ihre Mutter, Herr Scheerenberg? So war doch Ihr Name?«

Er lächelte süffisant, mir dabei seine Hand reichend.

Natürlich kannte ich dieses schmale Gesicht! Meine Miene musste ihm alles sagen. Er ließ seine Hand sinken, unternahm dann noch einen Versuch.

»Wie ich sehe, sind Sie nun Offizier«, meine Schulterstücke fixierend, »Herr Oberleutnant. Also haben Sie noch die Mission des Führers begriffen, sind Träger seiner Idee geworden. Sie sehen, seine Botschaft ist bis auf diese Insel gedrungen. Ich wusste schon damals, dass dies geschehen würde.«

Sein arrogantes Lächeln wirkte widerlich! Völlig meine Vorsicht vergessend, herrschte ich ihn an.

»Keres, was reden Sie da von einer Botschaft? Sie begreifen nichts! Außerdem bin ich kein Offizier, ich bin Arzt, verstehen Sie? Arzt! Ich töte nicht, ich heile! Entschuldigen Sie mich. Sie widern mich an.«

Plötzlich, ich weiß nicht, welche irren Gedanken mich ritten, riss ich meinen rechten Arm hoch, schlug meine Hacken zusammen und grüßte mit einem schneidigen »Heil Hitler – Die Front wartet. Herr Keres, wir sehen uns nach dem Endsieg!«.

Wie einem Reflex folgend, erwiderten beide synchron meinen Gruß. Mich zackig umwendend, stakste ich in Richtung Schule, an deren Zaun Anu stand und meinen Auftritt beobachtet hatte. Ich konnte nur hoffen, dass Keres mich für verrückt hielt. Aber innerlich musste ich feixen. Anu fand meine Vorstellung nicht gut. Als Keres sie am nächsten Tag darauf ansprach, erzählte sie ihm, dass ich eine schwere Kopfverletzung gehabt hatte. Er schien ihr zu glauben.

Die Tage rannten wie Stunden. Jede mögliche freie Minute verbrachten wir gemeinsam. Daran, dass unsere Tage bereits wieder gezählt waren, dachte keiner von uns. Meine Uniform hing in Riinas Kleiderschrank, Paul hatte mir eine Jacke, einige Pullover und Hosen gegeben.

Wir blendeten die Zeit um uns aus, taten, als ob wir von nun an gemeinsam leben würden. Anu verhielt sich, als ob unsere Trennung nie gewesen war. Nur Johannes brach manchmal in meine Welt ein: Gesprächsfetzen, Bilder, die wir gemeinsam erlebt hatten, Ansichten, die er wie Anu gehabt hatte und die sie mir gegenüber äußerte, erinnerten mich an den Verlust meines Freundes, Bruchstücke, die ich schnell verdrängen wollte und die dadurch noch stärker schmerzten.

Anu wurde mir mit jeder Stunde vertrauter, kleinste Gesten, der Ausdruck ihrer Worte, Bewegungen nahm ich wieder in mir auf und legte sie tief in mir ab, um während unserer Trennung von ihnen zu zehren.

Waren wir an Orten, die ich mit ihr im Sommer gemeinsam erlebt hatte, tauchten lange vergessene Dialoge und Handlungen auf. Anu half mir dabei, wohl auch, um sich selbst zu helfen.

Wir stöberten auf dem verlassenen Bauernhof ihrer inzwischen verstorbenen Großmutter herum, waren sogar auf Saaretirp. Das Wetter half uns in diesen Tagen dabei, ungewöhnlich mild für diese Jahreszeit, schien es die Menschen für die kommenden Schrecken vorab zu entschädigen. Man sah, dass das Haus des Kapitäns ohne Männer war. Beide Frauen verfügten nur über wenig Geld.

Überall fehlten kleine Reparaturen, so versuchte ich zu helfen, flickte undichte Dächer und nagelte lose Bohlen, hackte Holz. Auch Riina veränderte sich in diesen wenigen Tagen, kam mir näher und erzählte von sich. Sie litt sehr unter dem Verlust ihres Bruders und hing noch stärker an Anu. Ich verstand ihre Angst, dass ich ihr die Tochter wegnehmen würde. Doch Riina sprach nicht mehr darüber.

An einem Vormittag, ich saß in der Küche und schnitzte an einem neuen Hackenstiel. Während Riina Wäsche bügelte, unterbrach sie ihre Arbeit und setzte sich zu mir.

»Christoph, weißt du eigentlich, dass mein Mann aufgetaucht war?«

»Dein Mann? Der war doch seit Jahrzehnten verschwunden!«

Riina schaute mich mit dem Gesicht einer Weisen an.

»Genau, aber du weißt: Ratten kommen immer, wenn sie etwas zu fressen wittern. Damals war er ja nach Leningrad geflüchtet. Später erhielt ich eine Karte von ihm. Dann hörten wir nichts mehr. Er muss bei den Roten Karriere gemacht haben. Jedenfalls tauchte er im Herbst 1940 wieder auf, stand fett und selbstbewusst auf unserem Hof, ich hatte seinen Wagen nicht kommen gehört und war völlig überrascht, als er durch den Garten schlich. Mein erster Gedanke war, dass einer der Abgabeneintreiber gekommen sei, aber dafür sah er zu vornehm aus und die hatten auch keine eigenen Fahrer und waren meist mit dem Fahrrad unterwegs.

Dann erkannte ich ihn: sein breites selbstbewusstes Grinsen, seine aufgesetzte Fröhlichkeit, als wäre er nicht vor Jahrzehnten verschwunden. Sein Gesicht war, als er in den Zwanzigern abhaute, schon verlebt. Es hatte sich nicht mehr sehr verändern können. Christoph, im ersten Moment wurde mir schlecht vor Angst. Aber dann kam der Hass. Mit großen Schritten, die Arme ausgebreitet, kam er auf mich zugelaufen. >Stopp, Paul Liina! Keinen Schritt weiter.< Ich hatte sogar meinen Hackenstiel emporgereckt.«

Riina lachte.

»Das muss ein tolles Bild gewesen sein. Na, jedenfalls kam er auf mich zu und beschwor mich mit Engelszungen. Dieses ganze Geschwafel von Familienbande und Stimme des Blutes und so. Ich wurde zur Furie, schwenkte meine Hacke. An meinem Blick musste er gesehen haben, dass ich es ernst meinte. >Riina, Liebes<, stell dir vor, dieser verlogene Mensch bezeichnete mich dicke alte Frau als Liebes. So hatte er mich vor dreißig Jahren genannt. >Lass uns miteinander reden. Ich bin erwachsen geworden<, erwachsen geworden mit über fünfzig Jahren. Dieser Mensch wird nie erwachsen, und seine Wodkafahne roch ich noch in der freien Natur.

>Da gibt es nichts zu reden, Paul Liina. Verschwinde von meinem Grundstück!<

>Ich bin Funktionär. Riina, ich werde in Kärdla der Vorsitzende des Rates werden. Uns wird es gut gehen. Überlege es dir, bitte.<

>Da gibt es nichts zu überlegen!<

Die Hacke langsam schwingend, ging ich auf ihn zu. Es muss ihm fürchterlich peinlich gewesen sein, dass sein Fahrer sah, wie der große kommunistische Funktionär vor einer Bäuerin weichen musste.

Langsam trieb ich ihn zum Hof, rückwärts gehend, sich immer wieder umwendend, bat und flehte er fast, dass ich ihm zuhören solle.

Christoph, ich hatte nicht einmal mehr Wut auf ihn, mir machte dieses Theater nur noch Spaß. Sein Auftritt war nicht unbemerkt geblieben. Inzwischen waren Paul und Kathri – du erinnerst dich sicher an Pauls Frau – und noch einige Nachbarn gekommen. Oh Christoph, das war mir ein Genuss. Ich bin kein rachsüchtiger Mensch, aber etwas musste er abbekommen, nach allem, was er uns angetan hatte. Dann versuchte er es mit Anu, wollte sie sprechen. Das Mädchen hatte ja Unterricht. Aber wie es der Teufel, oder besser Gott, wollte, war eine Stunde ausgefallen, und Anu stand plötzlich mit ihrem Rad zwischen den Nachbarn. Fassungslos hatte sie das Schauspiel verfolgt. Als er, Vater will ich diesen Kerl nicht nennen, dann noch ihren Namen nannte, reichte es ihr. Anu warf ihr Fahrrad hin, rannte auf den Hof. Hinter seinem Rücken blieb sie stehen.

>Dreh dich um! Dann kannst du mich sehen, und nun verschwinde von hier!< Paul Liina stand wie versteinert und staunte nur. Inzwischen war ich hinter ihm und schob ihn zu seinem Auto. Er war so verdattert, dass er ohne Gegenwehr einstieg. Sein Fahrer schlug die Tür zu, und Paul Liina war verschwunden. Der Auftritt sprach sich jedenfalls in Windeseile herum, und du kannst dir denken, dass seine Autorität, wenn er dann überhaupt eine hatte, verschollen war. Er hielt dann noch mit Indrek einige Reden, zu denen kaum jemand kam. Eines Tages im Winter war er dann von der Insel verschwunden. Gerächt hat er sich nicht an mir. Ich hatte schon Angst in der ersten Zeit. – Ja, so war's mit meinem Göttergatten. Ich hoffe, ihn hat die Hölle verschluckt.«

Und Riina stand auf, um ihr Eisen wieder heiß zu machen.

Am Freitagabend kam Tiina aus Kärdla, um ihre Eltern zu besuchen. Ich war gespannt auf unser Treffen, denn Anu hatte mir fast nichts von ihrer Freundin erzählt. Paul und Kathri hatten uns zum Essen eingeladen.

Wir holten Tiina gemeinsam von der Kreuzung ab. Ein VW-Kübel hatte sie mitgenommen. Als ich mit Anu an die Straße kam, verabschiedete sie sich gerade von einem Soldaten mit einem Kuss. Es war der Gefreite aus der Schreibstube des Kommandanten. Nun wusste ich Bescheid. Tiina war glücklich, wie ein Wasserfall redete sie mit mir, freute sich, dass ich da war, erzählte von ihrem Freund, lachte, neckte Anu. Fred, ihr deutscher Freund, war anders als Indrek, stritt nicht und akzeptierte Tiina, wie sie sei. Sie liebte ihn, und ihr war es egal, was die Leute im Dorf von ihr dachten. Nur, dass ihr Vater sie verurteilte, traf sie schwer.

Die alte Linde auf Pauls Hof, unter der wir mit Indrek und Tiina gesessen hatten, war vor einigen Wintern von einem Sturm auseinandergerissen worden. Noch immer wirkten die Reste ihres Stammes mächtig. Sonst hatte sich hier nichts verändert. Auch bei Kathri und Paul spielte sich das Familienleben in der großen Küche ab. Die Wände waren mit Lehm geputzt, der alte gemauerte Herd beherrschte den Raum. Das Kapitänshaus war dagegen modern.

Trotz des hohen Abgabesolls hatte Kathri den Tisch reichlich gedeckt, und wieder war ich von der Gastfreundschaft der Insulaner beeindruckt. Ich fühlte mich etwas fremd, hatte die beiden damals nur einige Male gesehen. Auch Tiinas jüngerer Bruder war da, ich hatte ihn noch nie gesehen.

Paul wies uns die Plätze zu, schenkte Wodka ein. Wir stießen an. Ich hatte etwas Schokolade und Tee mitgebracht. Es gab Fisch. Paul schenkte wieder ein, die Fremdheit verflog langsam. Tiina blieb schweigsam, mehrmals trafen sich unsere Blicke, ich spürte, dass Tiina sich nicht gut fühlte. Eine seltsame Stimmung herrschte am Tisch. Paul war laut, übertrieben lustig, Kathri versuchte ihn zurückzuhalten, Tiina litt. Nach dem Essen verabschiedete sich Tiinas Bruder, um in Käina einen Freund zu besuchen. Paul schenkte schon wieder ein. Ich wollte nicht mehr trinken, dankte. Paul nötigte mich.

»Issi*, lass Christoph, wenn er nicht mehr mag.«

Tiina legte ihrem Vater sanft die Hand auf den Arm. Plötzlich verengten sich Pauls dunkle Augen.

»Du hast mir gar nichts zu sagen, Tiina. Kümmere dich um deinen Dreck. Schau dich nur an.«

Er zeigte auf ihren Bauch. Tiina sprang auf, lief aus dem Zimmer.

»Bilde dir nicht ein, dass du morgen keine Rüben hacken wirst!«

Die Tür war schon zugeschlagen.

Anu wollte ihrer Freundin folgen, aber als sie meinen Blick sah, setzte sie sich. Kathri stand auf.

»Du bleibst, wir haben Gäste.«

---

* Estnisch: Vater

Pauls Stimme schnitt die Luft.

»Ich gehe zu meiner Tochter! Mann, du solltest dich schämen!«

So hatte ich die ruhige Kathri noch nicht erlebt.

»Dann geh doch zu deiner Tochter!«

In Pauls Stimme war Hass. Ich wusste sofort, was sein Problem war.

»Entschuldige, Paul.«

Meine Stimme klang ruhig, obwohl ich aufgeregt war.

»Du verlangst von deiner Tochter, dass sie morgen auf dem Feld arbeiten soll? Deine Tochter ist schwanger. Wenn du Hilfe brauchst, frage mich oder Tiinas Freund.«

Paul lachte auf. An seinem Lachen hörte man, dass er angetrunken war.

»Tiinas Freund? Den Deutschen? Sag mal, Christoph, glaubst du wirklich, ich lass einen Nazi auf meinen Hof?«

»Wer sagt dir, dass er ein Nazi ist? Glaubst du, dass er gerne in den Krieg gezogen ist, Paul? Hast du ihn schon einmal danach gefragt?«

»Ich ihn fragen? Warum? Indrek war kompliziert, aber er war Este. Es gibt genug Jungs im Dorf, aber nein, sie muss sich einen Deutschen suchen. Warum?«

Sein Glas schlug hart auf die Platte des Tisches. Ich hätte gehen sollen, aber so einfach wollte ich es Paul nicht machen.

»Du regst dich auf, dass deine Tochter mit einem Deutschen geht? Und was macht Anu? Auch ich bin ein Deutscher.«

Anu unterbrach mich.

»Hört auf. Ich kann euch nicht mehr hören.«

Sie sprang auf, lief aus der Küche. Für einen Moment herrschte Schweigen. Paul lachte auf.

»Weiber, nun sind wir alleine. Können ungestört reden. Trink!«

»Nein, ich will nicht.«

Auch bei mir zeigte der Wodka Wirkung.

»Nun sag, ich bin Deutscher, genau wie Tiinas Freund. Mit mir sitzt du an einem Tisch, hast mich eingeladen, trinkst mit mir, müsstest mich auch hassen.«

Pauls Atem stank, als er sich über den Tisch lehnte.

»Das sind zwei verschiedene Paar Schuhe. Du kamst das erste Mal auf meinen Hof, als Frieden war. Du warst mein Gast, auch jetzt kamst du als Anus Freund in mein Haus und nicht als Eroberer.«

Er griff wieder nach der Flasche.

»Paul, was erzählst du da? Ich habe die gleiche Uniform an wie Tiinas Freund. Ich bin Soldat!«

»Du bist kein Soldat.«

Plötzlich klang seine Stimme völlig nüchtern.

»Du bist Arzt! Du rettest Menschenleben, hast einen anderen Eid als er geschworen.«

»Paul, auch ich musste diesen Eid auf Hitler schwören.«

»Sag mir, Christoph – hast du einen Menschen getötet? Ehrlich, lüge nicht.«

»Nein, Paul, jedenfalls nicht wissentlich.«

Schwer fiel sein Körper auf den Stuhl zurück.

»Siehst du, und das unterscheidet euch beide. Einen Mörder lasse ich nicht auf meinen Hof und an meine einzige Tochter. Wärst du ein Mörder, ich würde dich von diesem Tisch weisen.«

Ich mochte noch immer nicht trinken, nahm aber das Glas an, um Paul nicht mehr zu reizen.

»Rede mit ihm, Paul. Ich glaube nicht, dass er ein Nazi ist. Tiina würde mit keinem Nazi gehen. Kennst du deine Tochter so schlecht? Sie hat es nicht verdient. Du bekommst von ihr deinen ersten Enkel. Freue dich, dass in dieser schlimmen Zeit noch Kinder geboren werden. Dass es noch Liebe gibt, inmitten des ganzen Hasses.«

An Pauls Augen sah ich, dass ich nicht weiterreden brauchte. Gläsern stierte er auf den Tisch, versuchte sich zu sammeln. Plötzlich wurde die Tür aufgerissen, Anu war kreidebleich.

»Komm schnell! Tiina, sie blutet!«

Das Mädchen lag in ihrem Zimmer auf dem Bett, krümmte sich und weinte. Sie hatte Wehen bekommen, natürlich viel zu früh.

»Anu, laufe rüber, hole die kleine Tasche aus meinem Rucksack. Da sind Medikamente drin. Kathri, heißes Wasser, schnell!«

Beruhigend redete ich auf Tiina ein. Noch war nichts zu spät, sie musste nur ruhig werden. Plötzlich stand Paul in der Tür, kreidebleich, trotz seines Rausches hatte er begriffen, dass er der Schuldige war. Er stammelte, entschuldigte sich, jammerte, machte alles nur schlimmer. Seine Frau schob ihn einfach zur Tür hinaus. Sie wurde ganz Mutter, nahm ihre Tochter wie ein kleines Mädchen in den Arm. Und wirklich wurde Tiina ruhiger, und auch die Wehen ließen nach. Als sie von mir das Medikament bekommen hatte, war alles geschafft, und Tiina schlief ein. Anu und Kathri wollten die nächsten Stunden bei ihr bleiben, ich sollte gehen und morgen in der Frühe wiederkommen.

Als ich in die Küche trat, um meine Jacke zu holen, saß Paul mit eingefallenem Gesicht, aber völlig klaren Augen, am Küchentisch. Fragend schaute er mich an, Scham schnürte ihm die Stimme.

»Es ist noch einmal gut gegangen. Rede morgen mit ihr, entschuldige dich, das ist das wenigste, was du machen musst.«

Er nickte nur, dann stand er auf.

»Ich werde ihn am nächsten Sonnabend einladen. Bist du dann noch da?«

»Nein, Paul. Ich muss am Dienstag zurück. Es ist besser, wenn du da alleine durchgehst. Du wirst sehen, Tiina wird sich nicht getäuscht haben.«

Paul nickte wieder. Dann brachte er mich auf den dunklen Hof. Die abendliche Kälte ließ mich frieren, und mir wurde bewusst, dass wir erst Anfang April hatten. Paul blickte in den sternenübersäten Himmel.

»Es gibt Frost. Der Winter versucht es noch einmal.«

Sein Griff schmerzte.

»Danke, Christoph.«

»Schon gut, Paul, und danke für die Einladung.«

Er hatte sich schon umgedreht.

Noch lange war ich die Dorfstraße in der Kälte entlanggelaufen, wurde von Hund zu Hund weitergemeldet, bis ich an der Kreuzung nach Käina stand. Dass Paul gekränkt war, konnte ich in gewisser Beziehung verstehen. Paul war stolz. Dass seine Tochter ein Kind von einem deutschen Besatzer, egal, ob er nun Nazi war oder nicht, bekommen würde, hatte ihn sehr enttäuscht. Aber Paul schien aufgewacht zu sein. Gerne wäre ich an dem kommenden Wochenende dabei gewesen. Plötzlich wurde mir bewusst, dass ich in drei Tagen Anu verlassen würde.

Ich musste meine Gedanken ordnen, diese Welt war für mich nach all den Erlebnissen der letzten Monate so fremd und unwirklich mit ihren anderen Problemen.

In den wenigen Tagen mit Anu hatte ich meine militärische Hülle völlig abgestreift, war wieder der Junge von damals geworden, sensibel und voller Liebe. Heute Abend bei Paul und Kathri hatte ich dies deutlich gespürt. Die Sehnsucht nach Anu und dieser friedlichen Insel würde mich noch mehr zerreißen.

Anu hatte recht gehabt, als sie mir bei unserem ersten Abschied von der Sehnsucht der Seele nach dem zurückgelassenen Stück des Herzens erzählt hatte.

In dieser Nacht hatte ich die Idee, mich auf Hiiumaa zu verstecken, bis die Front die Insel überrollen würde. Aber meine Gedanken behielt ich die nächsten Tage noch für mich.

Die Kälte trieb mich schließlich nach Hause. Riina schlief bereits, ich war froh darüber, wollte mit niemandem reden und konnte alleine zu mir finden. Wieder hielt ich Zwiesprache mit Johannes. Der Schmerz und meine Schuldgefühle kamen nicht mehr so häufig. Natürlich fehlte er mir.

Anu blieb in dieser Nacht bei ihrer Freundin. Als ich früh, es war noch dunkel, auf Pauls Hof kam, war er schon im Stall.

Über den gestrigen Abend verloren wir kein einziges Wort. In Tiinas Zimmer erwarteten mich drei schlafende Frauen. Zärtlich weckte ich Anu, und wir ließen Tochter und Mutter schlafend zurück. Am späten Morgen kam Doktor Raudsaar und untersuchte Tiina noch einmal. Sie hatte Glück gehabt.

Nach dem Mittagessen trieb mich eine mir unerklärbare Unruhe zu Tiina. Ihre Mutter schickte mich in den Garten. Unter einem der noch kahlen Obstbäume, unweit der Hecke, die Schutz vor dem kalten Wind bot, saß Tiina. Ihr Bauch wölbte sich unter der Decke. Unwillkürlich spürte ich eine Zärtlichkeit aufsteigen. Ihr Gesicht sah blass aus, die hohen Wangenknochen, sie erinnerten mich an Anu, zeichneten sich deutlich in ihrem Gesicht ab. Tiina sah so zerbrechlich aus. Ich wollte das Mädchen schlafen lassen, doch sie musste mich gehört haben, denn sie rief meinen Namen, und ich kehrte um.

»Christoph, bleib, ich habe nicht geschlafen.«

Sie lächelte mich an. Indrek war so dumm. Dieses Mädchen war nicht nur klug, sondern auch schön.

»Ich wollte sehen, wie es dir geht. Ich kann auch später wieder kommen.«

»Nein, bleib. Bitte. Es geht mir gut. Mein Vater hat sich entschuldigt, immer und immer wieder. So habe ich ihn noch nie erlebt. Du hast ihm wohl die Leviten gelesen?«

»Na ja, wie man es nimmt.«

An den Stamm des Apfelbaums gelehnt, hörte ich zu, wie Tiina von ihrem deutschen Freund berichtete. Meine Augen geschlossen, genoss ich die Sonnenstrahlen. Weit oben am Himmel tönte eine Lerche. Der Augenblick war schön.

Tiina schwieg. Die ganzen Tage hatte ich aus einer unerklärlichen Scheu nicht nach Indrek fragen wollen. Jetzt war der Augenblick da.

»Tiina, kannst du mir über Indrek erzählen?«

Sie antwortete nicht.

»Wenn du nicht möchtest ...«

Meine Stimme hatte unsicher geklungen.

»Doch, doch. Ich habe schon gestern Abend auf deine Bitte gewartet. – Nur, ich habe ihn aus meinem Kopf verdrängt. Aber ihr seid Freunde gewesen, du musst wissen, was mit ihm geschah. Und seine Eltern kannst du nicht mehr fragen.«

»Du sprichst in der Vergangenheit. Denkst du, er ist tot?«

»Christoph, ich weiß es nicht. – Einige Monate nachdem du uns verlassen hattest, warf Indrek sein Studium in Tartu hin und ging nach Tallinn. Ich denke, das wird er dir geschrieben haben? Da waren wir schon getrennt. – Indrek ging in den Untergrund, suchte Kontakt zu den Kommunisten. Sie nahmen ihn gerne auf. Christoph, ich hatte einfach genug von ihm. Er war doch gar nicht mehr mit mir zusammen, hatte seinen Kopf nur noch für die Politik. Du weißt, dass die Sowjets damals schon den Anschluss vorbereiteten? Ich will es kurz machen. – Als die Sowjets Estland besetzten, tauchte Indrek wieder bei uns auf. Er hatte nun einen Parteiauftrag, sollte die neue Macht im Dorf errichten. Auch zu uns kam er. Vater warf ihn raus. Er bedeutete mir noch immer viel. Trafen wir uns, stritten wir uns nur noch. Du kannst dir nicht vorstellen, wie er sich vor seinen Eltern aufführte. Ein Pastor und ein Kommunist unter einem Dach. Feuer und Wasser. Himmel und Hölle. Das konnte nicht gut gehen. Sein Vater warf ihn schließlich aus dem Haus. Der Alte hat mächtig gelitten. Indrek gründete eine Parteigruppe, einige Spitzbuben witterten Morgenluft und wurden plötzlich über Nacht zu Kommunisten, jagten den Dorfpolizisten, den Bürgermeister und warfen dem Pastor die Scheiben ein. Am nächsten Morgen entschuldigte sich Indrek für seine Genossen und setzte das Glas selbst ein. Etwas wie Scham kannte er also noch. Er agitierte und diskutierte. Seine Leute tauchten in der Kirche auf und störten. Im Herbst 1940 wurde Indrek von den Kommunisten als Bürgermeister eingesetzt. Er leitete einen Rat, gab die Befehle aus Moskau und Tallinn weiter. Die Russen begannen in Tahkuna mit dem Bau von Militäranlagen. Indrek organisierte die Arbeitskräfte. Ich sah ihn kaum noch. Ich denke, er ging mir auch aus dem Weg. – Und das war gut so. Indrek residierte nun im Gemeindehaus.«

Mein Freund Indrek war nicht mehr der Indrek aus den Sommertagen! Warum war er so hart geworden? Aber bei Otradnoje war er mir so nahe gewesen, hatte fast zerbrechlich gewirkt.

»Anfang September '41 kamen die Deutschen. Die Russen leisteten kaum Widerstand. Indrek wollte nach Tahkuna, zu den russischen Batterien. Er hoffte, dass die Sowjets, die zahlenmäßig überlegen waren, Widerstand leisten würden. Die Jungen aus dem Dorf sollten gegen die Deutschen kämpfen und lachten ihn aus. Viele waren nicht mehr übrig geblieben, denn etliche waren geholt worden oder hatten sich vor der sowjetischen Mobilmachung in den Wäldern versteckt. Du kennst ja auch einige der Jungs. Die Russen kapitulierten nahezu kampflos. Indrek war tagelang verschwunden. Man vermutete ihn in Tahkuna. Dort war ein großes Gefangenenlager. Seine Mutter machte sich auf. Indrek war nicht unter ihnen. In Teeääre gab es ein sowjetisches Lazarett, das nun von den Deutschen genutzt wurde. Russen und Deutsche wurden gemeinsam gepflegt.

Auch dort war Indrek nicht, auf den Totenlisten fehlte sein Name. Gerüchte gingen um, dass er auf das Festland geflohen sei oder in den Wäldern lebte. Einige Wochen später fanden ihn Leute vom Omakaitse in der Nähe von Malvaste. Es war schlimm, wie diese Männer sich aufführten. Wahllos verhafteten sie Leute bei uns im Dorf, Männer, Frauen, die während der Sowjetzeit das Sagen gehabt hatten. Unseren Tierarzt nahmen sie fest, weil er geäußert hatte, dass unsere Leute die Staatslotterie zeichnen sollten, denn mit dem Geld könnte die Rote Armee unterstützt werden. Sie trieben etwa zwanzig Leute zusammen und sperrten sie in das Bürgermeisteramt. Leute von der Omakaitse bewachten die Gefangenen. Einige von uns, auch ich, versuchten mit den Leuten zu reden. Die Wächter schickten uns weg und bedrohten mich! Schließlich trieb man die Gefangenen vor den Giebel des Bürgermeisteramts und erschoss sie.«

Unablässig hatten Tiinas schmale Finger den Rand ihrer Decke gefaltet. Tiina durfte sich nicht aufregen, trotzdem ließ ich sie weiterreden.

»Die Mörder waren zu feige, in die Augen ihrer Opfer zu blicken, und haben aus dem Schuppen heraus das Feuer eröffnet. Alle waren tot, bis auf einen Mann, der sofort fortlief. Sie schossen auf ihn. Getroffen wurde er wohl nicht, denn sie fanden ihn nicht, auch keine Blutspuren. Er flüchtete durch den Pfarrgarten. Der Flüchtling war Indrek. Seitdem ist er verschwunden. Vielleicht hält er sich in den Wäldern versteckt. Aber dann hätte ihn sicher schon jemand gesehen. Auch wenn die Insel groß ist, kann niemand so lange, ohne bemerkt zu werden, leben. Vielleicht ist er auf das Festland entkommen. Vielleicht ist er auch tot.«

»Tiina, hör auf, entschuldige, ich wollte dich nicht aufregen.«

»Schon gut, Christoph. Ich bin gleich fertig. Am nächsten Sonntag saßen auch Leute vom Omakaitse, auch Keres und Jaan Hinnius, in Pühalepa auf den Kirchenbänken. Pastor Brügman wies sie aus dem Gotteshaus. Sie haben sich den Deutschen angedient, ihnen geht es gut.«

Tiina schwieg. Ihr Blick ging auf die kahlen Felder.

»Tiina, Indrek lebt. Möchtest du meine Geschichte hören?«

Sie schaute zu mir.

»Warum erzählst du mir dies?«

»Ich denke, du solltest sie wissen, ihr ward ein Paar.«

»Du hast recht, Christoph. So finde ich einen Abschluss.«

Anu und ich nutzten jede Minute, um zusammen zu sein. Wir sprachen nicht über den bevorstehenden Abschied, aber er begleitete uns überall. Manchmal spürte ich, wie Anu mir entglitt. Ihr Blick wurde dann weit, sie schwieg. Spürte sie, dass ich sie beobachtete, war sie wieder bei mir, lachte, suchte meine Hand oder meine Wange, wirkte wie ertappt. Eine große Zärtlichkeit überschwemmte mich dann, wir hielten uns, wussten, dass die Trennung kommen würde, und schwiegen, um nicht dieses Wort zu gebrauchen. Saßen wir mit Riina zusammen, war es im Haus oft still. Sie war nicht mehr die redselige Frau, die immer gelacht hatte. Der Tod ihres Bruders schmerzte noch immer. Selbst das Haus und der Garten bedeuteten ihr nicht mehr viel, aber sie pflegte beides, als würde sie ein Gelöbnis ableisten.

Unser letzter Abend brach an. Morgen Mittag sollte mich ein Auto der Kommandantur abholen. Anu und ich waren nach der Schule lange spazieren gewesen und völlig durchfroren nach Hause gekommen.

Riina hatte gekocht, Paul und Kathri, auch Tiina waren bei uns gewesen, aber nach dem Essen gegangen. Tiina fühlte sich nicht gut, spürte wohl auch, dass wir alleine sein wollten, denn die beiden Freundinnen hatten einige Blicke ausgetauscht. Wir räumten die Küche auf, dann zog Anu mich zu sich in ihr Zimmer. Wir küssten uns, waren gierig aufeinander. Riina hatte am Abend die Sauna angeheizt, sie war auch im Sommer unser Ort gewesen, sofort verstand ich, als Anu mich nach draußen zog.

Es war kalt geworden, ein riesiger Mond hing über dem Garten, der Wind schien hoch aus dem Norden zu kommen. Umso stärker schlug uns die Wärme des Vorraumes entgegen, als ich die Tür öffnete.

Die Gerüche des Wacholders, der alten Bohlen, dieser einmalige Brodem des alten Hauses, riefen ein Déjà-vu in mir hervor, dass ich mich wie betäubt an die Bohlenwand lehnen musste. Zu eindringlich stieg der erste Abend mit Anu in mir auf. Eine Liebe erfüllte mich, die unsere bevorstehende Trennung und die Ungewissheit der kommenden Zeit völlig verdeckte. Anu war zum Ofen gegangen, um eine Petroleumlampe zu entzünden.

Ihr Schatten sprang über den alten, schweren Schrank, das Licht riss ihr Gesicht aus dem Dunkel, verzauberte es. Wieder sah ich Anu als meine Marketenderin wie in jener Sommernacht vor dem Krieg.

Als das Licht der Petroleumlampe mein Gesicht streifte, schien Anu meine Gedanken zu erraten, lächelnd kam sie auf mich zu und zog mich auf die alte Couch. Ich schien in diesem Déjà-vu gefangen zu sein: Ihre Zärtlichkeit, ihr Flüstern, das Streicheln ihrer Hände, alles war wie in der ersten Nacht vor über vier Jahren, obwohl so viel geschehen war. Die Jahre dazwischen schienen ausgelöscht zu sein. Ich war wieder einundzwanzig und hatte mich in dieses schöne Mädchen verliebt, sie zum ersten Mal nackt gesehen, und meine Gefühle spielten verrückt.

Anu, es war wieder wie damals im Sommer! Deine Hände streichelten mich, deine Stimme gurrte vor Liebe. Es war, als ob wir in dieser Nacht wieder Zärtlichkeit und Liebe für die nächsten Jahre speichern mussten.

Schließlich kamen wir zu uns. Das Feuer im Ofen war fast ausgegangen. Anu lachte, sprang auf.

»He, wir wollten in die Sauna! Nun geht das Feuer aus.«

Vor dem Ofenloch kniend, schürte sie die Glut, Funken stiebten auf, zeichneten ihr Gesicht in das Halbdunkel. Wieder nahm mich ihr Profil gefangen.

Als ich neben ihr stand, nahm sie mich bei der Hand und zog mich in den Saunaraum. Dann saßen wir auf der Pritsche, die Beine angezogen, uns bei den Händen haltend, und schwiegen, ließen unsere Feuer langsam niederbrennen. Das Mondlicht zeichnete die Bohlenwand und den Trog mit den Feldsteinen wie eine Federzeichnung in dunklen und grauen Tönen. Anu lehnte sich vor, ihre Brüste schwangen, als sie mit der Holzkelle Wasser aufgoss; sich zurücklehnend, lächelte sie mich an. In diesem Augenblick war der kleine Saunaraum der friedlichste Ort auf der Welt.

»Schön, hier mit dir zu sitzen, Christoph«, der Druck ihrer Hand war fest, »ich möchte mit dir hier sitzen, wenn wir siebzig sind. Ob sich dies erfüllen wird?«

Den Kopf an die Wand gelehnt, schloss sie ihre Augen.

»Christoph, ich habe nicht mehr geglaubt, dass ich dich wiedersehen würde. Der Krieg, die lange Trennung. Hast du nie ein anderes Mädchen gehabt?«

Sie lachte auf.

»Ich bin dumm. Ich will es gar nicht wissen.«

Warum sollte ich schweigen?

Unsere Liebe war stark, ich hatte sie doch gar nicht betrogen, und ich erzählte von Karin, der finnischen Lotta, die ich in Karlsbad geliebt und in der ich nur Anu gesehen hatte. Das Mädchen neben mir schwieg für einen langen Moment, und ich hatte Angst, dass ich es verletzt hatte. Anus Gesicht lag im Schatten, gerne hätte ich es gesehen.

»Du bist ehrlich, Christoph, ich will es auch sein. Meine Mutter hat dir von Kalju erzählt; du erinnerst dich sicher nicht, er war damals beim Dorffest an unserem Tisch. Ich war mit ihm einige Wochen zusammen. Aber das ist eine andere Geschichte, nicht deine! Und nicht unsere. Glaub mir, sie berührt uns heute nicht.«

Sie schwieg. Und ich spürte keine Eifersucht, wollte nicht wissen, was zwischen ihnen gewesen war. Anu wollte reden, ich ließ sie reden.

»Kalju hat mir sehr geholfen, wollte wohl mehr als ein Freund sein. Nun ist er seit einigen Monaten bei einem Grenzschutzregiment, wieder jemand, den ich gerne hab und der in Gefahr ist. Ich weiß nicht einmal, ob er noch lebt. – Christoph, warum nur sind die Menschen, die mir so viel bedeuten, so weit von mir entfernt? Ich will nicht alleine sein. Ich möchte neben dir aufwachen, dich spüren, den Klang deiner Stimme hören, wenn du mich tröstest. Aber ich will nicht vor Angst sterben! Kalju war für mich in den paar Wochen Ersatz für dich. Geliebt habe ich dich, wenn ich ihn küsste.

Als dein Brief kam, war ich froh. Trotzdem habe ich mich geschämt, als ich ihn fortschickte. Du bedeutest mir so viel mehr.«

»Anu, du brauchst dich nicht entschuldigen. Ich spüre, wie du mich liebst. Ich kann nicht von dir verlangen, dass du Jahre auf mich wartest.«

Die Steine knackten in der Hitze des Aufgusskessels. Das heiße Wasser sang zwischen ihnen. Anu berührte meinen Arm.

»Christoph, ich habe dir damals auf Saaretirp gesagt, dass wir uns nie belügen dürfen. Du erinnerst dich?«

»Und ob.«

»So soll es weiter sein, egal, wann wir uns sehen werden. Keine Versprechen, keine Lügen, es wird kommen, wie es kommen muss. Entscheide nach deinem Gefühl, ich werde es auch machen. Es wird richtig sein. Keine Schwüre, hörst du. Du weißt, ich liebe dich. Unsere Liebe wird uns führen. Wenn deine Liebe erlischt, spiele mir nichts vor. Dafür ist unsere Zeit zu wertvoll. Sei ehrlich, wie ich es bin. Christoph, ich werde warten, aber erwarte nicht, dass ich warte, bis ich grau bin. Du verstehst? Schreib mir, und wenn es nur einige Zeilen sind. Jedes Lebenszeichen zählt, ich möchte nicht leiden und mir ausmalen, dass du tot bist. Christoph, das ist das Wichtigste.

Du kannst dir nicht vorstellen, wie schlimm diese Angst ist, wenn ich keine Nachricht von dir bekomme.«

Den Ausdruck ihrer Augen konnte ich nicht sehen.

Wenn ich meine eben geschriebenen Zeilen lese, wirken sie auf mich trivial. Liebesschwüre sind, wenn man sie in einem zeitlichen Abstand liest, immer schwülstig. Aber wir haben so empfunden. Anu und ich spürten vielleicht unbewusst, dass sich unsere Liebe nicht erfüllen würde. Und, ist es schlimm, wenn man alles fallen lässt, sein Innerstes zeigt? Heute wird es den jungen Menschen viel schwerer fallen. Damals hätte ich für Anu mein Innerstes ausgekehrt.

»Anu, ich möchte immer bei dir sein. Müssen wir uns quälen?«

Als ich ihr meine Idee schilderte, mich auf der Insel zu verstecken, bis der Krieg zu Ende sei, wusste ich, dass ich mir etwas vormachte. Anu erkannte mich sofort.

»Christoph, mach dir keine Hoffnungen. Meinst du wirklich, wenn du dich versteckst, wird alles gut? Die Deutschen werden dich suchen. Wo willst du dich verstecken? Im Wald? Du musst jagen, Fallen stellen, wir wollen uns auch sehen, du bist nicht unsichtbar. Und kommen die Russen, wird sich nichts ändern. Du kannst nicht einfach im Dorf auftauchen. Die Leute kennen dich als Deutschen. Verräter wird es immer geben.«

Sie zögerte einen Moment.

»Estland wird nie mehr frei sein.«

Ich klammerte mich an einen letzten Halm.

»Und wenn ich dich und Riina nach Deutschland bringe? Wir könnten heiraten, dann gibt es keine Probleme. Tiina wird auch gehen.«

Anu lachte auf.

»Christoph. Mach uns nichts vor. Wie soll das alles gehen? In zwei Tagen bist du fort. Bleibst du in Tallinn, können wir uns noch sehen. Eine Reisegenehmigung würde ich schon bekommen. Und dann? Wenn die Front zusammenbricht? Du wärst sofort an der Front, weit weg. – Ich mag gar nicht dran denken. Nach Deutschland? Bist du wirklich so naiv und glaubst, dort könnte ich leben? Unter Nazis? Glaubst du das wirklich?«

»Nein, natürlich nicht. Aber das Pack wird bald verschwunden sein. Hitler hat abgewirtschaftet.«

Anus Blick konnte ich nicht standhalten.

»Ich weiß, dass ich mir etwas vormache.«

»Schon gut.«

Ihre Stirn lag an meiner, sie umarmte mich. Ich küsste ihren Schweiß von der Nasenspitze. Ganz nah war sie mir!

»Christoph, es wird sich alles finden.«

Sie flüsterte nur noch.

»Du weißt, wir sind füreinander bestimmt, sonst hätten wir uns nicht wiedergefunden.«

»Ja, ich weiß. Wir werden uns immer finden.«

Es hörte sich groß an, wie ein Gelöbnis. Und wir glaubten damals beide daran, machten uns gegenseitig Mut, küssten unsere Ängste weg.

Anu schüttete noch einmal Wasser auf, dann trieb uns die Hitze in die Dunkelheit. Die Frau neben mir jauchzte wie ein kleines Mädchen, als das eisige Wasser ihren Körper traf. Nackt liefen wir durch die kalte Nacht auf die Wiese, kreischend flüchtete Anu vor mir; als ich sie hielt, küsste sie mich wild.

In der Sauna rieben wir uns gegenseitig mit den harten Leinentüchern von Anus Großmutter ab. Meine Haut spannte von der Hitze und den Reizen.

Die Petroleumlampe brannte nieder, während mein Mädchen die Leinenlaken aus der Lade holte und über die Couch breitete. Hell flammte das Feuer noch einmal auf, riss den kleinen Raum aus dem Dunkel, als ich die Glut schürte. Anu lag schon unter den Laken. Ihr Gesicht konnte ich nicht erkennen, ich schmeckte, dass es von Tränen nass war. Langsam brannte das Feuer nieder. Als es dunkel war, erzählte ich ihr von meiner Schuld an Johannes' Tod. Sie schwieg lange.

»Danke ihm, Christoph. Dein Freund wollte, dass du bei mir bist.«

Ich wollte ihr glauben.

Das Auto des Kommandanten war eine halbe Stunde zu früh gekommen. Vielleicht war es gut gewesen, so zerriss uns der Abschiedsschmerz zwar heftig, aber kurz. Die Stunden vor der Trennung wiegen mit ihren Empfindungen so viel schwerer als Stunden der Freude. Anu war tapfer, weinte nicht, litt stumm, wie ich. Riina hatte noch ein Foto von uns gemacht, bevor ich meine Uniform angezogen hatte. Aber lächeln konnten wir nicht für die Fotografin.

Meine wenigen Sachen waren schnell verstaut. Der Fahrer drängte, Anu umklammerte mich, dann löste sie sich schnell und lächelte mit Tränen in den Augen. Ihre Augen waren wunderschön.

»Du weißt, Christoph, was ich dir damals von dem Herz erzählt habe, ein Stück wird wieder hier bleiben, es ist jetzt größer als beim ersten Abschied. Deine Sehnsucht wird wieder größer sein und dich hierher führen. Dann erfüllt sich die Geschichte, und du wirst bei mir bleiben.«

Sie hatte estnisch gesprochen. Nun hatte ich Riina im Arm, ein Schwall guter Ratschläge ergoss sich über mich. Ein letztes Mal küsste ich Anu, der Motor des Wagens lief bereits.

»Leb wohl, Anu. Wir sehen uns in Tallinn.«

Sie nickte, kämpfte noch immer mit den Tränen. Negus lief bellend einige Meter neben uns her. Anu sah ich noch einmal an der Hofeinfahrt, dann verdeckte sie ein Busch.

Die Fahrt nach Kärdla verlief schweigend.

Im Vorzimmer des Kommandanten empfing mich der Kabarettist wieder mit seinem »Herein, wenn es kein Schneider ist«. Die Erziehungsarbeit seines Oberleutnants hatte keine Früchte getragen.

Breit grinsend, wies er mich in das Zimmer seines Chefs. Der alte Oberleutnant hatte mich schon erwartet, eine Flasche Weinbrand und zwei Schwenker standen auf dem Schreibtisch bereit.

Ich nahm sein Angebot dankend an. Obwohl ich mich zierte, musste ich ihm wenigstens kurz meine Urlaubstage schildern.

»Schön, dass es in diesen kriegerischen Zeiten noch Liebe gibt, Herr Oberarzt. Ich freue mich für Sie. Die Mädchen auf dieser Insel müssen aber auch etwas Besonderes haben. Sehen Sie nur Fräulein Tiina«, er grinste, »na ja, Fräulein ist ja nun der falsche Ausdruck. Auch sie hat einem meiner Jungs den Kopf völlig verdreht.«

Er beugte sich über den Papierkorb und glättete einen zerknüllten Bogen Papier.

»Hier ein Schriftstück aus Käina.«

Umständlich holte er seine Brille aus dem Etui.

»Ein gewisser Herr Keres hat Sie als defätistischen Zeitgenossen angezeigt.«

Der Oberleutnant grinste und nahm seine Brille ab.

»Da Sie als Wehrmachtsoffizier Militärangehöriger sind, wurde mir dieses Schreiben zugesandt. Lieber Freund, seien Sie vorsichtig.

Natürlich verschwindet dieser Wisch wieder. Aber passen Sie auf sich auf. Wehrmachtsoffiziere, die in estnische Mädchen verliebt sind, stehen unter meinem besonderen Schutz – wegen der interessanten Rassenmischung, würde Herr Himmler sagen.«

Er lachte und schaute dabei auf seine Uhr.

»Oh, Sie müssen, Herr Oberarzt. Dann alles Gute. Bleiben Sie der deutschen Wehrmacht erhalten, da wird sich auch Ihre Freundin freuen.«

Er warf einen kurzen Blick aus dem Fenster.

»Wie es hier weitergehen wird, weiß Gott alleine. Nicht einmal der Führer. Leben Sie wohl!«

Einen Tag später war ich wieder in Tallinn.

11

»Los, Christoph, erzähl, wie war's mit deiner Kleinen auf der Insel?«

Leitner lehnte sich erwartungsvoll über den Tisch. Schon als er unser Treffen im »Kultas« vorgeschlagen hatte, wusste ich, was der Zweck sein würde. Mit seiner überschwänglichen gespielten Freude hatte er mich vor dem Café begrüßt. Hinter dem EEKS-Haus dehnte sich die Trümmerwüste der Harjustraße aus. Sofort musste ich an Johannes denken. Aber meine Trauer vor Leitner ausbreiten wollte ich nicht. Im Café hatte sich nichts verändert: gedämpfte Musik, leise Kellner, Offiziere, estnische Verwaltungsbeamte, schöne Frauen. Der Kellner wies uns einen Tisch in einer Ecke. Leitner schien Stammgast zu sein. Sofort bestellte er Kaffee und Cognac, nötigte auch mich. Hier schien es alles zu geben, während die Esten immer mehr hungerten. Wieder drängte er mich, und so erzählte ich kurz von meinen Erlebnissen.

Er lehnte sich zurück.

»Dein Mädel muss ja eine Wucht sein. Du wohl auch, mein Alter!«

Er boxte mir auf den Arm.

»Wenn sie so lange auf dich gewartet hat. Ich werde mal versuchen, eine Reisegenehmigung für sie zu bekommen. Deine Anu muss ich kennenlernen. Dann machen wir mal zu viert einen drauf, unter Freunden.«

Dieses breite Lächeln!

»Du verstehst schon?«

Leitner war einfach widerlich. Unruhe kam auf, Hacken schlugen aneinander, der Hitlergruß ertönte. Leitner drehte sich zur Tür.

»Mein Chef, Obersturmbannführer – Bernhard Baatz. Ich werde dich ihm vorstellen.«

Mein Protest nützte nichts, denn Baatz hatte Leitner schon bemerkt und steuerte auf unseren Tisch zu, während sein Adjutant am Eingang in Erwartung von Befehlen stehen blieb. Baatz schien erstaunlich jung zu sein, eine Bilderbuchfigur in seiner SD-Uniform, mit federndem Gang, sportlich, wir sprangen auf, grüßten, sein Gesicht zu weich, mit vollen Lippen und dunklen großen Augen, auch seine starke Nase konnte den weiblichen Zug nicht dämpfen. Die beiden schienen vertraut zu sein, duzten sich. Leitner stellte mich vor, Baatz nickte mir zu und setzte sich, bestellte bei dem schon wartenden Ober einen Kaffee und Cognac. Leitner erzählte von unserer Bekanntschaft, Baatz hörte ihm aufmerksam zu, mich dabei keinen Moment aus den Augen lassend. Als der Kellner seine Bestellung brachte, hob Baatz sein Glas.

»Na dann, Prost! Leitner, wie sagt ihr immer? In Treuen fest? Komisches Deutsch. Also – gut, dass es in der heutigen Zeit noch solche Freundschaften gibt«, und er kippte sein Glas, ohne mit uns anzustoßen.

»Sie kommen von der Front?«

Auch seine Stimme weich mit hellem Klang. Meinem kurzen Bericht hörte er aufmerksam zu, während seine Augen mich wieder festhielten. Je länger Baatz mir gegenübersaß, eine um so größere Gefahr fühlte ich von ihm ausgehen. Er schien alles zu speichern, für einen Sekundenbruchteil fasste sein Blick einen vorbeieilenden Kellner, um mich wieder zu fixieren, ein lautes Geräusch, das draußen vom Platz zu uns hereindrang, und schon suchten seine Augen die Ursache. War das Vorsicht oder bereits Angst? Eilfertig gab Leitner Baatz Feuer, als der ein Zigarillo aus einem Lederetui zog. Wieder wurde Cognac geordert, die Schwenker sofort geleert. An Alkohol nicht gewöhnt, spürte ich schon die Wirkung.

»Sie waren bei der 225. ID. Die Division habe ich vor einigen Tagen mit dem Generalkommissar inspiziert. Die Truppe liegt bei Narva mit der Ersten Estnischen. Die Leute schlagen sich ganz wacker, wissen ja auch, dass es um ihr Land geht.«

Ich weiß nicht, ob mich der Teufel oder der Alkohol ritt:

»Herr Obersturmbannführer, gestatten Sie mir eine offene Frage?«

»Bitte, nur zu. Wir sind erwachsene Männer und gebildet, da muss man offen reden.«

»Eins verstehe ich nicht, Herr Obersturmbannführer. Warum geben Sie den Esten nicht ihre Eigenständigkeit zurück? Sie haben uns 1941 als Befreier bejubelt. Es gibt so gut wie keinen Widerstand, wenn man die paar Kommunisten und Nationalisten vergisst, die dann ruhig werden würden. Der Russe steht an der Narva. Die Esten wollen ihr Land verteidigen. Warum also ein Besatzungsregime und keine Souveränität? Der Führer hätte einen Bundesgenossen mehr, ob die Esten uns lieben würden, bezweifle ich. Aber sie würden noch mehr für ihr Land kämpfen, denn die Esten hassen die Sowjets.«

Baatz lehnte sich zurück und nahm einen tiefen Zug.

»Ich bitte Sie, lieber Oberarzt, warum sollten wir den Esten ihre Unabhängigkeit geben? Sie funktionieren auch so vortrefflich. Das ist eben achthundert Jahre deutsches Führertum. Sie haben gelernt zu parieren. Ich habe Hunderte von ihnen als SiPo* unter mir. Die funktionieren, hassen die Kommunisten; jeden, den sie bekommen, stecken sie ins KZ. Fragen Sie Ihren Freund. Und glauben Sie mir«, er lachte schallend, »sie verwalten die KZs sogar alleine. Auch das können die Esten. Die paar Juden, die hier gehaust haben, sind schon lange kirre. Mein Vorgänger Doktor Sandberger hat Estland schon Ende 1941 als judenrein an den Reichsführer gemeldet. Da sind wir stolz darauf. Und nach dem Endsieg«, seine Stimme war leise geworden und sein Gesicht, in eine süßliche Parfümwolke gehüllt, näherte sich mir, »so mal unter uns gesagt, gibt es Pläne, dass die Esten, jedenfalls die, die zu ostisch sind, ab nach Russland gehen und dort siedeln werden. Estland war einst die östlichste Provinz des Deut-

---

* Abkürzung für »Sicherheitspolizei«. Eine große Anzahl ehemaliger estnischer Polizeibeamter wurden in den SD und andere deutsche Dienststellen eingegliedert (Kriminalpolizei, politische Polizei, Sicherheitspolizei u. a.).

schen Reiches, nun wird es deutsches Kernland werden. Sie werden sehen.«

Er lehnte sich zurück.

»Um noch einmal auf die Kommunisten zu kommen. Die Esten hassen sie mehr als uns und die Juden. Sollen sie. Uns kann es nur recht sein, dass die Russen sich 1940 hier so aufgeführt haben.«

Sein Glas nehmend, leerte er es mit einem Zug. Mit einer herrischen Bewegung bestellte er noch eine Runde.

»Aber wir können dies besser. Ich selbst habe so etliche Kommunisten und polnische Mischpoke und dieses widerliche Intelligenzpack abknallen lassen. Und am liebsten hätte ich sie alle selber umgelegt!«

Baatz lehnte sich mit einem entspannten Gesicht zurück, als ob er uns von seinen letzten Urlaubserlebnissen erzählt hatte. Leitners Blick traf mich. Wenn ich widersprechen würde, wäre ich erledigt. Baatz hatte sein Glas geleert, lauschte dem Klavierspieler, benahm sich wie ein Kulturmensch und verantwortete den Tod von Hunderten Menschen.

»Scheerenberg, ich sage Ihnen, die Esten würden gute Deutsche abgeben, aber sie sind nun mal keine Germanen, halt ein Hilfsvolk, auch wenn viele von ihnen blond sind. Aber sie tun ihre Pflicht. Das ist wichtig in dieser Zeit.«

Er wandte sich zu Leitner.

»Du, ich war übrigens in Klooga. Kümmere dich mal darum, dass die Juden weniger zu fressen bekommen. Es kann nicht sein, dass unsere Landser an der Front fast hungern, und die Juden im Lager machen kaum etwas und bekommen Rationen, dass sie fett werden. Halbiere die Ration, kann auch noch etwas mehr reduziert werden. Du kümmerst dich drum, Leitner? – So, ich muss. Die Pflicht ruft. War nett, Sie kennenzulernen, Herr Oberarzt. Gehen Sie wieder an die Front. Dort werden Sie nötiger gebraucht. Ihr alter Freund trinkt auch so schon genug.«

Wir grüßten, und er verschwand.

Der Ober brachte noch zwei Schwenker, die Baatz für uns bestellt hatte.

»Sag mal, Christoph, bist du verrückt? Stellst dem Obersturmbannführer solche Fragen? Freue dich, dass er gut gelaunt war. Mann, Mann.«

Leitner regte sich auf, weil ich die Wahrheit wissen wollte?

»Leitner, stimmt das, was Baatz erzählt hat? Ist er wirklich ein Massenmörder?«

Der Alkohol raubte mir meine letzte Vorsicht. Ich war nur noch wütend.

»Mann, Christoph, nicht so laut. Natürlich, was denkst denn du? Und was heißt Massenmörder? Er hat selektiert, sonst nichts.«

Leitners Augen verengten sich.

»Sag mal, wo lebst du? Warum bist du so erschrocken? Da geht es nur um Juden, nicht um Menschen. Stell dich nicht so an, Mann, du mit deiner Gefühlsduselei, damals konntest du auch niemandem wehtun; hast du mir mal beim Fußball die Beine weggehauen, kamst du auch immer gleich und hast dich entschuldigt.«

Er rückte noch dichter an mich. Seine Stimme flüsterte.

»Bist du etwa ein Judenfreund?«

Sich zurücklehnend, grinste er mich breit an.

»Übrigens kam eine Anfrage aus Rostock über dich; deine Schwester soll an ihrer Schule defätistische Reden geführt haben.«

»Was hat Lisa?«

Ich lachte ihn aus.

»Leitner, wenn jemand an den Endsieg glaubt, dann ist es meine Schwester! Der Witz war gut. Meine Schwester leitet Sammlungen für das Winterhilfswerk, die glaubt an den Endsieg.«

Leitner zuckte mit den Schultern.

»Ich kann dir nur sagen, was man mir aus Rostock geschrieben hat. Vielleicht solltest du dich mehr um sie kümmern. Aber bleib ruhig, der angebliche Zeuge ist inzwischen umgekippt. Darum habe ich es dir auch nicht gesagt gehabt. – Scheerenberg, reiß dich zusammen. Ich habe keine Lust, ewig dein Schutzengel zu sein. Die Anfrage ist erledigt. Du weißt – Freunde. Baltendeutscher Spruch: In Treuen fest. Aber treu scheint nur einer von uns zu sein. Und das wollte ich dir schon immer sagen: Es heißt jetzt Baltendeutscher, nicht Deutschbalte. Das musst du langsam begreifen!«

Seine Hand lag auf meinem Arm. Leitner hatte wieder sein Quantum erreicht, um rührselig zu werden.

»Christoph, wir müssen zusammenhalten.«

Ein Schluckauf unterbrach ihn.

»Übrigens, wegen der Juden rege dich mal nicht über den Chef auf. Ich habe selber welche erschossen. Nun guck nicht so!«

Was war ich für ein Schwein! Mein erster Impuls war aufzuspringen, nein, ich musste alles wissen. Leitner hatte sein Glas mit einem harten Klang abgestellt, suchte nach einer Zigarette.

»Im Sommer '41 hat der SD in der Wehrmacht Baltendeutsche gesucht, die mit den Juden im Baltikum Schluss machen sollten. Ich hab mich gemeldet und war dabei. Und? Guck nicht schon wieder so, Scheerenberg. Es waren nur Juden.«

Er kippte sein Glas.

»Nun sitzt du wieder da und schweigst. Du Weichling, geh doch zu deinen Verwundeten, du Heiland. Bin ich jetzt ein Mörder, mein Freund?«

Mein Stuhl fiel polternd um, als ich aufsprang. Mir war es egal, dass die Gäste am Nebentisch schauten.

»Leitner, du bist ein Schwein.«

Leitner grinste nur. Ich musste raus.

»Mein Freund, überspann nicht den Bogen, Scheerenberg!«

Für einen Moment zögerte ich, ob ich umkehren sollte, um ihn zu verprügeln. Ein letzter Funken Verstand brach sich durch mein benebeltes Hirn seinen Weg. Es wäre einem Selbstmord gleichgekommen. Der Geldschein, dem ich den mir entgegeneilenden Kellner auf das Tablett warf, fiel herunter. Die Leute raunten, ein Oberleutnant stellte sich mir in den Weg.

»Gehen Sie beiseite!«

Ich schob ihn einfach fort. Für einen Moment holte ich draußen tief Luft. Mir war schlecht vor Aufregung. Durch das große Fenster sah ich Leitner an seinem Tisch sitzen. Ein Offizier redete auf ihn ein, Leitner hob abwehrend seine Hand.

Mir war bewusst, dass ich nun einen Feind hatte. Angst spürte ich nicht. Die Heuchelei war beendet. Mit meinen betrunkenen Sinnen begriff ich nicht, wie naiv ich eben gehandelt hatte. Ein Befehl von Baatz oder Leitner, und ich würde verhaftet worden. Der Alkohol hatte mich zum Selbstmörder gemacht. Ich rannte und rannte, versuchte meinen Rausch zu mildern. Je mehr mir dies gelang, umso stärker schämte ich mich, diese Uniform zu tragen. Mein Kopf barst, und ich fand keinen Ausweg.

Mir war es egal, wenn der SD schon vor meinem Haus auf mich warten würde. Die Geschichte hätte einen Abschluss gefunden, ich wäre kein Teil mehr dieses mörderischen Plans. Alle waren Mörder, nicht nur Baatz und Leitner, auch ich funktionierte, wie sie es wollten. Ich musste ausbrechen aus diesem System. Ich lief ziellos durch die Straßen, dann, ganz plötzlich, überschwemmte mich die Erinnerung an meinen Vater. Seit Monaten hatte ich nicht an ihn gedacht, und plötzlich lief er neben mir und hörte mir zu. Danach war meine Entscheidung klar. Es war schon spät am Abend, als ich endlich meine Wohnung aufsuchte. Bis in die Nacht redete ich mit Doktor Selle. Ich fragte ihn nach einer Möglichkeit, in den Untergrund zu gehen. Nach langen Diskussionen stimmte er schließlich zu und wollte mir in den nächsten zwei Wochen falsche Papiere besorgen. Alles Weitere würde sich finden.

Eine Flucht über die Frontlinie war für mich indiskutabel, ich blieb in Estland, konnte vielleicht später Verbindung zu Anu aufnehmen. Nach dem Fall Estlands wäre ich ein Este mit echten Papieren. Dann könnte ich mit Anu noch immer fliehen.

Ein Telefonanruf Leitners machte meine Pläne am nächsten Morgen zunichte. Lakonisch teilte er mir mit, dass Baatz sich für meine sofortige Kommandierung an die Front ausgesprochen habe und er selber nichts dagegen unternehmen könne und wolle. »Da hast du deine Quittung, und freue dich, dass ich Baatz nichts erzählt habe. Der hätte dich umlegen lassen«, war sein letzter Satz.

Noch am selben Abend musste ich Tallinn in Richtung Narva-Front verlassen. Meine alte Einheit würde wieder meine Heimat werden. Ich hatte gerade noch Zeit, einen langen Brief an Anu zu schreiben.

12

Als ich im April wieder an die Front kam, war der Abschnitt der Narva-Front nach den Wochen der sowjetischen Offensive relativ ruhig.

Die Rote Armee hatte bis Mitte März etliche Angriffe geführt, dabei aber nicht die deutschen Stellungen durchbrochen. Nun holten beide Seiten Atem. Uns allen war bewusst, dass dieses Atemholen von kurzer Dauer war. Es war nur eine Frage der Zeit, wann die Sowjets wieder mit einer neuen Offensive beginnen würden. Die deutschen Truppen nutzten die Kampfpause, um sich neu zu gliedern. Frische Truppen wurden herangezogen. Ich hatte auf der Bahnfahrt die neu aufgestellten estnischen Einheiten gesehen. Junge entschlossene Gesichter, die begierig darauf waren, ihr Land vor den Sowjets zu verteidigen. Sie waren so naiv!

Der Marschbefehl wies mich nach Permisküla, ein Dorf nördlich des Peipussees, an der Narva gelegen. Ich sollte als Arzt des 225. Artillerieregiments die Sanitätsdienste leiten. Der Regimentskommandeur, ein schwäbelnder Reserveoffizier mit der Ruhe eines Buddhas, klärte mich auf, dass ich neben meiner Verwaltungsarbeit als Regimentsarzt auch selber behandeln müsste, da er etliche Ärzte und Sanitäter verloren hatte. Ich war froh darüber, hoffte, durch die Arbeit meinen Grübeleien zu entkommen. Doch ich täuschte mich.

Die nächsten Wochen ließen mich an der Ausweglosigkeit meiner Situation verzweifeln. Ich grübelte nächtelang, verrichtete meinen Dienst mechanisch und fand keine Lösung. Johannes hätte ich mich anvertrauen können, auch Valdur.

Den Mut, mit meinem Sanitätsunteroffizier Zink zu reden, den ich noch von Otradnoje kannte und der ebenfalls versetzt worden war, fand ich nicht.

Ich schrieb viel in diesen Tagen, lange Briefe an Anu, obwohl die Post zensiert wurde, führte wieder regelmäßig Tagebuch. Leider ging dies später verloren. Anus Briefe halfen mir sehr. Das Mädchen wurde immer mehr mein einziger Grund, mich nicht aufzugeben. Zweifel, dass wir uns nicht wiedersehen würden, hatte ich nicht mehr. War dies ein Schutz meiner Seele, dass ich meinen Körper noch nicht aufgab? Mein Leben in diesen Wochen war völlig nach innen gerichtet. Immer wieder kam ich mir wie der Zuschauer eines Films vor. Für einige Tage hatte ich die irrwitzige Hoffnung, dass Anu eine Reisegenehmigung nach Tartu bekommen könnte. Aber da versagten die Künste des Wehrmachtskabarettisten in Kärdla. Selbst Tiina konnte bei ihm nichts bewirken.

Der Frühling war schön in diesem Jahr. Für mich waren diese Wochen das Warten auf etwas, das ich nicht begreifen konnte. Ich war an meinem Endpunkt angelangt.

Wären meine Gedanken nicht bei Anu gewesen, hätte ich mir wohl eine Kugel in den Kopf geschossen. Ich war satt, der Krieg, die Trennung von Anu, das Versagen in meinem Beruf, ich wollte Menschen heilen, keine Verwundeten wieder für den Krieg präparieren und sah keinen Ausweg aus dieser Misere.

Ein Besuch Valdurs riss mich aus meiner Lethargie.

»Oberarzt Scheerenberg, kommen Sie mal sofort rüber zu mir!«

Die laute Stimme des Kommandeurs klang ungedämpft durch die dünne Bohlenwand.

»Jawohl, Herr Hauptmann!«

Mein Regimentskommandeur schien heute gute Laune zu haben, vor wenigen Minuten hatte seine Lachsalve das morsche Gebälk erschüttert. Er schien lustigen Besuch zu haben.

Da mein Fenster auf den Hof hinausging, konnte ich nicht sehen, wer gekommen war. Rauchschwaden durchzogen das Kommandeurszimmer.

Im Zentrum dieser Schwaden saßen mein Kommandeur und ein SS-Offizier und unterhielten sich köstlich, was ich von meinem Vorgesetzten überhaupt nicht erwartet hatte, denn der SS gegenüber verhielt er sich immer ziemlich kühl. Als ich meine Meldung machen wollte, winkte der Hauptmann ab.

»Lassen Sie es gut sein, Oberarzt. Besuch für Sie. Da wollen wir keine Zeit verschwenden.«

Langsam erhob sich der andere Offizier und wandte sich um. Breit grinsend kam Valdur, mein Kamerad aus Lazarettzeiten, auf mich zu.

»Sie können sich anschließend verbrüdern. Kommen Sie, Scheerenberg, trinken Sie. Wurst und Schinken hat Ihr Freund mitgebracht, wollte mich bestechen. Ich werde die Sachen dem Küchenbullen geben, mich lieb Kind bei meinen Landsern machen. Ihr Waffenbruder ist auf Durchreise und hat für Sie um einen Tag Urlaub gebeten.«

Der Hauptmann hob sein Glas.

»Ich hab ihn genehmigt. Dann – auf unsere estnischen Waffenbrüder und – den Führer!«

Valdur hob sein Glas, und ich bemerkte seinen befremdlichen Blick. Aber er schwieg.

»Na, dann.«

Wir stießen an, ohne den Führer zu erwähnen. Dem Hauptmann war es egal. Er entließ uns, ich hatte bis Mitternacht Urlaub. Im Flur umarmten wir uns.

»Valdur, ich fasse es nicht. Wie kannst du in der Gegend herumfahren und mich einfach so besuchen und leierst meinem Chef noch einen freien Tag aus dem Leib?«

Verschmitzt kniff er seine Augen zu und strich sich über den kahlen Kopf.

»Du siehst doch, ich habe Karriere in eurer Armee gemacht, arbeite jetzt im Stab der Division. Ich soll nach Tartu, Unterlagen abholen. Mein Fahrer stammt aus der Ecke. Ich hab ihm Urlaub auf Ehrenwort bis heute Abend gegeben. Denen in Tartu werde ich morgen erzählen, dass der Wagen gesponnen hat. Na ja, den Schinken und den Wodka wollte ich eigentlich woanders einsetzen. Aber du bist es mir wert, alter Freund.«

Valdurs Gesicht strahlte vor Freude. Als ein Schreiber mit meinem Schein kam, startete er den Wagen.

»Los, steig ein! Ich zeig dir die Gegend. Hier kenne ich mich aus wie zu Hause. Ich hatte fast Sehnsucht nach dir. Und das soll bei einem Esten schon was bedeuten!«

Die nächsten Stunden riss mich Valdur mit seinem Lebensmut aus meinem Trübsinn. Im Schnellgang berichtete er mir von seinen letzten Monaten.

Nach seiner Genesung war er der neu aufgestellten Estnischen Waffen-SS-Grenadierdivision zugeteilt worden.

Im Februar bei Narva an der Front eingesetzt, kämpfte er mit Norwegern und Deutschen gegen die Sowjets in ihrem Brückenkopf bei Vepsküla. Schnell zeichnete er sich aus, wurde befördert, vor einigen Wochen war er zum Waffen-Sturmbannführer ernannt und dem Stab der estnischen Division zugeteilt worden. Das gefiel ihm nicht, lieber wollte er vorne bei seinen Kameraden sein.

Valdur sprühte vor Energie. Immer wieder lachte er, klopfte mir auf die Schulter.

Langsam kam ich aus mir heraus, begann zu erzählen, berichtete auch von dem Feuerüberfall, und dass ich nicht mehr kämpfen wolle. Abrupt bremste er den Kübel. Als sich die Staubwolke verzogen hatte, musterte er mich.

»Du bist jetzt so weit, dass du alles machen würdest, um nicht mehr zu kämpfen?«

Ich bejahte.

»Das heißt, du willst dich völlig zurückziehen, lässt hier alles so laufen und schaust zu, wie Estland vor die Hunde geht?«

»Valdur, ich kann nicht mehr. Ich habe die Schnauze voll von diesem Schlachten, manchmal hasse ich sogar meinen Beruf.«

Er unterbrach mich: »Ich auch, mein Freund, jeden Tag könnte ich kotzen. Aber trotzdem will ich kämpfen. Mensch, Christoph, tauche unter, verstecke dich bei Anu, wenn du die Nase voll vom Krieg hast, gehe in den Untergrund und kämpfe. Wenn du schon nichts gegen die Nazis gemacht hast, kämpfe gegen die Russen, wenn sie wieder in Estland sind. Dann kämpfst du auf der richtigen Seite, das ist ein anderer Krieg.«

»Und warum kämpfst du noch, Valdur, wenn du daran glaubst, dass die Russen Estland erobern? Du trägst eine deutsche Uniform. In Posen habe ich Männer in den gleichen schwarzen Uniformen gesehen, wie sie Razzien gemacht haben. Auch die Wärter in Klooga tragen diese Uniformen. Schämst du dich nicht?«

Eine flammende Röte überzog sein Gesicht und wanderte über seinen blanken Schädel.

»Natürlich schäme ich mich, in einer deutschen Uniform zu kämpfen.«

Er tippte auf das Emblem mit der Schwerthand* auf seinem Kragenspiegel.

»Das Zeichen ist so lächerlich. Aber was bleibt mir übrig? Sie geben uns sonst keine Waffen. Und wir müssen kämpfen.

Meinst du etwa, die Russen kommen als Befreier? Sie wissen genau, wie wir sie hassen. Die Russen wissen, wie viele Esten sie umgebracht haben.

---

* Angehörige der estnischen Verbände trugen auf einem Kragenspiegel das Emblem eines schwerttragenden geharnischten Arms und auf dem Ärmel die Farben Estlands, teilweise auch mit den drei Wappenlöwen.

Dass es fast keinen Widerstand gegen die Deutschen gibt und zigtausend Esten der Mobilmachung gefolgt sind, sagt alles.«

Er winkte ab.

»Das habe ich dir alles schon einmal erzählt.«

»Du kämpfst für die Deutschen, Valdur.«

»Nein, Christoph, du hast nicht zugehört, ich kämpfe für mich.«

Er tippte sich an seine Stirn.

»Im Kopf kämpfe ich für mein Land. Würden die Deutschen mich in Russland oder woanders einsetzen, würde ich sofort desertieren. Christoph, dies ist Estland, auch wenn hier Dänen, Deutsche, Schweden und Russen das Sagen gehabt haben, so leben wir noch immer hier. Die Esten werden nicht sterben, auch wenn sie viele von uns töten. Ihr werdet wieder fort sein, wir werden weiterleben. Und wenn die Sowjets uns besetzen, wir Esten werden trotzdem Esten bleiben. Wir sprechen unsere Sprache, singen unsere Lieder. Niemand hat uns ausgelöscht. Auch jetzt werden es die Sowjets nicht schaffen. Die Wälder sind groß, warum sollen wir nicht kämpfen? Es gibt genug Möglichkeiten.«

»Du glaubst doch nicht daran, dass die wenigen Esten eine Chance gegen Stalin haben? Warum habt ihr nicht gegen die Sowjets gekämpft, als sie '40 einmarschierten? Warum nicht ein Jahr später gegen die Deutschen?«

»Christoph, überleg, das sind zwei verschiedene Dinge. 1940 waren unsere Politiker schwach. Hätte Päts zum Widerstand aufgerufen, wir hätten gekämpft.«

»Und verloren!«

»Das weiß niemand. Damals hofften sie auf den Westen. Allerdings hatte der andere Probleme. Ein Jahr später sah es anders aus. Immerhin haben die Deutschen uns von den Russen befreit.«

Er lachte auf. »Dass wir an eine Unabhängigkeit glaubten, war natürlich naiv. Aber wenn wir uns jetzt gegen die Kommunisten wehren, wird der Westen auf uns schauen.«

»Valdur, das ist doch alles nur Wunschdenken. Noch stehen die Russen an der Narva und die Deutschen unterdrücken euch. Noch wird überall in Europa gekämpft. Wen interessiert Estland?«

»Christoph, ich sterbe lieber als freier Este in den Wäldern als in Sibirien. Und lach nicht, auch wenn es sich hochtrabend anhört. –

Überleg es dir; wenn es so weit ist, schließ dich an. Nur so wirst du auch Anu sehen.«

Plötzlich schlug er mir die Mütze vom Kopf und lachte.

»So, nun habe ich wie Präsident Päts gesprochen. Überleg es dir, du wirst mich bei meiner Schwester finden, wenn es so weit ist. Die Russen werden kommen. Trotzdem, ich muss kämpfen. – Genug, ich zeig dir jetzt den Frieden.«

Unsere Fahrt ging durch menschenleeres Land. Alte Wälder zogen sich scheinbar endlos neben der Straße dahin. Hier schien noch keine Axt, keine Säge, eingedrungen zu sein. In dieser Einöde hatte der Krieg keine Spuren hinterlassen. Der Schotter der Straße schlug dumpf gegen die Radkästen, Kalkstaub knirschte zwischen den Zähnen. Die frühe Sonne fand ihren Weg durch einen Wolkenschleier und wärmte ohne die brennende Kraft des Sommers.

Ich genoss die Fahrt, war froh, Valdur neben mir zu sehen. Er lachte, riss die Arme vom Lenkrad, dass der Wagen zu schlingern anfing, und rief: »Mein Land, es ist wunderschön! Hörst du, mein Land. Es ist auch deins, weil du es liebst, mein Freund!«

Er war ein verrückter Kerl!

In einer kurzen Pause standen wir schweigend an die Motorhaube gelehnt und rauchten gemeinsam. Ich hatte vor Monaten mit dem Rauchen aufgehört, wollte mich dem freundschaftlichen Ritual nicht entziehen, auch wenn ich mich quälte.

Neben der Schotterstraße begann ein Hochmoorgebiet. Kümmerliche Kiefern säumten den Rand, Grasnarben schienen im dunklen Wasser zu schwimmen. Vorsichtig machte ich einige Schritte auf dem scheinbar schwimmenden Untergrund. Meine Stiefel sanken bis zu den Knöcheln ein, bis der Boden Halt gab. Vorsichtig bückte ich mich. Vor mir lag ein riesiger dunkelbrauner ins Rötliche gehender Teppich. Sonnentau – noch nie hatte ich diese kleine fleischfressende Pflanze in so großer Zahl gesehen. Fasziniert beobachtete ich, wie eine morgenklamme Fliege in eine Falle torkelte, die sich dann schloss. Das so simple Gesetz des Lebens, in seiner Vielfalt millionenfach erlebbar und doch einmalig in diesen Sekunden. Plötzlich musste ich an den toten Wald auf Permisküla denken.

Wir spielen uns wie Götter auf, greifen in Gesetze ein, die Millionen Jahre vor uns gewirkt hatten. Wir waren es nicht wert, diese Wunder zu erleben.

Der Mensch ist schlecht in seiner Gesamtheit. Als Einzelner mag er Gutes vollbringen, in der Masse nichts.

Valdur riss mich aus meinen Gedanken, der Motor des Kübels lief bereits. Unsere Fahrt ging weiter Richtung Nordwesten.

Die Landschaft war zeitlos, weidende Kühe am Wegrand, junge Saat auf kleinen Feldern, ein Pferdefuhrwerk, das uns entgegenkam.

Über uns ein gemalter blauer Himmel. Ich war berührt, so viel Frieden zu sehen.

Der Krieg schien in einer anderen Welt zu wüten. Hinter Baumwipfeln tauchten goldene Kuppeln auf. Jetzt kannte ich das Ziel unserer Fahrt: Kuremäe, ein orthodoxes Nonnenkloster.

Vor einer Birkenschonung hielt Valdur den Wagen an und schlug einen Spaziergang vor. Er lachte nur, als ich meine Bedenken äußerte.

»Hier ist eine andere Zeit, Christoph. Du wirst sehen.«

Als ich den Weg zum Kloster einschlagen wollte, schüttelte er den Kopf und zeigte auf einen schmalen Pfad, der sich am Birkensaum entlangzog. Viele Füße hatten ihre Spuren auf dem feuchten Grund hinterlassen.

Valdur erzählte mir von der Geschichte des Nonnenklosters. Das Ziel unserer Wanderung wollte er mir nicht verraten. Bauern kamen uns entgegen, die Frauen, ihre Kopftücher eng um die Gesichter geschlungen, die Männer in Blusen und weiten Hosen, wirkten wie Russen. Ihr lebhaftes Gespräch, ich hörte sie russisch sprechen, brach ab, als sie uns bemerkten. Ihre Gesichter drückten Misstrauen aus. Erst als wir estnisch grüßten, erwiderten einige einsilbig unseren Gruß.

»Sie wohnen seit Jahrhunderten hier, sprechen ihre Sprache, haben ihren Glauben. Die Dörfer am Ufer des Peipussees wirken wie in Russland. Auch wenn ihre Kirchen das orthodoxe Kreuz tragen – sie sind Esten, Christoph, wie die Schweden auf den Inseln, die Finnen und die Deutschbalten, wie es die Juden waren, die ihr gemordet habt.«

»Valdur, hör auf. Ich habe keinen Juden ermordet.«

Valdurs Arm lag auf meiner Schulter.

»Entschuldige. Nimm unser kleines Land. Was sind wir auf der Welt? Eine winzige Nation.

Aber die verschiedenen Menschen haben gleichberechtigt miteinander gelebt. Warum muss es immer ein Herrenvolk geben? Wir hätten keine Kriege mehr, wenn sich alle als gleichwertig sehen würden.«

»Valdur, du träumst. Der Mensch ist schlecht.«

»Christoph, natürlich träume ich. Trotzdem, aus Träumen kann Realität werden.«

Er winkte ab.

»Ich predige schon wie ein Pope – sieh mal.«

Vor mir sah ich ein Bild Ilja Repins:

Von Birken und Erlen eingefasst, in einer Niederung ein nach russischer Art gebautes Holzhaus. Frauen und Männer, auch sie in der russischen Tracht, standen geduldig mit Kannen und Eimern vor einem gemauerten Ausfluss, um Wasser zu schöpfen. Leise erklärte mir mein Begleiter von der Wunderkraft der Quelle. Von weit her würden die Gläubigen kommen, um ihr Wasser zu schöpfen. Sogar ein winziges Badehaus war errichtet worden, in dem sich die Gebrechlichen waschen konnten.

Ein Pope kam mit wehendem Mantel über ein Kartoffelfeld, das an den Rain grenzte, sein schwarzer Bart reichte bis zu seinem Gürtel, sein junges Gesicht wirkte asketisch. Auch er stellte sich in die Reihe der Gläubigen und wartete geduldig.

Abseits beobachteten wir schweigend die Szene. Auch ohne Valdurs Erklärung wusste ich, warum er mir diesen Ort gezeigt hatte. Hier standen Menschen, für die ihr Glaube alles war. Sie dachten nicht an den nahen Krieg.

Solange sie lebten, würden sie unbeirrt an ihrem Gott festhalten und in ihm ihren Trost suchen. Durch ihren festen Glauben zweifelten sie nicht an dem Sinn ihres Daseins wie wir. Sie hatten etwas, woran sie sich halten konnten. Ich beneidete sie in diesem Moment.

Dann wurde mir klar, dass für mich Anu da war, die mir meinen Halt gab. Ich hatte sie, sie vertraute mir. Nur sie zählte, kein Gott, keine Idee, Deutschland schon gar nicht. Ich musste in Estland bleiben, nicht um das Land gegen einen übermächtigen Gegner zu verteidigen, sondern weil ich es liebte.

Nein, weil ich hier ein Mädchen liebte, bei dem ich sein wollte, ohne mich zu verstecken, mit der ich eine Familie gründen und Kinder wollte, die frei aufwachsen sollten. Valdur schwieg, er spürte wohl, dass sich etwas in mir bewegte. Als ein Mütterchen scheu an uns vorbeihuschte und ihr Kreuz schlug, kam ich zu mir. Wir waren die Teufel für sie.

Langsam gingen wir den Weg zurück. Auch wenn ich keine Worte fand, so musste Valdur spüren, dass ich ihm sehr dankbar war.

Das Kloster, noch keine hundert Jahre alt, wirkte wie für die Ewigkeit errichtet. Starke Mauern und gemalte Heilige, die das Tor einfassten, sollten den friedlichen Ort schützen. Eine Werfersalve würde alles zerstören!

Wir fühlten uns nicht wohl in unseren Uniformen, als wir über den Friedhof des Klosters gingen. Schutzsuchend scharrten sich Hunderte von schmiedeeisernen Kreuzen um eine Holzkirche. Zwei alte Frauen zupften an einem der Gräber, und wieder wurden Kreuze geschlagen. Waren wir in unseren Uniformen Ausgeburten der Hölle?

Unsere Fahrt ging zurück nach Permisküla. Wieder war ich vom Frieden der Landschaft überwältigt. Auf einer Wiese sah ich eine Bauernfamilie bei der ersten Mahd, und keine dreißig Kilometer weiter ostwärts war die Front. Seit Generationen hatten diese Familien das Land bestellt. Ihr Lebensrhythmus, von den Jahreszeiten vorgegeben, war in ihre Seelen übergegangen. Die Sonne senkte sich, als Valdur noch einmal den Kübel anhielt. An die Motorhaube gelehnt, schauten wir beide in den Abendhimmel und nahmen Abschied voneinander. Es hätte ein Abschied für immer sein können. Über uns strahlte der Himmel in den Farben des Sommers.

Er war so hoch und klar. Eigentlich müsste er Narben tragen von den Granaten und Flugzeugen, vom Feuer und Rauch.

Wenig später setzte Valdur mich vor dem Stabsgebäude ab. Worte füreinander fanden wir nicht. Sein Wagen verschwand in einer Staubwolke. Er musste noch seinen Fahrer abholen.

Zink wollte Bericht geben, er bemerkte, dass ich alleine sein wollte.

Am Abend schrieb ich Anu.

Noch einmal hatten wir eine Gnadenfrist. Eine seltsame Spannung lag auf uns. Die Juliwochen waren ungewöhnlich heiß und drückend. Nachts leuchteten Waldbrände wie Fanale des kommenden Unheils.

Zink und ich suchten uns in den Nächten ein Quartier unter freiem Himmel. Stundenlang lag ich wach, lauschte in die Nacht und nahm die Atmosphäre der Mittsommernächte in mich auf. Die Intensität meiner Gefühle übermannte mich oft. Ich sprach mit meinem Mädchen, malte mir gemeinsame Episoden aus. Mir wurde in diesen Nächten klar, dass ich Estland nicht verlassen würde. Valdurs Angebot war meine Lösung!

Die Atmosphäre schien in diesen Tagen elektrisiert zu sein. Ähnlich fühlten auch wir uns.

Das kommende Unheil lag in der Luft, es wurde von uns wie eine Naturkatastrophe, der wir hilflos ausgeliefert waren, erwartet. Fast ersehnten wir die sowjetische Offensive, um endlich die Anspannung zu verlieren. Niemand sprach es aus, jeder wusste, dass der sowjetische Angriff uns hinwegfegen würde.

Erika hatte mir geschrieben. Ihr Brief strahlte eine Unbekümmertheit aus, die mich erschrecken ließ. Sie glaubte daran, dass die Front stehen würde. So viel Naivität hatte ich von ihr nicht erwartet. Wir telefonierten, und nach einigen Tagen schrieb sie mir, dass der Leiter des Lazaretts Medikamente an uns übergeben wolle. Sofort machten wir uns auf den Weg, auch wollte ich Erika wiedersehen.

Zink setzte mich vor dem Tor des Gutshofes in Aaspere ab und wollte auf meinen Vorschlag die freie Zeit für Besorgungen in Rakvere nutzen. Er grinste mich an.

»Sie haben recht, Herr Oberarzt: Die Verwandtschaft ist unersättlich. Wer weiß, wann ich noch einmal Gelegenheit dazu habe?«

Dann verschwand er. Ein Posten empfing mich, und auf meine Frage berichtete er von sowjetischen Spähtrupps, die vor einigen Wochen abgesetzt, aber durch die Mithilfe der Esten aufgespürt und überwältigt worden waren. Der Chefarzt litt seitdem unter panischer Angst.

Doktor Mäitlas Freude war nicht gespielt, als er mich begrüßte. In aller Kürze musste ich ihm von meinen letzten Monaten berichten. Dann wies er auf zwei Kisten.

»Für Sie, sie wurden vor einigen Monaten fehlgeleitet.«

Er lachte. »Auch so etwas gibt es bei der deutschen Wehrmacht. Niemand hat sich gemeldet. Nehmen Sie die Kisten, aber eine amtliche Übergabe können wir nicht machen.«

Er lächelte. »Ihre Unruhe, Herr Oberarzt, beruht auf Gegenseitigkeit. Schwester Erika hat sich schon dreimal erkundigt, ob Sie sich gemeldet haben. Sie hat heute Nachmittag frei bekommen. Erika ist meine beste Schwester.«

Er blickte für einen Moment nachdenklich aus dem Fenster.

»Was, meinen Sie, wird hier passieren?«

Er wandte sich um.

»Eine dumme Frage, vergessen Sie sie!«

Seine Hand war unangenehm kalt.

»Leben Sie wohl, alles Gute! – Das war wieder dumm. Zu oft habe ich dies in den letzten Wochen gewünscht. Ich habe kaum noch einen Arzt oder Pfleger.«

Der lange Flur im Obergeschoss, der zu den Zimmern der Schwestern führte, das Fenster, vor dem ich mir im Winter Anus Bild im Mondlicht ansah. An diesem Sommertag spielten die Schatten der Lindenblätter auf der hellen Holzvertäfelung. Mein Blick ging in den Park, die hohen Bäume, von Sichtachsen unterbrochen, große Blumenkübel.

Ein einarmiger älterer Mann in Lazarettkleidung goss einen der Kübel. Auf den Bänken saßen Patienten, Köpfe verbunden, Arme oder Beine geschient, einige in Rollstühlen. Vorne am schmiedeeisernen Tor der Wachtposten. Auch hier das Gesicht des Krieges. Die elfenbeinfarben gestrichene Tür zu Erikas Zimmer war angelehnt. Plötzlich wurde ich aufgeregt. Ihr »Herein« auf mein Klopfen. Ein helles Zimmer mit einem Sommerstrauß auf dem kleinen Tisch, davor Erika, mich anstrahlend, die Freude in ihrem Gesicht. Sie war etwas runder geworden. Erika lief auf mich zu, ihr Gesicht voller Freude, wir umarmten uns, die hellen Haare rochen nach Karbol. Ihre feste Brust in meiner Magenkuhle erregte mich, dann ihr verlegener Blick, als sie sich von mir löste. Unser Lachen löste die Befangenheit des Wiedersehens.

Die nächste Stunde verging zu schnell. Erika zog mich fort von den Kranken und Versehrten in den hinteren Teil des Parks.

An einem kleinen Forellenteich fanden wir eine Stelle für uns, breiteten das gemähte, schon trockene Gras aus und erzählten. Das Mädchen wollte alles wissen, war betroffen, als ich von Johannes berichtete, freute sich, von Valdur zu hören. Als ich von meinem Besuch auf Hiiumaa berichtete, strich sie mir über die Hand.

»Schön, dass du es geschafft hast. Wie wird es nun weitergehen?«
»Ich weiß es nicht. Allerdings ist es für mich klar, dass ich in Estland bleibe.«
Erikas Gesicht drückte Angst aus.
»Du willst desertieren? Sie werden dich erschießen, Christoph!«
»Und wenn, ich muss es riskieren. Erika, wenn ich es nicht versuche, werde ich mir ewig Vorwürfe machen. Ich liebe Anu.«
»Ja, leider. Christoph, du bist mehr als ein Freund für mich.«
Ihr Blick machte mich verlegen.
»Ich weiß. Aber es ist nun einmal so. Wäre Anu nicht ...« Erika unterbrach mich: »Hör auf! Red nicht so!« Dann leiser: »Ich bin ja schon froh, dass du kommst, Christoph.«
»Erika, was willst du machen, wenn der Russe kommt? Und er wird kommen!«
Sie blickte mich erstaunt an.
»Na, was soll ich machen? Hier meine Pflicht tun. Verwundete pflegen – was sonst?«
Ihre Naivität verschlug mir für einen Moment die Sprache.
»Was staunst du?«
»Staunen? Erika, kannst du dir nicht vorstellen, was in den nächsten Wochen passieren wird? Meinst du, dass die Russen euer Lazarett in Ruhe lassen werden, nur weil über dem Portal eine Rotkreuzfahne weht?
Sie werden alles zurückzahlen. Erika, du bist Deutsche! Mit den Esten werden sie vielleicht anders umgehen, aber nicht mit uns.«
»Christoph, ich bin Krankenschwester und in diesem Land geboren.«
Aus ihrem Satz klang der Trotz eines Kindes.
»Erika, hör auf. Das ist den Russen völlig egal.«
Das Mädchen schaute mich von unten an.
»Christoph, wenn ich Estland verlasse, werde ich dich nie wieder sehen.«
Sie hatte recht. Um sie nicht zu belügen, wich ich aus.
»Erika, ich muss wieder los. Zink wird schon warten. Bitte, versprich mir, dass du mitgehst, wenn das Lazarett evakuiert wird.«
Der Kies knirschte unter unseren Füßen. Eine Lerche stand, wie von einer unsichtbaren Drachenschnur gehalten, unter dem blauen Himmel und sang.

306

Erika blieb stehen und beobachtete den Vogel.

»Wie sie so ununterbrochen singen und gleichzeitig fliegen kann. Sie muss Lungen wie ein Sportler haben.«

Plötzlich lag ihre Hand in meiner.

»Christoph, wenn du mir versprichst, dass wir uns wiedersehen werden, gehe ich mit auf ein Schiff.«

Impulsiv nahm ich sie in meine Arme. Für einen Augenblick überschwemmte mich ein Gefühl der Liebe zu dem Mädchen.

»Erika, mach es dir nicht so schwer.«

Ich drückte sie fest an mich.

»Ich verspreche es dir!«, und wusste, dass ich log. Minutenlang hielt sie mich umschlungen. Wir nahmen für immer voneinander Abschied, ohne es uns gegenseitig einzugestehen.

Erst als wir den Wagen am Tor sahen, lösten sich unsere Hände.

»Leb wohl, Erika. Schreib mir, solange es geht. Pass auf dich auf. Wir wollen uns doch wiedersehen.«

Noch einmal umarmten wir uns.

»Geh mit.«

Erika konnte nur nicken. Das Mädchen ging zurück. Irgendetwas sagte der Posten noch zu ihr, sie reagierte nicht. Ihre Schultern zuckten, sie drehte sich nicht mehr um.

»Zink, fahren Sie endlich, bitte.«

Warum hatte ich sie belogen? Nach wenigen hundert Metern musste Zink anhalten. Hinter einem Baum heulte ich.

Am 25. Juli, in aller Frühe, brach das Unwetter los. Ein fürchterliches Trommelfeuer paukte eine endlose Stunde auf unsere Stellungen ein. Ich hatte Dienst, hockte mit zwei Sanitätern im Bunker des HVP.

Es war unbeschreiblich, was sich über uns abspielte. Der Bunker hielt stand, die beiden Sanitäter waren erst wieder einsatzfähig, als ich sie anschrie. Unsere Verwundeten hatten durch kleine Morphiumgaben das Feuer stoisch über sich ergehen lassen. Die stille Minute nach der Kanonade schmerzte in den Ohren.

Jeder wusste, was nun folgen würde – der Sturm auf unsere Stellungen, dann würde es eine Sache von wenigen Stunden sein, bis die Front zusammenbrechen würde.

Trotz der Angst, oder gerade darum, funktionierten alle wie Uhrwerke. Niemand hatte Zeit zum Nachdenken. Während die Schlacht tobte, operierten wir, bis wir vor Schwäche fast umfielen. Wir konnten uns nur noch durch Pervertin wach halten.

Während Zink mir den Wundzettel des nächsten Verwundeten vorlas, beruhigte ich, fragte nach den Schmerzen, nach der Familie, rein mechanisch, ohne überhaupt noch das Gesicht des Verwundeten wahrzunehmen. Der Brodem aus Blut, Schweiß und Todesangst, die Haufen der abgetrennten Gliedteile, Arme, Beine, ein apokalyptisches Bild, die Verletzten, die unter meinen Händen starben, nichts drang mehr in meine Sinne. Eigentlich war allen klar, dass niemand in das Hinterland verlegt werden konnte, wir operierten trotzdem – es war unsere Pflicht.

Was genau an diesen Tagen vorne an der Front ablief, erfuhr ich erst später aus den Gesprächen der Frontsoldaten und der Waldbrüder, die auf der deutschen Seite gekämpft hatten.

Einen Tag konnten die Stellungen an der Narva gehalten werden, dann brach die Front. Die vorbereitete Tannenbergstellung sollte den russischen Ansturm aufhalten.

Während der Hauptverbandplatz zurückgenommen wurde, fiel ich in einen komaähnlichen Schlaf. Zink berichtete mir am Abend, als wir unseren neuen Platz einrichteten, dass wir in einen Artillerieüberfall geraten waren. Ich hatte nichts mitbekommen. Was in der Woche geschah, ist nicht beschreibbar. So etwas hatte ich noch nie erlebt, diese Szenen kann ich nicht auf das Papier bringen, obwohl sie sich in mir eingegraben haben.

Über dieser Hölle höhnte ein blauer, hoher Himmel! Die Esten, die uns auf dem Rückzug begegneten, waren verzweifelt. Deutsche Verwundete berichteten, dass sie als Verräter und Feiglinge beschimpft worden waren. Die Esten wollten kämpfen und wussten zugleich, dass sie keine Chance hatten! Die einen Besatzer würden fliehen, die anderen würden Rache nehmen. Freiheit? Dieses Land würde nie frei sein! Bei der Verlegung unserer Sanitätseinheit sah ich die Artillerieabteilung eines Grenzschutzregiments nach vorne gehen. Die Esten hatten Kanonen, die auf Lafetten mit Holzrädern montiert waren und von Pferden gezogen wurden. Ihre Ausrüstung schien aus einem Militärmuseum zu stammen, die Wut und Verzweiflung auf ihren Gesichtern berührten mich. Der letzte verbohrte Endsieggläubige musste erkennen, dass Estland verloren war.

Kam ich einmal für wenige Minuten zur Ruhe und brach nicht sofort vor Müdigkeit zusammen, zermarterte ich mir mein Hirn, was nun werden sollte. Mir war klar, dass ich desertieren musste, um in Estland zu bleiben.

Aber ein Rest meiner Berufung zum Arzt kämpfte in mir und ließ mich zweifeln. Der Fahneneid interessierte mich nicht. Hitler war ein Verbrecher. Aber die Verantwortung für die Verwundeten lastete noch immer auf mir – ich würde sie verraten und Leben aufs Spiel setzen. Von Stunde zu Stunde wurde mir bewusster, dass ich mit dieser Schuld leben musste. Ich wollte überleben, gemeinsam mit Anu. Mein Ziel war Hiiumaa!

Mäetaguse, Iisaku, Tudu – Namen von Dörfern, deren Antlitz ich nicht mehr zuordnen kann: brennende Häuser, das Krachen schwerer Bohlenwände und das Singen des tobenden Feuers, Trümmer einer Kirche, die weiß getünchten Mauern am Turm vom Ruß des Feuers schwarz geätzt, brennende Getreidefelder und die verzweifelten Gesichter der Bauern, im Feuer verkohlte, gekrümmte Leiber, weinende Kinder, hilflose, apathische Gesichter verwundeter Soldaten, die im Schatten einer Mauer auf ihren Abtransport harren.

Immer wieder hält Zink den Kübel an, während unsere Sankra weiter Richtung Westen in den vorbereiteten HVP rollen. Wir verbinden, reden und sprechen Mut zu – und sind selber hilflos und ohne Glauben.

Jaks zucken von oben in den sich zurückwälzenden Pulk des Trosses, ihre MG-Garben zerreißen den wolkenlosen Himmel, bevor sie sich in Körper und Material bohren. Die Esten! Hilflos, verzweifelt stehen sie vor ihren brennenden Höfen.

Dies ist nur der Vorhof zur Hölle, die Front bebt unter dem Ansturm, ist sechs, sieben Kilometer entfernt, in der nächsten Minute kann ein sowjetischer Panzerpulk die dünnen Linien durchbrechen.

Zink und ich versorgen eine Hand voll Landser in einer halb zerstörten Poststelle. Dabei fällt mir eine Zeitung in die Hand. Gerade vier Wochen alt, stammt sie aus einer anderen, scheinbar normalen Zeit. Einer der üblichen schwülstigen Berichte von der Front: Vertrauen auf unsere Soldaten, Lob auf die estnischen Waffenbrüder, triefend voller Pathos und Lüge wird über Permisküla berichtet, dass die Front auch dort für immer gehalten wird. Längst sind die Insel und das Dorf in sowjetischer Hand. Darunter Berichte – friedlicher Alltag hinter der Front in einem besetzten Land: Das Arensburger Theater wird im Juli für Soldaten in Erholungsheimen spielen, in Pernau erfolgt in Kürze eine Rattenbekämpfungsaktion, in Hapsal ist ein neuer Jägerverein gegründet worden. Meine überreizten Nerven reagieren mit einem Lachkrampf.

Zink sieht mich erstaunt an, überfliegt die ersten Zeilen, die Fetzen des Blattes fliegen auf den verdreckten Boden.

»Wofür, Herr Oberarzt?« Sein Gesicht – verzweifelte Frage. Als ich antworten will, bemerke ich den Blick eines jungen SS-Mannes und schweige.

Spät am Abend ist der HVP in einem Gutshaus eingerichtet. In den großen Räumen der Geruch des allgegenwärtigen Todes. Ein junger Arzt ist mir zugeteilt worden, während des Rundganges habe ich ihn eingewiesen. Er wird die erste Schicht übernehmen. Meine Augen brennen vor Müdigkeit, der Körper ist überreizt, wird wie in den letzten Nächten keine Ruhe finden. Ich irre durch das riesige Haus, allen Räumen Geräusche. Die verwaiste Treppe zum Uhrturm verspricht mir Stille. Meinen Rücken an den kühlen Zink des Zinnenrandes gelehnt, atme ich die kühle Nacht tief in mir ein. Selbst hier oben schmeckt die Luft nach Verbranntem. Mein Blick geht in die Weite, Einsamkeit, plötzlich fühle ich mich verlassen, bin der einzige Mensch auf der Welt. Eine fürchterliche Leere lässt mich aufschluchzen; auf den Boden sinkend, weine ich hemmungslos. Meine Welt wird untergehen, nie wieder werde ich Anu sehen, ich werde fallen. Mein Körper zuckt wie im Krampf, fleht nach Erlösung.

Mich hochreißend, torkle ich an die brusthohe Zinne, lehne mich über den Rand; als meine Füße den Boden verlieren, komme ich zu mir. So weit bin ich nicht! Alles wird sich vollenden, jedoch nicht auf diese Weise.

Mein Blick geht in die Nacht. Im Westen das schwache Ahnen der untergegangenen Sonne als verwaschenes Rot hinter den Baumwipfeln, im Osten das Aufflackern der Front. Rot, hell gleißend, bäumt sich auf, um wieder im Dunkel zu versinken, Sekunden später der diffuse Donner der Explosionen, dann wieder ein blutiges Rot. Eine zweite Sonne wird geboren. Sie bringt kein Leben – das Licht der Apokalypse.

Plötzlich sehe ich mich mit meinem Vater an seinem Schreibtisch sitzen und in einem Bildband von Bosch blättern. Bilder der Hölle, die mir mein Vater erklärt. Hieronymus Bosch hat in den Strategen dieses Krieges seine Meister gefunden.

Ich will leben, um dieses Bild meinen Kindern zu erzählen!

Die nächsten Tage wieder nur Fetzen, einzelne Erinnerungen, Gedankensplitter:

Meine Sprachlosigkeit, Enttäuschung, als jemand von der Hitlerrede nach dem Stauffenbergattentat berichtete, die Augen glänzten von der Gottgläubigkeit an seinen Führer, Zinks Blick und meiner trafen aufeinander, später die einzigen ehrlichen Sätze an diesem Tag mit Zink. Wir kamen uns in diesen Stunden sehr nah.

Die Atempausen, wenn die Front für einige Stunden schwieg und kaum Verwundete ausspie, die kurzen, guten Gespräche mit Zink, wenn wir draußen saßen, dem Gestank des Todes für wenige Minuten entrinnen konnten.

Eine Rast an einem Feldweg, das Rauschen des Getreides in der Dunkelheit gaukelte Frieden vor, das Mahlen eines Pferdes, sein Kopf lag auf meiner Schulter, während ich seine Blesse streichelte und weinte.

Stellungen wurden gestürmt, verloren, wieder erobert, um dann aufgegeben zu werden. Deutsche, Esten, Dänen, Belgier, Norweger, Holländer gegen Russen, Ukrainer, Usbeken und Esten, die auf sowjetischer Seite kämpfen.

Esten morden Esten.

Es war Schlachtzeit!

Für einige Tage stabilisierte sich unser Abschnitt. Im Süden dagegen brach Anfang August die Front zusammen. Die Gerüchte verdichteten sich, dass Estland geräumt werden sollte, um eine Einkesselung der deutschen Truppen zu verhindern. Es wurde höchste Zeit für mich! Dabei zweifelte ich noch immer, wollte Kranke und Verwundete nicht im Stich lassen. Am 24. August fiel Tartu. Die Straßenkämpfe hielten bis in die Nacht an. Im Osten sah man den Himmel brennen.

Die Front holte wieder Atem. Uns war bewusst, dass die Sowjets ihre Truppen für den endgültigen Sturm auf Tallinn umgliederten.

Wir warteten vergebens auf Verstärkungen, und auf den Feldern hinter unserem HVP brachten die Bauern die Ernte ein. Es war eine paradoxe Zeit! Stille lag über dem weiten Land, als fehlte allen die Luft zum Fluchen.

Am 17. September begann die Schlacht um Südestland, während es bei uns noch relativ ruhig war. Man brauchte nicht Stratege sein, um zu erkennen, dass der Norden in Gefahr geriet, eingekesselt zu werden. Als der Befehl kam, unseren HVP aufzulösen, wusste ich, dass ich handeln musste.

Am 18. September 1944 nahm ich mein Schicksal in die Hand.

Am Abend machten wir auf einem Gutshof in der Nähe Tõrvas unweit der lettischen Grenze Quartier. Nach meinem letzten Kontrollgang setzte ich mich zu Zink. Er war dabei, einen Brief zu schreiben. Als er aufsah, spürte er, dass mich etwas bewegte.

»Zink, ich muss hier bleiben. Wenn ich morgen mit zurückgehe, sehe ich Estland nie wieder. Glauben Sie mir, dies ist kein Verrat.« Ich zögerte. »Wenn Verrat, dann vielleicht Verrat an den verwundeten Kameraden. Ich bin nicht feige, Zink. Aber ich kann nicht anders.«

Zink reichte mir seine Hand.

»Machen Sie sich keine Vorwürfe, Herr Oberarzt. Sie sind nicht der einzige Arzt in der beschissenen Wehrmacht. Ich hab schon damit gerechnet, dass Sie gehen.«

»Zink, kommen Sie mit. Sie hassen den Krieg genauso wie ich.«

Über sein Gesicht ging eine rote Flamme, er schlug die Augen nieder und spielte mit dem Bleistift.

»Ach, Herr Oberarzt, lassen Sie mal. Auf mich warten zu viele zu Hause. Ich habe versprochen wiederzukommen.«

Mein Rucksack war schnell gepackt, eine Mpi, Munition, einige Lebensmittel. Valdurs Hof war nicht weit entfernt. Ich hoffte nur, dass er seiner Schwester von mir erzählt hatte. Der Posten ließ uns ungehindert passieren. Zink fuhr mich mit dem Sankra an die Straße. Ich gab ihm ein kleines Päckchen mit meinen privaten Sachen, die er meiner Schwester senden sollte. Die Sachen waren unverfänglich, ihr würde nichts passieren.

Wir nahmen uns in die Arme.

»Machen Sie es gut, Zink. Sie müssen überleben. Um Sie wäre es schade.«

»Das finde ich auch.«

Sein Lächeln verunglückte.

»Nach dem Krieg komme ich Sie besuchen.«

»Machen Sie das, Herr Oberarzt, Sie sind willkommen. Alles Gute, grüßen Sie Ihr Mädchen.«

Erst später fiel mir ein, dass ich nicht einmal wusste, wo er wohnte.

Hätten wir uns länger gekannt, vielleicht wäre er ein Freund wie Johannes geworden. Wir haben uns nicht einmal mit den Vornamen angesprochen.

13

Meine Nacht war ruhig gewesen, das Unterholz neben der Rollbahn hatte mir genügend Schutz gegeben, wenn ich Motorengeräusche gehört hatte.

Am frühen Morgen erreichte ich den schmalen Weg mit der Sonnenuhr, von der Valdur erzählt hatte. Sein Vater hatte sie gebaut. Die Sonne ging auf, als ich den Pfad einschlug.

Ein handtuchbreites Feld, die Garben waren schon gebunden, auf der Böschung die gleichen hohen lila blühenden Unkräuter, die ich damals als Flächen vor dem Hof von Anus Großmutter gesehen hatte. Seitdem sah ich sie überall in Estland, und noch immer kannte ich nicht ihren Namen.

Ein großer Bauerngarten: Bohnenstangen, Kohl, Reihen von Möhren, Radis, ein altes Bauernhaus, aus Blockbohlen errichtet, das Dach geflickt, ein Hund schlug an. Nebelschwaden, die über eine Senke lagerten. Der mit Gras bewachsene Hof, von zwei Scheunen eingefasst, das Saunahaus abseits mit dem Giebel zum Moor, auf einem Hügel hinter dem Anwesen ein Holzgerüst, daneben ein ausgebranntes Blockhaus. Die Dorfsternwarte des Vaters. Er hatte als Professor in Tartu gelehrt, Mitte der Dreißigerjahre, als Rentner, ließ er die Sternwarte bauen und brachte den Schülern und Bauern der Umgebung die Mathematik der Sterne bei.

Die Sternwarte brannte 1941 aus. Der Vater war ein Unikum gewesen. Bis zum ersten Frost rannte er auf dem elterlichen Bauernhof, auf dem er sich als Pensionär zurückgezogen hatte, in kurzen Hosen und Hemd herum. Er sprach mit den Tieren, konnte auch besprechen. Seine Leidenschaft galt immer den Sternen.

Jeden ersten Tag im Mai hisste er die estnische Flagge auf dem First des Hauses. Er war Sozialist und Este, also sollte die estnische Flagge wehen, eine logische Schlussfolgerung für den Astronomen, die der bürgerlich-demokratische Beamte in Tõrva nachvollziehen konnte. Der neue kommunistische Ratsvorsitzende konnte dies nicht und wollte die rote Fahne wehen sehen. Valdurs Vater hisste am 1. Mai 1941 die blauschwarzweiße Fahne der Republik und wurde verhaftet. Die Familie hörte nie wieder etwas von ihm.

Als ich mich dem Hof näherte, schlug ein Hund an.

»Jää vait!*« Winselnd verschwand er in seiner Hütte.

Es waren die Minuten vor dem Sonnenaufgang. Die Rufe der Vögel klangen noch verhalten. Der Morgen holte noch einmal Luft, bevor seine Zeit begann. Langsam kam der rote Feuerball über die Wipfel des nahen Waldes. Mein Pfad führte in eine Senke, in der ein kleiner Moorsee, von dem Valdur mir erzählt hatte, liegen musste. Noch immer lagerten Nebelschwaden über dem Boden.

Langsam ging ich weiter, von dem Anblick der Natur gefangen. Frieden!

Die Sonne schöpfte jetzt genügend Kraft, um die Schleier in der Niederung zu vertreiben. Eine dunkle Wasserfläche lag vor mir, Dampf stieg von ihr in den kühlen Morgen. Als ich mich niederhockte und meine Hand in das weiche dunkle Wasser tauchte, flatterte schimpfend ein Entenpaar aus dem Schilf auf. Der Frieden dieses Augenblicks machte mich schwindelig.

Die Front – nur eine Stunde von hier entfernt, der Gedanke war nicht vorstellbar. Trotzdem hatte ich den Krieg hinter mir gelassen. Auch wenn ich vielleicht in den nächsten Stunden sterben würde, so hatte ich eine Entscheidung für mich getroffen.

Der Dreck, der Gestank der Front mussten von meinem Körper.

---

* Deutsch: »Ruhe!«

Nackt warf ich mich ich in das kalte Wasser, mir war es egal, dass ich völlig schutzlos war, und schwamm mit tiefen Zügen in die Mitte des Sees.

Das weiche Wasser des Moorsees umfloss meinen Körper, ja, es schmiegte sich an mich.

Tief tauchte ich ein, schmeckte den herben Geschmack des Wassers. Auf dem Rücken treibend, beobachtete ich, wie der Sonnenball in den Himmel schwang. Der See, das wiegende Schilf, die Wiesen schienen noch einmal aufatmen zu wollen, bevor der Krieg auch über diesen Fleck wie eine Naturkatastrophe ziehen würde. Als ich mich zum Ufer wandte, stand dort eine Gestalt.

Für einen Moment erschrak ich, doch wenn mir jetzt etwas zustoßen würde, würde das Schicksal einen guten Schlusspunkt mit dem Glück in meinem Herzen setzen. Mit langen Zügen schwamm ich zum Ufer. Eine junge Frau, sie hatte ein graues Leinenhandtuch in den Händen, lächelte mir zu. Abwartend blieb ich im tiefen Wasser. Ihr rundes Gesicht strahlte.

»Ihre Angst ist wohl größer als meine, oder?«

Mein Lachen klang verlegen.

»Die Angst ist wohl kleiner als meine Scham, aus dem Wasser zu kommen.«

»Keine Angst, ich gehe sofort. Als ich sie am Zaun sah, wusste ich, wer Sie sind. Valdur war sich sicher, dass Sie kommen würden. Ein deutscher Offizier, der estnisch spricht und an unserem See zum Baden kommt – das kann nur der Freund meines Bruders sein, richtig? Etwas leichtsinnig, Ihre Waffe so liegen zu lassen.

Hier, ein Handtuch, sonst holen Sie sich noch den Tod. Auf solche Art wäre er allerdings in dieser Zeit ungewöhnlich. Beeilen Sie sich, der Tag wird heute zu kurz für die kommenden Ereignisse werden.«

Valdurs Schwester hatte den Hund weggesperrt, dafür begrüßte mich ein kleiner Junge auf dem Hof. Auch er wusste von mir, fragte nach seinem Vater, wollte wissen, warum ich alleine war. Die Fragen prasselten auf mich ein, bis seine Tante aus der Stalltür guckte und den Jungen zurückrief.

»Siimen, ab ins Haus.«

Sie strich sich ihr Kopftuch fest.

»Eljen ist mein Name. Mein Bruder hat uns viel von Ihnen erzählt.«

Ihr rundes Gesicht färbte sich rot, als sie mir ihre Hand gab.

»War Valdur schon hier?«

»Nein, natürlich nicht. Sonst hätte er Ihnen das Handtuch gebracht. Ich muss noch die Kuh melken. In der Küche liegen Sachen meines Mannes. Ziehen Sie sich um und vergraben ...«, sie zögerte einen Moment, »besser, Sie verbrennen das Zeug. Die Russen finden alles, die Waffe behalten Sie, auch wenn Sie sie hoffentlich nicht benutzen müssen.«

»Danke, ich habe noch Schinken und Speck mit.«

»Unsere Sachen haben wir schon versteckt, lassen Sie den Proviant in der Küche. Dann finden die Russen wenigstens etwas und ziehen vielleicht ab. – Nun machen Sie schon. Ich bin gleich fertig. Und erschrecken Sie nicht, wenn Sie den Alten sehen. Mein Großvater, er ist fast taub und blind«, und sie verschwand im Stall.

Die Anweisungen Eljens hatten wie Ratschläge zum Kuchenbacken geklungen. Keine Angst, keine Sorge. Erst später begriff ich, dass die Frau so viel erlitten hatte, dass sie nichts Schlimmeres mehr erwarten konnte.

Eine alte Bauernküche, Arbeitsort, beheizbarer Aufenthaltsort der Familie, mit Lehm verputzte Wände, vom Rauch vieler Jahre gebeizt.

An einem glänzend gescheuerten Tischplatte ein Greis, gekrümmt, die Augen schon ins Jenseits gerichtet. Meinen Gruß erwiderte er nicht, hatte nicht einmal mein Eintreten bemerkt.

Als Siimen in die Küche stürmte, belebten sich die Augen des Alten für einen Moment.

Meine Sachen waren schnell gewechselt. Aus dem Spiegel schaute mich ein estnischer Landarbeiter an. Valdurs Schwester war mit meinem Aussehen zufrieden. Als sie mir die Aschekuhle im hinteren Teil des Gartens zeigte, hörten wir hinter dem Wald die Abschüsse von Werfern. Über Eljens Gesicht ging ein Schatten.

»Sie werden bald da sein. Beeilen Sie sich mit dem Verbrennen.«

Resolut nahm sie mir meine Uniform aus den Händen, hockte sich nieder und stopfte Werg in die Jacke. Etwas Petroleum sollte die Flammen schneller entfachen.

»Haben Sie keine Angst vor den Sowjets? Wenn man mich findet, wird man Sie töten.«

Eljen schaute auf, ihre dunklen Augen blickten fragend.

»Angst, Doktor? Sicher. Ich stamme aus Petseri, kann Russisch. Meinen Mann hat man 1941 in die Rote Armee gesteckt. Ich werde es den Russen erzählen, wenn die mich reden lassen. Findet man Sie, weiß ich von nichts. Was wollen die mir? Da ist der Alte, der Junge, zwei Schweine und die Kuh.«

Ihr Gesicht senkte sich.

»Natürlich habe ich Angst, dass sie mir etwas antun. Aber ändere ich etwas, wenn ich mich vor Angst verrückt mache?«

Gerne hätte ich ihr über das dunkle Haar gestrichen. Mit einem Stock schürte sie die Glut. Als wir die glimmenden Reste in der Grube verscharrten, drang Infanteriefeuer zu uns. In der nächsten Stunde würde sich mein Leben entscheiden, durch eine russische Kugel enden, oder die Hoffnung würde mit mir überleben. In diesem Moment war ich so müde!

Mit schnellen Schritten lief Valdurs Schwester zum Saunahaus, das auf schweren Balken ruhend in den Hang zum See gebaut war. Ehe ich helfen konnte, hatte die kleine Frau mühelos die große Truhe im Vorraum beiseite geschoben. Eine Fallluke kam zum Vorschein.

»Da hinein. Beeilen Sie sich! Sollten die Russen die Luke entdecken, können Sie mühelos drei Bohlen an der Seeseite des Verschlags lösen und ins Moor flüchten.«

Sie griff nach meiner Hand.

»Und machen Sie sich keine Sorgen um uns, wenn Sie Schreie hören. Sie müssen entkommen, um Valdur zu berichten.«

»Danke!«

»Schon gut!«

Und sie drückte mich in das Versteck. Ein Regal, darauf einige Literflaschen, ich öffnete eine, das Wasser in ihr schmeckte frisch, die Brotkiste mit dem dunklen Bauernbrot gefüllt, eine Speckseite, an der Bohlenwand ein Hocker und ein grob gezimmertes Tischchen. Der Verschlag war sorgfältig hergerichtet worden. Als ich begriff, dass Eljen mir das Versteck ihrer Familie überließ, wollte ich zu ihr.

Es war zu spät. Das Feuer der Front ebbte für einen Atemzug ab, deutlich hörte ich Motorengeräusch, dann Stimmen. Deutsche Kommandos, dann die helle Stimme Eljens. Mein Ohr an die Wand gepresst, konnte ich nicht einmal erahnen, was dort draußen ablief.

Nach einer Minute wieder das Motorengeräusch, nun leiser werdend, dann Eljens Schritte, ihre Stimme dumpf über mir.

»Es ist nichts passiert. Die Deutschen wollten nur wissen, ob hier schon Russen waren. Bleiben Sie ruhig.«

Wieder klapperten ihre Holzsohlen. Die Geräusche der Front drangen nur noch sporadisch zu mir: Gewehrfeuer, MG-Salven, dazwischen die Abschüsse von Panzerkanonen, dann wieder Schweigen. Meine Hilflosigkeit machte mich rasend. Die Augen an einen Spalt gedrückt, schaute ich nach draußen.

Den Hof konnte ich nicht sehen, aber einen schmalen Abhang, an seinem Fuß Schilf, dahinter musste schon das Moor sein.

Zwanzig, vielleicht dreißig Meter offenes Gelände, dann wäre ich gerettet. Und Eljen? Siimen? Der Alte? Nie wieder würde ich Valdur anschauen können. Die Front schwieg, umso deutlicher hörte ich mein Herz schlagen. Geräusche von Panzerketten, das Dröhnen schwerer Motoren. Es mussten viele sein – sowjetische Panzer, die auf der Straße nach Tõrva fuhren.

Stille – die Minuten dehnten sich entsetzlich. Dann Pferdetrappeln, das lauter wurde, Rufe. Russen! Der Hund bellte wild, jaulte auf, verstummte.

Eljens Stimme, sie sprach russisch mit ihnen, nur einzelne Wörter, die ich verstand. Meine Mpi entsichert, hatte ich mich hinter dem kleinen Tisch gehockt. Mir war klar, dass ich keine Chance hätte. Wieder Stille, die vom Schnauben eines Pferdes unterbrochen wurde. Die Tür über mir schlug, Schritte, sie durchsuchten den Hof, die Sauna. Eine junge Stimme, flüsternd, direkt über mir, fünf Zentimeter Holz trennte uns, eine Mpi-Garbe durch den Boden – alles wäre für mich vorbei gewesen.

»Towarisch Kapitan, zdjesj nemtsev net!«*

Fast hätte ich aufgestöhnt. Davongekommen! Kommandos, wenig später holte mich Eljen aus meinem Verschlag. Ihr Gesicht strahlte.

»Nichts, Doktor, nichts ist geschehen. Ich habe sie niedergeredet, von meinem Mann erzählt, dass er auf ihrer Seite kämpft, dass ich Russisch unterrichtet habe. Eine Flasche Wodka hat der Offizier hier gelassen. Die Front ist schon westlich von uns, Tõrva ist besetzt, haben sie erzählt. Es gibt kaum Widerstand.«

---

* Deutsch: »Genosse Hauptmann, keine Deutschen hier!«

Sie schüttelte den Kopf.

»Wo sind die Esten, wenn uns schon die Deutschen im Stich lassen?«

Eine halbe Stunde später kamen die nächsten Russen. Dieses Mal hatten wir kein Glück. Ich konnte mein Versteck nicht mehr aufsuchen. Es waren Infanteristen, wohl eine Gruppe, die sich in der Deckung des Unterholzes der Hofeinfahrt genähert hatte. Der Hund konnte nur einmal anschlagen, dann streckte ihn ein Schuss nieder. Meine Mpi lag unerreichbar auf einem Holzstapel. Was hätte sie uns genützt?

Den Besitzer des Hofes mimend, Eljen fest umfasst, den Jungen vor uns, erwarteten wir die Soldaten. Den Alten hatten wir zuvor auf seine Stube gebracht.

Die Russen verstanden ihr Handwerk, einige von ihnen machten sich sofort im Stall zu schaffen. Zwei Soldaten kamen auf uns zu. Der eine taumelte betrunken. Im Stall dröhnte ein Schuss. Die Schweine quiekten in Todesangst, Siimen weinte, als der betrunkene Russe nach ihm griff. Als ich den Russen in seiner Sprache anschrie, stutzte er; alles ging schnell – während er seine Hand hob, um mir ins Gesicht zu schlagen, griff der andere nach Eljen, die sich ihm entwand und fortlief.

Schwer traf mich der Schlag, da ich den Jungen festhielt. Wieder schrie ich, irgendwelche Wörter, wirre Beschimpfungen, sie sollten nur denken, dass ich ein Russe war. Wenn sie mich als Verräter niederstreckten, egal, nur Eljen musste leben und der Junge. Wieder trafen mich Fäuste, dann konnte ich ausweichen, der nächste Schlag verfehlte mich, der betrunkene Russe taumelte, stürzte schwer.

Als ich mich nach Eljen wandte, sah ich in den Lauf einer Pistole. Mein Körper erstarrte.

Alles würde sich vollenden, ich spürte keine Todesangst, sah in die dunklen, hasserfüllten Augen des Infanteristen und verstand ihn fast. Ich war für ihn der Este, der es mit den Deutschen hielt, der gejubelt hatte, als die Russen flohen, der vielleicht in einer deutschen Uniform auf ihn geschossen hatte. Unsere Blicke bohrten sich ineinander. Ein geringschätziges Lächeln umspielte seine Lippen, er wartete auf mein Winseln.

Noch immer spürte ich keine Angst, war nur etwas erstaunt, dass es nun so enden sollte. Ich hatte während des Krieges auf keinen

Menschen geschossen, hatte geheilt und versorgt und Trost gesprochen. Ich war desertiert, schämte mich für die Verbrechen der Deutschen – und wurde trotzdem gerichtet.

Sein Lächeln war verschwunden, seine Augen verengten sich, seine Pupillen waren blassblau, strohblondes Haar schaute unter seinem Helm hervor, vielleicht kam er vom Don, und seine Vorfahren waren Kosaken gewesen. Die Zeit stand still. Siimen schwieg, ein wildes Zucken schüttelte seinen kleinen Körper, aber er war völlig still.

Eljen hatte ihre Flucht aufgegeben und stand mit aufgerissenen Augen nur wenige Meter hinter dem Russen. Aus dem Schweinestall schallte Grölen. Ein Russe kam mit einem Fahrrad aus dem hinteren Stall, versuchte einige Meter zu fahren und schlug hin, dabei lachend. Der Betrunkene versuchte sich zu erheben, taumelte wieder zu Boden. Die Zeit stand still. Der Russe hielt noch immer seine Pistole auf meine Stirn gerichtet. Über seiner linken Augenbraue war eine kleine Narbe mit drei Stichen genäht. Die Haut war noch hell in dem braunen Gesicht. Ein Jucken überzog meinen Rücken, eine Bewegung von mir – ich wäre tot.

»Sukin syn!«*

Die Stimme zu alt für sein Gesicht. Für einen Moment senkte sich die Pistole, als er sie entsicherte. Der Lauf richtete sich auf meine Stirn, und ich schloss die Augen. Anu!

Ein bestimmender Ruf, und die Zeit löste sich. Im Gesicht des Soldaten Erstaunen, dann Angst. Wieder die befehlende Stimme in meinem Rücken. Von der Seite sah ich die beiden Russen in der offenen Stalltür erstarren. Langsam wandte ich mich um. Nichts geschah. In der Hofeinfahrt stand ein Jeep, auf ihm mehrere Offiziere, einer von ihnen stehend, sprang aus dem Wagen und kam auf uns zu. Sein Gesicht kam mir von Schritt zu Schritt bekannter vor, trotzdem konnte ich es nicht zuordnen. Als ich grüßte, nickte er mir nur zu, beschimpfte dabei die beiden Soldaten, herrschte den Blonden an, dann mich musternd. Das Gesicht kannte ich, nur woher? Befehle, die Soldaten verschwanden, als Eljen neben mir stand, wandte er sich an uns, strich über Siimens Haar, lächelte.

»Sie brauchen keine Angst mehr zu haben. Ich möchte mich für

---

* Deutsch: »Hurensohn!«

das Auftreten der Soldaten entschuldigen. Es ist Krieg, sie haben viel erlebt. – Trotzdem.«

Sein Russisch hatte etwas hart geklungen. Während seine Augen in meinem Gesicht weiter forschten, klopfte er eine Zigarette auf seinen Daumennagel.

»Ihnen gehört der Hof?«

»Ja, ich bin der Bauer.«

Wir hatten beide deutsch gesprochen!

»Gut, Ihnen wird nichts passieren, dann viel Glück in Ihrem neuen Leben – Herr Doktor! – Und danke, ich wäre damals im Trichter vor Leningrad ohne ihre Hilfe verblutet. Jetzt sind wir quitt«, und er drehte sich um.

Eljen gab mir einige Decken mit, als ich ihr sagte, dass ich mich in der Nacht im Obstgarten sicherer fühlen würde.

Die Hofeinfahrt im Blick, dicht im Rücken das schützende Feld, versuchte ich wenigstens etwas Schlaf zu finden. Mein Kopf kam nicht zur Ruhe.

Gestern meine Flucht, heute Grünberg, der Jude aus Königsberg, den ich Heiligabend gerettet hatte. Ich hatte ihn fast vergessen gehabt.

Kreis um Kreis meiner Biografie schloss sich für mich. Anus Kreis, würde auch er sich schließen?

In diesen Minuten beschlich mich die Angst, dass eine Macht meine Biografie als nahezu vollendet ansah.

Hatte wirklich jeder Mensch sein persönliches Schicksal, das beschloss, wann das eigene Leben gelebt war? Mein Schicksal hieß Anu. Kein böser Geist oder ein Schicksal würde mein Leben bestimmen, sondern meine Liebe zu ihr.

In den nächsten Tagen kamen mehrmals durchziehende Einheiten auf den Hof. Die Macht des Oberleutnants schien uns zu schützen. Keiner der Sowjets fasste uns an, sie durchsuchten das Haus und die Ställe, nichts wurde gestohlen.

Am 22. September marschierte die Rote Armee in Tallinn ein. Auch wenn die Deutschen Estland geräumt hatten, ging der Kampf weiter. Estnische Einheiten leisteten erbittert Widerstand. Am 26. September fiel Virtsu als letzter Punkt auf dem estnischen Festland an die Rote Armee. Estnische Politiker hatten ihr Land für unabhängig erklärt. Ihr verzweifelter Versuch endete für sie in Sibirien. Erst Ende November wurden die estnischen Inseln erobert. Estland wurde wieder Sowjetrepublik. Es dauerte nur wenige Tage, und die neue Macht war etabliert. Ehemalige Kommunisten, Funktionäre, die während der Besatzungszeit für ihre Kollaboration mit den sowjetischen Behörden gelitten hatten, wurden wieder eingesetzt. Russische Funktionäre kamen. Die Infrastruktur brach für die nächsten Wochen zusammen.

Überall machte man Jagd auf ehemalige Angehörige der estnischen Waffen-SS, die ihre Truppenteile verlassen hatten, um bei ihren Familien zu sein, und auf versprengte Deutsche. Standgerichte wüteten, Menschen wurden verschleppt. Dies sollte ich alles erst Monate und Jahre später erfahren.

Abseits von der Straße, die nächsten Nachbarn kilometerweit entfernt, spürten wir auf unserem Hof von alledem nichts.

Diese Tage glichen trotzdem einem Tanz auf dem Vulkan, denn es war mehr als Glück, dass die durchziehenden Russen noch nicht nach meinen Papieren verlangt hatten. Ich hatte nichts, das einer Kontrolle standhalten konnte. Jedes unbekannte Gesicht fiel in diesen Tagen auf, meine Vita vom Bauern, der den Hof seines Bruders betrieb, würde sofort zusammenbrechen. Alles war ein Spiel mit der Zeit. Mich zog es nach Hiiumaa, dieses Ziel war Illusion, solange der Krieg tobte.

Je länger ich schreibe, umso schneller läuft diese Zeit in meinem Kopf ab. Ich weiß nicht mehr, ob es wenige Tage oder Wochen später war, als Valdur an einem frühen Morgen in die Küche trat. Als er die Tür öffnete, griff ich instinktiv nach meiner Pistole. Aber Siimen hatte seinen Vater sofort erkannt. Valdur war ein Schatten seiner selbst. Sein kahler Kopf mit den eingefallen Wangen glich einem Totenschädel, völlig abgerissen schlotterten die Reste seiner Uniform um den dünnen Leib; sein Lachen war das alte, als er uns begrüßte.

In der ersten Minute saß er schweigsam am Tisch, brauchte Zeit, um sich zu sammeln. Wortlos stellte seine Schwester Brot und Milch vor seinem Platz. Ihre Hand strich über seinen Arm, Valdur dankte ihr mit einem warmen Blick. Der Alte, an seiner Seite sitzend, hatte ihn nicht erkannt. Valdur wechselte, den Mund dicht an sein Ohr, einige Sätze mit ihm, bevor er mit dem Essen begann, sichtbar genoss er das Brot, für einen Moment schloss er die Augen, dann wandte er sich an mich.

»Ich wusste, dass du da bist, Christoph. Ich hab es gespürt.«

Er lachte auf.

»Siehst du, mein Freund, jetzt kannst du nicht mehr zurück. Nun bist du Este. Du hast einen Punkt gesetzt. Wie es nun weitergehen wird«, seine Stimme wurde nachdenklich, »das weiß Gott allein.«

Mein Freund und ich saßen an diesem Morgen lange zusammen und erzählten uns von den Ereignissen der letzten Wochen. Valdur war kurz nach unserem Treffen zur Kampfgruppe Rebane kommandiert worden. Gleich am ersten Tag des Angriffs wurde er mit anderen Einheiten in der Nähe von Rakke eingeschlossen.

Am Abend des darauf folgenden Tages konnten sie den Ring durchbrechen und sich hinter die eigenen Linien zurückziehen. Valdur stand noch unter dem Eindruck dieser Tage.

Er hatte mit seiner Einheit im Nahkampf Esten der Roten Armee gegenübergestanden. Der Kampf gegeneinander war mit einem Hass, wie er ihn im Kampf bisher noch nie erlebt hatte, geführt worden. Immer wieder stellte er sich vor, dass sein Schwager an diesem Tag von ihm getötet worden sein könnte. Seiner Schwester hatte er nichts von dem Kessel erzählt. Meine Versuche, seine Selbstvorwürfe zu zerstreuen, waren zwecklos. Noch Monate später kam er auf seine Angst zurück. Ein Bruderkrieg – unbegreiflich, was Idealismus anrichten kann!

Die 20. Waffengrenadierdivison, aus Esten gebildet, hatte sich in den Tagen darauf in Richtung lettische Grenze zurückgezogen. Die Angst um ihre Familien, ihre Ohnmacht, das Erkennen der Ausweglosigkeit – die Soldaten waren verzweifelt, wollten ihre Heimat nicht kampflos den Sowjets überlassen. Ganze Einheiten desertierten. Die Deutschen zogen die Konsequenz und stellten den Esten frei, mitzugehen oder in Estland zu bleiben.

Für Valdur gab es keine Zweifel, er wollte sein Land retten, die Deutschen waren ihm egal. Mit mehreren Offizieren verließ er bei Valga sein Regiment. Er hoffte, vor den Sowjets seinen Sohn und die Schwester zu erreichen. Als sie in der ersten Nacht ihrer Flucht die Feuer am nächtlichen Himmel sahen, wussten sie, dass Valga brannte und die Rote Armee schneller als erwartet vorrückte. Von Tag zu Tag wurde die Einheit kleiner, denn die meisten seiner Kameraden waren aus Südestland. Trotz der Nachtmärsche stießen sie auf kleinere sowjetische Einheiten, konnten immer wieder entkommen, Tote ließen sie bei jeder Begegnung zurück. Südlich von Helme hatte sich Valdur von seinen letzten drei Kameraden getrennt.

Wir waren uns einig, dass wir beide untertauchen mussten. Noch waren die Sowjets mit dem Westen verbündet, Estland interessierte nicht. Es handelte sich nur um Tage, bis man uns verhaften würde. Mich quälte die Frage, wie es mit mir weitergehen sollte.

Valdur und ich hatten einen Weidezaun ausgebessert. Im Gras hockend, rauchten wir.

»Du weißt, dass Eerik ein Kontaktmann der Waldbrüder ist?«

»Ja, natürlich. Du hast es mir selbst erzählt. Und?«

»Nun, er hat ihnen erzählt, dass ich einen desertierten Arzt versteckt halte.«

Ich richtete mich auf.

»Hast du ihm das erzählt? Sag mal, spinnst du? Wenn irgendjemand von ihnen geschnappt wird und redet, bin ich fällig – und du gleich mit, Valdur.«

Seine Hand lag auf meinem Arm.

»Beruhige dich. Die Jungs kenne ich fast alle. Für die lege ich meine Hand ins Feuer. Ich war gestern Nacht bei ihnen, Eerik hat mich geführt. Sag selbst – so geht es nicht weiter. Ich spüre, wie du seit Tagen bedrückt bist. Sitzt hier untätig herum, irgendwann schnappen uns die Russen; spätestens, wenn sie die Nazis erledigt haben, sind wir dran. Sie wissen, wer bei den Deutschen gekämpft hat. Lass uns in den Wald gehen. Die Jungs brauchen einen Arzt.«

Valdur stieß mich an.

»Nun, was ist?«

»Glaubst du, dass wir die Russen vertreiben können? Ein paar Männer in den Wäldern mit einigen Wehrmachtskarabinern gegen die Rote Armee? Wir werden keine Chance haben. Du hast sie 1940 erlebt, Valdur.«

»Sicher werden wir sie nicht vertreiben können. Aber mit den Händen im Schoß warten, bis sie uns haben? Nein, Christoph, das kann ich nicht. Es gibt so viele Gruppen in den Wäldern. Wir werden ihn reizen, den Bären, bis er brüllt. Glaub mir, die Engländer werden mitbekommen, was hier läuft. Und ewig sind sie keine Waffenbrüder. Was ist?«

»Ich und kämpfen? Menschen töten? Nein, ich bin Arzt.«

»Eben darum, Christoph, wollen sie dich haben. Wer redet von kämpfen, he? Und, Christoph, mach dich nicht lächerlich. Du würdest auf Gegner schießen, die dich, ohne mit der Wimper zu zucken, erschießen würden.«

»Valdur, ich kann nicht kämpfen.«

»Christoph! Um dich herum sterben Menschen. Der Krieg ist noch nicht zu Ende, er fängt wieder an.«

Er raufte sich die Haare.

»Was machst du, wenn du bedroht wirst? Lässt du dich dann erschießen, nur weil du einen Eid geschworen hast, Menschen zu helfen?«

»Nein.«

»Und was machst du, wenn ein Russe auf dich schießt?«

»Valdur, sind wir hier in der Schule? Ich würde mich verteidigen.«

»Auch als Erster schießen, wenn du siehst, dass er dich erschießen will?«

»Ja, ich denke schon.«

»Na also, wo ist dein Problem? Komm mit in die Gruppe. Hilf als Arzt unseren Verletzten. Werden wir angegriffen, verteidigst du dich mit der Waffe. Beruhigen sich die Zeiten, wirst du zu Anu gelangen. Dann wirst du weitersehen.«

Er legte seinen Arm um meine Schulter.

»Christoph, du bist mein Freund. Ohne dich würde ich nicht in den Wald gehen. Nun, was ist?«

»Ich würde dich auch nicht alleine in den Wald lassen.«

Er lachte.

»Du wirst sehen, dass ich recht habe.«

»Ich wünsche es uns, Valdur.«

»Christoph, wach endlich auf.«

Dann ließ er mich stehen. Natürlich stimmte dies. Aber ich wollte nur zu Anu!

Am Abend verabschiedeten wir uns von Eljen. Sie hatte schon darauf gewartet, dass wir in die Wälder gingen. Siimen sollte denken, dass wir wieder in den Krieg müssten. Das war nicht einmal eine Lüge.

14

Etwas hatte mich geweckt, hellwach lauschte ich in die Dunkelheit, hörte aber nur den gleichmäßigen Atem meiner beiden Kameraden.

Eine Minute Stille, dann wieder dieses Geräusch und wieder, die Abstände waren nun kürzer. Kalte Nässe traf meine tastende Handfläche. Nun begriff ich: Wasser tropfte von der Balkendecke. Leise stand ich auf und zog meine Wattejacke an. Valdur und Matti hörten mich nicht, als ich die schwere Deckenluke aufstieß. Draußen herrschte Dunkelheit. Ein leiser Pfiff erschallte aus einem Baumwipfel. Lennart hatte mich in seinem Krähennest gehört. Ich antwortete leise. Stille. Noch schlief der Tag. Tief sog ich die Nachtluft ein. Sie war lind, biss nicht in die Nase wie sonst. Es roch nach Frühling. Schwer und nass lag der Schnee in meiner Hand.

An einen Baum gelehnt, starrte ich in die Dunkelheit, meine Sinne offen, versuchte ich das neue, so lange erwartete Gefühl des Frühlings in mir aufzunehmen. Wie hatte ich mich auf diesen Tag gefreut!

Sieben Monate lebten wir im Wald, von den sechs Leuten im Oktober waren wir auf über zwanzig gewachsen. Die Deportationen im November und Dezember hatten die Männer in die Wälder getrieben. Viele Esten entgingen dadurch auch der Einberufung in die Rote Armee. Wir hatten uns gefunden, ohne lange zu suchen. Esten sind mit dem Wald vertraut, sie kennen ihn von Kindheit an, wissen, wie und wo man sich versteckt. In den ersten Wochen hausten wir in Waldscheunen und den Hütten der Waldhüter oder bauten uns Laubhütten. Immer tiefer zogen wir uns in den Wald zurück. Als wir mehr wurden, gruben wir Bunker in die Erde, sicherten unsere Plätze vor den Sowjets. Unsere Truppe war bunt gemischt: ehemalige Angehörige der estnischen SS, Polizisten, Zöllner, Bauern, die ihr Abgabesoll nicht erfüllt hatten, Lehrer, Nationalisten, auch Schieber, die mit den Deutschen Geschäfte gemacht hatten. Es waren nicht alle Helden und Widerstandskämpfer! Aber der Hass auf die Sowjets einte uns. Niemand fragte nach der Vergangenheit seines Kameraden, wenn dieser nicht erzählen wollte.

Noch ein Deutscher war unter uns: Franz Rauter, ein schweigsamer Mann aus dem Schwarzwald. Er ließ keinen an sich heran, auch mir wich er aus, kämpfte aber wie zwei. Das zählte, sonst nichts.

Die Besatzer hatten schnell erkannt, welche Gefahr in den Wäldern lauerte. Auch wenn wir die Russen nicht vertreiben konnten, so störten wir sie. Angehörige der Waldbrüder wurden von ihnen als Geisel genommen oder misshandelt, um an unsere Verstecke heranzukommen.

Um der Kälte zu trotzen, machten wir unsere Verstecke winterfest. Öfen wurden gemauert, Holz gelagert. Wir wurden Meister im Verstecken und Tarnen. Unsere Bunker waren in Hügel gegraben und mit Baumstämmen abgedeckt, auf die Erde geschüttet und Büsche angepflanzt wurden. Man stieg von oben durch eine Fallluke in den Bunker, der oft auch mit einem zweiten Fluchtausgang in den Hang versehen war. Wir machten sie uns einigermaßen gemütlich, eine Bank mit einem Tisch, an den Wänden behauene Doppelstockbetten, oft eine Kochstelle, einige Kameraden hatten sogar Bilder von daheim an die Blockbohlenwände gebracht. Unser Basislager war in der Nähe eines Hochmoors, dessen versteckte Wege nur die Einheimischen kannten. So hatten wir eine sichere Fluchtmöglichkeit, wenn die Russen uns aufspüren würden. Vorposten sicherten unser Lager. Die Bauern unterstützten uns mit Lebensmitteln, trotz der Gefahr, der sie sich aussetzten.

In diesen ersten Monaten der neuen Besetzung entstand ein dichtes Netz von Widerstandsgruppen, die mit kleinen Nadelstichen die sowjetischen Besatzer reizten. Vereinte Aktionen konnten wir nicht starten, dafür fehlten uns die technischen Voraussetzungen.

Funkgeräte, Fahrzeuge und schwere Waffen waren kaum in den Wäldern zurückgelassen worden, aber Gewehre und Munition, Wehrmachtskonserven, Verbandszeug.

Die Gerüchte schwirrten, unsere Verbindungsleute, die Bauern und einzelne Städter, Postbeamte, Mitarbeiter in der neuen sowjetischen Verwaltung, sorgten für den Nachrichtenfluss. Ants Kaljurand, alle nannten ihn »der schreckliche Ants«, obwohl niemand von uns ihn je gesehen hatte, Heino Lipp, Haljand Koovik waren nur einige der legendären Waldbrüderkommandeure, von denen man erzählte.

Noch hofften viele, dass nach dem Ende des Krieges Estland wieder frei werden würde. Ich war hin und her gerissen, hoffte und ahnte dabei, dass dies ein Wunschtraum war.

Im November brach eine fürchterliche Kälte in das Land ein. Alles erstarb unter der eisigen Hand. Die Jagdkommandos der Sowjets blieben in ihren Garnisonen. Wir saßen in unseren Erdbunkern fest. Am Heiligen Abend machten sich Valdur und zwei Kameraden zu ihren Familien auf. Ich hätte mitkommen können, eine seelische Starre hielt mich gefangen. Unser trauriger Rest fand sich in dem größten Bunker. Eng zusammengehockt, versuchten wir uns mit Geschichten von daheim und Wodka gegenseitig aufzurichten. Natürlich konnte das nicht gut gehen. Franz Rauter saß neben mir, erzählte unter Tränen von seiner Familie. Ich ertrug dies nicht, griff nach meinem Mantel und der Mütze. Sie reagierten nicht einmal, als ich die Leiter hinaufstieg. Eisige Luft nahm mir den Atem, als ich die Luke aufschlug.

Die Nacht war schon angebrochen; auch wenn die Uhr den frühen Abend zeigte, hing ein großer Mond tief am Himmel und schnitt mit seinem weißen Licht die schwarzen Stämme wie Scherenschnitte aus dem hellen Schnee. Langsam gewöhnten sich meine Lungen an die Kälte. Mein Körper hatte genug Wärme gespeichert. An einen Stamm gelehnt, blickte ich in die Nacht.

1943, vor einem Jahr, war ich mit Johannes vor der weihnachtlichen Rührseligkeit in die Kälte der Weihnachtsnacht geflohen.

In zwölf Monaten war so viel geschehen, und trotzdem jagte ich noch immer meinem Traum hinterher. Johannes war tot – mein bester Freund. Noch immer machte ich mir Vorwürfe, versagt zu haben.

Was war mit meiner Schwester, was mit Erika? Was war aus den Leuten in Tallinn geworden? Riina? Doktor Ruhve? Tiina? Und Indrek?

Anu?!

Was suchte ich hier? Die Reden vom Freiheitskampf und Sieg waren Unsinn. Wie sollten wir die Sowjets schlagen? Wir waren zwanzig Mann, andere Gruppen vielleicht fünfzig Mann stark. Wie viele Gruppen gab es? Einhundert, vielleicht sogar zweihundert?

Also fünftausend, oder zehntausend Kämpfer? Gegen hunderttausend oder Millionen? Eine Million Esten gegen Zigmillionen? Es war sinnlos.

Vom Westen vergessen, vielleicht irgendwann in Geschichtsbüchern als Zahl auftauchend, namenlos, vielleicht ein einzelner Held genannt. Und? Ich wollte kein Held sein! Ich wollte nicht im Wald sterben; wenn ich schon sterben sollte, dann bei Anu.

Im August hatte ich mein Mädchen geliebt, der August würde wieder unser Monat werden. Eine Aktion würde ich noch mitmachen. Valdur musste mich verstehen.

Ich weiß nicht, wie lange ich an den Stamm gelehnt gestanden habe. Die Kälte riss mich aus meinen Gedanken. Alles war klar in mir.

Im Februar stürmten wir einen Dorfsowjet, dabei kam es zu einer Schießerei mit der Miliz, der örtliche Parteifunktionär hatte Bauern verraten, sich an Deportationen beteiligt und eine Bäuerin misshandelt. Er erhielt seinen Prozess, Zeugen traten auf, die Ironie verlangte, dass ich den Funktionär verteidigen sollte. Es gab nichts, was ihm für gut angerechnet werden konnte. Der Este wurde im Wald hingerichtet. Das Urteil war gerecht.

Ich hatte an unseren Aktionen zwar mit einer Waffe, aber passiv, als Arzt, teilgenommen. Meine Kameraden akzeptierten meine Entscheidung, sie waren froh, mich zu haben, Kämpfer waren ersetzbar, Ärzte selten. Manchmal wurde ich sogar zu erkrankten Bauern gerufen.

Der Winter war auf unserer Seite. Durch die geringe Größe unserer Gruppe waren wir beweglich, konnten aus dem Nichts heraus angreifen, ebenso schnell wieder in die Wälder entkommen.

Die Kälte und der hohe Schnee verhinderten, dass die Russen mit größeren Einheiten und Panzern in die Wälder eindrangen. In den nächsten Wochen würde sich dies ändern. Der Krieg tobte jetzt in Mitteldeutschland. Die Amerikaner und Briten standen an der Elbe. Die Rote Armee kämpfte vor Berlin. Die »Rahva-Hääl«* tönte schon jetzt vom Sieg. Uns war klar, dass sich die Sowjets nach der Kapitulation der Deutschen mit aller Macht auf die Waldbrüder

---

* »Volksstimme«, kommunistische Tageszeitung, offizielles Parteiorgan der Kommunistischen Partei Estlands.

stürzen würden, bevor der Westen eingreifen konnte. Wir mussten uns mit anderen Gruppen vereinen. Nur so hatten wir eine Chance, längeren Widerstand zu leisten. Vor zwei Tagen hatte Valdur zwei Mann von uns über die estnische Grenze nach Lettland geschickt. Dort agierten größere lettische Waldbrüdergruppen.

Valdur wollte mit den lettischen Kameraden entlang der Grenze Einsätze durchführen.

Für den bevorstehenden 1. Mai plante unsere kleine Gruppe seit einigen Wochen eine größere Aktion. Unser Ziel war das Rathaus von Tõrva.

Dort war ein kleiner Stützpunkt der Roten Armee untergebracht, zum Monatsende sollte im Rathaus eine große Summe Rubel, der Sold für die im Landkreis stationierten Soldaten, deponiert werden.

»Was ist los, Christoph?«

Valdur riss mich aus meinen Gedanken.

»Du denkst an Anu?«

Er reckte sich und kratzte seinen Kopf.

»Wieso, sieht man mir das an?«

»Natürlich, ich kenne dich, mein Freund.«

»Valdur, ich kann nicht ewig bei euch bleiben. Ich muss wissen, was aus Anu geworden ist. Verstehst du?«

Er hielt mir seine zerknitterte Zigarettenschachtel hin, klopfte sich selber eine Zigarette heraus, als ich ablehnte. Umständlich entzündete er sie, hustete, spuckte aus, schüttelte seinen Kopf.

»Scheißkraut, und trotzdem rauche ich es. Christoph, ich verstehe dich – aber auch wieder nicht. Was heißt – bei euch? Du gehörst zu uns, wir sind Kameraden, du bist mein Freund, wir gehören alle zusammen. Deine Sorgen um Anu ist verständlich. Aber es gibt eine Sache, hinter der alles zurück stehen muss. Darum sind wir hier. Lennart hat eine Frau und zwei kleine Mädchen in Jeti. Meinst du, er hat keine Sehnsucht? Du kannst jeden von uns nehmen.

Alle machen sich Sorgen und haben Familien. Nicht einer von ihnen jammert oder will fort.«

»Valdur, Anu ist meine Familie. Ich habe niemanden mehr. Ich habe sie seit einem Jahr nicht mehr gesehen. Ich werde langsam verrückt, weil ich nicht weiß, was mit ihr ist. Versteh mich, drei Karten habe ich ihr über Mahta geschrieben. Nicht eine Zeile ist zurückgekommen. Du bist mein Freund. Natürlich fällt es mir schwer, dich hier alleine zu lassen. Valdur, ich muss nach Hiiumaa. Wenn sie mich erwischen, habe ich es wenigstens versucht.«

Der schwarze Haarschopf Matties tauchte im Morgendämmern zwischen den Bäumen auf.

»Matti, lass uns mal alleine. Wir haben ein Männergespräch.«

Matties lachte auf, tippte sich an die Stirn und verschwand in Richtung See.

Valdur nahm einen tiefen Zug aus seiner Papirossa und drückte sorgfältig die Glut an einem Stamm aus, bevor er den Kippen mit der Hand zerrieb.

So hatte auch Indrek seine Zigaretten gelöscht.

»Seit sechs Jahren läufst du deinem Glück hinterher, hast es zweimal in den Armen gehabt und wieder verloren. Christoph, eigentlich bist du zu bewundern. Jeder andere hätte aufgegeben.«

Valdur überlegte.

»Wir sind eine Gemeinschaft, jeder würde für den anderen sterben. Und du willst einfach gehen. Was werden die anderen denken? Christoph, geht der Erste von uns, werden ihm andere folgen.«

Er lehnte sich an einen Stamm und überlegte.

»Gut, mach die Aktion in Tõrva mit, Christoph. Danach haben wir Geld und auch Papiere für dich. Ohne Papiere hast du keine Chance. Dann hau ab, ich werde es den Jungs schon beibringen können. Hier wirst du nicht überleben, wenn du nicht hundertprozentig dabei bist.«

Er schaute mich an.

»Mach dir keine Gedanken. Ich bin nicht böse auf dich – gut – schon enttäuscht. Eigentlich wusste ich es von Anfang an, dass dies nur ein Übergang für dich ist. Du hast andere Prinzipien und Wertigkeiten als ich, mein Freund.«

»Valdur, ich muss ...«

Er stieß mich an.

»Sei ruhig, komm, lass uns zu den anderen gehen. Sie essen sicher schon.«

Seine Enttäuschung war deutlich zu spüren, obwohl er sie mir nicht zeigen wollte.

Erst viel später wurde mir bewusst, dass ich an diesem Morgen unsere Freundschaft verraten habe.

Zwei Tage später begannen wir mit unserer Aktion. Man hatte mich bestimmt, nach Tõrva zu gehen.

Mein Gesicht war in der Stadt unbekannt, ich konnte mich als Verwandter der Palumets ausgeben, sie waren unsere Verbindungsleute, wohnten in der Nähe des Rathauses in der Mannikü. Das Ehepaar waren Onkel und Tante Lennarts, beide Söhne waren im Krieg gefallen, der ältere in der Estnischen Legion, der andere in der Roten Armee. Mahta arbeitete als Sekretärin im Rathaus.

Durch sie konnten wir erfahren, wann die Geldlieferung eintreffen würde. Ausstaffiert wie ein estnischer Arbeiter, eine Hand voll Rubelscheine und meine Walther in den Taschen, ein geknüpftes Tuch mit einigen Lumpen über der Schulter, entließen mich meine Kameraden in der Nähe der Kirchenruine von Helme.

Es war noch dunkel, so war die Gefahr geringer, einer Streife in die Arme zu laufen. Der Regen der vergangenen Tage und das Tauwetter ließen Straßen und Wege im Schlamm versinken.

Völlig verdreckt kam ich in Tõrva an. Der Õhne jõgi war bereits eisfrei, so konnte ich mich wenigstens reinigen, bevor ich das kleine Holzhaus der Palumets suchte. Tõrva wirkte wie eine Gartenstadt, rechtwinklige Straßen, kleine gepflegte Holzhäuser, viel Grün zwischen den Grundstücken. Die Männiku verlief unweit des Rathauses, für uns war dies wichtig, denn das Haus sollte auch Ausgangspunkt unserer Aktion werden. Mahta und Arno kannte ich, wir hatten uns mit ihnen einige Male im Wald getroffen.

Es war bereits Mittagszeit, als ich das kleine Tor zu ihrem Hof öffnete. Straße und Rathaus dösten in der ersten Frühlingswärme, die wohl auch meine Vorsicht eingeschläfert hatte. Denn sonst wäre ich nicht einfach auf den Hof gegangen. Es war zu spät zur Umkehr, als ich die Tür zur Küche geöffnet hatte. Ich sah nur Mahtas erschrockene Augen, Zigarettenqualm, dann die russischen Uniformen, die um den großen Küchentisch saßen, und in der Mitte Arno mit hilflosem Blick.

Wir funktionierten sofort. Bevor einer der Offiziere reagieren konnte, war Mahta aufgesprungen, um mich mit weit ausgebreiteten Armen zu empfangen.

»Liebster Neffe!«

Ihr Gesicht strahlte, aber ihre Augen zeigten die Angst, als sie auf mich zueilte. Auch Arno war aufgesprungen, ich lachte, beachtete die Russen nicht, freute mich, wie der verlorene Sohn. Die Angst war ein guter Regisseur. Arno und Mahta platzierten mich zwischen sich, ich begrüßte die Russen freundlich, erzählte, dass ich aus Taagepera gekommen sei, da ich in zwei Tagen mobilisiert werden sollte. Ein Offizier klopfte mir auf die Schulter, lobte mich, einige lachten, ein anderer meinte, dass ich zu spät gekommen sei, denn der Krieg sei in wenigen Tagen vorbei. Sie stießen mit mir an, nötigten mich immer wieder zum Trinken. Ein Major, er war der Kommandant des Ortes, erzählte mir, dass er eigentlich nur bei Mahta und Arno auf einen Wodka vorbeischauen wollte, da Mahta gestern Eier ins Rathaus gebracht hatte.

Lachend schlug er Arno auf die Schulter, er sei ein guter Mann, glaube an die Sache des Kommunismus. Bald würde Arno in die Partei eintreten, Arno und Mahta nickten, ich stimmte in ihr Lachen ein, und wir alle werden an den bevorstehenden Überfall gedacht haben. Keiner der Offiziere schien Argwohn zu haben.

Dann traf mich der Blick eines jungen Leutnants, er glaubte mir nicht. Wir lachten, ich prostete ihm zu, die Gläser klangen, er nickte nur, hob kurz sein Glas, mit starrem Gesicht.

»Auf den Genossen Stalin! Nastarowje!«

»Auf den Kommunismus!«

Drei Schauspieler saßen am Tisch.

Auch er stieß mit mir an, sein Blick blieb unverändert abschätzend. Die Offiziere wurden immer betrunkener, Arno trank kaum, ich war stocknüchtern, musste aus der Küche. Mahta hatte Brot und Schinken hingestellt, die Offiziere johlten. Mahtas Augen waren voller Unruhe, als sich unsere Blicke trafen.

Eine Frage nach meinem Einberufungsbefehl, und mein Märchen würde auffliegen. Übelkeit vortäuschend, drängte ich mich zwischen Wand und Tisch, den Blick des Leutnants spürend, zur Küchentür.

Draußen holte ich tief Luft, um mich zu sammeln. Die Frühlingssonne tauchte den Hofplatz in ein warmes Licht und ließ die Schneehaufen noch schmutziger wirken. Der alte Hofhund döste in der Sonne, hatte seinen Kopf nur einmal kurz erhoben, als ich vor die Tür getreten war. Vor mir Saunahaus und Holzschuppen, hinter ihm der Abtritt, dort begann eine Wiese, mein Fluchtweg war offen.

Ich wartete zu lange, die Tür öffnete sich, und der Leutnant trat blinzelnd auf den Hof. Zur Flucht zu spät!

»Eine schlimme Luft dort drinnen.«

Mein Nicken mechanisch, den Sinn seiner Worte kaum begreifend.

Vor mir seine gepflegte Hand mit einem geöffneten silbernen Zigarettenetui, auf beiden Seiten weiße aufgereihte Zigaretten, nicht die schlimmen Papirossa. Meinen Blick bemerkend:

»Wissen Sie, ich hasse Machorka, ein übles Kraut, ich kenne es nicht von daheim. Mein Vater war Konzertmeister in Leningrad, er hat seine Zigaretten aus Warschau bekommen.«

Ruhig brannte die Flamme, als ich ihm Feuer geben wollte.

»Danke, ich nehme lieber Hölzer als ein Feuerzeug. Irgendwie schmeckt das Benzin immer durch, wenn man den Tabak so entzündet. – Ja, er war Konzertmeister, ein ziemlich berühmter sogar, war mit Schostakowitsch befreundet. Schostakowitsch ist ausgeflogen worden. Mein Vater 1943 verhungert, Musik macht nicht satt.«

Rauchend standen wir wie Freunde auf der Schwelle. In den nächsten Sekunden würde er fragen. Ich würde ihn niederschlagen. Als ich mich ihm zuwandte, sah ich, dass seine Pistolentasche geöffnet war.

»Sie werden also übermorgen mobilisiert?«

»Ja, etwas spät. Ich habe mich schon im Herbst gemeldet, bin aber zurückgestellt worden, ich arbeite als Maschinist.«

»Mhm, seltsam, dass man sie am Ersten Mai einberuft. Soweit ich weiß, ist der Erste Mai Feiertag, und auch nicht irgendeiner dieser überkommenen Kirchenfeiertage, die ihr Esten immer noch feiert.«

Sein Blick war freundlich, während er mich sezierte, und ich spielte mit, es ging um mein Leben.

»Stimmt, darüber habe ich noch gar nicht nachgedacht. Aber es steht der Erste Mai auf meinem Befehl, und dass ich mich im Rathaus zu melden habe.«

Freundlich lächelte er mich an. Wie alt war er? Vierundzwanzig, vielleicht zwei Jahre jünger, denn der Krieg zeichnete die Gesichter älter. Ein sehr junger Leutnant.

Auf der Brust trug er das Abzeichen einer Militärakademie. Also war er Berufsoffizier, kein Einberufener.

»Wollen wir gemeinsam auf Ihrem Einberufungsbefehl nachsehen? Vielleicht haben Sie sich ja verlesen?«

»Gerne«, ich musste an meine Walther kommen, »aber ich habe ihn in meinem Bündel, denn meine Brieftasche haben mir Ihre Genossen im letzten September weggenommen.«

Er zuckte mit den Schultern, lächelte spöttisch.

»Ja, das soll vorgekommen sein. Bitte nach Ihnen«, er wies auf die Tür, »Sie scheinen der Ältere von uns beiden zu sein.«

Der junge Leutnant hatte mich! Eine Drehung von mir, und ich würde seine Kugel im Körper haben. Das war es also. Ich war nicht einmal berührt, als ich mich zur Tür wandte. Jetzt schloss sich mein Kreis, ohne dass ich noch einmal Anu sehen würde.

Meine Hand wollte zum Griff, als die Tür von innen aufgerissen wurde; während ich zurücktaumelte, schlug sie mir noch ins Gesicht. Ich strauchelte, der Leutnant fing mich auf. Zwei trunkene Offiziere standen schwankend unter dem Rahmen und begriffen nichts. Als meine Nase blutete, lachten sie wie über einen gelungenen Witz.

Um mich herum sechs Offiziere, Mahta und Arno, der Hund bellte, die Offiziere lachten und diskutierten, einer hielt mir eine Zigarette vor mein schmerzendes Gesicht, ein anderer eine fast leere Flasche Wodka, mit dem ich meine Nase einreiben sollte.

Mahta hatte die Situation erkannt und überschüttete die Russen mit einem Wortschwall, in dem ihre Muttersprache die Überhand gewann. Der Leutnant stand abseits und beobachtete mit unbewegtem Gesicht das Treiben seiner Genossen. Seine dunklen Augen suchten meinen Blick, ich hielt stand, er schien zu überlegen, dann wandte er sich an den ranghöchsten Offizier, um ihn alleine zu sprechen. Der war mit einem Schluckauf beschäftigt, winkte nur ab. Man wollte aufbrechen; als der Leutnant noch einmal Gehör finden wollte, wurde er barsch angefahren.

Überschwänglich verabschiedeten sich die Russen von uns. Eine Verbrüderungsszene, die von uns perfekt gespielt wurde: Lachen, Schulterklopfen, Dankesreden. Der junge Leutnant reichte mir die Hand.

»Der Knochen scheint heil geblieben zu sein. Freuen Sie sich, das Nasenbein bricht schnell, das Krachen kann man auch als Vernehmender hören – jedenfalls in geschlossenen Räumen. Ich habe es mehrmals gehört. Wir sehen uns dann am Ersten Mai. Bis dann.«

Er eilte seinen Genossen nach, deren Lachen schon von der Straße klang.

Am Abend war ich wieder bei meinen Kameraden. Auch wenn der Leutnant Verdacht geschöpft hatte, waren wir uns einig, am 1. Mai loszuschlagen. Arno hatte bei dem Gelage erfahren, dass am 30. ein kleiner Gefangenentransport eintreffen sollte. Dadurch erhöhte sich für uns zwar die Zahl der Gegner, aber so erledigten wir gleich mehrere Aufgaben. Wir wollten es versuchen, denn die Überraschung war auf unserer Seite, so dachten wir jedenfalls.

Wir waren sechzehn Mann, Jürka und Josua waren am Morgen aus Lettland mit guten Nachrichten zu uns gekommen, als wir uns gegen Abend am Südufer des Õhne jõgi zu einer letzten Beratung sammelten.

In der Frühe hatte ich mit Valdur ein langes Gespräch gehabt. Es blieb dabei, nach der heutigen Aktion würde ich die Kameraden verlassen. Sie wussten noch von nichts. Von Valdur hatte ich mich schon verabschiedet, denn es war uns beiden klar, dass die nächsten Tage turbulent werden würden.

Vormittags waren wir aus unserem Lager aufgebrochen; der Pastor in Helme, dessen Kirche im Herbst zerstört worden war, hatte uns noch beköstigt.

Alles war bis ins kleinste Detail geplant, jeder hatte seine Aufgabe. In wenigen Minuten würde es dunkel werden. Vor ein paar Tagen hatte Arno einen Baum gefällt, der uns als Brücke über den Fluss dienen sollte. Ein Teil der Gruppe würde sich bei den Palumets bereithalten, die anderen Kameraden würden im nahen Park warten. Punkt zwei Uhr in der Nacht wollten wir losschlagen.

Schon am Tag hatten wir Freudenschüsse der betrunkenen Russen in Helme gehört. In Tõrva würde es nicht anders sein. Als wir aufbrechen wollten, rief Valdur uns noch einmal zurück. Er zog aus seiner Jacke eine große estnische Flagge.

»Kameraden, die werde ich auf dem Turm hissen. Die Russen werden staunen, wenn statt des roten Fetzens unsere Flagge weht.«

Die meisten waren begeistert, ich bekam ein ungutes Gefühl, denn unser Zeitplan würde nun noch enger werden. Als Treffpunkt machten wir die Höhle unterhalb der Burgruine in Helme aus. Um Mitternacht begann unsere Aktion. Der Baumstamm war schnell überwunden. Valdur führte die Gruppe, die im Park wartete, Jürka die andere. Ich war bei Valdur. Es war Vollmond. Das hatten wir nicht bedacht.

Trotzdem waren die Jungen entschlossen; dass das Rathaus und der Platz im Mondlicht voll einsehbar waren, interessierte sie nicht. In einer Gebüschgruppe warteten wir. Alles war ruhig. Vor uns das helle moderne Rathaus, fast zu groß für den kleinen Ort, über dem Turm hob sich der dunkle Stoff im leichten Nachtwind, neben den dunklen Kolonnaden, unter denen sich der Eingang befand, zwei Fenster, in denen Licht brannte. Dort war die Wache untergebracht. Vier Mann hatten Dienst, eine Doppelwache zog alle halbe Stunde ihre Runde um das Gebäude. Zwölf lagen in Bereitschaft, die Arrestzellen unbewacht, da sie an die Wache angrenzten. Wir hofften, dass ein großer Teil der Mannschaft betrunken war. Wir lagen noch nicht lange, als sich die Eingangstür öffnete und die beiden Posten heraustraten.

Es war halb zwei, die Zeit stimmte, Mahta hatte gut beobachtet. Die Wache nahm ihren Dienst nicht ernst, laut erzählend, beide rauchend, traten die Soldaten ihren Postengang an. Einer von ihnen schlug sein Wasser an der Hausecke ab. Einige Minuten später tauchten sie auf der Parkseite auf. Noch ließen wir sie ungeschoren. Unsere Anspannung stieg.

Zwei Uhr. Wieder öffnet sich die Tür, dieselben Posten, im Lampenlicht des Eingangs zünden sie sich ihre Zigaretten an. Alte vom Krieg gezeichnete Gesichter, trotzdem müssen sie fallen. Matti und Franz lösen sich von uns.

»Alles Gute.«

Franz nickt, dann sind sie verschwunden, tauchen als Schemen zwischen der ersten Baumreihe auf, um wieder in die Dunkelheit abzutauchen. Wir sind bereit! Meine Uhr zeigt fünf nach zwei, als ein Aufstöhnen aus der Dunkelheit dringt. Schatten huschen über die Straße, die anderen drücken sich an die helle Hauswand unterhalb der Arrestzellen. Die Kameraden sind bereit. Dann laufen wir los, völlig geräuschlos, als ob die Nacht jeden Laut in sich saugt. Der Hintereingang ist verschlossen, ein Mann bleibt da, sichert. Wir huschen um das Gebäude, sehen die anderen noch immer im Schutz der Hauswand, ein Wink von Valdur, dann stürmen wir los, die schwere Eingangstür ist nicht einmal abgeschlossen, der Soldat in der Pförtnerloge springt auf, hat keine Chance, um die Sirene auszulösen. Valdur ist schon bei ihm, schlägt ihn nieder, während die anderen das Wachlokal stürmen. Wir funktionieren ohne Worte, jeder Schritt ist mehrmals durchgespielt worden. Ich bleibe zurück, sichere nach hinten, heute habe ich eine Mpi dabei, denn jede Waffe zählt.

Nach kurzem Handgemenge sind die Wachen überrumpelt. In den beiden Mannschaftsräumen Verblüffung – betrunkene, müde Gesichter.

Einige versuchen nach ihren Waffen zu greifen, ein trockener Knall, jemand fällt nach vorne, zuckt auf den Dielen, bleibt still liegen. Matti steckt verlegen seine Pistole weg. Lärm sollte vermieden werden. Aber alles läuft wieder reibungslos weiter. Während die Gefangenen erstaunt aus den Zellen treten, werden die ersten Bewacher schon gefesselt und eingeschlossen. Valdur öffnet die Waffenkammer, drückt den befreiten Männern Gewehre und Patronenstreifen in die Hand.

»Nehmt so viel Gewehre, wie ihr tragen könnt! Verschwindet in den Park, sichert uns. Jetzt seid ihr mit eurem Teil dran.«

Fieberhaft suchen wir nach dem Schlüssel, um an die Rubel heranzukommen. Die Zeit läuft, die Soldaten sind nur einige Straßen weiter untergebracht.

»Valdur, Christoph, wir müssen. Es ist gleich drei.«

Franz' besorgter Blick. Schubladen fliegen auf den Boden, Kästen, der Schlüssel ist nicht auffindbar.

»Schafft den Wachhabenden heran! Los, Franz! Er muss den Schlüssel haben.«

»Valdur, scheiß auf das Lumpengeld. Wir haben die Gefangenen befreit, haben Waffen für vierzig Mann. Die Zeit! Ich will nicht abgeknallt werden!«

Valdurs Gesicht arbeitet.

»Also gut. Haut ab, wir treffen uns in Helme.«

Er zerrt den blauschwarzweißen Stoff aus der Jacke.

»Die muss aber noch wehen. Christoph, hilfst du mir?«

Als ich nicke, ist er schon vor mir, läuft den Flur zum Treppenhaus entlang. Wir nehmen mehrere Stufen, durch das schmale Treppenhausfenster sehe ich unten die Kameraden über den Vorplatz laufen. Atemlos stehen wir vor der Turmluke. Zwei Schläge mit dem Kolben, das Schloss gibt nach, die Leiter hinauf, über uns hängt schlaff die Besatzerfahne.

»Runter mit dem Fetzen!« Ich sehe dem Stoff nach, der wie ein toter Vogel sich drehend und windend in die Tiefe torkelt. Als ich aufblicke, erstarre ich.

»Valdur!«

Er blickt auf, lässt für einen Augenblick die Fahne sinken. Unter uns, zwei, vielleicht drei Straßen weiter, Scheinwerferkegel zwischen Straßenbäumen, Motorengeräusche.

»Sie haben uns bemerkt. Valdur, wir müssen weg. Komm!«

Er schon wieder beim Knüpfen der Knoten:

»Gleich, sie muss wehen.«

Unendlich lange Sekunden, dann hebt sich der Stoff am Mast.

»Nun, los!«

Ich bin schon in der Turmöffnung, taste nach der Leiter, als Valdur zwei Handgranaten an die Schnur der Fahne bindet und vorsichtig auf den Boden legt.

»Heb die Luke schon an, Christoph. Gerade so, dass ich durchpasse«, und er zieht die Sicherungsringe, »sie werden hochgehen, wenn die Luke aufschlägt.«

Wir stürmen die Treppe hinunter, Lichtkegel huschen die Wand entlang, Kommandos. Sie sind da. Wie von Teufeln gehetzt, stürmen wir den Gang entlang, müssen die Tür zum Park finden, denn die Soldaten sind schon im Haus. Noch haben sie uns nicht bemerkt. Eine schmale Tür, dahinter eine Treppe. Licht flammt auf. Sie muss in den Keller führen. Bretterverschläge, ein großer Raum mit Holz, auch Kohlen. Endlich die Tür. Über uns laufen Stiefel, Rufe. Sie sind nah, die Tür in den Park vor uns.

Die letzten Meter entsichere ich meine Mpi, löse den Verschluss der Pistolentasche, sichere nach hinten, während Valdurs Körper gegen die Tür wuchtet.

Warum hilft Ludwig nicht von der anderen Seite? Keine Angst bei mir, nur Wille zum Entkommen. Mein Körper ist voller Kraft. Endlich gibt die Tür nach. Valdur dreht sich um.

»Komm, gleich haben wir es geschafft!«, reißt die Tür auf, eine Mpi-Garbe zersägt das Dunkel. Zu spät mein Ruf. Valdur fällt mir blutüberströmt in die Arme – schon tot. Ich zerre ihn hinter einen Kohlenverschlag, schreie, sinke in die Knie. Hinter mir im Kellergang einzelne Schritte, ich komme zu mir, drehe mich um, schieße, erst da sehe ich den Rotarmisten, der vorgeprescht, nun seinen Eifer bezahlt hat. Fieberhaft überlege ich, will mein Leben so teuer wie möglich verkaufen. Valdur!

Sein lebloser Körper neben mir. Ich muss ihn alleine lassen. Die Tür zum Park steht offen, hinter dem Verschlag bin ich in Deckung, stürme ich zur Tür, bin ich ein beleuchtetes Ziel. Über mir noch immer Trampeln, sie durchsuchen die Räume, nur die da draußen wissen, dass jemand anders im Haus ist. Ein Kohlestück trifft die Deckenlampe. Schützende Dunkelheit; als meine Augen sich gewöhnt haben, kann ich den schmalen Streifen Pflaster zwischen dem Haus und den Büschen erkennen. Vielleicht acht oder zehn Meter, dann bin ich gerettet. Aber genug Breite, um mich niederzustrecken. Die Zeit! Als ich eine Kohle in das Dämmern werfe, ein einzelner Schuss. Nur ein Schütze? Dann eine junge Stimme. Der Leutnant von vorgestern. Also war er es, der Ludwig und Valdur niedergestreckt hat. Woher wusste er von unserem Überfall? Haben wir einen Verräter? Seine Intuition? Hatte ich mich verraten? Warum haben sie schon auf uns gewartet? Zufall? Es war so egal!

»Kommen Sie heraus! Ich weiß, dass Sie alleine sind.«

Langsam krieche ich zur Tür.

»Kommen Sie heraus. Es hat keinen Zweck. Meine Genossen werden jeden Moment in den Keller kommen. Kommen Sie, sonst kommen wir.«

Er blufft. Schon längst hätte er einen von seinen Leuten nach vorne geschickt. Langsam richte ich mich auf, hinter dem Türrahmen Deckung suchend. Die Tür weit auftretend, alles auf eine Karte setzend, springe ich in die Nacht, drehe mich dabei und feuere eine Salve in die Dämmerung, bevor ich auf das Pflaster falle. Der Schmerz nimmt mir den Atem, aber noch mit dem Schwung des Aufpralls federe ich mich ab und springe in das Dunkel der Büsche. Für eine Sekunde lausche ich – Stille. Ich habe ihn erwischt. Im Norden, vom Fluss, schallt ein Feuergefecht. Sie haben unsere Gruppe gestellt, alles ist aus. Erst einmal fort von hier! Wenn ich mich die nächsten Stunden bei Mahta und Arno verstecken könnte! Die Soldaten haben mit der Verfolgung der Kameraden zu tun. Valdur ist tot, noch habe ich dies nicht begriffen. Den Kameraden nachzulaufen wäre Selbstmord. Ich habe zwei volle Magazine, meine Mpi, die Pistolentasche ist leer.

Meine Walther muss während des Sprungs aus dem Leder geglitten sein. Zum Suchen bleibt keine Zeit. Das Rathaus ist hell erleuchtet, in den nächsten Minuten würden sie den Park durchkämmen. Vorsichtig ziehe ich mich tiefer in das Dunkel zurück und treffe auf das Flussufer, dessen Richtung mir den Weg nach Süden zeigt.

Die Stadt war wieder zur Ruhe gekommen, als ich gegen Morgen meine Mpi in einem hohlen Stamm versteckte. Ich konnte sie nicht bei mir tragen, wenn ich in die Stadt wollte. Die Nebenstraßen mit ihrer lockeren Bebauung und den weitläufigen Gärten als Deckung nutzend, schlich ich mich in die Metsa, die in die Männiku mündet. Die Straße war ruhig, so wagte ich es. Das Hoftor war nur angelehnt. Als ich an das Küchenfenster klopfte, tauchte Sekunden später Arnos Gesicht hinter der Scheibe auf. Beide wussten sofort Bescheid.

Arno versteckte mich auf dem Boden über dem Saunahaus.

Den jungen Leutnant habe ich erschossen, den Rotarmisten im Keller ebenso. Sie sind die einzigen Toten, die ich in dieser Nacht wissentlich getötet habe. Es quält mich nicht. Sie oder ich. Die Chancen hatten fünfzig zu fünfzig gestanden.

Am Abend des 3. Mai zerriss eine Explosion die Dämmerung. Ein sowjetischer Offizier hatte versucht, die estnische Fahne vom Turm zu holen. Drei Tage später machte ich mich auf den Weg nach Hiiumaa.

15

Ein grauer, verwahrloster Kleinstadtbahnhof irgendwo im Südwesten Estlands. Die Fenster des Stationsgebäudes notdürftig mit Pappen und Blechen geflickt, die Einschüsse noch ziegelrot als Narben auf dem verrußten Backstein zu erkennen. Eine Menschenmenge auf dem viel zu schmalen Bahnsteig, die auf die Einfahrt des schon lange überfälligen Zuges wartet. Die Menschen sind von Krieg und Entbehrung gezeichnet: Die Kleidung geflickt, die Gesichter verhärmt, sitzen sie auf Kisten und Kartons, fluchen, erzählen, rauchen, Kinderschreie. Zwischen den Gruppen der Wartenden entdecke ich eine junge Frau. Ihr grauer Übergangsmantel, obwohl abgetragen, zeigt noch Spuren früherer Eleganz. Was mich fasziniert, sind ihre dunklen, langen Haare. Schwer wogen sie über ihre Schultern. Das Sonnenlicht lässt die dunklen Flechten bläulich glänzen. Noch nie zuvor hatte ich solche Haarpracht gesehen. An einen der gusseisernen Pfeiler gelehnt, beobachtet die Frau die umhertobenden Kinder. Als sie still lächelt, treffen sich unsere Augen für einen Moment. Fast unmerklich ein Nicken von ihr, bevor ihr Blick wieder zu den Kindern geht. So erinnere ich mich noch nach vierzig Jahren an Sonja. Sie sollte in den nächsten Wochen mein Schutzengel werden.

Unser missglückter Überfall auf das Rathaus in Tõrva lag eine Woche zurück. Langsam begriff ich Valdurs Tod. Ich war zum Verräter geworden, hatte meine Kameraden im Stich gelassen. Mir war es fast egal.

Wie besessen wollte ich nun nur noch nach Tallinn und von dort auf ein Schiff nach Hiiumaa. Mein ganzes Streben war nur noch auf Anu gerichtet.

Eigentlich war es aussichtslos, ich besaß keine Papiere und Verpflegung, nicht einmal eine Fahrkarte konnte ich lösen, denn ohne Reisegenehmigung des örtlichen Sowjets oder des Parteikomitees durfte diese nicht verkauft werden.

Eine Hand voll Rubelscheine knisterte in meiner Tasche, lieber wäre mir meine alte PPK* gewesen, doch die war bei dem Sprung aus dem Keller verloren gegangen. Um den Milizposten im Stationsgebäude zu umgehen, hatte ich mich heute Nacht über die Gleise des kleinen Rangierbahnhofs in einen der abgestellten Güterwaggons geschlichen. Eine alte Eisenbahnermütze hatte mir vor einer Stunde gute Dienste geleistet. Zwischen den Wartenden wollte ich mich mit in den überfüllten Zug drängen. War ich erst einmal im Zug, würden die Kontrollen nur sporadisch durchgeführt werden. Um einer möglichen Milizkontrolle zu entkommen, hatte ich mich an den Rand

---

* Walther, PPK (Polizeipistole Kriminal), deutsche Pistole, in der deutschen Wehrmacht als Offizierspistole verwendet.

des Bahnsteigs postiert. Plötzlich kam Unruhe auf, am Übergang wurde geschimpft. Rufe: »Miliz!«

Nur das nicht!

Als ich mich umwandte, sah ich, dass auch der hintere Teil des Bahnsteigs von Soldaten des Innenkommissariats abgesperrt war. Fieberhaft suchte ich einen Fluchtweg. Die Soldaten beherrschten die Treibjagd.

Schnell war die Menschenmenge auf engem Raum vor der Gepäckabfertigung eingekreist. Niemand schimpfte oder versuchte sich zu widersetzen, als kleine Gruppen aus der Menge gelöst wurden.

Die Menschen waren nach den vielen Besatzungsjahren abgestumpft.

Routiniert vollzogen die Soldaten ihre Handlung: Prüfende Blicke in die Gesichter, Kontrolle der Dokumente, einige Fragen, mit einer Kopfbewegung war der Befragte entlassen und konnte sich mit seinen Habseligkeiten wieder auf den Bahnsteig stellen.

Ein Mann wurde weggeführt, auch er ohne sichtbare Reaktion. Sieben, acht Männer und Frauen waren noch vor mir, da kam mir der rettende Gedanke. Es schien mir lächerlich, ich musste es trotzdem versuchen. Blind würde ich sein oder, noch besser, blöde. Ein Heimkehrer aus dem Krieg, den der Krieg kaputtgemacht hatte.

»Du, du und du!«

Die Stimme des Milizionärs vor mir. Seine Hand zerrt mich vor die Front der Wartenden, fordert meine Kennkarte und die Fahrkarte mit der Reiseerlaubnis.

Ich starre ihn blöde an, lalle, brabble russische Worte, spiele um mein Leben. Als er mich anschreit und sein Nachbar die Maschinenpistole auf mich richtet, falle ich dem jungen Kerl um den Hals.

»Drug, drug, moi drug, moi brat!«*, lache irre, löse mich von ihm, schaue in sein Gesicht. »Drug, ja damoi, drug!«**

Er muss meine Angst sehen! Der Schlag des anderen trifft mich unvorbereitet, die Schmerzen am Ohr sind höllisch, und ich lache, brabble, lache um mein Leben. Dann, als sie langsam begreifen, eine weibliche Stimme hinter mir.

---

* Deutsch: »Freund, Freund, mein Freund, mein Bruder!«
** Deutsch: »Freund, ich nach Hause, Freund!«

»Genosse Sergeant, lassen Sie bitte sofort meinen Cousin los! Der Mann gehört zu mir.«

Neben mir das Mädchen mit den blauen Haaren, Zorn in ihrem Gesicht. Ich begreife sofort, lache noch mehr und falle ihr um den Hals. Ihre Hand streichelt meine vor Dreck starrenden Haare. Mein Gestank muss sie abstoßen.

»Hier meine Kennkarte. Ich bin die Tochter des Ministers. Sie können dies gerne nachprüfen lassen. Dieser Mann ist sein Neffe.«

Ihre Hand liegt auf meiner Schulter.

»Er hat im Estnischen Schützenkorps gekämpft und war seit September vermisst. Man hat ihn in der letzten Woche im Wald bei Karksi aufgegriffen. Er konnte nur seinen Namen stammeln, sonst nichts.«

Ihre Stimme steigernd: »Es ist unvorstellbar, was er durchgemacht haben muss. Ich habe ihn gestern identifiziert, wir sind auf der Heimfahrt nach Tallinn. Rufen Sie in Tallinn an, mein Vater, der Minister für Staatssicherheit, wird Ihnen dies bestätigen. Also bitte.«

Eine Menschenmenge, die schweigend auf die Reaktion der Soldaten wartet, davor ein Mann, blöde grinsend, eine junge Frau, ihr Gesicht entschlossen, warten auf die Entscheidung der Soldaten, die, unsicher geworden, sich zurückziehen und kurz beraten.

Der Sergeant kommt auf mich zu, zieht mich fort. Als die junge Frau sich zwischen uns stellen will: »Keine Angst, ich habe nur eine Frage an ihn. Ist die Antwort richtig, kann er fahren.«

Noch immer blöde grinsend, mit vor Angst schlotternden Knien, die meine zu weite Hose kaschiert, stehe ich vor vier Soldaten.

Die Frau hat Eindruck hinterlassen, keiner von ihnen belächelt mich, Blicke mustern mich, und meine Rolle scheint perfekt gespielt zu sein. Hinter meinem Rücken geht die Kontrolle weiter, ein Offizier tritt hinzu, der Sergeant berichtet, dann geht er zu der Frau, spricht mit ihr, kommt wieder, redet leise mit dem Offizier. Der Blick des Leutnants seziert mich dabei.

»Verstehst du mich?«

Seine Frage auf Deutsch. Die Falle schnappt nicht zu.

»Verstehst du mich?«

Er ist also Este.

»Ja, ja. Verstehen.«

»Wie ist dein Name? Wie heißt du?«

»Kumm, Kumm.«

»Gut. Sehr gut.«

Fast erwarte ich ein Zuckerstückchen. Ich weiß, was nun kommt. Meine Chance ist eins zu hundert, wohl eins zu tausend. Es gibt viele estnische Vornamen.

»Deinen Vornamen möchte ich auch wissen.«

Mein Hirn arbeitet verzweifelt.

»Du hast mich verstanden, oder?«

Seine Stimme nun nicht mehr süß.

»Ja – verstanden – Boris, Boris Kumm*.«

Der Kreis der Soldaten öffnet sich, als ich ihm folgen will, stellt sich ein Milizionär in den Weg. Und ich lache und brabble, tippe mir auf die Brust, stammle meinen Namen, muss dabei an Robinson Crusoes Freitag denken und bin mir im nächsten Moment sicher, dass ich in den nächsten Stunden sterben werde. In meinem Rücken seine Stimme:

»Er kann gehen, die Genossin hat denselben Namen genannt. Er trägt den Vornamen seines Onkels.«

Jetzt ist mein Lachen echt.

Zwanzig Minuten später schleppte eine Lokomotive, der Sowjetstern leuchtete frisch gemalt auf ihrem Kessel, einige altersschwache Wagen in den Bahnhof.

Der Kessel wurde mit Ölstein geheizt, beißender Qualm hüllte die Wartenden ein.

Unser Offizier hatte sich gerade verabschiedet. Auch mir hatte er die Hand gegeben.

»Genosse, Sie haben ihre Gesundheit für die gerechte Sache des Kommunismus geopfert. Das junge Sowjetestland ist stolz auf Sie.«

Während ich einige wirre Worte lallte, griff die junge Frau nach meiner Hand. Endlich mit meiner Retterin alleine, konnte ich mein Schauspiel beenden.

Der Weg nach Tallinn war offen, ein Papier des Leutnants bestätigte meine Identität und hatte uns sogar zwei Sitzplätze in einem reservierten Abteil beschafft.

---

* Boris Kumm, geboren am 1.9.1897 in Pärnu, gestorben am 21.11.1958 in Tallinn, 1944 bis 1955 Minister für Staatssicherheit der ESSR.

Meinen überschwänglichen Dank wehrte die junge Frau ab. Für sie war es eine Selbstverständlichkeit gewesen, mir zu helfen. Sie hatte sofort erkannt, warum ich mein Schauspiel aufführte. In wenigen Sätzen berichtete ich ihr von mir und meinen Absichten. Mit einer Selbstverständlichkeit lud sie mich in ihre Wohnung ein, die sie mit ihrem Mann und ihrer Tochter bewohnte.

»Und Sie sind wirklich die Tochter des Staatssicherheitsministers?«

Sonja Kumm lachte schallend.

»Nein, natürlich nicht. Aber ich trage zufällig denselben Namen. Der öffnet schon manche Türen. Übrigens können wir uns gegenseitig zu unserem logischen Denkvermögen beglückwünschen. Die meisten hätten wohl irgendeinen Vornamen genannt. Hätten wir nicht so schnell kombiniert, säßen wir jetzt beide im Schlamassel. Da hätte auch mein erfundener Vater nicht helfen können. Glauben Sie mir, ich bin froh, ihn nicht als Vater zu haben. Aber mein Vater ist sowjetischer Funktionär. Das schmerzt auch.«

Nach endlos langen Pausen auf der offenen Strecke, nach drei Kontrollen, die ich ohne Angst ertrug, und mehreren Lokomotivenwechseln erreichten wir nach einem Tag Tallinn. Es war das erste Mal, dass ich meine Vaterstadt unter sowjetischer Herrschaft sah. Die Fassade des teilweise ausgebrannten Bahnhofs war mit großen Stalinportraits und Losungen verhängt.

Tallinn war nun die Hauptstadt einer Sowjetrepublik. Über den Zinnen des Langen Hermann wehte die rote Fahne. Nicht nur die Fahne, auch die Uniformen in den Straßen hatten gewechselt.

Sonja wohnte mit ihrer Familie in einer winzigen Einzimmerwohnung in der Pikk. Das Haus hatte eine schreckliche Nachbarschaft. Gegenüber befand sich das ehemalige Kriegsministerium, das nun wieder Sitz des NKWD* war.

Schaute man aus dem Küchenfenster, sah man die geschlossene Brücke, über die die Verschleppten zum Verhör aus dem Gefängnistrakt geführt wurden.

---

* »Narodny Kommissariat Wnutrennich Djel« für »Volkskommissariat für innere Angelegenheiten«.

Nachts drangen Schreie aus dem Gebäude. Hinter den zugemauerten Kellerfenstern sollte sich die Folterhölle der Behörde befinden. Sicherer als in Sonjas Wohnung konnte ich nicht sein. Wer vermutete schon einen Waldbruder vis-à-vis der gefürchteten NKWD-Burg?

Sonja hatte sich von mir vor der Olaikirche getrennt, um ihren Mann auf mich vorzubereiten. In der hellen Stille der Kirche, in einer Kirchenbank sitzend, wartete ich auf ihre Rückkehr. Hier kamen meine Sinne endlich zur Ruhe. Wieder saß ich in einer Tallinner Kirche und dachte an die Begleiter, die von mir gegangen waren, Tante Alwine, mein Vater, Johannes, Valdur – bei jeder Heimkehr waren es mehr geworden. Meine Schwester, Mecklenburg war von den Russen erobert worden, ob sie noch lebte? Valdur, ich bin nicht schuld an seinem Tod. Aber ich habe wieder einen Freund verloren.

Die Stille wurde von dem Knarren der schweren Eingangstür zerrissen.

Impulsiv griff ich an meine Tasche, doch es hallten nur einzelne Schritte von den Gewölben wider. Ein sowjetischer Soldat schritt bedächtig den Mittelgang entlang.

Die Hände auf dem Rücken, seine Mütze in einer Hand haltend, blieb er stehen und hob seinen Kopf, um das hohe Schiff zu betrachten. Als er sich in eine Bank setzte, nickte er mir zu und lächelte. Mein Gesicht blieb starr, es ging einfach nicht, seinen Gruß zu erwidern. Er war mein Feind, auch wenn sein Gesicht offen und die gefalteten Hände zart wirkten. Seine Schulterklappen leuchteten rot, er gehörte zu den Soldaten des Innenkommissariats – ein Häscher, der mich sicher auch in dieser Halle niederschießen würde. Ich hasste ihn umso mehr, da er sich als Christ fühlte und wenige Häuser entfernt Menschen folterte. Als er sich aufrichtete, vertiefte ich mich in ein scheinbares Gebet, um mich nicht mit meinem Blick zu verraten.

Die Tür schloss sich, dann kam Sonja und stellte mich Herman vor. Wir mochten uns sofort. Die Wohnung konnte ich nicht verlassen, da das Beschaffen der Papiere schwierig war und ich in der Stadt jederzeit kontrolliert werden konnte. Herman hatte als Vermessungstechniker beim Stadtbauamt gearbeitet und war zu Aufräumungsarbeiten in den Trümmerflächen um die Nikolaikirche eingeteilt. Sonja war zu Hause, da ihre Tochter noch klein war. Den ganzen

Tag saß ich am Küchentisch, las oder unterhielt mich leise mit Sonja, während die Kleine im einzigen Zimmer schlief. Über uns drehte der Nachbar seine Runden. Er war Kontrolleur und seit dem Herbst wieder Kommunist. Wir mussten auf der Hut sein, denn Herman war für ihn ein Bürgerlicher, er hatte ihn schon mehrmals angeschwärzt.

Der Krieg war an seinen Herd zurückgekehrt. Die Rote Armee kämpfte in Berlin, Tallinn brodelte von Gerüchten. Herman saugte sie wie ein Schwamm ein, und am Abend saßen wir lange und redeten.

Am 9. Mai kam er schon am Vormittag wieder nach Hause. Sonja erschrak, als sie ihn in der Küchentür sah, sein Gesicht glühte, er lachte, warf eine Zeitung auf den Küchentisch.

»Christoph, Sonja, der Krieg ist aus. Die Deutschen haben kapituliert. Jetzt wird uns der Westen helfen! Die Menschen sind völlig verdreht. Ich muss wieder los. Sonja, heute Abend kommen ein paar Jungs, besorg etwas Schnaps und Wurst.«

Herman sah meinen ängstlichen Blick.

»Keine Sorge, es sind Freunde. Einer von ihnen besorgt dir auch deine Papiere.«

Die Tür schlug zu, wir waren alleine.

Was ging in diesen Stunden in mir vor? Ich weiß es nicht genau. Natürlich war ich froh, dass die Nazis abgewirtschaftet hatten. Aber war ich euphorisch? Ich kann mich nicht erinnern, denn eigentlich änderte sich nichts für mich.

Ich blieb der Verfolgte, der von seiner Frau getrennt war und in Lebensgefahr schwebte. Estland war wieder besetzt, Deutschland war nicht mehr mein Land.

Die Freunde, die am Abend in der Küche saßen und diskutierten, verstanden mich nicht. Sie glaubten daran, dass der Westen diplomatischen Druck auf die Sowjets ausüben würde, einige rechneten sogar mit einem neuen Krieg. Meine Zweifel verstanden sie nicht. Spät klopfte es energisch an die Wohnungstür. Die Angst der letzten Jahre setzte sich sogar im trunkenen Zustand durch. Instinktiv schwieg die Tischrunde, ich verschwand sofort in meinen Verschlag.

Wenig später hörte ich die trunkene Stimme des Kontrolleurs, der für sich Eingang forderte. Hermans Stimme wurde lauter, nach dem Türschlagen erschallte befreiendes Lachen, und ich wurde erlöst.

Am nächsten Morgen traf Herman auf den Kontrolleur, beide gratulierten sich zum Sieg der Sowjetunion. Danach saß Herman am

Küchentisch und schüttete sich vor Lachen aus, denn das Gesicht des Kontrolleurs war völlig blau und verschwollen.

Später erfuhren wir, dass er aus der Dachwohnung geworfen worden und die Treppe heruntergestürzt war.

Das vorsichtige Klopfen an der Wohnungstür trieb mich wie einen huschenden Schatten in die kleine Abseite hinter der Küche. Mein Ohr an die dünne Bretterwand gedrückt, lauschte ich. Eine Männerstimme, sie flüsterte nur. Sonja und Herman schienen sie zu kennen, denn Sonja lachte mehrmals. Trotzdem verhielt ich mich ruhig, bis der frühe Gast verschwunden war.

»Christoph, du kannst kommen, es war Sascha.«

Ihr Gesicht strahlte.

»Deine Papiere. Du bist jetzt ganz offiziell Ants Tammsaare, Bürger der Estnischen Sowjetrepublik.«

Hermans Gesicht nahm einen feierlichen Ausdruck an.

»Also, Ants, dann setz dich an den Küchentisch. Die Ernennung zum Bürger der Estnischen Sowjetrepublik ist eigentlich kein Grund zum Feiern, für dich aber schon. Noch etwas zu früh für Viin. Sonja, ein Glas Most muss es auch tun. Tammsaare, da hat Sascha aber etwas übertrieben, findest du nicht?«

Vor mir auf dem Küchentisch lagen meine estnischen Papiere. Ich war nun Este. Mein Weg zu Anu war ab jetzt gefahrloser. Sonjas Arme lagen auf meiner Schulter.

»Zufrieden?«

»Zufrieden? Glücklich! Ich glaube es noch nicht.«

Herman strich durch seine wirren Haare und reckte sich.

»Zur Hochzeit lädst du uns aber ein.«

»Versprochen. Herman, warum tut ihr dies für mich? Ihr bringt euch für einen Deutschen in Gefahr. Und wenn sie mich erwischen und ich euch verraten würde?«

»Nun hör auf.«

Sonjas Stimme war laut geworden.

»So kannst du dich nicht verstellen. Schon als ich dich auf dem Bahnsteig sah, wusste ich, was mit dir los ist. Meinst du, ich hätte mich sonst um dich gekümmert, als die Miliz kam? Warum wir das tun, Christoph? Schau aus dem Fenster. Jeden Tag stehen die Frauen in langer Reihe mit ihren Päckchen die Straße entlang und warten darauf, ihren Männern zu helfen. Meinst du, ich denke, dass alle diese Frauen um Verbrecher, Mörder und Spione weinen, wie es mir mein Vater seit Monaten weismachen will? Christoph, da muss man helfen.«

Sie zögerte für einen Moment.

»Allein schon, weil mein Vater auf der anderen Seite ist. Du hast auch die Schreie in der Nacht gehört. Meinst du, wir wollen, dass wir dich hören?«

Aus dem Nebenzimmer klang Weinen. Sonjas Arme lösten sich von mir. Beim Fortgehen traf mich eine leichte Kopfnuss.

»Lollpea!«

So hatte mich auch Anu genannt. Herman lachte auf, seine Kopfnuss schmerzte mehr. Lachend wehrte ich ab.

»Meine Sonja! Christoph, komm, wir müssen. Heute Mittag geht ein Zug nach Haapsalu. Ein Billet hat Sascha mitgebracht, die Reiseerlaubnis, einen Passierschein für die Insel auch. Hiiumaa ist Sperrgebiet. Hier ist ein Rucksack mit dem Nötigsten.«

Er hievte einen riesigen Armeesack auf das Wachstuch.

»Die Größe ist beabsichtigt. Große Hülle mit wenig drin. So kommen die nicht so schnell auf die Idee, dich zu kontrollieren. Hamsterer reisen mit gefüllten Taschen.« Aus einer Seitentasche kramte er eine deutsche Feldflasche.

»Viin für die kalten Nächte. Ein fürchterlicher Wodka. So trinkst du nicht zu viel und bleibst bei Verstand. Dann habe ich noch etwas.«

Herman ging zum Fenster und öffnete den kleinen Topfschrank, der in der Nische eingebaut war. Mit einem kurzen Schlag löste er ein Brett. Ein Päckchen, in Ölpapier eingeschlagen, lag auf dem Tisch.

»Eine Viisnurk*. Christoph, benutze sie nur als letzten Ausweg.«

Er zögerte kurz.

»Und hebe die letzte Patrone für dich auf. Sie würden dich sowieso erschießen, wenn sie dich hätten. – Dann noch etwas Lumpengeld.«

Er warf ein zerknülltes Bündel Rubelscheine dazu.

---

* Deutsch: »Fünfeck«, sowjetische Militärpistole TT, Modell 1933, die einen Sowjetstern auf der Griffschale hatte.

»So, das war's. Ich schlage vor, wasch dich noch mal, iss was, dann keine große Abschiedsszenen, und ab zum Bahnhof.«

Als ich etwas sagen wollte, wandte sich Herman ab. Meine wenigen Sachen waren schnell verstaut.

Dann saßen wir an dem kleinen Küchentisch, Sonja hatte Kaffeebohnen gemahlen, und wir genossen das festliche Getränk.

Die kleine Nina schlief an ihrer Brust, und der Abschiedsschmerz wurde mit jeder Minute stärker. Herman erzählte einige Witze. Wir lachten zu laut. Über uns rumorte der sowjetische Kontrolleur, und unser Lachen wurde leiser.

Bei diesen Zeilen wird mir wieder bewusst, wie hilfsbereit in diesen Jahren die Menschen zu mir waren. Eine ehrliche Gastfreundschaft schlug mir entgegen, stille Freundschaften, die so tief waren und immer wieder viel zu schnell endeten, weil wir auseinandergerissen wurden. Nie wieder habe ich solche herzlichen und ehrlichen Menschen wie in diesen Jahren erlebt. Alleine um ihnen zu danken, müsste ich heute nach Estland reisen. Da dies nicht möglich ist, umso mehr ein Grund, diesen Bericht zu schreiben.

»Christoph, wir müssen.«

Herman setzte seinen Stuhl zu laut auf, ging zum Fenster und zog die Gardine zurück, uns so den Abschied leichter machend. Sonja reichte mir den Rucksack, er war so leicht auf meinen Schultern. Hilflos standen wir uns gegenüber.

Ninas vergnügtes Kreischen aus dem Nebenzimmer löste den Abschied.

Sonja lachte auf, nahm mich in den Arm. Ihr warmer Atem an meinem Hals, ein gehauchter Kuss.

»Jumalaga!«*

Ihre Stimme war von Tränen erstickt. Dann schlug die Küchentür. Hermans bestimmende Hand auf meiner Schulter schob mich in das Treppenhaus.

Im Flur der Geruch billigen Essens, nach Kohl und Rettich.

Die Schäbigkeit des Treppenhauses wurde durch das hereinbrechende Sonnenlicht noch deutlicher.

---

* Deutsch: »Mit Gott!«

Draußen die sonnenüberflutete Straße, vor uns, die im Schatten liegenden Häuserfluchten mit dem verbindenden Torbogen, dazwischen die ewige Schlange der verzweifelten Mütter und Frauen. Der Terror so deutlich!

Ich verstand Sonjas Gründe.

»Christoph, lass uns jetzt russisch sprechen. Das ist sicherer.«

Der Gang zum Bahnhof, er sollte mein endgültiger Abschied von Tallinn werden. Viel zu schnell waren wir am Ziel. Vor dem Bahnhof die erste Milizkontrolle.

Hermans mutmachende Hand lag für einen Augenblick auf meiner Schulter.

Der prüfende Blick des Milizionärs und sein erstauntes Gesicht, als ich ihm auf Russisch antwortete. Der Abschied zwischen Herman und mir nur kurz, denn wer war ich schon? Ein Niemand, vielleicht ein Verwandter, der nach einem kurzen Besuch der Hauptstadt zurück nach Haapsalu fuhr. Ein Reisender, wie so viele in diesen Jahren. Abgerissene, Verirrte, Heimkehrer, Suchende.

Die Fahrt im überfüllten Zug ersparte mir Kontrollen. Auch auf dem Bahnhof in Haapsalu ließ mich die Miliz ohne Fragen passieren. Ein Russe, der mit seinem ZIS* Holz vom Hafen holte, nahm mich auf seiner Ladefläche bis zur Stadtgrenze mit. Wunschgemäß sprang ich von seinem Wagen. Als sein Lkw anruckte, sprang ich wieder auf und versteckte mich unter einer Plane.

Der Posten am Hafen ließ ihn ohne Kontrolle passieren. Der Tag war mein Glückstag: Noch in derselben Stunde sollte ein kleines Schiff mit einigen Ersatzteilen nach Kärdla auslaufen, der Schiffsoffizier amüsierte sich nur über meinen Nachnamen und fragte, wie viele Bücher ich schon geschrieben hätte, als ich meinen Passierschein und meine Reisegenehmigung vorzeigte, um an Bord des Schiffes zu kommen.

Nur wenige Passagiere hatten sich mit ihren Kartons und Rucksäcken auf das hintere Deck begeben, meist ältere Frauen und Männer, die in der Woche in Haapsalu arbeiteten und zum Wochenende nach Hause wollten. Es wurde gelacht, viel erzählt, einige Männer tranken. Ich hatte mich, meinen Rucksack im Nacken, den Blick aber auf

* Sowjetischer Lkw aus dem Moskauer Werk »Sawod imeni Stalina« ZIS, russisch ЗИС (Stalin-Werk).

das Schiff gerichtet, vor die hintere Reling gelegt. Das Wetter war herrlich. Möwen ließen sich über mir im Wind treiben. Seit Jahren hatte ich das Meer nicht mehr gespürt. Plötzlich musste ich an Rostock denken. Seit September 1944 hatte ich nichts mehr von meiner Schwester erfahren. Wie war es ihr ergangen, als die Russen einmarschierten? Ich wusste damals nichts von den Übergriffen auf die deutsche Bevölkerung. Aber mir war bekannt, wie sie sich hier verhalten hatten. Hatte es noch Bombenangriffe auf die Stadt gegeben? Lebte sie noch?

Ein Stück Holz war ich, dahintreibend, wäre Anu nicht mehr, ohne Hafen, ohne Sinn, keinen nahen Menschen mehr kennend.

Die Augen geschlossen oder in den Himmel blickend, ließ ich meine Gedanken wandern, dachte an Anu, überlegte, wie ich ohne Aufsehen nach Moka Küla kommen könnte. Auf Hiiumaa war ich ein Fremder und doch bekannt.

Mich überfiel eine Unruhe, ich hatte das Gefühl, beobachtet zu werden. Unauffällig ließ ich meine Blicke wandern. Eine Gruppe älterer Frauen, laut schwatzend, drei Männer kartenspielend, eine Mutter, die mit ihrer Tochter beschäftigt war; ein Mann, der in der Hitze eine Jacke trug, versuchte die »Rahva-Hääl« trotz des Windes zu lesen. An der Treppe zum Oberdeck unterhielten sich zwei Matrosen.

Der eine, sein Gesicht sonnenverbrannt, verlebt, zeigte beim Lachen eine Reihe schadhafter Zähne. Dieses Gesicht!

Mein Hirn wollte mir keine Antwort geben. Dann traf mich sein Blick. Es war Jaan Hinnius, seine Augen wanderten, ohne ein Erkennen zu zeigen, weiter. Mir wurde siedend heiß. Hinnius hatte noch eine alte Rechnung mit mir offen – Arnos Matrose, mit dem ich mich damals beim Tanz geprügelt hatte. Mein Kopf arbeitete fieberhaft. Dass er mich erkannt hatte, konnte ich mir nicht vorstellen. Doch die Angst war da. Mich schlafend stellend, beobachtete ich ihn unter halb geschlossenen Lidern weiter.

Er musterte mich nicht wieder. Hinnius war es, da war ich mir sicher. Als die beiden Matrosen verschwanden, wurde das Risiko zu groß für mich. Meinen Rucksack aufnehmend, begann ich scheinbar, einen schattigen Platz zu suchen.

Im menschenleeren Zwischendeck trieb mich ein hustender Matrose beim Untersuchen einer Kammer hoch.

Meine Frage nach der Kombüse, die ich auf Russisch stellte, beantwortete er mit einem Schulterzucken und einem hasserfüllten Blick, der mir gut tat.

Im Sommer sind die Tage in Estland lange hell. Qualvoll tropfte die Zeit dahin, bis ich mein Versteck verlassen konnte. Dicht vor meinem Ziel wurde die Sehnsucht so groß! An der Gangway hörte ich die Schiffswache miteinander erzählen. Sie entfernte sich. Mit meinen Sachen im Rucksack, ließ ich mich an einem Tau leise in das Hafenwasser gleiten. Den Rucksack auf dem Kopf, schwamm ich im Schutz des Schiffes an Land. Schnell musste ich Land gewinnen, denn der Hafen und der Strand waren Sperrgebiet, und auch in der Stadt konnte ich von der Miliz kontrolliert werden.

An die Folgen, wenn Hinnius mich erkannt hatte, dachte ich nicht.

Eine Woche brauchte ich, um nach Moka Küla zu gelangen. Am Tag wühlte ich mich in Heuschober auf entlegenen Waldwiesen oder versteckte mich tief in Feldscheunen. Die Inselstraße mied ich. Die Natur gab genug in diesen Monaten, so quälte mich kein Hunger.

Mein Zustand war unbeschreibbar, mein Körper produzierte Energie wie ein Kraftwerk und verlieh mir einen Lebenswillen, wie ich ihn lange nicht gespürt hatte. Ein Feuer brannte, jede Faser trieb mich zu meinem Ziel, ich war mir sicher, dass Anu auf mich warten würde.

Nur einen Nachtmarsch vor meinem Ziel, vielleicht war ich dadurch unaufmerksamer geworden, lief ich einer kleinen Gruppe Waldbrüdern in die Arme. Sie überwältigten mich sofort, hielten mich für einen Spitzel der Miliz. Ich redete um mein Leben, erzählte ihnen von unserer Aktion in Tõrva, nannte Namen aus meiner Gruppe. Dass ich zu einem Mädchen wollte, sagte ich ihnen, Anus Namen verriet ich nicht. Ein blonder Mann, der sich abseits gehalten hatte, trat vor. Sein Gesicht war von einer langen Narbe gezeichnet.

»Du willst zu Anu Lina, der Lehrerin in Käina.«

Ich nickte, zu sehr hatte er mich überrascht.

»Ich bin Kalju Vaht. Anu war mit mir einige Wochen zusammen. Sie hat viel von dir erzählt. Du erinnerst dich? Wir beide haben in einem anderen Leben einmal auf Anu angestoßen. Christoph Scheerenberg, du bist ein Glückspilz! Aber ich glaube, du machst einen schweren Fehler. In dieser Zeit darf man sich nicht binden.«

Kalju und ein Kamerad brachten mich an den Waldrand und zeigten mir ein Versteck für den Tag. Ich hätte Kalju gerne über Anu ausgefragt.

Eine Scheu hielt mich zurück. Warum sollte ich ihn quälen? Er hing noch immer an ihr, das hatte ich an seinen wenigen Worten gespürt.

Ich war viel zu aufgeregt gewesen, um tagsüber in dem Heuschober ein Auge zu schließen. Die Dämmerung wollte nicht kommen, trotzdem machte ich mich auf. Um möglichst nicht gesehen zu werden, ging ich das Dorf von den Wiesen an, dabei eine Hecke als Deckung nutzend. Der Sommerabend war wunderschön, wieder strahlte die Landschaft in Sepia, die die Wiesen und alten Wälder so weich und schwer zeichnet. Um meine Erwartung noch zu steigern, schien die Zeit einzuhalten, denn die Hecke zog sich endlos hin, bis ich endlich die Wiese hinter dem Kapitänshaus erreichte. Noch einmal sondierte ich die Umgebung. Kein Mensch war zu sehen. Trotzdem verharrte ich einige Minuten, auch um mich zu sammeln.

Auf der Straße knatterte ein Krad; erst als es den Waldrand erreicht hatte, erstarb das Motorengeräusch. Drei Milchkühe hatten sich genähert und beobachteten mich aus stillen dunklen Augen. Ihre eintönigen Mahlgeräusche beruhigten.

Der Abend trug von einem der Höfe einzelne Musikfetzen zu mir. Die Töne disharmonierten, die Wellen überlagerten sich.

Seit Monaten hatte ich kein Radio gehört. Dann erklang das Glockenspiel des Kremls. Unbewusst verglich ich meine Uhr. Es war Mitternacht. Eine schwere Ruhe füllte mich aus. Für einen Augenblick legte ich mich auf den Rücken, schloss die Augen. Mein Ziel war erreicht. Ich hoffte, dass nun die Zeit der Jagd beendet sei, kein Verstecken, kein Misstrauen den Menschen gegenüber, keine Entschlossenheit zu töten, um das eigene Leben zu retten. Nach vierzehn Monaten war ich heimgekehrt. Dann gab ich mir einen Ruck und huschte am Wiesenrain geduckt zur Kapitänssauna. Der Hof schien verwaist, doch schickte er seinen Boten. Aus dem Nichts kam Negus bellend auf mich zu. Meinen kurzen Ruf erkannte er sofort.

Leise redete ich mit ihm. Alt war er geworden, die Schnauze grau, ein Reißzahn fehlte. Zärtlich kraulte ich ihm das Fell.

Wir kannten uns schon fast sein ganzes Hundeleben. Bellend lief er fort, um mich zu melden. Niemand empfing mich. Meine Deckung verlassend, ging ich auf das Haus zu, hinein wollte ich nicht, würden mich andere empfangen, hätte ich keine Chance zur Flucht. Dann, als ich um die Hausecke bog, um in den hinteren Garten zu sehen, prallte ich mit einem Mann zusammen. Sein Ellenbogen hatte so unglücklich meine Narbe getroffen, dass ich zu Boden ging.

Noch beim Sturz hatte ich meinen Fehler bemerkt, denn ich hatte deutsch geflucht. Zu spät, ehe ich mich aufrappeln konnte, hockte dieser Mann, ich hatte ihn noch nie gesehen, auf meiner Brust. Keine Miliz! Mein erster Gedanke.

»Lassen Sie mich los! Ich gehöre zu den Liinas, bin ein Verwandter aus Haapsalu!«

»Nichts, du bist Deutscher!«

Sein Estnisch klang mit russischem Akzent.

»Nein! Fragen Sie Anu Liina. Die wird es bestätigen.«

Anus Stimme!

»Sergej, bitte hör auf, bitte!«

Widerwillig lösten sich seine Fäuste, sein Blick auf der Hut, war er bereit, mich niederzuschlagen.

Anus lachendes, weinendes Gesicht. Es sah reif aus, hatte seine Mädchenhaftigkeit verloren. Anu, was hast du erlebt?

»Bitte, Sergej, lass mich einen Moment alleine mit ihm.«

Er ging zur Veranda, noch immer zweifelnd, beobachtete er uns. Anu lief ihm hinterher, zögerte, drehte sich wieder zu mir.

»Gott, Christoph! Was soll ich machen?«

Dann war sie bei mir und umfing mich und weinte und lachte.

Der Russe – war alles umsonst gewesen?

Anu saß mir gegenüber, hielt meine Hände. Sie weinte noch immer.

»Anu, wer ist der Russe? Wird er mich melden? Er ist ein Russe!«

Erst war eine Frage, dann Begreifen in ihren Augen.

»Christoph, was denkst du? Er ist der neue Russischlehrer an meiner Schule. Er hat bei uns Quartier, bis er ein Zimmer in Käina findet. Lollpea!«, und sie lachte.

Jetzt war ich heimgekehrt!
»Warte, ich rede noch einmal mit ihm, werde ihm alles erzählen. Ich denke, er wird nichts verraten. Unsere Lügen wird er sowieso nicht glauben.«

Sie huschte davon, ihr Kleid wehte und zeigte, dass ihre Figur voller geworden war.

Meine wenigen Mitbringsel lagen ausgebreitet auf dem Küchentisch, Sergej Michailow, wie er sich inzwischen vorgestellt hatte, und Anu hatten meiner kurzen Schilderung atemlos zugehört. Während Anu Riina von Paul und Kathri holte, sprachen wir Männer uns miteinander aus.

Auf meine provokante Frage, ob er mich melden würde, hatte er nur gelacht. Anu würde er nie verletzen, denn sie hatte ihn in den ersten Wochen als Einzige im Dorf akzeptiert. Riina kam, umarmte mich, lief wie ein kopfloses Huhn durch die Küche und schimpfte, dass ich sie mit meinen überraschenden Besuchen noch in ihr frühes Grab bringen würde. Ihre Rede gipfelte in dem Satz, dass ich Anu nun endlich heiraten solle, ein Kommen und Gehen, ihre Tochter sei fünfundzwanzig, es wäre höchste Zeit, dass sie unter die Haube käme. Nur zu gern hätte ich dies sofort gemacht. Anu kochte zum Abendbrot und erzählte von den letzten Monaten.

Als ich nach Tiina fragte, verschwand ihr Leuchten, denn ihre Freundin war hochschwanger, als die deutschen Truppen die Insel verließen, ihrem Freund gefolgt. Allen war klar gewesen, welches Schicksal sie erwartet hätte. Paul hatte ihr verziehen, sonst wäre seine Tochter nicht gegangen. Seitdem hatte Anu nichts von Tiina erfahren.

Wir beredeten die nächsten Schritte. Ich sollte mich die ersten Tage im Saunahaus verstecken. Riina würde mit Paul reden, ob ich in den kommenden Wochen bei ihm wohnen könnte. Meine Papiere hielten jeder Prüfung stand.

Mit einigen äußerlichen Veränderungen meiner Person müsste mein Risiko kalkulierbar sein. Dass ich mit den beiden Frauen flüchten wollte, verschwieg ich.

Die anderen spürten, dass wir alleine sein wollten, wortlos zog sich der Lehrer zurück. Auch Riina ging, nachdem sie mir einige Sachen hingelegt hatte.

»Christoph, in der Sauna ist noch heißes Wasser.«

Anus Stimme klang weich.

Der vertraute Geruch nach Tannenrauch und Pilzen nahm mich wie ein zeitloser für immer schützender Kokon auf. Noch heute sehe ich das Saunahaus und die Abende mit Anu, wenn ich diesen Duft spüre.

Könnte man die Düfte des Lebens speichern, würde man als alter Mensch durch sein eigenes virtuelles Museum schreiten.

In dem ersten, noch kleinen Raum, der fast dunkel wäre, würde der Mensch den warmen Geruch seiner Mutter erkennen und sich geborgen fühlen.

Der nächste Raum, von Kerzenlicht erleuchtet, gaukelte uns mit dem Duft von Pfefferkuchen und dem Aroma des frisch geschlagenen Weihnachtsbaums die Weihnachten der Kindheit vor. Sonnenlicht würde aus dem geöffneten Tor eines großen Saales dringen und uns an die langen Sommer zwischen den Schuljahren mit dem staubigen Geruch des frisch mit Wasser besprengten Straßenpflasters erinnern. Der alte Mann würde einen Knaben mit seinen eigenen, nun jungen Gesichtszügen barfüßig hinter einem Sprengwagen laufen sehen, der Geruch von Heu würde ihn an die Nacht mit seinem ersten Mädchen erinnern.

Der Besucher seines Lebens eilte durch die grellen mit Chlorbrodem gefüllten Räume, spürte die Schmerzen und Todesangst, würde Moder und Fäulnis riechen und in den mit Gartendüften gefüllten Erinnerungen verweilen.

Der Duft des Saunahauses würde in mir die schönsten Abende mit Anu erwecken. Der Geruch alter Bücher meine erste Begegnung mit einem Mädchen in der Universitätsbibliothek. Der fürchterliche Gestank nach Blut, Eiter, geschwängert mit Äther würde Johannes' aufmunternden Blick während der schweren Kämpfe damals im Otradnoje zurückholen. Vielleicht ist es gut, dass dieses Museum nicht möglich ist. Mancher Besucher seines eigenen Lebens würde darin zerbrechen. Wohl auch ich!

Zärtlich strichen Anus Finger über meinen Rücken und machten sich wieder mit meinem Körper vertraut, Zentimeter für Zentimeter erkundeten sie meine Haut, strichen vorsichtig über meine Narben.

Wie sehr hatte ich mich nach diesen Berührungen gesehnt!

Dass ihre Finger gleichzeitig Abschied nahmen, wussten wir beide nicht.

Dann durfte ich sie erkunden, berühren, küssen. Anu war fraulicher geworden, wunderschön. Wir liebten uns wie damals, lagen danach eng aneinandergeschmiegt auf der alten Couch, streichelten uns und flüsterten. Die Geräusche der Nacht füllten das Dunkel im Garten. So hatte ich den Wald nicht erlebt. Ein Vogel rief leise, es musste eine Scharrwachtel sein. Plötzlich setzten die Grillen ein. Es war ihre erste Nacht in dem Jahr. So früh hatten sie noch nie begonnen, erzählte Anu. Anus Kniekehle schmeckte nach Salz, als ich sie auf der Leiter zum Heuboden küsste.

Sie kicherte, blieb über mir auf der Sprosse stehen, als meine Lippen ihren Oberschenkel erkundeten. Drüben, hinter den Obstbäumen, war das Haus dunkel, auch die beiden Fenster des Lehrers über der Veranda, hinter denen ich einst gewohnt hatte, glänzten im Licht des Mondes schwarz. Wir liebten uns, dann erzählte ich Anu von meinem Plan, gemeinsam zu flüchten. Sie willigte sofort ein und wollte morgen mit ihrer Mutter reden. Eng aneinandergeschmiegt und glücklich schliefen wir ein.

Wir waren so naiv, so leichtsinnig an diesem Abend gewesen!

Leichtes Dämmern dringt durch die breiten Spalten der Bodenluke. Ein unbestimmtes Geräusch hat mich geweckt. Die Sinne sind sofort hellwach.

Lauschen: Das gleichmäßige Mahlen der Kühe hinter dem Saunahaus gaukelt Frieden vor, dann schimpft eine Amsel. Anu begreift sofort, als ich sie anstoße. Einen Finger auf meine Lippen, sie nickt, greift lautlos nach ihren Sachen. Rascheln auf dem Hof, Negus schlägt kurz an, verstummt. Sie sind da! Wollen uns holen! Mein Griff unter das Kissen, die Viisnurk ist in meinem Rucksack im Haus. Sie könnte uns auch nicht helfen.

Dann geht alles sehr schnell, kurze Kommandos, Schritte auf der Leiter, die Bodenluke wird aufgestoßen, Lampenlicht blendet uns, Anu drückt sich an mich, zittert, auch ich habe Angst.

Russische Laute: »Dawai, dawai! Ruki wwerch!«*

---

* Deutsch: »Schnell, schnell! Hände hoch!«

Zwei Gestalten stürzen auf uns zu, wollen Anu von mir trennen. Als ich sie halten will, Schläge. Ihre Schreie. Ein dumpfer Schlag löscht mich aus.

Irgendwann, vor mir, übergroß, ein blutiges Fellbündel. Sie haben Negus erschlagen. Fürchterliche Schmerzen, nur mühsam kann ich meinen Kopf heben. Einige Meter neben mir, unerreichbar, Anu, an den Händen gefesselt, den Strick um den Ast eines Apfelbaums geschlungen.

Sechs oder sieben Uniformen, rauchend, lachend, hinter ihnen die Sonne aufgehend. Dass Vögel singen an solchem Morgen!

Einer von den Uniformen, seine Zigarette wegwerfend, geht zu Anu, seltsam langsam, verzerrt. Meine Schmerzen im Kopf! Er fasst ihr unters Kinn, ihr Gesicht geschwollen, sie haben Anu geschlagen, er spricht. Estnisch! Verräter!

»Anu!«

Mein Ruf, mehr ein Gurgeln. Stiefel vor mir. Groß. Ich krümme mich.

Zu spät!

Irgendwann höre ich Riina weinen. Auch sie am Apfelbaum neben ihrer Tochter. Wo ist der Russischlehrer? Inzwischen haben sie meine Hände auf den Rücken gefesselt. Sie stehen noch immer und rauchen wieder, warten auf Anweisungen. Einer von ihnen bemerkt, dass ich zu mir gekommen bin.

Unsere Blicke treffen sich. Hass! Er kommt auf mich zu.

»Los, hoch! Du Nazi!«

Ein Este nennt mich Nazi!

Er stößt mich zu den Frauen. Anus Blick trifft meine Seele. Als ich strauchle, lachen die anderen.

Noch einmal streifen mich Anus Augen, als er mich fesselt, voller Liebe, geben sie mir Kraft. Der Milizionär ihren Blick bemerkend, bindet mich an einen anderen Baum, dass wir uns nicht mehr sehen können. Vor mir die aufgehende Sonne, nun blutrot über dem Wald, und die Vögel singen noch immer. Hinter meinem Rücken Fahrzeuggeräusche, die Uniformen in Bewegung, man grüßt. Eine Kommandostimme, die mir ins Mark fährt. Ich kenne sie.

Als man mir meine Fesseln löst, sinke ich fast hin. Jemand fängt mich auf, stößt mich zum Hof. Vor mir eine große Gestalt, trotz des warmen Tages in einem dunklen Anzug, einen Hut auf dem Kopf, breites Lachen im Gesicht.

»So trifft man sich wieder, Doktor Scheerenberg. Wie ich sehe, haben Sie noch immer nicht begriffen, mal wieder aufs falsche Pferd gesetzt, was? Und ihre Freundin wird auch nicht schlauer.«

Er lacht auf.

»Sie haben sich gefunden. Aber glauben Sie mir. Nicht für lange. Eine Hochzeit wird es in diesem Haus nicht geben. Mein Freund, man muss mit der neuen Zeit gehen. Deutschlehrer sind nicht mehr gefragt. Nun wird russisch gesprochen und sowjetisch gedacht.«

Mit einer herrischen Bewegung wendet er sich an die Miliz.

»Die Alte lasst hängen. Irgendeiner von den Nachbarn wird sie schon finden. Die beiden Jungen ins Auto und ins Gemeindehaus bringen. Ich brauche noch eine zweite Gegenüberstellung.«

Er zeigt auf mich.

»Den begleite ich zum Wagen.«

Als mir einer der Milizionäre die Fesseln anlegen will, winkt Keres ab.

»Lassen Sie, der bleibt, solange seine Freundin bei uns ist.«

Erst langsam begreife ich den Ernst unserer Lage. Hass und Ohnmacht.

Obwohl es nicht hilft, grüble ich, wer uns verraten hat. Der Russischlehrer? Keres' Blicke von der Seite regen mich auf. Einige Meter vor mir Anu. Wenigstens mein Mädchen lassen sie in Ruhe.

»Sie wollen nicht reden, Doktor?«

»Ich wüsste nicht, worüber. Und mit Ihnen sowieso nicht.«

»Sie sind noch immer der Held, nicht wahr? Sie werden reden.«

Das Auto noch so weit weg. Ich ertrage ihn nicht.

»Sie fragen sich, wie ich es geschafft habe, am Leben zu bleiben, stimmt es? Ich frage mich das selber, denn eigentlich hätten mich die Roten erschießen müssen. Keres, der stramme Nazi. Nun, ich vermute, auch die Kommunisten brauchen Leute wie mich. Ich war Chef des Omakaitse hier im Ort, kannte Namen, Waffenverstecke, wusste, wo sich Waldbrüder aufhalten können, hatte damals die Verstecke selber mit ausgewählt. So etwas schätzen die neuen Machthaber. Man hat mir Straffreiheit zugesagt. Ich habe ihnen geholfen. Nun arbeite ich im Sowjet, helfe ihnen beim Aufspüren konterrevolutionärer Subjekte oder untergetauchter Nationalisten. Wer weiß, vielleicht schicken die mich ja doch noch nach Sibirien? Da muss ich mich eben unentbehrlich machen und auch mal einen Deutschen abliefern. Doktor, schauen Sie nicht so böse. Wie sagen die Deutschen: Wessen Brot ich ess, dessen Lied ich sing. Nun, ich denke, ich singe ihnen das Lied vom Kommunismus ganz gut. – Darf ich bitten?«

Er öffnet den Wagenschlag, ein Uniformierter drückt mich in den Fond. Anu ist schon im Wagen. Neben uns sitzen zwei Milizionäre. Noch einmal spüre ich Anus Nähe.

Mit aller Kraft drückt sie ihr Knie gegen meins. Als ich ihren Druck erwidere, lächelt sie mir unter Tränen zu.

Anu, ich war in diesem Moment so stolz auf dich.

Sie sperrten uns in das Gebäude des örtlichen Sowjets, das alte Bürgermeisteramt, in den mit Blech ausgeschlagenen Raum, wo auch die Post lagerte. Als ob wir überhaupt eine Chance hätten zu entkommen! Wir waren in diesen letzten gemeinsamen Stunden nicht alleine, denn ein Milizionär saß mit in unserer Zelle.

Es war ein junger Russe, ein demobilisierter Soldat, der sich freiwillig zur Miliz gemeldet hatte und sich ärgerte, auf Hiiumaa zu sein. Er verstand nicht ein Wort Estnisch, wusste aber wohl, was mit uns geschehen war. Als sich die erste Unruhe gelegt hatte, sprach ich ihn leise auf Russisch an. Ich bot ihm meine letzten Rubel, die man bei der Durchsuchung nicht gefunden hatte, und so konnte ich mich zu Anu setzen und reden. Wir wussten, was uns erwarten würde, und nahmen Abschied voneinander, auch wenn wir ihn nicht in Worte fassen konnten. Anu rechnete mit einer Deportation, denn immerhin hatte sie sich mit einem geflohenen Deutschen abgegeben, wie Keres es formuliert hatte. Was mit mir geschehen würde, war mir egal. Nur Anu müsste leben, denn ich trug die Schuld für alles.

Mein Mädchen war erstaunlich gefasst, denn sie hatte im Stillen schon früher mit einer Verhaftung gerechnet. Keres hatte schon mehrmals damit gedroht. Wir jammerten nicht, vielleicht weil wir spürten, dass sich für uns ein Kreis geschlossen hatte: Wir hatten uns gefunden, was danach kommen würde, konnten wir in unserer Situation nicht beeinflussen.

Nach einigen Stunden holte man mich aus der Zelle. Sofort war mir klar, um was es ging, als ich die verdreckte, nach Wodka stinkende Gestalt hinter der Absperrung sah. Jan Hinnius hatte seinen Judaslohn schon vertrunken. Als man mich in den Raum führte, krähte er meinen Namen und lachte.

Die Prozedur verlief schnell, es hatte keinen Nutzen zu streiten, sie würden mich sofort foltern.

Er, und Keres als Zeuge, das würde für eine Verurteilung genügen. Ich war noch mit den Milizionären im Zimmer, als draußen ein Wagen vorfuhr und vier Polizisten mit den roten Schulterstücken des Innenkommissariats nach Anu und mir verlangten. Sie sollten uns nach Kärdla bringen. Die Miliz stieß uns mit unbewegten Gesichtern in den Fond, ebenso hätten sie auch Kisten verladen. Alles war wie ein Albtraum. Das betrunkene Lachen Jaan Hinnius', sein Höhnen, die gaffenden Dörfler. Keres' überlegenes Grinsen auf der Treppe hinter den Neugierigen. Ein Junge rief Anus Namen. Seine Mutter hielt ihm sofort den Mund zu und zog ihn fort. Ein Stalinbild von roten Fahnen flankiert, die verlassene Inselstraße. Anu vor mir, den Kopf gesenkt. Ich wollte sie so gerne berühren, doch meine Hände waren wieder gefesselt.

Der Wagen hält vor einem einstöckigen braunen Holzhaus in der Uus. Das Gebäude freundlich, mit einem einladenden Vorgarten und zwei Veranden, war früher sicher das Heim eines Meisters aus der Fabrik.

Hohn in den Augen, als der Beifahrer mir aus dem Fond hilft. Noch einmal kann ich Anu berühren, als sie uns durch den Vorraum zum trennenden Tresen schieben. Mit erschrockenen Gesichtern fliehen zwei Bäuerinnen, die einen Aushang lesen wollen. Der Miliz-offizier wissend, beachtet meinen Ausweis nicht einmal, als er auf den Tisch geworfen wird.

»Saks!«

Für ihn ein Schimpfwort. Geranientöpfe auf den Fensterbrettern, ein großes Stalinbild an einer Wand, die neuesten Prikas* der Regierung.

Eine schreckliche Mischung aus Bürgerlichkeit und kalter Amtsstube.

Es hat keinen Sinn, meine Identität zu verleugnen. Die Aufnahmeprozedur ist nach wenigen Minuten beendet.

---

* Deutsch: Befehle

Der Milizoffizier und die beiden Untergebenen bugsieren uns in ein benachbartes Haus, auch das bürgerlich zivil mit seinen grünen Holzbohlen und den kleinen Sprossenfenstern. Bauern kommen uns entgegen, wir scheinen nicht existent zu sein.

Keine Regung ist in ihren Gesichtern, Angst oder der gewöhnliche Alltag, der sie abgestumpft hat. Zwei verschlafene Bewacher in dem einzigen großen Raum, die aufspringen und Meldung machen. Der Gestank von billigem Tabak, Wodka und schlechter Luft steht wie ein Block im Raum.

»Der Deutsche in die Gemeinschaftszelle, die Lehrerin alleine. Obwohl sie es verdient hätte, bei den Halunken zu landen.«

Plötzlich ist Anu neben mir, klammert sich an mich. Nur einmal kann meine Hand ihr Haar berühren, dann sind zwei Milizionäre neben uns, reißen Anu von mir. Sie wehrt sich, schreit; als ich mich losreißen will, um ihr zu helfen, trifft mich ein Schlag am Hals, der mir den Atem nimmt.

Meine Arme auf den Rücken gedreht, muss ich hilflos mit ansehen, wie Anu in eine Zelle gestoßen wird. Wenige Zentimeter vor mir das Gesicht des Offiziers, sein Atem stinkt.

»Hast du sie dir noch einmal genau angeschaut? Wirst sie so bald nicht wieder sehen.«

Im Weggehen: »Wenn überhaupt!«

Sein Lachen – und ich bin so hilflos!

Stimmengewirr, Lachen, dann Schweigen, als ich in den Raum gestoßen werde. In der Zelle Gestank, sechs, acht Männer, Kinder, Greise, Esten, Russen. Neugierig mustern mich Augen, Desinteresse, als ich mich vorstelle, dann wieder Zellenalltag.

Der Tag fürchterlich in seiner Länge. Anus Verlust von Minute zu Minute schmerzhafter, mir immer bewusster werdend.

Abseits von den anderen in einer Ecke hockend, verdöse ich die Zeit, bis mich ein junger, fast noch kindlich wirkender Krauskopf mit flinken Augen anspricht und nach meinem Schicksal fragt. Dankbar berichte ich ihm, und plötzlich entsteht eine Solidarität in dieser Zelle. Die Schmuggler, Trinker oder Bummler spüren, dass mich ein anderes, schlimmeres Schicksal erwartet. Ein Alter drückt mir einen Kanten Brot in die Hand und nötigt mich abzubeißen. Ein bürgerlich wirkender Mann erzählt mir seine Geschichte.

Gegen Abend werde ich aus der Zelle gerufen. Wortlos weist mich ein junger Milizionär in die Einzelzelle. Erwartungsvoll schlägt mein Herz, umso schlimmer die Enttäuschung, Anu ist fort.

Als ich meine Augen öffnete, brannte eine ärmliche Birne in meiner Zelle. Im ersten Moment musste ich mich sammeln, um dann zu begreifen, dass die letzten Stunden kein böser Traum gewesen waren.

Vor mir, in Armeslänge entfernt, hockte ein Major des Innenkommissariats, die roten Schulterstücke leuchteten sogar im Zwielicht der schwachen Deckenbeleuchtung.

Seine Ellenbogen auf den Knien, den Kopf mit dem schütteren blonden Haar aufgestützt, schien er zu schlafen. Als ich mich vorsichtig aufrichten wollte, musste er instinktiv meine Bewegung geahnt haben. Ruckartig schoss sein Kopf hoch, sein Körper straffte sich, war zur Abwehr bereit. Mir stockte der Atem, ich blickte in Indreks Gesicht!

»Entschuldige, Christoph«, sein Lächeln wirkte verlegen, »wenn ich dich erschreckt habe. Du weißt ja selbst, wenn man Jahre an der Front war, kann man nicht mehr anders reagieren.«

Unwillkürlich musste ich stöhnen.

»Haben sie dich gefoltert?«

Sofort war er neben mir.

»Lass nur, danke, es geht.«

Sein schmaler Körper, sein Gesicht wirkte krank, als er sich wieder hinsetzte. Schweigend beobachtete er, wie ich mich aufrichtete. Meine Sinne waren durch die Erlebnisse der letzten Stunden zu abgestumpft, um eine offene Regung zu zeigen.

Ich glaube, so richtig begriffen habe ich die Zufälligkeit unseres Treffens erst, als er wieder gegangen war.

Wir saßen uns für eine Minute schweigend gegenüber, musterten einander. In dieser Minute sah ich Indrek vor mir, damals in Otradnoje, als er in die Dunkelheit huschte. Er hatte überlebt. Ich war froh darüber, erst nur froh, dann glücklich.

»Gott, Indrek«, mir schoss das Wasser in die Augen, »was passiert hier mit uns? Was? Sie haben uns verschleppt und verprügelt? Warum? Anu und ich wollen nur zusammen sein! Wir sind doch keine Verbrecher!«

Mit aller Macht brach sich der Schmerz seine Bahn. Ich heulte wie ein kleiner Junge, dem böse Buben seinen kleinen Hund ertränkt hatten. Als ich Indreks Hand auf meiner Schulter spürte, kam ich wieder zu mir.

»Wer bist du, Indrek? Mein Engel, der uns retten wird, oder mein Henker?«

»Weder noch, Christoph.«

Indreks Stimme klang müde, wie die eines alten Mannes.

»Ich habe immer im Stillen Angst davor gehabt, dass wir uns so wieder begegnen würden. Denn ich kenne dich, Christoph. Jetzt bin ich froh darüber, dass ich hier bin. Du hast mir das Leben gerettet vor Leningrad. Ich kann meine Schuld abtragen.«

»Du hast keine Schuld abzutragen. Freunde haben keine Verpflichtungen, denn sie geben von sich aus, ohne nach Schuld zu fragen.«

Indrek wehrte ab.

»Doch, ich habe eine Schuld. Christoph, du bist nicht mehr mein Freund. Wir sind zu verschieden, im Denken, im Handeln. Wir leben in zwei völlig verschiedenen Welten. Damals im Sommer '38 warst du mir sehr nah, mein bester Freund. Ich hätte alles für dich getan. In Otradnoje habe ich noch geglaubt, dass wir beide einmal gemeinsam gegen die Faschisten kämpfen würden. Glaube mir, heute, unter anderen Umständen würden wir uns totschlagen. Du lebst mit dem Herzen, sonst wärst du für Anu nicht durch die Hölle gegangen, hättest sie vergessen, wärst schon längst in Deutschland – oder auf meiner Seite.«

Er lachte auf.

»Ich verstehe dich nicht, Christoph. Wie kann man in dieser Zeit ohne politische Ideale leben, einer Liebe hinterherlaufen, die scheitern muss.«

»Halt, Indrek. Ich bin dieser Liebe nicht hinterhergelaufen, ich habe diese Liebe erhalten, ohne diese Liebe wäre ich irgendwo an der Front verreckt. Anu hat mir den Lebensmut gegeben, bis hierher zu kommen. Und dann kommen deine Genossen und zerstören das, wofür wir bisher gelebt haben. Indrek, diese Liebe ist auch meine Art Humanismus in dieser schlimmen Zeit. Wofür lebst du, Indrek? Weißt du das überhaupt noch?«

Plötzlich kam Leben in Indreks müde Augen.

»Wofür? Weißt du das wirklich nicht? Ich habe dir das schon vor acht Jahren erzählt, als wir auf dem Zaun saßen und stritten. Für die Idee des Kommunismus, Christoph. Du musst bei diesem ganzen Morden begriffen haben, dass der Faschismus das größte Verbrechen der Menschheit ist?«

Ich musste ihn unterbrechen.

»Natürlich habe ich das begriffen. Aber was hat der bürgerliche Humanismus mit dem Faschismus zu tun?«

»Ach, Christoph, du bist naiv wie damals. Wieso ist Hitler denn so stark gewesen? Wer hat ihn denn an die Macht gebracht? Und sag mir, was hat dir denn dein Humanismus gebracht? He, sag's mir!«

»Was? Du fragst, was? Dass ich in dieser Zeit nicht verrückt geworden bin, dass ich keinen Menschen ermordet habe, dass ich mit meinen Mitteln etwas gegen diese Verbrechen getan habe, dass ich in den Spiegel sehen kann, ohne mich zu schämen.«

»Ach, hör auf. Hast du dadurch ein Menschenleben gerettet?«

»Ja, Indrek, viele. Menschen, die ich behandelt habe.«

Seine Stimme höhnte. »Ja, sicher, die dann am nächsten Tag gemordet haben oder erschossen wurden.«

»Sicher, Indrek, auch das wird passiert sein. Aber ich habe auch Menschen gerettet«, für einen Moment zögerte ich, »auch vor eurem Terror.«

Indreks Augen verengten sich.

»Was heißt – unser Terror –, Christoph, wir üben keinen Terror aus!«

»Nein? Was ist im Baltikum 1940 passiert? Was passiert jetzt? Du musst dies doch wissen.«

»Kein Terror, diese Mittel sind notwendig, um die Sowjetmacht aufzubauen. Das wirst auch du begreifen.«

Mir war schlagartig bewusst, dass ich mit meinem Freund nicht mehr weiterzureden brauchte.

»Indrek, du tust mir leid. Da sprichst nicht du, sondern Stalin. Denk an die Ideale deines Vaters, die er dir vermitteln wollte. Und wo soll ich deine Ideologie begreifen? In Sibirien?«

»Bitte, lass die Toten ruhen.«

Indreks Blick wurde weich. Plötzlich sah ich wieder den alten Indrek, den mit sich und seiner Liebe zu Tiina ringenden Freund neben mir im Sand liegen. Den Indrek, den ich in dem Sommer so mochte, der mit mir diskutiert hatte und noch kein Parteisoldat gewesen war. Als ich aufstehen wollte, um ihn in den Arm zu nehmen, war sein Blick schon wieder fremd geworden.

»Wer nicht mit uns ist, ist gegen uns, Christoph. Das muss jedem klar sein. Jede Revolution erfordert Opfer. Das war immer so und wird so bleiben.«

»Hör auf, Indrek, bitte. Merkst du nicht, dass du wie die Nazis redest? Eure Diktaturen ähneln sich so. Wer nicht eurer Meinung ist, wird ermordet. Aber ihr werdet es genauso wenig schaffen wie Hitler. Der Humanismus wird immer siegen.«

Indrek stand auf. Für einen Moment erwartete ich, dass er mich schlug.

»Der Humanismus – ach, Christoph, hör auf. Du redest wie ein Pope. Christoph, hör zu, mit dir kann ich nicht streiten. Es ist sinnlos, wir würden uns am Ende noch die Köpfe einschlagen. Hier sind nicht die Zeit und der Ort dafür. Schade, ich hätte dich gerne auf unserer Seite gehabt. Ich bin nicht dein Feind – jedenfalls noch nicht. Ich will meine Schuld ableisten.«

Seine Stimme senkte sich.

»Hör zu, eigentlich bin ich aus Tallinn gekommen, weil wir erfahren haben, dass ein Boot mit Waffen am nächsten Montag zwischen Kõrgessaare und Luidja anlanden soll.

Wir wissen, dass die Schweden auf dem Rückweg meistens einige Flüchtlinge an Bord nehmen. Dem Hauptmann habe ich erzählt, dass das Boot am Dienstag kommen wird. Wir werden natürlich vergeblich warten.«

Draußen schlug eine Tür. Indrek schwieg und lauschte. Er zog seinen Hocker an meine Pritsche, setzte sich schwer.

»Du hast Schmerzen, Indrek?«

Seine Stimme war nur noch ein Flüstern.

»Egal. Also, pass auf. Morgen Abend will der Hauptmann seinen Geburtstag feiern. Hier wird nur noch der Diensthabende sein.

Um zehn, also nach dem Schließen, wird er das Haus verlassen. Deine Zelle wird offen sein. In der Schublade seines Schreibtisches wirst du eine Pistole und deine Papiere finden.«

Ein Lächeln umspielte seine Lippen.

»Du kannst es nicht sein lassen mit der Literatur. Tammsaare, einen anderen Namen konntest du nicht wählen? Du hast zwei Tage, nach Luidja zu kommen. Nimm den Weg über Rista. Oben im Norden sitzt die Rote Armee, dort sind die Batterien.«

Er überlegte einen Moment.

»Du wirst eine Uhr brauchen. Bitte, nimm meine.«

»Nein!«

»Betrachte sie als Andenken. Nicht an heute, an eine Zeit, als wir noch unschuldig waren.«

»Indrek, ich fühle mich nicht schuldig.«

Mit einer Handbewegung wischte er meinen Satz weg.

»Lass sein, Christoph. – Erwischen sie dich, kann ich nichts mehr für dich tun. Natürlich werde ich von nichts wissen. Gut«, er nickte mir zu, »dann alles Gute.«

»Indrek, und Anu? Ich gehe nicht ohne sie.«

Sein Gesicht wurde nachdenklich.

»Ich kann nichts für sie tun, Christoph, es tut mir leid.«

Seine Stimme wurde leiser.

»Sie ist schon gestern Abend nach Tallinn überführt worden.«

Mir zerriss es das Herz!

»Indrek!«

»Wirklich, ich kann ihr nicht helfen.«

Für einen Moment berührte seine Hand meinen Arm.

»Ich werde versuchen, dass ich ihren Vorgang auf den Tisch bekomme. Mehr geht wirklich nicht. Christoph, ich bin zu spät gekommen. Ihr Vater wird nichts erfahren.«

»Wieso ihr Vater? Er lebt?«

Indrek war erstaunt.

»Weißt du nicht, dass er in Rakvere beim NKWD ist?«

»Nein, aber er wird doch seine eigene Tochter nicht verhören?«

»Mensch, was denkst du? Natürlich, er ist Tschekist. Er würde seinen Vater nach Sibirien bringen lassen. So sind die alten Genossen. Einmal Tschekist, immer Tschekist. – Ich muss, Christoph. Ich verspreche dir, ich kümmere mich um sie.«

Indrek stand auf und ging zur Tür.

»Indrek, danke!«

Er zögerte.

»Schon gut, Christoph. Leb wohl.«

Laut schlug die Tür in ihr Schloss.

Indrek, warum hast du dich nicht umgedreht? Gerne hätte ich dich zum Abschied umarmt.

Vielleicht war es besser – so hatte er einen Punkt gesetzt.

Erst nach Minuten begriff ich, dass ich Anu nie wieder sehen würde. Die Nacht verging, ohne dass ich Schlaf fand.

Mein Kopf schmerzte, und ich fand keine Lösung für mich. Ohne Anu von der Insel zu fliehen, kam einem Verrat gleich. Aber was nützte es, wenn ich hier blieb?

Man würde mich verurteilen, vielleicht in die Verbannung schicken, eher aber wohl erschießen. Es dämmerte bereits, als ich mich durchrang, Indreks Hilfe anzunehmen.

Meinen Hocker unter das enge Zellenfenster gestellt, reckte ich meinen Körper, um einen winzigen Ausschnitt des Morgens mit meinen Sinnen zu spüren.

Durch den kleinen Spalt des geöffneten Fensters drangen die Geräusche der Stadt zu mir. Meine Augen geschlossen, sog ich den Duft der sauberen frischen Luft in mich ein. Amseln lärmten in einem Baum, den ich nicht sehen, dessen Laub ich aber rauschen hören konnte. Ein Pferdewagen fuhr unter meinem Fenster vorbei. Der Kutscher pfiff, eine Frauenstimme lachte.

Da draußen war das Leben – und ich wollte leben. Für einen Moment war ich voller Lebensmut, wollte meine Chance nutzen, dann fiel mich der Trennungsschmerz umso heftiger an.

Die Stunden dieses Tages wurden zu einer Qual. Ich sehnte mich nach den Zellengenossen des gestrigen Tages. Lediglich das Hereinreichen meiner Mahlzeiten, am Morgen eine Scheibe Brot mit salzigem Schmalz, mittags eine dünne Suppe, unterbrach die Qual des Wartens für einige Minuten.

Am frühen Abend herrschte Lärm auf dem Gang. Meine gestrigen Zellengenossen schienen freigelassen zu werden. Dann herrschte Ruhe. Zäh floss die Zeit dahin. Ich wollte fliehen, vielleicht konnte ich Anu helfen.

Vielleicht gab es im Ausland Hilfsorganisationen, vielleicht andere, mir nicht bekannte Möglichkeiten der Hilfe. Alles nur Erdenkliche gaukelte ich mir vor, um meine Sinne zu beruhigen. Dann rasselte das Schloss meiner Tür. Ein missmutiges Gesicht schaute kurz in meine Zelle.

»Saks!«

Speichel schlug vor mir auf den Boden. Die Tür wurde zugeschlagen. Plötzlich war ich völlig ruhig. Wenn sie mich erwischen würden, wäre der endgültige Schlusspunkt gesetzt.

Anu war von mir fortgerissen worden, Indrek hatte unsere Freundschaft gekündigt, meine Flucht von der Insel, aus Estland, alles lief auf ein Finale hinaus. Mein Kreis hatte sich geschlossen. Was hatte ich zu verlieren? Nichts.

Was konnte ich gewinnen? Meine Freiheit, allerdings ohne meine Geliebte. Verloren gab ich Anu in dieser Stunde nicht. Vielleicht machte ich mir etwas vor, ich weiß es nicht mehr.

Indrek hatte sein Versprechen gehalten, die Tür war nur angelehnt gewesen.

Kein Diensthabender hielt mich auf, als ich den Schreibtisch durchsuchte und eine Pistole fand. Auch meine Papiere, etwas Proviant und eine Taschenlampe lagen in dem Fach. Unwillkürlich musste ich lächeln, die gleiche Wehrmachtssignallampe hatte mir als Arzt und bei den Waldbrüdern gute Dienste geleistet. Als ich die Pistole lud, erkannte ich meine alte Viisnurk. Sie mussten also Riinas Haus durchsucht haben. Alles ging sehr schnell. Im ersten Impuls wollte ich eine Milizjacke überstreifen, schnell begriff ich, dass sie zur Tarnung ungeeignet war.

Die Uustee atmete abendliche Ruhe aus. Aus einem Garten schallte Lachen, vielleicht feierte dort der Offizier seinen Geburtstag. Schnell hatte ich den Stadtrand erreicht.

Ein Kiefernwald nahm mich auf. An einem Baum gelehnt, überlegte ich meine nächsten Schritte und war erstaunt, dass ich mich noch immer völlig sicher fühlte.

Bis zum Einbruch der Dunkelheit war ich noch auf dem Seitenstreifen der schmalen Straße gelaufen. Als die Nacht mich sah, brauchte ich nichts zu befürchten und wählte die Landstraße. Die Sommernacht war hell und voller Geräusche. Die Monate im Wald hatten meine Sinne geschärft. Sofort hätte ich einen menschlichen Laut erkennen können. Immer wieder fragte ich mich, warum Indrek so geworden war. Er tat mir leid und ich hasste ihn, denn er gehörte zu denen, die jagten und töteten.

Vor zwei Militärkraftwagen musste ich mich im Unterholz verstecken. Bis zum Morgen hatte ich etwa zwölf Kilometer zurückgelegt. Ich lief und lief, mein Kopf fand keine Ruhe. Mich quälte die Schuld, und ich bildete mir ein, durch meine Flucht Anu zu retten. Flucht – ich war auf der Flucht vor mir, vor einer Entscheidung, die mich in den Tod treiben könnte. Ich hätte diese Entscheidung wählen müssen, denn so ließ ich sie im Stich. Ich hätte auf das Festland zurück, über Sonja Kontakt zum Widerstand aufnehmen müssen. Und wenn sie mich als Verräter verurteilt hätten!

Was war ich damals für ein Feigling!

Und wenn ich ihr in die Hölle gefolgt wäre, ich wäre bei ihr gewesen und hätte es wenigstens versuchen sollen. Ich war wie von Sinnen. Meine Liebe zu Anu hatte mich blind werden lassen. Warum war ich nicht vorsichtiger gewesen?

Ich war so feige!

In dieser Nacht rechnete ich mit mir ab, zog die Bilanz über meine Kriegsjahre, und es blieb nur ein Soll übrig.

Am frühen Morgen, die ersten Fahrzeuge hatten mich überholt, versteckte ich mich in einer Waldscheune, um den Tag zu verbringen.

Ich fand keinen Schlaf, Anu war bei mir, Sonja und Herman, auch Indrek. Immer wieder schrak ich auf und war froh, als die Sonne sich senkte und ich mich wieder auf meinen Weg begeben konnte.

Mir war bewusst, dass dies meine letzte Nacht auf estnischem Boden war. Mit allen Sinnen nahm ich jede Minute dieser Nacht in mir auf. Weltschmerz – ich begriff den bildlichen Sinn dieses Wortes. Genau so fühlte ich mich, meine Seele wurde von einem Schmerz erfüllt, der unbeschreiblich stark war. Estland war meine Heimat, hier hatte ich alles – und nun nichts mehr, außer die Schönheit dieses Landes in ihrer Einmaligkeit in dieser letzten Nacht.

Anu hatte mir damals gesagt, dass ich bei der dritten Heimkehr auf Hiiumaa für immer bleiben würde. Die Geschichte ihrer Großmutter hatte sich nicht erfüllt. Oder würde ich morgen sterben? Der Gedanke erschreckte mich nicht einmal.

Ich wollte nicht fort von dieser Insel, ich liebte sie, hatte auf ihr wunderschöne Stunden verbracht, den liebsten Menschen meines Lebens kennengelernt und ihn verloren.

Diese Insel war schön, und doch konnte ich nicht bleiben, weil dieses Land von Menschen unterdrückt wurde, die auch mich töten könnten.

Trotzdem hätte ich bleiben müssen!

Hin und her gerissen von meinen Gefühlen, brach ich am Rand der Straße zusammen. Meinen Kopf an einen Telegrafenmast gelehnt, gab ich mich meinem Schmerz hin. Ein hysterisches Schluchzen brach aus meinem Körper, schüttelte mich, der Schmerz des Abschieds, des Verlustes brach sich seine Bahn aus meiner Seele. Minutenlang weinte ich wie im Krampf und fand keine Erleichterung. Schließlich raffte ich mich auf und ging meinen Weg, keine Ruhe findend.

Der Morgen graute, als ich bei Paope die Landstraße verließ und einen schmalen Weg, der sich durch Wacholder und windschiefe, verkrüppelte Kieferngruppen schlängelte, einschlug.

Das Land senkte sich, mannshohes Schilf versperrte das Meer. Ein schmaler Pfad, gerade breit genug für mich, wand sich durch das grüne Röhricht. Unerwartet öffnete sich der Blick auf die Ostsee. Der frische Seewind vertrieb meine Müdigkeit. Die Sonne ging auf und warf ein gleißendes Licht auf die weite See, das millionenfach von den Wellen zurückgeworfen wurde. Möwen riefen und ließen sich im Wind treiben, wie Wogen wiegten sich die Schilfwälder am Ufer. Im Nordosten reckte sich das Land in die See.

Dort mussten die Ruinen von Viskoosa und das Gut Kõrgessare liegen. Langsam ging ich zum Ufer hinunter. Überwältigt von der Schönheit der See, dachte ich nicht an sowjetische Wachposten und zog mich aus.

Das Meer war kühl und reizte meine Haut, dieses Gefühl genießend, schwamm ich mit weiten Zügen in die See. In diesem Moment wusste ich, dass ich Anu von Schweden aus retten würde. Wie sollte ich mich täuschen! Austerntaucher dümpelten in den Wellen, Möwen, Haubentaucher, ihnen war dieser einsame Mensch egal, der auf einen Findling kletterte und auf das Ufer sah. Der frische Seewind trieb mich schließlich an den Strand zurück.

Im Schutz einer Sandinsel, die ich im Schilf entdeckt hatte, aß ich meine letzte Scheibe Brot und die gesammelten Walderdbeeren und wartete auf das Boot. Ich hatte meine Entscheidung getroffen und fragte mich nicht mehr nach ihrer Richtigkeit.

Wie mir dies gelingen konnte, ist mir heute rätselhaft.

Indreks Uhr zeigte 21.30 Uhr, in einer halben Stunde würde das Boot an der Nordspitze von Paoperiit anlegen. Meine Viisnurk war entsichert, ich war bereit, mein Leben teuer zu verkaufen, falls Indrek gelogen hatte, und schämte mich gleichzeitig bei dem Gedanken, dass ich an seiner Ehrlichkeit zweifelte.

Trotz des Sommertages senkte sich die Dämmerung an jenem Abend schnell über die See, denn eine Wolkenwand zog vom Meer zur Küste. Dies konnte nur gut sein, sollte ich beobachtet werden. Schnell hatte ich die Spitze der Halbinsel erreicht. In einer flachen Mulde, etwas oberhalb des Strandes, wartete ich. Zehn Minuten später sah ich unter mir ein Licht aufblitzen, nach wenigen Sekunden wieder. Dort mussten die Waldbrüder auf ihr Boot warten. Ich musste vor der Landung bei ihnen sein. Die erste Minute war ausschlaggebend, ob sie mich erschießen oder mir glauben würden.

Langsam glitt ich die Uferkante hinunter. Angst hatte ich nicht. Würden sie auf mich schießen, wäre ich wenigstens nicht von einer Kugel der NKWD-Leute getroffen.

Wieder blinkte das Licht, dann kam die Antwort vom Wasser. Nur wenige Meter trennten mich von der Senke. Leise Stimmen drangen zu mir.

»Nicht schießen, ich bin einer von euch!«

Das Einrasten eines Gewehrschlosses, dann herrschte Stille.

»Ich kenne Kalju Vaht, habe ihn vor einigen Tagen im Wald gesehen. Ich bin von der Miliz in Käina verhaftet worden.«

Noch immer herrschte Schweigen. Ein schwankender Lichtkegel strich über den Rand der Grube und blendete mich.

»Wie heißt du?«

»Christoph Scheerenberg.«

»Du bist der Deutsche, der zu der Lehrerin wollte?«

»Ja.«

Dann meldete sich eine andere Stimme.

»Bist du bewaffnet?«

»Ja.«

»Wirf deine Waffe herunter, dann komm langsam mit erhobenen Armen zu uns.«

Als ich meine Viisnurk über den Rand der Senke warf, ertönte ein Stöhnen, dann leises Lachen.

»Mann, Deutscher, du sollst uns nicht erschlagen. Nun komm!«

Noch immer war ich ruhig, als ich aufstand. Mit langsamen Schritten näherte ich mich der Senke, wieder blinkte eine Lampe in Richtung der offenen See. Sie schienen mir also zu glauben. Unter mir hockten zehn, vielleicht zwölf Männer, ihre Pistolen und Maschinenpistolen zeigten auf mich. Die Bewegung eines Mannes war zu schnell für meine Abwehr, drei Mann knieten auf mir, eine Taschenlampe blendete, dann hörte ich eine mir bekannte Stimme aus dem Halbdunkel. Es war Kalju Vaht. Die Hände lösten sich.

»Er ist es. Erzähl, wie bist du freigekommen? Wir haben von eurer Verhaftung gehört.«

Mit wenigen Sätzen erzählte ich von Indrek und Anu und dass ich fliehen wollte. Kalju glaubte mir.

»Und bei uns willst du nicht mitmachen? Wir brauchen Leute.«

»Nein. Oder könnt ihr mein Mädchen retten? Ich muss nach Schweden. Vielleicht kann man von dort aus helfen.«

Kalju schüttelte seinen Kopf.

»Du bist ein Narr, Christoph. Wie sollen sie von dort deinem Mädchen helfen? Ehe du Hilfe gefunden hast, ist sie schon lange in Sibirien. Ich verstehe dich nicht. Bleib bei uns, hier hilfst du deiner Freundin.«

Meine letzte Chance, meinen Verrat an Anu wieder gutzumachen, verstrich, denn ich schwieg.

Es wurde diskutiert, denn einige Leute von ihm vermuteten eine Falle Indreks. Kalju unterbrach den Streit.

»Indrek Brügman hat noch einen Rest Anstand. Auch wenn er überzeugter Kommunist ist, zum Schwein ist er nicht geworden.«

Einer der Männer stieß Kalju an.

»Das Boot ist da.«

Sie redeten nicht viele Worte, waren eingespielt. Plötzlich musste ich an Valdur denken, auch unsere Gruppe hatte sich so gut verstanden. Die Männer sprangen auf, nun sah ich auch zwei Frauen und einen älteren Mann mit Rucksäcken.

Inzwischen war es fast dunkel. Der Kutter, ein grauer Fleck, der sich in der Dünung etwa hundert Meter vor uns wiegte, gab noch einmal ein Lichtzeichen. Alles lief wie geprobt: Die Kette der Männer im flachen Wasser, zwischen ihnen die Flüchtlinge, übernahm Kisten und in Ölpapier eingeschlagene Pakete, für die Leute war es selbstverständlich, dass ich mich einreihte.

Am Strand übernahmen andere Männer die Sendung aus Schweden, verschwanden im dunklen Schilf. Immer wieder rief ich lautlos Anus Namen. Ich war so feige!

Wir waren fast fertig, als oberhalb des Strandes ein Lichtschein wanderte.

Die Männer schienen damit gerechnet zu haben, unterbrachen ihre Arbeit, liefen durch das flache Wasser zum Ufer. Einige von ihnen sicherten den Strand. Als ich mich anschließen wollte, schüttelte Kalju nur seinen Kopf.

»Hier, deine Viisnurk, gehe aufs Schiff, es ist besser so.«

Er schob mich einfach fort. Sein Gesicht lag im Dunkel.

»Geh, sie wird dich verstehen.«

Und ich Feigling nickte, obwohl ich wusste, dass er log.

»Christoph, erzähle ihnen von uns. Sie vergessen uns draußen! Alles Gute, vergiss uns nicht – und denk an Anu.«

Sein Gesicht war noch immer nicht zu sehen, doch seine Stimme sagte mir mehr als jede Geste.

»Kalju!«

Meine Schuld schnürte mir die Kehle.

»Ja?«

»Falls Anu freikommt, sag ihr bitte, dass ich sie nicht vergessen werde. Ich werde alles versuchen, um zu ihr zu kommen. Sie muss mir nur Bescheid geben. Über das Rote Kreuz, es muss Rettung geben.«

Und wieder kaschierte ich nur meinen Verrat und machte mir etwas vor.

»Ich sag es ihr, versprochen, Christoph.«

Kommandos ertönten, alles ging schnell. Kaljus Hand spürte ich nur einen Moment auf meiner Schulter.

»Los, hilf den Flüchtlingen!«

Dann verschwand er im Dunkel. Die beiden Frauen und der Mann waren an Bord. Der Motor des Kutters erhöhte seine Drehzahl.

Schüsse peitschten, eine Mpi-Garbe strich über das Wasser. Gefährlich nahe hörte ich die Einschläge.

»Was ist nun? Willst du noch mit? Wir müssen das offene Wasser erreichen.«

Zwei kräftige Hände zogen mich an der Bordwand hoch; als ich mich abstützte, klatschte es unter mir. Meine Viisnurk! Im Reflex wollte ich hinunter, um sie zu suchen. Die Pistole hatte ihren Dienst für mich getan.

»Hast du kein Gepäck?«

Ein Matrose musterte mich, schob mich dann zum Bug. Oben auf dem Kamm der Düne erschallte eine Explosion.

Für Sekunden schoss ein Feuerball in den Himmel, brach in sich zusammen. Als der Kutter Fahrt aufnahm, peitschte es noch einmal nah. Eine letzte Detonation, die Waffen schwiegen.

»Sie scheinen es zu schaffen, die Teufelskerle. Kannst helfen.«

»Gleich, nur einen Augenblick noch.«

Meine Stimme versagte. Dann spürte ich die Hand des Matrosen für einen Augenblick auf meiner Schulter.

»Ich kann dich verstehen, war selber Waldbruder. Ich weiß, was du durchgemacht hast. Irgendwann kann man nicht mehr. Verstecken, töten, flüchten, wieder töten. Und die anderen werden immer stärker.«

Seine Hand lag noch einmal schwer auf meiner Schulter.

Der Fahrtwind zauste meine Haare, wir hatten das offene Meer erreicht. Vor mir sah ich den dunklen Landstrich langsam in die Nacht fließen. Mein Blick verschwamm. Ich nahm Abschied von meiner Insel und fühlte mich so verlassen. Anu, meine Heimat – ich hatte alles verloren, so glaubte ich damals.

Im Norden begann der Leuchtturm von Tahkuna sein Licht in die beginnende Nacht zu senden.

Unser Schiff war schon lange aus dem Hoheitsgewässer, als ein verschlüsselter Funkspruch von der Insel kam: Kalju und seine Leute waren entkommen.

Ob Indrek sein Wort gebrochen hat, habe ich nie erfahren.

Wieder blinkte der Leuchtturm von Tahkuna. Sein Licht war ein letzter Gruß der Insel.

Anu!

Die Feuer sinken, Nebel steigt aus den Niederungen, das Licht erlischt.
Dunkelheit breitet sich aus, nimmt von mir Besitz.
Ich habe meine Liebe verraten!

Christoph Scheerenberg, im Oktober 1981

Epilog

Christoph Scheerenberg ließ mich alleine zurück. Seine Aufzeichnungen endeten, ohne auf seine Erlebnisse nach dem Krieg hinzuweisen.

Von seinem Bericht überwältigt, saß ich lange in meinem Hotelzimmer, unfähig, meine Gedanken zu ordnen.

Was hatte der Mann beim Lesen seiner Aufzeichnungen gelitten! Er war schwach und doch stark gewesen, zu seinem Ende hin hatte er sein Leben als gescheitert angesehen. Seine Aufzeichnungen, eine Selbstanklage? Er, ein tragischer Held? So sah ich ihn nicht. Er tat mir leid mit seinem Grundzweifel am Sinn seines Lebens. Er hatte eine Liebe erlebt, hatte für sie Wege beschritten, auf denen er als normal fühlender Mensch gescheitert wäre. Er hatte Fehlentscheidungen getroffen, hatte gezweifelt und war schließlich doch gescheitert. Hätte er anders handeln können? Viele Fragen quälten mich. Hatte er Anu noch einmal gesehen? Warum konnte er sie nicht retten? Seine Zweifel an seinem Lebenssinn konnte ich nicht verstehen.

Es war kurz nach sieben Uhr, als ich mein Fenster öffnete, um die verbrauchte Luft der Nacht zu vertreiben, Die Geräusche des morgendlichen Berufsverkehrs brandeten in mein Hotelzimmer. Rostock war erwacht und bereitete sich auf einen sommerlichen Arbeitstag vor. Ich saß noch einige Zeit an meinem Schreibtisch, betrachtete die Bilder, war von der Geschichte dieses Mannes gefangen.

Schnell war meine Tasche gepackt, ich musste zurück an seinen Schreibtisch. In seinem Inneren musste ein Hefter existieren, der seine Lebensgeschichte zum Ende brachte. Ich wurde enttäuscht. Nichts verbarg der Schreibtisch. Auch sein Neffe konnte mir nicht weiterhelfen. Ich brannte in den nächsten Wochen, recherchierte in verschiedenen Archiven, stellte Suchanträge beim Deutschen Roten Kreuz und der Kriegsgräberfürsorge. Was war aus Erika geworden? Aus Leitner? Und ich fand Antworten: Erika hatte mit einem der letzten deutschen Schiffe Tallinn verlassen, nach dem Krieg in München studiert und dort geheiratet. Ende der Fünfzigerjahre war sie mit ihrem Mann in die USA ausgewandert. Ihre Spur verfolgte ich nicht weiter.

Dieter Leitner entkam und tauchte in Schleswig-Holstein unter, er durchlief ein Entnazifizierungsverfahren, wurde für kurze Zeit inhaftiert und promovierte Anfang der Fünfzigerjahre. In Hamburg eröffnete er eine Anwaltskanzlei und starb 1989 als angesehener Bürger. Ich denke, dass er nie wieder Kontakt zu seinem alten Schulkameraden aufgenommen hat. Sollte er es versucht haben, Christoph hätte sich wohl nie mit ihm getroffen.

Tiinas Schicksal blieb für mich ungeklärt. Der Schlüssel zu Christoph Scheerenbergs Leben lag bei Anu!

Um den Verbleib Anus zu erkunden, musste ich nach Estland. Sie war die Schlüsselfigur für meine Artikelserie. Während ich meine Reise vorbereitete, plagten mich immer stärkere Zweifel, ob dieser Weg der richtige sei. Christoph Scheerenberg wird Gründe gehabt haben, seine Geschichte im Sommer 1945 enden zu lassen. Alte Wunden könnten aufbrechen, eine wohl möglich vollendete Geschichte neu aufgerollt werden, wenn ich Anu Liina oder ihre Familie treffen würde. Die Frage für mich war auch, ob er überhaupt gewollt hätte, dass ich mit seiner Geschichte in die Öffentlichkeit gehe.

Aber mein Flug war gebucht. Der Chefredakteur erwartete von mir eine Story. Auch wenn Anu nicht mehr lebte, könnte die Geschichte ihrer Liebe einen Abschluss finden.

Als meine Maschine die Landebahn in Tallinn berührte, war mir bewusst, dass ich viel zu sehr emotional mit diesen beiden Menschen verbunden war, um hier eine einfache Story zu recherchieren und zu schreiben. Ein Weg musste gefunden werden, der niemand verletzen würde. Mein Mietwagen stand bereit, schnell hatte ich mein Hotel am Freiheitsplatz gefunden. Es war das Hotel »Palace«, das heute einer großen Hotelkette gehört und aus den Dreißigerjahren stammte.

Schon befand ich mich in der Geschichte meines Helden. Gegenüber lag das EEKS-Haus, in dem damals Leitner residiert hatte.

Von meinem Hotelzimmer konnte ich die Türme der Hansestadt sehen, der Puls der Hauptstadt schlug allerdings viel schneller als vor sechzig Jahren. Als ich am frühen Abend durch die sommerliche Altstadt auf den Spuren Christophs lief, war ich von der Atmosphäre Tallinns begeistert. Eine alte Stadt mit mittelalterlichen Gassen und hanseatischer Pracht zeigte ihr junges Antlitz. Die Häuser liebevoll saniert, dabei die Alterspatina bewahrend, machte die Stadt mit seinen jungen Bewohnern, den vielen flanierenden Touristen und den südlich anmutenden Freiluftcafés, den Restaurants und zahlreichen Galerien einen modernen Eindruck.

Trotzdem erkannte ich die Stationen Christophs, stand vor dem ehemaligen Café seiner Großtante und dem Laden, in dem ein kleines Museum an die alte Tradition des Hauses erinnerte. Von Christophs Großonkel existierte ein Bild, von seiner Tante leider nicht.

In der Harjustraße zeigten Grasflächen die Standorte der zerstörten Häuser. Gab es noch die Treppe, auf der Christoph in jener Märznacht gesessen hatte, als er das Kätzchen inmitten des Bombenhagels gerettet hatte? An einer Grünfläche stehend, hörte ich, wie ein junger Mann seinem Gast auf Englisch erklärte, dass an dieser Stelle deutsche Bomben gefallen waren. Einem Impuls folgend, wollte ich ihn verbessern, wusste ich durch Christoph von dem sowjetischen Angriff, aber ich schwieg, denn plötzlich wurde mir bewusst, dass Christophs und Anus Geschichte erzählt werden musste – nicht nur in Deutschland, auch hier in Estland, um die Wahrheit, das Grauen, aber auch die Liebe in dieser Zeit zu zeigen.

Lange lief ich durch die Innenstadt und suchte manche Station der Erzählung vergeblich.

Die Klinik, in der Christoph gearbeitet hatte, war einem mondänen Einkaufszentrum gewichen, die Stadt war im Aufbruch, manches alte Gebäude, das sich nicht in der denkmalgeschützten Altstadt befand, war ein Opfer der Moderne geworden.

Am nächsten Tag machte ich mich nach Haapsalu auf, sah auch das andere Gesicht Tallinns: monotone, riesige Satellitenstädte am Rande der Hauptstadt, Hochhäuser, Wohnblöcke, vor denen Männer, die an der neuen Zeit nicht teilnahmen, herumlungerten oder an alten Autos bastelten, Industriearchitektur, lange Fluchten von

Hochspannungsmasten, Fabrikschornsteine. Das weite Land nahm mich auf, wenig Verkehr, kleine Dörfer, an einem Kloster machte ich nur einen kurzen Halt, es zog mich zur Fähre hin. Haapsalu, Kurort mit gepflegten Häusern, für die berühmte Tschaikowski-Bank und die alte Bischofsburg fand ich keine Zeit.

Mein Ticket für die Insel hatte ich über das Internet gebucht, so brauchte ich mich nicht in die Autoschlange einzureihen. Dann sah ich endlich den grünen Rand der Insel. Genau so hatte ihn Christoph beschrieben.

Der kleine Fährhafen in Emmaste, Christoph würde ihn nicht wiedererkennen, ein neues Terminal, moderne Kaianlagen, im flachen Wasser begrüßte mich eine steinerne Meerjungfrau.

Die angelandeten Fahrzeuge verteilten sich schnell auf der Inselstraße, eine Asphaltstraße ohne Staubwolke, aber am Straßenrand weideten noch immer Kühe. Plötzlich das weiche Licht des Sommerabends, wie es Christoph beschrieben hatte, eine Idylle in Sepia.

Unwillkürlich wurde mein Wagen langsamer, hielt am Straßenrand. Ich stieg aus, und die Zeit verlangsamte sich, die Geräusche des Abends wurden weit, das Land lag ruhig und gesättigt vor mir, ein seltsamer unbekannter Geruch stieg von dem sonnenwarmen Asphalt auf.

An meinen Wagen gelehnt, machte ich einige Fotos und löschte sie sofort, denn das Display meiner Kamera konnte nicht die Stimmung dieser Minuten vermitteln.

Schwer hing die Sonne über dem Wald, als ich wieder das Auto startete. Es zog mich nach Moka Küla. Mir war plötzlich klar, dass ich keine der üblichen Geschichten schreiben würde. Die Kreuzung vor Kärdla kannte ich durch die Erzählung. Auf der Verbindungsstraße standen noch einige Baufahrzeuge, so frisch war der aufgezogene Teer.

In der Einmündung zum Dorf ließ ich meinen Opel stehen, nahm nur die Tasche mit den Heftern an mich, ließ auch die Kamera im Auto.

Dann sah ich den Giebel des Kapitänshauses. Christoph hatte es nach vierzig Jahren sehr genau beschrieben: der alte Speicher, davor ein Stück Mauer. An der Einfahrt zum Hof blieb ich für einen Moment stehen, zu stark waren meine Gefühle. Ein schwarzer Hund kam auf mich zu, kläffte.

Eine Frauenstimme rief: »Negus!«

Dann sah ich die Frau, sie war etwa Mitte zwanzig, einen Korb voller Wäsche im Arm, war sie hinter einer Hecke hervorgekommen. Sie stellte den Korb ab, bändigte mit einer Hand ihren langen blonden Haare, die der Abendwind zauste. Sie sprach mich estnisch an. Ich stellte mich auf Englisch vor. Die junge Frau kam näher, ihre Bewegungen schienen zu fließen, sie musterte mich. Mir versagte die Stimme, als ich ihr Gesicht genauer sah.

»You've got a problem?«

Ich verneinte und fragte sie, ob sie deutsch sprechen könne.

»Ja, Sie kommen aus Deutschland?«

Nach meinem Nicken:

»Meine Großmutter hat mir Deutsch beigebracht.«

»Ich habe nur eine Frage: Wohnte in diesem Haus Kapitän Arno Hansen mit seiner Schwester und deren Tochter?«

Sie stutzte.

»Ja, warum fragen Sie? Onkel Arno und Tante Riina sind aber schon lange tot, doch meine Großmutter lebt noch. Sie ist hinten im Garten. Wenn Sie Fragen haben, kommen Sie bitte mit, meine Mutter ist auch da.«

Nur einen Lidschlag wollte ich ihrer Einladung folgen, dann würde sich diese Geschichte für mich vollenden. Ich widerstand.

»Danke, ich möchte nicht stören. Ich habe nur etwas für Ihre Familie. Bitte, geben Sie diese Aufzeichnungen erst ihrer Mutter. Sie soll entscheiden, ob Ihre Großmutter sie lesen soll. Nur so viel – diese Hefter enthalten einen Teil Ihrer Familiengeschichte.«

Die junge Frau hielt die Tasche in der Hand und öffnete sie. Sie nahm einen der Hefter, fasziniert musterte ich ihr Gesicht, schlug ihn auf, entdeckte das Foto und stutzte. Ihre Verblüffung war deutlich.

In kurzen Sätzen erklärte ich ihr das Notwendigste und konnte dabei wieder ihr Gesicht studieren, es waren die Züge der jungen Anu, von Christoph konnte ich nichts erkennen.

Noch einmal wurde ich fast schwach und wollte sie nach ihrem Großvater fragen. Ich ließ es sein. Als die junge Frau die Tasche schloss, war für mich die Geschichte beendet. Keiner meiner Leser würde von dieser Frau erfahren.

»Vielen Dank, leben Sie wohl. Und grüßen Sie Ihre Großmutter von mir. Sie ist eine bewundernswerte Frau.«

Mein Blick fiel auf die Fläche der lilaroten Blüten, die sich am Zaun entlangzog. Es waren Christophs Blumen, die er schon damals so gemocht hatte.

»Sagen Sie, diese Blumen – kennen Sie ihren Namen?«

Die junge Frau lachte auf.

»Na sicher, ich bin Gartenbauingenieurin. Das ist Feuerkraut*. Für viele ist es Unkraut, weil es an den Straßenrändern und auf Unland wächst. Für mich sind es Blumen, denn wer bestimmt, welche Pflanzen Unkraut sind? Meine Großmutter liebt das Kraut abgöttisch.«

Noch einmal bat sie mich in den Garten. Mein Entschluss stand fest. Auch als sie nach meiner Adresse fragte, schüttelte ich lächelnd den Kopf.

Die junge Frau stand noch an der Mauer, als ich mich vor meinem Wagen umdrehte und ihr winkte. Ihr Lächeln war wunderschön.

Und ich hörte Christophs Stimme von der Schönheit Anus schwärmen.

Anu – igatsuste ajalugu!

Anu – die Geschichte einer Sehnsucht!

---

* Chamaenerion augustifolium, estnisch: Ahtalehine põdrakanep

Robert O. Becker

Der Funke des Lebens

Elektrizität und Lebensenergie

Der Einfluß elektrischer Ströme
und elektromagnetischer Felder auf
den menschlichen Körper –
die Chancen der Energiemedizin
und die Gefahren
der elektromagnetischen
Umweltverschmutzung

Scherz

2. Auflage 1991
Einzig berechtigte Übersetzung aus dem Amerikanischen
von Roland Irmer.
Titel der Originalausgabe: »Cross Currents«.
Copyright © 1990 by Robert O. Becker.
Gesamtdeutsche Rechte beim Scherz Verlag, Bern, München, Wien.
Schutzumschlag von Graupner & Partner.

Inhaltsverzeichnis

7

9

Vorwort

Dieses Buch beschreibt das Zusammentreffen zweier gegensätzlicher Tendenzen: einerseits die sich schnell entwickelnde Elektromedizin, die die Geheimnisse des Heilens zu entschleiern verspricht, und parallel dazu die ständig anwachsende elektromagnetische Umweltverschmutzung, die eine ernstzunehmende Gefahr für unsere Gesundheit darstellt.

Das Buch legt dar, daß viele der heute gebräuchlichen Heilverfahren aus einer gemeinsamen unsichtbaren Quelle schöpfen: den körpereigenen elektrischen Systemen. Während diese Entdeckung langsam ans Licht kommt, wird jedoch auch offenbar, daß dieselben körperlichen Grundschichten gleichzeitig schädlichen Einflüssen aus weitverbreiteten technischen Einrichtungen ausgesetzt sind. Den positiven Wirkungen elektromagnetischer Heilverfahren wie Akupunktur, Hypnose, Homöopathie, Visualisierung, Geistheilung und Elektrotherapie stehen die Gefahren der elektromagnetischen Verschmutzung durch technische Einrichtungen wie Starkstromleitungen, Radar, Mikrowellen, Satelliten, Amateurfunkgeräte und sogar elektrische Haushaltsgeräte gegenüber.

Die Wurzeln dieser Entwicklung liegen in der Geschichte der Medizin. Die doppelte wissenschaftliche und technische Ausbeute des Zweiten Weltkriegs, die Atombombe und das Penicillin, versprachen eine neue Welt zu schaffen, in der die ständige Fortentwicklung der Wissenschaft uns zu souveränen Herren über die Umwelt machen, uns kostenlose Energie für Heim und Auto liefern und uns von Krankheiten befreien würden. So wurde die wissenschaftliche Forschung weitgehend

11

zu einem Anliegen des Staates, der einige wenige Forschungsinstitute mit reichen Geldmitteln ausstattete. In den letzten vierzig Jahren ist so die Welt, in der wir leben, durch die Vorstellungen von «Großforschung» und «Großtechnologie» bestimmt worden. Anfangs sah es so aus, als erfüllten sich die Versprechungen: unmittelbare Erfolge stellten sich ein, und wir sahen mit Befriedigung einem dauerhaften Fortschritt entgegen.

Inzwischen hat sich die Lage jedoch dramatisch verändert. Wir müssen uns eingestehen, daß das Ökosystem unserer Erde zusammenbricht, daß die Energie alles andere als kostenlos zu haben ist und wir auf dem Gebiet der Medizin seit 1950 wenig oder gar nicht vorangekommen sind. Die großen Epidemien der Vergangenheit haben wir besiegt, aber an ihre Stelle treten neue Geißeln mit einem ebenso großen Vernichtungspotential. Wie konnte es dazu kommen? Was haben wir falsch gemacht, und was können wir heute daran ändern? Der wissenschaftliche Aufbruch, der uns in den fünfziger Jahren so erregte und von dem wir uns soviel versprochen haben, hat sich zu einem festgefahrenen Wissenschaftsbetrieb entwickelt, der offensichtlich unfähig ist, die Probleme von heute zu lösen und als einziges Rezept immer mehr Technologie der alten Art anbietet. Das Problem liegt nicht in der Wissenschaft als solcher, sondern darin, daß Wissenschaft von Menschen gemacht wird. Und Wissenschaftler sind beileibe nicht immer reine Wahrheitssucher, die sich nur von der Logik leiten lassen, sondern unterliegen als Menschen den gleichen Gefühlen wie alle anderen.

Im Geschäft des Karrierewissenschaftlers unserer Tage bemißt sich der Erfolg nach der Anzahl seiner wissenschaftlichen Publikationen. Wer mehr publiziert, hat mehr Ansehen, bekommt mehr Forschungsgelder, größere Laboratorien und mehr Sitze in entscheidenden Gremien. Da es nun leider viel leichter ist, einen Artikel zu publizieren, der sich nicht gegen die herrschende Lehrmeinung richtet, sind nur wenige Karrierewissenschaftler bereit, sich mit Fragestellungen zu beschäftigen, die die etablierten Ansichten in Zweifel ziehen. Statt dessen grübeln sie lieber weiter über die wenigen Fragen nach, die die Entdeckungen von gestern noch offengelassen haben. Das alles führt zur Stagnation, und es sieht so aus, als bestünde wissenschaftlicher Fortschritt darin, in mühevoller Kleinarbeit einzelne unbedeutende Lücken in einem bereits bestehenden fest gegründeten Wissensgebäude aufzufüllen. Ihre wichtigste Eigenschaft hat die Wissenschaft heute weitgehend eingebüßt: den Abenteuergeist.

Thomas Kuhn hat sehr schön gezeigt, daß es in der Geschichte der Wissenschaft immer wieder Zeiten des Umsturzes gegeben hat, in denen das System der aus der Vergangenheit überlieferten Überzeugungen durch ein neues Paradigma ersetzt wird, also eine neue Ansicht darüber, wie die Dinge zusammenhängen. Dieser Wechsel kommt dadurch zustande, daß das etablierte Paradigma langsam immer weniger fähig ist, seine Versprechungen einzulösen, während das neue die Wirklichkeit besser erklären kann. Wie bei allen Revolutionen, so setzen auch hier die Anhänger des etablierten Paradigmas den neuen Gedanken erbitterten Widerstand entgegen.

Das Paradigma, das 1950 galt, gründete sich auf das chemisch-mechanistische Bild vom Leben. Nach dieser Ansicht sind alle Lebewesen chemisch-mechanische Maschinen, deren Fähigkeiten sich auf die Funktionen beschränken, die dieses Modell zuläßt; Eigenschaften, die nicht ins Schema passen, wie Autonomie oder Selbstheilungskraft, haben darin keinen Platz. Diese Ansicht wurde solange verstärkt, bis sie zu einem Dogma geworden war, dessen Verfechter für sich in Anspruch nahmen, vom Leben alles zu wissen, was man darüber wissen kann. Dieses Paradigma herrschte nicht nur in der Gesellschaft; es bestimmte auch die Medizin und beschränkte so die zugelassenen Behandlungsmethoden und unser Verständnis von der Selbstheilungsfähigkeit des menschlichen Körpers.

Es stellte sich jedoch heraus, daß wir für jeden technischen Fortschritt, den sich die Medizin zunutze machte, einen immer höheren Preis an unerwarteten Nebenwirkungen zu zahlen hatten. So zeigte es sich zum Beispiel, daß die meisten technologisch orientierten Krebstherapien ihrerseits karzinogene (krebserzeugende) Wirkung hatten, und da solche unerwarteten Nebenwirkungen wieder nach technologischen Gegenmaßnahmen verlangten, stecken wir jetzt in einer Spirale, in der sich ohne Ende eine apparative Behandlungsmethode auf die andere türmt, der Patient aber nicht geheilt wird. Das chemisch-mechanistische Paradigma ist gescheitert, und in der Medizin hat eine Revolution eingesetzt. Heute bringt die wachsende Unzufriedenheit mit der mechanistischen Anschauung und den von ihr diktierten Behandlungsmethoden viele Ärzte dazu, sich wieder auf jene therapeutischen Techniken zu besinnen und sie auch anzuwenden, die von der Schulmedizin bisher als «unwissenschaftlich» abgelehnt wurden. Als Beispiel seien nur Ernährung, Heilkräuter, Meditation und Akupunktur genannt. Dieser radikale Wechsel in der medizinischen Praxis ist tief verwurzelt in alten Vorstellungen von Leben, Energie und Medizin und bringt es mit sich, daß die immanente Selbstheilungskraft des Lebendigen wieder positiv eingeschätzt wird.

Gleichzeitig hat die Integration von Physik und Biologie zu einer neuen wissenschaftlichen Revolution geführt, die überraschend komplexe Strukturen und früher unvorstellbare Fähigkeiten in lebenden Systemen offenbart hat. Es zeigt sich nun, daß die Chemie des Lebens auf den grundlegenden Kräften der Elektrizität und des Magnetismus beruht. Unser Körper und unser Gehirn erzeugen in und um uns elektromagnetische Felder. Ich habe darüber zum ersten Mal in meinem Buch *The Body Electric* (1985) berichtet. Seitdem schreitet die Forschung auf der ganzen Welt immer schneller voran, und wir hören von noch bedeutenderen Entdeckungen. Diese neue Sichtweise erweitert nicht nur unser Verständnis vom Umfang unserer biologischen Fähigkeiten, sie setzt das Lebendige auch mit den elektrischen und magnetischen Kräften in Beziehung, die in unserer globalen Umwelt wirken. Wir leben schließlich im natürlichen Magnetfeld der Erde und haben ein riesiges weltweites Netz von künstlichen Magnetfeldern geschaffen, ja, man kann das Leben heute sogar definieren als Felder in Feldern in Feldern.

Diese revolutionären Veränderungen in der Wissenschaft und der Medizin haben sich parallel, aber unabhängig voneinander entwickelt. Wenn sie verknüpft werden, ergibt sich aus ihrer Synthese ein völlig neues Paradigma. Uralte Vorstellungen vom Leben und seinen Beziehungen zu den Kräften des Universums erweisen sich in vielfacher Hinsicht als richtig. Der Geist kann den Körper beeinflussen, und der Körper verfügt über ein angeborenes Selbstheilungssystem. Endlich entdecken wir, daß die Ergebnisse alternativer Heilmethoden – Akupunktur, Hypnose, Geistheilung und Elektromedizin – auf einem gemeinsamen, unserer Erkenntnis zugänglichen Wirkungsmechanismus beruhen.

Das sich abzeichnende neue Paradigma wird die medizinische Praxis der Zukunft entscheidend verändern und wirkungsvollere und sicherere Behandlungsmethoden hervorbringen. Es wird aber auch erschrekkende Verschiebungen in den Krankheitsmustern aufdecken, wobei neue Krankheiten auftauchen werden, die dadurch entstehen, daß wir die elektromagnetische Energie uneingeschränkt für die Kommunikation und als Kraftquelle verwenden. Die Wiedereinführung der Elektrizität und des Magnetismus in die Wissenschaft vom Leben und die Medizin wird die Art, wie wir uns selbst und unsere Beziehungen zur globalen Umwelt sehen, für immer verändern.

Das Phänomen des Lebens wird von denselben Kräften gesteuert, die auch das Universum gestaltet haben. Von Anbeginn hängt das Leben vom natürlichen elektromagnetischen Umfeld der Erde ab. Heute versinkt dieses natürliche Umfeld unter einem Schwall von elektromagnetischen Feldern, die es früher nie gegeben hat. In meinem letzten Buch habe ich die Geschichte des elektrischen Körpers des Menschen erzählt. Hier nun werde ich zeigen, wie sowohl der elektrische Körper des Menschen als auch der elektrische Körper der Erde durch diesen Wandel geschädigt worden ist; dann werde ich erklären, welche Schritte wir unternehmen müssen, um das schnell herannahende Verderben abzuwenden.

Der Erste Teil, «Lebensenergie; die geheime Triebkraft in der Medizin», beschäftigt sich mit der Geschichte der Lebensenergie in der Medizin, mit den Ursprüngen dieser Art von Medizin in den alten Kulturen und damit, wie sie im Lauf der Entwicklung der wissenschaftlichen und technisch orientierten Medizin allmählich verlorenging. Dann erzähle ich die Geschichte der Entdeckung von Elektrizität und Magnetismus im menschlichen Körper, aufgrund derer ich den Begriff eines in uns angelegten «dualen Nervensystems» für ein angeborenes, unsichtbares Heilungssystem in uns vorgeschlagen habe.

Im Zweiten Teil, «Die Elektromagnetische Medizin», erkläre ich, inwiefern diese Entdeckungen die wissenschaftliche Grundlage für heute und früher gebräuchliche alternative Techniken bilden.

Im Dritten Teil, «Elektromagnetische Umweltverschmutzung», bringe ich schließlich das uns umgebende natürliche Magnetfeld der Erde mit unseren inneren elektrischen und magnetischen Systemen in Verbindung. Ich beschreibe das Anwachsen der künstlichen elektromagnetischen Umwelt, die aus die ganze Welt kreuz und quer umspannenden Radio- und Fernsehsignalen, Mikrowellen-Übertragungen, Hochspannungsleitungen, Radar und sonstiger elektromagnetischer Strahlung besteht. Es ist durch viele Untersuchungen belegt, daß diese Strahlung, die man früher für unschädlich hielt, für unsere Gesundheit äußerst gefährlich sein kann. Sie ist nämlich mit dem vermehrten Auftreten bestimmter Krebsarten, Geburtsschäden, Lernschwächen und Stimmungsschwankungen verbunden. Ich bin überzeugt, daß wir diese unsichtbare, hochgefährliche Strahlung mit vielen von den neuen Krankheiten in Verbindung bringen können, die in letzter Zeit aufgetreten sind. Im elften Kapitel beschäftige ich mich mit AIDS, dem chronischen Müdigkeitssyndrom, der Alzheimerschen Krankheit, Autismus, Krebs und dem plötzlichen Kindstodsyndrom im Licht dieser neuen Entdeckungen.

Das letzte Kapitel sagt Ihnen, was Sie zu Hause und im Büro tun können, um die Gefahr der elektromagnetischen Umweltverschmutzung zu vermindern. Ich erörtere das Für und Wider von Personalcomputern, Leuchtstofflampen, Mikrowellenherden, Amateursendern sowie elektrischen Uhren, Heizdecken, Fönen und Heizöfen.

Ich meine, daß diese neuen wissenschaftlichen Gedanken nicht den Priestern der Wissenschaft vorbehalten bleiben, sondern der Allgemeinheit in verständlicher Form zugänglich gemacht werden sollten. Bald werden viele wichtige politische Entscheidungen zu treffen sein, und sie sollten von einer gutinformierten Öffentlichkeit und nicht von Politikern, Bürokraten oder dogmengläubigen Wissenschaftlern getroffen werden.

Wenn man an unsere Selbstheilungsfähigkeit denkt, sind diese Erkenntnisse sehr vielversprechend; andererseits dürfen wir die in ihnen enthaltene ernste Warnung nicht überhören. Viele ökologische Risiken sind inzwischen bekannt, und die darüber veröffentlichten Informationen haben eine weltweite Umweltbewegung in Gang gesetzt. Ich bin davon überzeugt, daß wir einer neuen unsichtbaren Krise gegenüberstehen, einer Krise, die nach der konzertierten Aktion einer gutinformierten Öffentlichkeit verlangt.

ERSTER TEIL

Lebensenergie:
die geheime Triebkraft
in der Medizin

1. Die Geschichte des Lebens, der Energie und der Medizin

> Seit den Tagen der Offenbarung sind tatsächlich immer wieder die gleichen vier verhängnisvollen Fehler begangen worden: die Unterwerfung unter falsche und unwürdige Autorität; die Unterwerfung unter gewohnheitsmäßige Überzeugungen; die Unterwerfung unter die Vorurteile des Pöbels; und schließlich – das ist das schlimmste – das Verbergen der Unwissenheit unter einer Maske nichtvorhandenen Wissens, und das alles nur aus Stolz.
>
> ROGER BACON

Schulmedizin und Energiemedizin

Marthas Geschichte
In der Eile konnte ich nichts Besseres finden, also setzten wir uns in eine ruhige Ecke des Labors. Sie hatte vor ein paar Minuten angerufen und wollte mich so bald wie möglich sprechen. Ich merkte an ihrer Stimme, daß es dringend war, und so schlug ich ihr vor, sofort vorbeizukommen.

Sie sagte: «Ich möchte betonen, daß ich zweiundzwanzig bin und meine eigenen Entscheidungen treffen kann. Dr. X vom Klinikum hat mir gesagt, daß ich Leukämie habe, und zwar eine, die sich schwer behandeln läßt, und meine einzige Chance bestünde darin, eins von den neuen Versuchsmedikamenten zu nehmen. Es könnte sein, daß es wirkt, dann fallen mir alle Haare aus und schlecht wird mir auch davon. Dr. Becker, sagen Sie mir, was Sie an meiner Stelle tun würden.»

Ich mußte erst überlegen, also antwortete ich nicht sofort, sondern vergewisserte mich erst einmal durch Fragen, daß die Diagnose gesichert war. Sie beschrieb, was sie alles mit ihr gemacht hatten, und zeigte mir das Ergebnis ihrer letzten Knochenmarksuntersuchung. Sie sagte, die Knochenmarksbiopsien seien ihr besonders unangenehm, weil sie so weh täten.

Dann erzählte sie, sie hätte erlebt, wie ihre Mutter unter entsetzlichen Umständen an der Chemotherapie gegen Unterleibskrebs gestorben sei, und sie meinte, die Behandlung sei nicht nur völlig nutzlos gewesen, sondern hätte ihrer Mutter auch noch ihre letzten Tage vergällt. «Eine solche Behandlung lasse *ich* mir *nicht* gefallen», sagte sie entschieden.

19

«Ich komme zu Ihnen, weil ich gehört habe, daß Sie anders sind als die anderen Ärzte und mir vielleicht zu einer anderen Art von Behandlung verhelfen könnten.»

Ich versicherte ihr, daß ich den Fall ihrer Mutter genauso beurteilte wie sie. «Aber ich weiß nicht, was ich bei Ihnen tun kann. Sie sind anscheinend schon entschlossen, die Behandlung, die man Ihnen empfiehlt, abzulehnen. Was soll ich da machen können?»

Sie war eine mutige, temperamentvolle Frau, und jetzt wurde sie wütend. «Ich bin zu Ihnen gekommen, weil ich dachte, Sie könnten mir einen Rat geben, was ich selbst tun kann, oder Sie würden mich wenigstens zu jemandem schicken, der mich irgendwie anders behandelt. Aber Sie sind auch nicht besser als die anderen. Ich glaube, das war einfach Zeitverschwendung.» Sie wollte gehen, aber ich forderte sie auf, sich wieder hinzusetzen.

Ich erzählte ihr, daß ich bei einer Konferenz in einer anderen Stadt vor einigen Monaten einen angesehenen Arzt kennengelernt hatte, der den Mut hatte, Krebspatienten mit Diät, Visualisierung und Biofeedback zu behandeln und dabei in einigen Fällen sehr interessante Ergebnisse erzielt hatte. «Ich stimme völlig mit Ihrer Entscheidung überein», sagte ich, «und ich kann Sie zu diesem Arzt schicken. Aber ich kann Ihnen keine Versprechungen machen, und ich kann Ihnen nicht garantieren, daß es klappt. Aber, ehrlich gesagt, ich an Ihrer Stelle würde es versuchen.»

Sie sagte, sie würde es probieren, und ich rief den besagten Arzt an. Beim Abschied versprach sie, mich auf dem laufenden zu halten. Einen Monat später kam eine Postkarte: «Es geht mir wunderbar. Schade, daß Sie nicht dabeisein können!» Dann hörte ich fast ein Jahr lang nichts mehr von ihr. Eines Tages tauchte sie plötzlich im Labor auf und verkündete: «Ich bin wieder gesund.»

Sie erzählte von ihrer Behandlung und von den Fortschritten, die sie gemacht hatte, bis ihre letzten drei Knochenmarksuntersuchungen völlig normale Werte hatten. Sie hatte mit dem Besuch bei mir gewartet, bis ihr Arzt und sie selbst sich ihrer Sache ganz sicher waren. Dann sagte sie: «Da ist noch etwas. Ich war eben bei Dr. X in der Praxis. Ich habe ihm erzählt, was ich gemacht habe, und daß ich wieder gesund bin. Ich habe ihm sogar angeboten, sich das Knochenmark noch mal anzusehen, um sich selbst zu überzeugen. Aber er hat nur gesagt: ‹Machen Sie bloß, daß Sie rauskommen!› und hat sich geweigert, mich überhaupt anzuhören.»

Zwei Jahre später schickte sie mir noch einmal eine Postkarte. Darauf stand nur: «Immer noch O. K. Danke.»

Jerrys Geschichte

Meine inoffiziellen Patienten waren zumeist Krankenhausangestellte oder deren Familienmitglieder, und sie entschuldigten sich zumeist, daß sie «meine Zeit in Anspruch nähmen». Eines Tages sprach mich in der Mittagspause ein Elektriker an, der an den Kabeln im Laboratorium zu tun hatte. «Sagen Sie mal, Herr Doktor», sagte er und kam gleich zur Sache. «Mein Sohn ist in letzter Zeit in ziemlichen Schwierigkeiten. Er scheint manchmal einfach das Gleichgewicht zu verlieren. Wie kommt das wohl?» Durch ein paar Fragen bekam ich heraus, daß der Junge, der erst sieben war, auch unter Schwindel, Kopfschmerzen und Sehstörungen litt, und daß sein Zustand sich rapide verschlechterte. Der Hausarzt meinte, es könnte eine Mittelohrentzündung vorliegen und hatte das Kind entsprechend behandelt. Aber es war nicht besser geworden.

Ich dachte sofort an einen Gehirntumor und sagte: «Also passen Sie mal auf, das kann etwas sehr Ernstes sein, vielleicht sogar irgendwas im Gehirn. Sie sollten mit ihm so bald wie möglich zu einem guten Neurologen oder Neurochirurgen gehen.»

Nach ein paar Tagen kam der Elektriker ins Labor und sagte: «Herr Doktor, Sie hatten recht. Wir waren mit Jerry bei Dr. Y im Klinikum. Er hat ein paar Tests machen lassen und gesagt, es könnte ein Gehirntumor sein.» Ich rief den Doktor an und erfuhr, daß man durch eine Computertomographie einen raumfordernden Prozeß im hinteren Teil des Gehirns entdeckt hatte und daß für den nächsten Tag eine Operation zur Diagnosesicherung angesetzt worden war. Ich sagte dem Vater, ich sei der Ansicht, es werde das Menschenmögliche getan, und die meisten von diesen Tumoren stellten sich als gutartig heraus.

Am nächsten Nachmittag kam der Vater, grinste und sagte: «Sie hatten schon wieder recht. Dr. Y hat gesagt, der Tumor sieht gutartig aus. Er hat ihn fast ganz herausgenommen und glaubt, daß Jerry wieder gesund wird.» Ich sagte, das seien ja wirklich gute Nachrichten. Aber ich fühlte mich doch ein wenig mulmig bei der Sache. Ich sagte dem Vater:

«Sagen Sie mir unbedingt, was der Pathologe gesagt hat.» Nach vier Tagen kam er wieder und berichtete, der Pathologe hätte ebenfalls einen gutartigen Tumor festgestellt. Ich seufzte erleichtert und sagte dem Vater, darüber sei ich ebenso froh wie er. Jerry blieb noch zur Wiederherstellung im Krankenhaus, und alles schien in Ordnung zu sein.

Eines Tages, etwa eine Woche später, wartete der Elektriker morgens schon an der Tür zum Labor auf mich. «Gestern abend war meine Frau im Krankenhaus, um Jerry seine Kleider zu bringen, weil er heute morgen nach Hause sollte», sagte er. Er wirkte verstört. «Einer von den Assistenten kam herein und sagte ihr, Jerry hätte einen Gehirntumor, und sie müßten heute morgen mit der Strahlentherapie anfangen.» Seine Augen waren feucht. «Verdammt, Herr Doktor, warum haben sie uns das nicht gleich gesagt? Meine Frau hat sich furchtbar aufgeregt, und sie mußten mich zu Hause anrufen, damit ich ins Krankenhaus komme. Wir wissen nicht, was wir machen sollen. Ich habe Patienten mit Gehirntumor nach der Strahlentherapie gesehen, und ich will nicht, daß Jerry so etwas durchmachen muß. Als wir gesagt haben, wir wollten es uns noch überlegen, haben sie uns zum Sozialdienst geschickt, und da haben sie gesagt, wenn wir nicht die Einverständniserklärung unterschrieben, würden sie uns Jerry wegnehmen!» Ich versicherte ihm, daß er die Erklärung nicht zu unterschreiben brauche, und forderte ihn auf, mit seiner Frau zu einem Gespräch zu kommen.

Ich zog einen Freund von der pathologischen Abteilung des Klinikums hinzu, der mir die Diagnose gab und sagte, sie hätten die Objektträger zur Begutachtung zum Pathologischen Institut der Armee geschickt, wo Experten den Tumor einstimmig als bösartig diagnostiziert hätten. Mein Freund hatte keine Erklärung dafür, wie die Diagnose im Klinikum hatte fehlgehen können. Ich rief einen Freund an, der Neurochirurg an der Mayo-Klinik war, und erklärte ihm die Lage. Er sagte, bei dieser Art von Tumor könne man überhaupt nichts machen. Die Strahlenbehandlung könne das Wachstum eine Zeitlang aufhalten, aber dafür müsse man Übelkeit, Schmerzen und andere Unannehmlichkeiten in Kauf nehmen. Es gebe keine Chemotherapie, die irgendwas nützen könne, und deshalb solle man auch keine verordnen. Der Junge werde sterben; wenn Jerry sein Sohn wäre, würde er dafür sorgen, daß er sich wohl fühle, und ihm helfen, die letzten ihm noch verbleibenden Monate zu genießen. Ich fragte ihn, was er von alternativen

Methoden wie Diät und Visualisierung halte. Er sagte, er halte sie für Humbug, war aber auch der Ansicht, daß sie nichts schaden könnten. Sein Haupteinwand war, daß sie den Eltern «falsche Hoffnungen» machen könnten und es für sie dann schwerer wäre, sich in das Unvermeidbare zu fügen.

Als ich wieder mit dem Elektriker und seiner Frau sprach, berichtete ich ihnen, was der Neurochirurg gesagt hatte. Ich sagte, sie hätten das Recht, jede Behandlung abzulehnen, und wenn sie sich dazu entschließen sollten, würde ich ihnen helfen. Ich beschrieb ihnen auch die alternativen Behandlungsmethoden und fügte hinzu: «Sie sind zwar nicht offiziell anerkannt, aber sie sind unschädlich, und manchmal helfen sie. Wenn Jerry mein Sohn wäre, würde ich es versuchen. Wenn Sie wollen, setze ich mich mit ein paar Ärzten in Verbindung, die dafür in Frage kommen.»

Der Vater war dazu bereit, aber seine Frau lehnte den Gedanken glatt ab, so daß ich mich nicht weiter darum kümmerte. Sie unterschrieben die Einverständniserklärung für die Strahlentherapie, und der Vater hielt mich über Jerry auf dem laufenden. Der Junge absolvierte die Bestrahlungen und überwand am Ende auch die Übelkeit. Aber er hatte stark abgenommen und war ziemlich geschwächt. Ein paar Wochen später fingen die Kopfschmerzen wieder an, und ein Computertomogramm zeigte, daß der Tumor weiter wuchs. Die Ärzte empfahlen Chemotherapie mit einem neuen Medikament, das noch in der Testphase war, das nach ihren Aussagen «vielleicht etwas brächte». Jerry müßte in ein fast zweihundert Kilometer entferntes Krankenhaus, aber das sei seine «letzte Chance», sagten die Ärzte.

Jerry und seine Mutter fuhren los, und der Vater besuchte Jerry an den Wochenenden. Jeden Montag berichtete er mir, wie es Jerry ging. Die Chemotherapie war schlimm, und Jerry ging es sehr schlecht. Die Haare waren ausgefallen, er hatte weiter abgenommen, konnte nicht essen und mußte intravenös ernährt werden. Jedesmal, wenn er die Medikamente nehmen mußte, schrie er.

Der Elektriker sagte: «Herr Doktor, es zerreißt mir das Herz. Er will nur noch, daß sie mit den Spritzen aufhören; und er will keine Medikamente mehr einnehmen, von denen ihm schlecht wird. Er will nur nach Hause.» Ich konnte dem Vater nichts anbieten außer meinem Mitgefühl.

Dann, eines Sonntags, rief er mich an: «Wir haben Jerry gerade nach Hause gebracht. Können wir mit ihm vorbeikommen?» Sie kamen mit dem Auto. Jerry saß auf dem Rücksitz, auf Kissen gestützt. Er war ein sehr kranker kleiner Junge, der nur noch aus Haut und Knochen bestand; er atmete mit Mühe und konnte sich wegen der Schmerzen nicht bewegen. Ich ging mit den Eltern ein paar Schritte vom Auto weg, und seine Mutter sagte: «Ich habe jeden Tag gesehen, wie die Schwestern ihm seine Pillen gegeben haben, und ich nahm immer an, die machen das schon richtig. Aber gestern haben sie ein leeres Fläschchen auf dem Nachttisch stehenlassen, und als ich es mir angeschaut habe, habe ich festgestellt, daß sie ihm die ganze Zeit *doppelt soviel* gegeben haben wie verschrieben war. Ich habe es sofort dem Arzt gesagt. Zuerst hat er behauptet, sie hätten Jerry die doppelte Dosis gegeben, weil sein Krebs so schlimm ist. Aber schließlich hat er zugegeben, daß sie sich vertan haben. Und dann hat er gesagt: ‹Es ist völlig egal. Der Junge stirbt sowieso.›» Die Mutter nahm Jerry sofort gegen ärztlichen Rat aus dem Krankenhaus und brachte ihn nach Hause.

Sie sagte: «Ich weiß nicht, vielleicht hatten Sie doch recht, und wir hätten auf Sie hören sollen. Jetzt können Sie wohl nichts mehr für ihn tun?» Ich mußte zugeben, daß ich ihm jetzt nicht mehr helfen konnte, da sein Immunsystem und seine anderen Abwehrmechanismen durch die Bestrahlungen und die Chemotherapie zerstört waren. Ich vergewisserte mich noch, daß die Ärzte ihm auch ein wirksames Schmerzmittel verschrieben hatten, und wir gingen zum Auto zurück. Sehr sanft und liebevoll schüttelte ich Jerry die Hand. Ich sagte nichts. Er blickte zu mir auf. Er wußte alles. Zwei Wochen später ist Jerry gestorben.

In Wirklichkeit sind diese beiden Fallbeispiele aus meinen Erfahrungen mit vielen verschiedenen Menschen zusammengestellt. Aber alles, was ich hier geschildert habe, habe ich irgendwann im Lauf meiner dreißigjährigen Erfahrung erlebt.

Diese beiden Geschichten veranschaulichen die Spaltung der heutigen Medizin in zwei scheinbar unvereinbare Grundlehren, die «Schulmedizin» und die «Energiemedizin». Die Anhänger der Schulmedizin, also der Medizin, die an den medizinischen Fakultäten gelehrt und von den staatlichen Organen, den Ärzteverbänden und Krankenversicherungen gefördert wird, sind vollkommen überzeugt davon, daß der Körper nur eine Maschine ist, die sich nicht selbst heilen kann, und daß starke Medikamente und mechanisch-technische Verfahren die einzigen angemessenen Therapieformen sind. Die Anhänger der «Energiemedizin» dagegen glauben, daß der Körper mehr ist als eine Maschine, daß er nicht nur zur Selbstheilung fähig ist, sondern darüber hinaus noch andere Kräfte hat, die weit über den von der etablierten Wissenschaft anerkannten Bereich hinausgehen. Für sie ist eine angemessene Therapie eine, die die körpereigenen Energiesysteme anregt oder ihnen von außen Energie zuführt.

Energiemedizin ist eigentlich ein Oberbegriff für viele alte und einige neue medizinische Verfahren. Der Begriff stammt aus der alternativen oder ganzheitlichen Medizin, die zwar viele verschiedene therapeutische Richtungen umfaßt, sie aber als voneinander getrennte Gebiete ansieht, die auf verschiedenen Wirkungsmechanismen beruhen. Der Gedanke einer eine gemeinsame Basis für all diese Disziplinen voraussetzenden Energiemedizin ist erst kürzlich entstanden, und zwar aufgrund von neuen Entdeckungen in der Biologie, die an der rein mechanistischen Vorstellung vom Leben erheblichen Zweifel aufkommen lassen und für die Wiedereinführung des Gedankens einer eigenen Körperenergie zu sprechen scheinen. Diese Entdeckungen beweisen nicht, daß es eine geheimnisvolle, unerkennbare Lebenskraft gibt, ja sie liefern nicht einmal einen Hinweis darauf und sind in diesem Sinne auch nicht «vitalistisch». Sie zeigen aber, daß lebende Organismen auf der niedrigsten Ebene elektrische und magnetische Kräfte enthalten. Diese Entdeckung bildet die Grundlage für eine neue wissenschaftliche Revolution und ist dabei, unsere Vorstellungen von der Arbeitsweise des Lebendigen schnell und gründlich zu verändern.

Diejenigen, die die verschiedenen Disziplinen alternativer Medizin praktizieren, zum Beispiel Akupunkteure, Homöopathen und Elektrotherapeuten, haben diese neueste wissenschaftliche Revolution freudig begrüßt und – oft voreilig – für sich vereinnahmt, indem sie behaupteten, bei diesen energetischen Systemen handle es sich um die nämlichen, auf die auch ihre jeweilige Technik zugreife, während dieser Zugriff den anderen alternativen Heilmethoden verwehrt bleibe. Erst in jüngster Zeit ist der Gedanke aufgekommen, daß das eine Prinzip auf alle alternativen Heilmethoden anwendbar sein könnte. Daraus entstand der Begriff der Energiemedizin.

Gleichzeitig mit dieser Umwälzung im wissenschaftlichen Denken spielte sich aber auch eine Revolution der medizinischen Praxis ab. Die Patienten waren mit der Schulmedizin immer weniger zufrieden. Die Versprechungen der Technologie, die sich in Begriffen wie «der Kampf gegen den Krebs» niederschlugen, blieben unerfüllt. Dieser Kampf schien sich eher in einen Zermürbungskrieg verwandelt zu haben, bei dem die Patienten die Opfer waren, die auch noch für die steigenden Kosten aufzukommen hatten. Es wurde gefährlich, sich in ein Krankenhaus zu begeben, und oft kam es vor, daß ein Patient mit einer leichten Beschwerde hinein-, aber mit dauerhaften schweren Schäden herauskam, weil bei der Behandlung eine Komplikation die andere abgelöst hatte. Statt des alten Satzes «Das weiß schließlich der Doktor am besten» sagte man jetzt «Die Ärzte haben meistens unrecht» oder sogar «Wenn Sie noch kränker werden wollen als Sie ohnehin schon sind, dann müssen Sie zum Arzt gehen».

Die Patienten begannen, die verschiedenen Methoden der Energiemedizin für sich zu entdecken. Denn offenbar hatten diese drei außergewöhnliche Vorzüge zu bieten. Erstens waren sie frei von Nebenwirkungen; zweitens schienen sie oft durchaus etwas zu nützen; und drittens waren sie viel billiger als die Methoden der Schulmedizin. Infolgedessen hat die Anzahl der Patienten, die sich mit diesen unorthodoxen und nicht anerkannten Techniken behandeln lassen, im letzten Jahrzehnt spürbar zugenommen.

Die Revolution der Biologie und der Medizin ist also teils durch die Unzufriedenheit der Verbraucher mit der Schulmedizin und ihren immer unpersönlicher werdenden technischen Spitzfindigkeiten, hohen Kosten und ihrer Nutzlosigkeit zustande gekommen, und teils durch die neuen wissenschaftlichen Ergebnissen, die die mechanistische Anschauung vom Leben in Frage gestellt haben. Diese Revolution wirft viele Fragen auf. Ist die Energiemedizin wissenschaftlich ernst zu nehmen, oder haben wir es lediglich mit einer neuen Form von Quacksalberei zu tun? Liegt der Schlüssel zu den Geheimnissen ihrer Anwendung in einer der zahlreichen Techniken, und wenn, dann in welcher? Gibt es wirklich Körperenergien, die die Heilung beeinflussen? Und die wichtigste Frage ist schließlich die: Wird die Energiemedizin überleben und die Schulmedizin beherrschen? Wird sie zu einem Teil der Schulmedizin werden? Oder wird sie ebenso spurlos verschwinden wie viele andere Modetorheiten?

Ehe wir uns an den Versuch wagen, ein wenig Ordnung in das Chaos zu bringen, müssen wir noch mehr über die Energiemedizin selbst wissen, über ihre Ursprünge und die Grundbegriffe, auf denen sie aufbaut. In diesem Kapitel wollen wir auf die Anfänge der Wissenschaft und der Medizin zurückschauen, auf eine Zeit also, als beide noch nicht voneinander getrennt waren. Dabei werden wir sehen, daß der Weg in die Gegenwart nicht immer über den geradlinigen Pfad allmählicher Aufklärung, sondern oft über eine Straße mit vielen in Sackgassen endenden Abzweigungen führte. Viele neue Ideen sind nur entstanden und zur Blüte gekommen, um selbst zum Dogma zu werden, das zur Verteidigung gegen immer neue Ideen herhalten mußte. Im Rückblick können wir sehen, daß sich ein großer Kreis geschlossen hat, auf dem wir schließlich zu einigen der Vorstellungen zurückgekehrt sind, die ganz am Anfang der Wissenschaft und der Medizin standen.

Die Ursprünge der Energiemedizin

Die medizinische Philosophie spiegelt die in der Gesellschaft vorherrschenden Ansichten zu grundlegenden philosophischen Fragen wider. Was ist das Leben? Wer bin ich? In welcher Beziehung steht das Leben zur toten Materie?

Wir Heutigen blicken gerne mit gönnerhafter Belustigung auf den Medizinmann mit seiner Klapper herab und denken, als Nutznießer großer Fortschritte in Wissenschaft und Technik seien wir ihm überlegen. Aber sind wir wirklich soviel besser dran? Die moderne Evolutionslehre glaubt, wir seien lediglich das statistische Zufallsprodukt aus dem Zusammentreffen der richtigen Chemikalien unter den richtigen Bedingungen. Nach dieser Ansicht hat blinder evolutionärer Zufall zur Entwicklung des Menschen geführt, und wir sind das, was auch unsere Vorfahren waren – chemische Maschinen. Aber wenn wir wirklich Maschinen sind, dann sind unsere Ärzte es auch, und die moderne Medizin wäre dann nicht mehr als das Reparieren von Maschinen durch Maschinen. Ich weiß nicht, ob dieses Szenario soviel besser ist als das von dem Medizinmann mit seiner Klapper.

Die Muster der Krankheiten, unter denen die Menschheit gelitten hat, haben zweifellos im Laufe der Zeit eine Reihe von verschiedenen Stadien durchgemacht. Während wir früher den epidemieartig auftretenden Infektionskrankheiten fast hilflos ausgeliefert waren, haben wir diese Krankheiten heute durch öffentliche Vorsorgemaßnahmen und entsprechende Medikamente nahezu vollständig bezwungen. Es sieht allerdings so aus, als hätten wir nur eine Art von Problemen gegen eine andere eingetauscht.

Wir leben zwar länger, sind aber mit der Lebensqualität unzufrieden und haben im Lauf unseres Lebens immer häufiger mit anderen Problemen zu tun. Die Häufigkeit von Krebs, degenerativen Erkrankungen und Geburtsschäden wächst, und neue Krankheiten wie AIDS sind entstanden. Wir befinden uns augenscheinlich am Rand einer Katastrophe, die Anzahl der Kranken steigt rapide, und das überlastete Gesundheitssystem ist außerstande zu helfen oder zu heilen. Wichtige neue Fragen stellen das Gespinst von Dogmen, das die Wissenschaften vom Leben seit der wissenschaftlichen Revolution der Renaissance gewebt hat, in Frage. Jetzt zeigt sich, daß dieses Gewand, das einst «aus einem Stück und ohne Naht» zu sein schien, unvollständig mit vielen falschen Stichen genäht ist und falsche Deutungen zuläßt.

Die Medizin der «Primitiven»

Ehe die Geschichtsschreibung begann, lebten unsere Vorfahren lange Zeit in einer Welt voller mysteriöser Mächte, die ihr Leben bestimmten – da war der Kreislauf der Sonne und der Jahreszeiten, da waren Feuer und Blitz, Wind, Dürre und Sturm. Auch ihr eigener Leib war voll von unbekannten Energien und schlummernden Kräften – Leben und Tod, Krankheit und Heilung, Alter und Geburt. Die Neugier der mit dem Segen – oder Fluch – einer suchenden Intelligenz begabten Menschheit drängt stets mit überwältigender Gewalt danach, den Platz des Menschen in der «Ordnung der Dinge» zu verstehen. Die Überzeugungen, die aus dieser Suche erwuchsen, bildeten ursprünglich ein einheitliches System, welches das umfaßte, was wir heute Religion, Philosophie und Medizin nennen. Vieles aus diesem frühen Glaubenssystem war gemeinsamer Besitz von weit über die Erde verstreuten Völkerschaften. Für sie gab es vor allem zwei Wirklichkeitssphären – die Welt, die sie um sich herum sahen, und die unsichtbare Geisterwelt, in der die Kräfte wohnten, die die Welt der Natur und der Menschen mit Energie versorgten. Das Leben war ein Teil des Netzwerks des Universums, in dem alles durch Geist oder Energie miteinander verwoben und aufeinander bezogen war. Die Erde war die lebenserhaltende Mutter, und ein höchstes Wesen hatte alle Dinge erschaffen. Alles Leben war mit einer besonderen Energie begabt, einer «Lebenskraft», die es vitalisierte.

Diese Lebensenergie war eins mit den großen universalen Kräften der zweiten Wirklichkeitssphäre. Krankheit entstand, wenn Kräfte aus der anderen Welt auf den Patienten einwirkten, und der Tod war der Übergang der Lebensenergie aus dem Körper in die Geisterwelt. Hochwasser, Erdbeben, Dürre, Hungersnot, Krankheit, Tod und Geburt führte man auf das direkte Eingreifen der Geister zurück, die auf diese Art zum Ausdruck brachten, ob sie mit den Handlungen der Menschen zufrieden waren oder nicht. So waren die Menschen nicht nur den natürlichen Kräften ihrer Umwelt, sondern auch den geheimnisvolleren Kräften jener anderen Wirklichkeit ausgeliefert. Der Lebenskraft schrieb man oft eine dualistische Natur zu, und wenn das Gleichgewicht der polaren Lebensenergie unter dem Einfluß äußerer Kräfte gestört wurde, kam es zur Krankheit.

Diese inneren und äußeren Energien bildeten zusammen eine eigene Wirklichkeitssphäre, mit der der Schamane in Kontakt trat, indem er sich durch Träume, intensive körperliche oder geistige Anspannung, Meditation, Geisterbeschwörung oder psychotrope Drogen in einen veränderten Bewußtseinszustand versetzte. Sobald er die Verbindung mit der anderen Wirklichkeit aufgenommen hatte, konnte er eine Diagnose stellen und seinen Patienten behandeln, indem er entweder auf die äußeren Kräfte der Geisterwelt oder auf die inneren Kräfte im ebenso geheimnisvollen Körper des Patienten einwirkte. Die Heilung wurde bewirkt, indem die dualistischen Kräfte im Patienten dadurch wieder ins Gleichgewicht gebracht wurden, daß Kräfte aus der Geisterwelt oder die Lebenskraft des Heilers selbst auf den Patienten übertragen wurden.

In dem Maß, in dem sich die menschlichen Gesellschaften weiterentwickelten und mehr Zeit hatten, ihre Umwelt genauer zu untersuchen, entfalteten sich auch diese Vorstellungen. Dabei entdeckte man bestimmte Naturkräfte, die sich – obwohl sie ebenso geheimnisvoll waren wie die Kräfte der Götter und Geister – durch den Schamanen *steuern* ließen. Und da alle Lebewesen diese Lebenskraft oder diesen Geist besaßen, konnten auch scheinbar unbedeutende Kräuter auf dem Weg über ihre spezifischen «Geisterkräfte» auf den menschlichen Körper einwirken. Über die Jahrtausende entstand aus diesem Gedanken eine primitive, aber umfangreiche Pharmakopöe («Arzneibuch»).

Man dürfte mit der Vermutung nicht fehlgehen, daß auch die Fortbewegungsfähigkeit der Tiere und Menschen als eine Wirkung der Lebenskraft angesehen wurde. Zur Entdeckung des Magneteisensteins, eines in der Natur vorkommenden, aus dem natürlichen magnetischen Erz Magnetit bestehenden Magneten, kam es bereits in vorgeschichtlicher Zeit. Als man herausfand, daß sich Magneteisensteine von selbst bewegten, schrieb man ihnen eine besonders mächtige Lebenskraft zu und glaubte, diese mystische Kraft sei fähig, die menschliche Lebenskraft zu beeinflussen. Die statische Elektrizität, die ebenfalls eine «Bewegungskraft» hervorbringt und leicht erzeugt werden kann, indem man Bernstein an Fell reibt, muß für die Menschen ebenso geheimnisvoll wie der Magneteisenstein gewesen sein.

Diese Entdeckungen, die in vielen Gesellschaften lange vor dem Beginn der Geschichtsschreibung gemacht wurden, zählen zu den bedeutungsvollsten Ereignissen der prähistorischen Zeit. Sie markieren den Anfang der Erforschung der Welt und das erste Aufdämmern der Wissenschaft. Das Wissen vom Wirken der Kräuter führte letztlich zur Chemie, und der Magneteisenstein und die statische Elektrizität waren die Grundlage für die Entwicklung der modernen Physik. Diese Entdeckungen waren der Schlüssel zum Anfang der wissenschaftlichen Medizin und der Wissenschaft vom Leben.

Die ersten medizinischen «Lehrbücher»

Mit dem Beginn der Geschichtsschreibung hatte sich die Medizin zweifellos bereits zu einem komplexen System von Überzeugungen rund um die zentralen Vorstellungen der Lebenskraft und der Körperenergien entwickelt. Zur Beeinflussung dieser Energien bei der Behandlung setzte man Magie, Kräuter und die natürlichen Kräfte des Magnetismus und der Elektrizität ein. Soweit wir sehen, war die sogenannte «primitive» Medizin ein voll entwickeltes und ausgereiftes System, das man buchstäblich als eine Art Energiemedizin bezeichnen könnte. Ihr Vermächtnis besteht aus einer Reihe von Vorstellungen und Techniken, die auf dem Glauben an die Existenz einer «Lebenskraft» beruhten, die man mit verschiedenen Mitteln beeinflussen konnte. Diese Vorstellungen und Techniken gingen auch in die ersten schriftlichen medizinischen Texte ein.

Das älteste uns heute bekannte medizinische Dokument ist das dem Huang Di zugeschriebene «Buch des Gelben Kaisers über Innere Medizin» (vermutlich um 2000 vor Christus). Es führt den Begriff des Qi ein, einer Körperenergie, deren Wirken auf dem Ausgleich zwischen zwei gegensätzlichen Kräften des Körpers, *Yin* und *Yang* beruht. Krankheit tritt nach dieser Ansicht auf, wenn das Gleichgewicht dieser Kräfte gestört ist, und das Buch beschreibt zwei spezielle Techniken zur Wiederherstellung des Gleichgewichts – Akupunktur und Moxibustion.

Bei der Akupunktur wurden sehr feine Nadeln in bestimmte Energiepunkte auf genau definierten Linien der «Meridianen» eingestochen, denen der Energiefluß im Körper folgt. Zur Praxis der Akupunktur gehörte auch das Auflegen von Magneteisensteinen auf diese Energiepunkte, was aber offensichtlich als weniger wirksam als das Einstechen von Nadeln betrachtet wurde. Die andere Technik, die Moxibustion, bestand darin, daß man kleine Mengen von «Moxa» (einem kleinen Kegel aus getrocknetem Beifuß) entweder auf den Akupunkturpunkten oder über der Stelle der schmerzhaften Reizung verbrannte.

Man nahm an, daß durch beide Techniken ein inneres Energiesystem durch Zuführung einer äußeren Energie beeinflußt wurde. Diese trat bei der Akupunktur als *elektrische*, beim Magneteisenstein als *magnetische* und bei der Moxibustion als *Wärmeenergie* auf. Daran, daß diese Behandlungstechniken mindestens einige tausend Jahre älter sein müssen als der Text des Gelben Kaisers, kann man ermessen, zu welcher Differenzierung das Denken dieser Menschen auch ohne die Kenntnis der Schrift fähig war.

Eine ägyptische Abhandlung, der *Kahun Papyrus*, entstand etwa um das Jahr 2000 vor Christus. Sie berichtet von der Anwendung bestimmter Kräutermedizinen in Verbindung mit Gebeten, die die Fürsprache der Götter erflehten. Wir wissen aus anderen Quellen – der *Kahun Papyrus* erwähnt es nicht ausdrücktlich –, daß die Ägypter sich auch die Eigenschaften des Magneteisensteins für die Therapie zunutze machten. So wird zum Beispiel von vielen angenommen, Kleopatra habe einen Magneteisenstein auf der Stirn getragen, um nicht zu altern.

Auch die alten religiösen Schriften der Hindus, die Veden, sind um das Jahr 2000 vor Christus entstanden. In ihnen wird die Behandlung vieler Krankheiten mit *Shiktavati* oder *Ashmana* erwähnt, was man mit «Werkzeuge aus Stein» wiedergeben kann, hinter denen sich wohl der Magneteisenstein verbergen könnte. Schließlich ist allgemein bekannt, daß tibetische Mönche Stabmagneten in einer ganz spezifischen Weise einsetzten, um Novizen bei ihren Übungen geistig zu beeinflussen. Man darf wohl vermuten, daß diese Praxis auf einer viel älteren Technik beruht, bei der Magneteisensteine verwendet wurden.

Es ist jedenfalls sicher, daß mehrere östliche Kulturen zu der Zeit, als die Geschichtsschreibung begann, eine Art Energiemedizin praktizierten, bei der die Ärzte die Kräfte der Elektrizität und des Magnetismus benutzten, um die inneren Energiesysteme des Körpers zu beeinflussen.

Die Anfänge der abendländischen Medizin in Griechenland

Die Anfänge der westlichen Medizin werden für gewöhnlich um das Jahr 500 vor Christus im alten Griechenland mit den Schriften des Hippokrates angesetzt. Es gab allerdings schon damals so etwas wie «Technologietransfer», und die medizinischen Vorstellungen der Chinesen, der Inder und Tibeter sowie der Völker des Mittelmeerraumes hatten bereits Eingang in die griechische Kultur gefunden. Etwa 150 Jahre vor Hippokrates legte Thales von Milet – den viele als den Vater der europäischen Philosophie betrachten – den Grundstein für die moderne Physik und Biologie. Er «entdeckte» den Magneteisenstein und die statische Elektrizität (am Bernstein, der im Griechischen *elektron* heißt). Nach der von ihm aufgestellten Theorie sind Lebewesen von einem Vitalgeist beseelt, der auch dem Magneteisenstein und dem Bernstein innewohnt. Thales sagte: «Der Magnet hat eine Seele, denn er zieht das Eisen an» und «Alle Dinge stecken voller Götter».

Thales hatte diese Vorstellungen, die in der Antike allgemein verbreitet waren, vermutlich während seiner Studien in Ägypten kennengelernt. Sein bedeutendster Beitrag zur Medizin war jedoch der philosophische Gedanke, daß es für alles eine direkte Ursache gibt und daß der Mensch diese mit Hilfe von Verstand, Logik und Beobachtung entdecken kann. Dieser wichtige Gedanke läßt sich anhand des Unterschiedes zwischen einem Geisterbeschwörer und einem Philosophen erläutern: Der eine seziert ein Tier, um die Absicht der Götter zu erfahren, der andere, um seine Anatomie zu studieren und ihrer Wirkungsweise auf die Spur zu kommen. Thales von Milet tat den ersten Schritt von der Mythologie zu den zaghaften Anfängen der Wissenschaft.

Hippokrates nahm viele von Thales' Gedanken in seine Philosophie der Medizin auf, seine eigenen Beiträge waren aber weit mehr als eine bloße Kodifizierung schon vorhandener Ideen. Mit seinem reichhaltigen literarischen Werk drückte Hippokrates der weiteren Entwicklung der Medizin seinen unauslöschlichen Stempel auf. Heute ist man im Begriff, den hippokratischen Eid durch etwas weniger «Altmodisches» zu ersetzen, aber im Jahr 1948, als ich mein medizinisches Examen machte, war ich stolz darauf, ihn ablegen zu dürfen.

Hippokrates war in vieler Hinsicht sicher ein «idealer» Arzt von der Art, wie wir uns auch heute noch unseren Hausarzt wünschen. Er war weder überheblich noch in seinen Ansichten festgefahren. Von allen Ansprüchen, die ihm zugeschrieben werden, ist mir dieser am liebsten: «Das Leben ist kurz, und die Kunst ist lang, die Gelegenheit flüchtig, die Erfahrung trügerisch und das Urteil schwer.» Mit «Kunst» ist hier die Medizin gemeint. Hätten doch die heutigen Ärzte, die sich oft ihrer Sache so sicher sind, etwas von der Bescheidenheit des Hippokrates!

Hippokrates erkannte auch, daß Krankheit nicht auf einer monokausalen Beziehung zwischen einer von außen einwirkenden Ursache und einer einfachen Maschine beruht, sondern daß jede Krankheit das komplexe Ergebnis aus der Ursache und der Reaktion des Körpers ist: «Krankheit ist keine selbständige Wesenheit, sondern der sich ständig verändernde Zustand, in dem sich der Körper des Patienten befindet, ein Kampf zwischen der Eigendynamik der Krankheit und der natürlichen Selbstheilungstendenz des Körpers.» Diese weisen Worte sind leider in der modernen Medizin weitgehend in Vergessenheit geraten.

Hippokrates glaubte, das «Leben» sei einem «Vitalgeist» zuzuschreiben, der durch vier Körpersäfte wirkt: Blut, Schleim, gelbe Galle und schwarze Galle. Krankheit entsteht nach dieser Ansicht, wenn das Gleichgewicht zwischen den Säften gestört ist – eine Vorstellung, die der chinesischen vom *Qi* oder der Lebenskraft, die durch das Gleichgewicht zwischen Yin und Yang wirkt, sehr nahekommt. Er benutzte für seine Heilbehandlungen viele natürliche Kräuter, deren Eigenschaften aus der medizinischen Überlieferung bekannt waren.

In einem Abschnitt, dessen Bedeutung meist nicht richtig erfaßt worden ist, sagt Hippokrates: «Die Krankheiten, die keine Arznei heilt, heilt das Eisen; die das Eisen nicht heilen kann, heilt das Feuer; und die das Feuer nicht heilen kann, müssen als gänzlich unheilbar angesehen werden.» Offensichtlich versuchte Hippokrates es zunächst mit pflanzlichen Heilmitteln; wenn diese nicht wirkten, griff er zum Eisen und zuletzt zum Feuer. «Eisen» wird meist als «Skalpell» übersetzt, während «Feuer» keine befriedigende Übersetzung gefunden hat. Da man aber wußte, daß der natürliche Magneteisenstein Roheisen anzog und ihm seine magnetischen Eigenschaften mitteilte, hat Hippokrates vielleicht das alte Verfahren verwendet, Magneten zu therapeutischen Zwecken einzusetzen. Wenn dem so ist, kann man «Feuer» als die ebenso alte Technik der Moxibustion verstehen. Im Licht dieser Geschichte zeigt sich, daß der alte rote Faden eines Vitalgeists, der sich durch ausgeglichenen Energiefluß ausdrückt und durch die Anwendung natürlicher Kräfte beeinflußt werden kann, sich auch durch Hippokrates' Schriften zieht.

Eine von Hippokrates' Leistungen war der Gedanke der «medizinischen Akademie», wo zukünftige Ärzte ihre Kunst erlernen konnten. Er gründete viele solche Schulen – die *Aesculapiae* –, die sich über den ganzen östlichen Mittelmeerraum verteilten. Zweihundert Jahre nach dem Tod des Hippokrates brachte die Aesculapia von Alexandria in Ägypten einen bemerkenswerten Arzt und Wissenschaftler hervor, Erasistratos, der wahrscheinlich als erster eine wissenschaftliche Sektion des menschlichen Körpers durchführte. Er ließ die hippokratische Theorie der Säfte fallen und brachte die Krankheit mit den bei der Sektion gefundenen Fehlbildungen innerer Organe in Verbindung. Erasistratos unterschied richtig zwischen motorischen und sensorischen Nerven und entdeckte ihren Ursprung im Gehirn, das nach seiner Auffassung der Sitz von Geist und Seele ist (und nicht, wie Hippokrates vorgeschlagen hatte, das Herz). Er beschrieb auch die Funktion des Herzens als einer Pumpe für das Blut. Während er die «Mechanismen» des Körpers darstellte, war er doch ein Vitalist, der glaubte, die Lebenskraft sei ein feiner Dampf, den er *Pneuma* nannte. In vieler Hinsicht war Erasistratos seiner Zeit weit voraus. Wenn seine Ideen, die im wesentlichen richtig waren, Anerkennung gefunden hätten, wäre das medizinische und biologische Wissen viel schneller vorangekommen. Leider hatten seine Beobachtungen und Gedanken nur wenige Jahrhunderte lang Bestand, um dann von einem Absolventen der medizinischen Akademie in Pergamon hinweggefegt zu werden, dessen Name noch heute wohlbekannt ist – Galen.

Galen war in fast allem das genaue Gegenteil von Hippokrates – er war seiner selbst und seiner Überzeugungen absolut sicher, arrogant, egozentrisch und einer Unwahrheit nicht abgeneigt, wenn sie nur seinen Zwecken diente. Er war klug genug, den großen Hippokrates nicht direkt anzugreifen, und unterstützte seine Theorie der vier «Säfte», fügte aber viel Material hinzu, das er durch eigene Beobachtung und Experimente gewonnen hatte. Am bedeutungsvollsten war der von ihm eingebrachte reizvolle Gedanke, es gebe für jede Krankheit nur eine Ursache und nur eine Behandlung, welcher von den Ärzten begierig aufgenommen wurde. Denn damals wie heute trachteten die Ärzte danach, als unfehlbare Autoritäten zu gelten. Galen war ein fruchtbarer Autor und veröffentlichte im Lauf seines Lebens ein vollständiges «System der Medizin», das Anatomie, Physiologie und Therapeutik umfaßte und zum Standardlehrbuch wurde, das die Medizin mit seiner überwältigenden Autorität für die nächsten 1500 Jahre dogmatisch beherrschte.

Leider hat Galen sich geirrt. Seine anatomischen Vorstellungen waren falsch, und was er über die Physiologie lehrte, beruhte auf gefälschten Experimenten. Zu seiner Zeit wurden seine Ideen von jenen Ärzten angefochten, die der Lehre des Erasistratos folgten. Galen reagierte darauf so, daß man nur von einer absichtlichen Entstellungs- und Verunglimpfungskampagne sprechen kann. Er «wiederholte» die Experimente des Erasistratos und befand sie für «fehlerhaft». In Wirklichkeit traf das Gegenteil zu, denn Erasistratos war ein sorgfältiger Experimentator und Beobachter. Galens fragwürdige wissenschaftliche Integrität wurde jedoch nie angezweifelt, und niemand machte sich die Mühe, seine Experimente zu wiederholen. Während praktisch alle Schriften des Erasistratos der Vernichtung anheimfielen, sind die Werke Galens erhalten geblieben.

Galens Erfolg beruht darauf, daß er ein mit Pseudowissenschaft durchsetztes umfassendes System der Medizin aufstellte, das für die Krankheiten und ihre Behandlung eindeutige Lösungen lieferte. Sein System war zwar weitgehend falsch, aber da es den Stempel der Autorität trug, schob es für die nächsten 1500 Jahre allem vorurteilsfreien Experimentieren und Fragen einen Riegel vor. Galens falsches Dogma verschüttete die frühen Bemühungen des Erasistratos um logische Beobachtung und den Humanismus der «Kunst» des Hippokrates. Damit waren die Weichen zum ersten Mal falsch gestellt. Die westliche Welt betrat das, was Historiker aus guten Gründen das finstere Mittelalter genannt haben, in dem Medizin und Wissenschaft sich vollkommen auf eine unhinterfragte Autorität stützten und von irrtümlichen Vorstellungen über die Wirkungsweise des Körpers durchzogen waren.

Die Renaissance:
die Anfänge der wissenschaftlichen Medizin

Daß die westliche Welt aus dem finsteren Mittelalter wieder emportauchte, lag hauptsächlich daran, daß die Menschen anfingen, die Autorität in die Schranken zu fordern. Der erste, der das auf dem Gebiet von Medizin und Wissenschaft tat, war ein Mann, in dem sich Humanismus, Mystik und frühwissenschaftliche Logik mit einer höchst schroffen Persönlichkeit zu einer eigentümlichen Mischung verbanden: Paracelsus. Er lieferte das Modell für die Legende von Dr. Faustus, der seine Seele dem Teufel verschrieb und als Gegenwert Wissen erhielt. Paracelsus respektierte keinerlei Autorität. Mit vierzehn Jahren ging er von zu Hause weg, um Europa und Asien zu durchstreifen; er studierte

an vielen Universitäten, legte aber vermutlich nie ein Examen ab. Was er
von einem organisierten Studium hielt, läßt sich am besten an folgender
Aussage ablesen: «Die hohen Schulen lehren nicht alles, daher muß der
Medikus auch zu Zeiten zu alten Weibern, Zigeinern, Schwarzkünstlern,
Landfahrern, alten Bauersleuten und dergleichen mehr unachtsamen
Leuten in die Schul gehen und von ihnen lernen, denn diese haben mehr
Wissen von solchen Dingen denn alle hohen Schulen.»*

Paracelsus verabscheute Galen, den er durch und durch für einen
Schwindler hielt. Einmal verbrannte er «unter dem Jubel der sich um das
Feuer drängenden Medizinstudenten» der Universität Galens Schriften.
Er betonte, daß der Körper sich selbst heilen könne, während die Medizin des Galen bestenfalls dazu führe, daß der Heilungsprozeß aufgehalten werde oder es zu fatalen Komplikationen komme. Paracelsus zeigte,
daß die Syphilis mit Quecksilber geheilt werden kann und nahm damit
die Entdeckung der modernen Antibiotika vorweg. Er gab eine korrekte
Beschreibung des Schilddrüsenkropfs und schuf mit seiner Behauptung,
man könne Krankheiten mit winzigen Dosen von «Ähnlichem» heilen –
also von Chemikalien, die die gleichen Symptome hervorriefen – die
Grundlage für die Homöopathie.

Paracelsus war der erste, der in einer medizinischen Studie die Um-
weltbedingungen berücksichtigte: Statt die Staublunge bei Bergleuten
als eine Bestrafung durch die Berggeister anzusehen, führte er sie ganz
richtig auf das Einatmen schadstoffhaltiger Luft im Bergwerk zurück.
Seine Versuche mit Kräuterarzneien und seine alchemistischen Untersuchungen schufen die Voraussetzungen für das künftige Wachstum der
Chemie. Und er benutzte zur Behandlung oft den Magneteisenstein.

Paracelsus war ein ungewöhnlicher Mann, der es sich sogar leisten
konnte, die Angriffe der etablierten Medizin und Wissenschaft mit einer
Handbewegung abzutun. Er war weithin berühmt, und die Säle, wo er
seine Vorlesungen hielt – zu denen alle Bürger eingeladen waren – quol-
len über. Seine Schriften übten einen beträchtlichen Einfluß aus, allen
voran sein Hauptwerk, *Die große Wundarznei.* Trotzdem blieb er zeit
seines Lebens praktisch mittellos.

Auch wenn viele von Paracelsus' Überzeugungen und Gedanken

---

* Zitiert nach Will-Erich Peuckert, *Theophrastus Paracelsus*, Stuttgart/Berlin 1941,
S. 31.

dunkel und unverständlich sind und von manchen heutigen Kritikern als ausgesprochen verrückt angesehen werden, läßt sich doch nicht übersehen, daß er mit seinem tiefen Einblick in die Natur der Krankheit und der Physiologie absolutes Neuland betreten hat. Aus welchen geheimen Quellen schöpfte Paracelsus seine neuen, revolutionierenden Einsichten? Besaß er die natürliche Gabe der außersinnlichen Wahrnehmung, so daß er allein aufgrund seiner Intuition die erstaunlichsten Quantensprünge in der Erkenntnis vollziehen konnte?

Eine seiner frappierendsten Aussagen ist diese:

Denken heißt, auf der Ebene der Gedanken zu handeln, und wenn der Gedanke intensiv genug ist, kann er eine Wirkung auf der physischen Ebene ausüben. Es ist ein großes Glück, daß nur wenige Menschen die Fähigkeit haben, eine Wirkung auf der physischen Ebene zu erzielen, denn nur wenige Menschen haben niemals böse Gedanken.

Mit dieser Auffassung, daß Gedanken physische Realität haben und, wenn sie nur «intensiv genug» sind, auf die «physische Ebene» einwirken können, weist Paracelsus offensichtlich auf etwas hin, das mit den modernen Vorstellungen von außersinnlicher Wahrnehmung, Psychokinese und Parapsychologie in Verbindung gebracht werden kann. Selbst wenn das nicht ausdrücklich ausgesprochen wird, kann man diese Stelle auch so interpretieren, daß Paracelsus dem Gedanken – oder der inneren Überzeugung – Heilkraft zuschrieb.

Paracelsus war Vitalist. Er glaubte fest an eine Lebenskraft, die er *archaeus* nannte, und die durch die geheimnisvolle Einwirkung des Magneten beeinflußt werden konnte. Dieser Mystizismus führt bei ihm zu einer bemerkenswerten Vorwegnahme künftiger biologischer Erkenntnisse. Er schrieb:

Die Fähigkeit zu sehen kommt nicht vom Auge, die Fähigkeit zu hören nicht vom Ohr und die Fähigkeit zu fühlen nicht von den Nerven; sondern es ist der Geist des Menschen, der durch das Auge sieht, mit dem Ohr hört und vermittels der Nerven fühlt. Weisheit, Verstand und Denken sind nicht ins Gehirn eingeschlossen, sondern gehören zu dem unsichtbaren, allgegenwärtigen Geist, der durch das Herz fühlt und mit dem Gehirn denkt.

Die Ähnlichkeit zwischen dieser Auffassung und der modernen Auffassung von der Dualität von Verstand und Gehirn springt ins Auge. Paracelsus ging sogar noch weiter. Er betrachtete den Körper als einen einheitlichen Organismus, der sich aus vielen Teilen zusammensetzt. Jeder Teil steht mit den anderen in Wechselwirkung und ist mit dem Ganzen untrennbar verbunden, das größer ist als die Summe seiner Teile: «Selbst der Ignorant weiß, daß der Mensch ein Herz und eine Lunge, ein Gehirn und einen Magen hat; aber er meint, jedes dieser Organe sei ein eigenes, unabhängiges Ding, das mit den anderen nichts zu tun hat.» Mehrere hundert Jahre, bevor der Reduktionismus aufkam, sah Paracelsus schon die Schwäche der reduktionistischen Philosophie und stempelte damit ihre zukünftigen Anhänger zu «Ignoranten».

Paracelsus errichtete sein medizinisches System auf der Grundlage des Vermächtnisses, das aus vorgeschichtlicher Zeit auf dem Weg über die Griechen überliefert worden war, und das die Vorstellung von der Lebenskraft, die Kräuterheilkunde und die therapeutische Verwendung natürlicher Kräfte umfaßte. Wie schon Erasistratos, wirkte auch er nachhaltig auf den Lauf der Geschichte ein. Was er mit seiner visionären Kraft geschaffen und der Nachwelt vererbt hat, hat zu all dem geführt, was wir heute Wissenschaft nennen.

Paracelsus schrieb mit bemerkenswertem Weitblick: «Der menschliche Körper ist durch das Sonnenlicht verstofflichter Dunst, gemischt mit dem Leben der Sterne.» Heute glauben die Ärzte, daß die Elemente des menschlichen Körpers ursprünglich in Supernovae, den großen thermonuklearen Explosionen der Sterne, gebildet wurden.

Paracelsus starb im Alter von achtundvierzig Jahren unter mysteriösen Umständen. Er vermachte seine wenigen Habseligkeiten den Armen, und was er noch an Manuskripten hatte, einem einfachen Barbier und Wundarzt.

Der Aufbruch der wissenschaftlichen Revolution

Zwei Jahre nach dem Tod des Paracelsus veröffentlichte der Feldscher Andreas Vesalius den ersten wirklich exakten anatomischen Text unter dem Titel *De humani corporis fabrica* (Vom Bau des menschlichen

Körpers). Dieses Werk zerstörte endgültig und vollständig das Dogma von der Unfehlbarkeit des Galen. Das Zeitalter der Wissenschaft und der Vernunft war angebrochen, und man begann die Wissenschaft vom Leben (Biologie) und die Wissenschaft von der nichtbelebten Materie (Physik) zu entwickeln. Die geheimnisvollen Naturkräfte der Elektrizität und des Magnetismus wurden langsam dem Verstehen zugänglich.

Einige große Wissenschaftler lieferten die Grundbegriffe und legten das Fundament, auf dem die Wissenschaft ihre weiteren Gebäude errichtete. Der erste war William Gilbert, Leibarzt der Königin Elisabeth I. und der erste echte Wissenschaftler, der sich nicht nur für Medizin, sondern auch für die Kräfte der Elektrizität und des Magnetismus interessierte. Sein 1600 veröffentlichtes Werk *De magnete* (Vom Magneten) stellte Elektrizität und Magnetismus klar als eigenständige Kräfte dar, wies die Gesetze nach, nach denen sie wirken und beschrieb die Erde als einen großen Magneten. Vorbei waren die Zeiten, da man geheimnisvolle Strahlen vom Polarstern dafür verantwortlich machte, daß die Kompaßnadel nach Norden zeigt.

Gilberts wichtigster Beitrag – ganz in der Tradition von Hippokrates, Erasistratos und Paracelsus – war sein Plädoyer für «verläßliche Experimente und bewiesene Argumente» anstelle der «vermutenden Schätzung und Meinung des gewöhnlichen Philosophieprofessors». Francis Bacon hat dieses Plädoyer später in seinem Werk *The Scientific Method* (Die wissenschaftliche Methode) ausgeweitet und in Regeln gefaßt.

Im 17. Jahrhundert wurden mehrere Arten entdeckt, wie man elektrisches «Fluidum» speichern konnte, und man entwickelte bessere Methoden zur Erzeugung statischer Elektrizität. Allerdings blieben die Erkenntnisse auf die statische Elektrizität beschränkt, also die Art von Elektrizität, die entsteht, wenn man Bernstein an einem Fell reibt oder über einen Teppich geht. Auch die Einsicht in die Arbeitsweise des Lebendigen nahm zu dieser Zeit konkretere Formen an, besonders durch die Entdeckung, daß die Nerven Sinnesinformationen übertragen und Muskelkontraktionen hervorrufen. Man überzeugte sich davon, daß das Gehirn der Sitz des Denkens und des Gedächtnisses sei. Mit diesen Erkenntnissen verschärfte sich der Streit zwischen den Mechanisten, die den lebenden Organismus als eine komplizierte Maschine betrachteten, welche sich vollständig mit physikalischen Gesetzen erklären läßt, und den Vitalisten, die an die geheimnisvolle und der Erklärung nicht zugängliche Lebenskraft glaubten.

Aber selbst die Mechanisten waren offenbar nicht bereit, das Mysterium völlig auszuschließen. René Descartes postulierte, obwohl er der Hauptverfechter des mechanistischen Modells war, doch eine «Seele», die er passenderweise in der Zirbeldrüse, einem merkwürdigen, fichtenzapfenförmigen Gebilde in der Kopfmitte, ansiedelte.

Mesmer, der von den Lehren des Paracelsus beeinflußt war, nahm an, daß Lebewesen universelle Kräfte erzeugen, die sie durch «animalischen Magnetismus» auf andere übertragen können. Also behandelte er gewisse Leiden mit magnetischer Therapie, und da er bemerkenswerte Erfolge erzielte, zog er sich den Zorn der etablierten Ärzteschaft zu. Die Schulmediziner warfen ihm vor, er arbeite mit magischen Praktiken, und 1784 sah sich König Ludwig XVI. gezwungen, eine Untersuchungskommission ins Leben zu rufen, die einen «ungünstigen» Bericht erstattete, in dem Mesmers Erfolge auf einfache Suggestion zurückgeführt wurden. Das einzige, was von seinem Werk geblieben ist, ist der Begriff des Mesmerismus, ein Synonym für Hypnose.

Hahnemann errichtete, aufbauend auf Paracelsus' «Gesetz des Ähnlichen», ein komplexes medizinisches System, die Homöopathie. Es beruht auf der Gabe winziger Dosen «potenzierter» Substanzen, die beim gesunden Menschen ähnliche Symptome hervorrufen wie die, an denen der Patient leidet. Hahnemann behauptete, diese Potenzen wirkten auf den Vitalgeist des Körpers in ähnlicher Weise ein wie der Magneteisenstein, für dessen Verwendung er ebenfalls eintrat.

Während dieser ganzen, für die Wissenschaft erregenden Epoche wurde die Diskussion zwischen Mechanisten und Vitalisten immer heftiger, wobei die Vitalisten die Elektrizität als die wissenschaftlich faßbare Lebenskraft freudig begrüßten. Damit setzten sie allerdings alles auf eine Karte, denn wenn es sich je erweisen sollte, daß die Elektrizität nicht zur Erklärung der Lebensprozesse herangezogen werden kann, dann hätten sie ihre Schlacht verloren.

Im späten achtzehnten Jahrhundert trat ein weiterer bemerkenswerter Arzt in die Auseinandersetzung ein, Luigi Galvani. Obwohl er als Mediziner fest in der humanistischen Tradition des Hippokrates verwurzelt war, beteiligte sich Galvani doch mit Leidenschaft an den wissenschaftlichen Experimenten seiner Zeit. Er errichtete ein eigenes, mit den neuesten Apparaten ausgestattetes Laboratorium, in dem er durch Reibung Funken statischer Elektrizität erzeugen konnte. Er wollte nämlich beweisen, daß die Lebenskraft elektrischer Natur sei, und als er beobachtete, daß Muskeln sich zusammenzogen, wenn er sie durch Metalldrähte mit der Wirbelsäule verbunden hatte, glaubte er den Beweis gefunden zu haben. Galvani nannte das Phänomen die «animalische Elektrizität» und nahm an, diese Elektrizität werde von dem lebenden Körper selbst hervorgebracht. Er übersah allerdings aus irgendeinem Grund die Tatsache, daß der Effekt nur auftrat, wenn die benutzten Drähte aus verschiedenen Metallen bestanden.

Alessandro Volta, ein Arzt und Kollege von Galvani, bestätigte zunächst dessen Beobachtungen, fand aber dann heraus, daß die Elektrizität erst durch die Verbindung zwischen den beiden verschiedenen Metallen entstand und auch ganz anderer Art war als ein einzelner Funke statischer Elektrizität. Tatsächlich hatte Galvani den *Gleichstrom* entdeckt, also die gleichmäßig fließende Elektrizität, eine Entdeckung, die seitdem den größten prägenden Einfluß auf die Welt ausgeübt hat. Voltas «Säule» ungleicher Metalle war der Vorläufer des Akkumulators und der Möglichkeit, laufend in großen Mengen Strom zu erzeugen.

Es ist bedauerlich, daß Galvani sich nie öffentlich zu Voltas Kritik geäußert hat, denn er hatte ja tatsächlich den Beweis geliefert, daß von verletztem Gewebe «animalische Elektrizität» ausging; die Muskelkontraktion konnte auch ohne die Vermittlung von Draht ausgelöst werden, indem man einfach einen Kontakt zwischen dem Muskel und dem aufgeschnittenen Ende der Wirbelsäule selbst herstellte. Dieses Phänomen, das bei verletztem Gewebe regelmäßig auftritt, wurde später unter dem Namen «Verletzungsstrom» bekannt. Inzwischen war Galvani allerdings so in Verruf geraten, daß der Gedanke des Verletzungsstroms nur noch ein Dasein als unbedeutende Kuriosität fristen konnte.

Galvani war, wie schon Paracelsus, seiner Zeit weit voraus. Er beschrieb die Beobachtung der Übertragung elektrischer Energie durch den Raum, wenn ein von seiner elektrostatischen Maschine erzeugter Funke die Kontraktion eines Muskels hervorrief, den sein Assistent am anderen Ende des Raumes in einer metallischen Zange hielt. Dieses wichtige Prinzip blieb bis zu den Versuchen von Hertz hundert Jahre später «unentdeckt». Galvani suchte sogar mit Hilfe von Antennendrähten nach Schwankungen in der atmosphärischen Elektrizität. Wenn er sich energischer gegen Voltas Angriffe verteidigt und seine Beobachtungen fortgesetzt hätte, hätte die wissenschaftliche Entwicklung einen ganz anderen Verlauf nehmen können.

Fünfzig Jahre nach Galvanis Versuchen entdeckte Emil DuBois-Reymond, daß sich das Auftreten des Nervenimpulses auf elektrischem Wege feststellen läßt. Da er meinte, er habe damit «in der Elektrizität die Grundlage des nervösen Prinzips gefunden», schloß er, der Nervenimpuls sei das Strömen einer gewissen Menge elektrischen «Fluidums» entlang der Nervenfaser. Zu diesem Zeitpunkt war die überragende Bedeutung des Nervensystems für alle Lebensfunktionen eine gut gesicherte Erkenntnis. Die Vitalisten konnten darüber frohlocken, daß die Elektrizität wieder zu der Lebenskraft schlechthin geworden war, die durch Gehirn und Nerven wirkte. Aber das Glück währte nicht lange. Binnen Jahresfrist hatte Hermann von Helmholtz die Geschwindigkeit des Nervenimpulses auf elektrischem Wege gemessen und festgestellt, daß sie weit unter der des Stromes in einem Draht liegt. Er zog daraus den Schluß, daß das Auftreten des Nervenimpulses zwar elektrisch *gemessen* werden könne, daß es aber nicht mit dem wirklichen Fließen einer Masse elektrischer Teilchen gleichzusetzen sei.

1871 schlug Julius Bernstein, den dieser Stand der Dinge nicht befriedigte, statt dessen eine chemische Erklärung des Nervenimpulses vor. Er nahm an, daß die Ionen (geladene Natrium-, Kalium- oder Chloratome) im Innern der Nervenzelle von denen in der äußeren Gewebeflüssigkeit verschieden sind, und daß dieser Unterschied dazu führt, daß die Nervenzellmembranen elektrisch aufgeladen oder «polarisiert» werden. Nach Bernsteins Ansicht ist der Nervenimpuls ein Zusammenbruch dieser Polarisierung, welcher die Nervenfaser entlangwandert, wobei die Ionen sich durch die Membran bewegen. Was DuBois-Reymond gemessen hatte, wäre dann dieser Vorgang. Die «Bernstein-Hypothese» wurde eifrig begrüßt und hat sich seitdem nicht nur für die Nervenzellen, sondern auch für alle anderen Körperzellen im wesentlichen als richtig erwiesen.

Der Erfolg der «Bernstein-Hypothese» führte zu der dogmatischen Ansicht, diese Art der elektrischen Aktivität sei die *einzige*, die im Körper möglich ist. Danach kann ein Gleichstrom weder innerhalb der

Zelle noch außerhalb vorkommen, und außerhalb erzeugte elektrische Ströme können – vorausgesetzt, sie sind so schwach, daß sie weder Schock noch Hitze hervorrufen – keine biologische Wirkung haben. Die Vitalisten, die auf die mysteriöse elektrische Kraft gesetzt hatten, schienen den Kampf verloren zu haben. Während heute kein Zweifel mehr daran besteht, daß Bernstein recht hatte und die Membranpolarisation die Grundlage für die Leitung des Nervenimpulses bildet, kann daraus nicht unbedingt gefolgert werden, daß der Nervenimpuls die einzige Methode der Datenübertragung im Nerv ist oder daß eine solche Membranpolarisation die einzige Art ist, wie die Elektrizität im Körper wirkt. Die klassische Wissenschaft lehnte solche Vorstellungen jedoch als vitalistisch ab.

Inzwischen hatten die Anatome mit ihren Mikroskopen herausgefunden, daß der Nerv den Muskel gar nicht direkt berührt, sondern daß zwischen Nerv und Muskel ein Zwischenraum liegt, den man den «synaptischen Spalt» nannte. Dieser winzige Zwischenraum brachte die Vitalisten in die Klemme, und sie waren gezwungen, nun ihrerseits anzunehmen, daß das Überspringen des Nervenimpulses über den synaptischen Spalt auf elektrischem Wege geschieht.

Der Streit blieb unentschieden, bis im Jahr 1921 der Physiologe Otto Lowei experimentell nachwies, daß die Übertragung des Nervenimpulses über den synaptischen Spalt auch auf chemischem Wege geschieht. (Da Lowei an dem medizinischen Institut, wo ich studierte, Forschungsprofessor war, hatten meine Kommilitonen und ich das Pech, seinen Versuch im physiologischen Laboratorium nachstellen zu müssen. Ich muß aber zugeben, daß er wirklich funktionierte!) Die Folge von Loweis Experiment war, daß jeder Gedanke, Elektrizität und Magnetismus könnten irgend etwas mit dem Funktionieren lebender Organismen zu tun haben, streng verpönt wurde. Der Vitalismus hatte seinen Todesstoß erhalten.

Aber noch gab es ein Geheimnis um diesen Triumph der Wissenschaft. Lowei genoß an der Universität noch aus alter Gewohnheit die Rechte eines Professors, obwohl er längst ein emeritierter alter Herr war, und er besuchte oft das physiologische Labor, um den Studenten von den merkwürdigen Ereignissen zu erzählen, die sich bei seinem erfolgreichen Experiment abgespielt hatten. Er erzählte, er hätte schon eine Weile darum gerungen, wie er seinen Versuch genau einrichten sollte, als ihm eines Nachts im Traum genau gezeigt worden sei, wie er es anstellen müßte. Leider konnte er sich beim Aufwachen nicht mehr an die Einzelheiten erinnern. In der folgenden Nacht hatte er wieder den gleichen Traum, aber diesmal hatte er beim Aufwachen alles im Gedächtnis behalten. Er eilte ins Labor, und wenige Stunden darauf war es ihm tatsächlich gelungen, die chemische Natur der synaptischen Übertragung zu demonstrieren. Loweis Traum brachte ihm 1936 schließlich den Nobelpreis ein. Wenn er uns im physiologischen Labor besuchte, ermahnte er uns, nicht zu vergessen, daß wir nicht *alles* wüßten, sondern daß es immer noch Geheimnisse gebe.

Um die Jahrhundertwende hatte der Gedanke, die Medizin müsse sich völlig auf die Naturwissenschaft gründen, allgemeine Verbreitung gefunden, und infolgedessen entwickelte sich die wissenschaftliche Medizin – auf der Grundlage des chemisch-mechanistischen Modells – zu einem festen Lehrgebäude. Ihre endgültige Feuertaufe bestand sie 1909, als Paul Ehrlich entdeckte, daß die Syphilis mit einer bestimmten Arsenverbindung geheilt werden kann, die Ehrlich die «magische Kugel» nannte. Es war eine chemische Substanz, die eigens so zusammengesetzt war, daß sie das Bakterium, auf das sie abzielte, aufspürte und vernichtete. Er sagte auch voraus, daß die Medizin im weiteren Verlauf des zwanzigsten Jahrhunderts durch die Entdeckung ähnlicher «magischer Kugeln» für alle Krankheiten gekennzeichnet sein würde.

Wie Ehrlich vorausgesagt hat, hat dieses Konzept die moderne Medizin bestimmt. Die Lockung, die von der ganz einfachen, unfehlbaren Heilung ausgeht, ist heute noch so stark wie zu den Zeiten des Galen.

Während die medizinische Wissenschaft glaubte, unumstößlich bewiesen zu haben, daß weder die Elektrizität noch der Magnetismus in lebenden Organismen irgendeine Rolle spielen, waren auch die Physiker und Ingenieure nicht faul gewesen. Sie waren unterdessen, in den zwanziger Jahren des zwanzigsten Jahrhunderts, überzeugt, alles zu wissen, was es über diese beiden Kräfte zu wissen gebe. Dank Thomas Edison waren wir schon in den Genuß des elektrischen Lichts gekommen, und wir hörten Radio. Wir konnten diese Kräfte erzeugen, übertragen und benutzen, und wir kannten ihre Eigenschaften. Eine neue, auf Wissenschaft und Technik gegründete Welt dämmerte auf.

Damals schien es eine gesicherte Erkenntnis zu sein, daß ein dem

Körper mitgeteilter elektrischer Strom nur dann eine Auswirkung haben kann, wenn er so stark ist, daß er Schock oder Verbrennung hervorruft. Schwächere elektrische Energie kann nach dieser Ansicht einfach keine Wirkung haben. Die Wirkung eines elektromagnetischen Feldes hielt man erst recht nicht für gegeben. Befand sich das Feld in stabilem Zustand (Gleichstrom- oder zeitinvariables Feld) – wie bei einem Dauermagneten –, so konnte es nur auf solche Strukturen oder Teilchen eine verändernde Wirkung ausüben, die ihrerseits magnetisch waren. Da es im Körper ein solches magnetisches Material nicht gab, konnte von Gleichstrom-Magnetfeldern keine Wirkung ausgehen.

Außerdem: Auch wenn zeitvariable (pulsierende Felder oder Wechselstrom-Felder) rein theoretisch elektrische Ströme in den leitenden Flüssigkeiten des Körpers hätten induzieren können, wären, so meinte man, diese Ströme doch viel schwächer als die, die notwendig sind, um Schock oder Hitze zu erzeugen. Also konnte auch hier keine Wirkung eintreten. Und lebende Organismen, die externe magnetische Felder aufbauen, wie Mesmer meinte? Das war so lächerlich, daß es gar nicht in Betracht kam.

Physiker, Biologen und Ärzte waren absolut sicher, daß es die Lebenskraft einfach nicht gibt und alle Lebewesen bloße chemische Maschinen sind. Sie *wußten*, daß das Leben das Produkt einer blinden, zufälligen Reaktion von Chemikalien ist und daß es in ähnlicher Weise überall dort wieder auftreten würde, wo die richtigen Bedingungen herrschen. Sie *wußten*, daß es für jede Krankheit nur eine einzige Ursache und eine einzige Therapie gibt und daß chirurgische und chemische Methoden allein wirksam sind. Und schließlich *wußten* sie, daß der lebende Organismus nur eine Ansammlung von Strukturen ist, deren Funktionieren auf chemischen Reaktionen beruht und die vom zentralen Nervensystem zusammengehalten werden, ohne daß Elektrizität oder Magnetismus dabei irgendeine Rolle spielen.

Das Leben war zur chemischen Maschinerie geworden. Zum zweiten Mal hatte man den falschen Weg eingeschlagen. Wie wir noch sehen werden, hat die neue wissenschaftliche Revolution gezeigt, daß der Körper mehr ist als die Summe seiner Teile, daß die Selbstheilungsfähigkeit des lebenden Organismus weit größer ist als die Mechanisten glaubten und daß Elektrizität und Magnetismus dem Leben direkt zugrunde liegen.

Der Triumph der Technik

Ehrlichs Voraussage, daß die Wissenschaft schließlich «magische Kugeln» für alle und jede Krankheit entwickeln würde, schien sich durch die explosionsartige Entwicklung der Technik im und nach dem Zweiten Weltkrieg zu erfüllen. Das Antibiotikum Penicillin revolutionierte die medizinische Praxis und ließ für die Zukunft auf die Entwicklung noch wichtigerer Chemikalien hoffen, die ganz gezielt gegen Krebs und andere degenerative Erkrankungen entwickelt werden und genau die beabsichtigte Wirkung haben würden.

Die Entdeckung der DNS als Grundlage der Vererbung unterstützte das darwinistische Konzept von der zufälligen Evolution und degradierte den Menschen zu einer bloßen Maschine, die von der Zusammensetzung der Basenpaare ihrer DNS kontrolliert wird. Durch Fortschritte in der Erkenntnis der körperchemischen Vorgänge und in der Anwendung chirurgischer Techniken, wie zum Beispiel die Verwendung von künstlichen Organen und lebenden Austauschorganen, ist es beinahe möglich geworden, den Traum des Dr. Frankenstein zu verwirklichen und ein menschliches Wesen aus Einzelteilen zusammenzuschustern. Wir sind drauf und dran, unser genetisches Material zu verändern, um «bessere» Menschen zu machen. Die Vorstellung, daß künstliche Organe denen, mit denen wir geboren wurden, gleichwertig oder gar überlegen seien, ist in der Bevölkerung weit verbreitet.

In vielfacher Hinsicht ist die moderne Medizin, über die wissenschaftliche Medizin hinausgehend, in eine neue Phase eingetreten, die Phase der technologischen Medizin, die auf der Anwendung der Ergebnisse der technologischen Revolution beruht. Gleichzeitig hat die Technologie in der Gesellschaft und in unserem Leben eine führende Position eingenommen. Der Elektromagnetismus ist zum «Dynamo» unserer Zivilisation geworden, und wir haben es durch seinen Einsatz zur Energieerzeugung und für die Kommunikation geschafft, unsere Umwelt gründlicher als je zuvor zu verändern. Da die Wissenschaft die elektromagnetischen Kräfte völlig aus dem Leben verbannt hatte, haben wir diese bemerkenswerten «Fortschritte» freudig begrüßt, ohne uns im geringsten um ihre möglichen biologischen Auswirkungen zu kümmern. Zum dritten Mal ist der falsche Weg betreten worden.

Diese technologische Revolution, die jetzt vierzig Jahre alt ist, beginnt nun langsam ihren Pferdefuß zu zeigen. Die Medizin, die sie hervorgebracht hat, wird immer komplexer, teurer und unzulänglicher. Außer bei den Infektionskrankheiten ist die Suche nach magischen Kugeln fehlgeschlagen, und wir sehen uns einem ganzen Spektrum neuer Krankheiten gegenüber, gegen die die technologische Medizin offenbar machtlos ist. Mit der Zeit hat sich herausgestellt, daß die mechanistische Interpretation nicht in der Lage ist, die grundlegenden Funktionen des Lebens befriedigend zu erklären. Ihre Verfechter haben die Maschinerie des Lebens mit dem Leben selbst verwechselt und daher im Lauf der Zeit immer mehr über die Maschinerie, aber immer weniger über das Leben erfahren.

Zwei Revolutionen zeichnen sich heute ab: Erstens haben die Ärzte wie die Patienten angefangen, sich der Lösung der anwachsenden Probleme auf neuen Wegen zu nähren. Und zweitens haben sich die Wissenschaftler – die Physiker wie auch die Biologen – darangemacht, ein neues Paradigma aufzustellen, in dem der Begriff der Energie in die Betrachtung des Lebens wiedereingeführt wird. In den nächsten Kapiteln wollen wir diese neue wissenschaftliche Revolution erkunden. Dabei werden wir sehen, daß sie alten Vorstellungen zu neuen Ehren verhilft und die Entwicklung neuer medizinischer Heilverfahren fördert, daß sie gleichzeitig aber auch die unerwarteten und beunruhigenden Konsequenzen aufdeckt, die sich aus unserer ungezügelten Anwendung der elektromagnetischen Kräfte ergeben.

2. Die neue wissenschaftliche Revolution: der elektrische Aspekt

> Eine Wissenschaft, die alle Antworten kennt, aber nicht mehr fragt, verkümmert zur bloßen Technologie.
>
> MICHAEL COLLIER,
> *Introduction to Grand Canyon Geology*

In den letzten Jahrzehnten haben die Wissenschaftler begonnen sich klarzumachen, daß mechanistische Modelle nur in die äußeren Schichten des Lebens eindringen können, während unter dem dünnen Mantel dieser Schichten viele unerklärte Geheimnisse liegen. Die Anerkennung der Mängel der gegenwärtig geltenden chemisch-mechanistischen Grundanschauung hat dazu geführt, daß jetzt neue Fragen gestellt und neue Versuche unternommen werden. Allmählich entwickelt sich ein neues wissenschaftliches Modell, mit dem die energetischen Systeme wieder in die Biologie eingezogen sind und das sich anschickt, Licht in viele Geheimnisse zu bringen. Insbesondere hat man zeigen können, daß diese energetischen Mechanismen die Basis für viele der grundlegenden Steuerungssysteme sind, die die komplizierten chemischen Mechanismen regulieren. Je weiter wir auf diesem neuen Weg voranschreiten, desto klarer zeigen sich die Umrisse des neu entstehenden Systems von Biologie und Medizin.

Um diese neuen Vorstöße und die Veränderungen, die sie mit sich bringen werden, zu verstehen, wollen wir uns zunächst mit den Geheimnissen des Lebens beschäftigen, die das chemisch-mechanistische Modell nicht hat erklären können. Dabei werden wir sehen, wie die neue Biologie uns hilft, eine Wirklichkeit besser zu verstehen, in die das Leben, die Energie und die Medizin integriert sind.

Die Grundlagen von Wachstum und Heilung

Der Vorgang des Wachstums ist uns allen vertraut. Schnittwunden verheilen, Brüche wachsen zusammen, und mit liebendem Stolz betrachten wir das Wachstum unserer Kinder. Die Ärzte wissen schon seit jeher, daß manche Wunden nicht heilen, daß manche Brüche einfach nicht zusammenwachsen und manche Kinder sich nicht normal entwikkeln. Man hat zahllose Versuche unternommen, diesem geheimnisvollen Prozeß des Wachstums auf die Spur zu kommen, aber immer vergebens. Von Hippokrates bis heute hat man Ärzten in der Ausbildung immer nur gesagt, daß es keine Methode gibt, wie man einen ins Stokken geratenen Wachstumsprozeß beschleunigen, anregen oder wieder in Gang bringen kann. Das einzige, was man tun kann, ist, Mutter Natur ihren Lauf zu lassen und alles zu vermeiden, was die Heilung behindern könnte.

Der Wachstumsprozeß, den wir alle am besten kennen, ist das Heilen kleinerer Wunden. Wenn die Schnittwunde am Finger tief genug ist, wissen wir, daß nach der Heilung eine Narbe zurückbleibt. Diese stellt sich als Folge der beim Menschen häufigsten Heilungsart, der Fibrose (Bindegewebswachstum), ein. Dabei werden die Wundränder durch ein faserartiges Gewebe, das Kollagen, geschlossen, das aus spezialisierten Fibroblastzellen (Bindegewebszellen) besteht.

Die technologische Medizin «erklärt» diesen Prozeß, indem sie einfach seine Einzelheiten beschreibt. Das aus der Wunde austretende Blut bildet eine Kruste, die die Wunde verschließt. Die kleinen Plättchen in der Blutkruste (die Thrombozyten) setzen einen chemischen Stoff frei, den man den Wachstumsfaktor der Blutplättchen nennt, welcher die DNS innerhalb der Fibroblastzellen in den Geweben aktiviert und sie veranlaßt, mit der Produktion von Kollagenfasern zu beginnen. Wenn diese Fasern in die Wunde eindringen, werden sie kontrahiert und ziehen allmählich die Wundränder enger zusammen. Gleichzeitig beginnen die Hautzellen an den Rändern des Schnitts sich zu teilen und neue Hautzellen zu bilden. Diese wandern über das Fasergewebe, und die Wunde heilt. Nach dieser Ansicht läuft der Heilungsprozeß rein «lokal» ab – das heißt, er steht mit dem übrigen Körper in keinerlei Verbindung und könnte sich auch im Reagenzglas abspielen.

Das klingt hinreichend wissenschaftlich und vermittelt den Eindruck, wir wüßten alles, was man über die Wundheilung wissen kann. Es bleiben jedoch eine Reihe von Fragen. Was löst diesen Prozeß aus? Woher wissen die Zellen genau, was sie herstellen sollen? Was beendet den Prozeß, wenn die Wunde geheilt ist? Es kommt hinzu, daß dies die *einfachste* Form der Heilung ist; es gibt aber andere, weit komplexere, die in enger Verbindung mit dem Rest des Körpers ablaufen, und für die die Technologie keine Erklärung weiß.

Zum Beispiel betrachten wir das Wachstum eines jeden Embryos als eine Selbstverständlichkeit. Das befruchtete Ei wächst zu einem erwachsenen Organismus heran, egal, ob dabei ein Regenwurm, ein Hai, eine Maus oder ein Mensch entsteht. Das befruchtete Ei ist eine einzige Zelle, der man sehr wenig von ihrer Organisation ansieht – und doch entsteht aus ihr ein aus Billionen verschiedenartiger Zellen zusammengesetzter lebender Organismus. Die klassische Wissenschaft sagt uns, daß das ursprüngliche Ei, verschlüsselt in seiner DNS, alle Informationen enthält, die es braucht, um die verschiedenen Arten von Zellen hervorzubringen, die den erwachsenen Organismus ausmachen. Die Bildung der verschiedenen reifen Zelltypen wird durch die Unterdrückung («Repression») der gesamten Information der DNS bewirkt, außer der, die für den gerade benötigten Zelltyp kodiert ist. Zum Beispiel ist die einzige DNS, die in Muskelzellen aktiv ist, die für «Muskel»; der Rest der DNS ist zwar noch da, ist aber reprimiert und inaktiv. Einfach ausgedrückt, veranlaßt die «Muskel»-DNS diese Zellen, bestimmte Arten von Proteinen und intrazellulären Strukturen herzustellen, die für das, was wir eine Muskelzelle nennen, charakteristisch sind. Folglich besitzt die Muskelzelle die anatomischen und funktionalen Merkmale, bei denen wir von «Muskel» sprechen, nur aufgrund des Wirkens der «Muskel»-DNS.

Man nennt diesen Vorgang *Differenzierung*, und oberflächlich betrachtet scheint durch ihn ausreichend erklärt zu sein, wie das embryonale Wachstum vor sich geht. Lebewesen sind jedoch nicht nur klumpenartige Ansammlungen von verschiedenen Zellen. Die Zellen organisieren sich zu Geweben und die Gewebe zu Organen. Und das wichtigste ist, daß diese sich zusammen zu einer getrennten Einheit zusammenschließen, dem lebenden Organismus. Die mechanistische Wissenschaft teilt uns nichts darüber mit, wie die verwickelten Einzelheiten dieser Organisation entstehen. Sie sagt uns zum Beispiel nicht,

woher die DNS «weiß», daß sie hier Muskel, dort Knochen und all die
übrigen Organe und Strukturen im richtigen Verhältnis zueinander bilden soll – geschweige denn, wie sie diese alle dann mit einem Gehirn
und einem Nervensystem zu einem lebenden Organismus verknüpft.
Was die Wissenschaft geleistet hat, ist offensichtlich nur die Be-

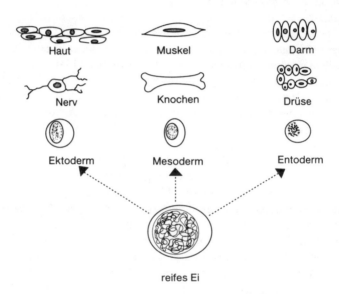

reifes Ei

Abbildung 2.1 Die Bildung der reifen Zellen aus dem ursprünglichen befruchteten
Ei. Das Ei enthält die Informationen der DNS zur Bildung der verschiedenen Zellen,
die im erwachsenen Körper vorkommen. Die verschiedenen Zellen werden gebildet,
wenn alle Informationen bis auf eine nach und nach reprimiert werden. In der An-
fangsphase des Vorgangs differenzieren sich die drei Hauptgewebearten des Erwachsenen (Ektoderm, Mesoderm und Entoderm); für jede von ihnen wird die aktive DNS auf die Zelltypen beschränkt, die sich aus jeder schließlich bilden werden
(Haut- und Nervenzellen entstehen zum Beispiel aus dem Ektoderm). Auch die ausgereiften Zellen enthalten noch die Informationen für alle Zellarten, doch ist in ihnen
nur eine bestimmte Gruppe von Informationen wirksam. Theoretisch könnten wir also irgendeine reife Zelle eines Erwachsenen nehmen und die gesamte DNS aktivieren. Wenn die Zelle dann mit der Zellteilung beginnen würde, würde sie die embryonale Entwicklung wiederholen und einen «Klon» des ursprünglichen Spenders erzeugen. Das ist natürlich noch nicht gemacht worden.

schreibung des Wachstumsprozesses. Was fehlt, ist der Einblick in das Steuerungssystem, das diesen Prozeß in Gang setzt und ihn dann so reguliert, daß das gewünschte Ergebnis herauskommt. Ohne das Wirken eines solchen Systems würde nichts geschehen, ob es sich nur um das Heilen einer Schnittwunde oder um die Befruchtung eines menschlichen Eis handelt.

Als ich anfing, mich mit Wachstumsprozessen zu beschäftigen, hatte ich schon eine Theorie der biologischen Steuerungssysteme entwickelt, die auf Vorstellungen beruhte, die ich aus der Elektronik, der Physik und der Biologie abgeleitet hatte. Ich überlegte, daß die ersten lebenden Organismen, gleichgültig wie sie geartet waren, die Fähigkeit zur Selbstheilung gehabt haben *müssen*; sonst hätte sich kein Leben entwickeln können. Selbstheilung setzt ein Steuerungssystem mit Rückkopplung voraus, das heißt eines, in dem ein bestimmtes Signal die Verletzung meldet und ein anderes Signal dazu veranlaßt, die Heilung vorzunehmen. Im Verlauf der Heilung wird das Verletzungssignal schwächer und hört ganz auf, wenn die Heilung beendet ist. Da ein solches System weder Bewußtsein noch Intelligenz voraussetzt, kann es ganz einfacher Natur, aber vom Leben selbst ununterscheidbar sein.

Es schien mir auch realistisch anzunehmen, daß ein solches System, wenn es erst einmal entstanden wäre, auch bei der Entwicklung komplizierter Organismen weiter dem gleichen Zweck dienen würde. Bei dem Aufstieg auf der Leiter der Evolution vom einfachen Organismus bis zum Menschen würden die anatomischen Strukturen und chemischen Reaktionen an Komplexität zunehmen, aber die Grundlage von alledem wären die alten Steuerungssysteme. Deshalb überlegte ich, daß, selbst wenn ich hauptsächlich das Wachstum und die Regenerationsfähigkeit bei ungewöhnlichen Tieren wie Salamandern und Fröschen untersuchte, das eigentliche Objekt meiner Forschungen im wesentlichen für alle Formen des Lebens dasselbe sei und daß die Entdeckungen, die ich an diesen Tieren machte, daher auch auf den Menschen zutreffen müßten. In diesem Kapitel stelle ich die Ergebnisse von Untersuchungen dar, die ich und viele andere Wissenschaftler im Labor angestellt haben. Auf dieser Grundlage soll dann die Anwendung dieser Ergebnisse auf dem Gebiet der menschlichen Gesundheit diskutiert werden.

Im Lauf der letzten vierzig Jahre hat die Wissenschaft eine vollständige Theorie der Steuerungssysteme entwickelt. Diese Theorie hat zu unseren heutigen Computern geführt und ist in letzter Zeit auch erstmals auf lebende Systeme angewendet worden. Wir verwenden viele verschiedene elektromechanische Kontrollsysteme zur Steuerung unserer ganz gewöhnlichen Aktivitäten, von der Güterherstellung bis zur Regulierung der Haustemperatur. Diesen Steuerungssystemen ist gemeinsam, daß sie einen leistungsstarken Prozeß durch ein Signal mit sehr geringer Leistung regulieren. In einem Ölheizungssystem zum Beispiel fühlt ein elektrisches Signal von nur 12 Volt und sehr geringer Stromstärke die Raumtemperatur und kontrolliert den Betrieb der Brenneinheit, die mit 110 (oder 240) Volt und mehreren Ampere Stärke arbeitet. Als Endergebnis wird die Raumtemperatur relativ konstant auf dem gewünschten Niveau gehalten.

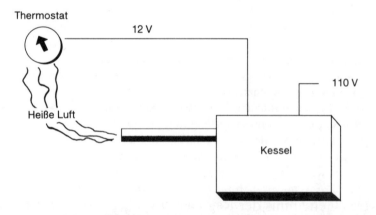

Abbildung 2.2 Das gewöhnliche Ölheizungssystem für das Haus ist ein Beispiel für ein Steuerungssystem mit negativer Rückkopplung. Der Thermostat fühlt, wenn die Raumtemperatur abfällt, und schickt ein Niederspannungssignal an den Heizofen. Dieses mit geringer Energie operierende Signal schaltet Ölbrenner und Gebläse ein, die beide Hochenergieeinheiten sind. Der Heizofen produziert heißes Wasser, das durch die Heizkörper geleitet wird; die Temperatur steigt an, und gleichzeitig wird das Signal vom Thermostaten abgeschwächt und schließlich abgeschaltet. Die hier gesteuerte Eigenschaft ist die Raumtemperatur. In diesem Fall reguliert ein energiearmes Signal vom und zum Thermostaten ein weit energiereicheres System, den Heizofen.

Die neue, gegen das chemisch-mechanistische Weltbild gerichtete wissenschaftliche Revolution entstand aus der Anwendung neuer physikalischer Vorstellungen von der Elektrizität und der Theorie der Steuerungssysteme auf die Probleme von Wachstum und Heilung. Sie begann, als man durch Untersuchungen herausfand, daß in Organismen winzige elektrische Ströme fließen, die offensichtlich die Steuerungssignale sind, die Wachstum und Heilung in Gang setzen und regulieren. Diese Revolution ersetzt nicht die chemische Maschinerie, die die Mechanisten so faszinierte; vielmehr zeigt sie uns ganz einfach den Schalter, mit dem die Maschinerie eingeschaltet wird.

Theoretisch müßten biologische Steuerungssysteme nichtorganischen Systemen wie dem computergesteuerten Heizungssystem im Haus entsprechen. Im allgemeinen darf man vermuten, daß ein biologisches System einen Mechanismus hat, der ein Ereignis (zum Beispiel eine Verletzung) fühlt, um diese Information dann an die Zentraleinheit (in diesem Fall das Gehirn) weiterzuleiten. Im Gehirn wird automatisch die «Entscheidung» getroffen, mit der Reparatur der Wunde zu beginnen, worauf ein auslösendes oder «korrigierendes» Signal von Gehirn zur Stelle der Verletzung übermittelt wird. Im Fortschreiten der Reparatur wird das Verletzungssignal abgeschwächt, wodurch auch das auslösende Signal schwächer wird. Die Aktivität des Systems wird beendet, wenn die Reparatur abgeschlossen ist. Dies ist ein einfacher Steuerungsregelkreis mit negativer Rückkopplung. Ich nahm an, daß solche Systeme, wenn sie in lebenden Organismen auftreten, sehr wahrscheinlich elektrischer Natur sein müßten.

Das Geheimnis der Regeneration

Die Regeneration ist einer der Heilungsprozesse, die die chemisch-mechanistische Philosophie nicht hat erklären können. Es ist die Fähigkeit, nicht nur zu heilen, sondern fehlende Körperteile vollständig zu *ersetzen*. Viele «niedere» Tiere haben diese Fähigkeit. Jeder weiß zum Beispiel, daß ein halber Regenwurm wieder zu einem ganzen wird, wenn er genügend Zeit dafür hat. In den Augen vieler Wissenschaftler ist das nichts besonderes – schließlich sind Regenwürmer ja nur ziemlich primitive Lebewesen! Doch diese Ansicht wird dem Regenwurm kaum gerecht, denn in Wirklichkeit ist er ein faszinierendes, komplexes Tier mit erstaunlichem Verhalten.

Ein weiteres Tier mit einer absolut faszinierenden Fähigkeit, fehlende Glieder zu erneuern, ist der Salamander. Auf der Skala der Evolution gehört er zu den Amphibien und steht direkt unter dem Frosch. Von unserer hohen Warte aus mögen die Amphibien ziemlich tief unten auf der Leiter stehen, tatsächlich sitzen wir jedoch mit ihnen in einem Boot, denn wir sind Wirbeltiere wie sie (das heißt Tiere mit Wirbelsäule und Knochengerüst). Der Salamander darf sich rühmen, das Urwirbeltier zu sein, von dem alle anderen «höheren» Tiere einschließlich des Menschen abstammen. Die Anatomie des Salamanders entspricht genau der unseren (oder umgekehrt). Während unser Steißbein (ein paar winzige Knochen am Ende der Wirbelsäule) nur noch ein kümmerliches Überbleibsel vom Schwanz des Salamanders ist, zeigt der übrige Körper des Menschen mit dem des Salamanders bemerkenswerte Ähnlichkeit. Das Vorderbein des Salamanders hat ganz ähnliche Knochen, Muskeln, Blutgefäße und Nerven, und zwar in der gleichen Anordnung. Das Gehirn und die Anordnung der Nerven im ganzen Körper sind im wesentlichen die gleichen wie bei uns, abgesehen davon, daß die Denkregion unseres Gehirns einen größeren Raum einnimmt. Das Herz des Salamanders hat drei Kammern, unseres hat vier. Mit einem Wort, die Anatomie des Salamanders entspricht in ihrer Komplexität und Anordnung in auffallender Weise der des Menschen.

Der Salamander, der uns in seinem körperlichen Bauplan so gleicht, hat die Fähigkeit, viele Körperteile in allen Einzelheiten nachwachsen zu lassen: Vorderbein, Hinterbein, Auge, Ohr, bis zu einem Drittel des Gehirns, fast den gesamten Verdauungstrakt und nicht weniger als die Hälfte des Herzens. Die Systeme, die sein Wachstum steuern, sind so wirkungsvoll, daß sie sogar verhindern, daß der Salamander Krebs bekommt. Theoretisch könnte er also unsterblich sein – wenn er nicht gefressen wird.

Die zunehmende Komplexität der Strukturen haben wir mit dem Verlust dieser außerordentlichen Heilungsfähigkeit bezahlt. Wir sprechen zwar von der Regeneration durchtrennter Nervenfasern in der Hand, aber dabei handelt es sich nur um neues Wachstum der Fasern, ausgehend von den unbeschädigten Zellen im Gehirn oder im Rückenmark. Die Heilung von Knochenbrüchen ist der einzige echte regenerative Wachstumsprozeß, der dem Menschen geblieben ist. Es ist nicht verwunderlich, daß Wissenschaftler und Ärzte seit der Entdeckung der Regenerationsfähigkeit des Salamanders durch Lazzaro Spallanzani im Jahre 1768 darüber spekulieren, wie wir diese bemerkenswerte Fähigkeit wiedererlangen könnten.

Daß es den Prozeß der Regeneration überhaupt gibt, steht in direktem Widerspruch zu einigen der grundlegendsten Dogmen der chemisch-mechanistischen Lehre. Die Auffassung, daß das Ganze nur die Summe seiner Teile ist, führte zu dem reduktionistischen Gedanken, jedes Organ könne entfernt werden und würde bei anständiger Wartung auf dem Labortisch ebensogut funktionieren wie früher, als es noch Teil des Gesamtorganismus war. Der Organismus ist so gesehen nichts weiter als eine irgendwie zusammengeschweißte Ansammlung von Einzelteilen. Nach dieser Ansicht sind Heilungsprozesse rein lokale Erscheinungen ohne Bezug zum Organismus als Ganzem und werden nur von den lokalen Gegebenheiten in Gang gesetzt. Beim Menschen kommt man mit diesem Modell nicht in Schwierigkeiten, weil Wachstumsprozesse, die die lokale Theorie in Frage stellen könnten, beim Menschen nicht vorkommen.

Durch die Beobachtungen am Salamander wird diese Ansicht restlos widerlegt. Schneidet man dem Salamander das rechte Vorderbein ab, dann wächst ein neues mit allen anatomischen Einzelheiten nach, das mit dem Rest des Tieres voll in Verbindung steht. Dem Salamander unterläuft bei seinem regenerativen Wachstum kein einziger Fehler; weder läßt er ein linkes Vorderbein nachwachsen noch eines, bei dem die Beziehung zum Rest des Körpers durch die passenden Nerven-, Muskel- und Knochenverbindungen fehlt. Das Endergebnis ist eine voll funktionsfähige, anatomisch genaue Kopie des Originals.

Ganz offensichtlich *muß* der Regenerationsprozeß beim Salamander mit dem gesamten übrigen Organismus durch irgendein energetisches Verfahren in engster Verbindung stehen, das den ganzen Organismus in einer Weise umfaßt und organisiert, die durch das chemische Paradigma nicht erklärt werden kann. Die Regeneration der Gliedmaßen ist der überzeugendste Hinweis auf die mächtige und immer noch unbekannte Lebenskraft, den ich kenne.

Was wir aus den Einzelheiten des regenerativen Wachstums über die Fähigkeiten lebender Zellen lernen können, ist sogar noch erstaunlicher. Nach der Amputation eines Gliedes beim Salamander beginnen zunächst die äußersten Hautzellen über die Schnittfläche zu wachsen. Nach einem oder zwei Tagen wachsen in dem Stumpf die Enden der abgeschnittenen Nerven und stellen eine ungewöhnliche Verbindung mit jeder Hautzelle her, die neuroepidermale Verbindung (NEV). Diese Verbindung ist für die Regeneration wesentlich, und jede Technik, die ihre Bildung verhindert, verhindert unweigerlich auch die Regeneration.

Kurz nach der Bildung der NEV erscheint eine Masse primitiver Zellen zwischen dem Schnitt des Stumpfes und der NEV. Diese Masse primitiver Zellen, das Blastem (Keimgewebe), ist das Rohmaterial, aus dem das neue Glied wächst. Wir wissen jetzt, daß diese primitiven Zellen aus den reifen Zellen von Knochen, Muskel usw. kommen, die noch in dem Stumpf waren, und die irgendwie in einen embryonalen Zustand zurückgekehrt sind. Man nennt diesen Vorgang, bei dem das Programm des Embryonalwachstums sozusagen «rückwärts läuft», *Entdifferenzierung*; sie ist das Schlüsselelement beim Zustandekommen der Regeneration.

Als ich mit meinen Versuchen am Salamander begann, galt der Begriff der Entdifferenzierung als ketzerisch. Nach der damals herrschenden wissenschaftlichen Auffassung konnte der Prozeß der Repression der DNS zur Herstellung verschiedener Zellarten nur unumkehrbar sein. Den Grund dafür habe ich nie verstanden. Vielleicht war es, weil die DNS sonst nach Bedarf sowohl reprimierbar als auch *dereprimierbar* hätte sein müssen, wodurch die Fähigkeit des Lebendigen zur Eigenregulation zu groß geworden wäre.

Jeder, der sich mit der Regeneration beschäftigte, konnte beobachten, daß sich am abgeschnittenen Ende eines Salamanderbeines eine Masse primitiver Zellen bildete. Die Schwierigkeit bestand darin, zu erklären, wie diese Zellen unter Beachtung des dogmatischen Gebots «Du sollst nicht an die Entdifferenzierung glauben» dahingekommen waren. Folglich verwandte man viel Zeit, Anstrengung und Geld auf Experimente, die angeblich die Wanderung primitiver Zellen von anderen Körperstellen zum Ort der Verletzung zeigten.

Ungeachtet der Tatsache, daß dieser Nachweis niemandem je gelungen ist, blieb die Lehre unangefochten, daß es keine Entdifferenzierung geben könne. Auf dieser brüchigen Grundlage errichtete man weiter das Dogma, daß Menschen nicht zur Regeneration fähig seien, weil sie keine so große Reserve an primitiven Zellen besäßen.

Ich weiß nicht, was mich veranlaßt hat, mein erstes Experiment zur Regeneration anzustellen. Jedenfalls meinte ich, es müßte interessant sein herauszubekommen, ob ein Unterschied in Stromstärke und Span-

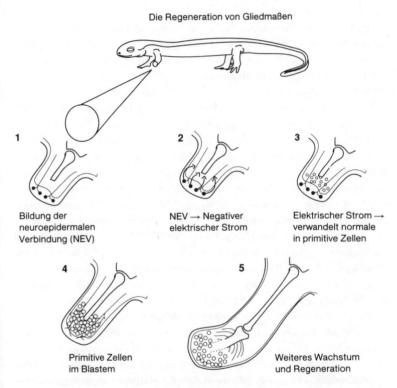

Die Regeneration von Gliedmaßen

1 Bildung der neuroepidermalen Verbindung (NEV)

2 NEV → Negativer elektrischer Strom

3 Elektrischer Strom → verwandelt normale in primitive Zellen

4 Primitive Zellen im Blastem

5 Weiteres Wachstum und Regeneration

Abbildung 2.3 Die Abfolge der Gliedmaßen-Regeneration beim Salamander. Nach der Amputation wächst die Haut über das Ende des Stumpfs, und die Nerven wachsen in die Haut hinein, wobei sie die neuroepidermalen Verbindungen (NEV) bilden. Wenn dieser Vorgang abgeschlossen ist, entdifferenzieren sich die reifen Zellen vom Typ Knochen, Muskel usw. im Stumpf und werden zu einer Masse primitiver Zellen, dem Blastem. Diese Zellen vermehren sich und beginnen mit der Differenzierung in die verschiedenen für die Bildung des neuen Vorderbeins benötigten Zellarten.

nung an der Amputationsstelle zwischen Salamandern (die die fehlenden Beine regenerieren) und Fröschen (die die Schnittwunde nur durch Fibrose heilen) besteht. Was ich messen wollte, war als «Verletzungsstrom» bekannt; Galvani hatte ihn als erster als regelmäßige Begleiterscheinung bei jeder Verwundung lebender Tiere gefunden. Als Folge der Diskreditierung Galvanis durch Volta hatte dieses Phänomen in der Wissenschaft kaum Beachtung gefunden; jedermann nahm an, es sei unwichtig. Die «wissenschaftliche» Erklärung für den Verletzungsstrom war einfach, daß die verletzten Zellen in der Wunde ihre Ionen durch ihre beschädigten Zellmembranen «durchsickern» ließen. Diese Erklärung beruhte auf der alten Bernstein-Hypothese, aber niemand hatte sich je die Mühe gemacht, ihre Richtigkeit zu *beweisen*. Sie wurde einfach unbesehen akzeptiert.

Der Verletzungsstrom ist ein Gleichstrom, und wenn man ihn mit einem Meßinstrument mißt, ist der Meßwert konstant oder zeigt nur langsame Schwankungen. Je nachdem, ob der eigentliche Strom aus Elektronen (wie der Strom in einem Metalldraht) oder Ionen (geladene Atome, die sich in einer elektrisch leitenden Lösung fortbewegen) besteht, heißt die Art der elektrischen Leitung «metallisch» (oder «elektronisch») oder aber «ionisch». Die elektrischen Teilchen selbst nennt man, egal, ob es sich um Elektronen oder Ionen handelt, Ladungsträger.

In jedem Fall setzt das Fließen eines Gleichstroms einen Stromkreis voraus, also einen geschlossenen Kreis, in dem Ladungsträger an einem Ort erzeugt werden, durch den Kreis fließen und schließlich zu ihrem Ursprungsort zurückkehren. Bei einer Taschenlampe werden zum Beispiel die Ladungsträger (in diesem Fall Elektronen) von der Batterie erzeugt und vom positiven Pol am vorderen Ende der Batterie an das untere Ende des Birnchens abgegeben, fließen dann durch den Glühdraht des Birnchens, wobei sie das Licht erzeugen, verlassen das Birnchen durch die Seite seiner Metallfassung und kehren zum anderen Ende der Batterie zurück. Das Betätigen des Schalters schließt nur den Kreis, wodurch der Strom fließen und Licht erzeugen kann.

Als die Bernstein-Hypothese formuliert wurde, kannte man beim elektrischen Strom nur die metallische Leitung und die Ionenleitung. Da es im Körper offenbar keine Metalldrähte gibt, schien es vernünftig, den Verletzungsstrom auf der Grundlage der Bewegung von Ionen in einer Lösung zu erklären. Heute wissen wir, daß es noch eine dritte Art der

60

elektrischen Leitung gibt, die Halbleitungsfähigkeit, bei der die Ströme entweder aus Elektronen oder aus «Löchern» (dem Fehlen von Elektronen) bestehen, die sich in einem festen Material fortbewegen. Die Entdeckung der Halbleitungsfähigkeit und ihre industrielle Anwendung hat uns den Fernsehapparat, das Radio und das Tonbandgerät beschert und unseren Gebrauch der elektromagnetischen Energie revolutioniert. Wir kommen später noch darauf zurück.

Unabhängig davon, um welche Art der Leitung es sich handelt, wird ein Gleichstrom nur erzeugt, wenn eine Spannung vorliegt, die ihn in Bewegung setzt. Eine Spannung wird immer dann produziert, wenn an einem Punkt eines Objekts im Verhältnis zu einem andern Punkt ein Überschuß an Ladungsträgern herrscht. Da der Strom in einer bestimmten Richtung fließt, registriert unser Meßgerät dies entweder als positiven oder negativen Strom.

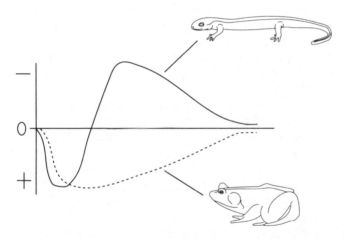

Abbildung 2.4 Der Verletzungsstrom nach Amputation beim Salamander und beim Frosch. Bei beiden ist der Strom unmittelbar nach der Amputation und während der nächsten zwei bis drei Tage positiv. Dann beginnt sich der positive Strom des Salamanders abzuschwächen. Das geschieht gleich nach der Bildung der neuroepidermalen Verbindung. Während das Blastem wächst, wird der Strom des Salamanders stark negativ und kehrt langsam zur ursprünglichen Grundlinie zurück. Der Verletzungsstrom des Froschs bleibt positiv und kehrt, während die fibrotische Heilung stattfindet, langsam zum Ursprungswert zurück.

61

Das Experiment, das ich machte, war nicht nur faszinierend, es stellte sich auch heraus, daß ich mit seiner Wahl außerordentliches Glück gehabt hatte; die Ergebnisse waren aufregend und weit bedeutender als ich erwartet hatte. Ich hatte vermutet, beim Salamander sei der Verletzungsstrom einfach größer als beim Frosch. Aber ich entdeckte, daß der Verletzungsstrom beim Salamander *negativ* und beim Frosch *positiv* ist – ein unverkennbarer Unterschied.

Die Theorie, daß der Verletzungsstrom nur ein Nebenprodukt der verletzten Zellen ist, wurde durch den Versuch entkräftet. Zunächst einmal sind die Ionen beim Frosch die gleichen wie die beim Salamander. Wenn der Verletzungsstrom nur darauf zurückzuführen wäre, daß geladene Ionen durch beschädigte Zellmembranen sickern, müßte die Polarität der Wunden bei beiden Tieren die gleiche sein. Außerdem konnte der Verletzungsstrom bei beiden Tieren während der gesamten Zeit der Heilung gemessen werden (zum Beispiel über vier Monate während der Sommermonate hinweg). Es ist jedoch unvorstellbar, daß beschädigte Zellen sich nicht nach höchstens ein paar Tagen entweder erholt haben oder abgestorben sind. Die elektrischen Ströme, die ich maß, mußten also zweckmäßige aktive Mittel sein, die in direkter Beziehung zu der Art von Wachstumsprozeß stehen, den das Tier benutzt, um seine Wunde zu heilen.

So konnte ich nachweisen, daß das Steuerungssystem, welches die Heilung in Gang setzt, reguliert und beendet, *elektrischer* Natur ist. Bei der Regeneration war der elektrische Strom in der Polarität negativ, bei der einfachen Heilung durch Vernarbung positiv. Diese Erkenntnisse konnten zwar nicht auf andere Tiere übertragen werden, aber sie lieferten doch zum ersten Mal einen sicheren Beweis dafür, daß die Elektrizität bei Heilungsprozessen eine Rolle als Steuerungsfaktor spielt. Sie ließen es nun auch eher möglich erscheinen, daß das System, das den gesamten Körper organisiert, elektrischer Natur und evolutionär gesehen alt ist.

Da dieses einfache Experiment die elektromagnetische Energie als Steuerungsfaktor wieder in die Biologie einführte, wird es oft als der Anfang der neuen wissenschaftlichen Revolution bezeichnet. Seine Ergebnisse zeigten an, daß die Elektrizität zu den Grundelementen eines Steuerungssystems gehörte, das die Regeneration reguliert, während die Dinge bei der einfachen Vernarbung anders liegen. Viele weitere

Fragen mußten geklärt werden. Welcher Art war der elektrische Strom? Wo kam er her? Gehörte er zu einem vollständigen Steuerungssystem, bci dem die Eingangsgrößen einer Hauptsteuereinheit zugeleitet wurden und die Ausgangsgrößen das Wachstum regulierten?

Möglicherweise bestand irgendeine Beziehung zwischen dem negativen Verletzungsstrom in einem sich regenerierenden Bereich und den neuroepidermalen Verbindungen, die genau zu der Zeit auftraten, wo der Strom in der negativen Richtung zu fließen begann. Die NEV ist eine merkwürdige Erscheinung. Sie kommt nur bei der Regeneration von Wunden vor und ist, wie oben schon erwähnt, für den Regenerationsprozeß absolut unentbehrlich.

Nervenfasern enden normalerweise in besonderen Sinnesorganen, wie zum Beispiel Tast- oder Druckrezeptoren, oder in erregbaren Geweben wie zum Beispiel Muskeln. Sie enden *nie* in einfachen Hautzellen, wo ihre Funktion ins Leere laufen würde. Sowohl Nerven und Haut stammen von der gleichen Zellart – dem Ektoderm – ab, und es ist durchaus vorstellbar, daß zwischen Haut und Nerven eine besondere elektrische Beziehung besteht. War die NEV vielleicht – da das elektrische Gleichstrom-Steuerungssystem evolutionär alt sein mußte – ein besonderes, sehr früh in der Evolution entwickeltes Organ, das die Aufgabe hatte, die negativen Gleichströme zu erzeugen? Wenn ja, dann mußte die nächste Frage sein: *Wie* erzeugte sie die elektrischen Gleichströme und wie sahen diese aus?

Im Jahr 1941 äußerte Dr. Albert Szent-Gyorgyi die Vermutung, die neuentdeckte Art der elektrischen Leitung, die Halbleitung, könnte bei lebenden Zellen eine Rolle spielen. Mir schien der Moment gekommen, diese Möglichkeit genauer zu untersuchen.

Halbleitungsfähigkeit ist eine Eigenschaft bestimmter Materialien, die eine kristallähnliche Struktur haben – das heißt, daß ihre Atome in regelmäßiger, gitterförmiger Art angeordnet sind. Wenn ein Atom in dem Gitter ein überzähliges Elektron hat, kann dieses sich frei durch das übrige Gitter bewegen, wobei es von einem Atom zum nächsten springt. Ähnlich wenn einem Atom ein Elektron fehlt; dann ist in dem Gitter ein «Loch», das sich auf die gleiche Art fortbewegt. Die Ströme in Halbleitern sind sehr schwach, und um einen Strom zum Fließen zu bringen, werden nur sehr geringe Spannungen benötigt. Szent-Gyorgyi spielte auf die Tatsache an, daß die Organisationsstruktur von Materialien wie Proteinen, aus denen die Zellen bestehen, von dieser Art ist. Zu der Zeit, als er seine Vermutung in die Diskussion brachte, war das Elektronenmikroskop noch nicht erfunden, und er wußte daher nicht, wie weit Zellen und intrazelluläre Strukturen wirklich organisiert sind. Wenn er es gewußt hätte, wäre er vermutlich von der Richtigkeit seiner Theorie noch mehr überzeugt gewesen. Man hätte wegen der erstaunlich komplexen Organisationsstruktur der Lebewesen sicher annehmen müssen, daß sie halbleitungsfähig sind. Für meine Zwecke hatte die biologische Halbleitung den Vorteil, daß sie die Grundlage für die organisierten elektrischen Ströme lieferte, von denen ich annahm, daß sie die gesuchten Steuersysteme darstellten. Ionenleitung kam dafür einfach nicht in Frage.

In einer Reihe von Versuchen konnte ich nachweisen, daß die elektrischen Gleichströme, die ich an ganz verschiedenen Geweben, darunter auch Nervenfasern, maß, tatsächlich halbleitend waren. Die NEV beim Salamander ist für Tests zu klein, arbeitet aber vermutlich auf die gleiche Weise. Es besteht große Hoffnung, daß die gegenwärtig laufenden Forschungen zur biologischen Halbleitungsfähigkeit immer mehr Licht auf die Lebensprozesse werfen werden.

Damals hatten die Versuche so viel Interesse geweckt, daß viele Leute anfingen, elektrische Messungen bei anderen Wachstumsprozessen anzustellen. Die Befunde waren weiterhin plausibel. Die elektrische Polarität heilender Knochenbrüche beim Menschen war negativ – wie bei der Regeneration der Gliedmaßen beim Salamander. Es stellte sich heraus, daß alle schnellwachsenden Gewebe negative Polarität haben. Interessanterweise zeigte menschliches oder tierisches Krebswachstum immer die höchste Negativität. Aus diesen Forschungen ergab sich der Gedanke, daß wir mit der richtigen Strommenge vielleicht einen Wachstumsprozeß einleiten könnten.

Unsere ersten Versuche zum Knochenwachstum bei Hunden, die wir in Zusammenarbeit mit Dr. Andrew Bassett von der Columbia University durchführten, schienen das zu erhärten. Um eine in den Knochen eingebrachte negative Elektrode herum wuchs viel Knochensubstanz, während sie an der positiven Elektrode resorbiert wurde. Da das genau das Ergebnis war, das wir vorausgesagt hatten, nahmen wir nun an, daß negative elektrische Polarität das Wachstum anregt, während positive es hemmt. Leider wurden diese Ansichten, die auf frühe Experimente in den sechziger Jahren zurückgehen, so sehr allgemein akzeptiert, daß sie sich bis heute gehalten haben, obwohl bewiesen ist, daß sie die Dinge zu stark vereinfachen (darauf wird in einem späteren Kapitel eingegangen).

Ich ging in langwierigen Untersuchungen den weiteren Implikationen unserer neuen Erkenntnisse nach und wendete mich erst nach einigen Jahren wieder dem Problem der Regeneration zu. Der Grund, weshalb ich mich wieder damit beschäftigte, war die Frage nach der durch den elektrischen Strom hervorgerufenen Entdifferenzierung. Dies schien mir der einzige Vorgang zu sein, der zu plausiblen Erklärungen führte. Er war zwar von der Wissenschaftstheorie verpönt, aber das war eher eine Herausforderung.

Dr. David Murray, der Chef der Abteilung für Orthopädische Chirurgie an der Medizinischen Fakultät der State University of New York, und ich hatten die Heilung von Brüchen untersucht (eine angemessenere Beschäftigung für zwei Orthopäden). Als Versuchstiere wählten wir Frösche aus, weil sie billiger waren und man mit ihnen leichter arbeiten konnte als mit Ratten oder Mäusen. Das stellte sich als eine glückliche Wahl heraus, denn wir entdeckten, daß der Frosch die Blutzellen in dem Klumpen, der sich an der Bruchstelle bildet, einfach in Embryonalzellen verwandelt, die im weiteren Verlauf dann zu Knochenzellen werden. (Das kann der Frosch, weil seine roten Blutkörperchen noch ihre Kerne haben, was bei Säugetieren nicht der Fall ist.)

Dieser Befund ließ vermuten, daß die roten Blutkörperchen durch die negative Elektrizität an der Bruchstelle entdifferenziert werden. Wenn das zutrifft, müßte es möglich sein, die normalen roten Blutkörperchen eines Frosches in einer Petrischale mit einem ähnlichen negativen Strom aus einer Batterie zur Entdifferenzierung zu veranlassen. Das klingt einfach, stellte sich aber als schwierig und langwierig heraus. Als ich mich entscheiden mußte, wieviel Strom ich verwenden sollte, stellte ich mich dumm an und dachte, es sei schon «einiges» vonnöten, damit es klappte. Mein «einiges» stellte sich aber als viel mehr heraus, als wir gebraucht hätten, und es begann eine lange Suche nach der richtigen Menge.

Schließlich machten wir eine erstaunliche Entdeckung. Die roten Blutkörperchen des Frosches ließen sich entdifferenzieren, aber nur mit verschwindend geringen Strommengen (die sich in *Milliardstel* Ampere bemaßen!). Schon bei wenig mehr Strom funktionierte es einfach nicht. Bei der richtigen Strommenge konnten wir in nicht einmal einer Stunde sehen, wie ein rotes Körperchen sich aus einer mit Hämoglobin gefüllten Zelle mit einem kleinen, verschrumpelten Kern in eine Zelle ohne Hämoglobin mit einem großen, aktiven Kern verwandelte. Die Änderungen in den roten Zellen, die wir auf diese Weise zustande brachten, waren mit denen identisch, die wir in dem Blutklumpen an der Bruchstelle des Frosches sahen.

Diese Ergebnisse waren für das Zustandekommen der gegenwärtigen wissenschaftlichen Revolution von grundlegender Bedeutung. Sie zeigten ganz klar, daß die Aktivitäten lebender Zellen nur durch äußerst schwache elektrische Ströme mit einer bestimmten Stärke merklich beeinflußt werden können. Dadurch wurde das ganze Konzept des elektrischen Steuersystems abgesichert und gleichzeitig das Dogma entkräftet, daß Schock und Wärme die einzigen biologischen Wirkungen der Elektrizität seien. Ein Nachfolgeversuch meines Kollegen Dr. Daniel Harrington zeigte, daß die RNS dieser Zellen genau so verändert wurde, wie es für die Entdifferenzierung nötig war. Das half, der Lehre, daß es keine Entdifferenzierung geben könne, den Todesstoß zu versetzen. Ein Jahrzehnt derartiger Untersuchungen an lebenden Organismen und Zellen hat bestätigt, daß der Elektromagnetismus eine bedeutende Rolle in den Lebensprozessen spielt und hat gezeigt, daß das Leben zu weit mehr fähig ist als die mechanistische Wissenschaft für möglich gehalten hatte.

Es war nur natürlich zu folgern, daß die Elektrizität vielleicht auch zur Steuerung und sogar zur Auslösung menschlicher Wachstumsprozesse benutzt werden könnte. Die ersten klinischen Versuche – an menschlichen Knochenbrüchen, die nicht verheilt waren – zeigten klar, daß die Knochenheilung wieder in Gang gebracht werden konnte. Nach Jahrtausenden medizinischer Praxis konnten die Ärzte zum ersten Mal einen Wachstumsprozeß wirklich steuern, indem sie die richtige Energie zuführten. Die moderne Energiemedizin erntete ihre ersten Früchte.

Da ich gern in unbekanntes Terrain vordringe, interessierte mich die Heilung von Brüchen weniger als die Aussicht, Menschen dazu zu bringen, verlorene Körperteile selbst zu regenerieren. So machte ich mich –

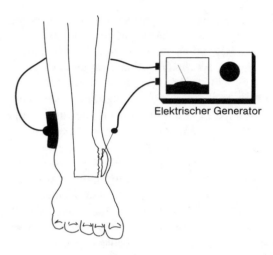

Elektrischer Generator

Abbildung 2.5 Ein Knöchelbruch war nicht verheilt. Ein Metalldraht wurde direkt in den Bruch eingeführt und mit der negativen Klemme eines Gleichstromgenerators verbunden. Die positive Klemme wurde mit einer flachen Elektrode auf der Haut gegenüber der Bruchstelle verbunden, und der Strom floß durch die Bruchstelle. Nach acht Wochen war der Bruch verheilt.

den Kopf voller Träume vom Nobelpreis – daran zu sehen, ob negative Elektrizität, wenn sie lange genug angewandt wird, bei einer Ratte an der Amputationsstelle zum Nachwachsen eines Beines führt. Man sagt ja, daß bei einem guten Forschungsprojekt immer mehr Fragen als Antworten herauskommen, und so war es auch hier.

Mein Kollege Dr. Joseph Spadaro und ich stellten fest, daß äußerst geringe Mengen negativen elektrischen Stroms, auf einer Amputationsstelle zwischen Schulter und Ellenbogen angewandt, einen regenerativen Prozeß in Gang setzten. Es bildete sich tatsächlich ein Blastem, das sich zu allen fehlenden Strukturen einschließlich Knochen, Muskeln, Nerven, Sehnen und so weiter auswuchs, bis hinunter zum Ellenbogengelenk selbst. Es gelang uns zwar nicht, das Wachstum darüber hinaus anzuregen, aber trotzdem bewies der Versuch zwei wichtige Dinge: erstens, daß der elektrische Strom zweifellos die Regeneration auslöst, und zweitens – das war noch wichtiger –, daß die *Befehle*, die nötig sind, um ein neues Bein zu bilden, auch bei Säugetieren noch angelegt

67

sind. Das für die Regeneration erforderliche System zur Steuerung des Wachstums war also bei der Ratte noch vorhanden – und beim Menschen höchst wahrscheinlich auch. Es fehlte jedoch immer noch etwas, und es sollte einige Jahre dauern, bis ich wußte, was.

Wenn der elektrische Strom eine Wirkung auf Zellen ausüben soll, muß es sich nicht nur um die richtige Strommenge von der richtigen Polarität handeln, sondern auch um Zellen, die für Gleichstrom empfindlich sind. Mit anderen Worten: Die Zellen sind nicht alle gleich. Wendet man die richtige Polarität und die richtige Strommenge auf eine empfindliche Zelle an, so wird bei ihr die Entdifferenzierung ausgelöst. Die gleichen elektrischen Faktoren haben bei einer nicht empfindlichen Zelle wenig oder keine Wirkung. Beim Salamander entdifferenzieren sich alle Körperzellen, wenn man sie den entsprechenden negativen Strömen aussetzt. Beim Säugetier haben nur gewisse Knochenmarkszellen diese Fähigkeit. Das ist der Grund, warum Knochenbrüche beim Menschen heilen.

Bei unseren Rattenversuchen entdifferenzierten wir diese Zellen und erzeugten ein Blastem. Die Anzahl der entdifferenzierten Zellen reichte aber nur zur Bildung eines kleinen Blastems aus, welches nur das fehlende Stück des oberen Teils des Vorderbeins nachwachsen ließ und nicht mehr. Da die Knochenmarksmenge beim Menschen noch kleiner ist als bei der Ratte, schien keine Aussicht zu bestehen, mit dieser Technik beim Menschen je eine Regeneration anzuregen. Wir verfügten über das Wachstumssteuerungssystem, das für die Regeneration gebraucht wird, aber nicht über die dafür benötigte Anzahl von empfindlichen Zellen.

Diese Beobachtungen konnten wir nicht nur dadurch erhärten, daß wir mittels Elektroden negative elektrische Ströme anlegten, sondern auch indem wir bei Ratten auf chirurgischem Wege neuroepidermale Verbindungen erzeugten. Wir stolperten buchstäblich in diese Erkenntnis hinein, als wir bei einem Versuch feststellen wollten, welche Wirkung ein Nerv auf die Zellen des Knochenmarks haben würde. In diesem Versuch, den einer meiner Studenten, James Cullin, angeregt hatte, amputierten wir bei einigen Ratten direkt über dem Kniegelenk die hinteren Gliedmaßen. Dann transplantierten wir das offene Ende des Hauptschenkelnervs in das Knochenmark und führten es durch den

Schnitt des Knochens heraus. Wir merkten, daß wir es an die Haut über
dem Knochenstumpf annähen mußten, um es am Ort zu fixieren. Vierzehn Tage später merkten wir, daß wir wieder einen regenerativen Prozeß ausgelöst hatten! Direkt unter der Haut, die über der Schnittstelle
des Knochens vernäht worden war, befanden sich neue Knochen, Muskeln, weiches Gewebe und Nervenfasern. Da wir keinen elektrischen
Strom angelegt hatten, war das völlig überraschend. Es konnte nur dadurch zustande gekommen sein, daß eine neuroepidermale Verbindung
den benötigten negativen Gleichstrom selbst erzeugt hatte.

Wir wiederholten das Experiment, diesmal mit einer Kontrollgruppe
von Tieren, die die gleiche Amputation, aber keinen an die Haut genäh-
ten Nerv hatten. Nach einer Woche maßen wir die Gleichstrom-Potentiale an der Amputationsstelle. Die Kontrolltiere waren elektrisch positiv, während die anderen, bei denen der transplantierte Nerv angenäht
war, negativ waren. Als wir die letzteren später mikroskopisch untersuchten, fanden wir Hunderte von neuroepidermale Verbindungen –
und regeneratives Wachstum. Ein kleines, aus reiner Neugier angestell-
tes Experiment hatte uns zu einer bemerkenswerten Entdeckung geführt: *die neuroepidermale Verbindung ist die Quelle des negativen
elektrischen Gleichstroms, der die Regeneration auslöst.* Aber auf uns
warteten noch weitere Entdeckungen.

Es schien klar, daß der negative Gleichstrom mit den Knochenmarkszellen nur deshalb hatte in Verbindung treten können, weil wir
den Nerv direkt über die Schnittstelle des Knochens gebracht hatten,
und daß das daraus entstehende Blastem zu der beobachteten Regeneration geführt hatte. Ich überlegte: Wenn wir genau das gleiche Experiment machten, aber diesmal den Nerv an die Haut an der *Seite* des
Beins, weit weg von der Knochenschnittstelle, annähte, müßte sich
trotzdem eine neuroepidermale Verbindung bilden, die den negativen
Gleichstrom erzeugt. Da in diesem Gebiet keine Knochenmarkszellen
sind, dürfte es jedoch kein Wachstum geben. Als wir diesen Versuch
durchführten, stellten wir fest, daß sich tatsächlich eine Verbindung bildete, die den negativen Gleichstrom an der Seite des Beins erzeugte,
daß aber erwartungsgemäß kein regeneratives Wachstum einsetzte.

Jetzt wußten wir, wodurch das regenerative Wachstum zustande
kommt: Die neuroepidermalen Verbindungen erzeugen einen negativen Gleichstrom, der empfindliche Zellen in dem Gebiet zur Entdiffe-

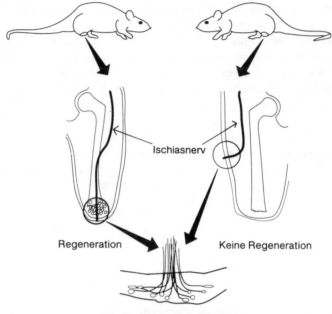

Neuroepidermale Verbindung

Abbildung 2.6 Chirurgische Erzeugung einer neuroepidermalen Verbindung im Hinterlauf der Ratte. Links ist der Ischiasnerv durch das Knochenmark in die Haut implantiert worden. Das negative Gleichstrom-Potential und ein geringer Grad an Regeneration werden durch Entdifferenzierung der Knochenmarkszellen erzeugt. Rechts ist der Ischiasnerv in die Haut an der Seite des Beins angenäht. Hier wird zwar auch das negative Gleichstrom-Potential erzeugt, es gibt aber keine Regeneration, weil an dieser Stelle keine Zellen vorhanden sind, die sich entdifferenzieren könnten.

renzierung und Bildung eines Blastems anregt. Wir hatten einen Teil des Steuerungssystems identifiziert, das das regenerative Wachstum auslöst und steuert. Wir wußten jedoch noch nicht, woher das Blastem wußte, wo es sich im Verhältnis zu dem Rest des Tieres befand, und was aus ihm werden sollte.

Endlich hatten wir das Rätsel gelöst, warum der Salamander fast alles, der Mensch aber nur Knochen regenerieren kann. Säugetiere können zwar komplexe Strukturen regenerieren (und haben daher vermutlich mindestens Teile des Steuerungssystems bewahrt), verfügen aber nicht über die zur Entdifferenzierung notwendige Menge empfindlicher Zellen, so daß nur kleinere Regenerationen möglich waren. Ohne die erforderliche große Anzahl solcher geeigneten Zellen schienen wir die Hoffnung, dem Menschen zu einer größeren Regenerationsfähigkeit verhelfen zu können – mindestens für den Augenblick –, aufgeben zu müssen.

Die Entdeckung der Akupunktur

Bevor ein Wachstumssteuerungssystem einen Heilungsprozeß in Gang setzen kann, muß es ein Signal empfangen, das ihm mitteilt, daß eine Verletzung vorliegt. In den sechziger und frühen siebziger Jahren nahm man an, das Gehirn erhalte dieses Signal von den sensorischen Nerven, die, wie man vermutete, die Schmerzempfindung im Bewußtsein erzeugten. Diese Erklärung erschien hinreichend einfach und stand mit landläufigen Vorstellungen der Neurophysiologie in Einklang. Dann kam Nixons Besuch in China. Als einer der Reporter aus seiner Begleitung wegen akuter Blinddarmentzündung operiert werden mußte und dabei nur mit Akupunktur betäubt wurde, erschien diese im Westen in einem ganz neuen Licht. Die Akupunktur hielt Einzug in die Abendnachrichten.

Damals fiel mir ein, daß mich über zehn Jahre vorher ein Oberst vom Stab des Generalarztes der Armee besucht und gefragt hatte, was ich über die Akupunktur wüßte. Ich sagte, ich wüßte nur, daß es eine chinesische Technik sei, bei der Nadeln in bestimmte «Punkte» in der Haut gestochen würden, um den Schmerz zu blockieren, aber es sei Unsinn, weil die Punkte sich nicht dort befänden, wo Nerven sind. Auf meine Frage, warum die Armee sich für etwas derart Abwegiges interessierte, antwortete er: «Es funktioniert, und wir meinen, diese Technik läßt sich vielleicht ganz gut zur Betäubung auf dem Schlachtfeld einsetzen.» Wir sprachen noch ein bißchen darüber, wie man die Akupunktur wohl wissenschaftlich einzuschätzen hätte, und ich schlug vor, sie könnte vielleicht auf elektrischen Vorgängen beruhen. Er verabschiedete sich mit dem Versprechen, mir Gelder zur Erforschung der Akupunktur zu vermitteln. Die Gelder sind zwar nie gekommen, aber ich habe weiter über die Akupunktur nachgedacht. Wenn die *Armee* überzeugt war, daß sie funktioniert, dann mußte etwas dran sein.

Nixons Besuch muß die Leute an den National Institutes of Health (Staatliche Gesundheits-Institute, NIH) angeregt haben, denn sie signalisierten ihr Interesse an der Finanzierung von Untersuchungen zur Akupunktur. Das war meine große Chance, also schlug ich dem NIH vor, daß ich und meine Kollegin, die Biophysikerin Dr. Maria Reichmanis, der Frage nachgehen sollten, ob vielleicht das System der Akupunkturpunkte und Meridiane die elektrischen Verletzungssignale überträgt. Wir würden nicht versuchen zu beweisen, daß die Akupunktur irgendeine klinische Wirkung hat; vielmehr würden wir nur bekannte elektrische Meßtechniken auf die Punkte und Meridiane anwenden und sehen, ob wir irgend etwas Sinnvolles messen könnten. Wir überlegten, daß wenn wir reproduzierbare und signifikante elektrische Parameter entdecken könnten, die mit den Punkten und Meridianen in Beziehung stehen, nachgewiesen wäre, daß es diese wirklich gibt. Wenn wir entdeckten, daß sie tatsächlich existierten, könnten wir nach etwaigen anatomischen Strukturen suchen, die sie hervorbringen, und versuchen herauszufinden, wie sie die Informationen übertragen. Das NIH finanzierte ungefähr zwanzig vorgeschlagene Projekte, darunter auch unseres.

Wir stellten fest, daß etwa 25 Prozent der Akupunkturpunkte auf dem menschlichen Unterarm aus physikalischer Sicht insofern tatsächlich existierten, als sie bestimmte reproduzierbare und signifikante elektrische Parameter hatten und bei allen Versuchspersonen gefunden wurden. Dann schauten wir uns die Meridiane an, die diese Punkte zu verbinden schienen. Wir entdeckten, daß diese Meridiane im Gegensatz zu nichtmeridianer Haut die elektrischen Eigenschaften von Übertragungsleitungen hatten, und schlossen daraus, daß das Akupunktursystem eine physikalisch nachweisbare Grundlage hat und daß es höchstwahrscheinlich mit Elektrizität arbeitete. Da klinische Studien gezeigt hatten, daß die Schmerzlinderung das einzige Ergebnis war, das durch die Akupunkturbehandlung *zuverlässig* erzielt wurde, war dieses System wahrscheinlich der Eingangsleitweg zum Gehirn, auf dem das Verletzungssignal übertragen wurde.

Um das durch weitere Beweise abzustützen, schlug ich für das weitere Vorgehen ein Konzept vor, das ich für recht elegant hielt. Gleichströme verlieren bei ihrem Weg durch eine Leitung immer an Intensität, weil der Leiter Widerstand gegen den Fluß des elektrischen Stroms bietet. Wenn nun der Strom im Akupunktursystem so schwach war wie auf der Ausgangs- (oder wachstumsstimulierenden) Seite des Wachstumssteuerungssystems, konnte man annehmen, daß er spätestens nach ein paar Zentimetern ganz versiegen würde.

Die Ingenieure lösen dieses Problem in den Telefonkabelsystemen dadurch, daß sie in das Kabel in regelmäßigen Abständen Zusatzverstärker einbauen, die das Signal so weit verstärken, daß es immer gerade bis zum nächsten Verstärker kommt. Ich äußerte die Vermutung, die Akupunkturpunkte seien solche Zusatzverstärker, die in regelmäßigen Abständen in den Verlauf der meridianen Übertragungsleitungen eingebaut sind. Da wir gezeigt hatten, daß der Gleichstrom in dem regenerierenden Glied des Salamanders durch die neuroepidermalen Verbindungen herbeigeführt wurde, schlug ich vor, daß die Akupunkturpunkte eine ähnliche Struktur darstellen könnten. Dies schien auch deshalb sinnvoll, weil ja die Haut auf der Grenze zwischen dem Organismus und der Umwelt liegt und Verletzungen hier zuerst auftreten. Logischerweise *müssen* hier auch die Verletzungsdetektoren sein.

Da die Verletzungssignale durch elektrischen Gleichstrom übertragen werden, könnten die metallischen Akupunkturnadeln, wenn sie an einem solchen Punkt oder in seiner Nähe eingestochen werden, genügend elektrische Störungen verursachen, um den Verstärker außer Kraft zu setzen, wodurch der Schmerz blockiert würde. Wir ermittelten durch ein paar Vorversuche, daß die Akupunkturpunkte tatsächlich Gleichstrom-Potentiale erzeugen. Jetzt hatten wir nicht nur nachgewiesen, daß die Akupunkturpunkte und Meridiane wirklich existieren; wir hatten auch eine plausible Vermutung darüber, was sie eigentlich waren und wie sie funktionierten. Wir schlugen dem NIH eine Reihe von entscheidenden weiteren Versuchen vor, aber es wurden keine weiteren Mittel bewilligt.

Das fehlende Bindeglied: das interne elektrische Gleichstrom-Steuerungssystem

Als Ergebnis der Gleichstrom-Messungen, die wir bis dahin gemacht hatten, ergaben sich die Grundzüge des vollständigen elektrischen Gleichstrom-Wachstumssteuerungssystems. Elektrische Gleichstrom-*Eingangs*-Signale transportierten die Information, daß eine Verletzung vorlag, an den Akupunkturmeridianen entlang zum Gehirn, wo ein Teil dieser Gruppe von Signalen das Bewußtsein erreichte und als Schmerz wahrgenommen wurde. Der Rest wanderte zu primitiveren (ontogenetisch älteren) Gehirnteilen, wo sie entsprechende Gleichstrom-*Ausgangs*-Signale hervorriefen, die die Zellen und die chemischen Mechanismen am Ort der Verletzung veranlaßten, die Reparatur zu betreiben. Es handelt sich um einen vollständigen geschlossenen Steuerungsregelkreis mit negativer Rückkopplung, genau wie ich es Jahre zuvor angenommen hatte.

Wir hatten die Umrisse eines internen elektrischen Steuerungssystems nachgewiesen, das die Reparatur von Verletzungen reguliert. Die elektrische Energie, die hierdurch wieder als Steuerungsmechanismus in dem lebenden Organismus erkannt wurde, war nicht mehr geheimnisvoll und unerkennbar. Vielmehr war sie eine Energie, die wir messen und vielleicht sogar beeinflussen konnten. Wir hatten also die Tür zu einem eminent wichtigen biologischen Steuerungsprozeß aufgestoßen, dessen Implikationen im Bereich der klinischen Medizin weit über die Steuerung des normalen Wachstums hinausgehen.

Unkontrolliertes Wachstum: Krebs

Leider beschränkt sich das Wachstum beim Menschen nicht auf das normale Wachstum des Fötus und die Heilung von Schnitten und Brüchen. Anders als beim Salamander kann es bei uns zu regelwidrigem Wachstum kommen, das uns zerstört. Der Krebs ist von allen Krankheiten die gefürchtetste; er ist wie ein Eindringling von einem anderen Stern, der unerbittlich an den Körpergeweben zehrt. In den letzten dreißig Jahren haben die Molekularbiologen große Fortschritte gemacht, und wir wissen über den Mechanismus des Krebses heute viel mehr als

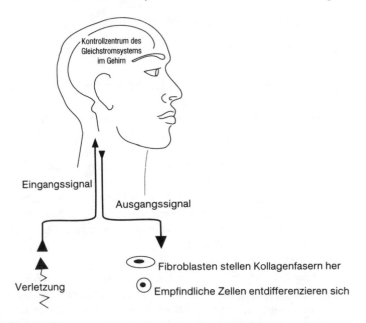

Abbildung 2.7 Das Wachstumssteuerungssystem mit vollständigem geschlossenem Regelkreis mit negativer Rückkopplung. Die Eingangsseite ist das Akupunktursystem der Punkte und Meridiane. Der Klarheit halber sind die «Punkte», die die Zusatzverstärker des Akupunktursystems darstellen, weggelassen. Damals war die Natur des Ausgangssystems noch unklar, bis auf die Tatsache, daß es mit dem Nervensystem, wie wir es kennen, in Verbindung stehen muß.

je zuvor. Dem stehen jedoch leider nicht die entsprechenden Fortschritte in der Krebsvorbeugung und Krebstherapie gegenüber.

Der Unterschied zwischen normalem Zellwachstum und krebsartigem Wachstum besteht einfach in der Art, wie der Wachstumsprozeß gesteuert wird. Das Wachstum des Embryos und die Heilung beim Erwachsenen werden von Steuerungssystemen genau reguliert, die sicherstellen, daß das Wachstum zum Gesamtorganismus paßt. Krebs ist das unregulierte Wachstum, das auftritt, wenn die Zellen dieses Steuerungssystem umgangen haben. Was sind das für Steuerungsvorgänge? Wie funktionieren sie? Was ist beim Krebswachstum mit den Steuerungsvorgängen nicht in Ordnung? Tritt das Problem auf, weil die Steuerungssysteme gestört sind, oder haben sich die Zellen so verändert, daß sie auf normale Steuerungsvorgänge nicht mehr ansprechen?

Der Mechanismus der Krebsentstehung

Eine dieser Fragen hat die Molekularbiologie beantwortet: Wir wissen jetzt, daß der Defekt beim Krebs in der Krebszelle selbst liegt. Die Verursacher des Krebses (entweder chemische Karzinogene oder ionisierende Strahlung) wirken dadurch, daß sie den genetischen Aufbau der Zelle verändern. Ist dieser Aufbau einmal verändert, spricht die Zelle nicht mehr auf die normalen Steuerungssysteme des Körpers an.

Diese Entdeckung wurde übrigens schon vor über achtzig Jahren gemacht. Gegen Ende des 19. Jahrhunderts bemerkte der holländische Botaniker Martinus Willem Beijerinck, daß er eine als «Mosaikkrankheit» bekannte Erkrankung der Tabakpflanze übertragen konnte, indem er die Blätter zerrieb, den Saft durch einen ganz feinen Filter siebte und ihn dann in gesunde Pflanzen injizierte. Da der Filter so fein war, daß er sogar die kleinsten Partikel einschließlich aller Bakterien zurückhielt und man kein Lebewesen kannte, das so klein gewesen wäre, daß es den Filter hätte passieren können, war Beijerinck überzeugt, eine neue Lebensform entdeckt zu haben, die er den «filtrierbaren Virus» nannte, und die sogar unter dem stärksten Mikroskop nicht zu sehen war.

Diese merkwürdige Entdeckung blieb ohne Folgen, bis im Jahr 1909 im Rockefeller-Institut für Medizinische Forschung in New York ein Hühnerzüchter mit einem Huhn erschien, das anscheinend einen Krebstumor in der Brust hatte. Das Huhn starb, und ein Pathologe des Instituts, Dr. Peyton Rous, machte eine Autopsie. Er stellte fest, daß es sich bei dem Krebs um ein Sarkom, einen Bindegewebskrebs, handelte, der sich über den ganzen Körper des Huhns ausgebreitet und so seinen Tod verursacht hatte.

Rous zerrieb etwas von dem Tumorgewebe, passierte es durch einen Filter, wie ihn auch Beijerinck verwendet hatte, und injizierte das Material einem gesunden Huhn, welches prompt die gleiche Krebsart entwickelte. Rous war klug genug, sich darüber klar zu sein, daß ihm kein Mensch glauben würde, wenn er verkündete: «Dieser Krebs ist von einem Virus ausgelöst», und daß sein Ruf für immer ruiniert wäre. So sprach er statt von einem «Virus» von einem «Krebserreger». Rous' Plan ging trotzdem fehl; auch so glaubte ihm niemand, und über fünfzig Jahre lang wurde die Möglichkeit, daß Krebs von Viren ausgelöst werden könnte, nie gründlich untersucht. Die Sarkomzellen, die Rous isoliert hatte, wuchsen jedoch in Kulturen munter weiter und wurden auf diese Weise die ganzen Jahre hindurch erhalten. Erst nach der Erfindung des Elektronenmikroskops konnte man Viren sehen, darunter auch das Tabakmosaikvirus und das Roussche Sarkomvirus.

Wir wissen heute, daß das Virus dadurch wirkt, daß es seine DNS in die Zellen, die es infiziert, einschleust. Der eigentliche Zweck ist, die Zelle zur Produktion von weiteren Viren anzuregen, aber es gibt eine Nebenwirkung. Irgendeine Virus-DNS enthält besondere Gene, die sogenannten Onkogene, die in den von ihnen infizierten Zellen Krebs hervorrufen. Weitere Forschungen hierüber führten schließlich zu der Entdeckung, daß die normale menschliche DNS Onkogene enthält, die normalerweise «reprimiert» sind, und daß bei der Zellteilung entstehende abnorme Chromosombildungen (oder Mutationen) diese Onkogene «aktivieren» und in der Folge Krebs hervorrufen können. Nicht alle Krebsarten beim Menschen gehen auf Viren zurück, aber es schält sich ziemlich klar heraus, daß *alle* Krebsarten ihre Ursache wahrscheinlich in dieser Art von Mutation in der DNS-Struktur haben.

Der Mechanismus, der Krebs auslöst, ist ein Stück DNS. Das herausgefunden zu haben, ist zweifellos ein Triumph der technologischen Medizin. Aber sind wir dadurch einer wirklichen Therapie für diese verheerende Krankheit näher gekommen? Zum gegenwärtigen Zeitpunkt ist die Antwort leider nein. Das liegt an der mechanistischen Ansicht, daß die lebende Zelle nur begrenzt zur Veränderung oder Selbstheilung fähig ist. Die Molekularbiologen sehen die Zelle offenbar als ein bloßes Gefäß für die DNS an. Wir haben schon von der Fähigkeit der Zelle gesprochen, alten Dogmen Hohn zu sprechen, indem sie bei der Regeneration zu ihrem Embryonalzustand zurückkehrt. Jetzt zeigt sich, daß dieser Vorgang direkt mit dem Krebs zu tun hat. Leider hat die Forschung diesen vielversprechenden Weg nie weiter verfolgt. Um zu berichten, wie es dazu kam, müssen wir noch einmal zum Ende des 19. Jahrhunderts zurückkehren.

Regeneration und Krebs

Da der Krebs durch das unbeschränkte Wachstum von Zellen gekennzeichnet ist, muß man sich fragen, ob das lediglich auf die Tätigkeit der
Onkogene zurückzuführen ist, oder ob die Onkogene eine allgemeinere
Veränderung in der gesamten Zelle hervorrufen. Eines der Hauptmerk-
male von Krebszellen ist, daß sie teilweise entdifferenziert sind, wobei
die gewöhnliche Krebszelle einer Embryonalzelle etwas ähnlicher ist
als einer ausgewachsenen Zelle. Die Krebszelle ist jedoch *nicht* in dem
Maße entdifferenziert wie die Zellen im regenerierenden Blastem. Es
könnte sein, daß es diese Eigenschaft der Krebszelle ist, die sie zu unbe-
schränktem Wachstum und zur Umgehung der Steuerung durch die
normalen Körpersysteme befähigt. Wenn Krebszellen sich in der geeigneten Umgebung befinden und ständig mit Nahrung versorgt werden,
sind sie in der Tat unsterblich. Das ist zwar nicht unbedingt wünschenswert, aber ich halte es dennoch für ein Wunder: unter solchen Bedingungen kann das Leben dem Tod entgehen. Aus dieser Fähigkeit und
aus der Beziehung zwischen Krebs und der Differenzierung können wir
bestimmt etwas lernen.

1877 trug Julius Friedrich Cohnheim, einer der führenden deutschen
Pathologen der Zeit, einige interessante Gedanken zum Krebs vor. Er
beobachtete als erster, daß Krebszellen weniger reif sind als die Zellen,
von denen sie abstammen. Sie schienen ihm fast, aber nicht ganz, den
Zellen des Embryos zu gleichen. Cohnheim schlug vor, der Krebs
könnte durch Gruppen im erwachsenen Körper übriggebliebener embryonaler Zellen hervorgerufen werden, die er «embryonale Reste»
nannte. Um herauszufinden, warum diese zu kanzerösem Wachstum
führten, machte er einen verblüffenden Gedankensprung. Er schlug
vor, es könnte Steuerungssysteme bei Lebewesen geben, die das Zellwachstum regulieren, und das Steuerungssystem beim Erwachsenen
könnte von dem beim Embryo verschieden sein. Die Folge wäre, daß
die beim Erwachsenen übriggebliebenen Zellen nicht vom Steuerungssystem des Erwachsenen reguliert würden und daher in der für Krebs
kennzeichnenden unkontrollierten Weise wüchsen. Noch bedeutender
war Cohnheims Annahme, daß die kanzerösen Zellen sich ganz zum
embryonalen Zustand zurückbilden und dann durch den normalen
Prozeß der Differenzierung als *normale* Zellen zurückkehren würden,

wenn das embryonale Steuerungssystem in einem Krebsgewebe erzeugt werden könnte. Cohnheims Theorie vom «embryonalen Rest» ist natürlich falsch, und sein Gedanke, daß die Krebszellen sich zu normalen Zellen zurückentwickeln könnten, vertrug sich überhaupt nicht mit dem, was man damals wußte.

Die Molekularbiologen betrachten den DNS-Code in der Zelle auch heute noch als etwas Festes und Unverständliches, außer wenn ein äußerer Faktor wie ein Virus oder ein Karzinogen mit der DNS selbst in Wechselwirkung tritt. Deshalb könnte etwas, das auf die Zelle selbst einwirkt, die DNS nicht verändern. Für diese Wissenschaftler ist daher die Vorstellung von Krebszellen, die sich in normale verwandeln, lächerlich; die einzige Möglichkeit, einen Krebs unter Kontrolle zu bringen, ist, ihn zu töten oder einen Weg finden, in seine DNS selbst einzudringen und sie zu verändern.

Glücklicherweise haben, lange bevor wir das alles wußten, ein paar Unerschrockene sich Cohnheims «verrückter» Gedanken angenommen. In den zwanziger und dreißiger Jahren dieses Jahrhunderts zeigten einige Experimente, daß Kükenembryozellen kanzerös wurden, wenn man sie erwachsenen Hühnern einpflanzte. Diese Versuche lagen jedoch so weit außerhalb der Hauptströmung wissenschaftlichen Denkens, daß sie keine besondere Beachtung fanden. 1948 dachte sich ein Freund von mir, der Biologe Dr. S. Meryl Rose, eine Methode aus, wie er Cohnheims These prüfen konnte. Rose nahm an: Wenn der Salamander ein Glied regeneriert, dann werden die ursprünglichen embryonalen Steuerungssysteme an dieser Stelle reaktiviert und dadurch entdifferenzieren sich die reifen Zellen in der Wunde. Dann kommt das daraus resultierende regenerative Wachstum dem «Wiederabspielen» des Programms gleich, das das ursprüngliche embryonale Wachstum desselben Gliedes steuerte. Rose kam auf den Gedanken, daß Krebszellen, die man in das regenerierende Glied eines Salamanders einpflanzte, vielleicht wieder normal werden könnten – wenn Cohnheim recht hatte.

Da Salamander normalerweise nie Krebs entwickeln, bestand Roses erster Versuch darin, Nierentumorzellen vom Frosch (die, wie man jetzt weiß, von einem Virus herrühren) in das Vorderbein von Salamandern einzupflanzen, um sich zu vergewissern, daß sie «angingen» und sich wie ein typischer Krebs verhielten. Er stellte fest, daß die Zellen tatsächlich von dem Salamander aufgenommen wurden und eine Zeitlang lokal als sichtbarer Tumor weiterwuchsen, um sich dann in der für Krebs typischen Weise auf den Rest des Körpers auszudehnen, woran der Salamander schließlich starb.

Nachdem Rose bewiesen hatte, daß Nierentumorzellen vom Frosch beim Salamander karzinogen wirkten, wiederholte er den Versuch, amputierte aber diesmal das Vorderbein des Salamanders *mitten im Tumor,* wobei Krebszellen im Amputationsstumpf zurückblieben. Als der Salamander anfing, den fehlenden Teil seines Vorderbeins zu regenerieren, verschwand die kanzeröse Tumormasse und verschmolz mit dem entstehenden Blastem. Als die Vorderbeine neugebildet waren, waren sie normal – und der Tumor war weg. Es gab keinen Hinweis mehr auf Krebs, und das Tier lebte danach normal weiter.

Bei der mikroskopischen Untersuchung der neugebildeten Teile der Vorderbeine fand Rose die Kerne der ursprünglichen Froschkrebszellen beim Salamander in den normalen Zellen für Knochen, Muskel und so weiter in der Neubildung. Er folgerte, daß Krebszellen beim Ablaufen eines regenerativen Wachstumsprozesses sich zu normalen Zellen zurückentwickeln und zu Teilen des wachsenden Blastems werden können. Mit anderen Worten: Cohnheim hatte recht gehabt. *Krebszellen sind nicht unwiderruflich an den bösartigen Zustand gekettet; wenn ein embryonales Steuerungssystem wirkt, können sie zum normalen Zustand zurückkehren.* Leider stand diese Arbeit immer noch außerhalb der Hauptströmung der Wissenschaft. Seit damals haben nur wenige Wissenschaftler dieses Experiment nachgestellt. Sie haben zwar die gleichen Ergebnisse wie Rose gemeldet, aber niemand hat sie beachtet.

Es ist offensichtlich, daß *irgend etwas* in dem Vorgang der Regeneration in der Lage ist, sich mit den Krebszellen zu verständigen und sie zu einer Umstellung ihrer genetischen Struktur zu veranlassen, so daß die Onkogene deaktiviert werden. Möglicherweise ist das Entdifferenzierungssignal stärker als das Signal des Onkogens zur Reproduktion. Die Tatsache, daß elektrische Gleichströme eine signifikante Rolle bei der Regeneration spielen, sowie der Umstand, daß Krebs extrem hohe Gleichstrom-Potentiale aufweist, könnten dafür sprechen, daß elektrische Faktoren im Spiel sind. Man hat einige Versuche gemacht, diesen Gedanken näher zu untersuchen, und wir werden in späteren Kapiteln die Beziehung zwischen Elektrizität und Krebs untersuchen.

Sollten wir, da Krebszellen auf diese Weise zu normalen Zellen werden können, nicht lieber diesen Vorgang – als eine biologische Methode, diese Krankheit unter Kontrolle zu bringen – untersuchen, statt uns weiter zu bemühen, die Krebszellen zu töten? In einer Gastkolumne für die Zeitschrift *Growth* plädierte Dr. Alexander Wolsky für die Rückkehr zur biologischen Grundlagenforschung über die Beziehung zwischen Krebs und Regeneration. Er sprach auch von der «Vietnamisierung» des Kampfs gegen den Krebs – also die Ausgabe von Unsummen ohne irgendeine Auswirkung auf die enormen Verluste an Menschenleben. Offenbar ist die Zeit gekommen, die Dinge mit anderen Augen zu betrachten.

Krebs und der übrige Körper

Die Entdeckung des dem Krebs zugrundeliegenden Mechanismus scheint wenig gegen die Vorstellung ausgerichtet zu haben, der Krebs sei etwas Fremdes, das zum Körper irgendwie nicht dazugehört und mit ihm wenig zu tun hat. Diese Anschauung hat zusammen mit dem Gedanken Ehrlichs von einer «magischen Kugel» dazu geführt, daß die Wissenschaft den Weg der Suche nach chemischen Mitteln gegangen ist, die die Krebszellen töten. Das ist keine leichte Aufgabe, denn die Krebszellen sind bei aller Veränderung ihrer Struktur schließlich *unsere* Zellen. Die chemotherapeutischen Mittel gegen Krebs sind nicht nur für den übrigen Körper toxisch, indem sie zur Schwächung des Immunsystems führen, sondern darüber hinaus haben viele von ihnen selbst karzinogene Wirkung. Der Gedanke, daß der Körper seine eigenen Schutzmechanismen gegen den Krebs hat, hat erst in den letzten Jahren Verbreitung gefunden. Auch er hat seine Wurzeln im Ende des 19. Jahrhunderts.

Damals machte Dr. William Coley, ein Chirurg am Memorial Hospital in New York, eine weitere rätselhafte Entdeckung im Zusammenhang mit Krebs. Viele seiner Krebspatienten wurden völlig geheilt, wenn sie eine ernste, lebensbedrohliche Infektion bekamen, die sie überlebten. Coley nahm an, daß die Infektion bei den Patienten Schutzmechanismen des Immunsystems aktiviert hatte und daß das aktivierte Immunsystem der Patienten, die die Infektion buchstäblich an die

Schwelle des Todes geführt hatte, nicht nur bei der Abwehr der Infektion erfolgreich war, sondern darüber hinaus auch noch den Krebs vernichtete.

Coley stellte eine Mischung der schlimmsten Bakteriengifte zusammen, die er finden konnte, und injizierte sie Patienten mit inoperablem Krebs. Einige starben an der «Behandlung», und andere zeigten keinerlei Nachlassen des Krebses, aber bei vielen kam eine völlige Heilung zustande. 1975 zeigte eine Untersuchung von 186 mit Coleys Gift behandelten Patienten Heilung in 105 Fällen, eine Erfolgsquote, die weit besser ist als bei allen anderen damaligen – und heutigen – Behandlungsmethoden.

Trotz diesen vielversprechenden Ergebnissen sind nie breitangelegte klinische Untersuchungen angestellt worden, und Coleys Gedanke ist nur in ein paar Laboratorien verfolgt worden. Allerdings konzentrierte sich die Arbeit in diesen Laboratorien auf die mechanistische Vorstellung, daß entweder die Bakterien oder der Körper einen einzigen, ganz bestimmten chemischen Stoff produziert haben mußten, der die Krebszellen selektiv tötete, ohne die normalen Körperzellen zu schädigen. Diese Arbeit hat zur Entdeckung eines chemischen Stoffs in der Zellmembran des Bakteriums geführt, der den Körper veranlaßt, eine weitere chemische Substanz zu produzieren, deren Injektion bei Mäusen mit eingepflanztem Krebs dazu führt, daß nur die Tumorzellen absterben. Die Tumoren werden dabei schwarz und flüssig. Die Substanz, die hier im Spiel ist, heißt Tumor-Nekrose-Faktor (TNF). Gegenwärtig besteht ein großes Interesse daran, diesen Stoff mit Hilfe von DNS-Rekombinationstechniken herzustellen, um ihn bei menschlichen Krebspatienten zu verwenden.

Dieser Ansatz wirft aber verschiedene Problem auf. Zunächst einmal *verschwanden* die Tumoren bei Coleys Patienten, statt schwarz zu werden und abzufallen. TNF scheint also etwas gänzlich anderes zu sein. Man hat kürzlich darauf hingewiesen, daß TNF auch in anderen Laboratorien untersucht wurde, wo man es anders bezeichnete – Endotoxin oder Kachexin. In diesen Studien wurde Endotoxin mit dem äußerst ernsten und oft tödlichen klinischen Zustand des toxischen Schocks in Verbindung gebracht. Bei diesem treten innerhalb weniger Stunden nach dem Einsetzen einer bakteriellen Infektion schwerer Schock und der Tod ein. Die dafür verantwortliche chemische Substanz ist Endotoxin (Kachexin) – chemisch derselbe Stoff wie TNF.

So hat also der chemische Weg, den man gegenwärtig geht, wieder zu einem isolierten chemischen Mittel geführt, das für den menschlichen Körper noch toxischer zu sein scheint als die heute gebräuchlichen Krebsmittel. Daß diese Substanz mal zum akuten toxischen Schock und mal zur Nekrose der Tumorzellen führt, beweist nur die Tatsache, daß noch andere Faktoren im Körper wirksam sind.

Die Anhänger der wissenschaftlichen Medizin scheinen immer noch dem Glaubenssatz «einmal Krebszelle, immer Krebszelle» anzuhängen, so daß als Behandlung nur die Alternative zwischen der Abtötung der Krebszelle (am besten mit einem einzelnen chemischen Mittel) und ihrer chirurgischen Entfernung bleibt. Bei diesem Ansatz wird immer noch geflissentlich die grundlegende Rolle übersehen, die die körpereigenen Abwehrfaktoren spielen. Es scheint mir der Gipfel der Torheit zu sein, den Krebs mit Mitteln zu behandeln, die diese angeborenen Abwehrfaktoren schwächen.

Krebsabwehr durch das Immunsystem ist nicht das einzige Geheimnis, das die moderne technologische Forschung noch nicht hat lüften können. Später werden wir die «Spontanremission» behandeln, jenes merkwürdige Ereignis, bei dem der Krebs ohne jeden ersichtlichen Grund einfach verschwindet. Und wir werden die höchst wichtige Rolle erkunden, die psychologische Faktoren beim Krebs spielen.

Zuallermindest müssen die Fähigkeit der Krebszellen, zum Normalzustand zurückzukehren, und die angeborenen Abwehrfaktoren des Körpers als Ganzes als biologische Heilungsmöglichkeiten dieser gefürchteten Krankheit gründlich untersucht werden. Dieser Ansatz drängt sich auch angesichts eines kürzlich erschienen, sehr zum Nachdenken anregenden Artikels mit dem Titel *«Progress against Cancer?»* («Fortschritte im Kampf gegen den Krebs?») auf, den Dr. John C. Bailer, ein angesehener Medizinstatistiker, und E. M. Smith geschrieben haben. Bailers Schlußfolgerung ist, daß «wir dabei sind, den Kampf gegen den Krebs zu verlieren», wobei er sich auf eine gründliche statistische Analyse der Jahre von 1950 bis 1982 stützt. Darin zeigte sich, daß Krebs trotz aller Verbesserungen in Diagnose und Therapie an Häufigkeit stetig zugenommen hat.

Mit unseren Vorstellungen von den elektronischen biologischen Steuerungssystemen scheinen wir den Geheimnissen des Wachstums auf die Spur zu kommen. Wir fangen an zu begreifen, wie verschwindend schwache elektrische Ströme durch ihre Wirkung auf bestimmte Zellen zur Heilung führen und in einigen Fällen dafür sorgen, daß sich Krebszellen wieder in normale verwandeln. Das ist offensichtlich von Bedeutung für die klinische Medizin, da uns so endlich die Möglichkeit gegeben ist, den Wachstumsprozeß willkürlich zu beeinflussen. Aber noch größer sind die Auswirkungen auf den Erfolg der Theorie der Steuerungssysteme, die auf viele andere Lebensgebiete angewandt werden kann. Dabei handelt es sich nicht um eine Rückkehr zu einem mystischen Vitalismus, sondern eher um eine logische Ausweitung des mechanistischen Weltbilds, durch die der alte Gedanke von der Lebensenergie in wissenschaftlich gesicherter Form wieder eingeführt wird.

Das morphogenetische Feld: Bauplan des Wachstums

Nachdem sowohl die Eingangssignale, die über die Verletzung informieren, als auch die Ausgangssignale, die die Heilung anregen, als Teile eines elektrischen Steuerungssystems identifiziert waren, standen wir noch vor einem ungelösten Problem: Wer «sagt» den Zellen beim Neuwachstum, zu welcher Art von Gewebe sie sich entwickeln sollen? Ein einfacher Schnitt im Finger ist kein Problem; er braucht nur durch Fibrose geschlossen zu werden. Aber sehen wir uns die Regeneration eines Gliedes beim Salamander an. Nicht nur muß irgend etwas dem Blastem mitteilen, was aus ihm werden soll, auch der riesige Berg von Informationen, die eine genaue Beschreibung des betreffenden Gliedes ausmachen, muß ihm übermittelt werden. Wie ich schon erwähnte, entspricht das Vorderbein des Salamanders dem Arm des Menschen, bis hin zu den winzigen Knochen in seinen «Fingern». Die gesamte Information darüber, aus welchen Zellen die organisierten Gewebe bestehen, wie die Gewebe zusammenpassen, über die Knochen, Gelenke, Nerven, Bänder, Blutgefäße und so fort muß zum Ort der Verletzung übertragen werden. Da die Anweisungen das Neuwachstum mit dem gesamten Körper in Beziehung setzen, muß das

System, das die Anweisungen liefert, ein *Teil* des Gesamtkörpers sein. Was ist es, und wo ist es? Ist es ein Teil des Gehirns? Die Embryologen des 19. Jahrhunderts haben dieses Problem erkannt. Um die Antworten zu finden, entwickelten sie eine Reihe einfacher Versuche zum Blastem. Ihre Entdeckungen lenkten den Blick auf erstaunlich komplexe, bis heute unerklärliche Zusammenhänge. Das Blastem zu entfernen und an anderer Stelle in den Körper des Salamanders zu transplantieren, wo es dann wächst, ist einfach. Wenn man das Blastem von einer Amputation des Vorderbeins vor dem zehnten Tag nach der Amputation entfernt und es in die Nähe des intakten Hinterbeins transplantiert, entwickelt es sich zu einem Hinterbein. Das gleiche Blastem, in die Nähe des Schwanzes transplantiert, wird zu einem Schwanz. Daraus schlossen die Embryologen auf die Existenz von «körperinduzierenden Gebieten» oder «morphogenetischen Feldern», die die Information enthalten und die festlegen, was in diesem Gebiet wachsen soll. Diese Versuche zeigten eine sehr wichtige Tatsache: Es gibt beim lebenden Salamander einen Mechanismus, der einen Gesamtplan für den Körper des Salamanders enthält und die Information liefert, durch die das Blastem angewiesen wird, welches Gewebe es bilden soll.

Das war an sich schon eine eminent wichtige Information, aber durch weitere Versuche wurde die Sache noch interessanter. Die Embryologen entdeckten, daß das Vorderbein-Blastem, wenn sie mit einer Transplantation bis *nach* dem zehnten Tag warteten, ein Vorderbein wurde, *egal wohin es transplantiert wurde.* Irgendwie waren in ganz kurzer Zeit die Anweisungen, die nötig waren, um eine äußerst komplexe Struktur hervorzubringen, dem unscheinbaren kleinen Klumpen von Embryonalzellen übermittelt worden. Alles wurde noch dadurch kompliziert, daß man entdeckte, daß das Nervensystem – das einzige Mittel, das nach dem damaligen Wissensstand solche Informationen übertragen konnte – daran nicht auf die gewohnte Weise beteiligt war. Die örtlichen Nerven wuchsen zwar in das Transplantat, bevor dieses selbst zu wachsen anfing, aber sowohl diese Nerven als auch die, welche zu dem Amputationsstumpf führten, waren während der Zeit der Informationsübertragung völlig «still» – das heißt, sie übermittelten auf dem Wege von Nervenimpulsen keine Information.

Es war offensichtlich, daß chemische Boten nicht in der Lage sind,

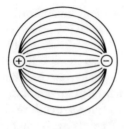 

Feldlinien des Stromflusses   Feldlinien der Spannung

Abbildung 2.8 In dem linken Diagramm ist der Strom als eine Reihe von Stromlinien dargestellt, die von der positiven zur negativen Elektrode fließen. Das rechte Diagramm zeigt die Linien gleicher Spannung (Äquipotentiallinien). Auf jeder Spannungslinie ist der Spannungswert gleich, während der Wert jeder Linie sich von dem der anderen unterscheidet. Daraus ergibt sich für jeden einzelnen Punkt in dem Stromstärke/Spannungs-Feld ein einmaliger Satz von Werten, der sich aus Spannung, Stromstärke und Stromrichtung zusammensetzt.

die Information für eine derart komplexe Organisation zu transportieren. Da das Nervensystem ebenfalls ausschied, mußte es noch etwas anderes, dem morphogenetischen Feld Ähnliches geben, was in der Lage war, den gesamten Organisationsplan in sich aufzunehmen. Konnte vielleicht, da die elektrischen Gleichströme erwiesenermaßen aufs engste mit der Regeneration verbunden waren, ein von einem solchen Strom erzeugtes Feld diese Information enthalten? Die Antwort ist ein Ja mit Einschränkungen.

Selbst das einfachste elektrische Feld besitzt einen hohen Grad organisatorischer Komplexität. Legt man zum Beispiel zwei Elektroden in eine mit einer schwachen Salzlösung gefüllte Petrischale und verbindet sie mit einer kleinen Batterie, so fließt ein Strom zwischen den Elektroden. Schaut man sich das Muster des Stroms an, so stellt man fest, daß es sich nicht nur um einen einfachen zwischen den Elektroden auf direktem Wege fließenden Strom von Ladungsträgern handelt, sondern um ein gestreutes *Feld*, das sich aus wechselnden Stromstärke- und Spannungswerten zusammensetzt.

Ein derartiges Feld kann eine große Menge an Informationen enthalten. Jeder Punkt des Feldes kann durch einen einmaligen Satz von Werten für Spannung, Stromstärke und Stromrichtung charakterisiert sein. Aber obwohl so jeder Punkt einen einmaligen Satz von Koordination hätte, würde das allein noch nicht genügen, um den gesamten «Bauplan» für eine komplexe Extremität aufzunehmen. Das Feld liefert nur die Informationen zur Lage. Es muß aber auf die Embryonalzellen des Blastems einwirken, deren jede eine große Menge Informationen enthält. Möglicherweise dient das Feld nur als Auslöser, der die Zellen anweist, gewissen Entwicklungsroutinen zu folgen. Das Denkmodell des morphogenetischen Feldes scheint aber mindestens ein guter Ausgangspunkt für weitergehende Forschungen zu sein.

Wenn das System der lokalen elektrischen Stromstärken und Spannungen zur Steuerung der Heilung nicht nur ein lokales Phänomen, sondern vielmehr Teil eines größeren, den gesamten Körper umfassendes Gleichstrom-Systems ist – eines Systems, das die Aufgabe des vermuteten morphogenetischen Feldes erfüllt –, dann muß es ein *zweites Nervensystem* geben, das dann die Aufgabe hätte, die grundlegendsten Funktionen zu steuern, und das vermutlich dem uns so vertrauten Nervensystem zeitlich vorausgeht. Wenn es ein solches System wirklich gibt, müssen wir unsere Vorstellungen von der Arbeitsweise des Gehirns revidieren.

Die Entdeckung des dualen Nervensystems: analoge und digitale Steuerung

Es klingt ziemlich revolutionär – und vielleicht sogar recht esoterisch –, wenn man behauptet, es gäbe einen zweiten, verborgenen Teil des Gehirns. Obschon wir eine Menge über die Arbeitsweise des Gehirns und des Nervensystems wissen, sind einige Grundfragen noch unbeantwortet. Ich war immer schon der Ansicht, daß wir unserem Verständnis auf diesem Gebiet selbst die größten Hindernisse in den Weg legen durch unsere Ansicht, alle Gehirnfunktionen beruhten auf einem einzigen Mechanismus, dem Nervenimpuls. Dieser Mechanismus ist für sich schon äußerst subtil; wenn er zur Informationsübertragung verwendet wird, wird er überaus kompliziert.

Man nähert sich dem Problem am besten, indem man den Mechanismus der Informationsübertragung im Nervensystem, wie er heute gemeinhin gesehen wird, mit einem digitalen Computer vergleicht. Sowohl das Gehirn als auch der Computer verwenden ein digitales Grundsignal, den einzelnen Impuls. Die Information wird kodiert nach der Impulszahl je Zeiteinheit, nach der Richtung, in die sich die Impulse bewegen, und danach, ob aus mehr als einem Kanal Impulse in das jeweilige Gebiet eingespeist werden. Unsere Sinne – Geruchs-, Geschmacks-, Gehörs-, Gesichts- und Tastsinn – bedienen sich dieser Impulsart. Der digitale Computer auf meinem Schreibtisch arbeitet genauso. Dieses digitale System ist extrem schnell und kann große Informationsmengen als digitale «Datenhäppchen» (Bits) übertragen.

Es fällt mir schwer zu glauben, daß die ersten lebenden Organismen sich auch schon eines solchen Systems bedient haben. Es ist eher anzunehmen, daß sie einen viel einfacheren Mechanismus zur Informationsübermittlung hatten. Der erste lebende Organismus hatte keine Augen, Ohren oder sonstigen Sinnesorgane und brauchte auch keine tiefschürfenden Gedanken zu wälzen. Was er allerdings brauchte, war ein Weg, um Verletzungen wahrzunehmen und eine Methode, sie wirkungsvoll zu reparieren, sowie die Fähigkeit, Beziehungen zu den wichtigen Erscheinungen seiner Umgebung und zu anderen lebenden Organismen aufzunehmen. Mit einem Wort, er muß recht unscheinbar und ohne jede Komplexität gewesen sein. Da keine Notwendigkeit zu schnellem Handeln oder zur Übermittlung großer Mengen komplizierter Informationen bestand, kam er mit einem viel einfacheren System *analoger* Datenübertragung und -steuerung aus.

Vor den digitalen gab es analoge Computer, die nach demselben Prinzip funktionierten, das meiner Überzeugung nach auch den ersten lebenden Organismen zugrunde lag. Der analoge Computer arbeitet mit einfachen Gleichströmen, wobei die Information nach der Stromstärke, der Flußrichtung und langsam, wellenähnlichen Änderungen der Stärke kodiert wird. Dieses System ist zwar langsam und kann keine großen Datenmengen übertragen, aber es ist zweckmäßig und äußerst genau. Heute sind einige der am höchsten entwickelten Computer genaugenommen Hybridrechner, die sich aus analogen und digitalen Bestandteilen zusammensetzen.

Wenn die ersten lebenden Organismen den Typ des analogen Datenübertragungssystem verwendeten, und wenn ein solches System immer noch für die Reparatur von Verletzungen benutzt wird, dann muß das

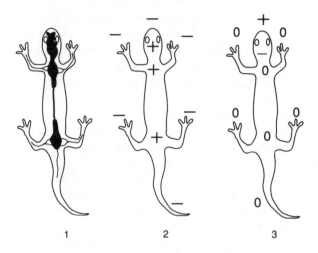

Abbildung 2.9 Nummer 1 zeigt die Anordnung der Hauptteile des Zentralnervensystems beim Salamander – das Gehirn und die Erweiterungen der Wirbelsäule, wo die Nervenzellen Fasern zu den Gliedmaßen aussenden. Nummer 2 zeigt das von uns gefundene Muster elektrischer Gleichströme. Diese schienen zum Nervensystem in Verbindung zu stehen, weil jede Häufung von Nervenzellen positiv war, die Nervenenden dagegen negativ. Nummer 3 zeigt die unter chemischer Vollnarkose aufgetretenen Veränderungen des Musters der elektrischen Potentiale.

vollständige analoge System, wenn auch unsichtbar, als Teil unseres gesamten Datenübertragungs- und -steuerungssystems noch vorhanden sein. Also könnte es sein, daß das Gehirn als Hybridcomputer arbeitet und einen sehr wichtigen analogen Teil enthält, der mit elektrischen Gleichströmen arbeitet. Dieses Modell erlaubt eine völlig neue Sicht des alten Rätsels um die Beziehungen zwischen Gehirn, Körper und Geist.

Bei meinen ersten Versuchen suchte ich auch nach elektrischen Gleichstrom-Potentialen beim unverletzten Salamander. Eine ähnliche Suche war früher schon öfters angestellt worden, besonders von Professor Harold S. Burr in Yale in den zwanziger und dreißiger Jahren. Er benutzte die besten Meßgeräte, die er bekommen konnte, und fand Gleichstrom-Potentiale, die in einem einfachen System von hinten nach vorn angeordnet waren: die Nase des Salamanders war negativ und die

Schwanzspitze positiv. Als ich einige Jahre später mit der Arbeit begann, profitierte ich schon von den technischen Fortschritten, die man im Zweiten Weltkrieg im Instrumentenbau gemacht hatte, und fand infolgedessen ein komplexeres Muster, das mit dem gesamten Nervensystem in Beziehung zu stehen scheint, vom Gehirn bis zum Ende der entferntesten Nervenfaser.

Die Nervenzellen des Salamanders sind auf drei Bereiche konzentriert: das Gehirn sowie die Erweiterungen des Rückenmarks im Hals- und Lendenwirbelbereich (Zervikal- und Lumbalerweiterung). Sie sind alle durch das Rückenmark verbunden, und von jeder Erweiterung verlaufen Nervenfasern zur Peripherie. Einige der vom Gehirn ausgehenden Fasern führen zu den einzelnen Sinnesorganen, aber die meisten verlaufen durch das Rückenmark zu den beiden anderen Erweiterungen. Von der Zervikalerweiterung führen die Fasern zu den Vorderbeinen, von der Lumbalerweiterung zu den Hinterbeinen, bis auf einige, die zum Schwanz gehen. Unser eigenes Zentralnervensystem ist im Prinzip ebenso angeordnet.

Wir stellten fest, daß beim wachen, nicht betäubten Salamander die drei Ansammlungen von Nervenzellen elektrisch positiv sind und daß die von ihnen ausgehenden Nerven immer mehr ins Negative gehen, je mehr man die Meßelektrode an den Gliedmaßen entlang nach außen rückt. Die Gleichstrom-Potentiale scheinen von den Nervenzellen selbst erzeugt zu werden, denn wenn wir die zu einem Glied führenden Nerven bei dem leicht betäubten Salamander durchtrennten, fielen die Gleichstrom-Potentiale in dem betreffenden Glied auf Null. Das Aktivitätsniveau der Nervenzellen schien jedoch zum Zustand des gesamten Gleichstrom-Systems in Beziehung zu stehen. Vollnarkose führte zum Beispiel ausgehend vom Gehirn und dann durch das gesamte übrige Nervensystem weitergehend zu Abfällen der Gleichstrom-Niveaus. In tiefer Narkose schließlich waren alle Potentiale auf Null oder sogar leicht umgekehrt.

Dann entdeckten wir, daß die Flußrichtung des Gleichstroms in den motorischen Nerven (die für die Bewegung der Muskeln sorgen) zumeist der in den sensorischen Nerven entgegengesetzt ist. In beiden Fällen konnten wir zeigen, daß der elektrische Strom halbleitend und nicht ionisch ist.

Die von uns benutzte Methode zeigt eine einzigartige Beziehung zwischen halbleitenden elektrischen Strömen und magnetischen Feldern, eine Beziehung, deren Bedeutung wir später zeigen werden. Wenn ein elektrischer Strom zwischen Punkt A und Punkt B fließt und man ein Magnetfeld im rechten Winkel zur Linie des Stromflusses anordnet, wird von dem Magnetfeld ein «Zug» auf die Ladungsträger ausgeübt. Wenn der Strom aus Elektronen besteht, die durch einen Draht fließen, passiert nicht viel, weil die Elektronen fest in das Metall eingesperrt sind. Auch wenn der Strom ionisch ist, passiert nicht viel (es sei denn, man verwendet ein enorm starkes Magnetfeld), weil die Ionen große Objekte sind, die sich langsam bewegen. Besteht der Stromfluß jedoch aus Elektronen oder Löchern in einem Halbleiter, so bewegen sich die Ladungsträger sehr leicht, und viele davon «stauen sich» in dem Magnetfeld. Wenn man dann an dem Leiter zwei Elektroden anbringt, so daß die angestauten Elektronen in einen anderen Stromkreis fließen können, kann in diesem Stromkreis eine beachtliche Spannung, die sogenannte «Hall-Spannung», gemessen werden. Ich habe erhebliche Hall-Spannungen an den Beinen eines Salamanders gemessen, die nur von einem Halbleiterstrom kommen konnten, der durch die Nerven fließt.

Also arbeitet im Körper wirklich ein halbleitendes Gleichstrom-System, mindestens in den Nervenfasern der Gliedmaßen. Aber wie sieht es im Gehirn aus?

Ich schaute mir die ältere wissenschaftliche Literatur darüber an und stellte fest, daß mehrere berühmte Neurophysiologen Gleichspannungen im Gehirn gemessen und nachgewiesen hatten, daß diese tatsächlich das Aktivitätsniveau der Nervenzellen im Gehirn steuern. Diese Arbeit war zwar offenbar wichtig für unser Verständnis der Arbeitsweise des Gehirns, aber sie war eigentlich überholt, als Instrumente in Gebrauch kamen, mit denen die Nervenimpulse leicht und präzise gemessen werden konnten, und die schwierigen Techniken, die man anwenden mußte, um Gleichspannungen zu messen, außer Gebrauch kamen. Außerdem «wußte» sowieso jeder, daß der Nervenimpuls da war, wo etwas geschah, weshalb also noch Zeit für sinnlose Messungen vergeuden? Ich beschloß, die Untersuchung wiederaufzunehmen, diesmal aber vom Gesichtspunkt des Ganzkörper-Gleichstrom-Feldes.

Da die Vollnarkose beim Salamander zu einem Abfallen des normalen, von vorn nach hinten angeordneten Gleichstrom-Feldes führte, zunächst über das ganze Gehirn und dann durch das übrige Nervensystem, stellte ich die Hypothese auf, daß das chemische Betäubungsmittel genau über diese Veränderung im Gleichstrom-System wirkt. Deshalb müßte es möglich sein, einen Salamander dadurch zu betäuben, daß man einfach an der Vorder- und Hinterseite des Kopfes Elektroden befestigt und einen schwachen Strom in der Richtung von hinten nach vorn durch den Kopf fließen läßt. Obwohl ich nur mit einem sehr schwachen Strom arbeiten wollte, beschloß ich, um zu beweisen, daß das Tier nur betäubt und nicht durch den elektrischen Strom getötet wird, die Gehirnwellen des Salamanders zu messen, bevor und während der Strom floß. Es war sehr aufregend zu beobachten, wie das Elektroenzephalogramm (EEG) von dem typischen «wachen» Muster von acht bis zehn Impulsen pro Sekunde zu den für die tiefe Narkose charakteristischen langsamen Wellen von zwei bis drei pro Sekunde überging, wenn bei vorn positiver Elektrode ein Strom von nur ein paar *Mikro*ampere angelegt wurde.

Später konnte ich nachweisen, daß die Ströme im Gehirn wie die in den peripheren Nerven halbleitend sind. Ohne daß eine externe Gegenstromquelle an den Kopf angesetzt wurde, brachte ein Magnetfeld von 3000 Gauß, das im rechten Winkel an die von vorn nach hinten führende Linie des normalen Stromflusses angelegt wurde, den elektrischen Strom im Gehirn vollständig zum Stillstand und führte zu dem gleichen *slow-wave*-EEG-Muster.

Tatsächlich ist im Zentralnervensystem ein analoges Gleichstrom-System der Datenübertragung und -steuerung verborgen. Den Neurophysiologen in den dreißiger Jahren schien es unwahrscheinlich, daß die Nervenzellen in sich zwei so völlig verschiedene elektrische Wirkungsmechanismen enthalten. Sie nahmen daher an, diese elektrische Gleichstrom-Aktivität gehe von anderen Gehirnzellen, den perineuralen Zellen, aus.

Wenn wir an das Gehirn denken, dann stellen wir uns meistens die Milliarden von Nervenzellen vor, mit denen es vollgestopft ist. Es stimmt zwar, daß es im Gehirn Milliarden von Nervenzellen gibt, aber die perineuralen Zellen sind ebenso zahlreich, wenn nicht zahlreicher. Genaugenommen findet man diese überall da, wo auch Nervenzellen oder Nervenfasern sind. Es gibt verschiedene Arten von Perineuralzellen. Die häufigsten sind die Glialzellen («Nervenkitt») in Gehirn und Rückenmark und die Schwann-Zellen, die die peripheren Nerven einschließen. Die Nervenzellen im Gehirn kann man als die «Rosinen» im «Pudding» der perineuralen Zellen bezeichnen. Alle perineuralen Zellen sind miteinander verwandt. Embryologisch stammen sie von derselben Zellart (dem Ektoderm) ab wie die Nerven- und Hautzellen. Anatomisch scheinen sie dagegen ein System für sich zu sein.

Die Schwann-Zellen, die den feinen Endzweig eines Nervs in der Fingerspitze umgeben, stehen durch die anderen Schwann-Zellen des Nervs auf seiner ganzen Länge mit den Schwann-Zellen im Rückenmark in Verbindung, die ihrerseits wieder mit den Glialzellen des Gehirns verbunden sind. Jede Nervenzelle oder Nervenfaser ist von perineuralen Zellen der einen oder anderen Art umgeben. Wenn man die Nervenzellen auflösen könnte, wären das Gehirn, das Rückenmark und die Nerven immer noch, scheinbar intakt, zu sehen.

Man hat lange nicht recht gewußt, was die perineuralen Zellen für eine Aufgabe haben. Man hat eine Reihe von Erklärungen vorgeschlagen, vom Verpackungsmaterial, das die Nervenzellen schützt, bis zum Nahrungsmittel, das sie versorgt. Kürzlich ist indessen nachgewiesen worden, daß die perineuralen Zellen elektrische Potentiale erzeugen und diese von einer zur anderen Zelle weiterleiten können. Man hat nie ernsthaft erwogen, daß das System der perineuralen Zellen, das sich ebenso wie die Nerven durch den gesamten Körper hindurchzieht, vielleicht als einfaches Kommunikationssystem fungieren könnte.

Die Entdeckung des verborgenen Zell-Kommunikationssystems

Die Beziehung zwischen den perineuralen Zellen und dem Gleichstrom-System wurde durch Zufall entdeckt, als einer meiner Studenten sich für nichtheilende Brüche interessierte. Dieses Phänomen scheint merkwürdigerweise nur beim Menschen vorzukommen. Der Student überlegte, es würde vielleicht zu einem nichtheilenden Bruch kommen, wenn er die Tibia einer Ratte brach und gleichzeitig die Nervenversorgung des Beins durchtrennte.

Der erste Versuch schlug fehl. Die Heilung der Brüche dauerte nur ein paar Tage länger als gewöhnlich. Ich schlug dem Studenten vor, beim nächsten Versuch die Nervenversorgung zwei Tage vor der Frakturierung der Tibia zu unterbrechen. Diese Rattengruppe heilte ihre Brüche ein wenig schneller als die erste, aber immer noch etwas langsamer als gewöhnlich. Jetzt wurde es interessant, also machten wir einen dritten Versuch, bei dem die Nervenversorgung fünf Tage vor dem Bruch unterbrochen wurde. Diese Ratten heilten ihre Brüche in der normalen Zeit! Offenbar war in den fünf Tagen etwas geschehen, was die normale Heilungsfähigkeit wiederhergestellt hatte. Ein Nachwachsen des Nervs zum Bein hin konnte es nicht sein, denn das hätte mindestens einen Monat gedauert, und die Ratten im dritten Versuch konnten auch nach der Heilung der Brüche diese Glieder nicht normal gebrauchen. Der Student war zum Glück ein guter Forscher und hatte die Beine von allen Tieren als Versuchsmuster aufbewahrt. Also nahmen wir den Faden wieder auf und legten bei der dritten Versuchsgruppe die Nerven frei. Wir entdeckten, daß *irgend etwas* Faseriges die Lücke im Nerv überbrückte, während der Nerv gerade erst zu wachsen begonnen hatte. Unter dem Mikroskop sahen wir, daß diese Faser aus Röhren von Schwann-Zellen bestand, die später die einzelnen nachgewachsenen Nervenzellen aufnehmen würden.

So zeigte sich: *Die perineuralen Zellen – in diesem Fall die Schwann-Zellen – sind Träger der elektrischen Signale, die die Heilung von Brüchen auslösen.* Der Nerv hat damit nichts zu tun. Wir durften nun wohl annehmen, daß das untersuchte Gleichstrom-System in den perineuralen Zellen angesiedelt ist. Wenn das stimmte, dann mußten wir annehmen, daß die perineuralen Zellen primitiver sind als die Nervenzellen und wahrscheinlich das primitivere analoge Datenübertragungs- und -steuerungssystem repräsentierten. Das brachte allerdings die Folgerung mit sich, daß die perineuralen Zellen die Vorläufer der Nervenzellen sind, und das war mit der mechanistischen Vorstellung, daß die Zell-Linien unabänderlich festgelegt sind, völlig unvereinbar.

Ich entschloß mich zu einem einfachen Experiment. Ich züchtete in einer Kultur perineurale Zellen – allein, ohne Nervenzellen. Nach etwa einer Woche hatten diese Zellen interessante wirbelnde Muster gebildet. Wenn ich genau hinschaute, konnte ich gelegentlich eine Zelle vom Typ *Nerv* unter die perineuralen Zellen eingestreut sehen. Das ist zwar kein vollkommen schlüssiger Beweis, daß perineurale Zellen sich in Nervenzellen verwandeln können. Aber eine Stütze für diese Annahme ist es schon.

In den letzten Jahren ist das Interesse am Gleichstrom-System, besonders an seinem Zusammenhang mit den Nervenzellen im Gehirn, größer geworden. Neuere Versuche haben gezeigt, daß bei einer Versuchsperson, die man auffordert, auf ein Zeichen hin eine bestimmte Muskelbewegung auszuführen, nach dem Zeichen ein Anstieg des negativen Gleichstroms zu beobachten ist, aber fast eine halbe Sekunde *bevor* der Muskel bewegt wird. Anscheinend ist der Gleichstrom irgendwie daran beteiligt, die Neuronen in Bereitschaft zu versetzen, den Befehl zu der Muskelbewegung abzufeuern. Dieses Phänomen, das als «Bereitschaftspotential» bekannt geworden ist, scheint vorauszusetzen, daß das Gleichstrom-System das *Kommando* über das System der Nervenimpulse hat.

In einem kürzlich veröffentlichten Überblick hat Dr. Benjamin Libet von der University of California, der lange auf dem Gebiet der Gleichstrom-Potentiale geforscht hat, noch aufregendere Fakten vorgestellt. Er hat sich mit der Frage beschäftigt, was zuerst kommt, die Verschiebung (Bereitschaftspotential) oder die Entscheidung selbst. Libets Versuche haben gezeigt, daß das Bereitschaftspotential der Entscheidung *vorausgeht.* Er schreibt: «Das Gehirn schien einen eigenen ‹Verstand› zu haben.» Egal wie man das deuten mag, es scheint festzustehen, daß das System der Gleichstrom-Potentiale im Gehirn vor dem System der Nervenimpulse aktiviert wird und letzteres vielleicht von bestimmten elektronischen Zuständen des Gleichstrom-Systems abhängig ist. Mit dem Gleichstrom-System scheinen wir also tatsächlich den Ort gefunden zu haben, wo die eigentliche Befehlsentscheidung getroffen wird.

Wenn wir alle geschilderten Beobachtungen kombinieren, bleibt nur der Schluß, daß im Körper ein primitiveres, analoges Datenübertragungs- und -steuerungssystem erhalten geblieben ist, das in den perineuralen Zellen lokalisiert ist und mittels des Flusses eines elektrischen Gleichstromes Informationen überträgt. Es scheint das ursprüngliche Datenübertragungs- und -steuerungssystem der frühesten lebenden Organismen gewesen zu sein. Es nimmt Verletzungen wahr und steuert ihre Reparatur, und es stellt vielleicht das morphogenetische Feld selbst dar. Es steuert die Aktivität von Körperzellen, indem es in ihrer Nähe eine bestimmte elektrische Gleichstrom-Umgebung schafft. Es scheint auch das primäre System im Gehirn zu sein, das die Aktion der Neuronen bei der Produktion und dem Empfang von Nervenimpulsen steuert. So reguliert es unsere Bewußtseinsebene und ist anscheinend auch an den Entscheidungsprozessen beteiligt.

Diese erregende Schlußfolgerung führt zu weiteren Fragen: Ist das analoge Gleichstrom-System «cleverer» als das System der Nervenimpulse? Reguliert und steuert es das System der digitalen Nervenimpulse in der gleichen Weise, in der wir unsere PCs steuern und benutzen? Ist es der Sitz des Denkens, der Logik und des Gedächtnisses? Können wir seine Tätigkeit steuern und uns selbst heilen?

Das sind faszinierende Fragen, aber bevor wir uns daran wagen können, auch nur eine von ihnen zu beantworten, müssen wir noch auf einen weiteren wichtigen und überraschenden Aspekt zu sprechen kommen, durch den das duale Gehirnsystem noch komplexer wird: den magnetischen Aspekt.

3. Die neue wissenschaftliche Revolution: der magnetische Aspekt

Mitteilungen über große Entfernungen von Zelle zu Zelle oder von Organismus zu Organismus können durch die Übertragung und den Empfang von elektromagnetischen Signalen durch Membranrezeptoren oder Enzyme erreicht werden.

Dr. med. Tian Y. Tsong:
«Deciphering the Language of Cells»,
in *Trends in Biological Science*

In den letzten zehn Jahren sind bedeutende Entdeckungen gemacht worden, die darauf hinweisen, daß Lebewesen das natürliche Magnetfeld der Erde spüren und Informationen daraus beziehen. Ich hatte diese Hypothese schon in den frühen sechziger Jahren aufgestellt und angenommen, daß der Mechanismus, der dabei im Spiel ist, die Interaktion des geomagnetischen Feldes mit dem System interner Gleichströme ist. Meine Vermutungen waren nur zum Teil richtig. Die Interaktionsmechanismen sind viel subtiler und komplexer und hängen mit eigenen anatomischen Strukturen zusammen, die eigens zu diesem Zweck geschaffen sind.

Magnetfeld und Biologie

Als ich in den frühen sechziger Jahren meine Entdeckungen machte, hatte die Physik bereits gezeigt, daß jeder fließende elektrische Strom in dem Raum um sich herum ein Magnetfeld erzeugt, während umgekehrt ein wechselndes, pulsierendes oder bewegliches Magnetfeld das Fließen eines elektrischen Stroms in einem in dem Feld befindlichen elektrischen Leiter verursacht.

In seiner einfachsten Form ist ein Magnetfeld ein von einem Dauermagneten ausgehendes magnetisches Kraftfeld. Jeder kennt die Abbildungen der magnetischen Kraftlinien um einen Stabmagneten herum. Magnetfelder werden von sich bewegenden Elektronen (= elektrischer Strom) erzeugt, und das Feld des Stabmagneten wird durch das Kreisen

97

der Elektronen um die Atomkerne in dem Eisen verursacht, aus dem der Stabmagnet besteht. Um als «Magnet» wirken zu können, müssen diese Atome alle in der gleichen Richtung ausgerichtet sein, so daß die einzelnen Magnetfelder sich zu einem großen Feld zusammenschließen. Wenn ein Magnet auf einen harten Boden fällt, wird das Magnetfeld zerstört, weil der Aufprall die Atome «durcheinanderschüttelt» und die Ausrichtung ändert, so daß ein zufälliges Muster entsteht. Wenn in einem Draht ein elektrischer Strom fließt, erzeugt die Bewegung der Elektronen im Raum ein ähnliches Feld, das sich aber *um den Draht herum* orientiert. Handelt es sich um einen Gleichstrom, so ist das Magnetfeld stabil, wie das eines Stabmagneten. Die Stärke des Magnetfeldes hängt von der in dem Draht fließenden Strommenge ab – je mehr Strom, desto stärker das Magnetfeld. Man verwendet große Gleichstrom-«Elektromagneten», um schwere Gegenstände aus Metall zu heben.

Alle Magnetfelder haben eine Richtung, einen Vektor. Wir wissen, daß der Stabmagnet einen «Nordpol» und einen «Südpol» hat. Diese vor langer Zeit geprägten Namen spiegeln die Tatsache wider, daß ungleiche Pole sich anziehen, während gleiche sich abstoßen. Den Pol des Stabmagneten, der zum Nordpol der Erde hingezogen wird, nannte man den «Nordpol». Die Ausdrücke «Nord» und «Süd» weisen also darauf hin, daß das Magnetfeld Richtung und Stärke hat. Darüber hinaus haben sie offenbar keine Bedeutung.

Wenn der elektrische Strom in dem Draht fluktuiert, zeigt das Magnetfeld die gleichen Fluktuationen. Wir charakterisieren das Feld dann nach dem Tempo, oder der Frequenz, der Fluktuation (zum Beispiel einmal pro Sekunde, tausendmal pro Sekunde usw.). In der Wissenschaft sprechen wir statt von *pro Sekunde* von *Hertz* (Hz), nach Heinrich Hertz, der das Phänomen als erster untersucht hat. Einmal pro Sekunde ist also eine Frequenz von 1 Hz usw.

Hier taucht eine Schwierigkeit auf. Ein auf diese Weise fluktuierendes Feld pflanzt sich theoretisch bis zum Ende des Universums im Raum fort, seine Stärke nimmt aber mit der Entfernung ab, bis es sich schließlich im Wirrwarr der anderen den Raum erfüllenden Magnetfelder verliert. Man nennt es ein elektromagnetisches Feld, weil es *sowohl* eine elektrische als auch eine magnetische Komponente hat. Es fluktuiert mit einer bestimmten Frequenz, zeigt also eine Wellenbewegung.

Die Geschwindigkeit, mit der es sich fortpflanzt, ist die gleiche wie die des Lichtes (300 000 km/s). Seine Wellenlänge hängt von der Frequenz ab. So entspricht zum Beispiel einer Frequenz von 1 Hz eine Wellenlänge von 300 000 km; der Frequenz von 1 Million Hz (abgekürzt ein Megahertz, oder ein MHz) entspricht eine Wellenlänge von 300 m, und der Frequenz von 100 Millionen Hz (100 MHz) entspricht die Wellenlänge von 3 m.

Die Frequenzen von elektromagnetischen Wellen oder Feldern, angefangen von den niedrigsten bis zu den höchsten, lassen sich als elektromagnetisches Spektrum darstellen. Am oberen Ende des Frequenzspektrums, etwa auf Dreiviertelhöhe, finden wir eine Erscheinung, mit der wir sehr vertraut sind – das Licht. Das Sonnenlicht ist ebenso wie das Licht von elektrischen Lampen nichts anderes als ein Magnetfeld. Es wird von der Bewegung von Elektronen erzeugt und hat die gleichen Eigenschaften wie das Magnetfeld der Erde, Radiowellen und Röntgenstrahlen. Es ist ein elektromagnetisches Feld, aber eines, für das wir besondere anatomische Detektoren ausgebildet haben – die Augen.

Alle elektromagnetischen Felder sind mit Energie geladene Kraftfelder, die eine Fernwirkung ausüben können. Man könnte meinen, wir wüßten alles über das elektromagnetische Feld, aber das stimmt nicht. Eines der großen Probleme der Physik ist die Tatsache, daß diese Felder Eigenschaften mit Wellen wie auch mit gewissen Teilchen, den Photonen, gemeinsam haben. Das Photon ist ein sehr merkwürdiges Gebilde: Es ist ein Teilchen, ein kleines «Stück» von etwas, aber es hat keine Masse – niemand hat je eine beobachtet. Nach der Quantentheorie sind die Photonen die Energieträger, wobei die mit höherer Frequenz mehr Energie haben als die mit niedrigerer Frequenz. Im menschlichen Auge gibt das einzelne Photon seine Energie an die Netzhaut ab, die es irgendwie in ein elektrisches Signal verwandelt, das die Lichtempfindung hervorruft.

Kurz gesagt: Magnetische und elektromagnetische Felder haben Energie, können Informationen übertragen und werden von elektrischen Strömen erzeugt. Wenn wir über in lebenden Organismen fließende elektrische Ströme sprechen, dann müssen wir dabei auch berücksichtigen, daß sie Magnetfelder erzeugen, die sich außerhalb des Körpers fortpflanzen und auch von externen Magnetfeldern beeinflußt werden können.

In den frühen sechziger Jahren sagte ich voraus, daß es mit einem Magnetometer mit ausreichender Empfindlichkeit möglich sein müßte, das Fließen dieses Gleichstroms im Gehirn, das ja ein Magnetfeld produzieren müßte, in einiger Entfernung *außerhalb* des Kopfes zu beobachten. Als ich das auf einer wissenschaftlichen Tagung vorbrachte, wurde ich vom Publikum ausgelacht. Man sagte mir, ein solches Gerät werde es nie geben, und selbst wenn man ein solches Magnetfeld messen könnte, würde es so schwach sein, daß es nicht die geringste physiologische Wirkung hätte.

Daß ich recht gehabt hatte, zeigte sich erst 1970, nachdem die Festkörperphysik und die Elektronik einige Entdeckungen gemacht hatten, die in der Entwicklung des SQUID *(superconductin quantum interference detector),* des supraleitenden quantenmechanischen Interferometers, gipfelten. Heute sind die vom Gehirn erzeugten Magnetfelder durch Magnetoenzephalogramme (MEG) leicht belegbar. Das MEG wird mit Hilfe eines SQUID-Magnetometers erstellt; das ist ein Gerät, das sich die Tatsache zunutze macht, daß ein supraleitender Strom extrem empfindlich auf schwächste Magnetfelder reagiert. Tatsächlich wird durch das Fließen elektrischer Ströme im Gehirn ein Magnetfeld erzeugt, das in einiger Entfernung (über 1 m) vom Kopf gemessen und analysiert werden kann. Für mich war es befriedigend zu lesen, daß eine MEG-Untersuchung einen zwischen dem hinteren und dem vorderen Teil des Gehirns verlaufenden Gleichstrom-Vektor nachgewiesen hat, genau wie ich es viele Jahre zuvor durch bloße Messung der Gleichstrom-Potentiale entdeckt hatte.

Es mag ein wenig beunruhigend sein zu wissen, daß wir und alle anderen Lebewesen von einem Magnetfeld umgeben sind, das sich von unserem Körper aus in den Raum erstreckt, und daß die vom Gehirn ausgehenden Felder die Geschehnisse im Gehirn widerspiegeln. Einige der enormen Auswirkungen dieses Sachverhalts werde ich später schildern.

Ich habe schon in den sechziger Jahren vorausgesagt, daß lebende Organismen aufgrund der physikalischen Wechselwirkung zwischen den Feldern und den in den Organismen fließenden elektrischen Gleichströmen durch externe elektromagnetische Felder beeinflußt werden können. Das stimmte zwar in der Theorie, aber wegen der äußerst geringen Stärke der Ströme ging man davon aus, daß ein Magnetfeld, welches in der Stärke erheblich über dem der Erde läge, erforderlich wäre, um eine spürbare Wirkung auf die Organismen auszuüben. Die Vorstellung, daß Lebewesen durch Änderungen in dem schwachen geomagnetischen Feld der Erde beeinflußt werden könnten, galt daher als Ammenmärchen. Einige Biologen haben jedoch überzeugende Beweise für eine wichtige direkte Beziehung zwischen dem Magnetfeld der Erde und dem zyklischen Verhalten lebender Organismen geliefert.

Die Verbindung biologischer Zyklen mit dem Magnetfeld der Erde

In den sechziger Jahren war das Phänomen der biologischen Zyklen schon seit einiger Zeit bekannt. Es hatte verstärkt das Interesse der Forscher auf sich gezogen, die jetzt Versuche dazu anstellten, weil es irgendeine geheime Beziehung zu gewissen klinischen Zuständen zu geben schien. So ist es für viele psychische Störungen typisch, daß dabei der Schlaf-Wach-Zyklus durcheinandergerät. Man weiß, daß der Mensch und auch andere Lebewesen einen inneren Zyklus der Schlaf-Wach-Aktivität haben, der auch dann wirkt, wenn Umwelteinflüsse wie Tageslicht und Temperatur ausgeschlossen sind. Die Mechanisten erklärten das einfach dadurch, daß sie irgendwo im Gehirn einen chemischen Oszillator oder eine Zeitschaltuhr für die Zyklen annahmen.

Diese Vorstellung übersah eine wichtige Tatsache: Die Umstellungsgeschwindigkeit aller Zyklen ist praktisch mit der bei ähnlichen Zyklen in unserer geophysikalischen Umgebung identisch. Die biologischen Zyklen entsprechen nicht nur den Tag-Nacht-Zyklen des Lichts, sondern auch dem Gezeitenzyklus des Magnetfeldes der Erde und dem Mondzyklus von achtundzwanzig Tagen (der sich im weiblichen Menstruationszyklus wiederfindet). Man hat außerdem nachweisen können, daß Langzeitmuster in den Änderungen menschlichen Verhaltens irgendwie mit dem Zwanzigjahreszyklus der Magnetfeldaktivität der Sonne zusammenhängen und hat einige Verhaltensstörungen beim Menschen mit Magnetstürmen im geomagnetischen Feld der Erde in Zusammenhang bringen können. Für die Mechanisten beruhten diese Zusammenhänge auf purem Zufall, weil es für sie, wenn man vom Licht absieht, keinen physikalischen Mechanismus gab, durch den ein physikalisches Feld die Handlungen eines lebenden Organismus beeinflussen könnte.

Dennoch waren diese Zusammenhänge für eine Reihe von Wissenschaftlern so faszinierend, daß sie das Undenkbare zu denken wagten: Vielleicht nehmen lebende Organismen die zyklischen Muster im Magnetfeld der Erde wahr und beziehen von ihnen Informationen, die sie zur Zeitsteuerung einsetzen. Zu den Wissenschaftlern, die diese Möglichkeit nicht in Ruhe ließ, gehörte auch Professor Frank Brown vom Biologischen Laboratorium der Marine in Woods Hole, Massachusetts. Er konnte durch seine Forschungen schlüssig beweisen, daß sich die Zyklen einer Reihe von einfacheren Organismen dramatisch verändern lassen, wenn man sie einem (von einem kleinen Dauermagneten ausgehenden) Magnetfeld aussetzt, das die gleiche Stärke wie das der Erde hat, aber in eine andere Richtung zeigt.

Das Magnetfeld der Erde hat nur eine durchschnittliche Stärke von einem halben Gauß, und diese schwankt täglich sogar um weniger als 0,1 Gauß. Verglichen mit dem Magnetfeld von 200 Gauß Stärke, mit dem ein Dauermagnet die Kühlschranktür verschlossen hält, sind das wirklich kleine Fische (eine so schwache Feldschwankung kann nicht einmal eine Kompaßnadel ablenken). Browns Versuche zeigten jedoch deutlich, daß lebende Organismen die Fähigkeit haben, die winzig schwachen täglichen Zyklen des Magnetfeldes der Erde zu erfassen und sie für die Zeitsteuerung ihrer biologischen Zyklen zu nutzen. Der Gedanke, daß Lebewesen sich durch ein derart schwaches Feld beeinflussen lassen, erinnert an Mesmers Behauptungen, und so wurden Browns Versuche trotz ihrer Validität und der Wichtigkeit ihrer Ergebnisse einfach ignoriert.

Heute, zwanzig Jahre nach Professor Browns Versuchen, wissen wir, daß Lebewesen die Fähigkeit haben, so schwache Felder wie das ständige geomagnetische Feld und seine zyklischen Schwankungen wahrzunehmen und Informationen daraus zu entnehmen. Sie erreichen das mit Hilfe zweier spezifischer anatomischer Strukturen, die mit dem Gehirn in Verbindung stehen. Brown hatte also recht.

Das «magnetische Organ»

1975 war Professor Richard Blakemore, ebenfalls vom Biologischen Laboratorium der Marine in Woods Hole, mit der Untersuchung einiger Bakterien beschäftigt; er war besonders fasziniert, als er bemerkte, daß die Bakterien sich immer an der Nordseite seiner Petrischale zusammendrängten. Sogar wenn er die Schale abends so drehte, daß die Seite mit den Bakterien nach Süden zeigte, fand er sie am nächsten Morgen wieder an der Nordseite. Solche «magnetotrophen» Bakterien waren aus früheren Beschreibungen schon bekannt, aber noch niemand hatte das getan, was Blakemore jetzt machte. Er betrachtete sie mit dem Elektronenmikroskop und machte eine erstaunliche Entdeckung: Jedes Bakterium enthielt eine Kette von winzigen Magneten! Die Magneten bestanden aus Kristallen des natürlichen magnetischen Minerals Magnetit, des altbekannten Magneteisensteins der vorliterarischen Völker. Irgendwie absorbierten die Bakterien die löslichen Bestandteile des Wassers und setzten sie in ihrem Körper zu der nichtlöslichen Kristallkette zusammen.

Spätere Untersuchungen haben gezeigt, welchen Vorteil dieses Verhalten für die Bakterien hat, die im Schlamm am Grund von seichten Buchten und Sümpfen leben. Wenn sie nämlich von der Flut oder von Sturmwellen aufgewirbelt werden, reichen ihre Magnetketten (im Verhältnis zu ihrer Körpergröße) aus, den Körper so zu drehen, daß er in einem dem magnetischen Nordpol entsprechenden Winkel nach unten zeigte. Jetzt brauchten sie nur noch in diese Richtung zu schwimmen und fanden früher oder später wieder in ihren Schlamm zurück. Das war nun zwar ein interessanter Mechanismus, aber er enthielt keinerlei Hinweis auf eine raffinierte Informationsübertragung. Die Bakterien «wußten» nicht, daß sie nach Norden schwimmen mußten; sie taten es einfach. Trotzdem waren diese Beobachtungen der Auftakt für eine Reihe von weit interessanteren Untersuchungen.

Einige höhere Organismen haben einen frappierenden Wanderungs- und Orientierungssinn. Am häufigsten hat man das Verhalten der Brieftaube untersucht. Aber alle Versuche, nachzuweisen, daß diese so etwas wie einen magnetischen Kompaß benutzt, waren fehlgeschlagen. Da berichtete im Jahr 1971 Dr. William Keeton von der Cornell-Universität von einer langwierigen Versuchsreihe.

103

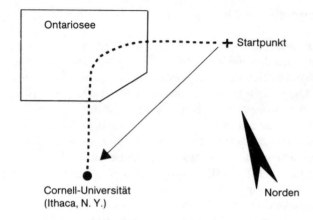

Abbildung 3.1 Der Flug der Brieftauben in Keetons erstem Versuch. Die gerade Linie zeigt die Flugbahn der Vögel ohne Kontaktlinsen. Die punktierte Linie zeigt die der Vögel mit Kontaktlinsen, aber ohne Magneten am Kopf.

Keeton war auf den Gedanken gekommen, daß die Tauben vielleicht wie Verkehrsflugzeuge über mehr als ein Navigationssystem verfügen. Er mutmaßte, daß sie sich meistens nach dem polarisierten Licht der Sonne orientierten, das ihnen als eine Art stabile Kompaßrichtung diente. Dazu käme noch ein «Kartensinn», mit dem sie sich leicht erkennbare Merkmale am Boden in einem visuellen Gedächtnisbild einprägen könnten (Piloten sprechen von *«visual flight rules»* («Sichtflugregeln» oder VFR-Flug). Keeton postulierte darüber hinaus noch ein drittes System, das als Bereitschaftssystem nur dann benutzt würde, wenn die beiden anderen versagen, wie zum Beispiel bei dichtem Nebel. Hierbei handelte es sich um den Magnetsinn. In einem Geniestreich fand Keeton eine Methode, wie er die beiden ersten Systeme ohne Schaden für die Tauben und ohne Eingriff in die Versuchsanordnung ausschalten konnte: Er rüstete die Tauben mit lichtdurchlässigen Kontaktlinsen aus, die zwar Licht, aber weder polarisiertes Licht noch visuelle Bilder durchließen. Wenn die Tauben trotzdem nach Hause fanden, mußten sie nach Keetons Überlegung ein magnetisches Sinnessystem besitzen.

Er ließ seine Tauben in den Adirondack-Bergen im Staat New York, etwa hundert Meilen Luftlinie von Cornell entfernt, fliegen. Die Tauben mit Kontaktlinsen fanden ebenso gut nach Hause wie die ohne, aber sie machten einen Umweg. Sie nahmen nicht den direkten Weg nach Cornell wie die anderen, sondern flogen zuerst nach Westen, *weit über den Ontariosee*. Nun weiß man zwar, daß Tauben *nie* über größere offene Gewässer fliegen, aber die Versuchstiere konnten den See ja nicht sehen. Irgendwann drehten sie nach Süden ab und flogen direkt nach Cornell, wo sie etwas später als die anderen eintrafen. Keeton überlegte sich, daß sie vielleicht so lange in westlicher Richtung geflogen waren, bis sie eine Linie im Magnetfeld der Erde überschritten hatten, die sich mit Cornell kreuzte.

Keetons nächster Versuch brachte Klarheit. Er klebte den mit Kontaktlinsen ausgerüsteten Tauben an den Hinterkopf einen kleinen Magneten von etwa einem halben Gauß Stärke. Der Magnet entsprach in der Stärke ungefähr dem örtlichen geomagnetischen Feld, war aber in der entgegengesetzten Richtung orientiert. Als er diese Vögel freiließ, flogen sie in alle Richtungen auseinander und kehrten erst nach Cornell zurück, als die Magneten nach ein oder zwei Tagen abgingen. Diese Tiere hatten einen magnetischen Sinn, aber dieser wurde durch ein schwaches künstliches Magnetfeld, dem das Gehirn ausgesetzt war, ausgeschaltet. Es stand also fest: Die Tauben haben mehrere Navigationssysteme, und eines davon beruhte auf der *Fähigkeit, das Magnetfeld der Erde wahrzunehmen und Richtungsinformationen daraus abzuleiten*.

Nachdem nun erwiesen war, daß ein einfaches Bakterium über einen inneren Magneten und die Brieftaube über einen Kompaß verfügt, konnte es da nicht sein, daß auch die Brieftaube einen inneren Magneten hat? Diese Frage stellte sich Dr. Charles Walcott von der State University of New York in Stony Brook. Er konnte sie nur beantworten, indem er zwei der modernsten Instrumente, die wir heute besitzen, einsetzte, das oben erwähnte SQUID und ein Elektronenmikroskop. Da die magnetischen Kristalle winzig klein und *nur* unter dem Elektronenmikroskop zu sehen sind, mußte man als erstes einmal feststellen, wo man nach ihnen suchen sollte. Um herauszubekommen, wo er mit dem Elektronenmikroskop zu suchen hatte, benutzte Walcott das SQUID, um das von den Kristallen ausgehende äußerst schwache Magnetfeld zu orten. Das war schwierig und zeitraubend, aber es gelang. Er fand die gleichen Magnetkristalle, die als submikroskopische Masse auf der Gehirnoberfläche der Taube lokalisiert sind.

Walcott überlegte, daß der einfache Mechanismus, den die Bakterien benutzen, bei den Tauben nicht auf die gleiche Weise funktionieren kann; da die Kristallmasse viel zu klein ist, um einen Druck oder Zug auf die Taube auszuüben, mußte irgendein System im Spiel sein, das die Informationen von den Magnetitkristallen zum Gehirn übertrug. Er entdeckte, daß die Kristallmasse voll von Nervenfasern war, die anscheinend bis ins Gehirn liefen. Er wußte jedoch nicht, wohin im Gehirn diese Fasern genau liefen – und wir wissen es bis heute nicht. Jedenfalls scheint sicher zu sein, daß die Magnetitkristalle dem Gehirn der Taube die genaue Ausrichtung des Magnetfeldes der Erde «mitteilen» und daß die Taube diese Information für ihre erstaunlich genaue Navigation ausnutzt.

Nach Walcott haben viele Wissenschaftler diese Untersuchungen fortgesetzt, so daß wir heute über erstaunlich detaillierte Informationen über die enorme Empfindlichkeit dieses Systems verfügen (es ist weit empfindlicher als unser allerbester magnetischer Kompaß). Wir wissen auch, daß das System sich bei fast allen Arten lebender Organismen – also wohl auch beim Menschen – findet. Dr. Robin Baker von der Universität Manchester in England hat unser «magnetisches Organ» vorläufig in der Rückwand der Siebbeinhöhle lokalisiert (im oberen Bereich der Rückwand der Nasenluftwege, direkt vor der Hypophyse).

In mehreren umstrittenen Versuchen hat Baker gezeigt, daß der Mensch die angeborene Fähigkeit besitzt, die magnetische Nordrichtung zu erspüren, und daß diese Fähigkeit blockiert werden kann, indem man dem Betreffenden nur fünfzehn Minuten lang einen Stabmagneten an der Stirn befestigt. Baker behauptet sogar, daß der Orientierungssinn für die Dauer von zwei Stunden nach der Anwendung des Magnets gestört ist. Vielleicht stört das starke Feld des Stabmagneten die normale Ausrichtung der Magnetitkristalle, wodurch die Fähigkeit, die Richtung zu erspüren, so lange verlorengeht, bis diese wieder zur normalen Ausrichtung zurückgekehrt sind. Wenn sich Bakers Untersuchungen bestätigen und Beweise für die Ablagerung von Magnetit in der Siebbeinhöhle gefunden werden, dann kann als wahrscheinlich gelten, daß von ihnen ähnliche Nervenwege zum Gehirn gehen, wie sie bei anderen Tieren gefunden wurden.

Die neue wissenschaftliche Revolution: der magnetische Aspekt

Mein Lieblingstier, der Salamander, hat *zwei* getrennte magnetische Navigationssysteme. Das eine dient einfach als Kompaß, so daß der Salamander, wenn er «querfeldein» wandert, immer den direktesten Weg einschlägt (das ist wichtig, weil er nicht lange ohne Wasser auskommt). Das andere System ermöglicht es ihm, zur Paarung und zum Eierlegen genau an den Punkt zurückzukehren, wo er ausgebrütet wurde.*

Das mit Magnetit arbeitende «magnetische Organ», das sich wahrscheinlich bei den meisten Formen des Lebens – also auch beim Menschen – findet, steht in enger Verbindung mit dem Gehirn. Es ist unzweifelhaft nachgewiesen, daß es sich um ein Sinnesorgan handelt, das den Organismus über die Richtung des Magnetfeldes der Erde informiert. Es kann sein, daß es auch die Mikropulsationsfrequenzen spürt und Informationen darüber weiterleitet; aber das ist noch unerforscht. Man könnte glauben, die Natur wollte die Bedeutung der Beziehung zwischen dem geomagnetischen Feld und dem lebenden Organismus hervorheben; denn sie hat uns noch mit einem weiteren Organ ausgestattet, das ebenfalls das Feld spürt und noch signifikantere Informationen aus ihm gewinnt.

---

* In den sechziger Jahren lernte ich einen Biologen an der Westküste kennen, der die erstaunlichen Navigationsfähigkeiten einer bestimmten Salamanderart studierte. Dieser Salamander schlüpft in Bergbächen aus und lebt dort in den verschiedenen larvalen Stadien, bis er erwachsen ist und aus dem Wasser steigt. Dann macht er jahrelang kilometerweite Streifzüge im wilden Berggelände, findet aber, wenn er geschlechtsreif wird, genau zu dem Ort zurück, wo er ausgeschlüpft war – eine unglaubliche Leistung!
Der Biologe hatte untersucht, ob der Salamander sich vielleicht visuell an das von ihm durchwanderte Gelände «erinnert», fand aber keinen Hinweis, der diese Annahme bestätigt hätte. Er untersuchte gerade den Geruchssinn, als ich ihm schrieb und ihm vorschlug, daß bei den Salamandern möglicherweise ein magnetischer Sinn am Werk sei. Er antwortete: «Wenn ich nicht beweisen kann, daß das Navigationssystem auf dem Geruchssinn beruht, dann übergebe ich die Lösung des Problems eher dem Universitätskaplan, als daß ich an einen magnetischen Sinn glaube.» So mächtig können Dogmen sein.

Der Magnetsinn der Zirbeldrüse

Ich habe bereits erwähnt, daß die Zirbeldrüse ein winziges, kiefernzapfenförmiges Gebilde ist, das genau im geometrischen Zentrum des Kopfes sitzt. Wie Sie sich erinnern werden, hielt Descartes diese Drüse für den «Sitz der Seele». Diese Vermutung ist zweifellos falsch, aber inzwischen hat sich dennoch gezeigt, daß die Zirbeldrüse kein unbedeutendes Kuriosum ist, sondern vielmehr die «Hauptdrüse» des Körpers.

Die Zirbeldrüse hat eine interessante Geschichte. Sie ist ein Überbleibsel des «dritten Auges», das sich bei vielen primitiven Wirbeltieren am Scheitel des Kopfes befand. An dieser Stelle diente es wahrscheinlich nicht zum Aufnehmen von Bildern, sondern zum Messen der Lichtintensität, so daß ein Tier sich durch Änderung seiner Farbe besser seiner Umgebung anpassen konnte. Das dritte Auge ist nur noch bei wenigen primitiven Tieren (vor allem beim Neunauge und beim Schleimaal) in dieser Funktion vorhanden. Bei den meisten Lebensformen ist das Organ in der Gehirnstruktur langsam von der Oberfläche in die Tiefe abgesunken.

Erst im letzten Jahrzehnt hat die Wissenschaft entdeckt, wie wichtig die Zirbeldrüse ist. Sie produziert eine ganze Apotheke von aktiven chemischen Substanzen. Einige davon regulieren die Operationen sämtlicher übrigen Drüsen des Körpers (einschließlich der Hypophyse, die man früher für die «Hauptdrüse» hielt; andere sind wichtige Nervenhormone (wie Melatonin, Serotonin und Dopamin), die das Aktivitätsniveau des Gehirns regulieren.

Die Zirbeldrüse ist die «Uhr», die die Mechanisten für die Quelle der biologischen Zyklen hielten. Das zyklische Muster des Schlaf-Wach-Rhythmus hängt vom Grad der Melatoninausschüttung der Zirbeldrüse ab. Man entdeckte zunächst, daß ein Teil der von der Netzhaut ausgehenden Impulse für die Zirbeldrüse abgezweigt wurden, wo er als Tag-Nacht-Zyklus wahrgenommen wird, so daß die Melatoninausschüttung entsprechend angepaßt wird. Später hat man nachgewiesen, daß die Zirbeldrüse auch auf das tägliche zyklische Muster des Magnetfeldes der Erde reagiert. Die Melatoninausschüttung des Menschen kann willkürlich verändert werden, indem man ihn einem stabilen magnetischen Feld von der Stärke des geomagnetischen Feldes aussetzt.

Die Natur hat die zyklische biologische Aktivität offenbar für zu wichtig erachtet, um es bei einem einzigen Umweltsignal bewenden zu lassen. Gegenwärtig besteht in psychiatrischen Kreisen großes Interesse an der Frage, ob nicht – was wahrscheinlich ist – viele Verhaltensabweichungen mit einer abnormen Ausschüttung von Nervenhormonen durch die Zirbeldrüse zusammenhängen. Überhaupt ist die Medizin sich der Tatsache bewußt geworden, daß Störungen des biozyklischen Musters von erheblicher klinischer Bedeutung sind. So führt zum Beispiel ein chronisch veränderter Biozyklus zum chronischen Streßsyndrom, einem Leiden, das die Ursache für ein großes Spektrum von klinischen Problemen ist, darunter ein spürbarer Abfall der Leistungsfähigkeit des Immunsystems.

In allerjüngster Zeit hat sich herausgestellt, daß der Zeitpunkt innerhalb des Biozyklus des Patienten, zu dem chemotherapeutische Krebsmittel verabreicht werden, einen wesentlichen Einfluß auf ihre Wirkung hat. Gibt man sie zur richtigen Zeit, so ist ihre Wirkung auf die Krebszellen größer und die Gefahr der Nebenwirkungen geringer, als wenn der Patient sie im falschen Moment bekommt. Das National Cancer Institute der Vereinigten Staaten hält dies für so wichtig, daß es eine gründliche Untersuchung des Phänomens durchführen will.

Die Natur hat die Zirbeldrüse darauf eingerichtet, simultan die übereinstimmenden Signale vom täglichen Wechsel von Tag und Nacht und vom gleichzeitigen Ansteigen und Absinken der Stärke des geomagnetischen Feldes zu empfangen. Es ist klar, daß die Zirbeldrüse nicht normal reagiert und die biologischen Zyklen durcheinandergeraten, wenn eines oder beide Signale abnorm sind, und daß das wichtige klinische Auswirkungen hat.

Externe Felder haben Wirkungen, die sich auf den gesamten Körper erstrecken und durch mindestens zwei hochspezialisierte, komplizierte innere Organe vermittelt werden: durch das magnetische Organ, das aus winzigen Magnetitkristallen besteht und in enger Verbindung mit dem Zentralnervensystem steht, und durch die Zirbeldrüse, die im Gehirn angesiedelt ist. Die Tatsache, daß eines dieser Organe in so verschiedenen Spezies wie Bakterien, Insekten, Fischen, Amphibien und Säugetieren vorkommt, ist ein Hinweis darauf, daß sie für die normalen

Das natürliche elektromagnetische Feld der Erde

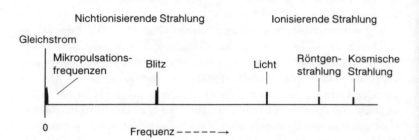

Abbildung 3.2 Das normale elektromagnetische Spektrum der Erde. Das normale geomagnetische Feld hat zwei Komponenten: das Gleichstromfeld oder stationäre Feld, das aber Tagesschwankungen ausgesetzt ist und die Mikropulsationen, bei denen es sich um Pulsationen im Feld im *extremly-low-frequency*-Bereich handelt. Der Blitz erzeugt Frequenzen im Tausender-Hertz-Bereich, die aber je nach Wetter verschieden sind. Licht gehört ebenfalls zum elektromagnetischen Spektrum, bei Frequenzen im Billionen-Hertz-Bereich. Sowohl das geomagnetische Feld als auch das Licht sind «quasistatisch» – das heißt, sie sind immer zuverlässig vorhanden, unterliegen aber Tagesschwankungen in der Intensität. Frequenzen über denen des Lichts entsprechen Photonen mit mehr Energie und werden als «ionisierend» bezeichnet, weil sie in der Zelle durch Ionisierung ihrer Bestandteile Schaden anrichten. Die verbreitetsten Arten von ionisierender Strahlung sind Röntgenstrahlen und kosmische Strahlen.

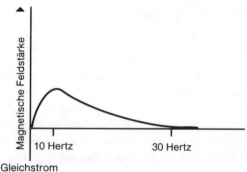

Abbildung 3.3 Das Frequenzspektrum des geomagnetischen Feldes. Die Gleichstromkomponente ist viel stärker als die Mikropulsationen, deren Bandbreite von etwas über Gleichstromniveau bis zu ca. 30 Hertz geht. Man beachte, daß die Mikropulsationen zwischen 7 und 10 Hertz die größte Stärke erreichen.

Lebensfunktionen von ausschlaggebender Bedeutung sind, und daß dieser Mechanismus sehr früh in der Evolution entstanden ist. Man kann daraus nur schließen, daß lebende Organismen das geomagnetische Feld der Erde spüren und lebenswichtige Informationen daraus ableiten.

Vor nicht allzu langer Zeit wäre eine solche Aussage von der etablierten Wissenschaft noch als blanke Ketzerei angesehen worden. Die Tatsache, daß Lebewesen diese Fähigkeit haben, dürfte indessen nicht so sehr überraschen, wenn man die Natur des normalen elektromagnetischen Feldes der Erde bedenkt. Nehmen wir einmal das Konzept des elektromagnetischen Spektrums und ordnen diese verschiedenen Bestandteile der normalen elektromagnetischen Umwelt (ohne irgendwelche künstlichen Felder) auf einer linearen Skala mit ansteigender Frequenz an, so können wir uns die Verhältnisse vorstellen.

Es zeigt sich, daß sich die Lebewesen im Lauf von zwei Milliarden Jahren der Evolution die beiden Teile des elektromagnetischen Spektrums zunutze gemacht haben, von denen sie sicher sein konnten, daß sie immer verfügbar sind: das geomagnetische Feld und das sichtbare Licht. So betrachtet, ist die Tatsache, daß das Leben besondere Organe entwickelt hat, um das geomagnetische Feld zu spüren und ihm zeitsteuernde Informationen zu entnehmen, nicht überraschender als die, daß es besondere Organe ausbildete, um das Licht wahrzunehmen und als Informationsquelle zu benutzen.

Man hat mit Hilfe von magnetischen Gleichstromfeldern Forschungen über die Sensitivität des magnetischen Organs und der Zirbeldrüse angestellt, die Mikropulsationsfrequenzen aber bisher vernachlässigt. Wenn wir diesen Teil des in Abbildung 3.2 dargestellten elektromagnetischen Spektrums auseinanderspreizen und den Bereich des ständigen Magnetfeldes der Erde und die allerniedrigsten Frequenzen genauer untersuchen, dann stellen wir fest, daß die Mikropulsationsfrequenzen ein seltsames eigenes Spektrum haben.

Das Frequenzspektrum der Mikropulsationen ist praktisch identisch mit dem des EEG oder MEG aller Organismen, die sich so weit entwickelt haben, daß sie ein Gehirn besitzen. Es gibt keinen Beweis für die Wahrnehmung von Mikropulsationsfrequenzen, aber es ist interessant, daß die Hauptkomponente dieses Frequenzspektrums, 10 Hz, auch die des EEG und des MEG ist. Außerdem ist das die Frequenz, die von

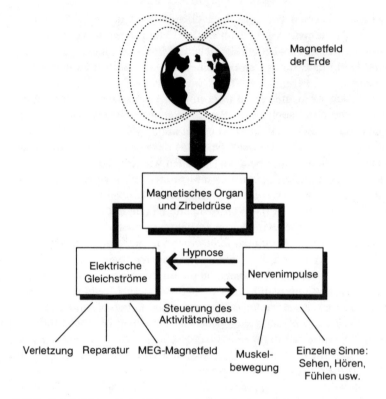

Abbildung 3.4 Schematische Skizze des dualen Nervensystems.

Wassertieren, die den Mechanismus des Electrosensing (elektrische Sinneswahrnehmung) zum Aufspüren der Beute einsetzen, am häufigsten benutzt wird. Wir werden später sehen, daß die Frequenz unter Umständen ein für eine biologische Wirkung wichtigerer Parameter ist als die Feldstärke.

Das duale Nervensystem nimmt feste Konturen an

Die geschilderten Entdeckungen haben zu einer neuen Sicht des Lebens geführt, in der die elektromagnetische Energie wieder eine wichtige Stellung eingenommen hat. Unter Rückgriff auf Vorstellungen aus der Informationstheorie und der Festkörperphysik und unter Ausnutzung der enorm verbesserten Empfindlichkeit und Komplexität moderner Instrumente konnten wir elektronische Steuerungssysteme innerhalb des Körpers beschreiben, die die Funktionen des Wachstums und der Heilung regulieren und auch als Grundlage für unser inneres Steuerungs- und Kommunikationssystem dienen. Die Anwendung der gleichen Technologie auf die Beziehung zwischen den äußeren Energien im geomagnetischen Feld der Erde und lebenden Organismen hat gezeigt, daß Lebewesen in engster Beziehung zu diesem Feld stehen und aus ihm lebenswichtige Grundinformationen beziehen.

Dabei schälen sich die Umrisse eines dualen Nervensystems heraus; es besteht aus einer primitiven analogen Komponente, die frühzeitig in der Evolution auftauchte, und einer jüngeren, komplizierteren Komponente, die mit digitalen Nervenimpulsen arbeitet. Was ich hier beschrieben habe, ist die Quintessenz der neuesten wissenschaftlichen Revolution, die im Begriff ist, unsere Anschauungen von der Komplexität und den Möglichkeiten, die dem Leben innewohnen, beträchtlich zu erweitern. Die Anhänger des neuen Paradigmas fangen an, einige der merkwürdigen Phänomene zu verstehen, die die mechanistische Theorie bisher nicht erklären konnte.

Oberflächlich gesehen könnte es scheinen, als führten wir den Vitalismus wieder in die Biologie ein. Aber das wäre ein Mißverständnis. In Wirklichkeit bringen wir die *Energie* in das lebendige System zurück und schreiben ihr die Aufgabe zu, den Gesamtorganismus und seine wichtigsten Funktionen zu organisieren und zu steuern.

Der Kreis hat sich geschlossen. Von den geheimnisvollen Kräften des Schamanan ist die Medizin zu einem wissenschaftlichen Verständnis der Lebensenergien im Körper und ihrer Beziehungen zu den Energien in der Umwelt vorgestoßen. Diese wissenschaftliche Revolution hat die Konzepte der technologischen Medizin bereichert und gleichzeitig die Energiemedizin in ihren Gedanken bestärkt. Ein neues Paradigma des Lebens, der Energie und der Medizin gewinnt Konturen.

ZWEITER TEIL

Die elektromagnetische Medizin

4. Wie das elektrische System des Körpers angeschaltet wird: Minimalenergie-Techniken

> Forschung bedeutet, zu sehen, was alle anderen auch sehen, und zu denken, was noch niemand gedacht hat.
>
> ALBERT SZENT-GYORGYI

Nicht nur die orthodoxe Wissenschaft hat der neuen wissenschaftlichen Revolution in Biologie und Biophysik erbitterten Widerstand entgegengesetzt; auch die Schulmedizin hat sich gegen das wachsende Interesse an alternativer Medizin gewehrt. Inzwischen sind diese beiden medizinischen Grundrichtungen, die sich früher diametral gegenüberstanden, dabei, näher aneinanderzurücken. Praktizierende Ärzte fangen an, einzelne «alternative» medizinische Techniken zu akzeptieren und anzuwenden. Der Hauptwiderstand scheint gegenwärtig vor allem von der akademischen Medizin zu kommen, die sich dem alten Dogma mit viel größerer Starrheit verschrieben hat.

Eine der interessantesten Entwicklungen auf diesem Gebiet ist, daß sich viele Zweige der alternativen Medizin allmählich zu einer Einheit verschmelzen lassen, der Energiemedizin. Das ist, zumindest teilweise, auf die im vorigen Kapitel beschriebenen jüngsten wissenschaftlichen Entdeckungen zurückzuführen. Der Grundgedanke dabei ist, daß man auf ein körpereigenes Energiesystem auf verschiedene Arten direkt einwirken kann, um eine Heilwirkung zu erzielen.

Allerdings enthält dieses populäre Konzept immer noch einen gehörigen Schuß Vitalismus, und die meisten seiner Anhänger wissen nur vage Definitionen der «Körperenergien» vorzubringen, von deren Wirkungsweise sie in Wirklichkeit kaum eine Vorstellung haben. Leider sieht es so aus, als zögen es viele vor, das Geheimnis zu hüten, statt zu versuchen, sich die wissenschaftlichen Grundlagen anzueignen, auf denen die Heilung tatsächlich beruht. Ich halte das für ein ebenso ernstes Problem wie die Ablehnung der Anschauungen der Energiemedizin

117

durch die konservative Ärzteschaft. Wenn die Schulmedizin einen Weg aus der Sackgasse finden will, in die sie die Technologie geführt hat, dann wird sie die Hilfe der Energiemedizin nicht ausschlagen dürfen. Aber bevor es dazu kommt, muß die Energiemedizin auf eine möglichst sichere Grundlage gestellt werden. Dann gelingt es uns vielleicht, die drängenden Probleme zu lösen, unter denen unser hochentwickeltes Gesundheitsversorgungssystem heute leidet.

Die wissenschaftliche Grundlage der elektromagnetischen Medizin

Im dritten Kapitel habe ich die wissenschaftlichen Beweise für die Existenz von körpereigenen elektromagnetischen Energiesystemen vorgestellt, die das Wachstum und die Heilung steuern, das Aktivitätsniveau des Gehirns regulieren und durch Ableitung von zeitsteuernden Informationen aus der natürlichen elektromagnetischen Umgebung lebenswichtige biologische Zyklen schaffen. Die Forschung hat sich meist «niederer» Tiere bedient; ich bin aber überzeugt, daß die gleichen Systeme in allen Lebewesen, also auch im Menschen, wirken. Schließlich haben wir in Wachstum, Heilung und biologischen Zyklen dieselben Grundfunktionen wie die anderen Lebewesen, und es spricht nichts dafür, daß wir uns in diesen von den niederen Tieren unterscheiden, nur weil wir auf der Entwicklungsskala soviel «höher» stehen.

Als ich das Gesamtmuster des elektrischen Gleichstrom-Feldes beim Salamander entdeckt hatte, drängte sich mir sofort die Frage auf, ob dieses Muster bei allen Tieren – also auch beim Menschen – das gleiche ist. Ich fing noch tiefer unten auf der Skala der evolutionären Entwicklung an – weit unter dem Salamander – und arbeitete mich langsam nach oben. Ich entdeckte, daß alle Tiere, die irgendeine Art von Nervensystem entwickelt haben, Gleichstrom-Felder besitzen, die räumlich den anatomischen Einzelheiten dieses Systems entsprechen. Der Plattwurm (aus der Gattung *Planaria*) zum Beispiel, ist nicht sehr ansehnlich und noch ein gutes Stück primitiver als der Regenwurm. Und doch hat er in der Nähe seines «Kopfes» eine Ansammlung von Nervenzellen, von denen Nervenfasern zu den «Augen» vor seinem «Gehirn» und zum übrigen Körper bis hinten zum Schwanz laufen. Das «Gehirn» ist elektrisch positiv, und die von ihm ausgehenden Nervenfasern werden, genau wie beim Salamander mit wachsender Entfernung vom «Gehirn» stärker negativ. Und genau wie beim Salamander fallen diese Potentiale unter chemischer Narkose auf Null.

Bei dem Anstieg auf der Leiter bis zum Salamander zeigten sich überall die gleichen Ergebnisse. Bei jeder Tierart, die ich untersuchte, spiegeln die Einzelheiten des inneren elektrischen Gleichstrom-Feldes immer das Muster des Nervensystems wider, wobei die Gebiete, wo sich die Nervenzellen konzentrieren, positiv und die von diesen Gebieten ausgehenden Nervenfasern negativ waren.*

Das elektrische Steuerungssystem des Menschen

Nachdem ich mir eine Reihe von Tieren angesehen hatte, die auf der Skala der Evolution unter dem Salamander stehen, und bei ihnen trotz gewichtiger Unterschiede in der Anatomie und Physiologie das gleiche innere Gleichstrom-System gefunden hatte, wandte ich mich dem Menschen zu. Hier konnte ich nicht die gleichen Meßtechniken benutzen wie beim Salamander. Als ich vom Salamander zum Menschen überging, war es so, als hätte ich nach dem Menschen mit Elefanten zu tun, denn allein die Größe brachte es mit sich, daß ganz neue Elektroden entwickelt werden mußten. Glücklicherweise arbeitete ich damals mit einem begabten Physiker zusammen, Dr. Charles Bachman von der Syracuse University. Wir besprachen das Problem, und schon ein paar Tage später tauchte er mit einem merkwürdigen Gegenstand auf, der

---

* An den primitivsten Einzellern konnte ich keine Potentiale messen. Ich untersuchte jedoch einen sehr merkwürdigen Einzeller, Physareum, eine Amöbe, die als einzelne Zelle an feuchten Stellen am Boden lebt. Gelegentlich kommen viele dieser einzellebenden Amöben zu einer einzigen Masse zusammen, die sich als zusammengehörende Einheit fortbewegt, als sei sie von einem eigenen «Willen» gesteuert. Diese Massenansammlung von einzelnen Zellen bewegt sich erstaunlich schnell über den Boden. Auch in diesem Stadium gibt es keinerlei Organisation – alle Zellen sehen genau gleich aus, und jede einzelne könnte getrennt von der Masse ganz normal als einzelne Zelle überleben. Meine elektrischen Messungen zeigten jedoch, daß die Seite, auf der sich der «Kopf» der Zusammenballung befand, immer positiv war. Irgendwie erzeugen also all diese unabhängigen einzelnen Zellen in der Masse ein «normales» elektrisches Gleichstrom-Feld.

kaum eine Ähnlichkeit mit einer Elektrode hatte, aber fabelhaft funktionierte.

Das Gleichstrom-System, das wir beim Menschen fanden, folgt dem gleichen Muster wie beim Salamander. Eigentlich hatte ich das erwartet, denn der Salamander ist, wie schon erwähnt, das Urwirbeltier und besitzt genau die gleichen Körperteile wie der Mensch, und seine Strukturen – auch das Nervensystem – sind genauso angeordnet; er hat die gleichen Ansammlungen von Nervenzellen im Gehirn, die Zervikalerweiterung der Wirbelsäule (wenn diese Nervenzellen beim Menschen auch im Nacken statt in der Schultergegend sitzen) und die Lumbalerweiterung; und alle waren beim Menschen positiv, bei ansteigender negativer Ladung auf den Nervenfaserästen, je weiter wir die Meßelektrode nach außen rückten. Wir fanden auch die gleiche Beziehung zwischen dem Bewußtseinszustand und der Stärke der Gleichströme. Schlaf führte zu einem leichten Abfall und tiefe Narkose zum Rückgang der Potentiale auf Null, vom Gehirn ausgehend in der gleichen Reihenfolge. Zu der Zeit, als wir diese Versuche machten, experimentierte eine Reihe von Ärzten – vor allem in osteuropäischen Ländern – mit dem Einsatz elektrischer Ströme zu Betäubungszwecken und meldete gute Erfolge. Sie benutzten allerdings nicht die gleichen Techniken, die wir beim Salamander angewandt hatten, und ich war nicht sicher, daß ihr Verfahren für die Versuchspersonen nicht schädlich war. Aber ich glaubte doch, daß wir, wenn wir zur magnetischen Anästhesie beim Salamander am Menschen wiederholen könnten, eine Methode der Anästhesie finden könnten, die ungefährlicher ist als die übliche chemische Betäubung. Wir beantragten – wenn auch etwas halbherzig – die Mittel für den für Versuche am Menschen benötigten großen Elektromagneten, aber der Antrag wurde erwartungsgemäß abgelehnt.

Es war auch nicht möglich, den Hall-Effekt auszunutzen, um festzustellen, ob die im menschlichen Arm fließenden Gleichströme Halbleiterströme sind, und nachzuweisen, daß diese Ströme von magnetischen Feldern beeinflußt werden. Was wir dagegen wirklich zeigen konnten, war ein Zusammenhang zwischen dem geomagnetischen Feld der Erde und dem menschlichen Verhalten.

Wenn meine Theorie stimmte, dann konnte ich von der Annahme ausgehen, daß jede Störung des geomagnetischen Feldes durch Magnetstürme irgendeine Auswirkung auf das Verhalten lebender Organismen haben müßte. (Die gesamte Beziehung zwischen lebenden Organismen und dem normalen geomagnetischen Feld der Erde ist das Thema des siebten Kapitels, in dem auch Magnetstürme erklärt werden.) Ich überlegte, daß die Wirkungen auf Menschen mit echten Psychosen, wie Schizophrene oder Manisch-Depressive, am auffälligsten sein müßten. Damals, in den frühen sechziger Jahren, gab es noch keine Tranquilizer oder andere Psychopharmaka; Patienten mit schweren Störungen kamen einfach in die Klinik.

Ich fing an, Daten über die tägliche Aufnahme solcher Patienten zu sammeln, und stellte eine Beziehung zwischen der Häufigkeit solcher Erkrankungen und Magnetstürmen her. Nach einigen Monaten wurde Dr. Howard Friedman, der Chef des psychologischen Dienstes des Krankenhauses der Veterans' Administration (Krankenhaus für Kriegsveteranen) in Syracuse, New York, auf mein reichlich merkwürdiges Verhalten aufmerksam. Er hätte ja auch denken können, ich sei es, der eine Behandlung nötig hatte – aber er war von meiner Arbeit fasziniert. Wir forschten jetzt gemeinsam, und er erwies sich als wertvoller Partner, denn er war nicht nur ein gutausgebildeter Psychologe, sondern verstand auch eine Menge von Statistik und vom Entwerfen von wissenschaftlichen Versuchen. Wir entwickelten gemeinsam eine retrospektive epidemiologische Studie. Das ist eine Untersuchung, in der das Auftreten eines Krankheitsprozesses in der Vergangenheit beleuchtet und mit einer anderen Variablen in Beziehung gesetzt wird. In diesem Fall betrachteten wir die Aufnahmezahlen dieser Art von Patienten in staatlichen psychiatrischen Anstalten über mehrere Jahre und verglichen sie mit der Häufigkeit magnetischer Stürme.

Wir fanden eine signifikante Beziehung zwischen den Aufnahmezahlen von schizophrenen und manisch-depressiven Patienten und dem Auftreten heftiger Magnetstürme. Wir hätten uns vorher denken können, daß wir damit selbst einen «Sturm» entfesseln würden: Von allen Seiten hagelte es Kritik, denn eine solche Beziehung *durfte* es einfach nicht geben. Friedman reagierte darauf mit der Entwicklung eines neuen Versuchs. Er stellte für hospitalisierte psychiatrische Patienten eine Skala für das Verhalten auf der Station auf, die von «stark gestört» über etwa zehn Zwischenstufen bis «normal» reichte. Die Schwestern der psychiatrischen Stationen füllten dieses Formular jeden Tag für jeden Patienten aus. Die ermittelten Zahlen setzten wir dann später mit der Stärke des Neutronenflusses in Beziehung, die wir in einem Laboratorium in Kanada messen ließen. Diesen Parameter hatten wir gewählt, weil er genau den Zustand des Magnetfeldes der Erde widerspiegelt. Wieder fanden wir einen deutlichen Zusammenhang.

Patienten mit schweren psychischen Erkrankungen spüren offenbar irgendwie den Zustand des geomagnetischen Feldes der Erde und reagieren auf Störungen durch verstärkte Verhaltensabweichungen. Könnte es also sein, daß es bei anderen Menschen, nur in schwächerer Form, genauso ist? Leider hatten wir nicht die Mittel, dieser Frage in einem eigenen Forschungsprojekt nachzugehen.

Wir zogen aus unseren Untersuchungen den Schluß, daß der Mensch über die gleichen inneren elektrischen Gleichstrom-Steuerungssysteme verfügt wie andere Tiere auch und daß das Verhalten auf dem Weg über diese Systeme mit dem geomagnetischen Feld der Erde in Beziehung steht.

Hypnose und elektrisches System

Zu Howard Friedmans anderen Begabungen kam noch die eines talentierten Hypnotiseurs hinzu. Wir interessierten uns beide für die arbeitsweise des Gehirns, und da schien die Hypnose ein guter Ausgangspunkt zu sein. Ich hatte zwar auch von Hühnern gehört, die angeblich «hypnotisiert» worden waren, glaubte aber trotzdem, daß die – freilich umstrittene – Methode der Hypnose im wesentlichen *nur beim Menschen* funktioniert. Da die Hypnose aus Mesmers Versuchen zum «animalischen Magnetismus» entstanden ist und ursprünglich als «Mesmerismus» bekannt war, haftete ihr von Anfang an der Makel der Scharlatanerie an. Auch heute gibt es noch namhafte Psychologen, die mit Nachdruck behaupten, es gebe gar keine Hypnose; vielmehr handele es sich um nichts anderes als den intensiven Wunsch der Versuchsperson, den Hypnotiseur zufriedenzustellen. Da die Hypnose ein recht merkwürdiger Bewußtseinszustand zu sein schien und ich mit den Gleichstrom-Potentialen ein gutes Mittel besaß, das Bewußtsein zu messen, beschlossen wir, auf diesem «Randgebiet» der Wissenschaft ein kleines Experiment zu machen.

Die Entdeckung, die wir dabei machten, übertraf bei weitem unsere

Erwartungen: Wir stellten nämlich fest, daß wir mit Sicherheit sagen konnten, ob eine Versuchsperson wirklich hypnotisiert war oder ob sie Dr. Friedman nur einen Gefallen tun wollte. Bei echter Hypnose fällt das Gleichstrom-Potential (das ein Maß für den Mittellinien-Gleichstrom des Gehirns ist) in der Stärke von der Vorder- zur Hinterseite des Kopfes in gleicher Weise ab wie im Tiefschlaf. Wenn die Vesuchsperson uns nur gefällig sein wollte, war sie geistig aktiv, und das Gleichstrom-Potential stieg an. Wir kamen daher zu dem Schluß, daß die Hypnose ein reales Geschehen mit einem meßbaren elektrischen Korrelat ist und daß sie eine Änderung im Bewußtseinszustand der Versuchsperson darstellt.

Was die Technik so interessant macht, ist die Tatsache, daß der Hypnotiseur während der Hypnose mit dem bewußten Gehirn der Versuchsperson in Kontakt treten und ihm Befehle oder «Suggestionen» geben kann, die sie zuverlässig sofort oder zu irgendeinem späteren Zeitpunkt ausführt (man spricht dann von posthypnotischer Suggestion). Dadurch unterscheidet sich die Hypnose radikal von anderen Arten der Änderung des Bewußtseinszustands.

Einer der interessantesten Aspekte der Hypnose ist, daß sie zur Empfindungslosigkeit führen kann. Unter echter Hypnose kann man einem Patienten suggerieren, daß ein Körperteil taub, kalt und empfindungslos ist, und kann an diesem Körperteil einen kleinen chirurgischen Eingriff ausführen, ohne daß der Patient Schmerz empfindet.*

* Auch große chirurgische Eingriffe können unter Hypnose durchgeführt werden; dazu muß der Patient durch mehrmalige Hypnosesitzungen getestet und auf die Operation vorbereitet werden. Als ich Medizin studierte, war die Schilddrüsenüberfunktion ein großes Problem; es gab keine wirksame Therapie, und Operationen waren sehr gefährlich. Unter Narkose zeigten die Patienten extreme Schwankungen des Blutdrucks, der oft von gefährlich hohen Werten innerhalb von Sekunden bis zum völligen Kollaps absank. Es kam nicht selten vor, daß der Patient während der Operation an der Narkose starb.
Inzwischen konnte ich einer Schilddrüsenoperation wegen Hypertonie beiwohnen, bei der Hypnose das einzige Betäubungsmittel war. Die Patientin war ganz wach und entspannt. Es war erstaunlich, wie sie auf Anweisung des Chirurgen die Blutung zum Stillstand bringen konnte: Er sagte ihr nur, in der Wunde sei irgendwo ein «Bluter», der ihm Schwierigkeiten mache, und sie konnte daraufhin den Blutfluß innerhalb von Sekunden anhalten. Der Hypnotiseur hatte die Patientin ein halbes Jahr lang auf die Operation vorbereitet. Während dieser Sitzungen hatte sie «gelernt», das Gebiet vollständig zu betäuben und Blutdruck und Blu-

Wir hatten schon nachgewiesen, daß die Vollnarkose beim Menschen durch einen Abfall des normalen elektrischen Gleichstroms im ganzen Gehirn verursacht wird, was dann offenbar einen ähnlichen Abfall der Gleichstrom-Potentiale im übrigen Körper hervorruft. Wir hatten auch gezeigt, daß eine örtliche Betäubung, die durch Blockieren des zu einer einzelnen Körperregion hinführenden Nervs ausgelöst wurde, nur in dieser Region zum Abfall des Gleichstroms führt. Wir schlossen daraus, daß die Schmerzempfindung im ganzen Körper oder in einer beliebigen Körperregion direkt vom Zustand der Gleichströme gesteuert wird.

Wir stellten die Theorie auf, daß eine durch Hypnose herbeigeführte örtliche Betäubung, wenn sie echt ist, auch mit einem Abfall des Gleichstroms in dem betäubten Gebiet einhergehen müßte. Wenn das eintrat, würde es nicht nur bestätigen, daß die Betäubung unter Hypnose echt ist. Darüber hinaus würde es bedeuten, *daß das Bewußtsein unter Hypnose das Aktivitätsniveau des Gleichstrom-Systems kontrollieren kann.* Das würde ungeheure Auswirkungen auf die Energiemedizin haben.

Für unser nächstes Experiment setzten wir nur unsere besten Versuchspersonen ein, also diejenigen, die sich leicht in tiefe «Trance»-Zustände versetzen ließen. Wir teilten ihnen mit, ihr linker Arm sei taub und kalt. Bei jeder Versuchsperson stellten wir von Anfang der Hypnose an kontinuierliche Messungen des Gleichstroms im ganzen Gehirn und, unabhängig davon, über die ganze Länge des linken und rechten Arms an. Wir stellten fest, daß der Gleichstrom im Gehirn wie erwartet abfiel, was einen echten hypnotischen Zustand anzeigte. Der Gleichstrom im linken Arm fiel, sobald die Suggestion von Taubheit und Kälte gegeben wurde, und erreichte in wenigen Minuten einen Wert von Null. Zu diesem Zeitpunkt reagierte die Versuchsperson nicht mehr auf Nadelstiche in die rechte Hand oder den Unterarm. Es schien allerdings einen gewissen Grad von «Überkreuzung» zu geben, denn gleichzeitig mit dem Gleichstrom im linken Arm fiel auch der im rechten leicht ab, wobei die Versuchsperson den Schmerzreiz rechts aber noch spürte. Als der Versuchsperson suggeriert wurde, die Empfindung

tung unter Kontrolle zu bringen. Das ist natürlich ein zeitraubendes Verfahren, das deshalb nur selten angewandt wird.

kehre in den linken Arm zurück, nahm das Gleichstrom-Potential links wieder normale Werte an. Der Abfall in den Gleichstrom-Potentialen des linken Armes entsprach genau demjenigen, den wir unter der üblichen chemischen Leitungsanästhesie beobachtet hatten.

Man kann also Menschen in Hypnose verbale Befehle erteilen, die sich an die bewußten, mit dem digitalen System arbeitenden Teile des Gehirns richten, welche dann die Operationen des analogen Gleichstrom-Systems wirksam steuern können. Da das primitive analoge System Wachstum und Heilung steuert, kann es sein, daß bewußtes Denken unter gewissen Umständen imstande ist, einen Heilungsprozeß auszulösen.

Diese Entdeckung bedeutet, daß zwischen den beiden Gehirnsystemen eine Verbindung besteht, durch die das primitive analoge System das bewußte Gehirn steuern kann. Man darf wohl annehmen, daß diese Verbindung sich für einige der Techniken der Energiemedizin nutzen läßt, nämlich zur Visualisierung, zum Biofeedback, zur Meditation und vielleicht auch für alle Techniken, die zu einem festen Glauben an den Erfolg der Behandlung führen, also mit dem Placeboeffekt arbeiten. Damit hat die Energiemedizin eine wissenschaftliche Grundlage gefunden. Das innere elektrische Geleichstrom-Steuerungssystem existiert tatsächlich beim Menschen ebenso wie bei allen anderen Tieren. Es spricht auf eine Reihe von Techniken an, durch die sich seine Aktivität nach Wunsch zum Zweck der Heilung beeinflussen läßt. Weitere wissenschaftliche Beweise zur Stützung dieser Theorie werden später im Zusammenhang mit gewissen Techniken der Energiemedizin angesprochen.

Die drei Arten von Energiemedizin

Die wissenschaftliche Grundlage der Energiemedizin wird oft nicht recht verstanden, und die Körperenergien werden von vielen Praktikern noch immer als geheimnisvoll und unerkennbar angesehen. Es ist wichtig, daß die Wiedereinführung der Energie in die Medizin nicht zu einer Rückkehr zu der Weltsicht des schamanischen Heilers der Vorzeit mit seiner Anrufung geheimnisvoller Mächte führt; auch darf sie sich nicht auf die unkritische Anwendung der Elektrizität und des Magnetismus, der beiden physikalischen Energien, deren Wirken im Körper bisher nachgewiesen ist, beschränken. Um den ihr gebührenden Platz als eine wirksame Form der medizinischen Therapie einnehmen zu können, muß die Energiemedizin ihre Grundlage in anerkannten wissenschaftlichen Prinzipien und sorgfältiger wissenschaftlicher Forschung finden.

Viele Verfechter der verschiedensten alternativen Heilmethoden haben die Entdeckung der elektromagnetischen Kräfte des Körpers freudig begrüßt, haben aber bezeichnenderweise reichlich nebulöse Vorstellungen darüber, was die Wissenschaft schon erarbeitet hat. Machmal haben die Anhänger einer bestimmten Therapieform ganz ungerechtfertigte Ansprüche angemeldet und sich auf den Standpunkt gestellt, sie allein praktizierten die wahre Energiemedizin. Das ist eine höchst bedauerliche Situation, weil diese Techniken oft erhebliche Wirkungen haben und bei unsachgemäßer Anwendung Schaden anrichten können. Wir müssen jede dieser verschiedenen Therapieformen wissenschaftlich untersuchen und sie auf rationale, sichere Weise einsetzen, sonst läuft das ganze Gebiet der Energiemedizin Gefahr, am Ende im Mülleimer der Medizingeschichte zu landen. Eine so umfassende Untersuchung wird allerdings nicht leicht sein: einmal, weil unser Wissen über die Wirksamkeit dieser Kräfte bislang noch lückenhaft ist, und zweitens, weil wir es mit einer verwirrenden Fülle von Therapien von der Akupunktur bis zum Zoroastrismus zu tun haben.

Wenn wir davon ausgehen, daß die wirksamen Techniken der Energiemedizin auf den inneren energetischen Steuersystemen des Körpers beruhen, können wir die verschiedenen Techniken je nach dem verwendeten Energieniveau grob in drei Klassen einteilen. Allerdings kann es sich dabei nur um einen ersten Klassifizierungs*versuch* handeln, weil, wie wir noch sehen werden, nicht jede Technik genau einer dieser Kategorien zugeordnet werden kann.

Zunächst gibt es Techniken, bei denen dem Körper keine Energie von außen zugeführt wird (zum Beispiel Hypnose und Visualisierung) und bei denen man in der Behandlung nur bereits vorhandene energetische Steuersysteme zu aktivieren versucht. Diese bezeichne ich als *Minimalenergie-Techniken.*

Die zweite Kategorie umfaßt Techniken, bei denen dem Körper von außen Energie zugeführt wird, aber nur in der Stärke, mit der der Kör-

Wie das elektrische System des Körpers angeschaltet wird

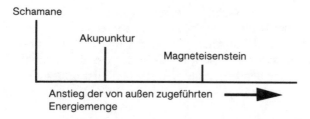

Abbildung 4.1 Auf einer von Null ausgehenden Skala ansteigender Energiezufuhr wendet der Schamane keine Energie an, einfache Akupunkturnadeln führen sehr geringe Elektrizitätsmengen zu, und Magneteisensteine haben ein lokales Magnetfeld, dessen Stärke die des Magnetfeldes der Erde bei weitem übersteigt. Der Schamane aktiviert nur das innere Gleichstromsystem des Patienten (es sei denn, er verabreicht Kräuter oder andere Heilmittel). Die Akupunktur (nichtelektrischen Typs) wirkt mit einer sehr geringen Menge externer elektrischer Energie auf spezifische Teile des internen Gleichstromsystems ein und kann als Energieverstärkungstechnik eingestuft werden. Der Magneteisenstein setzt den Körperteil, auf den er angewendet wird, einem viel stärkeren Magnetfeld als normal aus und kann daher als Hochenergie-Übertragungstherapie klassifiziert werden.

per selbst seine energetischen Steuersysteme betreibt. Da wir solche Techniken als Verstärker inaktiver oder unzulänglicher energetischer Steuersysteme betrachten können, nenne ich sie *Energieverstärkungs-Techniken.*

Zur dritten Kategorie gehören Techniken, bei denen die dem Körper zugeführte Energie größer ist als die, über die er von Natur aus verfügt. Diese Techniken hängen offenbar insofern mit den allgemeinen Verfahren der technologischen Medizin zusammen, als hier das normale System durch die von außen bezogene Energie ersetzt wird. Ich nenne sie *Hochenergie-Übertragungs-Techniken.*

Um zu zeigen, wie ich dieses Einteilungsschema verwende, will ich es auf drei der ältesten medizinischen Techniken anwenden: die Heilpraxis der Schamanen, die Akupunktur und die lokale Anwendung des Magneteisensteins (eines in der Natur vorkommenden magnetischen Minerals). Unser theoretisches Schema steckt noch in den Kinderschuhen, und bei unseren Versuchen, die Wirkungsweise der Energiemedizin zu verstehen, sind wir auf indirekte oder sporadische Hinweise angewiesen. Aber immer ist der rote Faden, an dem wir uns bei unserer

127

Die elektromagnetische Medizin

Einschätzung der Techniken orientieren, das Energiesystem des Körpers. Bei der Betrachtung jeder einzelnen Technik müssen wir bestimmen, ob sie dadurch wirkt, daß sie das Energiesystem beeinflußt. Da alle Energiesysteme, so weit wir sie bisher kennen, auf elektromagnetischer Energie beruhen, muß man mit Hilfe der untersuchten Technik irgendwie in der Lage sein, das Wirken dieser Energien im Körper zu verändern.

Die Geheimnisse der Elektrizität und des Magnetismus sind zwar noch nicht bis ins letzte entschleiert; dennoch wäre es abenteuerlich, unsere Theorien auf die vermutete Wirksamkeit anderer Kräfte zu gründen, über die wir gar nichts wissen. Wenn wir das täten, würden wir den Mystizismus wieder in die Energiemedizin einführen, was wir unbedingt vermeiden müssen, wenn wir wollen, daß unsere neue Anschauung anerkannt wird. Wenn es uns gelingt, die Energiemedizin zu diesem entscheidenden Zeitpunkt zu einer angesehenen Wissenschaft zu machen, dann ist der Weg frei für weitere Entwicklungen, die die Grenzen dieses Gebietes über alles hinaus ausdehnen werden, was wir uns jetzt vorstellen können. Die gründlichere Erforschung der Energiemechanismen des Lebendigen kann zur Entdeckung neuer physikalischer Kräfte oder unerwarteter Spielarten der bereits bekannten führen.

Zum Schluß dieses Kapitels wollen wir uns mit einigen der *Minimalenergie-Techniken* beschäftigen; die beiden anderen Klassen untersuche ich in den nächsten beiden Kapiteln. Ich werde nur solche Therapien behandeln, mit denen ich persönliche Erfahrungen gesammelt habe und bei denen ich es für gerechtfertigt halte, ihnen einen theoretischen oder einen experimentell nachgewiesenen Wirkungsmechanismus zuzuschreiben. Ich habe sicher eine Reihe nützlicher Techniken ausgelassen; dafür entschuldige ich mich bei denen, die diese Techniken anwenden. Einige beliebte «Therapien» habe ich bewußt nicht erwähnt, weil ich keine wissenschaftliche Grundlage für sie entdecken kann.

Minimalenergie-Techniken: die Mitwirkung des Geistes

Da die Minimalenergie-Techniken direkt auf den untersuchten inneren Energiesystemen beruhen, scheint es angebracht, sie auch weiter in diesem Kontext zu erörtern. Es gibt sehr viele Minimaltechniken, darunter Meditation, Biofeedback, Visualisierung, Hypnose, Suggestion, Placebo, religiöse Erfahrung und Glaubensheilung. Was diese alle gemeinsam haben, ist, daß das Bewußtsein in der gewünschten Richtung beeinflußt wird und der Körper das ausführt, was das Bewußtsein ihm vorschreibt (man hat das Phänomen, das den Minimalenergie-Techniken zugrundeliegt, auch Selbstregulierung genannt). Wir haben es bei diesen Techniken eigentlich mit dem grundlegenden Leib/Seele-Problem zu tun, nur eben nicht auf der theoretischen, sondern auf der praktischen Ebene.

Die orthodoxe Physiologie hält das für Unsinn. Zunächst einmal hat man noch keine Verbindung zwischen dem Bewußtsein – von dem man annimmt, daß es im digitalen Nervensystem angesiedelt ist – und dem Teil des analogen Systems entdeckt, von dem man weiß, daß es die primitiveren automatischen Systeme steuert, welche Blutdruck, Blutverteilung, Körpertemperatur, Atmung und Verdauung regulieren. Für diese Funktionen ist das autonome Nervensystem zuständig, das so heißt, weil es automatisch, ohne das Eingreifen des Bewußtseins, arbeitet. So brauchen wir zum Beispiel die Atmung oder den Puls nicht bewußt zu regulieren. Der Gedanke, daß das Bewußtsein die primitiveren, nicht vom autonomen System gesteuerten Funktionen wie Wachstumskontrolle und biologische Zyklen beeinflussen könnten, scheidet für die Schulwissenschaft ganz einfach aus.

Die Steuerung des autonomen Nervensystems durch das Bewußtsein

Bei vielen minimalistischen Techniken besteht der erste Schritt der Behandlung darin, bewußt den Blutstrom in die Hände zu verstärken. Biofeedback-Therapeuten erreichen das dadurch, daß sie dem Patienten ein Thermoelement in jede Hand geben und ihn auffordern, die Schreibnadel des Aufzeichnungsgeräts auf dem Papier nach oben zu bewegen. Unter Hypnose braucht man die Versuchsperson nur aufzufordern, ihre Hände durch Verstärkung des lokalen Blutstroms zu erwärmen. Bei den meisten Versuchspersonen funktionieren diese Techniken zuverlässig. Sie haben den Vorteil, daß die Patienten aufgrund einer einfachen Demonstration überzeugt werden, daß sie ihren Körper wirklich steuern können. Wie diese Steuerung genau funktioniert, weiß man bislang nicht. Es könnte eine direkte Verbindung zwischen dem Bewußtsein und dem autonomen System bestehen; oder das Gleichstromsystem ist beteiligt, wie wir es bei der örtlichen Betäubung nachgewiesen haben.

Die eindrucksvollste Demonstration der Fähigkeit, den Blutstrom in einem bestimmten Körperteil zu steuern, erlebte ich einmal, als ein Patient und mein Kollege, der Hypnotiseur Dr. Friedman, mir einen Streich spielten. Als der Vietnamkrieg seinem Ende zuging, hatte ich einen Patienten, der im Krieg verwundet worden war. Er hatte einen hartnäckigen, schwer entzündeten, schlechtheilenden Schienbeinbruch. Unglücklicherweise hatte er wie so viele andere Vietnamkämpfer früher harte Drogen genommen und war nur mit großer Anstrengung davon losgekommen. Seine Behandlung machte mehrere operative Eingriffe nötig, und er hatte große Angst, wieder süchtig zu werden, wenn man ihm nach der Operation Betäubungsmittel gäbe. Ich schickte ihn zu Dr. Friedman, und da sich herausstellte, daß er gut auf Hypnose ansprach, brachte dieser ihm die Grundlagen der Selbsthypnose bei. Mit dieser einfachen Technik konnte er den Schmerz nach seiner ersten Operation unter Kontrolle halten.

Er machte gute Fortschritte, und schließlich nahte die letzte Operation, bei der ein Knochentransplantat in das verletzte Schienbein eingesetzt werden sollte. Da die Wunde offenblieb, mußte das Transplantat nach der Operation ständig ganz mit einem Blutklumpen bedeckt werden. Ich sagte dem Patienten, daß ich immer, wenn der Blutklumpen Anzeichen der Verflüssigung zeigte, so daß das Knochentransplantat nicht mehr bedeckt wäre, einfach Blut aus einer Armvene abzapfen und in die Wunde einspritzen würde.

Am vierten Tag nach der Operation schien der Klumpen zu schrumpfen. «Wenn es bis morgen schlimmer geworden ist, muß ich noch mehr Blut spritzen», sagte ich, und er antwortete: «Keine Sorge, Herr Doktor, morgen ist alles in Ordnung.» Und siehe da, als ich am nächsten Tag den Verband abmachte, war so viel Blut da, daß es aus der Wunde sickerte. Ich muß wohl etwas erstaunt geschaut haben, denn er lachte und sagte, er und Dr. Friedman hätten sich einen kleinen Scherz erlaubt. Dr. Friedman hätte ihm in einer einzigen Sitzung beigebracht, wie er den Blutfluß in die betroffene Region des Beines durch Selbsthypnose verstärken könnte, hätte ihn aber ermahnt, nicht zuviel des Guten zu tun. In der Frühe hätte er sich heute selbst hypnotisiert, aber er hätte wohl etwas übertrieben!

Offenbar ist das Bewußtsein in der Lage, das autonome Nervensystem mit bewundernswerter Präzision zu steuern, entweder durch eine direkte Verbindung oder über das Gleichstromsystem. Ich habe bei Patienten mit Bluthochdruck und chronischen Schmerzen oft mit Hypnose und Biofeedback gearbeitet und bin überzeugt, daß diese Methoden nicht nur ebenso wirkungsvoll sind wie die übliche medikamentöse Therapie, sondern auch viel ungefährlicher.

Am besten wird die Technik der Steuerung des autonomen Nervensystems vermutlich von den indischen Yogis beherrscht, die in der Lage sind, ihre Darmbewegungen zu steuern, Atmung und Puls bis fast auf Null zu verlangsamen und andere «Wunder» zu vollbringen, die von der modernen Wissenschaft verpönt sind. Vielleicht ist es eines Tages möglich, diese erstaunlichen Menschen einer gründlichen wissenschaftlichen Untersuchung zu unterziehen.

Wenn der Patient einmal gelernt hat, seine Hände zu erwärmen, kann man zu einer Reihe von anderen Minimalenergie-Techniken übergehen, die wichtigeren Zwecken, etwa der Wachstumssteuerung, dienen.

Die Steuerung des Immunsystems durch das Bewußtsein

Im Lauf der letzten zehn Jahre hat sich herausgestellt, daß zwischen dem Bewußtsein und dem Immunsystem eine ähnliche Beziehung besteht. Das wird heute von der Schulmedizin als Tatsache akzeptiert und hat sogar zur Bildung einer neuen wissenschaftlichen Disziplin geführt, die den zungenbrecherischen Namen «Psychoneuroimmunologie» trägt. Die Schwierigkeit ist nur, daß man bisher keine digitalen neuronalen

Verbindungen zwischen dem Gehirn und den verschiedenen Bestandteilen des Immunsystems kennt, wenn es auch auf der Zellebene ganz klare Beziehungen zwischen den Nervenzellen und den Zellen des Immunsystems zu geben scheint. Das ist eigentlich überraschend, wenn man bedenkt, daß die beiden Zell-Linien sich sehr früh in der Embryogenese trennen.

Die Beziehung zwischen dem Zentralnervensystem und dem Immunsystem ist komplex. Es hat Untersuchungen gegeben, in denen nachgewiesen wurde, daß eine Beziehung zwischen bestimmten Stimmungen wie zum Beispiel depressiven Zuständen und dem Grad der Leistungsfähigkeit des Immunsystems besteht. Aber diese Zusammenhänge sind trotz umfangreicher Forschungen noch nicht restlos verstanden. Es kann sein, daß die in diesem Kapitel oben dargestellten Versuche zur Anästhesie durch Hypnose auf dem Weg über das Gleichstromsystem eines Tages eine Brücke zwischen dem Gehirn und dem Immunsystem schlagen werden. Aber auch diese Möglichkeit muß erst noch erforscht werden.

Die Arbeitsweise der Minimalenergie-Techniken

Ich glaube, daß die Verbindung zwischen dem Bewußtsein und dem Gleichstromsystem die Grundlage der Minimaltechniken der Energiemedizin bildet. Nun haben wir diese Verbindung zwar in unseren Versuchen zur Anästhesie durch Hypnose nachgewiesen, aber das muß nicht heißen, daß nur diese Art der klassischen Hypnose die Schleusen öffnet, durch die die Verbindung hergestellt wird. Es geht auch mit Selbsthypnose (Autohypnose). Die Patienten lernen diese Technik anfangs in einer klassischen hypnotischen «Trance». Die Selbsthypnose verlangt auch dann noch, wenn der Patient sie beherrscht, eine solche Trance oder irgendeine offenkundige Änderung des Bewußtseinszustands. Am wichtigsten ist, daß der Patient sich konzentriert und an die Wirksamkeit der Behandlung glaubt. Meine Grundannahme ist, daß ein Patient, der fest an die Wirksamkeit der Behandlung glaubt, sich dadurch bei *jeder* Methode in einen der Selbsthypnose ähnlichen Zustand versetzt und so Zugang zu den elektrischen Gleichstrom-Steuerungssystemen hat.

Betrachten wir zum Beispiel die «hysterische Betäubung», bei der der Patient behauptet, ein Teil seines Körpers sei vollkommen empfindungslos oder «tot». Hierbei handelt es sich primär um einen psychischen Zustand, und der betreffende Körperteil ist gewöhnlich mit einer traumatischen Situation assoziiert, zum Beispiel wenn er mit dem Arm oder mit der Hand jemanden geschlagen oder verletzt hat. Die Betäubung ist «real», denn der Patient reagiert nicht auf schmerzauslösende Reize in dieser Region. Zwar ist der Patient nicht durch Hypnose in diesen Zustand versetzt worden, aber die beiden Fälle gleichen sich insofern, als sowohl der hysterische Patient als auch die hypnotisierte Versuchsperson offenbar fest daran glauben, daß der Arm taub ist.

Es gibt sowohl anekdotische als auch objektive Hinweise auf Krebsheilungen mit den Minimalenergie- oder Selbstregulierungs-Techniken. Physikalisch gesehen, behalten ein Körper in Bewegung oder ein aktives System so lange ihren Zustand bei, bis von außen eine verändernde oder «störende» Kraft einwirkt. Nach dem Verständnis der Biologie kann das Wachstum eines Tumors nicht durch einen bloßen Willensakt aufgehalten werden. Daher muß bei den auf diesen Behandlungsmethoden beruhenden Heilungen eine reale Kraft im Spiel sein, die den malignen Prozeß stört. Wenn wir die Einwirkung einer geheimnisvollen, unerkennbaren Kraft ausschließen wolle – und das sollten wir meiner Meinung nach unbedingt –, dann kommt nur die elektromagnetische Kraft in Frage.

Die Beweise, die ich bisher vorgelegt habe, deuten darauf hin, daß das Bewußtsein das Wirken des mit elektrischem Gleichstrom arbeitenden Wachstumssteuerungssystems und des Immunsystems so beeinflussen kann, daß die beobachteten Resultate zustande kommen, wenn der Betreffende fest an die Wirksamkeit der Behandlung glaubt. Wir wissen gegenwärtig so wenig über dieses Gebiet, daß wir diese Theorie zumindest als einen verläßlichen wissenschaftlichen Rahmen begrüßen können, innerhalb dessen wir uns an weitere Untersuchungen wagen können.

Der Glaube an die Behandlung und der Placebo-Effekt

Das beste Beispiel für die Wirksamkeit des festen Glaubens an die Behandlung ist der Placebo-Effekt. In den sechziger Jahren, als die Kontroverse um Laetrile in Gange war und es noch keine Chemotherapie zur Krebsbehandlung gab, wurde der Fall eines Mannes bekannt, der tödlich an inoperablem Krebs erkrankt war. Laetrile ist eine einfache chemische Substanz, der man damals eine starke krebsbekämpfende Wirkung nachsagte. Einige angesehene Ärzte setzten sich für das Mittel ein, und es wurde eine Zeitlang viel verwendet, wenn auch mit gemischten Resultaten. Man hörte, daß einige Patienten vollständig «geheilt» worden seien, während sich bei anderen überhaupt keine Wirkung zeigte.

Der oben erwähnte Patient, der schon stark abgenommen hatte und ständig unter Schmerzen litt, fragte seinen Arzt, ob er es nicht mit Laetrile probieren sollte. Der Arzt hatte nichts dagegen und sagte, er kenne mehrere Fälle, in denen sich der Zustand unter der Behandlung mit Laetrile sehr gebessert habe. Der Patient begann die Behandlung und erholte sich zusehends: Der Tumor wurde erheblich kleiner, der Patient nahm zu, und die Schmerzen verschwanden.

Ein paar Monate später – der Krebs war nicht mehr tastbar, und der Patient war überzeugt, daß er wieder vollständig gesund werden würde – las er in der Presse, daß die American Medical Association (AMA) Laetrile als «wertlos» bezeichnet hatte. Bald danach stellten sich alle seine früheren Symptome wieder ein, und der Tumor tauchte wieder auf. Daraufhin sagte der Arzt, er hätte jetzt ein viel stärkeres Laetrile-Präparat, das sehr wohl wirke, und gab ihm jeden Tag Spritzen, die aber in Wirklichkeit nur destilliertes Wasser enthielten. Wieder verschwanden bei dem Patienten alle Krankeitserscheinungen, er nahm schnell an Gewicht zu und fühlte sich wieder wohl. Aber kurz danach las er, die Food and Drug Administration (FDA) sei nach sorgfältiger Prüfung nun wie die AMA der Meinung, daß Laetrile wertlos sei. Der Tumor wurde wieder viel größer, und nach ein paar Wochen war der Mann tot.

Zweifellos ist Laetrile im wesentlichen eine wertlose chemische Substanz ohne die geringste spezifische Wirkung gegen Krebstumoren. Daß dieser Patient zweimal einen Genesungsprozeß durchmachte, ist nur seinem festen, durch die Autorität des Arztes noch verstärkten

Glauben an die Wirksamkeit der Behandlung zuzuschreiben. In dieser Stimmung der Bereitschaft hat das Bewußtsein auf irgendeine Weise Zugang zu dem elektrischen Gleichstrom-Steuerungssystem und gewinnt so die Kontrolle über das Tumorwachstum. Die Schulmedizin lehnt jedoch das grundlegende und äußerst wichtige Instrument, das der Placebo-Effekt darstellt, nicht nur als Behandlungsmethode ab, sondern ist sogar mit aktiven Maßnahmen dagegen vorgegangen. Der oben geschilderte Fall wäre heute undenkbar, weil der Arzt Gefahr laufen würde, seine Zulassung zu verlieren.

Als ich studierte, gab es noch keine Antibiotika, und man brachte uns bei, die Art, wie wir die Patienten behandelten, sei genauso wichtig wie die Mittel, die wir dafür einsetzten. Da es nur wenige wirklich wirksame Medikamente gab, mußte man die Fähigkeit des Patienten ausnutzen, sich gegen die Krankheit zu wehren. Man nannte das damals oft das richtige «Verhalten am Bett» oder die «Arzt-Patient-Beziehung». Aber ich habe immer gefunden, daß man damit einem äußerst wichtigen Aspekt der medizinischen Praxis nicht die gebührende Beachtung schenkte. Wenn ein Arzt sich *wirklich* für seinen Patienten interessiert und in ihm die Überzeugung wecken kann, daß er oder sie mit Hilfe des Arztes gesund werden wird, dann ergeben sich im Körper des Patienten physiologische Veränderungen, die konkret die Heilung fördern. Die Arzt-Patient-Beziehung hat also nicht nur mit dem Geist des Patienten, sondern ebenso auch mit seinem ganzen Körper zu tun.

Daß es sogar in einer so mechanistischen Disziplin wie der Chirurgie auf das richtige Verhältnis zum Patienten ebenso ankommt wie auf die Geschicklichkeit des Chirurgen, ist mir vor langer Zeit klargeworden. Ich arbeitete nämlich einmal mit einem Chirurgen zusammen, der die mechanische Seite der Chirurgie meisterhaft beherrschte. Die schwierigste chirurgische Operation, die man damals ausführen konnte, war die thorako-lumbale Sympathektomie (Entfernung des Sympathikus-Grenzstrangs in Brust- und Lendengegend) bei Hypertonie. Dabei mußte der sympathische Teil des autonomen Nervensystems – ein vom oberen Teil des Halses durch Brust und Unterleib bis weit ins Becken verlaufender zusammenhängender Strang von Nervenfasern und Ganglien – vollständig entfernt werden. Dieser Chirurg war imstande, diese ganze anatomische Struktur in einem Stück durch einen kleinen Einschnitt an den unteren Rippen in etwa einer halben Stunde herauszunehmen. Oft standen die Medizinstudenten und Medizinalassistenten dicht gedrängt in unserem Operationssaal, nur um diesem Hexenmeister, der auch andere Operationen ebenso virtuos beherrschte, bei der Operation über die Schulter zu sehen. Aber egal, um welche Operation es sich handelte, bei seinen Patienten traten regelmäßig mehr postoperative Komplikationen auf als bei den Patienten der anderen Chirurgen.

An diesem Krankenhaus gab es einen anderen Chirurgen, der technisch fast ebensoviel konnte. Er beherrschte die gleichen Operationsverfahren, brauchte aber immer etwas länger und genoß daher nicht den Ruf eines Wunderarztes. Bei ihm gab es nur halb so viele postoperative Komplikationen wie bei seinem Kollegen. Die beiden unterschieden sich, soweit ich sehen konne, nur in der Beziehung, die sie zu ihren Patienten hatten. Der virtuose Techniker sprach nie mit seinen Patienten; bis auf ein brummiges Einminutengespräch am Tag vor der Operation überließ er es seinen Assistenten, die Fragen der Patienten zu beantworten und ihnen über ihre Angst hinwegzuhelfen. Der andere Chirurg dagegen nahm sich ausgiebig Zeit, den Patienten Rede und Antwort zu stehen und ihnen in allen Einzelheiten zu erklären, was er vorhatte, wodurch er ihr volles Vertrauen gewann.

Wenn man dies alles berücksichtigt, läßt sich der Begriff des «Placebo» über die Lehrbuchdefinition als pharmakologisch unwirksames chemisches Mittel (wie zum Beispiel eine «Zuckertablette») hinaus ausdehnen, so daß er jede Wirkung auf den *Bewußtseinszustand des Patienten* einbezieht. Ich möchte diesen Gedanken noch weiterführen. Ich glaube, daß immer, wenn *irgendeine* Technik dem Patienten solches Vertrauen einflößt, daß er von ihrer Wirksamkeit fest überzeugt ist, das körpereigene Gleichstromsystem durch das Bewußtsein des Patienten so beeinflußt wird, daß die Heilung eintreten kann. Auf dieser Grundlage lassen sich die positiven klinischen Wirkungen vieler verschiedenartiger Techniken, die zur Energiemedizin gerechnet werden, rational erklären.

Neue Medikamente werden im Doppelblindversuch getestet. Das bedeutet, daß weder der verschreibende Arzt noch der Patient weiß, ob das angewandte Medikament ein wirksames Mittel oder ein Placebo ist. Dabei geht man von der Grundannahme aus, daß es sich nur dann um eine wirksame Behandlung handelt, wenn erwiesen ist, daß sie das chemische «Ziel»-System ohne Einmischung psychischer Momente beeinflußt. Oberflächlich betrachtet, sieht es so aus, als sei damit den Gesetzen der Logik und der Verantwortung gegenüber der Medizin Genüge getan. Denn wir wollen ja schließlich nicht, daß der Markt von wertlosen Medikamenen überschwemmt wird.

Dennoch schießen wir damit am Ziel vorbei. Sinn und Zweck der Medizin ist es einzig und allein, Krankheitssymptome zu lindern oder Krankeiten ganz zu heilen. Der Placebo-Effekt fristet ein Schattendasein fernab vom hellen Licht der modernen Wissenschaft; dabei könnte er in sechzig Prozent aller klinischen Fälle die gewünschte medizinische Wirkung erzielen! Könnte eine pharmazeutische Firma den Placebo-Effekt patentieren und in Flaschen abfüllen, sie würde Millionen damit verdienen.

Das Verheerendste an dem konzertierten Angriff auf den Placebo-Effekt ist wohl, daß man die Entscheidung über die gesetzliche Zulassung einer Behandlungsmethode in der Humanmedizin davon abhängig macht, ob ihr Wirkungsmechanismus bekannt ist. Auch das erscheint auf den ersten Blick begrüßenswert, denn schließlich wollen wir uns nicht irgendwelchen Medikamenten oder Behandlungen aussetzen, ohne zu wissen, wie sie funktionieren. Das Problem dabei ist nur, daß der Wirkungsmechanismus mit dem heutigen chemisch-mechanistischen Modell in Einklang stehen muß: Eine Technik kann klinisch noch so wirksam sein, kann die Symptome noch so gut bessern oder die Krankheit noch so gut heilen – wenn sich nicht beweisen läßt, daß sie chemisch wirkt, darf sie nicht angewandt werden. Diese Anschauung, die in den Dogmen der wissenschaftlichen Medizin der dreißiger Jahre gründet, bedeutete letztlich das Aus für den Placebo-Effekt. Der Placebo-Effekt konnte nicht erklärt werden – also durfte es ihn nach der herrschenden wissenschaftlichen Meinung nicht geben.

Aber inzwischen hat die Lage sich geändert. Die neue wissenschaftliche Revolution hat der Medizin Beweise für die *tatsächliche Existenz* des Placebo-Effekts geliefert. Sämtliche Techniken, die wir am Anfang dieses Abschnitts aufgezählt haben, funktionieren zuverlässig immer dann, wenn der Patient fest an die Wirksamkeit der Behandlung glaubt. Denn dadurch wird das Immunsystem aktiviert, der Zugang zum Gleichstrom-Steuerungssystem wird eröffnet, und das Gewebe kann heilen.

137

Die Minimal-Techniken der Energiemedizin sind etwas ganz anderes als der Placebo-Effekt, wie ihn die Schulmedizin darstellt (und ablehnt). Nach dieser Darstellung ist die Sache so: Ein skrupelloser Arzt betrügt seinen Patienten, indem er ihm ein Medikament verschreibt, von dem er behauptet, es werde helfen, obwohl er weiß, daß es in Wirklichkeit wirkungslos ist. Der Erfolg dieser Art von Placebo hängt einzig von dem Arzt als Autoritätsperson ab, dessen Willen der Patient sich zu unterwerfen hat. Es kommt vor, daß solche Patienten – ganz passiv – einen festen Glauben an die Wirksamkeit des verschriebenen Medikaments entwickeln, und tatsächlich geheilt werden. Aber sie sind auf keinerlei Weise aktiv an ihrer Behandlung beteiligt.

Darüber hinaus arbeitet der konventionelle Arzt oft unbewußt zum Schaden des Patienten mit einem negativen Placebo-Effekt. Man hält es heute allgemein für richtig, dem Patienten immer «die Wahrheit» zu sagen und auch den Krebspatienten, den man für unheilbar hält, darüber zu informieren, daß er Krebs hat und man nichts mehr für ihn tun kann. Man sagt ihm weder, daß gelegentlich «spontane» Krebsheilungen vorkommen, noch, daß es alternative Heilmethoden gibt, die anscheinend zuweilen Erfolg haben. Auf diese Weise nimmt man dem Patienten jede Hoffnung und liefert ihn schutzlos seiner Krankheit aus. Regelmäßig wollen die Patienten dann wissen, wie lange sie noch zu leben haben, und statt ihnen wahrheitsgemäß zu sagen, daß man das nicht sagen kann, weil alle Patienten verschieden sind, macht der Arzt oft irgendeine zeitliche Angabe, zum Beispiel «ein halbes Jahr». Allzuoft habe ich von Patienten hören müssen, die genau an dem Tag starben, den ihnen der Arzt nach seiner Schätzung genannt hat. Durch die autoritative Behauptung des Arztes wurde der Patient innerlich so festgelegt, daß er nicht nur ein physiologisch und statistisch derart unwahrscheinliches Ereignis zustande brachte, sondern daß er nicht einmal die ihm verbleibende Zeit genießen konnte.

Die Energiemediziner, die ihr Berufsethos ernst nehmen, machen diesen Betrug an den Patienten nicht mit, sondern sagen ihnen von Anfang an, daß sie *sich selbst* heilen werden, indem sie Techniken erlernen, die ihnen die Kontrolle über ihren eigenen Körper ermöglichen. Dadurch, daß sie ihre Patienten zu tieferer Selbsterkenntnis und zum besseren Umgang mit sich selbst anleiten, gleichen diese Ärzte eher dem Lehrer als dem Heiler. Eine solche Form der Therapie muß das innere Steuerungssystem des Körpers viel stärker ins Spiel bringen, als es das einfache, auf Autorität beruhende Placebo tut, und von daher gesehen muß diese Technik auch wirkungsvoller sein. Die Patienten bestimmen über ihr eigenes Schicksal. Sie treffen ihre Entscheidungen selbst und steuern ihre eigene Heilung, ohne von einer Autoritätsperson abhängig zu sein. Vielleicht ist das für den Erfolg dieser Techniken besonders wichtig, denn es ist erwiesen, daß die Belastung durch eine schwere oder lebensbedrohliche Krankheit merklich verringert wird, wenn der Betroffene ein Gefühl der Selbständigkeit, der Kontrolle und der Selbstbestimmung entwickelt.

Dieser Zusammenhang ist in mehreren ausgezeichneten experimentellen Studien ganz deutlich herausgearbeitet und erhärtet worden. Im Jahre 1979 stellten Dr. L. S. Sklar und Dr. H. Anisman zwei Käfige mit Ratten auf, die mit bösartigen Tumorzellen geimpft waren. Die beiden Käfige wurden so eingerichtet, daß die Tiere in zufälligen Abständen längere Elektroschocks über ein Bodengitter bekamen, das einen «Fußschock» als Stressor abgab. Einer der Käfige war mit einem Schalter ausgerüstet, mit dem die Ratten den Schock abstellen konnten, eine sogenannte «Fluchtroutine». Die Dauer und Anzahl der Schocks war in beiden Käfigen genau gleich, aber die Ratten im ersten Käfig konnten die Dauer der Schocks begrenzen, während die im zweiten sie passiv hinnehmen mußten. Man kann also sagen, daß die Ratten in dem Käfig mit dem Fluchtschalter eine gewisse Kontrolle über die unerwünschten Zwischenfälle ausüben konnten. Die Ratten im zweiten Käfig, die das nicht konnten, zeigten deutlich höhere Häufigkeitsraten klinischen Krebses, eine deutlich höhere Sterblichkeitsrate und einen schnelleren Sterbeprozeß. Die Untersuchung wurde 1982 von Dr. M. A. Visintainer und seinen Kollegen an der Universität von Pennsylvania wiederholt, aber mit dem Unterschied, daß man nun eine Krebsart verwendete, die Ratten durch ihr eigenes Immunsystem abstoßen können. Man stellte fest, daß die Ratten mit vermeidbaren Schocks den Krebs deutlich häufiger abstießen als die, welche den Schocks nicht entkommen konnten. Diese Untersuchungen zeigen klar, daß jede Kontrolle in einer Streßsituation das Ausmaß der Belastung verringert, die Abwehrlage merklich verbessert und die Wiederherstellung der Gesundheit begünstigt.

Daraus können wir verschiedene äußerst wichtige Lehren ziehen. Erstens: Streß verstärkt und beschleunigt das Krebswachstum. Zweitens:

Ermöglicht man dem Patienten das größtmögliche Ausmaß an Kontrolle über seine Behandlung, so wird die Belastung durch eine Krankheit merklich verringert, und der klinische Ausgang günstig beeinflußt. Wir finden zu einer Erkenntnis zurück, die Hippokrates vor so langer Zeit schon gewonnen hatte: der klinische Verlauf einer Krankheit wird weitgehend davon bestimmt, wie der Patient psychisch auf die Krankheit reagiert. Ich erinnere mich an zwei Fälle, von denen ich vor über zehn Jahren erfahren habe. Zwei etwa gleichaltrige Männer, die beide verheiratet waren und Kinder hatten, erkrankten praktisch gleichzeitig an Leukämie. Einer von ihnen fügte sich ganz passiv in seine Lage und legte sein Schicksal völlig in die Hand der Ärzte. Er unterzog sich klaglos intensiver Chemotherapie, weil er der Ansicht war, die Ärzte wüßten am besten, was zu tun sei. Der andere Patient wehrte sich mit aller Kraft gegen seine Lage, wollte von der Chemotherapie nichts wissen und schmiß zu Hause Teller und Gläser an die Wand. Beide Patienten waren bei den gleichen Ärzten in Behandlung. Diese baten den ersten Patienten, dem zweiten auch zur Chemotherapie zu raten. Aber ohne Erfolg. Der erste Patient reagierte kaum auf die Chemotherapie, und schließlich bekam er Versuchsmedikamente, die aber auch nicht halfen. Er starb zwei Jahre nachdem der Krebs ausgebrochen war. Der zweite Patient ist heute noch munter und wieder gesund.

Die Visualisierung in neuem Licht

Die Visualisierung ist eine Technik, bei der die Patienten angewiesen werden, den «Blick nach innen» auf ihren Körper zu richten, sich die dort wohnende Krankheit vorzustellen (sie zu «visualisieren») und dann das Abwehrsystem des Körpers zu visualisieren, wie es die erkrankten Gewebe angreift. Diese Technik wird am häufigsten bei Krebsfällen angewandt, bei denen die erkrankten Gewebe durch Röntgenaufnahmen oder andere Bildtechniken genau lokalisiert werden können. Der Patient wird über seine Krankheit möglichst genau informiert und hat freien Zugang zu allen Labordaten (wie zum Beispiel Röntgenbildern), was ihm dabei helfen soll, sich eine innere Vorstellung von der erkrankten Region zu machen. Dadurch wird die Krankheit zweifellos entmystifiziert; der Patient wird in den Heilungsprozeß mit einbezogen, so daß er das Gefühl bekommt, alles im Griff zu haben. Aber es muß noch mehr an der Sache dran sein.

Es gibt viele gutdokumentierte Fälle, die zeigen, daß manche Patienten, besonders Kinder, in der Lage sind, sich selbst ein genaues Bild von der erkrankten Region zu machen. Dafür liefert Dr. Patricia Norris in ihrem Buch *I Choose Life* (Ich wähle das Leben) ein ausgezeichnetes Beispiel: den Fall eines Patienten namens Garret Porter. Als Garret neun war, wurde bei ihm ein Astrozytom festgestellt. Das ist ein inoperabler Hirntumor mit tödlichem Ausgang. Garret wurde zwar auch mit Röntgenbestrahlung behandelt, gleichzeitig aber mit Biofeedbacktechniken vertraut gemacht. Nachdem er sehr schnell gelernt hatte, sein autonomes Nervensystem zu kontrollieren, fing er bei Dr. Norris mit der Visualisierungstherapie an. Er machte nicht nur gute klinische Fortschritte, sondern konnte sich auch den Tumor in allen Einzelheiten vorstellen. Eines Abends – seit Beginn der Therapie war ein gutes Jahr vergangen – rief Garret seinen Vater und sagte, er könne den Tumor nicht mehr «finden»; statt dessen «sehe» er einen kleinen weißen Fleck. Das glaubte außer Garret kein Mensch. Mit der Computertomographie wartete man erst einmal einen Monat, weil man befürchtete, die Enttäuschung würde sich auf den Jungen schlecht auswirken. Als man sie schließlich doch machte, stellte sich heraus, daß der Tumor tatsächlich verschwunden war; an seiner Stelle fand sich nur eine kleine Kalziumablagerung – der weiße Fleck, den Garret «gesehen» hatte.

Irgendwie war Garret in der Lage, mit seinem inneren Auge eine genaue Darstellung seines Körperinneren zu sehen. Er glaubte offensichtlich an seine Behandlung, aber diesen Glauben brauchte er eigentlich nur, um Zugang zu seinem internen Steuerungssystem zu bekommen. War diese Verbindung einmal hergestellt, liefen Vorgänge ab, die wir heute noch nicht erklären können. Mit Glauben allein läßt sich wohl kaum befriedigend erklären, daß er mit der Visualisierungstechnik richtig sehen konnte. (Übrigens lebt Garret Porter noch heute; er ist jetzt – wenn man von ein paar neurologischen Schäden, die von der Röntgenbehandlung herrühren, absieht, – ein gesunder Teenager.)

Die Wissenschaft «erklärt» das dem Sehen zugrundeliegende System mit Begriffen, die in ihrer zu starken Vereinfachung völlig unzulänglich sind. Das aus Photonen bestehende Licht wird nach dieser Sicht auf der Netzhaut gebündelt und erzeugt dort ein Bild der Außenwelt. Das «Muster» dieses Bildes wird in Impulse in den Sehnerven verwandelt und stellt sich zuletzt wieder als entsprechendes Muster auf der Sehrinde im hinteren Teil des Gehirns dar. Dieser Vorgang ähnelt stark der Erzeugung einer grafischen Darstellung auf dem Monitor durch den Computer. Die Grafik entsteht als eine ganz bestimmte Zusammenstellung einzelner Punkte; je mehr Punkte vorhanden und je dichter sie angeordnet sind, desto realistischer ist das Bild. Man spricht von «digitaler Bilddarstellung».

Wenn es tatsächlich so einfach wäre, müßte es möglich sein, die Sehrinde elektrisch durch Elektroden, die zum Beispiel in der Form des Buchstaben A angeordnet wären, so zu stimulieren, daß die Versuchsperson eine bildliche Vorstellung des Buchstabens A empfinge. In Wirklichkeit kann nicht einmal dieser einfache Buchstabe auf diese Weise wahrgenommen werden; der Patient meldet nur eine Lichtempfindung. Es ist anzunehmen, daß irgendwo im Gehirn ein solches Muster gebildet wird – sozusagen auf dem «Bewußtseinsmonitor». Aber den haben wir noch nicht entdeckt – vielleicht existiert er nur im Bewußtsein und nicht im physischen Gehirn.

Eine Versuchsanordnung ist mir bekannt, bei der dem Bewußtsein einfache Bilder ohne den Umweg über das visuelle System vermittelt werden können. Diese Technik wurde von der Physikerin Dr. Elizabeth Rauscher und dem Ingenieur William van Bise entdeckt. Dabei werden von zwei Drahtspulen Magnetfelder mit leicht unterschiedlicher Pulsationsfrequenzen erzeugt und so ausgerichtet, daß sie sich am Kopf der Versuchsperson schneiden. Wenn sich zwei Strahlen elektromagnetischer Energie unterschiedlicher Frequenz irgendwo im Raum schneiden, bildet sich eine dritte Frequenz. Diese ergibt sich aus der Überlagerung der beiden ursprünglichen Frequenzen; man nennt sie Unterschiedsfrequenzen oder Überlagerungsfrequenzen. Hat zum Beispiel der eine Strahl eine Frequenz von 100 kHz und der andere eine Frequenz von 99,99 kHz, so ist der Unterschied 0,01 kHz oder 10 Hz. Auf diese Weise kann man auf kleinem Raum in einiger Entfernung von den ursprünglichen Sendern extreme Niederfrequenzen (ELF = Extremely Low Frequency) erzeugen. In dem Versuch von van Bise und Rauscher lagen die Unterschiedsfrequenzen immer im extremen Niederfrequenzbereich. Die Größe des Raumes, in dem die Erscheinung auftritt, hängt vom Durchmesser der beiden Strahlen ab. (Diese Technik wird in einem späteren Kapitel noch genauer besprochen.) Van Bises und Rauschers Versuchspersonen «sahen» mit verbundenen Augen einfache Formen wie Kreise, Ellipsen und Dreiecke, die sich durch Veränderung der Frequenz bei einer der Magnetspulen und damit der resultierenden Überlagerungsfrequenz abwandeln ließen. Die Spulen waren vom Kopf der Versuchsperson mindestens einen Meter entfernt. Die magnetische Feldstärke der Spulen war so gering, daß sie im Gehirn keine elektrischen Ströme erzeugen konnte, und die zu dem Versuch benötigten elektrischen Kontrollgeräte befanden sich in einem anderen Raum.

Diese Technik scheint das gesamte uns bekannte visuelle System zu umgehen und direkt an der Schnittstelle zwischen dem organischen Gehirn und der bewußten Wahrnehmung visueller Bilder anzusetzen. Wenn diese Vermutung auch nur zum Teil richtig ist, ist es höchst unwahrscheinlich, daß die bewußte Wahrnehmung auf der Grundlage eines digitalen oder Nervenimpuls-Systems arbeitet. Jede Stimulation von Nervenimpulsen in irgendeinem Teil des Gehirns durch diese Technik war ausgeschlossen, weil die Feldstärken viel zu niedrig waren und die extrem niedrige Frequenz (ELF) eine solche Stimulation nicht bewirken kann. Wahrscheinlich setzt die Fähigkeit, so schwache, niederfrequente magnetische Felder wahrzunehmen, das Vorhandensein halbleitender Gleichstromelemente voraus. Wenn Garret Porter schon sein internes Gleichstrom-Steuerungssystem benutzte, hatte er dann vielleicht auch Zugang zu dem gesamten *morphogenetischen Feld* seines Körpers, das in seinem internen Gleichstrom-Steuerungssystem «visuell» abgebildet war? Und konnte er auf diese Weise den Tumor selbst ganz genau «sehen»? Die Beantwortung dieser Fragen wird noch viel Zeit und Forschungsarbeit verlangen.

Den Heilern auf der Spur

Ehe wir uns den anderen Klassifikationen energiemedizinischer Verfahren zuwenden, müssen wir uns mit einer Technik beschäftigen, die sich zum gegenwärtigen Zeitpunkt in keine der durch unsere Einteilung entstehenden Gruppen einordnen läßt. Beim Phänomen des Heilers haben wir es vermutlich mit der ältesten medizinischen Technik zu tun. Sie läßt sich bis in die vorgeschichtlichen Jäger- und Sammlergesellschaften zurückverfolgen. Und doch ist sie heute noch unter allen energiemedizinischen Techniken die geheimnisvollste und umstrittenste.

Selbst wenn wir annehmen, daß das Phänomen des Heilers real ist, wissen wir immer noch nicht, ob es auf dem Placebo-Effekt beruht oder ob irgendein Energiefluß – vom Heiler zum Patienten oder umgekehrt – im Spiel ist. Die Schwierigkeit liegt zum Teil darin, daß schon die ganze Vorstellung als solche sowohl von der wissenschaftlichen Medizin als auch von der Physik und der Biologie radikal abgelehnt wird. Nichts ist geeigneter, einen medizinischen Kongreß in hellen Aufruhr zu versetzen, als die Frage: «Und was ist mit dem Heiler-Phänomen?»

Wenn der Heiler mit dem Placebo-Effekt arbeitet, dann müßten sich in den Verfahren, die bekannte Heiler gewöhnlich anwenden, Hinweise darauf finden lassen. Der Placebo-Effekt kann nur im Rahmen zweier Techniken aktiviert werden, die sich deutlich voneinander unterscheiden: Die erste ist die *Lehrtechnik*, wie sie von Anhängern der energiemedizinischen Minimaltechniken verwendet wird, das andere die *Autoritätstechnik* der Ärzte, die Medikamente einsetzen, die erwiesenermaßen unwirksam sind.

Bei den Kontakten, die ich im Lauf der letzten zwanzig Jahre mit Heilern gehabt habe, habe ich festgestellt, daß der echte Heiler eine ganz sachliche Einstellung zu seiner Arbeit hat. Er behandelt seine Patienten, er lehrt sie nicht. Der echte Heiler gibt sich nie den Anstrich eines Menschen, der mit besonderer Autorität oder mit geheimnisvollen Kräften ausgestattet wäre. Wenn also der Placebo-Effekt eine Rolle spielt, dann kann das nur daran liegen, daß der Patient schon eine entsprechende Einstellung mitbringt, und nicht an irgend etwas, was der Heiler tut. Zweifellos gibt es solche Patienten, aber sie sind nach meinen Erfahrungen in der Minderzahl. Und schließlich arbeiten chinesische Heiler auch recht erfolgreich mit Tieren – und da kann es keinen Placebo-Effekt geben.

Und doch funktionieren die Methoden der Heiler. In einer Reihe von Fällen habe ich gesehen, wie Heiler in einer lebensbedrohlichen Situation ganz bemerkenswerte Resultate erzielten. Die meisten authentischen Heiler wissen nicht einmal, was sie tun; sie wissen nur, daß sie die «Gabe» des Heilens haben. Und sie interessieren sich auch gar nicht dafür, *wie* die Heilung zustande kommt. Die meisten Heiler sind ganz gewöhnliche Menschen, die einer ganz normalen Arbeit nachgehen und in der Freizeit Heilbehandlungen durchführen. Solch ein Mensch war auch Olga Worrall, die heute nicht mehr lebt. «Tante» Olga hatte eine ganz sachliche Einstellung zu ihrer Gabe. In den letzten Jahren ihres Lebens hielt sie im Untergeschoß einer nahe gelegenen Kirche einmal in der Woche ein Heilungsmeeting ab. Sie nahm sich ausreichend Zeit für jeden Patienten – im allgemeinen brauchte sie nicht einmal zehn Minuten. Äußerlich schien Olga bloß eine nette Oma zu sein – eben ein ganz normaler Mensch –, und doch berichteten ihre Patienten von einer Empfindung großer Ruhe und Zufriedenheit in ihrer Nähe und von dem Gefühl, «irgend etwas» empfangen zu haben. Olga erzählte mir, sie habe das Gefühl, daß beim Heilungsprozeß etwas aus ihr «herausgenommen» werde; mit fortschreitendem Alter mußte sie die Behandlungen einschränken, weil sie zunehmend ermüdete. Da scheint also etwas anderes am Werk gewesen zu sein als nur der Placebo-Effekt.

Da wir wissen, daß der Körper zur Regulierung vieler Grundfunktionen elektrische Steuerungssysteme benutzt und der Fluß der dabei verwendeten elektrischen Ströme Magnetfelder erzeugt, die sich außerhalb des Körpers messen lassen, liegt die Annahme nahe, daß die Gabe des Heilers in der Fähigkeit besteht, seine eigenen elektrischen Steuersysteme zur Erzeugung magnetischer Energiefelder zu benutzen, die mit denen des Patienten in eine Wechselwirkung treten. Diese Wechselwirkung könnte darin bestehen, daß das Gleichgewicht der inneren Kräfte des Patienten wiederhergestellt wird oder die elektrischen Systeme verstärkt werden, so daß der Körper zum Normalzustand zurückkehrt.

Bisher waren die Hinweise, die diese Ansicht unterstützen, rein anekdotischer Natur. Ein «Experiment» bestand zum Beispiel darin, daß der Heiler seine Hände von außen auf eine Nebelkammer legte, ein Gerät, das zum Aufspüren und der Abbildung der Interaktion atomarer und subatomarer hochenergetischer Teilchen verwendet wird. In der Kammer spielten sich dabei angeblich ungewöhnliche Dinge ab, aber es gab davon keine genauen Beschreibungen. Die Sache wurde noch verworrener, als sich die merkwürdigen Ereignisse bei einem anderen Versuch angeblich wieder einstellten, wenn der Heiler, der von der Nebelkammer kilometerweit entfernt war, nur an sie *dachte*. Dieser interessante und wiederholenswerte Versuch war jedoch unkontrolliert, und seine Ergebnisse haben nur wenig zur Klärung der offenen Fragen beigetragen. Leider ist das intellektuelle Vorurteil gegen das Phänomen des Heilers so stark, daß es bisher äußerst schwierig, wenn nicht gar unmöglich war, angesehene, über die nötige Ausrüstung verfügende Wissenschaftler für aussagekräftige Untersuchungen zu gewinnen. Das ändert sich heute allerdings langsam. Das Heiler-Phänomen ist inzwischen in weiten Teilen der Öffentlichkeit akzeptiert, und bei einigen weitblickenden Ärzten beginnt die Ansicht Platz zu greifen, daß diese Technik, ebenso wie die anderen energiemedizinischen Verfahren, wissenschaflich untersucht werden sollte.

So war die Lage sehr günstig, als ein junger Heiler namens Mietek Wirkus aus Polen in die Vereinigten Staaten kam. In Polen ist die Situation der Heiler ganz anders als bei uns. Sie werden als vollwertige medizinische Therapeuten anerkannt, brauchen aber zur Zulassung eine staatliche Lizenz. Vor der Anerkennung und Zulassung muß der Heiler vor einem aus Ärzten zusammengesetzten Gremium beweisen, daß seine Behandlung bei einer bestimmten Anzahl von Patients gewirkt hat. Wirkus und seine Frau kamen vor ungefähr zwei Jahren in die Vereinigten Staaten.

Wirkus ist überzeugt, daß bei seiner Behandlung Energie von ihm zum Patienten fließt und daß es sich dabei um elektromagnetische Energie handelt. Das ist aus dem Grund besonders wichtig, weil er den Patienten, im Gegensatz zu Olga Worrall, nicht berührt. Wenn also eine Energie im Spiel ist, muß es sich um eine Art handeln, die sich von ferne übertragen läßt. Von den in Frage kommenden Energien gilt das nur für den Elektromagnetismus.

Ich habe das Ehepaar Wirkus zum ersten Mal 1988 getroffen. Dabei konnte ich Mietek eine Reihe von Fragen stellen, die ich vom Gesichtspunkt der Energieübertragung aus für wichtig hielt. Insbesondere vermutete ich, daß er, falls er eine starke Kontrolle über seine internen elektrischen Steuerungssysteme auszuüben vermochte, nicht nur ein Feld nach außen «projizieren» konnte, sondern darüber hinaus in der Lage sein mußte, beim Patienten die gestörten elektrischen Felder an der erkrankten Körperstelle wahrzunehmen. Und daher müßte er auch diagnostisch nicht unbedingt eine bestimmte Krankheit, wohl aber den *Ort* der Erkrankung bestimmen können.

Diese Vermutung stützte sich sowohl auf wissenschaftliche Erkenntnisse als auch auf meine eigenen langjährigen Erfahrungen als praktizierender Arzt und Chirurg. Ich bin zu der Überzeugung gekommen, daß manche von uns zu einer endgültigen Diagnose nicht nur aufgrund von körperlichen Untersuchungen und Labortests kommen, sondern auch dadurch, daß wir unserem «guten Riecher» oder einer Eingebung folgen. Dazu muß man sich Zeit nehmen, Zeit, um zusätzlich zu der körperlichen Untersuchung mit dem Patienten zu reden.

Wie das in der Praxis aussieht, kann ich am besten an der Differentialdiagnose zwischen akuter Blinddarmentzündung (Appendizitis) und akuter Lymphknotenschwellung des Bauchraums (Pseudoappendizitis) zeigen. Die Laborbefunde und die körperlichen Untersuchungsbefunde sind bei diesen Krankheiten praktisch identisch, aber die erstere verlangt chirurgische Behandlung, während die letztere sich auch ohne chirurgischen Eingriff zurückbildet. Der moderne Chirurg wird sich meist für die Diagnose Pseudoappendizitis entscheiden und auf eine Operation verzichten, um sich nicht dem Vorwurf auszusetzen, einen Blinddarm operiert zu haben, der gar nicht entzündet war. Wenn dann doch eine akute Blinddarmentzündung vorliegt, bricht der Blinddarm natürlich durch und kann dann (manchmal) operiert oder mit Antibiotika behandelt werden. Ich habe ältere Chirurgen gesehen, die ganz anders vorgingen. Sie verschwanden im Zimmer des Patienten, blieben eine Stunde und kamen mit einer fertigen Diagnose wieder heraus. In den allermeisten Fällen war die Diagnose richtig, und so möchte ich annehmen, daß die besten Chirurgen mit einer uns noch unverständlichen Methode zu ihrer Diagnose gelangen.

Als ich mit Wirkus sprach, versicherte er mir, er könne leicht feststellen, ob bei einem Patienten eine Krankheit vorliege und wo sie im Körper lokalisiert sei. Sogar wenn ihm von Anfang an eine eindeutige Diagnose genannt wird, beginnt er – um festzustellen, ob noch andere Erkrankungen im Spiel sind – damit, daß er den ganzen Körper des Patienten «abtastet», wobei er die Hände ein paar Zentimeter vom Körper entfernt hält. Er konnte nicht genau sagen, wie er das machte, aber er meinte zu spüren, wie von dem Ort der Erkrankung eine Energie ausging. Er war sich auch sicher, daß bei der Behandlung selbst eine Energie von ihm auf den Patienten überging. Er sagte, zur Behandlung von Krebs oder Schizophrenie brauche er viel mehr Energie als bei Arthritis, Hautkrankheiten, Schlaflosigkeit oder Neurosen.

Ich konnte Wirkus bei der Arbeit mit Patienten zusehen, und ich hatte auch Gelegenheit, mich selbst von ihm behandeln zu lassen. Seine Methode sieht von außen ganz einfach aus: Der vollständig bekleidete Patient steht aufrecht; Wirkus geht um ihn herum und hält die Hände einige Zentimeter von der Körperoberfläche entfernt. Er scheint fast in Trance zu sein; die Augen sind offen, aber offenbar auf keinen bestimmten Gegenstand gerichtet, und man hört vernehmlich eine eigenartige Abfolge kurzer, regelmäßiger Atemzüge. Das Ganze dauert keine zehn Minuten. Als ich an der Reihe war, schloß ich die Augen, um nicht zu sehen, wo Wirkus' Hände waren. Ich wollte feststellen, ob ich im Verlauf der Prozedur in irgendeiner Körperregion etwas spüren würde, und wollte mich dabei nicht davon beeinflussen lassen, daß ich wußte, wo er gerade seine Hände hatte. Mehrmals hatte ich deutlich ein warmes, prickelndes Gefühl, und wenn ich dann die Augen öffnete, sah ich, daß Wirkus mit den Händen in der Nähe der betreffenden Stelle war. Gleich nach der Prozedur faßte ich seine Hände an. Sie waren kühl und erzeugten an meiner Haut kein Wärmegefühl.

Wirkus war über keine meiner Krankheiten informiert. Ich habe eine geringfügige Arthritis im rechten Hüftgelenk, eine leichte spastische Kolitis (Dickdarmentzündung) und ein ziemlich fortgeschrittenes Glaukom (grüner Star) mit Verlust von fast 70 Prozent des Sehfeldes im rechten Auge. Bei seiner Untersuchung diagnostizierte er leichte Arthritis in der rechten Hüfte, erwähnte, daß ich Probleme mit dem Dickdarm hätte, und teilte mir mit, das Energieniveau im Hinterkopf sei sehr niedrig. Er hatte zwar nicht gemerkt, daß mit dem rechten Auge etwas nicht stimmte, aber die visuellen Eindrücke gehen von hier zur Sehrinde im Hinterkopf. In der gleichen Sitzung stellte er bei mehreren anderen Patienten ähnlich genaue Diagnosen.

Als wir uns hinterher darüber unterhielten, ob seine Methode in irgendeiner Weise mit Energie zu tun haben könnte, erzählte er von einem merkwürdigen Vorkommnis, das sehr für diese Möglichkeit spricht. Ehe sie in die Vereinigte Staaten kamen, hatten Wirkus und seine Frau Heilungsversammlungen in verschiedenen polnischen Städten abgehalten. Eines Abends waren sie in einem Theater in einer kleinen Stadt. Der Patient saß auf der Bühne auf einem Stuhl, neben ihm stand Wirkus. Seine Frau saß an einem Tisch, ebenfalls auf der Bühne, knapp fünf Meter von ihnen entfernt. Über ein Mikrophon erläuterte sie dem Publikum, was ihr Mann machte. Die Bühnenscheinwerfer hingen über der ersten Sitzreihe an der Decke, und die Schalter waren in einem Kasten an der seitlichen Bühnenwand. Die ersten drei Patienten hatten einfache depressive Neurosen, deren Behandlung keine Schwierigkeiten machte, aber der vierte hatte Krebs.

Da es Abend war, war die Bühnenbeleuchtung angeschaltet, das übrige Theater lag im Dunkeln. Die Behandlung des vierten Patienten war etwa fünfzehn Minuten im Gange, da schien es Frau Wirkus, als hätten die Bühnenlampen langsam zu pulsieren begonnen, so daß die vorderste Sitzreihe und die Bühne wie in Lichtwellen getaucht waren. Das Pulsieren nahm an Stärke und Frequenz zu und wurde auch vom Publikum wahrgenommen. Dann fing das Mikrophon an, in der gleichen Frequenz zu pulsieren, und Frau Wirkus schob es von sich weg. Wirkus brach die Behandlung wegen der Unruhe im Publikum und der Bewegungen seiner Frau ab, und Licht und Geräusche normalisierten sich wieder. Der Bühnenelektriker kam aus dem Parkett auf die Bühne geschossen und fragte: «Was haben Sie mit meinen Lampen gemacht?» Es war das einzige Mal, daß während einer Behandlung so ein ungewöhnlicher Zwischenfall auftrat, und auch das einzige Mal, daß die Bühnenbeleuchtung in dem Theater sich so ungewöhnlich verhalten hatte.

Wir nahmen einen Frequenzgenerator und einen Lautsprecher, und damit konnten Wirkus und seine Frau die betreffenden Frequenzen identifizieren. Sie waren beide der Ansicht, daß die Schwankungen bei ungefähr einmal pro Sekunde (1 Hz) angefangen und sich in Stärke und Frequenz bis etwa vier bis fünf pro Sekunde (4–5 Hz) gesteigert hatten, bevor Frau Wirkus das Mikrophon wegschob und die Sitzung beendet wurde. Es läßt sich natürlich heute nicht mehr feststellen, was genau damals geschah. Aber wir können Vermutungen darüber anstellen, wobei wir berücksichtigen müssen, welche Technik man vor einigen Jahren für die Bühnenbeleuchtung verwendete. Das Bühnenlicht muß vor allem stufenlos bis zur völligen Dunkelheit gedämpft und ebenso bis zur höchsten Helligkeitsstufe hochgefahren werden können. Das ließ sich damals noch nicht mit dem normalen Wechselstromsystem bewerkstelligen, sondern man verwendete für die Bühnenbeleuchtung ein eigenes Gleichstromsystem, mit dem man das Licht stufenlos dämpfen konnte. Wenn das Theater über ein solches Bühnenbeleuchtungssystem verfügte, dann ist es möglich, daß Wirkus ein langsam schwankendes elektromagnetisches Feld aussandte, das stark genug war, eine «Modulation» der Gleichstromversorgung für das Bühnenlicht zu bewirken. Physikalisch und technisch gesehen ist das die einzig haltbare Erklärung, und damit ist dieser Fall geeignet, die Theorie zu erhärten, daß das Heilerphänomen direkt mit elektomagnetischer Energie zu tun hat.

In letzter Zeit ist diese Theorie durch einige in der Volksrepublik China angestellte Versuche weiter bestätigt worden. Die Heilertechnik ist in China als *Qi Gong* (oder Ch'i Kung) bekannt. Die Methode ist spektakulärer als die, die Wirkus verwendet. Der Qi-Gong-«Meister» steht etwa einen Meter von dem Patienten entfernt, macht gewisse, von der Tradition vorgeschriebene Arm- und Beinbewegungen und zeigt dann mit ausgestrecktem Arm auf den Patienten. Die Chinesen glauben, daß der Meister sich durch diese Bewegungen mit *Qi*-Energie auflädt, die er dann auf den Patienten projiziert, von dem man annimmt, daß er unter *Qi*-Mangel oder unter einer Störung im Gleichgewicht der beiden Komponenten des *Qi* leidet. Das mag für westliche Ohren unsinnig klingen, aber diese Therapie hat sich an der Seite der Akupunktur in China über Tausende von Jahren erhalten. Qi-Gong-Meister werden auch oft zur Behandlung von Tieren herangezogen – offenbar mit großem Erfolg.

Angesichts der Art, wie die Behandlung durchgeführt wird, ist die einzige vernünftige Erklärung, daß Energie vom Qi-Gong-Meister auf den Patienten übertragen wird. Wenn das zutrifft, was ist dann der Zweck der stilisierten Bewegungen, die für die Therapie so wichtig sein sollen? Dr. Jame Ma, Physikprofessor an der Chinesischen Universität in Hongkong, hat einen interessanten Vorschlag gemacht. Er nimmt an, daß diese Körperbewegungen in dem spezifischen Frequenzbereich liegen, in dem das Proton, der Kern des in den Wassermolekülen des Körpers so verbreiteten Wasserstoffatoms, durch kernmagnetische Resonanz (Nukleare Magnetische Resonanz = NMR) Energie vom natürlichen Magnetfeld der Erde aufnimmt. (Wegen seiner besonderen Bedeutung für das Verständnis der Beziehung zwischen lebenden Organismen und elektromagnetischen Feldern wird der Begriff der elek-

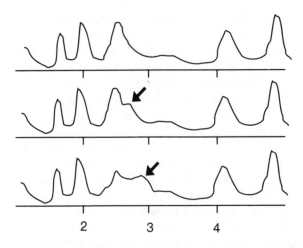

Abbildung 4.2 Phosphor-Resonanzspektrum vor und nach Qi-Gong-Behandlung. *Oben:* das NMR-Spektrum im Grundzustand; *Mitte:* nach der ersten Qi-Gong-Behandlung; *unten:* nach der zweiten Qi-Gong-Behandlung. Die Resonanz, die vor der Behandlung einen Gipfel bei 2,5 hatte, wurde breiter und zeigte nach der Behandlung einen neuen Gipfel (Pfeil) näher bei 3. Die zweite Behandlung führte zu einem Abfall des ursprünglichen 2,5-Gipfels, und der zweite Gipfel nahm an Größe zu und bewegte sich näher auf die 3 zu. Diese Veränderungen des NMR-Spektrums konnten zu einer wachsenden Veränderung in einem bestimmten Teil der Struktur des chemischen Moleküls in Verbindung gesetzt werden.

tronischen Resonanz später, im zehnten Kapitel, noch eingehend besprochen.)

Um die Beziehung zwischen dem Elektromagnetismus und dem Qi-Gong-Phänomen zu erforschen, haben Ärzte der Mittelchinesischen Pädagogischen Hochschule in Wuhan in China die NMR verwendet, um festzustellen, ob Qi-Gong-Meister elektromagnetische Strahlung aussenden. Dabei untersuchten sie die Wirkung der Qi-Gong-«Behandlung» auf die komplexe, bioaktive, organische phosphorhaltige chemische Substanz o-n-propyl-o-allylthiophosphoramid. Sie wählten diese aus, weil sie im Normalzustand ein recht charakteristisches NMR-Spektrum erzeugt. Wenn sie allerdings einem schwachen elektromagnetischen Feld ausgesetzt wird, absorbiert die Substanz die Energie, und gewisse atomare Bindungen in ihrer Struktur verändern

151

sich. Diese Veränderung führt zu einer ganz bestimmten Änderung im NMR-Spektrum, die sich aufzeichnen läßt. Das Ausmaß der Veränderung des NMR-Spektrums zeigt das Ausmaß und den Ort der strukturellen Veränderung in dem chemischen Molekül an. Diese Veränderung der Molekularstruktur bleibt, nachdem die Substanz dem elektromagnetischen Feld ausgesetzt wurden, für einige Stunden bestehen.

Bei diesen Versuchen war die chemische Substanz in einen versiegelten Glasbehälter eingekapselt, und die Qi-Gong-Meister wurden gebeten, sie zu «behandeln», wobei sie ihre Hände in einiger Entfernung von dem Behälter hielten. Vor der Behandlung wurde das NMR-Spektrum aufgezeichnet und für normal befunden. Nach der Behandlung veränderte es sich deutlich; das Ausmaß dieser Veränderung ließ sich steigern, indem die Qi-Gong-Behandlung wiederholt wurde.

In den Vereinigten Staaten werden gegenwärtig ähnliche Untersuchungen durchgeführt; bisher gibt es aber nur vorläufige Ergebnisse. Diese Studien sind vorbildlich für die Art von strengen, objektiven wissenschaftlichen Untersuchungen, denen nicht nur das Heilerphänomen, sondern viele andere energiemedizinische Techniken unterzogen werden sollten.

Aus den chinesischen Untersuchungen läßt sich die Schlußfolgerung ziehen, daß das Heilerphänomen eine Grundlage in der physikalischen Wirklichkeit hat und daß dabei zweifellos irgendeine Form von elektromagnetischer Energie im Spiel ist. Die Versuchsergebnisse deuten darauf hin, daß der Heiler während des Behandlungsvorgangs mit den Händen elektromagnetische Energie abgibt. Jetzt kommt es darauf an, die Stärke und Frequenz des durch den Heiler erzeugten Feldes zu bestimmen.

Für diese Messungen würde sich das SQUID-Magnetometer hervorragend eignen, jener hochempfindliche Felddetektor, der die Entdeckung des Magetoenzephalogramms ermöglicht hat. Es ist zwar möglich, daß die extreme Empfindlichkeit des SQUID nicht benötigt wird, aber dadurch, daß es so genau ist und sowohl Gleichstrom- als auch zeitvariable Magnetfelder messen kann, ist es das beste Gerät, über das wir verfügen. Leider kostet ein gutes SQUID 75 000 Dollar, wobei die laufenden Instandhaltungskosten noch nicht mitgerechnet sind. Da eine Reihe solcher Geräte sich an verschiedenen Hochschulinstituten in den Vereinigten Staaten im Gebrauch befindet, sollte man meinen, daß es kein Problem wäre, die Erlaubnis zu bekommen, eines davon im Interesse der Wissenschaft einmal für die paar Wochen zu benutzen, die eine solche Untersuchung dauern würde. Leider war das bisher trotz wiederholter Anträge nicht der Fall.

Auch die Bestimmung der Frequenzen des Magnetfeldes, auf die ein Heiler besonders empfindlich reagiert, könnte sich als fruchtbar erweisen. Vielleicht kann man ein Empfindlichkeits-«Spektrum» aufstellen, das möglicherweise anzeigt, daß verschiedene Krankheiten ganz bestimmte Frequenzen erzeugen, die der Heiler wahrnimmt, wenn er seine Diagnose stellt. Wenn sich herausstellt, daß das zutrifft, könnte man auf der Grundlage dieser Erkenntnisse diagnostische Verfahren entwickeln, die den Heiler bei der Diagnose unterstützen oder sogar ersetzen. Es ist also möglich, daß Wirkus seiner eigenen Technik das Grab schaufelt – aber wie ich ihn kenne, wäre er bestimmt der Ansicht, daß es sich lohnt!

Die Minimalenergie-Techniken – die auf der Aktivierung der körpereigenen inneren Steuersysteme beruhen – funktionieren wirklich. Als traditionell ausgebildeter Arzt und staatlich geprüfter Orthopäde zögere ich nicht im geringsten, Patienten, die sich in einem lebensbedrohlichen Krankheitszustand befinden, zu empfehlen, sich auf diesen Weg einzulassen, nachdem sie zuvor sorgfältig und umfassend über alle therapeutischen Möglichkeiten, die ihnen offenstehen, informiert worden sind. Meiner Meinung nach dürfte es viel weniger wirkungsvoll sein, diese Techniken bloß als «letzten Ausweg» einzusetzen, nachdem die Abwehrsysteme des Patienten bereits durch traditionelle Behandlungsmethoden geschwächt oder gar zerstört sind. Ich versuche einer Grundregel zu folgen: sicherzustellen, daß der Patient über seine Krankheit und die – traditionellen oder alternativen – Behandlungsmethoden alles weiß, was es darüber zu wissen gibt. Entscheiden muß er dann selbst.

Die einzige Schwierigkeit bei den Minimalenergie-Techniken ist die, daß wir über die Mechanismen, die dabei im Spiel sind, gegenwärtig noch sehr wenig wissen und daher nicht in der Lage sind, die Wirksamkeit der Behandlung zu erhöhen oder die für die meisten dieser Techniken benötigte Zeit zu verkürzen. Wer als Patient entschlossen ist, zur Behandlung einer lebensbedrohlichen Erkrankung Minimalenergie-Techniken einzusetzen, muß wissen, daß die Behandlung zwar zum Erfolg führen kann, aber sehr viel Zeit in Anspruch nimmt. Viele Menschen sind so beschäftigt, daß sie diesen Weg einfach nicht gehen können, obwohl sie von der Wirksamkeit dieser Techniken überzeugt sind. Seit man die Bedeutung dieses Problems erkannt hat, ist das Interesse an Techniken gestiegen, die mit künstlich erzeugten elektrischen oder magnetischen Kräften arbeiten, so daß das interne Steuerungssystem unmittelbar beeinflußt werden kann. Diesen Techniken wollen wir uns jetzt zuwenden.

5. Wie man das elektrische System des Körpers unterstützt: Energieverstärkungs-Techniken

> Die Zelle ist eine von Energie angetriebene Maschine. Man kann sie daher auf dem Weg über die Materie oder auf dem Weg über die Energie untersuchen.
>
> ALBERT SZENT-GYORGYI, *Bioelektronik*

Wie wir gesehen haben, sind die körpereigenen Energiesysteme dem Bewußtsein durch die Verwendung verschiedener Techniken zugänglich, bei denen dem Körper keine zusätzliche Energie von außen zugeführt wird. Der Körper verfügt über subtile interne Steuerungssysteme, die mit winzigen Mengen elektromagnetischer Energie auskommen. Kleine Ursachen haben große Wirkungen, und häufig kommt es *nicht* auf die Quantität an. Auf dem Gebiet der Energiemedizin täten wir gut daran, der alten Weisheit zu folgen, daß es besser ist, der Natur beizustehen, als sie zu ersetzen. Der Übergang von der technologischen Medizin zur Energiemedizin verlangt natürlich viel Engagement und Begeisterung. Aber vor lauter Begeisterung dürfen wir die Klugheit nicht vergessen und unser Wissen von der Wirkungsweise dieser Techniken und von ihren möglichen Nebenwirkungen nicht außer acht lassen. Aus den letzten Kapiteln geht klar hervor, daß auf den elementarsten Ebenen des Lebens elektromagnetische Kräfte am Werk sind – und daß man sich diesem Gebiet nur vorsichtig nähern darf.

Dieses Kapitel beschäftigt sich mit Techniken, die offenbar darauf beruhen, daß die bestehenden internen energetischen Systeme durch Zuführung geringer Mengen externer Systeme durch Zuführung geringer Mengen externer Energie verstärkt werden. Obwohl diese Techniken Energie von außen zuführen und daher potentiell gefährlicher sind als die Minimalenergie-Techniken, sind sie doch weniger gefährlich als Techniken, die die gleichen Kräfte in Größenordnungen verwenden, durch die die internen Systeme überwältigt werden. Ich werde wieder nur die Techniken darstellen, mit denen ich persönliche Erfahrungen

gesammelt habe und die zumindest theoretisch auf elektromagnetischen Kräften beruhen könnten.

Die Homöopathie und das Ähnlichkeitsgesetz

Wenn die Körperenergien subtiler Natur sind, dann dürfte die subtilste
auf Energie beruhende aktive Behandlung die Homöopathie sein. Dieses Modell einer medizinischen Therapie hat seinen eigentlichen Ursprung im frühen sechzehnten Jahrhundert in Paracelsus' «Ähnlich-
keitsgesetz», welches besagt, daß ein Symptom durch die Gabe äußerst
geringer Mengen eines Mittels geheilt werden kann, das, in größeren
Dosen verabreicht, das gleiche Symptom hervorrufen würde. Für die
damalige Zeit war gegen diesen «symptomorientierten» medizinischen
Ansatz nicht das Geringste einzuwenden, da ja die Ursachen der
Krankheiten unbekannt waren. Wir können nur vermuten, daß Paracelsus seine Idee aus der Intuition schöpfte und sie später experimentell
untermauerte. Es blieb Dr. Samuel Hahnemann vorbehalten, den Gedanken über 250 Jahre später zu einem zusammenhängenden System
medizinischer Praxis auszubauen. Hahnemann veröffentlichte sein
Hauptwerk, *Organon der rationellen Heilkunde,* im Jahre 1810, zu
einer Zeit, als die Chemie eine aufstrebende Wissenschaft war und die
Ärzte lange, komplizierte Rezepte verschrieben, die oft große Dosen
giftiger Stoffe enthielten.

Durch Hahnemanns Rezepturen – mit äußerst schwachen Dosierun-
gen einzelner Präperate – wurde die ärztliche Praxis erheblich vereinfacht, so daß er viele Anhänger fand. Im 19. Jahrhundert war die Homöopathie als unschädliche Alternative zu den bei den damaligen
Ärzten so beliebten Purgativa, Aderlässen und giftigen Arzneien weit
verbreitet.

Die Homöopathie erhielt eine systematische Form, als Hahnemann
die Methode der «Arzneimittelprüfung» entwickelte, durch die er viele
verschiedene natürliche Stoffe auf ihre physiologische Wirkung auf gesunde Versuchspersonen untersuchte. Auf diese Weise stellte er seine
«Materia Medica», ein Kompendium der Symptome und der zu ihrer
Heilung benötigten winzigen Heilmitteldosen, zusammen.

Zur modernen homöopathischen Praxis gehört als wesentliches Element das ausführliche Gespräch. Darin versucht der Arzt, sich ein Gesamtbild von dem Patienten zu machen und seine Reaktion auf den Wirkstoff, der als Auslöser seiner Symptome in Frage kommt, einzuschätzen. Obwohl viele homöopathische Heilmittel die gleichen physiologischen Wirkungen haben sollen, bemüht sich der homöopathische Arzt, für den jeweiligen psychologischen Typ des Patienten das passende auszuwählen. Das stimmt mit der Vorstellung des Hippokrates überein, nach der die Symptome einer Krankheit durch das Zusammentreffen einer wirkenden Ursache *und* der Reaktion des Patienten entstehen. Eine so sehr auf die Person des Patienten abgestimmte, personenorientierte Therapie muß notwendigerweise ein starkes Placeboelement enthalten.

Im Unterschied dazu ist die moderne wissenschaftliche Medizin krankheitsorientiert. Die Heilmittel werden ausschließlich aufgrund ihrer der Krankheitsursache entgegenwirkenden Eigenschaften ausgewählt. Dieser Ansatz entwickelte sich daraus, daß die Wissenschaft anfing, jene äußeren Ursachen dingfest zu machen, die, wie zum Beispiel die Bakterien, Krankheiten hervorriefen. Im Fall der Infektionskrankheiten war der Ansatz äußerst erfolgreich, von der aseptischen Operation bis zu staatlichen Vorsorgemaßnahmen gegen ansteckende Krankheiten. In jüngerer Zeit hat die antibiotische Behandlung von manifesten Infektionen aus der medizinischen «Kunst» eine «Wissenschaft» gemacht. Wird diese einfache Kausalbeziehung allerdings auch auf die Entstehung von innerlich verursachten degenerativen Erkrankungen angewandt, so geht das an den Gedanken des Hippokrates völlig vorbei. Die Homöopathie ist die Kehrseite der Medaille. Da sie symptomorientiert ist, richtet sie die Aufmerksamkeit vor allem auf die Reaktion des Körpers und sieht von der wirkenden Ursache ab.

Die technologische Medizin und die Homöopathie werfen sich gegenseitig vor, keine ausreichende wissenschaftliche Grundlage zu besitzen. Die Tatsache, daß die technologische Medizin in der Vergangenheit so erfolgreich gewesen ist, verleiht ihrem Anspruch auf wissenschaftliche Autorität heute das größte Gewicht. Sie ist der Ansicht, daß die klinischen Hinweise auf die Wirksamkeit der Homöopathie rein anekdotischer Natur sind und ausschließlich auf dem Placebo-Effekt beruhen. Ihre Kritik erhält dadurch weitere Nahrung, daß Hahnemann seine Präparate einem mehrfachen Prozeß der Verdünnung unterzog und diese Technik so rigoros anwandte, daß das Ergebnis absurd erschien; er kam nämlich zu Lösungen, die *keine Spur* des ursprünglichen Medikaments mehr enthalten können. Die Sache wird noch dadurch kompliziert, daß Hahnemann jede neue Verdünnungsserie der «Verschüttelung» unterzog, bei der der Behälter, der das Medikament enthielt, systematisch bei jeder Verdünnung mechanisch – durch mehrmaliges Aufstoßen auf die Tischplatte – geschüttelt wurde. Hahnemann behauptete, das Mittel werde durch die mechanische Erschütterung «potenziert» oder wirksamer gemacht.

Die homöopathischen Präparate sind also durch den Grad der Verdünnung und durch die Stärke der mechanischen Erschütterung gekennzeichnet, wobei stärkere Verdünnung und mehr mechanische Erschütterung zu einem stärkeren, wirksameren Mittel führen. Die wissenschaftliche Chemie dagegen ist nicht nur der Ansicht, daß die Verdünnungen so stark sind, daß keine Spur des Wirkstoffes mehr übrigbleibt, sie ist auch davon überzeugt, daß die mechanische «Verdünnung» nicht die geringste Auswirkung auf chemische Substanzen haben kann.

Und schließlich sind die homöopatischen Heilmittel, chemisch gesehen, unzureichend charakterisiert. Bei den meisten dieser Medikamente gehört es zum eigentlichen Herstellungsvorgang, daß eine ganze Pflanze mit Stumpf und Stiel kleingeschnitten und wochenlang in Alkohol eingeweicht wird; der Alkoholextrakt, die «Urtinktur», wird dann den Verdünnungen und Schüttelvorgängen unterzogen. Es ist klar, daß die Lösung noch in starker Verdünnung buchstäblich Tausende verschiedener chemischer Substanzen enthält. Da man es eilig hatte, die Medizin auf anerkannte wissenschaftliche Grundlagen zu stellen, wurde die Homöopathie daher ganz einfach als Gewäsch abgetan. Das einzige Problem bei dieser Einschätzung ist, daß die klinischen Ergebnisse der Homöopathie immerhin gut genug sind, um ihr allen wütenden Attacken durch die wissenschaftliche Medizin zum Trotz das Überleben zu sichern. Das ist zum Teil darauf zurückzuführen, daß sie im Gegensatz zur «eigentlichen» Medizin des 19. Jahrhunderts mit ihren Aderlässen, Purgativa und giftigen Medikamenten unschädlich war. Aber daran allein kann es nicht gelegen haben. Die medizinische Praxis hängt bis zu einem gewissen Grade von den Gesetzen des Marktes ab, und die Homöopathie muß sich immerhin als so nützlich erwiesen haben, daß sie bis heute ihre Stellung auf dem Markt behauptet hat. Die Ärzte, die Homöopathie praktizieren, sind immer bei ihrer Behauptung geblieben, daß sie funktioniert, während die wissenschaftlich ausgerichteten Ärzte sie mit der Bemerkung abgetan haben, sie verhindere, daß die Patienten eine «ordentliche» Behandlung bekämen. Aber es gibt eine Überfülle anekdotischer Berichte, die belegen, daß Schulmediziner oft nicht nur ihre «schwierigen» Fälle, sondern sogar ihre eigenen Familienmitglieder zum Homöopathen schicken. Da kann es noch so viele theoretische Einwände geben, die Homöopathie hat offenbar häufig Erfolg.

Im vergangenen Jahrzehnt hat das Interesse an der Homöopathie einen bemerkenswerten Aufschwung genommmen. Immer mehr wissenschaftlich ausgebildete Ärzte fangen an, die homöopathischen Techniken zu erlernen und in ihrer Praxis anzuwenden. Als Folge dieses wachsenden Interesses sind verschiedene Versuche gemacht worden, die Homöopathie wenigstens ansatzweise in den Rang einer wissenschaftlichen Disziplin zu erheben.

Die erste wirklich wissenschaftliche Einschätzung der Wirksamkeit der Homöopathie kam erst 1986 zustande. Dr. David Reilly und seine Mitarbeiter am Homöopathischen Krankenhaus in Glasgow berichteten darüber in der angesehen britischen medizinischen Zeitschrift *Lancet*. Es handelt sich dabei um eine wissenschaftlich unanfechtbare, mit Doppelblindversuchen arbeitende Untersuchung über die Wirksamkeit eines homöopathischen Heuschnupfenpräparats im Vergleich mit einem unwirksamen Placebo. Sie berichten, daß «die Symptome nach Zählung der Patienen wie der Ärzte bei den homöopathisch behandelten Patienten signifikant zurückgingen». Außerdem stellten sie fest, daß «die Signifikanz dieser Reaktion sich erhöhte, wenn man die Ergebnisse mit konkreten Pollenzählungen verglich, und daß eine Auswirkung der Behandlung darin bestand, daß die Patienten nur noch die halbe Dosis Antihistaminika brauchten». Das homöopathische Präparat hatte offenbar eine ganz bestimmte physiologische Wirkung, die sich nicht vollständig durch den Placebo-Effekt erklären läßt. Die Wirkung trat ein, obwohl das Präparat so stark verdünnt war, daß theoretisch von dem usprünglichen Wirkstoff nichts übrig sein konnte.

Die Veröffentlichung dieses Artikels löste eine Flut von Leserbriefen aus, die deswegen interessant waren, weil sie zeigten, was in den Köpfen des heutigen, «wissenschaftlich» orientierten Arztes vorgeht. Obwohl die Autoren ihre Schlüsse auf außergewöhnlich sorgfältig geplante und durchgeführte Untersuchungen stützen konnten, war in einem Brief von «der ersten randomisierten (= zufällig auswählenden) vergleichenden Doppelblinduntersuchung zweier Placebos» die Rede, und weiter hieß es da, daß «die verwendete homöopathische Potenz nicht ein einziges Molekül des ursprünglichen Extrakts enthielt». Der Grundtenor der in den Briefen erhobenen kritischen Einwände war: Die Homöopathie kann einfach nicht funktionieren. *Wenn eine wissenschaftlich einwandfreie Untersuchung zu Ergebnissen kommt, die mit der anerkannten Theorie nicht übereinstimmen, dann muß die Untersuchung falsch sein.* Nur in wenigen Briefen war davon die Rede, daß man eine Revision der Theorie ins Auge fassen müsse.

Der Fall Benveniste: ein Skandal der Forschung

In allerjüngster Vergangenheit hat eine in der britischen Zeitschrift *Nature* veröffentlichte Untersuchung eine noch stürmischere Kontroverse ausgelöst, bei der es nicht nur um die vorgelegten Daten, sondern auch um ihre politische Bedeutung geht. Dr. Jacques Benveniste und seine Kollegen an der Pariser Universität berichten darin über eine Untersuchung von einer Art, für die ich mich schon seit langem ausgesprochen habe.

Die Schwierigkeiten, die bei der Suche nach einem möglichen Wirkungsmechanismus homöopathischer Präparate auftreten, werden bei der Verwendung verdünnter Lösungen durch die wechselnde und komplizierte chemische Natur dieser Präparate noch verstärkt. Ich habe deshalb darauf gedrungen, *einzelne* chemische Substanzen, deren biologische Wirkung bekannt ist, den bei homöopathischen Mitteln angewandten Verdünnungs- und Schüttelvorgängen zu unterziehen und nach jeder Verdünnung und jedem Schütteln ihre biologische Wirkung zu testen. Dr. Benveniste verwendete Antisera, die man gegen Immunoglobulin E (IgE), den menschlichen Hypersensivitäts-Antikörper, entwickelt hat. Im Reagenzglas löst die Reaktion zwischen dem Antiserum und IgE eine spezifische Wirkung aus, die sich feststellen läßt, wenn man gewisse menschliche weiße Blutkörperchen mit besonderen Farbstoffen färbt. Man hätte auch mit anderen, einfacheren Systemen arbeiten können, aber ich glaube, Dr. Benveniste hat dieses gewählt, weil es den grundlegenden biochemischen Vorgang bei den allergischen Reaktionen zeigt, die Reilly in seinem Doppelblindversuch untersucht hat. Benveniste stellte fest, daß die Kurve der zellulären Wirkungen mehrere aufeinanderfolgende Gipfel aufwies, wenn die Verdünnung über den Punkt hinaus fortgesetzt wurde, wo theoretisch keine Moleküle des Antiserums mehr übrig waren. Mit anderen Worten: Die zellulären Wirkungen stellten sich bei einigen Potenzen ein, verschwanden bei höheren Potenzen und kehrten bei noch höheren Potenzen wieder, die weit jenseits der theoretischen Grenze lagen, bei der das letzte Molekül der ursprünglichen Chemikalie vorhanden sein konnte. Benveniste zog daraus den Schluß, daß entweder selbst bei diesen «unmöglichen» Potenzen noch einige der Anti-IgE-Antikörper anwesend sein mußten oder daß die «Essenz» des Anti-IgE auf irgendeine Weise den Molekülen der zur Verdünnung verwendeten Wassers eingeprägt worden sein mußte.

Als Dr. Benveniste seinen Artikel dem Herausgeber von *Natur*, Dr. John Maddox, vorlegte, machte man ihm zur Auflage, den beobachteten Effekt durch mehrere weitere Laboratorien seiner Wahl bestätigen zu lassen. Das dauerte zwei Jahre. Als die anderen Laboratorien die gleichen Befunde meldeten, veröffentlichte *Natur* den Artikel, fügte aber einen redaktionellen Kommentar hinzu, in dem es hieß, es gebe gegenwärtig keine physikalische Grundlage für diese Beobachtungen, und «aus ganz bestimmten Gründen täte jeder, der klug ist, für den Moment gut daran, sich eines Urteils zu enthalten». Zunächst sieht das wie eine vernünftige wissenschaftliche Aussage aus; aber wenn man den ganzen Kommentar liest, stellt man fest, daß es sich bei den «ganz bestimmten guten Gründen» um die Gesetze der heutigen Physik, wie zum Beispiel das Massenwirkungsgesetz, handelt. Man findet keinen Hinweis darauf, daß diese «Gesetze» möglicherweise zur Beschreibung der Vorgänge bei solch extremen Potenzen aktiver Substanzen in einigen Punkten geändert werden müßten. Kurz gesagt: Hier wurde ganz einfach das Dogma verteidigt.

Wenn ein umstrittener Artikel veröffentlicht wird, setzt gewöhlich ein Prozeß der wissenschaftlichen Nachprüfung ein, in dem andere Wissenschaftler nachzuweisen versuchen, daß die in dem Artikel vorgestellten

161

Die elektromagnetische Medizin

Ergebnisse richtig oder falsch sind. Das ist in diesem Fall ausgeschlossen, weil das Thema durch den Kommentar von Maddox tabuisiert wurde. Kein anerkannter wissenschaftlicher Forscher würde seinen Ruf aufs Spiel setzen, indem er die Kontroverse wiederaufzunehmen versucht.

Während der Artikel veröffentlicht wurde, teilte Maddox Benveniste mit, daß sein Laboratorium von einer Untersuchungskommission aufgesucht werden würde. Die Kommission würde sich aus Maddox (der Physiker ist), Dr. Walter W. Stewart, einem selbsternannten «Spezialisten für die Aufdeckung wissenschaflichen Betrugs» von den U.S. National Institutes of Health (Staatliche Gesundheitsinstitute der Vereinigten Staaten), sowie James («Der Unglaubliche») Randi zusammensetzen, der von Beruf Zauberkünstler war und sich eben zum Entlarver wissenschaftlichen Betrugs gemausert hatte. Maddox' eigene Position war natürlich durch seinen Kommentar im voraus klar; Stewart hatte keine besonderen Qualifikationen auf dem Gebiet der Immunologie, zu der die Untersuchung von Benveniste gerechnet werden muß, und Randi ist überhaupt nicht wissenschaftlich ausgewiesen. Ganz offensichtlich hegte Maddox den Verdacht, daß Benvenistes Untersuchung auf Betrug beruhte. Eine renommierte wissenschaftliche Zeitschrift lehnt normalerweise einen Artikel ab, oder sie teilt dem wissenschaftlichen Institut, dem der Autor angehört, ihren Verdacht mit. Auf keinen Fall wird der Artikel veröffentlicht, ehe der Verdacht zerstreut ist.

Die Untersuchungskommission gab an, sie habe in Benvenistes Laboratorium schlecht kontrollierte Versuchsbedingungen vorgefunden, und als die Versuche für die Kommission wiederholt wurden, seien die Ergebnisse nicht über Zufallswerte hinausgegangen. In einem Brief, in dem Benveniste die Vorwürfe zurückwies, schrieb er, die Kommission habe sich während der Zeit ihres Aufenthaltes in seinem Laboratorium völlig unwissenschaftlich verhalten. Sie habe konkrete Befunde ignoriert, seine Mitarbeiter an der ordnungsgemäßen Ausübung ihrer Tätigkeit gehindert und ganz allgemein die Atmosphäre einer Hexenjagd verbreitet. Die Weltpresse hat in ihrer ausführlichen Berichterstattung über die Sache gegenüber den vorgestellten Fakten meist eine spöttische Haltung an den Tag gelegt («The Water That Lost Its Memory,» «Wasser mit Gedächtnisschwund», Time, 8. August 1988).

Dr. Maddox tut so, als verteidige er die physikalischen Gesetze, aber es sieht ganz so aus, als verteidige er in Wirklichkeit den Status quo der Biochemie gegen ein «ketzerisches» Konzept. An irgendeiner Stelle des Weges ist hier der Geist echter wissenschaftlicher Forschung verlorengegangen. Ist es wirklich angebracht, den Status quo zu verteidigen und neue wissenschaftliche Fakten zu verwerfen, nur weil sie eine Herausforderung darstellen könnten? Oder sollten wir nach neuen Fakten suchen und unsere «Gesetze» entsprechend umformulieren? Die Wissenschaft hat im Lauf ihrer Geschichte ihre Fortschritte dem letzteren Weg zu verdanken, wie beschwerlich er auch immer zu beschreiten gewesen sein mag.

Neues zur wissenschaftlichen Grundlegung der Homöopathie

Die Schlüsselfrage in der Homöopathie ist, wie ein Heilmittel noch wirksam sein kann, bei dem die aktive Lösung bis weit über den Punkt hinaus verdünnt ist, wo nur noch ein einzelnes Molekül der ursprünglichen Substanz übrigbleibt. Man hat oft versucht, dafür eine theoretische Erklärung zu finden, wobei man gewöhnlich annahm, daß sich die Molekularstruktur des Lösungsmittels – in diesem Fall Wasser – verändert und den Molekülen auf irgendeine Weise ein spezifisches Muster eingeprägt wird, das das homöopathische Material ihnen mitteilt. Die Schwierigkeit bei diesem Ansatz ist, daß die Wassermoleküle in der Lage sein müßten, so viele Konformationsänderungen mitzumachen, wie es spezifische Wirkungen homöopathischer Heilmittel gibt, was nicht sehr wahrscheinlich ist.

Die Bedeutung der Verschüttelung läßt vermuten, daß es vielleicht die Moleküle des aktiven Materials sind, die verändert werden, indem Bindungen aufgelöst werden, die die aktiven Gruppen an das Muttermolekül anbinden. Die aktiven Gruppen können aus wenigen Atomen in einer bestimmten Konfiguration bestehen, die durch Bindung an die Zellmembran wirken. Solche kleinen Gruppen von Atomen sind gewöhnlich von einer Schale von «strukturierten» Wassermolekülen umgeben, deren Eigenschaften sich von denen des restlichen Lösungsmittels unterscheiden. Diese Hydrationsschale aus strukturiertem Wasser kann ihrerseits eine Konfiguration haben, die diejenige der aktiven

Die elektromagnetische Medizin

Gruppe widerspiegelt. Auf diese Weise kann das als Lösungsmittel verwendete Wasser theoretisch als geprägt angesehen werden.

Zwölf Tage nach dem Erscheinen von Benvenistes Artikel berichtete ein Aufsatz von Jacob Israelachvili und Patricia McGuiggan von der University of California in Santa Barbara über eine Reihe von komplizierten Versuchen zu den Kräften zwischen den Oberflächen in flüssigen Lösungen. Die Autoren konnten in sehr geringen Abständen von festen Oberflächen oszillierende Anziehungs- und Abstoßungskräfte messen, die mit einer Reihe von Faktoren (wie der Konzentration der Lösung) in Beziehung standen. Sie betonten, daß diese Art von Kräften von fundamentaler Bedeutung für die Biologie der Zellmembran sein kann und daß es hier noch viel zu erforschen gibt.

Kurz gesagt: Wir wissen eigentlich überhaupt nicht viel über Energiewirkungen über extrem kurze Entfernung in sehr schwachen Lösungen. Es kann gut sein, daß das Massenwirkungsgesetz im Normalfall gilt, aber in einer sehr schwachen Lösung, die mechanischer Erschütterung ausgesetzt wird, kaum oder gar nicht wirkt. Es ist klar, daß wir es bei der Untersuchung der Wirkung sehr schwacher Lösungen und der auf der Ebene der Zellmembran auf die Lösungen einwirkenden Kräfte mit einem Gebiet zu tun haben, auf dem unser Wissen höchst unvollständig ist. Die Struktur der meisten biologisch wirksamen Moleküle ist überaus komplex, und bisher haben nur verhältnismäßig wenige Forscher das Durchhaltevermögen gehabt, ihre atomaren Beziehungen in Strukturkarten festzuhalten. In Lösung sind diese Wirkungen sogar noch komplexer. Während wir uns das Molekül gewöhnlich einfach in dem Lösungsmittel «herumschwimmend» vorstellen, ist es in Wirklichkeit in einem Zustand ständiger Erschütterung, der als Brownsche Bewegung bekannt ist und aus der Wärmebewegung der kleineren, löslichen Moleküle resultiert. Außerdem verändert sich ein komplexes biologisches Molekül ständig selbst. Einige Moleküle öffnen und schließen sich um gewisse chemische Bindungswinkel, und aktive Gruppen rotieren buchstäblich millionenmal pro Sekunde um ihre Bindungen. Dazu kommt noch die ständige Bewegung von Elektronenwolken um jedes Atom des gesamten Moleküls. Der Becher, in dem die Lösung scheinbar so friedlich auf dem Tisch ruht, ist in Wirklichkeit voll von überschäumender Aktivität.

Die moderne technologische Medizin betrachtet Medikamente im

164

wesentlichen als Wirkstoffe, die andere «Wirkstoffe» angreifen, die eine Krankheit hervorgerufen haben. Da der Körper selbst nach diesem Modell nichts weiter ist als der Ort, wo sich das Geschehen abspielt, muß man ein Medikament, damit es seine Wirksamkeit entfaltet, hoch genug dosieren. Chemisch gesehen, gibt man das Medikament überdosiert, damit es die Reaktion mit dem krankheitsverursachenden Wirkstoff vollständig eingehen kann. Diese Vorstellung mag für die Situation im Reagenzglas völlig adäquat sein, aber die klinische Medizin spielt sich nun einmal im Reagenzglas ab.

Wenn wir den Standpunkt akzeptieren, daß der Körper sich durch seine eigenen energetischen Systeme selbst heilen kann, sieht die Sache ganz anders aus. Die Körperzellen reagieren auf Energie in der Form des Elektronentransfers. Die Elektronen werden von chemischen Strukturen getragen, die in entsprechende chemische Strukturen auf der Zelloberfläche passen. Diese chemischen Strukturen können kleine Teile eines viel größeren Moleküls sein, aber die aktive Gruppe, die das Elektron trägt und überträgt, kann aus nur wenigen Atomen in einer besonderen geometrischen Konfiguration bestehen. Dieses Modell ist teilweise erforscht und bestätigt worden, besonders für Enzyme, Immunkörper und gewisse Toxine.

Wenn wir die Homöopathie vom Gesichtspunkt der Bioelektronik aus betrachten, ergibt sich ein anderes Bild von ihrem Wirkungsmechanismus. Wie viele Moleküle einer Substanz sind für eine biologische Wirkung erforderlich? Eine stattliche Anzahl, wenn man den gängigen pharmakologischen Vorstellungen folgen will. Die biologisch-chemischen Wahrnehmungssysteme kommen aber mit viel weniger Molekülen aus. So sind zum Beispiel Pheromone komplexe chemische Sexuallockmittel, die, vor allem von Insekten, an die Luft abgegeben werden. Hier ist naturgemäß schon die Gesamtzahl der Moleküle gering und wird durch die Luftbewegung und durch Windstöße noch in gewaltigem Ausmaß weiter verringert. Dennoch erfüllen diese wenigen Moleküle ihre Aufgabe vollkommen; das Mottenmännchen reagiert auf kilometerweite Entfernung auf den unsichtbaren Reiz. Man hat festgestellt, daß ein Molekül des richtigen Pheromons ausreicht, um die betreffenden neuralen Schaltungen anzusprechen und das Männchen zu veranlassen, auf das Weibchen zuzufliegen. Das ist noch erstaunlicher, wenn man sich klarmacht, daß dieses Verhalten nur durch eine einzige aktive

Gruppe und die Übertragung eines einzigen Elektrons zustande kommt.

Auch hier kommt der biologische Faktor ins Spiel. Lebende Organismen haben Systeme entwickelt, durch die sie mit außerordentlicher Empfindlichkeit (Sensivität) und Trennschärfe (Selektivität) auf Reize reagieren können. Das läßt sich nicht nur am Geruchssinn der Insekten zeigen, soweit er uns heute bekannt ist; eine ähnliche Sensitivität und Selektivität läßt sich auch am Immunsystem «höherer» Tiere demonstrieren. Das homöopathische Präparat muß lediglich in der Lage sein, ein einziges Elektron auf die betreffende Rezeptorgruppe an der Zelloberfläche zu übertragen, damit eine starke biologische Reaktion zustande kommt.

Schließlich müssen wir bei unserer Suche nach einer rationalen Erklärung für das Wirken der homöopathischen Präparate auch die körpereigenen Reaktionssysteme berücksichtigen. Es ist auffallend, daß bei den meisten homöopathischen Behandlungen die erste Reaktion eine Verschlechterung der Symptome ist, die «Erstverschlimmerung», während eine Besserung erst später eintritt. Für den homöopathischen Arzt bedeutet dieses Anfangsstadium eine Ermutigung; es zeigt, daß er auf dem richtigen Weg ist. Bezeichnenderweise trat diese Wirkung auch bei den Patienten auf, die der Versuchsgruppe in Dr. Reillys oben erwähnter Untersuchung angehörten. Da es sich dabei um eine sorgfältige Doppelblinduntersuchung handelte, kann die Reaktion nicht dem Placebo-Effekt zugeschrieben werden.

Das Phänomen ist bisher wenig untersucht worden; dabei könnte es einen der wichtigsten Schlüssel zu den beteiligten Mechanismen enthalten. Welche funktionalen Systeme sind im Spiel? Sehr wahrscheinlich spielt das Immunsystem eine große Rolle, und dessen Tätigkeit läßt sich relativ leicht beobachten. Wir wären einen Schritt weiter, wenn sich im Verlauf einer neu anzustellenden, ähnlichen Untersuchung herausstellen sollte, daß die Werte für die Reaktion des Immunsystems während der Behandlung ansteigen.

Tatsächlich können Untersuchungen von der Art, wie sie Reilly angestellt hat, lediglich die klinische Wirksamkeit der Homöopathie demonstrieren. Untersuchungen, wie sie Benveniste durchgeführt hat, können den beteiligten Mechanismen näherkommen, indem sie zeigen, daß selbst in unmöglichen Potenzen noch *irgendeine wirksame Sub-*

stanz vorhanden ist. Wählt man allerdings, um das nachzuprüfen, einen biologischen Vorgang (die Reaktion lebender Zellen), so stößt man auf technische Schwierigkeiten. Es gibt andere Prüfungsmethoden, wie zum Beispiel über elektronische Resonanzen, die objektivere Ergebnisse zeitigen könnten. Die größte Schwierigkeit besteht darin, daß man, um die nötigen Untersuchungen machen zu können, zuerst die eingefleischten Vorurteile gegen die Homöopathie überwinden müßte.

Die Homöopathie und die klassische Pharmakologie

In der alltäglichen Praxis hat die Homöopathie der klassischen Pharmakologie noch etwas anderes anzubieten. Viele der homöopathischen Präparate, die heute allgemein im Gebrauch sind, enthalten aktive Bestandteile, die viel wirksamer sind als die gegen die gleichen Krankheiten verwendeten synthetischen Medikamente. Nach meiner eigenen Erfahrung hat die (aus Gemswurz gewonnene) homöopathische Arnika-Salbe beachtliche lokale schmerzstillende, entzündungshemmende und fibrinolytische (blutgerinnselauflösende) Eigenschaften und übertrifft in ihrer Wirkung jeden pharmakologischen Standardwirkstoff. Arnika-Salbe ist jedoch kein hochpotenziertes geschütteltes Präparat und enthält daher durchaus meßbare Mengen einer großen Anzahl von Substanzen, von denen einige die erstaunlichsten klinischen Eigenschaften haben. Ihre lokalen Wirkungen beruhen auf irgendeiner direkten chemischen Einwirkung. Arnika ist auch als fertiges potenziertes und geschütteltes Präparat erhältlich, das systematisch verwendet wird und ebenso wirkungsvoll sein soll, aber damit habe ich keine persönliche Erfahrung.

In meiner langjährigen orthopädischen Praxis habe ich Hunderte von verstauchten Knöcheln behandelt. Bei dieser Verletzung werden weiche, bindegewebige Strukturen wie Gelenkkapsel und Bänder gezerrt, was zu Schmerzen, Schwellung und Blutung in das Gewebe (der bläulichroten «Quetschung») führt. Ich habe Behandlungsmoden kommen und gehen sehen: Mal spritzte man Novocain in die verletzte Region und ließ den Patienten mit dem verstauchten Knöchel laufen, mal wurde eingegipst, mal eine elastische Binde angelegt, mal Cortison

gegeben. Bei der unschädlichsten dieser Behandlungen – Gips und all-
mähliche Gewöhnung ans Laufen – dauert die Heilung mindestens drei
Wochen; bis die Verfärbung des Hämatoms verschwindet, dauert es
noch länger. Die schädlichste Behandlung, das Injizieren von Novocain (das heute nicht mehr empfohlen wird) führt zu rezidivierenden
Schmerzen und Schwellungen und oft, wenn der Patient mit dem Knöchel läuft, zum völligen Reißen der Bänder. Durch diese Behandlung
wurde der Knöchel oft instabil und mußte operativ korrigiert werden.

Ich habe festgestellt, daß – solange das Band nicht vollständig gerissen ist – einfaches Einreiben innerhalb von ein paar Stunden nach der
Verletzung mit Arnika-Salbe dazu führt, daß die Schmerzen fast augen-
blicklich und vollständig aufhören, die Schwellung schnell und restlos
zurückgeht und das Hämatom sich rasch (innerhalb von einem oder
zwei Tagen) auflöst. Normalerweise führt die Behandlung dazu, daß
die Patienten in fünf bis sechs Tagen völlig beschwerdefrei sind. Am
eindrucksvollsten dabei ist, wie wirkungsvoll das Hämatom mobilisiert
und aufgelöst wird. Mir ist kein anderer Wirkstoff bekannt – ob er nun
von der FDA zugelassen ist oder nicht –, der in dieser Hinsicht mit Arnika konkurrieren könnte.

Die neueste Wunderdroge, während ich dieses Buch schreibe, ist der
Gewebe-Plasminogenaktivator (TPA = *tissue plasminogen activator*),
ein mit Hilfe von DNS-Rekombinationstechniken hergestellter chemischer Wirkstoff. Dieses Medikament hat zweifellos Leben gerettet, aber
es ist enorm kostspielig und hat manchmal starke Nebenwirkungen. Arnika ist seit Jahrhunderten bekannt, und viele tausend Ärzte haben
seine Wirkung beobachten können. Da kann man sich fragen, warum
man seine gerinnungslösende Wirkung noch nicht einer seriösen wissenschaftlichen Untersuchung unterzogen hat. Die lokale Anwendung
von Arnika-Salbe hat eine so gute Wirkung, daß es sich lohnen müßte,
ihre Wirkung bei systemischer (auf den gesamten Organismus wirkender) Anwendung zu diesem Zweck zu bestimmen.

Eine weitere Beobachtung im Zusammenhang mit der Wirkung von
Arnika könnte von großer Bedeutung für die Energiemedizin und für
unsere Vermutung sein, daß das elektrische Gleichstromsystem für die
bewußte Schmerzwahrnehmung verantwortlich ist. Die unmittelbare
Schmerzlinderung durch Arnika tritt nur ein, wenn die Salbe ständig
mit der Haut in Kontakt ist. Wird sie abgewaschen, kehrt der Schmerz

sofort zurück, kann aber durch erneutes Auftragen von Salbe ganz einfach wieder gestillt werden. Obwohl also die Ursache für den Schmerz in den tieferliegenden weichen Gewebestrukturen wie den Bändern liegt, scheint die Geschwindigkeit, mit der der Schmerz gelindert wird, zu der Annahme zu zwingen, daß die Salbe auf irgendwelche Strukturen in der Haut selbst einwirkt.

Könnte es sich bei diesen Strukturen vielleicht um die neuroepidermalen Verbindungen handeln, die wir oben als mögliche Kandidaten für die anatomatischen Strukturen in den Akupunkturpunkten vorgeschlagen haben? Wenn das zutrifft, dann könnte es sein, daß Arnika dadurch wirkt, daß es die Tätigkeit dieser Verbindungen blockiert, wie es auch der Fall ist, wenn Akupunkturnadeln in diese Punkte eingestochen werden. Zugegebenermaßen ist das vorläufig noch reine Spekulation, aber immerhin könnte diese Theorie als Grundlage von Untersuchungen dienen.

Es ist plausibel, daß das, was wir als «Schmerz» wahrnehmen, in Wirklichkeit das Signal ist, daß eine Verletzung stattgefunden hat. Gleich welches Schmerzrezeptoren-System der Körper benutzt, es müßte sich, da die Haut die Verbindung zwischen uns und unserer Umgebung herstellt, in der Haut befinden. Da lokale Verletzungen in den Geweben unmittelbar unter der Haut auch Reaktionen in Form von Schwellungen und Blutergüssen zur Folge haben, kann man auch die Existenz eines mit «Schmerzrezeptoren» verbundenen *lokalen* Gleichstromsystem annehmen, welches in Funktion treten könnte, um diese Reaktionen abzumildern. Wenn man einen Organismus entwerfen wollte, wäre ein solches lokales System vom Standpunkt der Überlebensfähigkeit des verletzten Organismus aus sicherlich wünschenswert.

Lokale Schmerzen können zum Teil auch gelindert werden, indem man einen gepulsten elektrischen Strom in das Gebiet leitet. In den transkutanen elektrischen Nervenstimulatoren (TENS-Geräten), die im nächsten Kapitel besprochen werden, hat das schon eine gewisse klinische Anwendung erfahren. Ich habe bemerkt, daß sowohl Arnika als auch TENS-Geräte bei der Schmerzbekämpfung in weichem Gewebe wirksamer sind als im Knochen. Arthritische Schmerzen sprechen zum Beispiel auf beides nicht gut an. Im Moment kann ich dieses Phänomen nicht erklären. Auf jeden Fall könnte es sich lohnen, die komplexen Beziehungen zwischen Schmerz, Akupunktur, Arnika und lokaler gepulster elektromagnetischer Stimulation genauer zu untersuchen.

Ein anderes homöopathisches Präparat ist nach meiner Erfahrung ebenso nützlich bei der lokalen Behandlung leichter bis mittlerer Verbrennungen. Die Urtica-Urens-Salbe wird aus Extrakten der Brennessel gewonnen. Örtliche Hautverbrennungen ersten oder zweiten Grades führen zu Schmerz, Schwellung, Entzündung und Blasenbildung. Wendet man Urtica-Urens-Salbe vor der Blasenbildung an, so wird der Schmerz sofort gelindert, Schwellung und Entzündung gehen innerhalb von ein bis zwei Stunden zurück, und die Blasenbildung wird verhindert. Wie Arnika muß auch die Urtica-Urens-Salbe ständig auf der verletzten Stelle bleiben und nach dem Waschen erneuert werden. Diese Behandlung ist viel wirkungsvoller als Behandlungen mit äußerlich angewendetem Cortison oder ähnlichen Mitteln. (Natürlich muß bei Verbrennungen dritten Grades oder bei größeren Verbrennungen ersten oder zweiten Grades sofort ein Arzt hinzugezogen werden.)

Traditionelle und elektrische Akupunktur im Wettstreit

Die Akupunktur ist wie die Homöopathie eine symptomorientierte Therapie. Das ist vollkommen verständlich, wenn man bedenkt, daß beide entwickelt wurden, lange ehe man in der Lage war, die eigentlichen Ursachen von Krankheiten zu identifizieren.

Die Wirkung der Akupunktur wird nach der alten Überlieferung darauf zurückgeführt, daß die sich ergänzenden Kräfte von Yin und Yang im Körper wieder ins Gleichgewicht gebracht werden. So beruht die Erklärung eigentlich auf einem philosophischen Modell, das vor langer Zeit entwickelt wurde, als wir noch keine wissenschaftlichen Erkenntnisse darüber hatten, wie der Körper arbeitet. Die Akupunktur ist eine durch und durch empirische Behandlungsmethode, und das System der Meridiane und Akupunkturpunkte ist im Lauf von Jahrhunderten durch Versuch und Irrtum entwickelt worden. Es kann also durchaus sein, daß die Methode, obwohl sie viel Richtiges und Nützliches enthält, manche Elemente mit sich schleppt, deren Wert zweifelhaft ist, weil sie unwesentlich oder überholt sind. In letzter Zeit ist man dazu übergegangen, die Akupunktur als einen Zweig der Energiemedizin anzusehen, dessen Wirkung auf elektrischer Energie beruht. Man hat auch versucht, diese Ansicht mit den überlieferten philosophischen Erklärungen in Einklang zu bringen, was zu einiger Verwirrung und einer Reihe widersprüchlicher Aussagen geführt hat.

Ich habe oben erzählt, wie meine Kollegen und ich dazu gekommen sind, uns für diese alte Technik zu interessieren, und habe die Ergebnisse unserer Versuche skizziert. Während wir noch an unserem Projekt arbeiteten, trafen nach und nach Berichte aus China ein, die besagten, daß die Technik vereinfacht und ihre Wirksamkeit erhöht werden könne, indem man *pulsierenden* elektrischen Strom an die Akupunkturpunkte anlegt. Das konnten wir angesichts unserer eigenen Ergebnisse nicht recht einordnen. Als dann eines Tages ein Kollege ein chinesisches Elektroakupunkturgerät mitbrachte, probierte ich es gleich aus. Vielleicht wußten die Chinesen ja mehr als ich!

Ich war entsetzt, als ich merkte, daß die Werte für Stromstärke und Spannung sehr hoch waren – so hoch, daß es zu Kontraktionen in den lokalen Muskelgruppen kam. Wenn die Akupunkturpunkte direkt mit derartig starken elektrischen Kräften in Berührung kamen, mußte das zu Elektrolyse und Zellschädigungen führen. Ich überlegte mir, daß die Chinesen dem gleichen Trugschluß erlegen waren, dem viele andere zu erliegen drohten: Man meint, wenn das System schon mit Elektrizität arbeitet, dann müßte es sich doch noch verbessern und beschleunigen lassen, indem man ihm von außen ordentliche Strommengen zuführt. Das ist aber ein gefährliches Unterfangen, solange wir nicht genau wissen, mit welchen Parametern das interne System arbeitet, und es wird noch gefährlicher, wenn man versäumt, die grundlegenden physikalischen Prinzipien der Elektrizität anzuwenden.

In dieser Hinsicht ist die alte Akupunkturtechnik vollkommen sicher. Sticht man eine Metallnadel irgendwo in den Körper ein, so entsteht ein sehr schwacher elektrischer Strom, weil der Einstich einen lokalen Verletzungsstrom erzeugt und das Metall der Nadel mit der ionischen Lösung des Körpers in eine Reaktion eintritt. Es kann sein, daß das traditionell übliche «Quirlen» der Nadeln einen pulsierenden Strom mit sehr geringer Frequenz hervorruft. Die Reaktion zwischen der Nadel und den Körperflüssigkeiten kann durch Erwärmen der Nadelspitze noch leicht verstärkt werden. Das mag zwar ein wenig umständlicher

Die elektromagnetische Medizin

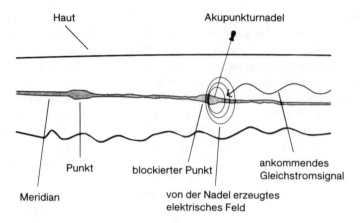

Abbildung 5.1 Eine Theorie über die Funktionsweise der klassischen Akupunktur, wie sie sich aus unseren Untersuchungen ergibt. Da das System nach dieser Theorie mit den vom Körper erzeugten, nach Stärke und Spannung äußerst schwachen Strömen arbeitet, würde das schwache elektrische Feld, das durch die Drehung der Metallnadel entsteht, genügen, um den jeweils behandelten Punkt daran zu hindern, das ankommende Gleichstromsignal zu verstärken und an den nächsten Punkt weiterzuleiten. Die Existenz der Punkte ist hinreichend belegt, auch wenn es noch nicht gelungen ist, sie anatomisch zu identifizieren. Es gibt noch keine aussagekräftige Untersuchung zur Lokalisierung der Strukturen, die zu den durch elektrische Parameter identifizierten Punkten gehören.

und mühsamer sein als die neue Methode, aber es ist viel ungefährlicher.

Die Theorie, die wir aus unseren Versuchen ableiteten, ist einfach. Sie steht mit den Prinzipien der Physik in Einklang, und es scheint nach dieser Theorie gerechtfertigt, die Akupunktur zu den energiemedizinischen Verstärkungstechniken zu zählen. Die Akupunkturpunkte dienen danach als elektrische «Zusatzverstärker» für die längs den Meridianen fließenden äußerst schwachen elektrischen Gleichströme. Die Punkte selbst könnten als Strukturen mit den gleichstromgenerierenden neuroepidermalen Verbindungen, die wir bei der Ratte erzeugt hatten, identisch sein oder ihnen zumindest entsprechen. Sticht man eine Akupunkturnadel in unmittelbarer Nähe eines solchen Punktes ein, so wird der elektrische Haushalt dieses Punktes beeinflußt.

Theoretisch erscheint dieses Modell geeignet zu erklären, wieso die Akupunktur die Übertragung der Schmerzempfindung blockieren kann. Dazu würde es genügen, daß das Signal, das einen Schaden anzeigt und vom Bewußtsein als Schmerz wahrgenommen wird, bei seinem Eintreffen blockiert wird. Mit unserer Entdeckung taten wir jedoch nur einen ersten Blick auf ein System, das noch viel mehr zu versprechen schien.

Um unser Erklärungsmodell auf eine sichere Grundlage zu stellen, schlugen wir vor, ein Signal bei seinem Weg den Meridian entlang zu messen und dann die Übertragung des Signals durch den klassischen Nadeleinstich zu blockieren. Wenn der Versuch erfolgreich war, dann wären wir dem Beweis für die Wirksamkeit dieser Technik ein gutes Stück nähergekommen. Gleichzeitig wäre damit eine sichere Grundlage für weitere Untersuchungen dieses faszinierenden Systems geschaffen.

Nun war ich zwar sicher, daß wir durch unsere Ergebnisse bewiesen hatten, daß das Akupunktursystem wirklich eine physikalische Grundlage hat und daß es Informationen übertragen kann; viel schwerer war es aber zu beweisen, daß es auch klinisch wirksam ist. Obwohl andere NIH-Stipendiaten und andere Gruppen viel Arbeit auf diesem Gebiet geleistet hatten, war die wichtige Frage nach wie vor ungeklärt, wie sich die Akupunktur vom Placebo-Effekt unterscheidet. Fast alle Untersuchungen arbeiteten mit Doppelblindversuchen und beschäftigten sich mit der Schmerzblockade oder -linderung. In der Literatur finden sich einige Untersuchungen, die zeigen, daß die Injektion von destilliertem Wasser oft ebenso wirkungsvoll ist wie die von Morphium, vorausgesetzt, der Patient hat damit gerechnet, daß der Schmerz gelindert wird. Da bei der Akupunktur Nadeln eingestochen werden und die Patienten die Linderung des Schmerzes erwarten, war es denkbar, daß es sich hier genauso verhält. Da es immer noch nicht möglich ist, das Vorhandensein eines Schmerzes und seine Stärke objektiv festzustellen, wird meist der Placebo-Effekt zur Erklärung herangezogen, und so beruhte auch die Akupunktur nach Ansicht des medizinischen Establishments der siebziger Jahre ausschließlich auf dem Placebo-Effekt. Das Fehlen objektiver wissenschaftlicher Beweise hat aber nicht verhindern können, daß die Akupunktur heute noch häufiger als damals klinisch angewendet wird.

Unser wissenschaftlicher Ansatz hätte es uns erlaubt, die anderen Wirkungen, die man der Akupunkturbehandlung zuschreibt, genauer einzuordnen. Dazu gehört auch eine gewisse Fähigkeit, Wachstumsprozesse zu steuern. Man hört zwar aus anekdotischen Berichten, daß das Tumorwachstum durch Akupunktur gebremst wird und degenerative Erkrankungen wie Arthritis überraschend gut geheilt werden, aber diese Berichte enthalten eine Reihe ungeklärter Punkte. Theoretisch läßt sich allerdings sehr wohl ein Zusammenhang zwischen der Akupunktur und der Wachstumskontrolle herstellen, und zwar aufgrund des Modells eines mit einem geschlossenen Regelkreis mit negativer Rückkopplung arbeitenden Gleichstrom-Datenübertragungssystems. Wenn zum Beispiel das Output-Heilungssystem durch Signale in Gang gesetzt wird, die die Gleichstromsteuerzentrale des Gehirns erreichen, dann könnte es sein, daß sich die gleiche Wirkung durch entsprechende Stimulation des Akupunktursystems erreichen läßt. Gegenwärtig liegen keinerlei stichhaltige wissenschaftliche Beweise für die Richtigkeit dieser Theorie oder für ihre klinische Anwendbarkeit vor.

Während die wissenschaftliche Schulmedizin sich von der Akupunktur abgewendet hat, werden in letzter Zeit immer mehr interessante und entschlußreiche Untersuchungen des Akupunktursystems von der Veterinärmedizin durchgeführt. Auf diesem Gebiet hat die Veterinärmedizin der Humanmedizin gegenüber natürlich einen Vorteil: Bei keiner von den Wirkungen, die sich bei Tieren beobachten und dokumentieren lassen, kann der Placebo-Effekt im Spiel sein.

In den letzten fünfzehn Jahren ist das Interesse der Tierärzte an der Akupunktur als Schmerzbekämpfungs- und Behandlungstechnik gestiegen. Man hat so gute Ergebnisse erzielt, daß sogar eine Internationale Tierärztliche Gesellschaft für Akupunktur (*International Veterinary Acupuncture Society*) gegründet wurde, und im Jahre 1987 war die Amerikanische Veterinärmedizinische Gesellschaft (*American Veterinary Medical Association*, das Gegenstück zur AMA) nahe daran, die Akupunktur offiziell als approbiertes tierärztliches Verfahren anzuerkennen. Gegenwärtig wird die Akupunktur von vielen Tierärzten mit großem Erfolg in der Praxis angewandt, und zwar vor allem zur Vollnarkose bei Operationen und zur Schmerzbekämpfung bei Krankheiten mit chronischen Schmerzzuständen.

Erstaunlicherweise hat sich die Akupunktur bei der Bekämpfung arthritischer Gelenke bei Tieren als sehr wirkungsvoll erwiesen. Es gibt klinische Berichte, nach denen bei Tieren mit degenerativen Gelenkserkrankungen, die auf die übliche Behandlung nicht ansprachen, in 84 % der Fälle eine Akupunkturbehandlung zu vermehrter Aktivität und zur Besserung der Symptome geführt hat. Röntgenaufnahmen vor und nach der Behandlung lassen mit einiger Wahrscheinlichkeit darauf schließen, daß die Knorpel in den betreffenden Gelenken sich regeneriert haben, was allerdings noch nicht durch Autopsie gesichert ist. Für degenerative Veränderungen der Bandscheiben bei Tieren liegen ähnliche Berichte vor. Wenn sich durch Autopsie oder Biopsie (Untersuchungen am lebenden oder toten Gewebe) herausstellen sollte, daß bei diesen Gelenken und Bandscheiben wirkliche Heilung oder Regeneration stattgefunden hat, wäre bewiesen, daß die Ausgangsseite des Steuerungsregelkreises durch Akupunktur günstig beeinflußt werden kann. Die Auswirkungen auf die Humanmedizin wären unabsehbar.

Schließlich hat sich die Akupunktur in der tiermedizinischen Praxis auch zur Behandlung der idiopathischen Epilepsie – bei der epileptische Krämpfe auftreten, ohne daß Anzeichen für eine physische Schädigung des Gehirns vorliegen –, die auf andere Methoden nicht anspricht, als erstaunlich wirksam erwiesen. Diese Beobachtung, die ähnliche Berichte aus der Humanmedizin bestätigt, ist auch im Hinblick auf das gesamte Gleichstrom-Steuerungssystem von großer Bedeutung. Epilepsie bei Tieren und Menschen beruht auf der spontanen gleichzeitigen Entladung einer großen Gruppe benachbarter Nervenzellen im Gehirn. Diese Synchronisierung ist das Ergebnis negativer Polaritätsverschiebungen in den Gleichstrompotentialen der betreffenden Region, welche die Reizbarkeit der Nervenzellen erhöhen. Bei der bekannten «Aura» – der Vorahnung, daß ein Anfall unmittelbar bevorsteht – könnte es sich um die bewußte Wahrnehmung dieser Veränderung im Gleichstromsystem handeln. Daß die Akupunktur bei Tieren und Menschen in der Lage ist, epileptische Anfälle wirksam zu verhindern, könnte durchaus daran liegen, daß durch eine Veränderung des Eingangs-Gleichstromsystems durch die Akupunktur eine entsprechende Veränderung des zerebralen Gleichstromsystems herbeigeführt wird.

Um wirklich zu beweisen, was bei der Akupunktur an Tieren eigentlich vor sich geht, wären grundlegende Forschungen nötig, zu denen leider die Mittel fehlen. Da die in der Veterinärmedizin erzielten klinischen Resultate unmöglich auf dem Placebo-Effekt beruhen können, liefern die hier gemachten Beobachtungen – über den von uns erbrachten physikalischen Nachweis für die Existenz des Akupunktursystems hinaus – den objektiven Beweis, daß sich durch die Akupunktur in bedeutenden klinischen Bereichen greifbare Ergebnisse erzielen lassen. Infolgedessen ist die Zahl der Anhänger der Akupunktur in der medizinischen Praxis erheblich gestiegen. Da die Technik offiziell totgeschwiegen wird, gibt es kaum Regelungen für die Ausbildung und Qualifikation des Akupunkteurs. Die klassische Akupunktur ist aber ein kompliziertes und schwieriges Gebiet, das man sich nicht in einem dreitägigen Lehrgang aneignen kann – auch als Arzt nicht.

Anders als bei der klassischen Akupunktur, beschränkt sich die Behandlung, wie sie heute vielfach gelehrt wird, auf eine geringere Anzahl von Punkten, die man mit einem der vielen auf dem Markt erhältlichen elektronischen Apparate «behandelt». Ich halte das für falsch. Meine Forschungsergebnisse weisen zwar darauf hin, daß die Akupunktur auf dem Fließen elektrischer Gleichströme beruht, aber erstens sind die Ströme immer ganz schwach, und zweitens stehe ich mit der Einschätzung des Systems mit seinen ganzen Feinheiten erst am Anfang. Meine Ergebnisse rechtfertigen in keiner Weise, daß man künstlich erzeugte elektrische Ströme von außen an die Akupunkturpunkte anlegt, und ich glaube auch nicht, daß die Chinesen Erkenntnisse besitzen, die dafür sprechen würden.

Man kann heute zwar eine Unmenge von elektronischen Geräten kaufen, mit denen man die Akupunkturpunkte angeblich präzise orten und mit genau der richtigen Strommenge behandeln kann, aber alle diese Geräte unterliegen keiner Qualitätskontrolle und sind bisher nie objektiv untersucht und in ihrer Wirksamkeit beurteilt worden. Eine solche Untersuchung ist auch nicht möglich, solange wir nicht genauer über die elektrischen Eigenschaften des Akupunktursystems selbst Bescheid wissen. – Kurz gesagt: Die Lage ist ganz einfach chaotisch. Unter den Ärzten, die mit Akupunktur arbeiten, gibt es einige, die das klassische System gut beherrschen. Das gleiche gilt für eine Reihe von nichtärztlichen Akupunkteuren. Aber leider finden sich unter den Akupunkteuren beider Gruppen auch viele, die schlecht ausgebildet sind und sich in Ermangelung einer soliden Wissensgrundlage bei ihrer Arbeit ganz auf die Elektronik verlassen.

Ich kann jedem Patienten, der mit dem Gedanken spielt, sich einer Akupunkturbehandlung zu unterziehen, nur raten, die Akupunkteure zu meiden, die sich bei Diagnose und Therapie nur auf diverse elektronische Apparate stützen. Wenn Sie sich für eine Akupunkturbehandlung interessieren, sollten Sie sich zunächst völlig über die Diagnose klar sein und wissen, welche herkömmlichen Behandlungsmethoden es gibt. Wenn Sie dann immer noch überzeugt sind, gehen Sie zu einem klassischen Akupunkteur.

Weitere Energieverstärkungs-Techniken: Vitamine, Spurenelemente und körperliche Manipulation

Es gibt eine Reihe weiterer Techniken, die möglicherweise auch mit Energieverstärkung arbeiten. Dazu gehört der Einsatz diätetischer Zusätze wie Vitamine oder Spurenelemente ebenso wie die manipulativen (mit Handgriffen arbeitenden) Techniken der Osteopathie und der Chiropraktik. Unter den Vitaminen ist Vitamin C (Ascorbinsäure) dasjenige, das in der nichtmedizinischen Presse am häufigsten erwähnt wird. Sein prominentester Verfechter ist der zweimalige Nobelpreisträger Linus Pauling. Vitamin C könnte theoretisch im Energie- und Immunsystem des Körpers eine Rolle spielen, aber das ist noch nicht eindeutig bewiesen. Man hat Krebspatienten probeweise mit Vitamin C behandelt, aber die Meinungen über die Ergebnisse sind sehr geteilt. Eine validierte Untersuchung liegt, so weit ich sehe, bisher nicht vor. Dennoch ist das Gebiet vielversprechend, und ich habe in meiner eigenen Praxis bei der Behandlung des chronischen Ermüdungssyndroms mit maßvoll dosiertem Vitamin C gute Ergebnisse erzielt.

Auch über die Spurenelement-Hypothese, die an sich interessant ist, gibt es wenig verläßliche Daten. Einige der metallischen Spurenelemente, zum Beispiel Kobalt, könnten an den Vorgängen in den Halbleiterstrukturen des Körpers beteiligt sein, aber auch das ist noch nicht bewiesen.

177

Die Manipulationstherapie kann auf eine lange Geschichte mit vielen klinischen Erfolgen zurückblicken, und viele Patienten sind von ihrer Wirksamkeit überzeugt. Als Orthopäde habe ich feststellen können, daß manche schmerzhaften Zustände der komplexen Gelenke durch geeignete Handgriffe gebessert werden können. Ich habe solche Patienten, wenn ich mich davon überzeugt hatte, daß eine Manipulationsbehandlung ungefährlich war, oft an einen osteopathischen Kollegen überwiesen. Wohlgemerkt handelt es sich um eine rein mechanische Behandlung, die mit den Energiesystemen des Körpers nichts zu tun hat. Viele Osteopathen und Chiropraktiker behaupten zwar, daß diese Energiesysteme auf irgendeine Weise durch ihre Manipulationen harmonisiert werden, aber auch dafür gibt es leider keine objektiven Beweise.

Unter den Behandlungsmethoden, die den körpereigenen Energiesystemen zusätzlich kleine Energiemengen von außen zuführen, haben sich einige durch beachtliche klinische Wirkungen als nützlich erwiesen. Sie beruhen auf einer Verstärkung der körpereigenen Energie-Steuerungssysteme und haben insofern eine wissenschaftlich nachprüfbare Grundlage. Aber es bedarf weiterer Forschungen, um die Wirkungsmechanismen dieser Techniken genauer zu erkunden, ein klares Bild ihrer tatsächlichen klinischen Bedeutung zu gewinnen und sie so weiterzuentwickeln, daß sie bessere Ergebnisse zeitigen, zuverlässig sind und von breiteren Patientenschichten genutzt werden können.

Mit der wachsenden Beliebtheit solcher Therapien wächst die Gefahr, die ihnen durch Scharlatane droht. Dagegen kann man sich am besten schützen, indem man für alle Methoden, die in der Praxis verwendet werden, eine solide wissenschaftliche Basis erarbeitet, die ihnen die Anerkennung als wirksame und klinisch nützliche Therapieformen sichert. Diese Behandlungstechniken sind ungefährlich, solange sie auf die herkömmliche Weise verwendet werden. Es besteht allerdings durchaus die Gefahr, daß sie bei Erkrankungen eingesetzt werden, auf die sie keine Wirkung haben, und daß dadurch die eigentlich angezeigte Therapie verzögert wird. Auch kann es geschehen, daß der eigentliche Zweck der klassischen Methoden durch «moderne Weiterentwicklungen» wie die Elektroakupunktur verfehlt wird oder die Behandlung geradezu gefährlich wird. Die moderne klinische Medizin ist offenbar auf der Suche nach schnelleren und einfacheren Heilmethoden. Wenn dabei Elektromagnetismus im Spiel ist, kann das leicht dazu führen, daß man aus Übereifer zuviel Energie von außen zuführt und damit unbekannte Gefahren heraufbeschwört.

6. Wie man das elektrische System des Körpers ergänzt: Hochenergie-Übertragungstechniken

Die Leitung des Londoner Krebskrankenhauses würde der ihr anvertrauten ehrenvollen Aufgabe nicht gerecht werden, wenn sie es ablehnte, die Heilwirkungen der Reibungselektrizität bei einigen der hoffnungslosesten Krankheitsarten, denen die Menschheit ausgesetzt ist, der allergründlichsten Prüfung zu unterziehen.

DR. A. ALLISON, *Lancet* (10. Januar 1880)

Vorläufer der Elektromedizin

Wenige Jahre nach dem Streit zwischen Volta und Galvani im letzten Jahrzehnt des achtzehnten Jahrhunderts behandelte Aldini, der reichlich merkwürdige Neffe von Galvani, einen Mann, der an einer psychischen Krankheit litt, indem er seinen Kopf wiederholt an einen Gleichstrom anschloß. Das ist der erste überlieferte Fall von Elektrotherapie, bei der die verwendete Strom«dosis» stark genug war, um eine Wirkung zu erzielen. Jedenfalls behauptete Aldini, die Behandlung sei geglückt und der Patient habe seine normale Tätigkeit wieder aufnehmen können. In Anbetracht des damaligen Wissensstandes müssen Spannung und Stromstärke sehr gering gewesen sein. Aldini kann kaum als vorurteilsfreier Forscher gelten, experimentierte er doch auch mit der «Wiederbelebung» von Toten, die er dadurch zu erreichen hoffte, daß er die eben Verstorbenen einer Behandlung mit Gleichstrom in einer Menge aussetzte, die ausreichte, um Muskelbewegungen hervorzurufen.

Man könnte sagen, daß die Elektrizität damals in ein therapeutisches Niemandsland vorstieß. Die Behandlungen, auf die sich die Ärzte stützen konnten, waren entweder weitgehend wirkungslos oder schädlich, weil sie mit Gift arbeiteten, und wenn sich der Patient erholte, dann lag das nur daran, daß der menschliche Körper erstaunlich viel verkraften kann. Damals war die Elektrizität eine kaum verstandene, geheimnisvolle Kraft, die man mit dem dem Leben selbst zugrundeliegenden «Vitalgeist» gleichsetzte, und daher war man der Ansicht, daß sie jede erdenkliche Krankheit heilen könne.

Im Jahre 1812 berichtete ein Chirurg namens Birch vom St. Thomas' Hospital in London, er habe einen Patienten mit einem schlechtheilenden Schienbeinbruch erfolgreich mit «Schocks durch elektrisches Fluidum» behandelt. 1841 war diese Technik zur Anregung des Knochenwachstums so weit fortgeschritten, daß sie in solchen Fällen als das Mittel der Wahl galt. Aber auch andere Krankheitszustände hatte man unterdessen nicht vernachlässigt. 1860 veröffentlichte Dr. Arthur Garrett von der Massachusetts Medical Society ein Lehrbuch mit dem Titel *Electrophysiology and Electrotherapy* (Elektrophysiologie und Elektrotherapie), das Anweisungen zur Behandlung einer Reihe von Krankheitszuständen mit Elektrizität enthielt. Von den achtziger Jahren an gab es an vielen medizinischen Fakultäten der Vereinigten Staaten und Englands Lehrstühle für «Elektrotherapie».

In nicht einmal hundert Jahren hatte die Elektrotherapie so viel Prestige gewonnen, daß sie zu den Standardmethoden des praktischen Arztes gehörte. Denn auch wenn sie von der Medizin nicht vorbehaltlos akzeptiert wurde, so war sie doch weitaus sicherer als andere Mittel, die damals im Schwange waren wie Aderlaß, Blutegel und Purgativa. Und obwohl die Technik noch so wenig entwickelt war, daß die Ärzte sich die Batterie und die Instrumente zum Messen und Verabreichen des Stromes selbst bauen mußten, kamen von angesehenen Medizinern klinische Berichte über die wohltuende Wirkung der Elektrizität bei der Steuerung von Wachstumsprozessen und bei psychischen Erkrankungen.

Allerdings bemächtigten sich gegen Ende des 19. Jahrhunderts immer mehr Quacksalber und Scharlatane des neuen Gebiets, das denn auch um die Jahrhundertwende fast vollständig von Geschäftsleuten dieses Schlages beherrscht wurde. Faszinierende Geräte aller Art kamen da auf den Markt, elektrische, elektrostatische, elektromagnetische, ja sogar einfache Dauermagneten. Und alle sollten alles heilen, von der Glatze bis zum Plattfuß. Nichts von dem, was da behauptet wurde, ließ sich beweisen, und dadurch kamen auch die wenigen ernsthaften Versuche in Verruf, die biologischen Grundlagen oder die klinischen Resultate objektiv zu erforschen.

Gleichzeitig verlor der Vitalismus unter den Wissenschaftlern immer mehr an Boden. Die Elektrizität war von der «Lebenskraft» schlechthin zu einer Form von Energie degradiert worden, die sich aufgrund ihrer spezifischen Wirkungen zur klinischen Verwendung eignete. Sie war damit so etwas Ähnliches wie die anderen Medikamente auch, und da galt: Wenn eine kleine Menge gut ist, muß eine große besser sein. Viele angesehene Ärzte erfanden neue Heilapparate und lieferten, ohne sich um die Tatsachen zu scheren, die verwickeltsten theoretischen Begründungen gleich dazu, um die Wirkungsweise ihrer Maschinen zu erklären. Allein die Intuition des Arztes entschied darüber, wie hoch die verwendete Spannung oder Stromstärke zu sein hatte, oder welche Feldstärke und Frequenz in Frage kam. An den Placebo-Effekt dachte man nicht.

Je mehr indessen die wissenschaftliche Medizin an Boden gewann, desto offenkundiger wurde es, daß solche Geräte wenig taugten und jeder wissenschaftlichen Grundlage entbehrten, und so waren in den dreißiger Jahren einige davon in der Versenkung verschwunden. Aber erstaunlich viele andere konnten sich in der Praxis behaupten, und der Strom von Patienten, die sich dem Typ des «Arztes als Erfinder» anvertrauten, riß nie ganz ab. Das Gebiet der Diagnose war das einzige, auf dem der Elektromagnetismus damals mit dem Segen der Wissenschaft eingesetzt wurde, und zwar besonders beim EKG (Elektrokardiogramm) und EEG (Elektroenzephalogramm) sowie bei Stimulationsgeräten, mit denen man Nerven- und Muskelverletzungen prüfte.

Anfangs sah die amerikanische Food and Drug Administration keine Notwendigkeit, gegen elektrische diagnostische Geräte einzuschreiten. Man ging lediglich gegen die Quacksalber vor, deren Behandlungen nach den allgemeinen Regeln der FDA offenbar unwirksam waren. 1950 waren die meisten betrügerischen Apparate verschwunden. Allerdings ließ man – nach dem Prinzip, daß jeder Arzt seine Patienten mit den Methoden behandeln darf, die er für gut befindet – einige der von niedergelassenen Ärzten verwendeten Geräte unangetastet. Bis 1978, als in den USA ein Gesetz in Kraft trat, nach dem jedes medizinische Gerät, gleich welcher Art, von der FDA genehmigt werden muß, gab es ja nicht einmal besondere Vorschriften für medizinische Apparate, unabhängig davon, ob sie therapeutischen oder diagnostischen Zwecken dienten. Aber auch nach dem neuen Gesetz durften alle Geräte, die bis dahin schon im klinischen Gebrauch gewesen waren, weiterbenutzt werden: Sie fielen unter die sogenannte «Großvaterklausel», das heißt, sie wurden von der Regelung ausgenommen und durften, auch wenn sie wirkungslos waren oder Nebenwirkungen hatten, weiter hergestellt und benutzt werden. Die FDA war offenbar der Ansicht, die Elektrotherapie sei eine harmlose Spielerei, die im Lauf der Zeit ganz von selbst durch Methoden verdrängt werden würde, deren Wirksamkeit sich beweisen ließ. Aber dazu ist es nie gekommen. Statt dessen hat die wissenschaftliche Revolution, die zu Beginn der sechziger Jahre einsetzte, der Elektrizität zu neuem Ansehen innerhalb der Biologie verholfen, und so werden heute die «Großväter-Geräte» wieder häufiger verwendet, und darüber hinaus sind neue Apparate entwickelt worden.

Die Entstehung der modernen Elektrotherapie

Bevor wir uns mit Behandlungsmethoden beschäftigen, die sich den elektrischen Strom zunutze machen, müssen einige grundlegende Begriffe geklärt werden. Ein Strom kann nur in einem geschlossenen Stromkreis fließen. Das setzt die Verwendung zweier Elektroden voraus, die sich entweder beide an der Körperoberfläche oder im Körperinnern befinden oder auf Oberfläche und Inneres des Körpers verteilt sein können. Der Strom fließt zwischen den beiden Elektroden, wobei er sich gewöhnlich den kürzesten, direktesten Weg sucht. Die Stromdichte – das heißt, die ein bestimmtes begrenztes Gebiet durchfließende Menge – ist in der Nähe der Elektroden am größten. Auf seinem Weg zwischen den Elektroden breitet sich der Strom aus, und die durchschnittliche Stromdichte nimmt ab. In diesem Stromfluß können verschiedene körperliche Schädigungen auftreten.

Zunächst einmal kann jede Substanz durch Elektrizität erwärmt werden, und zwar unabhängig vom Widerstand der Substanz und der Dichte des Stromflusses. Für menschliche Haut gilt die Faustregel, daß bei einem Milliampere (1mA) je Quadratzentimeter eben noch keine Zellschädigung durch Wärme auftritt. Stärkere Ströme können die Zellen schädigen, selbst wenn sie keine spürbare Erwärmung verursachen.

Zweitens gibt bei Verwendung von metallischen Elektroden die positive Elektrode Ionen des Metalls selbst ab, die oft, wie zum Beispiel bei nichtrostendem Stahl, nicht zu unterschätzende toxische Wirkungen auf die Zellen ausüben. Diese sind nicht auf die Zellen beschränkt, die

die Elektrode direkt berühren, weil die Ionen, die ja positiv geladen sind, von dem positiven Feld der Elektrode abgestoßen und tiefer in den Körper hineingedrängt werden.

Drittens wird das Wasser im Innern der Gewebe bei jedem Spannungsniveau dem Prozeß der Elektrolyse unterworfen, durch den die Wassermoleküle gespalten werden. Dadurch entstehen in biologischen Geweben Gase wie etwa Wasserstoff, die äußerst toxisch auf die Zellen wirken. Die Geschwindigkeit, mit der diese Gase entstehen, ist proportional zur Höhe der Spannung: Je höher die Spannung, desto mehr Gas wird gebildet. Bei geringer Spannung wird das Wasserstoffgas abtransportiert und neutralisiert; erhöht sich indessen die Spannung, dann wird irgendwann der Punkt erreicht, wo das erzeugte Gas nicht mehr beseitigt werden kann. Bei dieser höheren Spannung spricht man vom Elektrolyseniveau, das dazu führt, daß sich an dieser Stelle große Mengen Wasserstoffgas so schnell ansammeln, daß alle Zellen absterben. In meinem Labor haben wir das Einsetzen der Elektrolyse in tierischem Gewebe mit Elektroden aus rostfreiem Stahl bei etwa 1,1 Volt, also einem relativ niedrigen Wert, gemessen.

Es dürfte klargeworden sein, daß die Verabreichung elektrischen Stroms zu unerwünschten Nebenwirkungen rein körperlicher Art führen kann. Darüber hinaus haben extrem schwache elektrische Ströme, wie oben dargestellt, eine Reihe bedeutender biologischer Wirkungen. Leider sind sich die meisten Befürworter des Einsatzes elektrischen Stromes zur medizinischen Behandlung dieser Wirkungen nicht bewußt, wenn sie es nicht gar vorziehen, sie geflissentlich zu übersehen.

Die Behandlung mit der «Black Box»: Transkutane elektrische Nervenstimulation (TENS)

Das Phänomen des Schmerzes war für Kliniker und Neurophysiologen jahrelang ein Rätsel. Man hatte zwar vor über hundert Jahren entdeckt, daß die Übertragung von Schmerzempfindungen über gewisse Nervenfaserbahnen im Rückenmark läuft, aber die genauen Strukturen, die die Verletzung als erste registrieren – die sogenannten Schmerzrezeptoren – waren weiterhin unbekannt. Der Schmerz ist klinisch gesehen eine subjektive Empfindung, die sich nicht objektiv messen läßt. Bei der Beurteilung des Schmerzes gab es nur zwei Möglichkeiten: Entweder man verließ sich auf die Aussagen des Patienten, oder man suchte nach einem pathologischen Befund, der die Schmerzempfindung rechtfertigte. Chronische Schmerzen waren ein besonderes Problem, denn wenn es dem Arzt nicht gelang, ihre Ursache zu entdecken und zu beseitigen, dann blieb nur eine langwierige Chemotherapie mit all ihren Nebenwirkungen. 1965 kam man bei der Suche nach Techniken zur Schmerzbewältigung auf die Tortheorie. Das war eine recht vielversprechende Hypothese, nach der die von der Körperperipherie zum Gehirn laufenden Schmerzsignale durch Eingriffe in die Hintersäulen (die den Schmerz leitenden Bahnen im Rückenmark) in Form von schmerzlosen elektrischen Impulsen blockiert werden können. Man nahm an, daß das «Tor», das von diesen Bahnen zu den höheren Bewußtseinszentren führt, nur eine bestimmte Menge an Informationen durchläßt und die Schmerzimpulse sich daher durch starke schmerzlose Signale blockieren lassen müßten.

Zwei Jahre später hörte man von dem Neurochirurgen Dr. C. Norman Shealy, er habe bei manchen Patienten chronische Schmerzen lindern können, indem er Reizelektroden in die Hintersäulen einpflanzte. Die Tortheorie schien damit bestätigt; aber erstens erforderte Shealys Technik komplizierte neurochirurgische Operationen, und zweitens brachte sie nicht immer den gewünschten Erfolg. Deshalb bemühten sich Shealy und sein Kollege D. M. Long, vor der Operation herauszubekommen, welche Patienten auf das Einpflanzen der Elektroden und die Reizbehandlung gut ansprechen würden, und verwendeten zu diesem Zweck Hautelektroden, mit denen sie die Gegend direkt über dem Schmerz oder in seiner Umgebung elektrisch reizten. Dabei gingen sie von der Annahme aus, daß eine solche Reizung der sensorischen Nervenfasern das «Tor» ebenso «versperren» würde wie die in die Wirbelsäule eingepflanzten Elektroden.

Meldete der Patient, daß der Schmerz unter Kontrolle sei, dann fuhr Shealy anfangs mit der Behandlung fort, indem er die Elektrode implantierte. Aber als sich später herausstellte, daß die Anwendung von Hautelektroden zu ebenso guten Ergebnissen führte wie die operative Implantation von Elektroden, verzichtete man auf die Operation. Mehrere Firmen wurden eigens mit dem Ziel gegründet, diese Technik – die transkutane elektrische Nervenstimulation (TENS) – auszuwerten, und man entwickelte und vertrieb neue, noch wirkungsvollere Geräte. Da dies alles vor Inkrafttreten des neuen Gesetzes von 1978 geschah, handelt es sich dabei um eine «Großvatertherapie».

In der Praxis verwendete man zwei Elektroden, die an der Haut über der schmerzenden Region befestigt wurden, und eine «Black Box» (einen kleinen batteriebetriebenen Impulsgeber). Die erste Gerätegeneration, die aufgrund der Tortheorie gebaut wurde, arbeitete mit hochfrequenten elektrischen Impulsen mit niedriger Stromdichte, die nach den Erkenntnissen der Neurophysiologen die sensorischen Nerven am stärksten reizten. Bald darauf wurde die Tortheorie allerdings von anderen Forschern in Frage gestellt, und man entdeckte, daß TENS-Geräte, die mit niederfrequenten elektrischen Impulsen und starken Strömen arbeiteten, ohne die sensorischen Nerven zu reizen, den chronischen Schmerz ebenso wirkungsvoll bekämpften. Dann entwickelte man eine Black Box, die der Patient selbst einstellen konnte. Er konnte den Impuls nach Form, Breite und Frequenz so auswählen, daß er seinen spezifischen Schmerz am besten linderte.

Heute ist klar, daß ein breit gefächertes Spektrum von Wellen- und Impulsformen, Frequenzen und Stromdichten zu erheblicher Schmerzlinderung führt; diese kann also nicht bloß auf die Reizung der nicht schmerzsensiblen sensorischen Nerven zurückzuführen sein. Damit ist die Tortheorie widerlegt. Dennoch können TENS-Geräte, selbst wenn ihr Wirkungsmechanismus weiterhin im dunkeln liegt, oft erheblich zur Linderung chronischer Schmerzen, die auf andere Behandlungen nicht ansprechen, beitragen und gehören daher heute zum festen Bestand ärztlicher Ausrüstung.

Ich habe einige dieser Apparate untersucht und festgestellt, daß die Elektroden bei allen im Lauf der Zeit zu Hautreizungen führen, eine Nebenwirkung, die sich nur vorübergehend durch Einsatz eines anderen Gerätetyps vermeiden läßt. Der Schmerz wird zwar oft erheblich reduziert, aber meiner Ansicht nach sind die Nebenwirkungen, die die Verwendung starker pulsierender Ströme hervorrufen kann, noch nicht ausreichend untersucht. Ich verzichte daher auf die Verwendung derartiger Geräte und möchte von ihrer Verwendung generell abraten, solange nicht alle anderen Behandlungsmöglichkeiten ausgeschöpft sind.

Unter dem Namen TENS laufen heute übrigens noch viele andere

Apparate, die pulsierende elektrische Ströme und Hautelektroden verwenden. Man kann unter einer Vielzahl von Geräten wählen, die alle als TENS-Geräte bezeichnet werden und von denen es heißt, daß sie schmerzlindernd wirken. In der Praxis werden sie heute allerdings außer zur Schmerzlinderung noch für viele andere Zwecke eingesetzt. Die Bestimmungen der FDA können nämlich durch eine Hintertür umgangen werden: Da jeder Arzt ein zugelassenes Gerät im speziellen Fall auf beliebige Weise für jede Krankheit verwenden darf, haben die Herstellerfirmen wie auch die Ärzte TENS-Geräte auf vielfache Weise zweckentfremdet. So hat man sie beispielsweise bei Migräne eingesetzt, wobei die Elektroden direkt an den Kopf angelegt wurden; ähnlich ist man bei Drogenabhängigkeit und Gedächtnisschwund verfahren. Man verwendet sie auch, um die Heilung von Wunden an Knochen und weichem Gewebe zu beschleunigen und zur Behandlung von Funktionsstörungen der Blase sowie zur Elektrischen Stimulation im Rahmen einer Akupunkturbehandlung.

Auch die Sportmedizin setzt oft TENS-Geräte ein, weil sie angeblich Ödeme zum Abschwellen bringen, Hämatome auflösen und die Wiederherstellung verletzter Körperteile beschleunigen. Piloten legen sich die Elektroden an, bevor sie einen längeren Flug im engen Cockpit antreten, weil sie so die lästigen Rückenschmerzen zu vermeiden hoffen. Mit chronischem Schmerz haben diese Fälle offenbar wenig zu tun, und die Anwendung der TENS-Geräte ist hier weder durch die wissenschaftliche Theorie noch durch die praktischen Forschungsergebnisse legitimiert.

Damit hat sich der Kreis geschlossen: Die Entwicklung führte von der weit verbreiteten mehr oder weniger wahllosen Verwendung von Geräten zur elektrischen Stimulation über die völlige Ablehnung jeder elektrischen Wirkung wieder zurück zu den elektrischen Geräten, die heute bei einem breiten Spektrum von Krankheiten eingesetzt werden. Diese Entwicklung ist in mehrfacher Hinsicht unglücklich. Erstens ist die theoretische Begründung, die ursprünglich zur Verwendung der Geräte führte, die Tortheorie, hinfällig, so daß wir nicht wissen, auf welche Weise sie den Schmerz lindern. Zweitens gibt es gegenwärtig keine wissenschaftliche Begründung für ihre Verwendung in Fällen, in denen es nicht um Schmerzbekämpfung geht. Und drittens hat man die möglichen schädlichen Nebenwirkungen weder ernstlich zur Kenntnis genommen noch gar zum Gegenstand eigener Forschungen gemacht. Der letztgenannte Gesichtspunkt ist besonders wichtig, denn durch jede Behandlung mit einem TENS-Gerät setzt der Patient große Teile seines Gewebes starken elektrischen Strömen aus, deren Pulsationsfrequenz im natürlichen elektromagnetischen Feld der Erde nicht vorkommt. Wir werden noch sehen, daß solche elektrischen Kräfte in der Tat bedeutende Nebenwirkungen haben, die oft höchst unerwünscht sind.

Heute werden so viele Apparate als TENS-Geräte vermarktet, daß es unmöglich ist, sie alle im einzelnen nach ihren Besonderheiten, den zugrundeliegenden Prinzipien und den Zwecken, denen sie dienen sollen, zu besprechen. Ich will nur noch einmal wiederholen, daß ich nach dem heutigen Wissensstand empfehlen würde, solche Geräte nur bei chronischem Schmerz einzusetzen, und zwar nur dann, wenn die anderen Behandlungsmethoden gescheitert sind. Außerdem sollten Kopf, Hals und Wirbelsäule bei der Behandlung ausgespart bleiben. Und schließlich muß bei jedem Patienten zunächst gründlich geprüft werden, woher der Schmerz kommt, so daß andere Behandlungsmethoden vorrangig ausprobiert werden können.

Die Elektrotherapie bei Drogenabhängigkeit

Der Gedanke, daß sich eine elektrische Reizbehandlung des Kopfes günstig auf die Rauschgiftsucht auswirken könnte, geht vor allem auf die Arbeit der britischen Chirurgin Dr. Margaret Patterson zurück. Sie erschien vor fünfzehn Jahren mit einer interessanten Geschichte in meinem Labor. Gegen Ende ihrer chirurgischen Ausbildung in einem britischen Krankenhaus in Hongkong hatte sie bei einem chinesischen Chirurgen gesehen, daß man bei Fällen von postoperativer Drogenabhängigkeit die zur Vermeidung von Entzugserscheinungen übliche Gabe großer Mengen von Betäubungsmitteln durch die Anwendung der Aurikularakupunktur (bei der die Nadeln in bestimmte Punkte des Ohres eingestochen werden) vermeiden konnte. Sie war von dieser Technik so beeindruckt, daß sie sie für ihre Patienten übernahm. Dann ließ sie sich in England als Chirurgin nieder. Ihre Praxis lief gut. Als dann später die Drogensucht in England zunahm, bediente sie sich auch hier der postoperativen Akupunktur. Sie machte sich einen Namen, und die Patienten kamen jetzt zu ihr, um sich wegen ihrer Drogensucht mit Akupunktur behandeln zu lassen.

Dann hörte sie, daß die Chinesen mit Elektrostimulation arbeiteten, um die Wirkung der Akupunktur zu verstärken, und übernahm auch diese Technik, wobei sie gepulsten Gleichstrom verwendete. Aber es gab Probleme. Die klinischen Resultate waren zwar besser, aber der Strom führte zu erheblichen lokalen Reizungen, und die Nadeln ließen sich im Ohr schlecht fixieren. Dennoch war sie überzeugt, daß sie hier eine Methode zur Behandlung von Drogensucht gefunden hatte, die allen anderen überlegen ist, und suchte daher nach Wegen, die Schwierigkeiten zu umgehen.

Bei ihrem Besuch in meinem Labor schilderte mir Dr. Patterson ihre Probleme. Sie wollte wissen, ob ich eine Idee hätte, wie man ihre Technik verbessern könnte. Das einzige, was mir einfiel, war, als Elektroden keine Nadeln, sondern flache Oberflächenelektroden von mindestens einem Quadratzentimeter Größe zu benutzen, die direkt hinter dem Ohr auf die Haut aufgelegt wurden. Denn von dem Strom, den sie an die Nadelelektroden anlegte, konnte meiner Ansicht nach überhaupt nur etwa ein Prozent effektiv durch das Gehirn fließen. Aber dieses eine Prozent erfüllte seinen Zweck. Ich hatte den Eindruck, daß die Wirkung ihrer Elektroakupunkturbehandlung überhaupt nicht auf die Vermittlung des Akupunktursystems zurückzuführen war, sondern vielmehr auf irgendeiner direkten Einwirkung des elektrischen Stroms auf das Gehirn beruhte. Ich schlug ihr vor, verschiedene Frequenzen durchzutesten, um festzustellen, ob sie sich im Wirkungsgrad unterschieden und ob vielleicht bestimmte Frequenzen bestimmten Drogen zugeordnet werden konnten.

Sie hat meinen Rat befolgt, und wir stehen seitdem in engem Kontakt. Vor ein paar Jahren habe ich auf einer Reise nach England eine Reihe von Dr. Pattersons Patienten untersucht. Die Ergebnisse waren erstaunlich. Selbst schwer süchtige Patienten waren in der Lage, alle Drogen abzusetzen, sobald die Elektroden angelegt wurden. Von Entzugserscheinungen keine Spur. Was mich am meisten beeindruckte, war aber, daß alle Patienten von einer tiefgreifenden Änderung ihrer Persönlichkeit berichteten: Sie waren überzeugt, daß sie sich durch die Behandlung von süchtigen zu nichtsüchtigen Menschen gewandelt hatten.

Frau Dr. Patterson hatte in Tierversuchen herausgefunden, daß unter Elektrobehandlung die Menge der Endorphine (einer vom Gehirn produzierten natürlichen, morphiumähnlichen Substanz) im Gehirn nachweisbar ansteigt. Nun mag das einen Teil der unmittelbaren Erfolge erklären; aber es muß noch mehr dahinterstecken, denn bei den meisten ihrer Patienten genügt eine einzige Behandlung von sechs Wochen, um sie für immer von ihrer Drogensucht zu befreien. Das spricht sehr dafür, daß es irgendeine Langzeitwirkung gibt, die auch nach dem Ende der Behandlung noch anhält.

Diese Technik ist in verschiedener Hinsicht interessant. Zunächst einmal scheinen sehr schwache gepulste elektrische Ströme starke Wirkungen auf die höchsten Gehirnfunktionen auszuüben. Die Persönlichkeitsänderung nach der Behandlung ist äußerst bedeutungsvoll und sollte dringend weiter erforscht werden. Und zweitens ist diese Behandlung den anderen Suchttherapien allem Anschein nach so überlegen, daß es sich unbedingt lohnt, ihren tatsächlichen klinischen Nutzen in einer breitangelegten wissenschaftlichen Studie zu untersuchen.

Von 1944 bis 1950 arbeitete ich in New York am Bellevue Hospital. Und obwohl dieses Krankenhaus eines der größen ist, die es in den Vereinigten Staaten gibt, gab es dort nur wenige Drogensüchtige, und das in einer Zeit, in der die Menschen unter großem sozialem und wirtschaftlichem Druck standen. Ich brauche nicht zu betonen, wie ernst das Drogenproblem heute ist. Und doch gibt es meines Wissens keine einzige Untersuchung darüber, warum der Bedarf an suchterzeugenden Drogen gestiegen ist. Wir haben die Sache von der anderen Seite betrachtet und angenommen, daß die Schwierigkeiten bloß durch das vermehrte Angebot entstanden sind. Daher sind wir bei unseren Gegenmaßnahmen von einem Verbot der Herstellung und Lieferung von illegalen Drogen ausgegangen. Im Unterschied zu anderen Behandlungen läßt sich durch Dr. Pattersons Methode aber das tatsächliche *Verlangen* nach Drogen verringern. Das hat sich auch erwiesen, als prominente britische Rockstars mit großem Erfolg mit dieser Methode behandelt wurden. Für den normalen Durchschnittsbürger ist sie allerdings bislang noch nicht zugelassen. Auch Dr. Pattersons Diskussionen mit dem National Institute of Health und der Food and Drug Administration in den USA haben bislang zu keinem Ergebnis geführt.

Im allgemeinen vertrete ich die Ansicht, daß jede elektromagnetische

Therapie einen Pferdefuß hat und nur mit größter Vorsicht angewandt werden sollte. Aber ich bin auch dafür, den Schaden gegen den möglichen Nutzen abzuwägen. Bei einer lebensbedrohlichen Krankheit ist die elektromagnetische Therapie unter der Voraussetzung gerechtfertigt, daß sie wirkungsvoller ist als alle anderen Methoden und ihre Nebenwirkungen für den Patienten weniger schädlich sind als das Unterlassen jeder Behandlung. Nach diesen Kriterien scheint mir der Einsatz der Behandlung nach Dr. Patterson in schweren Fällen von Drogensucht gerechtfertigt. Auf jeden Fall müßten ihre Beobachtungen durch eine breitangelegte klinische Studie widerlegt – oder erhärtet werden.

Gegenwärtig werden viele Süchtige mit großem finanziellem Aufwand von allen möglichen Leuten behandelt, die den Kopf mit verschiedenen TENS-Geräten (oder anderen Apparaten, auch solchen, die pulsierende Magnetfelder erzeugen) in Berührung bringen. Das ist nicht nur unwissenschaftlich, es ist auch gefährlich.

Aber in Wirklichkeit ist alles noch viel schlimmer. Wenn man nämlich die Drogensucht behandeln kann, indem man einen elektrischen Strom durch den Kopf schickt oder ihn einem starken pulsierenden Magnetfeld aussetzt, dann müßte es mit den gleichen Methoden auch möglich sein, gewisse illegale Drogen wie psychedelische Substanzen und Opiate in ihrer Wirkung nachzuahmen. Auf diesen Gedanken ist denn auch schon so mancher gekommen, und daraus hat sich in der Drogenszene die Technik des «wire-heading» («Drahtkopf») entwickelt. Die Pläne für die entsprechenden Geräte sind leicht zu bekommen, und die Teile, die man zum Bau eines für den Zweck geeigneten einfachen, aber starken Impulsgenerators benötigt, kann man in jedem Elektronikladen kaufen. Zwar ist das, was hier geschieht, im eigentlichen Sinne nicht verboten, und ich halte eine gesetzliche Kontrolle für kaum durchführbar. Aber es ist entschieden gefährlich.

Letztes Jahr rief mich ein Mann an, der in der Musikindustrie beschäftigt ist. Er hatte mit einem jungen Mann zusammengearbeitet, der früher ein schweres Drogenproblem gehabt hatte. Sie hatten sich darüber unterhalten, ob man die Wirkungen von Drogen durch elektronische Geräte nachahmen könnte. Der ehemalige Süchtige hielt den Einsatz solcher Geräte für ungefährlich, weil er glaubte, daß sie keine Abhängigkeit erzeugen würden. Die Mehrspur-Magnetbänder, die in Musikstudios verwendet werden, müssen vor der Wiederverwendung

191

entmagnetisiert werden, indem man sie dem Feld eines mit 60 Hz schwingenden starken Elektromagneten aussetzt, der die vorherige Aufnahme löscht. Um die Richtigkeit seiner Theorie zu überprüfen, brachte der junge Mann an seinem Kopf zwei Entmagnetisierungsspulen an. Innerhalb einer Stunde setzten immer stärkere psychische Störungen ein. Er mußte noch am gleichen Abend in die Klinik und war monatelang arbeitsunfähig. An den Vorfall konnte er sich später nicht erinnern. Ich weiß nicht, ob eine Versuchsperson, die keine schwere Suchterkrankung hinter sich hat, ähnlich reagieren würde. Jedenfalls kann ich niemandem raten, sich auf einen solchen Versuch einzulassen.

Die Verwendung von elektrischem Strom bei der Heilung von Knochenbrüchen

1978 erteilte die amerikanische Food and Drug Administration die Zulassung für mehrere Typen elektrischer und elektromagnetischer Geräte, die die Heilung nichtheilender Knochenbrüche beim Menschen anregen sollen. Durch diese Entscheidung ist die gesamte Elektrotherapie salonfähiger geworden. In den USA und anderen Ländern sind bisher über 100 000 Patienten mit diesen Geräten behandelt worden. Die Industrie entwickelt laufend neuartige Geräte und versucht, die Palette der Krankheiten, die sich damit behandeln lassen, zu erweitern und damit ihre Marktchancen zu vergrößern. Es lohnt sich, sich einmal anzusehen, wie das alles angefangen hat.

1960 trug ich auf der Jahresversammlung der Gesellschaft für Orthopädische Forschung die Ergebnisse meiner Untersuchungen über die elektrischen Vorgänge bei der Regeneration von Gliedmaßen beim Salamander vor. Nach dem Vortrag stellte sich Dr. Andrew Bassett, ein junger Orthopäde von der Medizinisch-Chirurgischen Fakultät der Columbia University, vor. Er schlug eine Zusammenarbeit vor, um zu klären, welche elektrischen Faktoren im Knochen und bei der Knochenheilung im Spiel sind. Nach ein paar Monaten fingen wir mit unserer gemeinsamen Arbeit an. Als erstes wollten wir untersuchen, ob im Knochen ein piezoelektrischer Effekt auftritt.

Der piezoelektrische Effekt besteht darin, daß bei manchen kristallinen Stoffen durch Biegen oder Drücken eine elektrische Ladung er-

Wie man das elektrische System des Körpers ergänzt

zeugt wird. Die Ladung tritt sofort auf und fällt schnell auf den Null-punkt zurück. Wenn das Biegen oder Drücken eingestellt wird, entsteht eine Ladung gleicher Stärke in der entgegengesetzten Richtung. Piezo-elektrische Kristalle werden häufig verwendet, um mit den entstehen-den Funken Propanöfen und ähnliche Geräte anzuzünden.

Im Knochen gibt es drei verschiedene Arten des Wachstums: das Längen- und Dickenwachstum in der Kindheit, die Heilung von Brü-chen und den Ausgleich mechanischer Belastungen. Die letztere Art zeigt, daß der Knochen auf irgendeine Weise in der Lage ist, mechani-sche Belastungen «wahrzunehmen» und so zu wachsen, daß genau die anatomische Struktur entsteht, die die Belastung am besten auffängt. Der Knochen besteht aus zwei verschiedenen Materialien, einer Pro-teinfaser, dem Kollagen, und einem mineralischen Kristall, dem Apatit. Also überlegten wir, daß die Fähigkeit, mechanische Belastungen wahr-zunehmen, auf piezoelektrischen Eigenschaften der mineralischen Kri-stalle beruhen könnte. Es bedurfte einiger Experimente, um nachzuwei-sen, daß im Knochen tatsächlich ein piezoelektrischer Effekt auftritt.

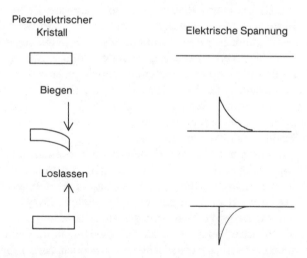

Abbildung 6.1 Beim Biegen eines piezoelektrischen Kristalls entsteht für kurze Zeit ein plötzlicher Spannungsstoß; das Loslassen erzeugt den gleichen Spannungsstoß mit der entgegengesetzten Richtung oder Polarität.

193

Allerdings war die beim Biegen auftretende Ladung nicht gleich stark wie die beim Loslassen, so daß wir annahmen, daß noch ein weiterer Faktor im Spiel ist, der den Stromfluß in einer Richtung begrenzt oder gleichrichtet.

«Gleichrichter» oder «Dioden» sind mit verschiedenen Einkristallen arbeitende elektronische Vorrichtungen, die den elektrischen Strom nur in einer Richtung passieren lassen. Wenn man an die Eingangsklemme einer Diode einen Wechselstrom oder eine Folge wechselnder Impulse (wie sie von einem piezoelektrischen Kristall erzeugt werden) anlegt, dann treten an der Ausgangsklemme nur die in einer Richtung verlaufenden Teile des Stromes aus. Der Wirkungsgrad von Dioden ist nicht immer gleich; manchmal wird ein Teil des in umgekehrter Richtung verlaufenden Stromes durchgelassen. Das war offensichtlich bei Knochen der Fall, die wiederholten Belastungen ausgesetzt waren. Von einem biologischen System, das sich aus Millionen winziger Kristalle zusammensetzt, kann man allerdings auch nicht die gleiche Effektivität erwarten wie von einem großen Einkristall.

1964 waren wir so weit, daß wir das Steuerungssystem beschreiben konnten, das das Knochenwachstum nach mechanischer Belastung reguliert; es beruht tatsächlich auf dem piezoelektrischen Effekt. Wichtig ist dabei, daß die entstehenden Ströme, weil sie nur teilweise gleichgerichtet sind, ein Signal erzeugen, bei dem mehr Strom in einer Richtung fließt als in der anderen. Erst diese ungleichmäßige Ausgangsleistung gibt die Richtung an, in der der neue Knochen wachsen soll. Wenn sich der Effekt wie bei einem großen Einkristall gleichmäßig auf beide Richtungen verteilen würde, könnte er keine Richtung angeben und wäre damit als Signal für ein Steuerungssystem ungeeignet.

Genaugenommen handelte es sich beim Knochenwachstum als Reaktion auf Belastung darum, daß der Knochen eine neue Form erhält, so daß er der mechanischen Belastung besser standhält. Der piezoelektrische Effekt «sagt» dem Knochen, wie hoch die Belastung ist und in welcher Richtung sie wirkt. Diese Art des Knochenwachstums ist mit völlig anderen Mechanismen verbunden als die Heilung von Knochenbrüchen. Auch die letztlich zum Wachstum führenden Vorgänge in der Zelle sind ganz andere. Das muß besonders hervorgehoben werden, weil die beiden Vorgänge oft verwechselt werden, und zwar auch von den meisten Orthopäden.

Wie man das Knochenwachstum elektrisch anschalten kann

Im gleichen Jahr begannen wir mit unseren Versuchen zur Anregung des Knochenwachstums durch Gleichstrom, der ja ganz andere Eigenschaften hat als die beim piezoelektrischen Effekt auftretenden kurzlebigen Impulse. Der Gedanke, statt der piezoelektrischen Impulse Gleichstrom zu verwenden, war mir gekommen, als ich feststellte, daß die Regeneration beim Salamander auf negativem Gleichstrom beruht. Bassett hatte inzwischen einen erfahrenen Elektrotechniker, Robert Pawluk, für die Herstellung der von uns benötigten Geräte gewonnen. Dabei handelte es sich um kleine batteriebetriebene Aggregate mit zwei Platinelektroden, die wir so in gesunde, nicht gebrochene Oberschenkelknochen von ausgewachsenen Hunden einpflanzten, daß die beiden Elektroden sich in der Markhöhle befanden.

Pawluk wollte natürlich wissen, wieviel Strom die Geräte produzieren sollten. Aber das wußte ich selbst nicht. Wir waren also auf unser Gespür angewiesen. Wir einigten uns auf drei verschiedene Stromstärken – 1, 10 und 100 Mikroampere –, mit denen wir den Bereich abzudecken hofften, innerhalb dessen eine Wirkung eintreten würde. Pawluk maß den Strom von einem Aggregat jeweils über einen Zeitraum von dreißig Minuten nach der Implantation und stellte fest, daß er bei jedem Gerät in dieser kurzen Zeit erheblich abfiel, so daß die tatsächlichen Werte bei den drei Geräten höchstens bei etwa ¼, 1 und 3 Mikroampere lagen.

Der Versuch lief über 21 Tage. Am Ende stellten wir fest, daß sich in der Markhöhle um die negative Elektrode herum bei 3 Mikroampere viel und bei 1 Mikromapere etwas weniger Knochenmasse gebildet hatte; bei ¼ Mikroampere fanden wir keinen Unterschied zwischen der negativen Elektrode und einfachen Vergleichselektroden ohne Strom. In der Umgebung der positiven Elektroden schien der Knochen etwas geschrumpft zu sein, aber das ließ sich kaum quantifizieren. Unsere Versuche zum Knochenwachstum bei Gleichstrom und piezoelektrischen Impulsen näherten sich ihrem Ende, als wir feststellten, daß beide (wenn auch nicht in genau der gleichen Form) von mehreren japanischen Forschern schon einmal durchgeführt worden waren. Obwohl unsere Gedanken also nicht ganz neu waren und andere Wissenschaftler schon die gleichen Ergebnisse erzielt hatten, stießen unsere beiden Berichte in orthopädischen Kreisen auf großes Interesse.

Leider war unsere Arbeit jedoch vielen Fehldeutungen ausgesetzt. Das Wichtigste wurde kaum bemerkt: Zum ersten Mal in der Geschichte der Biologie oder der Medizin war nämlich gelungen, was bis dahin der Natur allein vorbehalten war: einen Wachstumsprozeß vorsätzlich «anzuschalten». Außerdem beachteten die meisten Leute nicht, daß wir das Knochenwachstum durch negativen Gleichstrom und nicht durch pulsierenden piezoelektrischen Strom in Gang gebracht hatten, und nahmen daher an, der Knochen könne einfach deswegen elektrisch stimuliert werden, weil er piezoelektrisch sei. Daraus schloß man dann, daß sich die Anwendung des elektrischen Stroms *nur* auf die Knochen auswirken könne, auf andere Gewebearten dagegen nicht. Man übersah völlig die Tatsache, daß wir in Wirklichkeit gar nicht das Knochenwachstum stimuliert, sondern Knochenmarkszellen aktiviert hatten, die sich später in Knochen verwandelten. Im nachhin-

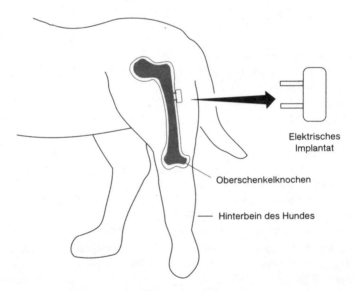

Elektrisches
Implantat

Oberschenkelknochen

Hinterbein des Hundes

Abbildung 6.2 Implantation eines elektrischen Stimulators in den Oberschenkelknochen eines Hundes. Die beiden Elektroden – eine positive und eine negative – ragen in die Markhöhle des Knochens hinein.

196

ein ist mir klar, daß wir für diese Fehlinterpretationen zum Teil selbst verantwortlich waren, weil wir die Punkte, auf die es ankam, nicht genügend herausgestellt und ihre Bedeutung nicht betont hatten.

Die simplifizierende Deutung unserer Arbeit führte allgemein zu der Vorstellung, daß die Reaktion des Knochens auf elektrische Einwirkung einzigartig sei, daß negative Elektroden auf irgendeine «magische» Weise das Knochenwachstum anregten und daß die Stromstärke, bei der die Wirkung eintritt, bei etwa 10 Mikroampere liege. Einige Orthopäden hielten diese Daten offensichtlich für ausreichend, um den Beginn einer klinischen Anwendung der Technik zu rechtfertigen. Ich war anderer Meinung. In meinem Laboratorium richteten wir unser Augenmerk auf die Mechanismen, die den Beziehungen zwischen elektrischen Kräften und *allen* Arten des Wachstums einerseits und anderen physiologischen Systemen (besonders dem Nervensystem) andererseits zugrundeliegen. 1970 konnten wir das vollständige elektrische Gleichstrom-Steuerungssystem, auf dem die Heilung von Brüchen beim Frosch beruht, in allen Einzelheiten beschreiben.

Die wissenschaftliche Literatur behauptete damals, der Frosch heile seine Brüche auf die gleiche Weise wie der Mensch: indem er bei der Zellteilung neue, knochenbildende Zellen produziere. Wir hatten jedoch entdeckt, daß das so weder auf den Frosch noch auf den Menschen zutrifft. Wir konnten zeigen, daß die Heilung von Brüchen im wesentlichen ein Regenerationsprozeß ist, bei dem gewisse Zellen elektrisch entdifferenziert werden.

Beim Frosch werden die roten Blutkörperchen in dem Blutgerinnsel an der Bruchstelle durch den elektrischen Gleichstrom entdifferenziert und anschließend zu knochenbildenen Zellen redifferenziert. (Da die roten Blutkörperchen des Froschs ihren Kern beibehalten, verfügen sie über die vollständige genetische Information und können sich entdifferenzieren. Unsere roten Blutkörperchen enthalten dagegen keinen Kern und können sich daher auch nicht entdifferenzieren.) Beim Menschen werden die Knochenmarkszellen ebenfalls elektrisch entdifferenziert und anschließend als Knochenzellen redifferenziert. Das war ja auch der Vorgang, den Bassett und ich bei unserem ersten Versuch an Hunden ausgelöst hatten. Wir waren nun in der Lage, diesen zellulären Prozeß im einzelnen zu beschreiben und zu zeigen, daß er *nur bei extrem niedriger Stromstärke und Spannung eintritt.*

Wir konnten auch nachweisen, daß die roten Blutkörperchen des Froschs sich in der Petrischale elektrisch entdifferenzieren lassen und die biochemischen Markierungen für «angeschaltete» entdifferenzierte Zellen aufweisen. Am wichtigsten war aber, daß es uns gelungen war zu zeigen, daß das elektrische Steuersignal, das für den Knochenheilungsprozeß verantwortlich ist, zur Zeit des Bruchs einsetzt, dann über eine ziemlich genau festgelegte Zeit andauert und schließlich auf Null abfällt. Der zeitliche Ablauf, dem dieser negative Gleichstrom folgt, entspricht dem bei der Regeneration der Gliedmaßen beim Salamander.

Diese Beobachtung ist deshalb von Bedeutung, weil sie erklärt, warum Brüche manchmal nicht heilen – der Orthopäde spricht von einer *Nonunion*. Der an der Bruchstelle entstehende Gleichstrom regt die Zellen des menschlichen Knochenmarks ebenso zur Entdifferenzierung an wie die in den Gliedmaßen des Salamanders oder wie die roten Blutkörperchen in dem Bruchhämatom des Froschs. Wenn dieser Gleichstrom auf Null zurückfällt, hört auch die Stimulation der Zellen und mit ihr die Heilung auf.

Wenn die beiden Teile eines gebrochenen Knochens beim Menschen voneinander getrennt werden oder sich verschieben, kann der zelluläre Heilungsprozeß – der am Ende der beiden Teile zunächst normal weitergeht – den Frakturspalt nicht überbrücken. Wenn die Verbindung

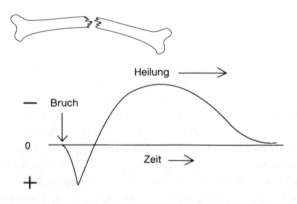

Abbildung 6.3 Die Kurve der elektrischen Spannung unmittelbar nach dem Bruch eines Knochens (Schienbein) beim Frosch und während der Heilung.

der beiden Knochenteile über den Frakturspalt hinweg in dem Moment noch nicht stattgefunden hat, wo der stimulierende elektrische Gleichstrom seinen normalen Verlauf genommen hat und zum Nullwert zurückgekehrt ist, kommt es zu einer Nonunion. Durch chirurgische und osteoplastische Eingriffe, bei denen der Knochen ja verletzt und daher das elektrische Gleichstrom-Steuerungssystem stimuliert wird, wird dieses wieder in Gang gesetzt. Will man also das natürliche, mit Gleichstrom arbeitende Knochenheilungssystem durch künstlich erzeugte elektrische Kräfte von außen anregen, so muß man die Knochenmarkszellen an der Bruchstelle mit negativem elektrischem Gleichstrom in der richtigen Menge versorgen.

An solchen Grundlagenforschungen waren unsere orthopädischen Fachkollegen weniger interessiert. Sie wollten die Technik in der klinischen Praxis verwenden. 1971 berichtete Dr. Zachary Friedenberg von der University of Pennsylvania über die erste erfolgreiche Elektrobehandlung eines nichtheilenden Bruchs beim Menschen. Er verwendete einen Gleichstrom von 10 Mikroampere. Die negative Elektrode (aus rostfreiem Stahl) setzte er direkt in das Knochenmark an der Bruchstelle ein (Abbildung 2.5). Dieser vielversprechende Anfang führte schon bald zu weiteren Forschungen, als einer von Dr. Friedenbergs Kollegen, Dr. Carl Brighton, mit einem auf der gleichen Technik beruhenden klinischen Forschungsprogramm begann. Kurz danach schlugen Bassett und seine Kollegen eine andere Technik vor, die keine Operation erforderte; dabei wurden durch ein externes pulsierendes Magnetfeld im Knochen elektrische Ströme erzeugt.

Ich war davon überzeugt, daß ein gepulstes elektromagnetisches Feld (PEMF) nur einen gepulsten Wechselstrom im Knochen erzeugen würde, der die Knochenmarkszellen nicht zur Entdifferenzierung anregen könnte. Außerdem würde das pulsierende Magnetfeld auch die Gewebe um die Bruchstelle herum durchdringen und möglicherweise erhebliche biologische Wirkungen auslösen. Dessen ungeachtet nahmen Bassett und seine Mitarbeiter an, daß ein unabgeglichener magnetischer Impuls in der Wirkung einem pulsierenden Gleichstromfeld entsprechen würde und der Knochen so im wesentlichen einer negativ geladenen elektrischen Umgebung ausgesetzt wäre. Die Möglichkeit, daß das Magnetfeld sich biologisch auswirken könnte, schlossen sie einfach aus. Ihre Tierexperimente schienen das zu bestätigen, denn fri-

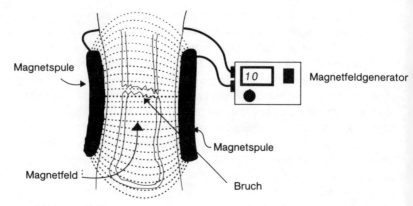

Abbildung 6.4 Behandlung nichtheilender Knochenbrüche mit einem pulsierenden Magnetfeld. Auf jeder Seite des Beins werden Magnetspulen angebracht, die ein Magnetfeld erzeugen, das den Bruch und alle anderen Gewebe durchdringt. Da das Feld pulsiert, erzeugt es einen elektrischen Strom.

sche Brüche heilten deutlich schneller als üblich, wenn sie dem gepulsten Magnetfeld ausgesetzt wurden.

Die Zeit, die der Bruch für die Heilung benötigte, wurde bestimmt, indem man die Knochen zu verschiedenen Zeitpunkten mechanisch belastete. Wenn der Bruch geheilt war, brauchte man, um den Knochen zu brechen, ebensoviel mechanische Kraft wie bei nichtgebrochenen Knochen. Mit dieser Methode läßt sich die Zeit für die *mechanische* Heilung sehr genau bestimmen; sie sagt aber nichts über die dabei auftretenden *zellulären* Vorgänge aus. Nachdem die FDA die Genehmigung erteilt hatte, wurden diese Methoden klinisch verwendet. Ungeachtet offensichtlicher Unterschiede in der Technik stellte sich heraus, daß ihre Erfolgszahlen bei der Anregung des Knochenwachstums beim Menschen mit etwa 80 Prozent die gleichen waren.

Meiner Meinung nach reichten die verfügbaren wissenschaftlichen Daten nicht aus, um die FDA-Genehmigung für die Geräte zu rechtfertigen. Für kein einziges Gerät lag eine Beschreibung der Zellreaktion vor. Da man als optimalen Wert für die Stromstärke bei den Gleichstromgeräten 10 Mikroampere angenommen hatte, waren andere Werte gar nicht erst untersucht worden; auch hatte niemand daran gedacht festzustellen, ob Elektrolyse auftrat, und die möglichen biologischen Wirkungen des von dem PEMF-Gerät ausgehenden pulsierenden elektromagnetischen Feldes waren nicht untersucht worden. Ich beschloß, den Versuch zu machen, die genaue Spannung zu messen, bei der im Gewebe von Säugetieren erkennbar Elektrolyse stattfindet. Wir stellten fest, daß diese je nach dem Metall, das für die Elektrode verwendet wird, verschieden ist; die elektrolytische Durchschnittsspannung war jedenfalls erschreckend niedrig. So begannen die klinisch verwendeten Elektroden aus rostfreiem Stahl schon bei 1,1 Volt Gleichstrom Gas zu produzieren. Die klinisch verwendete Stromstärke von 10 Mikroampere verlangte aber weit höhere Spannungen. Das bedeutete, daß die Geräte, die klinisch verwendet wurden, für die Zellen an der behandelten Stelle schädlich oder gar tödlich waren. Ich postulierte, daß die Geräte eine lokale Verletzung hervorriefen und das Knochenwachstum nur als Reaktion auf die Verletzung auftrat. Es war klar, daß dieser Vorgang biologisch nicht erwünscht war, und mit der erneuten Anregung des normalen Heilungsprozesses, wenn dieser gescheitert war, nichts zu tun hatte.

Unsere Messungen an heilenden Brüchen bei Tieren zeigten, daß die Ströme des körpereigenen Wachstumssteuerungssystems nach Stromstärke und Spannung viel schwächer sind. Ich war überzeugt, daß man mit den gleichen elektrischen Werten Knochen ohne Schädigung heilen könnte. Wir konnten in einer Reihe klinischer Fälle zeigen, daß sich die gleiche Erfolgsquote erzielen läßt, wenn man Silberelektroden mit Strömen verwendet, die hundertmal schwächer sind als üblich und Spannung so niedrig ansetzt, daß sie unter dem Elektrolyseniveau liegt. Es erwies sich, daß selbst dieses extrem niedrige Niveau von Spannung und Stromstärke – wir wählten 0,1 statt 10 Mikroampere – noch zum Knochenwachstum und zur Heilung der Nonunion führte. Die Elektroden müssen dabei aus Silber sein, weil der geringe Widerstand des Silbers die Verwendung geringer Spannungen bei der gewünschten Stromstärke erlaubt. Ich bin davon überzeugt, daß die Wirkung dieser Technik darauf beruht, daß das Wachstumssteuerungssystem angeschaltet wird. Gleichzeitig vermeiden wir die Überlastung des Systems und seine Schädigung durch weit überhöhte Energie.

Krebswachstum und elektrischer Strom

Wenn eine elektrische Technik das Wachstum von Knochen anregen konnte, traf das vielleicht auch auf andere Arten des Wachstums zu. Um das zu überprüfen, stellte ich 1981 Versuche mit Kulturen menschlicher Krebszellen an. Ich verwendete Gleichströme der gleichen Spannung und Stromstärke, wie sie bei der 10 Mikroampere-Technik in den weichen Geweben in der Umgebung eines Knochens mit Nonunion herrschen. Wenn ein Strom von der eingepflanzten Elektrode zur Hautelektrode fließt, werden große Gewebemengen Spannungs- und Stromstärkewerten ausgesetzt, die zwar nicht hoch genug sind, um zur Elektrolyse zu führen, aber durchaus einen Wachstumsprozeß anschalten können. *Die Krebszellen, die diesen elektrischen Kräften ausgesetzt waren, wuchsen mindestens 300 Prozent schneller als die in der Kontrollkultur ohne elektrische Behandlung.* Erstaunlicherweise war diese signifikante Wachstumssteigerung sowohl an der negativen als auch an der positiven Elektrode zu beobachten, während bei allen früheren Versuchen nur am negativen Pol Wachstum aufgetreten war, während es am positiven Pol gestoppt wurde.

Früher hatte ich vermutet, daß Krebszellen bei negativer elektrischer Ladung schneller wachsen würden, während positive Ladung das Wachstum verlangsamen oder ganz aufhalten würde. In diesem Versuch zeigte sich aber, daß Krebszellen in Wirklichkeit ganz anders als normale Zellen reagieren. Außerdem stellte sich heraus, daß die von der FDA genehmigten Gleichstromgeräte das Krebswachstum anregen. Ich publizierte in einer orthopädischen Fachzeitschrift meine Ergebnisse, wobei ich auch darauf hinwies, daß die offiziell genehmigte Gleichstromtechnik an irgendeiner Stelle, die dem Strom ausgesetzt wurde, unerwartet Krebs auslösen könnte. 1981 berichtete eine Gruppe japanischer Forscher, daß Knochenkrebszellen bei Mäusen, die mit derselben Gleichstromtechnik behandelt wurden, eine um etwa 200 Prozent gesteigerte DNS-Synthese aufwiesen (an der sich die Zellvermehrung ablesen läßt). Das bestätigte meine Ergebnisse.

Die Wirkungsweise pulsierender elektromagnetischer Felder (PEMF)

1983 berichtete Dr. Abraham Liboff, seines Zeichens Physikprofessor an der Oakland University, daß pulsierende magnetische Felder bei normalen Zellen während der Mitose eine Steigerung der DNS-Synthese bewirken. Er betonte, daß diese Wirkung auf dem magnetischen Feld und nicht auf irgendwelchen induzierten elektrischen Strömen beruhe. Liboffs Beobachtungen wurden schon bald durch Versuche in anderen Labors bestätigt. Die Wirkung war deutlich auf das magnetische Feld zurückzuführen und trat nur in Zellen auf, die sich in der aktiven Wachstumsphase befanden. Das erklärte, warum die klinischen Berichte über die Wirksamkeit der PEMF-Technik so unterschiedlich ausfielen: einige Kliniker meldeten die übliche Erfolgsquote von 80 Prozent, während sie bei anderen fast bei Null lag.

Die Erfolgsquote war verschieden, je nachdem, ab wann ein Bruch als nichtheilend betrachtet wurde. Geschah das zu einem frühen klinischen Zeitpunkt (zum Beispiel drei Monate nach dem Bruch), so war noch aktives Zellwachstum im Gang, das durch das pulsierende magnetische Feld stimuliert werden konnte. War der Arzt dagegen vorsichtiger und wartete, bis keine Aussicht auf eine normale Heilung mehr bestand, so vermehrten sich die Zellen an der Bruchstelle nicht mehr aktiv, und das pulsierende Feld konnte keine Wirkung mehr ausüben. Der Mechanismus der Wachstumsstimulation durch pulsierende Magnetfelder bestand also in einer *magnetischen Wirkung auf Zellen*, die sich in aktiver Mitose befinden und nicht im Anschalten des normalen Gleichstrom-Wachstumssteuerungssystems.

Im gleichen Jahr berichtete ein japanischer Forscher, der mit einem gängigen PEMF-Heilgerät arbeitete, über ein erhebliches Wachstum der Krebszellen in einer Krebszellenkultur sowie über ein Ansteigen der malignen Eigenschaften dieser Zellen. Krebszellen in Mitose reagierten auf Magnetfelder empfindlicher als normale Zellen. Ich nahm diese Berichte zum Anlaß, an die FDA zu schreiben und sie aufzufordern, die Genehmigung neu zu überdenken. Man antwortete mir, man betrachte die Daten als unvollständig, solange die Langzeituntersuchungen über Patienten, die mit den Geräten behandelt worden waren, nicht abgeschlossen seien. Es geschah also nichts.

Seitdem habe ich mit mehreren Herstellern medizinischer Geräte Kontakt aufgenommen, die neue Apparate zur elektrischen Stimulation des Knochenwachstums auf die Prüfung durch die FDA vorbereiteten. Jeder Hersteller mußte auch einen Bericht über die Wirkung des Geräts auf Krebszellkulturen einreichen. Alle Hersteller berichteten, daß das Wachstum der Krebszellen signifikant anstieg. Die FDA erteilte trotzdem die Genehmigung für klinische Tests, mit denen nur die Wirksamkeit zu beweisen war.

Vor einigen Jahren habe ich die Ansicht geäußert, daß die übereifrige Anwendung der elektrischen und elektromagnetischen Techniken zur Anregung des Knochenwachstums in einer Katastrophe enden könnte, wenn sich schädliche Nebenwirkungen einstellen. Das würde dazu führen, daß in der Zukunft keine elektromagnetische Therapie mehr akzeptiert würde. Man kann nur hoffen, daß ich aufgrund der gegenwärtigen Lage nicht recht behalte. *Wir haben immer noch nicht gelernt, daß es nicht darauf ankommt, die Natur zu verbessern, sondern mit ihr zusammenzuarbeiten.*

Elektrotherapie und Krebs: ein Blick in die Geschichte

Wir wissen nicht genau, wann zum ersten Mal der Gedanke aufkam, Krebs mit Elektrizität zu heilen. Das Zitat von Dr. A. Allison, mit dem dieses Kapitel eingeleitet wurde, stammt aus einem Brief an den *Lancet* vom 10. Januar 1880, in dem er einen seiner Fälle schildert. Einer seiner Patienten, ein englischer Bauer, war an der Unterlippe und am Kinn an Krebs erkrankt. Er war mit einer Operation einverstanden, aber ehe es dazu kam, wurde er bei der Feldarbeit vom Blitz getroffen. Dr. Allison, den man zu Hilfe rief, fand den Patienten «hilflos darniederliegend». Als er wieder zu sich kam, ließ Dr. Allison ihn «am Arm zur Ader». Lesen wir, wie der Brief weitergeht:

Das allererstaunlichste an dem Fall ist der Heilungsprozeß, der bald nach dem Unfall an Lippe und Kinn einsetzte. Der Krebs fing an, langsam zu schrumpfen; nach ein paar Wochen war keine Spur von einer Krankheit mehr zu sehen, und der Mann lebte noch zehn

Jahre ganz ohne sein früheres Leiden und ohne jedes Krankheitssymptom.

Wenn ich diese Schilderung jetzt, über hundert Jahre nach dem Ereignis, lese, dann erscheint mir das wichtigste daran, daß der Krebs sich *allmählich* zurückzog. Es ist anzunehmen, daß Dr. Allison ein aufmerksamer Beobachter war; wenn der Krebs durch den direkten Einfluß der elektrischen Entladung abgetötet worden wäre, hätten ihm schwarze, nekrotische Stellen auffallen müssen. Daß er sich allmählich zurückbildete, läßt auf die Einwirkung eines anderen Faktors schließen, der durch die schwere elektrische Verletzung ins Spiel kam. Meiner Ansicht nach ist Dr. Allisons Forderung damals so berechtigt wie heute, «die Heilwirkungen der Reibungselektrizität der allergründlichsten Prüfung zu unterziehen».

Meines Wissens wurde die Elektrizität zu diesem Zweck zu einem späteren Zeitpunkt der achtziger Jahre das 19. Jahrhunderts erstmalig wissenschaftlich eingesetzt, und zwar durch den französischen Chirurgen Professor Apostoli. Damals hinkte die praktische Anwendung chirurgischer Techniken der bereits 1848 erfundenen Anästhesie hinterher, und für die Behandlung von Gebärmutterhals- und Uteruskrebs griff man noch auf nichtoperative Techniken zurück. Apostoli behandelte diese Tumorarten mit Gleichstrom. Er setzte die positive Elektrode in den Tumor ein und ließ einen Strom von 100 bis 250 Milliampere (mA) durch den Tumor zu einer großen negativen Elektrode auf dem Unterleib fließen (dabei muß im Tumor Elektrolyse aufgetreten sein). Apostoli berichtete über einen schnellen Rückgang der Schmerzen und der Blutung, erwähnte allerdings nicht die Langzeitwirkungen.

Um 1960 herum fiel mir ein altes Buch in die Hände. Es war die Autobiographie von Dr. Franklin H. Martin, einem jungen Chirurgen in den achtziger Jahren des vorigen Jahrhunderts, der es später zu einer herausragenden Stellung in der amerikanischen Chirurgie brachte. Er interessierte sich für Apostolis Behandlungsmethode und beschreibt in seinem Buch, welche Erfahrungen er damit bei seinen Patienten gemacht hat. Martin konnte Apostolis Ergebnisse bestätigen. Er veröffentlichte mehrere Artikel über das Thema und wurde recht bekannt.

Einige Jahre später kam nach Martins Bericht «die Vermutung auf, daß die Verwendung von Elektrizität in der Beckenregion zur Zerstörung des reifen Eis oder des in Entwicklung befindlichen Embryos . . . (und) bei leichtfertiger Anwendung . . . zur vorzeitigen Beendigung der Schwangerschaft führen würde». Es ist bezeichnend für Martin, daß er sich entschloß, dem nachzugehen. Als er feststellte, daß ein Gleichstrom von nur 20 mA genügte, um die Kükenembryos in reifen Hühnereiern zu töten, gab er die Behandlungsmethode sofort auf. In der Folge geriet Martin in die rasante Entwicklung der Chirurgie hinein und war um die Jahrhundertwende an der Erfindung neuer, radikaler Techniken der Krebsoperation und an der Gründung des American College of Surgeons (Verband amerikanischer Chirurgen) sowie einiger bedeutender medizinischer Fachzeitschriften beteiligt. Von der Elektrotherapie spricht er in seinem Buch nur noch, um das Eindringen von Scharlatanen in ein Gebiet zu beklagen, von dem er sich immer noch viel versprach.

Die moderne Elektrotherapie gegen Krebs

Im Lauf der Zeit haben wir neue Erkenntnisse über die physikalischen Eigenschaften der Elektrizität gewonnen und auch bessere Methoden entwickelt, Elektrizität zu erzeugen und zu messen; nun stellte sich heraus, daß alle schnell wachsenden Gewebe im Vergleich zum übrigen Körper negative Polarität aufweisen. Die höchste Negativität fand man in bösartigen Tumoren. Aufgrund dieser Beobachtungen postulierten Drs. Caroll Humphrey und E. H. Seal vom Johns-Hopkins-Laboratorium für Angewandte Physik, daß man das Krebswachstum durch negative Ströme beschleunigen und durch positive verlangsamen könne. Der Bericht, den sie 1959 darüber veröffentlichten, schien diesen Gedanken zu bestätigen.

Sie arbeiteten in ihrer Untersuchung mit Mäusen, denen sie am Rücken direkt unter der Haut schnell wachsenden Krebs einpflanzten. Die Anwendung elektrischen Gleichstroms begann vierundzwanzig Stunden nach der Implantation, als die Krebszellen eben anfingen zu wachsen. Humphrey und Seal verwendeten Oberflächenelektroden aus Kupfer oder Zink, die direkt über der Stelle angebracht wurden, wo der Krebs eingepflanzt war. Die Ströme waren weitaus schwächer als die, mit denen Martin gearbeitet hatte. Sie stellten fest, daß es nicht möglich war, den Krebs mit negativen Elektroden zu schnellerem Wachstum als üblich anzuregen; dagegen war das Wachstum deutlich verlangsamt, wenn die Elektroden über dem Tumor positiv waren.

Während die Oberflächenelektroden nicht zur Elektrolyse führten, setzte jede positive Elektrode Kupfer- oder Zinkionen frei, die durch den Strom in die Tumorzellen eingeschleust wurden. Man weiß, daß Kupfer und Zink auf Zellen toxisch wirken, und wahrscheinlich ist es dieser Mechanismus, der den Ergebnissen von Humphrey und Seal zugrundeliegt. Dabei wären diese sicher eindeutiger ausgefallen, wenn man die Tumorzellen einige Tage länger hätte wachsen lassen, so daß eine nennenswerte Tumormasse zusammengekommen wäre. Humphrey und Seal sprachen sich dafür aus, die Versuche mit anderen Tumorarten fortzusetzen, haben aber anscheinend selbst keine weiteren Versuche unternommen.

1977 berichteten Drs. Muriel Schaubel und Mutaz Habal vom Upstate Medical Center der State University of New York über Versuche mit Tumorimplantationen an Ratten, die im Prinzip nach dem gleichen Muster abliefen. Allerdings verwendeten sie Nadeln aus rostfreiem

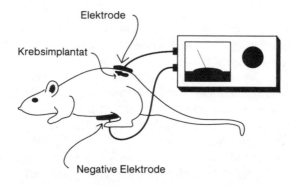

Abbildung 6.5 Versuch zur elektrischen Steuerung des Krebswachstums. Die Krebszellen wurden in den Rücken direkt unter der Haut eingepflanzt. Vierundzwanzig Stunden später wurde die positive Elektrode über dem Krebsimplantat, die negative auf der Haut am Unterleib angebracht. Die Krebszellen waren dann den von der Elektrode ausgehenden positiven elektrischen Wirkungen ausgesetzt.

Stahl, die sie direkt in die Tumoren einstachen. Schaubel und Habal verwendeten drei Stromstärken: 3 Milliampere, ½ Milliampere (500 Mikroampere) und einen drittten, wesentlich schwächeren Strom von 960 Millimikroampere. Sie untersuchten auch die Wirkung, die positive und negative Ströme bei diesen Stromstärken auf die Tumoren ausübten. Bei 3 mA zeigte sich eine deutliche Zerstörung des Tumors sowohl an der positiven als auch an der negativen Elektrode, wobei der Wert an der positiven Elektrode etwa doppelt so hoch war wie an der negativen. Bei ½ mA wurde der Tumor nur an der positiven Elektrode zerstört. Beim niedrigsten Stromwert verringerte sich das Gewicht der Tumoren an der positiven wie der negativen Elektrode, der Tumor wurde aber nicht zerstört.

Anzahl und Größe der Tumoren in anderen Körperregionen, die auf dem Weg über den Blutkreislauf dorthin übergegriffen hatten, verringerten sich, wenn die Tiere mit positivem Strom von 3 Milliampere behandelt wurden, nicht aber bei negativem Strom. Ein ähnliches Ergebnis wurde allerdings bei Verwendung des schwächsten Stromniveaus bei positivem wie negativem Strom beobachtet. Es wäre nur logisch gewesen, wenn bei den Stromwerten zwischen dem höchsten und dem niedrigsten ähnliche Wirkungen aufgetreten wären; das war aber nicht der Fall.

Der beste Schluß, den wir gegenwärtig aus diesen Versuchen ziehen können, ist, daß die Zerstörung der Tumoren auf lokaler Elektrolyse an der Nadelelektrode beruhte. Die Beobachtungen an den Metastasen sind interessant, aber schwer einzuschätzen. Die Metastasen waren dem Strom nicht direkt ausgesetzt, so daß wir annehmen müssen, daß die Veränderungen, denen sie unterworfen waren, Einwirkungen auf den Primärtumor zuzuschreiben sind. Der Tumor-Nekrose-Faktor war damals noch nicht bekannt, ist jedoch möglicherweise aufgrund der Nekrose des Primärtumors aufgetreten.

Es war lange still um derartige Versuche, bis kürzlich ein Radiologe am Karolinska Institut in Schweden, Profesor Nordenström, ein Buch veröffentlichte, in dem er die Existenz «biologisch geschlossener elektrischer Stromkreise» postulierte. Nordenströms Interesse an der Bioelektrizität wurde geweckt, als er die Struktur von Lungentumoren am Röntgenbild untersuchte. Die Linien, die von solchen Tumoren ausstrahlten, erinnerten ihn an die elektrische Korona, und so ließ er sich auf eine Untersuchung der Bewegungen elektrischer Ströme innerhalb des Körpers ein, die mehrere Jahre dauern sollte. Ich kann hier nicht im einzelnen auf Nordenströms Arbeit eingehen. Sie umfaßt weite Bereiche der «Bioelektrizität». Kurz gesagt, handelt es sich bei seinem Grundgedanken von einem geschlossenen elektrischen Stromkreis um eine komplexe Vorstellung, die sich offenbar auf nur wenige biologische Fakten stützen kann und auch in der wissenschaftlichen Literatur kaum Rückhalt findet.

Nordenströms Methode bei der Krebsbehandlung unterscheidet sich nur geringfügig von der von Apostoli, Martin oder Schaubel und Habal. Nordenström bringt Nadelelektroden aus rostfreiem Stahl unter Durchleuchtungskontrolle direkt in den Lungentumor ein, legt eine Spannung von 10 Volt an und läßt einen positiven Strom fließen, wobei eine negative Elektrode auf die Brusthaut aufgebracht wird. Viele der Röntgenbilder, die er publiziert hat, zeigen eine Gasblase, was auf Elektrolyse und allgemeine Zerstörung von Gewebe hinweist.

Da alle diese Forscher sich wenig um die Grundprinzipien der Physik und der Elektrochemie gekümmert haben, weisen ihre Berichte alle die gleichen Mängel auf. Sie alle haben die Information aufgeschnappt, daß schnell wachsende Gewebe elektronegativ sind und daraus die naive Vorstellung abgeleitet, daß positiver Strom auf irgendeine magische Weise das Wachstum des Tumors zum Stillstand bringen könne. Nordenström ging zwar von anderen theoretischen Voraussetzungen aus, kam aber zu dem gleichen Ansatz. Heute wissen wir aber, daß die Vorstellung, positiver elektrischer Strom könne das Wachstum von Krebszellen hemmen, falsch ist.

Krebszellen reagieren sowohl auf positive wie auf negative Elektrizität durch schnelles Wachstum. Die von Humphrey und Seal beobachtete Degeneration der Tumoren läßt sich durch die Tatsache erklären, daß der Strom in der Umgebung einer positiven metallischen Elektrode von Ionen transportiert wird, die von der Elektrode selbst abgegeben werden. Die von Kupfer, Zink und rostfreiem Stahl (eigentlich eine Legierung aus vielen verschiedenen Metallen einschließlich Kobalt) ausgehenden Ionen wirken aber auf alle Zellen toxisch, und Krebszellen machen da keine Ausnahme.

Bei den höheren Stromwerten, die Apostoli, Martin, Schaubel und Habal und Nordenström verwendeten, kommt es im Innern des Tu-

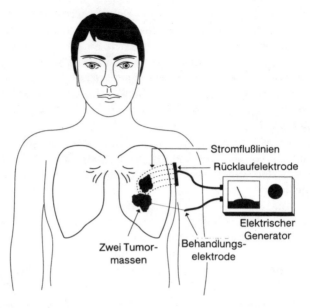

Abbildung 6.6 Verwendung eines positiven elektrischen Stroms zur Behandlung einer Tumormasse in der Lunge, neben der sich eine zweite befindet. Der elektrische Strom fließt zur Rücklaufelektrode auf der Haut zurück. Dabei durchquert er die benachbarte Tumormasse, die eigentlich nicht behandelt werden soll. Da Stromstärke und Spannung in diesem zweiten Tumor unter dem Elektrolyseniveau liegen, wird hier das Wachstum der Zellen angeregt. Der erste Tumor wird durch Elektrolyse zerstört, der zweite wächst.

mors zu Elektrolyse und zur Bildung von Gas. Das führt zu einer massiven Verschiebung des Säure-Base-Gleichgewichts und zur Bildung einer Zone mit hohem Säuregehalt, in der es zur Zerstörung von Zellen kommt. Ein Tumor wird nie durch elektrische Faktoren allein zerstört, auch nicht auf dem Weg über irgendeine Einwirkung eines elektrischen Steuerungssystems.

Ungeachtet dieser «theoretischen» Einwände werden die Tumoren aber tatsächlich zerstört. Da das doch unsere Absicht ist, warum sollten wir diese Techniken dann nicht verwenden? Wenn wir einmal von den lokalen toxischen Wirkungen absehen, gibt es noch einen anderen wichtigen Grund: Es besteht nämlich die nicht zu unterschätzende Gefahr, daß durch diese Ströme das Wachstum anderer Krebsarten angeregt wird. Während der Strom fließt, breitet er sich aus und fließt auf einer ganz bestimmten Bahn zurück zur negativen Elektrode. Dabei fällt seine Dichte (oder seine Konzentration je Flächeneinheit) unter das Elektrolyseniveau ab. Auf diese Weise werden große Gewebebereiche elektrischen Strömen ausgesetzt, die das Krebswachstum fördern, statt es zu hemmen.

Praktisch führt die Behandlung eines einzelnen großen Tumorknotens dazu, daß das Zentrum der kanzerösen Masse durch Elektrolyse zerstört wird. Aber bei seinem Weg durch die übrigen Teile des Tumors fällt der Strom unter das Elektrolyseniveau und regt das Wachstum der äußeren Teile des Krebsknotens an. Wenn das Gebiet mehrere Krebsknoten enthält, kann die Behandlung eines Knotens zwar zu seiner Nekrose führen, die Ausbreitung des Stroms auf dem Rückweg wird aber – wie es bei Nordenström mehrmals geschah – benachbarte Tumoren zum Wachstum anregen, eine Erscheinung, die Nordenström nicht erklären konnte.

Wenn uns die neueren Untersuchungen über die Beziehungen zwischen einfachen elektrischen Strömen und Krebs auch kaum zu Hoffnungen auf eine wirksame Therapie berechtigen – die Beobachtung, die Dr. Allison damals gemacht hat, ist noch immer unerklärt. Ein wichtiges Element scheint zu fehlen, und unser Ansatz wird der Komplexität des Problems offenbar nicht gerecht.

Krebstherapie durch magnetische Felder

In der langen Geschichte der Verwendung von Magnetfeldern zur Behandlung des Krebses gibt es viele wenig rühmliche Kapitel. Neben den wenigen ernsthaften Versuchen, die Wirkung magnetischer Kräfte auf bösartige Tumoren zu erforschen, standen ausgesprochen betrügerische Machenschaften. In den ersten Jahren unseres Jahrhunderts, als die Wissenschaft jede Wirkung des Elektromagnetismus auf Lebewesen ausschloß, schien es, als sei dieses Wissenschaftsgebiet endgültig in Verruf geraten. Heute, wo wir über neue Daten über die biologische Natur des Krebses und die Beziehungen zwischen Magnetfeldern und lebenden Organismen verfügen, ist die Lage nicht mehr so eindeutig.

211

In den frühen sechziger Jahren, als ich mitten in meinen Forschungen steckte, trat Dr. Kenneth McLean an mich heran, der in New York als Frauenarzt und Geburtshelfer praktizierte. McLean hatte einige Jahre zuvor bei der Besichtigung eines Bergwerks in North Carolina gehört, daß bei den Bergleuten seit mehreren Generationen kein Krebs aufgetreten war, was die Bergleute selbst auf das starke stationäre (oder Gleich-) Magnetfeld der Mine zurückführten. Das brachte McLean auf einen Gedanken; er lieh sich von Freunden in der Industrie ein paar äußerst starke Elektromagneten, mit denen er zunächst Tierversuche durchführte. Er behauptete, daß mit Krebszellen geimpfte Ratten überlebten, wenn sie mit extrem starken stationären Magnetfeldern behandelt wurden. Von den späten fünfziger Jahren an verwendete er die Technik auch beim Menschen.

McLean war in erster Linie nicht Forscher, sondern Kliniker; als solcher war er mehr an den klinischen Ergebnissen interessiert und achtete oft nicht darauf, ob seine Versuche wissenschaftlichen Maßstäben standhielten, oder ob er überhaupt die richtigen Daten sammelte. So konnte, auch wenn seine Ergebnisse zuweilen sensationell waren, nicht ausgeschlossen werden, daß sie durch den Placebo-Effekt beeinflußt waren. Die etwas zwielichtige Geschichte der «Magnettherapie» und die heute vorherrschende dogmatische Haltung haben leider bisher eine wissenschaftliche Bewertung seiner Gedanken verhindert, und so wissen wir bis heute nicht, ob er recht hatte.

In den letzten Jahren hat es Berichte gegeben, daß durch die Behandlung nichtheilender Brüche mit pulsierenden magnetischen Feldern bei Tieren auch das Wachstum von Tumoren verlangsamt wird. Das steht scheinbar im Widerspruch zu jenen Berichten, die eine deutliche Erhöhung des Zellwachstums in Krebskulturen unter der Einwirkung pulsierender Magnetfelder beobachtet haben wollen. War vielleicht die Reaktion bei Tumorzellen *in vivo* (das heißt innerhalb des lebenden Organismus) eine andere? Die Antwort ist nein; der Unterschied liegt in der Art der Durchführung des Versuchs. In den Versuchen mit Kulturen wurden nur die Krebszellen dem pulsierenden Magnetfeld ausgesetzt, bei den Tierversuchen dagegen das ganze Tier. Daher müssen die Wirkungen sich nicht nur auf die Krebszellen des Tieres, sondern auch auf seine Organe und Systeme erstrecken, die ja ebenfalls auf das Magnetfeld reagieren.

212

Wir werden im nächsten Kapitel sehen, daß pulsierende (oder zeitvariable) Magnetfelder eine bedeutende Wirkung auf das Streßreaktionssystem ausüben. Bei kurzer Einwirkung auf das ganze Tier setzt eine schnelle Streßreaktion ein, und die Tätigkeit des Immunsystems wird verstärkt. Die Ganzkörpereinwirkung regt also die eingepflanzten Krebszellen zu schnellerem Wachstum an, verstärkt aber gleichzeitig die Tätigkeit des Immunsystems. Eine Zeitlang hat das Immunsystem die Oberhand, so daß das Tumorwachstum gehemmt wird, bei längerer Einwirkung dagegen fallen Streßreaktion und Immunsystem unter die normalen Werte. Das Wachstum der Tumorzellen wird dann nicht nur durch das Nachlassen der Wirksamkeit des Immunsystems verstärkt, sondern zusätzlich noch durch die direkte Einwirkung des pulsierenden Magnetfelds auf die Krebszellen selbst.

Bei Anwendung der PEMF-Technik in der Krebstherapie beim Menschen würde (aus technischen Gründen) nicht der ganze Körper dem Feld ausgesetzt. Das pulsierende Feld würde sich auf den Tumor selbst richten, so daß sich eine wachstumsstimulierende Wirkung auf die Krebszellen einstellen würde.

Aus all dem sollten wir nicht den Schluß ziehen, elektrische und elektromagnetische Methoden seien überhaupt zur Krebsbehandlung ungeeignet; wir sollten uns aber sehr wohl bewußt machen, daß heute oft mit einem Ansatz gearbeitet wird, der der Komplexität der Materie nicht gerecht wird und daher zum Scheitern veruteilt ist. Je mehr wir den Mechanismen auf die Spur kommen, die den biologischen Wirkungen solcher Felder oder Ströme zugrundeliegen, desto wahrscheinlicher ist es, daß wir raffiniertere Methoden entwickeln. Im zehnten Kapitel werden einige der möglichen Ansätze dargestellt.

Elektrochemische Wachsstumsstimulation

In den frühen siebziger Jahren begann ich eine Untersuchung über die biologischen Wirkungen verschiedener Arten von Metallelektroden. Ich habe bereits erwähnt, daß der Strom in der Umgebung einer positiven Metallelektrode durch Ionen des Metalls transportiert wird. Diese Ionen sind selbst «positiv», weil ihnen ein Elektron oder zwei Elektro-

Die elektromagnetische Medizin

nen fehlen. Die positive Spannung an der Elektrode stößt die positiven Ionen ab, so daß sie in die Gewebe gestoßen werden. Daraus ergibt sich eine einmalige Situation: ein Spannungsfeld, das eine große Anzahl positiver Metallionen enthält, die mit Membranen lebender Zellen eine chemische Reaktion eingehen können.* Die Kombination des elektrischen Spannungsfelds mit den reaktionsfreudigen Metallionen schien mir geeignet, einzigartige zelluläre Wirkungen auszulösen. Wir testeten die Wirkung verschiedener Metallelektroden auf mehrere verschiedene Bakterienkulturen, und zwar bei verschiedenen Spannungen, beginnend mit sehr niedrigen bis zu solchen, die knapp über dem Elektrolyseniveau lagen. Wir stellten fest, daß positive Metallelektroden (Anoden) alle Bakterien töten – allerdings hätten sie auch jede menschliche Zelle getötet. Nur die Silberanode tötete alle Bakterien bei Spannungen, die für menschliche Zellen unschädlich wären.

Damit hatten wir eigentlich nur eine Erscheinung wiederentdeckt, die seit Jahrhunderten bekannt war: daß Silber Bakterien tötet. Frühere klinische Anwendungen hatten sich aber darauf beschränkt, infizierte Gewebe mit sehr dünner Silberfolie oder mit chemischen Silberverbindungen in Berührung zu bringen. Die Silberfolie hatte keine große Wirkung, weil sie nur wenige reaktionsfreudige Silberionen abgab, die nicht in die Gewebe eindrangen. Die Silberverbindungen waren durch die Wirkung der Anionen für menschliches Gewebe schädlich. Mit der Entdeckung der Antibiotika kam man von der klinischen Verwendung von Silber als Antibiotikum ab.

Dreißig Jahre nach der Entdeckung der Antibiotika waren viele Bakterien gegen deren Wirkung resistent geworden, und die klinischen Eigenschaften infizierter Wunden hatten sich gewandelt. Auf meinem Gebiet, der orthopädischen Chirurgie, sah das so aus: Wenn an einer

---

* Man kann auch dadurch positive Metallionen in Geweben erzeugen, daß man lösliche chemische Verbindungen eines Metalls dissoziiert (d. h. auseinanderbricht). Silbernitrat zum Beispiel ist eine Verbindung von Silberionen (Ag+) und dem Nitrat-Ion (NO_3^-). In trockenem Zustand ist es ein kristallines Material ($AgNO_3$); wenn man es auflöst, zerfällt es in die zwei ursprünglichen Ionen, Ag+ (das positive Silber-Kation) und NO_3^- (das negative Nitrat-Anion). In diesem Fall können *beide* Ionen mit Zellen reagieren. Unglücklicherweise bildet NO_3^- Salpetersäure, die für die Gewebe schädlich ist. Die elektrische Erzeugung metallischer Kationen (positiv) von einer positiven Elektrode aus ist die einzige Möglichkeit, an das Metallion ohne das dazugehörige Anion (negativ) heranzukommen.

214

lokalen Knocheninfektion (Osteomyelitis) früher eine einzige Bakterienart beteiligt war, so waren es jetzt vier oder mehr. Dadurch war die antibiotische Behandlung dieser Krankheit viel schwieriger geworden. Ich kam auf den Gedanken, es in solchen Fällen mit einer Behandlung durch elektrisch erzeugte Silberionen zu versuchen, die gegen alle Bakterien gleich wirksam ist.

Ich setzte diese Methode also bei schwersten Fällen von Osteomyelitis ein, bei denen die Patienten nicht nur große offene Wunden mit freiliegenden infizierten Knochen hatten, sondern bei denen der Knochen noch dazu an der infizierten Stelle nicht heilte. Da hier am Ende oft nur noch die Amputation bleibt, schien die neue Behandlungsmethode die letzte Hoffnung für die Patienten zu sein.

Es gab aber eine Komplikation. Um die Heilung des Knochens zu stimulieren, mußte die Nonunion mit negativer Elektrizität behandelt werden. Die wissenschaftlichen Daten ließen vermuten, daß bei Anwendung von positivem elektrischem Strom nicht nur das Knochenwachstum nicht angeregt würde, sondern sich der Knochen noch weiter auflösen würde. Wir wiesen daher jeden Patienten vor Beginn der Silberbehandlung darauf hin, daß dabei nur die Infektion gestoppt und die weichen Gewebe und die Haut geheilt werden könnten. Später würde ich dann, um den Knochen zu heilen, den «richtigen» Strom in Form einer an die nichtheilende Bruchstelle eingeführten negativen Elektrode einsetzen.

Jedesmal heilten die Nonunions noch schneller, als wenn wir negative elektrische Ströme verwendet hätten. Sogar die weichen Gewebe und die Haut heilten in dem gleichen ungewöhnlichen Tempo. Die elektrisch erzeugten Silberionen töteten also nicht nur die Bakterien, sie bewirkten auch, daß die Gewebe in der Wunde schnell wuchsen. Als wir die Vorgänge, die sich dabei abspielten, genau untersuchten, stellten wir fest, daß sich die menschlichen Bindegewebszellen (die überall im Körper vorkommen), wenn sie mit den elektrisch erzeugten Silberionen in Berührung kamen, *entdifferenzierten.* Dann konnten sie sich schnell vermehren und sogar bei über fünfzigjährigen Patienten große Mengen primitiver embryonaler Zellen in der Wunde erzeugen. Diese «nichtfestgelegten» Zellen konnten sich dann differenzieren, um die Zellarten zu bilden, die jeweils zur Heilung der Wunde gebraucht wurden. Wir hatten also etwas geschafft, was ich nie für möglich gehalten hätte: Wir hatten in menschlichem Gewebe die Regeneration angeschaltet.

Bei unseren früheren Versuchen zur Regeneration hatten wir festgestellt, daß sich nur Knochenmarkszellen entdifferenzieren können. Da es davon nur so wenige gibt, hatten wir jede Regeneration beim Menschen (außer bei der Heilung von Brüchen) für unmöglich gehalten. Mit der Entdifferenzierung der reichlich vorhandenen Bindegewebszellen durch elektrisch erzeugte Silberionen halten wir vielleicht das Mittel in der Hand, dem Menschen die Regenerationsfähigkeit wiederzugeben.

Ich war von der unerwarteten Entdeckung begeistert. Meinen Patienten war es allerdings egal, wie die Wunden geheilt wurden. Sie freuten sich, daß es endlich eine Behandlungsmethode gab, die ihnen half. Die wichtigste Lehre, die wir aus der Sache ziehen können, ist vielleicht, daß man bei einem wissenschaftlichen Experiment nie im voraus sagen kann, wie es ausgehen wird.

Elektrochemische Krebstherapie

Damit waren wir auf Umwegen wieder bei einer Frage angelangt, die uns ganz am Anfang unserer Forschungen schon interessiert hatte: der Kontrolle des Krebswachstums. Wenn die elektrisch erzeugten Silberionen in der Lage waren, normale menschliche Bindegewebszellen zu entdifferenzieren, galt das auch für menschliche Krebszellen? Wenn ja, dann hatten wir einen Weg gefunden, Dr. S. Meryl Roses Versuche zum Krebs beim Salamander am Menschen zu wiederholen. Leider konnten wir diese Arbeit aus Geldmangel nicht beenden. Wir konnten nur feststellen, daß sich manche menschliche Krebszellen, wenn man sie in Kulturen der Einwirkung von Silberionen aussetzte, zu entdifferenzieren schienen.

Ich hatte einen Patienten mit einer schweren chronischen Knocheninfektion, die von einer Krebsgeschwulst in der Wunde begleitet war. Die Amputation, die eigentlich indiziert gewesen wäre, lehnte er ab. Er bestand darauf, mit der Silbertechnik behandelt zu werden. Nach drei Monaten war die Infektion unter Kontrolle, und die Krebszellen in der Wunde schienen sich wieder in normale Zellen verwandelt zu haben. Als ich – acht Jahre nach der Behandlung – zuletzt von ihm hörte, ging es ihm immer noch gut.

Es ist wichtig, sich klarzumachen, daß die Wirkung bei dieser Methode nicht nur durch den Strom, sondern durch die Kombination der elektrischen Spannung mit den elektrisch erzeugten Silberionen zustande kommt. Es ist eine *elektrochemische* Behandlung. Solange wir keine endgültigen Beweise haben, können wir nur vermuten, was dabei eigentlich abläuft: Wahrscheinlich hat das Silberion eine Form, die es ihm ermöglicht, sich mit einer Rezeptorgruppe auf der Oberfläche der Krebszellmembran zu verbinden. Sobald die Verbindung hergestellt ist, geht von einem elektrischen Ladungstransfer ein Signal an den Kern der Krebszelle aus, das die primitiven Gene aktiviert, und die Zelle entdifferenziert sich. Dann wartet sie auf Anweisungen, wie sie sich weiterentwickeln soll. Der Vorgang ist genau der gleiche wie in Roses Versuchen, nur daß die Entdifferenzierung in diesem Fall durch die unerwartete Einwirkung der Silberionen bewirkt wird.

Die Technik muß natürlich noch gründlicher untersucht werden, bevor sie klinisch zur Tumorbekämpfung eingesetzt werden kann. Sie ist aber entschieden ein Lichtblick in einer sonst düsteren Lage.

Mikrowellen und Krebs

Wer einen Mikrowellenherd hat, weiß, daß Mikrowellen Gewebe kochen können, ein Steak so gut wie ein Lebewesen. Da kanzeröses Gewebe offenbar durch Hitze leichter angegriffen wird als normales Gewebe, hat man seit langem Hitze zur Krebsbehandlung eingesetzt. Man berief sich dabei auch auf die (im zweiten Kapitel beschriebene) Arbeit von Coley, die man dahingehend mißverstand, daß das hohe Fieber den Krebs selektiv schädige. Die Aufgabe bestand also darin, einen Tumor tief im Innern des Körpers zu erhitzen, alles andere aber nicht. Die Mikrowellentechnik schien das zu ermöglichen. Mit ein wenig Bastelei, so meinte man, müßten die Ingenieure es schaffen, schmale Mikrowellen-Strahlen mit lokalisierter Heizwirkung zu erzeugen. Wenn man nun zwei solche Strahlen – die beide so schwach sein müßten, daß sie eben noch keine Hitze erzeugten – so ausrichtete, daß sie sich genau am Ort des Tumors schnitten, müßte es möglich sein, nur den Tumor zu erhitzen.

217

Man machte sich mit Elan an die Arbeit, stieß aber bald auf Schwierigkeiten. Schmale Mikrowellen-Strahlen waren nicht so leicht zu erzeugen. Außerdem hing die Hitzewirkung von der Menge des fließenden Blutes, der Art des Gewebes und anderen Faktoren ab. So wurde die Energie zum Beispiel besser absorbiert, wenn das Gewebe fettig war. Aufgrund all dieser Umstände war es nicht leicht, das Gebiet und die genaue Hitzemenge einzugrenzen. Seitdem sind etwa zwanzig Jahre vergangen. Man verwendet heute viele Frequenzen und viele Techniken. Manche Ärzte schrecken nicht davor zurück, operativ kleine Mikrowellenantennen um den Tumor herum einzusetzen – ein recht überflüssiges Verfahren. Denn wenn man schon operativ in den Körper eindringt, kann man ja auch gleich den Tumor entfernen, statt zur High-Tech zu greifen.

Es ist nur gut, daß diese Technik in klinischen Kreisen keine weite Verbreitung gefunden hat. Wir werden im achten Kapitel zeigen, daß die Einführung selbst schwächster Mikrowellenenergie in den Körper eine Reihe höchst unerwünschter Nebenwirkungen hat. Selbst wenn es uns gelänge, den Tumor zu «kochen», wäre dem Patienten ein schlechter Dienst erwiesen, wenn er als Folge der Mikrowellenbehandlung neue Karzinome entwickelte.

Die Episode zeigt, wie leicht sich die ärztliche Zunft durch Spitzentechnologie blenden läßt. Man stürzt sich sofort auf jede attraktive technische Neuerung, die irgendeinen Nutzen verspricht, und versucht sie weiterzuentwickeln. Darüber vergißt man leider nur allzu oft zu erforschen, wie die Technik eigentlich genau funktioniert und fragt nicht einmal nach schädlichen Nebenwirkungen.

Hochspannungstherapie gegen Schlangenbiß

Diese faszinierende Behandlungsmethode kommt aus dem Dschungel des Amazonas. Sie wurde von ganz ungebildeten Eingeborenen entwickelt, für die es kein «Das geht nicht» gab und funktioniert so: Wenn jemand von einer Schlange gebissen wird, löst man sofort an einem Außenbordmotor die Zündleitung von der Zündkerze, hält sie an den Biß und zieht mehrmals den Anlasserzug durch. Wer einmal das Pech hatte, mit der Hand an ein Zündkerzenkabel zu kommen, während der Anlasserzug gezogen wurde, weiß, daß hier hohe Spannungen entstehen (ca. 20 000 Volt); die Stromstärke dagegen ist gering. Wendet man eine solche Spannung bei Schlangenbissen an, so ist das zwar für den Patienten unangenehm, aber gleichzeitig wird offenbar die Wirkung des Giftstoffs aufgehoben. Die Erfolgsquote dieser einfachen Technik ist erstaunlich hoch, so daß man Bisse, die früher unweigerlich zum Tod geführt hätten, jetzt offenbar überleben kann. Das Interesse der Fachwelt an dem Phänomen scheint allerdings seit den ersten Berichten erloschen zu sein.

Was mit dem Giftstoff genau geschieht, wissen wir nicht. Die meisten derartigen Toxine bestehen aus ziemlich komplexen biologischen Molekülen, und es ist denkbar, daß als Reaktion auf den Hochspannungs-Impuls eine molekulare Umstrukturierung stattfindet, durch die das Toxin desaktiviert wird. Aber das ist noch unbewiesen. Sollte sich allerdings herausstellen, daß das Phänomen tatsächlich auf diesem Mechanismus beruht, dann stellt sich die Frage, welche Wirkung solche Felder auf andere Biomoleküle haben, insbesondere auf die, aus denen normale lebende Zellen bestehen.

Die Technik erinnert an eine Methode, die in medizinischen Labors heute verwendet wird, die Elektroporation, bei der man zwei benachbarte Zellen durch einen ähnlichen kurzen Hochspannungs-Impuls zum Verschmelzen bringt. Das funktioniert auch, wenn die beiden Zellen ganz verschiedenen Typen angehören, so daß eine Art neue, hochartifizielle Zell-«Chimäre» entsteht, die die nützlichen Eigenschaften der beiden Ausgangszellen in sich vereint.

Diese Technik ist heute sehr beliebt. Man verwendet sie, um Zellen, die nützliche chemische Substanzen produzieren, aber in Zellkulturen nicht gut wachsen, mit Krebszellen zu kombinieren, die in Zellkulturen hervorragend wachsen. Das Endergebnis der Verbindung ist ein Hybrid, der in Zellkulturen schnell wächst und eine nützliche chemische Substanz produziert.

Die biologischen Wirkungen der Kernspintomographie

Die Kernspintomographie *(Magnetic Resonance Imaging, MRI)*, durch die sich (auf die gleiche Art wie bei der Computertomographie) ein Einblick in das Körperinnere nehmen läßt, ist zu einer beliebten Diagnosetechnik geworden. Ohne sie glauben die Krankenhausverwaltungen oft, in dem Kampf um Patienten nicht auf der Höhe der Zeit zu sein. Ein Krankenhaus, das ein MRI-Gerät besitzt, fühlt sich, da diese Geräte sehr kostspielig sind, verpflichtet, es zu benutzen, um die Anschaffungskosten wieder hereinzuholen. Daher werden in allen möglichen Fällen MRI-Untersuchungen angeordnet. Ich habe beobachtet, daß diese meist nicht dazu dienen, eine Diagnose zu bestätigen oder nach einer bestimmten, durch eine gründliche körperliche Untersuchung entstandenen Verletzung zu suchen, sondern eher zu einer Art routinemäßiger Reihenuntersuchung geworden sind. Dieser Mißbrauch wird oft mit der Bemerkung gerechtfertigt, daß «ja doch etwas sein könnte» und die Kernspintomographie ein ganz harmloses Verfahren ohne jede biologische Wirkung sei.

In Wirklichkeit wird der Patient bei einer Kernspintomographie einem sehr starken (konstanten) Gleichstrom-Magnetfeld in Verbindung mit anderen, bei Radiofrequenzen schwingenden Feldern ausgesetzt. Die wissenschaftliche Literatur enthält genügend Belege dafür, daß diese Felder biologische Wirkungen haben, wenn auch bisher konkret keine Schädigungen nachgewiesen wurden. Meiner Ansicht nach kann zum gegenwärtigen Zeitpunkt niemand dafür garantieren, daß die Kernspintomographie unschädlich ist. Das soll nicht heißen, daß man sich ihrer gar nicht bedienen dürfte – im Gegenteil, sie ist die weitaus beste Methode zur bildlichen Darstellung von Gehirn und Wirbelsäule und liefert gute Bilder von tiefsitzenden Unterleibstumoren. Wenn sich unter Beachtung der Regeln der ärztlichen Kunst mit ihrer Hilfe eine vorläufige Diagnose stellen oder ein pathologischer Befund lokalisieren läßt, kann man das mit der Kernspintomographie verbundene Risiko durchaus in Kauf nehmen. Dagegen erscheint es nicht gerechtfertigt, sie wahllos für Reihenuntersuchungen einzusetzen.

Wo stehen die Hochenergie-Techniken heute?

Die Hochenergie-Techniken gehen offenbar nach dem Grundsatz vor «Je mehr desto besser». Dieser Grundsatz ist im Umgang mit subtilen elektrischen Steuerungssystemen bestenfalls hinfällig; im schlimmsten Fall kann er aber geradezu gefährlich sein. Die ganze schöne Ausstattung mit hochentwickelten technischen Geräten kann nicht verbergen, daß die moderne Medizin sich seit den Tagen des Galen kaum weiterentwickelt hat; immer noch gibt man trotz der Vielschichtigkeit des wirklichen Lebens simplifizierende Antworten auf simplifizierende Fragen.

Diese Haltung hat dazu geführt, daß die Hochenergie-Techniken heute deutlich häufiger verwendet werden. Man traut ihnen oft echte Wirksamkeit zu und hält sie gleichzeitg für vollkommen sicher. Zum Beispiel verwendet man – originale und nachgebaute – TENS-Geräte zur Behandlung von Kopf-, Zahn- und Muskelschmerzen, bei Schmerzen aus Sport und Gymnastik, postoperativem Schmerz, Herz- und Anginaschmerzen, bei Depressionen sowie bei Zahnoperationen und Entbindungen. Wollen Sie abnehmen, Ihre Figur verbessern, die Zellulitis loswerden, Ihren Busen vergrößern, die Falten glätten, sich ohne Operation liften lassen oder Ihre Muskeln entwickeln? Für alles muß die elektrische Muskelstimulation herhalten. Indessen hat die FDA kürzlich vor den Stimulatoren gewarnt und darauf hingewiesen, daß ihre Wirksamkeit in all diesen Fällen nicht erwiesen ist und daß sie nie bei Patienten verwendet werden sollten, die herzkrank sind oder an Krebs, Epilepsie oder anderen schweren Krankheiten leiden; außerdem könne es zu Fehlgeburten kommen.

Durch die Entdeckungen der neuen wissenschaftlichen Revolution ist nicht nur die Grundlage für eine Neueinschätzung ehemals verpönter medizinischer Verfahren geschaffen worden; vielen regelrechten Betrügern und Quacksalbern haben sie die Gelegenheit gegeben, sich den Anstrich der Seriosität zu verschaffen, während viele Praktiker, die die besten Absichten hatten, irregeführt wurden. Der Glaube an einen «Ätherleib», an «Chakras», an die mysteriöse «Lebenskraft» oder an das Wirken irgendwelcher Kräfte, die den Gesetzen der modernen Physik widersprechen, läßt sich aus dem gegenwärtigen Stand der Wissenschaft nicht begründen. Sie sollten jeden meiden, der behauptet, durch

221

energiemedizinische Techniken der Zugang zu geheimnisvollen Kräften oder Behandlungsmethoden zu besitzen, die «Ihre Körperenergien befreien».

Wir haben gesehen, wie die neueste wissenschaftliche Revolution dem alten vorwissenschaftlichen Begriff der «Lebensenergie» zu neuer Geltung verholfen hat, und zwar nicht im Sinne einer mysteriösen, unerkennbaren Kraft, sondern im Sinne meßbarer elektromagnetischer Energien, die innerhalb des Körpers als geordnete Steuerungssysteme fungieren. Diese elektromagnetischen Energien können offenbar sowohl durch manche Praktiken schamanischer Heiler, als auch, wie es heute üblich ist, durch das direkte Eingreifen mit gleichgearteten Kräften angezapft werden. Diese Vorstellungen haben zur Entwicklung eines neuen medizinischen Paradigmas, der Energiemedizin, geführt, welche gegenwärtig im Begriff ist, Eingang in die klassische wissenschaftliche Medizin zu finden.

Wir haben auch festgestellt, daß manche Grundfunktionen lebender Organismen durch diese Steuerungssysteme mit der elektromagnetischen Umgebung in Verbindung stehen. Im dritten Teil dieses Buches wollen wir uns mit dieser bisher kaum verstandenen, aber hochwichtigen Verbindung beschäftigen. Dabei werden wir sehen, welche Rolle die Schwankungen des natürlichen elektromagnetischen Feldes der Erde für die Entstehung und Entwicklung des Lebens gespielt haben könnten und in welchem noch nie dagewesenen Ausmaß unser leichtfertiger Umgang mit elektromagnetischer Energie unsere Umwelt verändert hat – mit schwerwiegenden Folgen für Gesundheit und Wohlergehen allen Lebens.

DRITTER TEIL

Elektromagnetische Umweltverschmutzung

7. Das natürliche elektromagnetische Feld

> Problematischer ist die Behauptung, der evolutionäre Wandel
> werde durch *zufällige* Mutationen vorangetrieben. Viele Wissen-
> schaftler finden es unzumutbar, daß der blinde Zufall in den Mit-
> telpunkt des ehrwürdigen Gebäudes der Biologie gerückt wurde.
> (Sogar Darwin selbst äußerte Zweifel.)
> PAUL DAVIES, *Prinzip Chaos*

Ich habe schon davon gesprochen, daß die vorgeschichtlichen Völker
auf der ganzen Welt ihre Umwelt mit geheimnisvollen Mächten bevöl-
kerten, die ihr Leben beherrschten. Auf solche abergläubischen Vorstellungen blicken wir heute belustigt herab, weil wir «wissen», daß es so
etwas nicht gibt. Während uns die Wissenschaft im Lauf der letzten 500
Jahre immer mehr Verfügungsgewalt über Leben und Geschick gegeben hat, sagen uns die Forscher jetzt, daß die vielschichtige Umwelt, in
der wir leben, tatsächlich immense unsichtbare Kräfte – die Kräfte des
Elektromagnetismus – enthält, die durchaus Einfluß auf Lebewesen haben. Diese Erkenntnis konnte erst mit der Eroberung des Weltraums
durch Raumfahrt und Raumforschung gewonnen werden.

Ich habe bereits die zyklischen Veränderungen im natürlichen Magnetfeld der Erde erwähnt. In diesem Kapitel werde ich auf die Komplexität dieser unsichtbaren Kräfte eingehen und zeigen, welche wichtige Rolle sie für die Entstehung und Entwicklung des Lebens gespielt
haben und welche entscheidende Bedeutung sie auch heute noch für
unser tägliches Leben, für Gesundheit und Wohlbefinden haben.

Das geomagnetische Feld der Erde

Der rotierende Kern aus flüssigem Eisen, der sich kilometertief unter
der Erdoberfläche befindet, erzeugt ein magnetisches Dipolfeld, das im
Prinzip dem eines Stabmagneten ähnelt. Die Sonnenenergie stört und
verzerrt dieses einfache Feld jedoch so, daß eine ganz eigene Struktur,

225

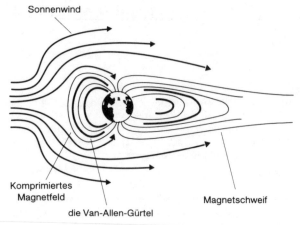

Abbildung 7.1 Die Magnetosphäre ist die komplexe Struktur des die Erde umgebenden Magnetfeldes, die durch die Wechselwirkung zwischen dem Magnetfeld der Erde und dem Sonnenwind entsteht. Die Linien des Magnetfeldes der Erde werden auf der sonnenzugewandten Seite komprimiert und auf der gegenüberliegenden Seite in einem langen «Schweif» auseinandergezogen.

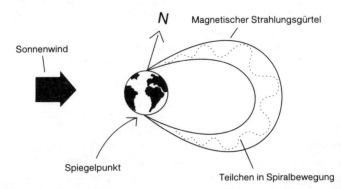

Abbildung 7.2 Ein magnetischer Kanal wird von sich in den Raum erstreckenden benachbarten Linien gebildet, die auseinanderstreben und dann am entgegengesetzten Pol der Erde wieder zusammenkommen. An jedem Pol rücken die Linien der Magnetkraft so dicht zusammen, daß sie einen «Spiegelpunkt» bilden. Teilchen oder elektromagnetische Signale, die in den Kanal eingeschlossen sind, springen zwischen den Spiegelpunkten hin und her. Dieses Gebilde beschützt die Erdoberfläche vor der vollen Einwirkung der Sonnenstrahlung. Ohne es würde jedes Leben auf der Erde zugrunde gehen.

226

die Magnetosphäre, entsteht. Die Sonne sendet ständig einen solaren Wind aus, der aus hochenergetischen atomaren Teilchen besteht. Diese bewegen sich mit hoher Geschwindigkeit durch den Raum, prallen auf die äußeren Schichten des Erdmagnetfeldes und komprimieren es, bis seine Energie der des Sonnenwindes entspricht. Das Gebiet, in dem die Wechselwirkung zwischen diesen beiden Kräften stattfindet, nennt man die «*Bow-shock*-Region». Auf der sonnenabgewandten Seite zieht sich das Magnetfeld in einem langen «Magnetschweif» auseinander, der sich von der Erde aus weit in den Raum hinein erstreckt.

Die Van-Allen-Gürtel sind zwei Bereiche dieses Wechselwirkungsfeldes, in die ein Teil der hochenergetischen Teilchen eingeschlossen ist. Diese Teilchen bewegen sich auf Spiralbahnen ständig zwischen dem Nord- und dem Südende der sie einschließenden magnetischen «Kanäle», der Flußröhren, hin und her.

Zusätzlich zu den Teilchen, aus denen der Sonnenwind besteht, sendet die Sonne riesige Mengen lebensgefährlicher ionisierender Strahlung (wie zum Beispiel Röntgenstrahlung) und andere Hochenergiestrahlungen aus. Die Magnetosphäre schirmt die Erde von diesen Strahlen ab, indem sie sie absorbiert oder um die Erde herum ablenkt. Ohne diesen Schutz gäbe es kein Leben auf der Erde, und außerhalb der Magnetosphäre kann sich ja auch kein Leben lange halten. Bemannte Raumflüge, die die Magnetosphäre verlassen, dürfen eine gewisse Dauer nicht überschreiten und müssen so geplant werden, daß sie in die Zeit eines ruhigen Sonnenzyklus fallen. Astronauten, die sich außerhalb der Magnetosphäre befinden, würden umkommen, wenn sie in einen Sonnensturm gerieten. Dank der Magnetosphäre leben wir auf einer kleinen, geschützten Insel in einem feindlichen Universum voller unermeßlicher Kräfte.

Während die Erde in einem Tag-Nacht-Zyklus innerhalb dieses komplexen Feldes rotiert, rotiert die Magnetosphäre nicht, sondern steht fest im Raum, so daß sie die eine Seite immer der Sonne zuwendet. Daher ist jeder Punkt auf der Erdoberfläche einem ständig wechselnden Magnetfeld ausgesetzt. Die täglichen Schwankungen der Stärke dieses Feldes sind die Ursache für die biologischen Rhythmen.

Die Wechselwirkung zwischen der Energie des Sonnenwindes und der Energie des Magnetfeldes der Erde führt zur Entstehung enormer elektrischer Ströme in Größenordnungen von Milliarden Watt. Sie er-

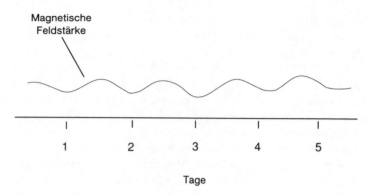

Abbildung 7.3 Die Tagesschwankungen in der Stärke des Magnetfeldes an einem bestimmten Punkt der Erde während einer Periode ruhiger Sonnenaktivität.

zeugt auch ionisierende Strahlung und verschiedene elektromagnetische Wellen im Niederfrequenzbereich (ELF = *extremely-low-frequency*, zwischen 0 und 100 Hz und VLF = *very-low-frequency*, zwischen 100 und 1000 Hz). Bei diesem «ruhigen» Feld ist die Sonne inaktiv und sendet den Sonnenwind in einem stetigen Fluß aus.

Magnetstürme und menschliches Verhalten

Die Sonne ist in ihrer Aktivität jedoch nicht konstant; ihr Energieausstoß folgt vielmehr einem Aktivitätszyklus, der sich in seinen Schwankungen nach dem elfjährigen Zyklus der Sonnenflecken richtet. Während der Zeiten erhöhter Aktivität treten häufig Sonnenstürme auf, die im Unterschied zu Magnetstürmen durch riesige Eruptionen von Energie auf der Sonnenoberfläche, die Sonneneruptionen, entstehen. Die Sonneneruptionen führen zu einem deutlichen Anstieg der Anzahl energiegeladener Teilchen im Sonnenwind und zu einer Vermehrung von Röntgenstrahlung, Protonenströmen und Radiowellen, die auf die Magnetosphäre aufprallen und große Störungen des Magnetfeldes zur Folge haben, die man Magnetstürme nennt.

Während eines Magnetsturms ist die Stärke des geomagnetischen Feldes großen Schwankungen unterworfen und nimmt insgesamt stark

228

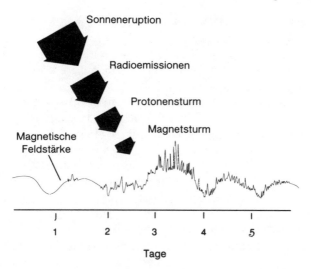

Abbildung 7.4 Die Anatomie eines typischen Magnetsturms. Je nach Art und Dauer der solaren Störung unterscheiden sich Magnetstürme vielfältig voneinander.

zu. Diese Störung des Oberflächenmagnetfeldes reicht häufig aus, um in Hochspannungs- und Telefonleitungen sehr starke Ströme zum Fließen zu bringen, so daß die Leitungen zusammenbrechen. Gleichzeitig treten ähnliche Erscheinungen in der Ionosphäre auf und verursachen erhebliche Störungen von Rundfunk- und Fernsehsignalen.

Viele von uns haben schon einmal das Nordlicht sehen können *(aurora borealis* oder Nördliches Polarlicht). Diese schönen, farbenprächtigen Himmelslichter werden von Sonnenstürmen verursacht. Die mit hoher Energie geladenen Teilchen des Sonnenwinds treten in den Polargebieten in die Magnetfeldhülle ein und dringen bis in die oberen Schichten der Atmosphäre vor, wo sie durch die Wechselwirkung mit Gasmolekülen die Lichterscheinungen hervorrufen.

Wenn lebende Organismen schon das ruhige Magnetfeld mit seinen geringen täglichen Schwankungen wahrnehmen, kann man sich leicht vorstellen, daß Magnetstürme dramatische biologische Wirkungen auslösen müssen. Lange Zeit bevor wir irgend etwas über die Wechselwirkung zwischen lebenden Organismen und Magnetfeldern wußten, be-

229

haupteten viele Wissenschaftler, daß solche Magnetstürme mit Verhaltensstörungen bei Mensch und Tier zu tun hätten. Da man aber mit dem damaligen physikalischen Wissen keine Erklärung für einen solchen Zusammenhang finden konnte, ließ man diese Vorstellungen als unsinnig wieder fallen.

In den frühen sechziger Jahren kann man dem Verständnis der Magnetosphäre und ihrer komplizierten Gesetze näher, als im Rahmen des Internationalen Geophysikalischen Jahres (1957–58) weltweite Forschungen angestellt wurden. Ich hatte mich damals zur Beobachtung des Polarlichts zur Verfügung gestellt und hatte daher Zugang zu den neuen Daten über Magnetfelder und ihre Beziehungen zu anderen physikalischen Gegebenheiten. So konnte ich schon 1962 aufgrund eigener Laboruntersuchungen die Behauptung aufstellen, daß zwischen dem geomagnetischen Feld und der Biologie des Menschen tatsächlich ein Zusammenhang besteht, besonders auf dem Gebiet des Verhaltens.

Dr. Howard Friedman und ich beschlossen damals, erneut zu prüfen, ob es eine Beziehung zwischen Magnetstürmen und menschlichem Verhalten gibt. Darüber habe ich im vierten Kapitel bereits berichtet. 1963 teilten wir mit, daß immer genau in den Wochen, in denen ein heftiger Magnetsturm auftrat, die Aufnahmezahlen der psychiatrischen Krankenhäuser deutlich anstiegen. Später konnten wir das tägliche Verhalten psychiatrischer Patienten mit geringeren Schwankungen im Magnetfeld der Erde in Beziehung setzen. Das wirft die Frage auf, ob die Beziehungen zwischen menschlichem Verhalten und dem geomagnetischen Feld vielleicht nicht nur auf psychiatrische Patienten beschränkt sind. Ich komme später auf diese Frage zurück.

Die Forschungen über die Magnetosphäre und die sie beherrschenden Gesetze dauern noch an. Was ich hier dargestellt habe, ist bei aller scheinbaren Komplexität nur eine vereinfachte Version des Gesamtbildes, dessen Umrisse sich erst langsam abzeichnen. Ausgehend von der Betrachtung des magnetischen Umfelds der Erde haben die Physiker ihr Forschungsgebiet auf das gesamte Universum ausgedehnt. Man weiß jetzt, daß der Weltraum enorme elektromagnetische Felder und Ströme enthält, die zueinander in komplexen und ungewöhnlichen Beziehungen stehen. Durch die Arbeit von Hans Alfven hat die Theorie an Boden gewonnen, daß das Universum aus solchen Interaktionen und nicht durch einen «Urknall» entstanden sein könnte. Es leuchtet ein, daß diese Forschungen von fundamentaler Bedeutung sind. Wohin sie einmal führen werden, kann heute niemand sagen.

Magnetische Umpolungen und das Artensterben

Wir wissen, daß das geomagnetische Feld der Erde in der Vergangenheit oft seine Richtung geändert hat, so daß Nord- und Südpol vertauscht wurden. Die Menschheit hat nie eine solche «magnetische Umpolung» mitgemacht, wohl aber andere Arten von Lebewesen. Die Auswirkungen waren verheerend. Die Geschichte der Erforschung dieser Phänomene ist ein packender Wissenschaftskrimi.

Die winzigen Staubpartikel, die, von Winden und Flüssen getragen, in die Meere gelangen, lagern sich auf dem Meeresgrund als eine Art «Schichttorte» der Zeit ab. Diese chronologischen Aufzeichnungen lassen sich untersuchen, indem man mit in den Meeresboden vordringenden Hohlbohrern Bohrkerne aus dem Sediment entnimmt. Viele der Partikel eines solchen Kerns bestehen aus Magnetit und haben winzige Magnetfelder. Während sie durch das Wasser absinken, verhalten sich die Partikel wie Kompaßnadeln und richten sich auf den magnetischen Nordpol aus. Die Ausrichtung der Partikel in den Kernen läßt sich bestimmen, indem man die Richtung ihrer Magnetfelder mißt, welche die Richtung des magnetischen Nordpols zu der Zeit anzeigt, als die Partikel im Wasser absanken. Als Ergebnis einer solchen Untersuchung stellt sich die erstaunliche Tatsache heraus, daß das Magnetfeld der Erde im Verlauf der Erdgeschichte oft die Richtung gewechselt hat. Eine solche Umpolung ist ein langwieriger Prozeß; es dauerte jedesmal mindestens 10000 Jahre, bis sich die neue Ausrichtung eingeschwungen hatte.

Die Kerne aus Sedimenten vom Meeresgrund enthalten auch große Mengen von Skeletten winziger Meerestiere, der Radiolarien oder Strahlentierchen. Das sind Einzeller, deren Körper von harten Skeletten umgeben sind. Die Skelette haben komplizierte Formen, die sich von Art zu Art unterscheiden. Stirbt ein Tier, sinkt sein Skelett auf den Meeresboden und wird Teil des dort abgelagerten Sediments. Dadurch entsteht eine Chronologie der Veränderungen, denen die verschiedenen Spezies dieser Tiere im Lauf der Zeit unterworfen waren. Die Untersuchungen zeigen, daß es von Zeit zu Zeit Perioden massiven Artensterbens gegeben hat, in denen sich die vom Untergang anderer Tierarten, einschließlich der Dinosaurier, bekannten Muster wiederholen. Die fortgeschrittensten oder evolutionär am weitesten entwickelten Formen scheinen jeweils von einem solchen Artensterben am meisten betroffen zu sein. Nach jedem Aussterben bildeten sich gänzlich neue Arten von Strahlentierchen, die prächtig gediehen und viele verwandte, aber höherentwickelte Arten hervorbrachten.

Diese Erkenntnis schien sich zunächst nicht mit unserer Vorstellung von der Evolution als einem gleichmäßigen Weg nach oben zu vertragen, bei dem aus einfachen Formen immer neue, kompliziertere entstehen. Aber dann stellte 1967 Dr. Homer Newell vom Naturgeschichtlichen Museum in New York bei einer neuen Untersuchung der Populationsgröße vieler verschiedener Tiere fest, daß es mehrere Epochen gibt, während derer viele verschiedene Arten ausgestorben waren. Solche Epochen hat es am Ende des Devon, des Perm, der Trias und der Kreide gegeben. Das Aussterben der Dinosaurier fällt in die Kreidezeit.

Diese Darstellung von Krisenzeiten in der Entwicklung des Lebens hat dazu geführt, daß die ursprüngliche Darwinsche Idee von einer allmählichen Evolution revidiert und durch die moderne Vorstellung von einem «unterbrochenen Gleichgewicht» ersetzt wurde. Nach dieser Theorie markiert – oder verursacht – jede Periode des Aussterbens eine Änderung der Evolutionsrichtung. Nachdem durch das Aussterben reiner Tisch gemacht worden ist, tauchen neue Formen auf, die eine neue Evolutionsbahn markieren. Es fragt sich nun, was die verschiedenen Perioden des Aussterbens verursacht hat.

Im Lauf der Jahre hat sich bei den Untersuchungen der am Meeresgrund entnommenen Bohrkerne eine merkwürdige Gesetzmäßigkeit herausgeschält. Das Artensterben scheint häufig unmittelbar nach einer magnetischen Feldumpolung stattgefunden zu haben. Außerdem war es viel umfassender, wenn die Umpolung auf eine außergewöhnlich lange Phase mit einem stabilen Feld folgte. Es sieht so aus, als paßten sich die Lebensformen in der Ruhepause an das jeweilige Magnetfeld an; je länger die Ruhe, desto größer ist die Wirkung der nächsten Umpolung.

Die Frage, die sich die Forscher nun stellten, war die: Wie kann eine einfache Veränderung des Magnetfeldes, besonders eine, die sich über Zehntausende von Jahren erstreckt, eine biologische Wirkung haben? Zunächst nahm man an, daß das Magnetfeld der Erde auf Null abfiel, während die magnetischen Pole vertauscht wurden, wodurch die Magnetosphäre zusammenbrach und die Erdoberfläche dem Sonnenwind und der ionisierenden Strahlung schutzlos ausgeliefert war und infolgedessen alle Organismen durch die Einwirkung der vollen Sonnenstrahlung getötet wurden. Später stellte sich heraus, daß das Feld gar nicht bis Null, sondern nur bis etwa auf die halbe Stärke absank, bevor es wieder aufgebaut wurde. Wenn die magnetischen Umpolungen in einer direkten Beziehung zum Sterben der Arten standen, dann mußte es noch einen anderen Mechanismus geben.

1971 fand am Lamont Geophysical Observatory der Columbia University eine kleine Konferenz unter Leitung von Dr. James Hays statt, die sich mit diesem Thema beschäftigte. Dr. Hays hatte Daten über Umpolungen und Artensterben gesammelt und festgestellt, daß von den acht bekannten Fällen des Aussterbens von Strahlentierchen sechs gleichzeitig mit Magnetfeldumpolungen aufgetreten waren – was weit über der Zufallserwartung liegt. Während der Konferenz wurde klar, daß das Artensterben bei allen Tieren in irgendeiner Beziehung zu den Magnetfeldumpolungen stand.

Wenn auch heute zumeist angenommen wird, daß das Artensterben im Lauf der Erdgeschichte auf den Aufprall von Kometen oder Asteroiden auf die Erde zurückzuführen sei, gibt es doch faszinierende Zusammenhänge zwischen der Umpolung des Magnetfeldes der Erde und diesen Ereignissen. Es könnte natürlich sein, daß die magnetischen Umpolungen selbst auf eine derartige Einwirkung auf die Erde zurückgehen; eine solche Ereigniskette scheint aber doch zu komplex zu sein, als daß sie in Betracht käme. Eigentlich dreht sich alles um den Gedanken, daß eine Umpolung das Magnetfeldes allein ausreichen könnte, um zu einer Vernichtung ganzer Arten zu führen.

Ich schlug bei der Lamont-Konferenz vor, die Umpolungen könnten mit starken Veränderungen der ELF-Frequenzen (= *extremely low frequencies*) der Mikropulsationen des Magnetfeldes einhergegangen sein, wodurch Verhaltensänderungen hervorgerufen wurden, die sich auf die Lebensfähigkeit der höheren Arten negativ auswirkten. Dr. Abraham Liboff von der Universität in Oakland hat kürzlich vorgeschlagen,

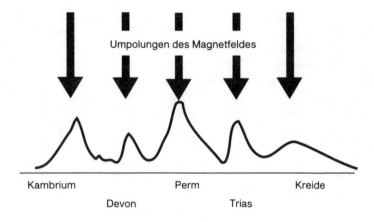

Abbildung 7.5 Die Gesamtpopulationen aller Tierarten im geologischen Zeitablauf. Die Zeitlinie ist nicht linear, d. h. die Zeit zwischen den geologischen Perioden ist nicht gleichförmig. Die Linie stellt im Ansteigen die Zunahme der Anzahl neuer Arten und im Fallen das Aussterben von Arten dar. Die geologischen Zeitperioden auf der horizontalen Skala zeigen das Ende der jeweiligen Periode. Alle diese Perioden (bis auf das Kambrium) sind laut Newell durch Artensterben in großem Maßstab gekennzeichnet. So markiert zum Beispiel der höchste Wert bei der Kreidezeit den Anfang des Niedergangs des Dinosauriers, während das Ende sein Aussterben bezeichnet. Die Zeichnung vermerkt die wichtigeren magnetischen Umpolungen, d. h. solche, bei denen die Feldpolung bei mehr als 20 % der vom Meeresboden entnommenen Kerne das umgekehrte Muster aufwies. Die Umpolung am Ende des Perm folgte auf eine lange Ruhezeit mit einem stabilen Magnetfeld ohne Umpolungen; hier war das Artensterben stärker als gewöhnlich. (Nach Sander)

daß diese Frequenzveränderungen die Fortpflanzung beeinflußt und die Nachkommenschaft geschädigt haben können.

In letzter Zeit gibt es immer mehr Hinweise auf die Richtigkeit dieser beiden Theorien, die gegenüber der Theorie vom Kometenaufprall den Vorteil haben, daß die Wirkungen selektiv sind und nur die am höchsten entwickelten oder empfindlichsten Arten und aller Wahrscheinlichkeit nach nur Tiere betreffen. Nach der Theorie vom Kometenaufprall müßte die Wirkung sich auf alle Lebewesen, also auch auf Pflanzen, erstrecken, während das Zeugnis der Fossilien dafür spricht, daß die Pflanzen nicht wesentlich betroffen waren.

Neuere Untersuchungen über die biologischen Auswirkungen abnormer elektromagnetischer Felder lassen den Schluß zu, daß derartige langfristige Veränderungen des Frequenzspektrums der Mikropulsationen tiefgreifende Gesundheitsschäden verursachen könnten. Wie der Mechanismus auch immer aussehen mag, die Evolution ist offenbar *kein* Zufallsgeschehen; vielmehr beruht sie zum Teil auf Veränderungen des natürlichen Magnetfeldes der Erde sowie auf der Einwirkung der abnormen Magnetfelder, die durch unsere Verwendung der elektromagnetischen Kräfte für Energieversorgung und Kommunikation entstehen.

Nach alledem fragen Sie sich vielleicht, wann die nächste Umpolung zu erwarten ist und wie sie sich auf die Menschheit auswirken wird. In Relation zur ganzen geologischen Zeit macht die Geschichte nur einen Augenblick aus. Wir haben nur 25 000 Jahre gebraucht, um uns und unsere Kultur zu entwickeln und unsere wissenschaftlichen Kenntnisse zu erwerben. In dieser Zeit hat es außerordentlich wenig Störungen durch große geologische Ereignisse gegeben. Wir dürfen jedoch nicht annehmen, daß es bei diesen günstigen Verhältnissen bleibt. Vieles spricht dafür, daß wir am Beginn einer neuen Umpolung stehen. Die durchschnittliche Stärke des natürlichen Magnetfeldes hat in den letzten Jahrzehnten allmählich abgenommen. Die Mikropulsationsfrequenzen werden zwar nicht regelmäßig gemessen oder ausgewertet, scheinen sich aber noch nicht verändert zu haben. Der elfjährige Sonnenzyklus nähert sich gegenwärtig dem Gipfel, und alles spricht dafür, daß dieser Zyklus stärker und gestörter ist als alle, die man früher gemessen hat.

Allerdings ist es gut möglich, daß sich die Frage gar nicht mehr stellt. Ohne es zu wissen haben wir durch die globale Verwendung elektromagnetischer Energie vielleicht Bedingungen geschaffen, die auf die größte Umpolung hinauslaufen, die es je gegeben hat. Eine natürliche magnetische Umpolung braucht Tausende von Jahren. Die biologischen Auswirkungen der Umpolungen sind wahrscheinlich auf Änderungen des Frequenzspektrums der Mikropulsation zurückzuführen, und wir haben allein in den letzten 50 Jahren mehr Frequenzänderungen bewirkt als bei einer Umpolung auftreten. Die Auswirkungen dieser Änderungen auf die menschliche Gesundheit sind inzwischen bekannt. Sie werden im achten und elften Kapitel dargestellt.

Das geomagnetische Feld und der Ursprung des Lebens

Da es bisher noch nicht gelungen ist, im Laboratorium Leben zu erzeugen, bleibt der Ursprung des Lebens (die *Biogenese*, wie der Wissenschaftler sagt) bislang ein reines Spekulationsobjekt. Allerdings gibt es viele Theorien. Keine davon kommt ohne die Einführung irgendeiner Art von Energie aus, die die ersten Schritte des Evolutionsvorgangs in die Wege leitet. Diese Rolle wurde am häufigsten dem Blitzschlag, der Erdwärme und dem Sonnenlicht zugewiesen.

Spekuliert man indessen über den Zustand des geomagnetischen Feldes in der präkambrischen Zeit, als das Leben entstand, so lassen sich ein paar faszinierende Alternativen aufzeigen. Professor Frank E. Cole von der Louisiana State University und Professor Ernest R. Graf von der Auburn University haben, ausgehend von unserem gegenwärtigen Wissen über die Zusammensetzung der Atmosphäre und den Zustand des geomagnetischen Feldes zur damaligen Zeit, vorgeschlagen, daß die magnetischen Mikropulsationen gar nicht «mikro», also klein, sondern vielmehr außerordentlich stark gewesen seien. Die ELF von 10 Hz wäre demnach besonders stark gewesen, vielleicht sogar stark genug, um große elektrische Ströme und Blitze der gleichen Frequenz zu induzieren.

Cole und Graf postulierten, daß diese Energie dazu gedient haben könnte, die ersten biologischen Moleküle wie zum Beispiel Proteine zusammenzustellen. Die Struktur dieser chemischen Stoffe hätte dann bei 10 Hz resonant sein und alle später entstehenden lebenden Organismen hätten auf diese Frequenz ansprechen müssen. Das scheint tatsächlich bei den heute lebenden elektrosensitiven Tieren wie Haien, Welsen, Zitteraalen und sogar bei einem eigenartigen Säuger, dem Schnabeltier, der Fall zu sein.

Diese Theorie erklärt jedoch nicht das größte Rätsel, das die Biogenese dem Forscher aufgibt. Alle komplexen organischen Stoffe können in zwei spiegelbildlichen Strukturformen vorkommen: in einer «rechtshändigen» und einer «linkshändigen». Die Aminosäuren und Glykoside (Zuckerverbindungen), die die Proteine und andere wichtige biochemische Stoffe wie die DNS bilden, gehören in allen lebenden Organismen *einem Typ* an. Zwar können wir Aminosäuren und Zuckerverbindungen aus einfacheren Stoffen im Reagenzglas herstellen, aber wir erhalten dabei immer eine gleichmäßige Mischung, die den rechtshändigen und den linkshändigen Typ zu je 50 Prozent enthält. Irgendwie haben es dagegen die Lebewesen, als sie ihre ersten Aminosäuren und Zucker als Grundbausteine des Körpers bildeten, geschafft, nur solche von einem Typ herzustellen.

Das ist von großer Bedeutung, denn zur Herstellung eines richtig funktionierenden Proteins oder von DNS werden Proteine benötigt, die nur rechtshändig oder nur linkshändig sind. Wie die ersten Lebewesen das Kunststück zuwege gebracht haben, wissen wir nicht. Nach dem griechischen Wort für ‹Hand›, *cheir,* spricht man vom Problem der Chiralität («Händigkeit»).

Vor kurzem haben Dr. W. Thiemann und Dr. U. Jarzak von der Bremer Universität berichtet, daß es ihnen mit einer Magnettechnik gelungen sei, eine Reihe organischer Moleküle zu erzeugen, die entweder nur dem rechtshändigen oder nur dem linkshändigen Typ angehören. Demnach kann es sein, daß das einzigartige Magnetfeld der präkambrischen Erde zur erstmaligen Produktion rein rechtshändiger oder linkshändiger Moleküle aus einfachen chemischen Stoffen geführt und so die Entstehung des Lebens ermöglicht hat.

Das geomagnetische Feld und das Leben heute

Die uralte Vorstellung von allgegenwärtigen, das menschliche Leben beherrschenden Kräften hat eine reale Grundlage. An die Stelle von Göttern und Geistern hat die moderne Wissenschaft allerdings elektromagnetische Felder gesetzt. Die Ergebnisse unterscheiden sich indessen kaum. Das natürliche geomagnetische Feld ist ein komplexes Gebilde, das aus der Interaktion zwischen dem einfachen Magnetfeld der Erde und der von der Sonne herabströmenden Energie entsteht. Es enthält ungeheure Vorräte an Energie und zeigt regelmäßige tägliche Variationen in der Stärke sowie auch langsamere periodische Veränderungen. Darüber hinaus ist es plötzlichen starken Stürmen unterworfen, die durch energetische Vorgänge auf der Sonne hervorgerufen werden. Auf lange geologische Zeiträume gesehen zeigt es eigenartige Umkehrungen seiner Polarität.

Alle diese energetischen Veränderungen haben wichtige biologische

237

Auswirkungen. Magnetstürme scheinen sich direkt auf die Tätigkeit des menschlichen Gehirns auszuwirken. Magnetische Umpolungen in der geologischen Vergangenheit könnten die treibende Kraft der Evolution gewesen sein. Und das vorzeitliche geomagnetische Feld der präkambrischen Ära könnte eine Rolle bei der Entstehung der Arten gespielt haben.

Wir haben gesehen, daß das geomagnetische Feld ein Schild ist, der die Erde vor der geballten Kraft der Sonnenenergie schützt. Ohne diesen Schutz gäbe es kein Leben. Aber seit die Menschheit gelernt hat, elektromagnetische Kräfte zu erzeugen und zu handhaben, haben wir unter diesem Schild andere Kräfte geschaffen, wie es sie nie zuvor gegeben hat. Im achten und elften Kapitel wollen wir uns mit den biologischen Wirkungen dieser unnatürlichen elektromagnetischen Felder beschäftigen.

8. Künstliche elektromagnetische Felder

> Keines der großen Bauprojekte des letzten Jahrhunderts war technisch, ökonomisch und wissenschaftlich gesehen so beeindruckkend, keines hatte so weitreichende soziale Auswirkungen, und keines hat unsere schöpferischen Instinkte und Fähigkeiten gründlicher beschäftigt als das elektrische Energieversorgungssystem. Die industrielle Welt befindet sich heute unter einem großen Netzwerk von Stromleitungen, die für alle Zeiten unser Leben bestimmen werden.
>
> THOMAS HUGHES, *Networks of Power*

Die Geburtsstunde der modernen Welt schlug vor etwas über hundert Jahren, als Thomas Edison zum ersten Mal seine elektrische Lampe vorführte. Bereits im Jahre 1882 hatte er in der Pearl Street in New York das erste zentrale Kraftwerk eingerichtet, das ein New Yorker Stadtviertel von einem halben Quadratkilometer Größe mit elektrischer Energie versorgte. Mit Edisons System, das mit Gleichstrom von geringer Spannung arbeitete, ließ sich der Strom allerdings nur über geringe Entfernungen übertragen.

Um die gleiche Zeit erfand und entwickelte Nikola Tesla das Wechselstromsystem, mit dem man weit größere Mengen von Energie über viel größere Entfernungen übertragen konnte. Schon 1894 versorgten Tesla-Generatoren von Niagara Falls aus die Stadt Buffalo mit elektrischem Strom, und vier Jahre später überbrückte eine Wechselstrom-Fernleitung mit 30 000 Volt die Entfernung von Santa Ana nach Los Angeles – immerhin 120 km. Teslas Wechselstromsystem wird heute weltweit am häufigsten verwendet. Es arbeitet mit Frequenzen von 50 oder 60 Hz, die im normalen elektromagnetischen Spektrum der Erde nicht vorkommen.

Ein paar Jahre nachdem Edison seine elektrische Lampe vorgeführt hatte, demonstrierte der junge deutsche Physikprofessor Heinrich Hertz, daß ein elektrischer Funke, der einen Luftspalt überspringt, an einem in einem Meter Abstand befindlichen ähnlichen Spalt einen Funken erzeugt, ohne daß zwischen beiden eine direkte Verbindung besteht. Das hatte Galvani hundert Jahre zuvor zwar auch schon bemerkt, aber seine Beobachtung war vollkommen in Vergessenheit geraten, und die Physiker hatten behauptet, man könne durch eine Veränderung an einem Ort keine Veränderung an einem anderen Ort bewirken, wenn nicht eine Verbindung zwischen beiden bestehe, hatten also jede «Fernwirkung» für unmöglich erklärt. Vor Hertz glaubte man daher, die Elektrizität könne *nur* mit Hilfe einer Direktverbindung von einem Ort an den anderen übertragen werden.

Hertz konnte auch zeigen, daß die von dem Funken erzeugte elektromagnetische Energie sich aus Schwingungen, oder Wellen, zusammensetzt, die zu einem viel größeren elektromagnetischen Spektrum gehören, zu dem auch das sichtbare Licht gehört. Seine Versuche bestätigten die mathematische Theorie des englischen Physikers James Clark Maxwell, der genau solch ein Spektrum von gleichmäßig ansteigenden Frequenzen elektromagnetischer Energie vorausgesagt hatte. In Würdigung der Leistung von Hertz bezeichnet man die Maßeinheit für die Frequenz der elektromagnetischen Energie mit seinem Namen.

Am heutigen Standard gemessen, war die Versuchsanordnung, die Hertz verwendete, primitiv, aber ohne sie hätte Marconi nicht schon wenig später, im Jahre 1901, den Buchstaben S drahtlos über den Atlantik übertragen können. Kurz darauf ersetzte man die Funkenstrecken durch Vakuumröhren, und 1918 wurde eine Botschaft per «Radio» von England nach Australien übertragen – über eine Entfernung von 18 000 km.

Gegen Ende der zwanziger Jahre waren kommerzielle Radiosendungen keine Seltenheit mehr, und mit Hilfe von Teslas Wechselstrom-Methode übertrug man über Hunderte von Kilometern elektrische Energien mit bis zu 220 000 Volt. Das zwanzigste Jahrhundert war mit Pauken und Trompeten eröffnet, und die ganze Gesellschaft sollte nach den Gesetzen jener unglaublichen Kraft – des Elektromagnetismus – neu gestaltet werden.

Heute hängt die Wirtschaft in allen entwickelten Ländern von ihrem Stromversorgungsnetz ab. Die Welt ist durch elektronische Kommunikationssysteme verflochten, die praktisch auf der Stelle enorme Mengen von Informationen übertragen. Solche Anwendungen der elektromagnetischen Energie werden oft als die größte Errungenschaft der Menschheit angesehen, als Triumph der Technik, der uns eine bessere Gesellschaft beschert habe. Die Medaille hat aber auch eine Kehrseite, und von ihr handelt dieses Kapitel.

Die abnorme elektromagnetische Umwelt

Durch die Art, wie wir die Kräfte des Elektromagnetismus für Energieversorgung und Kommunikation einsetzen, ist das gesamte elektromagnetische Feld der Erde radikal verändert worden; aber da wir das mit keinem unserer Sinne wahrnehmen können, ist diese Veränderung den meisten von uns nicht bewußt. Vor der Jahrhundertwende bestand das elektromagnetische Feld der Erde lediglich aus dem Feld mit den dazugehörigen Mikropulsationen, dem sichtbaren Licht und zufällig sich entladenden Blitzen. Heute schwimmen wir in einem Meer von Energie, das fast vollständig künstlich erzeugt ist.

Dieser Übergang von der natürlichen elektrischen und magnetischen Umgebung, in der unser Leben seinen Anfang nahm und in der er sich entfaltete, zu dem elektromagnetischen Dschungel, der jetzt um uns herum wuchert, hat tiefgreifende Folgen für die Energiemedizin. Wenn wir das natürliche geomagnetische Feld wahrnehmen und ihm Informationen entnehmen können, dann ist es denkbar, daß dieses unnatürliche Feld ständig biologische Wirkungen ausübt, die potentiell schädlich sind. Ich habe im letzten Kapitel erklärt, daß wir die natürlichen Änderungen der Mikropulsationen nach Stärke und Frequenz, die für den Untergang von Arten in früheren Epochen verantwortlich sein könnten, inzwischen mit unseren künstlichen Mitteln übertroffen haben. Diese künstliche Umpolung ist dem Umfang nach viel bedeutender und ist in einem viel kürzeren Zeitraum erfolgt als alle natürlichen Umpolungen. Die wissenschaftlichen Daten, die in diesem Kapitel vorgestellt werden, lassen nur einen Schluß zu: *Die Einwirkung abnormer elektromagnetischer Felder auf lebende Organismen führt zu deutlichen physiologischen und funktionalen Abnormitäten.*

Die elektrischen Energie- und Kommunikationssysteme wuchsen anfänglich nur langsam; seit dem Zweiten Weltkrieg hingegen hat ihr Wachstum jährlich um 5 bis 10 Prozent zugenommen. Neue Technologien sind hinzugekommen. Satelliten-Übertragungs- und Relaisstationen zur Übermittlung kommerzieller Telefon- und Fernsehsignale decken die Erde aus 40000 km Entfernung ein. Militärische Satelliten streichen stündlich über jeden Punkt der Erde und bombardieren ihre Oberfläche mit Radarstrahlen, um Bilder zu schießen, die sie später über ihren Heimatländern «abladen» («downloading»). Ständig gehen neue

241

Elektromagnetische Umweltverschmutzung

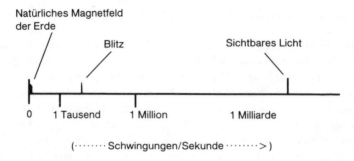

Natürliches Magnetfeld
der Erde

Blitz

Sichtbares Licht

0   1 Tausend   1 Million   1 Milliarde

(········ Schwingungen/Sekunde ········ >)

Abbildung 8.1 Das Spektrum der natürlichen elektromagnetischen Umwelt der Erde. Das Diagramm zeigt nur die wichtigsten Bereiche. Außerdem kommen noch geringere Mengen anderer Frequenzen aus extraterrestrischen Quellen vor. Ionisierende Strahlung mit höherer als Lichtfrequenz ist weggelassen. Die waagrechte Linie stellt, von Null auf der linken Seite ansteigend, die Frequenz dar: Die Werte sind in Schwingungen pro Sekunde (Hz) angegeben. Die Mikropulsationsfrequenzen reichen von 0 bis ca. 30 Hz. Blitze erzeugen Felder im Frequenzbereich zwischen 10 und 20 kHz (Tausende Schwingungen pro Sekunde). Das sichtbare Licht bildet ein schmales Band im Frequenzbereich von Milliarden Schwingungen pro Sekunde. Zwischen diesen normalen Feldern befinden sich große Bereiche des Spektrums, die im wesentlichen keine elektromagnetischen Schwingungen enthalten.

Fernseh- und Rundfunkstationen auf Sendung, und die Industrie verwöhnt den dankbaren Konsumenten mit technischem Schnickschnack wie Privatfunk und Autotelefonen.

Die Ingenieure planen gigantische Sonnenkraftwerke im Weltraum, die die Energie über superstarke Mikrowellenstrahlen zur Erde übertragen. Hochspannungsleitungen arbeiten mit Strömen in Größenordnungen von Millionen Volt und Tausenden von Ampere. Es gibt kein Land, das nicht alle Teile des Spektrums für Aufgaben der militärischen Kommunikation und Überwachung benutzen würde. Man prüft sogar, ob sich die elektromagnetische Energie als Waffe gegen Menschen einsetzen läßt.

Die Liste ließe sich beliebig fortführen. Wir sind fast so weit, daß das gesamte elektromagnetische Spektrum von künstlichen Frequenzen ausgefüllt ist. Unsere Stromversorgungssysteme arbeiten mit 50 oder 60 Schwingungen pro Sekunde, liegen also knapp über der höchsten natürlich vorkommenden Frequenz von 30 Hz. Unsere Mikrowellenstrahlen arbeiten mit Milliarden von Schwingungen pro Sekunde und nähern sich immer mehr den Frequenzen des sichtbaren Lichts mit ihrem Billionen-Zyklus. Wir haben das – früher leere – elektromagnetische Spektrum zwischen diesen beiden Extremwerten mit künstlicher Strahlung ausgefüllt, die es auf der Erde niemals zuvor gegeben hat – und das alles in nicht einmal achtzig Jahren.

Das Tempo, mit dem die Verwendung der elektromagnetischen Energie steigt, ließe sich an vielen Parametern zeigen: globaler Stromverbrauch, durchschnittliche Spannung der Überlandleitungen, Anzahl der Rundfunkempfänger usw. Alle diese Werte sind im Steigen, manche mit erschreckender Geschwindigkeit. Diese technische Innovation wird gemeinhin als unabdingbar für die Entwicklung der menschlichen Kultur angesehen. Schließlich kann man die Annehmlichkeiten des Lichtschalters an der Wand und der schnellen Verfügbarkeit von Nachrichten aus der ganzen Welt genießen, ohne einen Gedanken daran zu verschwenden, wie diese Wunderdinge zustande kommen. In Wirklichkeit erzeugt jede Stromleitung und jedes Elektrogerät ein von ihm abstrahlendes elektromagnetisches Feld. Und jedes Radio- und Fernsehsignal, das wir mit unseren Geräten empfangen, konnte nur mittels

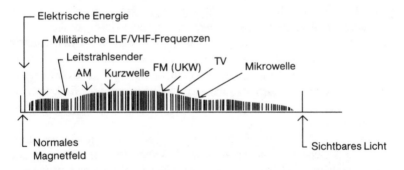

Abbildung 8.2 Allgemein verbreitete künstliche elektromagnetische Felder aller Art. Die Höhe der Schraffierung soll für jeden Bereich die Anzahl der vorhandenen Quellen andeuten. Dabei kann es sich selbstverständlich nur um Näherungswerte handeln. Bei den höchsten Mikrowellenfrequenzen sind die Angaben ungenau, weil dieser Bereich hauptsächlich militärisch genutzt wird und viele Daten geheim sind. Es springt ins Auge, daß die Bereiche des Spektrums, die normalerweise leer wären, vollständig von großen Mengen starker elektromagnetischer Strahlung belegt sind.

eines ebensolchen vom Sender ausgestrahlten Feldes zu uns gelangen. Das hat zu einer unsichtbaren Verseuchung unserer Umwelt durch elektromagnetische Felder geführt, die Frequenzen und Stärken haben, die unser Planet früher nie gekannt hat.

Jedes elektromagnetische Feld, das unsere Geräte erzeugen, enthält Energie. Die Fernsehbilder in unserem Wohnzimmer kommen dadurch zustande, daß die Energie des vom Sender ausgesandten Signals in der Antenne in elektrische Energie umgewandelt wird. Beim Fernsehen «empfängt» unser Körper dieselbe Energie, aber darüber hinaus auch die von allen anderen Fernsehstationen, von Rundfunksendern auf UKW und Mittelwelle, von Kurzwellensendern, Radargeräten, Starkstromleitungen und anderen Quellen. Zum gegenwärtigen Zeitpunkt gibt es kein Fleckchen Erde, das nicht elektromagnetisch verseucht wäre.

Die Frage der Gesundheitsrisiken

Während unser Verbrauch an elektrischer Energie explosionsartig ansteigt, hat kaum einmal jemand die Frage gestellt, ob alle diese abnormen Felder für Lebewesen schädlich sein könnten. Man nahm ganz einfach die physikalischen Gesetze als Garantie dafür, daß zwischen unsichtbaren Feldern und lebenden Organismen keine Wechselwirkung stattfinden könne. Tauchte die Frage der Sicherheit doch einmal auf, dann galt der Fragende bald als irrational und fortschrittsfeindlich. Wenn die Sicherheitsfrage sich dennoch immer wieder stellte, dann deshalb, weil trotz aller Theorien biologische Wirkungen beobachtet wurden.

Im Jahre 1928 baute die Niederlassung der General Electric Company in Schenectady im Staat New York eine Rundfunkversuchsstation, die mit der höchsten damals erreichbaren Frequenz von etwa 27 MHz arbeiten sollte. Die Arbeiter klagten bald über ein diffuses Krankheitsgefühl, und man zog Dr. Helen Hosmer vom Medical College in Albany hinzu, die feststellte, daß die Körpertemperatur der Arbeiter nach nur fünfzehnminütiger Einwirkung des vom Sender ausgehenden Feldes um 2° Fahrenheit (ca. 1° Celsius) anstieg. Sie verfaßte einen Bericht, in dem sie zur Vorsicht im Umgang mit derartigen Feldern riet, solange die Auswirkungen nicht gründlich untersucht seien.

Die medizinische Fachwelt sah das Phänomen anders an. Fieber galt damals als gesunde Reaktion auf Infektionen und Verletzungen, und die Aussicht, auf diesem Wege Fieber künstlich hervorrufen oder bestimmte abgegrenzte Teile des Körpers erwärmen zu können erschien daher reizvoll. Schon zwei Jahre später gab es mit Radiowellen arbeitende Geräte zur Wärmebehandlung (Diathermie), die angeblich für ein breites Spektrum von Krankheiten wirksam eingesetzt werden konnten. Für die Öffentlichkeit war es entschieden: Die Technik, mit der sich Radiosendungen übertragen ließen, war also nicht nur im Alltag nützlich und faszinierend, sondern ließ sich auch noch im medizinischen Bereich einsetzen! Wie hätte sie da schädlich sein können?

Die einzigen unerwünschten Nebenwirkungen der Strahlentherapie hatten alle mit Fieber zu tun: Schweißausbrüche, Schwächeanfälle, Übelkeit und Schwindelgefühl. All diese Symptome gingen schnell zurück, sobald man die Temperatur des Patienten senkte, und so dachte niemand an mögliche Langzeitwirkungen.

In den dreißiger Jahren verwendete man diese Technik immer häufiger bei einer Vielzahl von Beschwerden, darunter Verletzungen, Arthritis, Migräne-Kopfschmerz, Sinusitis (Nasennebenhöhlenentzündung) und Krebs. Auch heute wird die Diathermie noch eingesetzt, wenn auch bei weitem nicht mehr für so viele Krankheiten – und das nicht, weil man irgendeine schädliche Nebenwirkung entdeckt hätte, sondern weil sich herausgestellt hat, daß sie bei Migräne, Sinusitis und Krebs nicht viel hilft.

Die Geschichte der Mikrowellen-Felder und ihre biologischen Wirkungen

Eines der großen Geheimnisse des Zweiten Weltkriegs war die Entdeckung einer Methode, mit der man weit höhere Radiofrequenzen als bisher erzeugen konnte. Das führte zur Entwicklung des Radars, der eine entscheidende Rolle beim Sieg der alliierten Streitkräfte spielte. Kurz nachdem die U.S. Navy mit dem Einsatz von Radargeräten begonnen hatte, meldete das Bedienungspersonal die bekannten Symptome der

Körpererwärmung, wie sie ganz ähnlich auch bei dem 27-MHz-Radiosender der General Electric einige Jahre zuvor beobachtet worden waren. Da der Effekt sich damals bei verschiedenen Krankheiten als therapeutisch nützlich erwiesen hatte, erklärte man die durch die weit höheren Frequenzen des Radars verursachte Erwärmung für harmlos.

Da die Mikrowellenstrahlung aber viel stärker war als die früher verwendeten niedrigen Frequenzen, tauchten Bedenken wegen der Strahlenbelastung für das Bedienungspersonal auf, weil die Wärmewirkung theoretisch viel größer sein konnte. 1942 stellte die Navy die erste Langzeituntersuchung an, bei der fünfundvierzig Radartechniker ein Jahr lang medizinisch untersucht wurden. Man fand nur die üblichen Symptome, die auf die Körpererwärmung zurückgingen. Eine zweite Studie im Jahr 1945 kam zu den gleichen Ergebnissen und stellte fest, daß die Wärmewirkung «von derselben Größenordnung (war) wie bei der Hochfrequenztherapie».

In den vierziger Jahren war schon allgemein bekannt, daß chronische Hitzeeinwirkung (wie sie am Hochofen auftritt) grauen Star, eine Linsentrübung des Auges, auslöst. Die Augenlinse scheint also hitzeempfindlicher zu sein als alle anderen Körperteile, und man fragte sich, ob die chronische Einwirkung von Mikrowellenstrahlung auch grauen Star hervorrufen könne. Diese Möglichkeit wurde zum ersten Mal unmittelbar nach dem Zweiten Weltkrieg an der Northwestern University untersucht. Dazu bestrahlte man die Augen von Tieren kurzzeitig mit Mikrowellen von hoher Leistung. Bei der sich sofort anschließenden Untersuchung wurde kein pathologischer Befund an den Augen festgestellt, woraus man folgerte, daß Mikrowellenstrahlung nicht zu grauem Star führt.

Aber noch im gleichen Jahr wiesen Dr. A.W. Richardson und seine Kollegen von der State University of Iowa in neuen Versuchen nach, daß die Wissenschaftler, die die erste Untersuchung unternommen hatten, nach der Mikrowellenbestrahlung mit der Prüfung der Augen nur drei Tage hätten warten müssen, um die Frühzeichen des Grauen Stars zu entdecken. Noch gravierender war, daß die Versuchstiere nach zweiundvierzig Tagen grauen Star entwickelten, wenn die Forscher in Iowa die Bestrahlung mit Mikrowellenenergie in kleineren Dosen – die keine Wärmewirkung hatten – auf mehrere Tage verteilten. Da die wiederholt angewandten niedrigen Dosen von Mikrowellenstrahlung nicht zur Erwärmung der Linse führten, zog man den Schluß, daß Mikrowellen den grauen Star aufgrund eines nichtthermischen Effekts hervorrufen. Noch beunruhigender war, daß man nun annehmen mußte, daß die Bestrahlung mit Mikrowellen unbekannte Wirkungen zeitigt, die sich erst viel später, lange nach der Bestrahlung, herausstellen. Keine dieser Beobachtungen ließ sich physikalisch erklären. Biologisch waren sie aber nicht zu übersehen.

Man verstand diese Berichte als einen Hinweis auf die Notwendigkeit «weitergehender Forschungen», und so gab es von 1950 bis zur Mitte der siebziger Jahre eine Vielzahl von Untersuchungen über den Zusammenhang zwischen Mikrowellen und grauem Star. Die meisten dieser Studien wurden vom Militär bezahlt und überwacht und dienten offenbar dem Zweck, nachzuweisen, daß die durch Mikrowellen verursachten Fälle von grauem Star auf der Wärmewirkung beruhten. Erst in den frühen siebziger Jahren wurden genügend valide Untersuchungen ohne militärische Gelder durchgeführt. Sie wiesen eindeutig nach, daß chronische Bestrahlung durch Mikrowellen in Dosen, die nicht zu einer Wärmewirkung führen, zu beginnendem grauem Star führte. Offenbar richteten sich die lebenden Organismen nicht nach den fixen Ideen der Physiker und Ingenieure.

1973 berichteten die beiden schwedischen Forscher Dr. E. Aurell und B. Tengroth, daß eine medizinische Überprüfung der Arbeiter einer Fabrik, in der Mikrowellenausrüstungen getestet wurden, eine erhöhte Anzahl von Fällen von klinischem grauem Star zu Tage gefördert hätte. Es seien sogar Beweise für eine direkte Schädigung der Nervenelemente der Netzhaut gefunden worden. 1988 berichtete Dr. Robert Birge von der Carnegie-Mellon University, daß nichtthermische Mikrowellenstrahlung eine Veränderung der lichtempfindlichen chemischen Bestandteile der Netzhaut verursachen könne. Er wies darauf hin, daß diese Veränderung von der vollständigen Absorption der Mikrowellenstrahlung begleitet sei. Dadurch kam man auf die Idee, Stealth-Flugzeuge durch eine Beschichtung mit ähnlichen Chemikalien für das Radar unsichtbar zu machen. Da die Einzelheiten dieses Projekts jetzt der Geheimhaltung unterliegen, stehen darüber keine genaueren Informationen zur Verfügung. Das ist bedauerlich, weil es ernste medizinische Auswirkungen gibt, die weit über den grauen Star hinausgehen.

Da es einen stichhaltigen physikalischen Grund gab, weshalb der graue Star durch die Wärmewirkung der Mikrowellenstrahlung verursacht sein konnte, konzentrierte sich die Forschung fast ausschließlich auf diesen Aspekt. Die Möglichkeit, daß die Einwirkung nichtthermischer Mikrowellen die gleiche Erscheinung hervorrufen könnte, wurde weitgehend vernachlässigt, weil sie sich nicht auf eine physikalische Theorie stützen konnte. Indessen tauchten um die gleiche Zeit (von den späten vierziger bis zu den sechziger Jahren) Berichte über weitere, noch bedeutungsvollere biologische Wirkungen der Mikrowellenstrahlung auf.

1953 meldete Dr. John McLaughlin, der als Arzt in der Flugzeugfabrik von Howard Hughes beschäftigt war, seinem Arbeitgeber, er habe bei Arbeitern der Fabrik, die mit Mikrowellen von schwacher Leistung zu tun hätten, zwischen fünfundsiebzig und hundert Fälle von unerklärter Blutungsneigung sowie ein deutlich gehäuftes Auftreten von Leukämie und Gehirntumoren festgestellt. Da die Werksleitung sich einer gründlichen Untersuchung nicht gewachsen fühlte und die Arbeit mit Mikrowellen zum größten Teil mit militärischen Aufträgen zusammenhing, wurde die Angelegenheit dem Militär übergeben.

Einige Jahre später berichteten Dr. J. H. Heller und Dr. A. A. Teixeira-Pinto vom New England Medical Research Institute in der britischen Zeitschrift *Nature*, daß eine kurze Bestrahlung von Knoblauchpflanzen durch gepulste Felder mit der 27-MHz-Radiofrequenz zu Chromosomen-Abnormitäten in den Zellen der wachsenden Wurzelspitzen führe. Das war die Frequenz, die der Medizin zur Verwendung bei der Strahlentherapie zugewiesen worden war, und die Studie mußte sich herbe Kritik gefallen lassen. Zehn Jahre später bestätigten Dr. David E. Janes und seine Mitarbeiter von der FDA die Beobachtungen der beiden Wissenschaftler. Inzwischen ist die gleiche Wirkung von anderen Forschern auch bei nichtthermischen Mikrowellen beobachtet worden.

Die erste Sicherheitsnorm für Wärmewirkungen

Die Berichte über nichtthermische Wirkungen blieben trotz ihrer offenkundigen Bedeutung unbeachtet, und das Militär beherrschte mit seiner «Wirkung-nur-bei-Wärme»-Theorie weiter das Feld. Dennoch mußte eine Sicherheitsnorm für die Wärmewirkungen entwickelt werden. Auf der Grundlage theoretischer Berechnungen stellte man die Hypothese auf, daß der Blutkreislauf bei einer Strahlendosis von 100 Milliwatt pro Quadratzentimeter Körperoberfläche nicht mehr in der Lage wäre, die erzeugte Wärme abzuleiten, so daß das Gewebe lokal erwärmt würde. 1957 führte das amerikanische Militär für die Mikrowellenexposition einen Höchstwert von 10 Milliwatt pro Quadratzentimeter ein, wobei der Sicherheitsfaktor zehn zugrundegelegt wurde. 1966 akzeptierte das American National Standards Institute (ANSI) diese Norm als Empfehlung für die Mikrowellenexposition im Rahmen ziviler Berufstätigkeit.

Die Norm von 10 mW/cm^2 galt als unumstößlich, und wer sie anfechten wollte, hatte mit dem Widerstand des wissenschaftlichen Establishments zu rechnen. Die Forscher, die über schädliche biologische Wirkungen von Mikrowellen unterhalb dieser Norm berichteten, wurden ignoriert oder der Lächerlichkeit preisgegeben, und man strich ihnen die Forschungsgelder. Dennoch dauerte die Auseinandersetzung an, und viele unabhängige Wissenschaftler beharrten auf ihrer Überzeugung, daß die Einwirkung nichtthermischer Stärkegrade von Mikrowellen erhebliche biologische Folgen hätte. Das Militär hielt mit Untersuchungen seiner «eigenen» Wissenschaftler dagegen und blieb bei seiner Behauptung, daß biologische Wirkungen durch den Kontakt mit nichtthermischen Mikrowellen physikalisch unmöglich seien.

Das getürkte Fünf-Millionen-Dollar-Eperiment

In den frühen achtziger Jahren finanzierte die Schule für Luft- und Raumfahrtmedizin der U.S. Air Force eine breitangelegte, äußerst kostspielige Untersuchung an der University of Washington unter der Leitung von Dr. Arthur W. Guy. Darin wurden Ratten einer Dauerbelastung mit Hochfrequenz-Mikrowellen von 2.45 Gigahertz (wobei ein Gigahertz 1 Milliarde Hertz entspricht) bei ungefähr 0,5 mW/cm^2 ausgesetzt, also bei einem thermischen Niveau, das zwanzigmal unter dem «sicheren» Niveau lag. Die Bestrahlung wurde über fünfundzwanzig Monate fortgesetzt, und man sammelte 155 verschiedene Messungen für Gesundheit und Verhalten.

Es schien sich hier um eine wohldurchdachte Studie zu handeln, die

die Frage, ob chronische Mikrowelleneinwirkung mit Gesundheitsrisiken für den Menschen verbunden sei, abschließend zu beantworten versprach. Guy schrieb: «Die Ergebnisse zeigten nur geringe Unterschiede zwischen den bestrahlten Ratten und den Tieren der Kontrollgruppe, und diese Unterschiede waren zum größten Teil entweder statistisch nicht relevant, oder sie traten so unregelmäßig auf, daß sie auf Zufall beruhen können.»

Es gab allerdings eine auffallende Beobachtung: «Bösartige Primärtumoren entwickelten sich bei achtzehn bestrahlten Tieren, aber nur bei fünf Kontrolltieren.» Guy beeilte sich zu erklären, daß die Krebshäufigkeit selbst in der Versuchsgruppe sogar *niedriger* war als man bei der für den Versuch verwendeten Rattenart normalerweise erwartet hätte. Er warnte vor voreiligen Schlüssen und meinte, es bestünde immer noch «Übereinstimmung unter den meisten Forschern, daß sich nur bei hohen Bestrahlungsniveaus sichere Beweise für die Schädlichkeit von Mikrowellen finden lassen».

Das Projekt wurde in der Presse und auf wissenschaftlichen Kongressen ausführlich diskutiert, und der *Scientific American* würdigte es im September 1986 in einem ausführlichen Aufsatz (dem auch die Zitate entnommen sind). Ein bedeutender Aspekt des Versuchs wurde allerdings weder in diesem Aufsatz noch in der Publikumspresse erwähnt, aber auf dem wissenschaftlichen Kongreß, bei dem die Untersuchungsergebnisse zum ersten Mal vorgestellt wurden, kam heraus, daß alle verwendeten Tiere, die Versuchstiere ebenso wie die Kontrolltiere, *gnotobiotisch*, also keim- und virusfrei waren. Dieser Umstand allein war für den größten Teil der Kosten für das Projekt verantwortlich, die sich auf 5 Millionen Dollar beliefen.

Um gnotobiotische Tiere zu bekommen, müssen die Jungen unter strengsten Sterilitätsvorkehrungen – die die Bedingungen für Operationen oder Geburten beim Menschen weit übertreffen – im Operationssaal durch Kaiserschnitt zur Welt gebracht werden. Nach der Geburt müssen sie während der gesamten Dauer des Experiments in hundertprozentig steriler Umgebung aufgezogen und untergebracht werden. Eine solche Umgebung ähnelt den Dekontaminationsräumen, in denen die Astronauten nach ihrer Rückkehr vom Mond untergebracht wurden, oder den Zelten, in denen ohne Immunsystem geborene Kinder leben müssen.

Nun ist die Verwendung von gnotobiotischen Tieren aber offenbar nicht nur völlig überflüssig, sondern darüber hinaus auch unzweckmäßig. Gewöhnlich lebt die Laboratoriumsratte ebenso wenig wie wir in einer sterilen Umgebung ohne Viren oder Bakterien. Wir sind vielmehr von unzähligen Organismen umgeben. Normalerweise erkranken wir nur, wenn wir verletzt werden und Bakterien durch die Wunde in den Körper eindringen, oder wenn unsere Immunität unzureichend ist, so daß wir uns eine ansteckende Krankheit oder Infektion zuziehen. Ein Versuch mit keim- und virusfreien Tieren hat für die reale Welt keinerlei Aussagewert.

Das wird noch deutlicher, wenn man zwei anerkannte Tatsachen berücksichtigt. Erstens ist heute bewiesen, daß mindestens 20 Prozent der menschlichen Krebserkrankungen auf Virusinfektionen zurückgehen (bei Tieren ist der Prozentsatz noch höher). Die Krebshäufigkeit bei Tieren, die keim- und virusfrei gehalten werden, ist daher viel geringer als üblich. Zweitens ist es eine gut gesicherte Erkenntnis, daß die Einwirkung jedes abnormen elektromagnetischen Feldes eine Streßreaktion hervorruft. Dauert die Einwirkung längere Zeit an, so erschöpft sich die Streßreaktion, und die Abwehrkraft des Immunsystems sinkt unter den normalen Wert. In diesem Zustand sind Menschen und Tiere anfälliger für Krebs und Infektionskrankheiten.

Es drängt sich der Schluß auf, daß der Washingtoner Versuch vorsätzlich so angelegt wurde, daß die Häufigkeit von Krebs und Infektionskrankheiten bei den exponierten Tieren stark herabgesetzt wurde. Es kann keinen anderen Grund für die Forderung nach gnotobiotischen Tieren geben.

Wenn uns diese Tatsachen im voraus bekannt wären und wir ein «wissenschaftliches» Projekt starten wollten, bei dem Tiere über lange Zeit der Bestrahlung durch Mikrowellen ausgesetzt werden, das aber negative Ergebnisse haben müßte, dann gäbe es nur eine Möglichkeit – wir müßten keim- und virusfreie Versuchstiere verwenden. Da sie gnotobiotisch wären, wären sowohl die unbestrahlten Kontrolltiere als auch die bestrahlten Versuchstiere gegen die normalen Gefahren durch Infektion und Krebs geschützt. In Guys Untersuchung war die Tatsache, daß die Krebshäufigkeit bei den Versuchstieren unter dem normalen Wert lag, in keiner Weise überraschend. Was allerdings überraschend und hochbedeutend war, ist der Umstand, daß selbst unter diesem Schutz die Krebshäufigkeit bei den den Mikrowellen ausgesetzten Tieren viermal so hoch war wie bei den Kontrolltieren.

Das wohldurchdachte Experiment, das «beweisen» sollte, daß Mikrowellen unschädlich sind, ist gescheitert. Die Gründe hierfür lassen sich an den Krebsarten ablesen, die in der Versuchsgruppe auftraten. Diese beschränkten sich im wesentlichen auf Hypophysen-, Schilddrüsen- und Nebennierenkrebs; diese Krebsarten waren von einer signifikanten Erhöhung der Anzahl von Phäochromocytomen, also gutartigen Tumoren der Nebenniere, begleitet. Die sonst üblichen Gewebekarzinome kamen nicht signifikant vermehrt vor.

Das Experiment war auf die Vermeidung der Folgen von Streß angelegt, aber man vergaß bei der Planung, daß es Streß *produzieren* würde. Da die Streßabwehr hauptsächlich durch die drei eben erwähnten Drüsen vermittelt wird, müssen wir annehmen, daß die Mikrowellenbestrahlung ein extrem hohes Streßniveau zur Folge hatte, das so stark war, daß die sich daraus ergebende andauernde Überaktivität dieser Drüsen dazu führte, daß sie kanzerös wurden. In Anbetracht der extremen Belastung, der die bestrahlten Tiere ausgesetzt waren, wären alle Tiere der Versuchsgruppe, hätte es sich um normale und nicht um gnotobiotische Tiere gehandelt, lange vor dem Abschluß des Experiments an Infektionen oder Krebs gestorben.

Einige der 155 biochemischen Werte, die Guy im Lauf des Versuchs bestimmt hat, bestätigen diese Interpretation. Eine der chemischen Substanzen, die die Nebennieren unter Streßbedingungen produzieren, ist das Plasma-Cortisol; es gehörte zu den Substanzen, die bei dem Versuch gemessen wurden. Anfangs war das Plasma-Cortisol in Versuchs- und Kontrollgruppe gleich; in den ersten Monaten der Mikrowellenbestrahlung war das Cortisol in der Versuchsgruppe gegenüber dem in der Kontrollgruppe erhöht, was auf eine Streßreaktion der Versuchstiere schließen ließ. In der Endphase des Experiments fiel das Plasma-Cortisol der bestrahlten Tiere unter den Wert bei den Kontrolltieren, was anzeigt, daß das Streßreaktionssystem der Versuchstiere erschöpft war. Dieses Ergebnis entspricht genau dem, was bei einer chronischen Streßsituation zu erwarten ist.

Diese Daten, die in dem vielbändigen offiziellen Bericht der Air Force über das Projekt unter Verschluß liegen, wurden erstmalig in den *Microwave News* in der Nummer für Juli und August 1984 veröffentlicht. Das Experiment war raffiniert geplant – aber nicht raffiniert genug. Es zeigte ganz deutlich, daß chronische Bestrahlung durch Mikrowellen – und zwar mit Werten, die zwanzigfach unter dem als sicher geltenden thermischen Niveau lagen – schweren Streß auslösten und schließlich das Streßreaktionssystem erschöpften. Da man für den Versuch gnotobiotische Tiere verwendete, führte die Bestrahlung nur bei den für die Streßabwehr zuständigen Drüsen zu einem signifikanten Anwachsen der Krebshäufigkeit. Wäre der Versuch unter realistischeren Bedingungen abgelaufen, dann wäre das Schicksal aller Tiere der bestrahlten Gruppe besiegelt gewesen.

Die zweite Sicherheitsnorm für Wärmewirkungen

Zu der Zeit, als Guy mit seiner Untersuchung beschäftigt war, unterzog das American National Standards Institute (ANSI) die ursprüngliche Norm von 10 mW/cm² einer Überprüfung und setzte im Licht «neuer» Erkenntnisse eine neue Norm fest. Dieses Mal achtete man sorgfältig auf das theoretische Verhältnis zwischen der Wellenlänge eines Radiosignals und der menschlichen Körperlänge. Es war hinlänglich bekannt, daß das empfangene Signal am meisten Energie hergibt, wenn die Länge der Radioempfangsantenne der Wellenlänge des zu empfangenden Radiosignals angepaßt wurde.

Wenn man eine durchschnittliche Körperlänge von etwa 1,80 m zugrundelegt, dann ergibt sich, daß der Frequenzbereich von 80 bis 100 Millionen Hertz (80–100 MHz) von «Antennen» mit einer Länge, die im Bereich der Körperlänge des Menschen liegt, besonders effektiv empfangen werden. Diese Frequenzen müßten also auch vom Körper optimal aufgenommen werden, so daß die Wärmewirkung stärker als erwartet wäre. Der Frequenzbereich deckt sich in etwa mit dem von kommerziellen FM-Sendern (UKW) benutzten 88–108 MHz-Band (in Deutschland 87,5–104 MHz). Das ANSI verabschiedete also aufgrund einer bloßen Theorie – denn man hatte darauf verzichtet, den Gedankengang durch eigene Versuche zu verifizieren oder zu falsifizieren – eine neue Norm, die frequenzbezogen war, aber *immer noch ausschließlich auf dem Prinzip der Wärmewirkung beruhte.*

Aufgrund der neuen Norm wurden die Sicherheitswerte für die Einwirkung von FM-Wellen deutlich und für die von Mikrowellen leicht herabgesetzt, während sie für Frequenzen unterhalb des FM-Bandes mit der Begründung merklich angehoben wurden, daß die Möglichkeit einer biologischen Wirkung abnehme, je größer die Wellenlänge sei. Obwohl die Ansicht, daß es nur thermische Wirkungen geben könne, durch Guys Ergebnisse widerlegt ist, ist das nach wie vor die vorherrschende Meinung, und alle als sicher geltenden Bestrahlungswerte basieren auf der theoretischen Vorstellung, daß die Bestrahlung im Körper Wärme erzeugt. Da bleibt nur der Schluß, daß die ANSI-Normen nicht auf wissenschaftlichen Daten beruhen und daher hinfällig sind.

Genetische Wirkungen von Mikrowellen

Die Wurzelspitzen des Knoblauchs, mit dem Heller und Teixeira-Pinto experimentiert hatten, scheinen mit uns Menschen nicht allzuviel zu tun zu haben. Bei Mäusen wird es schon ungemütlicher. 1983 berichteten Drs. E. Manikowska-Czerska, P. Czerska und W. Leach vom Center for Devices and Radiological Health der FDA über die Auswirkungen von Mikrowellenbestrahlung auf die männlichen Geschlechtszellen. Sie hatten festgestellt, daß die Produktion von Spermien nach kurzer Bestrahlung mit nichtthermischen Mikrowellen (täglich eine halbe Stunde über einen Zeitraum von vierzehn Tagen) zurückging und gleichzeitig deutliche Anomalien in der Chromosomenstruktur der Spermien auftraten. Außerdem kamen nach der Paarung mit bestrahlten Männchen deutlich mehr Fehlgeburten vor. Die Forscher schlossen daraus, daß Mikrowellenbestrahlung Chromosomenmißbildungen schon bei Dosen erzeugt, die weit unter denen liegen, bei denen Wärmewirkungen eintreten. Ferner stellten sie fest, daß es sich anscheinend um eine direkte Wirkung der Mikrowellen auf die Chromosomen selbst handelte.

Der offenkundigste Ausdruck genetischer Defekte beim Menschen ist die Geburt eines Kindes mit Mißbildungen. Das kommt nach landläufiger Meinung nur vor, wenn ein anderes Familienmitglied eine ähnliche Störung hat, die sich auf das Kind vererbt. Diese Ansicht ist falsch. Auch äußere Ursachen können Veränderungen der Chromosomen oder des Fötus herbeiführen.

In einer jüngst erschienenen Studie haben Drs. Kathryn Nelson und

Lewis Holmes vom Bostoner Brigham and Women's Hospital 69 277 Neugeborene untersucht, von denen 48 schwere Mißbildungen zeigten. Bei 16 davon gab es in der Familie keine derartigen Probleme, und die Fehlbildungen schienen daher auf spontanen Mutationen zu beruhen. Da die untersuchten Kinder in den Jahren 1972–1975 und 1979–1985 geboren sind, muß man heute vermuten, daß mindestens 30 Prozent der genetischen Mißbildungen bei Kindern auf äußere Ursachen zurückzuführen sind. Eine dieser Ursachen ist die ionisierende Strahlung (z. B. Röntgenstrahlung). Die Arbeit von Heller und Manikowska-Czerska läßt vermuten, daß abnorme elektromagnetische Strahlung die gleiche Wirkung haben kann.

In diesem Licht betrachtet, sind die Berichte über eine Beziehung zwischen Mikrowellen und Mongolismus (einer bestimmten Chromosomenaberration) von Interesse. 1965 berichtete Dr. A. T. Sigler im *Bulletin of the Johns-Hopkins-Hospital,* daß diese Anomalie bei Kindern, deren Väter als Radartechniker beim Militär arbeiteten, deutlich häufiger auftrat. Zwölf Jahre später berichtete Dr. B. H. Cohen, ebenfalls vom Johns-Hopkins-Krankenhaus, daß weitere Forschungen diesen Befund nicht bestätigt hätten, daß aber ein Zusammenhang zwischen Mongolismus und Mikrowellen nicht auszuschließen sei.

In den letzten Jahren ist Vernon, eine kleine Stadt mit etwa 25 000 Einwohnern im Norden von New Jersey, in die Schlagzeilen geraten. Vernon steht nach New York, Chicago, Dallas und San Francisco bei der Zahl der Mikrowellensender an fünfter Stelle der Vereinigten Staaten. Und in Vernon kommt Mongolismus fast *1000 Prozent* häufiger als im Landesdurchschnitt vor! Die Environmental Protetion Agency (Agentur für Umweltschutz), die Centers for Disease Control (Zentren für Krankheitsüberwachung) und das New Jersey Department of Health (Gesundheitsbehörde des Staates New Jersey) haben Untersuchungen über eine mögliche Verbindung zwischen übermäßiger Einwirkung von Mikrowellen und dem gehäuften Vorkommen von Mongolismus (und anderen angeborenen Mißbildungen) angestellt, haben aber nichts herausgebracht. Die Bürgerinitiative, die die Sache ursprünglich ins Rollen gebracht hatte, glaubt, daß die Untersuchungen schlampig gemacht sind und die ganze Angelegenheit politisiert wurde. Ich habe mich in einem auf einer Überprüfung aller

Untersuchungsergebnisse beruhenden Artikel auf die Seite der Leute aus Vernon gestellt (siehe die Literaturangaben zu diesem Kapitel).

Gehirntumoren und Mikrowellen

1985 erschien ein Bericht von Dr. Ruey Lin vom Maryland Department of Health über eine epidemiologische Studie an Menschen, die am Arbeitsplatz höheren Dosen elektromagnetischer Strahlung ausgesetzt waren als der Durchschnitt der Bevölkerung. Er hatte festgestellt, daß bei der exponierten Gruppe deutlich mehr Fälle von Gehirntumoren vorkamen. Lin berichtete auch über eine Untersuchung, die die U.S.-Marine nach dem Koreakrieg durchgeführt hatte, und in der die Möglichkeit einer Beziehung zwischen Gehirntumoren und Mikrowellenexposition diskutiert wurde. Die Marine hatte die Anzahl der Gehirntumoren bei Radartechnikern mit der bei Mitgliedern einer anderen Gruppe von Marineangehörigen verglichen, die nicht mit Radargeräten arbeiteten. Die Forscher hatten keinen Unterschied zwischen den beiden Gruppen gefunden und daraus geschlossen, daß es keine ursächliche Beziehung zwischen Radarexposition und Gehirntumoren gebe. Aus Lins Besprechung dieser Untersuchung geht hervor, daß die Kontrollgruppe in der Marinestudie in Wirklichkeit in dem gleichen Maße mit Radar in Berührung gekommen war wie die Versuchsgruppe. Die Daten, auf die die Marine sich bei ihrer Schlußfolgerung gestützt hatte, waren also nicht objektiv, sondern von Vorurteilen geprägt. Lin berechnete die Marinedaten neu, wobei er sich diesmal auf eine einwandfreie Kontrollgruppe stützte und stellte fest, daß die Anzahl der Gehirntumoren bei den exponierten Marineangehörigen in Wirklichkeit deutlich erhöht war.

Kurz nach der Veröffentlichung von Lins Aufsatz berichteten Dr. Margaret Spitz und Dr. Christine Cole vom M.D. Anderson Hospital in Houston, Texas, daß «bei den Kindern von Vätern, die am Arbeitsplatz elektromagnetischen Feldern ausgesetzt waren, deutlich erhöhte Gefahr» einer Gehirnkrebserkrankung im Alter unter zwei Jahren bestehe. Der Bericht war deswegen so gespenstisch, weil die Kinder selbst zu keinem Zeitpunkt exponiert gewesen waren, weder im Mutterleib noch nach der Geburt. Die erhöhte Anzahl von Gehirntumoren konnte nur dadurch zustande gekommen sein, daß die Mikrowellenexposition bei ihren Vätern Genveränderungen hervorgerufen hatte, die dann an die Kinder weitervererbt worden waren, wie es auch bei Manikowska-Czerskas männlichen Mäusen geschehen war.

In den Jahren von 1940 bis 1977 stieg die Verwendung von Mikrowellen in den USA in nie dagewesenem Maße an. Im selben Zeitraum stieg die Häufigkeit primärer Gehirntumoren bei Weißen von 3,8 auf 5,8 je 100 000 Einwohner und bei Schwarzen von 2,15 auf 3,85 je 100 000 Einwohner. Wenn diese Zahlen auch nicht beweisen, daß es einen direkten Zusammenhang gibt, so geben sie in Verbindung mit den Berichten von Lin, Spitz und vielen anderen doch sehr zu denken.

Es ist hier nicht der Ort, auf die vielen anderen Untersuchungen einzugehen, die einen Kausalzusammenhang zwischen Mikrowellenexposition und allen möglichen Krebsarten (nicht nur Gehirntumoren) und genetischen Mißbildungen nahelegen. Die wissenschaftlichen Daten, über die wir gegenwärtig verfügen, bezeugen, daß Mikrowellen schon bei Stärkegraden weit unter dem thermischen Niveau bedeutsame biologische Wirkungen haben. Die meisten dieser Wirkungen führen bei exponierten Personen und ihren nichtexponierten Nachkommen zu verschiedenen Krankheitszuständen, vor allem zu Krebs und genetischen Defekten. Dabei handelt es sich keineswegs um neuartige Krankheiten, die nur bei Mikrowellenexposition vorkämen; nein, es sind unsere altbekannten Feinde. Die Gefährdung entsteht dadurch, daß Mikrowellen wie jedes abnorme elektromagnetische Feld zu Streß, zur Schwächung des Immunsystems und zu genetischen Veränderungen führen. Es bleibt also festzustellen, daß die Grenzwerte für die Bestrahlung, die die amerikanische Regierung als «ungefährlich» ausgibt, in Wirklichkeit alles andere als ungefährlich sind.

Von Starkstromleitungen ausgehende Extremely-Low-Frequency (ELF)-Strahlung

Ein Teil der amerikanischen Bevölkerung kommt ständig mit Mikrowellen in irgendeiner Form in Berührung. Aber wir *alle* sind der 60 Hz-Stromfrequenz* der Felder ausgesetzt, die das ausgedehnte Netz von Überlandleitungen und die elektrischen Leitungen zu Hause und im Büro abstrahlen. Die 60-Hz-Stromfrequenz liegt in dem sogenannten *«extremly low frequency»*-Band (ELF = extrem niedrige Frequenz), das den Bereich des elektromagnetischen Spektrums von Null (oder Gleichstrom) bis 100 Hz umfaßt. Man nahm früher an – und diese Ansicht war wissenschaftlich ausgezeichnet begründet –, daß ein ELF-Feld unmöglich eine biologische Wirkung haben könne. Denn erstens sind die Wellen bei diesen Frequenzen so lang, daß es absurd schien anzunehmen, sie könnten in irgendeinem Lebewesen eine Resonanz auslösen. Die 60-Hz-Strahlung von Starkstromleitungen und Haushaltsgeräten hat zum Beispiel eine Wellenlänge von fast 5000 km. Wendet man den Gedanken der Antennen-Resonanz auf diesen Bereich an, wie es die ANSI für den UKW-Rundfunk-Bereich des Spektrums getan hat, dann wäre der einzige lebende Organismus, auf den überhaupt eine Wirkung ausgeübt werden könnte, ein 5000 km langer Regenwurm! Und zweitens folgt aus der Tatsache, daß die Leistung eines elektromagnetischen Feldes ungefähr direkt proportional der Frequnz ist, daß die 60-Hz-Felder von Starkstromleitungen einen extrem niedrigen Energieinhalt haben. Folglich erklärte man die vom Stromversorgungssystem ausgehenden Felder eindeutig als absolut sicher.

Diese ELF-Felder haben aber einige interessante Eigenschaften. Sie lassen sich in dem Zwischenraum zwischen der Erdoberfläche und den niedrigeren Schichten der Ionosphäre über große Entfernungen übertragen, und sie dringen ohne Schwierigkeit in den Boden und ins Meer ein. Als die U.S.-Marine Mitte der sechziger Jahre dabei war, ihre mit Atomraketen bestückte U-Boot-Flotte zu erweitern, wurde sie auf diese Eigenschaften aufmerksam. Man suchte nämlich nach einer Möglichkeit, mit diesen Schiffen an jedem Punkt der Erde in Kontakt zu treten,

---

* In Europa 50 Hz, ein Unterschied, der so gering ist, daß die Wirkung praktisch dieselbe ist wie bei 60 Hz. *(Anmerkung des Übersetzers)*

ohne daß sie auftauchen und damit ihre Position preisgeben mußten. Wegen ihrer einmaligen Übertragungseigenschaften beschloß die Marine, zu diesem Zweck ELF-Felder zu verwenden. In Clam Lake in Wisconsin, also in einem ländlichen Gebiet, wurde ein riesiges Antennensystem mit dem Codenamen SANGUINE gebaut. Es sollte mit 45 oder 70 Hz arbeiten, also direkt über und unter der Starkstromfrequenz von 60 Hz. Obwohl die SANGUINE-Antenne mitten auf dem Festland stationiert war, konnte sie die Verbindung mit getauchten Atom-U-Booten aufrechterhalten, sogar wenn sie sich im Indischen Ozean befanden. Die Marine war von dem Erfolg dieses Systems so begeistert, daß sie den Bau einer wahrhaft gigantischen Antenne plante, die, unter der Erde verborgen, sich über die gesamte nördliche Hälfte von Wisconsin und Michigan erstrecken sollte. Das Projekt stieß auf erheblichen Widerstand in der Öffentlichkeit und führte zu politischen Diskussionen, so daß die Marine schließlich die Auflage erhielt, wissenschaftliche Studien zur Einschätzung der möglichen biologischen Gefahren für Ernte, Viehbestand und Menschen durchzuführen.

Diese Untersuchungen wurden 1973 abgeschlossen. Die Marine zog ein aus unabhängigen Sachverständigen gebildetes Komitee hinzu, das die Ergebnisse überprüfen sollte. Einer der Experten war auch ich. Wir kamen im Dezember am Naval Medical Research Institute in Washington zusammen. Einige der Ergebnisse, die man uns vorlegte, waren positiv, aber eines war besonders beunruhigend. Dr. Dietrich Beischer, der am Naval Aerospace Medical Research Laboratory in Pensacola, Florida mit freiwilligen Versuchspersonen arbeitete, hatte festgestellt, daß schon die Einwirkung der Magnetfeldkomponente des SANGUINE-Signals über nur einen Tag ausreichte, um bei neun von zehn Personen eine signifikante Erhöhung der Triglyceridwerte im Blut zu bewirken. (Die Serum-Triglyceride, die mit dem Fett- und Cholesterin-Stoffwechsel zusammenhängen, erhöhen sich bei Streß; erhöhte Werte sind entschieden ernst zu nehmen.)

Die Marine ließ daraufhin das Personal, das die Testantenne in Clam Lake bediente, untersuchen, und tatsächlich waren bei allen Mitarbeitern die Triglyceridwerte im Blut entsprechend erhöht. Wir konnten uns zwar nicht erklären warum, aber aus Beischers Untersuchung und den anderen Berichten über positive Ergebnisse ging klar hervor, daß ELF-Felder von 45 und 75 Hz deutliche biologische Wirkungen hatten, von denen einige potentiell gefährlich waren.

Der Abschlußbericht des Komitees enthielt eine Reihe von Empfehlungen für die weitere Forschung und stellte fest:

> Das Komitee hat sich dafür ausgesprochen zu empfehlen, den Electromagnetic Radiation Management Advisory Council (ERMAC, die für die Beratung in diesem Bereich zuständige oberste Dienststelle des Weißen Hauses) über die von dem Komitee gewonnenen Erkenntnisse und, wenn diese durch zukünftige Untersuchungen bestätigt werden sollten, über ihre mögliche Bedeutung für die gefährdeten weiten Bevölkerungskreise in den Vereinigten Staaten, die den von Starkstromleitungen und anderen Quellen ausgehenden 60 Hz-Feldern ausgesetzt sind, zu informieren.

Diese Entschließung wurde von dem Komitee einstimmig verabschiedet. Wir waren alle über die Tatsache beunruhigt, daß die Zivilbevölkerung der 60-Hz-Frequenz ausgesetzt ist (die genau zwischen den beiden SANGUINE-Frequenzen liegt), zumal die Feldstärke beim SANGUINE-Systeme eine Million mal *schwächer* war als bei den von den Starkstromleitungen im Ultrahochspannungsbereich ausgehenden Feldern. Wir kamen zu dem Schluß, daß gegenwärtig weite Teile der Zivilbevölkerung in den Vereinigten Staaten durch diese Anlagen gefährdet sein könnten.

Nach Abschluß der Konferenz leugnete die Marine, daß diese je stattgefunden hätte, und betonte, ihr sei von wissenschaftlichen Untersuchungen, die auf mögliche Schäden für den Menschen auf Grund des Betriebes des SANGUINE-Systems hinweisen, nichts bekannt.

Seit meiner Rückkehr aus Washington war kaum ein Tag vergangen, da hörte ich, es sei geplant, im Staat New York zehn Starkstromleitungen im Ultrahochspannungsbereich zu bauen, die Energie vom geplanten kanadischen James-Bay-Kraftwerk in das Energieversorgungsnetz der Ostküste einspeisen sollten. Ich schrieb einen Brief an die New Yorker Public Service Commission (PSC; Staatliche Kommission für die öffentlichen Versorgungsbetriebe), die Genehmigungsbehörde für die staatlichen elektrischen Versorgungseinrichtungen, in dem ich darauf hinwies, daß die Marine über fundierte Hinweise auf mögliche Gefahren für die in der Umgebung der geplanten Leitungen lebende Bevölkerung verfüge. Ich schlug vor, den für die medizinischen Auswirkungen des SANGUINE-Projekts zuständigen Marine-Commander anzurufen und teilte seinen Namen und seine Telefonnummer mit. Ein paar Wochen später rief mich die PSC an. Die Marine hatte sich geweigert, mit ihnen überhaupt zu reden. Es kam dann zu einer langen Reihe von öffentlichen Hearings über die geplanten Überlandleitungen und die von ihnen möglicherweise ausgehenden gesundheitlichen Gefahren.

Schließlich beschloß die PSC, meiner Empfehlung zu folgen und den Bau der geplanten Leitungen auszusetzen und eine auf fünf Jahre angelegte wissenschaftliche Untersuchung der möglichen Gefahren durchzuführen. Die Untersuchung sollte unter der Leitung des New York State Health Department stehen; die Kosten von 5 Millionen Dollar sollten von den Betrieben getragen werden. Diese gingen gerichtlich gegen die Ausführung des Beschlusses vor, unterlagen aber schließlich, und so lief das Programm im Jahr 1981 an.

Erste Untersuchungen über Starkstromleitungen

Währenddessen begannen wir in meinem Labor mit der Suche nach möglichen Folgen der chronischen Einwirkung von 60-Hz-Energiefeldern. Wir setzten Ratten über drei Generationen hinweg einem elektrischen 60-Hz-Feld aus und bestimmten für jede Generation die Säuglingssterblichkeit und das durchschnittliche Körpergewicht der Jungen. Es war offensichtlich, daß zwischen den Versuchs- und den Kontrolltieren in jeder Generation signifikante Unterschiede bestanden: Die exponierten Tiere hatten eine höhere Säuglingssterblichkeit und geringeres Geburtsgewicht als die nichtexponierten Kontrolltiere. Das stimmte mit dem überein, was man bei Rattenpopulationen festgestellt hatte, die ständigem Streß ausgesetzt waren.

Etwa um die gleiche Zeit erhielt ich einen interessanten Brief von Dr. F. Stephen Perry, einem britischen Arzt, der für den British National Health Service als praktischer Arzt in einer relativ ländlichen Gegend arbeitete. Er hatte festgestellt, daß bei den Patienten, die in der Nähe von Starkstromleitungen lebten, gehäuft seelische Störungen und Selbstmord auftraten. Er teilte das auch verschiedenen offiziellen Stel-

261

len mit, stieß aber auf taube Ohren. Er bat mich nun um einen Rat, wie er seine Untersuchung fortsetzen sollte. Meine Kollegen und ich führten daraufhin zusammen mit Dr. Perry eine epidemiologische Untersuchung durch, die zeigte, daß zwischen der Einwirkung der Hochspannungsleitungen und den Selbstmorden in der Gegend eine signifikante Beziehung bestand. Wir veröffentlichten die Ergebnisse der ersten Untersuchung im Jahre 1976 in der wissenschaftlichen Fachliteratur, zu einem Zeitpunkt, als die öffentlichen Hearings über Starkstromleitungen gerade am Anfang standen. Eine zweite Gemeinschaftsuntersuchung mit Dr. Perry, in der die Stärke der von den Leitungen ausgehenden Felder gemessen wurde, erschien 1979, als die Hearings zu Ende gingen.

Inzwischen hatte Dr. Nancy Wertheimer, eine Epidemiologin der Universität von Colorado, begonnen, die möglichen Auswirkungen der von Stromleitungen ausgehenden Magnetfelder zu untersuchen (dabei beschäftigte sie sich nicht mit den Hochspannungs-Übertragungsleitungen, sondern mit den Anschlußleitungen, wie sie an jeder Straße von Mast zu Mast laufen). Was sie dabei herausfand, war erschreckend: 60-Hz-*Magnet*-Felder mit Stärken von nur 3 Milligauß (d. h. drei Tausendstel Gauß) standen in einer signifikanten statistischen Beziehung zu der Vorkommenshäufigkeit von Krebs bei Kindern. Diese Feldstärke ist um ein Vielfaches kleiner als die des normalen Magnetfelds der Erde und liegt weit unter der durchschnittlichen Stärke von 100 Milligauß, die die von den Standard-Übertragungsleitungen ausgehenden Felder in einer Entfernung von ca. 15 m aufweisen.

Dr. Wertheimer veröffentlichte ihre Daten im Jahre 1979. Ebenso wie unsere beiden stieß auch ihr Artikel sofort auf scharfe Kritik: Man setzte voraus, daß es einfach keine physikalische Beziehung zwischen derartig schwachen 60-Hz-Feldern und lebenden Organismen geben könne, und daher mußten unsere Ergebnisse falsch sein.

Das Starkstromleitungsprojekt des Staates New York

Als das Forschungsprojekt Starkstromleitungen der Gesundheitsbehörde des Staates New York schließlich anlief, stand es praktisch unter der Kontrolle der Versorgungsbetriebe, die für die Finanzierung aufkamen. (Das ist die goldene Regel der heutigen «Forschung»: wer zahlt, befiehlt.) Bei den öffentlichen Hearings betonte ich, die vordringlichste Aufgabe, die mit absoluter Priorität in Angriff genommen werden müsse, sei eine großangelegte epidemiologische Langzeitstudie über den Bevölkerungsanteil des Staates New York, der im Umkreis von 60 m von den bestehenden Hochspannungs-Übertragungsleitungen lebte. Aber statt eine solche Studie durchzuführen, entschied sich die Gesundheitsbehörde dafür, die Wertheimer-Studie durch Dr. David Savitz von der University of North Carolina in der Gegend von Denver wiederholen zu lassen. Die Hilfsmittel, die Dr. Savitz zur Verfügung standen, waren bei weitem großzügiger bemessen als die von Dr. Wertheimer, und ich vermute, daß man ihren Forschungsansatz in der Erwartung nachstellte, daß die Ergebnisse entkräftet würden.

Nachdem fünf Jahre verstrichen und fast eine halbe Million Dollar ausgegeben waren, gelangte Dr. Savitz zu den gleichen Ergebnissen wie Dr. Wertheimer. Er berichtete, daß 20 Prozent der Krebsfälle bei Kindern offensichtlich durch die Einwirkung von Magnetfeldern mit der Netzstärke von 3 Milligauß ausgelöst würden. Die Ergebnisse der Untersuchungen des Forschungsprojekts wurden 1987 veröffentlicht. Außer dieser hochexplosiven Information lieferten sie auch Beweise dafür, daß von den Feldern der Netzfrequenzen deutliche Wirkungen auf das Verhalten und das zentrale Nervensystem ausgehen und daß sie das Krebswachstum anregen.

Der Abschlußbericht des Gremiums, das für die New Yorker Studie eingesetzt war, ist ein Meisterstück angelsächsischer Untertreibung. Dennoch steht fest: Die Einwirkung von Starkstromleitungen und sonstiger von elektrischen Haushaltsgeräten ausgehender 60-Hz-Strahlung, bei Stärken, wie sie gewöhnlich in unserer Umwelt vorkommen, führt zur Beschleunigung des Wachstums von Krebszellen beim Menschen, zur Steigerung der Vorkommensrate von Krebs bei Kindern, zu lang anhaltenden, wenn nicht sogar dauerhaften Verhaltensänderungen und zu signifikanten Verschiebungen in der Produktion gewisser lebenswichtiger chemischer Substanzen im Gehirn, der sogenannten Neurohormone. Die Empfehlung des SANGUINE-Untersuchungskomitees der Marine aus dem Jahre 1973, war endlich, nach über einem Jahrzehnt, bestätigt worden.

Für die Public Service Commission, die die Untersuchung in Auftrag gegeben hatte, stellte sich nach der Veröffentlichung des Berichts sofort das Problem, daß sie auf die Entdeckung unmittelbarer Gefahren für die Gesundheit zu reagieren hatte. Das Peinlichste war die Feldstärke von 3 Milligauß. Die magnetische Feldstärke betrug am Rand der Sperrzone, in etwa 15 m Entfernung von den Standard-Übertragungsleitungen von 345 kV, im Durchschnitt 100 Milligauß. Solche Leitungen machen den größten Teil der Übertragungseinrichtungen in den Vereinigten Staaten aus. Außerdem erzeugen viele der Verteilerleitungen in den Häusern der Umgebung Felder mit ähnlicher Stärke, so daß man deren Leistung erheblich hätte reduzieren müssen.

Statt dessen legte die PSC einen Wert von 100 Milligauß als «unbedenklich» fest mit der Begründung, daß die Öffentlichkeit sich mit diesem Risiko abgefunden habe. Das war barer Unsinn. Bevor diese Untersuchungen allgemein bekannt wurden, war sich die Öffentlichkeit keiner Gefahr bewußt gewesen, und auch nachher teilte man zwar mit, wegen gewisser möglicher Risiken seien weitere Forschungen nötig; aber die Öffentlichkeit hatte nie die Wahl, ob sie mit diesen Risiken leben wollte oder nicht.

Der Zusammenhang zwischen Niederfrequenzfeldern und Krebs

Die New Yorker Gesundheitsbehörde hatte Dr. Wendell Winters von der University of Texas für die Untersuchung der Wirkungen von 60-Hz-Feldern auf das Immunsystem gewonnen. Im Zuge dieser Arbeit hatte er, ohne für diesen Versuch eine eigene Genehmigung einzuholen, menschliche Krebszellenkulturen solchen Feldern ausgesetzt. Er berichtete, daß die Wachstumsrate der Krebszellen schon nach vierundzwanzigstündiger Exposition um mehrere hundert Prozent anstieg und danach offensichtlich dauernd beibehalten wurde. Die Gesundheitsbehörde des Staates New York entsandte ein Forschungsteam in Winters' Labor. Dieses meldete, die Arbeit sei nicht reproduzierbar und ihre Validität müsse angezweifelt werden. Die Behörde ließ Winters' Untersuchung noch durch einen anderen Wissenschaftler «wiederholen», der berichtete, er habe Winters' Ergebnisse nicht duplizieren können. Allerdings hatte er das Experiment nicht auf die gleiche Weise wie Winters angelegt.

Nun setzten Winters und sein Kollege Dr. Jerry Phillips vom Cancer Research and Treatment Center in San Antonio in Texas die Arbeit außerhalb des Rahmens der Studie des Staates New York fort. Winters' ursprüngliche Beobachtung wurde dadurch bestätigt und erweitert, worüber mehrerere neuere Aufsätze in angesehenen, in der Fachwelt anerkannten wissenschaftlichen Zeitschriften erschienen sind. Heute muß die wissenschaftliche Erkenntnis als absolut gesichert gelten, daß 60-Hz-Magnetfelder menschliche Krebszellen zu einer dauerhaften Wachstumssteigerung von sage und schreibe 1600 Prozent und zur Vermehrung ihrer malignen Eigenschaften veranlassen.

Diese Ergebnisse deuten darauf hin, daß die vom Stromnetz ausgehenden Felder krebsfördernd sind – das heißt, daß sie das Wachstum von Tumoren beim Menschen anregen. Die Versuche von Winters und Philipps bezogen sich auf menschliche Zellen, die bereits kanzerös waren, so daß sie keine Aussage darüber machen konnten, ob die Magnetfelder Krebs auch erzeugen. Die krebsfördernde Wirkung beschleunigt jedenfalls den klinischen Verlauf jedes bestehenden Tumors und erschwert dadurch seine Behandlung.

Krebsfördernde Faktoren wirken sich jedoch auf die Vorkommensrate des Krebses insofern aus, als sie die Anzahl der bekanntwerdenden Krebsfälle erhöhen. Wir kommen ständig mit krebsauslösenden Faktoren in unserer Umwelt in Berührung, angefangen von karzinogenen Chemikalien bis hin zu kosmischer Strahlung. Infolgedessen entwikkeln wir ständig kleine Tumoren, die unser Immunsystem erkennt und zerstört. Jeder Umstand, der die Wachstumsrate dieser kleinen Tumoren erhöht, unterstützt diese in ihrem Kampf gegen das Immunsystem, und folglich entwickeln mehr Menschen klinische Tumoren, die behandelt werden müssen.

1988 berichtete Dr. Marjorie Speers vom Department of Preventive Medicine (Institut für Präventivmedizin) der medizinischen Fakultät der University of Texas in Galveston über einen signifikanten Anstieg der Vorkommenshäufigkeit von Gehirntumoren bei Arbeitern, die beruflich mit allen möglichen elektromagnetischen Feldern zu tun hatten. Insbesondere wies sie darauf hin, daß die Arbeiter in Stromversorgungsbetrieben, die 60-Hz-Feldern ausgesetzt waren, dreizehnmal häufiger an Gehirntumoren erkrankten als die Mitglieder einer vergleichbaren nicht exponierten Gruppe.

Es liegen viele weitere epidemiologische Studien vor, aus denen eine Beziehung zwischen beruflichem Kontakt mit elektromagnetischen Feldern und vielen Krebsarten hervorgeht. Die meisten dieser Untersuchungen kranken daran, daß die Feldarten, denen die Arbeiter ausgesetzt waren, alles von der Mikrowelle bis zur 60-Hz-Netzfrequenz umfaßt. Es ist daher schwierig, das Risiko einem bestimmten Frequenzbereich zuzuordnen, woraus man das Recht ableiten zu können glaubte, die Bedeutung dieser Untersuchungen herunterzuspielen. Meiner Ansicht nach ist diese Argumentationsweise aber hinfällig, denn die im Laboratorium gewonnene Daten zeigen klar, daß sowohl zwischen ELF- als auch Mikrowellenfeldern und Krebs eine direkte Beziehung besteht. Insgesamt weisen die epidemiologischen Daten klar auf eine direkte klinische Beziehung hin. Diese Ansicht teilen auch Drs. H. D. Brown und S. K. Chattopadhyay vom Institut für Biochemie an der Rutgers University. Nach Durchsicht der gesamten Literatur über die Beziehung zwischen elektromagnetischen Feldern aller Art und Krebs kamen sie zu dem Schluß, daß «Untersuchungen zur Krebsentstehung bei Tieren und epidemiologische Daten beim Menschen dafür sprechen, daß die Einwirkung nichtionisierender Strahlung eine Rolle bei der Krebsentstehung spielen kann».

Der Zusammenhang von Niederfrequenz-Feldern und neurologischen Funktionen

Auch Dr. Kurt Salzinger von der Polytechnischen Universität in Brooklyn stand für das Starkstromleitungs-Projekt des Staates New York unter Vertrag. Er setzte Ratten in der fötalen Wachstumsphase und während der ersten Lebenstage 60-Hz-Feldern aus. Danach wurden sie bis zum Alter von neunzig Tagen unter normalen Umständen aufgezogen und dann zusammen mit einer nichtexponierten Kontrollgruppe verschiedenen Lernprogrammen unterzogen. Salzinger stellte fest, daß die exponierten Ratten langsamer lernten und mehr Fehler machten. Er betonte, daß die Unterschiede unverkennbar und signifikant seien und lange Zeit nach der Einwirkung der Felder auftraten.

266

Nach dem gleichen Prinzip untersuchte Dr. Frank Sulzmann von der State University of New York die Wirkung von 60-Hz-Feldern auf biologische Zyklen. Er stellte fest, daß das Aktivitätsniveau von Affen, die solchen Feldern ausgesetzt wurden, deutlich nachließ, was an der Häufigkeit gemessen wurde, mit denen sie einen Hebel betätigten, um Futter zu bekommen. Überraschend war, daß das verminderte Aktivitätsniveau noch monatelang anhielt, nachdem die Einwirkung durch die Felder beendet war. Dr. Jonathan Wolpaw von der Gesundheitsbehörde des Staates New York untersuchte unter ähnlichen Bedingungen die Gehirnfunktionen. Er maß die Werte der Neurohormone in der Rückenmarksflüssigkeit von Affen, die den Feldern drei Wochen lang ausgesetzt gewesen waren, und stellte fest, daß die Serotonin- und Dopaminwerte unmittelbar nach der Exposition deutlich fielen und nur der Dopaminwert wieder auf ein normales Niveau zurückkehrte. Die Serotoninwerte blieben mehrere Monate lang weit unter normal.

Man weiß, daß Serotonin ebenso wie Dopamin mit psychologischen und Verhaltensmechanismen zusammenhängt. In letzter Zeit hat der Zusammenhang zwischen herabgesetztem Serontoninspiegel und Selbstmord erhebliche Aufmerksamkeit erregt. Die diesbezüglichen Forschungsdaten wurden im *Lancet* vom 24. Oktober 1987 vorgestellt und diskutiert, wobei die Forscher zu dem Schluß kamen, daß zwischen beiden tatsächlich ein konkreter Zusammenhang besteht. Damit ist auch ein Mechanismus namhaft gemacht, der meine zusammen mit Dr. Perry gemachte Entdeckung eines direkten Zusammenhangs zwischen Starkstromleitungen und Selbstmord in England erklären könnte.

Die Antwort der Versorgungsbetriebe: die Battelle-Studie

Parallel zu der Studie des Staates New York über Starkstromleitungen liefen mehrere weitere Untersuchungen. Die größte davon wurde von den Battelle Pacific Northwest Laboratories durchgeführt, einem freien Forschungslaboratorium in Richland, Washington. Diese Studie wurde vom Electric Power Research Institute (EPRI) finanziert. Dabei wurden Zwergschweine (eine genetisch erzeugte kleine Schweinerasse) über mehrere Generationen eigens konstruierten Nachbildungen von

60-Hz-Stromübertragungsleitungen ausgesetzt, wobei man nach entwicklungsbedingten Mißbildungen (Geburtsfehlern) suchte. Die Studie war übrigens als Wiederholung der kleinen Untersuchung geplant, die wir in meinem Labor an Ratten unter 60-Hz-Feldern durchgeführt hatten. Die Mitarbeiter von Battelle besichtigten eigens unser Labor, um sich mit unseren Versuchsapparaturen und Ergebnissen vertraut zu machen, bevor sie mit der Arbeit anfingen.

Wenige Monate nach Beginn der Versuche trat in der Battelleschen Schweinepopulation eine Epidemie auf. Die Forscher berichteten, sie hätten in der exponierten Gruppe fast alle Tiere verloren; in der Kontrollgruppe waren weit weniger Tiere verendet. Jetzt standen sie wieder ganz am Anfang und setzten zu einem neuen Versuch an, waren sich aber nicht bewußt, was eigentlich geschehen war. Wie ich oben bei der Besprechung von Dr. Guys Untersuchung über die Einwirkung von Mikrowellen auf keimfreie Tiere dargestellt habe, macht der von den Feldern ausgelöste chronische Streß Menschen und Tiere weit empfänglicher für alle möglichen Krankheiten. Die erste Gruppe von Versuchs-Zwergschweinen in der Battelle-Studie war durch die Einwirkung der 60-Hz-Felder deutlich gestreßt, so daß die Sterblichkeitsrate hier höher war als bei den nicht gestreßten Kontrolltieren.

Als die Untersuchung schließlich abgeschlossen war, gab es Meinungsverschiedenheiten über die Ergebnisse. Battelle behauptete, es habe keine Beweise für irgendwelche Schädigungen gegeben. Viele Kritiker, unter ihnen auch Dr. Richard Phillips, der die Battelle-Studie ursprünglich geleitet hatte (und der später für das EPA-Programm über elektromagnetische Felder verantwortlich war), betonten dagegen, es habe durchaus eindeutige Befunde gegeben, besonders auf dem Gebiet der entwicklungsbedingten Defekte. Schließlich stellte sich heraus, daß bei einigen Generationen exponierter Tiere die Anzahl von Geburtsfehlern und Mißbildungen der Föten tatsächlich erhöht gewesen war. Die aufflammende Kontroverse veranlaßte Battelle, die Untersuchung an Zwergschweinen mit Ratten zu duplizieren. Aber obwohl hierbei weitere eindeutige Befunde auftraten, wurde der Streit nicht geschlichtet. Battelle behauptete nach wie vor, die Untersuchungen seien ohne Beweiskraft, und es seien weitere Forschungen nötig.

Kürzlich stellte Phillips eine Liste der eindeutigen Befunde zusammen, die sich nach seiner Ansicht aus den Battelle-Studien ergeben

hatte. Dazu gehören: deutliche Reduktion der nächtlichen Melatonin-
werte der Zirbeldrüse bei Ratten nach dreiwöchiger 60-Hz-Einwir-
kung; signifikante Verminderung der Testosteronwerte im Blut bei
männlichen Ratten nach dreimonatiger Exposition; Änderungen des
neuromuskulären Systems bei Tieren mit dreißigtägiger Exposition;
und gehäuftes Vorkommen von fötalen Mißbildungen bei Ratten und
Zwergschweinen, die chronisch über zwei Generationen exponiert gewesen waren. Diese Folgerungen widersprechen denen der offiziellen
Mitarbeiter des Battelle-Instituts.

Weitere Berichte über entwicklungsbedingte Störungen

Während die Studien des Staates New York und des Battelle-Instituts
im Gang waren, richtete Dr. Jose M. R. Delgado am Centro Ramon y
Cajal in Madrid ein großes Laboratorium zur Erforschung von Auswirkungen der Extremely-Low-Frequencies auf das Verhalten ein. Dr.
Delgado ist ein weltweit angesehener Neurophysiologe, dessen Forschungen über den Zusammenhang zwischen Gehirnmechanismen
und Verhalten und über die Steuerung des Verhaltens durch elektrische
Stimulation weithin bekannt geworden sind. Diesmal suchte er indessen nach Geburtsfehlern oder embryonalen Fehlentwicklungen.

Dr. Delgado setzte Kükenembryos magnetischen ELF-Feldern mit
drei verschiedenen Frequenzen – 10, 100 und 1000 Hz – und extrem
schwacher Feldstärke aus. Bei allen drei Frequenzen gab es embryonale
Mißbildungen, wobei die meisten bei 100 Hz-Feldern auftraten. Bei
dieser Frequenz entstanden sogar bei Feldstärken von nur 1 Milligauß
bedeutende entwicklungsbedingte Defekte. Dieser Bericht löste große
Bestürzung aus, und es hagelte Berichte von anderen Forschern, von
denen die einen Delgado unterstützten, während die anderen nicht die
geringste Wirkung bemerkt haben wollten. Die Madrider Forschungen
wurden von Dr. Jocelyn Leal fortgesetzt, der die ursprünglichen Befunde schlüssig bestätigen konnte.

1986 trat die U.S.-Marine wieder auf den Plan. Das Office of Naval
Research (Amt für Marineforschung) förderte eine internationale Untersuchung mit dem Namen «Operation Hühnerstall» (Project Hen-
house), an der sechs verschiedene Laboratorien beteiligt waren. Alle

sollten mit der gleichen Ausrüstung arbeiten, um Delgados Versuch nachzustellen. Im Juni 1988 wurden die Ergebnisse der Untersuchung bei einer Konferenz der Bioelectromagnetics Society vorgetragen. Fünf von den sechs Laboratorien berichteten, daß «sehr schwache, sehr niederfrequente gepulste Magnetfelder offenbar zu gehäuftem Auftreten von Mißbildungen in der frühen embryonalen Phase bei Küken beitragen».

Obwohl nicht feststeht, welche Mechanismen daran beteiligt sind, ist klar, daß ELF-Magnetfelder selbst bei der geringen Stärke von 1 Milligauß zu entwicklungsbedingten Fehlbildungen beim Embryonalwachstum führen können. Es scheint, als würden hauptsächlich zwei bestimmte funktionale Systeme im Organismus durch diese Art der Einwirkung von Feldern beeinflußt: das Gehirn und die wachsenden Gewebe des Körpers, wozu auch die Gewebe des Fötus und Tumoren gehören. Die Wirkungen auf das Gehirn sind vor allem funktionaler Art – zum Beispiel Verhaltensabweichungen, Lernstörungen, veränderte biologische Zyklen und die Aktivierung des Streßreaktionssystems. Bei wachsenden Geweben fördert die Einwirkung von Feldern das Wachstum von Krebszellen und erhöht die Anzahl von entwicklungsbedingten Defekten beim Neugeborenen. Merkwürdigerweise stehen Gehirntumoren deutlich im Zusammenhang mit der Einwirkung von ELF-Feldern, obwohl im Gehirn wenig Zellwachstum vorkommt. Es gibt ein System, das möglicherweise mit vielen, wenn nicht sogar den meisten dieser Störungen zusammenhängt: das genetische System. Da genetische Änderungen schon bei der Einwirkung von Mikrowellen nachgewiesen waren, ist es denkbar, daß ELF-Felder ähnliche Folgen haben könnten.

Die genetischen Wirkungen der Netzfrequenz-Felder

Daß Mikrowellen genetische Wirkungen ausüben, könnte sich dadurch erklären, daß die Wellenlänge der Mikrowellenstrahlung so kurz ist, daß ein Resonanzeffekt auf das DNS-Molekül oder auf die Chromosomen ausgeübt wird. Die Schulwissenschaftler hielten einen solchen Vorgang bei ELF-Wellenlängen für undenkbar, und so glaubten sie, daß die Netzfrequenz-Felder von Hochspannungs-Übertragungsleitungen unmöglich genetische Wirkungen ausüben könnten. Aber wieder einmal hat die Biologie bewiesen, daß diesen Wissenschaftlern etwas Wesentliches entgangen ist. 1983 berichteten Dr. S. Nordstrom und seine Kollegen von der Universität in Umea in Schweden, daß die Männer, die in mit elektrischer Hochspannung betriebenen Verschiebebahnhöfen arbeiteten, deutlich mehr Kinder mit Geburtsfehlern hatten als der Durchschnitt. Im Jahr darauf untersuchte Dr. I. Nordenson, ein Kollege von Nordstrom, das Chromosomenmuster der weißen Zellen (Lymphozyten) im peripheren Blut von Arbeitern in ähnlicher Umgebung und fand eine deutlich über das Normale hinausgehende Erhöhung der Anzahl der Chromosomenmißbildungen. Die Einwirkung der elektrischen Netzfrequenzen (in Europa 50 Hz) führte in den Chromosomen des Spermas der Arbeiter im Verschiebebahnhof zu Mißbildungen, die Geburtsfehler bei ihren Kindern zur Folge hatten. Dieser Umstand entspricht dem, was Dr. Manikowska-Czerska bei Laboratoriumsratten unter Mikrowellenbestrahlung berichtet hat.

Seit 1983 beschäftigt sich Dr. Reba Goodman von der Columbia University mit der Auswirkung von ELF-Feldern auf Chromosomen von Menschen und Insekten in Zellkulturen. Ihre Berichte ergeben ein kompliziertes Bild, das sich aus vielen verschiedenen Wirkungen zusammensetzt. Einige davon sind leicht zu beobachten, während andere nur durch neue, raffinierte Techniken entdeckt wurden. In ihrem letzten Bericht, den Dr. Goodman 1988 bei der jährlichen Konferenz der Bioelektromagnetischen Gesellschaft vorgestellt hat, weist sie darauf hin, daß die Wirkungen bei verschiedenen Frequenzen unterschiedlich waren und sich auch je nach der Zellart, auf die die Felder einwirkten, unterschieden.

Um über die verschiedenen Wirkungen und die sie verursachenden physikalischen Faktoren Klarheit zu gewinnen, sind noch weitere Forschungen nötig. Es steht aber außer Zweifel, daß sowohl Mikrowellen als auch ELF-Frequenzen in der Lage sind, das genetische Material während des Vorgangs der Zellteilung zu beeinflussen. Es gibt sogar Hinweise darauf, daß Gleichstromfelder Mitose (Zellteilung) und Chromosomenmuster beeinflussen können. Das Material dazu wird in einem späteren Kapitel vorgestellt. Dort soll auch die neueste Theorie über einen physikalischen Zusammenhang zwischen elektromagnetischen ELF-Feldern und dem genetischen System dargelegt werden.

Das Spektrum zwischen Mikrowellen und ELF

Die oben erwähnten Berichte beschäftigen sich alle mit elektromagnetischen Feldern vom äußersten Ende des Spektrums nichtionisierender elektromagnetischer Felder. Die Netzfrequenz-Felder schwingen mit unter 100 Hz, Mikrowellen dagegen mit Hunderten von Millionen Hz oder mehr. Trotzdem sind die biologischen Wirkungen, die von beiden ausgehen, offenbar der Art nach identisch. Der Grund dafür wird in der Modulation des Hochfrequenz-Mikrowellensignals bei niedrigeren Frequenzen vermutet.

So hat zum Beispiel Dr. W. Ross Adey von der Loma-Linda-Klinik in Kalifornien berichtet, daß sich die Freisetzung von Kalzium-Ionen aus Nervenzellen nach 16-Hz-Bestrahlung auch durch die Bestrahlung von Nervenzellen durch ein bei 16 Hz moduliertes Mikrowellen-Feld erreichen läßt. Die (unmodulierte) Mikrowelle allein hat diese Wirkung nicht. Die beiden Arten von Modulation, die von biologischer Bedeutung sind, sind die Pulsmodulation und die Amplitudenmodulation (vgl. Abb. 8–3).

Die Modulation ermöglicht die Übertragung von Informationen durch elektromagnetische Felder. Der AM-Rundfunk arbeitet mit Amplitudenmodulation: Der Rundfunkempfänger «demoduliert» das Signal, indem er die Radio-«Träger»-Frequenz ausschaltet und nur die langsam fallende und steigende Modulation beibehält, die wir dann als Musik oder Sprache hören. Die Übertragung der Trägerwelle allein würde nicht den gewünschten Radioklang, sondern je nach Art des verwendeten AM-Radios allenfalls einen gleichmäßigen Ton erzeugen. Anscheinend demoduliert auch der Körper, wenn er modulierten Radiofrequenz- oder Mikrowellen-Feldern ausgesetzt wird, das Signal; die biologische Wirkung ist die gleiche wie bei Niederfrequenzmodulation.

So gesehen *werden alle biologischen Wirkungen durch ELF-Frequenzen hervorgebracht.* Das ist plausibel, weil die Körpersysteme, die das elektromagnetische Feld auffangen, auf die natürlichen Frequenzen zwischen 0 und 30 Hz «eingestellt» sind. Diese Systeme nehmen abnorme Felder, die sich von den natürlichen nicht allzusehr unterscheiden, wahr (zwischen 35 und 500 Hz) und zeigen dann eine abnorme Wirkung. Mikrowellen-Radar mit einer Pulsfrequenz von 60 Hz würde die gleiche biologische Wirkung haben wie ein 60-Hz-Feld

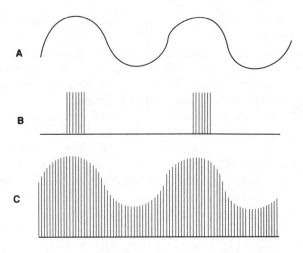

Abbildung 8.3 Beispiele zur Modulation. A ist ein 16-Hz-Grundsignal, hat also 16 Schwingungen pro Sekunde. B ist ein Fall von Pulsmodulation (ein Mikrowellen- oder Radiofrequenz-Signal mit einer Pulsfrequenz von 16 Hz). Die Mikrowelle wird alle $^1/_{16}$ Sekunde angeschaltet und bleibt während der übrigen Zeit abgeschaltet. C ist ein Fall von Amplitudenmodulation. Es ist dasselbe, kontinuierlich schwingende Mikrowellen- oder Radiofrequenz-Signal, nur daß die Amplitude, oder die Leistung des Signals langsam mit einer Periode von 16 Hz steigt und fällt.

allein, was auch die bei ELF- und Mikrowellenfrequenz auftretende identische Wirkung erklärt. Das läßt darauf schließen, daß auch alle Zwischenfrequenzen (VLF = very low frequency, AM- und FM-Radio und TV) die gleiche Wirkung haben, weil auch sie moduliert sind. Dieser Zwischenbereich des Spektrums ist bisher nur wenig beachtet worden, und es gibt nur wenige Veröffentlichungen, die sich mit einzelnen Frequenzbändern im Bereich der Radiofrequenzen beschäftigen. Die größte Aufmerksamkeit ist den verbreitetsten Strahlungsquellen gewidmet worden, also dem kommerziellen AM- und FM-Rundfunk.

In den frühen 1970er Jahren wurde Dr. William Morton von der Oregon Health Sciences University (Hochschule für Gesundheitswissenschaften) vom EPA (*Environmental Protection Agency*, Amt für Umweltschutz) gebeten, einen Fall von gehäuftem Auftreten von Adenokarzinom (Krebs des drüsigen Gewebes) der Gebärmutter in der Bevölkerung eines Stadtviertels von Portland, in dem ungewöhnlich viele Sendetürme stehen, zu untersuchen. Außerdem sollte in dem Projekt geprüft werden, ob zwischen den vom Amt für Umweltschutz in Portland gemessenen FM-Radio-Feldern und dem Auftreten mehrerer Krebsarten in dem gleichen Gebiet ein Zusammenhang bestand. Man entdeckte zwar keinen Zusammenhang mit dem Gebärmutterkrebs, fand dafür aber eine signifikante, wenn auch geringfügige Beziehung zwischen der Feldintensität im FM-Band und dem Auftreten von nichtlymphatischer Leukämie. Das Amt für Umweltschutz wurde auf den Bericht hin nicht tätig. 1986 untersuchten Drs. B. S. Anderson und A. Henderson von der Gesundheitsbehörde in Hawaii nach einem an den Volkszählungsvierteln orientierten System die Stadt Honolulu. Sie stellten fest, daß in acht von neun Volkszählungsvierteln, in denen Sendetürme standen, alle Krebsarten gegenüber den Nachbarvierteln ohne Sendetürme signifikant gehäuft auftraten. Die Gesundheitsbehörde des Staates Hawaii hat nichts unternommen.

Wir sind in Gefahr

Der von mir gegebene Überblick über das, was sich auf diesem Gebiet seit den 1950er Jahren getan hat, mag verwirrend erscheinen, und doch habe ich nur einen kleinen Teil der Berichte erwähnt, die gegenwärtig vorliegen. 1963 wurde ich gebeten, in einem Aufsatz einen Überblick über die wissenschaftliche Literatur zu den biologischen Wirkungen von Magnetfeldern zu geben. Insgesamt waren vierundvierzig Artikel erschienen, der erste 1892 und der letzte 1962. Seit damals ist das Thema in so vielen wissenschaftlichen Aufsätzen behandelt worden, daß ich den Überblick verloren habe. Seit 1974 sammelt das Office of Naval Research veröffentlichte wissenschaftliche Berichte aus aller Welt zum Thema der «biologischen Wirkungen von nicht-ionisierender elektromagnetischer Strahlung» und gibt einen Digest mit Zusammenfassungen heraus, der bis heute erscheint. Die Forschung hat einen solchen Umfang angenommen, daß heute jährlich mehr als tausend wissenschaftliche Arbeiten zu dem Thema erscheinen.

Seit damals sind auch drei neue wissenschaftliche Gesellschaften gegründet worden, die sich mit diesem Forschungsgebiet beschäftigen.

Gegenwärtig veröffentlichen zwei von diesen Gesellschaften internationale wissenschaftliche Zeitschriften; weitere sind geplant. Es ist also unverkennbar, daß das Gebiet zunehmend die Aufmerksamkeit und die Sorge der Wissenschaftler auf sich zieht.

Die Fragen, die wir am Anfang dieses Kapitels gestellt haben, scheinen beantwortet zu sein: *Alle* abnormen, künstlichen elektromagnetischen Felder erzeugen, unabhängig von ihrer Frequenz, die gleichen biologischen Wirkungen. Diese – faktisch oder potentiell schädlichen – Wirkungen, die in Abweichungen von den normalen Funktionen bestehen, sind:

– Wirkungen auf wachsende Zellen, wie zum Beispiel die Beschleunigung der Zellteilung bei Krebszellen
– vermehrtes Auftreten gewisser Krebsarten
– entwicklungsbedingte Fehlbildungen beim Embryo
– neurochemische Veränderungen, die zu Verhaltensabweichungen bis zum Selbstmord führen
– Veränderung der biologischen Zyklen
– Streßreaktionen bei exponierten Tieren, die bei langdauernder Einwirkung zu einer Schwächung des Immunsystems führen
– Beeinträchtigung der Lernfähigkeit

Diese Bioeffekte wirken bei einem Menschen, der dauernd einem abnormen Feld ausgesetzt ist, zusammen und beeinflussen seinen klinischen Zustand. So führt zum Beispiel die Streßwirkung zu einer Reihe von Krankheiten, die eben mit Streß in Zusammenhang stehen. Auf die Dauer wird dadurch die Wirksamkeit des Immunsystems herabgesetzt, was zu einer Häufung von Infektionen und Krebserkrankungen führt. Gleichzeitig führen die Beschleunigung des Krebszellwachstums und das Zunehmen der malignen Eigenschaften dieser Zellen zu einem vermehrten Auftreten von Tumoren mit erhöhter Wachstumsrate. (Wohlgemerkt: Es handelt sich hier um krebs*fördernde* und nicht um krebserregende Wirkungen.)

Mittlerweile gewinnen jedoch auch die Auswirkungen abnormer Felder auf das genetische System immer größere Bedeutung. Neuere Forschungen zeigen, daß viele Krebsarten auf erworbene genetische Mißbildungen zurückzuführen sind, die die Onkogene aktivieren, welche die Zellen so programmieren, daß sie kanzerös werden. Da abnorme elektromagnetische Felder während der Zellteilung zu genetischen Mißbildungen führen können, ist es durchaus denkbar, daß die chronische Einwirkung solcher Felder krebs*erregend* ist. Wenn das zutrifft, könnte die fördernde und auslösende Wirkung der Felder zusammengenommen in Geweben, die sich in ständiger Zellvermehrung befinden, zu einer signifikanten Häufung der Tumorbildung führen.

Das würde zu den neuesten Zahlen passen, die eine deutliche Zunahme bestimmter Krebsarten seit 1975 belegen. Nach den Angaben von Dr. Samuel Epstein von der Medizinischen Fakultät der Chicagoer Universität ist die Anzahl der Lymphome, Myelome und Melanome um 100% gestiegen, Brustkrebs um 31%, Hodenkrebs umd 97%, Bauchspeicheldrüsenkrebs um 20%, Nierenkrebs um 142% und Colon-(Grimmdarm-)krebs um 63%. Alle diese Krebsarten betreffen Gewebe mit kontinuierlicher Zellteilung.

Man will uns oft glauben machen, wir seien im Begriff, den Kampf gegen den Krebs zu gewinnen, und wir hören, daß die Sterblichkeitsrate bei Krebs sinkt. Das wird oft als Argument gebraucht, wenn es um die Frage des Zusammenhangs zwischen Krebs und elektromagnetischen Feldern geht. Manche Wissenschaftler meinen, da die Anzahl der elektromagnetischen Felder in den letzten zehn Jahren erheblich gestiegen ist, hätte auch die Gesamtzahl der Krebserkrankungen in gleichem Maße zunehmen müssen, wenn es einen Zusammenhang zwischen diesen Feldern und Krebs gäbe. Da das nicht der Fall ist, behaupten die Experten, ein solcher Zusammenhang sei ausgeschlossen. Nun ist die Aussage der Wissenschaftler über das Sinken der Sterblichkeitsrate bei Krebs zwar als solche richtig, aber sie bedeutet nur, daß die Anzahl *gewisser* Krebsarten aufgrund besserer Früherkennung und Behandlung (Gebärmutterhalskrebs) oder aufgrund von Ernährungsumstellungen (Magenkrebs) im Sinken ist, während die Zahlen bei den oben erwähnten Krebsarten steigen. Die beiden Bewegungen (Abnahme bei manchen Krebsarten und Zunahme bei anderen) heben sich nicht vollständig auf. Die Gesamtvorkommensrate beim Krebs steigt von Jahr zu Jahr langsam an, und zwischen jenen Krebsarten, die im Anwachsen begriffen sind, und der Einwirkung von Feldern besteht ein offensichtlicher Zusammenhang.

Von besonderer Bedeutung sind die Wirkungen, die die Felder auf den menschlichen Fötus haben. Der Entwicklungsprozeß von der ursprünglichen befruchteten Eizelle bis zu der komplexen Struktur eines Neugeborenen ist das Ergebnis einer Reihe von zeitlich genau abgestimmten und gesteuerten Vorgänge, zu denen als einer der wichtigsten die Zellvermehrung gehört. Die Einwirkung elektromagnetischer Felder führt zu Veränderungen in der Wachstumsrate dieser Zellen und stört das empfindliche Gleichgewicht der normalen Entwicklung. Die Arbeit, die Delgado und Leal in Madrid zu ELF-Frequenzen geleistet haben, ist durch das Hühnerstall-Projekt der Marine voll bestätigt und durch die Battelle-Studie über Netzfrequenz-Felder ergänzt worden. Die Entwicklung des Fötus kann durch Feldeinwirkung schwer beeinträchtigt werden, und zwar auf verschiedene Weise: Das Feld kann direkt auf die Geschwindigkeit und den Zeitablauf der fötalen Zellteilung einwirken, es kann das genetische System der in Teilung befindlichen fötalen Zellen verändern und kann schließlich zu Chromosomenmißbildungen in den Keimzellen der Eltern führen.

Die ganz konkrete Gefahr, daß die dauernde Einwirkung von Magnetfeldern zu einer Vielzahl von verschiedenen genetischen Veränderungen führen könnte, ist um so beunruhigender, als solche Mißbildungen im allgemeinen dauerhafter Natur sind und auf die nachfolgenden Generationen übertragen werden. Daß die Kinder von Männern, die beruflich mit solchen Feldern zu tun hatten, offenbar eine Neigung zu Gehirntumoren erben, kann als deutliche Warnung gelten. Die Möglichkeit, daß durch die Einwirkung von Feldern Veränderungen in den bestehenden krankheitserregenden Mikroorganismen hervorgerufen werden, durch die diese virulenter werden, oder durch die ganz neue Krankheiten entstehen, ist zwar um einiges spekulativer, bewegt sich aber durchaus noch im Rahmen seriöser wissenschaftlicher Fragestellungen. Diese beunruhigende Möglichkeit soll im nächsten Kapitel besprochen werden.

Die Wechselwirkung abnormer elektromagnetischer Felder mit dem Gehirn ist heute umstritten, wenn man auch noch wenig darüber weiß, wie sie zustande kommt. Es kann sein, daß die Zirbeldrüse und das magnetische Organ dabei eine gewisse Rolle spielen, und es ist auch möglich, daß ELF-Felder eine direkte Einwirkung auf die Nervenzellen selbst haben. Durch eine solche Einwirkung können Verhaltensstörungen und Lernbehinderungen hervorgerufen werden. Das gehäufte Auf-

277

treten derartiger klinischer Erscheinungsbilder in den letzten zehn Jahren wirft die Frage auf, ob die verstärkte Verwendung solcher Felder dabei eine Rolle gespielt hat.

Der Einfluß abnormer elektromagnetischer Felder

Unsere Fähigkeit, das gesamte Spektrum elektromagnetischer Felder künstlich hervorzubringen, ist ein zweischneidiges Schwert. Ohne den Zusammenhang zwischen diesen Feldern und dem lebenden Organismus zu kennen, haben wir eine globale Umweltveränderung herbeigeführt, die tiefgreifende Auswirkungen auf die Gesundheit des Menschen hat. Jetzt endlich sind wir uns der ernsten Folgen dieses Irrwegs bewußtgeworden. Das erlegt uns die Verpflichtung zum Handeln auf, um die Bedrohung für die nachfolgenden Generationen abzuschwächen. Gleichzeitig werden wir in dem Maß, in dem wir die Beziehung zwischen lebenden Organismen und der elektromagnetischen Energie genauer verstehen lernen, immer mehr über die Wirkungsmechanismen des Lebens lernen. Aufgrund dieses Wissens werden wir die elektromagnetische Energie im sozialen und wirtschaftlichen Leben und in der medizinischen Versorgung besser nutzen können. Das neue Paradigma der Lebensenergie und der Medizin birgt in sich die Chance, für unsere Kinder eine bessere Welt zu schaffen. Aber wir müssen weise handeln. Und schnell.

9. Extrem niedrige Frequenzen (ELF) und die Frage des Zusammenhangs zwischen Geist und Gehirn

Herr Doktor, ich glaube, Ihr Strom ist stärker als mein Wille.
Ausspruch einer Versuchsperson, aus DR. JOSE R. DELGADO,
Physical Control of the Mind: Toward a Psychocivilized Society

Geist, Bewußtsein und elektromagnetische Felder

Wir glauben uns in unserem Verhalten nur durch die Art bestimmt, wie das Gehirn Informationen aufnimmt und sie an das «Bewußtsein» weiterleitet. Im übrigen meinen wir, mit unserem «freien Willen» die Wahl zu haben, entweder den Vorgaben unseres Informationsverarbeitungssystems zu folgen oder uns für eine andere Handlungsweise zu entscheiden. Mit einem Wort, wir sind davon überzeugt, daß wir unser Verhalten *von innen* durch eine Betätigung des bewußten, freien Willens selbst hervorbringen. Daß es auch nur zum Teil durch eine uns nicht wahrnehmbare äußere Kraft mitbestimmt sein könnte – eine Kraft, die die Gehirnprozesse mit oder ohne unser Wissen beeinflußt –, diese Möglichkeit hat man vor allem mit der Begründung verworfen, daß keine äußere Kraft bekannt sei, die eine solche Wirkung haben könnte.

Wenngleich Begriffe wie *Bewußtsein* und *freier Wille* ziemlich unbestimmt sind, versteht doch jedermann recht gut, was damit gemeint ist. Wir sind insofern «bewußt», als wir unsere eigene Existenz wahrnehmen, aber wie das geschieht und wo es sich abspielt, bleibt völlig im dunkeln. Bakterien haben kein Bewußtsein; aber an welchem Punkt der evolutionären Entwicklung setzt es ein? Das Gehirn wird vielfach als raffinierter *Supercomputer* betrachtet. Und doch hat bisher niemand einen Computer konstruiert, der über Bewußtsein verfügt. Die vitalistisch Angehauchten unter uns gehen gerne völlig über das Geist/Gehirn-Problem hinweg und flüchten sich in die Vorstellung, das Ge-

279

hirn sei ein Paradebeispiel dafür, daß lebende Organismen mehr sind als die Summe ihrer Teile. Und doch können wir nicht vor der Tatsache davonlaufen, daß das Bewußtsein existiert und dem menschlichen Verstand eines seiner größten Rätsel aufgibt.

Mit dem «freien Willen» geht es uns nicht besser, weil er offensichtlich ein Bestandteil des Bewußtseins ist. Wir nehmen eine Situation bewußt wahr und entscheiden dann, wie wir uns verhalten werden. Diese souverän getroffene Entscheidung schreiben wir dem freien Willen zu. Unsere Entscheidungen sind aber nicht immer rational, und die Skala der uns zur Verfügung stehenden Möglichkeiten wird uns von außen durch viele veränderliche Gegebenheiten, wie zum Beispiel Kultur und Gesellschaft, aufgezwungen. Dennoch hängen wir an der Vorstellung eines freien Willens und glauben, daß jedermann das Recht auf seine eigene freie Entscheidung hat.

Ich halte nichts von der Vorstellung, wir könnten dem Gehirn und seinen Tätigkeiten – zu denen auch das Bewußtsein gehört – eines Tages mit Hilfe der Computertechnologie auf die Schliche kommen, und ich möchte bezweifeln, daß wir je werden behaupten können, wir wüßten objektiv, was Bewußtsein ist. Aber da ich Wissenschaftler bin, hindert mich diese Auffassung nicht daran, mich an die Erforschung des Problems zu wagen. Wir haben etwas, von dem wir ausgehen können: Wir wissen, daß das Bewußtsein seinen Ort in den Gehirnoperationen des lebenden Organismus hat oder doch damit in Verbindung steht. Betrachtet man das Gehirn als Maschine, so läßt es sich in einzelne Teile zerlegen, von denen jeder ganz bestimmte Aufgaben erfüllt. Aber ich bezweifle, daß dieser Ansatz zu einer Lösung des Problems führt, denn vermutlich gibt es gar nicht *ein* bestimmtes «Bewußtseinszentrum». Vielmehr liegt das Bewußtsein wahrscheinlich in der *Gesamtheit* aller Gehirnoperationen und in den Systemen, die die verschiedenen Teile zu einer funktionalen Einheit zusammenbinden.

Ich habe oben schon erwähnt, daß ich in den frühen sechziger Jahren das Postulat aufgestellt habe, externe Magnetfelder könnten die grundlegenden Operationen des Gehirns verändern, indem sie in sein normales internes elektrisches Gleichstromsystem eingreifen. Ich arbeitete zusammen mit Dr. Howard Friedman, einem Psychologen am Upstate Medical Center der State University New York an der Erforschung des Zusammenhangs zwischen dem Auftreten von Magnetstürmen und den Aufnahmezahlen in psychiatrischen Kliniken. Wie ich bereits geschildert habe, stellten wir eine signifikante Beziehung fest. Natürlich handelte es sich hier um Menschen mit abweichenden Denkmustern, aber das klinische Erscheinungsbild eben dieser Abweichungen schien durch die Veränderungen der geomagnetischen Umgebung verschärft zu werden.

Später führten wir gezielte Laborversuche durch, bei denen wir normale freiwillige Versuchspersonen kontrollierten Magnetfeldern aussetzten und ihre Reaktionszeit maßen. Wir stellten fest, daß magnetische Gleichfelder bis zu einer Stärke von 15 Gauß die Reaktionszeit nicht beeinflußten, während die Einwirkung viel schwächerer Felder, die bei 0,1 oder 0,2 Hz moduliert waren, signifikante und ganz andersartige Wirkungen hervorriefen. Diese extrem niedrigen Frequenzen (ELF) finden sich auch in den Mikropulsationen des normalen geomagnetischen Feldes der Erde, sind aber viel schwächer als die Hauptkomponenten, die sich um etwa 10 Hz herum bewegen. Meine Schlußfolgerung war, daß es einen Zusammenhang zwischen den ELF-Frequenzen im normalen geomagnetischen Feld (massive Störungen wie zum Beispiel Magnetstürme oder feinere Abweichungen wie Veränderungen in der relativen Stärke der Mikropulsationsfrequenzen) und meßbaren Tätigkeiten des menschlichen Gehirns geben müsse.

Ich skizzierte unsere Theorie 1962 und 1963 in einer Reihe von Vorträgen und Veröffentlichungen. Wir zogen den Schluß, daß

das Magnetfeld der Erde für lebende Organismen ein bedeutender physiologischer Faktor ist. Es scheint, daß eine Umgebung, die entweder niedrigere oder höhere Feldstärken als «normal» oder keine Fluktuation bzw. zyklische Fluktuation bei uns ungewohnten Frequenzen aufweist, zu unerwünschten Verhaltensveränderungen führen kann.

Das Hauptprojekt der damaligen Wissenschaft war die bemannte Raumfahrt, und ich wies warnend darauf hin, daß die Astronauten, wenn sie sich 400 000 km von der Erde entfernt im Weltraum befänden, einem magnetischen Feld ausgesetzt sein würden, das weit schwächer ist und auch nicht die normalen Fluktuationen zeigt, die man auf der Erdoberfläche findet. Ich regte an, vor den Raumflügen Versuche durchzuführen, um subtile psychische Veränderungen auszuschließen, die die Leistung der Astronauten herabsetzen könnten. Daraufhin teilte mir Dr. James Hamer von den Northrop Space Laboratories mit, daß sein Team bereits auf diesem Gebiet arbeite. Er erwähnte auch, daß Dr. Wiener vom MIT (Massachusetts of Technology), der Begründer der Kybernetik, sich für das gleiche Thema interessiert habe. Wiener war in Deutschland an einem Versuch beteiligt gewesen, bei dem freiwillige Versuchspersonen ohne ihr Wissen einem schwachen elektrischen 10-Hz-Feld ausgesetzt wurden. Wenn die Felder angeschaltet waren, klagten die Probanden über Unwohlsein und Angstgefühle. Hamer wie auch Wiener gingen bei ihrer Arbeit von der Annahme aus, daß extrem niederfrequente *innere Rhythmen* im Gehirn das Verhalten determinieren, und daß pulsierende externe Felder diese internen Rhythmen «antreiben» und dadurch Verhaltensänderungen hervorrufen könnten. Ich korrespondierte mehrere Jahre lang mit Dr. Hamer und stellte ihm die Ergebnisse meiner Versuche zur Verfügung; leider hat er sich nie dafür mit seinen Daten revanchiert.

1963 trat Dr. Dietrich Beischer vom Naval Surface Weapons Laboratory (Forschungsanstalt der Marine für land- und seegestützte Waffensysteme) in Silver Springs, Maryland an mich heran, der mit einem großen Projekt mit freiwilligen Versuchspersonen beschäftigt war. Beischer wollte feststellen, welche Wirkung es hat, wenn man Menschen über längere Zeit hinweg einem Magnetfeld der Stärke Null aussetzt. Ich konnte anläßlich eines Besuchs in seinem Labor beobachten, daß er in der Lage war, das magnetische Gleichfeld der Erde vollständig «auszunullen», nicht aber die Mikropulsationsfrequenzen. Daher waren seine Versuchspersonen nicht völlig von den normalen fluktuierenden Komponenten des natürlichen geomagnetischen Feldes abgeschirmt. Beischer maß bei seinen Versuchen viele variable physiologische Größen, darunter auch solche, die mit psychischen Faktoren zusammenhingen. Nach Abschluß der Versuche und Analyse der Ergebnisse sagte er mir, er habe außer ein paar unbedeutenden variablen psychischen Größen keine Wirkung feststellen können. Man könnte das Experiment nun so wiederholen, daß das stationäre Feld der Erde sowie die Mikropulsationsfrequenzen vollständig ausgenullt werden. Dann könnte man Wieners Bericht nachprüfen, daß die normalen biologischen Zyklen unter diesen Bedingungen durch die Einführung eines 10-Hz-Feldes wiederhergestellt werden.

Meine Vorstellung von einem Zusammenhang zwischen den normalen Schwankungen des geomagnetischen Feldes der Erde und dem menschlichen Verhalten wurde allerdings zumindest von manchen Wissenschaftlern ernstgenommen. Was diese damals daran interessierte, waren vor allem mögliche Gefahren bei Raumflügen. Die tieferen biologischen und philosophischen Implikationen ließ man außer Betracht. Es gab jedoch auch damals einen Forscher, der diese sehr ernst nahm. Der spanische Neurophysiologe Jose M. R. Delgado (dessen Untersuchung über Geburtsfehler bei Kükenembryos durch Einwirkung von ELF-Frequenzen ich oben geschildert habe) interessierte sich für die physiologischen Grundlagen des Verhaltens und der Gefühle. Er konnte die Zufallsbeobachtungen, die man dazu ein Jahrzehnt zuvor gemacht hatte, bestätigen und ausweiten und äußerte die Vermutung, es könnte im Gehirn ein «Lustzentrum» geben.

Elektrische Gehirnstimulation und Verhalten – die Frage des freien Willens

Delgado konnte zweifelsfrei nachweisen, daß ganz schwache elektrische Ströme, die durch in das Gehirn von Menschen oder Tieren eingepflanzte Elektroden verabreicht wurden, hochspezifische Gefühls- und Verhaltensreaktionen hervorriefen, die sich je nach der stimulierten Gehirnregion unterschieden. Mit der ihm eigenen Begabung für Showeffekte stoppte Delgado in seinem berühmtesten Experiment einen Stier mitten im Angriff: In der Hand hielt er einen Radiosender, von dem er ein Signal zu dem in den Kopf des Stieres eingepflanzten Empfänger schickte. Die Fernsehaufzeichnung dieser tollen Szene ging damals um die ganze Welt.

Delgado entdeckte die genauen Stellen im menschlichen Gehirn, an denen man durch elektrische Stimulation Angst, Unruhe, Lust, Euphorie oder Wut auslösen kann. Er stellte fest, daß sich durch die Stimulation bestimmter Stellen erhebliche Persönlichkeitsveränderungen hervorrufen ließen. So konnte er aus wohlgesitteten, reservierten jungen Damen plötzlich kokette Verführerinnen machen, während er bei anderen Versuchspersonen den Mutterinstinkt oder die Angriffslust unterdrückte. Mit einem Wort, Delgado konnte das Verhalten durch elektrische Reizung bestimmter Gehirnregionen radikal verändern.

Er entwickelte diese Technik weiter, um das Verhalten psychiatrischer Patienten günstig beeinflussen zu können. Wenn die behandelten Patienten emotional nicht so stark gestört waren, daß sie gar nicht wahrnahmen, was mit ihnen geschah, berichteten sie, ihr Verhalten habe sich nicht geändert, weil sie das so wollten, sondern weil sie nicht die Kraft hatten, sich gegen das elektrische Signal zu wehren.

Diese Arbeit führte schließlich zu Versuchen, bei denen man bei Ratten in das Lustzentrum des Gehirns Elektroden einpflanzte. Die Tiere konnten zwei Hebel betätigen: mit dem einen bekamen sie Futter, durch den anderen wurde das Lustzentrum elektrisch stimuliert. Sie entschieden sich unweigerlich für den Lusthebel, *so daß sie schließlich sogar verhungerten.* Viele sahen diese Versuche, über die die Presse ausführlich berichtete, als «erniedrigend» für die Tiere und damit indirekt auch für den Menschen an.

Die wissenschaftliche Welt quittierte Delgados Arbeit mit Empörung und offener Feindseligkeit, die noch verstärkt wurden, als sein Buch *Physical Control of the Mind: Toward a Psychocivilized Society* (Die körperliche Kontrolle des Geistes: auf dem Weg zu einer psychozivilisierten Gesellschaft) erschien, in dem er seine Versuche und Schlußfolgerungen zusammenfaßte. Für Delgado wohnt der Geist *ausschließlich* im Gehirn; die Annahme, er habe unabhängig davon eine selbständige Existenz, ist in seinen Augen reiner Unsinn. Er verwirft die uns liebgewordene Vorstellung des freien Willens und betrachtet den Geist als eine von den elektrischen Prozessen im Gehirn geschaffene funktionale Einheit, die von außen manipuliert werden kann – und muß:

Da das Gehirn den gesamten Körper und alle geistigen Prozesse steuert, könnte die elektrische Gehirnstimulation sich zu einer wichtigen Methode zur planvollen Steuerung menschlichen Verhaltens mit künstlichen Mitteln entwickeln ... Die Diskussion darüber, ob man das menschliche Verhalten steuern kann oder soll, ist naiv und irreführend. Wir sollten uns vielmehr darüber unterhalten, welche Arten der Steuerung ethisch vertretbar sind, und sollten dabei die Leistungsfähigkeit und die Wirkungsweise der schon bestehenden Verfahren sowie den Grad berücksichtigen, in dem diese und andere Steuerungsmechanismen künftig erwünscht sind.

Delgado galt damit als Verfechter der Kontrolle des menschlichen Geistes, und sein Buch löste einen Sturm des Protestes aus. Die mechanistische Ansicht vom Leben ist offenbar solange erlaubt, wie sie nicht auf Gebiete wie Bewußtsein, Geist und freier Wille übergreift. In den frühen sechziger Jahren hörte ich von der Arbeit von Dr. H. J. Campbell vom Institut für Psychiatrie in De Crespigny Park in London. Campbell war beunruhigt über die Macht des Lustzentrums im Gehirn, wie sie Delgado demonstriert hatte, und besonders über die «erschrekkende Urgewalt», die sie in den Rattenversuchen bewiesen hatte. Er hielt die Verwendung von Elektroden und die Stimulation im Körperinneren für widernatürlich und stellte eine wichtige Frage: Wodurch werden die Lustzentren im normalen Leben aktiviert?

Durch eine lange Versuchsreihe gelangte Campbell zu dem Schluß, daß jeder neue sensorische Reiz die Lustzentren des Gehirns anregen kann. Bei seinen Versuchen wurde Tieren die Möglichkeit gegeben, einen Reiz in Form von Licht – oder bei im Wasser lebenden Tieren in Form eines schwachen elektrischen Stroms – anzuschalten. Er stellte fest, daß die Tiere sich anfänglich so verhielten, als stünde das Verhalten, das den Reiz auslöste, direkt mit dem Lustzentrum in Verbindung. Die Wassertiere zum Beispiel schwammen mehrmals durch die Reizzone. Dieses Verhalten hielt jedoch nicht lange an, sondern ließ im Lauf der Zeit nach, um schließlich ganz aufzuhören. Mit anderen Worten: Die Tiere waren «befriedigt» und verlangten nach keinen weiteren sensorischen Reizen. Das war etwas grundsätzlich anderes als die direkte Stimulation des Lustzentrums mittels Elektroden.

Campbell stellte die These auf, daß mit der Entwicklung des Nervensystems hin zu größerer Komplexität auch sein Bedürfnis nach ständiger Anregung durch sensorische Reize wuchs. Er nahm auch an, daß niedrigere Tiere weniger komplexe Sinnesreize benötigen als der Mensch; auch sei die Evolution noch nicht abgeschlossen, und die Menschen würden das Bedürfnis nach Sinnesreizen zur Erregung des Lustzentrums allmählich verlieren. Statt dessen würden sie die Fähigkeit entwickeln, das Lustzentrum selbst zu aktivieren, indem sie einfach «ihr Denkvermögen einsetzten» und «die Sinnesorgane als Hilfsmittel für geistige Prozesse benutzten». Campbell entwarf die Vision einer utopischen Gesellschaft, die sich ausschließlich auf die Freuden des rationalen Denkens stützt und damit Delgados Gesellschaftsbild diametral gegenübersteht.

Campbells Arbeit weckte mein Interesse, weil ich mich mit dem Nervensystem des Salamanders und den damit verbundenen elektrischen Vorgängen beschäftigt hatte. Man interessierte sich damals in zunehmenden Maße für den sogenannten elektrischen Sinn mancher Wassertiere, und manche Forscher waren auf den Gedanken gekommen, es könnte sich dabei um einen Mechanismus handeln, durch den die Tiere im Wasser Nahrung aufspüren. Wenn das stimmte, so überlegte ich, dann hatten Campbells Tiere vielleicht nur nach etwas zu Essen gesucht. Ein satter Salamander würde wohl kaum in dem Stimulator hin und her schwimmen.

Mir fiel auch auf, daß die Tiere nicht in der Reizzone *blieben*, sondern dauernd hindurchschwimmen mußten, um zu ihrem «Genuß» zu kommen. Die Tatsache, daß es sich bei dem von Campbell eingesetzten elektrischen Reiz um Gleichstrom handelte, brachte mich auf den Gedanken, daß der eigentliche Stimulus aus elektrischen ELF-Impulsen bestehen könnte, die dadurch entstanden, daß die Tiere die Reizzone wiederholt durchquerten.

Leider erhielt ich auf meine Briefe an Dr. Campbell keine Antwort, und ich fand auch keinen Bericht von ihm in der wissenschaftlichen Literatur. Ich verfolgte das Thema nicht weiter, aber Campbells Grundgedanke – daß die normale Erregung der Lustzentren auf dem Weg über sensorische Reize erfolgt – schien mir richtig zu sein. Schließlich sind Menschen ebensowenig wie andere Organismen mit Elektroden im limbischen System ausgestattet. Darüber hinaus brachten Campbells Versuchsergebnisse mich auf eine andere wichtige Schlußfolgerung, auf die er selbst nicht gekommen war: *niederfrequente pulsierende elektrische Felder könnten als sensorische Reize für lebende Organismen fungieren.*

Hamer, Beischer und ich suchten nach externen Feldern, die das Verhalten beeinflussen können, während Delgado und andere sich dem Problem durch direkte elektrische Stimulation des Gehirns zu nähern suchten. Wir haben alle etwas herausbekommen, aber ich glaube, daß Delgado, wie auch immer man zu seiner Arbeit stehen mag, am weitesten gekommen ist. Mit seinen späteren Forschungen hat er die beiden Wege zu einem zusammengeführt.

Niederfrequente Magnetfeldstimulation des Gehirns und Verhalten

Seit Mitte der siebziger Jahre ist Delgado Direktor des bedeutendsten neurophysiologischen Laboratoriums in Spanien, des Centro Ramon y Cajal. Sein Interesse ist von der direkten elektrischen Stimulation des Gehirns auf das allgemeinere Gebiet der biologischen Wirkungen elektromagnetischer Felder übergegangen. Er hat ohne den Einsatz von implantierten Elektroden und Radioempfängern den Einfluß bestimmter Frequenzen von Magnetfeldern auf das Verhalten und das Gefühlsleben von Affen untersucht. Obwohl in der Fachliteratur nie etwas über Delgados Arbeit zu lesen war, sickerten doch genügend Informationen durch. Kathleen McAuliffe, eine Freundin von mir, die damals für die Redaktion der Zeitschrift *Omni* arbeitete, besichtigte 1984 sein Laboratorium. Sie hatte Gelegenheit, einigen Versuchen beizuwohnen und schilderte in der Februarausgabe 1985 von *Omni* ihre Eindrücke.

Durch die Verwendung sehr schwacher ELF-Magnetfelder konnte Delgado Affen in einer Versuchssituation, die normalerweise wache Aufmerksamkeit verlangt hätte, willkürlich in Schlaf versetzen oder zu manischem Verhalten antreiben. In einer anderen Versuchsreihe konnte er die Wirkungen direkter elektrischer Stimulation auf eines der Gefühlszentren des Gehirns verändern, indem er den Kopf des Tieres mit einem anderen ELF-Magnetfeld vorbehandelte. Delgado betonte, daß die elektrischen Ströme, die im Gehirn durch die Einwirkung solcher Felder erzeugt wurden, mehrere hundertmal weniger intensiv waren als die, die man zur elektrischen Stimulation einer Nervenzelle braucht, oder als diejenigen, welche zur direkten Stimulation durch Elektroden verwendet wurden. Leider wissen wir nicht, ob bestimmte Frequenzen auch immer zu einem bestimmten Verhalten führten, oder ob noch andere Faktoren im Spiel waren. McAuliffe durfte nur einen kurzen Blick hinter die Kulissen tun; die meisten Fragen, die sie Delgado auf meine Bitte hin stellte, sind unbeantwortet geblieben.

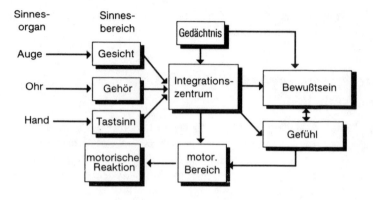

Abbildung 9.1 Einfaches Blockdiagramm eines «festverdrahteten» Gehirns. In Wirklichkeit gäbe es noch viele andere Bereiche und Funktionen. Die Gefühle wären in besondere, eigens «verdrahtete» Gebiete eingeschlossen, und «das Bewußtsein» wäre die organische Gesamtheit aller von den Sinnen und vom Gedächtnis angelieferten Daten. Das ganze System würde mit dem gleichen Signal (dem Nervenimpuls) arbeiten. Die verschiedenen Funktionen würden nur von dem Verdrahtungsplan abhängen. (Man vergleiche dieses Diagramm mit Abbildung 3.4, in der das obige Schema nur dem rechten unteren Kästchen entspricht.)

Nach mechanistischer Auffassung ist das Gehirn im wesentlichen ein «festverdrahtetes» System, das allerdings seine Verdrahtungsmuster durch Lernen und Erfahrung verändern kann. Der einzige Informationsträger in diesem System, der Nervenimpuls, ist im Prinzip derselbe, egal, ob es sich um die Übermittlung von Bildern, Klängen oder Informationen zwischen verschiedenen Gehirnregionen handelt. Die verschiedenen Empfindungen beruhen auf Signalen, die von bestimmten Organen zu bestimmten Gehirnregionen geleitet werden.

Ein solches System, das mit einer einzigen Art von Signalen auskommt, könnte durch die Einwirkung von derartig schwachen ELF-Feldern, wie Delgado sie verwendet hat, nicht gestört werden. Das ELF-Feld könnte die Tätigkeit der Zirbeldrüse und möglicherweise auch die des magnetischen Organs beeinflussen, aber das müßte sich in entsprechenden Veränderungen der chemischen Botenstoffe (wie Melatonin und Serotonin) niederschlagen. Veränderungen des Verhaltens und des Gefühlslebens könnten sich erst in viel längeren Zeiträumen einstellen.

288

Das Sehvermögen wird durch ELF-Felder offenbar nicht beeinflußt. Selbst wenn man direkt unter einer 60-Hz-Hochspannungsleitung steht, entstehen keinerlei visuelle Empfindungen. Von äußerlichen Erscheinungen abgesehen – man hört das Summen der Leitungen und spürt vielleicht die statische Aufladung der Haut – sind normalerweise auch keine Wirkungen auf andere Systemkomponenten zu bemerken. Andererseits ist nicht zu übersehen, daß die Einwirkung von Netzfrequenzfeldern zu Depressionen und anderen Symptomen führt; aber das setzt lange Einwirkungszeiten und höchstwahrscheinlich auch die Beteiligung des Zusammenspiels von Zirbeldrüse und Melatonin voraus.

Keine der Wirkungen der ELF-Felder läßt sich auf der Grundlage der Wahrnehmung der Felder erklären. Und die chemische Reaktion der Zirbeldrüse ist viel zu langsam, um die Ursache für die von Delgado beobachteten plötzlichen Verhaltensänderungen nach der Einwirkung schwacher ELF-Felder zu sein. Die Verbindung zwischen elektromagnetischen ELF-Feldern und dem Geist muß tiefer liegen – vielleicht in dem archaischen inneren Gleichstromsystem, das ich im zweiten Kapitel etwas genauer darzustellen versucht habe.

Niederfrequente Strahlung und veränderte Bewußtseinszustände

Dieses Gleichstromsystem enthält ELF-Oszillationen, die offenbar mit dem Informationsfluß zu tun haben, und reagiert empfindlich auf externe Niederfrequenzen. Der Gesamt-Bewußtseinszustand wird durch den Fluß eines Gleichstroms in den primitiven Mittellinienstrukturen des Gehirns gesteuert. Wenn man diesen Fluß durch entsprechend eingesetzte externe Gleichströme oder starke stationäre Magnetfelder ausnullt oder umkehrt, kann man künstlich Bewußtlosigkeit hervorrufen. Zwischen dem Grad der Bewußtlosigkeit (gemessen am EEG-Muster) und der verwendeten Stromstärke scheint grob gesprochen eine lineare Beziehung zu bestehen. In den sechziger Jahren untersuchte ich, wie sich verschiedene einem Grund-Gleichstrom überlagerte ELF-Frequenzen auf das Bewußtsein auswirken. Ich stellte fest, daß sich der Grad der Bewußtlosigkeit unabhängig von der Stromstärke steigern ließ, wenn ich den Gleichstrom durch einen sehr schwachen Strom mit einer Frequenz von 1 Hz- überlagerte. (Die 1 Hz-Frequenz alleine hatte keine Wirkung auf das Bewußtsein, und ein gleichstarker Gleichstrom führte zu einer viel geringeren Beeinträchtigung des Bewußtseins. Erst zusammengenommen erzeugte sie eine starke Wirkung.) Später entdeckte ich, daß jede Frequenz zwischen 1 und 10 Hz ungefähr die gleiche Wirkung hat. Über 10 Hz nahm die Steigerung jedoch linear mit der Erhöhung der Frequenz ab, bis die Wirkung schließlich zwischen 20 und 30 Hz nicht mehr stärker war als bei reinem Gleichstrom.

Dieser Versuch führte zu zwei bedeutenden Folgerungen. Erstens: Das elektrische Gleichstromsystem im Gehirn, das auf das Bewußtsein wirkt, reagiert empfindlich auf sehr schwache ELF-Frequenzen. Zweitens: Die Wirkungen entstehen *nur* in dem ELF-Frequenzbereich, der auch bei den natürlichen Mikropulsationen vorkommt.

Die Beobachtung derartiger Wirkungen von ELF-Frequenzen stützt auch den Gedanken von einem dualen Nervensystem, das sich aus einem primitiven analogen Gleichstromsystem und einem dieses überlagernden hochentwickelten digitalen System von Nervenimpulsen zusammensetzt. Das analoge Gleichstromsystem wird tatsächlich von ELF-Feldern beeinflußt, ja, man darf vermuten, daß eine seiner Aufgaben der Empfang der natürlichen ELF-Felder ist.

Die Fähigkeit von ELF-Feldern, Bewußtsein und Verhalten zu verändern, weist darauf hin, daß die Schnittstelle zwischen dem analogen und dem digitalen System mit einigen der höheren Funktionen des Nervensystems zusammenhängt, die sich mit dem Modell des festverdrahteten Gehirns kaum erklären lassen.

Wenn das digitale Nervensystem – mit dessen Hilfe wir sehen, hören, riechen, schmecken, fühlen und uns bewegen – der Abkömmling eines primitiveren Systems ist, das uns erlaubt zu wachsen, zu heilen und den physikalischen Rhythmen unserer Welt zu folgen, dann muß es einen Schnittpunkt geben, wo sich die beiden treffen. Ist das der Ort, wo Geist und Denken, Gedächtnis, Logik und Kreativität beheimatet sind?

Wir haben oben gesehen, wie man diese Schnittstelle bewußt überschreiten und Zugang zum eigenen Gleichstromsystem bekommen kann, um sich selbst zu heilen. Durch den gleichen Mechanismus können wir auch die Kontrolle über unsere Denkprozesse und unser Verhalten erlangen. Es erscheint jedoch ebenfalls sicher, daß sowohl natürliche als auch künstliche elektromagnetische ELF-Felder die Schnittstelle ebenfalls beeinflussen und so die Gehirnprozesse erheblich verändern können.

Die Dualität von Geist und Gehirn ist seit Jahrhunderten ein Rätsel für Wissenschaft und Philosophie. Das duale Gehirn/Nervensystem, wie es in diesem Buch beschrieben ist, könnte sich als neuer Zugang zu diesem uralten Problem erweisen. Aus diesen Forschungen ergeben sich Folgen von erheblicher Tragweite. Es sieht so aus, als seien wir nicht in dem von uns gewünschten Maße für unsere Handlungen frei verantwortlich. Unsere Gedanken und Handlungen werden, zumindest bis zu einem gewissen Grade, von elektromagnetischen Feldern um uns herum bestimmt, die wir nicht wahrnehmen können, und die weiter zu ignorieren gefährlich ist. Der ominösere Aspekt dieses Sachverhalts, die Tatsache nämlich, daß es möglich ist, den menschlichen Geist zu lenken, gewinnt heute weit größere Bedeutung als 1969, als Jose Delgado den Gedanken an diese Möglichkeit zum ersten Mal in die Debatte warf. Man darf nicht übersehen, daß die geschilderten Forschungen auch politische und militärische Implikationen haben. Und offenbar hat man es auch nicht übersehen.

Im nächsten Kapitel wollen wir die vielschichtigen Wechselwirkungen zwischen inneren und äußeren Feldern erkunden.

10. Die Verbindung zwischen inneren und äußeren Feldern: Wirkungsmechanismen

> Die Wissenschaft ist ein strenger Zuchtmeister, und in Anbetracht der Tatsache, daß Warnungen vor möglichen toxischen Wirkungen durch sorgfältige wissenschaftliche Untersuchungen in den meisten Fällen schließlich bestätigt werden, ist es vielleicht an der Zeit, darüber nachzudenken, ob die wissenschaftlichen Maßstäbe für den Nachweis von Kausalzusammenhängen – und die Taktik, abzuwarten, bis die Leichen purzeln – nicht vorausschauenderen Gesundheitsstrategien weichen müssen, die von realistischeren Einschätzungen ausgehen und zu schnellerem Handeln führen.
>
> Leitartikel im *New England Journal of Medicine*, April 1987

Wir haben gesehen, in welch enger Verbindung das Leben seit seinen Anfängen mit dem natürlichen magnetischen Feld der Erde steht. Wir haben gesehen, wie nicht nur ganze Organismen, sondern auch jede einzelne Zelle die natürlichen Zyklen des geomagnetischen Feldes wahrnimmt und zeitsteuernde Informationen aus ihnen entnimmt. Und wir haben auch gesehen, wie der Mensch durch seinen Einsatz des Elektromagnetismus für Energieversorgung und Kommunikation eine künstliche elektromagnetische Umwelt geschaffen hat, wie es sie nie zuvor gegeben hat.

Die Beweise dafür, daß diese künstlichen Felder bedeutende biologische Wirkungen haben, sind erdrückend. Dennoch kennt die klassische Physik keinen Mechanismus, aufgrund dessen normale oder abnorme elektromagnetische Felder irgendeine Wirkung auf biologische Systeme ausüben könnten. Das ist der Hauptgrund, warum Physiker und Ingenieure bisher so wenig geneigt sind, die biologischen und medizinischen Daten als gesichert anzuerkennen. Und doch sind die Daten, über die wir heute verfügen, ebenso zwingend wie die Beweise für den Zusammenhang zwischen Rauchen und Lungenkrebs. Unsere Kenntnis dieses letzteren Zusammenhangs beruht ausschließlich auf epidemiologischen Studien. Auf dem Gebiet der nichtionisierenden elektromagnetischen Felder verfügen wir dagegen sowohl über epidemiologische Studien als auch über Laboruntersuchungen, die zeigen, daß abnorme Frequenzen die Gesundheitsrisiken steigern. Und dennoch sind bisher keine wirksamen Maßnahmen getroffen worden, was ganz offensichtlich daran liegt, daß man noch keinen Wirkungsmechanismus gefunden hat. Die verantwortlichen Regierungsstellen haben alle Berichte über biologische Wirkungen ignoriert, weil allgemein die Meinung herrscht, diese müßten einfach falsch sein; man hat konsequent «die wissenschaftlichen Maßstäbe für den Nachweis von Kausalzusammenhängen» angelegt.

Die Schwierigkeit ist zum Teil dadurch entstanden, daß die biologischen und medizinischen Daten von Ingenieuren nachgeprüft werden, deren Kenntnisse der Biologie man wohl bestenfalls als dürftig bezeichnen kann. Um einen Wirkungsmechanismus herauszuarbeiten, haben sie den lebenden Organismus mit einem toten Organismus – oder gar mit einer wassergefüllten Kugel aus Kupfer gleichgesetzt. Infolgedessen sind weder subtile Verschiebungen der biologischen Funktionen noch Unterschiede zwischen Wirkungen auf der Zellebene (im Gegensatz zur Ebene des Körpers als Ganzes) je in Betracht gezogen worden.

In diesem Kapitel wollen wir eine bahnbrechende Theorie betrachten, die erklärt, wie sowohl einzelne Zellen als auch ganze Organismen Informationen aus elektromagnetischen Feldern ableiten könnten. Dieses Kapitel ist technischer als die übrigen; wem es zu schwierig ist, der kann es überspringen. Die Informationen, die ich hier vorstelle, enthalten allerdings die Erklärung für viele bislang ungelöste Probleme wie die Zellteilung, das Heilerphänomen und die außersinnliche Wahrnehmung.

Ionisierende Strahlung, nichtionisierende Strahlung und Wärme

Schon als wir eben erst anfingen, elektromagnetische Energie zu verwenden, war bekannt, daß das gesamte elektromagnetische Spektrum in zwei Bereiche aufgeteilt werden kann. Die Frequenzen über der des sichtbaren Lichts enthalten genügend Energie, um die chemischen Strukturen des Körpers zu ionisieren, während die niedrigeren Frequenzen dafür zu schwach sind.

Bei der Ionisierung wird ein Atom oder Molekül durch starke elektromagnetische Energie aufgebrochen, mit der Folge, daß Elektronen

Elektromagnetische Umweltverschmutzung

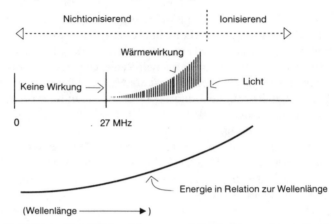

Abbildung 10.1 Das einfache elektromagnetische Spektrum, dargestellt mit seiner Beziehung zur Energie und seinen theoretischen biologischen Auswirkungen. Theoretisch träte die Wärmewirkung über 27 MHz ein und würde mit steigender Frequenz zunehmen. Unter 27 MHz gäbe es keine Erwärmung und folglich auch keine biologischen Wirkungen. Durch das sichtbare Licht wurde das Spektrum weiter in einen ionisierenden und einen nichtionisierenden Bereich eingeteilt. Die Frequenzen über denen des Lichts können Ionisierung hervorrufen, die darunter nicht.

aus dem Material herausgelöst werden. Das resultierende Atom oder Molekül ist elektrisch unausgeglichen und hat eine elektrische Restladung; in diesem Zustand nennt man es «ionisiert». Solche ionisierten Moleküle sind chemisch sehr aktiv und lösen abnorme chemische Reaktionen aus, die die Zellen schädigen. Vom physikalischen Standpunkt aus sind die biologischen Wirkungen von ionisierender Strahlung leicht erklärlich. Umgekehrt glaubte man allerdings, weil der nichtionisierenden Strahlung diese Fähigkeiten fehlen, sie könne, abgesehen davon, daß sie Schock und Wärme erzeugen kann, keine weiteren biologischen Wirkungen haben.

In den ersten Jahren des zwanzigsten Jahrhunderts beschränkte sich unsere Technik auf den Very-low-frequency-Bereich des elektromagnetischen Spektrums (das Radio arbeitete zum Beispiel mit wenigen Tausend Hertz). Als wir die Technik weiterentwickelten und immer höhere Frequenzen für Radioübertragungen erzeugen konnten, entdeckte man durch Zufall, daß sich Frequenzen von etwa 27 Millionen Hertz (27 MHz) und mehr mit genügend Leistung erzeugen ließen, um menschliches Gewebe zu erwärmen. Das führte zu der Theorie, daß der Energieinhalt jeder elektromagnetischen Strahlung proportional ihrer Frequenz sei. Je höher die Frequenz, desto größer der Energieinhalt – und umgekehrt. Für praktische Zwecke setzte man die Trennungslinie für die Erzeugung von Wärme durch diese Strahlung auf 27 MHz fest. Frequenzen über 27 MHz würden also proportional immer mehr Wärmewirkungen haben, die unter 27 MHz entsprechend weniger. Daraus schloß man dann, daß jede biologische Wirkung, die nicht auf Ionisierung beruhte, auf Wärme zurückzuführen sein *müsse*.

Die «Antennen»-Theorie und die Wärmewirkung

Die Antennen-Theorie – der erste Versuch, nichtthermische Wirkungen zu erklären – ist oben schon kurz gestreift worden. Eigentlich erklärte sie die nichtthermischen Wirkungen immer noch als Wärmewirkungen, indem sie das Postulat aufstellte, daß bei den Frequenzen, deren Wellenlänge den Dimensionen des menschlichen Körpers entspricht, am meisten Energie von der Strahlungsquelle auf den menschlichen Körper übertragen werde. Auf diese Weise könnte auch seine Feldstärke unter dem thermischen Niveau zur Erwärmung des Körpers führen.

Diese Erklärung ist natürlich nicht unproblematisch; dennoch erregte sie große Aufmerksamkeit bei der EPA, weil die Frequenz von 100 MHz genau in der Mitte des von kommerziellen FM-Stationen verwendeten 88-108 MHz-Bands liegt und damit in unserer Umwelt häufig vorkommt. Allerdings wurde bald darauf hingewiesen, daß

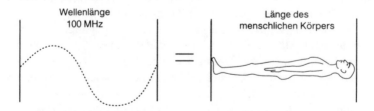

Abbildung 10.2 Einfache Resonanz zwischen einer elektromagnetischen Welle mit 100 MHz und einem Menschen mit einer Körperlänge von ca. 183 cm.

selbst in einer Situation, in der Resonanz erzeugt wird, keine Erwärmung der Gewebe auftreten kann, wenn der Betreffende sich nicht in unmittelbarer Nähe des FM-Senders aufhält und damit genügend Energie durch das Signal aufnimmt.

Wärme ist Molekularbewegung; je schneller die Bewegung, desto größer die Wärme. Bei jedem materiellen Objekt sind die Moleküle in ständiger Bewegung, wobei die Geschwindigkeit von der Umgebungstemperatur abhängt. Die Bewegung hört erst beim absoluten Nullpunkt, also weit unter 0° Celsius, auf. Die Moleküle des Körpers befinden sich daher in ständiger Bewegung, wobei die Geschwindigkeit proportional zur Körpertemperatur ist. Man spricht von «kT» oder kinetischer Temperatur. Wärme kann nur dann biologische Wirkungen ausüben, wenn genügend Energie übertragen wird, um die Moleküle zu noch schnellerer Bewegung anzutreiben. Die Energie der in der Umwelt vorkommenden FM-Strahlung, so argumentierte man, sei einfach nicht ausreichend, um eine merklich über die kT liegende Molekularbewegung zu erzeugen, und daher konnte die Strahlung die Körpertemperatur nicht erhöhen.

Nach dieser Auffassung müßte die Wärmewirkung bei Mikrowellen dadurch entstehen, daß diese die Körpermoleküle in Schwingungen versetzen, die gerade so stark sind, daß sich eine Resonanz mit der Wellenlänge der verwendeten Mikrowellenstrahlung einstellt. Das trifft aber leider nicht zu. In Wirklichkeit entsteht die Wärme bei Mikrowellen durch Beschleunigung der Bewegung der Wassermoleküle. Hieraus ergibt sich für die Theoretiker ein echtes Problem. Das Wassermolekül ist viel zu klein, um mit Mikrowellen in Resonanz zu treten. Wasser wird vielmehr am besten durch Infrarotstrahlung erwärmt, deren Wellenlängen viel kürzer sind als die der Mikrowellen. Wir müssen also zugeben, daß wir zum gegenwärtigen Zeitpunkt nicht genau wissen, auf welche Weise Mikrowellen Wärme erzeugen. Das gilt auch für den allgegenwärtigen Mikrowellenherd. Es gibt allerdings ein paar Theorien, und wer sich dafür interessiert, mag sich in einem Artikel von Dr. Jearl Walker informieren, der kürzlich im *Scientific American* erschienen ist.

Sonstige biologische Wirkungen der Strahlung

Als die Ergebnisse der SANGUINE-Studien der Marine (Näheres dazu im achten Kapitel) bekannt wurden, wurde das Problem noch brennender. Da die Energie der elektromagnetischen Strahlen proportional zur Frequenz ist, konnten die Frequenzen von 45, 60 und 75 Hz unmöglich eine Wärmewirkung hervorbringen. Dennoch zeigten die SANGUINE-Studien bedeutende funktionale Veränderungen beim Menschen. Später führte man weitere Untersuchungen bei 60 Hz durch und entdeckte weitere biologische Wirkungen. Inzwischen gab es für die Ingenieure nur noch zwei Möglichkeiten: Entweder waren die Biologen erbärmliche Wissenschaftler, oder sie waren reif für die Klapsmühle! Die Physiker waren sich da nicht so sicher.

In dieser Situation bedeutete die Arbeit von Drs. Susan Bawin und W. Ross Adey von der Loma Linda University einen wichtigen Orientierungspunkt. Sie berichteten 1978, daß die Bestrahlung von Kulturen lebender Nervenzellen mit 16-Hz-Feldern zu einer meßbaren Zunahme der aus den Zellen austretenden Kalzium-Ionen (Ca^{++}) führte. Als andere Labors dieses Ergebnis zu duplizieren versuchten, bestätigten sie, daß ELF tatsächlich zu einem Austritt von Ca^{++} führte, aber bei ihnen war das nicht genau bei den gleichen Frequenzen geschehen. Der daraus entstehende Streit darüber, ob der Ionen-Austritt auf Zufall beruhte oder auf eine unbekannte Variable zurückzuführen war, die man nur noch nicht gefunden hatte, brachte die Gemüter eine Zeitlang in Wallung. Mehr Erkenntnisse hat er nicht gebracht.

Die Resonanztheorie tritt auf den Plan

Dr. A. H. Jafary-Asl und seine Kollegen von der University of Salford in England berichteten 1982, daß Hefezellen sowohl magnetische Kernresonanz als auch Elektronenspinresonanz (paramagnetische Elektronenresonanz) zeigten, und daß die Art der Resonanz jeweils unterschiedlich war, je nachdem, ob die Zellen lebendig oder tot waren. Sie stellten auch fest, daß lebende Hefezellen, die den Bedingungen der magnetischen Kernresonanz * ausgesetzt waren, sich doppelt so schnell vermehrten, die Tochterzellen aber nur halb so groß waren wie sonst! Vielleicht lag ein Teil der Lösung im Endeffekt in einer komplexeren Art von Resonanz.

Der Vorteil der Arbeit mit komplexen Resonanzen wie der magnetischen Kernresonanz ist, daß die Energie sich in dem Feld auf einzelne physikalische Einheiten (wie die Kerne gewisser Atome) konzentriert und sich nicht auf sämtliche Körperzellen verteilt. Im Jahre 1985 faßten Dr. Carl Blackman von der Environmental Protection Agency (EPA) und Dr. Abraham Liboff von der Oakland University unabhängig voneinander die Berichte von Jafary-Asl und die Bemühungen, die Versuche von Bawin und Adey zu duplizieren, zu einem Gesamtbild zusammen. Sie kamen zu dem Schluß, daß die Stärke des örtlichen stationären Magnetfeldes der Erde an dem Ort des jeweiligen Labors die unbekannte Variable war, die für die in den Berichten gemeldeten verschiedenen Frequenzen verantwortlich war.

Blackman und Liboff schlugen beide vor, bei dem beteiligten Mechanismus handle es sich um eine besondere Art von Resonanz, die Zyklotronresonanz (die nichts mit dem Zyklotron, einem der ersten Teilchenbeschleuniger der Atomphysik, zu tun hat). Als sie die mathematischen Formeln für die Zyklotronresonanz auf die von den verschiedenen Laboratorien gemeldeten verschiedenen Frequenzen anwendeten, kamen sie zu dem gleichen Ergebnis. Der Austritt von Ca^{++} war das Resultat der Zyklotronresonanz zwischen der Frequenz des verwendeten elektrischen Feldes und der Stärke des örtlichen Magnetfeldes der Erde an dem Ort, wo das jeweilige Laboratorium stand.

Man kann die Zyklotronresonanz, wenn auch in etwas vereinfachter Form, folgendermaßen erklären: Wenn ein geladenes Teilchen oder Ion einem stationären Magnetfeld im Raum ausgesetzt wird, gerät es im rechten Winkel zu dem verwendeten Magnetfeld in kreisende (orbitale)

---

* Die magnetische Kernresonanz wird von der modernen medizinischen Diagnostik bei der Kernspin(resonanz)tomographie (MRI, *Magnetic Resonance Imaging*) eingesetzt (vgl. Kapitel 6). Sie gehört zu einer Reihe von komplexen Resonanzphänomenen, die auf der Beziehung zwischen einem konstanten Magnetfeld und einem zeitvariablen, oder schwingenden, elektrischen oder elektromagnetischen Feld beruhen, das die Bewegung geladener Teilchen wie Ionen, geladene Moleküle, Atomkerne oder Elektronen im Körper beeinflußt.

Die Verbindung zwischen inneren und äußeren Feldern

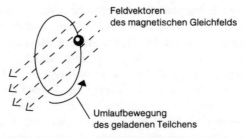

Feldvektoren
des magnetischen Gleichfelds

Umlaufbewegung
des geladenen Teilchens

Abbildung 10.3 Umlaufbewegungen eines geladenen Teilchens im rechten Winkel zu einem magnetischen Gleichfeld. Die Umlaufgeschwindigkeit hängt von dem Ladung/Masse-Verhältnis des Teilchens und der Stärke des Magnetfelds ab: je schwächer das Magnetfeld, desto geringer die Umlaufgeschwindigkeit.

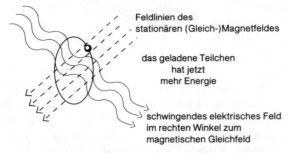

Feldlinien des
stationären (Gleich-)Magnetfeldes

das geladene Teilchen
hat jetzt
mehr Energie

schwingendes elektrisches Feld
im rechten Winkel zum
magnetischen Gleichfeld

Abbildung 10.4 Beim Anlegen eines schwingenden elektrischen Feldes im rechten Winkel zu dem Magnetfeld und mit einer Frequenz, die der Umlaufgeschwindigkeit des Teilchens entspricht, wird Energie auf das Teilchen übertragen.

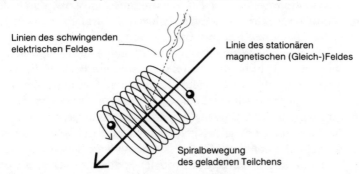

Linien des schwingenden
elektrischen Feldes

Linie des stationären
magnetischen (Gleich-)Feldes

Spiralbewegung
des geladenen Teilchens

Abbildung 10.5 Durch Anlegen des resonanten elektrischen Feldes bei weniger als 90 Grad an das Magnetfeld erzeugte Spiralbewegung.

299

Bewegung. Die Umlaufgeschwindigkeit wird durch das Verhältnis zwischen der Ladung und der Masse des Teilchens und durch die Stärke des Magnetfeldes bestimmt. Die Rotationsfrequenz (die Anzahl ganzer Umlaufbahnen, die das Teilchen pro Sekunde durchläuft) ergibt sich aus der Gleichung für die Beziehung zwischen dem Ladungs/Masse-Verhältnis des Teilchens und der Stärke des Magnetfeldes. Fügt man noch ein elektrisches Feld hinzu, das genau mit dieser Frequenz im rechten Winkel zu dem Magnetfeld schwingt, so wird von dem elektrischen Feld auf das geladene Teilchen Energie übertragen.

Wenn die Richtung des elektrischen Feldes leicht vom rechten Winkel abweicht, bewegt sich das Teilchen auf einer Spiralbahn. Man kann das elektrische Feld durch ein schwingendes Magnetfeld ersetzen und erhält dennoch Zyklotronresonanz. Allerdings muß das schwingende Magnetfeld parallel zu dem stationären Magnetfeld angelegt werden. Zyklotronresonanz tritt immer dann auf, wenn ein stationäres Magnetfeld zusammen mit einem schwingenden elektrischen oder magnetischen Feld auf ein geladenes Teilchen einwirkt. Bei vielen Aktivitäten lebender Zellen wirken geladene Teilchen – wie die gewöhnlichen Ionen des Natriums (Na^+), Kalziums (Ca^{++}) und Kaliums (K^+) – auf die Zellmembran ein oder treten durch sie hindurch. Durch die Zyklotronresonanz wird Energie auf diese Ionen übertragen, so daß sie sich schneller bewegen. Dadurch wird die Funktionsweise der lebenden Zellen verändert, weil die Ionen leichter und in größerer Zahl die Zellmembranen durchqueren können.

Die Zyklotronresonanz ist ein Wirkungsmechanismus, durch den sehr schwache elektromagnetische Felder im Zusammenwirken mit dem geomagnetischen Feld der Erde in die Lage versetzt werden, bedeutende biologische Wirkungen zu erzielen, indem die Energie in dem verwendeten Feld auf bestimmte Teilchen, wie zum Beispiel die biologisch wichtigen Natrium-, Kalzium-, Kalium- und Lithium-Ionen, konzentriert wird. Die Gleichung für die Zyklotronresonanz besagt, daß die Frequenz des für die Erzeugung der Resonanz benötigten schwingenden elektrischen oder magnetischen Feldes mit der Stärke des stationären Magnetfeldes abnimmt. Das ist von besonderer Bedeutung, wenn die durchschnittliche Stärke des Erdmagnetfeldes (zwischen 0,2 und 0,6 Gauß) in die Gleichung eingesetzt wird. Es zeigt sich nämlich, daß die für die Erzeugung der Resonanz mit den biologisch wichtigen Ionen benötigten Frequenzen der schwingenden Felder *im ELF-Bereich* liegen.

Die ELF-Frequenzen – 0–100 Hz – werden damit zum wichtigsten Teil unserer elektromagnetischen Umgebung. Das wird auch durch die Tatsache bestätigt, daß der Körper offenbar in der Lage ist, alle höheren Frequenzen, also auch Mikrowellen, zu demodulieren. Die Zyklotronresonanz liefert eine verständliche und triftige Erklärung für das Zustandekommen der biologischen Wirkungen von normalen und abnormen elektromagnetischen Feldern.

Dr. John Thomas, John Schrot und Abraham Liboff vom U.S. Naval Medical Research Center in Bethesda, Maryland haben diese Theorie als erste überprüft. Sie verwendeten Ratten, die einem Feld ausgesetzt wurden, das mit dem Lithium-Ion in Resonanz trat. Lithium hatten sie gewählt, weil es von Natur aus in ganz geringen Mengen im Gehirn vorkommt. Es wirkt beruhigend und wird bei Zyklothymie in der manischen Phase als Medikament verabreicht. Thomas und seine Kollegen nahmen an, daß die Zyklotron-Resonanz-Wirkung auf die natürlich vorhandenen Lithium-Ionen deren Energieniveau erhöhen und dadurch eine Wirkung erzeugen würde, die der bei der Gabe von Lithium in medikamentösen Dosen entspricht. Die exponierten Ratten müßten sich dann im Vergleich mit den Kontrollratten depressiv verhalten.

Da die Studie im Rahmen des Starkstromleitungsprojektes des Staates New York gefördert wurde, benutzten die Forscher ein schwingendes Magnetfeld mit der Netzfrequenz von 60 Hz und ein kontrolliertes Magnetfeld von 0,2 Gauß (das untere Ende der durchschnittlichen Feldstärke der Erde). Diese Kombination ist mit dem Lithium-Ion resonant. Die Ratten in dem resonanten Feld waren viel weniger aktiv, viel träger und schicksalsergebener als die nichtexponierten Kontrolltiere; das entsprach dem, was zu erwarten gewesen wäre, wenn man ihnen große Dosen Lithium verabreicht hätte.

Die Zyklotron-Resonanz-Theorie ist seitdem durch weitere, umfangreichere Untersuchungen bestätigt worden. Sie wurde auch weiter ausgebaut und verfeinert, aber darauf können wir hier nicht eingehen. Es hat zwar auch kritische Einwände gegeben, aber diese bezogen sich nur auf unwichtige Details und tun dem großen Wert der ganzen Theorie als solcher keinen Abbruch. Das soll nicht heißen, daß andere Arten komplexer Resonanz, wie die magnetische Kernresonanz und die Elek-

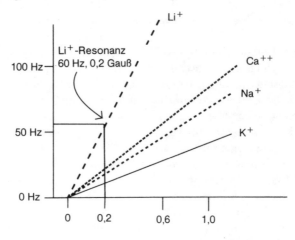

Stationäres Magnetfeld (in Gauß)

Abbildung10.6 Das Verhältnis zwischen der Stärke des stationären Magnetfeldes (horizontale Achse) und der zur Erzeugung der Zyklotronresonanz für einige wichtige Ionen erforderlichen Frequenz des schwingenden Magnetfeldes (vertikale Achse). In dem Versuch von Thomas, Schrot und Liboff verlangte das bei 60 Hz schwingende Feld ein stationäres Magnetfeld von 0,2 Gauß, um Zyklotenresonanz mit dem Lithium-Ion (Li+) zu erzielen. Die Stärke des natürlichen Magnetfeldes der Erde liegt je nach Örtlichkeit zwischen 0,2 und 0,6 Gauß.

tronenspinresonanz, nicht ebenso wichtige biologische Wirkungen haben könnten; wahrscheinlich ist das sogar der Fall. Aber sie sind bisher noch nicht so gründlich untersucht worden.

Die Bedeutung der Resonanztheorie kann gar nicht genug betont werden. Sie gibt eine logische Erklärung für die Mechanismen, durch die einzelne Zellen und bestimmte Organe, wie zum Beispiel die Zirbeldrüse, magnetische Felder anzapfen, um ihnen Informationen zu entnehmen. Die Theorie scheint auch auf die grundlegende Beziehung zwischen Lebewesen und der normalen elektromagnetischen Umwelt auf der Erde anwendbar zu sein.

1984 äußerte ich die Vermutung, die Resonanz zwischen dem natürlichen stationären Feld der Erde und den Mikropulsationsfrequenzen könnte dem zeitsteuernden Mechanismus bei der Zellteilung zugrunde liegen. Da das zentrale Prinzip der Resonanztheorie nicht die Energie, sondern die Frequenz ist, lassen sich mit ihr auch Wirkungen durch Felder von minimaler Stärke erklären, wie sie Dr. Yu Achkasova vom Medizinischen Institut der Krim (UdSSR) beobachtet hat. Das Magnetfeld der Sonne ist in Sektoren gegliedert, die den Scheiben einer Orange ähneln. Die Felder der einzelnen Sektoren sind abwechselnd nach innen und nach außen gerichtet, so daß sich leichte Veränderungen ergeben, wenn die Verbindungslinie Erde–Sonne auf dem Weg der Erde um die Sonne die Grenzen der einzelnen Sektoren überschreitet. Dr. Achkasova beobachtete einen mit dem Überschreiten der Grenzen übereinstimmenden Rhythmus in der Zellvermehrungsrate einer Zellkultur – ein erstaunliches Phänomen, wenn man bedenkt, wie unglaublich schwach die Änderung des Feldes auf der Erdoberfläche ist.

Wie funktioniert die biologische Resonanz?

Der Gedanke der elektromagnetischen Resonanz eröffnet eine faszinierende Perspektive: sie könnte nämlich das Verbindungsglied zwischen einer Reihe bisher weitgehend unerklärter, vielumstrittener Phänomene sein. Dazu gehören die außersinnliche Wahrnehmung und die Fähigkeit von «Heilern», Krankheiten zu diagnostizieren und zu behandeln. Es wäre nämlich möglich, daß beide darauf beruhen, daß die Beteiligten sich unbewußt einen angeborenen biologischen Mechanismus zunutze machen, der demjenigen ähnelt, der der Kernspin(resonanz)-tomographie zugrunde liegt.

Die Kernspintomographie beruht auf denselben Prinzipien wie die Zyklotronresonanz. Diese setzt voraus, daß ein stationäres Magnetfeld sowie ein schwingendes elektrisches Feld auf ein geladenes Molekül oder Atom einwirken. Ebenso ist es bei der Kernspinresonanz, mit dem Unterschied, daß sich hier der Atomkern in Resonanz befindet. Die heute gebräuchlichen Kernspintomographen versetzen die Kerne der Wasserstoffatome im Körper in Resonanz. Die beiden Felder übertragen zusammen Energie auf die Wasserstoffkerne. Das Bild entsteht dadurch, daß zunächst durch ein Magnetfeld die Resonanz erzeugt wird, dann durch ein schwingendes elektromagnetisches Feld der Wasserstoffkern durch Energiezufuhr zu einer Änderung seiner Ausrichtung im Magnetfeld angeregt und schließlich das schwingende Feld abgeschaltet wird. Der Kern kehrt nach dem Abschalten sofort in seine ursprüngliche Lage zurück und gibt die Energie in Form eines elektromagnetischen Signals wieder ab, das dann von den Empfängerspulen des Tomographen gemessen wird.

Theoretisch lassen sich alle Arten komplexer Resonanz auf diese Weise einsetzen. Der resonante Zustand stellt sich ein, wenn durch die geeignete Kombination der Felder auf eine bestimmte Komponente des Körpers Energie übertragen wird. Dann wird die Resonanz durch Verschiebung der Felder beendet, und die angeregte Komponente gibt die Energie in Form eines elektromagnetischen Feldes ab, das durch geeignete Geräte gemessen wird.

Bei der klinischen Verwendung der Kernspintomographie läuft dieser Prozeß viele Male nacheinander ab. Das abgegebene Signal wird in einem Computer gespeichert, der so Stück für Stück ein dreidimensionales Abbild des Körperinneren aufbaut. Die verschiedenen Organe werden auf der Grundlage ihres Wassergehalts und des Zustandes ihrer Wasserstoffatome abgebildet. Die Wasserstoffkerne von krebsigem Ge-

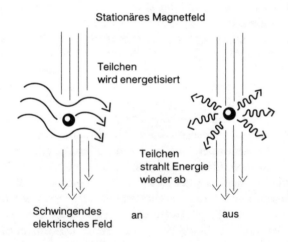

Abbildung 10.7 Wenn beide Felder angeschaltet sind, wird auf die Teilchen Energie übertragen. Wenn das schwingende Magnetfeld abgeschaltet wird, strahlen die Teilchen die Energie in Form eines elektromagnetischen Feldes wieder ab, das dann gemessen werden kann.

webe unterscheiden sich von denen des normalen Gewebes und geben daher ein anderes Signal ab. Die klinisch verwendeten magnetischen Scanner arbeiten mit sehr starken Magnetfeldern und mit dementsprechend hohen Radiofrequenzen, weil sich so sehr detailreiche Bilder in hoher Auflösung erzeugen lassen, während auf den bei geringeren Feldstärken und niedrigeren Frequenzen entstehenden Bildern weniger Einzelheiten zu sehen wären.

Die magnetische Resonanz und das «Heiler-Phänomen»

Im vierten Kapitel habe ich über die Fähigkeit von Heilern berichtet, durch von ihren Händen ausgehende elektromagnetische Felder Krankheitsprozesse zu lokalisieren. Ich habe die Theorie aufgestellt, daß das von dem Heiler ausgehende Feld in irgendeiner Komponente des Körpers elektromagnetische Resonanz erzeugt, und daß der Heiler das zurückgestrahlte Signal wahrnimmt. Der Heiler baut dann Stück für Stück in seiner Vorstellung ein Bild auf, das dem Bild aus einem Kernspintomographen entspricht, aber eine geringere Auflösung hat. Diese Theorie bezieht sich nicht nur auf das Wasserstoff-Ion als Zielteilchen, sondern ist in gleicher Weise auch auf eine Reihe anderer biologisch wichtiger Ionen sowie auf bestimmte Moleküle wie zum Beispiel Enzyme oder Peptide anwendbar.

Der Heiler ist nur dann in der Lage, einen pathologischen Befund zu lokalisieren, wenn das Signal, das er von dem erkrankten Gewebe empfängt, sich von dem Signal des gleichen Gewebes im gesunden Zustand unterscheidet. Dieser Unterschied könnte sich durch eine Abweichung von der normalen Anzahl von Ziel-Ionen oder Ziel-Teilchen oder durch deren abnormen elektronischen Zustand ergeben. Möglicherweise läßt sich die von Heilern erzielte therapeutische Wirkung auf ähnliche Weise erklären. Wenn sich diese Theorie als richtig erweist, könnte sie zur Entwicklung neuer, spezifischer Geräte zu klinischen Zwecken führen. Dabei ist nicht nur an die Einflußnahme auf bestimmte Ionen in einem erkrankten Gebiet, sondern auch an Resonanzwirkungen zwischen den von dem Heiler ausgehenden Feldern und den körpereigenen elektrischen Steuerungssystemen zu denken. Die beteiligten

Ströme haben zwar nur eine verschwindend geringe Stärke, müßten aber dennoch in den Geweben örtliche magnetische Gleichfelder erzeugen. Diese Felder könnten zusammen mit einem von dem Heiler ausgehenden Strahlungsfeld zur Resonanz mit anderen geladenen Teilchen führen. Da diese Theorie auf einem komplexen Resonanzphänomen beruht, muß das stationäre Magnetfeld der Erde hineinspielen. Das schwingende Feld des Heilers müßte sich daher in dem richtigen ELF-Bereich befinden. Da die Stärke des Erdmagnetfeldes in einem täglichen Zyklus schwankt, müßte der resonante Frequenzbereich ebenfalls leicht schwanken, und die von dem Heiler ausgestrahlte Frequenz müßte den Schwankungen angepaßt werden. Es erscheint jedoch unrealistisch, von einem Heiler die Fähigkeiten und die Präzision eines Frequenzgenerators zu verlangen. Die Frequenzen, über die der Heiler verfügt, bewegen sich also wohl nur im Rahmen dessen, was aufgrund der natürlichen Schwankungen des stationären Feldes der Erde erforderlich ist.

Wenn diese Theorie stimmt, müßten die Heiler zu den Zeiten, wo das geomagnetische Feld sich ruhig verhält, mit größerer Präzision und größeren Erfolgen in Diagnose und Therapie arbeiten können. Umgekehrt müßten sie durch Perioden starker Magnetstürme und durch örtliche Gegebenheiten, in denen starke künstliche stationäre Felder oder störende ELF-Felder aus anderen Quellen eine Rolle spielen, ungünstig beeinflußt werden. All diese Möglichkeiten sind aber in ihrem Zusammenhang mit dem Heiler-Phänomen bisher nicht erforscht.

Die magnetische Resonanz und die außersinnliche Wahrnehmung

Unsere Radio-Kommunikationssysteme stützen sich ausnahmslos auf Resonanzphänomene, wenn auch nur auf die einfache Wellenlängen-Resonanz. Beim Einstellen eines Senders wird nur die Frequenz verändert, bei der die inneren Stromkreise des Empfängers resonant sind, so daß wir nur das Signal empfangen, das uns interessiert. Dieses System reagiert nicht sehr empfindlich auf Magnetfelder, außer bei Magnetstürmen, die die Eigenschaften der Ionosphäre beeinflussen und entweder bestimmte Frequenzen stören oder den Empfang von Signalen aus ungewöhnlich großer Entfernung ermöglichen.

Man hat das Phänomen der außersinnlichen Wahrnehmung (ASW) als biologisches Radio bezeichnet, bei dem der «Sender» ein elektromagnetisches Signal ausstrahlt, das vom «Empfänger» irgendwie aufgenommen wird. Die Analogie mit dem Radio hat aber nichts zur Erklärung des Phänomens beigetragen. In Anbetracht der Tatsache, daß die vom menschlichen Gehirn ausgehenden Felder fast nicht wahrnehmbar sind und die Abstimmungskreise für Sender und Empfänger bisher nicht auszumachen sind, ist es schwer, die Entfernungen zu erklären, die die ASW überbrückt.

Wir wissen aber inzwischen, daß viele Arten von ASW durch ein ruhiges geomagnetisches Feld begünstigt und durch ein gestörtes behindert werden. Das geht aus einem Bericht hervor, den Drs. Michael Persinger, Marsha Adams, Erlendur Haraldsson und Stanley Krippner 1986 bei einer parapsychologischen Konferenz im Rahmen des Jahrestreffens der Amerikanischen Psychologischen Gesellschaft vorgetragen haben. Sie waren unabhängig voneinander und jeweils mit einer anderen Technik vorgegangen, aber dennoch alle zu der gleichen Schlußfolgerung gelangt: Das Phänomen der ASW wird durch ein gestörtes geomagnetisches Feld beeinträchtigt.

Das könnte bedeuten, daß wir es bei der ASW mit einer Erscheinungsform komplexer Resonanz zu tun haben, wobei das geomagnetische Feld als stationäre Komponente fungieren würde. Die enorme Sensitivität des Resonanzvorgangs wäre zweifellos günstig für die Überwindung der Schwierigkeiten bei der Übertragung der äußerst schwachen Signale, um die es hier gehen muß.

Die Daten können allerdings auch anders interpretiert werden. Das Phänomen der ASW setzt drei Komponeten voraus, die es auch bei Radio-Kommunikationssystemen gibt: einen Sender, ein die Entfernung überbrückendes Signal und einen Empfänger. Wenn magnetische Kräfte in diesen Prozeß hineinspielen, könnte ein gestörtes geomagnetisches Feld die Funktionstüchtigkeit des Senders oder des Empfängers oder die Übermittlung des Signals durch den Raum selbst beeinträchtigen.

Die offensichtliche Fähigkeit des Signals, weite Distanzen zu überbrücken, wirft Probleme auf, wenn man nur die einfache Radiotechnik in Betracht zieht. Man weiß aber, daß ELF-Signale auf weite Entfernung durch Magnetkanäle übertragen werden. Diese Übertragung bringt sogar eine *Verstärkung* des Signals mit sich. Die Magnetkanäle werden von benachbarten Linien des sich vom magnetischen Nordpol zum Südpol erstreckenden Magnetfeldes gebildet. Das Problem dabei ist, daß sich hierdurch nur die Übertragung der ELF-Signale von Norden nach Süden erklären läßt. Aber da wir ständig neue Eigenschaften des Magnetfeldes der Erde entdecken, sollten wir derartige Möglichkeiten nicht aus den Augen verlieren.

Die Resonanztheorie liefert auch Hinweise darauf, mit welcher Art von Versuchen wir dem Verständnis der untersuchten Mechanismen näher kommen könnten. Das Ärgerlichste an der ASW ist, daß sie nicht beliebig reproduzierbar ist. Manchmal funktioniert sie mit erstaunlicher Präzision, aber es gibt auch Zeiten, wo sie sich beim besten Willen nicht einstellt. In der Naturwissenschaft ist das Grund genug, eine ganze Theorie zu verwerfen: Ein Phänomen, das sich im Labor nicht reproduzieren läßt, existiert einfach nicht. Wenn wir wüßten, welche Beziehungen es zwischen der ASW und dem Zustand des Magnetfeldes der Erde gibt, könnten wir vielleicht die unbekannte Variable herausfinden und damit den Makel der Nichtreproduzierbarkeit beseitigen. Darüber hinaus könnten wir Experimente zur genauen Erforschung dieser Beziehungen planen.

Magnetfeld und Zellteilung

Wenn sich bei der Mitose in der Zelle magnetisch aktive Vorgänge abspielen, die von irgendeiner Art von Resonanzwirkung der natürlichen (oder normalen) Felder der Erde abhängen, dann könnten künstliche (abnorme) Felder zu Störungen der Mitose oder genetischen Mißbildungen führen. Es liegen klare Beweise dafür vor, daß alle am Prozeß der aktiven Zellteilung beteiligten Zellen sowohl von ELF- als auch von Mikrowellen-Einwirkung in Mitleidenschaft gezogen werden. Leider wissen wir nur sehr wenig über die an der Mitose beteiligten physikalischen Vorgänge, und die Experimente über die Auswirkungen von Feldern auf die Zellteilung waren bislang auf die bloße Beobachtung von

Veränderungen der Teilungsgeschwindigkeit oder vom Entstehen mißgebildeter Chromosomen beschränkt.

Nur einmal wurde eine faszinierende Beobachtung gemacht. 1980
berichtete Dr. David Cohen vom National Magnet Laboratory am
MIT, er habe mit dem SQUID-Magnetometer ein von menschlichen
Haarfollikeln ausgehendes stationäres Feld entdeckt. Die Zellen des
Haarfollikels sind ständig in Mitose, aber Cohen prüfte nicht, ob das
magnetische Signal nicht vielleicht durch die Mitose erzeugt wurde.
Verschiedene Versuche, mit denen man diese Möglichkeit nachprüfen
könnte, sind also bisher unterblieben. So hat sich noch niemand die
Mühe gemacht, den Vorgang der Mitose unter dem Mikroskop zu be-
obachten, während die Zelle einem externen Magnetfeld ausgesetzt ist.
Wir können daher nur vermuten, was man dabei zu sehen bekäme. Hier
sind offenbar Zusammenhänge, die noch viel gründlicher erforscht
werden müssen.

Wenn man Zellen unter dem Mikroskop beobachtet, erscheint die
Zellteilung, die im Durchschnitt vierundzwanzig Stunden dauert, als
langwieriger Vorgang. Dabei ist die Zelle die meiste Zeit damit beschäftigt, den DNS-Strang zu duplizieren, bis alle Informationen vollständig
kopiert sind, so daß sich zwei neue Zellen bilden können. Dr. Abraham
Liboff hat als erster entdeckt, daß man diesen Vorgang beschleunigen
kann, indem man die Zellen ELF-Magnetfeldern aussetzt. Der eigentliche Prozeß der Zellteilung ist ein komplexes Geschehen, das insgesamt
nur wenige Minuten dauert. Die Mitose (vgl. Abb. 10.8) ist in diesem
Zyklus das letzte Stadium und das einzige, das sich unter dem Mikroskop beobachten läßt. Bei Zellen im Körper läuft der gleiche Prozeß ab
wie bei Zellen in Kultur.

Mit besonderen Verfahren kann man diesen Prozeß bei allen – oder
doch bei den meisten – Zellen einer Kultur synchronisieren, so daß sie
alle ungefähr zur gleichen Zeit in die Mitose eintreten. Man kann den
Prozeß auch genau in dem Moment anhalten, wo die Chromosomen
gerade anfangen, «sich auseinanderzuziehen». Diese Technik wird eingesetzt, um die einzelnen Chromosomen zu zählen und zu identifizieren
oder auch um Mißbildungen festzustellen, über die Heller als erster berichtet hat (vgl. achtes Kapitel).

Dr. Martin Poenie von der University of California in Berkeley hat
kürzlich gezeigt, daß bei den Kalzium-Ionen in der Zelle während der

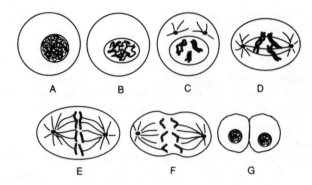

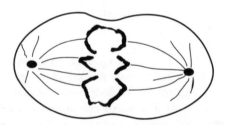

Abbildung 10.8 Normale Abfolge der Mitose. *A:* Zelle in «Ruhestellung»; während dieser Zeit wird die DNS verdoppelt. *B:* Die Chromosomen werden sichtbar. *C:* Die Chromosomen bilden Paare, und die Zentriolen werden sichtbar (der Deutlichkeit halber sind nur drei Chromosomen abgebildet). *D:* Die Chromosomen wandern in die Mitte der Zelle. *E:* Die Chromosomen sind paarweise entlang der Mittellinie der Zelle angeordnet. *F:* Die von den Zentriolen kommenden Fasern (die Spindelfasern) scheinen zurückzuweichen und die beiden Chromosomenpaare auseinanderzuziehen. *G:* Bildung zweier Tochterzellen, die beide genau eines der ursprünglichen Chromosomenpaare enthalten. Der wissenschaftliche Name für Stadium *B, C* und *D* ist Prophase; *E* ist die Metaphase und *F* die Anaphase.

Abbildung 10.9 Abnorme Brückenbildung zwischen den Chromosomenpaaren in der Anaphase nach Einwirkung von 27-MHz-Strahlung. Die beiden Schwesterchromosomen können sich offenbar nicht vollständig voneinander trennen. Das führt dazu, daß die beiden Tochterzellen nicht die gleiche Menge oder Art genetischer Information erhalten und Onkogene produziert werden können.

310

Anaphase der Mitose bedeutende Veränderungen auftreten. Es ist denkbar, daß dieser Prozeß als Folge der Zyklotronresonanz beeinträchtigt wird, wenn die Zelle unter Feldeinwirkung steht. Es wäre auch möglich, daß einige der komplexen Strukturen, die sich während der Mitose bilden, eigene magnetische Eigenschaften haben. Jeder Stoff ist bis zu einem gewissen Grad magnetisch, weil der Spin der Elektronen um den Kern jedes Atoms einem winzigen elektrischen Strom entspricht und daher ein Magnetfeld bildet. Magnetische Stoffe sind entweder ferromagnetisch (dann erzeugen sie ein eigenes Magnetfeld), paramagnetisch (dann richten sie sich parallel zu den Feldlinien eines externen Magnetfeldes aus) oder diamagnetisch (dann stehen sie antiparallel, das heißt in entgegengesetzter Richtung zu den Feldlinien eines externen Magnetfeldes). Diese verschiedenen Arten magnetischer Substanzen wurden am Ende des 19. Jahrhunderts von Michael Faraday entdeckt.

Faraday setzte viele verschiedene Stoffe ungleichförmigen – inhomogen – Magnetfeldern aus, in denen die Feldlinien nicht parallel zueinander verlaufen. Die genaue Einteilung hängt von der Zusammensetzung und Struktur der Atome der Stoffe ab, und die Situation ist in Wirklichkeit noch wesentlich komplizierter als ich sie hier darstelle. Aber schon unsere vereinfachte Einteilung zeigt die Komplexität der magnetischen Eigenschaften der Materie.

Wenn es offiziell schon einigermaßen verpönt ist, zu glauben, ELF-Felder könnten eine Wirkung auf Chromosomen ausüben, so gilt es als *völlig abwegig*, eine solche für magnetische Gleichfelder anzunehmen. Infolgedessen haben die meisten Wissenschaftler, die auf diesem Gebiet arbeiten, sich nie auf die Untersuchung von Wirkungen durch Gleichfelder eingelassen. Als ich in den sechziger Jahren die Literatur durchforstete, habe ich trotzdem mehrere frühe Berichte über die Einwirkung von magnetischen Gleichfeldern auf die Zellteilung gefunden. 1938 berichtete Dr. C. G. Kimball, daß inhomogene Gleichfelder von wenigen Gauß zu einer statistisch signifikanten Abnahme der Wachstumsrate von Hefezellen führen können, während starke homogene Felder von 11 000 Gauß die normale Wachstumsrate nicht beeinflussen. Die Wirkung mußte also auf der Inhomogenität des Feldes beruhen.

1978 machte ich Versuche über die Wirkung elektrischer Gleichfel-

311

der (auch elektrostatische Felder genannt) auf wachsende Krebszellen. Wir pflanzten Mäusen Krebszellen ein und setzten die Mäuse dann über mehrere Wochen einem inhomogenen Gleichfeld aus. Dabei richteten wir zwei verschiedene Versuchsanordnungen ein: bei einer Gruppe von Versuchstieren war das Feld horizontal (parallel zur Erde), bei der anderen vertikal (im rechten Winkel zur Erde) angeordnet.

Überraschenderweise ergab sich bei den beiden Versuchsanordnungen ein wichtiger Unterschied: Bei horizontaler Anordnung waren die Chromosomen der Krebszellen deutlich abnorm, während sie bei vertikaler Anordnung keinerlei Abweichung vom normalen Muster zeigten. Bei der horizontalen Gruppe fanden wir Chromosomenbrüche, Austausch von Chromosomenteilen von einem zum anderen Chromosom, Bildung von ringförmigen Chromosomen und winzige Fragmente, die von anderen Chromosomen abgebrochen waren. Derartig schwere Chromosomenmißbildungen führen gewöhnlich dazu, daß keine Zellteilung mehr stattfinden kann und die Zellen schließlich absterben oder eine neue, mutierte Zellinie entsteht. Wir prüften diese Möglichkeiten und stellten fest, daß die Krebszellen mit den deutlichen Chromosomenmißbildungen starben, weil sie die Fähigkeit zur Replikation verloren hatten. Das mußte klinische Folgen haben, die wir aber leider nicht weiter verfolgen konnten. Der Versuch ist bisher nicht wiederholt worden.

Komplexe elektronische Resonanzwirkungen setzen auf der Ebene des einzelnen Ions oder Moleküls an und können sogar auftreten, wenn gar keine Zellen vorhanden sind. Die Wirkung auf Zellebene hängt davon ab, in welcher Art von Zelle die Feldwirkung erzeugt wird und wie die betreffende Zelle organisiert ist. Die Erforschung der Wirkung von Feldern auf Zellen in dieser Hinsicht hat eben erst begonnen.

Wenn schon die Wirkungen, die komplexe elektronische Resonanzphänomene auf der Ebene des Ions und des Moleküls hervorbringen, bedeutungsvoll sein können, so kann die sich daraus ergebende Änderung in Funktion oder Struktur der Zelle noch viel wichtiger sein. Auf der Ebene des Gesamtorganismus bestehen die Wirkungen der Feldexposition aus der Summe der Wirkungen auf die Moleküle, auf die Zellen und auf die Organe, die eigens für die Wahrnehmung der in der Umwelt der Erde vorkommenden normalen elektromagnetischen Felder eingerichtet sind.

312

Die Feldwirkungen auf funktionierende Gesamtorganismen summieren sich daher zu einem Schwall von Veränderungen, die schließlich zu vielen verschiedenen strukturellen, funktionalen und verhaltensmäßigen Abweichungen führen – wie wir sie in den neuen Krankheiten beobachten, die heute im Entstehen begriffen sind. Davon ist im nächsten Kapitel die Rede.

Die in den letzten Jahren gesammelten Daten zeigen deutlich, daß wir das normale geomagnetische Feld der Erde heute in die Betrachtung der Grundfunktion lebender Organismen als Umweltfaktor von großer Tragweite einbeziehen müssen. Ich meine, daß es sich bei dieser Einsicht wahrscheinlich um die bedeutendste Einzelerkenntnis des Jahrhunderts handelt. Sie liefert den Schlüssel für das Verständnis der Mechanismen, auf denen die biologischen Wirkungen aller elektromagnetischen Felder beruhen und kann uns vielleicht in die Lage versetzen, die Risiken, die in der technologischen Verwendung solcher Felder liegen, genauer einzuschätzen. Noch wichtiger ist aber, daß sie den Zugang zu einem tieferen Verständnis der Lebensprozesse eröffnet, so wie es William Gilbert tat, als er im Jahre 1600 die wissenschaftliche Revolution einläutete. Die Entdeckungen, die darauf im siebzehnten und achtzehnten Jahrhundert folgten, haben uns unsere heutige Welt gebracht. Wenn wir sie richtig erforschen, können die neuen Entdeckungen, die die Verbindung des Menschen mit dem Magnetfeld der Erde zeigen, uns wieder eine neue Welt bescheren.

11. Die neuen Seuchen

Wo kommst du her, mein liebes Kind?
Aus dem Nichts kam ich geschwind.

Kinderreim

In den vorausgegangenen Kapiteln haben wir die Beweise für schädliche biologische Wirkungen durch die Bestrahlung mit abnormen, künstlichen elektromagnetischen Felder aus der Sicht von Laborergebnissen und epidemiologischen Daten betrachtet. In diesem Kapitel sollen die *medizinischen* Erkenntnisse vorgestellt werden, die auf einen Zusammenhang zwischen diesen Feldern und erst in letzter Zeit auftretenden bedeutsamen Veränderungen im Spektrum der menschlichen Krankheiten hinweisen.

Wir haben es gegenwärtig mit Krankheiten zu tun, die noch vor wenigen Jahren unbekannt waren. Wir beobachten auch, daß Krankheiten, die wir bereits für überwunden hielten, sich wieder in beunruhigender Weise vermehren oder wandeln. Aber während die AIDS-Epidemie die Schlagzeilen beherrscht, erregen andere, ebenso schwerwiegende Krankheiten – wie die Alzheimersche Krankheit, Krebs und entwicklungsbedingte Mißbildungen – weniger Aufmerksamkeit. Vielleicht kann das neue wissenschaftliche Paradigma, das wir diskutiert haben, einiges zum Verständnis dieser neuen Seuchen beitragen und unsere Spekulationen aufgrund der neuen Informationen in die richtige Richtung lenken.

Die durch die Verwendung der elektromagnetischen Energie hervorgerufene globale Veränderung der Umwelt hat dazu geführt, daß alle lebenden Organismen, vom Virus bis zum Menschen, neuartigen Energiefeldern ausgesetzt sind, die es früher nicht gegeben hat. Wir haben gesehen, wie diese Felder mit sensorischen Systemen in Wechselwirkung treten, die für die Wahrnehmung der normalen elektromagnetischen Umgebung geschaffen sind, wodurch abnorme biologische Wirkungen entstehen, die letztlich zum Auftreten von Krankheiten führen.

Diese Wechselwirkung scheint auch dafür verantwortlich zu sein, daß einige neue Krankheitsbilder entstanden sind und das Erscheinungsbild anderer, altbekannter Krankheiten sich in unvorhergesehener Weise verändert hat.

Theoretisch kann eine Krankheit, die plötzlich aus dem Nichts auftaucht, auf einer genetischen Veränderung eines schon existierenden Mikroorganismus (eines Bakteriums oder eines Virus) beruhen, die neue pathologische Eigenschaften nach sich zieht. Oder sie kann durch ein starkes Nachlassen der Widerstandskraft gegen Krankheiten entstehen, das den Menschen für die Angriffe von Mikroorganismen anfällig macht, die ihm früher nichts anhaben konnten. In der Praxis liegen die Dinge nicht ganz so einfach. Hippokrates hatte recht mit der Annahme, daß die klinischen Eigenschaften einer Krankheit immer aus dem Zusammenwirken zwischen einer Krankheitsursache und dem Körper des Patienten entstehen. Im Angesicht einer neuen Krankheit ist es oft nicht leicht, sich dafür zu entscheiden, welche von beiden Ursachen ausschlaggebend ist.

Das EM-Hypersensibilitäts-Syndrom: Überempfindlichkeit gegen elektromagnetische Felder

Seit die Öffentlichkeit auf mich als Erforscher der biologischen Wirkungen elektromagnetischer Felder aufmerksam wurde, bekam ich immer wieder Briefe von Leuten, die behaupteten, sie seien gegen solche Felder «allergisch». Manche schrieben, sie seien sogar weit hinaus aufs Land gezogen, wo es möglichst wenig elektromagnetische Felder gibt. Ich muß gestehen, daß ich anfänglich äußerst skeptisch gegenüber solchen Aussagen war und die Beschwerden auf rein psychische Ursachen zurückführte. Aber die Anzahl der Zuschriften ist in den letzten fünf oder sechs Jahren so enorm gewachsen, daß ich nicht länger darüber hinweggehen kann. Zum Glück haben jetzt auch andere medizinische Forscher angefangen, sich für dieses Krankheitsbild zu interessieren und Kriterien für seine Diagnose zu erarbeiten.

Dr. William Rae, ein ehemaliger Chirurg aus Texas, entdeckte bei

315

der Arbeit in modernen Operationssälen, daß er empfindlich auf elektromagnetische Felder reagierte. In dem Maße, in dem die Medizin zur Technologie entartete, sind die Operationssäle mit immer mehr elektrischen Geräten vollgestopft worden. Heute ist es meiner Ansicht nach nicht übertrieben zu behaupten, daß der Aufenthalt in Operationssälen riskant ist. Durch Ausschalten anderer Quellen stellte Dr. Rae fest, daß seine allergischen und neurologischen Symptome nur durch elektromagnetische Felder im Operationssaal ausgelöst sein konnten. Später merkte er, daß er mit seiner Überempfindlichkeit nicht allein dastand, sondern daß es immer mehr Menschen mit den gleichen Beschwerden gibt. Es ist in solchen Fällen typisch, daß die Patienten sich vom Arzt sagen lassen müssen, die Symptome seien «bloß eingebildet», und sie sollten zum Psychiater gehen.

Rae war über diese Situation empört. Also gründete er eine Klinik, in der das Problem als echtes Krankheitsbild behandelt wird. Sein Environmental Health Center (Medizinisches Zentrum für gesunde Umwelt) in Dallas, Texas, ist wohl die bestausgerüstete Klinik dieser Art in den USA. Die Patienten werden dort auf ihre Reaktionen auf verschiedene elektromagnetische Felder getestet, ohne sich dessen bewußt zu sein. Bei den meisten Patienten läßt sich eine ständige Unverträglichkeit gegenüber ganz bestimmten Frequenzen feststellen und durch objektive Messungen der Aktivitäten des autonomen Nervensystems quantifizieren. Auf diese Weise hat Rae beweisen können, daß das EM-Hypersensibilitätssyndrom ein reales klinisches Krankheitsbild ist.

Die Menschen, die unter diesem Syndrom leiden, haben eine Reihe gemeinsamer Eigenschaften und Symptome. Die folgende Fallgeschichte ist typisch dafür. Mary M. arbeitete seit vielen Jahren als EDV-Leiterin für eine internationale Firma. Sie liebte ihre Arbeit und hatte nie irgendwelche nennenswerten Gesundheitsprobleme gehabt, bis sie eines Tages den Auftrag erhielt, einen neuen Computer zu prüfen, den die Firma vielleicht anschaffen wollte. Der Computer war toll, leicht zu bedienen, schnell und leistungsfähig, und am ersten Tag arbeitete sie gern damit. Am Abend ging sie mit leichten Kopfschmerzen nach Hause, die aber nach einem Aspirin aufhörten. Am nächsten Tag arbeitete sie nicht einmal eine Stunde an dem neuen Gerät, und die Kopfschmerzen waren wieder da. Sie nahm wieder ein Aspirin und fragte sich, ob sie «irgend etwas ausbrütete». Als sie weiter an dem neuen

Computer arbeitete, wurde ihr übel und schwindlig, und die Kopfschmerzen gingen nicht mehr weg.

Mary ging zur Krankenstation, wo man ein leichtes Fieber feststellte und meinte, sie «brüte wohl eine Grippe aus». Sie nahm sich zwei Tage frei und fühlte sich prima, als sie wieder zur Arbeit ging. Aber nach wenigen Minuten am Computer merkte sie, daß Übelkeit, Schwindelgefühl und Kopfweh wieder einsetzten. Kurz danach überfiel sie bleierne Müdigkeit, sie konnte sich nicht mehr konzentrieren und hatte Probleme mit den Augen. Als sie weiterarbeiten wollte, verschlimmerten sich die Symptome, so daß es schließlich nicht mehr ging. Jetzt kam ihr langsam der Gedanke, es könnte vielleicht mit dem Gerät irgend etwas nicht in Ordnung sein, und sie äußerte diesen Verdacht auf der Krankenstation, bevor sie wieder nach Hause ging. Als sie zu Hause ankam, stellte sie fest, daß ihr Gesicht und die exponierten Teile des Halses und der Brust deutlich gerötet waren. Diesmal meldete sie sich eine ganze Woche krank; vor der Wiederaufnahme der Arbeit ging sie direkt zur Krankenstation, damit der Arzt sah, daß sie wieder ganz gesund war, bevor sie sich an das neue Gerät setzte. Man teilte ihr mit, in ihrer Abwesenheit hätte der Hersteller ihr Gerät überprüft und festgestellt, daß es ganz normal funktionierte und kein schädliches Feld produzierte.

Als sie die Tür zu ihrer Abteilung aufmachte, hatte sie das Gefühl, «einen Hochofen zu betreten». Der ganze Raum war mit den neuen Geräten ausgestattet, und ihre Mitarbeiter waren emsig an der Arbeit. Sie wollte bleiben, aber schon nach ein paar Minuten fühlte sie sich sehr krank und mußte gehen. Diesmal fragte der Arzt, ob sie irgendwelche emotionalen oder persönlichen Probleme hätte. Dann sollte sie doch einen Fachmann aufsuchen. Mary weigerte sich, die Arbeit wiederaufzunehmen und ging nach Hause.

Dann merkte sie, daß der Fernseher und die Stereoanlage die gleichen Symptome hervorriefen, wenn sie sich in der Nähe aufhielt. In den nächsten Wochen wurden ihre Beschwerden allmählich immer schlimmer. Schließlich wurde sie sogar am Telefon krank. Sie entwickelte auch Erscheinungen, die ihr wie «Allergien» gegen Sonnenlicht und gegen den Geruch von Dingen wie Wäschebleiche und Parfum vorkamen; außerdem wurde ihr von all diesen Dingen übel und schwindlig. Schließlich stellte sich auch der Hautausschlag wieder ein, und Mary ging zu einem Hautarzt. Der sagte, die elektromagnetische Strahlung aus dem Computer sei schuld, und er kenne noch mehr solche Fälle. Er empfahl Mary, für ein paar Wochen aufs Land zu fahren und zu sehen, ob sie sich da erholte. Seine anderen Patienten hätten manchmal nach so einem Urlaub von den elektromagnetischen Feldern wieder arbeiten können. Mary befolgte den Rat und erholte sich tatsächlich einigermaßen. Aber als sie in die Stadt zurückkehrte, waren auch die Symptome wieder da. Sie hat dann ihre Arbeit nicht wieder aufgenommen und lebt jetzt in einer sehr ländlichen Gegend im Ausland. Es geht ihr gut. Bleibt noch nachzutragen, daß die Computer aus Marys ehemaliger Firma verschwunden sind. Zu einem Gespräch war man dort nicht bereit.

Bei fast allen Patienten, die mich wegen dieses Krankheitsbildes konsultiert haben, sind die Symptome ebenso plötzlich aufgetreten. Nicht immer waren Computer beteiligt, aber immer war der Auslöser der Kontakt mit irgendeinem neuartigen elektromagnetischen Feld. Alle diese Menschen zeigten die gleichen Symptome und wurden gegen viele alltägliche Geräte empfindlich, bei denen sie früher nie etwas gemerkt hatten (zum Beispiel Fernseher, Computer, Stereoanlagen, Leuchtstofflampen, Telefone, elektrische Heizgeräte, Hochspannungsleitungen und elektronische Sicherheitssysteme). Im letzten Jahr ist zu der Liste der Geräte, von denen die Feldexposition ausgeht, die die Initialzündung für das Hypersensibilitätssyndrom auslösen kann, das Auto hinzugekommen. Dabei handelt es sich immer um die neuen computerisierten Modelle, und die Patienten haben die Erfahrung gemacht, daß sie mit dem gleichen Modell gleichen Fabrikats gut zurechtkommen, wenn es nicht computerisiert ist.

Wie bei jeder Krankheit treten auch hier die Symptome mit unterschiedlicher Heftigkeit auf. Manche Patienten entwickeln bei wiederholter Exposition schwerwiegende neurologische Reaktionen mit Symptomen wie Verwirrtheit, Depressionen, Gedächtnis- und Schlafstörungen, bis hin zu Krämpfen und schweren Verhaltensstörungen. Bei anderen treten nur beim Kontakt mit dem ursprünglichen neuartigen Feld leichte Symptome auf. Im allgemeinen kann man für all diese Patienten nicht viel tun außer ihnen zu raten, an einen Ort umzuziehen, wo die Felder ihnen keine Beschwerden machen.

Zum gegenwärtigen Zeitpunkt sind die Mechanismen, die die Überempfindlichkeit gegen neuartige elektromagnetische Felder auslösen, noch unbekannt. Allem Anschein nach haben diese aber eine direkte Wirkung auf das Nervensystem. Auch eine Beteiligung des Immunsystems ist sehr wahrscheinlich. Die Anzahl der Menschen, die am EM-Hypersensibilitätssyndrom leiden, ist im Steigen begriffen. Ob diese Zunahme an der wachsenden Zahl von Geräten liegt, die neuartige Felder aussenden, ob die Gesamtzunahme der Feldintensität aus allen möglichen Quellen dafür verantwortlich ist, oder ob sich die Empfindlichkeit der menschlichen Bevölkerung geändert hat, ist bisher nicht bekannt.

Das chronische Erschöpfungssydrom

Erschöpfung kann durch verschiedene Umstände entstehen, von körperlicher Anstrengung über relativ unbedeutende Virusinfektionen bis zu schweren Infektionskrankheiten und Krebs. Im Jahre 1982 wurde erstmalig über ein neues Krankheitsbild berichtet, das man zunächst für chronische Mononukleose (Pfeiffersches Drüsenfieber) oder chronische Epstein-Barr-Infektion hielt. Es war durch starke Erschöpfung, Halsentzündung, empfindliche Lymphknoten, schwaches Fieber, Konzentrationsmangel, Depressionen und geistige Verwirrung gekennzeichnet.

Seitdem ist das Interesse der Fachleute gestiegen, und es werden schnell immer mehr Krankheitsfälle bekannt. Einige Forscher meinen, es handele sich gar nicht um eine Krankheit, sondern um eine von der Öffentlichkeit hochgespielte Modeerscheinung. Die Bemühungen, den Ursachen auf die Spur zu kommen, haben nur ergeben, daß wir es weder mit Mononukleose noch mit der Epstein-Barr-Infektion zu tun haben. In ihrer schlimmsten Form kann sich die Krankheit lange, oft über mehrere Jahre hinziehen und zu schweren Entkräftungszuständen führen. Bei manchen Patienten sind die Hauptsymptome neurologischer Art, wobei schwere Störungen im Grenzbereich zur Psychose vorkommen. Die amerikanischen Centers for Disease Control haben die Krankheit kürzlich als echtes klinisches Krankheitsbild anerkannt und formale Kriterien für ihre Diagnostizierung vorgeschlagen.

Bisher hat sich aber keine Behandlung als wirksam erwiesen, auch nicht die mit dem Antiviruspräparat Azyklovir. In einer der bisher durchgeführten Azyklovir-Studien wurde vergleichbaren Patientengruppen an den National Institutes of Health entweder Azyklovir oder ein Placebo verabreicht, mit gleichem Resultat. Das Forschungsteam (das unter Leitung von Dr. Steven E. Strauss von der Abteilung für Medizinische Viruskunde des NIH stand, stellte aber einen interessanten Zusammenhang zwischen den Ergebnissen psychologischer Tests und den Veränderungen der Symptome der Patienten fest: «(Wir beobachteten) eine mit der Besserung des klinischen Allgemeinzustandes korrelierende deutliche Verbesserung der Werte für Wut, Depression und andere Gemütszustände.» Mit anderen Worten, wenn die Patienten *glaubten*, daß es ihnen besser ging, dann verbesserte sich auch ihr tatsächlicher klinischer Zustand.

Das Hypersensibilitätssyndrom und das chronische Erschöpfungssyndrom haben eine Reihe gemeinsamer Eigenschaften. Bei beiden handelt es sich um erst kürzlich beschriebene Zustände, beide beginnen recht plötzlich mit grippeähnlichen Erscheinungen, und viele der Symptome – besonders jene, die mit dem zentralen Nervensystem zusammenhängen – sind gleich. Der Hauptunterschied liegt in der von den Patienten jeweils berichteten unterschiedlichen Empfindlichkeit gegenüber elektromagnetischen Feldern. Ich wurde jedoch auch von einigen Patienten, deren Krankheit im wesentlichen als das chronische Erschöpfungssyndrom diagnostiziert worden war, konsultiert, weil sie sich entschieden schlechter fühlten, wenn sie mit Fernsehern und anderen Geräten in Kontakt kamen, selbst wenn sie das nicht als einen wesentlichen Aspekt ihrer Krankheit empfanden. Einige Patienten mit chronischem Erschöpfungssyndrom fühlen sich besser, wenn sie in ländlicher Umgebung sind, weit entfernt von den Quellen elektromagnetischer Felder.

Und schließlich hat sich herausgestellt, daß das chronische Erschöpfungssyndrom in der Elektroindustrie weit verbreitet ist, besonders in Silicon Valley im Norden von Kalifornien. Nach den Worten von Dr. James Cone, dem Chef der arbeitsmedizinischen Abteilung am San Francisco General Hospital, «haben diese Leute nicht die typischen Allergien, sondern leiden offenbar an irgendeiner neurologischen Störung oder an einer Störung des Immunsystems». Über 100 Angestellte in Silicon Valley haben wegen ihres Leidens ihre Firmen verklagt.

Wenn das auch keineswegs bewiesen ist, so besteht doch die Möglichkeit, daß beide Krankheiten auf die gleiche Ursache zurückzuführen sind – die Einwirkung abnormer elektromagnetischer Felder. Die beiden Krankheitszustände unterscheiden sich dadurch, daß im einen Fall eine klare Überempfindlichkeit gegen Felder vorliegt, während dieser Faktor im anderen Fall entweder fehlt oder doch viel weniger auffällig ist. Beiden gemeinsam sind jedoch die für die Beteiligung des zentralen Nervensystems und des Immunsystems typischen Erscheinungen. Wenn der gegenwärtige Trend anhält und der Prozentsatz der Bevölkerung, der an einer der Krankheiten leidet, weiter steigt, dann könnten sie zu einem erheblichen Problem für die öffentliche Gesundheit werden.

AIDS

Es erscheint heute als gesichert, daß der Verursacher des erworbenen Immunschwächesyndroms AIDS *(Acquired Immunodeficiency Syndrome)* ein neues Virus ist, das *Human Immunodeficiency Virus* (HIV). Es steht jedoch außer Frage, daß auch andere Faktoren, wie zum Beispiel die allgemeine Widerstandsfähigkeit gegen Krankheiten, das Verhalten und der Lebensstil bei dem tatsächlichen Krankheitssyndrom eine Rolle spielen. AIDS ist aus dem Nichts aufgetaucht, und es ist in keiner Weise klar, wie es dazu kam. Im Jahre 1980 brachte *Time*-Magazine einen Artikel über die «neuen Krankheiten» und die Rolle, die die Centers for Disease Control (Zentralstellen für Krankheitsüberwachung) bei ihrer Bekämpfung spielten. Damals gab es nur zwei Geisterkrankheiten: die Legionärskrankheit und das toxische Schocksyndrom. Zwei Jahre später erschien AIDS auf dem Plan. Seine Ursache lag damals im dunkeln, aber seine Virulenz und Sterblichkeitsrate lassen keinen Zweifel daran, daß es sich um ein öffentliches Gesundheitsproblem allerersten Ranges handelte. Das wurde, wie wir wissen, durch seine spätere Verbreitung und unsere Unfähigkeit, damit fertig zu werden, bestätigt.

Das HIV-Virus hat einige Eigenschaften mit einer Reihe anderer Viren gemeinsam, die verschiedene Arten von Leukämie bei Menschen und Tieren hervorrufen, aber seine wichtigste klinische Eigenschaft ist, daß es das Immunsystem und besonders die T-Lymphozyten angreift. Dr. Julie Overbaugh und ihre Kollegen von der Harvard School of Public Health haben mit einem Katzen-Leukämie-Virus gearbeitet, das in der Lage ist, entweder Leukämie oder ein akutes Immunschwäche-Syndrom, ähnlich wie AIDS beim Menschen, bei jungen Katzen hervorzurufen. Unter Verwendung von molekularen Klonierungstechniken konnten sie eine Mutation des Virus herstellen, die bei jungen Katzen ein Immunschwäche-Syndrom auslöste, das schnell zum Tode führte. Sie folgerten, daß «eine minimale Veränderung in Form einer Mutation ein nur ganz schwach pathogenes Virus in ein Virus verwandeln kann, das eine akute Form der Immunschwäche hervorruft».

Es wäre durchaus möglich, daß das heutige HIV-Virus das Ergebnis einer solchen Mutation eines vorher schon existierenden Virus ist, das für den Menschen ursprünglich nicht oder nur geringfügig pathogen war. Da sich gezeigt hat, daß abnorme elektromagnetische Felder die Fähigkeit haben, genetische Mutationen hervorzurufen, könnte dieser Mechanismus an der Verwandlung eines unschädlichen Virus in das HIV-Virus beteiligt gewesen sein. Das mag auf den ersten Blick weit hergeholt erscheinen, aber es ist nicht unmöglich.

Es wäre ganz ungewöhnlich, wenn die klinische AIDS-Krankheit nur das Ergebnis einer Infektion mit dem HIV-Virus, unabhängig vom Zustand des menschlichen Wirts, wäre. Wahrscheinlich erhöhen andere Faktoren, wie der Zustand des Immunsystems, die Gefahr, daß eine infizierte Person das offene klinische Syndrom entwickelt. Deshalb kann es sein, daß auch die von chronischer Bestrahlung durch abnorme Felder ausgehende schädigende Wirkung auf das Immunsystem beteiligt ist. In einem jüngst erschienenen Aufsatz berichtet Dr. Daniel B. Lyle vom Jerry L. Pettis Memorial Veterans Hospital in Loma Linda in Kalifornien, daß die Bestrahlung menschlicher T-Lymphozytenkulturen mit einem elektrischen 60-Hz-Feld über achtundvierzig Stunden hinweg zu einer signifikanten Schwächung ihrer gegen fremde Zellen wirkenden zytotoxischen (zellschädigenden) Eigenschaften führt. Lyles Bericht stellt zum ersten Mal eine Verbindung zwischen derartigen Feldern und den Zellen des Immunsystems her. Der Befund wirft die Frage eines Zusammenhangs zwischen der schädigenden Wirkung der Netzfrequenzfelder auf die Funktion der T-Lymphozyten einerseits und der Anfälligkeit dieser Zellen für Infektionen mit dem HIV-Virus andererseits auf.

Die Schulmediziner, die für die Reaktion auf die AIDS-Epidemie verantwortlich sind, kommen nicht aus dem Käfig ihres chemisch-mechanistischen Modells heraus, zu dem auch der Gedanke einer «magischen Kugel» gehört, die das AIDS-Virus töten würde. Die Wahrheit ist aber, daß wir gegen *keine* Viruserkrankung einen chemischen Wirkstoff besitzen, geschweige denn gegen eine so raffinierte und genetisch veränderliche wie AIDS, und daß auch kaum Aussichten auf eine baldige Entwicklung einer wirksamen chemischen Substanz oder eines Impfstoffes gegen das HIV-Virus bestehen.

Es ist an der Zeit, sich von dem Gedanken zu lösen, AIDS wäre nur das Ergebnis einer Infektion mit dem HIV-Virus; statt dessen sollten wir die Möglichkeit ins Auge fassen, daß die hier beschriebenen oder ähnliche elektromagnetische Faktoren an den Vorgängen beteiligt sind, indem sie dem ganzen Syndrom den Weg ebnen, wenn sie es nicht sogar direkt verursachen. Wir sollten auch endlich mit einer wohldurchdachten und gut geplanten Untersuchung jener energiemedizinischen Techniken beginnen, von denen wir wissen, daß sie die Tätigkeit des Immunsystems unterstützen. In Anbetracht dessen, daß wir über keine heilende oder auch nur lebensverlängernde Behandlung bei AIDS verfügen, sehe ich nicht, wie man es moralisch begründen könnte, daß die Prüfung und Anwendung dieser Techniken noch weiter hinausgeschoben wird.

Autismus

Das Syndrom des kindlichen Autismus wurde 1943 zum ersten Mal beschrieben als «angeborene Störung der sozialen Entwicklung», bei der das Kind von frühester Kindheit an «völliges soziales Desinteresse» und «merkwürdige Reaktionen auf die Umgebung, ungewöhnliches Verhalten und deutliche Kommunikationsstörungen» zeigt. Danach nahm sowohl das Interesse der Fachleute als auch die Anzahl der Fälle zu.

Es gab mehrere Theorien über die Ursachen des Autismus, den man unter anderem mit akuter Psychose (Schizophrenie) und Verhaltensstörungen in Verbindung brachte. Später wurde der Autismus klar von der Schizophrenie unterschieden, und man machte oft «eine Reihe von

Schädigungen des in der Entwicklung befindlichen zentralen Nervensystems – z. B. pränatale Röteln» (bei denen eine Rötelnerkrankung der Mutter das Gehirn des Fötus schädigt) für den Autismus verantwortlich oder sah ihn im Zusammenhang mit einer Verzögerung der geistigen Entwicklung. Heute glaubt man, daß er als Ergebnis einer konkreten biologischen Verletzung oder Schädigung des Gehirns während der fötalen Entwicklung entsteht. In einer Reihe von Untersuchungen wurde nach irgendeiner bestimmten pathologischen Schädigung des Gehirns gesucht; aber die wenigen, die man fand, schienen unter den untersuchten Fällen eher zufällig zu sein.

1988 berichtete Dr. E. Courchesne vom Neuropsychologischen Forschungslaboratorium am Children's Hospital Research Center in San Diego, er habe bei vierzehn von achtzehn autistischen Patienten eine spezifische pathologische Schädigung des Gehirns gefunden. Das Gehirn dieser Kinder wurde mit hochauflösenden Magnetresonanzscannern untersucht, wobei man feststellte, daß ein bestimmter anatomischer Anteil des Kleinhirns deutlich kleiner und weniger entwickelt war als bei normalen Kindern. (Das Kleinhirn ist ein kleiner, abgegrenzter Teil des Gehirns im hinteren unteren Bereich des Kopfes. Als seine Hauptaufgabe gilt allgemein die Koordination der motorischen Bewegungen, was aber wahrscheinlich in dieser großen Vereinfachung so nicht stimmt.) Diese spezifische Schädigung des Kleinhirns scheint direkt mit dem klinischen Autismus-Syndrom zusammenzuhängen.

In den frühen achtziger Jahren begann Dr. Hans-Arne Hannson vom Institut für Neurobiologie an der Universität von Göteborg in Schweden mit der Untersuchung der Wirkung der Bestrahlung mit Mikrowellen- und Netzfrequenzfeldern auf das Gehirn von neugeborenen Versuchstieren. Im Fall der Mikrowellen stellte er fest, daß eine kurze Bestrahlung mit thermischen Stärkegraden zu einer latenten Schädigung der Struktur der Nervenzellen führte, die erst zwei bis vier Monate nach der Bestrahlung sichtbar wurde. Die Schädigung der Nervenzellen war im Gehirn, in der Netzhaut, im Sehnerv und im Kleinhirn zu beobachten. Bei Tieren, die mit 60-Hz-Netzfrequenzfeldern bestrahlt wurden, stellte Hannson pathologische anatomische Veränderungen besonders im Kleinhirn von Neugeborenen fest. Später fand Dr. Ernest N. Albert von der medizinischen Fakultät der George Washington University im wesentlichen die gleichen pathologischen Veränderungen im

Kleinhirn neugeborener Ratten, die im Alter von einem bis sechs Tagen mit schwachen Mikrowellen bestrahlt worden waren.

Zum gegenwärtigen Zeitpunkt können wir nicht mit Sicherheit sagen, ob die konkreten Schädigungen im Kleinhirn autistischer Kinder denen entsprechen, die im Kleinhirn von Tieren durch die Bestrahlung mit Netzfrequenz- oder Mikrowellenfeldern hervorgerufen wurden. Die Tatsache, daß der Autismus als klinisches Krankheitsbild in den frühen 1940er Jahren eingesetzt hat, fällt jedoch mit einer deutlichen Zunahme der Verwendung elektromagnetischer Energie zusammen. *Daß sowohl bei autistischen Kindern als auch bei Versuchstieren im gleichen Bereich des Gehirns Schädigungen gefunden wurden, ist jedoch ein bemerkenswerter Zufall, der der gründlichen Untersuchung bedarf.*

Autismus ist eine verheerende Krankheit, und nur 1 bis 2 Prozent seiner Opfer gelingt es je, in Privatleben und Beruf ganz selbständig zu leben. Es ist daher äußerst wichtig, Klarheit darüber zu gewinnen, ob diese Krankheit auf die Einwirkung abnormer elektromagnetischer Felder in den letzten Phasen der fötalen Entwicklung oder in den frühen Lebensstadien des Neugeborenen zurückzuführen ist.

Das *fragile-X*-Syndrom

Eines der Chromosomen, die in der menschlichen Zelle identifiziert worden sind, ist das nach seiner Form so genannte X-Chromosom. X ist, ebenso wie Y, eines der Geschlechtschromosomen. Die Entscheidung, ob ein Individium männliches oder weibliches Geschlecht erhält, hängt von der Anzahl der X- und Y-Chromosomen im befruchteten Ei ab.

Vor zwanzig Jahren entdeckte man, daß ein Symptomenkomplex, der durch verschiedene Grade geistiger Retardierung, Verhaltensstörungen und gewisse anatomische Besonderheiten gekennzeichnet war, mit einer Mißbildung des X-Chromosoms zusammenhängt. Bei den X-Chromosomen solcher Patienten ist eines der Glieder des X teilweise scheinbar abgetrennt – daher der Name *fragile-X* (englisch für «brüchiges X»). Der Effekt scheint bei frühen Mitosen des befruchteten Eis aufzutreten und wird dadurch hervorgerufen, daß das Chromatin (eine

Ansammlung von DNS, aus der die einzelnen Chromosomen entstehen) an dieser Stelle nicht richtig zusammen«klebt».

Es ist jetzt allgemein bekannt, daß das *fragile-X* nach dem Mongolismus unter den verbreiteten genetischen Mißbildungen in den USA an zweiter Stelle steht. Mongolismus kommt ungefähr bei einer von tausend Geburten vor, das *fragile-X*-Syndrom einmal bei fünfzehnhundert Geburten. Merkwürdigerweise haben nicht alle Personen mit brüchigen X-Chromosomen das Syndrom, und einiges spricht für die Vermutung, daß dieses jeweils von der Mutter auf den Sohn übertragen wird. Die Versuche, hinter die komplizierten Geheimnisse dieser ernsten Krankheit zu kommen, machen gute Fortschritte. Von besonderem Interesse ist die neueste Entdeckung.

Unmittelbar nach dem Erscheinen des Berichts von Dr. Courchesne über die Schädigung des Kleinhirns bei autistischen Kindern untersuchte Dr. Alan Reiss vom Kennedy-Institut an der John-Hopkins-Universität das Gehirn von Patienten mit dem *fragile-X*-Syndrom und fand im Kleinhirn dieser Patienten eine ganz ähnliche Mißbildung. Vielleicht ist dieser Defekt des Kleinhirns nur ein Teil eines größeren neurobiologischen Defekts. Die anatomischen Mißbildungen, die Courchesne und Reiss entdeckt haben, und die Entstehung der gleichen Mißbildungen bei Tieren durch Einwirkung abnormer elektromagnetischer Felder, wie sie Hannson und Albert beobachtet haben, werfen einige beunruhigende Fragen hinsichtlich unserer Zukunft auf.

Viele neugeborene Babys in den USA werden in den Krankenhäusern in Kinderzimmern und Intensivstationen für Frühgeburten abnormen elektromagnetischen Feldern ausgesetzt. Diese Felder entstehen dadurch, daß für Heiz- und Überwachungszwecke ausgiebig von High-Tech-Geräten Gebrauch gemacht wird. Dadurch ist beispielsweise die Gelbsucht zu einem häufigen Problem bei Neugeborenen geworden. Sie wird gewöhnlich mit Phototherapie behandelt, das heißt, durch Bestrahlung mit intensivem weißem Licht, in der Regel aus fluoreszierenden Glühlampen, die ein starkes elektromagnetisches Feld erzeugen (vgl. Kapitel 8). Diese Behandlung ist wirksam und nötig, weil die chemische Substanz, die die Gelbsucht verursacht, das Bilirubin, auf Gehirnzellen toxisch wirkt. Das intensive Licht bewirkt eine Umstellung in der chemischen Struktur des Bilirubins, so daß es mit dem Urin ausgeschieden werden kann.

Die einzige bisher beobachtete Nebenwirkung dieser Therapie ist eine mögliche Schädigung der Augen, die daher während der Behandlung gewöhnlich mit Augenschützern abgeschirmt werden. Man hat jedoch beobachtet, daß Kinder, die so behandelt worden sind, einen unter dem Normalen liegenden Blutkalziumspiegel haben. Im Jahre 1981 untersuchten Drs. David Hakanson und William Bergstrom vom Klinikum der State University of New York in Syracuse die Wirkungen der Phototherapie auf neugeborene Laboratoriumstiere. Sie stellten fest, daß der niedrigere Kalziumspiegel durch eine Wirkung auf die Zirbeldrüse zustande kam, die zu einer Hemmung der Melatoninausschüttung führte. Offensichtlich hat die Phototherapie auf dieses wichtige Organ des Gehirns eine direkte Auswirkung, so daß man sich fragen kann, ob nicht bei Tieren und Menschen auch noch andere, wichtigere Wirkungen auftreten können.

Die Zellen des Gehirns und des zentralen Nervensystems scheinen besonders empfindlich auf abnorme Felder zu reagieren. Diese Empfindlichkeit kann sich in Funktionsstörungen der ausgereiften Zellen ausdrücken, wie Adeys Demonstration des Austritts von Ca^{++} oder die pathologischen Veränderungen, die zu Gehirntumoren führen (siehe achtes Kapitel), gezeigt haben. Das sich entwickelnde zentrale Nervensystem des Fötus oder des Neugeborenen ist besonders empfindlich. Man sagt, es sei in den ersten Lebensmonaten «weich wie Gummi», weil es sich dauernd verändert und neue Verbindungen und anatomische Strukturen bildet. In dieser Zeit kann die Bestrahlung des Gehirns mit abnormen elektromagnetischen Feldern entweder zur Herstellung falscher Verbindungen oder zur Entstehung dauerhafter anatomischer Veränderungen führen. Das Ergebnis ist in jedem Fall tragisch.

Wir haben oben gesehen, daß die Zirbeldrüse die wichtigste Struktur des Gehirns ist, die das Magnetfeld der Erde direkt wahrnimmt. Aufgrund dieser Fähigkeit wird ihre Funktion gestört, wenn sie abnormen Feldern ausgesetzt wird. Da die Zirbeldrüse eine große Menge psychoaktiver Substanzen produziert (wie zum Beispiel Melatonin, Dopamin, Serotonin und andere), kann eine Störung ihrer Funktion zu einer Zeit, wo das Gehirn besonders bildsam ist, zu einer Reihe vorübergehender und dauerhafter neurologischer Defekte und Verhaltensstörungen führen. Es ist möglich, daß ein Teil dieser Wirkungen so subtil ist, daß man sie noch nicht bemerkt hat; andere könnten mit bekannten Störungen wir herabgesetztem Lernvermögen, wie es Wolpaw demonstriert hat, und mit dem Phänomen des überraschenden, plötzlichen Kindstods zusammenhängen.

Der plötzliche Kindstod – *Sudden Infant Death Syndrome* (SIDS)

Das tragische Phänomen des plötzlichen unerklärlichen Todes von scheinbar gesunden schlafenden Säuglingen ist schon lange bekannt. Ich habe zwar keine Daten über eine Änderung der Vorkommenshäufigkeit finden können, aber ich bin mit meinen kinderärztlichen Kollegen der Meinung, daß sie steigt. Man hat schon in vielen Untersuchungen versucht, die Ursache zu ergründen, bisher aber leider vergeblich.

Kürzlich stellte Dr. William Sturner, Oberamtsarzt des Staates Rhode Island, einige interessante Befunde im Zusammenhang mit dem Tod von fünfundvierzig Kindern vor. Von den Todesfällen gingen achtzehn auf SIDS und siebenundzwanzig auf andere Ursachen zurück. Sturner maß bei den Säuglingen mit einer hochempfindlichen Methode den Melatoninwert. Melatonin ist ein von der Zirbeldrüse produziertes Neurohormon. Er stellte fest, daß der Melatoninwert der an SIDS gestorbenen Säuglinge deutlich niedriger lag als bei den anderen.

Bei den SIDS-Fällen lag der Hormonspiegel im Gehirn im Durchschnitt bei 15 Pikogramm je Milliliter (pg/ml) gegenüber 51 pg/ml in der Kontrollgruppe. Der Hormonspiegel im Blut betrug bei den SIDS-Fällen durchschnittlich 11 pg/ml und bei der Kontrollgruppe 35 pg/ml. Bei den Säuglingen, die an SIDS gestorben waren, lag der Gesamtwert des Hormons weit unter der Norm, was möglicherweise zu einer so starken Beeinträchtigung der Atmungssteuerung geführt hat, daß die Kinder ganz aufhörten zu atmen. Zum gegenwärtigen Zeitpunkt können wir nicht sagen, ob die Zirbeldrüse bei SIDS-Säuglingen über- oder unteraktiv ist, aber die Beziehung zwischen der Funktion der Zirbeldrüse und den elektromagnetischen Feldern der Umgebung könnte ein Hinweis darauf sein, daß ein abnormes künstliches Feld für das SIDS-Syndrom verantwortlich ist.

Dr. Cornelia O'Leary, die dem Royal College of Surgeons angehört, beschäftigt sich schon seit einiger Zeit mit der Frage eines Zusammenhangs zwischen SIDS und abnormen elektromagnetischen Feldern. Vor kurzem berichtete sie, daß an einem Wochenende acht derartige Todesfälle aufgetreten seien (vier davon innerhalb von zwei Stunden), und zwar im Umkreis von etwa 12 km von einem streng geheimen Militärstützpunkt, wo eine neue Hochleistungsradaranlage getestet wurde. Das ist zweifellos ein Hinweis auf einen möglichen Zusammenhang.

Die Alzheimersche Krankheit

Wenn die Gehirnzellen von Föten oder Neugeborenen besonders empfindlich auf die Bestrahlung durch elektromagnetische Felder reagieren, dann trifft das vielleicht auch für alternde Gehirnzellen zu. Es wäre dann möglich, daß die Bestrahlung durch solche Felder mit bestimmten Krankheitsmustern bei älteren Menschen im Zusammenhang steht. Beim Alzheimer-Syndrom handelt es sich um eine echte Krankheit und nicht bloß um Demenz im Gefolge einer arteriosklerotischen Gehirnerkrankung älterer Menschen. Im Gehirn der Erkrankten finden sich ganz bestimmte pathologische Veränderungen. (Patienten, die am Down-Syndrom – Mongolismus – leiden, entwickeln, wenn sie so lange leben, oft im Alter von etwa vierzig Jahren die klinischen Anzeichen der Alzheimerschen Krankheit; außerdem finden sich bei allen Down-Patienten dieses Alters die für Alzheimer typischen pathologischen Veränderungen, unabhängig davon, ob die klinischen Symptome vorhanden sind oder nicht.)

In einem gewissen Ausmaß tritt beim Alzheimer-Syndrom auch genetische Koppelung auf, so daß manche Familien diese bevorzugt entwickeln. Dennoch gilt, was Dr. Robert Katzman von der Abteilung für Neurowissenschaften der Universität von Kalifornien in San Diego festgestellt hat: «Sogar bei eineiigen Zwillingen müssen Umwelt- und Stoffwechselfaktoren eine Rolle bei der Auslösung dieser Krankheit spielen.» Es ist wiederholt darauf hingewiesen worden, daß Alzheimer-Patienten eine ähnliche Chromosomenaberration wie Down-Patienten haben, eine Korrelation, die Dr. Peter St. George-Hyslop vom Neurogenetischen Labor am Massachusetts General Hospital allerdings nicht feststellen konnte. Die Lage ist weiterhin ungeklärt. Wenn sich durch weitere Untersuchungen erweist, daß wirklich eine subtile genetische

Veränderung für die Alzheimersche Krankheit verantwortlich ist, dann müssen wir uns sehr wohl fragen, ob diese Veränderung durch Umwelteinflüsse und möglicherweise durch die Einwirkung elektromagnetischer Strahlung entsteht.

Dr. Sam Koslov, der Direktor des Laboratoriums für Angewandte Physik der Johns-Hopkins-Universität, hat kürzlich die vorläufigen Ergebnisse einer Untersuchung über Mikrowellenbestrahlung von Schimpansen vorgestellt. Bei einer von der Environmental Protection Agency geförderten öffentlichen Konferenz über umweltbedingte elektromagnetische Felder sprach Koslov von einem möglichen Zusammenhang zwischen Mikrowellenexposition und der Alzheimerschen Krankheit. Koslov, der sich seit den vierziger Jahren mit biologischen Wirkungen elektromagnetischer Felder beschäftigt, hatte untersucht, wie sich Mikrowellenbestrahlung auf die Augen von Schimpansen auswirkt. Die Tiere wurden bei laufender Überprüfung der Augen wiederholt schwachen, nichtthermischen Mikrowellen ausgesetzt. Im Lauf der Untersuchung entwickelte eines der Tiere die klassischen klinischen Anzeichen der Alzheimerschen Krankheit. Bei der Autopsie zeigte das Gehirn das für Alzheimer typische pathologische Bild. Koslov betonte, daß die Erforschung des ganzen Gebiets der elektromagnetischen Bioeffekte finanziell nicht genügend unterstützt werde.

Die Häufigkeit der Alzheimerschen Krankheit ist im Steigen begriffen. Gegenwärtig schätzt man die Anzahl der Erkrankten in den USA auf 2 Millionen. Da die Zunahme allgemein auf das «Altern» der Bevölkerung zurückgeführt wird, sind die möglichen Einflüsse von Umweltfaktoren bisher nicht untersucht worden.

Die Parkinsonsche Krankheit

Die Parkinsonsche Krankheit nimmt unter den «normalen» Erkrankungen, deren Häufigkeit in den letzten paar Jahrzehnten zugenommen hat, eine besondere Stellung ein. Nicht nur ist ihre Gesamthäufigkeit im Steigen; darüber hinaus kann es sein, daß die Anzahl der Erkrankten unter fünfzig Jahren in den letzten dreißig Jahren um sage und schreibe 50 Prozent gestiegen ist, wenn man Dr. Donald Calne von der University of British Columbia glauben darf. In einem Interview mit Roger

Lewin von der Zeitschrift *Science* sagte Dr. Calne: «Die Folgerung ist
unvermeidlich, daß es bei diesem Krankheitsprozeß einen umweltbe-
dingten Risikofaktor gibt, dessen Verbreitung ständig steigt.» Die kanadischen Forscher stellten auch fest, daß es für die Parkinsonsche ebenso
wie für die Alzheimersche Krankheit offenbar eine familiäre Disposition gibt. Und wenn eine direkte Beziehung mit elektromagnetischen
Feldern bisher auch nicht untersucht worden ist, so weist die Wirkung
dieses Umweltfaktors auf das zentrale Nervensystem doch darauf hin,
daß es sich lohnen würde, nach einer solchen Beziehung zu suchen.

Krebs

Ich habe bereits darauf hingewiesen, daß die Gesamtvorkommensrate
für Krebs in den USA ständig steigt, obwohl in Diagnose und Therapie
Fortschritte erzielt worden sind und bei einigen der häufigeren bösartigen Tumorarten die Häufigkeit abgenommen hat. Das liegt zum Teil
daran, daß der Gesamtzuwachs auf viel größere Steigerungsraten bei
Gewebetumoren zurückzuführen ist, bei denen schnelles Zellwachstum
stattfindet. Eine Krebsart in dieser Gruppe ist besonders interessant:
das Melanom der Haut.

In einem kürzlich veröffentlichten Forschungsbericht schrieben Dr.
Mark H. Green und seine Kollegen vom Nationalen Krebsinstitut, daß
«die Vorkommensrate des bösartigen Hautmelanoms in der ganzen
Welt rapide steigt. Die neuesten Daten des Epidemiologischen Über-
wachungssystems des Nationalen Krebsinstituts zeigen für die Zeit zwischen 1973 und 1980 eine achtzigprozentige Steigerung in der Vorkommenshäufigkeit von Melanomen in den Vereinigten Staaten.» Dr.
Thomas B. Fitzpatrick von der medizinischen Fakultät in Harvard
spricht in diesem Zusammenhang von einer «Epidemie» und weist darauf hin, daß diese Krebsart nicht nur unter allen am schnellsten an
Häufigkeit zunimmt, sondern daß auch von Jahr zu Jahr jüngere Altersgruppen davon betroffen sind.

Da man weiß, daß eine der Ursachen für das Auftreten von Melanomen übertriebene Sonneneinstrahlung ist, ist in letzter Zeit viel darüber
spekuliert worden, ob es einen Zusammenhang zwischen dem gehäuften Vorkommen von Melanomen und dem Rückgang des Ozonanteils

in der Atmosphäre gibt. Das erscheint aber unwahrscheinlich, weil das Anwachsen der Anzahl von Melanomen dem Abnehmen des Ozongehalts zeitlich vorausgegangen ist und die «Ozonlöcher» auf die arktischen Regionen beschränkt sind, während in der Ozonschicht über den Vereinigten Staaten der Ozongehalt nicht meßbar gesunken ist.

Ein Hinweis auf eine mögliche Ursache des beunruhigenden Trends findet sich an dem Ort der Vereinigten Staaten, wo es die meisten Melanome gibt, am Lawrence Livermore National Laboratory (LLNL) in Livermore in Kalifornien. Das Laboratorium beschäftigt sich intensiv mit Entwicklung und Test neuer, ungewöhnlicher Waffen. Im Jahre 1977 begann die Abteilung für Krebs-Epidemiologie des Gesundheitsdienstes des Staates Kalifornien mit einer Untersuchung, weil der Verdacht bestand, daß die Anzahl der Fälle von bösartigem Melanom der Haut bei Angestellten des LLNL anstieg. Die Untersuchung zeigte, daß solche Fälle hier drei- bis viermal häufiger als normal auftraten. Gleichzeitig war das gehäufte Vorkommen auf die Angestellten der LLNL beschränkt, während die Zivilbevölkerung der Gegend nicht betroffen war (hier war vielmehr, wie auch auf nationaler Ebene, eine langsamere Wachstumsrate für diese Krebsart zu beobachten). Mit anderen Worten: Bei dem Personal der LLNL kam diese Krebsart, über den allgemeinen Anstieg in der Bevölkerung hinaus, viel häufiger vor.

1985 veröffentlichten Drs. Peggy Reynolds und Donald Austin, die die Untersuchung geleitet hatten, die Ergebnisse. Sie stellten fest, daß es am LLNL nicht nur mehr Melanome, sondern auch mehr Speicheldrüsen-, Grimmdarm- und Gehirntumoren gab, deren Vorkommenshäufigkeit sich allerdings nicht allzusehr von der in den Orten der Umgebung unterschied. Nur das bösartige Melanom fiel als bezeichnend für das LLNL aus dem Rahmen der anderen heraus. Reynolds und Austin betonten, daß die Tumoren, die man hätte erwarten müssen, wenn ionisierende Strahlung (also Röntgenstrahlung, Kernstrahlung usw.) deren Ursache wäre, unter den Angestellten des LLNL nicht gehäuft vorkamen. Also mußte für die starke Zunahme von Melanomen im LLNL ein anderer Umweltfaktor verantwortlich sein; aber was das für ein Faktor war, hatten sie nicht feststellen können. Es lagen zwar keine Daten über die Bestrahlung des LLNL-Personals mit nichtionisierender elektromagnetischer Strahlung vor, aber die Art der Arbeit, die dort verrichtet wurde, läßt vermuten, daß die Bestrahlungswerte recht hoch gewesen sein dürften. So hörte ich zum Beispiel, als ich vom LLNL wegen der möglichen Gefahren für das Personal durch den Kontakt mit magnetischen Gleichfeldern konsultiert wurde, daß manche Mitarbeiter regelmäßig während des gesamten Arbeitstages magnetischen Gleichfeldern mit einer Stärke von nicht weniger als 1400 Gauß ausgesetzt waren, und daß die Sicherheitsnormen auf 2000 Gauß für den Hauptteil des Körpers und 20 000 Gauß für die Extremitäten festgesetzt worden waren. Das sind wahrlich starke Felder, über deren Wirkungen bei langer Bestrahlungsdauer bisher keine Erfahrungen vorliegen. In Anbetracht derart spärlicher Ausgangsdaten ist die Berechtigung der «Sicherheitsnormen» höchst fragwürdig. Die Situation bei den magnetischen Gleichfeldern könnte durchaus die gleiche sein wie bei der Bestrahlung mit elektromagnetischen Feldern im LLNL überhaupt.

Wenn man bedenkt, daß abnorme elektromagnetische Felder anregend auf Krebszellen wirken und die Fähigkeit haben, den genetischen Aufbau von sich teilenden Zellen zu verändern, ist der epidemische Höchstwert für Melanome an dem Labor in Livermore besonders aufschlußreich. Es scheint ratsam, die tatsächlichen Werte der Feldeinwirkung auf die Angestellten des LLNL festzustellen und eine prospektive epidemiologische Untersuchung durchzuführen. Leider wird das durch die Tatsache verhindert, daß die Arbeit des LLNL der Geheimhaltung unterliegt.

Psychische Krankheiten

Im Jahre 1980 begannen die National Institutes of Mental Health (NIMH) mit einer langfristigen Untersuchung über die Häufigkeit von psychischen Erkrankungen in den Vereinigten Staaten. Im Oktober 1984 stellte Dr. Darrell Regier von NIMH bei einer Pressekonferenz fest, daß die ersten Ergebnisse darauf schließen ließen, *daß etwa 20 Prozent der Gesamtbevölkerung unter so starken psychischen Störungen leide, daß eine psychiatrische Behandlung erforderlich sei.* Noch auffälliger war, daß Menschen unter fünfundvierzig Jahren doppelt so häufig psychisch gestört waren wie die über Fünfundvierzigjährigen. Dieser beunruhigende Trend weist darauf hin, daß die

Häufigkeit von psychischen Störungen deutlich im Steigen begriffen ist. Dabei bezieht sich die Zunahme nicht auf echte Psychosen (wie Schizophrenie und manisch-depressive Zustände), sondern auf Neurosen, wie zum Beispiel Depressionen, Phobien, antisoziale Persönlichkeitsmerkmale, Alkoholismus, Drogenabhängigkeit und Selbstmordtendenzen.

Besonders alarmierend ist die Zunahme der Selbstmordrate bei Jugendlichen. In einem Leitartikel im *New England Journal of Medicine* schrieb Dr. Leon Eisenberg von der Harvarder medizinischen Fakultät 1986, daß «von 1950 bis 1977 die Selbstmordrate bei Fünfzehn- bis Neunzehnjährigen sprunghaft angestiegen ist, und zwar auf das Vierfache bei männlichen und auf das Doppelte bei weiblichen Jugendlichen». Er fuhr fort: «Eine Selbstmordrate, die in der Adoleszenz für eine Kohorte (Gruppe von Menschen, die innerhalb eines Zeitraums von fünf Jahren geboren sind) höher ist als für die vorhergehende, läßt darauf schließen, daß die Rate für diese Kohorte bei steigendem Alter ständig erhöht bleiben wird.»

Die erste Aussage spricht für sich. Die zweite bedeutet, daß bei jeder Gruppe, in der die Selbstmordrate erhöht ist, die Erhöhung für den Rest des Lebens dieser Gruppe erhöht *bleiben* wird. Dr. Eisenberg kommt zu dem Schluß: «Selbstmord bei Jugendlichen ist offensichtlich nicht nur ein kurzfristiges, sondern auch ein langfristiges Problem, und die Suche nach Faktoren, die seine Häufigkeit beeinflussen, wird immer dringender.»

In den vergangenen drei oder vier Jahrzehnten ist irgendein Umweltfaktor aufgetreten, der die Grundgegebenheiten, auf denen die psychischen Funktionen beruhen – möglicherweise in der gesamten Bevölkerung – nachhaltig beeinflußt hat. Die Tatsache, daß die Auswirkungen sich am offensten in jüngeren Altersgruppen beobachten lassen, scheint darauf hinzuweisen, daß der Faktor während der frühen Lebensstadien wirksam ist. Es scheint also tatsächlich einen direkten Zusammenhang zwischen Selbstmord und Depressionen einerseits und den Funktionen der Zirbeldrüse andererseits zu geben.

Bei einer Konferenz über das Selbstmordverhalten, die im Jahre 1986 unter der Schirmherrschaft der New Yorker Akademie der Wissenschaften stattfand, stellte Dr. Marie Asberg vom schwedischen Karolinska Institut Daten vor, die darauf hinweisen, daß eine Gruppe de-

334

pressiver Patienten mit Serotoninmangel eine deutlich höhere Selbstmordrate aufwies als eine ähnliche Gruppe von Depressiven, deren Se-
rotoninspiegel normal war.

Es scheint zwei Arten von klinischer Depression zu geben: die eine
entsteht aufgrund einfacher psychosozialer Faktoren, während die andere auf einem äußerlichen Faktor beruht, der die Produktion der ge-
nannten psychoaktiven Substanzen durch die Zirbeldrüse beeinflußt.
In Anbetracht des bekannten Zusammenhangs zwischen Zirbeldrüse
und Magnetfeldern ist es ratsam, bei der Suche nach dem ursächlichen
Faktor die Frage nach der Wirkung abnormer elektromagnetischer Felder – besonders während der ersten Lebensjahre – zu berücksichtigen.

Wie geht es jetzt weiter?

Ein Teil von dem, was hier vorgetragen wurde, ist sicher spekulativ.
Aber es handelt sich doch um begründete Spekulationen, die sich auf
einen großen Vorrat von heute schon verfügbaren Daten stützen, die
die Annahme eines Zusammenhangs zwischen abnormen künstlichen
elektromagnetischen Feldern und den geschilderten Veränderungen
des Krankheitsspektrums plausibel erscheinen lassen. Zusammen mit
den im achten Kapitel vorgestellten Problemen stellen diese neuen
Krankheiten und die beunruhigenden Veränderungen bekannter
Krankheiten eine ernsthafte Bedrohung für die nationale Gesundheit
dar. Die Medizin ist dringend aufgerufen, sich dieser Bedrohung auf
wirksamere Weise anzunehmen.

Wenn wir uns dieser Herausforderung stellen wollen, müssen wir unsere Grundauffassung von der Medizin ändern. Da wir es mit den Wirkungen der elektromagnetischen Energie auf die energetischen Systeme
des Körpers zu tun haben, liefert das neue wissenschaftliche Paradigma, das die energiemedizinischen Grundvorstellungen unterstützt,
einen guten Ausgangspunkt. Zwei Wege bieten sich an. Zum einen
müssen die epidemiologischen Untersuchungen auf die möglichen
Auswirkungen umweltbedingter elektromagnetischer Felder ausgedehnt werden. Und zum zweiten muß gleichzeitig erforscht werden, in-
wieweit es möglich ist, die körpereigenen energetischen Systeme – entweder allein oder mit Unterstützung durch entsprechend geplante und

eingesetzte externe Felder – zur Behandlung der neuen Krankheitsbilder zu nutzen.

Die wachsende Neigung, die Vorstellungen der Energiemedizin in die der herkömmlichen Medizin zu integrieren, muß gefördert werden. Wenn nämlich die Verantwortung allein bei jenen liegt, die völlig auf das orthodoxe chemisch-mechanistische Paradigma eingeschworen sind, verlieren wir zuviel Zeit. Dazu ein Beispiel: Das Nationale Krebsinstitut der USA hat kürzlich den baldigen Beginn einer umfassenden Untersuchung des möglichen Zusammenhangs zwischen der Einwirkung von Netzfrequenzfeldern und der Krebsrate bei Kindern angekündigt. Scheinbar wird das Institut damit seiner Verantwortung voll gerecht, und man könnte wieder Hoffnung schöpfen, wenn nicht viele der führenden Wissenschaftler des Nationalen Krebsinstituts in den letzten zwei Jahren in Prozessen ausgesagt hätten, daß elektromagnetische Netzfrequenzfelder keine biologische Wirkung haben und der Kontakt mit ihnen völlig harmlos ist. Es erscheint mehr als zweifelhaft, ob unter diesen Umständen eine vorurteilsfreie Untersuchung zustande kommen kann.

Wegen der wachsenden Zahl der Opfer und der steigenden Kosten wird die AIDS-Epidemie oft als Krise der Medizin bezeichnet. Das ist meiner Ansicht nach viel zu eng gesehen. In einer Zeit, wo viele Krebsarten an Häufigkeit und Virulenz zunehmen, wo die Anzahl der Kinder mit angeborenen Mißbildungen steigt, wo fünfzig Prozent der Bevölkerung im Alter unter fünfundvierzig Jahren ernsthafte psychische Probleme haben, wo sowohl bei ganz jungen als auch bei sehr alten Menschen schwere neurologische degenerative Erkrankungen auftreten, und wo schließlich für keine dieser Krankheiten eine wirksame Behandlung zur Verfügung steht, muß man AIDS wohl als die bloße Spitze eines Eisbergs ansehen. Das eigentliche Problem ist viel umfassender.

Wenn diese Tendenzen sich weiter verstärken, wie wirkt sich das auf unsere Institutionen und unsere Kultur aus? Wir haben es mit einer Krise von erheblichen Dimensionen zu tun, und sie ist um so gefährlicher, als diejenigen, die für ihre Bewältigung verantwortlich sind, sie bisher nicht erkannt haben. Bei der Bewältigung dieses Problems fällt der Öffentlichkeit eine wichtige Aufgabe zu. Ohne die Mitwirkung einer Öffentlichkeit, die über das wahre Ausmaß der Krise genau informiert ist, wird nichts geschehen – bis die Situation so kritisch wird, daß vielleicht jede Abhilfe zu spät kommt. Der Mensch ist nicht nur für seine Umwelt, sondern auch für seine eigene Gesundheit und Sicherheit verantwortlich. Weder die eine noch die andere Verantwortung läßt sich auf andere abwälzen.

12. Risiko und Nutzen – Was können Sie tun?

> Ehe die Dämme gebaut wurden, konnte der Fluß sprechen. Die
> Menschen kamen, um mit dem Fluß zu reden. Die Bäume und die
> Tiere redeten. Die Geister der Jäger, die auf diesem Land gestor-
> ben sind, gingen mit den Geistern der Tiere, die sie getötet hatten,
> am Flußufer auf und ab. All das muß wirklich so gewesen sein,
> denn die Menschen glaubten daran.
> (Als sie das Land überfluteten,) das war wie Mord. Sie haben We-
> sen ertränkt, die gelebt haben. Was machen sie mit uns? Was ma-
> chen sie mit unserem Garten?
> Aus einem Interview von Bruce deSilva vom *Hartford Courant*
> mit dem Cree-Indianer Joe Bearskin.

Das Wasserkraftwerk an der James Bay ist das größte Bauprojekt, das
je von Menschen in Angriff genommen wurde. In der Wildnis von
Nordkanada hat man Flüsse rückwärts fließen lassen und Tausende
von Quadratkilometern Land unter Wasser gesetzt. Am Ende wird die
angestammte Heimat der Cree-Indianer zerstört sein, und das alles, um
die Ostküste der Vereinigten Staaten mit elektrischer Energie zu versorgen. Elektroindustrie und elektronische Industrie erweitern ständig ihre
Anlagen und dehnen ihr Anwendungsgebiet auf neue Bereiche aus,
und ihre Vertreter behaupten, wenn sie es unterließen, würde darunter
unser zukünftiger Lebensstandard leiden.

Die Öffentlichkeit hat inzwischen so viel über die möglichen gesundheitlichen Schäden durch elektromagnetische Felder gehört, daß ich
häufig gefragt werde, was man als einzelner Bürger tun kann, um sich
davor zu schützen. Im allgemeinen stellt sich die Frage, wenn der Bau
einer neuen Hochspannungs-Übertragungsleitung, einer Mikrowellen-
Relaisstation oder ähnlicher Anlagen geplant wird. Leider ist die Antwort nicht so einfach; es gibt mehrere mögliche Vorgehensweisen, die
alle miteinander zusammenhängen.

Erstens müssen wir uns darüber klar werden, wie sich das Risiko,
das wir als einzelne und als Gesellschaft durch die Verwendung elektromagnetischer Energie eingehen, zu dem Nutzen verhält, den wir
daraus ziehen. Zweitens gibt es in bezug auf die Geräte, die wir zu
Hause und im Büro verwenden, Dinge, die jeder einzelne tun kann.
Und drittens können wir gemeinsam mit unseren Nachbarn als

338

Gruppe tätig werden, wenn es Probleme mit elektromagnetischen Feldern in unserer Umwelt gibt.

Die Risiko/Nutzen-Relation

Wir leben nicht in einer risikofreien Gesellschaft. Viele der von uns verwendeten nützlichen technischen Geräte sind potentiell gefährlich, wir verwenden sie aber weiter, weil wir überzeugt sind, daß der Nutzen größer ist als die Gefahren. Das beste Beispiel ist das Auto. Es fordert Jahr für Jahr viele Tote und Verletzte. Dennoch ist unsere Gesellschaft so strukturiert, daß die meisten Bürger glauben, ohne Auto nicht auskommen zu können. Die meisten von uns schützen sich durch die üblichen Sicherheitsvorkehrungen vor Unfällen und Verletzungen und akzeptieren das Risiko, daß doch einmal etwas passiert. So stellt jeder für sich selbst eine Risiko/Nutzen-Analyse an.

Ich habe festgestellt, daß über die mit elektromagnetischen Feldern verbundenen Risiken viele falsche Vorstellungen im Umlauf sind. Am verbreitetsten ist die Annahme, solche Felder entstünden vor allem durch äußere Umwelteinflüsse. Die Risiken, die durch viele Geräte in unseren Wohnungen entstehen, sind den meisten Menschen nicht bewußt. Es ist aber nicht konsequent, sich vehement gegen den Bau einer Hochspannungsleitung zu wehren, wenn man Nacht für Nacht unter einer elektrischen Heizdecke schläft.

Da die elektromagnetische Energie der Stoff ist, der die ganze Welt in Bewegung hält, kann man sich nirgendwo mehr verstecken. Die allgegenwärtigen 50- oder 60-Hz-Netzfrequenzen erreichen uns, wenn auch in noch so abgeschwächter Form, noch in den entlegensten Gebirgstälern. Das gleiche gilt für die von der Ionosphäre zurückgestrahlten Kurzwellen-Radiowellen. Die Lösung des Problems der globalen elektromagnetischen Umweltverschmutzung verlangt nach einer gemeinsamen internationalen Anstrengung. Aber über die elektromagnetischen Geräte, die wir täglich zu Hause verwenden, hat jeder von uns eine gewisse Kontrolle.

Es genügt, daß wir die Geräte kennen und über die Gefahren informiert sind, die jedes von ihnen birgt, und daß wir lernen, die Risiken vernünftig einzuschätzen.

Das Kriterium der Dosisleistung: Elektrorasierer und Heizdecken

Das wichtigste Kriterium, das wir zu berücksichtigen haben, ist die Dosisleistung. Elektrorasierer, die mit Netzspannung und nicht mit Batterie betrieben werden, erzeugen zum Beispiel extrem starke Magnetfelder. Ich habe bei Elektrorasierern verschiedener Fabrikate in 1 cm Entfernung vom Scherkopf 60-Hz-Felder von bis zu 200 bis 400 Milligauß gemessen! Die Gewebe, die sich beim Betrieb eines elektrischen Rasierapparats in einigen Zentimetern Abstand von dessen Oberfläche befinden, sind also einem starken Magnetfeld ausgesetzt. Da erwiesen ist, daß zwischen 60-Hz-Feldern von nur 3 Milligauß und der Steigerung der Krebsrate eine signifikante Beziehung besteht, muß man sich fragen, ob die Verwendung von Elektrorasierern weiter als unschädlich gelten darf.

Hier kommt jedoch der Gedanke der Dosisleistung ins Spiel. Den Elektrorasierer verwendet man täglich nur wenige Minuten lang, so daß die Gesamtexposition – die Dosis –, für den Benutzer minimal ist. Die Feldstärke bei Heizdecken liegt etwas niedriger (50–100 Milligauß), aber immer noch in der Gefahrenzone. Heizdecken werden fast so nah an die Körperoberfläche gebracht wie Elektrorasierer, und da sie für die Dauer von mehreren Stunden benutzt werden, ist die verabreichte Gesamtdosis viel höher.

Dr. Nancy Wertheimer von der Universität von Colorado, die Autorin der ersten epidemiologischen Studie über Netzfrequenzfelder, hat ähnliche Untersuchungen über die Benutzer von Heizdecken angestellt. Sie hat festgestellt, daß bei schwangeren Frauen, die Heizdecken verwenden, viel häufiger Fehlgeburten vorkommen. Das bedeutet natürlich nicht, daß es nicht auch andere Wirkungen wie zum Beispiel entwicklungsbedingte Mißbildungen und Krebs geben könnte. Aber Fehlgeburten eignen sich nun einmal gut als einfacher Gradmesser für vorläufige epidemiologische Untersuchungen. Offenbar sind die Risiken, wenn man eine elektrische Heizdecke verwendet, erheblich, während Elektrorasierer wahrscheinlich unschädlich sind. (Ich sage absichtlich «wahrscheinlich», weil bisher keine Daten über eine so kurzfristige Einwirkung starker Felder vorliegen.)

An dem Vergleich zwischen Elektrorasierer und elektrischer Heizdecke läßt sich gut zeigen, wie eine vernünftige Risiko/Nutzen-Abwägung aussehen kann. Für beide Geräte bieten sich Alternativen an, die den gleichen Zweck zufriedenstellend erfüllen. Wenn man die Gefahr einer Fehlgeburt ernst nimmt, kann es nur eine Lösung geben: entweder man verwendet normale Bettdecken, oder man wärmt das Bett mit der Heizdecke elektrisch an und zieht den Stecker heraus, bevor man schlafen geht. Knipsen Sie die Decke nicht nur aus – manche Heizdecken erzeugen auch dann noch ein elektrisches Feld, wenn man im ausgeschalteten Zustand den Stecker in der Steckdose läßt. Diese Vorsichtsmaßnahme erfordert nur wenig Zeit und Anstrengung, aber sie lohnt sich. In diesem Fall hat also bei der Einschätzung von Risiko und Nutzen das Risiko deutlich überwogen.

Im Fall des elektrischen Rasierapparats konnte bei der Analyse trotz der hohen Feldstärke kein Risiko festgestellt werden. Dennoch läßt auch er sich leicht durch einen Naßrasierer ersetzen, wenn man bereit ist, täglich ein wenig mehr Zeit zu investieren. Wenn man also ganz sichergehen und jede theoretisch denkbare Gefahr ausschließen will, kann man zugunsten eines konventionellen Rasierapparats auf den Elektrorasierer verzichten. (Und da ich glaube, daß Männer, die Pigmentflecken im Gesicht haben, bei Verwendung eines Elektrorasierers eher Gefahr laufen, Melanome zu entwickeln, würde ich in diesem Fall zur Naßrasur raten.)

Wenn das Gerät, von dem das Risiko ausgeht, nur schwer oder überhaupt nicht zu ersetzen ist, wird die Risiko/Nutzen-Analyse natürlich wesentlich komplizierter. Ein gutes Beispiel ist wieder das Auto.

Das Umgebungsfeld

Das magnetische Umfeld wird durch das örtliche Stromübertragungs- und Verteilungsnetz erzeugt, und dessen Feldstärke ist auch diejenige, der wir ständig ausgesetzt sind. Das Umfeld wirkt sowohl innerhalb als auch außerhalb des Hauses. Viele meinen, man könne das Innere des Hauses von elektromagnetischen Feldern abschirmen, indem man die äußeren Holzwände mit Aluminium verkleidet. Aber das stimmt nicht. Die Aluminiumverkleidung würde nur dann etwas nützen, wenn alle Platten sorgfältig miteinander zu einer großen Einheit verbunden würden, die dann gut geerdet wird. Eine Abschirmung des Hauses vom Umgebungsfeld ist praktisch undurchführbar.

In der Stadt übersteigt die Stärke des Umgebungsfeldes oft 3 Milligauß; in durchschnittlichen Einfamilienhäusern reicht sie von 1 bis 3 Milligauß; in ländlichen Gebieten beträgt sie im allgemeinen unter 1 Milligauß. Die Werte können je nach der Entfernung des Hauses von Stromübertragungsleitungen, Stromumspannungseinrichtungen und so weiter auch höher sein.

Die Untersuchungen von Wertheimer, Savitz und anderen (vgl. Kapitel 8) zeigen eine signifikante Beziehung zwischen wohnungsbedingter Bestrahlung durch Umgebungsfelder von mehr als 3 Milligauß Stärke und dem Ansteigen der Vorkommensrate von Krebs im Kindesalter. Vieles spricht dafür, daß auch Krebserkrankungen von Erwachsenen mit solchen Feldern zusammenhängen. Beim Schutz vor Risiken wird im allgemeinen der Faktor 10 zugrunde gelegt. In diesem Fall müßte dann der theoretische Grenzwert für die Unschädlichkeit von Feldern bei 0,3 Milligauß liegen.

Für die dauernde Bestrahlung mit 50- oder 60-Hz-Feldern halte ich aus praktischen Erwägungen eine Feldstärke von maximal 1 Milligauß für angezeigt. Ich stütze mich dabei auf die neuesten verfügbaren Daten. Wenn Sie sich wegen der Stärke des Hintergrundfeldes in Ihrem Haus Sorgen machen, werden Sie nicht darum herumkommen, es selbst zu messen oder messen zu lassen. Während der Messung sollten alle internen felderzeugenden Geräte abgeschaltet sein und das Meßgerät in ca. 2 m Abstand gehalten werden. (Hersteller geeigneter Geräte sind in den Anmerkungen zu diesem Kapitel aufgeführt.) Da das Umgebungsfeld außerhalb des Hauses erzeugt wird, finden sich die Hinweise, was Sie tun können, wenn die in Ihrem Haus gemessene Feldstärke den angegebenen Wert überschreitet, in dem Abschnitt über umweltbedingte Felder.

Im täglichen Leben verwenden wir eine Reihe von Geräten, die elektromagnetische Felder erzeugen. Damit erhöhen wir die Gesamtstärke des Umgebungsfeldes um den Wert eben dieser Felder. Denken Sie dabei aber daran, daß die Expositionsdauer von Bedeutung ist.

Wir wollen unter diesem Gesichtspunkt einige Geräte ansehen, die wir zu Hause täglich verwenden. Machen Sie sich auf einige Überraschungen gefaßt.

Fernsehgeräte

Einer der meistverbreiteten Gebrauchsgegenstände in unseren Wohnungen ist der Fernseher. Viele Menschen verbringen täglich eine geraume Zeit, die sich nach Stunden bemißt, vor ihrem TV-Gerät. Die meisten Leute wissen, daß der Bildschirm eine geringe Menge ionisierender Strahlung (als Röntgenstrahlung) abgibt, aber nur wenige kennen die Menge und Verteilung der von dem ganzen Gerät ausgehenden nichtionisierenden elektromagnetischen Strahlung.

Der Fernseher ist eine sogenannte Breitbandstrahlungsquelle, das heißt, er strahlt eine Reihe verschiedener Frequenzen ab, die von der 60-Hz-Netzfrequenz bis zu Radiofrequenzen im MHz-Bereich reichen. Da das Bild aus einzelnen horizontalen Linien besteht, die laufend durch Rasterabtastung von links nach rechts erzeugt werden, enthält jedes Fernsehgerät einen einmaligen Schaltkreis (den «fly-back»), durch den die Horizontalabtastung am Ende jeder Zeile zur linken Seite des Bildschirms zurückgeführt wird. Der Rücklaufkreis arbeitet im VLF-Bereich, im allgemeinen um 17 kHz, und diese Frequenz macht einen wesentlichen Anteil an den insgesamt abgestrahlten Frequenzen aus. Wenn Sie vor dem Gerät sitzen, werden Sie von einem breiten Spektrum von Frequenzen bestrahlt, von denen die stärksten vermutlich die 60-Hz-Netzfrequenz und die 17-kHz-Rücklauffrequenz sind.

Es ist eine weitverbreitete Irrmeinung, die elektromagnetische Strahlung gehe nur vom Bildschirm selbst aus. In Wirklichkeit werden die Felder in dem Schaltkreisgeflecht des gesamten Geräts erzeugt. Da der Kasten, der diese Stromkreise einschließt, die Strahlung durchläßt, geht von dem Fernsehgerät in alle Richtungen Strahlung aus. Das Strahlungsdiagramm ist nicht einheitlich, sondern unterscheidet sich von Gerät zu Gerät, sogar bei Geräten mit der gleichen Bildschirmgröße.

Generell kann man sagen: Je größer der Bildschirm, desto stärker die Felder, und desto weiter reichen sie über das Gerät hinaus. (Der Grund hierfür ist, daß die Stärke der benötigten Stromkreise sich nach der Größe des Bildschirms richtet.) Daher muß man, wenn das Feld, dem

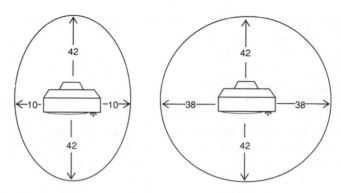

Abbildung 12.1 Das Strahlendiagramm des 1-Milligaußfelds aus zwei 13-Zoll (33 cm)-Fernsehern von unterschiedlichen Herstellern. Die Maße sind in Zoll angegeben. Die Abbildung ist nicht maßstabsgetreu. Das links abgebildete Gerät ist nicht unbedingt unschädlicher, weil das Bild ja nicht von der Seite betrachtet werden kann, wo die Feldstärke niedriger ist. In beiden Fällen beträgt der Mindestsitzabstand, bei dem gewährleistet ist, daß man einem Feld von nicht mehr als 1 Milligauß ausgesezt ist, 42 Zoll (ca. 1,07 m). Geräte mit größerem Bildschirm haben im Verhältnis weiter um das Gerät herum austrahlende Felder von 1 Milligauß Feldstärke.

man ausgesetzt ist, nicht stärker als 1 Milligauß sein darf, bei Fernsehern mit großen Bildschirmen weiter vom Apparat entfernt sitzen.

Man darf nicht vergessen, daß Holz und andere gebräuchliche Baumaterialien für elektromagnetische Strahlung durchlässig sind. Wenn der Fernseher mit dem Rücken vor einer Innenwand steht, geht die Strahlung durch die Wand, als sei diese nicht vorhanden. Infolgedessen sollten Baby- oder Kinderbetten unabhängig von der Feldstärke des Fernsehers nicht an einer Wand, hinter der ein Fernseher steht, aufgestellt werden.

Dr. H. Mikolajczyk und seine Kollegen vom Berufsmedizinischen Institut in Lodz stellten 1987 bei einer Konferenz über «Arbeit am Bildschirm» in Stockholm die Ergebnisse einer Untersuchung über TV-Strahlung vor. Die Forscher hatten Ratten kommerziellen Fersehgeräten ausgesetzt, die 30 Zentimeter über dem Kopf angebracht waren. Die Geräte liefen täglich vier Stunden lang. Die Rattenweibchen wurden vor der Paarung sechzig Tage lang und während der Tragzeit sechzehn Tage lang bestrahlt. Das Gewicht der Föten war deutlich reduziert.

Die Rattenmännchen wurden fünfunddreißig bis fünfzig Tage lang bestrahlt und dann untersucht. Das Gewicht ihrer Hoden war deutlich reduziert. Bei allen exponierten Tieren war die Natriumkonzentration in der Hirnrinde, im Hypothalamus und im Mittelhirn unter den Normalwert gesunken. Bei heranwachsenden Ratten beiderlei Geschlechts war die Wachstumsgeschwindigkeit deutlich herabgesetzt. Allgemein verlangsamte die Bestrahlung durch von Fernsehgeräten ausgehende elektromagnetische Strahlung das Wachstum, reduzierte bei den Rattenmännchen die Größe der Hoden und beeinträchtigte die Hirnfunktion.

Personalcomputer und Bildschirmterminals

In den letzten zehn Jahren hat der PC in amerikanischen Haushalten fast den gleichen Beliebtheitsgrad erreicht wie der Fernseher. In Büros ist der Anblick von buchstäblich Hunderten in langen Reihen nebeneinander aufgebauter Terminals nichts Ungewöhnliches mehr. Die vor etwa 1982 gebauten Modelle erzeugten starke Breitbandstrahlung. Als diese Geräte dann in großer Menge in den Büros in der Nähe von kommerziellen Flughäfen auftauchten, stellte sich heraus, daß sie die Operationen des Kontrollturms störten. Das führte dazu, daß die FCC (*Federal Communications Commission,* Bundeskommission für das Nachrichtenwesen) Richtlinien erließ, die die von Computern ausgehende zulässige Strahlungsmenge begrenzten; die seither hergestellten Geräte haben daher weniger Leckstrahlung. Trotzdem ist auch heute noch keines der neueren auf dem Markt erhältlichen Modelle ausreichend abgeschirmt. Das Strahlungsdiagramm ist das gleiche wie bei Fernsehgeräten. In bezug auf die Gefahren bei der Benutzung liegt der Unterschied zum Fernseher hauptsächlich darin, daß man bei der Arbeit am Computer gewöhnlich viel näher am Gerät sitzt.*

* Zwischen Fernsehgeräten und Computern besteht im Hinblick auf die Leckstrahlung ein feiner, aber sehr wichtiger Unterschied. Die von einem Computer abgegebene Strahlung enthält die Informationen, die der Computer verarbeitet. Diese Informationen können durchaus aus einer halben Meile (ca. 0,8 km) Entfernung «gelesen» werden, und zwar mit Geräten, die mit dem Computer selbst keine direkte Verbindung haben. Dadurch können sich natürlich für Organisationen wie

Fast unmittelbar nach dem Beginn der Computer-Revolution kam wiederholt die Frage auf, ob Computer nicht gesundheitsschädlich seien. Die Zweifel beruhten meist auf anekdotischen Berichten über «Cluster» (Anhäufungen) von Fehlgeburten bei Frauen, die am Computer arbeiteten. (Der Begriff des «Cluster» bezieht sich auf eine überdurchschnittliche Vorkommensrate von Fehlgeburten bei einer Gruppe von Frauen, die an der gleichen Arbeitsstelle beschäftigt sind. Mit «anekdotisch» meine ich, daß die Vorkommnisse sich im normalen Arbeitsalltag abspielten und schließlich von den betroffenen Frauen gemeldet wurden.) Es gab keine Kontrollgruppen und keine wissenschaftlichen Untersuchungen. Das einzige, was geschah, war, daß jedesmal ein Vertreter der Werksleitung im Büro auftauchte, ein paar Messungen machte und allen Betroffenen versicherte, die Strahlung sei weit unter den anerkannten Sicherheitsgrenzwerten. Die Schuld an den Fehlgeburten gab man ausschließlich dem «Arbeitsstreß», einer «schlechten Sitzhaltung» oder «unzulänglichen Lichtverhältnissen».

Aber die Anzahl der Cluster nahm zu, und im Jahre 1985 veröffentlichte Robert deMatteo, der Beauftragte für Sicherheit und Gesundheit am Arbeitsplatz bei der Gewerkschaft für Angestellte des Öffentlichen Dienstes in Ontario (Kanada), die bis dahin verfügbaren Daten in einem Buch mit dem Titel *Terminal Shock.* Darin berichtete er, daß in den Vereinigten Staaten und Kanada elf solche Cluster identifiziert worden seien und stellte die Frage, ob sie durch nichtionisierende Strahlung verursacht sein könnten. Er verzeichnete aber außer den Fehlgeburten auch noch andere Krankheitszustände im Zusammenhang mit der Benutzung von Bildschirmen. Darunter waren Mißbildungen bei Kindern von Bildschirmpersonal, Linsentrübungen und andere Sehstörungen, Störungen des Menstruationszyklus, Hautausschläge und die bei chronischem Streß gewöhnlich auftretenden Symptomenkomplexe wie Kopfschmerzen, Übelkeit, Schlaflosigkeit und Erschöpfung.

den CIA und andere Regierungsbehörden Probleme ergeben. Man gab diesem Komplex den Codenamen «Tempest» (Sturm), und der Ausdruck «Tempest-geschützt» bürgerte sich für Computer ein, die gegen die Abstrahlung von Informationen hundertprozentig geschützt sind. Der Schutz beinhaltet geheime Technologien und verteuert die Kosten für jeden einzelnen Terminal um etwa 3000 Dollar, Gelder, die die Regierung natürlich zum Schutz der Informationen *im* Computer und nicht des Menschen *vor* dem Computer ausgibt.

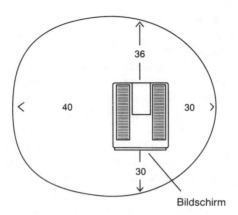

Bildschirm

Abbildung 12.2 Das Strahlendiagramm in der Umgebung eines Macintosh-Plus-Computers, der den gegenwärtigen Leckstrahlungsgrenzwerten entspricht, bei 1 Milligauß. Die Abbildung ist nicht maßstabsgetreu, die Maße sind in Zoll angegeben. Die Asymmetrie des Feldes ist auf die Tatsache zurückzuführen, daß die Stromzufuhr des Geräts von vorne gesehen links ist. Auf dieser Seite erstreckt sich die 1-Milligauß-Grenze weiter nach außen.

Bei vielen Computern ist die Tastatur mit dem Bildschirm fest verbunden, so daß man mit dem Kopf nur etwa vierzig bis fünfundvierzig Zentimeter vom Bildschirm entfernt ist. Auch bei Modellen mit getrennter Tastatur sind die Angaben auf dem Bildschirm aus dieser Entfernung am besten zu entziffern. Da die Feldstärke mit dem Quadrat der Entfernung abnimmt, ist das Feld um so stärker, je näher man am Bildschirm ist.

In der Mitte der achtziger Jahre wurden in Schweden und anderen europäischen Ländern wissenschaftliche Untersuchungen angestellt, bei denen Tiere unter kontrollierten Bedingungen der Strahlung von Computern ausgesetzt wurden. 1986 berichteten Drs. Bernhard Tribukait und Eva Cekan vom Karolinska Institut und Dr. Lars-Erik Paulsson vom Nationalen Schwedischen Institut für Strahlenschutz, daß bei der Nachkommenschaft von Mäusen, die dieser Art von Strahlung ausgesetzt waren, die Häufigkeitsrate von entwicklungsbedingten Mißbildungen *fünfmal höher* war als bei der Kontrollgruppe. Diese Ergeb-

347

nisse wurden im Jahr darauf durch eine von Professor Gunnar Walinder an der Schwedischen Agrarwissenschaftlichen Universität durchgeführte Studie bestätigt.

Trotz diesen wissenschaftlichen Befunden haben die Verantwortlichen noch keinen Bericht über clusterartiges Auftreten von Fehlgeburten beim Menschen ernstgenommen. 1988 veröffentlichten Drs. Marilyn Goldhaber, Michael Polen und Robert Hiat von der Kaiser Permanente Health Group (einem privaten Krankenversicherungs- und -versorgungsdienst) in Oakland in Kalifornien die Ergebnisse einer an 1583 schwangeren Frauen durchgeführten Untersuchung, die zeigten, daß Frauen, die mehr als zwanzig Stunden wöchentlich am Computer arbeiteten, doppelt so häufig Fehlgeburten hatten wie ihre Kolleginnen, die vergleichbare Tätigkeiten ohne Computer ausübten. Für eine genaue statistische Auswertung ist die Anzahl der in der gesamten Gruppe aufgetretenen Geburtsfehler zu gering; immerhin berichteten die Forscher, daß bei Frauen, die länger als vierzig Stunden pro Woche am Bildschirm arbeiten, die Anzahl der Fehlgeburten um vierzig Prozent erhöht ist.

Trotz den Laborbefunden und der Untersuchung durch Kaiser Permanente behauptete die *International Radiation Protection Association (Internationale Gesellschaft für Strahlenschutz)* noch im Juni 1988, daß «Strahlungen und Felder [aus Computern und Bildschirmterminals] nicht mit gesundheitlichen Risiken verbunden sind». Meiner Ansicht nach strafen die Tatsachen diesen optimistischen Standpunkt Lügen. Die Daten zeigen ganz offensichtlich, daß die Verwendung von PCs, ob zu Hause oder im Büro, mit Risiken für die Nachkommenschaft verbunden ist. Über andere Gefahren, wie zum Beispiel Krebs, liegen noch keine Untersuchungen vor.

Die Gefahren bei der Benutzung von Computern lassen sich durch ein paar einfache Vorsichtsmaßnahmen reduzieren. Wenn man eine getrennte Tastatur verwendet und den Computer selbst, den Bildschirm und alle Peripheriegeräte (wie zum Beispiel Diskettenlaufwerke) mindestens 30 Zoll (ca. 75 cm) von der Tastatur entfernt aufstellt, beträgt die Stärke des Feldes am Kopf des Benutzers im Durchschnitt nur noch 1 Milligauß. Sollten sich bei dieser Distanz Probleme beim Entziffern des Bildschirms ergeben, so sind diese gewöhnlich mit einer Brille leicht zu beheben.

Die Vorteile, die der Computer bringt, liegen klar zutage. Das Manuskript dieses Buches wird auf einem Macintosh geschrieben, dessen separate Tastatur 75 cm von den anderen Komponenten entfernt aufgestellt ist. Natürlich ist ein solcher Abstand noch keine Garantie dafür, daß der Computer unschädlich ist, und daher muß jeder für sich entscheiden, ob der Nutzen das Risiko überwiegt. Bei schwangeren Frauen, die in einem ganz normalen Büro am Computer arbeiten, empfehle ich außer dem Sicherheitsabstand von 75 cm die Freistellung von der Computerarbeit bis nach der Entbindung. Außerdem sollte in Büros mit sehr vielen Computern darauf geachtet werden, daß zwischen den einzelnen Geräten und zwischen den Gerätereihen ein gewisser Abstand eingehalten wird, um zu vermeiden, daß das Personal in einer Reihe die Strahlen von der benachbarten Reihe oder von der Reihe dahinter abbekommt. Das einzige, was die Sicherheit einigermaßen gewährleisten kann, ist, durch Messungen das Strahlungsdiagramm zu ermitteln und danach die nötigen Änderungen vorzunehmen.

Besondere Vorsicht ist beim Einsatz von Computern in Schulen geboten. Der Computer ist ja nicht nur im privaten und geschäftlichen Bereich eine Erleichterung; auch für Unterrichtszwecke ist er hervorragend geeignet. Gegenwärtig herrscht die Tendenz, Schüler immer früher an den Computer heranzuführen. Hier sollten ganz entschieden dieselben Vorsichtsmaßnahmen ergriffen werden wie bei schwangeren Frauen. Außerdem halte ich es angesichts der heute noch herrschenden Ungewißheit über die Stärke der Wirkung bei verschiedenen Dosisraten für angebracht, den Unterricht am Computer auf eine möglichst kurze tägliche Dauer zu beschränken.

Nach meinen Beobachtungen benutzen viele Schulen Computer, die sie von Leuten übernommen haben, die ihre eigene Anlage modernisiert und die alte der Schule gespendet haben. Viele dieser Geräte stammen aus der Zeit vor 1983. Sie sind vollkommen funktionstüchtig, haben aber erheblich höhere Strahlungswerte als moderne Geräte. In Anbetracht der Tatsache, daß Schulkinder – besonders in den unteren Klassen – noch in der Wachstumsphase sind und ihre Körperzellen sich ständig in einem gewissen Tempo vermehren, scheint es ein dringendes Gebot der Vernunft zu sein, die Feldstrahlung während des Unterrichts am Computer möglichst klein zu halten. Da das mit der Verwendung von Computern verbundene allgemeine Risiko offiziell bisher nicht anerkannt ist, gibt es auch noch keine Richtlinien, ja nicht einmal Empfehlungen, über den Einsatz von Computern an Schulen.

Leuchtstoffröhren

Leuchtstoffröhen sind wesentlich sparsamer als die alten Glühfadenbirnen. Sie erzeugen über wesentlich längere Zeiträume wesentlich mehr Lichtstromeinheiten (Lumen), verbrauchen dabei aber erheblich weniger elektrische Energie. Infolgedessen sind diese Lampen in den meisten Büros, Schulen und öffentlichen Gebäuden weitgehend an die Stelle der Glühlampe getreten. Ursprünglich wurden Besorgnisse über die möglichen biologischen Wirkungen geäußert, die sich daraus ergeben, daß Leuchtstoffröhren sich von Glühlampen in der spektralen Verteilung des Lichts erheblich unterscheiden. Das Licht aus den beiden Arten von Lampen *sieht fast gleich aus*, ist es aber nicht. Das von Leuchtstoffröhren ausgestrahlte Licht kommt zum größten Teil aus einem sehr engen Bereich des sichtbaren Spektrums, während die Glühlampe ein viel breiteres Spektrum innerhalb des sichtbaren Lichts abdeckt. Das Licht der Glühlampe gleicht daher viel eher dem Sonnenlicht.

Es gibt jedoch einen wesentlichen Unterschied in der *Art* der Lichterzeugung. Die Glühlampe bringt lediglich einen Widerstands-Heizfaden dadurch zum Glühen, daß ein Strom von 220 Volt mit sehr schwacher Stromstärke durch den Faden geschickt wird. Die Leuchtstoffröhre hat keinen Glühfaden. Statt dessen wird die chemisch beschichtete Innenseite der Röhre durch Entladung einer hohen Spannung im Innern der Röhre zum Leuchten gebracht. Das setzt voraus, daß die 220 Volt des Haushaltsstroms in einem Transformator auf mehrere tausend Volt erhöht werden.

Die von der Leuchtstoffröhre erzeugten Magnetfelder unterscheiden sich von denen der Glühlampe erheblich. In einer Entfernung von 2 Zoll (5,08 cm) von einer 60-Watt-Glühlampe beträgt das 60-Hz-Feld 0,3 Milligauß; bei 6 Zoll (15,24 cm) liegt es nur noch bei 0,05 Milligauß, und bei 1 Fuß (ca. 30 cm) Abstand verliert sich das Feld im magnetischen Umfeld. Das Feld einer 10-Watt-Leuchtstoffröhre beträgt bei 2 Zoll Abstand 6 Milligauß, bei 6 Zoll 2 Milligauß und bei 1 Fuß noch 1

Milligauß. Die 10-Watt-Leuchtstoffröhre erzeugt also ein Magnetfeld, das mindestens zwanzigmal stärker als das einer 60-Watt-Glühlampe ist. Die kreisförmigen Leuchtstoffröhren, wie sie oft für die Boden- und Deckenbeleuchtung verwendet werden, erzeugen ein ähnliches Feld, und der Kopf ist oft nicht weiter als 30 cm von der Lampe entfernt. Eine Deckenbeleuchtung mit mehreren 20-Watt-Leuchtstoffröhren erzeugt ganz in der Nähe der Köpfe der daruntersitzenden Büroangestellten ein Feld von weit mehr als 1 Milligauß.

Vor einigen Jahren besuchte Dr. John Ott mein Labor und berichtete uns von seinen Untersuchungen an Schulkindern, in deren Klassenräumen als Deckenbeleuchtung Leuchtstoffröhren angebracht waren. Sein Material war eindrucksvoll, aber da es hauptsächlich aus Videoaufnahmen im Zeitraffertempo bestand, war es kaum quantifizierbar. Ott ist davon überzeugt, daß die unnatürliche Beleuchtung für die Verhaltensstörungen der Schüler in Klassenzimmern mit Leuchtstoffröhen verantwortlich war.

In Anbetracht der langen durchschnittlichen Einwirkungszeit können die von Leuchtstoffröhren erzeugten Magnetfelder gefährliche Werte erreichen. Bislang hat niemand eine Untersuchung über die biologischen Auswirkungen der Arbeit in Büros oder Klassenräumen mit Batterien von Leuchtstoffröhren veröffentlicht oder auch nur begonnen. Wenn man das mögliche Risiko, das man dabei eingeht, mit den geringen eingesparten Beiträgen vergleicht, dürfte die Verwendung von Leuchtstoffröhren kaum gerechtfertigt sein.

Elektrische Uhren

Die Magnetfelder, die von Elektrouhren mit Netzbetrieb erzeugt werden, sind für den kleinen Motor erstaunlich stark. Ein kleiner Wecker erzeugt zum Beispiel noch in 60 cm Entfernung ein Feld von 5 bis 10 Milligauß. Wenn der Nachttisch nahe am Bett steht, so daß der Kopf des Schläfers sich in diesem Bereich befindet, ist die Dosisrate bei durchschnittlich acht Stunden Schlaf beträchtlich. Ich würde daher batteriebetriebene Wecker empfehlen, weil deren Feld kaum ins Gewicht fällt.

Haartrockner

Haartrockner haben Magnetfelder von ganz erheblicher Stärke, weil für die Erhitzung der Glühdrähte starke Ströme benötigt werden. Das von einem 1200-Watt-Fön nach vorne abgestrahlte Magnetfeld beträgt bei 15 cm Abstand 50 Milligauß und bei 45 cm noch 10 Milligauß. Dabei muß jedoch die Dosisrate berücksichtigt werden. Im Normalfall benutzt man den Fön nicht länger als den Elektrorasierer.

Anders sieht es bei Friseusen und Friseuren aus, die täglich einen Handfön verwenden und sich dabei meist eine bestimmte Haltung angewöhnt haben, so daß sie bestimmte Körperregionen (wie zum Beispiel die Brust) immer wieder den Feldern aussetzen. Die Vermutung, daß Frauen in einschlägigen Berufen häufiger als andere an Brustkrebs erkranken, stützt sich allerdings auf rein anekdotische Berichte. Offizielle epidemiologische Studien gibt es bisher nicht, und wenn die Frage nach möglichen biologischen Schäden durch Haartrockner aufkommt, gibt man meist den vielen chemischen Mitteln die Schuld, die in diesen Berufen verwendet werden.

Elektrische Heizöfen

In Wohnungen und Büros werden oft als einzige Heizquelle oder als Ergänzung zu anderen Heizsystemen elektrische Fußleistenheizungen benutzt. Eine Fußleistenheizung von 1,20 cm Länge erzeugt in 15 cm Entfernung ein Magnetfeld von 23 Milligauß; bei 30 cm Entfernung beträgt die Feldstärke 8 Milligauß, bei 60 cm etwa 3 Milligauß; 1 Milligauß wird erst bei 90 cm Entfernung erreicht. Da aber bei Dauereinwirkung meist ein solcher Abstand gegeben sein dürfte, kann man annehmen, daß von Fußleistenheizungen keine Gefährdung ausgeht. Kinderbettchen sollte man allerdings vorsichtshalber nicht zu nah an der Heizleiste aufstellen. Die kleinen tragbaren elektrischen Heizgeräte, die an die Steckdose angeschlossen werden, erzeugen zwar in etwa gleich starke Felder, sind aber gefährlicher, weil man sie näher am Körper aufstellen kann.

Um den ganzen Raum effektiver heizen zu können, ist man in den letzten Jahren dazu übergegangen, elektrische Heizdrähte in der Zimmerdecke anzubringen und die Räume nicht mehr, wie bei der Fußleistenheizung, nur vom Rand her zu heizen. Dr. Nancy Wertheimer hat in einer kürzlich angestellten Untersuchung festgestellt, daß bei einer solchen Heizung im ganzen Raum ein Magnetfeld von ca. 10 Milligauß entsteht und daß die Fehlgeburtsrate bei Frauen, die in solchen Wohnungen leben, gegenüber Frauen in anders geheizten Wohnungen erhöht ist. Diese noch unveröffentlichte Untersuchung ist deshalb von Bedeutung, weil bei diesem Heizungstyp die Erwärmung des Körpers selbst als Faktor bei der Erhöhung der Fehlgeburtsrate außer Betracht bleibt. (Man hat nämlich erhöhte Körperwärme mit Fehlgeburten in Zusammenhang gebracht, eine Möglichkeit, die auch in der Wertheimer-Studie über elektrische Heizdecken diskutiert worden war.)

Um Wärme zu erzeugen, muß Energie aufgewendet werden; bei der elektrischen Heizung ist das ein Strom, der in etwa proportional zum Wärmeausstoß ist. Die Stärke des Magnetfeldes nimmt zwar mit der Entfernung rasch ab, aber bei jedem Gerät, das auf elektrischem Wege Wärme erzeugt, ist die Feldstärke in der Nähe des Geräts selbst erheblich. Ein Elektroherd erzeugt zum Beispiel in einer Entfernung von 45 cm über einer Platte von 30 cm Durchmesser ein Feld von 50 Milligauß, aber die Feldstärke nimmt in der üblichen Weise mit der Entfernung ab, und im Normalfall setzt man sich ja dem Feld einer Kochplatte nicht ständig oder auf Dauer aus.

Mikrowellenherde

Ein weiteres Gerät, das in unseren Haushalten immer häufiger verwendet wird, ist der Mikrowellenherd. Wie beim Personalcomputer lagen in den USA auch beim Mikrowellenherd die erlaubten Grenzwerte für Leckstrahlung vor 1983 höher. Aber selbst bei den neuesten Modellen ist noch eine Leckstrahlung von 1 mW/cm^2 zulässig. Die Vorschriften schreiben nur einen bestimmten Grenzwert bei der Herstellung vor; was mit dem Gerät später geschieht, ist Sache des Konsumenten.

Bei Schäden an der Abdichtung der Tür erhöht sich der Wert der austretenden Mikrowellenstrahlung deutlich; jeder Mikrowellenherd sollte deshalb mindestens einmal im Jahr nachgesehen werden. Wenn die Türabdichtung beschädigt ist, sollte man das Gerät erst reparieren und neu testen lassen, ehe man es wieder verwendet. Es sind viele Detektoren für Mikrowellen-Leckstrahlung auf dem Markt, aber bisher gibt es keine Vorschriften für solche Geräte. Infolgedessen kann es sein, daß manche ganz gut funktionieren, während andere völlig wertlos sein können. Am besten läßt man seinen Mikrowellenherd daher einmal im Jahr von einem qualifizierten Kundendienstmonteur überprüfen. Die Meßgeräte, die dabei verwendet werden, sind im allgemeinen recht gut geeicht.

Damit ist natürlich nicht das Problem gelöst, daß der Grenzwert, unter dem Bestrahlung durch Mikrowellen «sicher» ist, noch nicht genau ermittelt wurde. Ich habe oben eine Reihe von fortlaufenden Untersuchungen aus den letzten zwanzig Jahren angeführt, aus denen hervorgeht, daß die Bestrahlungswerte, die nötig waren, um biologische Wirkungen zu erzielen, ständig gesunken sind, so daß sie jetzt weit unter dem thermischen Niveau liegen. Bis heute haben wir keine Vorstellung davon, bei welchen Werten die Bestrahlung unschädlich ist. Die im achten Kapitel geschilderte Untersuchung von Dr. Guy zeigt, daß der Wert unter 0,5 Milliwatt pro Quadratzentimeter liegen muß. Aber wir wissen überhaupt nichts über das Zeit/Dosis-Verhältnis bei intermittierender Bestrahlung aus Mikrowellenherden. Zum gegenwärtigen Zeitpunkt neige ich zu der Annahme, daß Mikrowellenherde, vorausgesetzt, daß es sich um Qualitätsprodukte handelt und eine jährliche Überprüfung durch einen qualifizierten Kundendienst stattfindet, bei gelegentlicher Verwendung im privaten Bereich unschädlich sind. Da man aber, während der Mikrowellenherd im Betrieb ist, nicht die ganze Zeit davor stehen darf, sollten Sie sich gut überlegen, wo Sie ihn hinstellen.

Privatfunk

In den letzten zehn Jahren ist die Anzahl der Geräte, mit denen im privaten Bereich Radiosignale gesendet werden können, sprunghaft gestiegen. Derartige Einrichtungen, die früher der staatlichen Zulassung und Kontrolle unterlagen, wurden vor allem von Funkamateuren und verschiedenen öffentlichen Einrichtungen wie Polizei und Feuerwehr verwendet. Jetzt ist daraus ein riesiger freier Markt entstanden, auf dem sich CB-Funk, schnurlose Telefone, Autotelefone, private und geschäftliche Sicherheitssysteme, funkgesteuertes Spielzeug und vieles andere tummelt. Durch diese Entwicklung ist die Anzahl der Menschen, die beträchtlichen Strahlungsmengen aus Radiofrequenzen (Hochfrequenz- oder HF-Strahlung) ausgesetzt sind, erheblich gestiegen.

Die Antenne der meisten CB-Radios und schnurlosen Telefone wird nur wenige Zentimeter seitlich vom Kopf entfernt gehalten. Die Menge der ausgestrahlten Energie ist bei solchen Geräten zwar begrenzt, aber nur, um die Interferenz mit anderen Funksignalen zu verhindern und nicht etwa, um den Benutzer zu schützen. Die Verständigung mit Hilfe eines solchen Geräts setzt immer die Erzeugung eines elektromagnetischen Feldes voraus. Genau das gleiche Feld baut sich in Ihrem Gehirn auf, wenn Sie den «Sprechen»-Knopf an Ihrem Handgerät drücken.

Es gibt bisher keine Untersuchungen über die Häufigkeit von Erkrankungen wie z. B. Gehirntumoren bei den Benutzern derartiger Sendegeräte. Allerdings hat Dr. Samuel Milham von der Gesundheitsbehörde des Staates Washington berichtet, daß die Vorkommensrate der Leukämie unter Amateurfunkern deutlich höher ist als in der allgemeinen Bevölkerung. Solange keine gültigen epidemiologischen Untersuchungen vorliegen, rate ich jedem, solche Geräte nur zu verwenden, wenn es sich nicht vermeiden läßt, und auch dann nur so kurz wie möglich.

Wie Sie selbst Felder messen können

Dr. Edward Long, ein praktischer Arzt aus Humboldt in Kansas, hat eine einfache, billige und erstaunlich genaue Methode entdeckt, wie man die von vielen Geräten erzeugten elektrischen Felder messen kann. Er hat nämlich festgestellt, daß kleine batteriebetriebene AM-Radios auf derartige Felder sehr empfindlich reagieren. Sie sprechen zwar nicht auf Magnetfelder an, aber das elektrische Feld ist ein leidlich genauer Gradmesser für das Magnetfeld selbst.

Wenn Sie zum Beispiel die Stärke der Strahlung ihres Fernsehers prüfen wollen, stellen Sie einfach ein AM-Radio an, stellen den Zeiger an der Skala auf eine Stelle ein, wo Sie keinen Sender hören, und gehen auf maximale Lautstärke. Halten Sie das Radio in etwa 30 Zentimeter Abstand vor den Fernseher und stellen Sie den Fernseher an. Sie werden sich wundern, wieviel Rauschen Sie aus dem AM-Radio hören. Wenn Sie das Radio jetzt von dem Fernseher wegbewegen, kommen Sie an einen Punkt, wo das Rauschen verschwindet. Das ist *ungefähr* der Punkt, wo die Feldstärke 1 Milligauß beträgt. Sie müssen das Radio an jedem Punkt, den Sie messen wollen, hin und her drehen, um die höchste Lärmstufe zu empfangen, weil das Radio eine Richtantenne hat. Diese Methode läßt sich auch bei einer Reihe anderer Geräte anwenden, die HF ausstrahlen, zum Beispiel bei Computern, Stereoanlagen usw. Sie funktioniert *nicht* bei Geräten, die nur die 60-Hz-Frequenz ausstrahlen, wie zum Beispiel elektrische Heizöfen und Haartrockner.

Die meisten genauen Meßgeräte, mit denen man alle Frequenzen zwischen 60 Hz und den Hochfrequenz-Mikrowellenbereichen messen kann, sind in Anschaffung und Miete teuer. Erst seit kurzem gibt es ein paar verhältnismäßig billige und trotzdem empfindliche Meßgeräte für die 60-Hz-Frequenz.

In diesem Abschnitt habe ich mich lediglich bemüht, allgemeine Anhaltspunkte zu geben. Ich muß betonen, daß es sich bei den Vorschlägen für bestimmte Grenzwerte um meine persönliche Meinung handelt und daß alle Werte nur vorläufige Gültigkeit besitzen, weil sie sich ausschließlich auf meine Analyse der gegenwärtig verfügbaren Daten stützen und beim Auftreten neuer Erkenntnisse vielleicht revidiert werden müssen. Ganz allgemein würde ich jedem raten, sich über die Geräte, die er laufend verwendet, Gedanken zu machen und auf das Verhältnis zwischen Zeit und Dosis sowie die empfohlene 1-Milligauß-Grenze zu achten. Es ist auch ratsam, beim Kauf eines Geräts, das elektromagnetische Strahlung abgibt, den Gesichtspunkt der Sicherheit im Auge zu behalten. Ehe Sie ein Gerät kaufen, fragen Sie sich ernsthaft: «Brauche ich es wirklich?» und «Wie lange bin ich dem Feld, das das Gerät erzeugt, ausgesetzt?»

TV und FM/AM-Radio

Im vorigen Abschnitt haben wir uns mit dem 50- oder 60-Hz-Umfeld in unseren Häusern und Wohnungen beschäftigt, das vom elektrischen Stromversorgungssystem erzeugt wird. Wenn Sie zu Hause Radio- und Fernsehsendungen empfangen können, sind dort ständig Felder dieser Radiofrequenzen vorhanden. Sie mögen zwar im Verhältnis zu dem 60-Hz-Feld extrem schwach sein, aber wir kennen ja den Wert nicht, bei dem die Feldstärke von HF-Feldern als unschädlich anzusehen wäre.

Das mag Ihnen absurd vorkommen, denn schließlich handelt es sich bei all dem um die normalen Kommunikationsmittel in zivilisierten Ländern. Vielleicht meinen Sie auch, wir hätten sie doch schon so lange benutzt, ohne daß etwas passiert ist? Das ist beides nicht ganz richtig. Die extensive Verwendung des Radios zu Kommunikationszwecken hat sich erst in den letzten Jahrzehnten entwickelt. Ich bin so alt, daß ich mich noch gut an die «gute alte Zeit des Radios» in den zwanziger und dreißiger Jahren erinnere, als noch der Kristalldetektor die Regel war und man nur eine Handvoll Mittelwellensender empfangen konnte. Die rasante Entwicklung der elektronischen Medien setzte erst nach dem Zweiten Weltkrieg ein, als das kommerzielle Fernsehen und die UKW-Sender aufkamen.

Die Annahme, daß ja gar nichts Schlimmes geschehen sei, gründet sich auf die Vorstellung, daß diese Felder, wenn sie wirklich schädlich wären, eine ganz bestimmte, auffällige Krankheit hätten hervorrufen müssen. Wenn zum Beispiel nach der Aufnahme der UKW-Sendungen alle Menschen grüne Haare bekommen hätten, gäbe es einen unzweideutigen Zusammenhang. Die Schwierigkeit liegt, wie gesagt, darin, daß die Krankheiten, die durch die Einwirkung künstlicher elektromagnetischer Felder verursacht werden, im allgemeinen nicht neu sind. Vielmehr ist in den meisten Fällen nur ein Anstieg bei altbekannten Krankheiten zu verzeichnen, den man ebensogut auf viele andere Ursachen zurückführen kann (zum Beispiel auf giftige Chemikalien). Solange nicht genügend kontrollierte epiodemiologische Untersuchungen vorliegen, können wir das wahre Ausmaß der Gefahren nicht einschätzen.

Ich habe im achten Kapitel die Forschungsarbeit von Dr. William Morton in den frühen siebziger Jahren über den Zusammenhang zwischen FM-Strahlung und Leukämie in Portland in Oregon erwähnt. Er berichtete, daß in den Gegenden, wo die FM-Strahlung am höchsten war, auch die meisten Fälle von Leukämie auftraten. Zu der Zeit, als Morton seine Untersuchungen durchführte, sah man seine Ergebnisse als so abenteuerlich an, daß die Environmental Protection Agency, die die Studie finanziert hatte, es vorzog, sie zu ignorieren. Aber eben diese Ergebnisse sind durch die Untersuchung bestätigt worden, die Drs. Bruce Anderson und Alden Henderson 1986 in Honolulu durchgeführt haben.

Wenn man einmal davon absieht, daß die FCC (*Federal Communications Commission,* Bundeskommission für das Kommunikationswesen) neue Richtlinien für die Feldstärke in der Umgebung neuer Sendetürme erlassen hat, sind diese beiden Studien bisher leider wenig beachtet worden. Es gibt keine Richtlinien auf Bundesebene für die Allgemeinbevölkerung, und die EPA hat kürzlich verlauten lassen, daß sie in nächster Zukunft auch keine solchen erlassen wird. Es ist daher Sache jedes einzelnen, zu entscheiden, ob er oder seine Kinder zu Hause oder in der Schule möglicherweise durch solche Strahlen gefährdet sind.

Da die erforderlichen zuverlässigen Angaben fehlen, ist das beste, was Sie machen können, festzustellen, wie nah Sie an einer Strahlungsquelle wohnen. Natürlich stellt sich sofort die Frage: Was ist denn zu nah? Leider gibt es keine eindeutige Antwort, weil wieder die Daten fehlen.

Im Fall von stärkeren Strahlungsquellen wie kommerziellen TV- oder FM-Sendern sollten Sie meiner Ansicht nach etwa 1 km entfernt wohnen, um einigermaßen sicher zu sein, es sei denn, zwischen Ihnen und dem Sendeturm befände sich ein größeres Hindernis wie zum Beispiel ein Hügel. Das ist natürlich bestenfalls eine grobe Schätzung, die sich auf die vorläufigen Daten aus den beiden erwähnten Studien stützt. Ich möchte betonen, daß Menschen, die noch näher an einem Sendeturm wohnen, nicht gefährdet sein *müssen.* Andererseits scheint klar zu sein, daß wenn Sie im Umkreis von 300 m von einem solchen Sender wohnen, wahrscheinlich eine echte Gefahr gegeben ist, besonders für Kinder.

Um die potentiellen Gefahren realistisch einschätzen zu können, sollten Sie wissen, worauf Sie achten müssen. Da TV-, FM- und Mikro-

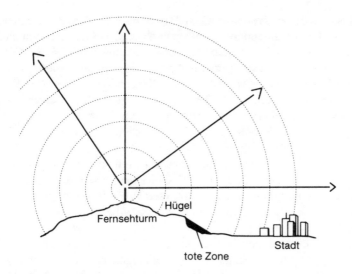

Abbildung 12.3 Strahlungsdiagramm eines TV- oder FM-Senders. Das Feld erstreckt sich in gerader Linie nach allen Richtungen. Um das Signal empfangen zu können, muß sich der Empfänger im direkten Sichtbereich des Senders befinden. Das Signal kann durch einen Hügel oder ein hohes Gebäude blockiert werden, und hinter dem Hindernis bildet sich eine «tote Zone», in der das Signal nicht zu empfangen ist.

wellen sich ihrer Natur nach in gerader Linie vom Sender, also in «Sichtlinie», ausbreiten, baut man Sendetürme bevorzugt auf markanten Erhebungen, damit die Signale in einem möglichst großen Gebiet empfangen werden können. Daher sieht man auch häufig mehrere Sender auf einem Hügel in Stadtnähe zusammengedrängt oder auf dem Dach des höchsten Gebäudes der Stadt. Hier finden sich die Sendemasten von TV- und FM-Sendern, von örtlichen Polizei- und Feuerwehreinheiten, öffentlichen Dienststellen, Funk-Rufsystemen («Piepser»-Systemen) und so weiter. Jede Antenne sendet zwar auf einer anderen Frequenz, aber die einzelnen Felder aus all diesen Sendern summieren sich zu einem Gesamtfeld, so daß das örtliche Feld im Endeffekt sehr stark ist.

Vor ein paar Jahren machte die EPA Messungen auf dem gesamten Territorium der Vereinigten Staaten und fand dabei etwa 200 «Hot spots», an denen die Feldstärke aufgrund einer solchen Zusammenballung von Sendeantennen besonders hoch ist. Da es keine einschlägigen Vorschriften gibt, kann man oft beobachten, daß ganze Wohnsiedlungen an solchen Hot spots oder in ihrer Nähe geplant werden.

Im Gegensatz zu FM- und Mikrowellensendern werden AM-Radiostationen dagegen meist in Tälern gebaut, weil ihre Signale sich nicht in Sichtlinie ausbreiten. Da die meisten AM-Stationen schon vor etlichen Jahren gebaut worden sind, sind Wohnsiedlungen, Schulen und öffentliche Gebäude oft in ihrer unmittelbaren Nähe entstanden.

Wenn es auch verschiedene Arten von Antennen und Sendetürmen gibt, unterscheiden sich die von TV-, FM- und AM-Radiosendern und Sprechfunkeinrichtungen ausgestrahlten Felder insofern kaum voneinander, als sie alle in einem Umkreis von 360 Grad von dem Ort strahlen, wo der Sender steht.

AM-Radiostationen haben mehrere Sendemasten, die im Abstand von etwa 300 m voneinander aufgestellt sind. Ihre Signale sind in der Frequenz so niedrig, daß sie den Konturen des Bodens folgen. Daher wird ihr Empfang durch Bodenerhebungen nicht behindert. Die schräg nach oben gerichteten AM-Radiowellen werden von der Ionosphäre im gleichen Winkel reflektiert; auf diese Weise kann das Signal in mehreren tausend Kilometern Entfernung empfangen werden (diese Technik wird für Kurzwellenübertragungen verwendet). Nach oben gerichtete TV- und FM-Wellen werden von der Ionosphäre nicht zurückgestrahlt, sondern setzen sich einfach in den Raum hinein fort. Ganz selten kommt es vor, daß ein Sonnensturm die Energie in der Ionosphäre so weit erhöht, daß auch die Hochfrequenzwellen auf die Erde zurückgeworfen werden, sogar an Stellen, die Tausende von Kilometern vom Ausgangspunkt des Signals entfernt sind.

Mikrowellen

Nach dem Zweiten Weltkrieg wurden die meisten der ursprünglichen Fern-Telefonkabel durch mit Mikrowellen arbeitende Funkeinrichtungen ersetzt. Glücklicherweise hat man diese Praxis inzwischen zugunsten von unterirdischen Fiberoptikkabeln zur Übertragung von Laserlicht aufgegeben. Die neue Technik ist nicht nur effektiver, sie scheint auch völlig unschädlich zu sein, weil solche Kabel nur wenig elektromagnetische Energie abstrahlen. Allerdings geht der Wechsel nur langsam vonstatten, und bisher ist erst ein kleiner Teil des Mikrowellennetzes der Vereinigten Staaten ersetzt. Gleichzeitig nimmt die Verwendung von Mikrowellen durch verschiedene Behörden, öffentliche Versorgungsbetriebe und kommerzielle Einrichtungen zu.

Immer wenn die Frage nach der Sicherheit einer schon bestehenden oder einer geplanten Mikrowelleneinrichtung aufkommt, versichert man der Öffentlichkeit, daß die Strahlung «bleistiftschmal» gebündelt direkt auf die Empfangsantenne gerichtet wird, so daß nichts anderes davon berührt wird. In Wirklichkeit ist das nur eine *Wunschvorstellung* der Ingenieure, weil auf diese Weise am wenigsten Energie verlorenginge. In Wirklichkeit strahlt jede Mikrowellenantenne einen Hauptstrahl sowie diesen begleitende, unvermeidbare «Seitenzipfel» ab, welche die Strahlung über einen Bogen von 180 Grad um die Antennenschüssel herum verteilen.

Auch Mikrowellenantennen gibt es in verschiedenen Formen und Größen. Oft findet man viele Antennen auf einem Sendeturm zusammengedrängt.

Wenn Sie sich darüber klarwerden wollen, welche Gefahren von Mikrowellen und allen möglichen Quellen von Radiofrequenz-Strahlung ausgehen, sollten Sie nicht nur den Abstand zwischen sich und jeder derartigen Einrichtung berücksichtigen, sondern auch an die Tatsache denken, daß jeder Ort von mehreren Sendern bestrahlt werden kann. Man muß deshalb das Feld von jeder Quelle messen; die Gesamtfeldstärke Ihrer Position ergibt sich aus der Summe der einzelnen Feldstärken. Ich bin persönlich davon überzeugt, daß jede Gesamtfeldstärke, die über 0,1 Milliwatt pro Quadratzentimeter hinausgeht, eine wahrscheinliche Gefahr für die Menschen darstellt, die in dem betreffenden Gebiet wohnen.

Die einzige Möglichkeit festzustellen, ob Sie persönlich an Ihrem Wohnort betroffen sind, ist, entweder Messungen durchführen zu lassen oder sie mit gemieteten Mikrowellen- und HF-Monitoren selbst durchzuführen. Aber selbst dann dürfte es in Ermangelung fester Richtlinien auf Bundesebene praktisch unmöglich sein, eine schon existierende Einrichtung schließen zu lassen oder ihre Verlegung zu erzwingen, es sei denn, die gemessenen Werte überstiegen den vom American

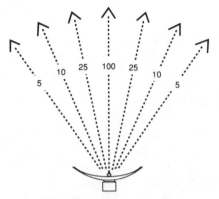

Mikrowellen-Schüsselantenne

Abbildung 12.4 Strahlungsdiagramm einer typischen Mikrowellen-Parabolantenne. Für den Hauptstrahl werden hier 100 % Strahlung angenommen. Die Schüssel gibt in einem fächerartigen Muster Strahlung ab, die im Verhältnis zum Hauptstrahl schwächer ist. Die Zahlen geben an, wieviel Prozent des Gesamtwertes jeder dieser «Seitenzipfel» enthält.

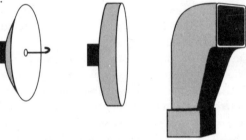

Abbildung 12.5 Charakteristische Formen verschiedener Typen von Mikrowellenantennen. Links die übliche Schüsselantenne, die aus festem Metall oder aus maschigem Material bestehen kann. Das Signal wird durch einen Wellenleiter zum Einspeisungshorn geschickt, das sich über dem Zentrum befindet und auf die Oberfläche der Schüssel zeigt. Die Mikrowellenstrahlung wird von diesem Horn in Richtung der Schüssel abgestrahlt, die es in die gewünschte Richtung reflektiert.

Die Abbildung in der Mitte zeigt eine Trommelantenne, die im Prinzip der Schüsselantenne gleicht, mit dem Unterschied, daß die Vorderseite von einem für das Mikrowellensignal durchlässigen Material abgedeckt ist.

Rechts ist eine Hornantenne abgebildet. Das Signal wird durch einen Wellenleiter nach oben in das Horn geschickt, wo es gedreht wird und und waagrechter Richtung aus der Öffnung des Horns austritt.

Alle drei Antennentypen erzeugen das gleiche Strahlungsdiagramm nach Abb. 12.4.

362

National Standards Institute festgelegten Grenzwert von 5 mW/cm^2, was aber höchst unwahrscheinlich ist.

Im Fall einer *geplanten* Einrichtung kann man allerdings den Planungsbehörden oft die möglichen Gesundheitsrisiken plausibel machen. Allerdings erfordert das, daß sich die Betroffenen zu einer gemeinsamen Aktion zusammenschließen.

Wenn Sie in der Nähe von Satelliten-Schüsseln wohnen, die nur für den *Empfang* von Satelliten-TV-Programmen eingerichtet sind, besteht kein Anlaß zur Besorgnis, weil es sich hier um passive Geräte handelt, die keine elektromagnetische Energie abgeben. Satelliten-Schüsseln, die Programme *übertragen* – und die einen Durchmesser von 15 bis 25 m haben – strahlen dagegen starke Felder ab.

Die langfristige Lösung
des Problems der Radiofrequenzen und Mikrowellen

Das Problem der Verseuchung der Umwelt mit Hochfrequenzstrahlung kann auf die Dauer nur auf Bundesebene gelöst werden. Auf lokaler Ebene haben einige Staaten und Gemeinden bereits mit der Festlegung von Grenzwerten begonnen, die sich an dem Kriterium möglicher Gesundheitsrisiken orientieren. Da diese Grenzwerte aber von Staat zu Staat voneinander abweichen, kommt allmählich ein buntes Gewirr verschiedenster Regelungen zustande. Das hat zur Folge, daß viele dieser Grenzwerte auf Bundesebene nicht durchsetzbar sind. Durchsetzbare und realistische Grenzwerte werden wir in den USA nur bekommen, wenn die Regierung in Washington auf der Grundlage zuverlässiger wissenschaftlicher Daten einheitliche Normen festlegt. Leider haben wir heute einfach keine solchen Daten. Ich wende mich daher dagegen, daß *überhaupt* irgendwelche Normen festgesetzt werden, weil ich glaube, daß die Bevölkerung dadurch in einem falschen Gefühl der Sicherheit gewiegt wird.

Nehmen wir einmal an, die Regierung nähme sich des Programms auf realistische Weise an. Was würde geschehen, wenn die Grenzwerte unter den Wert fielen, den wir in den meisten städtischen Gebieten schon haben? Müssen wir dann unsere Fernsehgeräte abschalten? Keineswegs. Wenn der kritische Wert erst einmal festgelegt ist, sind die technischen Probleme nicht mehr schwer zu lösen. Im Augenblick begrenzt die FCC die Leistung des von jeder TV-, FM- und AM-Station ausgestrahlten Signals, um zu verhindern, daß die verschiedenen Stationen sich gegenseitig stören. Wenn man sich darauf geeinigt hat, daß die Stärke des Gesamtumfelds reduziert werden muß, kann man die durchschnittliche Signalleistung so weit herabsetzen, daß der geforderte Wert erreicht wird. Außerdem könnte man die Betriebszeiten reduzieren und die Verstärkerstellen, die das Sendegebiet vergrößern sollen, mit weniger Leistung arbeiten lassen.

Die Zusammenballung von TV-Sendemasten läßt sich vermeiden, indem man zum direkten Satellitenfunk übergeht. Dabei wird das Programm per Satellit über ein großes geographisches Gebiet ausgestrahlt, wobei die durchschnittliche Leistung des Signals in Bodennähe sehr gering ist. Diese Methode wird heute in vielen ländlichen Gegenden angewandt, wo es sich nicht lohnen würde, einen Sendeturm aufzustellen.

Aber damit sind die Möglichkeiten noch nicht erschöpft, und unsere öffentlichen Kommunikationssysteme brauchen, um sicher zu sein, nicht abgeschaltet zu werden.

Die langfristige Lösung des Problems der Stromversorgung

Im Fall der Übertragungsleitungen und der dazugehörigen Hilfseinrichtungen haben wir jetzt für Magnetfelder die kritische Größe von 3 Milligauß, von der wir für unsere Einschätzung der Risiken ausgehen können.

Was können Sie tun, wenn Sie in unmittelbarer Nähe einer schon bestehenden Übertragungsleitung wohnen und die Messungen in Ihrer Wohnung einen durchschnittlichen Wert von 10 Milligauß ergeben? Wenn Sie durch eine Risiko/Nutzen-Analyse zu dem Schluß gekommen sind, daß Sie und Ihre Familie gefährdet sind, bleibt Ihnen keine Wahl: dann müssen Sie umziehen. Wie im Fall der Rundfunk- und Mikrowellen-Übertragungseinrichtungen sind auch bei schon bestehenden Stromübertragungsleitungen juristische Aktionen kostspielig, langwierig und fruchtlos. Dagegen können Gemeinschaftsaktionen oft erfolgreich sein, wenn es darum geht, den Bau geplanter Leitungen zu verhindern. Aber auch hier müssen Sie damit rechnen, daß Sie viel Zeit, Mühe und Geld aufwenden müssen.

Die Versorgungsbetriebe stützen sich beim Kampf um geplante Leitungen gewöhnlich auf zwei Argumente. Erstens behaupten sie, es gäbe keine zwingenden Beweise dafür, daß Übertragungsleitungen gesundheitsgefährdend sind. Und zweitens berufen sie sich darauf, daß diese dringend gebraucht werden, um mehr elektrische Energie bereitzustellen. Sie machen geltend, daß ein Verzicht auf den Bau nachteilige Folgen für die Wirtschaft hätte und eine unzureichende Stromversorgung zu Stromausfällen führen würde. Beide Argumente sind leicht zu widerlegen, das erste aufgrund der im achten Kapitel vorgestellten Daten und das zweite unter Hinweis auf die langfristige Lösung des Problems.

Brauchen wir denn überhaupt mehr elektrische Energie? Die Versorgungsbetriebe unterstehen zwar den einzelnen Bundesstaaten, sind aber doch kommerzielle Unternehmen und als solche ständig bestrebt, mehr Energie zu verkaufen und den Bau neuer Kraftwerke und Übertragungsleitungen zu rechtfertigen. Es läßt sich beweisen, daß sie den zukünftigen Bedarf an elektrischer Energie dabei immer überschätzt haben. Robert C. Marley, Sonderbeauftragter des stellvertretenden Unterstaatssekretärs für Umweltschutz im US-Energieministerium, hat die Entwicklungstendenzen in der Verwendung von Energie in der Industrie seit 1973 untersucht. Er berichtete darüber 1984:

In den zehn Jahren, die auf das arabische Ölembargo des Jahres 1973 folgten, hat sich das Verhalten der Amerikaner beim Energieverbrauch erheblich geändert. Nach Jahrzehnten des kontinuierlichen Wachstums hat sich der jährliche Energiebedarf stabilisiert und hat dann zu sinken begonnen. Der gesamte Energieverbrauch des Jahres 1983 lag unter dem des Jahres 1973, obwohl das Wirtschaftswachstum im gleichen Zeitraum durchschnittlich 2,5 Prozent pro Jahr betrug.

In der Zeit vor 1973 sagten die Versorgungsbetriebe noch voraus, daß der Bedarf bis 1983 um 30 Prozent steigen würde. Das ist offenbar nicht eingetreten. Die Wirtschaft ist trotzdem weiter gewachsen. Marley wollte darauf hinweisen, daß die Tatsache, daß die Energie im

Jahre 1984 wieder billiger wurde, wieder zu erhöhtem Verbrauch führen könnte, was eigentlich unnötig und unwirtschaftlich wäre.

Zwei Jahre später traten Marleys Befürchtungen ein. Wieder malten die Versorgungsbetriebe für den Fall, daß nicht sofort mit dem Bau neuer Einrichtungen begonnen würde, den drohenden Weltuntergang an die Wand. Dagegen wandte sich Dr. Armory Lovins vom Rocky Mountain Institute in Old Snowmass in Colorado. Er wies nach, daß ein erhöhter Energiebedarf sich leicht dadurch abfangen läßt, daß die elektrische Energie effektiver genutzt wird, was letzten Endes sogar erheblich kostengünstiger ist.

Die Union of Concerned Scientists (Vereinigung Besorgter Wissenschaftler) drückte sich 1988 in einer Presseerklärung über Kernenergie noch klarer aus. Sie schrieb:

Die Vereinigten Staaten stehen heute bis zum Hals in überflüssiger Energie. 1985 hatten wir eine Reserve von nahezu 52 Prozent. Das bedeutet, daß das Land über viel mehr Energie verfügte als es brauchte, um den sommerlichen Höchstbedarf (einschließlich einer Sicherheitsmarge für Notfälle) zu decken. Die Betriebe hatten viel mehr große Kraftwerke als sie benötigen, um eine zuverlässige Stromversorgung zu gewährleisten.

Es ist also offensichtlich, daß wir gegenwärtig bestimmt nicht noch mehr Kraftwerke und Übertragungsleitungen brauchen. Die angeführten Analysen beschäftigen sich mit dem amerikanischen Energiesystem nur vom Standpunkt der *Effizienz* aus. Keine geht auf mögliche Gesundheitsrisiken für die Allgemeinbevölkerung durch die 60-Hz-Energiesysteme ein. Wenn man diesen Faktor in die Überlegungen einbezieht, werden die Folgerungen um so offensichtlicher und die Notwendigkeit energiesparender Maßnahmen und effizienterer Nutzung der Energie um so dringender.

Ich plädiere nicht für die Demontage des elektrischen Energieversorgungssystems und die Rückkehr zur Petroleumlampe. Aber ich trete ganz entschieden dafür ein, daß die Grundstruktur des ganzen Systems geändert wird. Das jetzige Modell, bei dem ein einziges großes Kraftwerk ein großes Gebiet mit Hilfe langer Übertragungsleitungen mit Strom versorgt (also das System der zentralen Versorgung) ist in der

Frühzeit der Erzeugung elektrischer Energie entstanden. Damals baute man zunächst viele kleine voneinander unabhängige Systeme, die jeweils ein verhältnismäßig kleines Gebiet versorgten. Dann machten die Gesellschaften sich klar, daß sie ihre Gewinne steigern könnten, wenn sie die kleinen Betriebe aufkauften und das gesamte von ihnen versorgte Gebiet von einem einzigen großen Kraftwerk aus bedienten. Seitdem beherrscht dieses System die ganze Industrie.

Wenn das zentralistische System sich zu einem landesweiten Energieübertragungsnetz ausweitet, zeigt es mehrere bedeutende Mängel. Erstens ist es anfällig: Es genügt, daß eine einzige Komponente ausfällt, und schon brechen große Teile des Systems zusammen, was zu mehrtägigen Stromausfällen führen kann. Zweitens wächst mit dem Trend zu immer größerer Konzentration der Kraftwerke der Bedarf an Höchstspannungsübertragungsleitungen (765-kV-Leitungen sind schon in Betrieb, 1-Million-Volt-Leitungen in Planung). Die von solchen Leitungen erzeugten Felder haben eine entsprechend größere Stärke und Reichweite, und ihr Bau wird dazu führen, daß größere Teile der Bevölkerung einem potentiell schädlichen Niveau elektromagnetischer Strahlung ausgesetzt sind.

Diese beiden Mängel könnten durch eine Umstrukturierung des Systems im Sinne einer dezentralen Organisation, bei der die großen Kraftwerke durch mehrere kleine ersetzt würden, behoben werden. Bei der Wahl der Standorte könnte man dafür sorgen, daß die kleineren Kraftwerke außer den herkömmlichen Energiequellen auch andere Ressourcen wie Wasser, Wind und Sonne nutzen können. Die Übertragungsleitungen jedes Kleinkraftwerks hätten ein kleineres Gebiet zu versorgen und kämen daher mit viel geringerer Stromstärke und Spannung aus. Jedes Kraftwerk könnte mit dem von ihm versorgten Gebiet so an seine Nachbarn angebunden werden, daß diese bei Stromknappheit oder bei Totalausfall einspringen könnten.

Ein dezentrales System würde nicht nur weit weniger gefährliche Felder erzeugen, es wäre bei voller Konkurrenzfähigkeit gegenüber dem zentralistischen System gleichzeitig weniger anfällig für großflächige Stromausfälle. Allerdings würde der Übergang vom einen zum anderen System erhebliche Zeit in Anspruch nehmen, und die Versorgungsbetriebe selbst würden sich erbittert dagegen wehren. Aber da schon jetzt ein hoher Prozentsatz der Bevölkerung durch das 60-Hz-Stromsystem gefährdet sein kann, muß diese Frage als Problem von nationaler Bedeutung angegangen werden.

Wenn allerdings die Solarenergietechnik weitere Fortschritte macht, könnten sich die vorgeschlagenen Maßnahmen als überflüssig erweisen. Bei der Solartechnologie wird das in Kollektoren gesammelte Sonnenlicht direkt in elektrische Energie umgewandelt. In günstigen Lagen mit hoher Sonneneinstrahlung könnten starke Kollektoren theoretisch die gesamte Energie für eine Wohneinheit liefern. Gegenwärtig ist die Effektivität der Sonnenkollektoren auf etwas über 10 Prozent gestiegen. Wenn es gelingt, sie auf 15 Prozent anzuheben, kann das System der Gewinnung elektrischer Energie aus dem Sonnenlicht sich zu einem ernsthaften Konkurrenten der kommerziellen Energiesysteme entwickkeln.

Die Risiko/Nutzen-Analyse:
Bürgerinitiativen gegen die Industrie

Die Vorstellung, wir könnten in einer völlig risikofreien Welt leben, ist ganz und gar unrealistisch. Eine solche Welt wird es niemals geben. In unserer Gesellschaft gibt es nur wenige Dinge, die ausschließlich nützlich oder ausschließlich schädlich wären. Alles enthält eine Beimischung von Grau, und wir können allenfalls unser persönliches Risiko so gering halten, wie es bei dem angestrebten Nutzen möglich ist. Mehr können wir nicht erreichen. Schwierig wird es erst dann, wenn die Risiko/Nutzen-Abwägung sich auf die kommunale oder nationale Ebene bezieht. Hier liegt die Entscheidung im allgemeinen nicht bei den Bürgern, die den Risiken ausgesetzt wären, sondern fällt in die Verantwortlichkeit verschiedener Regierungsstellen.

Wenn die Privatindustrie (Herstellungs- und Versorgungsbetriebe, Unternehmen der Biotechnologie usw.) neue Einrichtungen planen, wird die Frage der Risiko/Nutzen-Abwägung sehr früh gestellt, und zwar oft von der Industrie selbst, die gewöhnlich behauptet, der Nutzen überwiege bei weitem die Gefahren, die aber ohnehin «minimal» seien. Da Risiko/Nutzen-Analysen auf wissenschaftlichen Ergebnissen beruhen, ist es unvermeidlich, daß an dem Prozeß auch Wissenschaftler beteiligt sind.

In die Diskussion der Gesundheitsrisiken, die durch elektromagnetische Felder entstehen, sind gewöhnlich zwei Arten von Wissenschaftlern verwickelt. Da sind zum einen die Experten in der Frage der biologischen Wirkungen elektromagnetischer Felder, deren Ansichten sich untereinander oft diametral gegenüberstehen. Die einen behaupten ganz entschieden, es könne gar keine schädlichen biologischen Auswirkungen geben, während die anderen ebenso unnachgiebig betonen, daß bereits echte Gefahren eingetreten sind. Zum anderen gibt es einige wenige Experten für die Risiko/Nutzen-Analyse selbst – deren Zahl allerdings steigt. Dabei handelt es sich um Leute, die gar nicht unbedingt etwas mit dem betreffenden Problem zu tun haben, sich aber zutrauen, *auf jedem Gebiet* eine Risiko/Nutzen-Analyse durchzuführen. Sie gelangen dabei aufgrund einer computergestützten statistischen Auswertung der wissenschaftlichen Literatur zu Zahlenmaterial, in dem das in Frage stehende Risiko mit anderen risikobehafteten Situationen verglichen wird. Solche Wissenschaftler können sich zum Beispiel folgendes Zahlenspiel einfallen lassen: Sie errechnen die Anzahl der voraussichtlichen Krebstoten in einer Population, die einer 60-Hz-Stromübertragungsleitung ausgesetzt ist, und vergleichen diese Zahl mit der voraussichtlichen Anzahl von Opfern des Zigarettenrauchens in der gleichen Population; schließlich erklären sie, daß die Übertragungsleitung weniger gefährlich ist. Das mag alles höchst wissenschaftlich *aussehen*, aber ich halte es schlicht für Humbug. Der Hauptfehler bei solchen Analysen ist, daß die wissenschaftlichen Daten, die zu dem betreffenden Zeitpunkt zur Verfügung stehen, so behandelt werden, als seien sie der Weisheit letzter Schluß und würden nie revidiert oder auf den neuesten Stand gebracht werden.

Die wissenschaftliche Frage, über die es unter angesehenen Wissenschaftlern keine Differenzen gibt, muß erst noch erfunden werden. Dabei kann es sich durchaus um ehrliche Meinungsverschiedenheiten aufgrund irgendeiner Unsicherheit in bezug auf die in Frage stehenden Daten oder aufgrund unterschiedlicher, aber gleichermaßen berechtigter Standpunkte handeln. In einer solchen Situation kann die Entscheidung für die verantwortlichen Stellen ganz schön schwierig werden. In diesem Zusammenhang erzählt man gern die Geschichte von einem Senator, der einem anderen bei einem Hearing zuflüsterte:

«Was soll ich machen? Soll ich die Nobelpreisträger auf jeder Seite zählen und den, der die meisten hat, gewinnen lassen?»

Leider sind die Motive für den Standpunkt, den ein Wissenschaftler in einer solchen Auseinandersetzung einnimmt, nicht immer so edel. Auch Wissenschaftler sind ja schließlich nur Menschen, und es gibt auch hier durchaus schwarze Schafe, deren Meinung durch gewisse sachfremde Erwägungen beeinflußt werden kann. Eine Darstellung läßt sich unschwer in einer gewünschten Richtung beeinflussen, indem man die Daten, die auf positive Gefahren hinweisen, einfach wegläßt oder an diese weit höhere wissenschaftliche Anforderungen stellt als an die Daten, die das Gegenteil beweisen. Die Empfehlungen, die von solchen Sachverständigen kommen, besagen gewöhnlich, daß zwar möglicherweise ein gewisses Risiko vorliege, aber zur restlosen Klärung noch weitere Untersuchungen nötig seien, daß aber das Risiko ohnehin nicht schwerwiegend genug sei, um den Bau der Einrichtung zu verhindern. Die Bürgerinitiativen, die sich gegen den Bau zur Wehr setzen, verfügen im allgemeinen nicht über die Mittel, wissenschaftliche Experten zu engagieren, die *ihre* Ansichten teilen.

Ich habe öfter als mir lieb ist mit derartigen Fällen zu tun gehabt und bin aufgrund meiner Erfahrungen zu der Ansicht gekommen, daß die Firma oder Regierungsstelle, die die eine Seite in einem solchen Streit darstellt, auf dem Rechtswege gezwungen werden müßte, das ungerecht verteilte Gleichgewicht dadurch wiederherzustellen, daß sie den sich wehrenden Bürgern die gleiche Geldsumme zur Verfügung stellt, die sie selbst für Expertengutachten ausgibt. Es sieht nicht danach aus, als würde es je dazu kommen.

Mir scheint eindeutig klar zu sein, was für eine wirklich tragfähige Risiko/Nutzen-Analyse notwendig ist. Sämtliche Daten, die für eine Entscheidung gebraucht werden, müssen allen Beteiligten zugänglich gemacht werden. Diese Forderung klingt einfach, aber in unserer technisierten Welt bedeutet ihre Erfüllung oft die Ausgabe erheblicher Summen. Wenn die Daten unzutreffend oder unvollständig sind, darf die Entscheidung, daß der Nutzen das Eingehen des Risikos rechtfertigt, erst getroffen werden, wenn erwiesen ist, daß jedem denkbaren Risiko ein erheblicher Nutzen gegenübersteht. Sind die Daten zutreffend, dann sollte die Entscheidung sich auf eine offene, vorurteilsfreie Abwägung derselben stützen. Das ist leichter gesagt als getan. Denn ebenso wichtig wie zutreffende Daten ist das Prinzip, daß die einzigen, die berechtigt sind, endgültig zu entscheiden, ob das Risiko oder der Nutzen überwiegt, die Betroffenen selbst sind, denn letztlich sind sie es, denen der Schaden zugefügt würde.

Immer wenn Bürger glauben, durch eine Einrichtung gefährdet zu sein, sollten sie sich zunächst organisieren. Eine gutorganisierte Bürgerinitiative besitzt zwei wirksame Waffen. Die eine sind die öffentlichen Medien. Was die Opposition zu sagen hat, braucht nur in eine medientaugliche Form gebracht und so aufgemacht zu werden, daß es einen Nachrichtenwert hat. Die Vertreter der Nachrichtenorganisationen haben die Mittel, das Anliegen der Bürger so darzustellen, daß es ins Auge springt. Sie können es auch durch Interviews mit wissenschaftlichen Experten fördern, die die Argumente der Bürger unterstützen. Die zweite Waffe der Bürger ist der Stimmzettel bei der nächsten Wahl.

Auf dem ganzen Gebiet der Risiko/Nutzen-Abwägung müssen dringend einige grundsätzliche Dinge geändert werden, und zwar nicht nur bei den Einrichtungen, die elektromagnetische Felder erzeugen, sondern auch in dem ganzen Bereich der technologischen Innovationen, die Auswirkungen auf unsere Umwelt insgesamt haben. Solange die auf Bundesebene verantwortlichen Regierungsstellen keine geeigneten Schritte unternehmen, ist es die Sache des einzelnen Bürgers, für sich selbst eine Risiko/Nutzen-Analyse durchzuführen und die Schritte einzuleiten, die er für notwendig erachtet, um seine Gesundheit und die Gesundheit seiner Kinder zu schützen.

Nachwort

Ich hoffe, daß es mir in diesem Buch gelungen ist, zumindest einen Teil der Mängel des chemisch-mechanistischen Weltbildes aufzuzeigen und die neue Vision eines wissenschaftlichen Vitalismus verständlich zu machen, die sich aus der jüngsten Revolution der Wissenschaft ergeben hat. Dieses neue wissenschaftliche Paradigma ist nicht vitalistisch im Sinne einer geheimnisvollen «Lebenskraft», die vor dem Auge menschlicher Erkenntnis für immer verborgen bliebe. Es entbehrt nicht einer gewissen Ironie, daß die neue Anschauung manchem noch mechanistischer erscheinen mag als das gegenwärtig herrschende Konzept.

Aber obwohl das neue Paradigma das alte eigentlich nur erweitert hat, ist es doch in eine *neue Richtung* vorgestoßen und hat uns damit näher an das Geheimnis des Lebens herangeführt, an den Ort, wo die energiesteuernden Systeme angesiedelt sind, durch die der lebende Organismus zu einer Einheit wird, die mehr ist als die Summe ihrer Teile. Die Notwendigkeit derartiger Systeme ist schon vor langer Zeit erkannt worden, aber erst mit der neuen wissenschaftlichen Revolution konnten die Energien, mit denen sie arbeiten, als elektrische Ströme und Magnetfelder identifiziert werden.

Die neuen Erkenntnisse haben uns ein besseres Verständnis dafür eröffnet, wie der menschliche Körper diese energetischen Systeme benutzt, um sich selbst zu heilen und seine Aktivitäten zu steuern. Wir sind dadurch jetzt auch in der Lage, Heilmethoden, die von der offiziellen Medizin seit langem abgelehnt wurden, neu einzuschätzen und neue zu erforschen, die sich auf die Beeinflussung eben dieser Systeme gründen. Die neugewonnenen Erkenntnisse werden die heutigen medizinischen Techniken nicht ersetzen, aber doch bereichern und ergänzen.

Ich bin davon überzeugt, daß das mechanistische Konzept der Medizin einen fast irreparablen Schaden zugefügt hat. Denn erstens hat es durch die Arroganz, mit der seine Anhänger sich im ausschließlichen Besitz der Wahrheit glaubten, dazu geführt, daß sich die technologische Medizin durchsetzen konnte und die Ärzte im Gestrüpp der Molekularbiologie das Leben aus den Augen verloren haben. Und zweitens wurde der Patient, da der Mensch ebenso wie alle anderen Lebewesen als reines Zufallsprodukt betrachtet wurde, zur bloßen Maschine degradiert, die man, wenn sie nicht funktioniert, nur zu reparieren braucht. Die auf die Einmaligkeit und Unantastbarkeit des Lebens gegründete medizinische Ethik geriet ins Hintertreffen.

Und schließlich hat die chemisch-mechanistische Lehre zu einer schier unentwirrbaren Verflechtung der Beziehungen zwischen Arzt, pharmazeutischer und gerätetechnischer Industrie und den zuständigen Kontrollorganen geführt. Das daraus resultierende Gewinnstreben ist für die Kostenexplosion im Gesundheitswesen verantwortlich, die gänzlich außer Kontrolle geraten ist. Da ist es kein Wunder, daß die therapeutischen Konzepte, die sich aus dem neuen Paradigma ergeben, auf erbitterten Widerstand stoßen.

Die Medizin gewinnt mit diesen neuen Konzepten von Energie und Leben eine demütige Haltung gegenüber dem, was wir das Leben nennen, zurück. Die ärztliche *Kunst* wird zu einem Prozeß, an dem die Lebensenergie des Arztes, des Patienten und der Erde gleichermaßen beteiligt ist. Das neue wissenschaftliche Paradigma des Lebens, der Energie und der Medizin hat uns auch dazu angeregt, viele unserer technischen «Fortschritte» neu zu überdenken, die uns immer mehr von der klar umgrenzten elektromagnetischen Umgebung getrennt haben, die seit Anbeginn des Lebens unsere Heimstatt war. Es läßt sich eindeutig nachweisen, daß die unbeschränkte Verwendung der elektromagnetischen Energie die Umwelt im globalen Maßstab so verändert hat, daß das Leben immer mehr gefährdet ist. Die Zeitspanne, die uns bleibt, um dieser verhängnisvollen Entwicklung mit geeigneten Maßnahmen gegenzusteuern, ohne die wirklichen Segnungen der modernen Technologien aufs Spiel zu setzen, wird immer knapper.

Nachwort

Leider gibt es in jeder Gesellschaft mächtige Kreise, die es um eines unmittelbaren Vorteils willen vorziehen, sich in der Illusion zu wiegen, es sei noch unendlich viel Zeit. Hier ist an erster Stelle das Militär zu nennen. Das moderne strategische Denken steht und fällt mit dem unbeschränkten, ständig zunehmenden Einsatz elektromagnetischer Energie. Ohne diese Möglichkeit sind komplizierte Waffensysteme undenkbar. Infolgedessen betrachten diese Kreise jeden Versuch, die Öffentlichkeit über die potentiellen Gefahren elektromagnetischer Felder aufzuklären, als staatsgefährdenden Akt, der rigoros zu unterdrücken ist.

Nur eine aufgeklärte Öffentlichkeit hat eine Chance, sich gegen die Mächtigen im weißen Kittel und in Uniform zu wehren, die verhindern wollen, daß die neuen Vorstellungen von der Lebensenergie und von der Medizin weiter entwickelt werden. Um dieser Aufklärung willen habe ich dieses Buch geschrieben.

ANHANG

I. Die Geisterhand am Drücker: Was das Militär aus dem elektromagnetischen Spektrum macht

Der Anreiz, verbotenen Impulsen nachzugeben, ist in der militärischen Gruppe stark und verleitet den Soldaten dazu, bislang unterdrückte Handlungen auszuführen, die er ursprünglich einmal
als moralisch abstoßend betrachtet hat.

I. L. Janis
zitiert in *The Oxford Companion to the Mind*

Die gegenwärtige militärische Strategie der Vereinigten Staaten stützt
sich nicht auf Kernwaffen oder Elitekampftruppen; sie beruht vielmehr
auf einer Doktrin, die unter dem Namen C^3I (für *command, control,
communications and information*, also Führung, Kontrolle, Nachrichtenwesen und Information) bekannt ist. Mit dem Instrument von C^3I
wird ständig die relative Stärke unserer Streitkräfte gegenüber denen
der Sowjetunion eingeschätzt und die Absicht der Sowjets beurteilt,
ihre Streitkräfte gegen uns aufmarschieren zu lassen und einzusetzen.
C^3I liefert die für diese Aufgabe erforderlichen Informationen sowie
die Mittel, sich mit unseren Truppen zu verständigen, sie zu führen und
dazu anzuhalten, vermeintlichen oder wirklichen Bedrohungen zu begegnen. Der eigentliche Sinn dieser Militärdoktrin ist es, in jedem Augenblick sofort über den genauen Zustand unserer Truppen und der
Truppen des jeweiligen Feindes informiert zu sein. Die Waffensysteme
sind nur die Instrumente, die verwendet werden, um einen Angriff zu
verhindern oder zu parieren.

Unser gesamtes militärisches System entspricht heute in etwa einem
lebenden Organismus, der mit seinen Sinnesorganen ständig seine Umgebung abtastet, die gewonnenen Informationen verarbeitet und Entscheidungen fällt, um dann gemäß diesen Entscheidungen die passenden Waffensysteme einzusetzen. Das «Zentralnervensystem» des
weltweit operierenden militärischen Organismus der Vereinigten Staaten stützt sich auf elektrische Impulse als Informationsträger, welche
durch elektromagnetische Wellen übertragen werden. Seine Sinnesorgane sind Mikrowellen-Scanner, Satelliten und hochkomplizierte Anla-

gen zum Abhören feindlicher Radiosendungen. Als Nervenimpulse
dienen ihm Radiobotschaften auf Frequenzen, die sich von ELF bis zu
Mikrowellen im Superhochfrequenzbereich erstrecken, und seine Muskeln reichen von der Bodentruppe bis zum atomaren Raketensystem.
Der Organismus unterhält auf dem amerikanischen Kontinent und an
verschiedenen Orten in Übersee eine Reihe von «Gehirnen». Seine Fähigkeit zu selbständigen Operationen wird nur theoretisch durch das
Votum des Weißen Hauses eingeschränkt. Alles, was zu C³I gehört, ist
darauf angewiesen, von allen Frequenzen des elektromagnetischen
Spektrums bei unbegrenzter Leistungsdichte uneingeschränkten Gebrauch machen zu können.

Die historische Entwicklung

Diese militärische Doktrin hat sich im Anschluß an den Zweiten Weltkrieg herausgeschält, wobei zwei Faktoren eine wesentliche Rolle gespielt haben. Der erste war die praktische Erfahrung bei der Verwendung elektromagnetischer Felder zum Zweck der Kommunikation und
der Informationsgewinnung (vor allem durch Radar) während des Ko-
reakrieges. Der zweite Faktor war, daß später, während des Vietnam-
krieges, transistorisiertes Gerät zur Verfügung stand und die ausgefal-
lensten elektronischen Kommunikations- und Abtastsysteme entwik-
kelt wurden.

Vietnam war das Versuchsgelände für die Grundgedanken des
C³I-Konzepts, und man hat den Vietnamkrieg als den ersten vollelek-
tronischen Krieg bezeichnet. Hier wurde eine Reihe hochentwickelter
Techniken erprobt – so stattete man zum Beispiel Fernaufklärungs-
trupps, die weit hinter den Linien des Vietkong operierten, mit Hochfre-
quenzradios mit Solarzellenantrieb aus. Mit Hilfe dieser Geräte konnten sich die Mitglieder einer Patrouille über militärische Satelliten, die
in mehreren hundert Kilometern Entfernung im Weltraum stationiert
waren, untereinander verständigen und auch jederzeit mit dem Weißen
Haus Kontakt aufnehmen. Nach dem Vietnamkrieg entwickelte sich
die C³I-Doktrin weiter, so daß sie sich heute auf die weltweite Anwendung der elektromagnetischen Energie stützen kann.

Die einzige Beschränkung, der diese Militärdoktrin seit ihren Anfängen in den vierziger Jahren unterworfen wurde, stammt aus der Zeit unmittelbar nach dem Zweiten Weltkrieg und den ersten Jahren des kalten Krieges. In den frühen fünfziger Jahren erkannte das Verteidigungsministerium die Notwendigkeit irgendeiner Art von «Grenzwert für ungefährliche Bestrahlung» durch Mikrowellen an. Das führte direkt zur Einrichtung des Tri-Services-Programms mit Sitz am Rome Air Development Center (Entwicklungszentrum der Luftwaffe) in Rome im Staate New York, das den Auftrag erhielt, diesen Grenzwert festzulegen. Aber noch ehe das Tri-Services-Programm anlief, beeilte sich das Militär, sich die Meinung zu eigen zu machen, daß nur thermische Wirkungen für lebende Organismen schädlich sein könnten. Aufgrund von bloßen Berechnungen legte die Luftwaffe den magischen Wert von 10 Milliwatt pro Quadratzentimeter als Grenzwert für unschädliche Bestrahlung fest. Die thermische Regel hat in der Folge entscheidenden Einfluß darauf gehabt, daß nichtthermische biologische Wirkungen auch im zivilen Bereich für unmöglich erklärt wurden.

Während der Grenzwert von $10 \ mW/cm^2$ auf die Mikrowellenfrequenzen beschränkt blieb, wurde die thermische Regel auf alle anderen Bereiche des elektromagnetischen Spektrums ausgedehnt. Wenn sie nicht das Gewebe erwärmte, galt elektromagnetische Strahlung als harmlos, so daß die Bestrahlung mit Frequenzen unterhalb der Mikrowellenfrequenz keinerlei Beschränkungen unterworfen wurde.

Das Komplott

Der militärische Organismus wurde so geplant, daß er dem Standard von $10\text{-}mW/cm^2$ entspricht, und mußte, als er einmal errichtet war, gegen die Annahme verteidigt werden, es könnte auch nichtthermische biologische Wirkungen geben. In dem Moment, wo solche Wirkungen anerkannt würden, bräche der gesamte Organismus in sich zusammen, und der Untergang von C^3I wäre besiegelt. Meine Arbeit über die elektrischen Steuerungssysteme und die biologischen Wirkungen elektromagnetischer Felder brachte mich in den frühen fünfziger Jahren mit dieser Kontroverse in Berührung. Mir wurde bald klar, daß alle Beweise für die Existenz nichtthermischer Wirkungen als Angriff auf die Sicherheit des Staates betrachtet wurden. Niemand dachte an den

379

Schutz der Gesundheit, denn die Militärs waren damals ungeachtet der Tatsache, daß es keine eigentlichen Kampfhandlungen gab, der felsenfesten Überzeugung, daß wir uns im Kriegszustand mit der Sowjetunion befänden. Gleichzeitig glaubte man, daß wir diesen Krieg nur gewinnen können, wenn wir die elektromagnetische Energie praktisch ohne Einschränkungen für alle vier Aspekte der C³I-Doktrin einsetzen.

Diese Position führte dazu, daß die Leugnung der Möglichkeit nichtthermischer Wirkungen aus *jeder Art* der Verwendung von elektromagnetischer Energie, ob im militärischen oder zivilen Bereich, zu einem Bestandteil der offiziellen politischen Strategie wurde. Zur Durchsetzung dieses politischen Zieles wurden mehrere konkrete Schritte unternommen, die ich kurz umreißen will.

Man sicherte sich die Kontrolle über die etablierte Wissenschaft, indem man nur für die Projekte Forschungsmittel zur Verfügung stellte, die vorher «gebilligt» worden waren – das heißt, Projekte, die die thermische Regel nicht anfechten würden. Außerdem schlug man Kapital aus der Neigung der Wissenschaft zum Reaktionären, indem man sich der Unterstützung herausragender Vertreter der technischen und biologischen Berufe versicherte. Gelegentlich wurden die Wissenschaftler dahingehend instruiert, daß thermische Wirkungen ab und zu zwar wirklich vorkämen, daß es aber im Interesse der nationalen Sicherheit erforderlich sei, erst besonders hieb- und stichfeste Beweise dafür zu haben, ehe man die Öffentlichkeit darüber informierte. Die eigentlichen Absichten vieler Wissenschaftler wurden dadurch untergraben, daß das Militär unbegrenzte Forschungsmittel zur Verfügung stellte und den Zugang zur wissenschaftlichen Literatur erleichterte.

Man mobilisierte das geballte offizielle Establishment des amerikanischen Wissenschaftsbetriebs. Wenn die thermische Regel in der Öffentlichkeit einmal ernsthaft angefochten wurde, verpflichtete man angesehene wissenschaftliche Gremien, Gesellschaften oder Stiftungen durch lukrative «Verträge» dazu, den aktuellen Wissensstand über die biologischen Wirkungen elektromagnetischer Felder zu erforschen. Diese Forschungen führten zur Abfassung dickleibiger «Berichte».

Alle diese Berichte haben gewisse Eigenschaften gemeinsam. Wissenschaftliche Daten, die auf nichtthermische biologische Wirkungen hinweisen, wurden entweder ignoriert oder ausführlich im ablehnenden Sinn diskutiert. Wenn sie überhaupt untersucht wurden, waren die angelegten Validitätsmaßstäbe bei diesen Berichten wesentlich strenger als bei solchen, die keine derartigen Wirkungen verzeichneten. Wissenschaftler, die über das Auftreten nichtthermischer biologischer Wirkungen berichteten, wurden lächerlich gemacht und als Außenseiter gebrandmarkt. Um einen falschen Eindruck zu erwecken, griff man sogar zu dem Mittel der gezielten Desinformation. Die Aussage «Es gibt keine Beweise dafür, daß gepulste Magnetfelder eine Wirkung auf den Menschen ausüben» wäre zum Beispiel *dem Wortsinne nach* richtig gewesen, hätte aber die vielen Berichte über derartige Wirkungen auf Labortiere ebenso unterschlagen wie die Tatsache, daß es gar keine Versuche mit Menschen gegeben hatte. Nach der üblichen Praxis enthielt jeder Bericht auch eine «praktische Zusammenfassung» als Entscheidungsgrundlage. Diese Zusammenfassungen spiegelten nie die Daten wider, die tatsächlich in dem Hauptbericht steckten.

Man stampfte eine Anzahl von Experten aus dem Boden, die die Aufgabe von Sprechern und Sachverständigen übernahmen. Das waren Leute, die für die Forschung auf diesem Gebiet (oder auf anderen Gebieten) nur unzureichend qualifiziert waren, die aber mit großzügigen Forschungsmitteln ausgestattet und in viele Komitees, Vorstände und internationale Regierungskommissionen eingeschleust wurden, die sich mit den biologischen Wirkungen der elektromagnetischen Energie befaßten. Auf den ersten Blick wirkten sie wie hervorragende Forscher. Aber wenn man genauer hinsah, entdeckte man, daß die wirkliche Zahl ihrer wissenschaftlichen Publikationen verschwindend gering war. Diese «Experten» wurden – und werden – als Zeugen in Rechtsstreitigkeiten eingesetzt, in denen es um zivile Einrichtungen wie Stromleitungen und Mikrowellen-Relaissysteme geht.

Wissenschaftler, die die Frage der von irgendeinem Teilbereich des elektromagnetischen Spektrums ausgehenden schädlichen Wirkungen beharrlich an die Öffentlichkeit brachten, wurden in Mißkredit gebracht. Ihre Forschungsmittel wurden gestrichen.

Trotz der Anwendung all dieser Mittel verstummte die Frage nach den schädlichen Wirkungen der elektromagnetischen Energie nicht. Im Gegenteil, sie wurde immer vernehmlicher gestellt. Dadurch wurde die Regierung gezwungen, ihren Standpunkt zu revidieren. Während sie anfänglich jegliche nichtthermische Wirkung abstritt, erkannte sie nun die Existenz *einiger* nichtthermischer Effekte an, die sie allerdings als unwichtig und flüchtig bezeichnete. Gegenwärtig ist die offizielle Position die, daß es zwar einige potentiell schädliche nichtthermische Wirkungen gibt, daß aber weitere Untersuchungen erforderlich sind, bevor irgendwelche einschneidenden Maßnahmen getroffen werden. Diese Untersuchungen sind noch im Gange, aber sie alle stehen unter der Ägide des Verteidigungsministeriums oder der direkt betroffenen Industrie.

II. Wie ist die Lage heute?

Das politische Ziel ist erreicht worden, und Zivilisten und militärisches Personal werden weiter elektromagnetischer Bestrahlung ausgesetzt. Das Militär hat seinen aktuellen Grenzwert für «unschädliche Bestrahlung» nicht bekanntgegeben, aber es gibt reichlich Gründe anzunehmen, daß man im Prinzip an dem heute nicht mehr haltbaren Wert von $10 \, mW/cm^2$ festhält oder in manchen kritischen Situationen sogar darüber hinausgeht.

Der Grund dafür liegt in der langen Vorlaufzeit bei der Entwicklung von Waffensystemen. So sind zum Beispiel alle heute einsatzfähigen Mikrowellensysteme auf den $10 \, mW/cm^2$-Standard hin angelegt. Würde man sie mit niedrigerer Energie betreiben, so würde die Leistung des Systems deutlich leiden, was angeblich eine Gefährdung der nationalen Sicherheit nach sich zöge. Also werden weiterhin hochwirksame und ausgeklügelte elektromagnetische Systeme entwickelt, ohne daß man sich groß um mögliche Auswirkungen auf die Sicherheit und Gesundheit der Öffentlichkeit scheren würde.

Das Ground-Wave Emergency Network (GWEN)

Ein besonders gutes Beispiel für solche Waffensysteme ist GWEN, ein gegenwärtig im Bau befindliches Kommunikationssystem, das im VLF-Bereich arbeitet, mit Übertragungen zwischen 150 und 175 kHz. Dieser VLF-Bereich wurde gewählt, weil die Signale sich hier vermittels der Bodenwellen – das sind elektromagnetische Felder, die sich eng dem

Boden anpassen – fortpflanzen und nicht in die Atmosphäre strahlen. Die Signale werden mit der Entfernung stark abgeschwächt, und eine einzelne GWEN-Station überträgt die Signale im Umkreis von 360 Grad auf eine Entfernung von etwa 400 bis 480 km. Das GWEN-System besteht aus ungefähr 300 solcher Stationen mit Sendetürmen von etwa 90 bis 150 m Höhe. Die Abstände zwischen den Stationen betragen 320 bis 400 km, so daß ein Signal von Küste zu Küste wandern kann, indem es immer von einer Station zur anderen springt. Wenn das System Anfang der neunziger Jahre fertiggestellt ist, wird die gesamte amerikanische Zivilbevölkerung den Feldern der GWEN-Übertragungen ausgesetzt sein.

Die Regierung rechtfertigt die Errichtung dieses Übertragungsnetzes damit, daß ein Atomkrieg zu gewinnen sei, wenn ein unfehlbares Kommunikationssystem zur Verfügung steht, das sich während eines nuklearen Angriffs und danach einsetzen läßt. Ein solches System würde es den Vereinigten Staaten erlauben, seiner mit Nuklearraketen bestückten U-Boot-Flotte auch nach einem feindlichen Nuklearangriff den Befehl zum Angriff auf einen Aggressor zu geben. Wegen der physikalischen Bedingungen, die bei einem Atomkrieg herrschen, funktioniert ein solches System nur, wenn es mit Bodenwellen betrieben wird.

Der Elektromagnetische Puls (EMP)

Ein Aspekt des Atomkriegs, über den in der Öffentlichkeit wenig bekannt ist, ist das Phänomen des elektromagnetischen Impulses oder Pulses *(EMP)*. Ein elektromagnetischer Impuls ist ein durch eine Explosion von Kernwaffen im Weltraum hervorgerufener kurzer, intensiver Strahlungsstoß elektromagnetischer Energie. Ein durch eine Kernexplosion in 160 km Höhe über Kansas City ausgelöster elektromagnetischer Impuls wäre intensiv genug, um alle elektrischen Energiesysteme auszuschalten, alle Computer, Disketten und Tonbandgeräte sowie die Raketenlenksysteme und die Computer- und Kommunikationssysteme von Militär- und Zivilflugzeugen zu zerstören und jegliche Radiokommunikation lahmzulegen – *und das auf dem Gesamtgebiet der Vereinigten Staaten.* Der militärische Organismus wäre damit quasi enthauptet. Nach dem militärischen Szenario stünden die Vereinigten Staaten dann der Kapitulation oder der nuklearen Vernichtung gegenüber.

Die Bodenwellen-Kommunikation wäre aber theoretisch immer noch möglich. Allerdings steht die theoretische Argumentation auf tönernen Füßen. Die GWEN-Hardware arbeitet mit Transistoren; selbst wenn man sie in extra verstärkten Bunkern unterbrächte, wäre sie für einen elektromagnetischen Impuls anfällig. Außerdem würde der EMP den GWEN-Signalen kräftige Bodenströme in den Weg legen, die die Übertragungsqualität mindern könnten. Und schließlich ist das GWEN-System auch deshalb verwundbar, weil die Standorte aller GWEN-Stationen den Sowjets bekannt sind.

Trotz alledem hat es das Militär in der nur ihm eigenen Denkweise für richtig befunden, den Einsatz des GWEN-Netzes zur Aufrechterhaltung der Kommunikation nach einem solchen Enthauptungsangriff vorzusehen. Hier ist nicht der Ort, ausführlich darauf einzugehen, ob und in welchem Fall ein Atomkrieg zu rechtfertigen wäre, aber die Begründung für die Existenz von GWEN ist meiner Ansicht nach in jedem Fall fadenscheinig. Ein Atomkrieg läßt sich nicht gewinnen.

Und dabei ist der Schaden, den die Zivilbevölkerung durch den Betrieb von GWEN erleiden könnte, überhaupt noch nicht angesprochen worden. Meine Befürchtungen gründen sich nicht nur auf die im achten Kapitel zusammengefaßten Daten, sondern auch auf die möglichen Auswirkungen auf den kognitiven Bereich und das Verhalten, die in diesem Buch diskutiert worden sind. Das GWEN-System eignet sich in Verbindung mit der Zyklotronresonanz ausgezeichnet, um Verhaltensänderungen bei der Zivilbevölkerung hervorzurufen. Die durchschnittliche Stärke des stationären geomagnetischen Feldes in den Vereinigten Staaten ist von Ort zu Ort verschieden. Wollte man daher ein bestimmtes Ion bei Lebewesen an einem bestimmten Ort in Resonanz versetzen, so müßte man für diesen Ort eine bestimmte Frequenz einsetzen. Der Abstand von 320 km zwischen den einzelnen Sendern des flächendeckenden GWEN-Netzes würde es möglich machen, solche ganz spezifischen Frequenzen für diesen Ort nach der jeweiligen Stärke des geomagnetischen Feldes in jedem GWEN-Bereich «maßzuschneidern». Ich nehme zwar nicht an, daß dieser Zweck den Planern des GWEN-Netzes vorgeschwebt hat, noch daß irgend jemand in der Bundesregierung das Netz absichtlich zu solchen Zwecken einsetzen könnte, aber die bloße *Existenz* des GWEN-Systems könnte sich irgendwann in der Zukunft einmal als unwiderstehliche Versuchung erweisen.

Die neuen Killer-Felder: elektromagnetische Waffen

Zu derselben Zeit, als das Militär noch vehement leugnete, daß die Bestrahlung durch elektromagnetische Felder überhaupt irgendwelche biologische Wirkungen haben könnte, war man längst mit der Erprobung solcher Wirkungen als potentielle Waffen beschäftigt – Waffen, die den enormen Vorzug haben, vollkommen lautlos und der Wahrnehmung nicht zugänglich zu sein.

Das EMP-Konzept ist inzwischen ausgeweitet worden. Man kann jetzt mit neuentwickelten Vorrichtungen auch unabhängig von Atomexplosionen EMP-Impulse erzeugen. Solche Geräte ließen sich gegen feindliche Kommando- und Kontrollzentren oder gegen Flugzeuge mit der Absicht einsetzen, die Elektronik lahmzulegen. Von diesem Programm ist HPM (*High-Power Pulsed Microwave=* Hochleistungspuls-Mikrowelle) abgeleitet, ein System, das intensive, extrem kurze Mikrowellenimpulse erzeugt. Gegenwärtig werden mehrere Typen mit Frequenzen von 1200 MHz bis 35 GHz und einer Leistung bis zu 1000 Megawatt getestet, auch im Hinblick auf einen möglichen Einsatz gegen Menschen.

Ein jüngst erschienener Artikel, der sich auf das Testprogramm der Abteilung für Mikrowellenforschung am Walter Reed Army Institute of Research stützt, stellt fest: «Mikrowellenenergie in dem militärisch wichtigen Bereich von 1 bis 15 GHz dringt in alle Organsysteme des Körpers ein und stellt daher für alle Organsysteme auch eine Gefährdung dar.» Die Auswirkungen auf das Zentralnervensystem werden als sehr wichtig angesehen. Das Testprogramm, das 1986 anlief, beschäftigt sich mit vier Gebieten: 1. Wirkung durch sofortige Entkräftung, 2. sofortige Reizung durch akustische Wirkungen, 3. Wirkungen durch Beeinflussung oder Verhinderung der Arbeit, und 4. Wirkungen auf das reizgesteuerte Verhalten. Der Bericht fährt fort: «Mikrowellenimpulse scheinen sich mit dem Zentralnervensystem zu koppeln und Reize hervorzubringen, die mit nichtthermischer elektrischer Reizwirkung zu vergleichen sind.» Offensichtlich kann HPM das Verhalten auf die gleiche Weise verändern wie Delgados elektrische Stimulation.

Gegenüber den subtilen Veränderungen, die ELF-Felder auslösen, kommen die Veränderungen im kognitiven Bereich und im Verhalten durch HPM der Wirkung eines Dampfhammers gleich. Einem aus dem Jahre 1982 stammenden Bericht der Luftwaffe zur Biotechnologie zufolge lassen sich ELF-Frequenzen für eine Reihe militärischer Zwecke einsetzen, so z. B. «um mit terroristischen Gruppen fertig zu werden, Massenansammlungen unter Kontrolle zu halten, Anschlägen auf die Sicherheit militärischer Einrichtungen zu begegnen und zum Einsatz gegen Menschen bei der taktischen Kriegführung». Derselbe Bericht stellt fest: «[Elektromagnetische] Systeme würden eingesetzt werden, um schwache bis ernste physiologische Beeinträchtigungen, Wahrnehmungsverzerrungen oder Desorientierung hervorzurufen. Sie sind leise, und es könnte sich als schwierig erweisen, Gegenmaßnahmen zu entwickeln.»

Der militärische Organismus hat seine Muskulatur durch eine ganz neue Art von Waffen auf der Grundlage elektromagnetischer Felder ergänzt. Immer noch ist die C^3I-Doktrin an Ausdehnung und Bedeutung im Wachsen begriffen. Es ist nicht unwahrscheinlich, daß es dem Militär letztendlich gelingen könnte, die völlige geistige Herrschaft über die Zivilbevölkerung zu erlangen.

Ich habe hier nicht den Versuch gemacht, den Zusammenhang zwischen militärischen Überlegungen und der Gefährdung durch künstliche elektromagnetische Felder auch nur annähernd vollständig darzustellen. Die komplizierte und gefährliche Lage auf diesem Gebiet geht über das Thema dieses Buches hinaus, wenn man von der Tatsache absieht, daß von den militärischen Überlegungen beeinflußte politische Entscheidungen die öffentliche Anerkennung der Gefahren erfolgreich behindert haben. Meiner Ansicht nach glauben die militärisch Mächtigen immer noch, das Überleben des militärischen Organismus rechtfertige das Opfer des Lebens und der Gesundheit von großen Teilen der amerikanischen Bevölkerung.

Glossar

Blastem: die Masse primitiver, embryonaler Zellen, die sich bei Tieren, die in der Lage sind, Gliedmaßen zu regenieren, am Ort der Verletzung bildet. Später wachsen diese Zellen und bilden eine genaue Nachbildung des fehlenden Glieds.

Differenzierung: der Vorgang, bei dem eine Zelle sich aus dem Zustand einer einfachen Embryonalzelle zu einer reifen, spezialisierten Zelle beim Erwachsenen fortentwickelt. Während der Differenzierung werden alle Gene für andere Zelltypen unterdrückt oder «reprimiert». *Siehe auch unter* **Entdifferenzierung, Gen.**

Elektromagnetisches Feld (EM-Feld): ein Kraftfeld *(siehe* **Feld***)*, wie es von jedem elektrischen Strom erzeugt wird und von ihm aus ausstrahlt. Es hat eine magnetische und eine elektrische Komponente.

Elektromagnetisches Spektrum (EM-Spektrum): eine Form der Klassifizierung elektromagnetischer Felder auf der Grundlage ihrer Schwingungsfrequenzen. Das nichtionisierende elektromagnetische Feld beginnt bei Null (keine Schwingung = Gleichstrom) und erstreckt sich bis zum sichtbaren Licht mit Billionen von Schwingungen pro Sekunde. Die Schwingungsfrequenzen oberhalb der Frequenzen des Lichts kann man als ionisierend definieren. Zu ihnen gehören Röntgenstrahlen und kosmische Strahlung. Man teilt das elektromagnetische Spektrum nach Frequenzen und nach der Verwendung in verschiedene Bereiche ein. *Siehe auch unter* **Extra low frequency, Very low frequency** und **Mikrowellen.**

Entdifferenzierung: der Vorgang, bei dem eine reife, spezialisierte Zelle zu ihrem ursprünglichen, embryonalen, unspezialisierten Zustand zurückkehrt. Während der Entdifferenzierung werden die Gene, die den Code für alle anderen Zelltypen enthalten, wieder benutzbar gemacht, indem ihre Repression aufgehoben wird.

extra low frequency (ELF) = extrem niedrige Frequenz, der Bereich des elektromagnetischen Spektrums, der sich von 0 bis 1000 Schwingungen pro Sekunde erstreckt. Dazu gehören auch die 60-Hz-Netzfrequenz in den Vereinigten Staaten, die europäische 50-Hz-Netzfrequenz und die vom U-Boot-Kommunikationssystem der U.S.-Marine benutzten Frequenzen von 45 und 75 Hz.

Feld: das Gebiet in der Umgebung einer Quelle elektrischer oder magnetischer Energie, in dem eine meßbare Kraft existiert. Man spricht manchmal auch von *«Strahlung»* in dem Sinn, daß elektromagnetische Felder von der Quelle aus- und abstrahlen und daß sie Eigenschaften der Teilchenstrahlung zeigen *(siehe* **Photon***)*.

Gen: ein Teil der DNS, der eine bestimmte Eigenschaft bestimmt. *Siehe auch* **Onkogen***.

Gleichstrom: ein unveränderlicher oder stationärer elektrischer Strom.

Halbleitung: die Leitung von elektrischem Strom durch die Bewegung von Elektronen oder der Abwesenheit von Elektronen (auch «Löcher» genannt) durch ein Kristallgitter. Halbleitung ist die dritte, als letzte entdeckte Art elektrischer Leitfähigkeit. Die anderen Arten sind die metallische Leitung, die dadurch zustande kommt, daß Elektronen sich in einem metallischen Leiter (z. B. Draht) bewegen, und die Ionenleitung, bei der geladene Atome (Ionen) sich in einer Lösung bewegen. Halbleiter transportieren zwar weniger Strom als metallische Leiter, dafür ist die Halbleitung aber wesentlich vielseitiger als die beiden anderen Arten der Leitfähigkeit. Halbleiter bilden das Grundmaterial von Transistoren und integrierten Schaltungen, wie sie in den meisten modernen elektronischen Geräten verwendet werden.

Hertz (Hz): die Frequenz der elektromagnetischen Strahlung in Schwingungen pro Sekunde. Eine Schwingung pro Sekunde entspricht 1 Hz, eintausend Schwingungen pro Sekunde entsprechen 1 kHz (Kilohertz), eine Million Schwingungen pro Sekunde 1 MHz (Megahertz) und eine Milliarde Schwingungen pro Sekunde 1 GHz (Gigahertz). Die Einheit Hz leitet sich von dem Namen des Physikers Heinrich Hertz ab, der die elektromagnetische Strahlung entdeckt hat.

Ion: ein Atom, das ein Elektron oder zwei Elektronen verloren oder dazugewonnen hat, so daß es eine elektrische Ladung besitzt und chemisch viel aktiver ist als das neutrale Atom, in dem positive und negative Ladungen ausgeglichen sind.

Ionisierung: die Verwandlung von neutralen Atomen in Ionen durch Strahlen, die die Kraft haben, Elektronen aus ihrer Position herauszulösen.

Karzinogen = krebserregend.

Magnetit: ein in der Natur vorkommendes Mineral mit magnetischen Eigenschaften.

Melatonin: ein von der Zirbeldrüse produziertes Hormon, das das Aktivitätsniveau des Gehirns steuert.

Mikrowellen: der Teil des elektromagnetischen Spektrums, der in der Frequenz von 500 Millionen Schwingungen pro Sekunde (500 MHz) bis hinauf zu den Frequenzen des sichtbaren Lichts reicht.

Mitose: der Vorgang der Zellteilung.

Nekrose: die Auflösung toten Gewebes oder toter Zellen.

Neuroepidermale Verbindung: eine Struktur, die sich an der Stelle des Gewebeverlusts bei regenerationsfähigen Tieren aus der Verbindung von Haut und Nervenfasern bildet. Diese Struktur erzeugt die spezifischen elektrischen Ströme, die dann die Regeneration bewirken.

Nichtionisierende Strahlung: der Bereich des elektromagnetischen Spektrums, der sich von der Frequenz Null bis zu den Frequenzen des sichtbaren Lichts erstreckt. Diese Strahlung enthält nicht genügend eigene Energie, um die Ionisierung von Atomen in den chemischen Substanzen des Körpers herbeizuführen.

Nonunion: ein Knochenbruch, der nicht geheilt ist.

Onkogen: ein krebserregendes Gen. Diese Gene sind normalerweise reprimiert, aber verschiedene Faktoren können ihre Aktivierung auslösen; dazu gehören Virusinfektionen, karzinogene schemische Substanzen und nichtionisierende und ionisierende Strahlung.

Osteomyelitis: Entzündung des Knochenmarks (oft mit Entzündung des Knochens einhergehend).

Photon: das theoretische Teilchen, das in einem elektromagnetischen Feld Träger der Energie ist.

Perineurale Zelle: eine von mehreren Zellarten, die die Nervenzellen umgeben.

Radiofrequenz = Hochfrequenz (HF): der Bereich des elektromagnetischen Spektrums, der sich von 500 000 Schwingungen pro Sekunde (500 kHz) bis 500 Millionen Schwingungen pro Sekunde (500 MHz) erstreckt.

Resonanz: Dieser Begriff bezieht sich im allgemeinen auf einen Sachverhalt, bei dem irgendein Aspekt einer Kraft – zum Beispiel Schallwellen – eine physikalische Eigenschaft hat, die einer Eigenschaft einer physikalischen Struktur – wie zum Beispiel der Masse eines Gebäudes – «entspricht», so daß die Schallwellen Vibrationen in dem Gebäude erzeugen. Im Fall der elektromagnetischen Strahlung bedeutet Resonanz die «Entsprechung» zwischen der Wellenlänge der Strahlung und der physikalischen Ausdehnung der Struktur. Beim Auftreten von Resonanz wird die Energie der Strahlung optimal auf die physikalische Struktur übertragen.

Spektrum: Eine Organisationsform für eine Informationsmenge gemäß einer gemeinsamen Eigenschaft – zum Beispiel ein Spektrum neurologischer Krankheiten. *Siehe auch* **Elektromagnetisches Spektrum**.

very low frequency (VLF) = sehr niedrige Frequenz, der Bereich des elektromagnetischen Spektrums, der sich von 1000 Schwingungen pro Sekunde (1 kHz) bis 500 000 Schwingungen pro Sekunde (500 kHz) erstreckt.

Wechselstrom: ein elektrischer Strom, der mit einer gewissen Frequenz seine Flußrichtung wechselt. Zum Beispiel ist ein 60-Hz-Wechselstrom ein elektrischer Strom, der sechzigmal pro Sekunde die Flußrichtung wechselt.

zeitvariabel: Der Ausdruck wird von Gegebenheiten gebraucht, die sich mit der Zeit verändern, wie zum Beispiel zeitvariable elektromagnetische Felder, bei denen man die Änderungsgeschwindigkeit die Frequenz nennt (ausgedrückt als Anzahl der Schwingungen pro Zeiteinheit).

Zirbeldrüse: eine kleine Struktur in der Kopfmitte mit Verbindung zum Gehirn, die ursprünglich das «dritte Auge» bildete, das bei primitiven Tieren auf dem Scheitelpunkt des Kopfes saß. *Siehe auch* **Melatonin**.

Quellenangaben

1. Die Geschichte des Lebens, der Energie und der Medizin

Brazier, Mary A.: «The Historical Development of Neurophysiology», American Physiological Society, *Neurophysiology*, Band I von *The Handbook of Physiology*, 1959, 1. Kapitel. *Eine der besten und lesbarsten Darstellungen des Themas. Das Buch ist in den meisten medizinischen Fakultätsbibliotheken zu finden.*

Brotherstone, Gordon: *Images of the New World*, London (Thames & Hudson) 1979. *Eine Sammlung neuerer Schriften von amerikanischen Indianern, in denen verschiedene Aspekte ihrer Kultur beschrieben werden, darunter auch ihre Anschauungen von Heilung und Medizin.*

Clendening, Logan: *Source Book of Medical History*, New York (Dover Publications) 1942.

Collier, Michael: *Introduction to Grand Canyon Geology*, Grand Canyon, Ariz. (Grand Canyon Natural History Association) 1980. *Dieses Buch hat mit der Medizin als solcher wenig zu tun, ist aber eine ausgezeichnete, stimmungsvoll geschriebene Geschichte der Geologie und der Evolution mit Einblicken in typische wissenschaftliche Grundhaltungen.*

Dibner, Bern: *Luigi Galvani*, Norwalk, Conn. (Burndy Library) 1971. *Eine kurze Biographie und Diskussion von Galvanis Entdeckungen mit mehreren bisher unveröffentlichten Illustrationen aus Galvanis Hand.*

Grossinger, Richard: *Planet Medicine*, Berkeley, Calif. (North Atlantic Books) 1987. *Ein enzyklopädischer Überblick über die Geschichte vom prähistorischen Schamanismus bis zur modernen medizinischen Praxis.*

Meyer, Herbert: *A History of Electricity and Magnetism*, Norwalk, Conn. (Burndy Library) 1972.

Anmerkung des Autors
Es gibt widerstreitende Äußerungen über Paracelsus. Die meisten Fachleute stimmen darin überein, daß er in Maria-Einsiedeln im Kanton Schwyz geboren wurde. Der Familienstammsitz war Schloß Hohenheim in Plieningen bei Stuttgart. Als ich 1951 in Deutschland war, habe ich Schloß Hohenheim besichtigt und festgestellt, daß die örtliche Bevölkerung überzeugt ist, daß «Dr. Faustus» dort geboren wurde und in den Pausen zwischen seinen Streifzügen immer wieder dort einkehrte. Das finstere, kalte und feuchte Schloß wirkte unheimlich – genau der passende Schauplatz für die Legende von Faust.
Eine gute allgemeine Darstellung vom Leben des Paracelsus findet sich in der 15. Auflage der Encyclopaedia Britannica. Sie stammt aus der Feder von John G. Hargrave, dem Autor des Buchs The Life of Paracelsus. Die Vermutung, Paracelsus habe die Gabe der außersinnlichen Wahrnehmung besessen, ist dem Artikel in der Britannica entnommen. Ausgezeichnete Quellenbücher über Paracelsus sind auch The Prophecies of Parcelsus und The Life and Teachings of Paracelsus von dem Arzt Dr. Franz Hartmann.
Geheimnisvolle Umstände umgeben auch das Leben von Mesmer. Die meisten Artikel verzeichnen Meersburg am Bodensee als den Ort, wo er gestorben ist. Ich habe auch Meersburg besucht und Mesmers Haus dort gefunden; eine Tafel an der Tür bezeichnete das Haus als seinen Geburtsort.

2. Die neue wissenschaftliche Revolution: der elektrische Aspekt

Bailer, J. C., und Smith, E. M.: «Progress against Cancer?» *New England Journal of Medicine*, 314 (1986), S. 1226.
Becker, R. O., in *IRE Transactions on Biomedical Electronics*, 7 (1960), S. 202. *Eine Beschreibung des integrierten Systems von Gleichströmen beim Salamander.*
–, in *Science*, 134 (1961), S. 101. *Enthält den Beweis, daß die elektrischen Gleichströme beim Salamander halbleitend sind.*
–, in *Journal of Bone and Joint Surgery*, 43-A (1961), S. 643. *Originalartikel über die elektrischen Faktoren bei der Regeneration von Gliedmaßen beim Salamander.*
–, in *New York State Journal of Medicine*, 62 (1962), S. 1169. *Der erste Artikel, in dem der Gedanke eines primitiven Gleichstrom-Steuerungssystems vorgeschlagen wird.*
–, in *Clinical Orthopedics and Related Research*, 73 (1970), S. 169. *Darstellung des vollständigen elektrischen Steuerungssystems für die Heilung von Knochenbrüchen.*

Quellenangaben

–, in *Journal of Bioelectricity*, 1 (1982), S. 239. *Eine Besprechung meiner eigenen Arbeit über die elektrische Steuerung der Regeneration.*

–, in *Journal of Bioelectricity*, 3 (1984), S. 105. *Ein Versuch, «das ganze Puzzle zusammenzusetzen».*

Cohenheim, J. F.: *Vorlesungen über allgemeine Pathologie,* Berlin (A. Hirschwald) 1877.

Dusseau, J., in *Perspectives in Biology and Medicine*, 30 (1987), S. 345.

Illingworth, C. M., in *Journal of Pediatric Surgery*, 9 (1974), S. 853. *Ein Bericht über die Regeneration von Fingerspitzen bei Kindern.*

Libet, B.: *The Sciences,* New York Academy of Science, März-April 1989, S. 32.

Pedersin-Bjergaard, J., et al., in *New England Journal of Medicine*, 318 (1988), S. 1028. *Der neueste medizinische Artikel, der auf die deutliche Gefahr der Krebserzeugung durch die Behandlung mit chemotherapeutischen Krebsmitteln hinweist.*

Rose, S. M., und Wallingford, H. M., in *Science,* 107 (1948), S. 457. *Beschreibt das Verschwinden des Krebses in den sich regenerierenden Gliedmaßen des Salamanders.*

Szent-Gyorgyi, A.: *Introduction to Submolecular Biology,* New York und London (Academic Press) 1960. *Ein Klassiker auf diesem Gebiet. Man vergleiche dazu Szent-Gyorgyis zukunftsweisenden Aufsatz «A Study of Energy Levels in Biochemistry» in Nature, 148 (1944), S. 157.*

Thieman, W., und Jarzak, U., in *Origin of Life,* 11 (1981), S. 85.

Wolsky, A., in *Growth,* 42 (1978), S. 425. *Ein Aufsatz über Regeneration und Krebs.*

Weiteres zum Thema (mit zusätzlichen Literaturangaben) in:
Becker, Robert E., und Marino, Andrew A.: *Electromagnetism and Life,* Albany, N.Y. (State University of New York Press) (1962).

A. A. Marino (Hrsg.): *Modern Bioelectricity,* New York (Marcel Dekker) 1988. *Enthält das aktuellste verfügbare Material.*

Anmerkung des Autors
Die Arbeiten von Coley über Coleys Gift dauern noch an. Vergleiche dazu die von Helen C. Nauts herausgegebene und vom Cancer Research Institute in New York veröffentlichte Reihe von Monographien aus den Jahren 1975 und 1976. Die gegenwärtig laufenden Arbeiten, die sich auf bestimmte chemische Substanzen im Zusammenhang mit Coleys Gift beziehen, wird im Scientific American für Mai 1988 besprochen.

3. Die neue wissenschaftliche Revolution:
der magnetische Aspekt

Baker, R. R.: «Human Magnetoreception for Navigation», in M. E. O'Conner und R. H. Lovely (Hrsg.): *Electromagnetic Fields and Neurobehavioral Function*, New York (Alan R. Liss) 1988.

Blakemore, R., in *Science*, 190 (1975), S. 377. *Der erste Artikel, in dem das magnetische Organ bei Bakterien beschrieben wird.*

Brown, Frank. *Autor zahlreicher Artikel über biologische Zyklen in den 1960er und 1970er Jahren. Die beste Zusammenfassung findet sich im* American Scientist, *60 (1972), S. 756.*

Cohen, D., in *Science*, 175 (1972), S. 664. *Der erste Bericht über das magnetische Enzephalogramm, das auf dem vom Gehirn ausgestrahlten Magnetfeld beruht.*

Keeton, W. T., in *Proceedings of the National Academy of Science,* 68 (1971), S. 102. *Keetons Artikel enthält den ersten Beweis, daß Brieftauben über ein magnetisches Navigationssystem verfügen.*

Kolata, G., in *Science,* 233 (1986), S. 417. *Es handelt sich um einen zusammenfassenden Forschungsbericht über die Periodizität von Herzanfällen beim Menschen um 9 Uhr morgens. Der Originalartikel von* J. E. Muller *findet sich im* New England Journal of Medicine, *313 (1985), S. 1315.*

Moore-Ede, M. C., et al., in *New England Journal of Medicine,* 309 (1983), S. 469 und S. 530. *Zwei Übersichtsartikel über biologische Zyklen und Krankheiten.*

Munz, H., in *Journal of Comparative Physiology (A),* 154 (1984), S. 33. *Wahrnehmung elektrischer Felder bei Fischen.*

Phillips, J. B., in *Science,* 233 (1986), S. 765. *Über zwei magnetische Rezeptoren beim Salamander.*

Preslock, J. P., in *Endocrine Reviews,* 5 (1984), S. 282. *Überblick über die Funktionen und Mechanismen der Zirbeldrüse.*

Semm, P., in *Nature,* 228 (1980), S. 206. *Beschreibt erstmalig die Fähigkeit der Zirbeldrüse, Magnetismus wahrzunehmen.*

Sulzman, F., in *Science,* 225 (1984), S. 232. *Ein Bericht über die Untersuchung biologischer Zyklen im Zusammenhang mit den Space-Shuttle-Flügen.*

Walcott, C., in *Science,* 205 (1979), S. 1027. *Weist zum ersten Mal ein magnetisches Organ bei Brieftauben nach.*

–, in *Science,* 205 (1979), S. 1077.

Walker, M., in *Science,* 224 (1984), S. 751. *Stellt eine Beziehung zwischen Magnetorgan und Funktion her.*

Wever, R., und Persinger, M. A. (Hrsg.): *ELF and VLF Electromagnetic Field Effects,* New York (Plenum Press) 1974.

4. Wie das elektrische System des Körpers angeschaltet wird: Minimalenergie-Techniken

Breder, C. D., in *Science,* 240 (1988), S. 321. *Über einige Aspekte der Psychoneuroimmunologie.*

Fontana, A., in *Journal of Immunology,* 129 (1982), S. 2413. *Über Psychoneuroimmunologie.*

Friedman, H., Becker, R. O., und Bachman, C. H., in *Archives of General Psychiatry,* 7 (1962), S. 193. *Beeinflussung elektrischer Gleichstrompotentiale unter Hypnose.*

Friedman, H., et al., in *Nature,* 200 (1963), S. 626. *Ein Bericht über den Zusammenhang zwischen den Aufnahmezahlen in psychiatrischen Krankenhäusern und Magnetstürmen.*

Green, E., und Green, A.: *Beyond Biofeedback,* San Francisco (Delacorte Press) 1977. *Das beste Buch über Biofeedback; enthält auch eine ausführliche Darstellung anderer Phänomene; aus der Feder der Autoritäten zu dem Thema.*

Hasson, J., in *Cancer Research,* 18 (1958), S. 267. *Ein Bericht über verstärktes Krebswachstum in denervierten Körperregionen.*

Holden, C., in *Science,* 200 (1978), S. 1316. *Ein hervorragender Überblick über den Zusammenhang zwischen Krebs und Psyche. Gibt eine Vorstellung davon, wie wenig seit damals geschehen ist.*

Krippner, S. (Hrsg.): *Advances in Parapsychological Research,* Band 1, *Psychokinesis* (1977); Band 2, *Extrasensory Perception* (1978), Band 3 (1982) und 4 (1984) ohne Titel (McFarland, Jefferson) New York und London. *Alle Bände sind äußerst wertvoll, weil sie eine Zusammenstellung des besten gegenwärtig verfügbaren Datenmaterials zu allen Teilaspekten der Parapsychologie enthalten.*

Norris, P., und Porter, G.: *I Choose Life,* Walpole, N. H. (Stillpoint Publishing) 1987. *Bericht über den dramatischen Ausgang einer Visualisierungstherapie.*

Pawlowski, A., und Weddell, G., in *Nature,* 25. März 1967, S. 1234. *Verstärktes Krebswachstum in denervierten Körperregionen.*

Rauscher, E., und Van Bise, W.: *Persönliche Mitteilung,* 1987.

Riley, V., in *Science,* 212 (1981), S. 1100. *Ein wichtiger Aufsatz, in dem über viele Zusammenhänge zwischen Hormonen und Psyche berichtet wird.*

Sklar, L. S., und Anisman, H., in *Science,* 205 (1979), S. 513. *Berichtet, daß elektrische Stimulierung von einzelnen Gehirnregionen schon vorhandene Tumoren zu verstärktem Wachstum anregt.*

Tromp, S. W., in *Psychical Physics,* New York, Amsterdam, London und Brüssel (Elsevier Publishing Co.) 1949. *Ein ebenso bedeutendes wie faszinierendes Buch, das alle Aspekte des Zusammenhangs zwischen lebenden Organismen und physikalischen Gesetzen behandelt. Obwohl das Buch nicht mehr ganz neu ist, sind die meisten Beobachtungen nicht überholt.*

Visintainer, M. A., et al., in *Science*, 216 (1982), S. 437. *Ein Bericht über die Anregung des Tumorwachstums durch elektrische Stimulation des Gehirns.*

5. Wie man das elektrische System des Körpers unterstützt: Energieverstärkungs-Techniken

Davenas, E., et al. (u. a. der Laborchef J. Benveniste), in *Nature,* 333 (1988), S. 816. *Ein umstrittener Artikel über biologische Wirkungen extrem hoher Potenzen.*

Israelachvili, J., und McGuiggan, W., in *Science,* 241 (1988), S. 795. *Berichtet über starke Kräfte, die in sehr geringem Abstand von flüssigen Lösungen gemessen wurden.*

Maddox, J., Randi, J., und Stewart, W., in *Nature,* 334 (1988), S. 287. *Der Bericht der Untersuchungskommission über Benvenistes Versuche, in dem diese als «Täuschungen» gebrandmarkt werden.*

Reichmanis, M., et al., in *IEEE Transactions on Biomedical Electronics* (1975), S. 533. *Unsere älteste Publikation über einen direkten Zusammenhang zwischen elektrischen Messungen und Akupunkturpunkten.*

–, in *American Journal of Chinese Medicine,* 4 (1976), S. 69. *Erhöhte Leitfähigkeit der Akupunkturpunkte für elektrische Gleichströme.*

–, in *IEEE Transactions on Biomedical Electronics,* 24 (1977), S. 402. *Akupunkturpunkte als Übertragungsleitungen.*

Reilly, D. T., et al.: «Is Homeopathy a Placebo Response?», in *Lancet,* Oktober 1986. *Der neueste und überzeugendste Bericht über die klinische Wirksamkeit homöopathischer Präparate. Enthält auch eine gute Bibliographie.*

Schoen, A. M., et al., in *Seminars in Veterinary Medicine and Surgery (Small Animals),* 1 (1986), S. 224. *Ein guter Überblick über die Verwendung der Akupunktur in der Veterinärmedizin und ihre klinische Brauchbarkeit.*

Ullmann, D.: *Homöopathie – Die sanfte Heilkunst,* Bern u. a. (Scherz) 1989. *Das neueste, recht umfassende Buch zum Thema Homöopathie, allgemeinverständlich geschrieben.*

Upledger, J. E., und Vredevoogd, J. D.: *Craniosacral Therapy,* Seattle (Eastland Press) 1983. *Ein hervorragender Bericht über die Manipulationstherapie.*

6. Wie man das elektrische System des Körpers ergänzt: Hochenergie-Übertragungs-Techniken

Akaimine, T., in *Report of the Japan Committee of Electrical Enhancement of Bone Healing,* Abstract no. 10, 1981. *Der Bericht weist nach, daß gepulste elektromagnetische Felder zu einer Zunahme des Wachstums von Krebszellen führen.*

Bassett, C. A. L., und Becker, R. O., in *Science,* 137 (1962), S. 1063. *Nachweis des piezoelektrischen Effekts am Knochen.*

Bassett, C. A. L., Pawluk, R., und Becker, R. O., in *Nature,* 204 (1964), S. 652. *Nachweis der Knochenheilungsstimulation durch elektrischen Strom.*

Becker, R. O., Bassett, C. A. L., und Bachman, C. H., in H. Frost (Hrsg.): *Bone Biodynamics,* Boston (Little, Brown & Co.) 1964. *Stellt eine Theorie vor, in der der piezoelektrische Effekt im Knochen mit streßbedingtem Knochenwachstum in Zusammenhang gebracht wird.*

Becker, R. O., und Murray, D. G., in *Clinical Orthopedics and Related Research,* 73 (1970), S. 169. *Eine vollständige Beschreibung des knochenheilenden elektrischen Steuerungssystems.*

Becker, R. O., et al., in *Clinical Orthopedics and Related Research,* 124 (1977), S. 75. *Berichtet über die Vermutung, daß sehr schwache negative elektrische Ströme zu Knochenwachstum und -heilung führen könnten.*

Becker, R. O., und Esper, C., in *Clinical Orthopedics and Related Research,* 161 (1981), S. 336. *Berichtet, daß schwache elektrische Ströme das Wachstum von Krebszellen anregen.*

Becker, R. O., in *Calcified Tissue Research,* 26 (1978), S. 93.

–, in *Clinical Orthopedics and Related Research,* 141 (1979), S. 266. *Beide Artikel geben eine zusammenfassende Darstellung des Gleichstrom-Steuerungssystems im Zusammenhang mit dem Knochenwachstum beim Menschen und den möglichen Nebenwirkungen elektrischer und elektromagnetischer Behandlungsmethoden.*

Friedenberg, Z. B., und Brighton, C. T., in *Journal of Bone and Joint Surgery,* 48A (1966), S. 915. *Weist nach, daß Knochenbrüche beim Menschen, wie die sich regenerierenden Gliedmaßen des Salamanders, elektrisch negativ sind.*

Friedenberg, Z. B., et al., in *Trauma,* 11 (1971), S. 883. *Der erste Bericht über die Verwendung negativer elektrischer Ströme zur Behandlung nichtheilender Knochenbrüche.*

Fukuda, E., und Yasuda, I., in *Journal of Physiology Society Japan,* 12 (1957), S. 1158. *Der erste Bericht über den piezoelektrischen Effekt beim Knochen.*

Fukata, H., in *Report of the Japan Committee of Electrical Enhancement of Bone Healing,* Abstract no. 8, 1981. *Weist nach, daß elektrischer Gleichstrom die DNS-Synthese in Krebszellen verstärkt.*

Guderian, R. H., et al., in *Lancet,* 26. Juli 1986. *Bericht über die Hochspannungsbehandlung bei Schlangenbiß.*

Humphrey, C. E., und Seal, E. H., in *Science,* 130 (1959), S. 388. *Weist nach, daß positive elektrische Gleichströme das Wachstum von Krebszellen verlangsamen.*

Iida, H., et al., in *Journal of Kyoto Prefecture Medical University,* 60 (1956), S. 561. *Hier wird zum ersten Mal die Vermutung geäußert, daß elektrische Ströme das Knochenwachstum anregen könnten.*

Long, D. M., in *Minnesota Medicine,* 57 (1974), S. 195. *Bestätigt, daß elektrische Stimulation der Haut sich zur Behandlung chronischer Schmerzen einsetzen läßt.*

Martin, Franklin H.: *Fifty Years of Medicine and Surgery,* Chicago (Surgical Publishing Co.) 1934. *Autobiographie. Darin findet sich auch eine Beschreibung von Dr. Martins Experimenten zur Krebsbehandlung mit elektrischem Strom in den 1880er Jahren.*

Melzak, R., und Wall, D. W., in *Science,* 150 (1965), S. 971. *Erstmaliges Auftreten der Tortheorie im Zusammenhang mit Schmerz.*

Noguchi, K., in *Journal of Japan Orthopedics,* 31 (1957), S. 1. *Der zweite Bericht über die Anregung des Knochenwachstums durch elektrischen Strom.*

Nordenström, B.: *Biologically Closed Electrical Circuits,* Stockholm (Nordic Medical Publications) 1983. *Enthält Nordenströms Theorie und Methode zur elektrischen Krebsbehandlung.*

Schaubel, M. K., und Habal, M. H., in *Archives of Pathology and Laboratory Medicine,* 101 (1977), S. 294. *Eine Untersuchung der Auswirkungen von positivem elektrischem Strom auf Krebszellen.*

Shealy, C. N., et al., in *Anesthesia and Analgesia,* 45 (1967), S. 489. *Elektrische Stimulation der Spinalbahnen zur Behandlung chronischer Schmerzzustände.*

Shealy, C. N., in *Surgical Forum,* 23 (1973), S. 419. *Elektrische Stimulation der Haut zur Behandlung chronischer Schmerzzustände.*

Sperber, D., et al., in *Naturwissenschaften,* 71 (1984), S. 100. *MRI-Scanner (Kernspinresonanztomographen) führen durch Einwirkung auf das wärmeregulierende Zentrum des Gehirns zur Erhöhung der Körpertemperatur.*

Tapio, D., und Hymnes, A. C.: *New Frontiers in Transcutaneous Electrical Nerve Stimulation,* Minnetonka, Minn. (Lectec Corporation) 1987. *Ein hervorragender Überblick über die Verwendung von TENS-Geräten.*

399

7. Das natürliche elektromagnetische Feld

Becker, R. O., in *New York State Journal of Medicine*, 63 (1963), S. 2215. *Hier wird zum ersten Mal der Gedanke geäußert, daß die natürliche magnetische Umgebung einen Einfluß auf das menschliche Verhalten haben könnte.*

Cole, F. E., und Graf, E. R.: «Pre-Cambrian ELF and Abiogenesis» in M. A. Persinger (Hrsg.): *ELF and VLF Electromagnetic Field Effects*, New York (Plenum Press) 1974. *Stellt die Theorie vor, daß das präkambrische Magnetfeld mit dem Ursprung des Lebens im Zusammenhang stehen könnte.*

Friedman, H., Becker, R. O., und Bachman, C. H., in *Nature*, 200 (1963), S. 626. *Der Aufsatz berichtet über einen statistisch signifikanten Zusammenhang zwischen Magnetstürmen und den Aufnahmezahlen in psychiatrischen Krankenhäusern.*

–, in *Nature*, 205 (1965), S. 1050. *Bericht über eine signifikante Beziehung zwischen kosmischer Strahlung und dem Verhalten von psychiatrischen Patienten.*

Hays, J., in *Geological Society of America Bulletin*, 82 (1971), S. 2433. *Berichtet über einen signifikanten Zusammenhang zwischen Umpolungen des Magnetfeldes und dem Artensterben bei Strahlentierchen.*

Lanzerotti, L. J.: «The Earth's Magnetic Environment», in *Sky and Telescope*, Oktober 1988. *Eine volkstümliche Darstellung dessen, was wir heute über die komplizierten Verhältnisse des geomagnetischen Feldes wissen.*

Lerner, E. J.: «The Big Bang Never Happened», in *Discover*, Juni 1988. *Trägt die Theorie vor, daß an der Entstehung des Universums im wesentlichen nicht Gravitationskräfte, sondern magnetische Kräfte beteiligt waren.*

Miller, S. L., in *Science*, 117 (1953), S. 528. *Stellt einen Versuch vor, bei dem aus einfachen chemischen Verbindungen Aminosäuren und Peptide erzeugt wurden; möglicher chemischer Ursprung des Lebens.*

Newell, N. D.: «Crises in the History of Life», in *Scientific American*, 208 (1963), S. 77. *Der erste Bericht über mehrere umfangreiche Perioden des Artensterbens in der Geschichte.*

Sander, Christine: «The Unifying Principle: Magnetic Fields and Life», Magisterarbeit in Anthropologie an der University of California in Santa Barbara, 1984. *Ein ausgezeichneter Überblick über die damals verfügbaren Daten, besonders über magnetische Umpolungen und das Artensterben.*

Thieman, W., und Jarzak, U., in *Origins of Life*, 11 (1981), S. 85. *In dem Aufsatz wird genau geschildert, wie sich mit Hilfe eines Magnetfeldes eine einzelne organische chemikalische Substanz erzeugen läßt.*

Weller, G., et al., in *Science*, 238 (1987), S. 1361. *Ein neuerer Überblick über die wissenschaftliche Erforschung der Magnetosphäre und den gegenwärtigen Wissensstand.*

8. Künstliche elektromagnetische Felder

Anderson, B. S., und Henderson, A. K.: *Cancer Incidence in Census Tracts with Broadcasting Towers in Honolulu, Hawaii,* State of Hawaii Department of Health, Honolulu, 27. Oktober 1986.

Aurell, E., und Tengroth, B., in *Acta Ophthalmologica,* 51 (1973), S. 764. *Weist nach, daß Mikrowellen bei nichtthermischen Stärkegraden zu grauem Star und auch zu Schädigungen der Netzhaut führen können.*

Becker, R. O., in *Medical Electronics and Biological Engineering,* 1 (1963), S. 293. *Ein Überblick über alle damals verfügbaren Berichte über die biologischen Wirkungen elektromagnetischer Felder.*

–, in *Journal of Bioelectricity,* 7 (1988), S. 103. *Eine Analyse des Forschungsprojekts Starkstromleitungen der Gesundheitsbehörde des Staates New York.*

Becker, R. O., und Becker, A. J., in *Journal of Bioelectricity,* 5 (1986), S. 229. *Analysiert die Schritte, die die Behörden bei der Suche nach einem möglichen Zusammenhang zwischen dem gehäuften Auftreten von Mongolismus in Vernon, New Jersey, und Mikrowellen* nicht *unternommen haben.*

Biological Effects of Nonionizing Electromagnetic Radiation (BENER Digest), Office of the Chief of Naval Research, Washington, D. C. *Erscheint vierteljährlich.*

Biological Effects of Power Line Fields, Abschlußbericht des wissenschaftlichen Beirats der Gesundheitsbehörde des Staates New York vom 1. Juli 1987.

Biological Studies of Swine Exposed to 60-Hz Electric Fields (E.A.-4318), Electric Power Research Institute, Palo Alto, Calif., 1987. *Achtbändiger Bericht über die Untersuchung des Battelle-Instituts an Zwergschweinen.*

Birge, R., et al., in *Journal of the American Chemical Society,* 109 (1987), S. 2090. *Weist nach, daß gewisse chemische Substanzen in der Netzhaut in hohem Maße Mikrowellen absorbieren.*

Brown, H. D., und Chattopadhyay, S. K., in *Cancer Biochemistry and Biophysics,* 9 (1988), S. 295. *Überblick über die gesamte verfügbare wissenschaftliche Literatur über Magnetfelder und Krebs.*

Cohen, B. H., Hook, E. B., und Porter, I. H. (Hrsg.): *Population Genetics – Studies in Humans,* New York (Academic Press) 1977. *Die Wiederholung der Untersuchung, in der ein Zusammenhang zwischen Radarexposition und Mongolismus hergestellt worden war. In dieser Untersuchung konnte dieser Zusammenhang nicht bestätigt werden.*

Delgado, J. M. R., et al., in *Journal of Anatomy,* 134 (1982), S. 533. *Berichtet über entwicklungsbedingte Mißbildungen bei Kükenembryos nach Einwirkung verschiedener ELF-Frequenzen.*

Epstein, S. S., in *Science,* 240 (1988), S. 1043. *Ausführlich kommentierender*

Quellenangaben

Bericht über die tatsächliche Vorkommenshäufigkeit der verschiedenen Krebsarten.

Foster, K. R., und Guy, A. W., in *Scientific American,* 255 (1986), S. 32. *Der Artikel berichtet über Guys Versuche, verschweigt aber wesentliche Aspekte, die einen entscheidenden Einfluß auf die Schlußfolgerungen haben.*

Garfinkel, I., und Savokhan, B., in *Annals of the New York Academy of Sciences,* 381 (1982), S. 1. *Berichtet über die Zunahme von Gehirntumoren zwischen 1940 und 1977.*

Goodman, R., in *Proceedings of the National Academy of Sciences,* 85 (1988), S. 3298.

Heller, J. H., und Teixeira-Pinto, A. A., in *Nature,* 183 (1959), S. 905. *Der erste Bericht über durch 27-MHz-Felder hervorgerufene Chromosomenaberrationen.*

Hosmer, H., in *Science,* 68 (1928), S. 327. *Berichtet erstmalig – übrigens unter Erwähnung von Wärmewirkungen – über biologische Wirkungen von Radiowellen.*

Janes, D. E., et al., in *Nonionizing Radiation,* 1 (1969), S. 125. *Bestätigt Hellers Bericht über Wirkungen auf Chromosomen, geht aber noch darüber hinaus.*

Liboff, A., in *Science,* 223 (1984), S. 818. *Berichtet über die Möglichkeit, daß die DNS-Synthese in sich teilenden Zellen durch ein breites Spektrum von ELF- und VLF-Frequenzen beschleunigt werden könnte.*

Lilienfeld, A. M., in *Final Report on Contract 6025-619073,* Department of State, Washington, D. C., 1978. *Bericht über den Gesundheitszustand des Personals der amerikanischen Botschaft in Moskau bei Mikrowellenbestrahlung durch die Russen. Keine Erwähnung von Gesundheitsproblemen, aber auch keine Angabe von Daten.*

Lin, R. S., et al., in *Journal of Occupational Medicine,* 27 (1985), S. 413. *Bericht über den Zusammenhang zwischen der Vorkommensrate von Gehirntumoren und berufsbedingtem Kontakt mit elektromagnetischen Feldern.*

Manikowska-Czerska, E., Czerska, P., und Leach, W. M., in *Proceedings US-USSR Workshop on Physical Factors – Microwave and Low-Frequency Fields,* National Institute of Environmental Health Sciences, Washington, D. C., 1985.

Marino, A. A., et al., in *Experientia,* 32 (1976), S. 856. *Bericht aus meinem Laboratorium über die Bestrahlung von drei Generationen von Mäusen mit elektrischen 60-Hz-Feldern.*

Microwave News. *Dieses Mitteilungsblatt ist die einzige Publikation, die für das ganze elektromagnetische Spektrum einen aktuellen Überblick über alle Aktivitäten auf dem gesamten Gebiet der biologischen Wirkungen gibt. Erscheint zehnmal jährlich; zu abonnieren bei: Box 1799, Grand Central Station, New York, NY 10163.*

Morton, W. E., und Phillips, D. S.: *Radioemission Density and Cancer Epide-*

402

miology in the Portland Metro Area (Grant R-805832, EPA), Health Effects Research Laboratory, Triangle Park, N. C. *Berichtet über den Zusammenhang zwischen der Stärke der FM-Bestrahlung und Leukämie.*

Nelson, K., und Holmes, L., in *New England Journal of Medicine,* 320 (1989), S. 19.

Nordenson, I., et al., in *Radiation and Environmental Biophysics,* 23 (1984), S. 191. *Chromosomenaberrationen in Lymphozyten beim Menschen unter Einwirkung von Netzfrequenzfeldern.*

Nordstrom, S., et al., in *Bioelectromagnetics,* 4 (1983), S. 91. *Genetische Mißbildungen bei den Nachkommen von Personal, das mit Netzfrequenzeinrichtungen zu tun hat.*

Osborne, S. L., und Frederik, J. N., in *Journal of the American Medical Association,* 137 (1984), S. 1036. *Der erste Bericht über Versuche, in denen festgestellt werden sollte, ob Mikrowellen unterhalb der Wärmeschwelle grauen Star hervorrufen können. Das Ergebnis war negativ.*

Phillips, J., Winters, W. D., und Rutledge, J., in *International Journal of Radiation Biology,* 49 (1986), S. 463. *Weist nach, daß die Einwirkung von elektromagnetischen und magnetischen 60-Hz-Feldern die Wachstumsrate von Krebszellen bei Menschen erhöht.*

Phillips, J., in *Immunology Letters,* 13 (1986), S. 295. *Weist nach, daß menschliche Krebszellen unter Einwirkung von 60-Hz-Feldern sich der Zerstörung durch die körpereigenen Killerzellen widersetzen.*

Phillips, J., et al., in *Cancer Research,* 46 (1986), S. 239. *Weist nach, daß die Einwirkung von 60-Hz-Feldern die* oberflächenbindenden Regionen *menschlicher Krebszellen deutlich vermehrt.*

Phillips, Richard, Brief an Lawrence W. Herbert vom 1. Februar 1988.

Proceedings of the Ad Hoc Committee for the Review of Biomedical and Ecological Effects of ELF Radiation (SANGUINE Report), Department of the Navy, Bureau of Medicine and Surgery, Washington, D. C., 6.–7. November 1973.

Reichmanis, M., et al., in *Physiological Chemistry and Physics,* 11 (1979), S. 395. *Ein in Zusammenarbeit mit Dr. F. S. Perry in England verfaßter Bericht über den Zusammenhang zwischen dem Selbstmord und der Einwirkung von Feldern aus Hochspannungsleitungen.*

Richardson, A. W., et al., in *Archives of Physical Medicine,* 29 (1984), S. 765. *Weist zum ersten Mal nach, daß Mikrowellen ohne Erwärmung zu grauem Star führen können.*

Salzinger, K.: *Biological Effects of Power Line Fields,* New York State Power-Lines Project Scientific Advisory Panel, Albany, N.Y., 1987.

Sigler, A. T., in *Bulletin of Johns Hopkins Hospital,* 117 (1965), S. 374. *Der erste Bericht über einen Zusammenhang zwischen der Radarexposition von*

Quellenangaben

Vätern und der Vorkommenshäufigkeit von Mongolismus bei ihrer Nachkommenschaft.
Speers, M., in *American Journal of Industrial Medicine,* 13 (1988), S. 629. *Berichtet über dreizehnfache Zunahme von Gehirntumoren beim Personal von elektrischen Versorgungsbetrieben.*
Spitz, M. R., und Cole, C. C., in *American Journal of Epidemiology,* 121 (1985), S. 924. *Berichtet über einen bedeutenden Anstieg der Vorkommenshäufigkeit von Gehirntumoren bei den Kindern von Vätern, die aus beruflichen Gründen mit elektromagnetischen Feldern Kontakt haben.*
Steneck, Nicholas: *The Microwave Debate,* Cambridge, Mass. (MIT Press) 1984. *Ein hervorragender, packend geschriebener Bericht über das Problem Mikrowellen von den Anfängen bis 1984.*
Sulzman, F.: *Biological Effects of Power Line Fields,* New York State Power-Lines Project Scientific Advisory Panel, Albany, N.Y., 1987.
Thomas, T. L., et al., in *Journal of the National Cancer Institute,* 79 (1987), S. 233. *Eine epidemiologische Untersuchung über die berufsbedingte Einwirkung von elektromagnetischen Feldern und Gehirntumoren, bei der signifikante Zusammenhänge festgestellt wurden.*
Wertheimer, N., und Leeper, E., in *American Journal of Epidemiology,* 109 (1979), S. 273. *Der erste Bericht über einen Zusammenhang zwischen der Einwirkung von magnetischen 60-Hz-Feldern aus elektrischen Leitungen und Krebs bei Kindern.*
Wolpaw, J.: *Biological Effects of Power Line Fields,* New York State Power-Lines Project Scientific Advisory Panel, Albany, N.Y., 1987.

9. Extrem niedrige Frequenzen (ELF) und der Zusammenhang zwischen Geist und Gehirn

Becker, R. O.: Presentation at First International Conference on High-Energy Magnetic Fields, MIT, 1962. *Hier wurde zum ersten Mal in der Öffentlichkeit eine Beziehung zwischen Magnetstürmen und den Aufnahmezahlen in psychiatrischen Kliniken dargestellt.*
–, in *New York State Journal of Medicine,* 62 (1962), S. 1169. *Überblick über das interne elektrische Gleichstromsystem; Hypothese, daß dieses durch externe Magnetfelder beeinflußt werden könnte.*
–, in *New York State Journal of Medicine,* 63 (1963), S. 2215. *Überblick über die Beweise für einen Zusammenhang zwischen dem geomagnetischen Feld und lebenden Organismen.*
Campbell, H. J., in *Smithsonian,* Oktober 1971. *Ein sensorischer Reiz stimuliert normalerweise das Lustzentrum des Gehirns.*

Delgado, J. M. R.: *Physical Control of the Mind: Toward a Psychocivilized Society*, Band 41 der *World Perspectives*, New York (Harper & Row) 1969.

Friedman, H., Becker, R. O., und Bachman, C. H., in *Nature*, 200 (1963), S. 626. *Der Aufsatz berichtet über einen signifikanten Zusammenhang zwischen der Häufigkeit, mit der natürliche Magnetstürme auftreten, und den Aufnahmezahlen in psychiatrischen Kliniken.*

–, in *Nature*, 213 (1967), S. 949. *Weist nach, daß schwache magnetische ELF-Felder die Reaktionszeit beim Menschen beeinflussen.*

10. Die Verbindung zwischen inneren und äußeren Feldern: Wirkungsmechanismen

Achkasova, Y. N., in *Journal of Hygiene, Epidemiology, Microbiology, and Immunology*, (UdSSR) 22 (1978), S. 415. *Das Wachstum von Bakterien wird mit Veränderungen des Magnetfeldes der Erde aufgrund des Überschreitens der Grenzen der Sonnen-Magnetfeldsektoren in Verbindung gebracht.*

Bawin, S., und Adey, W. R., in *Proceedings of the National Academy of Sciences*, 73 (1976), S. 1999. *Der erste Bericht über ELF-Felder, die den Austritt von Kalzium aus Nervenzellen bewirken.*

Becker, R. O., in *Journal of Bioelectricity*, 3 (1984), S. 105. *Hier wird zum ersten Mal die Vermutung geäußert, daß die Resonanz mit dem natürlichen Feld der Erde für die Zeitsteuerung bei der Zellteilung sorgt.*

–, in *Journal of Bioelectricity*, 4 (1985), S. 133. *Die Theorie eines Zusammenhangs zwischen lebenden Organismen und ELF-Feldern.*

Blackman, C. F., et al., in *Bioelectromagnetics*, 6 (1985), S. 327. *ELF-Feld und Austritt von Ca^{++}, Zusammenhang mit Erdmagnetfeld.*

Cohen, D., et al., in *Proceedings of the National Academy of Sciences*, 77 (1980), S. 1447. *Von menschlichen Haarfollikeln ausgehendes magnetisches Gleichfeld.*

Jafary-Asl, et al., in *Journal of Biological Physics*, 11 (1983), S. 15. *Der erste Bericht über beschleunigtes Wachstum unter dem Einfluß der magnetischen Kernresonanz.*

Kimball, C. G., in *Journal of Bacteriology*, 35 (1938), S. 109. *Inhomogene magnetische Gleichfelder verlangsamen das Wachstum von Hefezellen.*

Liboff, A., Chibrera, A., Nicolini, C., und Schwann, H. P. (Hrsg.): *Interaction between Electromagnetic Fields and Cells*, New York (Plenum Press) 1985. *Bringt den Austritt von Ca^{++} bei ELF mit dem magnetischen Feld der Erde in Zusammenhang.*

–, in *Journal of Biological Physics*, 13 (1985), S. 99. *Theorie der Zyklotronresonanz.*

Quellenangaben

Mitchell, J. T., et al., in *Physiological Chemistry and Physics*, 10 (1978), S. 79. *Ein Bericht aus meinem Labor über die Produktion mißgebildeter Chromosomen in Krebszellen unter Einwirkung von elektrischen Gleichfeldern.*

Poenie, M., et al., in *Science*, 233 (1986), S. 886. *Weist nach, daß während der Zellteilung beim Einsetzen der Anaphase die Anzahl der Kalzium-Ionen im Inneren der Zelle plötzlich zunimmt.*

Thomas, J. R., Schrot, J., und Liboff, A., in *Bioelectromagnetics*, 7 (1986), S. 349. *Lithium-Zyklotron-Resonanz löst passives Verhalten bei Ratten aus.*

Walker, J., in *Scientific American*, 256 (Februar 1987), S. 134.

11. Die neuen Seuchen

Albert, E., Sherif, M., O'Conner, M., und Lovely, R. (Hrsg.): *Electromagnetic Fields and Neurobehavioral Function*, New York (Alan R. Liss) 1988.

Barnes, D. E. M., in *Science*, 243 (1989), S. 171. *Überblick über neuere Entdeckungen im Zusammenhang mit dem fragile-X-Syndrom.*

Bergstrom, W., und Hakanson, D.: Persönliche Mitteilung.

Calne, D., in *Canadian Journal of Neurological Sciene*, 14 (1987), S. 303. *Der Artikel berichtet darüber, daß die Parkinsonsche Krankheit immer früher einsetzt und mit Clusterbildung und familiärer Disposition verbunden ist.*

Cicerone, R. J., in *Science*, 237 (1987), S. 35. *Diskussion der aktuellen Daten über den Ozongehalt der Atmosphäre.*

Courchesne, E., et al., in *New England Journal of Medicine*, 318 (1988), S. 1349. *Weist nach, daß autistische Kinder eine anatomische Mißbildung des Kleinhirns haben. Die gleiche Nummer befaßt sich auch in ihrem Leitartikel mit Autismus.*

Eisenberg, L., in *New England Journal of Medicine*, 315 (1986), S. 705. *Leitartikel über das Ansteigen der Selbstmordrate bei Jugendlichen.*

Fitzpatrick, T. B., Interview mit Janis Johnson, zitiert in *USA Today*, 4. März 1985. *Melanom-Epidemie in hochentwickelten Ländern.*

Green, M. H., et al., in *New England Journal of Medicine*, 312 (1985), S. 91. *Vollständiger Forschungsbericht über das bösartige Melanom.*

Hannson, H. A.; Albert, E. N., Getrennte Kapitel in M. E. O'Conner und R. H. Lovely (Hrsg.): *Electromagnetic Fields and Neurobehavioral Function*, New York (Alan R. Liss) 1988. *Beide berichten über das Auftreten anatomischer Mißbildungen des Kleinhirns bei Tieren, die unmittelbar nach der Geburt mit abnormen elektromagnetischen Feldern bestrahlt wurden.*

Hembree, D., und Henry, S., in *San Diego Union*, 5. Januar 1987. *Reportage über epidemieartiges Auftreten des Hypersensibilitätssyndroms in Silicon Valley.*

Holden, C., in *Science,* 233 (1986), S. 839. *Diskussion des aktuellen Selbstmordverhaltens bei Jugendlichen.*

Holmes, G. P., et al., in *Annals of Internal Medicine,* 108 (1988), S. 387. *Bericht über die Analyse des Chronischen Erschöpfungssyndroms durch die Centers for Disease Control.*

Katzman, R., in *New England Journal of Medicine,* 314 (1986), S. 964. *Vollständige, aktuelle Darstellung der Alzheimerschen Krankheit.*

Lawrence Livermore National Laboratory: *Magnetic-Field Exposure Guidelines,* 1986, Livermore, Calif. (LLNL) 1986.

Lewin, R., in *Science,* 237 (1987), S. 978. *Interview mit Dr. Donald Calne über die Zunahme der Parkinsonschen Krankheit.*

Lyle, D. B., et al., in *Bioelectromagnetics,* 9 (1988), S. 303. *Weist nach, daß die zytotoxische Wirkung der T-Lymphozyten durch Einwirkung von 60-Hz-Feldern geschwächt wird.*

Marx, J., in *Science,* 217 (1982), S. 618. *Bericht über eine «Geisterkrankheit» mit Namen AIDS.*

O'Leary, C., in *Sunday Mirror,* 29. Januar 1989.

Overbaugh, J., et al., in *Science,* 239 (1988), S. 906. *Berichtet, daß das Katzen-Leukämie-Virus durch molekulare Klonierungstechniken in ein Virus verwandelt wurde, das bei Katzen statt Leukämie das Immunschwäche-Syndrom auslöste.*

Regier, D., zitiert von Jeffrey Fox, in *Science,* 226 (1984), S. 324. *Bericht über einen vom National Institute of Mental Health gegebenen Überblick über die Zunahme psychischer Krankheiten in der Allgemeinbevölkerung bei gleichzeitiger signifikanter Häufung bei den unter Fünfundvierzigjährigen.*

Reynolds, P., und Austin, D., in *Western Journal of Medicine,* 142 (1985), S. 214. *Ein Bericht über eine Melanom-Epidemie am Lawrence Livermore National Laboratory.*

St. George-Hyslop, P., in *Science,* 238 (1987), S. 664. *Gibt einen Überblick über Chromosomenaberrationen im Zusammenhang mit der Alzheimerschen Krankheit.*

Strauss, S. E., et al., in *New England Journal of Medicine,* 319 (1988), S. 1692. *Über die an den National Institutes of Health durchgeführten Versuche mit Azyklovir beim chronischen Erschöpfungssyndrom, mit Hinweis auf Beeinflussung des klinischen Zustandes durch die Stimmung des Patienten.*

Sturner, W., in *New Scientist,* 10 (1987), S. 37.

Teravanian, H., in *Canadian Journal of Neurological Sciene,* 13 (1986), S. 317. *Der Artikel berichtet darüber, daß die Parkinsonsche Krankheit immer früher einsetzt und mit Clusterbildung und familiärer Disposition verbunden ist.*

Weissmann, M. M., in *Science,* 235 (1987), S. 522. *Bemerkungen zur Häufung von psychischen Krankheiten in der US-Bevölkerung.*

Quellenangaben

12. Risiko und Nutzen: Was können Sie tun?

De Matteo, R.: *Terminal Shock,* Toronto (NC Press), 1985.
DeSilva, Bruce, Interview mit Joe Bearskin, in *Watertown Times,* 4. Januar 1989.
Goldhaber, M. K., et al., in *American Journal of Industrial Medicine,* 13 (1988), S. 695.
Lovins, A. R., in *Science,* 229 (1986), S. 914.
Marlay, R. C., in *Science,* 226 (1984), S. 1277.
Microwave News (P. O. Box 1799, Grand Central Station, New York, NY 10163), Band 6, März-April 1986; Band 7, Juli-August 1987; Band 8, März-April 1988 und Mai-Juni 1988. *Bericht über die neuesten Arbeiten über Gesundheitsprobleme im Zusammenhang mit Computern und Bildschirmterminals.*
Mikolajczyk, H., et al., in B. Knave and P. G. Wideback (Hrsg.): *International Scientific Conference on Work with Display Units,* Amsterdam (Elsevier Scientific Publications) 1987. *Berichtet über einen Versuch, bei dem Ratten kommerziellen Fernsehgeräten ausgesetzt wurden.*
Milham, S., in *Environmental Health Perspectives,* 62 (1985), S. 297. *Epidemiologische Untersuchung über Menschen, die aus beruflichen Gründen allen möglichen Arten von elektromagnetischer Strahlung ausgesetzt sind.*
–, in *Lancet,* 6. April 1985. *Untersuchung der Sterblichkeitsrate von Amateurfunkern.*
Union of Concerned Scientists (26 Church Street, Cambridge, Massachusetts 02238): Wahlbroschüre über Nuklear- und Energiepolitik, 1987.
Wertheimer, N., und Leeper, E., in *Bioelectromagnetics,* 7 (1986), S. 13. *Untersuchung über den Zusammenhang zwischen der Verwendung von Heizdecken und Fehlgeburten.*

Anhang

Steneck, Nicholas H.: *The Microwave Debate,* Cambridge, Mass. (MIT Press) 1984. *Eine hervorragende historische Darstellung der Entwicklung der Mikrowellentechnik und ihres Zusammenhangs mit dem militärischen Bereich. Darin finden sich auch einzelne Informationen über verschiedene Geheimprojekte, sofern sie für die Frage der Gesundheitsrisiken von Bedeutung sind.*
Tyler, Paul E.: «The Electromagnetic Spectrum in Low-Intensity Conflict», in Lt. Col. David J. Dean (Hrsg.): *Low-Intensity Conflict and Modern Technology,* Air University Press, U.S.A.F. Center for Aerospace Doctrine, Research,

408

and Education, Maxwell Air Force Base, Ala., 1986. *Low-Intensity-Konflikte (militärische Konflikte, bei denen elektromagnetische Felder «schwacher Intensität» eingesetzt werden) sind «kleine» Kriege, bei denen keine Kernwaffen zur Verwendung kommen. Der Artikel diskutiert den direkten Einsatz elektromagnetischer Felder gegen Menschen.*

«Walter Reed's Microwave Research Department: Its History and Mission [Part I of two parts]», in *Bioelectromagnetics Society Newsletter,* Januar-Februar 1989. *Dieser nicht namentlich gezeichnete Artikel befaßt sich angeblich mit Sicherheitsnormen, diskutiert aber in Wirklichkeit vor allem die Verwendung von Hochleistungs-Mikrowellen im Einsatz gegen Menschen. Die Bioelectromagnetics Society hat starke Querverbindungen zum Militär und gilt als zuverlässige Informationsquelle.*

Personen- und Sachregister

410

412

416